Bernt Spiegel

MILCHBRÜDER, BEIDE

Bernt Spiegel

MILCHBRÜDER, BEIDE

Roman

edition.fotoTAPETA

INHALT

I_Vor 1933

II_1933 bis 1939

III _ 1939 bis 1945

IV _ Nach 1945

I

VOR 1933

1 _ Ein Prolog

Es regnete schon seit Tagen. In der Ferne, von der Rheinebene her, hörte man, wenn in der Nacht der Regen einmal nachließ, die Camions mit hochtourigem Wimmern sich die Straße heraufwinden, um Material für den Bau weiterer Bunker heranzuschaffen. Die Maginot-Linie war noch voller Lücken und schwächer als ihr Ruf, wenn man einmal absah von den unterirdischen Forts wie Simserhof südlich Pirmasens oder dem gewaltigen Fort Hackenberg in der Gegend von Thionville – das waren ganze Städte unter der Erde. Der gesamte Gürtel sollte ohne Aufsehen verstärkt werden und mehr Staffelung in die Tiefe erhalten, vor allem hier im südlichen Teil, wo man sich bisher doch eher auf den Rhein verlassen hatte.[1]

Die Tage waren düster, die Hütte verschwamm in den Wolken; im Aufenthaltsraum, der zugleich Schlafraum war, brannte schon früh am Abend ein trübes Licht. Gestern Nacht aber, als die Wolken plötzlich aufrissen und der Mond kalt und mit grellem Licht hervorbrach, da sah er zum ersten Mal den Hartmannsweilerkopf. Der war ganz nah, mit einem riesigen Kreuz an der höchsten Stelle, das aber so blass und fahl war, dass es fast verschwand. Dafür warf es im Mondlicht einen harten Schatten in den Altschnee auf dem Gipfel, der viel schärfer und schwärzer war als das Kreuz selbst. Er starrte auf das Schneefeld, lange, ohne Wimpernschlag. Wie umgestürzt und zerschmettert lag das schwarze Kreuz auf dem Schnee, kein schönes Bild. Schief und in die Länge gezogen, wellig und gezackt hing es kopfüber talwärts, als krieche es auf ihn zu.

Das war ihm schon als Kind aufgefallen, dass die Abbilder von den Dingen manchmal eindringlicher sein konnten als die Dinge selbst. Und hier war beides, Ding und Abbild, gleichzeitig zu sehen. Er blickte weg vom gnadenlos gezackten Schatten und empor am fahlen Kreuz, das ihm in seiner Ruhe gnädiger erschien und das im dunklen Nachthimmel vergehen wollte.

Dann hatte er mal hinter die Hütte treten müssen, und da hat es ihn überrascht, dass auch sein Strahl, obwohl doch durchsichtig und im Mondlicht fast unsichtbar, einen kräftigen Schatten auf den Restschnee warf, auf dem er stand, und wieder war das Abbild viel stärker als seine Ursache.

Mit einem Mal verlor der Schatten des Kreuzes seine unerbittliche Härte, wurde schwächlich und verschwand schließlich ebenso plötzlich wie der Mond. Das Kreuz selbst dagegen, obwohl kaum mehr sichtbar und nur noch zu ahnen, stand unverrückt. So wird es wohl immer stehen, dachte er, Jahr für Jahr, auch wenn niemand mehr nach ihm schauen würde, und auch dann noch, wer weiß, wenn es in Dunkelheit und Not verschwunden war.

Die grelle Mondnacht mit dem schwarzen Himmel, so kurz sie sich auch nur gezeigt hatte, schien ihm heller als der trübe Tag davor. Doch dann merkte er auf, war das, was er gesehen hatte, war das wieder eines dieser Zeichen? Ein Zeichen, das nur er sieht, das aber allen galt? Solche Zeichen waren ihm hin und wieder begegnet, und er war dann meistens ausgelacht worden. Er spürte, dass es nicht gut war für ihn, nachts allein auf Wache zu sein. Nur ein Zeichen konnte so eindringlich werden. Aber er verstand es nicht, so sehr er auch darüber nachdachte. –

Er war der Jüngste in der Gruppe. Serge, ein ungeschlachter Kerl, der früher zur See gefahren war, hatte ihn Moses getauft. So würden die Schiffsjungen heißen an Bord. Die anderen hatten das schnell übernommen, kaum einmal sagte noch einer Eugen zu ihm, höchstens Le Chef, der ihn ‚Öschähn' nannte oder ‚Öschänn', wenn er ihn rief. Ihm war das so unrecht nicht. Seit sie ihn Moses nannten, gehörte er dazu. Die meisten kannten sich von einem geheimnisvollen Algerieneinsatz, so viel hatte er herausgefunden. Wenn man der Jüngste ist, viel jünger als alle anderen, bekommt man nicht alle Antworten. Er hätte halt schon gern gewusst, warum Le Chef sonntags nicht mehr mit in die Kirche ging. Vielleicht dürfte er schon, aber er will wahrscheinlich nicht, weil er nicht mehr zur Kommunion gehen darf, wie zu hören war, und das sei halt jetzt so mit der *Action française*, aber eines Tages, da würde sie von allen verstanden werden.

Morgen oder übermorgen sollte es nachts hinunter nach Mulhouse gehen wegen irgendwelcher Plakate oder Spruchbänder, die dort hingen. Warum nachts? ‚*Sauvez la rasse!*' – ‚Rettet die Rasse!' – stünde darauf, das war wegen der Schwarzen oder der Juden, dachte er sich, aber keiner sagte, was mit den Plakaten geschehen soll, und mit direktem Nachfragen, ob abreißen oder weitere ankleben, hätte er sich arg blamieren können, das spürte er, und ausgelacht werden war die schlimmste aller Strafen. Moses zu sein, das war ein hartes Brot. Einige allerdings nahmen ihn in Schutz, das tat wohl. Aber der Hundewache, der lästigsten von allen, entging er nicht, und da geschah es dann oft, dass er ins Träumen geriet und arges Heimweh bekam. Hundewache, so hieß die letzte Wache in der Nacht, so wie heute, die nächste ging dann schon in den frühen Morgen über, das war dann bloß noch ein früheres Aufstehen, mehr nicht. Vielleicht würde er sich nachher noch einmal hinlegen können, aber an rechtes Schlafen war dann nicht mehr zu denken.

Serge schnarchte wie immer, lauter als alle anderen. Wenn Serge am Abend nach einer Weile mit dem Schnarchen einsetzte, und es blieb ruhig im Schlafraum, dann konnte er sicher sein, dass alle eingeschlafen waren. Fing Serge zu früh mit dem Schnarchen an, schon bevor alle schliefen, dann begannen die noch Wachgebliebenen sofort mit einem gleichmäßigen Pfeifen, und siehe da, es half. Serge hörte auf zu schnarchen, beileibe nicht für die ganze Nacht, aber gewöhnlich doch so lange, bis auch der letzte der Pfeifer eingeschlafen war, der dann alsbald selber mit in das allgemeine Schnarchkonzert einzufallen pflegte, das sich da unter Serges Leitung entwickelte.

Serges Lautstärken waren beträchtlich, über Stunden hinweg, und nur kurz für einige Atemzüge unterbrochen, wenn er sich einmal umdrehte. Dass der das überhaupt aushielt! Und dass die anderen von diesem Lärm nicht aufwachten? – Aber das waren Schlafgeräusche, und Schlafgeräusche sind harmlos seit alters her, während diese Pfeiftöne eben keine Schlafgeräusche waren und darum Serges Aufmerksamkeit selbst im Schlaf mindestens soweit erregten, dass er aufzuwachen begann; ein bisschen zwar nur, aber immerhin so viel, dass er, natürlich immer noch schlafend, das Schnarchen vorsichtshalber für ein Weilchen einstellte, bis ihm die allgemeine Sicherheit wieder auszureichen schien.

Sogar vor der Hütte war das Schnarchen noch zu hören. Er träumte hinüber zum Hartmannsweilerkopf, dem Schicksalsberg der Elsässer, der wieder ganz in den Wolken verschwunden war. Da ist damals, bald nach Kriegsausbruch, ein General mit sich selber zu Rate gegangen und hat beschlossen – aus eigener Machtvollkommenheit so einfach für sich beschlossen –, dass der Hartmannsweilerkopf ein strategisch wichtiger Punkt sei (was freilich spätere Militärhistoriker bezweifelten), und besetzte die Kuppe mit allem, was er auch nur irgendwie zur Verfügung hatte. Dabei hätte man es belassen sollen, und alles wäre gut gewesen.

Aber des einen Tat war des anderen Vorbild. Der andere, das war der Amtsbruder des Generals auf der Gegenseite, und obwohl grimmige Feinde, aber eben doch Brüder im Geiste, gelangten die beiden in wundersamer Übereinstimmung zum gleichen Ergebnis: Der andere General hielt den Hartmannsweilerkopf für einen mindestens ebenso wichtigen strategischen Punkt und griff seinerseits mit allen Kräften an, die er aufbieten konnte. Je verbissener der eine festhielt, desto mehr sah sich der andere in seiner Einschätzung bestätigt und desto wilder schlug er drauf; und je heftiger der andere anstürmte, desto besinnungsloser hielt der eine fest. Das ist das Grundschema aller Schlachten, von denen es heißt, sie seien erbittert gewesen, wenn es sich nicht gerade um Kesselschlachten handelt.

So zog sich das fast die ganzen vier Jahre des Krieges hin. Am Schluss waren dreißigtausend Franzosen tot, und Onkel Albert vermisst, und vielleicht sechzigtausend Soldaten im Ganzen, da war er sich, wie er da vor sich hinträumte, nicht so ganz sicher. In der Schule hatte man mehr von den Franzosen gesprochen, aber er wusste, zwar sind von unseren Leuten aus Munster damals die meisten von den Deutschen gleich an die Ostfront gesteckt worden, weil man ihnen gegen die Franzosen eben doch nicht so recht getraut hat, aber hier am Hartmannsweilerkopf mussten auf beiden Seiten welche von uns mit dabei gewesen sein, denn schon vor dem Krieg waren ein paar aus Munster auf die französische Seite geraten,

Gott weiß wie, und eigentlich war es egal, auf welcher Seite es Onkel Albert erwischt hatte. –

Richard Castan, der Vater von Albert und Bertel Castan, war etliche Jahre vor der Jahrhundertwende von den Deutschen als höherer Verwaltungsbeamter von Kassel nach Straßburg versetzt worden. Er heiratete, obwohl Protestant, eine Elsässerin und wollte die alsbald geborenen Zwillinge aus einer kameralistischen Ordnungsmarotte heraus *Albert* und *Bertal* (Al-bert und Bert-al) taufen lassen, wobei aber ‚Bertal' mit ‚a' bei der Eintragung ins Kirchenbuch beim Pfarrer auf Bedenken stieß. Wäre nicht schon der Name Albert hineingeschrieben gewesen, hätte Richard Castan sicherlich nach zwei neuen Namen gesucht. So akzeptierte er den Vorschlag des Pfarrers, statt *Bertal* das Kind doch einfach Bertel zu nennen; zwar sei Bertel nicht nur eine Kurzform von Berthold, sondern auch von Albert, insofern unterschieden sich die beiden Namen nicht sehr voneinander, aber das träfe ja auch für diese beiden Buben zu, die doch kaum auseinanderzuhalten seien.

In der Tat waren die beiden Säuglinge schon häufig von der Kinderfrau und gelegentlich sogar von der Mutter verwechselt und so sicherlich schon mehrmals vertauscht worden, bis der Vater, der nichts höher schätzte als eine verlässliche Ordnung, ein Machtwort sprach und die inzwischen an den Handgelenken angebrachten verschiedenfarbenen Wollfäden kurzerhand abschnitt und einen der beiden Buben, dem fortan der Name Albert endgültig zugeordnet wurde, von einer robusten *Femme Tatoueur* in Colmar unverwechselbar kennzeichnen ließ, indem er sie anwies, an der Innenseite des rechten Oberarms ganz klein ein ‚A' für ‚Albert' anzubringen. Doch bei einer derartigen Ähnlichkeit, die schon einer völligen Gleichheit nahekam, konnte es, obwohl sachlich ausreichend, nicht bei der Markierung von nur einem der beiden Knaben bleiben. Bertel habe sogleich unüberhörbar aufgemuckt, hatte Vater Castan später immer wieder einmal erzählt, und obwohl Bertel mit seiner Unmutsäußerung einen anderen Grund gehabt haben mochte, hatte der Vater damals sogleich erkannt, dass selbstverständlich beide strikt gleichbehandelt werden mussten, und so hatte Bertel nur Minuten später ebenfalls seine Tätowierung, ein ‚B' für ‚Bertel', erhalten. Das kleine Aufmucken Bertels, das dazu führte, dass auch er tätowiert worden ist, wäre eine kaum berichtenswerte Belanglosigkeit geblieben, hätte es nicht letzten Endes, fast fünfzig Jahre später, Bertel das Leben gekostet. –

Einige Jahre nach dem Krieg ist man bei Aufräum- und Umbettungsarbeiten am Hartmannsweilerkopf auf eine gut erhaltene Erkennungsmarke gestoßen, die, wie sich rasch ermitteln ließ, die Erkennungsmarke von Albert Castan war. Erst damit konnte behördlicherseits die endgültige Tot-Erklärung erfolgen. Als dann Bertel, der bis dahin noch immer auf die Heimkehr Alberts gehofft hatte, die endgültige Nachricht vom Tod seines Zwillingsbruders durch einen Bediensteten der *Mairie* überbracht wurde, da hatte er, so erzählte man es sich in der Familie, ohne eine erkennbare Regung starr geradeaus geblickt, am Überbringer vorbei, mit dem gleichen leichten Lächeln, mit dem er den Boten empfangen hatte, so als habe er nichts verstanden, ja nicht einmal etwas gehört, und er behielt diese erstarrte Haltung auch noch bei, als der Überbringer mit seinen unbeholfen zurechtgelegten Sätzen längst zu Ende gekommen war. Der freilich hatte mit irgendeiner Antwort gerechnet, mit irgendeiner Äußerung wenigstens, man würde dann schon weitersehen, was noch zu sagen sei, und ein Wort würde das andere ergeben, und er würde sich dann bald wieder verabschieden, denn so gut kannte er den Herrn Castan ja nicht.

So aber hielt Bertel Castan die Zeit einfach an, indem er schwieg und geradeaus starrte. Mit jeder Sekunde der Erstarrung wurde es schwerer, das Schweigen aufzubrechen. Onkel Bertel, soviel war Eugen Saller klar, wenn er jetzt über diese angespannte Situation, von der ihm der Dorfbüttel erzählt hatte, so nachdachte, Onkel Bertel musste schon damals als ziemliche Respektsperson im Dorf gegolten haben. Das war gewiss auch dem Büttel gegenwärtig, der wie alle Hilfskräfte in einer untergeordneten Position, die sie über viele Jahre hinweg haben halten können, ein feines Gefühl dafür herausgebildet hatte, mit wie viel Respekt, Vorsicht und Zurückhaltung man einer Person, mit der man dienstlich zu tun hatte, begegnen musste, aber auch wie viel Mitgefühl oder Zustimmung oder Herzlichkeit ihr gegenüber aufzubringen schicklich war. Darum konnte er als ein gewöhnlicher Gemeindediener dem Herrn Castan jetzt doch nicht einfach ins Wort fallen – wiewohl dieser ja bis jetzt noch nicht ein Wort gesprochen hatte.

Wie beredsam war Bertel Castan doch gewesen, als er aus Chicago zurückgekommen war! Dort hatte er, jüngstes Mitglied einer Regierungskommission der Franzosen, die industrielle Fleischproduktion der Amerikaner studieren sollen, die der handwerklichen Metzgerei hierzulande – unhygienisch und mittelalterlich *(‚plein de microbes et absolument moyenâgeux')*, wie er immer wieder betont hat – weit voraus war.

Bald danach hatte er den ehrenvollen Auftrag erhalten, einen vollmechanisierten Schlachthof nach amerikanischem Vorbild in Paris zu entwerfen. Eugen erinnerte sich noch an die Postkarten mit dem Eiffelturm drauf, die Onkel Bertel an Mutter geschrieben hatte. Der Schlachthof ist später zu einem Treffpunkt europäischer Schlachthofdirektoren geworden.

In einem modernen Schlachthof amerikanischer Art hatte Bertel Castan vor allem die Weiterverarbeitung in ihrer Sauberkeit und in ihrer Präzision fasziniert und die klare Vorhersehbarkeit der Abläufe, er hatte das leise Tak-tak-tak-tak der Gliederketten im Ohr, von denen die Tiere, in gleichen Abständen aufgereiht, herabhingen und sekundengenau zu den einzelnen Stationen transportiert wurden.

Umso mehr hatte er das Chaos, den Schmutz und das Blut auf den Schlachtfeldern gehasst, die Zufälligkeiten, die unvorhergesehenen Rückschläge und unverhofften plötzlichen Durchbrüche und den ungewissen Ausgang; wobei in den meisten Schlachten ja beide Seiten verloren – Bataillone, Geschütze, Schiffe, Flugzeuge –, die einen ein paar mehr, die anderen ein paar weniger, die hielten sich dann für die Sieger.

Schließlich hatte der unglückliche Überbringer der Todesnachricht dann doch noch seinen Mund aufgebracht, nur um etwas zu sagen, nur um der Stille zu entkommen, denn irgendwie musste das Gespräch weitergehen, irgendwie musste er herausfinden aus dieser Folter, die unerträglich war, obwohl sie aus nichts anderem als aus Schweigen bestand, und er stammelte, als ob das ein Trost sei für Bertel: „Es war in der letzten Schlacht am Hartmannsweilerkopf –"

Da fuhr Bertel hoch: „– geschlagen von Dilettanten, deren einzige Qualität die einfallslose Zähigkeit war, die sture Verbissenheit, sonst nichts, nichts! Reine Schlachtfelddirektoren und Tötungsingenieure, aber stümperhafte, die den Tod des einzelnen dem Zufall überließen!"

Der Tod des einzelnen, das erschien dem Büttel zu wenig tröstlich für Herrn Castan und wie zur Ergänzung fügte er an: „Über dreißigtausend Tote allein auf französischer Seite!", damit Herr Castan sähe, wie wenig er allein war in seiner Trauer.

Um sich eine Vorstellung zu verschaffen, fing Bertel, in alter Gewohnheit und ohne es eigentlich zu wollen, damit an, im Kopf das Schlachtgewicht zu überschlagen und murmelte: „Das sind an die 2000 Tonnen Soldaten –", und als ihn der Büttel bestürzt anblickte, da brüllte es aus ihm heraus: „Hab' *ich* denn das grausige Wort *Schlacht* erfunden? Da sagst du nichts –"

Die heftigen Worte seien unvermittelt in ein ebenso lautes Schluchzen übergegangen, aber schon nach wenigen Augenblicken habe sich Bertel Castan wieder in der Hand gehabt. –

Ein Geräusch, nah hinter ihm, ließ Eugen Saller aufschrecken. Das musste Le Chef sein, der immer sehr früh aufstand, lange vor dem Wecken und meistens mit Gepolter. Da rief er ihn auch schon, stimmlos, weil noch alles schlief, und dennoch laut:

„Öschänn, Öschänn! Chumm schnall!"

„Buschur", brummte Eugen und dachte, der bellt sogar dann noch wie ein Preuß, wenn er flüstert, und ging mit dem Chef ins Haus, wo sie im Schlafraum alle dicht nebeneinander lagen.

„Hör' dir das an, Öschän", kicherte Le Chef vergnügt, „die schnarchen wieder alle im gleichen Takt!"

Tatsächlich, so war es – nicht zu glauben! Eugen lauschte, ob sich nicht wenigstens ein einziger Abweichler fände, vergebens. Doch Serges Schnarchen schien ihm derart übertrieben – er setzte die Pausen nach dem Ausatmen so überdeutlich und variierte die Übergänge so kunstvoll –, dass Eugen im Halbdunkel leise zu Le Chef hinüberfragte: „Ob die Quatsch machen? Die wollen uns verarschen", wobei ihm im selben Augenblick aufging, dass es vielleicht etwas dreist war dem Chef gegenüber, von ‚uns' zu sprechen, zumal ihm Zweifel kamen, ob nicht Le Chef selbst mit dahinterstecken könnte. Nichts fürchtete er mehr, als ausgelacht zu werden.

„Nein, nein", rief Le Chef, nun überzeugend laut, „das gibt's immer wieder mal, wahrscheinlich sogar ein paar Mal jede Nacht, nur hört es dann halt niemand."

Wenn ich das daheim erzähle, das glaubt mir keiner, dachte Eugen.

„Bass uff, Öschän, ich studier' das schon lang. *Jeder ist mit jedem verbunden, mit dem einen enger, mit dem anderen nicht so fest.* Jeder hört jeden, auch im Schlaf, den einen mehr, den anderen weniger, und jeder wird von jedem gehört, vom einen deutlicher, vom anderen schwächer – aber nur ein bisschen schwächer. Steigt ein Kleinschnarcher mal aus – weil er schlucken muss oder sich umdreht –, dann hält er das nicht lange durch. Er fasst, so schnell er kann, wieder Tritt, auch wenn er für sich allein vielleicht eine Spur schneller oder langsamer atmen würde. Gewöhnlich fängt er dann etwas leiser mit dem Schnarchen wieder an und erst, wenn er genau auf die anderen eingeschwungen ist, schnarcht er wieder voll mit. Die lauten Großschnarcher wie Serge, das sind die tonangebenden. Die können alles durcheinanderbringen. Wenn die aus dem Takt fallen, dann kann es lange dauern, bis alle wieder im Gleichtakt sind. Es wird dann viel leiser im Raum, so, als ob alle unsicher lauschten, wo die anderen sind und wo man sich am ehesten mit dranhängen kann und wem man im Traum am ehesten die Hand geben könnte, um nicht so allein zu sein in der Nacht."

Und nach einer Pause: „Manchmal kann ich beim Zuhören fast spüren, wie es sich dann viel leichter atmet, wenn sie alle wieder beieinander sind und nicht jeder stolpernd seinen Platz suchen muss und dabei dauernd mit einem anderen zusammenstößt."

Le Chef blickte ihn dabei nachdenklich an, und Eugen Saller wiederholte murmelnd, wie um zu zeigen, dass er alles verstanden habe: „Jeder ist irgendwie mit jedem verbunden, ohne dass er das merkt –"

„Aber", sagte Le Chef, „so ist das auf der ganzen Welt – mit allem! Nur sieht man's nicht so deutlich wie hier beim Schnarchen, wo sie alle so dicht beieinanderliegen."

Trotzdem war sich Eugen Saller erst viele Jahre später sicher, dass das damals wirklich so war, wie es ihm Le Chef erklärt hatte, und ihm da nicht ein Theater vorgespielt worden ist. Aber so harmlos wie am Hartmannsweilerkopf, wo schlafend einer am anderen baumelte und es nur um das Schnarchen ging, war das dann gar nicht mehr. –

2 _ Ungleiche Rivalen

Viktor Zabener wartete in der Hitze schon eine ganze Weile. Um zu vermeiden, dass man sie zu Hause gemeinsam weggehen sah, hatten sie sich auf vier Uhr an der Kirche verabredet, und er war schon etwas früher gekommen, weil er sich vor Ludwig immer noch ein wenig fürchtete und nicht wollte, dass Ludwig auf ihn warten muss. Im Ablesen der Uhr fühlte er sich, eigentlich schon seit sie zur Schule gingen, recht sicher, aber je länger er so dastand und wartete, desto mehr zweifelte er, ob es tatsächlich vier Uhr war, denn die Uhr an der Kirche hatte an den Stellen, wo sonst die Zahlen stehen, nur unregelmäßige Striche. Doch dann begann vom Turm das Läuten zur vollen Stunde. Er merkte gespannt auf und zählte dann am Ende die tiefen, ruhigen Stundenschläge mit. Es waren vier, er war erleichtert.

Der dicke Zeiger, der kürzere der beiden, auf den man sich am ehesten verlassen konnte, war schon wieder ein Stückchen weitergewandert, als er in der Ferne Ludwig kommen sah. Ludwig schlenderte und hatte nicht die geringste Eile. Als er hersah, winkte ihm Viktor stürmisch zu, mit beiden Händen über dem Kopf. Ludwig ließ einen winzigen Augenblick verstreichen, bevor er zurückwinkte, und er hob dazu nur kurz die linke Hand und den Unterarm.

Viktor mochte Ludwig, er mochte ihn sehr, gerade weil er so ganz anders war als er, aber Viktor spürte auch, wie schwer es ihm Ludwig manchmal machte. Ludwig, dieser kleine Vierschrot, der einen halben Kopf kleiner war als er, nutzte mit einer Instinktschläue sondergleichen auch die geringste Möglichkeit, die sich bot, um sich Viktor untertan zu machen und immer neue Abhängigkeiten zu schaffen, um so stets und überall zum unumstrittenen Anführer zu werden. Schon damals am ersten Schultag hatte er sich vorgedrängt.

„Ah, da sind ja unsere beiden Milchbrüder", hatte sie der Lehrer frohgelaunt begrüßt und ihn gefragt: „Wie ich gehört habe, Viktor, bist du also der Milchbruder vom Ludwig?"

Viktor hatte nicht verstanden und den Lehrer ausdruckslos angeblickt. Dann hatte er zu Ludwig hinübergeschaut, und der hatte ausgelassen gerufen: „Nein, nein, *ich! – Ich* bin der Milchbruder, *ich!* Meine Mama hat mir immer gesagt, ‚du bist der Milchbruder vom Viktor'!"

Aber der Lehrer war damit nicht einverstanden: „Wer hat denn euch beide, als ihr ganz klein wart – wie soll ich sagen? – wer hat euch da – äh, aufgezogen?"

„Ich glaube – ich glaube, mich haben sie immer zu Frau Herkommer runtergebracht", hatte Viktor gestottert, das Thema war ihm peinlich.

„Ja, ich sag's doch!", hatte sich der Lehrer gefreut und ihnen dann erklärt: „Es stimmt also doch, ihr seid Milchbrüder, beide, das ist ja auch schön so! Aber deine Mutter, Ludwig, wird nie sagen, ‚du bist der Milchbruder', sondern du bist ihr Sohn, und der Viktor, das ist der Milchbruder dazu. Und dein Milchbruder, Viktor, das ist der Ludwig – ihr seid Milchbrüder, beide."

Viktor hatte sich geärgert, dass Ludwig daraufhin sogleich mit allzu betontem Stolz zu ihm herübergeblickt hatte, als ob er ‚Siehst du!' hatte sagen wollen.

Die Luft über der Straße flimmerte, doch Ludwig war jetzt schon genau zu erkennen und Viktor freute sich, dass Ludwig, so schlendernd er auch ging, gleich da sein würde. Aber Ludwig verschwand erst noch einmal in einem Garten, Viktor sah ihm hilflos nach. Nach einer Weile kam er mit einem Apfel in der Hand wieder zum Vorschein. Auch das letzte Stück bis zu Viktor legte er nicht einen Schritt schneller zurück.

„Willst du?", fragte er Viktor auf den letzten Schritten und streckte ihm den Apfel entgegen, aber dann biss er erst einmal selber hinein.

„Hast du das Geld dabei?", fragte er kauend.

Viktor nickte und nestelte aus seiner Hosentasche dreißig Pfennig hervor, die er hatte auftreiben sollen, weil sie am Neckar ein Ruderboot mieten wollten. Die dreißig Pfennig zu beschaffen, das war gar nicht einfach gewesen, aber Ludwig zeigte sich nicht so erfreut, wie Viktor gehofft hatte. Viktor hatte die paar Münzen in Papier gewickelt, damit sie zusammenblieben, und das Einwickeln der Münzen hatte ihn an die Musikanten erinnert, die mit ihren sehnsüchtigen Melodien hin und wieder bei ihnen in den Hof kamen, und denen die Köchin und die Zimmermädchen eingewickelte Münzen runterwarfen, damit sie weiterspielten und auch mal wiederkämen. –

Ludwig ruderte als Erster, Viktor saß am Heck. Wenn man sich nahe genug am Ufer hielt, kam man auch flussaufwärts gut voran. Zwei kleine Mädchen am Ufer wedelten mit ihren Taschentüchern zu ihnen herüber, Viktor winkte zurück.

„Dumme Spaltpisser", wandte sich Ludwig verächtlich ab.

Sie glitten an der Bretterwand des schwimmenden Bootsverleihs vorbei, der am Ufer festgemacht war.

„Da sind Hunderte von Paddelbooten und Kajaks drin", erläuterte Ludwig, „wenn man ein eigenes Boot hat, kann man es da unterstellen. Das ist genauso auf Schwimmern gebaut, wie drüben im Rhein das Herweck."

„Was ist das Herweck?"

„Das ist dieses Flussbad am Stephanienufer, weißte?"

„Ach so, jaja, diese große Badeanstalt, die kenne ich."

„Nur ist die vielleicht zehnmal so groß, mit einem Café drin und einem Restaurant und Umkleidekabinen und so. Aber verdammt teuer der Eintritt. Da müssen wir unbedingt auch mal irgendwie rein", sagte Ludwig, „schon wegen der halbnackten Weiber, die es dort hat."

Das hätte er nämlich genau gehört, neulich, in der Reparaturwerkstatt, als der Autoschlosser seinem Vater, dem Chauffeur Herkommer, von der Badeanstalt erzählt hat.

„Wie sollen wir da reinkommen, du kannst ja nicht richtig schwimmen!"

Die Bemerkung verdross Ludwig, Schwimmen war das einzige, worin ihn Viktor übertraf. Und nur schwimmend konnte man heimlich in die Badeanstalt gelangen, da hatte Viktor schon recht, denn an der Kasse gab es kein Vorbeikommen. Unter den Treibgutabweisern, die noch außerhalb lagen, musste man sogar drunter durchtauchen und gleich nach dem Auftauchen einen der Zwischenräume zwischen den mächtigen schwarzen Pontons treffen, die die Badeanstalt trugen. Viel Zeit blieb einem dazu nicht, die Strömung war gewaltig, anhalten oder umkehren gab es nicht. Zwischen den Pontons dann, die gerade genügend Platz ließen für einen Schwimmer dazwischen, wurde es finster und unheimlich, und die rauschende Strömung wurde noch reißender und gurgelte an den Kanten der Pontons. Bevor es dann wieder ins Helle ging, war es gut, wenn es gelang, sich an einem der stählernen Querträger über dem Kopf festzuhalten; dann konnte man, bevor man ins offene Becken hinausschwamm, erst Ausschau halten, ob der Bademeister in der Nähe war. War die Luft rein, ließ man sich los und durchschwamm das Becken mit der Strömung bis zum Ende und wurde auf der Holztreppe dort, die über die ganze Breite des Beckens ging, in Rückenlage und mit den Füßen voraus von der Strömung noch ein paar Stufen hinaufgetragen. Damit war man zu einem ganz normalen Badegast geworden.

Aus der Badeanstalt wieder herauszukommen, war fast noch schwieriger. Sich ohne Kleider, nur in der Badehose, an der Kasse vorbeizuschleichen, war viel zu auffällig und gefährlich. Man musste sich, und zwar schon ziemlich am Anfang des Beckens, das ja eigentlich gar kein richtiges geschlossenes Becken war, am Rand an der seitlichen Haltestange festklammern, die knapp über dem Wasserspiegel verlief, diese an der richtigen Stelle untertauchen und sich dann zwischen zwei hintereinanderliegenden Pontons, die dort eine kleine Lücke ließen, hindurchhangeln, was nicht einfach war, denn wenn die Hände den festen Griff an den Trägern verloren, konnte man unter den Ponton gedrückt werden – so seien schon welche ertrunken, hieß es. Danach war man wieder in einem schmalen, dunklen Kanal zwischen zwei Pontonreihen und schoss an dessen Ende mit beträchtlichem Tempo wieder hinaus in den offenen Fluss.

Beide waren sie sich sicher, irgendwann würden sie es versuchen. Bei den Großen in der siebten oder achten Klasse seien neulich vervielfältigte Blätter konfisziert worden, in denen, sogar mit Skizzen, genau beschrieben war, welchen Weg man schwimmen musste und wo man sich festhalten konnte, um abzuwarten oder um sich zur Seite zu hangeln. Da müsste man doch drankommen, meinte Ludwig.

„Wenn die vom Rektor eingezogen worden sind?“, zweifelte Viktor.

„Ach was, die erwischen nie alle Zettel! Wenn da wirklich welche eingezogen worden sind, gibt’s unter Garantie irgendwo noch mehr davon. Lass mich mal machen!“

„Lern lieber erst mal anständig schwimmen! Eigentlich ist auch das Rudern viel zu gefährlich für dich. Jetzt lass endlich mich mal ran!“

Ludwig dachte nicht daran. Als er schließlich dann doch Viktor nach vorn auf die Bank ließ, hatten sie höchstens noch zehn Minuten. Viktor wollte die Zeit nutzen und zog gleich kraftvoll durch, aber durch eine Ungeschicklichkeit – es mochte auch ein Schwanken des Bootes gewesen sein – tauchte das Ruderblatt nicht recht ein und beförderte eine kräftige Ladung Wasser genau auf Ludwig, der im Heck saß. Viktor erschrak und blickte ängstlich und entschuldigend zu Ludwig hin, aber der atmete nur wie erschöpft aus, bewegungslos und ohne eine Miene zu verziehen und mit einem Blick, als wollte er sagen ‚Ich habe es ja gleich gewusst, nicht einmal rudern kann er‘.

Viktor gestand sich ein, Ludwig konnte tatsächlich besser rudern als er, wenn er auch nicht so gut schwimmen konnte, und im Radfahren war Ludwig auch geschickter. Damals hatte die Köchin Viktor ihr Rad gegeben, ein Damenrad, mit dem er unter der sachten Mithilfe des Zimmermädchens schließlich ganz gut zurechtgekommen war, obwohl er in den Pedalen hatte stehen müssen, weil der Sattel viel zu hoch für ihn war.

Ludwig aber, kleiner als er, hatte damals das Herrenrad seines Vaters genommen, aber Viktor hatte sogleich gesehen, dass Ludwig, auch wenn er sich nicht auf den Sattel setzen würde, wegen des Oberrohrs unmöglich bis zu den Pedalen reichen würde. Doch Ludwig, was tat der? Er setzte seinen rechten Fuß auf das rechte Pedal, stieß sich mit dem linken zwei, drei Mal ab, wie das auch die Erwachsenen manchmal beim Aufsteigen tun, und streckte dann das linke Bein unter dem Oberrohr durch den Rahmen hindurch, um mit dem Fuß das Pedal auf der linken Seite zu erreichen. Das ergab freilich eine äußerst verquere Haltung, denn er saß – oder besser, er stand – nicht über dem Fahrrad, sondern er hing seitlich daneben, aber er fuhr, wenngleich es ein fast schon artistisches Geschick erforderte, so die Balance zu halten. –

Nach dem Rudern hatten sie noch Zeit. Sie setzten sich ins Gras und überlegten, was man noch unternehmen könnte. Plötzlich stand Ludwig auf: „Wir gehen vor zur Eisenbahnbrücke; viel zu gefährlich, oben drüberzugehen, aber da weiß ich was."

Ohne Viktors Antwort abzuwarten, stürmte er los. Wie er auf einmal geschwind drauflosläufen kann, dachte Viktor und eilte hinterher. Ludwig ging unten auf der Uferwiese, nah am Wasser, bis er unter der Brücke stand, und blickte nach oben.

„Siehst du den Spalt?", rief er Viktor zu, „da schlüpfen wir rein." Sie stiegen die Böschung hoch, aber je weiter sie nach oben kamen, umso mehr Abfall lag herum und umso ekelhafter stank es, und Viktor wollte umkehren.

„Du bleibst da!"

An der Unterseite des mächtigen Längsträgers, genau über ihnen, sah man tatsächlich einen Spalt, der bis ans jenseitige Ende der Brücke ging. „Der ist breit genug, da kann man reinkriechen. Das sind nämlich zwei riesige Doppel-T-Träger", machte sich Ludwig wichtig, wer weiß, wo er das herhatte, aber es stimmte, „die ziemlich nah nebeneinanderliegen, aber noch Luft haben. Drinnen kann man stehen, den einen Fuß auf dem linken Träger, den anderen auf dem rechten, und in der Mitte, musst du dir vorstellen, genau unter dir, der Spalt. So kann man dann auch vorwärtsgehen, ein bisschen breitbeinig, klar, aber so kommen wir bis zur anderen Seite rüber! Man muss halt gut schwindelfrei sein, aber passieren kann nichts."

Ludwig stotterte vor atemloser Begeisterung.

Sie kletterten die Böschung noch ein Stück weiter hinauf, bis sie nur noch geduckt unter der Brücke kauern konnten. Der Spalt war immerhin knappe zwei Handspannen breit – das sollte reichen! –, allerdings war er auf die ersten Meter mit ein paar schlampig angeschweißten Flacheisen versperrt worden; aber das fand Ludwig gerade gut, weil man sich an ihnen wie an Quersprossen bequem vorhangeln könnte und dann genügend Platz hätte, um tüchtig Schwung zu holen, wie ein Turner am Reck, was er auch sogleich tat, und – schwuppdiwupp! – schon war er mit den Beinen voraus in der Brücke verschwunden.

Viktor musste drei Mal ansetzen, – „Du musst den Kopf in den Nacken werfen, wenn du die Beine hochschwingst!“, rief Ludwig – dann gelang ihm der Aufschwung endlich. Ludwig war bis über die Quersprossen zurückgetreten, sodass Viktor nun vor ihm stand und vorangehen musste. Schon nach wenigen Schritten fühlte Viktor, wie sehr ihm der Rückweg abgeschnitten war. Er ging vorsichtig, in langsamen und kurzen Schritten, und spürte, wie Ludwig ungestüm nachdrängte. Selbst wenn man stolpern und hinfallen würde, beruhigte er sich, konnte man eigentlich nicht durchfallen, man musste sich nur immer so breit wie möglich machen.

Der enge Gang war düster, und sein Ende, der rettende Ausgang, war in der Ferne kaum zu erkennen. Licht kam nur von unten herein, von der Uferwiese, die jetzt viel heller zu sein schien als vorher, da sie darauf herumgelaufen waren, und dieses Licht genau von unten, das war ungewohnt und ergab ganz fremdartige Bilder. Er solle nicht dauernd so direkt nach unten schauen, rief Ludwig von hinten, und dann sah er, weiter vorne, wie sich in der Wasserfläche, die sie gleich erreichen würden, die Unterseite der Brücke spiegelte, fast schwarz im hellen Himmel. Aber vielleicht sollte er gar nicht so sehr auf das Licht von drunten achten, sagte sich Viktor, denn dann fällt einem erst so richtig auf, wie tief die Uferwiese unter einem lag – Ludwig hatte recht, man musste schon gut schwindelfrei sein. Und passieren könnte ja nichts, hatte er noch hinzugefügt.

Sie kamen gut voran, und nach einer Weile war ein fernes Sirren zu vernehmen, das sich allmählich in ein leichtes Vibrieren verwandelte und nur sanft zunahm. Aber dann setzte mit der Plötzlichkeit eines Kanonenschlags, aber eines Kanonenschlags, der nicht enden wollte, ein donnerndes Dröhnen ein, übertönt noch durch ein tausendfaches Poltern aus allen Richtungen, und als Viktor die Arme mit höchster Kraft zur Seite gestemmt hatte, um sich festzuklemmen, und glaubte, dass nun das Tosen und Dröhnen nicht mehr stärker werden könnte, nahm es mit einem Sprung noch einmal zu, und Viktor spürte, wie die Brücke rüttelte und schwankte, und er fürchtete, aus ihr herausgeschüttelt zu werden. Mit weit aufgerissenen Augen sah er sich entsetzt zu Ludwig um – jetzt nur nicht den

Körper zur Seite drehen, sonst falle ich durch! –, und Ludwig hatte ein so zusammengekniffenes Gesicht, wie er es noch nie bei ihm gesehen hatte, und versuchte zu lächeln, als er merkte, dass Viktor hersah.

Ebenso unvermittelt trat dann wieder Ruhe ein, nur das schwächer werdende leise Vibrieren spürte man noch eine Weile, und das sich entfernende Sirren war noch zu hören.

Ludwig sagte gepresst in die plötzliche Stille hinein: „Das war der Express nach Paris."

Viktor zitterte und konnte nicht mehr weitergehen und überlegte, wie er sich am sichersten umdrehen könnte, wenn sie jetzt hoffentlich wieder zurückgehen würden.

„Wenn ich allein gewesen wäre", sagte Ludwig auf dem Heimweg, „wäre ich bis ans andere Ufer gegangen."

Das war keine Angeberei, und Viktor war froh darüber, dass Ludwig nicht weitergegangen war und ihn nicht im Stich gelassen hatte. Er wusste, so etwas würde Ludwig niemals tun, so eklig er manchmal zu ihm auch war. Neulich, beim Klassenausflug, als er gar nicht wissen konnte, dass Viktor zuhörte, hatte er sich bei der Aufgabenverteilung für das Geländespiel lautstark für ihn eingesetzt und wie ein Löwe für ihn gekämpft. Ludwig hielt zu ihm, und es stimmte schon, Ludwig war der Mutigere von beiden, unerschrocken und ungerührt, sobald es darauf ankam. Er dagegen dachte zu viel nach, und der Lehrer hatte gesagt, er überlege überhaupt bei allem viel zu lange.

Als sie noch kleine Buben waren, hatte Viktors Kindermädchen gelegentlich auch Ludwig zum Spaziergang in den Schlossgarten mitgenommen, und schon damals war zu sehen gewesen, dass Ludwig der Mutigere von den beiden war. „Viktor, du bist ein Hasenfuß", so lautete der Ausruf des enttäuschten Kindermädchens stets, wenn der Draufgänger Ludwig ihren zögernden Viktor wieder einmal mit seiner wilden Entschlossenheit übertroffen hatte.

Der Spazierweg führte damals gewöhnlich über das Viadukt in der Nähe des Bahnhofs, was für die Kinder ein Hauptspaß war, weil die Rangierlokomotiven, die darunter durchfuhren, dichte Dampfwolken ausstießen, die den darüberliegenden Teil des Viadukts für ein paar Augenblicke in undurchdringlichen Nebel hüllten, in dem man nicht einen Meter weit sehen konnte. Schon bald stellte sich Ludwig, wenn er eine Lokomotive kommen sah, gegen alle Warnungen des Kindermädchens genau über das Gleis, auf dem die Lokomotive nahte, hielt sich am Geländer fest, schaute nach unten und wartete verzückt, bis ihn die Lokomotive einhüllte. Oder er rannte in vollem Lauf in eine Dampfwolke hinein, die wie eine feste Wand vor ihm stand, mit den Armen wild rudernd, als ob er die weiße Watte vor sich teilen müsse.

Es hatte lange gedauert, bis auch Viktor das riskierte. Er fing ganz vorsichtig an, indem er sich nicht genau über das Gleis stellte, sondern ein wenig seitlich versetzt, und nahm anfangs schon bei den ersten Dampfschwaden, die ihn berührten, Reißaus. Erst allmählich wurde er mutiger, und man sah, wie er es genoss, das Gruselige und Furchteinflößende immer leichter zu überwinden. Anfangs hielt er die Luft noch an, später sog er den weißen Dampf vorsichtig ein, er war warm und roch nach Abenteuer, nach Öl und heißen Maschinenteilen, durchmischt mit dem Kohlenqualm des Kesselfeuers.

Einmal allerdings, auf dem Heimweg, war Ludwig in vollem Lauf mit einem entgegenkommenden riesenhaften Hund zusammengeprallt, der von seinem Herrn an kurzer Leine gerade durch eine solche Wolke hindurchgezerrt wurde. Ludwig fiel durch den Aufprall zu Boden, spürte über sich das mächtige Tier mehr, als dass er es gesehen hätte, und er erschrak so entsetzlich, wie er noch nie in seinem Leben erschrocken war, und der Hund, mindestens ebenso erschrocken wie er, stieß seine Panik in einem anhaltenden, grauenhaften Schrei heraus, bevor dann sein Brüllen in ein wütendes Gebell überging, das noch lange anhielt. Viktor, obwohl selbst gar nicht betroffen, hatte vor sich hingeheult, bis sie zu Hause waren, Ludwig dagegen, obwohl nun viel ernster als sonst, war still geblieben.

Wie er so an diese Szenen von früher dachte, kam Viktor ein Ausspruch von Pfarrer Liedel neulich in den Sinn, als Ludwig bei einer verwegenen Flanke über einen Zaun bei der Landung in knietiefen Morast geraten war; ein Ausspruch, bei dem es um *Dummheit* und *Mut* ging, das wusste er noch, der ihm aber, solange er auch mit den Worten herumprobierte, nicht mehr vollständig einfallen wollte, bis er ihn dann am Abend vor dem Einschlafen plötzlich ganz deutlich mit der Stimme des Pfarrers wieder im Ohr hatte: ‚*Die Grenze zwischen Mut und Dummheit*', so hatte es der Pfarrer formuliert, ‚*ist nicht zu ziehen.*' –

3 _ Spielplatz Autogarage

Ihr liebster Ort zum Spielen, obwohl das nicht gern gesehen wurde, war die Garage, jedenfalls bei Regenwetter. Das Gebäude war seinerzeit als noble Remise für die Kutschen und wohl auch für die Pferde errichtet worden, eine geräumige Halle mit großen Oberlichtern und drei weiten Flügeltoren zur Straßenseite hin. Der Boden war mit geriffelten beigen Steinzeugplatten gefliest, und jede Wagenbox war mit einem Wasseranschluss versehen, von dem aus flache Rinnen zum zentralen Bodenablauf führten.

Es war ihnen strikt verboten, in der Garage Ball zu spielen oder gar in die Automobile einzusteigen. Das Ballspielverbot einzuhalten, fiel Viktor nicht weiter schwer, war er doch da ohnehin kein großer Held. Vor allem Fußball mochte er gar nicht, im Gegensatz zu Ludwig, dem die Namen der berühmten Spieler und auch die der wichtigsten Vereine geläufig waren. Viktor fielen da, wenn ihn Ludwig streng abhörte, höchstens zwei oder drei Namen ein, und auch bei denen war er sich nicht sicher. Die Automobile interessierten ihn da schon wesentlich mehr, und so hätte er gegen das Einsteigeverbot gewiss hin und wieder einmal verstoßen, wenn ihn nicht Ludwig immer wieder daran gehindert hätte. Es war eigenartig, sobald sie beim Spielen die Garage betraten, tat Ludwig so, als ob er der eigentlich Verantwortliche sei. Dabei waren das doch die Automobile seines Vaters, sagte sich Viktor, also war das auch die Garage seines Vaters. Doch Ludwigs Vater, der Chauffeur Herkommer, war eben der Chef der Garage, das war Viktor schon klar. Aber daraus schien Ludwig seine besondere Zuständigkeit abzuleiten und machte ihn auf das Einsteigeverbot auch dann vorsorglich aufmerksam, wenn er gar nicht vorhatte, in einen Wagen einzusteigen.

Dabei verstand er ja von Autos viel mehr als Ludwig, nicht nur, weil er von seinem Vater häufig mitgenommen wurde, sondern weil sein Vater viel schöner und viel interessanter zu erklären wusste als Ludwigs Vater, der Chauffeur, der der Auffassung war, dass das alles viel zu schwierig und außerdem allein seine Sache sei und die Buben sowieso nichts anzugehen habe; war es doch schon lästig genug, dass sich der Konsul, besonders bei privaten Ausfahrten, immer wieder einmal als Herrenfahrer versuchte und seinen Chauffeur auf den Beifahrerplatz verwies oder ihn, fast schlimmer noch, ganz zu Hause ließ.

Zu den höchsten Vergnügungen Viktors gehörte es, sich in einem der Wagen ans Steuer zu setzen und zu fahren, freilich nur im Stand, am liebsten in dem großen Reisewagen, der ihm mit seiner gewaltigen Motorhaube und dem Kühler vorkam wie ein mächtiges Schlachtschiff. Die Gelegenheit dazu ergab sich nur selten in der Garage, weil er befürchten musste, von Ludwig belästigt zu werden, was er zu vermeiden suchte, vor allem wegen Ludwigs frecher Amtsanmaßung dabei. Aber wenn er seinen Vater begleiten durfte, dann war seine Stunde gekommen, und er blieb, wenn sein Vater ausstieg, um irgendwo etwas zu erledigen, gern im Wagen zurück, um den Platz am Lenkrad einzunehmen. Er setzte sich dann ganz vorn auf die Kante des Polsters, so konnte er das Lenkrad, das viel größer war als seine Schultern breit, gut erreichen, und wenn er sich streckte, kam er, ganz im Gegensatz zu Ludwig, bis zum Kupplungs- und zum Bremspedal hinunter und sogar bis zum Gashebel, von dem sein Vater sagte, dass das eigentlich kein Hebel, sondern ebenfalls ein Pedal sei, das er manchmal altmodisch auch den ‚Akzelerator' nannte. So hätte das in der Vorkriegszeit geheißen.

Sodann begann die eigentliche Arbeit. Als Erstes musste der Motor gestartet werden, er wählte meistens den schwierigeren Kaltstart. Dazu waren ganz bestimmte Vorbereitungen zu treffen, das hatte er genau beobachtet. Wenn man dabei einen Fehler machte oder eine der Einstellungen ganz vergaß, sprang der Motor nicht an. Das war schlimm, denn wenn er nicht gleich angesprungen war, dann konnte es lange dauern, bis man ihn in Gang brachte, und wenn man Pech hatte, waren vorher die beiden Akkumulatoren, die vorn auf den Trittbrettern draußen saßen, erschöpft.

Zunächst war am rechten der drei Flügelhebel, die in der Mitte auf dem Lenkrad saßen, die Zündung auf spät zu stellen. Als Nächstes musste sodann für einen ordentlichen Leerlauf am zweiten Flügelhebel, der nach unten zeigte, das Standgas ein wenig erhöht werden; und schließlich durfte man auch nicht vergessen, links, mit dem dritten Hebel, das Gemisch von ‚normal' auf ‚fett' zu stellen. Ein kleiner silberner Knopf direkt neben dem Zündschloss auf der Schalttafel, zu dem ihm aber der Schlüssel fehlte, war für den Anlasser zuständig. Er konnte ihn bei seinen Übungen unbesorgt betätigen, also richtig draufdrücken, denn ohne den Zündschlüssel sagte der Anlasser kein Wort. Trotzdem spürte er immer wieder eine gewisse Spannung dabei und zögerte stets erst einen Augenblick, bevor er dann vorsichtig, als ob vielleicht doch etwas Unerwartetes passieren könnte, auf den Knopf drückte. Er ahmte das Geräusch des elektrischen Anlassers nach, wie er den Motor mühsam durchdrehte und wie dieser dann ansprang, nahm sogleich Spätzündung, Gemisch und Standgas wieder ein wenig zurück, was er natürlich auch bei der Nachahmung des Motorgeräuschs berücksichtigte. Nach einer gewissen Zeit des Warmlaufens durfte man dann den Leerlauf und das Gemisch auf normal stellen, während man wegen der niederen Tourenzahl die Zündung noch auf genügend spät stehen lassen sollte.

Gar nicht einfach war sodann das Anfahren. Dazu musste er, so gut es ging, auf der Sitzkante noch weiter nach vorne rutschen und dann mit dem linken Fuß das Kupplungspedal, das arg schwer ging, möglichst bis zum Bodenbrett durchtreten und den ersten Gang einlegen. Sodann war höchste Aufmerksamkeit geboten: Mit dem rechten Fuß musste er nach Öffnen der Handbremse vorsichtig etwas Gas geben, um die Tourenzahl zu steigern, und gleichzeitig mit dem linken Fuß ganz langsam das Kupplungspedal auslassen. Beim Ganghebel wäre es ihm sehr willkommen gewesen, wenn auf dem Knauf oben angegeben gewesen wäre, wo die einzelnen Gänge liegen, wie er das bei kleineren Autos schon öfter einmal gesehen hatte, aber er wusste, dass sein Vater, mit dem er darüber gesprochen hatte, in einer solchen Markierung eher eine Konzession an stümperhafte Fahrer sah, die beim Schalten erst geschwind einen kurzen Blick auf den Ganghebel werfen mussten.

Er hoffte ja, dass sein Vater irgendwann einmal den Zündschlüssel stecken lassen würde, dann würde er den Motor tatsächlich anlassen, wenn auch selbstverständlich nicht mit dem Wagen losfahren, wiewohl er nicht im Geringsten daran zweifelte, dass er in der Lage sein würde, diesen Wagen, den er, wenn auch nur im Stand, bei allen Geschwindigkeiten und in allen Gängen schon fast perfekt in der Hand hatte, auch im fahrenden Zustand zu beherrschen.

Noch nicht ganz im Klaren war sich Viktor über jenen Flügelhebel, an dem ‚Gemisch' stand und was bei ihrem Buick ‚Mixture' hieß. Man konnte ihn von ‚normal' nach ‚fett' oder über eine Raste hinweg auch nach ‚mager' verschieben, und das bedeutete, wie ihm sein Vater erklärt hatte, es kommt im Vergaser mehr oder weniger viel Benzin zur angesaugten Luft. Dass dieser Hebel beim Anlassen des Motors auf ‚fett' zu stellen war, leuchtete Viktor ja noch ein; auch dass er dann auf ‚normal' verschoben werden musste, sobald der Motor mit dem dann nicht mehr so fetten Gemisch ohne zu stottern auskam, auch das war einleuchtend, zumal man das, auch wenn man nur danebensaß, sofort spürte, weil der Motor plötzlich besser zog. Aber wozu konnte man den Hebel dann über ‚normal' hinaus noch ein ganzes Stück auf ‚mager' zubewegen? Sein Vater, den er danach fragte, sprach davon, dass der Motor dann allerdings zu heiß werden könnte, und den Herrn Herkommer scheute er sich zu fragen, weil er genau gespürt hatte, dass sein Vater bei seiner Antwort nicht ganz sicher gewesen war und sich herausstellen könnte, dass der Chauffeur womöglich besser Bescheid wusste als sein Vater. Als er ihn schließlich dann doch einmal fragte, setzte Herkommer eine pfiffige und, wie es Viktor schien, allzu besserwisserische Miene auf und sagte:

„Mit diesem Hebel hat dein Herr Papa im letzten Sommer, als wir von Verona zurückfuhren, am St. Gotthard beinahe den großen Achtzylinder ruiniert. Das war sehr gefährlich! Raufwärts bin ich gefahren, da lief alles wie am Schnürchen, nicht ein einziges Mal haben wir mit kochendem Kühler anhalten müssen! Aber runterwärts, da wollte der Herr Konsul absolut selber fahren, und da hat er dann vergessen, den Gemischhebel, der oben in der dünnen Luft ziemlich auf ‚mager' gestellt war, allmählich wieder auf ‚normal' zu stellen, und deshalb wurde dann drunten, auf Altdorf zu, als man wieder ein bisschen länger richtig Gas geben musste, der Motor viel zu heiß, und der Kühler fing an zu kochen, und als wir anhielten, blieb der Motor sogar ganz stehen! Und gestunken hat er! Und gequalmt, oh jeh! Bei mir hat er bei der stundenlangen Bergauffahrt – das geht ja schon hinter Biasca los! – nicht ein einziges Mal gekocht!“

Herkommer hatte sich schon wieder an die Arbeit machen wollen, da kam er noch einmal zu Viktor zurück – das Thema schien ihn doch sehr zu beschäftigen.

„Dabei hatte sich der Herr Konsul diese erweiterte Gemischregulierung in Untertürkheim für ein Heidengeld noch selber einbauen lassen! Da kann man jetzt nämlich nicht nur von normal auf fetter gehen, sondern auch auf magerer als normal. Damit läuft das Auto in der dünneren Luft oben in zweitausend Metern Höhe wie der Teufel, auch bergauf, aber man muss halt auch etwas von der Sache verstehen!“

Und dann kam noch hinterher, worüber sich Viktor besonders ärgerte: „Mit Geld allein ist es nicht getan!“

Der Umgang mit diesem Gemischhebel jedenfalls schien Viktor eine Kunst für sich zu sein. Aber sonst kannte er sich mit diesen Flügelhebeln gut aus, und er war sogar noch stolz darauf, dass ihn seine elegante Mama neulich bei einer Fahrt mit dem Buick angefaucht hatte, weil er ihr einen unerbetenen, aber eben zutreffenden Hinweis gegeben hatte.

„Spätzündung!“, so hatte er ihr zugerufen, als sie an der Tankstelle langsam zur Zapfsäule hinrollten, denn er hörte das sofort am harten Klang des Motors.

„Wenn du da hinten nicht gleich den Mund hältst, kehren wir um, und ich lade dich zu Hause wieder aus!“, hatte seine Mutter geantwortet, die mit dem Fahren ohnehin schon mehr als genug zu tun hatte. –

Auch sonst war die Garage ein wunderbarer Ort. Schon beim Eintreten konnte man den Duft von Gummi, Öl und Benzin schnuppern und sich, wenn draußen schlechtes Wetter war, zum Spielen und Erzählen auf die breiten Trittbretter setzen, die ja nicht nur beim Einsteigen, sondern auch während der Fahrt, vor allem bei Dunkelheit, von Nutzen sein konnten. Denn immer wieder in diesen frühen Jahren des Automobilverkehrs kam es vor, dass am Abend

Feldhasen in die Scheinwerferkegel gerieten, in panischem Zickzack geblendet hin- und herrannten und dann doch, obwohl sie leicht ins Grüne zurück hätten fliehen können, vom Auto erfasst wurden. Herkommer pflegte dann anzuhalten und legte den blutigen toten Hasen draußen auf das Trittbrett.

Viktor war überrascht, als ihm einmal Ludwigs Mutter, die sich darauf verstand, die Hasen in eine besondere Beize einzulegen und zu schmoren, nach einer solchen abendlichen Fahrt am nächsten Tag das abgezogene graubraune Hasenfell zeigte. Hatte er doch immer geglaubt, dass Hasen weiß seien, denn im gleißenden Licht der Scheinwerfer waren sie immer hell weiß aufgeschienen.

Viktor mochte von diesen Hasenbraten, die von allen im Hause gelobt wurden, nichts essen, er musste immer an die toten Hasen denken, wie sie blutig auf den Trittbrettern lagen; dem Ludwig dagegen, der meistens sogar beim Ausnehmen und Abziehen half, machte das nichts aus. Nur der Konsul, dem man stets anstandshalber ein schönes Stück nach oben brachte, gab zu bedenken, dass man da doch leicht einmal auf Knochensplitter beißen könnte, dem aber Herkommer stets entgegenhielt, dass man die gesplitterten Knochen und auch die kleineren Splitter gut aus den Beinen habe herauslösen können, was sich von den bleiernen Schrotkugeln der herkömmlichen Hasenjagd gewiss nicht sagen lasse, aber man habe jedenfalls für den Herrn Konsul ein Stück vom Rücken, der ohnehin das Beste am Hasen sei, ausgewählt.

Eines Tages kamen sie in der Garage auf die Idee, in den Ablaufrinnen, die vom Wasserhahn in jeder Box bis zum Bodenrost des zentralen Abflusses verliefen, Papierschiffchen schwimmen zu lassen. Wenn man alle Hähne aufdrehte, entstand eine sanfte Strömung durch die ganze Halle bis hin zum zentralen Bodenablauf. Allerdings verschwanden die kleinen Schiffchen am Ende ihrer kurzen Reise allzu leicht zwischen den Stäben des Abflussgitters, und falteten sie sich größere, so blieben diese im doch recht flachen Wasser schon an den geringsten Untiefen hängen. Als auch das volle Öffnen der Wasserhähne zwar Besserung, aber noch nicht die entscheidende Abhilfe brachte, holte Viktor den Wasserschlauch, und stets, wenn irgendwo ein Schiffchen aufzulaufen drohte oder gar schon festsaß, erhöhte er mit einem wohlgezielten Wasserstrahl in einem großen Bogen quer durch die Wagenhalle den örtlichen Wasserstand hinter dem Schiffchen, das so in wenigen Sekunden wieder freikam.

Plötzlich aber stürzte Vater Herkommer, der das Rauschen der weit geöffneten Wasserhähne gehört haben musste, in die Halle.

„Seid ihr verrückt geworden?", brüllte er noch unter der Tür, riss Viktor den Schlauch aus der Hand und drehte fluchend einen Wasserhahn nach dem anderen zu.

„Die frisch gewaschenen Wagen total eingesaut!", schimpfte er, „stundenlang poliert und alles für die Katz! Habt ihr denn überhaupt keinen Verstand? Der Teufel soll euch holen!"

Dann verstummte er plötzlich und jeglicher Zorn verschwand aus seinem Gesicht. Er zitierte Ludwig mit einer Handbewegung an seine Seite und ging mit ihm gemessenen Schritts und in einem fast schon feierlichen Ernst zur Werkzeugkammer. An der Tür angekommen, ließ er Ludwig, der mit gesenktem Kopf und hängenden Schultern, folgsam und stumm wie ein Lamm auf dem Weg zur Schlachtbank, neben seinem Vater hergegangen war, vorangehen.

Viktor horchte beklommen zur Werkzeugkammer hinüber. Es geschah nichts. Er trat langsam näher und lauschte. Nichts, kein Wort. Ab und zu ein paar unregelmäßige Schritte von Herkommer, hin und her, als ob er irgendwelche Vorbereitungen träfe.

Viktors Verhältnis zum Chauffeur Herkommer war schon immer merkwürdig gespalten. Gewiss, Herkommer, der ja mit Ludwig einen Sohn gleichen Alters hatte, bemühte sich meistens recht freundlich und mit hilfsbereiter Zuwendung um Viktor, gewiss wohl auch deshalb, weil er damit seinem Ansehen bei Viktors Vater, dem Konsul, aufzuhelfen hoffte; und Viktor erwiderte diese Freundlichkeiten durchaus, aber er blieb dennoch immer ein wenig auf Distanz, weil er Herkommer, ob er wollte oder nicht, stets mit einem Hauch von Misstrauen begegnete. Er wusste selbst nicht recht warum.

Der Grund war eine lächerliche Geschichte, die schon Jahre zurücklag und an die sich Viktor nur noch dunkel erinnern konnte. Herkommer war damals im *Grünen Baum* bei der Versammlung irgendeiner dieser Proletenparteien, wie Viktors Mutter das nannte, als Redner aufgetreten, nicht als der Hauptredner zwar, aber gesprochen hätte er eben doch länger, vielleicht hatte er sich auch nur zu Wort gemeldet, jedenfalls sei das alles ziemlich aufrührerisch gewesen und war seiner Mutter über die Hausschneiderin, die selbst empört schien, überbracht worden. Frau Zabener war beunruhigt gewesen und hatte ihrem Mann, dem Konsul, bei Tisch davon berichtet.

„Ach, dieser Herkommer, mach' dir da mal keine Sorgen, das ist ein ordentlicher Kerl! Er war im Krieg einer meiner zuverlässigsten Unteroffiziere."

„Aber wenn er auf die schiefe Bahn gekommen ist, ich meine politisch, und da aufwieglerische Reden führt? Das ist gefährlich, auch für uns!"

„Ach, auf den hört doch niemand", hatte der Konsul abgewinkt, „der Herkommer, das ist doch ein ganz Kleiner!"

Das war der einzige Satz, den Viktor verstanden und noch lange behalten hatte. Was mochte das wohl bedeuten, ein ganz Kleiner zu sein? Herkommer war doch ein großer, kräftiger Mann, den sein Vater aber, der eher etwas zierlicher war, als einen ‚ganz Kleinen' bezeichnet hatte. Das musste etwas anderes bedeuten. Was ist das, ein Kleiner?

Der rätselhafte Satz war in einer Zeit gefallen, in der Viktor gerade zu lesen begonnen hatte; Schilder, Zeitungsüberschriften, noch keine ganzen Sätze; vor allem Großbuchstaben hatten es ihm angetan. Da war ihm auf der Rückseite der Zeitung, in der sein Vater gerade gelesen hatte, eine ganze Seite mit lauter Inseraten aufgefallen, und über die ganze Seitenbreite stand darüber in großen Versalien und so für ihn leicht zu entziffern:

KLEINE ANZEIGEN!

Nun, dass Leute, die Unrechtes getan haben, also Diebe, Räuber und Einbrecher, angezeigt gehören, das hatte er während der Spaziergänge vom Kindermädchen und auch auf Autofahrten von seinem Vater schon oft gehört. Aber nicht nur diese sollte man anzeigen, sondern eben auch die Kleinen, das hatte er von nun an gewusst. Auch von den Kleinen konnte also eine Gefahr ausgehen.

So hatte der Metteur, der diese Zeitungsseite eingerichtet hatte, durch seinen sorglosen Umgang mit dem Ausrufezeichen, das Viktor von gelegentlichen Fahrten mit der Eisenbahn (‚Nicht hinauslehnen!‘) ja auch schon kannte, dafür gesorgt, dass Viktor in dieser Überschrift eine Aufforderung sah, einen öffentlichen Befehl gewissermaßen, und so hatte der Metteur damit ungewollt den Chauffeur Herkommer auf Jahre hinaus bei Viktor ins Zwielicht gerückt und Viktors Verhältnis zu ihm auf lange Zeit getrübt. Eine solche Trübung, die man fast schon eine verborgene Vergiftung nennen kann, ist desto beständiger, je weniger sich der Betroffene an Ursprung und Herkunft erinnern kann.

Offenbar war es eben aus irgendeinem Grunde verwerflich, hatte Viktor damals gedacht, ein Kleiner zu sein, und wahrscheinlich war es sogar gänzlich verboten, sich als Kleiner zu betätigen. So musste es wohl sein. Seinen Vater, der doch mindestens ein Mitwisser gewesen zu sein schien, hatte er damals nicht fragen mögen und diese Geschichte inzwischen so gut wie vergessen.

Dann endlich hörte Viktor aus der Werkzeugkammer die klatschenden Schläge eines Lederriemens auf Ludwig niedersausen. Doch es waren nicht Schläge in dichter Folge, sondern lauter einzelne, wenn auch mächtige Peitschenhiebe, zwischen denen immer wieder Pausen lagen, weil Herkommer zu jedem Schlag einen langsam gesprochenen und fast feierlichen Kommentar abgab, den Viktor draußen gut verstehen konnte.

Das war nicht heißer Zorn, das war kalte Grausamkeit. Viktor spürte sofort, schon nach dem zweiten oder dritten Schlag: Diese Pausen, das war die eigentliche Qual. Von Ludwig dagegen war nichts, nicht einmal ein Stöhnen oder auch nur ein Schnaufen zu hören. Herkommer zählte laut mit:

„V i e r ! – Bei dir ist es schade um jeden Schlag, der danebengeht!“

„F ü n f ! – Wer seine Kinder liebt, der züchtigt sie!“

„S e c h s ! – Mir tun diese Schläge mehr weh als dir! Aber ich werde jedes Opfer bringen, um aus dir einen anständigen Menschen zu machen.“

„S i e b e n ! – Es ist meine Pflicht, das zu tun! Ich muss mich aufopfern dafür, aber dieses Opfer bringe ich gern.“

„A c h t ! – Du musst für deine Taten einstehen wie ein Mann! Jeder muss das!“

„N e u n ! – Und du musst einstehen auch für die Taten anderer.

Du hast die Verantwortung. Der Viktor hielt den Schlauch in der Hand – aber ihn kann ich nicht bestrafen."

„Z e h n ! – Du wirst dich herrlich frei fühlen hinterher. Denn Sühne macht frei!"

Dann war nichts mehr zu hören, auch keiner dieser entsetzlichen Rechtfertigungskommentare mehr. Oh, wie grausam Ludwigs Vater doch sein konnte! Wie unbarmherzig und kalt! Dieser sonst so freundliche und hilfsbereite Mann, der seinen Vater jeden Morgen mit der Schirmmütze in der Hand und einer Verbeugung begrüßte; der ihm zum Einsteigen auf das Höflichste die Wagentür öffnete und sie wieder schloss, um sich dann im Eilschritt zur Fahrertür zu begeben; der Viktors Mutter, wenn sie einmal mitfuhr, beim Einladen und Einsteigen geradezu umschwänzelte.

Uns gegenüber – Viktor schlug sich plötzlich ganz auf die Seite seines Vaters – uns gegenüber ist er immer der aufmerksame, dienstbereite Mann, der sich stets unterordnet – Vater ahnte ja nicht, was für ein Tyrann sein Chauffeur sein konnte!

Nach einer Weile hörte Viktor, wie Herkommer seinen Sohn zu trösten begann. Er sprach jetzt in einem ungleich freundlicheren Ton, aber es war kein aufrichtiger Trost. Später ging dann, ohne ihn auch nur einen Augenblick anzusehen, Ludwig an ihm vorbei, mit einem Gesicht perfekter Verschlossenheit, in dem kein Bedauern oder gar Reue, kein Schmerz und erst recht keine Verzweiflung abzulesen war. Unnahbar kam er Viktor plötzlich vor, und als er sich beim Verlassen der Halle noch einmal zur Werkzeugkammer umwandte, war das nur noch ein kalter Blick voller Hass und Verachtung. Viktor erschrak vor diesem Blick, wie er schon manchmal vor Ludwig erschrocken war, und zugleich bewunderte er Ludwig fast. –

Mit der Anmeldung zum Gymnasium wurde Ludwigs Bindung an seinen Vater endgültig zerstört. Sein Vater war anfangs ganz gegen das Gymnasium gewesen und sagte etwas von einem ordentlichen Beruf, den er erlernen sollte. Bei Viktor sei das etwas anderes, tat er Ludwigs Einwände ab. Dabei war Ludwig doch in allen Fächern so gut wie Viktor und im Turnen sogar besser. Der alte Herkommer aber war störrisch und ließ sich nur zögernd von seiner Frau überreden. Letzten Ausschlag gab dann ein Wort des Konsuls, der dabei freilich auch daran dachte, dass es ganz nützlich sein könnte, wenn Viktor im Gymnasium seinen Milchbruder mit dabeihätte.

Also schnitt Herkommer schließlich dann doch von Ludwigs altem Schulranzen brummend die beiden Schultergurte ab und ließ vom Schuster oben einen Griff aus Kernleder drannähen, damit Ludwig eine Aktenmappe hätte.

„Das reicht so bis zur Quinta oder Quarta. Wer weiß, ob du es bis dahin überhaupt schaffst!"

Von mir aus bis zur Tertia, dachte Ludwig, der umgebaute Schulranzen machte ihm nichts aus. Hauptsache, man ließ ihn zusammen mit Viktor aufs Gymnasium gehen. Aber der verächtliche Zweifel seines Vaters und die geringen Aussichten, die er ihm gab, hatten ihn gekränkt und ihm seinen Vater mehr entfremdet als alle Prügel, die er bis dahin sich eingefangen hatte.

Als nach den Ferien das Gymnasium dann begann, wurde er jeden Tag aufs Neue an diese Bemerkung seines Vaters erinnert. Denn jeden Morgen, wenn er das Klassenzimmer betrat, schlug ihm schon an der Tür der Duft des Leders der neuen Aktentaschen entgegen – so riechen nur die Klassenzimmer der Sextaner. Er blickte dann manchmal trotzig zu seinem abgescheuerten Schulranzen hinunter. ‚Dem Alten werde ich es erst noch zeigen. In spätestens zwei Jahren werde ich mich mit Viktor über Dinge unterhalten, von denen er keinen blassen Schimmer hat.' –

Viktor zögerte einen Augenblick an der Tür zum Herrenzimmer, dann klopfte er vorsichtig an, denn er fürchtete zu stören. Aber sogleich hörte er die Rückfrage seines Vaters und ohne Pause dazwischen auch gleich seine Antwort darauf:

„Ja? – Bitte!"

Der Konsul faltete in seinem Lesesessel die Zeitung zusammen, lächelte Viktor aufmunternd zu und klopfte mit der Hand auf seine Knie und Oberschenkel, die Aufforderung für Viktor, sich da hinzusetzen. Da war er schon als kleines Kind bei den ersten Zwiegesprächen mit seinem Vater gesessen, und der Konsul wusste, wenn Viktor bei ihm im Herrenzimmer erschien, was nur noch gelegentlich geschah, dann beschäftigte ihn etwas Besonderes.

„Bald wirst du mir zu schwer sein, Viktor!"

„Bitte um eine nur kurze Audienz!“, tat Viktor überkorrekt. „Stell dir vor, der Ludwig hat ein Koppel mit Schulterriemen!“

Der Konsul zog aufmerksam die Augenbrauen hoch, und Viktor erzählte ihm, wie er vor zwei Tagen, zusammen mit Bienchen, unten im Souterrain bei Frau Herkommer gewesen sei, um für die Köchin den großen Einwecktopf heraufzuschaffen. Herkommers hätten ja keine richtige Garderobe, gleich hinter dem Abschluss aber gäbe es einige Kleiderhaken an der Wand, und da habe Bienchen überrascht auf das Koppel gedeutet, das dort hing, und ihn dabei fragend angesehen.

Viktor hatte sofort gespürt, dass es sich bei diesem Koppel nicht um etwas Belangloses handelte und dass er das unbedingt aufklären musste. Bienchen mochte da schon etwas mehr geahnt haben. Ohne Bienchen wäre er ja achtlos daran vobeigegangen.

„Ein Koppel?“, fragte sein Vater. „Noch aus dem Krieg? Schau, dieser Herkommer! – Aber wieso mit einem Schulterriemen?“

„Nein, nein, das war nicht von seinem Vater. Es ist viel zu klein, das passt nur Ludwig.“

Ludwig, überlegte der Konsul, ist der nicht noch zu jung für diese SA-Jugend? Hitlers Jugend oder Hitlerjugend nennen sie sich.[2] Vielleicht haben die Eltern ihm das Koppel geschenkt? Und um sicherzugehen, fragte er: „Wie sah denn das Koppelschloss aus? Wenn da ‚Gott mit uns‘ draufstand, ist es noch aus dem Krieg.“

„Nein, da war wie so ein dicker Blitz drauf.“

„Hm“, meinte der Konsul nachdenklich, „das sind in der Hitlerbewegung diese merkwürdigen Runenzeichen.“

„Die Hitler?“, horchte Viktor auf. „Sind das die mit den Trommeln nachts gewesen?“

Viktor erinnerte sich mit Grauen. Das war neulich eine fürchterliche Nacht gewesen. Aus dem ersten Tiefschlaf hatte ihn ein ferner Lärm, der drohend aus der Innenstadt herübergedrungen war, aufgeschreckt. Dumpfe Geräusche, wie er sie noch nie gehört hatte, die ihn aber doch nicht ganz aus dem Schlaf gerissen, sondern nur zur Hälfte wach gemacht hatten – wach genug, um das Unheil mit tödlicher Angst zu spüren, doch nicht wach genug, den Spuk abzuschütteln, ans Fenster zu treten und mit klarem Kopf nachzuforschen, was das sein könnte.

Das hatte er noch nie erlebt: nur Angst, nichts anderes als Angst. Sie hatte alles überflutet und durchtränkt, jeden Gedanken, jede Hoffnung. Nur noch aus Angst hatte er bestanden. Ob da ein riesiges unterirdisches Ungeheuer emporgebrochen ist und jetzt die Stadt erobert? Ob so der Weltuntergang beginnt? Nach dem machtvollen rhythmischen Dröhnen und Hallen dann immer wieder minutenlang dieses hundertstimmige zischende Rasseln. Dass die sich wandelnden Geräusche allmählich näher kamen, spürte er mehr, als dass er es hörte. So lag er erstarrt, aber doch zitternd im Bett, regungslos festgehalten von seiner eigenen Angst.

Es hatte lange gedauert, bis er sich endlich, ohne Licht zu machen und barfuß schleichend, mit flachem Atem ins Schlafzimmer seiner Eltern hinüberretten konnte, wo er dann – obwohl viel zu groß schon, um wie ein Kind zu weinen – hilflos in ein lautes Heulen der Verzweiflung ausgebrochen war.

Auch die Eltern waren längst wach geworden, seine Mutter war aufrecht im Bett gesessen, etwas verstört, oder nur vom Licht geblendet? Sein Vater dagegen hatte ihn damals mit seiner sonoren Stimme, die keinen Platz mehr ließ für die geringste Angst, bald beruhigt. Das seien die Nationalsozialisten, die Braunen, die Hitlerleute, und zwar diese Trommler von der SA, die da durch die Straßen zögen, um alle einzuschüchtern mit ihren dumpfen Landsknechtstrommeln und den rasselnden Marschtrommeln dazu, allerdings ohne die Pfeifer, die bei einer anständigen Militärmusik eigentlich mit dazugehörten, dann klinge das alles viel frischer und auch nicht so drohend – „aber die Nazis[3] haben ja keine Ahnung!" –

Ordnung im Kopf fängt immer mit neuen Zusammenhängen an, die aufscheinen. Ludwigs Koppel gehörte also zur Hitlerbewegung, ging Viktor auf, und es war ein Teil der Hitleruniform, und von diesen Hakenkreuzlern war seine Schreckensnacht inszeniert worden. Diese Schreckensnacht war bis dahin für Viktor, so intensiv er sie erlebt hatte, abstrakt im Ungewissen geblieben, weil er noch nie auch nur das Geringste von ihren Urhebern gesehen, sondern nur ihren bedrohlichen Lärm gehört hatte. Doch mit Ludwigs elendem Koppel hatte diese grauenvolle Nacht mitsamt der ganzen Hitlerbewegung plötzlich einen Ankergrund gefunden.

In den folgenden Tagen prahlte Ludwig immer wieder einmal mit seinem neuen Koppel auf dem Hof herum, vermied dabei aber, seinem Vater zu begegnen. Er übte den Hitlergruß im Gehen und im Stehen, schlug die Hacken zusammen und presste dabei die linke Hand an die Hosennaht. Mutter Herkommer sah ihm mit nachsichtigem Lächeln zu, ein wenig Stolz war auch dabei.

Schon der Klang des Wortes ‚Koppel' imponierte Ludwig. Koppeln, Ankoppeln, da hörte man die beiden Teile präzis ineinander klacken. Koppel, nicht Gürtel – pah, was ist schon ‚Gürtel'? – oder Gurt oder gar Riemen – Leibriemen womöglich? – nein, K-o-p-p-e-l, basta! Und nicht mit irgendeiner windigen Schnalle dran, sondern mit einem Schloss. Mit einem Koppelschloss!

Als Ludwig Viktor in den Hof kommen sah, klopfte er mit der flachen Hand ein paar Mal lachend auf das Koppelschloss. Dann schlug er erneut die Hacken zusammen, riss den rechten Arm hoch und rief: „Unsere Fahne ist die neue Zeit[4]! Die neue Zeit, Viktor, verstehst du?"

Das war bestimmt nicht auf seinem Mist gewachsen.Was Ludwig offenbar so begeisterte, das Koppel mit dem Koppelschloss und dem Zeichen darauf, das war für Viktor die zum Gegenstand verdichtete nächtliche Bedrohung, das Konzentrat des Bösen, das die Weite einer ganze Nacht hatte ausfüllen und vielleicht die ganze Welt hätte überfluten können.

„Soll ich dir mein Koppel mal ausleihen?", fragte Ludwig gutgelaunt. Viktor prallte fast zurück; nicht einmal anfassen hätte er es mögen nach dieser Nacht neulich. –

4 _ Zur Sommerfrische auf dem Bauernhof

Kein Zweifel, Viktor hatte Reisefieber. Er strich am frühen Morgen, während noch alles schlief, durch das Haus, obwohl er doch sonst, jedenfalls seit er zur Schule ging, morgens eher schwer aus dem Bett herauszubringen war. Auch drunten im Souterrain bei Herkommers schien noch alles ruhig zu sein. Ob Ludwig auch schon wach war? Onkel Xaver, der aber gar nicht sein richtiger Onkel war, sondern der Onkel von Ludwig, würde sie nach dem Frühstück abholen und sie in die Sommerfrische auf seinem Bauernhof fahren. Erst war bei Herkommers nur die Rede davon gewesen, dass Ludwig wahrscheinlich die Sommerferien auf dem Land verbringen würde, aber dann hieß es, dass auch Viktor mitreisen sollte. Das sei seiner Entwicklung förderlich, wie sein Vater, der Konsul, meinte, obwohl seine Eltern keinen allzu engen Kontakt zu Ludwig und zur Familie Herkommer wünschten – nicht nur, weil sie um die dauernden Rivalitäten und Spannungen zwischen den beiden Buben wussten.

Auch Bienchen würde mitkommen, das freute Viktor besonders. Sie war von allen Mädchen, die er kannte, das klügste. Etwas älter als Viktor und Ludwig, war sie viel kleiner und zarter als die beiden, meistens still, ja fast schweigsam, oft ängstlich, nie aufgebracht oder zornig, aber immer hilfsbereit und zu allen überaus freundlich. Das Auffällige jedoch war, dass diese kleine Person deshalb nicht nur von allen, auch den Erwachsenen, geliebt wurde, sondern dass sie, die so gar kein Aufheben von sich machte, mit allem, was sie sagte, sofort Gehör fand. Gerade weil sie nur wenig sprach, aber das Wenige mit einer klaren, wenn auch eher leisen Stimme und stets in geordneten Sätzen hervorbrachte, wurde sie beachtet, ja respektiert wie kaum einmal ein Kind diesen Alters. ‚Eine echte Autorität!', hatte der Konsul neulich spöttisch, aber gleichwohl anerkennend gesagt, als sich Bienchen nach kurzem Spiel kritisch, aber durchaus besonnen über die Fähigkeiten des Klavierstimmers geäußert hatte. Bienchen war in der Tat ein merkwürdiges, oder besser gesagt, ein bemerkenswertes Kind.

Sollte Ludwig in den Ferien allzu ausgelassen werden oder allzu verwegene Streiche aushecken, dachte Viktor, so würde sie sicherlich auf meiner Seite sein. Sie war für ihn in allem das Gegenstück zu Ludwig. Aber auch dann, wenn sie einmal in einem Streit Ludwig recht gäbe, so nahm er sich vor, würde er sich fügen. –

Für einen Augenblick war Viktor überrascht, als Onkel Xaver mit einer Kutsche ankam, aber eigentlich hätte er sich das denken können. Es war eine sehr elegante Kutsche, deren Verdeck Onkel Xaver in der Morgensonne zurückgeklappt hatte, sodass sie noch leichter und eleganter wirkte. Sie war dunkelbraun lackiert und mit feinen goldenen Zierlinien versehen. Auch die schlanken Speichen der Räder trugen solche Zierlinien, kein Vergleich mit den wuchtigen gelben Eichenholzspeichen bei ihrem Buick, die kraftvoll, aber plump dagegen waren. ‚*Chaisenbau Wilhelm Wimpff & Sohn, Stuttgart*' entdeckte Viktor auf einem gegossenen Bronzeschildchen.

Die Kutsche sei sehr alt, und sie sei wertvoller als manches Auto, sagte Onkel Xaver mit bedeutungsvollem Nicken, heute könne man so etwas gar nicht mehr machen und erst recht nicht bezahlen, und die zarten goldenen Zierlinien, genauso wie die winzigen Blumenbukette an den Ecken und den Enden der Linien, seien alle per Hand mit einem feinen Pinsel gezogen. Rechne man die beiden Pferde noch dazu, dann bekäme man sicher für das gleiche Geld sogar zwei Autos. Etwas kleinere vielleicht. Es waren sehr schöne Pferde, fand Viktor, schlank und mit einem ganz ebenmäßigen, glänzenden Fell, aber so groß hatte er sich die Pferde, die er ja aus seinen Bilderbüchern kannte, doch nicht vorgestellt. Trotzdem wollte Ludwig, anstatt gefälligst neben Onkel Xaver Platz zu nehmen, unbedingt während der Fahrt auf einem der Pferde sitzen, was aber viel zu gefährlich sei, wie Onkel Xaver, sonst ein gutmütiger Kinderfreund, fast barsch erklärte.

Zur Abfahrt waren dann alle, das Kindermädchen und Ludwigs Eltern, aber auch das Zimmermädchen und sogar die Köchin, an den Wagen gekommen. Der Konsul war nicht erschienen, aber Viktor sah oben seine Mutter hinter einem Fenster stehen. Als die Pferde anzogen, ging ein großes Winken los, und nur Bienchen, die wie eine kleine Prinzessin hinten in den Polstern versunken war, grämte sich, weil man da viel tiefer saß als vorne auf dem Bock und sie wegen des hohen zurückgeklappten Verdecks nicht nach hinten hinauswinken konnte.

„Die stinken aber!", raunte Ludwig mit dem Blick auf die Pferde Viktor ins Ohr, und dieser, obwohl er noch nichts wusste vom vielfältigen Duft des Abenteuers und der Ferne, sog mit erhobener Nase die Luft ein, schüttelte den Kopf und sagte nur streng: „Sie duften."

Er war verzaubert von der Leichtigkeit dieses Fahrens, vom Dahingleiten des kommod gefederten Wagens, den die Pferde gar nicht zu spüren schienen, und er lauschte auf das Klackern der Hufe und das Geräusch der Räder, die ihm jede Veränderung im Straßenbelag mitteilten. So mächtig hatte er sich die Pferde wirklich nicht vorgestellt! Umso erstaunlicher, wie sie, fast schwerelos, über der Straße schwebten – es sah aus, als hingen ihre schlanken Beine nur locker vom Rumpf herab und als verwendeten sie ihre Hufe nur dazu, den Takt ihres Trabs klack-klack, klack-klack, klack-klack auf das Pflaster zu wirbeln.

Im munteren Trab, der auch den Pferden am meisten Freude zu machen schien, war Viktor am glücklichsten. Er spürte, dass der Takt der Hufe ein ganz bestimmtes Tempo haben musste, wenn es wirklich mühelos und flüssig vorangehen sollte, nicht schneller, aber auch keinesfalls langsamer, und es erstaunte ihn, dass es den Pferden gelang, auch über eine weite Strecke hinweg diesen Takt unverändert einzuhalten. Ob das wirklicher Gleichschritt war? Viktor versuchte, diesen schnellen Hufschlag mit den Fingern auf dem Polster mitzutrommeln, vergeblich, es waren acht Hufe, die da über das Pflaster klackerten.

Wenn die Pferde doch einmal aus dem Takt fielen, dann, so schien es Viktor, blickte Imi kurz zu Persil hinüber, mindestens glaubte Viktor zu erkennen, wie sie ihren Kopf bewegte, und Augenblicke später waren sie wieder beisammen, und die Ordnung, die alles so wunderbar trug, hatte sich wieder eingestellt. Ihr Zusammenspiel beschäftigte Viktor lange; es konnte nicht anders sein, als dass sie sich, auch im wildesten Prasseln der Hufe, nach einander richteten.

„Wenn ich mir das so anschaue“, sagte Viktor bei einem kurzen Zwischenhalt zu Ludwig, „dann ziehen die Pferde gar nicht, sondern sie drücken eigentlich eher. Natürlich ziehen sie den Wagen, das ist schon richtig, aber sie machen das durch Drücken. Sie drücken mit der Brust, siehst du, hier –“, wobei er auf das Brustblattgeschirr vorn deutete. Ludwig interessierte das aber nicht weiter, obwohl er ebenfalls das ganze Geschehen um die Pferde aufmerksam verfolgte. Auf der Weiterfahrt stieß er Viktor kurz an und machte in Richtung der Pferde eine Kopfbewegung, wie er das immer machte, wenn er auf etwas hinweisen wollte. Viktor sah nichts oder nur, dass Persil begann, den Schwanz zu heben, aber Ludwig schaute gespannt hin und lachte, als dann die Pferdeäpfel, einer nach dem anderen, auf die Straße fielen. Viktor wollte wegschauen. Es war ihm peinlich, mit Ludwig zusammen Persil bei seinem Geschäft zugesehen zu haben, und es störte ihn, dass ihn Ludwig sogar noch darauf aufmerksam gemacht hatte. Er blickte scheu nach hinten zu Bienchen, Bienchen aber schaute zufrieden in die vorbeiziehende Landschaft hinaus. –

Das Vergnügen der drei auf dem Bauernhof war ohne Ende. Neue Abenteuer jeden Tag. Onkel Xaver spannte die Kinder geschickt ein; haben sie erst einmal Langweile, wusste er, dann ist auch das Heimweh bald da.

Immer wieder Neues bei der Erkundung des Hofes. Die Buben waren schreibfaul, doch Bienchen schrieb begeisterte Berichte nach Hause: über die lustigen jungen Schweine hinter der Scheuer; über das Pumpwerk am Bach, das alle Gebäude des Hofes mit Wasser versorgte; über das Backhäuschen, in dem am Samstag richtiges Brot gebacken wurde! Sie berichtete aber auch getreulich über die düstere Schmiede, obwohl die ihr unheimlich war, und über das Beschlagen der Pferde und die rotglühenden Hufeisen in der Esse, die es vor allem den Jungs angetan hatte, wahrscheinlich, weil sie das Gebläse betätigen durften, während sie selbst den Gestank des verbrannten Horns der Hufe entsetzlich fand. Und dann erst die Pferdekoppel, die Pferdekoppel, ihr helles Entzücken!

Am Abend nach dem Duschen, was stets unter der Aufsicht von Tante Georgette geschah, bekamen sie, kaum abgetrocknet, ganz kleine Augen und versanken in den tiefen Betten, und nichts mehr war von ihnen zu hören.

Onkel Xaver strahlte schon am Morgen beim Frühstück und wann immer er die Drei sah und war glücklich, dass da Kinder auf dem Hof waren – wissbegierige und hilfsbereite Kinder, fleißig und vergnügt. Wie schön das war und wie zufrieden es ihn stimmte, wenn er sie zu einer einfachen Arbeit anleiten konnte, Schritt für Schritt! Und wie ernsthaft und umsichtig die Kinder dann die Arbeit aufnahmen und wie erfüllt sie waren, wenn sie zu einem guten Ende gebracht war. Tante Georgette dagegen machte am liebsten alles selbst und gab allenfalls mal leise ihre Befehle, oft eher missmutig und immer sehr streng.

Später, als sie wieder zu Hause waren, wunderte sich Viktor, dass er nur noch eine arg durchlöcherte Erinnerung an diese Wochen auf dem Bauernhof hatte, und darüber wunderte er sich noch viele Jahre lang, weil er das sonst gar nicht kannte. Aber nicht nur durchlöchert war das Band, sondern schlimmer noch, es war in Stücke gerissen und ganze Teile fehlten, und so fand er oft gar keinen rechten Zusammenhang mehr. Einige Inseln aber waren unversehrt erhalten geblieben. So konnte er sich noch als erwachsener Mann an dieses ebenmäßige Gesicht von Tante Georgette erinnern, in dem sich so wenig widerspiegelte, und es schien ihm dabei manchmal, als würde es allmählich immer edlere Züge gewinnen und dabei immer mehr zum entrückten Gesicht eines Todesengels werden. Weil es streng war, war es schön, aber Viktor fürchtete sich vor dieser abweisenden Schönheit. Wenn Onkel Xaver bei Tisch seine Späße machte und alles lachte, blieb Tante Georgettes Gesicht unbewegt. Sie sah höchstens zu Onkel Xaver hin, nicht einmal ärgerlich oder vorwurfsvoll, aber ohne auch nur den Hauch eines Lächelns im Gesicht. Georgette war nicht glücklich mit Xaver und Xaver nicht glücklich mit Georgette.

Viktor spürte es schon bald, Schorschett beherrschte alle in Haus und Hof, selbst Onkel Xaver hatte sich da zu fügen, auch wenn er sich manchmal sträubte. Tante Georgette war eine starke Frau. Aber seine Mutter, dessen war er sich gewiss, war doch sicherlich auch eine starke Frau, aber beherrschen wollte sie niemanden. Sie führte ein großes Haus mit viel Personal und immer wieder neuen Gästen, und darin ging sie wie selbstverständlich auf, und sein Vater behandelte sie stets sehr höflich und mit freundlichem Respekt und hörte auf ihren Rat.

Als sie vergangenes Jahr im Herbst das Kloster besuchten, war ihm mit großer Plötzlichkeit etwas klar geworden, was er zu Hause nicht hatte lernen können und was ihm auch in anderen Familien gewöhnlich verborgen geblieben war, wie sehr sich Frauen nämlich doch zu fügen und unterzuordnen hatten. Er hätte nie gedacht, dass es zwischen Mann und Frau derartige Unterschiede in Rang, Bedeutung und Ansehen geben könnte.

Sein Vater hatte mit dem Abt eine private Führung vereinbart, nur für seine Frau, seinen Sohn und ihn selbst. Ihr Führer, ein gelehrter Pater, der sich als höchst sachkundig erwiesen hatte, war ihnen im Klosterhof entgegengekommen, und Herkommer, der schon ausgestiegen war, hatte sofort erkannt, dass da besondere Höflichkeit angebracht war, und hatte, als der Pater auf den Wagen zuging, stramm gegrüßt, die gestreckte rechte Hand mit den Fingerspitzen am Schild seiner Chauffeurmütze.

Der Pater hatte ihnen dann mit großem Engagement die Geschichte des Klosters anhand der Bauten erklärt und vor allem die Kunstschätze im Magazin gezeigt, wovon Viktor freilich nur das Wenigste verstanden hatte.

In einem Raum aber war sein Interesse erwacht, dort war ein ganzer Korb mit dem Geld aus den Klingelbeuteln und Opferstöcken gestanden – große und kleine Münzen, neue und abgegriffene, gültige und fremdländische, Spielgeld und Falschgeld, und auch ein paar Hosenknöpfe und Garderobemarken waren darunter. Ein Frater hatte mit einem ratternden Apparat die Münzen sortiert und gezählt, die dann automatisch in wohlgeordnete Rollen verschiedener Dicke zusammengestellt und in blaues Papier eingeschlagen wurden. Da war Viktor ihre festliche Silvestertafel zu Hause in den Sinn gekommen. An jedem Platz war eine kleine Süßigkeit gelegen, und an seinem war das ein Schokolademännchen in tiefer Hocke gewesen, aus dessen rosigem Hinterteil eine Münze hervorgetreten ist. So etwas Ähnliches musste sein Vater gemeint haben, als er neulich auf dem Jahrmarkt, um die Begehrlichkeit des Söhnchen zu dämpfen, lachend geschimpft hatte, ob Viktor denn wohl dächte, dass er ein Geldscheißerle besäße. Viktor blickte auf die Öffnung der Maschine, aus der sich die sortierten Münzen, zu festen Rollen zusammengepackt, in beachtlichem Tempo herausschoben.

Während der Pater immer noch referierte, über das durchschnittliche Spendenaufkommen, die Spendenverwendung und überhaupt über die wechselhafte ökonomische Entwicklung des Klosters in den letzten Jahrhunderten, war Viktor mit dem Mund ganz nah an das Ohr seiner Mutter herangekommen und hatte sie voller Erstaunen leise gefragt:

„Mama, ist das ein Geldscheißerle?“

„Pst!“, hatte da seine Mutter bloß gesagt, und im gleichen Augenblick hatte der Pater, der mit seinen wirtschaftlichen Erörterungen am Ende war, mit entschlossenem Blick zu ihnen hergeschaut und in strengem Ton gesagt:

„Ich muss Sie bitten, gnädige Frau, ich muss Sie nun leider bitten, hier zurückzubleiben. Nur Ihr Herr Gemahl und Ihr Sohn werden mir jetzt folgen, Frauen dürfen die nun folgenden Gebäudeteile nicht betreten. Wir werden Sie nachher hier wieder aufnehmen."

Viktor hatte im ersten Augenblicke befürchtet, der plötzliche Zuruf sei eine Rüge wegen des Tuschelns mit seiner Mutter, der Pater hatte ja so streng zu ihnen her geblickt, aber nein: Frauen durften nicht weiter mit hinein ins Kloster!

Tante Georgette hätte damals wahrscheinlich auch zurückbleiben müssen, wenn sie dabei gewesen wäre, dachte Viktor im Rückblick, ja, bestimmt hätte sie zurückbleiben müssen! Aber sie hätte aufbegehrt, mindestens im Stillen, und gewiss dabei nicht so verständnisvoll gelächelt wie seine Mutter eben.

Viktor war damals im Kloster sehr stolz gewesen, dass er, er als Mann, der er im Grunde genommen doch schon war, hatte mitkommen dürfen. Aber für seine Mutter hatte es ihm leidgetan, wohingegen man Schorschett, wäre sie dabei gewesen, eigentlich mit vollem Recht zurückgehalten hätte. Dann wäre zu seinem Stolz noch der Triumph gekommen.

Der Konsul hatte mit einer freundlichen Gebärde gespielter Hilflosigkeit seiner Frau eine tröstende Bemerkung zugerufen, sich verabschiedend zu ihr hin verbeugt und sich dann seinem Sohn zugewandt.

„So, Viktor, jetzt sind wir beide an der Reihe!"

Tatsächlich, so war Viktor aufgefallen, ‚wir beide' hatte sein Vater gesagt! Per ‚wir' hatte er bisher noch nie gesprochen. ‚Wir Männer' sollte das heißen. –

„Viktor, du kannst ja schon mal den Bulldog warmlaufen lassen", sagte Onkel Xaver ganz beiläufig. Viktor war außer sich vor Freude und stürmte davon. Er sollte diesen gewaltigen Lanz-Bulldog warmlaufen lassen! Und das heißt doch wohl auch, dass er ihn anwerfen sollte! Das war die ganzen Tage schon, da sie Onkel Xaver beim Pflügen helfen durften, sein größter Wunsch gewesen, so unerfüllbar er ihm auch erschienen war.

Ich werde zuerst die Lötlampe holen müssen, um den Glühkopf anzuheizen, plante Viktor im Laufen, und ich muss schauen, dass ich zu Streichhölzern komme, ohne dass mich Tante Georgette erwischt. Aber da lief ihm schon Bodo, der Knecht, mit der fauchenden Lötlampe in den Weg und hängte sie am Bulldog vorne unter dem Zylinderkopf ein.

Jetzt würde man warten müssen, bis der Glühkopf rot glühte – oh, Viktor hatte genau aufgepasst! –, und inzwischen würde er das Lenkrad abnehmen, eine Klappe an der Schwungradverkleidung seitlich an der Kurbelwelle öffnen und dort zum Anwerfen die Lenkradachse hineinstecken.

Ludwig, der sich ärgerte, dass Viktor den Bulldog anwerfen sollte, wo er doch der viel Stärkere war, drehte dann nur einmal probeweise am eingesteckten Lenkrad, spürte dabei die unerbittlich anwachsende Kompression und schüttelte mit der Miene eines Sachverständigen den Kopf.

„Den kriegst du nie an", sagte er finster, „wetten? Ich glaube, der Onkel Xaver will uns reinlegen!"

Aber Viktor sagte nur: „Wart's ab!", denn er war sich seiner Sache sicher. Besaß er doch, statt einer Spielzeugdampfmaschine, einen Zweitaktmotor, einen ‚echten' Motor, wie er stets betonte, den er allerdings nicht allein laufen lassen durfte, das sei bei einem Explosionsmotor, wie sein Vater sagte, viel zu gefährlich, wenn es auch nur ein kleiner DKW sei, was in diesem Fall die Abkürzung für ‚*Des Knaben Wunsch*' war. Durch eben diesen kleinen Motor und das Anleitungsheft mit der Lehrtafel, das dabei war, wusste er ziemlich genau, wie ein Zweitakter funktioniert, und der mächtige Bulldogmotor, zehnmal so groß und hundertmal so schwer, war ja auch ein Zweitakter.

Inzwischen waren, vom Fauchen der Lötlampe angelockt, andere Buben vom Hof dazugestoßen, auch Bienchen kam vorbei und nickte ihm freundlich zu, ging aber weiter. Es wäre ihm schon arg recht gewesen, wenn Bienchen bei ihnen stehen geblieben wäre bis nachher, wenn der Bulldog dann donnernd anspringen würde.

Wir hätten Bienchen beim Frühstück nicht so hänseln sollen, dachte Viktor, dann hätte sie jetzt gewiss bei ihnen Halt gemacht. Obwohl es ja hauptsächlich Ludwig gewesen war, der Bienchen aufgezogen hatte. Aber Ludwig hatte mein Bienenbuch für seine frechen Neckereien verwendet, und eigentlich, gestand sich Viktor ein, war es ja ich, der mit diesem Ulk angefangen hat.

„Bienchen", hatte er zu ihr gesagt, „du musst noch schneller werden, ein richtiges Bienchen schafft einen Kilometer in zwei Minuten, steht hier, stell dir das vor!"

Da hatte auch das zarte Bienchen noch gekichert, aber dann hatte Ludwig Gefallen an Viktors Spiel gefunden, Bienchen mit richtigen Bienen zu vergleichen, doch bei ihm ist aus dem Necken schon bald ein Quälen geworden.

„Nimm nicht so viel Honig, Bienle! Das auf deinem Brötchen ist mindestens ein ganzer Kaffeelöffel voll! Dafür muss eine richtige Biene Hunderte und Tausende von Flügen machen. Und das ganze Honigglas hier – da schaffen gut und gerne tausend Bienen ihr ganzes Leben daran! Und du frisst es gerade so weg!"

Bienchen hatte ihn mit großen Augen angeschaut und dabei langsamer gekaut und aufgehört zu schlucken. Aber Ludwig hatte ungerührt weitergemacht.

„Zehn Bienen wiegen noch nicht einmal ein Gramm. Bienle – du bist zu fett!"

Und schließlich hatte er in einer Art strenger Gelehrsamkeit noch obendrauf gesetzt: „Eine Arbeitsbiene hat sich im Sommer nach höchstens vier Wochen zu Tode gerackert, steht da. Also hast du bei dieser Plackerei hier auf dem Hof – wie lange sind wir schon da, Viktor, acht Tage? – allerhöchstens noch drei Wochen!"

Bevor Bienchen hinten im Hof bei den Gänsen verschwand, sah sie noch einmal zu ihm her. Selbst der athletische Onkel Xaver hatte den Bulldog nie mit einem einzigen Ruck angeworfen, sondern drehte das eingesteckte Lenkrad immer wieder vor und zurück, vor und zurück. Das hatte Viktor, der beim Anwerfen stets gespannt zugeschaut hatte, genau beobachtet, und so würde er es jetzt auch machen. Er spürte, wie der Kolben im Zylinder gegen das Luftpolster lief, aber da durfte man nun, wenn der Schwung verbraucht war, nicht versuchen weiterzudrehen, sondern musste den Kolben abprallen lassen, sodass das Lenkrad rückwärts lief bis zur anderen Seite. Und dort ließ man den Kolben wieder abprallen, auf das erste Luftpolster zu. Man musste die Bewegung nur genügend unterstützen, das hat er bei Onkel Xaver gesehen, und wenn bei Onkel Xaver der Kolben vielleicht fünf oder sechs solcher immer schneller werdenden Bewegungen hin und her benötigte, so würden es bei ihm vielleicht zehn oder zwölf oder noch mehr sein. Aber das spielte keine Rolle, irgendwann würde der Kolben auch bei ihm genügend Schwung haben, um das Luftpolster so zusammenzupressen, dass er über den Totpunkt hinwegkam, und das bedeutete die erste Zündung!

Und so war es dann auch. Mit einer Serie rasch schneller werdender Donnerschläge sprang der Bulldog an, mit jedem Schlag aus seinem Schornstein eine präzis geformte Rauchwolke in den Himmel puffend, während Viktor schleunigst das Gas zurücknahm. Im gleichen Augenblick kam Onkel Xaver, der gewiss alles beobachtet hatte, vergnügt lachend aus der Werkstatt herausgelaufen, und sogar Ludwig strahlte. –

Am Morgen des Abreisetages wurde Viktor in aller Frühe von einem seltsamen Geräusch draußen geweckt, und es dauerte ein paar Augenblicke, bis ihm klar wurde, dass das nur Onkel Xaver mit seinem Jagdhorn sein konnte. Der blies alle möglichen aufmunternden Signale aus der Jägerei und auch selbsterfundene, die man daran erkennen konnte, dass sie sich wiederholten und sich dabei rasch weiter verbesserten. Es war beachtlich, welche Vielfalt an Melodien er mit den wenigen Tönen seines Instruments zustande brachte. Viktor schaute aus dem Fenster, aber da sah die Welt gleich nicht mehr so fröhlich aus. Alles war düster und grau, der Tag kam nur mühsam auf die Beine, es regnete und regnete, der Hof war voller großer Pfützen, und es roch völlig anders als all die Tage – der erste Regentag seit Wochen.

Als sie zum Frühstück runterkamen, blies Onkel Xaver noch immer, und Schorschett stöhnte: „Das Getute macht mich noch verrückt!"

Dann riss sie das Fenster auf und rief auf den Hof hinaus:

„Jetzt hör endlich mit deinem Gedudel auf, Xaver! Und komm zum Frühstück!"

Tante Georgette blickte streng drein wie immer, ihr Blick kam Viktor richtig vorwurfsvoll vor, so als ob die Drei ja selbst schuld daran seien, dass sie jetzt wieder nach Hause fahren mussten. Die strenge Miene bedrückte Viktor, und auch Bienchen, zu dem er hinübersah, schien ihm noch stiller als sonst; vielleicht aber war sie auch nur betrübt darüber, dass nun die Ferien zu Ende gingen. Ludwig dagegen machte das alles nichts aus, er schwätzte laut und aß munter drauflos.

Beim Einsteigen hatte Onkel Xaver, der mit einem Regenhut und einem Umhang vorne allein auf dem Bock saß, noch einmal ‚Sammeln!' geblasen, ‚Sammeln!', aber Schorschett hat ihn nur kurz angeblickt, und er steckte sein Horn wieder weg. Dann ging es los, die Bäuerin winkte ihnen noch ein paar Mal nach, aber nur matt, wie es Viktor schien, wohingegen Ludwig aus dem heruntergelassenen Fenster mit beiden Armen wie verrückt zurückwinkte und gar nicht mehr aufhören wollte damit. Viktor fand das ‚einfach unpassend', wie das Kindermädchen zu Hause alles Übertriebene zu nennen pflegte, obwohl er im Augenblick gar keinen Grund zu nennen wusste, wieso er Ludwigs Winken – doch nichts anderes wieder als eine typische Ludwig-Albernheit! – derart unangebracht fand.

In der Kutsche war es dunkel und es tropfte herein. Draußen stimmte Onkel Xaver ein Kutscherlied an. Bienchen merkte, wie sehr er sich bemühte, Frohsinn zu verbreiten, und sie spürte auch, als er allmählich leiser wurde und schließlich ganz verstummte, wie verzweifelt er war.

Keiner sprach mehr. Der Regen prasselte auf das Verdeck. Im Dunkel der Kutsche, die sanft dahinschaukelte, ließ sich gut träumen. Bienchen schien zu schlafen. Dann fiel Viktor plötzlich die Geschichte mit dem Marmeladebrot neulich ein – auch wieder so etwas mit Tante Georgette, was er gänzlich vergessen hatte! Jetzt wusste er auf einmal wieder, warum er vorhin Ludwigs Winken so übertrieben fand. Jeden Morgen nämlich hatte es zum Frühstück Marmeladebrot gegeben, wie Bienchen und er das nannten, während Tante Georgette von Musbrot sprach und Ludwig Musebrot dazu sagte; so hatte er es auch zu Hause drunten bei Herkommers gehört. Damit ist jedes Mal das Gleiche gemeint, aber bei Herkommers hatte er damals noch geglaubt, Musebrot bezöge sich irgendwie auf den Teig des Brotes, denn der enthielt, wie er später herausfand, Kümmel, und deshalb schmeckte das Brot bei Herkommers ganz anders als das Brot bei ihnen. Das war seine erste Erfahrung mit andrer Leuts Küche gewesen. Mit dem Brot hatte es angefangen, aber bei Herkommers schmeckte alles anders, roch anders, fühlte sich anders an. Und nun war auf dem Bauernhof noch einmal etwas Neues dazugekommen: In Tante Georgettes Brot war Anis, was er nur von Bonbons kannte. Da war wieder eine ganz andere Küchenwelt entstanden, und obwohl ihnen das Brot schmeckte, so hatten sie sich alle drei doch erst daran gewöhnen müssen, und freilich nicht nur an das Brot.

Ob Kümmel oder Anis, jedenfalls hatten sie beim Frühstücken wie immer ihre Brotscheiben Tante Georgette entgegengestreckt, denn um ein allzu großes Geklecker und Geschmiere zu vermeiden, wurden stets alle Brote von Tante Georgette mit Marmelade bestrichen. Neulich aber – und das war es! – hatte der schlaue Ludwig, der als Erster an die Reihe gekommen war, sein Brot anschließend umgedreht und dann als Letzter noch einmal die Unterseite zum Bestreichen hingehalten. Schorschett hatte das erst bemerkt, als sie zum besseren Verstreichen die Brotscheibe mit der freien Hand von unten etwas abstützen wollte. Ganz gegen ihre stille Art war sie sehr zornig geworden, fast wütend, und hat fürchterlich auf Ludwig eingeschimpft. Und als sie sich nach ein paar Sätzen genügend in Rage geredet und die Marmelade von den Fingern abgewischt hatte, haute sie ihm sogar noch ein paar Mal kräftig hinter die Löffel. Noch lauter als Schorschett hatte Ludwig geschrien, wahrscheinlich deshalb so laut, weil er sich doch arg ungerecht behandelt fühlte, denn das war ja nicht aus einer Art betrügerischer Verfressenheit heraus geschehen, zu der er allerdings manchmal neigte, sondern er hatte eigentlich nur eines seiner übermütigen Späßchen machen wollen.

Ob Ludwig vorhin vielleicht gerade deshalb so heftig zurückgewinkt hat, weil er von Schorschett so derb verhauen worden war? Oder ob das mit den Katzen zu tun hat? – Mit den Katzen? Mit welchen Katzen, um Himmels willen? – Er konnte sich nicht mehr erinnern, aber er fühlte, dass da noch etwas ganz Wichtiges gewesen war. Dann schlief er ein. Er träumte, es stecke ihm etwas im Hals, etwas viel zu Großes, das er weder hinauswürgen noch herunterschlucken konnte. –

Nachdem sie, zu Hause angekommen, ihr Gepäck unter dem Beistand von Onkel Xaver vom hohen Wagen abgeladen hatten, war Ludwig augenblicklich und ohne sich von Onkel Xaver recht zu verabschieden im Souterrain hinten verschwunden, wo Herkommers wohnten. Viktor läutete oben am Besuchereingang, aber da eine ganze Weile nichts geschah, setzte sich Bienchen mit einem leisen Seufzer auf ihren Koffer, und während sie noch immer warteten, dass sie jemand hineinlasse und in Empfang nähme, genau in diesem Augenblick, da die Ferien auf dem Lande endgültig vorüber waren, aber das städtische Leben zu Hause noch nicht wieder begonnen hatte, sagte Bienchen: „Weißt du, Viktor, was so schön war? Es war alles so beisammen. Alles wie unter einem großen Dach! Spielen und arbeiten – und wir haben immer fleißig mitgeholfen! Kaputtmachen und reparieren – weißt du noch, wie dem Ludwig die Gabel von Bodos Fahrrad abgebrochen ist und Onkel Xaver alles wieder selbst zusammengeschweißt hat – wie neu? Alles selber machen und dann selber aufbrauchen. Man musste gar nicht erst den weiten Weg zum Dorf zu machen, um irgendwas zu beschaffen, und man wollte es auch gar nicht. Es gab ja alles, was man brauchte, und wenn doch einmal etwas fehlte, konnte man es sich selber machen."

Und nach einem tiefen Atemzug fügte sie hinzu: „Damit ist es jetzt wieder vorbei, Viktor, schade. Hier zu Hause ist dagegen alles so – wie soll ich sagen – so unübersichtlich." –

5 _Viktors Katharsis

Die Luft war lind, es gab ein einfaches Abendbrot auf der Terrasse unter dem Kastanienbaum. Der Konsul kam etwas später, aber er ließ es sich nicht nehmen, Viktor mit erhobenem Glas ein zweites Mal zu begrüßen und ihn, ein wenig gespielt steif, im häuslichen Kreise willkommen zu heißen und ihm zugleich alles Gute zu wünschen für die am Montag wieder beginnende Schule und so weiter.

Solche kleine Ansprachen beherrschte er wie kein anderer, perfekt formuliert, herzlich vorgetragen und mit einem Hauch von

Ironie versehen, der gerade ausreichend war, um jeden Anflug von Pathos auf der Stelle wegzuwischen. Viktor genoss die ungewohnte Aufmerksamkeit, die er da fand, und war plötzlich gerührt ob der freundlichen Fürsorglichkeit seines Vaters.

Rührung, das war ein Gefühl, das er gar nicht kannte – doch, das er schon kannte, aber das er schon lange nicht mehr und eigentlich nur ein einziges Mal erlebt hatte. Das war, als er vor ein paar Jahren als kleiner Junge allein mit seinem Vater durch München gegangen war und dieser ihn besorgt gefragt hatte, ob er Hunger habe und einen Wecken wolle oder eine Wurst. Da hatte ihn dieses seltsame Gefühl zum ersten Mal gepackt und ihn so überwältigend von hinten angesprungen, dass ihm die Tränen in die Augen getreten waren, wohl weil ihm sein Vater bis dahin noch nie eine so fürsorgliche Frage gestellt hatte und sie so unerwartet kam; und wohl auch deshalb, weil sein Vater diese sehr praktische Frage mit soviel vornehmer Unbeholfenheit angegangen war – ‚einen Wecken' hatte er gesagt. Für solche alltäglichen Dinge war stets seine Mutter zuständig gewesen oder das Kindermädchen oder vielleicht auch die Köchin – er konnte sich nicht erinnern, seinen Vater zu Hause jemals in der Küche gesehen zu haben.

Viktor lächelte am Ende der Ansprache dankbar und lehnte sich behaglich ein wenig zurück, bevor er zugriff, aber er hatte kaum das erste Stückchen Brot zu sich genommen, als ihn sein Vater in scharfem Ton anfuhr und ihn mit einer Vehemenz vom Tisch jagte, wie er das auch bei seinen schlimmsten Übeltaten noch nicht erlebt hatte. Viktor rannte laut heulend die Treppe hinauf in sein Zimmer und warf sich auf sein Bett.

Es dauerte nicht lange, da sah er den Kopf seiner Mutter über sich. Sie schaute ihnen sanft, wenn auch nicht ohne Vorwurf an.

„Du hast aber auch wirklich scheußlich gegessen, Viktor! Mit dem Messer in den Mund!"

Viktor weinte wieder lauter. Es war alles so ungerecht. Wenn sie nicht im Freien gegessen hätten, wäre ihm das nicht passiert. Bei Onkel Xaver auf dem Hof war das ganz anders. Jetzt im Heulen fiel ihm plötzlich vieles aus diesen Tagen dort wieder ein. Die Mahlzeiten am gescheuerten Küchentisch, mit dem kurzen Tischgebet vor Beginn, sie hatten Viktor, der ja an eine weiß gedeckte Tafel mit

Personal gewöhnt war, anfangs schon überrascht, aber mehr noch hatten ihn die Vesperpausen unter freiem Himmel beschäftigt. Sie hatten da nicht nur das zügige Trinken aus der Flasche geübt, sondern es wurde ihnen unter genauer Anleitung und mit viel Probieren auch beigebracht, wie man ein Klappmesser als Essbesteck verwendet, was noch wesentlich schwieriger als das Trinken aus der Flasche ist, darin waren sich Viktor und Ludwig sogleich einig gewesen.

„Man isst net mit de Finger, Viktor!", hatte ihn Bodo ermahnt, der gleichzeitig auch Ilse, die jüngste der Mägde, unterwies. Aber dass man mit dem Messer essen darf, das hatte Viktor bis dahin auch noch nicht gehört. Ludwig war da großzügiger gewesen.

„Am besten", hatte Bodo gesagt, „nimmste das Messer erstmal ganz normal in die Faust – nein, andersrum, die Klinge muss auf der Daumenseite herausschauen. So. Wenn du jetzt den Daumen seitlich an die Klinge legst, musste bis fast zur Spitze kommen, dann ist es richtig."

Dann hatte Bodo ein Stück Käse abgeschnitten, das er mit dem Daumen leicht an die Klinge gedrückt hat, die er dann, mit der Schneide deutlich nach unten gedreht, an den Mund führte.

„So, das muss jetzt geübt werden!"

Bald war Viktor so weit gewesen, dass er, wenn er dabei gut achtgegeben hat, ein Stück Käse zusammen mit einem Stück Brot zum Mund führen konnte, wie das Bodo immer machte.

Als sie beim Holztransport die Waldarbeiter getroffen hatten und nach dem Aufladen von acht Ster Buche sich mit den Arbeitern gemeinsam zum Vespern niedersetzten, hatte Viktor gesehen, dass die alle auf diese Weise aßen, und zwar genau so, wie es Bodo ihnen gezeigt hatte. Es schien auch hier auf dem Lande, bei den Bauern, Knechten und Waldarbeitern, ganz bestimmte feste Regeln wie zu Hause zu geben, nur eben andere. Viktor war nicht entgangen, dass der Vorarbeiter ihm auf die Hand geblickt hatte, als er sich mit seinem Messer der Wurst genähert hat, und er war sich danach sicher gewesen, dass der Vorarbeiter mit ihm einverstanden war.

Je mehr von seinem Kummer Viktor aus sich herausheulte, desto deutlicher stiegen die verlorengegangenen Bilder und Szenen aus den Sommerferien wieder auf. Das war wie bei der fotografischen

Entwicklung in der Dunkelkammer, bei der er neulich hatte zusehen dürfen. Er hätte gerne noch weitergeheult und gab sich Mühe zu schluchzen, denn das Weinen gab ihm Trost. Doch schließlich funktionierte das Schluchzen nicht mehr, er war erschöpft, sein Unglück und sein Kummer waren vom langen Weinen fast aufgebraucht.

Aber nicht nur die Bilder vom Vespern unter freiem Himmel waren in ihm wieder aufgestiegen – nach seinem langen Weinen hatte er zum ersten Mal auch wieder die beiden kleinen Katzen deutlich vor sich. Wie ausgelöscht gewesen war diese Stelle in seinem Gedächtnis. Er hatte nur noch gewusst, dass da irgendetwas war, dass da irgendetwas Bedrohliches gewesen sein musste. Jetzt kamen wenigstens einzelne Bilder wieder zum Vorschein, noch keine Abläufe, aber immerhin Bilder, die wie Inseln aus dem Vergessenen herausragten.

Dann erschien, wie er so verheult mit geschlossenen Augen dalag, mit einem Mal der ganze Film wieder: Da hatte es eines Morgens gleich nach dem Aufstehen ein großes Hallo gegeben; Bobette – das war die einzige Katze auf dem Hof, die das Vorrecht genoss, mit ins Haus zu dürfen, ein stilles und freundliches Tier – hatte in der Nacht drei Junge bekommen. Schorschett führte die Kinder zum Katzennest, einem stattlichen Wäschekorb mit vielen warmen Wolltüchern und Stoffresten darin, und blickte immer wieder wie in mütterlichem Stolz von den kleinen Katzen zu den Kindern hin, um deren Überraschung zu sehen. Viktor freute sich, dass die strenge Schorschett so mütterlich sein konnte, obwohl sie selbst ja keine Kinder hatte.

„Sie schlafen noch“, stellte Ludwig fest.

„Nein nein, sie sind noch blind“, wusste Bienchen.

„Ihr dürft sie jedenfalls nicht anfassen, solange sie die Augen noch nicht offen haben und noch nicht laufen können, sonst kann es sein, dass die Alte sie nicht mehr annimmt.“

„Nicht einmal bisschen streicheln?“, jammerte Viktor.

„Oh, die können ja schon schnurren!“ jubelte Bienchen.

„So, raus jetzt!“ rief Tante Georgette.

Es dauerte nur ein paar Tage, und schon fingen die kleinen Katzen an, mit kerzengerade aufgestelltem Schwanz vorsichtig hin- und her zu tapsen. Sie erkundeten die Korblandschaft und versuchten sogar, über den hohen Rand hinweg aus dem Korb heraus zu gelangen. An einer Seite war der Korb etwas schadhaft. Ludwig brach heimlich im Geflecht noch ein paar Stückchen von den Weidenzweigen ab, um das Loch etwas zu vergrößern, und räumte drinnen an der entstandenen Öffnung die Tücher und Lappen noch ein bisschen zur Seite und – schaut nur! – es dauerte nicht lange, bis das erste der Kätzchen vorsichtig seinen Kopf herausstreckte und gleich danach mit allen Vieren draußen stand, die beiden vorderen Pfötchen dicht nebeneinandergesetzt.

„Wir müssen ihnen unbedingt Namen geben, das sind jetzt schon richtige Menschen geworden", sagte Ludwig, worauf ihn Bienchen lauthals auslachte. Es waren aber nur Kosenamen wie Schnurri, Sternchen und Samtpfötchen, die die beiden Buben mit wachsendem Eifer vorschlugen, oder Namen, die sich eher für Spielzeugtiere eigneten, wie Foxi, Jolli oder Mausi.

„Bist du verrückt?" rief Viktor, „Mausi geht doch nicht bei einer Katze!"

So ging das hin und her, bis Bienchen schließlich dazwischenrief:

„Halt, so wird das nichts! Erst müsst ihr einmal wissen, ob das Männchen oder Weibchen sind!"

„Bist du ein Weibchen, Bienchen?" fragte Ludwig und grinste hinterhältig, „wo kann man das sehen?"

Sie kamen tagelang zu keinem Ergebnis, kaum hatten zwei von ihnen einen Namen gefunden, schon wurde er vom Dritten wieder verworfen, wobei freilich erschwerend dazukam, dass sich die drei Kätzchen, alle schneeweiß mit rosigen Schnäuzchen und ebensolchen Ohren, die dazu noch durchscheinend waren, äußerst ähnlich sahen.

Bienchen glaubte, eine vorläufige Lösung gefunden zu haben und häkelte in Windeseile – ‚Stricken dauert doch viel zu lange!' – drei winzige Katzenpullover in drei verschiedenen Farben, die sie den Tierchen dann aber gar nicht so leicht anziehen konnten. Alle waren sie am nächsten Morgen überrascht, dass Bobette, die Katzenmutter, die drei Pullover den Kleinen wieder ausgezogen hatte – mit der gebotenen Vorsicht offenbar, denn sie lagen unbeschädigt vor dem Nest.

Viktor wog die Kätzchen täglich auf der Briefwaage von Onkel Xaver und trug die Ergebnisse in eine Liste ein. Stolz verkündete er die rapiden Gewichtszunahmen, wobei er allerdings wegen der Verwechselbarkeit Probleme mit der Zuordnung hatte. Onkel Xaver empfahl, von einem Durchschnittsgewicht auszugehen, was aber Viktor noch weniger zufriedenstellte, weil dieses Gewicht dann wahrscheinlich bei keinem der drei Kätzchen wirklich genau zutreffen würde.

Eines Tages fehlte beim morgendlichen Wiegen eines der drei Kätzchen. Viktor durchsuchte den ganzen Weidenkorb und schüttelte vorsichtig sämtliche Tücher und Decken aus. Dann suchten sie alle im ganzen Haus, in allen Räumen, draußen auf dem Hof und mit immer geringer werdender Hoffnung auch in den Scheunen und auf den Speichern. Nummer drei war verschwunden. Am gelassensten blieb Bobette.

Die Kinder aber wandten sich umso liebevoller den beiden verbliebenen Kätzchen zu und zogen mit ihnen, je tüchtiger diese wurden, durch Hof und Garten zu immer neuen Abenteuern.

Dann tauchte in Viktor diese trostlose Szene wieder auf, die er noch immer nicht recht verstand. Sie tauchte ebenso plötzlich auf, wie sie sich damals auf dem Hof abgespielt hatte: Bodo erläuterte gerade den beiden Buben, dass alle junge Katzen Flöhe hätten, dadurch würden sie dazu erzogen, ihr Fell fleißig zu pflegen, und gerade als Ludwig, am Boden kauernd, daraufhin begann, im Fell des einen der beiden noch immer namenlosen Kätzchen nach Flöhen zu suchen, trat Tante Georgette mit starrem Gesicht aus dem Haus und ging mit entschlossenen Schritten auf die kleine Gruppe zu. Dort fasste sie die Kätzchen an den Hinterbeinen und schlug sie, weit ausholend, mit dem Kopf mehrmals gegen das Hauseck.

Bodo blickte zu Boden und schlurfte mit hängenden Schultern davon, Ludwig und Viktor starrten Schorschett für einen Moment mit weit aufgerissenen Augen an, aus den rosaroten Katzennäschen tropfte Blut. Dann rollte sich Ludwig, der noch am Boden hockte, wie ein Igel zusammen, als wollte er am liebsten ganz verschwinden, während Viktor verzweifelt losheulte. Ludwig hätte gewiss auch zu weinen begonnen, was vielleicht besser gewesen wäre für ihn – wer weiß? –, aber daran hinderte ihn ein großes Lob, das er in diesem

Augenblick von Schorschett bekam, weil er sich im Gegensatz zu Viktor, diesem Muttersöhnchen, tapfer und wie ein Mann verhalten habe, der jeder Aufgabe gewachsen sei.

Wie in einer stillen Absprache wechselten Viktor und Ludwig danach kein Wort mehr über das Geschehene. Sie gingen sich tagelang aus dem Weg, blickten aneinander vorbei und waren froh, wenn sie nicht allein zusammen waren. Es war, als wollten sie nicht daran erinnert werden, obwohl sie ständig daran dachten. Sie schämten sich voreinander, als hätten sie eine arge Schuld auf sich geladen und seien selbst die Täter gewesen, und jeder wusste vom anderen, dass er mit dabei war.

Noch ahnten sie nicht, wie sehr sie beide beschädigt worden sind. Erst viele Jahre später, sie waren längst erwachsen, wagte Viktor einmal eine Anspielung.

Am Nachmittag war Bienchen vom Feld nach Hause gekommen und hatte gleich damit angefangen, nach den Katzen zu suchen, aber Ludwig hatte sie mit gepresster Stimme beschieden:

„Die hat Tante Georgette weg –“

„– weggegeben“, hatte Viktor ergänzt, ihm fast ins Wort fallend, um die schlimme Botschaft wenigstens zum Teil zu vertuschen.

Irgendwann musste Viktor nach dieser reinigenden Erinnerung an den Bauernhof dann doch eingeschlafen sein. Als er nach dieser halb durchweinten Nacht zum Frühstück erschien, war sein Vater schon weggefahren. –

6 _ Ludwigs erste Hundeführerkarriere

Ludwigs Mutter war es nur recht, wenn Ludwig sie zum Putzen in der Villa Strauss begleiten wollte. Er konnte ihr die Tasche tragen und dort dann schon einmal alle Papierkörbe runterbringen und ihr auch sonst zur Hand gehen.

An sich, fand Ludwig, an sich gab es bei Straussens ja genügend Personal, eine Köchin mit einer Gehilfin, ein Zimmermädchen und einen Gärtner, der auch allerlei Hausmeisterdienste mit versah, sodass man auf die Dienste seiner Mutter eigentlich nicht angewiesen gewesen wäre. Aber er hatte den Eindruck, dass das Personal, das ihm manchmal etwas hochnäsig vorkam und nicht nur ihn, sondern auch seine Mutter herumkommandierte, die gröberen Putzarbeiten gerne an seine Mutter abtrat. Die Mutter aber war froh, das wusste er, dass sie noch etwas dazuverdienen konnte. Auch sonst halfen sich die beiden Häuser Zabener und Strauss bei besonderen Anlässen gegenseitig mit Personal aus. Der Konsul Zabener und Dr. Strauss waren seit Langem befreundet, beide waren Kriegsfreiwillige gewesen und ‚Frontkämpfer vierzehn/achtzehn', wie sie betonten, beide ehemalige Reserveoffiziere. Dr. Strauss war einer der großen Rechtsanwälte in der Region, in einer Kanzlei mit mehreren Anwälten, unter denen er, der Wirtschaftsspezialist, der einzige Jude war.

Ludwig ging auch sonst im Haus von Dr. Strauss ein und aus, nicht nur, um ab und zu Bienchen zu besuchen, sie war ja etwas älter als er, sondern vor allem, um die beiden großen Hunde auszuführen. Das waren echte *Alsatians*, wie Dr. Strauss gern kundtat, die viel Auslauf brauchen, wobei man sich jedoch von diesem fremdländischen Rassenamen nicht blenden lassen sollte, denn dieser entsprang der Anglophilie von Dr. Strauss, die seine Frau seinen England-Spleen nannte. *Alsatians* sind nichts weiter als gewöhnliche Schäferhunde, deutsche noch dazu, nicht etwa elsässische, und das waren diese beiden auch, allerdings zwei wunderschöne Exemplare.

Das tägliche Ausführen dieser Tiere aber war allen im Haus im Laufe der Zeit zunehmend lästig geworden, besonders der Köchin, die es schmerzte, dass ihre Liebe von den Hunden überhaupt nicht erwidert wurde und auch ihre ständigen Bestechungsversuche – für sie als Köchin leicht zu bewerkstelligen – erfolglos geblieben waren. So war Ludwigs Bereitschaft einzuspringen allseits willkommen, umso mehr, als die Hunde beim Aufbruch zu den Spaziergängen Ludwig deutlich bevorzugten, denn dieser tobte mit ihnen herum, ließ sie unterwegs Stöcke apportieren, rannte auch einmal eine längere Strecke mit ihnen und ließ keine Abweichung vom bürgerlichen Fußweg, die sich bot, ungenutzt. Waren sie dann zurückgekommen, Ludwig gewöhnlich noch mehr außer Atem als die Hunde, dann war man schnell mit der Ermahnung bei der Hand, dass er es doch nicht allzu wild treiben möge. Aber Ludwig antwortete schnaufend, er spüre ganz deutlich, dass diese Hunde beschäftigt werden wollten und auch beschäftigt werden müssten. Und er wisse auch genau, wann es ausreichend sei oder gar zu viel würde. So etwas spüre er einfach.

Überhaupt war Ludwigs Verhältnis zu den Hunden, aber eben auch deren Verhältnis zu ihm, bemerkenswert eng. Schon wenn er kam, waren die Hunde, oft noch bevor er geläutet hatte, außer Rand und Band. Weiß der Teufel, wie sie sein Kommen bemerkten, jedenfalls sprangen sie auf, bellten, liefen aufgeregt hin und her und behielten die Tür, zu der er gleich eintreten würde, im Auge. War er dann da, so sprangen sie mit Lauten, die wie ein helles Stöhnen klangen, an ihm hoch, versuchten sein Gesicht abzulecken (was er duldete) und führten sich auf, als hätten sie schon den ganzen Tag nichts anderes getan, als auf ihn zu warten. Danach schleppten sie, wie zu seiner Huldigung, allerlei Gegenstände an, die sie in der Halle fanden – eine Kleiderbürste, einen Schal, einen schon lange vermissten Handschuh –, und legten sie mit einem hellen Jaulton vor Ludwig ab.

Wenn Ludwig mit den Hunden balgte und spielte, sah Dr. Strauss gerne zu, mit einem gütigen und manchmal auch etwas skeptischen Lächeln. Ludwig liebte das Warme in diesem Blick und diese sanften Augen, die sich von den grauen Augen seines Vaters, die fordernd waren und streng, so sehr unterschieden.

Als kürzlich die Maler den Lieferanteneingang mit einem Gerüst versperrt hatten, ging Ludwig, nicht ohne Beklemmung, durch den viel vornehmeren Besuchereingang von vorn in das Haus. Man ging da über eine breite Freitreppe vier Stufen hinauf bis zur Haustür, einer ebenso mächtigen wie düsteren Kassettenkonstruktion aus Eiche mit hochglanzpolierten Messingbeschlägen darauf. Dahinter kam erst noch eine kleine Vorhalle mit einer Stechpalme an der Seite und einem ebenfalls auf Hochglanz gebohnertem Terrazzoboden, auf dem groß in Schwarz auf weißem Grund SALVE zu lesen war, bevor es dann noch einmal zwei breite Stufen hinaufging zu einer mehrflügligen Eingangstür mit kunstvoll geätzten Glasscheiben im Jugendstil, die diese kleine Vorhalle zur großen Halle hin abtrennte.

Die Hunde waren Ludwig durch die Halle bis zu dieser Glasabtrennung entgegengestürmt und stellten sich nun, da sie nicht weiterkonnten, auf die Hinterbeine, um ihn besser sehen zu können, und drückten ihre nassen Schnauzen gegen die Scheiben, was zu garstigen dunklen Flecken in den weißgrau mattierten Ornamenten führte. Vom Gebell alarmiert, kam mit ärgerlicher Miene die Köchin an, um Ludwig zu öffnen, und ihr Schimpfen, dass er gefälligst den Lieferanteneingang zu benutzen habe, wurde noch heftiger, als sie die von den Hunden verschmierten Scheiben sah.

Ludwig, obwohl sonst kein großer Leser, hatte im Laufe der Zeit in der Bibliothek von Dr. Strauss die ganze Fachliteratur über Hunde nicht nur verschlungen, sondern sie regelrecht durchgearbeitet und sich bei Dr. Strauss in vielen Diskussionen, die auch dem Hausherrn Freude machten, als ein immer besserer und ihm allmählich sogar überlegener Kenner erwiesen. Hatte Strauss zu bestimmenden Hundewettbewerben Ludwig anfangs nur mitgenommen, so ließ er ihn neuerdings immer häufiger allein mit den Hunden zu solchen Veranstaltungen gehen und hatte sogar den Eindruck, dass die Hunde unter Ludwigs Führung in letzter Zeit noch besser abgeschnitten haben als früher. –

Das ging so mit den Hunden, bis sich eines Tages ein dummer Zwischenfall ereignete. Ludwig zog wieder einmal mit den Hunden los und hatte diese wie meistens bereits im Vorgarten an langer Leine, wiewohl die Köchin ihn immer wieder ermahnte, erst im Park die langen Leinen zu verwenden. Er gab ja zu, die Hunde waren während des Aufbruchs immer besonders aufgeregt, sie sprangen bellend kreuz und quer, und manchmal schien es fast, als zerrten und zögen sie in ihrem Ungestüm in alle Richtungen gleichzeitig. Da konnte es leicht geschehen, dass die langen Leinen schon im Vorgarten um irgendwelche Ecken liefen, zum Beispiel, weil einer der beiden nach Passieren irgendeines Busches plötzlich einen Haken geschlagen hatte. Ludwig verstand es aber, noch bevor es zu gefährlichen Verwicklungen kam, durch geschicktes Hochschleudern und seitliches Schwingen der Leinen diese schnellstens wieder freizubekommen, um, wenn Not am Mann war, sofort wieder einen mäßigenden Zug auf den einen oder den anderen, meistens auf beide zugleich, ausüben zu können.

Bei einem solchen Aufbruch war Ludwig dann eines Tages eine der Leinen beim Hochschwingen über die Motorhaube des Wagens von Dr. Strauss geraten, der vor dem Gartentor auf der Straße stand. Ludwig war klug genug, nicht einfach an der Leine zu ziehen, sonst wäre womöglich das Kühlwasserthermometer beschädigt oder gar abgerissen worden, das vorne auf dem Schraubverschluss für das Kühlwasser saß. Sondern er hob die Leine mit der Hand hoch und entdeckte dabei im Wegnehmen, dass das runde Schauglas, das das eigentliche Thermometer abdeckte, gesprungen war. Ludwig fuhr vorsichtig mit dem Finger darüber, um zu sehen, ob das Glas in seiner Fassung noch hielte, dann machte er sich mit den Hunden auf den Weg in den Park.

Sein Vater als Chauffeur und Fachmann hatte von Dr. Straussens Auto noch nie viel gehalten, das hatte Ludwig aus den Gesprächen der Erwachsenen herausgehört, und Ludwig teilte diese Auffassung, nicht nur wegen des komplizierten französischen Namens dieses Wagens, sondern überhaupt. Zum Beispiel gerade vorhin dieses Kühlwasserthermometer, das ist doch primitiv! Bei unseren Autos sind das richtige Uhren mit Zeigern und einem vernickelten Ring im Armaturenbrett, und nicht einfach Schaugläser draußen auf dem Kühler – wobei ihm einfiel, dass ihm sein Vater verboten hatte, von ‚unseren' Autos zu sprechen, das seien die Wagen des Herrn Konsul. Bei einem so kleinen Auto wie dem von Dr. Strauss musste man natürlich das Kühlwasser genau im Auge behalten, das sah er schon ein, vor allem bei längeren Bergaufstrecken konnte das Wasser leicht ins Kochen geraten, und es war gut, wenn man schon vorher zum Abkühlen anhielt.

Ludwig war mit den Hunden noch unterwegs, als Dr. Strauss aus dem Haus trat und mit seinem Wagen wegfahren wollte.

„Was ist denn das für ein Schmutz auf der Motorhaube?", rief er dem Gärtner zu, „Sie haben den Wagen doch gerade gewaschen?"

„Dem kleinen Herkommer ist vorhin seine lange Hundeleine über das Auto geraten, es ist nichts weiter passiert. Ich mache es gleich weg."

„Sagen Sie dem Ludwig, er soll mit den Hunden besser achtgeben und vor allem den Lack meines Wagens verschont lassen!"

Strauss liebte dieses Auto über alles, das er, im Gegensatz zum Konsul mit seinen drei großen Automobilen, nur für private Spazierfahrten verwendete, und er ließ ihm stets die beste Pflege angedeihen.

Als Ludwig zurückkam, wurde er, noch ziemlich außer Atem, vom Gärtner ins Gebet genommen und vor allem wegen des Autos ermahnt.

„Ist sonst noch etwas passiert?"

„Nein, nein", beteuerte Ludwig guten Gewissens und machte sich auf den Weg nach Hause.

Bald danach kam auch Dr. Strauss mit dem Auto zurück und zeigte dem Gärtner einigermaßen aufgebracht das zersprungene Glas des Kühlwasserthermometers, was er während der Fahrt erst entdeckt hatte.

„Ich habe mir gerade vorhin den Ludwig noch einmal vorgeknöpft, er sagte, dass mit der Leine überhaupt nichts weiter passiert sei."

„Überzeugend? Glaubwürdig?"

„Doch, schon."

„Der Bursche muss heute Abend noch einmal vorgeladen werden!"

Am Abend in der Halle ließ sich dann Dr. Strauss von Ludwig den Hergang noch einmal in Ruhe schildern, was diesem keine Mühe machte, und auf die Frage nach dem beschädigten Kühlwasserthermometer antwortete Ludwig eher beiläufig: „Der Sprung war schon –"

Doch da platzte die Köchin hinter der Garderobe, von wo sie zugehört hatte, hervor und rief schrill dazwischen:

„Ich habe doch gesehen, wie die lange Hundeleine über den Kühler geflogen ist und er dann ganz erschrocken an dem Glas herumgefingert hat, Herr Doktor!"

„Nein, das war doch schon!", begehrte Ludwig laut auf.

Dr. Strauss sah ihn nur traurig an. Hätte er ihn vorwurfsvoll angeblickt oder gar zornig, es wäre nicht so schlimm gewesen. Ein vorwurfsvoller oder ein zorniger Blick, das hätte sich bloß auf das lädierte Kühlwasserthermometer bezogen, aber dieser traurige Blick aus diesen Augen, das war endgültig. Ludwig begriff sofort, dass alles verloren war und er keine Aussicht hatte, das jemals richtigzustellen; mit Tränen in den Augen schlich er sich davon.

„Ich möchte diesen kleinen Lügner hier nicht mehr sehen", hörte er Dr. Strauss noch sagen. Die Ungerechtigkeit war noch zu ertragen, die Demütigung war schlimmer.

Das war das Ende von Ludwigs erster Hundeführerkarriere. Ludwig trauerte den beiden Alsatians nach und diese vielleicht auch ihm. –

7 _ Das Unglücksbrett im Rhein

Im Kino hatte Viktor in ‚*Fox Tönende Wochenschau*' ein Motorboot auf dem Wannsee gesehen, das an einer langen Leine ein Brett hinter sich herzog, auf dem ein junger Mann in Badehose stand. Das Brett mag so groß gewesen sein wie ein Bügelbrett, vielleicht ein bisschen kürzer und ein bisschen breiter. Es war gegen die Strömung angestellt, denn der Mann stand ziemlich weit hinten auf dem Brett und hielt sich mit deutlicher Rücklage an einem Zügel, der vorne am Brett befestigt war. Wenn er sein Gewicht nach rechts oder links verlagerte, konnte er mit erstaunlicher Geschwindigkeit und einer eindrucksvollen Gischtfontäne zur Seite ausschwingen, man hatte den Eindruck fast bis auf die Höhe des Motorboots.

Viktor erlebte zum ersten Mal in seinem Leben, was Faszination ist. Er vibrierte, er fühlte eine seltsame Ungeduld und Unruhe, die ihn auch nach dem Kino nicht mehr loslassen wollte, und was immer er in diesen Tagen tat, stets landete er mit seinen Gedanken wieder bei diesem geheimnisvollen Brett. Er spürte, wie da eine Aufgabe auf ihn zukam, genau auf ihn und nicht auf irgendeinen anderen, eine Aufgabe, die niemand gestellt hatte und der er dennoch nicht ausweichen konnte und der er auch gar nicht ausweichen wollte, so wenig nützlich ihre Bewältigung wohl auch sein würde. Dabei kam ihm der Zeichenlehrer in den Sinn, ein Schwarmgeist und Feuerkopf, der mit ihnen im Schullandheim war und dort, anders als in der Schule mit ihren festen Lehrplänen, ganz aus sich herausgegangen war: ‚Das Nutzlose mit Besessenheit tun, das erst macht den freien Menschen aus', so hieß sein Leitsatz, alles andere sei kleinsinnige Fronarbeit, wenngleich freilich sie auch getan werden müsse.

Viktor ahnte damals noch nicht, wie unfrei ein Mensch werden konnte, wenn er der Faszination unterlag, und wie frei zugleich, wenn er dabei nicht mehr den Gesetzen der Nützlichkeit und des Nutzens unterworfen war.

Bevor die Wochenschau wechselte, sollte er unbedingt noch einmal ins Kino gehen, möglichst mit Ludwig, nicht nur, um sich dieses Brett auf dem Wannsee nochmals anzusehen, sondern weil er genauer wissen wollte, was da geschah. Wie groß war das Brett? Und vor allem, wie schnell fuhr das Motorboot? Das sollte er wissen. Dann müsste er nur noch an der Badeanstalt die Strömungsgeschwindigkeit des Rheins herausfinden.

„Ich glaube, ich glaube", sagte er bedeutungsvoll zu Ludwig, „das könnte hinhauen. Wenn die nämlich einigermaßen an die Geschwindigkeit des Motorboots herankommt – der Rest lässt sich vielleicht durch ein etwas größeres Brett ausgleichen –, dann können wir hier mit so einem Brett wellenreiten! Wir könnten über dem Wasser schweben, stell dir das vor!"

Aber Ludwig hatte noch nicht begriffen: „Mensch, wo willst du denn ein Motorboot hernehmen!"

„Das ist es doch gerade, wir brauchen keines. Wir hängen das Brett mit einer langen Leine statt hinten an ein Motorboot außen ans Herweck", so hieß diese schwimmende Badeanstalt im Rhein, „und zwar möglichst weit vorne, und am Ende des Geländers, das sind an die 30, 40 Meter, da steigt der Fahrer drauf und startet. Dann ist unser Motorboot der Rhein, verstehst du?"

Auf Ludwigs Einwand, dass der Brettfahrer doch dauernd an der Badeanstalt streife: „Nein, der kann weit in den Fluss hinausfahren!"

„Wie soll denn das gehen?"

„Der muss einfach seinen rechten Fuß etwas mehr belasten, und schon geht's los, weit hinaus in den Strom – und wie!"

„Das weiß ich ganz genau", fügte Viktor noch hinzu, als er das Unverständnis in Ludwigs ungläubigem Gesicht sah. Der hatte immer noch nicht ganz verstanden und fragte:

„Wieso ausgerechnet mit dem rechten Fuß und nicht mit dem linken?"

„Menschenskind, weil er doch weg will von der Badeanstalt, hinaus in den Strom. Und weil er ja stromaufwärts blickt, also in Richtung Strandbad, ist der rechte Fuß der Fuß zur Flussmitte hin; mit ihm drückt er das Brett rechts etwas tiefer runter, sodass ihn die

Strömung zur Seite schiebt, verstehst du? – Mit dem rechten Fuß geht's in Richtung Ludwigshafen, mit dem linken Fuß wieder zurück, Richtung Mannheim, begriffen jetzt? – Obacht wird man geben müssen auf dem Weg zurück, sonst haut es einen gegen die Reling. Da muss man vorsichtig anlanden, wie ein richtiges Schiff."

Ludwig staunte über Viktor, wie der alles schon vor sich sah, aber Viktor kannte sich eben mit der Macht der Strömung aus, seit sie vor Jahren als Lausbuben schwimmend in dic Badeanstalt eingedrungen waren.

Im Kino war Viktor auf das Ergebnis richtig gespannt, viel mehr als Ludwig. Die Wochenschau flog ziemlich unbeachtet an ihm vorbei. Dann kam der Wannsee mit dem Motorboot und dazu ein aufgeregter Sprecher. Viktor schätzte, dass der Fahrer, der hoch aufgerichtet im Motorboot stand, von den Knien bis zum Scheitel mindestens 120 Zentimeter maß, und diese Einmeterzwanzig passten, wenn das Boot vorbeifuhr und man es genau von der Seite sah, schätzungsweise vier bis fünf Mal in die Länge des Bootes. Das Boot musste also zwischen fünf und sechs Meter lang gewesen sein. Peilte man nun, wenn man das Motorboot gerade genügend von der Seite sah, knapp vor dem Boot eine Marke am dahinterliegenden Ufer an und zählte die Sekunden, die das Boot brauchte, um vom Bug bis zum Heck daran vorbeizufahren ... Aber da war die Wannsee-Szene schon wieder vorbei und sie mussten noch ein drittes Mal ins Kino gehen, und da stoppten sie dann, diesmal mit einer richtigen Stoppuhr, ein paar Zeiten so um die zwei Sekunden herum. Das Motorboot war also mindestens neun und höchstens elf Kilometer schnell gefahren, rechnete Viktor aus. „Das könnte klappen", murmelte er.

Die Strömungsgeschwindigkeit an der Badeanstalt hatten sie schnell herausgefunden. „Wir messen jetzt nicht die ganze Länge ab, das fällt auf, und die fragen dann wieder blöd, was wir da wollen. Wir messen nur den Abstand von zwei Pfosten des Geländers, das geht schnell und fällt nicht auf – so, das ist ein Meter sechzig."

Ludwig zählte die Pfosten ab und sagte: „Einssechzig mal fünfundzwanzig."

„Falsch, Ludwig, pass auf! 25 Pfosten haben wir, aber zwischen den Pfosten nur 24 Zwischenräume, also einssechzig mal vierundzwanzig! Das macht, Moment –"

Er rechnete.

„38,4 Meter."

Der Viktor denkt an alles, ging es Ludwig durch den Kopf, obwohl er immer noch nicht ganz verstand, wie das werden sollte.

„Du gehst jetzt vor an den ersten Pfosten", sagte Viktor, „und wirfst genau dort, ohne großen Schwung, dieses Papierknäuel ins Wasser, einfach fallen lassen, aber so, dass ich es genau sehen kann! Ich stelle mich an den letzten Pfosten hinten und stoppe die Zeit, die das Papier braucht. Das machen wir ein paar Mal."

Sie kamen ziemlich konstant auf 16 Sekunden – die Zahl machte Viktor glücklich. 16 Sekunden entsprachen einer Strömungsgeschwindigkeit von zweieinhalb Metern in der Sekunde und das reichte an die Motorbootgeschwindigkeit von neun Kilometer heran!

Viktor und Ludwig arbeiteten bis weit in die Nacht an ihrem Brett, das sie aus Kistenbrettern zusammennagelten. Sie durften keine Zeit mehr verlieren, immer noch war spätsommerliches Badewetter, aber ein oder zwei kühle Tage, und die Badeanstalt würde schließen für dieses Jahr. Als letzte Arbeit, meinte Ludwig, sollte Viktor noch einen Namen aufbringen, schräg und ziemlich weit vorne, er könne doch so wunderbare Schriften malen. Aber es fiel ihnen so spät nichts Rechtes mehr ein.

Als sie am nächsten Tag außen am Geländer der Badeanstalt ihre Leine festbanden, war Viktor beklommen und sprach kaum ein Wort. Mit Herzklopfen ließ er das Brett, mit dem Heck voraus, vorsichtig zu Wasser, und er war froh, dass kaum jemand Notiz davon nahm. Mit dem Zügel hob er das Brett vorne leicht an, dann stieg er, erst mit einem Fuß, vorsichtig etwas unterhalb der Mitte darauf, er spürte sein Herz klopfen bis in den Hals – und das Brett hielt! Es trug ihn! Er schwebte! Über sich hörte er Ludwig jauchzen und „Hurra, hurra!" rufen, und auch ihm war in seinem plötzlichen Glück zum Jubeln zu Mute, ‚das Wunderbrett, nein, das *Glücksbrett!*', rief er und wusste sogleich, das war der Name.

Für einen Augenblick fuhr er noch etwas unsicher gebeugt und mit rundem Rücken, spürte aber bald, wie man sich aufrichten und strecken konnte, und begann, erst nur ein Stück, dann immer weiter hinaus in den Fluss zu fahren, hin und her, gesteuert nur durch mehr Last auf dem einen oder auf dem anderen Fuß. Das Wasser war rau und von den Raddampfern aufgewühlt, und so stand er hoch aufgerichtet zwar, aber in den Knien federnd, um die Stöße der Wellen abzufangen.

Viktor spürte den gewaltigen Druck des Wassers – das war unvorstellbar! –, aber er hatte schnell heraus, dass man das Brett auch etwas flacher nehmen konnte – einfach weniger Rücklage –, dann war der Wasserwiderstand geringer, und es trug immer noch. Am schönsten war es, wenn er ganz weit draußen fuhr und sich so weit hinaushing, dass die Gischt unter dem schrägliegenden Brett nur noch an der Innenseite, zur Badeanstalt hin, vorbeischoss und er dann, wenn er sich wieder gerade stellte oder gar die Last auf den anderen Fuß legte, mit immer größerer Geschwindigkeit auf die Badeanstalt zuraste, sodass er am Ende die Bewegung mit einem kräftigen Gegenschwung abfangen musste.

Inzwischen war die Reling voll mit Badegästen und immer noch kamen weitere dazu. Auch der Bademeister mit seiner weißen Schirmmütze war aufgetaucht, und obwohl jeglicher Aufenthalt außerhalb der Reling streng untersagt war, schritt er nicht ein, war er doch selbst viel zu neugierig.

Als nächster war dann Ludwig an der Reihe. Der stellte sich gar nicht ungeschickt an, wie Viktor konstatierte, nahm aber das Brett viel zu steil, wahrscheinlich weil ihm das tosende Rauschen und die aufschäumende Gischt dabei imponierten. Prompt riss schon bald die Leine und Ludwig, der sich schwimmend am Brett festhielt, wurde abgetrieben, und es dauerte fast eine halbe Stunde bis er, das Brett über dem Kopf, wieder in der Badeanstalt erschien.

Viktor waren die vielen Zuschauer lästig. Sie fuhren beide noch einige Male im Wechsel, Viktor konnte interessante Beobachtungen machen und dachte schon über gewisse Verbesserungen nach. Vor allem Ludwig machte von Mal zu Mal Fortschritte und stand souverän auf dem Brett, manchmal sogar nur mit einer Hand den Zügel halten und mit der anderen Hand winkend. Aber er war nicht behutsam genug und so riss noch mehrmals die Leine, sie war eindeutig zu schwach. Viktor sah missvergnügt, dass Ludwig, der doch eigentlich keine Ahnung von der Sache hatte, bereits besser fuhr als er, und ärgerte sich darüber, dass Ludwig das große Publikum, das ihm zusah, so unverhohlen genoss.

Später lösten sich drei junge Herren aus der immer noch zahlreichen Zuschauerschaft und unterhielten sich mit Viktor und Ludwig über das Brett, viel zuvorkommender und auch höflicher, als Erwachsene sonst mit ihnen zu reden pflegten. Einer davon war der Juniorchef einer bekannten Kofferfirma, und der meinte, er könne in seinen Werkstätten aus dünnen Sperrholzplatten über einem flachen Rahmen ein viel besseres Brett bauen lassen, innen hohl und daher viel leichter, wasserfest verleimt, und ein dünnes Drahtseil, das unbedingt halten würde, hätte er auch zur Verfügung. Die Drei machten auch sonst ein paar gute Vorschläge zu den Beschlägen und Kabelverbindungen, aber Ludwig nahm Viktor kurz auf die Seite.

„Wir müssen die Sache unbedingt in der Hand behalten, Viktor! Wir gehen da mit hin! Wir gehen mit in die Werkstatt von diesem Koffermenschen!"

Anschließend fuhren auch die drei sportlichen jungen Herren einige Male, gar nicht schlecht für den Anfang, meinte Ludwig gönnerhaft, und schließlich zogen sie zusammen los, um gemeinsam Platten und Hölzer auszuwählen und vielleicht auch schon mit dem Zusammenbau zu beginnen.

Am nächsten Nachmittag trafen sie sich alle wieder, und dieser Koffermensch, wie Ludwig ihn nannte, hatte das neue Brett dabei, das absolut professionell hergestellt wirkte. „Wie aus der Fabrik", befand Ludwig. Viktor aber machte sogleich auf einen kleinen Konstruktionsfehler aufmerksam, der allerdings nicht besonders schlimm sei, weil man ihn an Ort und Stelle beheben könne. Die V-förmige Zugleine vorn am Brett dürfe auf keinen Fall an der Oberseite des Bretts austreten, sondern nur der Zügel für den Fahrer. Die Zugleine müsse vorne an der Unterseite herauskommen.

„Wieso?", fragte der Koffermensch, „das ist doch egal."

„Nein, das ist nicht egal", sagte Viktor in höflichem Ton, „wenn das Brett beim Start, bevor der Fahrer draufsteigt, auf dem Wasser liegt, und die V–Leine kommt vorn an der Unterseite aus dem Brett heraus, dann stellt es sich gegen die Strömung ganz leicht an und entwickelt Auftrieb."

„Und?"

„Ist doch klar: Tritt die V-Leine vorn an der Oberseite heraus, ist es genau umgekehrt, und das kann gefährlich werden! Natürlich, solange der Fahrer beim Aufsteigen das Brett am Zügel vorne leicht anhebt, wie ja meistens, kann nichts passieren. Wenn aber nicht, dann genügt die kleinste Störung, und es fließt Wasser über die Vorderkante des Brettes und im nächsten Augenblicke ist es weg und in der Tiefe verschwunden. Ist auch noch nicht soo schlimm, aber schon ziemlich lästig, bis wir es dann wieder oben haben. Richtig gefährlich aber wird's, wenn einer draußen stürzt und sich irgendwie in den Leinen verheddert – Ludwig zum Beispiel ist zu klein und hat sich vorhin den Zügel ein paar Mal ums Handgelenk gewickelt. Das sollten wir vielleicht verstellbar machen."

„Na ja, wann kommt das schon vor – aber gut, wir werden das mit der Zugleine bis morgen ändern, das leuchtet mir ein, und auch den Zügel in der Länge verstellbar machen."

Das Brett einfach umzuwenden, ging nicht, weil auf der Standfläche wundervoll geriffeltes Material eingearbeitet war, während die Unterseite hochglanzlackiert und spiegelglatt war.

Die Jungfernfahrt machte wie selbstverständlich der Koffermensch, wobei Viktor unklar war, wieso das Jungfernfahrt hieß, und Ludwig meinte, er könne sich das schon denken, was aber Viktor nicht weiter interessierte, denn eigentlich hätte die erste Fahrt ja ihm zugestanden. Aber er kam dann wenigstens als zweiter an die Reihe und machte keine schlechte Figur auf dem neuen Brett. Danach fuhren nur noch Erwachsene, alles Freunde und Bekannte vom Koffermenschen, irgendwann konnte sich Ludwig noch dazwischenschieben, aber sie sahen bald, dass an diesem Nachmittag nicht mehr viel zu holen war, und machten sich auf den Weg nach Hause. Richtig stolz waren sie darauf, dass alle Welt auf ihrem *Glücksbrett* fahren wollte und eigentlich die ganze Badeanstalt Kopf stand, aber etwas enttäuscht waren sie schon, dass sie bei der ganzen Sache nun nicht mehr viel zu melden hatten. –

Als am nächsten Morgen Viktor zum Frühstück die Treppen herunterkam und durch die Halle ging, hörte er, wie sein Vater etwas vorlas, offenbar aus der Zeitung, und bei seinem Eintreten glaubte er am Schluss gerade noch das Wort ‚Glücksbrett' verstanden zu haben, während der Vater die Zeitung vor sich ablegte und glattstrich. Und noch bevor er zu seinen Eltern ‚Guten Morgen!' sagte, rief er viel zu laut „*Was?*" in das Frühstückszimmer hinein; und er rief es in einem Ton, der seinem Vater gegenüber gänzlich unüblich war; und noch einmal: „Was? Ein *Glücksbrett*?"

Der Vater blickte nur überrascht auf, unterließ aber jeglichen Ordnungsruf und erklärte ihm mit leiser Stimme: „Nichts mit ‚Glücksbrett', Viktor! Dr. Schleger – du kanntest ihn doch, der Chef der Rheinschifffahrtsgesellschaft, der schon öfter mal bei uns war, – ist gestern am Spätnachmittag im Rhein ertrunken." Er reichte ihm die aufgeschlagene Zeitung hinüber, und Viktors Blick fiel auf die Überschrift ‚*Das Unglücksbrett im Rhein*'.

Es traf ihn wie ein Keulenschlag.

Der einzige, mit dem er jetzt reden konnte, war Ludwig, und er musste jetzt mit jemandem darüber reden. Er blieb nicht lange am Frühstückstisch sitzen und brach wie betäubt in die Schule auf.

Ludwig war noch nicht da. Viktor wartete am Eingang auf ihn. Es läutete gerade, als er ihren Chauffeur, Ludwigs Vater, mit dem großen Reisewagen heranfahren sah. „Da hätte ich ja mitfahren können, er fährt ja allein." Doch nein, im ausrollenden Wagen stand Ludwig im Fond schon auf und gestikulierte vergnügt. Viktor konnte sich keinen Vers darauf machen, sah aber, dass es prahlerische Grimassen und kraftmeierische Gebärden waren mit geballter Faust und angespanntem Bizeps. Ludwig hatte wohl noch nicht erfahren, was passiert war. Dann stieg er aus, und während der Wagen sofort weiterfuhr, rannte er auf Viktor zu.

„Haste schon gehört?", rief Ludwig, „Tolles Unglück gestern Abend passiert! Das waren wir!"

Ludwig platzte schier vor Stolz. Sie mussten ins Klassenzimmer rennen und konnten kein Wort mehr wechseln. Der Lehrer stand schon im Flur. –

8 _ Ende der Kindheit

Zwei oder drei Tage, nachdem seine Mutter so plötzlich verschwunden war, sagte sein Vater beim Frühstück: „Viktor –" und machte danach eine kleine Pause.

Das kam häufig vor, dass sein Vater einer Bemerkung, die an ihn gerichtet war, ein ‚Viktor' vorausschickte und danach eine kurze Pause machte. Aber Viktor wusste im gleichen Augenblick, dass diesmal etwas Besonderes, etwas überaus Wichtiges und Einschneidendes folgen würde, obwohl sein Vater so wie immer sprach und dem Wort ‚Viktor' kein besonderes Gewicht gegeben hatte. Jetzt wird er mir sagen, was mit Mama ist, hoffte Viktor.

„Ich habe Herrn Herkommer gebeten, dich morgen nach Stefansfeld in das dortige Internat zu bringen. Ich habe schon alles geregelt.

– Packe doch bitte heute Nachmittag deine gesamten Schulbücher und sonstiges Lernmaterial ein. Bei deinen persönlichen Sachen, Wäsche und so, kann dir Fräulein Lydia helfen.

– Sollte dir in Stefansfeld noch etwas fehlen, können wir es dir nachschicken. Im Übrigen kommen schon bald die Osterferien, da kommst du ja für ein paar Tage wieder.

– Bis dahin weißt du auch ganz genau, was im Einzelnen noch gebraucht wird oder was du gerne noch dabeihättest.

– An Ostern werde ich dir dann auch sagen können wegen Mama – bitte frage mich jetzt nicht danach.

– Ihr fahrt morgen früh um sieben Uhr hier ab. Herkommer wird den Buick nehmen. Es wäre nicht gut, wenn ihr dort mit dem großen Wagen vorfahren würdet.

– Schön, und wir sehen uns ja heute Abend noch einmal zum Essen. Und vergiss nicht, nachher in der Schule deinen Klassenkameraden Adieu zu sagen, der Klassenlehrer weiß schon Bescheid."

„Und was ist mit Ludwig?", fragte Viktor mit dünner Stimme.

„Ludwig? Der bleibt, wo er ist."

Damit verabschiedete sich sein Vater, so freundlich, aber auch so kühl wie meistens.

Viktor blickte auf seine Tasse. Die ‚Befehlsausgabe', wie Ludwig solche Ankündigungen des Konsuls gern nannte, hatte ihn seltsam unberührt gelassen, obwohl sie doch ganz unerwartet über ihn hereingebrochen war. Nur der kleine Trost mit den baldigen Osterferien und der Rückkehr für ein paar Tage, ausgerechnet dieser winzige Lichtschein, löste in ihm für einen Augenblick einen Anflug von Verlassenheit aus; das war so etwas wie ein schon im Voraus aufsteigendes Heimweh. –

In Stefansfeld, obwohl kein großer Ort, musste Herkommer erst eine Weile suchen, bis er schließlich vor einem zweistöckigen Haus mit einem weiten Nutzgarten anhielt und ausstieg.

„Das müsste es sein", sagte er zweifelnd, und auch Viktor hätte sich ein Internat größer vorgestellt. Erst später fand er nach und nach heraus, dass er in einem ehemaligen Kinderheim gelandet war, das seine Betreiberin, eine pensionierte Lehrerin, die einer angesehenen Stuttgarter Familie entstammte, schon vor Jahren aufgegeben hatte, um auf ihre alten Tage nur noch ein knappes Dutzend Schüler aufzunehmen, die als sogenannte Externe die nahe Schlossschule, das eigentliche Internat, besuchten. Sein Vater hatte sich von einer solchen Unterbringung außerhalb des eigentlichen Internats eine strengere Überwachung – er nannte das Viktor gegenüber eine intensivere Betreuung – versprochen.

Herkommer ging zögernd bis an das Gartentor, beugte sich zum Klingelschild hinab, schaute auf seinen Zettel und nickte dann Viktor auffordernd zu. Er klingelte und bevor noch jemand öffnete, kam er zurückgeeilt, um das Gepäck auszuladen. Im ersten Stock sah Viktor hinter einer Scheibe das blasse Gesicht eines Mädchens, das aber sofort verschwand, als er hinaufsah. Es erinnerte ihn ans Bienchen, das gestern Nachmittag nicht zu Hause gewesen war, sodass er sich von ihm nicht einmal hatte verabschieden können.

Schließlich öffnete eine streng wirkende alte Dame die Tür, grauhaarig, großgewachsen und hager, in einem grauen Strickkleid, das bis zum Kinn zugeknöpft war. Überhaupt kamen nur Grautöne an ihr vor, selbst in ihren grauen Augen war nicht ein Hauch von Blau zu finden. Während der paar Schritte von der Haustür bis zum Gartentor, für die sie sich Zeit ließ, schaute sie den Ankömmlingen mit unbewegtem Gesicht entgegen, sehr wach, sehr aufmerksam, aber ohne die geringste einladende Freundlichkeit im Blick. Statt einer Brille trug sie einen Zwicker. Einen Zwicker auf der Nase einer Dame, das hatte Viktor noch nie gesehen.

„Ah, der kleine Viktor Zabener", sagte sie dann nicht einmal unfreundlich, während sie ihm die Hand reichte, würdigte aber den Chauffeur daneben nicht eines Blickes.

„Dein Vater hat mir schon von dir berichtet. Ich hoffe, du wirst schöne Jahre bei uns verleben."

Dass es Jahre werden könnten, dieser Gedanke sprang Viktor hinterrücks an und würgte ihn. Ja – sicherlich würden es Jahre werden! So weit hatte er noch gar nicht gedacht.

„Wir müssen gleich noch zusammen ein paar Formalitäten erledigen. Dann zeige ich dir das Haus."

Viktor hatte noch nicht ein Wort gesprochen.

„Ja", sagte er jetzt, sich widerstandslos in alles fügend.

„Schaffen Sie das Gepäck gleich nach oben in den zweiten Stock", befahl sie Herkommer, den sie dabei kaum ansah. „Das Zimmer links von der Treppe!"

Vielleicht hätte Vater uns doch mit dem großen Wagen fahren lassen sollen, dachte Viktor.

Als Herkommer alles heraufgebracht hatte, verabschiedete er sich ungewohnt herzlich von ihm, richtig traurig schien er zu sein und strich ihm zum Schluss sogar über das Haar. Im Wegfahren winkte er noch ein paar Mal, Viktor winkte verzweifelt zurück und schaute ihm noch lange nach. Dann war der Buick nicht mehr zu sehen. Viktor wurde klar, dass damit auch das letzte vertraute Ding aus seinen Kinderjahren verschwunden war, und er nickte nur noch vor sich hin, als wollte er bestätigen, dass soeben seine Kindheit zu Ende gegangen war. –

Ludwig ging verdrossen am Flussufer entlang, seine Schritte waren langsam und ziellos, man mochte manchmal fast glauben, gleich würde er stehenbleiben.

Seit letztem Jahr, als Viktor ins Internat gesteckt worden war, hatte sich vieles verändert. Nicht nur, dass er sich nicht mehr mit ihm treffen konnte – was hatten sie doch alles an Spielen erfunden! Nicht nur, dass er morgens allein zur Schule gehen musste – und wie schön war doch stets der Nachhauseweg, besonders, wenn sie sich noch diesen oder jenen kleinen Umweg geleistet hatten! Und nicht nur, dass man bei den Hausaufgaben mal schnell die Köpfe hatte zusammenstecken können – eine gepfiffene Erkennungsmelodie im Innenhof, obwohl verboten, hatte genügt, und schon war Viktor oben am Fenster erschienen. Nein, auch sonst war seit letztem Jahr ohne Viktor alles anders geworden, ohne dass er genau hätte sagen können, was da anders geworden war, und erst recht nicht, woran das lag.

Bienchen war in letzter Zeit arg unzugänglich gewesen, stets hatte sie noch etwas anderes und Wichtigeres zu tun – ob das nur Ausreden waren? Ob ihr Vater, der Dr. Strauss, dahintersteckte, wegen dieser Geschichte mit den Hunden und seinem Auto? Jedenfalls schien ihr nicht sehr daran gelegen, mit ihm etwas zu unternehmen. Zu dritt waren sie eine kleine, feine Bande gewesen, aber zu zweit, da funktionierte das nicht mehr. Vielleicht hatte Bienchen früher wohl eher wegen Viktor als seinetwegen mitgetan. Könnte sein.

Auch in der Schule hatte er in letzter Zeit bei Streitereien in der Klasse einen schweren Stand. Obwohl er gewiss viel stärker als Viktor war, mit Viktor auf seiner Seite hatte er sich viel leichter durchsetzen können, ganz egal, worum es gegangen war. Jetzt aber kam es ihm manchmal vor, als ob sie sich alle gegen ihn verabredet hätten. So etwas war ihm schon einmal aufgefallen, bei der Waldfreizeit der evangelischen Jugend, da war Viktor ja auch nicht mit dabei, weil er katholisch ist. Die anderen hatten ihn alle schief angesehen und unfreundlich oder abweisend gar behandelt. Alle, obwohl nur wenige einander vorher schon gekannt hatten. Und das Schlimmste war, wenn sie ihn einfach stehen ließen. Mit keinem Einzigen hatte er sich ein bisschen anfreunden können.

So er sich recht erinnerte, setzten die ganzen Schwierigkeiten schon zu einer Zeit ein, als Viktor noch da war, und zwar – jawohl, so war es – es begann, nachdem er von Dr. Strauss rausgeworfen worden war und die Hunde nicht mehr ausführen durfte, ja, jetzt wurde es ihm ganz deutlich, seither war alle Welt so hässlich zu ihm, auch Personen, die von dem Vorfall bei Dr. Strauss gar nichts wissen konnten. Nur Viktor hatte diese Vorbehalte, die alle ihm gegenüber hatten, irgendwie auffangen oder ableiten können, ohne dass ihm das damals aufgefallen wäre. Für mich hat das alles hier, ging ihm durch den Kopf, keinen Wert mehr, ich habe hier keine Chancen mehr ohne den Viktor, bei niemandem.

Erst jetzt, da er weg war, spürte Ludwig, wie wichtig Viktor für ihn gewesen war. Den vollen Zusammenhang freilich hatte Ludwig nicht durchschaut. War es doch wohl so: Seine Erfolge mit den Hunden von Dr. Strauss hatten ihm die erste große Anerkennung in seinem Leben eingebracht. Er konnte etwas, was andere nicht so gut konnten, und war stolz darauf. Umso härter hatte ihn sein plötzlicher Rauswurf bei Dr. Strauss getroffen. Wie geprügelt und weichgeklopft war er damals aus dem Strausssche Haus getaumelt, alles Selbstvertrauen hatte er verloren, und mit wem er danach auch zusammentraf, überall signalisierte er unwillkürlich seine Bereitschaft zu völliger Unterordnung, stets darum bettelnd, ein wenig beachtet, angenommen und aufgenommen zu werden. Entsprechend geringschätzig wurde er behandelt, und je schlechter er behandelt wurde, desto schlimmer seine kuschende Unterordnung.

Viktor hatte ihm neulich einen seitenlangen Brief geschrieben – nie hätte er damit gerechnet –, in dem er das Leben im Internat schilderte und in dem auch die einzelnen Lehrer so schön beschrieben waren, dass Ludwig sie fast vor sich sah. Auch auf ihre früheren Streiche war er zu sprechen gekommen, und dass sie auch ihm sehr fehlten, hatte er geschrieben. Aber wahrscheinlich hat er jetzt neue Freunde, irgendwelche reichen Pinkel, obwohl er ihn am Schluss doch seinen alten Freund aus alten Zeiten genannt hat und sogar ihre Milchbruderschaft noch einmal erwähnte. Das hätte er ja nicht zu tun brauchen, wenn ihm nicht danach gewesen wäre, und das hatte Ludwigs Stimmung für eine Weile aufgehellt.

Er hatte versucht, ihm mit einem ebenso schönen Brief zu antworten. Aber was sollte er Viktor schon mitteilen? Es gab überhaupt nichts Neues hier, und die Gefühle, die er Viktor gegenüber hegte, konnte er gar nicht so genau spüren, wie er sie hätte spüren müssen, um sie zu schildern, und niederschreiben konnte er sie erst recht nicht. Er hatte mehrmals angesetzt, aber der Brief wollte ihm nicht gelingen, alles viel zu unbeholfen, das merkte er beim Durchlesen selbst. Und viel zu kurz war der Brief geraten, und er enthielt nur ein paar leere Allerweltsredensarten – kein Vergleich zu Viktors Brief, der an manchen Stellen geradezu strotzte vor Lebenslust – nein, so konnte er seinen Brief nicht abschicken. Vielleicht würde er es heute Abend noch einmal versuchen.

Hier unten am Rhein war er immer mit den beiden *Alsatians* entlanggezogen. Bei dem schmalen Weg hier musste man, wenn man einen Prügel zum Apportieren warf, gut aufpassen, damit er ja nicht auf die steile Böschung fiel und dann ins Wasser hinunterkullerte. Denn da kannten die Hunde nichts, selbst im strengen Winter sprangen sie ohne Zögern ins eiskalte Wasser, und er hatte danach bei Straussens die Scherereien. Eigentlich war er froh, dass er da nicht mehr hin brauchte, nur wegen der Hunde tat es ihm leid. Er musste plötzlich daran denken, dass sein Vater von jeher schon gern mal über die Juden geschimpft hat; er hatte ihm dann manchmal entgegengehalten, dass aber Straussens doch gewiss anständige Juden seien, doch sein Vater hatte dann gewöhnlich „Jud bleibt Jud" gebrummt, und da hatte er wohl wirklich einmal recht. Höchstens Bienchen, meinte Ludwig, könnte vielleicht eine Ausnahme sein.

Heimwärts machte er dann noch einen großen Bogen durch die Stadt und kam viel zu spät zum Abendessen, was ihm einen schroffen Rüffel von seinem Vater eintrug. Schweigend, aber ohne Trotz im Gesicht, ging er in sein Zimmer. –

In den folgenden Monaten gab es immer wieder neue Zusammenstöße zwischen dem alten Herkommer und seinem Sohn, die nicht weiter erwähnenswert wären, wenn Ludwig dabei nicht von Mal zu Mal weniger beteiligt gewirkt hätte, was sicherlich mit ein Grund dafür war, dass der alte Herkommer, der ‚mehr Wirkung', wie er sagte, erwartete, von Mal zu Mal heftiger wurde. Aber anstatt ‚Wirkung zu zeigen', was ihm gewiss eine mildere Behandlung eingebracht hätte, ging Ludwig jedes Mal, wenn die Standpauke oder Schlimmeres beendet war, bemerkenswert unberührt und ungerührt mit gleichgültigem Gesicht in sein Zimmer, ohne das geringste Anzeichen von Reue oder wenigstens Einsicht, aber auch ohne jeden Anflug einer Verstocktheit oder gar von abschätzigem Hohn.

Er sprach in dieser Zeit kaum einmal mehr mit seiner Mutter und mit seinem Vater schon gar nicht. Jedenfalls würde er eines Tages abhauen, das war sicher. –

9_Alte Regimentskameraden

„Mein lieber Zabener", begrüßte Dr. Strauss den Konsul herzlich, „das freut mich aber, dass es jetzt endlich geklappt hat mit uns beiden!"

„Wurde auch höchste Zeit, Strauss!", sagte Zabener und schüttelte Dr. Strauss lange die Hand und klopfte ihm dabei mit der Linken auf die Schulter. Waren es alte Gepflogenheiten aus einer studentischen Korporation, waren es Überreste aus gemeinsamer Militärzeit, Zabener und Strauss duzten sich jedenfalls und redeten sich zugleich mit dem Familiennamen an.

Strauss hatte den Konsul zum Abendessen eingeladen und einen runden Tisch für zwei Personen decken lassen.

Es war noch hell, und so schlenderten sie erst noch ein wenig durch den Garten. Als sie dann am Tisch einander gegenüber Platz genommen hatten, saßen sie doch ziemlich weit entfernt voneinander, und Zabener gestand nach vorn gebeugt und, nachdem er mehrmals ‚bitte?', ‚bitte sehr?' und ‚wie bitte?' hatte zurückfragen müssen, ein, dass er in letzter Zeit eben doch gewisse Probleme mit den Ohren hätte.

„Nein, nein, nicht dass ich schlecht hörte, Strauss, im Gegenteil, ich höre sogar ausgezeichnet, ich verstehe nur nicht so gut, vor allem, wenn die Räume etwas hallig sind."

Und ob es denn nicht vielleicht möglich sei, dass sie ein bisschen näher zusammenrückten, was zu bitten ihm allerdings fast peinlich sei, da der wirklich wunderschön gedeckte Tisch umgeräumt werden müsse. Strauss zögerte keinen Augenblick und ließ sein Gedeck mit den ganzen Gläsern, Schälchen und Extrabestecken näher an den Platz von Zabener heranrücken, für das geübte Personal eine Sache von Augenblicken, und schon saßen sie fast nebeneinander. Es war Strauss in letzter Zeit schon öfter aufgefallen, wie konzentriert ihn Zabener beim Zuhören ansah, und so achtete er jetzt genauer darauf, und tatsächlich, wenn er etwas sagte, blickte ihm Zabener sofort aufmerksam auf den Mund.

„Gut sehen kann ich schlecht", scherzte der Konsul und putzte seine schwere Brille, „aber schlecht hören kann ich gut."

„Vielleicht eine Kriegsfolge, Zabener?"

„Und ob! La Boiselle, Somme-Schlacht 1916. Ich habe tagelang fast überhaupt nichts mehr gehört!"

„Jetzt sind wir doch wieder beim Krieg gelandet!", lachte Strauss, „wir haben uns doch geschworen, diesmal von was anderem zu reden."

„Wenn das nur so leicht wäre, Strauss."

„Wir sind doch alle vom Krieg verdorben und versaut bis ins letzte Glied! Erst das August-Erlebnis zu Kriegsbeginn – gewiss, es war trügerisch, aber als Erlebnis war es einzigartig, ich habe weder vorher noch nachher je eine derartige Begeisterung erlebt, die alle durchdrang, großartig – noch nie waren sich die Deutschen so einig! Und dann dieser Absturz – nein, nicht Absturz, Zabener, sondern diese Enttäuschung, die sich ganz allmählich, aber unaufhaltsam einschlich. August 1914, das war das erste Mal in meinem Leben, dass ich die Hoffnung hatte – eigentlich mehr als eine Hoffnung, ich war mir damals sogar ganz sicher –, dass das das Ende des Antisemitismus in Deutschland war."

„Ich hatte da zwei jüdische Kameraden im Regiment", erinnerte sich Zabener, „beide Zugführer und Leutnant der Reserve – der eine war ein merkwürdig blasierter Mensch, ich konnte so gar nicht mit ihm –, aber die beiden haben gekämpft wie die Löwen. Wann immer Freiwillige für eine heikle Aufgabe gebraucht wurden, die zwei waren zur Stelle."

„Eben, Zabener! Die jüdischen Frontkämpfer, Kriegsfreiwillige fast durch die Bank, waren nicht nur Patrioten, sondern sie sahen in ihrem Fronteinsatz und ihrer Bewährung die große Chance für die Juden in Deutschland", ereiferte sich Strauss. „Sie kämpften nicht nur für das Reich, Zabener, sondern auch für die Stellung der Juden in Deutschland. Ich war auch nicht frei davon."

„Aber ich glaube, das war nur am Anfang des Krieges so. Die Enttäuschung blieb doch nicht aus."

„Ja, sie kam schon bald. Und dann die Judenzählung Herbst 1916, da, Zabener, war alles endgültig vorbei.[5] Als die 1918 den Bund der Frontsoldaten, diesen Stahlhelm, gründeten, blieben Juden ausgeschlossen. Frontkämpfer, Zabener, Frontkämpfer mit hohen Auszeichnungen! Ich hätte auch nicht die geringste Lust verspürt, mich denen anzuschließen. Da waren mir viel zu viele Scharfmacher und Säbelrassler dabei. Nur deshalb kam es ja dann zu unserem Reichsbund jüdischer Frontsoldaten. Und die waren die eigentlichen Kämpfer für die Weimarer Republik!", rief Strauss, aber dann schwieg er bekümmert, und das Feuer erlosch.

Als Zabener sah, wie verzweifelt Strauss dreinschaute, versuchte er, das Gespräch in andere Bahnen zu lenken und nutzte die kurze Pause, die durch Straussens Schweigen entstanden war, um sich nach der Familie zu erkundigen.

„Was macht Sabine?“

„Oh, Bienchen geht es gut“, antwortete Strauss, und seine Stimme wirkte wie erleichtert, als ob er dankbar wäre für das neue Terrain ihres Gesprächs. „Sie macht auf der Violine große Fortschritte. Auch in der Schule – alles in Ordnung. Sie ist natürlich viel allein, aber sie weiß sich zu beschäftigen. Ich glaube manchmal, dass sie ganz gern allein ist. Trotzdem fehlt ihr jetzt wohl gelegentlich ihr Spielkamerad Viktor. Wenn ich auf Reisen bin, muss ich keine Sorge haben, das Personal kümmert sich genügend um Bienchen, und der Haushalt klappt so einigermaßen – freilich manchmal eher schlecht als recht. Ein großer Haushalt funktioniert eben nicht ohne Weiteres ohne Hausherrin, und Bienchen ist da noch viel zu klein, obwohl sie sich rührend Mühe gibt.“

„Mir steht das jetzt wohl noch bevor. Du weißt ja, Agnes ist in ihr Elternhaus zurückgekehrt, wie sie es genannt hat; bis auf weiteres. Mir blieb gar nichts anderes übrig, als Viktor in ein Internat zu geben, zum Glück mit einer besonders guten persönlichen Betreuung. Viktor ist in einem schwierigen Alter.“

„Bienchen hatte sich seinerzeit mit Händen und Füßen gegen ein Internat gesträubt.“

„Nein – Viktor nicht. Er war überrascht, natürlich, aber irgendwie auch neugierig. Er suchte ja auch hier ständig nach neuen Herausforderungen, das machte mir zunehmend Sorge. Es waren die allerverwegensten Streiche, die er mit seinem Kumpan, dem kleinen Herkommer, ausgeheckt hat. Einer versuchte, den anderen zu übertreffen, zwischen den beiden herrscht ja ständige Rivalität! Von der jüngsten Missetat habe ich überhaupt erst über die Staatsanwaltschaft erfahren; zum Glück kennt man dort so einige Leute. Haben diese Burschen doch versucht – was heißt versucht, sie haben es getan –, sie sind auf der Breiten Straße mit dem Fahrrad zwischen zwei Straßenbahnen, die sich begegneten, hindurchgefahren! Das Ganze bei Dunkelheit, damit die Wagenführer sie nicht sehen. Aber der kleine Herkommer ist von einem der Schaffner erkannt worden, und so ist die ganze Geschichte ins Rollen gekommen.“

Der Konsul erinnerte sich noch allzu genau. „Ist halb so wild", hatte Viktor ihn damals zu beschwichtigen versucht, „das sieht bloß so gefährlich aus. Das haben wir vorher alles genauestens geklärt. Du musst nur ebenso schnell fahren wie die Straßenbahn rechts neben dir – die fahren in der Innenstadt nicht so schnell –, dann kannst du, wenn der Gegenzug kommt, dich mit dem Ellenbogen sogar ganz leicht rechts abstützen und hast links von der Lenkstange noch gut zwei Handbreit Platz, das ist alles." – Aber da hatte er ihm aufgebracht entgegnet: „Was heißt hier ‚Du musst nur'? Was heißt da ‚du'? Willst du mir womöglich beibringen, wie ich mich mit dem Fahrrad zwischen zwei sich begegnenden Straßenbahnzügen hindurchzwängen kann? Eine ausgesprochen dämliche Mutprobe, Viktor! Eine Mutprobe nach gegenseitigem Aufschaukeln war das!" – Er konnte sich noch an jedes Wort erinnern.

„Und das, Strauss, hatte den letzten Anstoß für das Internat gegeben."

Vor sich hinmurmelnd setzte er noch nach: „Jetzt ist er fort." Aber nach einer kurzen Pause fuhr er laut fort: „Er ist bestimmt dort gut – er ist bestimmt dort besser aufgehoben als hier."

„Bienchen jedenfalls hat Viktors plötzliche Abreise sehr überrascht. Als sie nach Hause kam und hörte, dass Viktor vorbeigeschaut hat, um sich von ihr zu verabschieden, war sie richtig traurig und hat dem Kanarienvogel den Trauermarsch von Mahler vorgespielt – rührend!"

„Auf der Violine?", fragte der Konsul zerstreut.

„Ja. Auswendig, natürlich nur einige Passagen, aber immerhin, und diese dafür mehrmals nacheinander und jedes Mal trauriger – herrlich! – und schließlich sogar geradezu schluchzend mit entsetzlich übertreibenden Klagetönen. Wobei sie allerdings am Schluss selbst lachen musste und sagte, dass das Letzte – aber nur das Letzte! – bloß ein Scherz gewesen sei."

„Erstaunlich, wie sie mit ihrer Geige schon umgeht!"

„Ich habe ihr aber gleich gesagt, dass jeder Scherz im Leben einen ernsten Ursprung hat. Jeder Scherz, der irgendwo auf der Welt gemacht wird – oder gemacht worden ist oder gemacht werden wird –, überall und ausnahmslos, hat im Hintergrund einen ernsthaften Ursprung, man kann auch sagen: einen durchaus ernstgemeinten

Kern, und sei er noch so klein. Sonst wäre es zu diesem Scherz nämlich überhaupt nicht gekommen. Und Sabine, die ein kluges Kind ist, hat sichtbar nachgedacht und ernst dazu genickt."

„Ja, sie ist ein kluges und nachdenkliches Kind."

„Ihre große Hoffnung ist es, einmal auf der Guarneri spielen zu dürfen. Das ist ihr allergrößter Wunsch, dem sie alles andere unterordnet. Deshalb übt sie auch so besessen und hofft, mich eines Tages überreden zu können. Das Instrument ist zwar auf Jahre hinaus ausgeliehen, aber das schlaue Bienchen hat sich mit meiner Sekretärin angefreundet und weiß so wenigstens, wo sich die geliebte Violine befindet und zu welchen Konzerten in der Welt sie demnächst reist."

„Warum bist du da so streng, Strauss? Eine in Aussicht gestellte Belohnung hilft manchmal mehr als alles andere. Versprich ihr doch, dass sie darauf spielen darf, wenn die Guarneri wieder einmal im Hause ist, bevor sie dann wieder ein anderer Geiger bekommt. Oder fürchtest du, dass Bienchen etwas kaputtmachen könnte? Es soll doch sogar gut sein für den Klang, wenn solche Instrumente viel gespielt werden – stimmt das? Oder gilt das nur, wenn ein Virtuose darauf spielt?"

„Nein, nein, ich befürchte etwas ganz anderes. Wenn Bienchen auch nur ein einziges Mal auf diesem Instrument gespielt hat, schon nach den ersten Tönen, wird sie womöglich nicht mehr auf ihrer eigenen Violine spielen wollen. Mindestens hat sie dann nicht mehr diese Freude daran. Du machst dir ja keinen Begriff, Zabener, welch unglaublicher Unterschied zwischen einer alltäglichen Violine und dieser Guarneri besteht – dabei hat Bienchen keineswegs ein geringes Instrument! Ich bin ja nur ein kleiner Stümper auf der Violine, im Gegensatz zu meinem Vater. Wenn der einmal das gleiche Stück auf der Guarneri und dann auf der Violine meiner Mutter spielte, hörte sogar ich den Unterschied. Meine Mutter lachte nur dazu und sagte, das sei die Ausstrahlung der Guarneri, und deshalb spiele er auf ihr einfach besser. Da ist natürlich etwas dran! Wann immer ich es einmal selbst versuchte – mit einem eher schlechten Gewissen, denn bei meinen bescheidenen Fertigkeiten schien mir das fast ein Sakrileg –, wann immer ich es also einmal selbst versuchte, klang alles viel vollkommener, für mich selbst manchmal sogar geradezu hinreißend, wenigstens für ein paar Takte. Alles ging auch viel müheloser, du musst wissen, ein solches Instrument spricht tatsächlich auch viel leichter an und ist sofort voll da! Wenn es gut läuft, dann hast du das Gefühl, noch bevor du den Bogen aufsetzt –", Strauss stockte und suchte nach einer passenden Formulierung, „– manchmal glaubst du, die Saite fange bereits an zu schwingen einen winzigen Augenblick, bevor du sie berührst", schwärmte Strauss, „und genau im richtigen Ton, in der richtigen Stärke, in der richtigen Modulation! Ein solches Instrument hat ja ein verborgenes Leben und eine Seele und darum auch ein Gedächtnis und es weiß auf eine geheimnisvolle Weise, wie das Stück weitergeht. Je besser der Ton, den du anstreichst, mit jenem übereinstimmt, den das Instrument kennt – da gibt es ja unendlich viele Nuancen und Möglichkeiten der Variation –, umso vollendeter dann der Klang. Und das nicht bei einem einzigen Ton, sondern bei einer ganzen Folge von Tönen, bei einem ganzen Satz, bei einem ganzen Konzert! Das ist wohl der Grund, warum ein solches Instrument, von Könnern gespielt, im Laufe der Jahrzehnte sich selbst immer mehr veredelt. Es ist, als ob das Instrument im Laufe der Jahrzehnte mit immer größerer Gewissheit ahne, wie die nächsten Töne klingen könnten."

Zabener nickte: „Es hat ein Gedächtnis –"

„Das weiß jeder Virtuose", sagte Strauss, „und es lernt dazu! Aber man spricht nicht weiter darüber, das ist alles zu wenig beweisbar. Aber absolut gesichert ist, dass auch ein Virtuose, ja gerade der Virtuose, eine Violine, und sei sie noch so berühmt, erst *einspielen* muss – das ist genau dieser Vorgang, und der kann manchmal Monate dauern."

„Wobei aber die Frage ist, ob der Geiger tatsächlich die Geige einspielt oder ob er sich nicht umgekehrt allmählich selber auf der Geige einspielt."

„Auf jeden Fall ein Anpassungsprozess, wahrscheinlich ein beidseitiger", räumte Strauss ein.

Strauss war gegen Ende seiner langen Rede leiser geworden und verstummte jetzt ganz, denn er fürchtete, dem Freund schon zu viel von seinen Violinengeheimnissen offenbart zu haben, doch Zabener schmunzelte nur über Straussens Überschwang. –

So sprachen sie über dieses und jenes, lange über das Abendessen hinaus. Doch mitten in dieser gelösten Stimmung wurde der Konsul zunehmend unruhig und fing an, sich unbehaglich auf seinem Stuhl hin und her zu bewegen.

„Strauss, ich muss da doch noch einmal auf die unselige Politik zurückkommen", und beide spürten sie, als er fortfuhr, dass sie wieder bei ihrem eigentlichen Thema, das sie beherrschte und unter dem sie litten, angelangt waren. „Ich hatte anfangs auch, genau wie du, viel Sympathie für Weimar und habe große Hoffnungen in die neue Republik gesetzt, ganz im Gegensatz zu vielen meiner Kriegskameraden und auch im Gegensatz zu den meisten in meiner alten Breslauer Verbindung. Ich habe überall in meinem Bekanntenkreis für die junge Republik geworben und gekämpft. Aber nach Versailles fühlte ich mich doch – wie die meisten, die für Weimar waren –, richtig im Stich gelassen und musste, spätestens mit der Besetzung des Ruhrgebiets[6], allmählich einsehen", und dabei setzte er sich aufrecht, „dass eine nationale Gesinnung es einfach erfordert, sich stärker auf die alten Werte zurückzubesinnen."

„Na ja –", setzte Strauss an, entschied sich dann aber doch, den Blick noch einmal auf die Vergangenheit zu richten, „gerade unsereiner, Zabener, hat sich ja kolossal verändert in diesen vier, fünf Jahren des Krieges! Erst diese überschäumende Begeisterung, dann die Ernüchterung – und bei mir noch diese tiefe Kränkung durch die Judenzählung –, dann, noch im Krieg, der immer schärfer werdende Blick für einen hohlen Militarismus und zugleich das wachsende Verständnis für die Arbeiterschaft. Die haben wir ja vorher überhaupt nicht gekannt! Und dann nach Kriegsende, nachdem die närrisch gewordenen Soldatenräte abgeschüttelt waren und wir einer Rätediktatur entgangen sind, bei allem Durcheinander und aller Not plötzlich die Aussicht – zum Greifen nah! – auf etwas gänzlich Neues, was es noch nie so recht gegeben hat in Deutschland: eine Demokratie! Dafür hat ja schon, wie du mir erzählt hast, dein Großvater 1849 in Rastatt gekämpft. Stell dir vor: eine Demokratie in Deutschland! Eine Republik, die Weimarer Republik! Mensch, Zabener, etwas, das die ganzen alten Verkrustungen aufsprengen würde! Lammfromm und zahm waren wir 1914 doch alle noch, sauber aus- und abgerichtet auf Militär und Kaiser und den ganzen Wilhelminismus. Aber dann sind wir, sofern den Schlachtfeldern entronnen, als ganz anderen Menschen aus diesem Krieg herausgekommen."

„Nicht alle als ganz anderen Menschen, nicht alle – es waren eigentlich nur wenige. Es waren zu wenige. Und wir wurden allmählich noch weniger. Keiner mag heute mehr für die gute Sache kämpfen, ich sehe es ja an mir selbst. Das war der Versailles-Effekt. Da musste man sich doch verraten fühlen. Nicht nur durch die Maßlosigkeit der Forderungen – man kann ruhig auch sagen: durch die betonte Einseitigkeit des Vertrages –, sondern vor allem auch durch die ganzen entwürdigenden Umstände, durch diese beabsichtigte Kränkung des besiegten Gegners. Aber die anderen bei uns, die Verächter und die Feinde der Republik, die fühlten sich durch Versailles ja keineswegs verraten, sondern im Gegenteil nur bestätigt. Die triumphierten doch geradezu! Die eigentlich Betroffenen waren doch wir! Rantzaus Rücktritt als Außenminister war der Anfang der Resignation und war seine Antwort auf den Versailler Vertrag. ‚Ein Verbrechen an Deutschland', so hat er den Vertrag genannt, du weißt das ja alles –. Brockdorff-Rantzau kam zwar aus einer ganz konservativen Ecke –"

„Wie du eigentlich auch", lachte Strauss dazwischen.

„– ein steifbeiniger Aristokrat bis zum Letzten und ein selten harter Knochen noch dazu, aber er hat sich dann doch noch zu einem Mann entwickelt, der an die junge Demokratie glaubte. Der hat doch konsequent demokratische Positionen vertreten, auch später als Botschafter in Moskau, da war er doch um ein gutes Verhältnis zu Russland bemüht, aber die geheime militärische Zusammenarbeit lehnte er strikt ab. Der lag deshalb ein paar Mal mit dem Truppenamt ganz schön über Kreuz – jetzt ist er tot."

„Was ist das, ‚Truppenamt'?", fragte Strauss, „eine Art Nachfolge des Kriegsministeriums?"

„Das ist die Tarnbezeichnung für den verbotenen Generalstab, mein Lieber", brummte Zabener, „auf dass sie es bald wieder krachen lassen können!"

„Meinst du wirklich?"

„Ich fürchte, ja, Strauss. Seit der Inflation ist es zwar, wenn auch langsam und mühsam, wieder bergauf gegangen. Die Währung wieder geordnet, die Wirtschaft erholt sich mit den Dawes-Krediten, das Ansehen in der Welt nahm wieder zu, Stresemann und Briand erreichten sogar eine erste Annäherung, alles schön und gut – aber spätestens seit der Wirtschaftskrise sieht es doch schon wieder bedrohlich aus. Unsere Demokratie hat einfach keine Wurzeln!"

Lauter fuhr Zabener fort: „Wo gibt es denn das sonst noch in der Welt, „zwei Flaggen gleichzeitig! Unsere Auslandsmissionen zeigen die demokratische Reichsflagge Schwarz-Rot-Gold und hissen gleichzeitig noch als Handelsflagge die schwarz-weiß-rote Flagge des Kaiserreichs! Nirgends kannst du besser sehen, wie wackelig unsere Republik ist!"

Beide schwiegen sie eine Weile verdrossen. Dann wurde Zabener immer ärgerlicher: „Im Grunde genommen interessiert mich ja dieser ganze politische Mist überhaupt nicht mehr! Das sind diese Journalisten – und natürlich auch die Parteien, die Politiker, die Parlamentarier –, die da ein künstliches Interesse bei der Bevölkerung erzeugen und aufrechterhalten wollen. Diese Zeitungsleute! Gleich auf der ersten Seite geht es damit los, als ob die Politik das Wichtigste sei im Leben! Das setzen die einfach voraus und schreiben drauflos, mit der Zeit wird es dann tatsächlich so! Wirtschaftsnachrichten und auch Kultur, Theater, interessante Veranstaltungen, Reisen, technische Fortschritte, das würde mich alles viel mehr interessieren."

Der Konsul war richtig zornig geworden. Strauss versuchte, ihn zu beschwichtigen:

„Du hast ja nicht ganz unrecht, Zabener, aber man muss wissen, was geschieht in der Welt!"

„Ach was, nichts muss man wissen! Wir haben ja doch keinen Einfluss! Nicht den geringsten Einfluss haben wir!"

„Aber es ist doch nicht zu bestreiten, Zabener, dass heutzutage, wo die Unruhe immer größer wird, sich weite Kreise tatsächlich für das politische Geschehen zu interessieren beginnen und dafür, wie es weitergeht. Das ist gut so!"

„Das sind doch die Journalisten selbst, die das alles so hochspielen! Und die sich dann auch noch frech als Kontrollinstanz gebärden und Lob und Tadel verteilen, diese ewigen Besserwisser!"

„Den Politikern natürlich kann es nur recht sein, wenn sie in der

Presse genügend Beachtung finden", gab Strauss zu bedenken. „Ein Abgeordneter der Deutschnationalen, an sich ein kluger Mann, sagte mir kürzlich, dass eine bloße Erwähnung in der Presse fast ebenso wichtig sei wie eine zustimmende Erwähnung, weshalb ihm sogar eine ablehnende Erwähnung immer noch lieber sei als überhaupt keine. Es käme eben nur darauf an, dass man nicht gleich sämtliche Blätter von links nach rechts unisono gegen sich habe – einige wenige zustimmende Äußerungen, von den richtigen Leuten in den richtigen Blättern, das reiche schon vollständig aus."

„Ach, geh mir fort, Strauss! Diese schlauen Taktiker! Die Politiker, so sollte man doch meinen, entscheiden im Parlament aufgrund ihrer Gesinnung, stattdessen sind das alles Interessenvertreter, und ihre oberste Richtschnur ist die eigene Karriere! Das sind zum großen Teil doch reine Wichtigtuer, denen es vor allem darum geht, dass sie an der Macht bleiben, dass sie wiedergewählt werden! Leute mit zweifelhafter Berufsausbildung und von ungewisser Herkunft, die da Morgenluft wittern!"

Inzwischen war, trotz der späten Stunde, der Chauffeur Herkommer vorsichtig eingetreten, um ein verschnürtes Aktenbündel beim Konsul abzuliefern, das er in einer Baseler Kanzlei hatte abholen sollen. Er blieb, solange der Konsul sprach, an der Tür stehen, ganz wohlerzogener Chauffeur, mit unbewegtem, aber aufmerksamem Gesicht, das Aktenbündel in der einen, die abgenommene Dienstmütze in der anderen Hand.

„Ah, Herkommer, guten Abend! Sie sind schon wieder zurück? Ganz schöne Strecke! Hat alles gut geklappt?", sagte Zabener in einen plötzlich ungleich freundlicheren Ton und nahm die Akten entgegen. „Das hätte auch bis morgen früh noch Zeit gehabt. Sie hätten nach der langen Fahrt nicht erst noch zu Dr. Strauss herüberzukommen brauchen! Aber es ist vielleicht doch besser, wenn ich die Akten jetzt schon bekomme. Vielen Dank, Herkommer, gut gemacht!"

Und weil sie schließlich Kriegskameraden waren, fügte er noch hinzu: „Komm, setzen Sie sich noch auf ein Gläschen zu uns!"

Als Herkommer merkte, dass ihm Lob und Anerkennung begegneten, machte er ein pfiffiges Gesicht, wie er es immer tat, wenn er glaubte, zu einer Unterhaltung etwas beitragen zu sollen. Kaum saß er richtig, ergänzte er die Kanonade des Konsuls auch schon mit seiner ersten Bemerkung, bei der bereits der Ton, in dem er sie vortrug, erkennen ließ, dass das sein endgültig abschließendes Urteil zum Thema Politikerqualifikation sein würde.

„Politiker, das ist der einzige Beruf außer Hausfrau, den man nicht vorher erlernen muss."

„Überhaupt", fuhr er nach einer kurzen Pause, in der er die Wirkung seiner Worte prüfte, fort, „was machen die schon im Parlament? Die quasseln und disputieren ununterbrochen. Anstatt was zu tun! Und was das alles kostet! Die, wo die größte Klappe haben, haben den größten Erfolg, das ist ja immer so. Aber mit bloßem Rumquatschen kommen wir weiss Gott nicht voran!"

Er nahm einen Schluck, und man konnte fast sehen, wie ihm im gleichen Augenblick Weiteres zum Thema einfiel, sodass er das Glas rasch wieder abstellte und ohne Zögern fortfuhr.

„Wenn's nur beim Gequatsche bliebe! Aber die reden ja nur gegeneinander und zanken ununterbrochen und werfen sich die übelsten Schimpfwörter an den Kopf. Da kann nie etwas Gescheites herauskommen. Von meinem Kussäng, der schafft in Berlin bei Grieneisen, hab ich erzählt gekriegt, dass da manchmal im Parlament sogar richtige Prügeleien vorkommen! Das glaubst du nicht, hat er gesagt, wie sich diese Leute, die uns doch regieren sollen, in Wirklichkeit benehmen. Nee, das brauchen wir nicht."

Herkommer, der sonst seine Unterordnung stets zu erkennen gab und dem Konsul manchmal fast zu devot auftrat, hatte jede Scheu verloren und war nicht mehr aufzuhalten. Dass die Herren offenbar nicht mitreden wollten, beflügelte ihn nur noch.

„Das hatte gerade noch gefehlt, dass wir zu allem auch noch die Regierungsform dieser Siegesstaaten auf die Dauer übernehmen! Oder? – Demokratie heißt immer auch Unordnung und Durcheinander!"

Zabener war es plötzlich peinlich, sich vorhin in Herkommers Gegenwart so unbeherrscht über die Politik geäußert zu haben. Man hätte Herkommer doch nicht in das Gespräch mit einbeziehen dürfen, denn was er jetzt, offenbar nicht ohne Behagen, von sich gab, das waren Stammtischparolen von irgendwelchen ominösen Parteitreffen in Hinterzimmern. Vielleicht würde man noch heraushören können von welchen.

Herkommer ließ sich dann noch lang und breit über die Rheinlandbesetzung und die Ruhrinvasion aus, wie er das nannte, durch die Franzosen und Belgier, kam ausführlich auf den Zerfall aller Ordnung (‚wo du auch hinschaust!') zu sprechen, wobei unter Ordnung, wie er betonte, auch Anstand und Sitte zu verstehen sei. ‚Da war ich doch neulich mit meinem Kussäng in Berlin ganz zufällig abends in die Kleiststraße gekommen, in der Nähe vom Nollendorfplatz, da ist auch das Kleist-Kasino und so – au Backe, kann man da nur sagen! Mein lieber Mann!' und er nickte dazu bedeutungsschwer; und schließlich nahm er sich zum Schluss noch ausführlich die ehemaligen deutschen Kolonien vor (‚die hätte man niemals aus der Hand geben dürfen') – alles, was er sagte, war zwar mit bemerkenswerten Details versehen, doch alles in der einseitigen Verzerrung einer Stammtischperspektive und natürlich stets vorgebracht in einem Ton höchster Gewissheit. –

Später dann, als Herkommer wieder abgezogen war, fragte Strauss, etwas erschöpft von dessen langem Monolog: „Was hat er wohl mit seiner Hand gemacht? Das ist mir noch nie aufgefallen, ich bin im ersten Moment beinah erschrocken, als er nach seinem Glas griff!"

„Verwundung im Krieg. Ihm fehlen drei Finger fast in ihrer ganzen Länge, er hat nur noch den Daumen und den kleinen Finger. Für ihn war das der Heimatschuss. Ich habe ihn dann erst ein paar Jahre nach dem Krieg zufällig wieder getroffen und sofort als Chauffeur eingestellt, er war im Krieg einer meiner besten Leute."

„Und wie ist das passiert?"

„Herkommer war unser Spezialist, wenn es darum ging, in der Nacht vor einem geplanten Sturmangriff den Stacheldrahtverhau vor den feindlichen Gräben an bestimmten Stellen passierbar zu machen. Dazu musste er eine möglichst unauffällige Schneise schneiden, was aber ohne jedes Licht und absolut lautlos zu geschehen hatte, denn man befand sich nicht mehr weit von den feindlichen Gräben entfernt. Eine Sache von Stunden mit ganz langsamen Bewegungen – keine leichte Aufgabe! Die gingen immer zu zweit raus, als Werkzeug hatten sie einen großen Bolzenschneider von den Pionieren dabei, das ist so etwas wie eine übergroße Hebelzange, die der zweite Mann mit beiden Händen betätigte, während

Herkommer – alles nur mit dem Tastsinn! – den Stacheldraht erfasste und in das geöffnete Maul des Bolzenschneiders schob. Dabei musste er auch während des Schnittes noch den Draht auf beiden Seiten des Bolzenschneiders gut festhalten, nur so lässt sich ein lautloser Schnitt erzielen und vermeiden, dass beim Abzwicken der ganze Drahtverhau zu sirren anfängt. Durch irgendein Missverständnis, sie waren schon fast fertig, ist dann das Unglück passiert: Herkommer hatte seine Hand, mit der er den Draht führte, noch nicht zur Seite genommen und die Finger waren ab."

„Meine Güte, entsetzlich!"

„Aber was das Bemerkenswerte dabei war, Herkommer hat nicht den geringsten Laut von sich gegeben, sonst wären die beiden augenblicklich erledigt gewesen. Sie sind genauso lautlos wieder zurückgekrochen, wie sie hingekrochen waren."

„Dieser Herkommer!", sagte Strauss nicht ohne Respekt.

„Der Durchbruch an eben dieser Stelle ist uns übrigens dann im Morgengrauen gelungen", fügte Zabener nicht ohne Stolz hinzu. „Heute lachen wir nur noch über die grauenhafte Geschichte. Herkommer hat nämlich zum Entsetzen meiner Frau die Angewohnheit, manchmal während der Fahrt in Gedanken eines seiner Nasenlöcher mit dem Stummel seines Zeigefingers zuzuhalten und zum anderen Nasenloch einen leichten Luftstoß herauszublasen. Wenn er dabei zufällig den Kopf zur Seite dreht, haben die Passagiere im Fond des Wagens der Eindruck, als sei er mit der Fingerspitze bis ins Gehirn hinaufgefahren."

„Herkommer schien mir vorhin merkwürdig aggressiv", meinte Strauss.

„Ja! Und auch so radikal in seinen Ansichten! So etwas kenne ich gar nicht an ihm."

„Ich bin sicher, das hat man ihm irgendwo eingetrichtert. Der ist scharf gemacht worden!"

„Meine Frau hat früher manchmal bestimmte Herkommer-Ansichten, über die ich mich vielleicht etwas mokiert habe, beschwichtigend kommentiert, das sei eben die Stimme des Volkes. Da hatte sie nicht unrecht – was wissen wir denn schon, was in den Köpfen der Leute vor sich geht. Aber da war er eben immer viel besonnener als heute Abend."

„Entweder haben ihn die Linken oder die ganz Rechten geimpft. Genau da sitzen doch die Verächter des Parlaments und die Republikfeinde!“

„Eher die Rechten, wahrscheinlich die Hakenkreuzler, wenn ich daran denke, was er zu den Kolonien gesagt hat. Mich interessierten übrigens früher bei seinen Reden während der Fahrt gar nicht so sehr die Meinungen, die in der Bevölkerung herrschen und die ja zum Teil äußerst gegensätzlich sind. Sondern mir ging es vor allem darum, etwas über die allgemeine Stimmung in der Bevölkerung zu hören; die ist ja viel einheitlicher.“

„Ja, das begreife ich. Das ist richtig, die herrschende Stimmung ist fast noch wichtiger als die einzelnen Meinungen. Die sind immer kontrovers“, sagte Strauss.

„Herkommer verstand es dann auch immer sehr schön, klar zwischen seiner eigenen Gestimmtheit und der allgemeinen Grundstimmung in der Bevölkerung zu unterscheiden. Das finde ich bemerkenswert für einen Chauffeur! Natürlich wollte er mir dabei auch schmeicheln, wenn er betonte, dass es ihm bei uns ja nicht schlecht gehe und er deshalb gut lachen habe, aber die allgemeine Stimmung in der Bevölkerung sehe halt doch anders aus.“

„Und wie sah er sie?“, sagte Strauss etwas ungeduldig.

„Bemerkenswert beständig war sie, ziemlich unverändert über all die Jahre hinweg. Diese Grundstimmung, das ist wie ein Teich, wie ein See ohne rechten Zufluss und Abfluss. Nur besondere Ereignisse, die es ja wahrhaftig zur Genüge gab, wühlen ihn auf. Denk' nur an solche Katastrophen wie die Ermordung Rathenaus! Für kurze Zeit herrschte auf breiter Linie und über fast alle Parteien hinweg Empörung, aber die Geschlossenheit der Demokraten hielt nicht an. Ich habe oben noch das Extrablatt von der Vossischen Zeitung, man sollte es einrahmen lassen. – Wie bin ich jetzt gleich auf Rathenau gekommen? Ach ja, die besonderen Ereignisse. Die stürzen dann wie Steine oder Felsen in diesen See und wühlen das Wasser auf, aber immer nur für kurze Zeit. Dann stellt sich der alte Zustand wieder ein.“

„Aber nun sag' endlich, was war denn der alte Zustand?“

„Die Grundstimmung – das, was sich über alle Lager hinweg ziemlich gleichmäßig ausbreitete –, das war in den Nachkriegsjahren die bis heute noch spürbare Aussichtslosigkeit und politische Hoffnungslosigkeit. Nach außen wurde das sichtbar als ein gewisser Trotz – vom ‚Nachkriegstrotz' sprachen ja auch manche. Das hat Herkommer freilich nicht so ausgedrückt, aber so interpretiere ich seine Worte in all den Jahren. Immer wieder, wenn wir auf längeren Fahrten einmal über Politisches sprachen, fiel mir dieser unheimliche, dieser verstockte Trotz auf, nicht einmal so sehr sein eigener, sondern vor allem der Trotz derer, von denen er sprach. Dieser Trotz richtete sich – je nach Zugehörigkeit zu dieser oder zu jener Gruppe in der Bevölkerung – gegen den tatsächlichen oder vermeintlichen Feind der Gruppe. Aber der Feind war da mehr oder weniger auswechselbar."

„Und was nannte er an Feinden?"

„Oh, alles Mögliche, da gab's keinen Mangel! Das waren mal die Siegermächte, die ja in der Tat mit den unerfüllbaren Forderungen des Versailler Vertrags alle Hoffnung zerstört haben und dazu noch die deutsche Delegation tief demütigten; dann wieder die Demokraten, die die alten gottgegebenen Ordnungen auflösen wollten; und halt immer wieder die Franzosen und Belgier, die das Ruhrgebiet besetzt und niedergeknebelt gehalten hätten; und die ostelbischen Junker, die Schlotbarone, die ganz Rechten, die Linken, das Zentrum, die Bischöfe und kreuz und quer –"

„– und die Juden", setzte Strauss die Reihe fort, „die im Niedergang schon immer als Sündenböcke taugten."

„Ja, gewiss, die Juden, die hat er natürlich auch immer wieder genannt."

„Ich weiß durch einen tragischen Vorfall in meiner Schulzeit", erinnerte sich Strauss, „ein versteckter Trotz, der sich nicht allmählich wieder auflöst, Trotz, der im Verborgenen andauert, kann eines Tages gefährlich werden."

„Vor allem, wenn er weit verbreitet ist, wenn er als Massenphänomen auftritt. Da ballt sich dann eine unheimliche Kraft zusammen!"

„Und wenn die sich dann eines Tages alle darüber einig sein sollten, wer der Feind ist es – da bricht was los!"

„Jajaa –", sagte Zabener, „es ist wie immer, starke Feinde machen einig, und je bedrohlicher ein Demagoge den Feind darstellt – verstehst du? –, desto enger schließen sich seine Anhänger zusammen."

Zabener und Strauss beschäftigten sich in ihrem Gespräch noch eine Weile mit Herkommer. Es ging ihnen dabei nicht einmal so sehr um seine Person, es war vor allem die Art seiner politischen Bemerkungen, die ihnen zuwiderlief. Aber je mehr sie gewisse Ansichten von ihm verwerfen wollten, desto eindringlicher spürten sie, dass die mit ihren eigenen Ansichten im Grunde mehr übereinstimmten, als sie wahrhaben wollten.

„Eigentlich hat er nicht einmal ganz unrecht", sagte Zabener, „Herkommer fallen natürlich als Erstes die Verbalinjurien und der Krawall im Parlament auf, aber wohin das führt, dieses dauernde Herabwürdigen des Gegners, jahraus jahrein, das beunruhigt mich viel mehr. Da beklagen die doch dauernd ihr geringes Ansehen in der Bevölkerung und rufen ‚Weimar wird nicht akzeptiert' – ja, da sind die doch selber schuld!"

„Diese Pöbeleien haben seit dem Einzug der Nationalsozialisten ins Parlament immer mehr zugenommen."

„Das sind die Schlimmsten. Aber ich dreh' da die Hand nicht um!"

„Allen voran dieser fanatische Schreihals Göbl oder Göbele oder wie er heißt."

„Goebbels heißt er, Joseph Goebbels, promovierter Germanist – gefährlich, dieser Bursche!"

„Er ist es nicht allein. Als Einzelner hätte er sich im Parlament wahrscheinlich bald selbst isoliert. Wenn da aber nur einige mitmachen, breitet sich so etwas rapide aus und wird zum allgemeinen politischen Stil. Es müssen gar nicht alle mittun. Die in der Mitte, die vielleicht den Anstand wahren und ihre Gegner eben nicht verächtlich machen, fallen gar nicht weiter auf."

„Ihr Juristen sprecht ja zum Beispiel bei Prozessen ganz klar vom Gegner, wie du gerade auch, aber dieses Wort kennen die nicht, Strauss, die kennen nur Feinde. Hat man einen Gegner, dann bekämpft man dessen Meinungen, dessen Vorschläge, dessen Ideen und setzt die eigenen dagegen. Sieht man im politischen Gegner aber einen Feind, dann bekämpft man eben diesen, und das geschieht am besten dadurch, dass man ihn erst einmal tüchtig herabgesetzt und verächtlich macht, sich über seine Moral entrüstet und ihn mit Verdächtigungen oder gar Verwünschungen überzieht. Herkommer regt sich natürlich vor allem über die Ausdrücke aus der Gosse auf – welche hat er genannt? – verkommene Schweine, hinterhältige Gangster, hätten sie sich beschimpft, Lumpen, Heuchler, Lügner, Halunken und so weiter. Aber sie nennen sich gegenseitig halt auch – und das ist wahrscheinlich noch viel schlimmer für das Ansehen des Parlaments – Giftmischer, Fallensteller, Intriganten, Brunnenvergifter, Betrüger, Fälscher. Und wie oft fiel das Wort Vaterlandsverräter!"

Strauss nickte: „Da geht es tatsächlich nur noch um Personen und nicht mehr um die Verhandlungsgegenstände!"

„Am krassesten bei den Verwünschungen: Die Hände sollen ihm abfaulen, die Augen sollen ihm aus dem Kopf fallen, die Zunge ihm im Munde verdorren. Alles im Reichstag so schon zu hören gewesen!"

„Manchmal ist es eben doch gut, wenn die Presse dabei ist, Zabener, sonst würde man so etwas nie erfahren."

„Aber damit erfährt es natürlich alle Welt."

„Was ja der Zweck der Sache ist."

„Jedenfalls schadet solches Verhalten dem Ansehen des Parlaments und damit der Demokratie – und daran wird die Republik eines Tages scheitern! Wenn ich da an die Verhältnisse in England denke – gewiss, da gibt es auch unschöne Auseinandersetzungen, aber doch niemals in dieser Form und vor allem auch niemals mit so viel Applaus der eigenen Anhänger. Regelverstöße im Umgang miteinander mögen zwar in der Hitze des Gefechts vorkommen, aber sie sind verpönt, und auf jeden Fall wird hinterher die gegenseitige Achtung wieder hergestellt. Das ist der Unterschied."

„Das sind eben diese alten klassischen Demokratien. Wir haben das leider nie gelernt."

„Es ist zum Verzweifeln!", Zabener kam mit rotem Kopf schon wieder in Fahrt, „Kein Wunder, dass die Bevölkerung nichts von der parlamentarischen Demokratie wissen will! Da sollte man einmal richtig durchgreifen!"

„Was heißt durchgreifen?", fragte Strauss, leicht verstört von diesem erneuten Zornesausbruch.

„Dazwischenfahren! Alle rausschmeißen! Die Wortführer einsperren! Die Bude zumachen, den ganzen Verein auflösen!" Und leiser fügte er hinzu: „Die schaden uns doch nur."

„Jetzt redest du daher wie diese Hakenkreuzler", sagte Strauss, und Zabener wusste sofort, wie recht Strauss damit hatte.

„Ich weiß ja, Strauss, und ich ärgere mich selbst am meisten darüber. Je zorniger ich werde, desto mehr verlasse ich meine demokratischen Positionen, für die ich nach dem Krieg so leidenschaftlich eingetreten bin. Ich bin eben doch kein echter Demokrat! Ich will einer sein, meistens jedenfalls, und ich bin es manchmal auch, aber ich bin zu aufbrausend und zu ungeduldig und falle dann in meine früheren Einstellungen zurück. Die habe ich, so sehr ich das auch hoffte, eben doch nicht aufgegeben. Sie sind nicht ausgelöscht, sondern von diesen erst später gewonnenen Überzeugungen nur überlagert oder nur vorübergehend außer Funktion gesetzt. In Bedrängnis, in der Verzweiflung oder im Zorn, oder gar in der Panik, brechen sie machtvoll wieder hervor. Als ob ich nicht selbst Herr darüber wäre."

Zabener atmete schwer unter der Last dieser Einsicht.

„Nein, nein, ich weiß", sagte er nur, „ich bin nicht Herr über meine Gesinnung!"

„Keiner ist Herr über seine Gesinnung!", beschwichtigte Strauss, und Zabener zog daraus die Konsequenz: „Wir sind eben nicht wirklich frei!"

Zabener war inzwischen wieder ruhiger geworden, und Strauss, der spürte, wie sehr er mit seiner Bemerkung den Freund getroffen hatte, versuchte, den bitterbösen Vergleich mit den Hitlerleuten etwas abzumildern und sagte mit einer betont harmlos und heiter klingenden Stimme: „Aber vor Hitler brauchen wir uns am allerwenigsten zu fürchten, der wird mit seinen Nationalsozialisten genauso verschwinden wie die ganzen anderen neu aufgekommenen Parteien auch."

„Aber vergiss nicht, Strauss, er verspricht etwas, was in keinem Land der Welt größeren Anklang findet als bei den Deutschen und wonach sie sich seit dem Chaos des Zusammenbruchs und dem Irrsinn der Inflation immer mehr sehnen, er verspricht endlich Ordnung und damit Überschaubarkeit."

„Das klang ja vorhin schon bei Herkommer an, als er meinte, Demokratie sei immer auch Unordnung und Durcheinander oder so ähnlich."

„Und außerdem, nicht zu vergessen, verfügt Hitler wahrscheinlich über nicht unerhebliche finanzielle Mittel aus der Schwerindustrie und auch aus der chemischen Industrie. Ich vermute das, weil sein Büro über einen Mittelsmann auch bei uns hat vorfühlen lassen. Wir haben natürlich abgewinkt, aber dabei wurde mit einigen klangvollen Spendernamen geprahlt, bei denen ich zwar meine Zweifel habe, die aber selbst dann, wenn sie nicht alle zutreffen, doch einigermaßen beunruhigend sind."

„Aus der Schwerindustrie?", wunderte sich Strauss, „tatsächlich?"

„Ich war auch mehr als überrascht. Wie konnte Hitler überhaupt an die maßgebenden Personen herankommen? Doch alles andere als ein Herr! Im Krieg hat er es bis zum Gefreiten gebracht, na ja. Der kann sich doch in diesen Kreisen überhaupt nicht bewegen!"

„Schon wie er eine Teetasse hält", amüsierte sich Strauss, „da spreizt er den kerzengerade ausgestreckten kleinen Finger ab, in der *Berliner Illustrirten* habe ich gerade ein Bild gesehen."

„Habe ich auch gesehen. Etwas Ähnliches sieht man zwar auch in England in gewissen Kreisen, aber nicht so extrem abgespreizt freilich, aber du hast schon recht, er kommt aus einer ganz kleinen Kiste! Hitler ist ungebildet und –"

„Ich würde sagen, Zabener, er ist der klassische Halbgebildete."

„– was noch schlimmer ist!", bellte Zabener plötzlich. „Und nicht nur von geringer Herkunft, sondern auch mit ziemlich trüben Stellen in seinem Lebenslauf. Ich kann mir nicht denken, dass die Deutschen je einen solchen Mann an die Spitze stellen wollen. Deutschland ist noch immer ein Klassenstaat, Strauss, und noch nie ist ein Mann geringen Standes in ein hohes Staatsamt aufgestiegen. Denke doch nur an Bismarck oder noch früher an den Freiherrn vom Stein. Oder an Bethmann Hollweg oder Bülow. Man mag zu ihnen stehen, wie man will – es waren Herren!"

„Und wie ist das mit Ebert? Der stammte aus kleinen Verhältnissen", warf Strauss ein.

„Das war ein Sonderfall, er ist in den Wirren des Kriegsendes zum Kanzler ernannt worden, wie übrigens alle seine Vorgänger auch ernannt worden sind, er war der Vorsitzende der damals größten Partei; zum Reichspräsidenten allerdings wurde er dann gewählt. Im Übrigen, der Mann hat große Verdienste. Und er hatte Anstand!“

„Oh ja, das ist mir bekannt, Zabener. Er hat auf seine manchmal etwas unbesonnene Partei über viele Jahre hinweg einen äußerst günstigen Einfluss genommen.“

„Diesem Hitler seine Partei dagegen ist ein wilder Proletenhaufen, Strauss, mit vielen verkrachten Existenzen darunter. Schon diese grauenhaften Klamotten in diesem scheußlichen Braun, SA-Uniform nennen sie das. Hast du schon einmal eine Uniform gesehen ohne Rock? Ich nicht! Die laufen doch buchstäblich im Hemd herum, übrigens auch Hitler selbst.“

„Na ja, Zabener, das muss halt alles billig sein, die Kerle müssen das aus eigener Tasche bezahlen!“

„Und hast du gesehen, Strauss, die Anführer mit ihren meistens viel zu kurz gebundenen Krawatten, hahaha. Das sieht vielleicht aus!“

„Und erst recht dieser alberne Hitlergruß, Zabener! Meine englischen Freunde haben nur geschmunzelt und meinten, das sehe ja aus wie Freiübungen; *‚free-standing exercises‘* haben sie gespottet. Glauben die Hitlerleute denn im Ernst, dass man eine solche Marotte gegen eine jahrhundertealte Kultur des Grüßens und Sich-Begrüßens einfach so anordnen könnte? So einfach *par ordre du mufti*? So etwas wird sich niemals durchsetzen lassen, Zabener. Niemals!“

„Höchstens bei diesen Proleten, die ohnehin nie gelernt haben, richtig zu grüßen!“

„Wenn ich dagegen bedenke, welch vielfältige Ausdrucksmöglichkeiten ohne jedes Überlegen mir zur Verfügung stehen, wenn ich meinen Hut lüfte! Ein kultivierter Mensch wird das doch niemals preisgeben. Ich hatte schon beim militärischen Gruß, obwohl mir der nie lästig geworden ist, hin und wieder gespürt, dass ich da im Korsett einer ganz automatischen Bewegung steckte mit nur geringen Spielräumen für eine Abstufung.“ –

Erst nach Mitternacht, nach stundenlangem Diskutieren und ernsten Gesprächen über Gott und die Welt, mit viel freundschaftlichen Streitereien und immer wieder sich einstellendem Einvernehmen, trennten sie sich wohlgelaunt. Dr. Strauss hatte Lydia, die nach dem Essen immer wieder einmal hereingeschaut hatte, um mit einer Stimme, die von Mal zu Mal leiser wurde, zu fragen, ob noch etwas gewünscht würde, längst zu Bett geschickt.

Strauss begleitete Zabener noch bis zum schmiedeisernen Gartentor. Dabei war er zu seinem Schrecken im Halbdunkel unter dem lauten Gelächter des Konsuls in ein weiches Beet getreten. Sie plauderten am Tor noch eine Weile, scherzten und lachten und schüttelten sich dann lange die Hände, glücklich über so viel Übereinstimmung, und versprachen einander, bis zu ihrem nächsten Treffen nicht wieder so viel Zeit verstreichen zu lassen. Strauss machte noch ein paar gutmütige Späßchen mit jüdischen Redensarten, und Zabener fiel mit den Worten ein:

„Ein wunderbares Abendessen, Strauss, – und längst nicht so fett wie sonst in jüdischen Häusern."

Beide freuten sich, wie unbefangen sie mit dem heiklen Thema umgehen konnten, und Strauss fuhr fort:

„Und erst dieser erlesene 21er Siran Margaux, Zabener, den du mir mitgebracht hast! Natürlich –", und an dieser Stelle setzte er sein Lob per Sie fort, und seine Stimme bekam etwas übertrieben Beschwichtigendes, „natürlich weit über Ihre Verhältnisse!"

Sie lachten, wie man nur lachen kann, wenn man sich gemeinsam in eine so richtige Lachstimmung gebracht hat, und kein Außenstehender mehr den Grund für solche Heiterkeit hätte begreifen können. –

10_Ludwigs erste Stelle

In Nürnberg angekommen, wollte Ludwig Herkommer, der mit seinem Geld ziemlich am Ende war, in einem großen Kaufhaus, das an seinem Weg lag, schauen, ob günstig an etwas Essbares heranzukommen sei. Vor dem Eingang wartete angeleint ein Schäferhund, etwas dunkler als seine beiden *Alsatian*s zu Hause und gut gepflegt, wie Ludwig sogleich sah. Als er nach über einer Stunde wieder herauskam – er hatte nach einem langen Rundgang durch das ganze

Haus in der Lebensmittelabteilung höflich gefragt, ob er eine zerbrochene Brezel, die er entdeckt hatte, vielleicht verbilligt haben könnte und bekam sie dann gratis und noch einen aufgerissenen Brotlaib mit dazu –, da saß der Hund immer noch da. Jetzt, da er nicht mehr so hungrig war, erkannte er schon nach kurzem Hinsehen die perfekte Ausbildung. Der Hund blickte aufmerksam mal zum Eingang, dann wieder zur Straße, aber gelassen, ohne die geringste Unruhe; die Länge der Leine ließ er ungenutzt. Oh, wenn man sonst vor den Geschäften diese armen Tröpfe jaulend und verzweifelt an ihren Leinen zerren sieht! Wenn ihn Passanten anschauten, blickte er weg, er wünschte keine Ansprache; wandte sich ein Passant ihm direkt zu und näherte sich ihm dabei allzu sehr oder versuchte er in einfältiger Freundlichkeit gar, ihn zu streicheln oder zu tätscheln, so knurrte er anhaltend, nicht laut, aber unüberhörbar.

Plötzlich sah er aufmerksam zu Ludwig her, unbewegt, doch interessiert, und nicht nur für einen Augenblick, und Ludwig schaute ebenso ruhig zu ihm zurück. Er hatte das Gefühl, dass nach den langen Tagen des Alleinseins plötzlich wieder jemand da war, der ihm nicht so grenzenlos fremd war wie all die Menschen seit seiner heimlichen Abreise von daheim. Seiner Mutter hätte er doch noch ein paar Zeilen zum Abschied schreiben sollen, und dass sie sich keine Sorgen zu machen brauche um ihn. Er hatte es ja auch versucht, aber der Zettel las sich dann so ungeschickt und hilflos, was gar nicht seiner Stimmung entsprach – er, der jetzt hinausstürmen wollte in die Welt.

Ludwig ging langsam auf das Tier zu, er hätte schwören mögen, dass dabei Freude in den Augen des Hundes stand, und je näher er ihm kam, umso mehr hob der Hund, der ihn weiter unvermittelt anblickte, seinen Kopf, und Ludwig wusste im gleichen Augenblick, dass er ihm jetzt, da er direkt vor ihm stand, über den Kopf hinweg kraulend in den Nacken greifen durfte. Alles geschah mit großer Selbstverständlichkeit wie unter alten Bekannten. An der Innenseite des Halsbands entdeckte er eine Marke mit ein paar Ziffern und Buchstaben darauf und den Worten POL.HUNDESTFL.NBG. und dazu noch ein paar Zahlen. Das war ja rätselhaft.

Danach konnte der Hund nicht genug kriegen, immer wieder an Ludwigs Schuhen zu schnuppern. Es waren dieselben, die er immer angehabt hatte, wenn er mit Dr. Straussens Hunden gearbeitet hatte oder mit ihnen über Stock und Stein getobt war. Ob das sein kann nach so langer Zeit?

Ludwig war ratlos. Er konnte das Tier, das vielleicht schon viele Stunden hier saß, nicht sich selbst überlassen, es würde sich nach diesem freundlichen Auftakt im Stich gelassen fühlen, aber einfach mitnehmen konnte er es auch nicht. Oder ob man dem Kaufhaus Bescheid sagen sollte? Aber nein, das gäbe eine Katastrophe, wenn die versuchten, den Hund in Verwahrung zu nehmen.

Bis Ladenschluss war es noch eine dreiviertel Stunde, und Ludwig beschloss, noch so lange zu warten, dann aber den Hund mitzunehmen und sich bei der Polizei durchzufragen, wohin er ihn bringen solle, denn ihn einfach auf der nächsten Polizeiwache abzuliefern, das ging genauso wenig, wie ihn dem Kaufhaus zu übergeben. Ludwig stellte seinen Rucksack direkt neben dem Hund ab – als Pfand könnte man sagen, und nachdem der Hund wie zur Empfangsbestätigung kurz daran geschnuppert hatte, war er sich völlig sicher, dass kein Spitzbub die geringste Chance haben würde, den Rucksack dort wegzunehmen. Er schlenderte im Eingangsbereich auf und ab, mal drinnen, mal draußen, zwischen den Leuten hindurch, die es eilig hatten, in das Kaufhaus hinein- oder herauszukommen, oder hinter verhärmten Arbeitslosen, die ungleich langsamer gingen. Ab und zu blickte der Hund, wenn er in seine Nähe kam, kurz zu ihm her, als wolle er sich vergewissern, aber er blickte keineswegs bettelnd und auch nicht beunruhigt, als ob er befürchte, dass ihn Ludwig vielleicht zurücklassen könnte; nicht einmal fragend blickte er drein, sondern er vertraute sichtlich Ludwigs weiteren Plänen, auch wenn er sie noch nicht kannte.

Als das Rollgitter heruntergelassen wurde, ging Ludwig entschlossen auf ihn zu, band ihn los und führte ihn an kurzer Leine davon. Der Hund lief dabei so selbstverständlich neben ihm her, als ob er nichts anderes erwartet hätte. In einer Telefonzelle im nahen Postamt musste er mehrere Groschen opfern, um sich bis zur Polizeihundestaffel, die es aber gar nicht mehr gab, durchzufragen. Der Hund stand die ganze Zeit unbewegt neben ihm, als höre er zu, und während Ludwig redete, drückte er plötzlich seinen Hals kraftvoll gegen Ludwigs Oberschenkel; der verhaspelte sich ob dieser überraschenden Zuwendung gleich mehrmals hintereinander, und als er auch noch die Körperwärme des Hundes durch den Stoff der Hose spürte, war er für einen Augenblick so glücklich wie schon seit Wochen nicht mehr. Schließlich hatte er die zuständige Polizeistelle gefunden.

„Nix Hundestaffel! Wir ham hier in Nämbäach momentan überhaupt nur noch einen Diensthund", hörte er, „und der ist mit seinem Diensthundeführer nach Haus, und das Büro in der Hunoldstraße 5 ist fei erst morgn früh ab 8 Uhr wieder b'setzt."

‚Der ist nicht nach Haus', wollte Ludwig noch sagen, aber da war bereits aufgelegt. Ludwig ging schon einmal zu der angegebenen Adresse, den größten Teil der Strecke in einem leichten Laufschritt, weil er spürte, wie sehr dem Hund Bewegung fehlte, und später nächtigte er dann dort im Treppenhaus hinten in einer abgelegenen Ecke, da, wo es hinunterging in den Hof und in den Keller. Ein dicker Packen alter Zeitungen, den er im Keller fand, machte, sauber ausgebreitet, das Lager zwar nicht viel weicher, aber schön warm, wenn man eine Weile darauf gelegen hat. So war die Nacht komfortabler als die meisten bis jetzt auf seiner Reise, jedenfalls trocken und ohne Störungen und mit einer durchaus angenehmen leichten Anwärmung durch Anschmiegen seines Rückens an den Rücken des Hundes, der dieses gemütliche Zusammensein zu genießen schien.

Am nächsten Morgen traf dann Ludwig auf einen freundlichen jungen Beamten, der den Hund zu kennen schien, denn er begrüßte ihn, wenn auch ziemlich freudlos, mit ‚Gaski', und auch der verhielt sich eher mürrisch.

„Hast du Zeit? Wir sind da bös in der Bredouille!", sagte der Beamte in einem seltsamen Deutsch, wie es Ludwig noch nie gehört hatte.

„Ich habe immer Zeit", sagte Ludwig, „ich bin froh, wenn ich was zu tun kriege!"

„Der Gaski muss Punkt neun Uhr beim Veterinär im Präsidium sein – das ist heut wieder ein Gfrett! Ich glaube, er soll geimpft werden oder was, und ich habe keinen Diensthundeführer. Kannst du ihn vielleicht hinbringen? Du kommst ja prima mit ihm zu Streich! Bei dir geht er wenigstens mit. Aber beeil' dich! – Wenn du zurückkommst, gehen wir zusammen zum Essen und ich erkläre dir alles. Wer weiß, vielleicht können wir etwas zusammen machen!"

„Komm, Gaski, los!“ rief Ludwig und schon rannte er in einem leichten Laufschritt davon, den nicht angeleinten Gaski nah neben sich. Wenn er einmal stehen blieb, um in dem Stadtplan, der ihm mitgegeben worden war, nach dem Weg zu sehen, behagte das Gaski gar nicht; er zeigte alle Anzeichen von Ungeduld, blieb nur unruhig stehen, blickte immer wieder an Ludwig hoch und unterdrückte mühsam sein Bellen, weil er wusste, dass ihm Bellen ohne besonderen äußeren Anlass verboten war. –

Als sie gegen Mittag zurückkamen, streckte der Polizist Ludwig seine Hand entgegen und nannte seinen Namen.

„Eugen Saller“, sagte er und dazu noch irgendeinen Polizeidienstgrad, den Ludwig nicht verstand.

„Herkommer, Ludwig Herkommer“, antwortete Ludwig.

Auf dem Weg in die Kantine, auf dem Gaski Ludwig wie selbstverständlich streng bei Fuß begleitete, plauderten sie über Belangloses, doch der Polizist hörte genau hin, um ein Bild von diesem Ludwig Herkommer zu gewinnen. An der Essenausgabe reichte der Polizist seine Essensmarke mit der Bemerkung hin:

„– und ein Gast.“

Für diesen bekam er einen Laufzettel, auf dem er, bevor er ihn zurückreichte, ‚Bewerber‘ angekreuzte, das sah Ludwig, der direkt neben ihm stand, ganz genau. Dann fragte der Polizeibeamte noch, ob sie vielleicht für den Hund noch irgendetwas hätten und die Küchenfee rief vergnügt:

„Komm, Gaski“, und ging mit ihm nach hinten.

Als sie dann saßen, erfuhr Ludwig mehr über die Polizeihundestaffel, die früher größer gewesen sei, aber jetzt nur noch aus einem einzigen lächerlichen Hund bestehe, eben Gaski, der ein Spitzenhund sei, dessen Diensthundeführer, der Horlacher Karl, aber gestern Mittag plötzlich von der Straße weg ins Krankenhaus hätte gebracht werden müssen, wie er vorhin erst erfahren habe. Aha, daher also der festgebundene Gaski vor dem Kaufhaus, dachte Ludwig. Der Horlacher Karl komme nicht so schnell wieder. Wahrscheinlich wolle er auch gar nicht so schnell zurückkommen, denn diesem Gaski sei er absolut nicht gewachsen gewesen. Umgekehrt habe Gaski seinen Diensthundeführer wahrscheinlich auch nicht recht gemocht. Wenn von den beiden überhaupt einer der Führer gewesen sei, dann der Gaski. Und er selbst habe nun einmal nicht die entsprechende Ausbildung und verwalte die Hundestaffel nur nebenher, und mit dem eigensinnigen Gaski komme er schon gar nicht klar.

„Ich weiß nicht, wie das weitergehen soll!"

Und dann fragte er unvermittelt:

„Wie alt bist du, Herkommer?"

„Siebzehn!", log Ludwig, ohne auch nur einen Augenblick zu zögern.

„Achtzehn solltest du schon sein, obwohl du ja nicht als Beamtenanwärter eingestellt werden würdest, sondern nur befristet angestellt als Aushilfe-Diensthundeführer, befristete Anstellung ist neuerdings bei bestimmten Spezialisten möglich. Viel gibt's freilich nicht."

„Das macht nichts. Ich bin momentan ziemlich abgebrannt. Eigentlich total abgebrannt. Hauptsache ich habe erst einmal was. Und das wäre doch ein feiner Posten, mal für eine Weile!"

„Ich habe gleich gesehen, dass du auf der Walz bist. Da ist es immer gut, wenn man irgendwo erst mal wieder ein bisschen ankern kann."

„Sie können voll auf mich rechnen!", sagte Herkommer und wunderte sich selbst, wie feierlich er das herausgebracht hatte.

„Geh, lass uns ruhig ‚du' zunander sagen!", schlug Eugen vor, der bestrebt war, sich mit Ludwig Herkommer, diesem offensichtlich doch recht tüchtigen Kerl, der ihm imponierte und der Schutz und Förderung verdiente, näher zu verbünden und ihn bei sich festzuhalten. Sie schüttelten einander die Hände, Eugen war fast gerührt, Ludwig überhaupt nicht.

„Ich werde jedenfalls sehen, was sich machen lässt. Bis morgen Mittag wissen wir Bescheid. Am besten, du kommst morgen wieder, zum Mittagessen in der Kantine. Ja, und der Gaski? Was machen wir mit dem? Am besten, du nimmst ihn mit, da ist er am besten aufgehoben, und ich hab' ihn nicht am Bein."

„Ich werde mit ihm etwas arbeiten! Das tut ihm gut. Mit dem ist in letzter Zeit nicht genügend gemacht worden!", stellte Herkommer fest und wusste jetzt auch, warum Gaski so rasch, eigentlich schon vor dem Kaufhaus, zu ihm übergelaufen ist – sein Herr war nicht sein Herr gewesen. Aber während er noch darüber nachdachte, kam ihm in den Sinn, dass bei der Quartiersuche, die jetzt anstand, Gaski gewiss hinderlich sein würde – nun, er würde die Suche eben mit ein paar strengen Warteübungen für Gaski verbinden. Wenn er erst einmal eine Schlafstelle oder gar ein Zimmer gefunden hätte, würde er danach sicherlich auch den wohlerzogenen Gaski mitbringen können, nein, nicht einfach mitbringen, er würde artig fragen ‚Darf ich Ihnen meinen Mitarbeiter vorstellen, meinen Diensthund Gaski?', und von dem wird jede Wirtin, glaubte Ludwig, sofort angetan sein, und wenn er ihr dann noch die Polizeimarke am Halsband zeigen würde, dann wären gewiss auch ihm gegenüber die letzten Zweifel behoben. Nur Gaski gleich bei der ersten Begegnung mitzubringen, das würde schief gehen. Herkommer war schon immer stark darin gewesen, jede neue Situation sofort und als Erstes danach zu beurteilen, was sie an Möglichkeiten enthielt, die für seine Absichten von Vorteil waren oder ihnen eher hinderlich sein könnten.

Und genau so, wie er sich das vorgestellt hatte – wie er es geplant hatte, wäre zu viel gesagt –, verlief die Quartiersuche dann auch. In dieser eher ärmlichen Vorstadtgegend mit ehemals stattlichen, aber inzwischen heruntergekommenen oder mindestens schon ziemlich abgewohnten Häusern aus dem letzten Jahrhundert waren viele Mieter gezwungen, wenn sie in diesen elenden Zeiten ihre großen Wohnungen halten wollten, eines oder auch mehrere Zimmer möbliert unterzuvermieten oder auch, in den besonders abgewirtschafteten Häusern, eine Anzahl von Schlafstellen anzubieten; auch eine Schlafstelle wäre ihm fürs Erste recht gewesen.

Schon bei seinem zweiten Versuch hatte er bei einer Frau Bohner, die ganz oben auf seinem Zettel stand, Erfolg. Ein richtiges Zimmer ganz für sich! Ein altmodisches, aber ordentliches Bett, sauber bezogen, ein schwarz gewichster Kanonenofen, ein paar Möbel und auf der Kommode ein Wachstuch als Decke und eine weiße Waschschüssel mit Krug.

Frau Bohner mochte Anfang oder Mitte dreißig sein und lachte viel. Ludwig hatte sich bis dahin Zimmerwirtinnen alt und griesgrämig vorgestellt. Sie hatte kurzgeschnittene rotbraune Haare, mehr braun als rot, ihr Mann sei im Krieg geblieben, Kinder habe sie leider keine, und deshalb sei die Wohnung eigentlich viel zu groß, sodass sie seit der Inflation ein oder zwei Zimmer vermieten müsse, die Mitbenutzung des Badezimmers sei selbstverständlich, da müsse man sich halt absprechen, und sie sei Fotografin, deshalb wäre das Badezimmer vollständig abzudunkeln, in der Wohnung mache sie aber kaum mehr etwas, und die Entwicklungstanks, die noch im Badezimmer stünden, wolle sie ohnehin demnächst runter in die Waschküche schaffen.

Frau Bohner wunderte sich über sich selber, wie redselig sie plötzlich gegenüber diesem jungen Mann war. Bei zwei anderen Interessenten gestern, auch ordentliche Leute, war nur das Nötigste gesprochen worden, und es fiel ihr auf, wie sehr sie sich ins Zeug legte, um ausgerechnet diesen unbefangenen Jüngling als Mieter bei sich aufnehmen zu können. Ja, den wollte sie!

Sie rief sich zur Ordnung, als sie das dachte. Das geht doch nicht, Frau Bohner (so redete sie sich in ihren Selbstgesprächen an, die sie häufig führte, denn sie war schon lange allein), wie sich das anhört! Dieser junge Mann könnte fast dein Sohn sein! –

Auch als Herkommer gegen Abend mit Gaski und seinem bescheidenen Gepäck, in der Hauptsache einem Rucksack, anrückte, klappte alles wie vorgesehen. Gaski musste geahnt haben, worauf es ankam, und dass jetzt alles von seinem Verhalten abhing, und er zeigte sich von seiner besten Seite, Frau Bohner schmolz dahin. In geschäftlichen Dingen allerdings unerfahren, sah sie nur noch eine Schwierigkeit: Im vorgedruckten Mietvertrag stand, dass der vereinbarte Mietzins zum Monatsbeginn, spätestens am dritten Werktag eines jeden Monats zu entrichten sei, und wenn er nun mitten im Monat einziehe, müsse er die restliche Miete für diesen Monat womöglich sogleich bezahlen – oder nicht? –, und sie sei sich gar nicht sicher, ob es überhaupt erlaubt sei, von diesem gedruckten offiziellen Mietvertrag einfach abzuweichen, sonst könnte er natürlich gern erst am Monatsende zahlen. Herkommer gab offen zu, dass er wahrscheinlich erst morgen von seiner neuen Dienststelle Geld bekomme, mindestens würde er morgen erfahren, wann das sein wird. Frau Bohner schien erleichtert, dass sich da ein Ausweg andeutete.

Von Eugen Saller erfuhr er am nächsten Tag, dass bei der Behörde Gehälter oder sonstige Bezüge erst am Monatsende ausbezahlt würden, lediglich Beamte und Beamtenanwärter bekämen ihr Gehalt im Voraus, nämlich schon zum Beginn eines jeden Monats. Aber, so fuhr er fort, als er Herkommers besorgtes Gesicht sah:

„Ich werde dir aushelfen. Hier hast du 20 Mark bis Monatsende."

„Soviel brauche ich doch gar nicht. Danke, danke. Die Miete macht doch bloß zwölf Mark im Monat."

„Nee nee, lass mal, Ludwig, das geht schon. Ich habe mit der Personalabteilung gesprochen, die Sache klappt. Das rechnen die über Sondereinsätze ab, sonst wären wir ja auch bös aufgeschmissen hier. Die wissen im Moment nur noch nicht, was genau herauskommt, aber schon vor Monatsende etwas auszuzahlen, das ginge nicht. Ich kenne diesen Zeitgenossen dort, ein ausgesprochener Ärmelschoner, aber zuverlässig ist er schon. Ich habe ihm gesagt, er brauche sich nicht überschlagen, ich würde dir mit ein paar Mark aushelfen. Weißt du, was er da gesagt hat? ‚Du bist total verrückt geworden, Saller! Du wirst dein Leben lang immer nur ausgenützt werden.' Aber meine Mutter hat immer gesagt, Öschänn, es ist tausendmal besser, ausgenützt zu werden als selber der Ausnützer zu sein. Und bei dir, Ludwig, habe ich überhaupt keine Angst."

„Ist ‚Öschänn' elsässisch?", fragte Herkommer.

„Ja. Ich bin noch gar nicht so lange hier. Drüben gab es für mich wenig Chancen, ich war auch noch furchtbar schüchtern. Ich bin dann bei so einem paramilitärischen Haufen in den Vogesen gelandet als der Jüngste von allen. Ich weiß heute noch nicht so recht, wofür die genau waren und wogegen. Wenn's kein Geld gab, gab's kein Geld, *c'est tout*; und wenn's Geld gab, hattest du auch keines, denn dann hast du erst mal die Schulden an deine Copains zurückzahlen müssen. Dann lieber bei einer richtigen Organisation sein, so wie hier. Ich bin in Nürnberg ohne weiteres als Deutscher anerkannt worden, weil ich vor dem Krieg geboren bin, 1911 in Niedermorschwihr – das ist ein Nest hinter Colmar, schon in den Bergen gelegen –, da war das Elsass noch deutsch, und drum haben sie mich sogar auf der Polizeischule genommen, als Beamtenanwärter. Wenn es auch für mich anfangs arg hart war, hier ist ja alles anders!"

Als Ludwig Herkommer am Abend die Treppen zu seinem neuen Zuhause hinaufstürmte, mit Gaski im Gefolge, da freute er sich, dass er Frau Bohner nun doch nicht zu vertrösten brauchte, sondern ihr die Miete gleich würde bezahlen können. Er traf sie aber nicht an. In seinem Zimmer hatte sie frische Handtücher über den Ständer neben der Kommode gehängt und außerdem noch einen ganzen Stapel in die Schublade getan. Im Eck neben dem Ofen lag, offenbar für Gaski gedacht, eine Drittelmatratze, über die sie einen alten Militärmantel gezogen hatte. Gaski verstand schneller noch als Ludwig.

Als dann Frau Bohner nach Hause kam, hatte Herkommer, weil er am nächsten Morgen früh aufstehen musste, schon kein Licht mehr an. Sie warf einen frohen Blick auf seine Tür, so wie man auf ein schlafendes Kind blickt, und verschwand so leise wie möglich im Badezimmer. Ludwig, der erst wenige Minuten vorher zu Bett gegangen war, war noch wach und verfolgte alle Geräusche; wahrscheinlich, nahm er an, schlief Gaski auch noch nicht und hatte seine Ohren aufgestellt und sogar seinen Kopf gehoben. Unter dem Eindruck der Geräusche musste Ludwig sich erst klarmachen, dass er nicht in eine fremde Wohnung eingedrungenen war, sondern dass das hier jetzt sein Revier, sein eigenes Revier war, jedenfalls bis zur Zimmertür. Das war ein tröstlicher Gedanke. Wahrscheinlich steht sie jetzt im Bad nackig vor dem Spiegel, dachte er noch, dann schlief er ein. –

Ludwig Herkommer und Gaski hatten oft tagelang keinen Einsatz.

„Ihr beide seid nicht da, um ständig im Einsatz zu sein", sagte Eugen Saller, wenn Ludwig sich beklagte, „sondern ihr seid da, um ständig zur Verfügung zu stehen, verstanden?"

Und da Herkommer nicht in Eugens Amtsstube herumsitzen wollte, arbeitete er mit Gaski fast jeden Tag, oft viele Stunden lang.

„Aber bittschön, nur hier in der Nähe", ermahnte ihn Eugen, „damit ich euch nicht lange suchen muss, wenn ihr plötzlich gerufen werdet!"

Herkommer hatte in Eugens endlosen Unterlagen eine gut bebilderte Dienstvorschrift für das Training von Polizeihunden ausfindig gemacht, mit der aber noch kein Mensch gearbeitet hatte, denn er musste erst mühsam die Seiten mit dem Messer aufschneiden. Obwohl er seinerzeit die gesamte ‚kynologische Bibliothek', wie Dr. Strauss seine einschlägige Hundeliteratur scherzhaft nannte, durchgeackert hatte, fand sich in der Dienstvorschrift doch so manches, was Herkommer bis dahin noch nicht gekannt und Gaski noch nicht gekonnt hatte. So trainierten Herkommer und Gaski unermüdlich, und auch der gelehrige Gaski, der immer besser wurde, schien an Herkommers Umtriebigkeit Gefallen zu finden, obwohl er hart herangenommen wurde.

Abends kam Ludwig meistens erst spät nach Hause, wusch sich und fiel todmüde ins Bett. Und obwohl Frau Bohner zeitig aufstand, war er am Morgen, kaum dass sie in die Küche trat, schon wieder im Aufbruch. Ein kurzes ‚Guten Morgen, Frau Bohner!', vielleicht auch noch ein ‚Und vielen Dank für den Kuchen, den sie mir hingestellt haben!' und schon war er, von Gaski fast lautlos begleitet, wieder verschwunden, nur Gaskis Krallen hörte man noch auf den hölzernen Stufen im Treppenhaus. Sie war betrübt, dass sie Herkommer so wenig sah. Zu gern hätte sie sich mehr um ihn gekümmert, er ist ja noch so jung, so gern hätte sie ihm etwas Gutes getan, aber sie wusste nicht, was ihm fehlte oder fehlen könnte – vielleicht ein Pullover? Da kam sie auf die Idee, ihn für nächsten Sonntag zum Frühstück einzuladen, zu einem schönen Frühstück – sonntags hat er sicherlich Zeit. Ich muss natürlich achtgeben, dass ich nicht aufdringlich wirke. Die jungen Leute haben da wieder ganz andere Vorstellungen heute. Obwohl, so alt bin ich auch noch nicht. Aber vielleicht geht es ihm um nichts anderes als um ein möbliertes Zimmer, und im Übrigen will er so weit wie möglich in Ruhe gelassen werden. Auf der anderen Seite ist er doch immer so freundlich zu mir. Wenn ich nur daran denke, wie ausführlich er mir seinen Hund vorgeführt hat.

Bis Sonntag waren es noch fünf Tage, und Frau Bohner hoffte, dass sie dann schon den richtigen Ton finden würde. Sie hatte eben so gar keine Erfahrungen, wie man sich in solchen Situationen richtig verhält, man konnte ruhig sagen – das war es nämlich –, wie man mit Männern richtig umgeht, auch mit so ganz jungen. Als sie geheiratet hat, war sie fast noch ein Backfisch gewesen, ihr guter Mann hatte sie fast immer väterlich umsorgt und ihr alles abgenommen.

Nach dem Krieg, inzwischen zu einer sportlich-eleganten Frau geworden, hatte sie sich dann ganz auf das Alleinsein eingestellt und sich nur noch ihrer Fotografie gewidmet. Zudringliche Redakteure oder Grafiker, mit denen sie zu tun hatte, konnte sie mit Freundlichkeit und überlegenem Lachen bequem auf Distanz halten. Aber das war jetzt eine ganz andere Aufgabe. –

Ende der Woche hatte Herkommer mit Gaski noch einen äußerst erfolgreichen Einsatz, bei dem die ganze Nacht über nach einem verloren gegangenen kleinen Mädchen gesucht werden musste. Erst gegen Morgen schließlich war dank Gaskis besonderer Fähigkeiten als Fährtenhund das Kind schlafend am Ufer der Regnitz gefunden worden. Über hundert Polizisten sollen im Einsatz gewesen sein, und es war eine gespenstische Szene, als die alle im ersten Morgengrauen zu klatschen anfingen, ohne sonst einen Laut von sich zu geben, als schließlich auch Gaski, den bremsenden Herkommer hinter sich herziehend, im Hof des Polizeipräsidiums eintraf. Soviel Beachtung und Anerkennung hatte Ludwig in seinem ganzen Leben noch nicht gefunden. Sogar die berühmte *NZ*, die *Nürnberger Zeitung*, hatte am Tag darauf über diesen Einsatz und den glücklichen Ausgang ausführlich berichtet. Herkommer erhielt ein besonderes Lob durch einen Polizeidirektor, und Eugen Saller meinte, dass der ein ganz hohes Tier gleich unter dem Polizeipräsidenten sei, und erst unter Ludwig Herkommer habe Gaski seine volle Leistungsfähigkeit entfaltet, und man erwäge, die Hundestaffel doch wieder im alten Umfang aufleben zu lassen. Vor allem Eugen war erleichtert, es hätte wegen Herkommers irregulärer Anstellung ziemlich geknistert im Amt, er habe nur nichts gesagt, um ihn nicht zu beunruhigen, aber nun wolle man ihn als zivilen Hilfshundeführer, einen Posten, den es sonst gar nicht gebe, bis zur Genesung des eigentlichen Diensthundeführers stillschweigend weiterbeschäftigen.

„Ha", lästerte Eugen, „das war eine Anstellung auf dem ‚geheimen Verwaltungsweg', wie man so etwas nennt. Ist ja nochmal gut gegangen. Das sollten wir feiern! Machst du mit? Ich lade dich ein, Ludwig, am Sonntag habe ich Geburtstag, und da machen wir zusammen einen Ausflug in den Veldensteiner Forst, das Bier dort erinnert mich an unser Elsässer Bier, und den Gaski nehmen wir mit!"

„Oh, ausgerechnet! Ich bin für Sonntag von meiner Zimmerwirtin zum Frühstück eingeladen", winkte Herkommer ab.

Eugen pfiff durch die Zähne. „So, so", meinte er nur, „aha."

Und dann noch einmal: „Aha!"

„Ach Quatsch, Öschänn, was du wieder denkst! Vielleicht wenn sie zehn, fünfzehn Jahre jünger wäre. Madam hat einen solchen Hintern!", wobei er mit den Händen eine beträchtliche Breite andeutete.

Es ist nicht schön, wie ich von Frau Bohner spreche, dachte Ludwig, aber Eugens frecher Verdacht musste sofort zerstört werden. Auch im Interesse des Rufes von Frau Bohner. Und wie zur Entschuldigung fügt er noch hinzu:

„Ich kann da unmöglich absagen, Eugen! Die Frau reißt sich ein Bein für mich aus und versorgt mich, wo sie nur kann."

„Eben, eben, ich hab's doch gleich gewusst. So fängt so etwas immer an." –

Am Sonntag dann, Herkommer hatte auf Eugen Sallers Empfehlung hin ein kleines Sträußchen mitgebracht, war anfangs auf beiden Seiten doch eine leise Befangenheit zu spüren, die Frau Bohner zwar mühelos überspielte, Ludwig aber Unbehagen bereitete. Ich wäre doch besser mit Eugen in den Veldensteiner Forst gefahren, dachte er. Aber dann kam das Gespräch unerwartet rasch in Gang, als Herkommer über Einzelheiten bei der Rettung des kleinen Mädchens Karla berichtete, die nicht in der Zeitung standen, und Frau Bohner von ihrer Fotoreise zur Via Mala erzählte, mit der sie vor ein paar Jahren ihren Ruf als unerschrockene Bildgestalterin durch eine Anzahl verwegener Einstellungen begründet hatte. Herkommer fesselten diese großformatigen Fotografien, die ihm Frau Bohner zeigte, vor allem auch die Porträts der Einheimischen, solche Fotos hatte er noch nie gesehen. Das hätte er Frau Bohner nicht zugetraut. Sie imponierte ihm sichtlich, und vielleicht würde er selbst eines Tages eine solche Reise unternehmen in dieses unerhörte Gebiet. Sie sah übrigens gar nicht so uneben aus, fand er, und der breite Hintern, das war gar nicht so schlimm, wie er bei Eugen getan hatte. Aber um die Augen herum hatte sie doch schon kleine Fältchen.

Frau Bohner bewunderte aber auch Ludwig Herkommer. Wie er

es denn schaffe, mit Gaski ohne Leine durch die Stadt zu gehen, von hier zu seinem Büro und von dort zum Polizeipräsidium oder sonst wohin, und immer sei der Hund ganz dicht neben ihm.

„Und ich neben ihm! Das ist es nämlich, wir sind Partner, kann man sagen, nicht Herr und Knecht, sondern Chef und engster Mitarbeiter mit dem gleichen Ziel, drum brauche ich in den meisten Fällen gar keine Leine. Natürlich ist im Dienst für bestimmte Situationen die Leine zwingend vorgeschrieben und auch notwendig, aber Gaski ist trotzdem nicht mein Sklave. Gleich nachdem wir uns kennengelernt hatten, hat er plötzlich und ganz unvermittelt seinen Hals an meinen Oberschenkel gepresst, aber da hat er sich nicht mir unterworfen, sondern mich eingeladen ‚Komm, wir arbeiten zusammen!' Der Gaski hat schneller noch als ich gesehen, dass wir beide ein selten gutes Paar abgeben würden."

Herkommer wollte noch weiter erzählen, aber Gaski, der immerhin schon bald zwei Stunden still dagelegen war, wurde zunehmend unruhig, vielleicht, weil er gemerkt hatte, dass man über ihn sprach? Ludwig schimpfte mit ihm, aber in einem milden Ton: „Willst du denn tatsächlich schon gehen? Ich wäre so gern noch ein bisschen bei Frau Bohner geblieben."

Und es war nicht einmal gelogen.

„Du bist mir vielleicht ein ungeduldiger Kerl!"

Gaski schaute Herkommer kurz an, dann senkte er den Blick und drehte den Kopf ein wenig, und es sah aus, als ob er verlegen zur Seite blicken würde. Frau Bohner war entzückt. –

„Na, wie war's?", wollte Eugen am Montagmorgen von Herkommer wissen, wobei ihn für einen Augenblick ein Anflug von Eifersucht befiel. Der winkte ab, aber so zweideutig, dass Eugen nicht erkennen konnte, ob das sonntägliche Frühstück ein Reinfall war oder ob Herkommer sich nur nicht äußern wollte.

„Geduld, Ludwig, Geduld, das wird schon werden", schob Eugen betont beruhigend und für beide Fälle gleichermaßen passend noch nach.

„Jetzt lass mich doch in Ruh', Eugen! Dem Öschähn seine Fantasie geht mal wieder mit ihm durch!"

Ein paar Minuten später klopfte es an der Tür, und zur Überraschung beider trat eine sportlich gekleidete Dame in die Dienststube – Frau Bohner. Sie wolle Ludwig nur diese interessante Hundepfeife, die er ihr gestern erklärt hätte und dann liegen gelassen habe, geschwind vorbeibringen, und da habe sie gleich noch ein Brötchen mit Salamiwurst für ihn dazugepackt. Herkommer dankte, etwas verwirrt, aber Eugen war so perplex, dass er erst wieder Worte fand, als sie mit fröhlichem Winken schon wieder verschwunden war.

„Mensch! Die ist ja vollkommen verschossen in dich, vollkommen! Ich sehe so etwas! Das sehe ich sofort! Es wäre das erste Mal, dass ich mich da täusche!"

Und obwohl Eugen zu diesen Worten nicht sein gerissenes Gesicht aufgesetzt hatte, sondern aufrichtig und fast treuherzig dreinblickte, ärgerte sich Herkommer über seine Zudringlichkeit, aber gleichzeitig fühlte er sich auch geschmeichelt – wer weiß, vielleicht hat er ja sogar recht. Er mochte nicht darüber nachdenken; was für ihn jetzt viel wichtiger war, war das Training mit Gaski. –

Durch das ständige Beisammensein mit dem Hund, der, wenn er nicht schlief, überall und ständig alles beschnüffelte, achtete Herkommer allmählich auch selbst immer mehr auf seine eigenen Geruchseindrücke, so bescheiden diese im Vergleich zu den Geruchserlebnissen von Gaski auch sein mochten, und so neigte er auch viel mehr als früher dazu, an Dingen, die ihn umgaben, zu schnuppern. So stieg ihm ein paar Tage später nach dem Duschen abends ein seltsam zarter Duft in die Nase, der ihn sofort in merkwürdige Unruhe versetzte. Er schnupperte suchend, und im nächsten Augenblick, fast zufällig, hatte seine Nase den Kragen des Bademantels von Frau Bohner entdeckt, der an der Tür hing. Ja, das war der Ursprung, er presste sein Gesicht in das Frotté und sog mit geschlossenen Augen mehrmals langsam und tief die Luft ein, und es war dennoch viel zu wenig, was er davon aufnehmen konnte.

Ludwig stand an diesem Abend noch zweimal auf, um in das Badezimmer hinüberzugehen und sich dieses Duftes, der ihn nicht mehr losließ, zu vergewissern.

Am nächsten Morgen zögerte er beim Frühstück in der Küche seinen Aufbruch noch ein wenig hinaus, um Frau Bohner, die schon zugange war, vielleicht noch zu begegnen, was er bisher eher vermieden hatte. Er wollte sie einfach noch einmal sehen, und als sie kam, fühlte er ein kaum niederzuhaltendes Verlangen, statt wie gestern Abend nur am Kragen ihres Bademantels nun an ihrem Nacken zu riechen.

Frau Bohner spürte die Veränderung in Ludwig und dass er sie plötzlich mit anderen Augen ansah; und als er, einer spontanen Eingebung folgend, sie fragte, ob er sie heute zu einem Abendessen einladen dürfe, da erschrak sie und rief viel zu schnell ‚Nein!' und war über die Schroffheit ihrer Absage selbst überrascht, die durch ein paar gestammelte Hinderungsgründe auch nicht geschmeidiger wurde und die sie, als sich Herkommer mit einem freundlichen ‚Dann aber demnächst mal, ja?' verabschiedet hatte, schon wieder bereute.

Drei Wochen später hatte Herkommer noch einen weiteren spektakulären Erfolg, bei dem es der Polizei nach einer zweitägigen Verfolgung mit Gaskis Hilfe gelungen war, einen schon lange gesuchten Gewalttäter gleich hinter Fischbach im Wald zu stellen, was Gaski erneut einen öffentlichen Auftritt verschaffte und diesmal in fast der ganzen süddeutschen Presse. Das war das letzte große Abenteuer. Wenige Tage danach erschien Gaskis alter Diensthundeführer, der Horlacher Karl, grinsend und ächzend wieder im Dienst. Gaski wusste nach einer zwar nicht unfreundlichen, aber auch nicht übermäßig begeisterten Begrüßung sofort, was das für ihn zu bedeuten hatte. Während Eugen und Horlacher ausführlich über alles Wichtige, was inzwischen so vorgefallen war, sprachen, hielt sich Gaski ganz nah bei Herkommer auf, als ob er Schutz bei ihm suche. „Der hat fei überhaupt keine Ausbildung als Hundeführer", hörte er den Horlacher Karl sagen.

Herkommer wusste, dass er Gaski nicht helfen konnte. Es war ja abzusehen gewesen, dass irgendwann Gaskis richtiger Hundeführer wieder auftauchen würde, und jetzt war es soweit. Ausdrücklich hatte es in seinem Dienstvertrag geheißen, dass er nur für die Dauer der Abwesenheit des Diensthundeführers zur ‚Versorgung und Pflege des Diensthundes Nr. PH1103ST' – was nichts anderes bedeutete als Gaski – aushilfsweise und befristet angestellt sei. Vom Trainieren des Hundes oder gar von scharfen Einsätzen – über die immerhin sogar die Zeitungen berichtet haben, dachte Herkommer nicht ohne Stolz – war keine Rede. Wahrscheinlich musste da ja ein bisschen vertuscht werden, vermutete Herkommer, dass die Polizei die Verbrecher durch eine Aushilfe jagen ließ.

„Ich habe keine Ahnung, wie es bei mir jetzt weitergeht", sagte er später zu Eugen, nachdem der Horlacher Karl mit Gaski abgezogen war.

„Aber ich, Ludwig!", lachte Eugen, „da siehst du, wie ich Tag und Nacht für dich sorge! Aber im Ernst: In Bayreuth bei der Bahn suchen die dringend Heizer, das könnte ein Posten für dich auf Dauer werden. Das habe ich zufällig heute früh am Telefon im Zusammenhang mit einer ganz anderen Sache, einem Unfall, erfahren. Man muss eben nur die richtigen Leute im richtigen Augenblick anrufen!"

Er gab Herkommer einen Zettel mit einer Adresse.

„Dort ist die Bayreuther Personalleitstelle, Oberfränkische Eisenbahngesellschaft oder so ähnlich heißen die. Da fährst du so bald wie möglich hin und stellst dich vor!" –

Die Bahnfahrt, in der 4. Klasse, war für Herkommer weniger eine Fahrt hin nach Bayreuth, in eine verheißungsvolle Zukunft, als eine betrübliche Fahrt weg von Nürnberg, heraus aus einer Erfolgsgeschichte, die ihm zu Hause keiner zutrauen würde, am wenigsten sein Vater. Den gutmütigen Eugen Saller, der sicherlich auch weiterhin sein Schutzpatron bliebe, würde er entbehren können; auch auf Frau Bohner, die ihn ja immer nur betun will, würde er verzichten können, genauso wie auf die paar anderen Leute, die er in Nürnberg kennen gelernt hatte. Aber ohne den Gaski zu sein, das konnte er sich einfach nicht vorstellen. Und wahrscheinlich würde die Trennung für Gaski noch viel schwerer sein. –

11 _ Ludwigs Eisenbahnerkarriere

In Bayreuth erfuhr Herkommer als Erstes, wenn auch nur beiläufig, dass auch bei einer Privatbahn die Bediensteten Beamte seien. Einer von diesen, nämlich der für das Personal und damit auch für die Einstellungen zuständige, ein etwas gravitätischer Herr in Kleidung und Barttracht der Vorkriegszeit, erwartete ihn bereits und empfing ihn sichtlich gutgelaunt:

„Ah, der Herr Herkommer! Bitte, nehmen Sie doch Platz! Es liegt bereits eine äußerst wohlwollende Empfehlung aus der Nürnberger Polizeidirektion vor und dazu noch eine Beurteilung, auf die Sie stolz sein können!"

Da muss Eugen, der alte Strippenzieher, dahinterstecken, dachte Herkommer nicht ohne Dankbarkeit, wie hätten die da oben in Nürnberg sonst wissen können, dass ich mich bei der Oberfränkischen Eisenbahngesellschaft bewerben werde.

„Sagen Sie, warum haben Sie Ihre Stelle bei der Nürnberger Polizei aufgegeben?"

„Das war von vornherein nur als eine zeitlich befristete Aushilfstätigkeit gedacht, es war eine Art Krankheitsvertretung für knapp zwei Monate."

„Umso bemerkenswerter das Zeugnis, das man für Sie unaufgefordert abgegeben hat!", brummelte er in seinen Zierbart und fuhr sogleich in überaus offiziellem Tone fort: „Bei der zu besetzenden Position handelt es sich um die Stelle eines *Hilfsheizers in Ausbildung*."

„Ich muss da erst eine Ausbildung durchlaufen?", fragte Herkommer überrascht.

„Oh ja, aber das geschieht während ihrer Einsätze, daher das Wort ‚Hilfsheizer'; erst später werden sie zum Heizer ernannt, übrigens bei uns als einer Privatbahn – unter der Voraussetzung eines entsprechenden Einsatzes und eines guten Lernfortschritts – schon wesentlich früher als bei der Deutschen Reichsbahn. Ich nehme an, Sie haben von diesem Beruf noch nicht die richtige Vorstellung. Lokheizer ist eine recht schwierige und sehr verantwortungsvolle Tätigkeit! Kohleschaufeln ist dabei das allerwenigste. Es kommt auf das richtige Disponieren an und vor allem auf die ständige gewissenhafte Kontrolle der Betriebsdaten und natürlich auch auf die vorschriftsmäßige Wartung und Pflege des Geräts. Hier habe ich eine Dienstvorschrift für Sie, da können Sie mal reinschauen, aber das wird Ihnen der ausbildende Lokführer, dem Sie zugeteilt werden, alles noch genau erläutern. Ich pflege zu sagen: Auch der beste Lokomotivführer ist nur so gut wie sein Heizer!"

Nach Erledigung von allerlei Formalitäten erfuhr Herkommer, dass er bereits am kommenden Montag anfangen könne, spätestens bis dahin müsste er die noch fehlenden Papiere vorlegen. Herkommer war ebenso überrascht wie erfreut, aber er war auch nüchtern genug in seinem Urteil, um zu erkennen, dass das knapp werden könnte. Denn es war ja in seinen Unterlagen noch das Geburtsjahr unauffällig abzuändern, sonst würden sie ihn gleich wieder als zu jung nach Hause schicken, und eine solche Korrektur geht nicht von jetzt auf gleich. Im Übrigen wurde ihm empfohlen, sein Zimmer in Nürnberg zunächst ruhig beizubehalten. An allen Endpunkten des Streckennetzes habe man für das Personal ordentliche Schlafstellen in den Bahnhöfen oder in allernächster Nähe eingerichtet. Es sei überhaupt besser, sich für einen möglichst dichten Einsatzplan einteilen zu lassen und abends am Zielort Feierabend zu machen, ohne eine umständliche Heimfahrt, um in der Früh mit einem zeitigen Zug gleich wieder den Dienst aufzunehmen. Dann komme nämlich am Schluss viel mehr zusammenhängende Freizeit heraus, und auch da sei ja dann sein Zimmer in Nürnberg von Nutzen.

„Wann immer Sie eine Frage haben sollten, wenden Sie sich bitte an mich, Herr Herkommer!"

Herkommer machte, dass er so schnell wie möglich zurück nach Nürnberg kam, um vielleicht Eugen noch anzutreffen. Der könnte ihm bei diesem verdammten Geburtsjahr sicherlich helfen.

Eugen zeigte sich von der Idee gar nicht angetan.

„Ludwig! Das ist Urkundenfälschung, Gopferdammi!"

„Ach was, alles hat so schön geklappt! Nicht die geringste Schwierigkeit im Personalbüro in Bayreuth, im Gegenteil, die wollen mich unbedingt haben! Dieser Polizeidirektor ist auch dafür, sonst hätte er mich nicht empfohlen. Und ich will auch hin. Das Einzige, was noch im Weg ist, sind ein paar winzige, eingetrocknete Tintenspritzer in meinem Ausweis, die nicht genau an der richtigen Stelle sind – und da soll ich aufgeben? Das werden wir gleich behoben haben!"

„Du bist verrückt, Ludwig! Sei ja vorsichtig, Menschenskind!"

„Ich bin sogar sehr vorsichtig. Was ich jetzt brauche, ist eine neue Rasierklinge, ein bisschen schwarze Tinte oder Tusche und eine ganz spitze Feder. Eine Nadel dazu wäre auch nicht schlecht. Vielleicht noch eine Lupe, wenn du so was hast. Es wird ja niemand auch nur im Geringsten geschädigt!"

Eugen holte murrend das Zeug herbei. Herkommer ging mit sichtlicher Routine und äußerster Vorsicht ans Werk. Als er nach über einer halben Stunde fast fertig war, flog die Tür auf, und Gaski stürmte herein, direkt auf Herkommer zu, während der Horlacher Karl, sein Diensthundeführer, die Tür wieder schloss, die ihm Gaski aus der Hand gestoßen hatte. Es war eine heftige und von beiden Seiten begeistert betriebene und immer wieder aufgenommene Begrüßung; Herkommer war so überrascht und durch Gaskis Erscheinen derart abgelenkt von seiner Arbeit, dass ihm gar nicht in den Sinn kam, seinen Ausweis mit dem ganzen Werkzeug, das drum herumlag, abzudecken. Der Hundeführer Horlacher Karl, immerhin ein geschulter Polizist, sah mit einem Blick, was Herkommer da bearbeitete, sagte aber weiter nichts.

Gaski brauchte Minuten, bis er sich wieder einigermaßen beruhigt hatte, und während Herkommer sein Zeug zusammenräumte und in den Nebenraum schaffte, hörte er, wie Horlacher bei Eugen klagte und jammerte. Sein Hund sei während seiner Krankheit in schlechte Hände gegeben worden und habe sich in der kurzen Zeit schrecklich an diesen Herkommer gewöhnt, der ja nicht einmal eine Ausbildung zum Hundeführer aufweisen und höchstens als besserer Hundeliebhaber gelten könne, sodass ihm nun der Hund noch mehr Schwierigkeiten als früher mache und im Grunde doch nach wie vor ziemlich lahm und lustlos sei und längst nicht so tüchtig, wie es überall hieß.

Herkommer hätte heulen mögen – der wird mir den Gaski total versauen, in kürzester Zeit! Gaski würde wieder zu einem unglücklichen Durchschnittshund werden, genau so unglücklich wie sein Hundeführer. –

Herkommers Ausbilder bei der Oberfränkischen Eisenbahn war ein gemütlicher Lokomotivführer aus Wunsiedel, dem er an den meisten Tagen als Heizer zugeteilt wurde. Der konnte gut erklären, und Herkommer lernte viel.

„Noch viel wichtiger als stets genügend Kohle auf dem Rost zu haben", so lautete seine stehende Rede, „ist es, dass man stets genügend Wasser im Kessel hat." Diesen Satz flocht er, stets entsprechend variiert, in die verschiedensten Sachzusammenhänge mit ein, manchmal noch mit der Mahnung verbunden „Du wirst noch an mich denken, Ludwig!"

Er hätte nie gedacht, was man da als Heizer alles wissen und dann freilich auch berücksichtigen muss. Da war die Farbe der Abgase zu beurteilen, weil dunkler Qualm immer Zeichen einer unvollkommenen Verbrennung ist; da war die Unterscheidung zwischen Nassdampf und Heißdampf zu büffeln, auf der sein Lokführer immer wieder herumritt, genauso wie auf den Begriffen Grund- und Bereitschaftsfeuer; da war die Dampfstrahlpumpe richtig zu handhaben, die Herkommer in ihrer Ingeniosität besonders beeindruckte, weil mit ihr gegen den Dampfdruck Frischwasser aus dem Tender in den Kessel hineinbefördert werden konnte; da war das auswendige Aufsagen der bahneigenen Wasserkräne in der Region, die das weichste Wasser hatten; und da war das fließende Herunterbeten sämtlicher Hahnen, Schieber, Klappen und Armaturen mit gleichzeitigem Deuten in die Richtung, in der sie sitzen – oh, der Lokführer konnte ihn stundenlang mit Fragen und kleinen Aufgaben beschäftigen. Gewöhnlich schloss er seine Lektion mit einem Leitsatz wie: „Die Kohleschaufel ist unersetzlich, aber wichtiger noch ist die Dampfstrahlpumpe." Und meistens folgte dann wieder: „Eines Tages wirst du noch an mich denken!"

Die größte Kunst von allem aber schien Herkommer die richtige Vorausplanung bei der Feuerbeschickung und Dampferzeugung zu sein. Zum Glück befuhr sein Lokführer schon seit über dreißig Jahren diese bergigen Strecken und konnte ihm wegen der Steigungsverhältnisse, auf die es vor allem ankommt, Hinweise geben wie kein anderer. Aber man musste auch den Fahrplan genau studieren, um ihm die Anzahl und Dauer der Aufenthalte und die Fahrzeiten dazwischen zu entnehmen, was alles von Einfluss auf den Dampfbedarf war. Am meisten machte ihm dabei zu schaffen, wenn sich die planmäßigen Aufenthalte durch Überholungen oder Kreuzungen verlängerten und er die Dauer des voraussichtlichen Stillstands abschätzen musste, um vor der Weiterfahrt das Feuer rechtzeitig herrichten zu können.

Lästig war Herkommer nur der Frühdienst mit dem allzu zeitigen

Aufstehen, wenn eine kalte Lok anzuheizen war. Manchmal, je nach Fahrplan, musste er schon vor Mitternacht bei der Lokomotive sein. Dort waren dann alle möglichen Prüfungen in der vorgeschriebenen Reihenfolge und etliche Abschmier- und Wartungsarbeiten durchzuführen und das Grundfeuer, wie es genannt wurde, anzusetzen. Da es auf eine gleichmäßige Erwärmung ankam, waren für das Anheizen einer kalten Lokomotive mindestens drei Stunden zu veranschlagen, was aber nur bei einer kupfernen Feuerbüchse galt, war es eine stählerne, so waren als Mindestzeit vier Stunden einzuhalten.

Bis der Lokführer eintraf, der alles noch einmal überprüfte, war Herkommer ohne Pause beschäftigt, doch machten ihm diese Arbeiten Freude. Es war für ihn jeden Morgen wieder fesselnd zu beobachten, wie diese tonnenschweren Massen kalten und leblosen Stahls unter seinem Zutun ganz langsam nach und nach zum Leben erwachten, bis schließlich alles lief und die Zeiger zitterten und die Lokomotive mit leisem Knistern und Zischen ihre zunehmende Startbereitschaft kundtat. Bis dahin hatte sich dann auch ein intensiver Geruch aus Schmierfett und erhitztem Stahl, aus heißem Öl und Kohlestaub, aus Rauch und Qualm und Ruß ausgebreitet, den Herkommer schon deshalb liebte, weil er fast vergessene Erinnerungen an die Kindertage in unerwarteter Leuchtkraft aufsteigen ließ, als sie auf der Überführung zum Lindenhof spielten und sich in die dichten Dampfwolken der unter ihnen durchfahrenden Rangierlokomotiven stürzten – das war in allen Nuancen genau der gleiche Geruch gewesen.

Schließlich wurde es dann Zeit, dass sie aus dem Lokomotivschuppen hinaus- und zum Bahnhof hinüberfuhren. Wenn die Lokomotive dann nach den ersten zögernden Vorwärtsbewegungen allmählich Fahrt aufnahm, war Herkommer manchmal versucht, mit der Dampfpfeife ein kurzes Signal des Aufbruchs abzugeben, und als es tatsächlich einmal tat, wirklich nur ganz kurz, erhielt er von seinem Lokführer einen gehörigen Rüffel, es sei fünf Uhr in der Früh, und das sei ein grober Missbrauch der Dampfpfeife, die nur zur Warnung, zum Beispiel vor einem unbeschrankten Bahnübergang verwendet werden dürfe.

Weil sein Lokomotivführer ein guter Lehrmeister war, erlernte Herkommer nicht nur die einzelnen Kontrollen und Handgriffe, sondern er erfuhr auch genauestens, warum sie auszuführen waren und vor allem, was geschehen konnte, wenn man sie nachlässig oder fehlerhaft erledigte oder sie womöglich vergaß. Das erhöhte seine Einsicht in das Ganze und gab ihm das rechte Gefühl dafür, wie wichtig seine Tätigkeit war. Zum ersten Mal in seinem Leben spürte er, dass er wirklich Verantwortung trug, nicht nur für Gaski, wie das vor Kurzem noch war, sondern für eine mächtige Lokomotive, ja, für einen ganzen Zug mit vielleicht Hunderten von Passagieren darin. –

In den ersten Wochen hatte Herkommer keine Gelegenheit, nach Hause zu fahren, wobei er sich über sich selbst wunderte, dass er von ‚zu Hause' sprach. Die Ausbildung war ihm wichtiger, hoffte er doch, schon bald zum planmäßigen Heizer ernannt zu werden, dann würde er eine schwarz-silberne Kordel an seine Schirmmütze bekommen. Als er das erste Mal nach Wochen wieder in Nürnberg die Treppen hinaufstürmte und in sein Zimmer trat, kam es ihm fremd und seltsam leer vor. Ah, Frau Bohner hatte Gaskis Lager weggeräumt, was gewiss vernünftig war, doch Frau Bohner traf er nicht an, was ihm hätte gleich sein können, aber er fragte im Haus herum und erfuhr schließlich unten im Ladengeschäft, dass sie für ein paar Tage zu Verwandten verreist sei. Zu Verwandten? Insgeheim schien er sich doch auf Frau Bohner gefreut zu haben, dachte er, aber diese Einsicht passte ihm auch wieder nicht. Wo sie wohl hingefahren ist? Und wo sie wohl diese Verwandten hatte? Sie hat nie davon gesprochen. Was waren das überhaupt für Verwandte? Er ärgerte sich über diese Leute, obwohl er wusste, dass ihn das nicht das Geringste anging. Auch ihr Bademantel war weggeräumt.

Er ging früh ins Bett und wollte mal wieder richtig ausschlafen. Oh, welch himmlisches Gefühl, Arme und Beine weit von sich strecken zu können; zu schlafen ohne diesen engen Schlafsack wie in den letzten Wochen; sich richtig breit machen zu können in den frischen Leintüchern, für die Frau Bohner in der Zwischenzeit gesorgt hatte.

Er schlief viel zu lange, was ihm noch nie gut getan hatte. Nach dem Aufstehen fühlte er sich gerädert und stellte fest, dass Frau Bohner immer noch nicht zurückgekehrt war. Verdrossen erledigte er am späten Vormittag noch ein paar Belanglosigkeiten und setzte sich dann missmutig und ohne noch einmal bei Eugen hereingeschaut zu haben mit dem Vorsatz in den Zug, so bald nicht wieder nach Nürnberg zu kommen. Die etwas engen, aber tadellos sauberen Personalschlafstellen an den Streckenenden reichten ihm bis auf Weiteres aus. Er tat sich selbst ein wenig leid und wollte sich wieder ganz auf die Arbeit und in die Ausbildung stürzen.

Aber schon am nächsten Samstag saß er entgegen seiner ursprünglichen Absicht dann doch wieder im Zug nach Nürnberg. Im Dienstplan hatte sich für das Wochenende eine kleine Verschiebung ergeben, und er dachte sich, dass er ja dumm wäre, wenn er nicht den kleinen Spielraum, der sich ihm plötzlich bot, für eine Fahrt nach Hause ausnutzen würde. Frau Bohner sollte inzwischen doch längst zurückgekommen sein.

Als Herkommer am Abend in sein Zimmer trat, stutzte er, denn da lag das große Polster für Gaski wieder am Boden – Frau Bohner musste zurück sein! Er eilte sofort zu ihr hinüber, doch sie hatte ihn kommen hören und wollte ihn ebenfalls gleich sehen, und so stießen sie auf dem dunklen Flur erschrocken aufeinander und konnten nur knapp einen heftigeren Zusammenprall vermeiden. Das anschließende Gelächter geriet auf beiden Seiten unangemessen ausgiebig. Ausgelöst, aber nur ausgelöst war es durch das beiderseitige kurze Beschwichtigungslachen, zu dem ja viele Menschen bei solchen kleinen Missgeschicken aus einer Art angeborener Höflichkeit heraus neigen. Seine Fortsetzung und Kraft aber fand das Lachen durch die unterdrückte Freude über das von beiden ersehnte Wiedersehen. Die fand so eine willkommene Gelegenheit, in unverfänglicher Weise hervorzubrechen. Einmal angekurbelt, ließ sich das Gelächter dann durch allerlei vergnügte Albernheiten leicht noch eine Weile weiterführen, und schließlich fasste Ludwig Frau Bohner am Handgelenk und zog sie, die sanft folgte, mit in sein Zimmer, wo er sie, auf Gaskis Polster weisend, in übertrieben gespielter Traurigkeit fragte, was er damit wohl anfangen solle.

„Ich hatte die Matratze neulich bloß herausgenommen, um sie im Hof tüchtig auszuklopfen. Wer weiß, vielleicht kommt der Gaski doch noch einmal wieder?“

„Den bin ich los.“

„Dann nimmst halt mich dafür!“, alberte Frau Bohner weiter und ließ sich auf das Polster fallen, wo sie sitzen blieb und zu ihm hinaufblickte, wie Gaski das tat, und dabei dessen schräge Kopfhaltung nachzuahmen versuchte. Herkommer ging sogleich darauf ein, kniete auf den Polsterrand nieder, rief ihr streng „Gaski" zu, mit dem er ja ebenfalls häufig gebalgt hatte, und warf Frau Bohner, nicht ohne Behutsamkeit, auf den Rücken. Er beugte sich lachend über sie, die Arme rechts und links von ihrem Kopf auf das Polster gestützt, und er hätte nun gewiss von ihr abgelassen, wäre da nicht plötzlich wieder dieser Duft gewesen, von dem er besessen war.

Ludwig ließ seine Arme einknicken, sodass sein Kopf dicht neben ihrem auf das Polster zu liegen kam, und sein Oberkörper halb auf ihr lag. Er hätte aufstöhnen mögen, so deutlich nahm er jetzt diesen Duft auf, an den er sich in den ganzen Wochen immer wieder zu erinnern versucht hatte, den er sich aber nicht mehr hatte vergegenwärtigen können. Frau Bohner lag regungslos und rührte sich über Minuten nicht, nicht die geringste Zuwendung, aber auch keine Abkehr. Herkommer drehte sein Gesicht, mit dem er auf dem Polster lag, langsam zu ihr hin, und sie spürte seine Nase und dann auch seinen Mund an ihrem Hals. Das ist die Stelle, an der ich neulich schnuppern wollte, dachte Herkommer, jetzt werde ich sie auf diese Stelle küssen, aber es war nicht mehr als eine Andeutung. Sie blieben noch eine Zeitlang ganz nah beieinander liegen. Später stand Herkommer langsam auf, während Frau Bohner immer noch bewegungslos mit geschlossenen Augen dalag, und dann rief er ihr sehr freundlich, vielleicht sogar zärtlich zu:

„Komm, Gaski, steh auf!"

Frau Bohner nickte, erhob sich und ging dann verträumt lächelnd mit gesenktem Kopf zur Tür.

Am nächsten Morgen musste Herkommer beizeiten aufbrechen. Als er gerade aus der Küche gehen wollte, kam Frau Bohner herein und sagte, wie auch früher immer, leise und ganz unbefangen: „Guten Morgen!", und schaute ihn nur freundlich an.

Herkommer legte im Vorbeigehen seine Hand an den Mund, beugte sich nah an ihr Ohr und flüsterte nach einer Sekunde des Zögerns zärtlich: „Gaski!", nur um etwas zu sagen, und sie wusste, dass das mit dem Herumbalgen und dem Herumalbern gestern nicht mehr viel zu tun hatte. –

Die Beziehung zwischen Herkommer und Frau Bohner entwickelte sich dank einer gewissen scheuen Behutsamkeit beider nur langsam, aber überaus beständig weiter, was freilich bei Frau Bohner, der viel Älteren, einen gänzlich anderen Ursprung hatte als beim vorsichtig-unerfahrenen Herkommer.

Wenn Herkommer Dienst hatte, war er oft eine ganze Woche und manchmal auch zwei Wochen lang weg, das waren für Frau Bohner dann meistens Tage voller Sehnsucht, was sie sich aber nicht eingestehen wollte und worüber sie sich ärgerte, und sie spürte dann, wie sehr sie in ihrem ganzen Befinden schon von ihm abhängig geworden war. Umso schöner und ausgefüllter die dienstfreien Tagen mit ihm. Ihre Fürsorge breitete sich immer weiter aus, je genauer sie seine Bedürfnisse und Vorlieben kennenlernte. Und je besser es ihr gelang, die Zeit zwischen ihren viel zu seltenen gemeinsamen Tagen mit kleinen Fürsorglichkeiten für ihn auszufüllen – mit einem Pullover, den sie ihm strickte, mit einem Kuchen, den sie ihm backte –, umso eher kam sie mit den Vorwürfen zurecht, die sie sich immer noch machte. Aber nach wie vor würde man auf die Hausbewohner achten müssen, um ja keinen Anlass für ein Gerede zu bieten. Je vertrauter sie miteinander wurden, desto deutlicher wurde ihr das. Keine zu lauten Gespräche miteinander, möglichst kein gemeinsames Verlassen des Hauses, ja überhaupt: keine gemeinsamen Unternehmungen in der Stadt und auch keine Ausflüge in die Umgebung. Aber darunter litt Frau Bohner. –

Die Eisenbahnerkarriere Herkommers ließ sich gut an und wäre in ihrem Fortgang nicht weiter berichtenswert, wenn sich nicht bald nach seiner Ernennung zum planmäßigen Heizer ein schweres Unglück ereignet hätte, eine Katastrophe geradezu, die bei Herkommer besondere Eigenschaften und Fähigkeiten zu Tage treten ließ, die allgemein und auch von kompetenten Beurteilern als Hinweis auf eine außergewöhnliche Begabung gehalten wurden und die ihn als Führungsnachwuchs qualifizierten.

Es war ihm schon früher gelegentlich aufgefallen – und bei einem Unfall einige Wochen vor dem großen Unglück wurde es ihm noch einmal ganz offenkundig –, dass er ‚enorm hart war im Nehmen', wie er sich das selbstbewusst zugutehielt, offenbar viel härter als alle anderen. Er ahnte, dass er diese Härte allein Tante Georgette zu verdanken hatte, damals bei der Tötung der jungen Kätzchen, an der er, wie er glaubte, beinahe zugrunde gegangen wäre; aber er hatte es, gestützt durch Tante Georgettes Lob, eben geschafft, so pries er sich selber, und sei dadurch schließlich zu einem stahlharten Mann geworden, der keinerlei Gefühlen unterlag. Viktor hatte geweint, er jedoch hatte sich durchgebissen! Das sah man eben auch bei diesem Unfall neulich, der der Katastrophe vorangegangen war.

Bei ihrer Einfahrt in die Station von Neusorg war bei einem unseligen Spiel auf dem Bahnsteig ein kleines Mädchen im letzten Augenblick auf die Schienen geraten und von ihrer Lokomotive erfasst und überrollt worden. Frauen schrien auf und selbst raue Männer konnten die Tränen nicht unterdrücken, als sie Sekunden später das grauenhaft zerteilte Kind unter dem zweiten Wagen des mit der Notbremse gestoppten Zuges liegen sahen. Herkommer und sein Lokführer waren von ihrem Führerstand gesprungen, der Lokführer hatte sich auf eine Bank fallen lassen und saß nun zusammengekauert da, die Hände vor dem Gesicht, und schluchzte und rief stöhnend immer wieder, als ob er das Geschehene damit noch abwenden könne, „Nein!", „Nein!", „Nein!", und dann packte er Herkommer, der neben ihm stand, mit beiden Händen am Unterarm und schüttelte ihn verzweifelt.

Inzwischen waren atemlos der Stationsvorsteher und noch ein paar andere Bahnbedienstete herbeigeeilt, alle redeten sie gestikulierend und in erhöhter Stimmlage laut aufeinander ein und liefen dabei ziellos hin und her, keiner hörte auf den anderen, und nicht einer wusste, was er sagte.

Herkommer stieg ruhig zu dem toten Kind hinunter auf das Gleisbett und legte die blutigen und schier nicht mehr identifizierbaren Teile nahe der Bahnsteigkante zu einem armselig kleinen Häuflein zusammen, über das er eine alte Decke breitete. In der Ruhe, die dabei von ihm ausging, wirkte er keineswegs gleichgültig, im Gegenteil, er strahlte einen viel größeren Ernst aus als all die Aufgeregten und Verzweifelten auf dem Bahnsteig. Er war wohl ebenso traurig über den Tod des Kindes und über den ganzen Vorfall, dachte er sich, aber ernsthaft berührt von diesem Unglück oder aufgewühlt oder gar fassungslos wie all die anderen war er nicht.

Das Einzige, was ihn wirklich irritierte, das war nicht das Unglück und der Tod des Kindes, sondern dass die Frauen so unbeherrscht schrien und auch die Männer weinten, und sich alle so ganz anders verhielten als er, der wie ein stolzer Fels im Tosen der Gefühle stand und nicht zu erschüttern war.

Das schrieb er seiner besonderen ‚Seelenstärke' zu, wie er später Eugen gegenüber prahlte, die aber in Wahrheit nichts anderes als eine Form zunehmender Gefühlsblindheit war, vielleicht tatsächlich ausgelöst, wie er meinte, durch das schreckliche Erlebnis der Katzentötung vor vielen Jahren, als sie noch Kinder waren. Eugen hatte dazu geschwiegen, während Frau Bohner, der er ebenfalls von dem Vorfall in der Station Neusorg und vor allem von seiner Bewährung dabei erzählte, nach erstem Entsetzen ein paar Tage später ihm erklärte, dass ihr schon öfter einmal der Gedanke gekommen sei, dass er, seelisch betrachtet, in vielem Bleisohlen an den Füßen haben müsse, was aber keineswegs unfreundlich gemeint sei, das wäre bei den meisten Männern so. –

Es war schon fast Mitternacht, als Herkommer im Schirndinger Lokomotivschuppen vom Führerstand seiner Lok herunterstieg. Er hatte noch einige kleine Wartungsarbeiten erledigt, sein Lokführer war schon voraus ins Quartier gegangen. Eine der Lokomotiven fehlte noch, der Lokführer hatte vor einer Viertelstunde aus Mitterteich bei der Lokleitung angerufen, dass sie kein Wasser mehr im Tender hätten und wahrscheinlich noch frisches Wasser aufnehmen müssten.

Aber da hörte er sie in der Stille der Nacht ganz in der Ferne schon kommen. „Das ist doch schneller gegangen", dachte er, „vermutlich haben sie doch kein Wasser mehr aufgenommen." Und so konnte er das Tor des Lokomotivschuppens offen lassen. Dann verschob er unter großem Krafteinsatz an der Kurbel die leere Schiebebühne noch so, dass sie direkt einfahren konnten. Erst wollte er noch auf die beiden Männer warten, dann machte er sich aber doch auf den Weg ins Quartier.

Seine Schritte hallten wider von der Häuserwand auf der anderen Straßenseite, und er lauschte auf die kleine Zeitverzögerung der Echos und setzte seine eisenbeschlagenen Absätze noch härter auf, dann hörte er den Zug langsam einfahren. Doch er war noch keine hundert Meter weitergegangen, als vom Bahngelände her überlaut ein ganz kurzes schrilles Zischen ertönte, fast wie ein Pfiff, mit einem unmittelbar folgenden und noch ungleich lauteren mächtigen Donnerschlag, während ihn fast im gleichen Augenblick eine gewaltige Druckwelle erfasste, die ihn beinahe zu Boden geworfen hätte.

Das berstende Krachen und das Getöse der herumfliegenden Gebäudeteile – halbe Dachstühle, Stahltüren, Glassplitter, Dachziegel – und das vielfältige Echo dann von den Bergen herüber waren noch nicht verhallt, als Herkommer mit ebensolcher Plötzlichkeit klar wurde – augenblicklich und in allen Einzelheiten klar wurde –, was geschehen war.

Das war kein logisches Schließen Schritt für Schritt, sondern eine sich spontan einstellende plötzliche Einsicht in ein kompliziertes Geschehen, das mit mehreren ineinandergreifenden Fehlern von Lokführer und Heizer begonnen hatte und mit einem katastrophalen Schlusspunkt endete. Diese Einsicht war schlagartig auf Herkommer eingestürzt, und schlagartig, das heißt: gleichzeitig mit allen aufeinander folgenden Phasen des Geschehens vom Anfang bis zum Ende. Dabei überraschte ihn nicht einmal so sehr die Vollständigkeit und auch nicht die Plötzlichkeit dieser Einsicht, sondern es überraschte ihn vor allem, wie diese Einsicht vom ersten Augenblick an mit der Gewissheit absoluter Richtigkeit ausgestattet war, ein Gefühl, wie es ihm bis dahin noch nie begegnet war.

Und wie um die Bestätigung dafür einzuholen, blickte er zum Bahngelände zurück und sah im Staub und Qualm genau das, was er erwartet hatte. Die Lokomotive, die vom Zug schon abgekuppelt war, aber den Lokomotivschuppen noch nicht erreicht hatte, war, in tausend Stücke zerrissen, in die Luft geflogen; nur noch die Reste ihres Unterbaus waren zu erkennen, nicht einmal alle Räder standen mehr auf den Schienen.

Dann trat erneut Stille ein, aber das war jetzt eine andere Stille. Eine lauernde und drohende Stille, eine Stille, die nur ausholte und die nur so lange währen sollte, bis die entsetzlichen Folgen erfasst worden sind, und die nichts gemein hatte mit jener sanften Stille, die noch vor wenigen Sekunden wie eine weiche Decke für die Nacht über dem kleinen Marktflecken ausgebreitet war.

Schreiend und durcheinanderrufend kamen einige Bahnmitarbeiter angelaufen, die meisten nur halb bekleidet. Sie waren derart verwirrt, und manche von ihnen wirkten geradezu verzweifelt, dass Herkommer sofort klar wurde, dass er der Einzige war, der noch Überblick hatte und dass jetzt seine wichtigste Aufgabe darin bestehen würde, diesen Überblick zu bewahren. Er würde jedem nur eine einzige, klar umrissen Aufgabe zuweisen dürfen, sagte er sich, sonst rennen die alle nur hin und her, und es geschieht nichts.

Als Erster stand plötzlich der Disponent, der von der Lokleitung herübergekommen war, hilflos neben ihm und schaute ihn mit offenem Mund fragend an.

„Was wollen Sie hier, Menschenskind?", fuhr er ihn barsch an. „Haben Sie denn schon die ganzen Notrufe abgesetzt? – Also los", rief er möglichst laut, damit es alle hörten, „stehen Sie nicht herum, hauen Sie ab in ihr Büro, das ist jetzt das Allerwichtigste!"

Dann nahm er sich einen großgewachsen älteren Lokführer vor, der völlig außer Atem war, aber wenigstens seine Dienstmütze dabeihatte, wenn er sie auch nur in der Hand hielt.

„Sie sind mir dafür verantwortlich, dass das Bahngelände sofort abgesperrt wird. Schnappen Sie sich dazu noch ein paar Leute! Der einzige Zugang, der offenbleibt, ist dieser hier. Befugte Fahrzeuge winken Sie hier herein, das sind Sanitätskraftwagen, Feuerwehr, Ärzte, Polizei. Sonst kommt hier keine Maus durch! Verstehen Sie? Und setzen Sie Ihre Dienstmütze auf, Sie sind der Vertreter des Hausherrn!"

Der Lokführer nickte, fast dankbar für die präzisen Vorschriften, die ihn jeder Entscheidung enthoben, und Herkommer sah, dass seine Unterlippe zitterte.

„So, und Sie sorgen dafür", wandte er sich an die beiden Nächsten, „dass alle Verletzten sofort zu den ersten Sanitätsautos, die in Kürze eintreffen, geleitet werden oder selber dorthin kommen, vorrangig lassen Sie die Schwerverletzten von den Sanitätern mit ihrer Trage abholen. Durchsuchen Sie sicherheitshalber den ganzen Zug, vorne beginnen! Eine Trage von uns hängt im Lokomotivschuppen, ganz links. Anschließend breiten Sie über Tote, die Sie im Gelände finden, eine Wolldecke", wobei er sah, wie da der Jüngere von beiden doch ein wenig zurückzuckte, während der andere es bei einem Schlucken beließ. „Decken, ebenso Karbidlampen", fuhr Herkommer unbeirrt fort, „holen Sie sich drüben in der Lokleitung. Wenn Sie fertig sind, kommen Sie wieder zu mir!“

So bekam jeder der eingetroffenen Bahnbediensteten eine Aufgabe – der eine hatte zu prüfen, ob noch alle Lokomotiven im Lokomotivschuppen, dessen Dach ziemlich beschädigt war, einsatzfähig waren, denn mit der Lokleitung war wohl nicht mehr zu rechnen; ein anderer sollte klären, ob die Ausfahrgeleise dort und die Schiebebühne noch intakt waren; wieder ein anderer hatte eintreffende Ärzte und Sanitäter sofort in den Sanitätsbereich zu bringen, wohin auch weitere Sanitätsfahrzeuge zu geleiten seien; und einer schließlich sollte unbedingt versuchen, auf dem schnellsten Wege, über den Bahntelegrafen oder irgendwo telefonisch, eine Meldung nach Bayreuth abzusetzen. Dann rief er allen noch laut zu:

„Noch etwas, ganz wichtig! Keinerlei Auskünfte an die Presse! Wenn da welche von der Zeitung kommen, sofort zu mir schicken!“

Bald schon wurde ihm gemeldet, dass alle Lokomotiven bis auf eine unbeschädigt seien und auch die Ausfahrt über die Schiebebühne bei einiger Vorsicht möglich sein müsste. Daraufhin rief er mit der Trillerpfeife noch einmal alle Schaffner, Lokführer und Heizer zu sich und ordnete in forschem Ton an, dass der Dienstplan und somit auch Fahrplan und Abfahrtszeiten in der Frühe so weit wie nur irgend möglich einzuhalten seien. Herkommers Kopf arbeitete präzise und kalt wie eine Rechenmaschine, schnell, fehlerfrei, unbeeinflusst, leidenschaftslos – es gab keine törichten Gefühle, es gab nichts, was hätte stören können.

Er wunderte sich selbst, wie widerspruchslos sich alle fügten. Sie waren die ersten Augenblicke wohl noch zu verwirrt und zu weichgeklopft vom Entsetzen, um gegenüber diesem jungen Mann, der da so sicher auftrat, aufzubegehren, und als dann doch Einzelne Widerspruch vielleicht erwogen, war er von den meisten schon als Anführer akzeptiert. Ein alter Schaffner antwortete sogar mit einem strammen ‚Jawoll!‘ und legte die Hand an die Mütze, froh, dass wenigstens einer da war, der ihnen sagte, was zu tun sei – ganz egal was. Inzwischen waren die ersten Rettungsfahrzeuge eingetroffen, und auch ein paar Mann von der Freiwilligen Feuerwehr erschienen. Auch denen sagte er in der gleichen Weise, was zu geschehen habe, und sie spurten ebenso.

„Achten Sie als Uniformierte vor allem darauf", sagte er den Feuerwehrleuten, „dass nicht Unbefugte das Bahngelände betreten!" Denn inzwischen waren auch viele Neugierige herbeigekommen, die von seinen eigenen Leuten kaum mehr in Schach zu halten waren, und er zeigte den Männern die zu sichernden Zugänge zum Bahngelände.

Herkommer beherrschte seine Rolle als Kopf des Ganzen mit einer solchen Selbstverständlichkeit und er gab seine Anweisungen so perfekt und mit so viel ungerührter Kompetenz, dass man hätte glauben können, das alles sei vorher einstudiert und geprobt worden, und da sich alle fügten, weil eben jeder mit einer wichtigen Aufgabe beschäftigt und alle Unbeteiligten ferngehalten wurden, konnte es gar nicht anders sein, als dass allmählich doch eine gewisse Ordnung in das Chaos kam.

Umso schlimmer aber waren dann die Meldungen, die nach und nach bei Herkommer eintrafen. Mindestens sechs Tote bis jetzt, darunter der Lokführer und sein Heizer, den hatte Herkommer gekannt; an die zwanzig Verletzte, darunter acht Schwerverletzte mit großflächigen Verbrühungen; die anderen durch Glassplitter und herumfliegende Trümmer mehr oder weniger schwer verletzt. Er fragte sich, wo diese vielen Leute hergekommen waren; der Gefährdungskreis musste jedenfalls einen erheblichen Durchmesser gehabt haben, und genau im Zentrum dieses Kreises hatten der Lokführer gestanden und sein Heizer, ein netter Kerl, dessen Tod Herkommer, dem es nur um die möglichst perfekte Bewältigung dieser Katastrophe ging, zwar mit Bedauern zur Kenntnis nahm, der ihn aber nicht wirklich berührte.

Herkommer spürte nicht das erste Mal, dass er jetzt eigentlich traurig oder gar bestürzt sein müsste oder dass er in eine Situation geraten war, in der er Furcht oder Angst haben sollte oder Mitgefühl aufbringen und vielleicht sogar Mitleid entwickeln müsste; er wusste also, dass es da noch etwas gab, was bei ihm aber nicht ansprang. Als ob er blind geworden sei dafür. –

Sogar der Zeitungsreporter aus Marktredwitz war inzwischen aufgetaucht, es war derselbe, der ihm schon in Neusorg nach dem Unfall mit dem kleinen Mädchen auf die Nerven gegangen war.

„Wissen Sie denn schon, was überhaupt passiert ist? Eine Explosion oder was?"

„Ganz genau wissen wir das!", sagte Herkommer. „Das werde ich Ihnen nachher gern erklären, alles ziemlich kompliziert. Warten Sie drüben im *Goldenen Stern* auf mich!"

Der *Goldene Stern* war inzwischen hell erleuchtet, aber der Reporter sah auf die Uhr und jammerte, dass keine Minute zu verlieren sei, der eigentliche Redaktionsschluss sei längst vorüber, und wenn das erst einen Tag später erscheint, klagte er, kriege ich dafür höchstens halb so viele Zeilen. Nun ja, dachte Herkommer, gehe ich halt gleich mit ihm hinüber, bevor er dummes Zeug schreibt, aber wie das alles kam und was die beiden auf der Lokomotive alles falsch gemacht haben, das werde ich ihm nicht sagen, das weiß man ohnehin erst nach der Untersuchung genau.

Als er mit dem Reporter im Schlepptau schnellen Schritts dem Hoteleingang zustrebte, traten die Schaulustigen und Gaffer, die sich vor dem *Goldenen Stern* angesammelt und seine Befehlsausgabe aus der Ferne mitverfolgt hatten, ehrfurchtsvoll zur Seite und bildeten eine Gasse, was er wie selbstverständlich hinnahm, obwohl er es genoss.

Sie saßen noch nicht recht, da hatte Herkommer schon das beklemmende Gefühl, dass der Reporter jedes einzelne Wort, das er ihm sagte, mitstenografierte. Da musst du aufpassen, Ludwig, dachte er. Er nannte ihm als erstes die Zahl der Toten und Verletzten und schilderte die enormen Sachschäden, soweit sie schon zu übersehen waren. Der Reporter schrieb ununterbrochen mit. Dass der zerfetzte Kessel fünfzig Meter weit geflogen war, schien ihn besonders zu beschäftigen. ‚Ein Bild der Verwüstung', hörte ihn Herkommer sich selbst leise diktieren.

„Aber wie ist das alles passiert? Vielleicht eine Explosion im Gepäckwagen?"

„Ach was, der Zug war schon abgestellt am Bahnsteig. Er ist nur wenig beschädigt, der Frachtwagen schon gar nicht. Vorwiegend Glasschäden durch die Druckwelle. Und natürlich unter den paar Passagieren, die sich noch auf dem Bahnsteig befanden, etliche Verletzte durch herumfliegende Trümmer und Glassplitter. Nein nein, im Zentrum der Zerstörungen stand die Lokomotive. Die hatte vermutlich Wassermangel."

„Wie kann das passieren?"

„Nun, beispielsweise durch eine unbemerkt gebliebene Leckage", antwortete Herkommer. Der Kerl bohrt doch genau an der richtigen Stelle, dachte er, jetzt muss er mich bloß noch nach dem Wasserstandsanzeiger und dem Sicherheitsventil fragen!

„Und wieso ist dann alles in die Luft geflogen, nur weil die Lokomotive kein Wasser mehr hatte?"

„Das ist ein komplizierter Vorgang. Er heißt Kesselzerknall und kommt zum Glück nur selten vor, aber er ist der Schrecken eines jeden Heizers und Lokführers, schlimmer als jede Explosion. Wenn Wassermangel herrscht, ist ein Teil der Feuerbüchse, in der sich die Glut befindet, nicht mehr mit Wasser bedeckt, sodass sie unheimlich heiß wird. Beim Abbremsen vor der Schiebebühne – das hätte genauso schon vorher beim Anhalten auf dem Bahnsteig passieren können, da haben wir noch großes Glück gehabt! –, ist das Restwasser über den trockengeheizten Teil der Feuerbüchse, der wahrscheinlich sogar schon glühte, hinweggeschwappt und vom einen Augenblick auf den anderen ist schlagartig eine enorme Dampfmenge entstanden. Der Druck schnellte trotz Sicherheitsventil empor und an irgendeiner Stelle, vielleicht im Bereich der überhitzten Feuerbüchse, war ihm der Kessel nicht mehr gewachsen und riss auf."

„Aha, so ist also der Kessel explodiert."

„Nein, das wäre im Vergleich dazu noch harmlos, die eigentliche Katastrophe folgte erst, und zwar schon im nächsten Moment! Der Druck im Kessel fiel also schlagartig ab, als der Kessel riss, – und man möchte meinen, dass das ja nur gut ist! –, aber dadurch verdampfte im gleichen Augenblick das gesamte Restwasser, das da im Kessel noch herumschwappte. Es war ja bis weit über die Siedetemperatur erhitzt und ist vorher nur deshalb nicht verdampft, weil im Kessel ein entsprechend hoher Druck geherrscht hat. In dem Moment, wo der Druck weg war, verwandelte sich das ganze Wasser schlagartig und restlos in eine riesige Dampfmenge mit einem Vielfachen des Kesselvolumens, die alles wegfegt, was im Weg steht. Das erst ist die eigentliche Katastrophe."

Herkommer bemühte sich, dem Reporter den Zerknall nicht nur verständlich, sondern so drastisch wie nur möglich darzustellen, was schon aus seinen heftigen Gesten ersichtlich war, denn er wollte ihn von erneuten Fragen zu den Ursachen des Wassermangels weglocken. Herkommer war ja schon wenige Sekunden nach dem Zerknall, als ihn die Druckwelle beinahe zu Boden geworfen hätte, die ganze Kette der Ereignisse klar geworden, die zu dem Unglück geführt hatte. Er war sich dabei seiner Sache völlig sicher und wusste genau, was die beiden in der Lok alles falsch gemacht hatten: Sie hatten kein Wasser mehr im Tender, wie er aus ihrem Telefonanruf wusste – das war schon der erste Fehler; ohne Wasserreserven fährt man nicht oder höchstens nur bis zum nächsten Wasserkran. Zwar erwogenen sie, wie ebenfalls dem Telefonanruf zu entnehmen war, noch Wasser aufzunehmen, hatten es dann aber wohl in der Hoffnung, dass das Kesselwasser noch bis Schirnding reichen würde, doch unterlassen – das war der zweite Fehler. Sicherlich haben sie dann auf der Weiterfahrt ihre Armaturen genau beobachtet und gesehen, dass sie nicht nur längst schon unterhalb der zulässigen Betriebsdaten fuhren, sondern sich inzwischen sogar schon hart an der Grenze des technisch noch Möglichen bewegten. Aber da haben sie dann, den Bahnhof von Schirnding schon fast vor Augen, nicht den Mut aufgebracht, die Lokomotive auf offener Strecke kalt zu machen, also das Feuer vom Rost zu entfernen, weil das unter Lokführern und Heizern als Blamage sondergleichen gilt – das war der dritte Fehler. Und was dann zwingend folgte, hatte er dem Zeitungsmenschen ja schon erläutert.

Als Herkommer mit dem Reporter, der immer häufiger auf die Uhr geschaut hatte, wieder ins Freie trat, stand der Frühzug schon abfahrbereit auf dem Bahnsteig und zwei weitere Loks verließen gerade den Lokomotivschuppen.

Das Gröbste war getan. Im Tschechischen drüben wurde der Himmel schon hell. Er würde nachher ausführlich mit Bayreuth telefonieren müssen. –

12 _ Viktors und Ludwigs Wiedersehen und der Umsturz am 30. Januar 1933

Vor ein paar Jahren schon, mit dem Einzug in das Internat, war bei Viktor ein gewisser Wandel eingetreten, den er wohl verspürte, den er aber noch immer nicht zu benennen, ja nicht einmal recht nachzuerleben vermochte. Er war ein anderer geworden. Ein anderer – aber welcher? Jedenfalls war er nicht mehr der Frühere. Aber auch der ging ihm in seiner Erinnerung immer mehr verloren. Weder der eine noch der andere zu sein, das war sein schwebender Zustand in den ganzen Jahren des Internats.

Er wusste, er war lange nicht so vorlaut wie Ludwig, dieser alte Rüpel, von dem er so gerne wieder einmal gehört hätte; ja er war überhaupt nicht vorlaut; aber was ihn vor allem, gleich von Anfang an, gewürgt und ihm den Mund zugeschnürt hatte, das war dieses Heimweh gewesen, das alles ergriff, das alles, jede Regung, jedes Gefühl, jeden Gedanken sogleich überflutete und sodann aushöhlte und seines Sinnes beraubte und das manchmal so heftig war, dass er es als körperlichen Schmerz zu spüren glaubte. Als es ihm nach Monaten endlich bessergegangen war, hatte die Klasse seine Position als der Stille, der Nachdenkliche und der Zurückhaltende längst festgelegt, und er hatte sich auch selbst daran gewöhnt. Dabei war es geblieben, bei den Mitschülern, bei den Lehrern und bei den Mentoren, da kam er nicht mehr heraus.

Viktor fiel nicht auf, niemandem, nicht im Guten und nicht im Bösen. Dabei war er keineswegs unbeliebt, aber er spielte im Gesamtbild der Klasse kaum eine Rolle. Dieter Pilgrim, der Klassensprecher, Sohn eines Generals, der ihn eigentlich mochte, das wusste er, und der neulich für ein Geländespiel die Besatzung der Burg, die verteidigt werden sollte, zusammenzustellen hatte und dabei immer wieder andere Strategien und Konstellationen ausprobierte, hatte schließlich alle Namen in der Klasse genannt, manche auch mehrmals, aber ihn einfach übersehen. Nicht ein einziges Mal war sein Name bei der Planung vorgekommen.

Viktor war freundlich zu allen, aber er hatte keinen engen Freund, außer vielleicht einen gewissen Kontakt zu Dieter Pilgrim. Zu den Mädchen in der Klasse hielt er, obwohl sie ihm im Sport imponierten, scheue Distanz. Sein Blick auf die vergangenen Internatsjahre, aber auch jetzt noch auf die Gegenwart, das war wie der Blick durch eine daumendicke Glasscheibe; kristallklar, gewiss, aber alles, was er durch diese Scheibe sah, sein ganzes Internatsdasein, betraf ihn eigentlich nicht selbst.

Von seinem Vater hatte er dieser Tage einen Brief erhalten, ziemlich ausführlich sogar, aber im Ganzen doch kühl wie meistens, was wohl daher rühren mochte, dass sein Vater auch seine private Post der Sekretärin zu diktieren pflegte. Er trug diesen Brief den ganzen Tag über mit sich herum, um immer wieder einmal hineinzuschauen und vielleicht doch noch etwas mehr herauslesen zu können als beim ersten gierigen Überfliegen. Es waren stets perfekte Briefe, die da von seinem Vater kamen, mit Schreibmaschine geschrieben, selbstverständlich fehlerfrei und auf teurem Briefpapier, aber wie gern hätte er doch einmal eine vollgekrakelte Ansichtskarte von ihm erhalten, mit kleinen Schreibfehlern und Korrekturen darin und ein paar Wasserflecken auf der Adresse und vielleicht mit einer noch schnell auf den Rand gekritzelten Schlussbemerkung, eine bunte Ansichtskarte von irgendwoher, vielleicht von einer seiner Geschäftsreisen in alle Welt, auch wenn dann viel weniger drinstünde als in diesen wohl abgezirkelten Briefen.

Sein Vater hatte ihm geschrieben, es sei eine gute Idee, dass er die wenigen Ferientage verwenden wolle, sich in Erlangen erst einmal umzusehen, bevor er eine Entscheidung über seinen künftigen Studienort treffe; er möge aber nichts übers Knie brechen, er habe ja noch Zeit. Natürlich könne er gut verstehen, dass ihn neulich in Heidelberg diese vielen Braunhemden im Gebäude der Studentenschaft gestört oder sogar erschreckt hätten, zumal deren Träger ja besonders laut und zackig aufzutreten pflegten, aber er möge bei Gott nicht annehmen, dass das in Erlangen grundsätzlich anders sei und sollte deshalb Heidelberg, schon der Nähe wegen, weiterhin in der engeren Wahl belassen. Denn in Erlangen würde das über kurz oder lang genauso werden, die Franken seien seinem Eindruck nach für diese Hitlerideen besonders empfänglich, das habe er bei seinen häufigen Besuchen im Nürnberger Werk immer wieder gesehen, empfänglicher jedenfalls als die katholischen Bayern, und ihn schmerze eigentlich nur, dass auch die akademische Welt auf diese ebenso wirren wie gefährlichen Ideen so unglaublich anspreche. Dass Teile des Proletariats und vor allem das Kleinbürgertum leicht verführbar sind und da schnell Hurra schreien, das überrasche ihn nicht, aber dass die Akademiker in so großer Zahl mindestens ebenso engagiert mittun, darauf hätte er nicht einen Pfennig gewettet, und das sei eine seiner großen Enttäuschungen und beunruhige ihn. Es seien eben vor allem die Völkischen in allen möglichen Schattierungen, die es während seines Studiums, lange vor dem Krieg, auch schon gegeben habe – nationalistisch, rassenideologisch und militärbesessen. Und ihre heutigen Nachfahren, oft ehrgeizige Aufsteiger, neuer Mittelstand, glaubten nun, mit ihren verworrenen mystisch-fantastischen Idealen und ihren puppenstubigen Ordnungssehnsüchten am ehesten bei den Nationalsozialisten ein Echo zu hören. ‚*Blubo und Brausi*', so hätten sie sich schon damals über die Völkischen lustig gemacht – *Blut und Boden, Brauchtum und Sitte*. Im Übrigen solle er keinesfalls versäumen, seinen alten Busenfreund Ludwig aufzusuchen, der ja, wie er von dessen Vater wisse, jetzt in Nürnberg lebe. Es sei immer gut, einen Ortskundigen als Stützpunkt zu haben, bei allen seinen Reisen sei das stets eines seiner wichtigsten Prinzipien gewesen.

Dieser Ratschlag seines alten Herrn wird sich leicht befolgen lassen, dachte Viktor, nachdem er ja, was er in seinem Brief an seinen Vater zu erwähnen vergessen hatte, nach Erlangen zusammen mit Dieter Pilgrim fahren würde, der in Nürnberg zu Hause war. Dessen Vater hatte ihn eingeladen, für die paar Tage bei ihnen in Nürnberg zu wohnen, und so würde er von dort aus den Ludwig ganz bestimmt mal aufsuchen. –

Obwohl sie schon seit Jahren in derselben Klasse waren, wussten Viktor und Dieter Pilgrim nur wenig voneinander. Dieter war in der Schule der überragende Star, nicht nur Primus schon seit Jahren, sondern auch Klassensprecher und seit neuestem sogar der Schulsprecher. Daneben war Viktor fast unsichtbar. Auf der langen Bahnfahrt jedoch kamen sie sich rasch näher. Das war vor allem Dieters Verdienst, der sich auch wirklich Mühe gab; doch auch Viktor hatte sich vorgenommen, auf alles einzugehen und Dieter jede Antwort zu geben, so er sie wusste, und mit nichts hinterm Berg zu halten.

Viktor hatte Dieter Pilgrim zwar stets für einen imponierenden Kerl, aber doch auch für einen ehrgeizigen Streber gehalten, dem nichts wichtiger war, als in allem an erster Stelle zu stehen. Aber das stimmte nicht, je länger er Dieter zuhörte, desto klarer wurde ihm, Dieter war ein extremer Perfektionist: Jede Aufgabe, ganz egal was, die man übertragen bekommt oder aus eigenen Stücken übernimmt, ist so perfekt wie nur irgend möglich zu lösen; sie ist ohne Rücksicht auf Aufwand, Einsatz und persönliches Risiko – und dazu noch in gehörigem Tempo – zum bestmöglichen Ende zu bringen. Das war es, was ihn in allen Fächern, ja überhaupt bei allem, an die Spitze brachte, und nicht, weil er den Lehrern gefallen wollte, denen er zum Teil doch bemerkenswert kritisch gegenüberstand.

Ehrgeiz und Strebertum, das waren eigentlich ziemlich unbrauchbare Wörter, fand Viktor. Ehrgeiz, das heißt, so wie er das Wort verstand, Leistungsbereitschaft, das musste ja nichts Schlechtes sein, aber Strebertum, das war zu verwerfen. Wie schlecht die Wörter passten, das sah man an Dieter, denn eigentlich sind doch Ehrgeizige wie er einfach nur strebsam – ohne dass sie unbedingt mit der Ehre geizen würden, und für Streber hält man doch eher solche, die sich bloß anstrengen, weil sie sich beim Lehrer ein rotes Röckchen machen und ihre Klassenkameraden ausstechen wollen. Ja, so ähnlich muss das wohl sein. –

Schon am Tag nach ihrer Ankunft hatten sie sich aufgemacht, Ludwig zu besuchen. Auf dem Klingelschild stand ‚Violeta Bohner' und ganz klein ‚L. Herkommer 2 x' darunter, doch als sie geläutet hatten, zweimal, öffnete Frau Bohner.

„Entschuldigen Sie bitte – Viktor Zabener", verbeugte sich Viktor, „wir wollten Herrn Herkommer besuchen, ich bin ein früherer Schulkamerad von ihm."

„Oh, da haben Sie Glück", rief Frau Bohner, „er ist da", und dann lauter: „Ludwig! Du hast Besuch, zwei Herren."

Viktor war grenzenlos gespannt, als sie eintraten, und da kam er ihnen auch schon laut lachend über die knarrenden Dielen entgegen: immer noch eher klein, aber doch größer, als er ihn in Erinnerung hatte, dazu athletisch, breitschultrig und kurzhalsig, mit einem Wort bullig, dabei breitstirnig und großspurig und grölend. Das ist ja ein richtiger Mann geworden, dachte Viktor, und er kam sich blass und käsig dagegen vor, ein linkischer Internatsschüler, hoch aufgeschossen und staksig. Herkommer dagegen sah Viktor ganz anders. Ihm imponierte Viktor geradezu in seiner etwas unbeholfenen Vornehmheit. So sehen junge Herren eben aus, dachte er, als er ihn mit sich selbst verglich. Noch mehr aber beeindruckte ihn der mitgekommene Dieter Pilgrim in seinem weltmännischen Auftreten, der in so perfekten Sätzen daherreden konnte.

Frau Bohner, erfreut über das unverhoffte Leben in ihrer Wohnung, bot an, einen gedeckten Apfelkuchen zu servieren.

„Tee oder Kaffee dazu?"

„Kaffee, Kaffee", entschied Herkommer ohne die Wünsche seiner Gäste abzuwarten, „aber du kommst mit dazu!"

Es entfaltete sich, so verschieden diese Vier auch waren, ein Geplauder, das sich erst gegen Ende plötzlich verdunkeln sollte.

Herkommer erzählte nicht uninteressant von seinen Erlebnissen als Eisenbahner, trug dabei jedoch reichlich dick auf und tat erhaben, was manchmal doch etwas blasiert wirkte; es war spürbar, dass er vor allem Dieter Pilgrim imponieren wollte. Aber der Jubel, den er anstimmte, als er hörte, dass Viktor erwäge, sein Studium in Erlangen zu beginnen, klang dann wieder ganz natürlich.

Fast besser noch als Ludwig Herkommer beherrschte Dieter Pilgrim die Kunst, mittels kleiner Kopfbewegungen und Blicke zu reden. Als Frau Bohner in die Küche ging, schaute er zu Viktor hinüber, und sobald er Blickkontakt mit ihm hatte, hob er mit einem kleinen Ruck den Kopf, wie eine Art Nicken nach oben, wobei er die Augenbrauen leicht hochzog – das war aber nur der erste Teil der Nachricht. Noch in der gleichen Sekunde machte er mit schräg gehaltenem Kopf noch einmal eine solche kurze Bewegung, mehr zur Seite, in Richtung Küche; danach schaute er mit einem kaum sichtbaren Schmunzeln versonnen auf Herkommer. Viktor verstand sofort. Das sollte wohl heißen: Achte auf diese Frau, sie ist hier nicht nebensächlich; und es hieß außerdem noch: ei, dieser Ludwig!

Frau Bohner war glücklich, sie fühlte sich unter den jungen Leuten wie unter Gleichaltrigen und von diesen auch aufgenommen. Wenn Ludwig und sie zusammen waren, was sich selten genug ergab, so waren sie stets allein miteinander gewesen, nie hatten sie Gäste, nie waren sie zusammen in der Öffentlichkeit, nicht einmal in einem Biergarten oder im Kino, auch vor den Hausbewohnern hielten sie sich als Paar stets verborgen.

Viktor und Dieter erzählten ausführlich vom Internatsleben und was es dort alles an Misstaten gegeben habe, Frau Bohner sprach von Erlebnissen auf ihren Fotoreisen, die fast schon Expeditionen waren, und Herkommer berichtete am Schluss noch von seiner beruflichen Entwicklung und, etwas verwirrend, von seinen Plänen, die eigentlich schon mehr seien als nur Pläne. Der Polizeidirektor Steinwald, der mächtigste Mann in ganz Nürnberg, direkt unter dem Polizeipräsidenten, habe einen Narren an ihm gefressen und wolle ihn unbedingt wiederhaben.

„Wieso wiederhaben?", fragte Viktor.

„Oho", schaltete sich Frau Bohner lachend ein, „Ludwig war eine Berühmtheit in der Nürnberger Polizei!" Und schon stand sie auf, um die Zeitungsausschnitte mit den Berichten über die großen Erfolge Herkommers als ziviler Polizeihundeführer herbeizuholen.

„Nichts da", wehrte Herkommer, plötzlich bescheiden geworden, ab, „nicht ich! Das war der Gaski, einer der besten Polizeihunde, die es je gab. Aber dieser Steinwald will mich halt haben, übrigens nicht wegen der Hundeführerei, von daher kennt er mich nur, sondern durch die Eisenbahnkatastrophe in Schirnding ist das gekommen. Unser Betriebsvorstand hatte ihm davon erzählt, das sind irgendwie Parteifreunde. Jedenfalls scheide ich bei der Oberfränkischen Eisenbahngesellschaft aus, am Freitag ist mein letzter Tag, unser Betriebsvorstand gab mich sogar gerne ab, sagte er, ohne dass ich nun darüber enttäuscht sein müsste. ‚Solche Kerle sind bei uns in der Partei noch wichtiger als bei der Bahn. Besonnene und vor allem harte Männer, die werden wir bitter brauchen!', soll er gesagt haben", freute sich Ludwig.

Frau Bohner, die von all dem offenbar noch nichts Genaueres gehört hatte, freute sich: „Dann kommst du also wirklich wieder ganz nach Nürnberg?"

„Freilich!"

„Ja sag mal", wollte Viktor noch wissen, „dann bist du also ab nächster Woche wieder bei der Polizei?"

„Nicht direkt –", rückte Herkommer zögernd heraus, „ich habe einen Posten bei der deutschen Arbeiterpartei –", ‚nationalsozialistischen' ließ er lieber weg, „als hauptamtlicher Mitarbeiter bei der SA, die hat aber ebenfalls gewisse Ordnungsfunktionen."

„Pah", platzte Dieter Pilgrim da heraus, „Schlägerfunktionen meinen Sie wohl, Ludwig! Das würde ich mir an Ihrer Stelle doch noch gut überlegen!"

„Aus der SA, nicht aus dem Militär, wird sich das künftige Volksheer entwickeln, Herr Pilgrim, und je früher ich dabei bin, desto besser meine Aussichten."

Bei dem Wort Volksheer war Pilgrim, immerhin Sohn eines Generals der Reichswehr, zusammengezuckt und wollte noch eine Bemerkung dazu machen, sagte dann aber nichts mehr. Frau Bohner, die Herkommer gegenübersaß, war, nachdem sie das mit der SA erfahren hatte, ebenso verstummt und blickte mit plötzlich ausdruckslos gewordenem Gesicht an Herkommer vorbei.

Danach wollte kein rechtes Gespräch mehr aufkommen. Frau Bohner, die fast die Lebhafteste gewesen war, schluckte nur noch und brachte nicht ein Wort mehr heraus. Schon bald rüsteten sich die Gäste zum Aufbruch. Man versprach, sich wiedersehen zu wollen, und keiner ahnte, dass sie sich nie wieder zu viert treffen würden.

Herkommer ging zusammen mit den Gästen, um noch etwas zu erledigen. Frau Bohner blieb allein in der Wohnung zurück. –

Nach einer verzweifelten Nacht fuhr Violet Bohner in aller Frühe zu ihrer Tante Constanze nach München. Tante Constanze, wohlhabende Witwe ohne eigene Kinder, war die Schwester ihres Vaters und ihr immer zärtlich zugetan gewesen. Ach, sie hätte sie schon viel früher einmal besuchen sollen! Seit der letzten Begegnung sind doch Jahre vergangen, und der Anfang ihres Gespräches, ja das Gespräch überhaupt wird schwierig werden. Aber sie wüsste sonst keinen Menschen, an den sie sich wenden könnte. Sie brauchte einfach jemanden, dem sie alles erzählen, vor dem sie ihre ganze Pein ausbreiten konnte. Ob das Verrat ist an Ludwig, wenn sie nun alles mit Tante Constanze bespricht? War es nicht überhaupt schon Ver rat an Norbert, ihrem Mann, dass sie sich mit Ludwig eingelassen hat? Wie viele Jahre bin ich inzwischen schon allein? Ich bin doch immer noch eine ziemlich junge Witwe, oder nicht? Stammen denn nicht meine besten Arbeiten aus der Zeit, wo ich nur für die Fotografie lebte?

Sie quälte sich mit immer neuen Fragen. Während der ganzen Fahrt hielt sie ein verknäultes Taschentuch zusammengepresst in der Hand.

Tante Constanze empfing sie strahlend und mit prallem Wohlwollen. Sie hat sich wundervoll gehalten, dachte Violet Bohner, noch immer unverkennbar eine Dame der Gesellschaft, eine Dame, die im rechten Verhältnis zu ihrem eigenen Alter steht. Ich sehe so etwas als Fotografin. Sie muss eine ausnehmend schöne Frau gewesen sein, und auch heute noch – oh, ich hätte einen Apparat mitnehmen sollen.

„Dass du zu mir kommst, Kindchen, um deine kleinen Sorgen mit mir zu besprechen, das freut mich besonders! – Ja, das ehrt mich geradezu", fügte sie mit gut gespieltem Stolz und blitzenden Augen noch hinzu. „Ihr jungen Leute seid sonst nicht so offenherzig gegenüber uns Alten."

Sie gingen durch eine helle Diele und – sieh da! – in einem weiten Erker hingen im Großformat, sauber aufgezogen, einige ihrer schönsten Aufnahmen an den Wänden. Sie war selbst überrascht, dass es so viele waren, die sie da im Lauf der Jahre Tante Constanze zu allen möglichen Anlässen geschickt hatte.

Trotz des herzlichen Empfangs und der überraschenden Begegnung mit ihren eigenen Bildern verspürte Violet immer noch arge Beklemmung, und das Reden über sich selbst fiel ihr schwer. Ich hätte vielleicht doch erst einmal versuchen sollen, mit mir allein ins Reine zu kommen, so suchte sie, noch ehe sie recht saßen, ihren inneren Rückzug vorzubereiten; was kann mir da Tante Constanze schon helfen.

Violet, die so Selbständige und Erfolgreiche, kam sich Tante Constanze gegenüber klein vor wie ein junges Mädchen, das von zu Hause weggelaufen war und nun beichten muss. Dabei hätte es keinen Menschen gegeben, der ihr liebevoller zugehört hätte als Tante Constanze. Violet sprach fast tonlos und in verkürzten Sätzen, als lese sie aus einem gedrängt geschriebenen Tagebuch vor.

Sie erzählte zögernd, manchmal auch stockend, wie sie Ludwig Herkommer kennengelernt hat, wie unbefangen und frisch er damals das Zimmer besichtigt hatte, wie sie sich allmählich freundschaftlich näher gekommen sind – „er war mir einfach sympathisch, verstehst du, so grenzenlos sympathisch" –, wie sich alles weiterentwickelt hat, ohne ihr Zutun, und welche Zweifel sie manchmal überkamen.

„Weißt du, ich bin immerhin fast 16 Jahre älter, er könnte mein Sohn sein."

„Nun ja, fast", korrigierte Tante Constanze trocken. „Du kannst ganz frei und unbefangen zu mir reden, mein liebes Kind. Ich weiß doch selbst, wie das ist. Nach Carls Tod, wirklich, erst ein paar Jahre nach seinem Tod", Violet kannte Onkel Carl nur dem Namen nach, „da hatte ich auch einen guten Freund. Fast bis zu dessen Tod. Das war ein wunderbarer Mann. So unternehmenslustig, dabei so zärtlich und viel vergnügter und ausgelassener als mein würdiger Carl gewesen war. Und viel Lebensfreude heißt immer auch viel Lebenskraft! Oh, die hatte er!"

Tante Constanze schien noch immer begeistert von dieser Verbindung, und man sah ihr an, wie gern sie an diese Zeiten zurückdachte.

„Eines Tages aber kam unser Rabbiner zu mir – eigentlich ein lieber und herzlicher Mensch. Mein guter Carl war mit ihm fast befreundet gewesen, kann man sagen, aber ich hatte ihn schon seit vielen Jahren, ich glaube seit Carls Beerdigung, nicht mehr gesehen – und der machte mir arge Vorhaltungen, das war ganz schlimm. Ich war fassungslos und den Tränen nahe. Er komme im Rahmen seiner allgemeinen Verpflichtung zur Seelsorge bei allen Gemeindemitgliedern, meinte er fast entschuldigend. Carl war ja sehr gläubig gewesen, er zählte wohl zur Gruppe der Konservativen, die aber immer noch viel moderner sind als die Orthodoxen, und meine Gleichgültigkeit hat ihn sicherlich geschmerzt, obwohl wir immer wieder gute Gespräche über Glaubensfragen geführt haben. – Aber wie die in der jüdischen Gemeinde doch sofort alles erfahren, was man macht! Selbst in einer so großen Stadt wie München! Und wie sie sich auch um das Leben von Leuten kümmern, die sie im Grunde gar nichts mehr angehen!"

Violet fühlte sich erleichtert. Sie berichtete nun freier über den Wandel ihrer Gefühle, und erzählte von Gaski, diesem merkwürdig begabten Hund.

„– genauso, wie er Gaski sich zum Gefährten gemacht hatte – ohne ihn zu knechten –, genauso mühelos unterwarf er auch mich. Ohne Anstrengung oder gar Gewalt, abwartend nur – einfach indem er da war."

Sie stockte wieder und fuhr dann fort:

„Er ist für mich die Kraft und das Leben, ich möchte ihn in mich – hereinsaugen geradezu."

„Vergiss nicht, mein Kind", fügte Tante Constanze hinzu, und da klang Kenntnis auf, „ein Liebhaber ist umso besser, je mehr er auch dem Partner Lust bereiten will. Das gilt für beide, und gleichzeitig."

Violet berichtete, wie sich später dann ihr Verhältnis immer mehr stabilisierte, aber eben auf einer schmalen Basis – „wir trafen uns nur zu Hause, nirgends sonst und mit niemandem sonst" – und sie beklagte die langen Unterbrechungen, weil er wochenlang dienstlich unterwegs sein musste, bis er dann in einer Nacht plötzlich und ungestüm wieder erschien.

„Aber gestern kam der totale Absturz. Obwohl man ihm eine besondere Karriere bei der Oberfränkischen Eisenbahn versprochen hat, will er dort weg. Wahrscheinlich gerade deshalb, weil er sich so bewährt hat, wollen ihn die Neuen haben – da scheint es irgendwelche Verbindungen zu geben! Er hat einen festen Posten angeboten bekommen, also hauptberuflich, bei der SA, das sind die mit den Braunhemden in der Hitlerpartei."

„Ja, ich weiß, aber um Gottes willen, was verspricht er sich denn da davon?"

„Ich weiß noch nichts Genaueres. Ich weiß nur, dass es jetzt aus ist, aus sein muss! Aber meine Leidenschaft", und sie sagte tatsächlich Leidenschaft, „hat sich ja nicht geändert. Das macht alles so schlimm."

„Ist er denn ein fanatischer Anhänger?"

„Nein, sicherlich nicht. Da hätte er sich irgendwann einmal zustimmend zu Hitler geäußert. Nein, die SA ist für ihn einfach ein besonders aussichtsreicher Arbeitgeber. Er hat sich ja dort nicht beworben. Umgekehrt, so könnte man sagen, die haben sich beworben. In seiner Berufung, hat er erklärt – aber das Wort ‚Berufung' stammt sicher nicht von ihm –, sieht er eine Auszeichnung für seine Tätigkeit bei der Oberfränkischen. Beim Wechsel davor war das genauso gewesen! Dabei kommt er bei der SA in eine ganz untergeordnete Position, sagt er. Aber der wird überall Karriere machen. Wer weiß, was sie ihm alles versprochen haben."

„Nun, wenn er nicht fanatisch ist, dann hast du eine Chance! Wirke auf ihn ein!"

„Du meinst also, ich soll weiterhin –"

„Ja, das ist jetzt geradezu deine Aufgabe! Sprich mit ihm! Immer wieder! Verhindere, dass er ihnen verfällt! Sollte er allerdings zum Fanatiker werden – das kommt immer wieder vor, dass ein Posten bei irgendeiner Firma zum Glaubensbekenntnis wird –, dann hast du da nichts mehr zu suchen."

„Ich will es versuchen", antwortete Violet ziemlich kleinlaut.

„Als Allererstes musst du ihm sagen, dass du eine Jüdin bist. Mit Stolz musst du ihm das sagen, nicht mit ‚leider'! Bis jetzt bestand noch keine Notwendigkeit dazu, aber jetzt ist das zwingend. Das Bekenntnis sind gerade wir assimilierten Juden unseren Mitjuden – ich will nicht einmal sagen unseren Glaubensgenossen – und ebenso natürlich allen anderen hier schuldig." –

Auf der Heimfahrt nach Nürnberg war Violet fast glücklich. Sie wunderte sich, wenn sie an die Hinfahrt nach München dachte, wie anders die Welt jetzt aussah, obwohl sich an ihrer elenden Lage nichts geändert hatte. Aber nun hatte sie eine Aufgabe, und sie fasste den festen Vorsatz, bei der ersten sich bietenden Gelegenheit Ludwig aufzuhalten, mit ihm zu sprechen und sich ihm als Jüdin zu offenbaren. Kein Tag sollte ungenutzt verstreichen, sofort!

Im Treppenhaus legte sie sich noch einmal ihre Sätze zurecht. Als sie die Wohnungstür aufschloss, läutete drinnen das Telefon. Der Anrufer war Viktor Zabener, der sich auf das Höflichste erkundigte, ob Ludwig zu sprechen sei.

„Ah, Sie sind es, Herr Zabener! Ich bin soeben zur Tür hereingekommen, ich war in München. Ich will nachsehen, ob Ludwig da ist, einen Augenblick bitte –"

Und dann: „– hallo, Herr Zabener, sind Sie noch da? – Er hat sich etwas hingelegt, soll ich ihn wecken?"

Violet spürte, wie Viktor zögerte; es schien wichtig zu sein.

„Sagen Sie ihm doch bitte, am Marienplatz stünde die Polizei mit Maschinengewehren –"

„Moment, ich werde ihn fragen –"

Da kam Herkommer auch schon von hinten und nahm noch ein wenig schläfrig den Hörer ans Ohr – „Ludwig hier" – und lächelte dabei freundlich zu Violet hin, doch schon nach den ersten Worten, die er vernahm, war sein Blick, sein ganzes Gesicht, voller Anspannung und in einer Art erfreuter Wachsamkeit auf etwas Fremdes in der Ferne gerichtet.

„Ich muss sofort los, Bohne!", rief Herkommer im Auflegen, band seine Schuhe zu und langte nach seinem Mantel an der Garderobe.

„Der Viktor hat ja keine Ahnung! Das ist der Umsturz! Ich muss sofort zur Kreisleitung, so ist das ausgemacht, zum Sammeln. Die meisten kennen mich noch gar nicht – und keine Angst, Bohne, was der Viktor da sagt; die Polizei verfügt nicht über Maschinenwaffen."

Herkommer stand schon unter der Wohnungstür, aber Violet, die schon ein paar Mal angesetzt hatte, wollte wenigstens, so schlecht das im Augenblick auch passen mochte, den wichtigsten Teil ihrer Botschaft loswerden und rief ihm etwas gepresst nach:

„– ich bin doch eine Jüdin, Ludwig!"

Herkommer, der nicht wollte, dass das im ganzen Treppenhaus zu hören sei, wehrte unwillig ab – „Weiß ich doch längst!" – und zog die Wohnungstür hinter sich zu. Violet war perplex. Wie hatte er das erfahren?

Dass er es längst schon wusste, das war freilich übertrieben. Als er in der vergangenen Woche auf der Kreisleitung bei dem Vorstellungsgespräch seine Adresse nannte – Schraderstraße 15 –, hatte einer seiner Gegenüber beiläufig gefragt:

„Schraderstraße 15 …, Schraderstraße 15 – sag mal, wohnt da nicht auch diese junge alleinstehende Jüdin mit im Haus, diese Fotografin? Kennen Sie die?" –

II

1933 bis 1939

1 _ Dr. Strauss und seine Kanzlei

Die Herren standen in der Bibliothek um den großen Konferenztisch, der in seinem Tapet mit grünem Filz bespannt war, erörterten die neuesten Nachrichten und Gerüchte über den Machtwechsel in Berlin und warteten auf den Beginn der Samstagsbesprechung.

Als Dr. Strauss eintrat, verstummten die Gespräche entgegen sonstiger Gepflogenheit und alle sahen zu ihm her.

„Nanu?", rief Strauss aufgeräumt in die plötzliche Stille hinein und tat ahnungslos.

„Herr Feldmeier fehlt noch", versuchte Dr. Welde, der Senior der Sozietät, das peinliche Schweigen zu überbrücken, „– ah, da kommt er ja schon."

Feldmeier entschuldigte sich etwas verlegen in einem leichten Sächsisch und mit ein paar kleinen ungeschickten Verbeugungen nach allen Seiten.

„Oh nein, lieber Herr Kollege, Sie sind gerade noch in der Zeit!"

Jede Gruppe, deren Mitglieder längere Zeit zusammenarbeiten und die sich fast täglich sehen, entwickelt ihren eigenen Kodex ungeschriebener Verhaltensregeln, mit dem sie sich von anderen Gruppen gleicher Art unterscheidet, ohne dass den Mitgliedern diese Regeln – oft von rechter Belanglosigkeit – in ihrem Inhalt und in ihrer großen Zahl bewusst würden. So hatte sich beispielsweise in der *Kanzlei Dr. Welde, Dr. Strauss und Kollegen* für das samstägliche juristische Kolloquium, bei dem es recht zwanglos zuging und statt des Tagesgeschäfts vor allem interessante Rechtsfälle erörtert wurden, die Regel herausgebildet, sich nicht gleich hinzusetzen, sondern stehend miteinander zu plaudern oder in den neuesten Heften der ausliegenden juristischen Fachzeitschriften zu blättern, bis alle eingetroffen waren und der Senior Platz nahm, dem die anderen dann ohne sichtbare Verzögerung folgten, wobei sie sich, wie auch der Senior selbst, durchaus weiter unterhielten bis zu dem Augenblick, da dieser nach einigen Sekunden den Kopf hob und das nun versammelte Kollegium noch einmal als Ganzes begrüßte und kurz die Tagesordnung bekannt gab.

An diesem Tage allerdings wurde Fachliches nur mit vermindertem Engagement abgehandelt. Immer wieder drängten sich die jüngsten Ereignisse in Berlin in den Vordergrund, die ja genügend rechtliche Probleme aufwarfen, sodass es bei einigem Geschick ohne Weiteres möglich war, die Vorgänge in Berlin zur Sprache zu bringen, ohne vom Diskussionsleiter ermahnt zu werden, doch bitte nicht abzuschweifen.

„Man weiß noch zu wenig, die Machtübernahme ist ja erst am Montag erfolgt."

„Wobei das Wort ‚*Machtergreifung*' die Geschehnisse schon besser beschreibt als ‚*Machtübernahme*', aber bei Weitem noch nicht ausreicht!", ergänzte Dr. Welde verdrossen.

„Es sollen schon am nächsten Tag Fälle von Schutzhaft vorgekommen sein, betroffen scheinen vor allem Kommunisten und Juden. Übrigens vereinzelt auch in Nürnberg, in ziemlich wilder Form durch SA-Horden."

„Kollege Jacke in Berlin", berichtete Dr. Welde, „mit dem ich gestern in anderer Sache telefoniert habe und der einen der Inhaftierten auf Veranlassung der Familie vertreten soll, hat seinen Mandanten noch kein einziges Mal zu Gesicht bekommen. Man stelle sich das vor, meine Herren!"

„Oh, Schutzhaft ist keine Erfindung der Nationalsozialisten!", fiel der stets etwas zu forsche Dr. Barousse ein, unverkennbar Mitglied einer schlagenden Verbindung, der sich in seiner aktiven Zeit arg hatte zurichten lassen und der nun gewisse Artikulationsschwierigkeiten bei Worten mit labialen Lauten hatte. „Bei uns in Preußen gab es Schutzhaft schon seit achtzehn-achtundvierzig!"

„Ich weiß, ich weiß", entgegnete Dr. Welde ein wenig gereizt, „aber dann sagen Sie doch bitte auch dazu, dass bei Preußens die Schutzhaft strikt geregelt und auf 24 Stunden befristet war! Kollege

Jacke gestern am Telefon meinte übrigens nicht ohne Sarkasmus, bei dieser merkwürdigen Form von Schutzhaft sollte man besser von ‚Prügelhaft' sprechen."

Jedes Mal, wenn an diesem Vormittag bei der Erörterung des Machtwechsels von Juden die Rede war, ging von diesem oder jenem in der Runde ein scheuer oder verstohlener und manchmal auch gänzlich unverhohlener Blick zu Dr. Strauss, der scheinbar unbeteiligt zuhörte. Dr. Welde musste diese eigentümlich ungewisse Atmosphäre gespürt haben, sonst hätte er gegen Ende des Kolloquiums nicht noch eine Erklärung abgegeben, von der er hoffte, dass sie für alle, jedenfalls für die Associés, in Zukunft verbindlich sein würde. Mit erhobener Stimme sagte er im Ton eines Schlussworts:

„Lieber Herr Strauss! Alle maßgeblichen Beurteiler sind sich darin einig, dass dieser Spuk nicht lange gehen kann. Was aber auch kommen mag, Sie sind und Sie bleiben einer der Unseren!"

Die kleine Runde klopfte Beifall auf dem Besprechungstisch, einige spontan, andere eher pflichtgemäß folgend.

„Sie haben nicht zuletzt durch Ihr bahnbrechendes Vertragswerk für die Anilin respektive die I. G. Farben unsere Kanzlei erst groß gemacht."

Erneuter Beifall.

„Sie bleiben bei uns, lieber Doktor Strauss, und wir bleiben bei Ihnen!"

Schlussbeifall, Dr. Welde war fast gerührt, das Kolloquium schien zu Ende, Auflösung der Versammlung.

Zu diesen vielleicht etwas pathetisch geratenen, aber überaus freundlichen Worten wollte freilich eine zustimmende Schlussbemerkung nicht mehr so recht passen, die Herr Feldmeier mit dem ausgeprägten Blick für das Praktische, den er vielleicht aus Sachsen mitgebracht hatte, noch anhängte.

„Bei den vielen jüdischen Klienten ist es für die Kanzlei sogar praktisch, wenn ein Jude mit dabei ist."

Doch die Bemerkung ging, obwohl noch deutlich zu verstehen, im allgemeinen Aufstehen und Stühlerücken unter, und so fiel keinem auf, wie verräterisch sie im Grunde für die zwiespältige Haltung des Kollegiums war. –

Wie jeden Samstag, so fand dann auch am 4. März dieses denkwürdigen Jahres wieder ein Kolloquium statt. Nach den tumultuarischen Tagen eines augenscheinlich beginnenden Niedergangs aller Ordnung unmittelbar nach dem Umsturz war in den letzten Wochen wieder eine gewisse, wenngleich angespannte Ruhe eingetreten, und die politisch Interessierten erwarteten nun beklommen die Ergebnisse der am nächsten Tag stattfindenden Reichstagswahl. Die erste Verhaftungswelle nach dem Umsturz war verebbt, die Übergriffe auf Kommunisten, Sozialdemokraten und Juden mit wilden Verhaftungen nicht nur durch die Polizei, sondern vor allem auch durch eher selbständig operierende Trupps der SA, waren von der Parteispitze fürs Erste eingedämmt und die Urheber zurückgepfiffen worden.

Dann jedoch war in der Nacht zum letzten Dienstag das Reichstagsgebäude in Flammen aufgegangen, und da brachen die Jagd und der Sturm auf die Gegner des Regimes erst richtig los. Die Zahl der Verhaftungen schoss in die Höhe, die Zeitungen der Linken wurden auf der Stelle verboten, alle Büros der kommunistischen Partei geschlossen. Der tiefste Einschnitt jedoch war eine Notverordnung, die bereits am Tage nach der Brandnacht erging.

So bot sich schon vor Beginn der Sitzung reichlich Stoff für eine vielfältige und zum Teil sogar heftige Diskussion.

„Das war doch wohl das Werk der Kommunisten, glauben Sie nicht auch, Herr Dr. Welde?“, fragte einer der Referendare.

„Kollege Jacke in Berlin, mit dem ich in reger Verbindung stehe, erzählte am Telefon, in der Stadt spreche man allerorts davon, dass das die Nationalsozialisten angerichtet haben, zum Zeichen ihrer Verachtung des Parlaments.“

„Nein, nein, nach allem, was man so hört, sind die Nazis am meisten erschrocken“, meinte Herr von Marwitz. „Die waren im ersten Augenblick sogar überzeugt, dass das das Signal der KPD zum Aufstand sei.“

„Jaja, das habe ich auch gehört“, fiel Feldmeier ein, „die dachten, das sei das Fanal zum Bürgerkrieg!“

„Jedenfalls kam denen diese Brandkatastrophe – eine solche war es doch wohl? – enorm zupass!“, meldete sich der andere Referendar zu Wort.

„Jetzt hatten sie die Legitimation zum unerbittlichen Zupacken! Und die Notverordnung kam dann ja auch prompt!"

„Zu prompt, mein Lieber, zu prompt!", meinte Herr von Marwitz.

„Wieso zu prompt?"

„Überlegen Sie mal! Mir macht doch keiner vor, dass es möglich ist, eine solche Verordnung an einem einzigen Tag zu beraten, endgültig zu formulieren, mit den Unterschriften des Reichspräsidenten, des Reichskanzlers, des Innenministers und des Justizministers versehen zu lassen – und das Ganze dann auch noch am gleichen Tag, am 28. Februar, dem Tag nach dem Brand, im Reichsgesetzblatt zu veröffentlichen. Nein, das lasse ich mir nicht einreden, da war ich zu lange in der Justizverwaltung tätig! Das hätten die niemals geschafft, wenn sie erst am Morgen des 28. damit angefangen hätten. Für mich ist das der klare Hinweis auf die Täterschaft! Das waren die selbst!"

„Na, ick weeß nich, Leute, ick weeß nich", alberte Dr. Welde, wurde aber rasch wieder ernst, „der Text der Notverordnung scheint mir nicht besonders sorgfältig ausformuliert, ja man kann sogar gewisse Flüchtigkeitsfehler erkennen."

Strauss nickte dazu nachdenklich, weil er das offenbar ebenso sah, während die jüngeren Kollegen das wohl nicht so deutlich empfanden.

„Das spräche dann also doch dafür, dass die Nationalsozialisten vom Reichstagsbrand überrascht worden sind?"

„Eben. Aber wie auch immer", fuhr Dr. Welde fort, „ob sorgfältig ausformuliert oder nicht, jedenfalls sind damit, meine Herren, entscheidende Grundrechte außer Kraft gesetzt, und Willkür hält Einzug."

„Na ja –", wollte der stets umgängliche Herr Strotkötter relativieren, aber Dr. Welde ließ sich nicht aufhalten.

„Wie wollen Sie es denn sonst heißen, lieber Herr Strotkötter, wenn die Polizei ohne Nennung von Gründen Verhaftungen vornehmen kann? Wenn den Betroffenen jeglicher Rechtsschutz verweigert wird, vor allem wenn die Polizei bei den Verhaftungen auf Hitlers Privatarmee, auf diese Rabauken-SA, zurückgreifen darf? Von nun an, meine Herren, ist die Unversehrtheit der Wohnung und des Eigentums nicht mehr gewährleistet, das Post- und Fernmeldegeheimnis ist passé, genauso wie die Meinungs-, Presse- und Vereinsfreiheit! Das ist das Ende des Rechtsstaats, meine Herren!"

„Hoffen wir, dass das eine Übergangserscheinung ist", meinte der Referendar Mack, und auch der gute Herr Strotkötter wollte wieder vermitteln:

„Wenn die revolutionären Tage erst einmal vorüber sind –"

„Nun, warten wir es ab, ich bin mir da nicht so sicher", versuchte Dr. Welde zu einem Ende zu kommen. „Es heißt zwar ‚Notverordnung', aber ich garantiere Ihnen, meine Herren, das hat Bestand auf Dauer, denn damit ist wunderbar bequem zu regieren. Wer sich dieses Werkzeug erst einmal verschafft hat, der gibt es so schnell nicht mehr aus der Hand!"

Schließlich ging man zur eigentlichen Sitzung über. Der Einzige, der in dem ganzen Disput kein Wort gesprochen hatte, war Strauss. –

Es vergingen keine vier Wochen, und schon hatte sich durch neue Aktionen der ruhelosen Machthaber Straussens Situation in der Kanzlei weiter verschlechtert. Am 1. April, einem Samstag, organisierte der Reichspropagandaminister Dr. Josef Goebbels in enger Verbindung mit dem schon einschlägig erfahrenen Julius Streicher[1], dem Nürnberger Gauleiter, einen Boykott jüdischer Geschäfte und Warenhäuser. Die Aktion begann in Stadt und Land um Punkt 10 Uhr am Vormittag, ohne dass reichsweit auch nur ein einziges jüdisches Geschäft ausgelassen worden wäre. Vor den Eingängen zogen SA-Leute als Wachen auf, beschmierten die Schaufenster mit dem Davidstern und klebten Plakate ‚*Deutsche! Wehrt euch! Kauft nicht bei Juden!*' Da und dort wurden auch die Ladeninhaber verprügelt, vereinzelt gab es Tote. Auch viele jüdische Ärzte und Rechtsanwälte waren betroffen … ‚*Die Juden sind unser Unglück! Meidet jüdische Ärzte! Geht nicht zu jüdischen Rechtsanwälten!*'

Entgegen den Erwartungen der Partei verhielten sich die Passanten meistens schweigend und eher reserviert, vor größeren Objekten bildeten sich Ansammlungen, aber selten nur stimmten die Zuschauer in die Feindseligkeiten mit ein, gelegentlich solidarisierten sie sich sogar mit den Bedrängten.

Hatten bis dahin die Festnahmen eher im Verborgenen und die Diskriminierungen nur im Hintergrund stattgefunden, so brachen nun Diskriminierung und auch Verfolgung auf breiter Bahn in aller Öffentlichkeit los. Nicht das geringste Bemühen um Vertuschung mehr, im Gegenteil, ostentative Zurschaustellung der Verfolgung und unverhohlene Ausgrenzung der Verfolgten.

Diese Aggression gegen die Juden hatte die größte Öffentlichkeit, vielleicht abgesehen von der Reichkristallnacht viel später. Jeder bekam es mit.

Bis dahin hatte die Propaganda vor allem die Aufgabe, bekanntgewordene Fälle von Diskriminierung und Verfolgung ‚verständlich' zu machen, sie zu verharmlosen, zu vertuschen oder einfach abzustreiten. Nun kehrte sich das geradezu um. Von jetzt an hatte sie dafür zu sorgen, dass die unerbittliche Härte des Regimes gegenüber den Juden wie überhaupt den Gegnern des Regimes möglichst publik und allmählich zur anzustrebenden und schließlich selbstverständlichen Einstellung für alle wurde. Das war von unmittelbarem Einfluss auf Straussens Situation in der Kanzlei, denn diese Verschiebung der Werte wirkte, wenn auch vielleicht abgeschwächt, natürlich auch in die Kanzlei hinein, und so gehörte er, auch für die ihm nach wie vor freundschaftlich Verbundenen, immer deutlicher zu eben diesen Ausgegrenzten.

„Ja, gewiss, Strauss selber ist schon in Ordnung", hörte Strauss zwei Herren sich unterhalten, die gerade in die Bibliothek kamen und offenbar nicht bemerkt hatten, dass er blätternd hinter einem der freistehenden Doppelregale stand. „Aber allmählich stellt er eben doch eine gewisse Belastung für die Sozietät dar."

„Die werden wir ja noch stemmen können!"

„Jaja, wir tun ja alles. Aber unterschätzen Sie nicht die Wirkung der Propaganda. Die Öffentlichkeit, alles andere als gefeit gegen den Antisemitismus, hat immer größere Vorbehalte gegenüber den Juden. Der Judenboykott richtete sich ja nicht nur gegen jüdische Geschäfte, sondern ausdrücklich auch gegen jüdische Anwälte und Ärzte. Wir gelten draußen allmählich als jüdische Kanzlei!"

Es waren wohl von Marwitz und der Referendar Mack, an sich zwei angenehme Kollegen und ein gut eingespieltes Gespann, die da miteinander sprachen. Marwitz war langjähriger Associé und hatte sich Mack, der als der hoffnungsvollste der drei Referendare bereits einen Vorvertrag als künftiger Associé in der Tasche hatte, als seinen besonderen Assistenten herangezogen, den er englisch ‚Mac' zu rufen pflegte und dem er als internes Kürzel und Diktatzeichen ‚Mc' zugewiesen hatte.

Strauss war äußerst unbehaglich zu Mute. Wenn sie ihn sehen würden! Das wäre ihm unendlich peinlich – als ob er sie hätte belauschen wollen! Aber wieso denn ihm peinlich, fragte er sich ärgerlich, was hatte er denn getan? Es war ihm doch nur deshalb so peinlich, weil er wusste, wie peinlich es den beiden sein müsste, wenn sie ihn sähen. Und es ärgerte ihn, dass er sich in seiner eigenen Kanzlei verborgen halten musste. Zum Glück gingen sie bald wieder. –

2 _ Der Judenboykott in Nürnberg am 1. April 1933

Am Samstag des Judenboykotts war Violet Bohner nichtsahnend in der Früh zum Einkaufen gegangen. Der Konditor Rothenburger, den sie schon seit vielen Jahren gut kannte, war gerade damit beschäftigt, die breite Klinke und die Messingbeschläge der Eingangstür zu seinem Café auf Hochglanz zu bringen und erklärte ihr gut gelaunt, wie wichtig das sei, nicht nur, weil das jetzt in der Frühjahrssonne so wunderschön aussehe, wobei er prüfend einen Schritt zurücktrat, sondern weil das Messing nur dann, wenn es wirklich blank sei, die Bazillen, die sich unvermeidlich darauf ausbreiteten, abtöten könne. Violet hatte da ihre Zweifel, aber sie erfreute sich an seinem behaglich klingenden Fränkisch, das sie so gerne hörte, und sie überlegte, ob es vielleicht doch nicht ganz stimme, dass jede Großstadt auch die schönste Mundart im Lauf der Zeit verdirbt und zugrunde richtet, als plötzlich auf Rothenburgers Hand, die gerade noch einmal über die Rundung der Klinke fuhr, ein breiter Farbpinsel spritzend niederschlug und gleichzeitig, zusammen mit einem hässlichen Fluch, die Worte ertönten ‚Nimm dei Pfotn weg, Stinkjudd dreckiger, und mach fei Platz!'

Es war seltsam, aber noch ehe Violet herumfuhr – in diesem winzigen Augenblick, da die samstägliche Vormittagsidylle umkippte in die Grausamkeit des organisierten Judenboykotts –, fiel ihr als Erstes schaudernd auf, wie ekelhaft ein Großstadtdialekt halt doch klingen kann, dann erst wich sie vor dem schwitzenden SA-Mann zurück, der riesengroß direkt hinter ihr stand und sich anschickte, halb über sie hinweg einen ungelenken Davidstern auf das Glas der Eingangstür zu schmieren.

Rothenburger stand sprachlos da, mit weit geöffneten Augen und offenem Mund, und wischte sich hilflos die Farbe von den Fingern, und Violet lief wie ein Kind weinend davon.

Sie hastete verstört durch die Straßen. Allenthalben das gleiche Bild: Geschäfte mit vollgeschmierten Schaufenstern; davor, Plakate klebend, Männer in braunen Uniformen; dazwischen ein paar überraschte Passanten, eher irritiert als begeistert; keiner von ihnen, der versucht hätte, in einen der Läden einzutreten. Sie lief und lief, als könne sie dem Geschehen entkommen, sie lief, als müsse sich doch endlich eine Straße finden lassen, in der noch Frieden herrschte und wo die Gewalt, die überall schon lauerte, noch nicht losgebrochen war.

Am schlimmsten wüteten die Trupps weiter im Norden der Stadt. Als Violet dort ankam, waren sie bei einem großen Automobilhändler gerade dabei, mit Hilfe einer fauchenden Lötlampe einen meterhohen Davidstern in ein Garagentor zu brennen. Das war, tiefschwarz auf dem dunkelbraunen Holz, für Violet, die Fotografin, ein ungemein bedrohlich wirkendes Bild, und die Straße roch nach Aufruhr, Brand und Krieg. Für einen Augenblick glaubte Violet, ein paar Häuser weiter in einem Rudel Uniformierter Ludwig erkannt zu haben, der sich schon seit Tagen nicht mehr zu Hause hatte sehen lassen. Als sie näher kam, sah sie, dass die Männer dort damit beschäftigt waren, mit offenbar vorher angefertigten Metallstempeln, die sie mit einem Schweißbrenner erhitzten, handtellergroße, aber durch die Art der Aufbringung recht exakte Davidsterne in das Holz dieser oder jener Haustür einzubrennen.

„Eines Tages werden wir noch die Juden selber so markieren", unterhielten sich vergnügt zwei junge SA-Männer über ihre Arbeit.

„Ja, auf den dicken Arsch draufgebrannt. Wie die Brandzeichen bei den Pferden!", lachten sie zusammen.

„Mensch, das würde ich gern mal machen. Auch bei den fetten Weibern!"

Ludwig war nicht mit dabei. Violet atmete auf und war zugleich enttäuscht, ihn nicht angetroffen zu haben. Sie hatte Ludwig noch nie in Uniform gesehen, die zu tragen er sorgfältig vermied, wenn er in die Wohnung kam.

Violet wehrte sich gegen den Gedanken, der ihr beim Betrachten dieses kleinen Davidsterns kam, aber sie konnte ihm nicht entkommen: Durch seine Akkuratesse nämlich erhielt dieser Davidstern, dem gegenüber die mit dem Pinsel oder auch mit der Lötlampe aufgebrachten Sterne nur pöbelhafte Schmierereien waren, den Anschein einer gewissen Legitimation, sodass er den Charakter einer offiziösen Kennzeichnung gewann. So spricht die Staatsgewalt! Die hingeschmierten Sterne dagegen, die stammten von denen aus der Gosse, die auch mittun wollten. Wie hier, so hätte man die Davidsterne überall machen müssen, ging es Violet durch den Kopf, und gleichzeitig ärgerte sie sich, dass es mit ihr schon so weit gekommen war, dass sie sich Gedanken darüber machte, wie es der Feind besser machen könnte.

Nachdem es in der Bayreuther Straße allerdings zu einem Brand gekommen war, bei dem die Feuerwehr hatte eingreifen müssen, wurde noch am späten Vormittag von der Gauleitung jede Art der ‚Feuermarkierung', wie sie das nannten und auf die angeblich der Gauleiter Streicher persönlich gekommen war, gestoppt. –

Wieder zu Hause warf sich Violet aufgelöst auf ihr Bett. Nach einer Weile hörte sie mit Unbehagen, dass Herkommer in der Wohnung war. Sie wollte jetzt allein sein. Doch es ging nicht lange, da glaubte sie, ein Geräusch an der Tür wahrzunehmen. Sie hob den Kopf und tatsächlich, da war ein ganz leises Anklopfen zu hören. Es war ein vorsichtiges Anklopfen nur, aber es war trotzdem, gerade jetzt, eine lästige Störung. Für einen Augenblick war Violet überrascht, dass das Anklopfen dennoch so zärtlich klang, und rief fragend: „Ja?"

Die Türklinke senkte sich zögernd, und dann erschien mit einem sanften Lächeln Herkommers Gesicht im Türspalt. Violet schloss tief atmend die Augen und flüsterte:

„Schrecklich das alles –"

„Die sind vom Affen gebissen!", antwortete Herkommer laut.

Violet spürte, wie sich Herkommer behutsam auf den Bettrand setzte.

„Warst du da auch dabei?“, fragte sie schließlich.

„Das waren die SA-Stürme, ich bin im Stab bei der Partei, in der Kreisleitung.“

Danach herrschte wieder Stille, kein Wort über Minuten.

„Hab keine Angst! Du stehst unter meinem Schutz!“

Darauf Violet: „Wir werden von nun an noch viel mehr im Verborgenen leben müssen! Ich ertrage das nicht länger –“

Mein Leben war so schön wieder ins Gleichgewicht gekommen die letzten Jahre, dachte Violet, ach, hätte ich ihn doch nie gesehen! Doch das war ungerecht, wie sie schnell wieder einsah. Ihr Leben war mit Ludwig, bei allem Kummer, ungleich vielfältiger geworden. Eintönig geradezu war es gewesen, bevor er kam. Wie viel Spannung und Bewegung war mit ihm eingezogen! Diese Jugendlichkeit, dieses Unverbrauchte! Es reizte sie, dass bei ihm alles noch so offen war, kein fertig ausgeprägter Mann mit seinen Abnutzungen und speziellen Eigenarten, sondern ein Mann wie fabrikneu gewissermaßen, ein Mann im Ursprungszustand, könnte man sagen. Ihre Gedanken waren wirr. Sie musste für einen Augenblick sogar eingeschlafen gewesen sein und hätte so gerne weitergeschlafen, um ihren Gedanken zu entgehen.

Warum nur litt sie so sehr darunter, dass sie ihre Verbindung verborgen halten mussten? Es kam ihr vor, als müssten sie ständig im Dunkeln leben. Sie hätte so gerne immer wieder einmal mit ihm zusammen hinaus gewollt – mit ihm zusammen ins Café gehen, in ein Restaurant, ins Theater, ins Kino. Mit ihm durch die Straßen schlendern, in die Läden schauen, Hand in Hand über die großen Plätze bummeln.

Ging es ihr womöglich darum, so prüfte sie sich selbst, ihn, ihren Ludwig als ihren Fang, den anderen Leuten vorzuzeigen? Oder darum, schicke Kleider mit ihm auszuführen? Nein, das war es gewiss nicht. Lebte sie doch wie in einem großen Bienenkorb mit vielen anderen zusammen, kannte unendlich viele und war mit dem einen näher, mit den anderen weniger vertraut; Nürnberger aber sind es alle, und man war doch offen und aufgeschlossen einander gegenüber. Und da wird ihr dann plötzlich abverlangt, etwas Schönes zu verbergen, es vor den anderen zu verstecken, zu vertuschen, so zu tun, als ob man sich nicht kenne. –

Wahrscheinlich war die strenge Geheimhaltung und das strikte Verbergen für Herkommer noch viel wichtiger als für sie, dachte Violet. Schützen wird er mich natürlich nicht können, wie er meint, da ist er naiv. Aber das Naive in so vielen Dingen, das Unbefangene, das ist ja immer wieder auch das Schöne an ihm. Ist er auf die Braunen hereingefallen oder ist er vielleicht doch fanatisch, wie Tante Constanze gefragt hat? Ich werde nicht klug aus ihm.

Violet wusste nicht so recht, ob sie sich über Ludwig oder sich selbst ärgern sollte. Es gab Augenblicke, da hasste sie ihn geradezu, aber zugleich wusste sie, dass sie nicht wieder von ihm loskommen würde. Aber loskommen, das wollte sie doch gar nicht, wie sie sich gleich wieder selbst versicherte.

Sie hielt die Augen immer noch geschlossen und spürte, dass Herkommer noch immer auf dem Bettrand saß.

„Ich weiß, Ludwig", rief sie plötzlich laut und setzte sich mit einem Ruck auf, sodass Herkommer fast erschrak, „ich werde eine Porträtreihe von dir machen!"

„Machst du denn auch Porträts? Ich habe bei dir immer nur an wilde Landschaften gedacht."

„Oh doch, schau nur in den zwei Bildbänden, die ich dir geschenkt habe, die Menschen einer Landschaft sind mir genauso wichtig. Sie gehören zur Landschaft und die Landschaft zu ihnen, und manchmal erklären sie einander sogar. Wenn ich von einem Menschen ein Porträt gemacht habe – das sind ja meistens gleich mehrere –, verstehe ich das Gesicht danach besser als vorher; und wenn ich ein Gesicht erst einmal wirklich verstanden habe, dann verstehe ich die ganze Person."

„Aha, deshalb willst du mich porträtieren", lachte Herkommer.

„Ja, tatsächlich! Eben das ist der Grund! Wir kennen uns ja schon seit einiger Zeit, aber ich kenne dich noch immer nicht genug. Ich werde einfach nicht klug aus dir."

Und dann zärtlich: „Ich will dich doch ganz genau kennenlernen, Ludwig."

Die Aufnahmen dauerten Stunden. Violet war mit einer bemerkenswerten Konzentration bei der Sache, wie er das an ihr gar nicht kannte. Sie sprach kaum ein Wort und huschte lautlos zwischen Kamera, Scheinwerfern und Reflexionsflächen hin und her, um immer wieder, kaum erkennbar, eine Stellung oder eine Einstellung um eine Nuance zu verändern. Herkommer hätte nie gedacht, dass das eines solchen Aufwandes bedarf.

„Da ginge ja malen schneller", spottete er.

„Soll ich dich knipsen", hielt Violet für einen Augenblick mit ihren Vorbereitungen inne, „oder dich porträtieren?"

Ludwig ließ alles mit sich geschehen, und zum Schluss wollte sie dann noch ein Bild von ihm machen in einer kühn wirkenden Position. Das war ihr alles irgendwie zu lahm bis dahin, zu unbeteiligt, obwohl sich Herkommer alle Mühe gab.

„Setz deinen rechten Fuß hier auf den Stuhl! Und jetzt beugst du dich etwas vor und stützt dich mit dem rechten Unterarm auf dem Knie ab – den Unterarm abwinkeln! Ja, so."

„Kopf etwas höher", rief sie und kam unter ihrem schwarzen Tuch hervor, „schau etwas mehr über die rechte Schulter, ja, ein Stück an mir vorbei! Den Blick noch ein wenig höher! Sehr gut! Du musst entschlossen hinausblicken ins Land! Du musst spähen! – Spähe!"

Mein Gott, jetzt sieht er aus, als ob er von Thorak geschaffen sei, dachte Violet, als sie wieder hinter ihrem Apparat hervortrat und Herkommer so dastehen sah.

„Mal gespannt. Das letzte Bild kannst du deinen Parteibonzen vorlegen, wenn sie mal ein Bild von dir brauchen."

„Ach, das sind keine Bonzen, das sind ganz natürliche Menschen. Pfundsleute, zum Teil!"

Später, noch in der Dunkelkammer, schaute sie sich dann die Bilder in immer wieder anderer Reihenfolge nachdenklich an und schließlich befand sie mit großer Gewissheit: Er ist nicht fanatisch. Er kann gar nicht fanatisch sein. Dazu brauchte es ein ganz bestimmtes böses Feuer, das er nicht hat. Er ist nicht böse. Aber er ist eiskalt. Oder richtiger: nicht einmal im Affekt zu erhitzen und aus der Balance zu bringen. –

Ein paar Wochen später hörte Violet beim Friseur, dass der Konditor Rothenburger auswandert. Die Friseuse sprach unablässig, machte aber, auch mitten im Satz, immer wieder einmal eine kleine Pause, um, etwas zurückgebeugt, ihre letzten Schnitte zu überprüfen. Es war schon recht, man merkte genau, dass ihr der Fassonschnitt wichtiger war als das Schwätzen.

„Wissen Sie, das ist nämlich ein Jud – nur fort damit! Aber sein Café bleibt! Da bin ich froh, ich bin all die Jahre immer gern hingegangen –

Die schönen Kirschbaummöbel und alles so hell –

Sein Konditormeister, der soll das Café weiterführen –

Das ist eine Goldgrube, man kann hinkommen, wann man will, sind immer Leute da –

Der Herr Mönch, das ist nämlich der Konditormeister, der kommt zum Haarschneiden immer zu uns –

Der hat schon beim Rothenburger gelernt, dazwischen war er dann ein paar Jahre in Zürich in den feinsten Cafés dort –

Das Café Rothenburger ist wirklich eines der schönsten Cafés bei uns hier in Nürnberg."

Violet traf Rothenburger am Tag darauf auf dem Markt. Der sonst so fröhliche und stattliche Mann wirkte niedergeschlagen und kam armselig gebeugt daher.

„Stimmt es, dass Sie auswandern wollen?"

„Ja, das stimmt schon", sagte Rothenburger schwer atmend, „nach Österreich. Ich kann ja keine Fremdsprachen."

„Herr Rothenburger!", richtete sich Violet auf, „wir dürfen die Flinte nicht so schnell ins Korn werfen! Gut, so schön wie vorher wird's nimmer, aber das renkt sich wieder ein. Das sind die Auswüchse am Anfang."

„Ich kann nicht mehr lange warten, ich habe die Verglasung der Terrasse noch nicht ganz bezahlt, und seit dem Boykott-Samstag kommen fast keine Gäste mehr. Ich hätte mich vielleicht früher trauen sollen, den Davidstern gleich wieder wegzumachen, wie der Buchhändler Waldteufel vis-à-vis, de Farbe ging verdammt schlecht wieder runter! Aber auch jetzt noch ist das Café wie ausgestorben. Und wenn halt immer nur so wenig Gäste da sind, kommen bald überhaupt keine mehr. Die Menschen wollen im Kaffeehaus nicht allein sein. Ich brauche gegenwärtig jeden Tag ungefähr das Doppelte von dem, was ich einnehme. Ich kann Ihnen im Kalender fast auf den Tag genau zeigen, wann ich Konkurs mache, wenn ich dableibe."

Er machte eine Pause, aber dann kehrte schon wieder ein wenig Farbe in sein trauriges Gesicht zurück:

„Ich könnte vielleicht in St. Pölten, das ist ein Stück vor Wien, ein kleines Café am Rathausplatz übernehmen. Ich muss freilich alles wieder neu aufbauen, das sind alte Leute, da war in den letzten Jahren nicht mehr viel los. Wegen der Konditorei mache ich mir keine Sorgen, da kann ich gut mithalten, nur die vielen Kaffeesorten und Zubereitungsarten in Österreich, die muss ich noch studieren. Aber das geht schon. Der Mönch wird das Café hier übernehmen. Das ist ein rechtschaffener Mann und ein ganz ausgezeichneter Konditor. Der hat bei mir gelernt. Der junge Kerl hat natürlich nicht viel Geld, müssen wir mal sehen, wie wir das machen. Aber er hat mir versprochen, wenn es mal wieder besser wird und das alles vorbei ist hier, machen wir's wieder rückgängig. Dann kriegt er sein Geld von mir zurück und ich werde ihm zum Dank noch obendrauf mein kleines Café in St. Pölten schenken!", strahlte Rothenburger.

Der Gute, er ist noch nicht richtig abgestürzt, da macht er schon wieder die schönsten Zukunftspläne, dachte Violet, aber sie sagte nur: „Passt mir ja auf, so genannte Scheinübertragungen werden streng bestraft!" –

3 _ Ein nationaler Aderlass

Straussens Hände zitterten, als er am Morgen das gerade erlassene *‚Gesetz zur Wiederherstellung des Berufsbeamtentums'* las und damit zu Kollege Welde hinüberging.

„Lesen Sie das!", sagte er mit belegter Stimme und räusperte sich mehrmals vergeblich, während Welde las.

„Das ist also die gesetzliche Grundlage", brummte der vor sich hin, „haste keine, mach dir eine." Und lauter fuhr er fort: „Ich wollte gerade zu Ihnen rüberkommen. Der Amtmann Stoll, diese gute Seele, hat mich eben angerufen, ziemlich verzweifelt: Weyersheimer und Rüsch und noch zwei, drei andere sind heute früh von Lohbrecht im

Namen des Ministers suspendiert worden, ‚bis auf Weiteres beurlaubt', hätte es geheißen."

„Denen kann es doch nicht schnell genug gehen!", empörte sich Strauss.

„Da haben sich die Wogen nach dem Judenboykott noch nicht geglättet, gerade eine Woche ist es jetzt her, da folgt schon der nächste Schlag, übrigens, wie man am Beispiel von Herrn Rüsch sieht, nicht nur gegen *nichtarische* Beamte, wie sie genannt werden, sondern überhaupt gegen alle, die politisch missliebig sind. Das neue Gesetz ist mal wieder so ein Freibrief für Willkür und ministeriellen Übermut!"

Schon in der irreführenden Benennung des Gesetzes sah Strauss eine Frechheit, aber er klammerte sich an jeden Strohhalm, der Hoffnung versprach, und so hatte er mit Genugtuung gelesen, dass wenigstens für Frontkämpfer eine Ausnahmeregelung vorgesehen sei. –

Das neue Gesetz und seine ersten Folgen hatten für die darauf folgende Samstagsbesprechung natürlich reichlich Gesprächsstoff geliefert, zumal Göring drei Tage nach Erlass des Gesetzes mit seiner berüchtigten Drohrede ‚Ich habe erst damit begonnen zu säubern' die Stimmung weiter angeheizt hatte. Fast jeder Teilnehmer am Kolloquium kannte diesen oder jenen der bedrohten oder vielleicht schon geschassten Richter oder Staatsanwälte persönlich, und so schob sich der Beginn des eigentlichen Kolloquiums immer mehr hinaus.

„Mir fällt auf, meine Herren, dass wir diese ‚Säuberung', wie das genannt wird, viel lebhafter und ausführlicher diskutieren als den Judenboykott vor einer Woche!", rief Welde in die Runde, denn er wollte endlich mit dem Kolloquium beginnen.

„Das lässt sich erklären, Herr Dr. Welde", sagte einer der Referendare, „mit den Kramläden hatten wir natürlich nicht so viel im Sinn, so widerwärtig das Ganze auch war; aber jetzt, die Gerichte, die Verwaltungen und allemal die juristischen Fakultäten, jetzt ist unsere Welt an der Reihe!"

„Der junge Kollege hat völlig recht!", stimmte Dr. von Marwitz zu. „Der Judenboykott – dafür müssen wir uns vor dem Ausland schämen; pfui Teufel, das war eine Scheußlichkeit! Aber nun diese Vertreibung der Juden aus ihren Ämtern – das ist ein Aderlass, wie er im Buche steht! Und ich stimme dem Kollegen völlig zu, diese ‚Säuberung' betrifft ganz besonders die Universitäten und zwar alle Fakultäten. Unter dieser Torheit werden wir noch in Jahrzehnten zu leiden haben."

„Ja, es ist die Frage, ob das überhaupt je wieder aufzuholen ist", gab Welde zu bedenken, „denn die Fakultäten ergänzen sich ja selbst, und wenn da durch den Verlust einiger prägender Köpfe das Niveau erst einmal abgesackt ist, dann ist das oftmals der Beginn einer steilen Spirale abwärts. Die Durchschnittlichen oder gar die Schwachen nämlich sind in der Regel nicht so ohne Weiteres gewillt, sich Bessere, womöglich glanzvolle Koryphäen an Bord zu holen, durch die sie in die zweite Reihe gerückt werden könnten."

„Was da momentan an den Universitäten geschieht", fügte Welde stöhnend noch hinzu, „ist eine nationale Katastrophe!"

Mack blickte einen Augenblick fragend auf, weil er sich nicht gleich darüber im Klaren war, wo da, bei aller verworfenen Treulosigkeit des neuen Staates gegenüber seinen Dienern, die nationale Katastrophe liegen soll. Dann aber ging ihm auf – ja, so musste es wohl sein! –, dass Welde damit wohl den dauerhaften Verlust hochrangiger Gelehrsamkeit im Auge gehabt hatte, und es fiel ihm eine ziemlich elende Darbietung im Doktorandenseminar kürzlich ein, als der Professor, ein strammer Parteigänger Hitlers, wie er inzwischen erfahren hat, von ihnen unvermittelt hatte wissen wollen, wer aus einer protestantischen Familie stamme – das waren sieben – und wer aus einer katholischen. Es waren nur zwei.

„Sehen Sie", hatte er fast triumphierend ausgerufen, „es müssten mindestens fünf, wenn nicht sechs sein! Das hat uns Rom beschert! Über Jahrhunderte hinweg sind die Priester, sicherlich nicht die dümmsten unter den Katholiken, von der Fortpflanzung ausgeschlossen worden, mehr oder weniger jedenfalls. Die fehlenden drei oder vier Katholiken konnten sich nicht melden, weil sie erst gar nicht geboren worden sind! Wenn ich die sieben Protestanten jetzt noch fragen würde, ob Geistliche unter ihren direkten Vorfahren sind, dann sähen die meisten von ihnen, was ihnen geblüht hätte, würden sie aus einer katholischen Familie stammen."

Dem Referendar Mack, immerhin ein praktizierender Katholik, waren schon während dieses Redeflusses, wie ihn der Professor gewiss schon des Öfteren abgelassen hatte, gewisse Einwände in den Sinn gekommen; aber er war sich nicht genügend sicher gewesen und hätte sich ohnehin nicht zugetraut, gegen das polternde Gerede des Professors anzukommen. –

Alle paar Wochen gab es neue judenfeindliche Aktionen, die in der Kanzlei stets ausführlich erörtert wurden, auch in ihren juristischen Implikationen. Jedes Mal glaubte Strauss dabei zu spüren, wie fest die ganze Sozietät hinter ihm stand. Manchmal beschlich ihn dann aber das Gefühl, dass sie all diese öffentlichen Kränkungen, Schikanen und Verbote nur deshalb so ausführlich besprachen, weil man ihm zu verstehen geben wollte, dass er eben doch eine Last, wenn nicht gar eine Gefahr für die Sozietät darstelle. Dann dachte er wieder mehr an die Gutwilligen unter den Kollegen, die vielleicht nur deshalb die Schikanen so ausführlich erörterten, damit ihm deutlich würde, wie treu doch alle – oder nur die meisten? – auf seiner Seite stünden. Meistens verwarf er solche selbstquälerischen Erwägungen nach einer Weile wieder und tröstete sich mit dem Gedanken, dass das Thema Judenverfolgung wohl nur deshalb so ausdauernd ventiliert wurde, weil er, der Jude, nun einmal für alle unverrückbar mit zum Kollegium gehörte und daher das Thema für alle eine besondere Aktualität besaß.

So gab es an den Samstagen stets genug zu erörtern. Noch im April wurden aus den Lehrervereinen die jüdischen Lehrer ausgeschlossen, und die jüdischen Ärzte mussten die Kassenärztliche Vereinigung verlassen, womit sie ihre Kassenzulassung verloren. An den Universitäten und Hochschulen wurde für jüdische Studenten ein strikter Numerus clausus eingeführt, der sich streng nach dem prozentualen Anteil der Juden in der Gesamtbevölkerung bemaß. Im Mai folgte dann in vielen Städten die blamable Bücherverbrennung[2]. Im Sommer wurden nach und nach die öffentlichen Bäder und viele Badestrände für Juden gesperrt, und im Herbst wurde das Reichserbhofgesetz erlassen, wonach auf diesen Höfen nur noch Bauern geduldet wurden, die die deutsche Staatsangehörigkeit besaßen und ihre arische Abstammung, wie das hieß, nachweisen konnten.

Und schließlich mussten die sogenannten Kulturschaffenden, die Schriftsteller, Musiker, Maler, Schauspieler, den entsprechenden Sektionen in der Reichskulturkammer[3] beitreten, die Juden jedoch verwehrt waren, was freilich manchem ehrgeizigen Nachrücker der zweiten Garnitur nicht ungelegen kam. –

4 _ Viktors Rückkehr aus dem Internat _ Sabine Strauss, eine vielversprechende Geigerin

Viktor hatte sich im Dorf ein paar feste Waschmittelkartons besorgt, die letzten, wie er hörte. Da herrsche jedes Jahr nach dem Abitur, wenn die Oberprimaner endgültig ihre Zelte abbrachen, großer Mangel. Wenn er an sein bescheidenes Bündel dachte, mit dem er vor Jahren hier eingerückt war – nun, ein bescheidenes Bündel, das schien ihm vielleicht etwas übertrieben, ein ordentlicher Koffer war es schon –, dann sollte man nicht für möglich halten, was da inzwischen an kleinen Besitztümern alles zusammengekommen war, vor allem Bücher.

Viktor fühlte sich verlassen, wie er so zusammenpackte, und als er schließlich seine Bilder abgehängt und zum Schluss auch noch das Bett abgezogen hatte, sah das Zimmer wieder ebenso trostlos aus, wie es bei seinem Einzug gewesen war. Später kam dann Dieter Pilgrim in das Durcheinander, er wolle sich unbedingt noch von ihm verabschieden. Darüber freute sich Viktor besonders, er wusste ja (und war sich eben doch nie sicher), dass Pilgrim ihn mochte.

„Wir sehen uns bestimmt wieder, Viktor! Spätestens bei einem Klassentreffen", versicherte Pilgrim. Als sein Blick, im Hinausgehen schon, auf einen der offenen Bücherkartons fiel, deutete er beiläufig auf eines der Bücher.

„Das würde ich hier nicht offen so herumliegen lassen", es war das Puppenbuch von Kasimir Edschmid, „das war bei der Bücherverbrennung auch mit dabei."

„Menschenskind, und ich hätte es gestern beinahe mit aussortiert! Aber jetzt, wo du mir das sagst, Dieter, bleibt es drin", sagte

Viktor und schob es weiter nach unten. „Aber eigentlich ist es doch harmlos, nicht?"

„Aber der Edschmid nicht!"

„Vorhin war der dicke Fitwin da, um auf Wiedersehen zu sagen. Ich glaube, das ist einer von diesen HJ-Schülern? Ob er das Buch gesehen hat?", lächelte Viktor unsicher.

„Gesehen hat er es vielleicht schon, aber geschaltet hat er nicht, da ist er nicht hell genug im Koppe, keine Angst, und was unternehmen könnte er erst recht nicht. – Mach's gut, altes Haus!"

Viktor hätte sich, wie die anderen alle, freuen sollen, aber jetzt, da alles Persönliche ausgeräumt war, fürchtete er sich fast ein wenig vor den kommenden Wochen draußen, das ist alles so furchtbar turbulent und unübersichtlich geworden, auch was da in der Politik geschieht. Zu Hause, ohne seine Mutter dort, hatte er schon lange kein rechtes Refugium mehr, das war ihm in den letzten Jahren mit jedem Ferienbeginn deutlicher geworden, und nur zu gern war er am Ferienende wieder ins Internat zurückgefahren. Pilgrim und noch ein paar andere, die sprachen wie die Bergsteiger immer von ihrem ‚Basislager', wenn von ihrem Zimmer daheim und ihrem Elternhaus die Rede war, doch sein Basislager war hier, aber das hatte er soeben aufgelöst, und dahin würde es nun keine Rückkehr mehr geben. –

Viktor fuhr mit dem Zug nach Hause, die vielen Gepäckstücke hatte er aufgegeben. Er wollte seinen Vater überraschen; hätte er seine Ankunft mitgeteilt, so hätte sein Vater gewiss darauf bestanden, ihn wegen seines ganzen Hausstandes, wie er das einmal spöttisch genannt hatte, vom alten Herkommer mit dem Auto in Stefansfeld abholen zu lassen oder ihn womöglich selbst abzuholen. Solche Besuche, egal ob von Herkommer auf einer seiner gelegentlichen Kurierfahrten nach Zürich, wenn er ihm von zu Hause etwas hatte vorbeibringen sollen, oder gar Besuche von seinem Vater selbst waren Viktor immer peinlich gewesen. Einmal hatte er das seinem Vater sogar zu erklären versucht, was nicht einfach war; da fiele man nur auf, bei den Schulkameraden, bei den Lehrern und den Mentoren. Viktor wollte stets möglichst ‚fugenfrei', wie er es nannte, eingegliedert bleiben, und das hieß bei ihm zwar nicht gerade, unsichtbar zu sein, aber doch auf keinen Fall in irgendeiner Weise an irgendeiner Stelle als etwas Besonderes aufzufallen.

Zu Hause angekommen lief ihm als Erster der Chauffeur Herkommer über den Weg. Der gratulierte ihm zum bestandenen Abitur herzlich und fast begeistert und ohne die geringsten Vorbehalte gegenüber höherer Bildung, wie er sie bei seinem Sohn Ludwig stets geäußert hatte, und Viktor sagte ein paar mitfühlende Worte zum frühen Tod von Herkommers Frau im vergangenen Jahr – so lange hatte er Herkommer nicht mehr gesehen. Viktor war wirklich traurig, Frau Herkommer, gewiss nur eine einfache Frau, hatte dem ganzen großen Haus nach dem plötzlichen Verschwinden seiner Mutter einen gewissen Halt gegeben, und sie hatte ihm, den sie besonders ins Herz geschlossen hatte, immer wieder einmal per Post, mit unbeholfener Schrift, eine ihrer selbstgemachten Köstlichkeiten ins Internat geschickt, was ihn manchmal fast zu Tränen gerührt hatte; und schließlich, nicht zu vergessen, musste sie doch wohl, obgleich man nicht darüber sprach, anstelle seiner Mutter seine Amme gewesen sein, denn sonst wäre ja Ludwig nicht sein Milchbruder.

Herkommer brachte ihn, als ob er ein Fremder sei, nach oben zu seinem Vater, der momentan etwas erkrankt sei, und erklärte ihm auf dem Weg dahin, anstatt ihm Näheres über den Zustand seines Vaters zu sagen, dass es in Deutschland unglaublich aufwärts gehe – in Deutschland, sagte er, als ob Viktor all die Jahre im Ausland zugebracht hätte.

Sein Vater lag im Morgenrock auf dem Sofa, hustete fürchterlich, als er ihn sah, und konnte sich nur mit Mühe aufsetzen.

„Hätte dich doch abholen lassen, Viktor!“ krächzte der Konsul, der sich zu freuen schien, „kleine Erkältung, nichts weiter Schlimmes. Ich dachte, du kämest erst nächste Woche und würdest dich schon noch melden.“

„Ich wollte keine Umstände machen, Vater“, antwortete Viktor ein wenig steif, „und ich wollte dich überraschen!“

„Das ist dir gelungen“, lachte der Konsul und musste schon wieder husten und fuhr schließlich fort, „ich warte auf Dr. Fellgiebel. Der war zu deiner Zeit noch nicht zugange hier. Ein tüchtiger Arzt.“

„Fellgiebel? Fellgiebel – da gab es einen Schüler bei uns, bei den

Kleinen, der hieß so. Ich kann mich nur an den Namen erinnern, ich kannte ihn nicht, ich glaube, er war sogar hier aus der Gegend."

„Ja, ich bin ganz sicher, das muss Dr. Fellgiebels Sohn sein, Jan mit Vornamen. Wenn ich es richtig weiß, hat er diesen Jan adoptiert. Ich kann ihn nachher ja mal vorsichtig nach Jan fragen."

Dr. Fellgiebel war dann gar nicht zufrieden gewesen mit dem Zustand des Konsuls und perkutierte ihn minutenlang, während Viktor unschlüssig an der Tür stand. Man mochte kaum glauben, dass ein menschlicher Körper so viel an Resonanz hergeben kann, das fiel selbst Viktor als medizinischem Laien auf, und dass sich offenbar klangliche Unterschiede erkennen lassen. Danach, während sein Patient skeptisch dreinschaute, verkündete Dr. Fellgiebel streng und sachlich das Ergebnis, erteilte fast im Befehlston seine Anweisungen, verschrieb noch ein paar Arzneien und verabschiedete sich schon bald wieder. Die Frage nach dem kleinen Jan hatte sein Vater vergessen.

„Ich glaube, ihr Sohn Jan – ist vielleicht Ihr Sohn Jan ein Schulkamerad von mir gewesen?", fragte Viktor etwas schüchtern, als er Dr. Fellgiebel nach unten brachte.

„Ja, richtig!", dröhnte Dr. Fellgiebel doppelt so laut zurück, „Jan kennt Sie sogar! Er hat mir von Ihnen erzählt! Aber, mein Lieber, das war schon immer so, dass die Sextaner eher irgendwelche aus der Oberprima kennen als umgekehrt."

„Haben Sie denn noch mehr Kinder, Herr Doktor?", wollte Viktor noch wissen.

„Oh ja, wir haben einen Haufen Kinder – eigene und mitgebrachte, zugeteilte und zugelaufene, ausgeliehene –", und dann zögerte er für einen Augenblick, „und angenommene."

Das war eine dieser Übertreibungen Fellgiebels, die ihm selbst am meisten Spaß machten; dabei hatte er überhaupt nur drei Kinder, davon war eines von seiner Frau in die Ehe mitgebracht worden und eines hatte er vor noch nicht allzu langer Zeit adoptiert.

Unten an der Haustür sagte er dann noch: „Ich habe noch einige Hausbesuche zu machen, aber morgen, wenn ich gegen Abend wieder nach Ihrem Herrn Vater sehe, dann erzähle ich Ihnen die Geschichte von Jans Adoption."

Ich sollte erst einmal ein paar alte Freunde von früher aufsuchen, überlegte sich Viktor am nächsten Morgen, was sich jedoch als gar nicht so einfach erwies, denn entweder waren sie fortgezogen, wie er gleich bei zweien hören musste, oder sie waren weg zur Arbeit oder waren überhaupt nicht mehr aufzufinden – er ist einfach zu lange fort gewesen von zu Hause. Dann erst war ihm Bienchen in den Sinn gekommen, was ihn für einen Augenblick glücklich machte. Aber er fand es seltsam, dass ihm Bienchen, wo Straussens doch so nahe wohnten, erst als Letztes eingefallen war. Das kam ihm vor wie ein Verstoß gegen die Regeln familiär begründeter Freundschaften. Ja, wie eine besondere Form der Untreue oder Treulosigkeit, wo doch Familienfreundschaften stets – oder jedenfalls in aller Regel – höher einzustufen waren als gewöhnliche Einzelfreundschaften. Aber Bienchen gehörte für ihn eben nirgendwohin, nicht zu den Klassenkameraden von früher, nicht zum 1846er, dem Sportverein, und schon gar nicht zu seinen Freunden aus dem Internat, dachte Viktor, und zwei Jahre älter als er war sie außerdem … Aber nun machte er sich gleich auf den Weg.

Das Strausssche Anwesen lag in mittäglicher Ruhe und wirkte verlassen; der Garten, obwohl immer noch schön, war nicht mehr so perfekt gepflegt wie in früheren Jahren. Als Viktor fast schon am Gartentor stand, hörte er von drinnen Musik. Das musste Bienchen sein. Das konnte nur Bienchen sein – ja, es war Bienchen! Er ging noch ein paar Schritte am Zaun entlang, um näher unter ihrem Fenster zu stehen, das nur angelehnt war. Bienchen spielte in einem fort immer wieder dieselben paar Takte, *aber wie sie diese spielte!* Sie variierte sie unausgesetzt, jedes Mal wieder anders, aber nur in Nuancen unterschieden – was sich da doch alles verändern lässt! Und jedes Mal trat ein etwas anderer Charakter zu Tage. So etwas hatte Viktor noch nie gehört, und er lauschte gespannt weiter, wie Bienchen mit dem kurzen Ausschnitt umging und wie sie mit ihm spielte – das war alles andere als langweiliges Wiederholen! Schließlich schien Bienchen die richtige Phrasierung gefunden zu haben und wiederholte die paar Takte noch einige Male mit nun kaum mehr erkennbaren Modifikationen. Dann spielte sie im großen Zusammenhang weiter.

Viktor zögerte zu läuten, er wollte das Spiel nicht stören, läutete dann aber doch, was er im gleichen Augenblick fast schon wieder bereute, aber Bienchen spielte zum Glück weiter. Dafür kam eine ältere Frau in blauer Kittelschürze, die er nicht kannte, aus dem Haus, um ihm das Gartentor zu öffnen. Nach wem sollte er jetzt verlangen? Nach Bienchen? Das ging ja nicht! Oder nach Sabine, das brachte er kaum über die Lippen; oder womöglich nach Fräulein Strauss? Vielleicht am besten ganz offiziell nach ‚Fräulein Sabine Strauss' fragen, als ob er es ablese. Aber da nahm ihm die Haushälterin, um die es sich wohl handelte, die Entscheidung schon ab.

„Sie wollen sicherlich zum Fräulein Bienchen. Der Herr Doktor ist nämlich verreist", rief sie ihm auf den letzten Schritten zu.

Sabine erkannte ihn sofort.

„Der Viktor! Der Viktor!", rief sie ganz aufgeregt, „wie lange haben wir uns nicht mehr gesehen!"

Viktor dagegen hatte im ersten Augenblick Schwierigkeiten, er schien verwirrt.

„Du bist, seit wir uns das letzte Mal gesehen haben, Bienchen, mindestens doppelt so groß geworden!", sagte er lachend und wie zur Entschuldigung, war doch Sabine, die er als kugeliges Bienchen in Erinnerung hatte, jetzt fast ebenso groß wie er, und der ganze Kälberspeck war verschwunden. Er fand, sie hatte jetzt fast etwas Ätherisches.

Sie tauschten noch lange Erinnerungen aus, doch dann sagte Sabine, dass sie jetzt wieder arbeiten müsse. Viktor fragte, ob er noch eine Weile zuhören dürfe.

„Ja, gerne. Früher habe ich das gar nicht gemocht, dabei tut es mir sogar gut, ich übe konsequenter und ich gewöhne mich an Publikum. Du kannst ja dann einfach raushuschen, wenn du weg musst oder wenn es dir zu viel wird."

Viktor setzte sich in den dunklen Hintergrund des großen Raumes und lauschte. Es dauerte eine Weile, bis Sabine anfing – was Bienchen da wohl noch gemacht hat die ganze Zeit? Dann spielte sie, sicherlich länger als eine gute Stunde, mit nur kurzen Pausen zwischen den einzelnen Stücken. Viktor kannte nicht ein einziges, aber manche begann er kennenzulernen, weil es häufig genug Wiederholungen gab, oft drei oder vier Mal hintereinander, von dazwischengestreuten Wiederholungen einzelner Passagen ganz abgesehen. Aber die Wiederholungen, auch dieses endlose Wiederholen kurzer Taktfolgen, wieder und wieder, störten ihn nicht – befand er sich doch in der Werkstatt, nicht im Konzertsaal, und da klang alles viel unmittelbarer.

Sabine schien ihn völlig vergessen zu haben. Ob sie bei ihrem Spiel vielleicht manchmal für ein paar Takte an ihn dachte, ob sie ihm dann vorspielte und gar für ihn spielte? Nein, den Gedanken verwarf er sogleich wieder, das sollte sie nicht, und das wollte er auch nicht. Er mochte nur der stille Zuhörer sein; zuhören, nur zuhören, nichts als zuhören wollte er, und dabei nicht einmal anwesend sein. Viktor spürte, wie verzaubert er war. Leise schob er sich dann doch aus seiner dunklen Ecke heraus weiter nach vorn, um Sabine besser sehen zu können. In einem Adagio-Satz schien ihr Gesicht so gelöst, als ob sie schliefe, die Augen waren fast geschlossen, ihr lockerer Mund wirkte träumend und zeigte manchmal, so zart, dass man es nur ahnen konnten, ein verklärtes Lächeln. –

Irgendwann am späten Nachmittag schlich sich Viktor hinaus, weil er den Dr. Fellgiebel, der ihm die Geschichte mit der Adoption in Aussicht gestellt hatte, nicht verpassen wollte. Als er zu Hause eintraf, war Fellgiebel schon oben bei seinem Vater. Er wartete in einem Sessel unten in der Halle, die eigentlich nichts anderes als ein geräumiges Treppenhaus war mit einer umlaufenden Galerie auf der ersten Etage.

„Ah, Viktor, das ist gut, dass ich Sie treffe", rief ihm Dr. Fellgiebel von oben zu, während er die Treppe herunterkam, „ich muss Ihnen doch die Geschichte von der Adoption Jans noch erzählen!"

Und unten bei Viktor angekommen, fuhr er etwas irritiert fort: „Können wir uns nicht irgendwo reinsetzen?"

Offenbar war ihm die Unterhaltung in der Halle allzu öffentlich, und leise sprechen war seine Sache nicht. Sie verschwanden in einem kleineren Raum mit verglaster Tür, der merkwürdigerweise Schreibzimmer genannt wurde, und Fellgiebel begann zu erzählen, noch ehe sie recht saßen.

„Ja, diese Adoption! – Also: Letztes Jahr im Spätsommer kündigte mein alter Freund Dr. Hossenlopp aus Colmar seinen Besuch an. Wir haben zusammen in Würzburg und München studiert und sind dicke Freunde geworden; durch ihn übrigens habe ich meine Frau Marianna kennengelernt. Er war ja inzwischen zu einem richtigen Franzosen geworden", lachte Fellgiebel, „und wollte in seinem neuen Auto eine Deutschlandreise mit seiner Frau machen, als erster Anlaufpunkt waren wir hier in Mannheim vorgesehen. Es war alles so schön geplant. Weil herrliches Sommerwetter war und weil das Wochenende bevorstand, haben wir ausgemacht, uns im Michelstädter Stadion zu treffen. Du kennst dieses herrlich gelegene Freibad dort, direkt am Wald? Das schönste Schwimmbad im ganzen Odenwald!"

Fellgiebel kam mit ‚Sie' und ‚du' durcheinander, aber darüber freute sich Viktor.

„Dort wollten wir dann den Tag an der frischen Luft und in der Sonne verbringen, und erst gegen Abend zusammen nach Mannheim zurückfahren. Ich fuhr mit dem Auto schon am zeitigen Vormittag mit den Kindern und einer Tante und deren Mann voraus, meine Frau blieb zu Hause zurück, um Hossenlopps in Empfang zu nehmen und sie nach Michelstadt zu geleiten. Wir verbrachten im Stadion einen vergnügten Vormittag, Hossenlopps schienen sich Zeit zu lassen. Gegen Mittag wurde ich ans Telefon gerufen. – ‚Hallo?', ich hörte nur jemanden schwer atmen und spürte im gleichen Augenblick, dass das meine Frau sein musste, ‚Hallo! Marianna!', und dann hörte ich sie nach ein paar Sekunden sagen – langsam, ausdruckslos und nicht einmal verzweifelt – ‚er ist tot, sie schwerverletzt.'"

Fellgiebel fiel es auch jetzt noch schwer, darüber zu sprechen.

„Sie waren in Oggersheim, wenige Kilometer vor ihrem Ziel, in einer Kurve gegen eine steinerne Haustreppe geprallt. In der Handtasche von Frau Hossenlopp fand sich ein Zettel mit der Adresse und der Telefonnummer von uns, sodass man die wartende Marianna benachrichtigen konnte. Sie ist mit einem Taxi sofort ins Krankenhaus nach Ludwigshafen gefahren, gerade noch rechtzeitig wohl, um der Sterbenden ihr Wort zu geben, sich um die beiden zu Hause gebliebenen Kinder Jean und Germaine zu kümmern – ‚als ob es meine eigenen wären', hat ihr meine Frau versprochen."

„Ah – und das ist der Jan?"

Fellgiebel nickte und fuhr fort: „Nach einigen Verwicklungen mit den französischen und deutschen Behörden und endlosen Laufereien meiner Frau – du machst dir da keinen Begriff! – landeten die beiden in dem jüdischen Kinderheim von Claire Weimersheimer in Herrlingen. Herrlingen liegt am Rand der Schwäbischen Alb, in der Nähe von Ulm. Zu diesem Kinderheim hatten wir eine enge Verbindung, weil wir dort schon Jahre vorher unseren behinderten Sohn Siegfried untergebracht haben und sich ein fast freundschaftliches Verhältnis, vor allem durch meine Frau, zu Claire Weimersheimer entwickelt hatte. Ein Glück war, dass dieses Geschwisterpaar, bei dem es sich übrigens nicht um die leiblichen Kinder von Hossenlopps handelt, sondern das von ihnen adoptiert worden war, zweisprachig aufgewachsen ist. Die beiden waren noch keine zwei Monate in Herrlingen, da wurde plötzlich die schon lange erwogene Auswanderung des ganzen Kinderheimes nach Palästina aktuell ...“

Viktor hörte mit sichtlichem Interesse zu und freute sich, dass ihn dieser wichtige Herr in seinem Erzähldrang so ernst nahm, und Fellgiebel tat es wohl, einen so aufmerksamen Zuhörer gefunden zu haben, und so holte er weit aus.

„Vielleicht hätte Frau Weimersheimer diesen Entschluss schon viel früher fassen sollen, aber sie schaffte das einfach nicht, hat sie sich doch tatsächlich immer wieder die Frage gestellt, auch in langen Nachtgesprächen mit uns, ob sie Deutschland denn aufgeben soll. *Deutschland aufgeben*, hat sie gesagt; du musst das verstehen, Viktor, im Sinne von ‚*Deutschland preisgeben*‘, es seinem Schicksal überlassen, sich zurückziehen, das hat sie monatelang umgetrieben. Frau Weimersheimer war nicht die einzige, die so dachte. Das waren *deutsche Juden*. Die verließen nicht Feindesland, obwohl sie allen Grund gehabt hätten, das so zu sehen, sondern sie verließen ihre Heimat.“

Viktor dachte an Bienchen und ihren Vater, ob es nicht überhaupt besser sei, wenn auch Straussens ... Aber Dr. Fellgiebel erzählte schon weiter.

„Man hatte Frau Weimersheimer vertraulich bedeutet, dass die beantragte Ausreisegenehmigung wohl in Kürze erteilt werde. Die entstandene Unruhe und Aufregung im Kinderheim war unbeschreiblich, fast täglich reisten ratlose Eltern an, um sich mit Frau Weimersheimer zu besprechen. Auch für sie selbst war das eine äußerst schwierige Geschichte. Bedenken Sie nur, Viktor, diese Ausreisegenehmigung galt nur für eine begrenzte Anzahl von Kindern und reichte nicht für alle aus. Wichtig war für sie, möglichst bei allen jüdischen Kindern, die ja die eigentlich gefährdeten waren, die Zustimmung der Eltern zu erlangen, was offenbar in den meisten Fällen gelungen ist. Bei den anderen Kindern waren dann alle möglichen sonstigen Gesichtspunkte gegeneinander abzuwägen, und die beiden kleinen Hossenlopps standen als elternlose Kinder ohnehin an bevorzugter Stelle. Aber du glaubst nicht, was wir für ein Theater hatten mit den Vormundschaftsgerichten und dem *Tribunal des tutelles*, mit Deutschland und Frankreich und Hin und Her.

Am einfachsten wäre es wahrscheinlich gewesen, wir hätten die beiden adoptiert, aber wir sahen gleich, dass das in der kurzen Zeit, die vermutlich noch blieb, wohl nicht mehr zu schaffen war. Außerdem belastete uns ein anderes Problem noch viel mehr: Frau Weimersheimer hätte unseren Sohn Siegfried gern nach Palästina mitgenommen, denn sowohl sie als auch wir sahen immer wieder, dass er am besten noch in ihrem Kinderheim gedieh. Marianna, also meine Frau, geriet in einen fürchterlichen Konflikt. Sie hing an ihrem Sohn, gerade weil er so benachteiligt war. Schon dass sie ihn seinerzeit in das Kinderheim weggeben musste, war ihr manchmal wie ein Abschieben vorgekommen. Ihn jetzt aber nach Palästina mitzuschicken, das schien ihr der komplette Verrat. Aber dann nahm die Geschichte eine plötzliche Wendung, indem sich ziemlich gleichzeitig zweierlei ereignete. Das eine war: Wir hatten Siegfried, weil das in Herrlingen zurückbleibende Rest-Kinderheim eine ungewisse Zukunft hatte, wieder zu uns nach Hause genommen und versuchten nun, ihn hier regulär einzuschulen. Bei der Untersuchung durch den Amtsarzt –", und an dieser Stelle unterbrach er sich und rief in plötzlichem Zorn:

„Oh, ich kenne diesen Herrn Kollegen sehr wohl!", und fuhr dann mühsam beherrscht mit immer noch bebender Stimme fort, „da erklärte doch dieser Kerl Marianna abschätzig, die eine Hand dabei in der Hosentasche, ihr Siegfried sei ‚rassenhygienisch und somit für den deutschen Volkskörper eine bloße Ballastexistenz und nichts weiter'. Man sollte es nicht glauben, Viktor, eine ‚Ballastexistenz' hat er Siegfried genannt, das ist ein Lieblingswort dieser Herrschaften! Ihn interessiere nicht der Einzelne. Der einzelne Patient –

das sei früher gewesen. Den modernen Mediziner, und allen voran den nationalsozialistischen Amtsarzt interessiere in erster Linie die Gesundheit des Volkskörpers, und dieser habe sich alles andere unterzuordnen – und lauter solches Geschwätz. In der gesamten Geschichte der Medizin habe es noch keine so radikale Veränderung der Sichtweise gegeben, jetzt erst beginne das Zeitalter der modernen Medizin, sicherlich noch nicht von allen heutigen Ärzte richtig begriffen, die den Eid des Hippokrates schülerhaft viel zu vordergründig verstünden – das war der kleine Hieb gegen mich. Und als dann Marianna in ihrer Empörung und Verzweiflung mit Freunden darüber sprach, da erfuhr sie, das Gerücht gehe, dass solchen Kindern, wenn erst einmal der Amtsarzt darum wisse, die Sterilisierung und eines Tages möglicherweise sogar der Tod drohe."

Danach sprach Fellgiebel wieder ganz ruhig.

„Das andere, was zur gleichen Zeit geschehen war, betraf Jan. Am gleichen Tage, oder höchstens einen Tag vorher, während sich die ganze Reisegruppe, zum großen Teil zusammen mit den Abschied nehmenden Eltern, schon zur Einschiffung in Bremerhaven zu versammeln begann, wurde bei Jan eine beginnende Diphtherie diagnostiziert, sodass er nicht mit ausreisen konnte. Frau Weimerheimer, die natürlich die Ausreisegenehmigung mit der mühsam ausgehandelten Anzahl der Kinder möglichst ausschöpfen wollte, wandte sich in alter Freundschaft, wie sie sagte, noch einmal an uns, ob wir Siegfried nicht doch mitgeben wollten. Das war für Marianna in ihrer panischen Angst, in die sie durch die Bemerkung dieses Amtsarztes geraten war, ein Zeichen des Himmels, und sie brachte Siegfried unter Tränen noch in der gleichen Nacht nach Bremerhaven."

„Jetzt hoffen wir nur", fuhr Dr. Fellgiebel fort, „dass wir ihn eines Tages gesund wiedersehen."

„Und Jan?", fragte Viktor. Da leuchteten Fellgiebels Augen leuchteten wieder auf:

„Es erschien uns nur konsequent, ja es war für uns geradezu selbstverständlich, nun den armen zurückgelassenen Jan zu adoptieren. Das war nicht einfach – war es doch für Jan eine nochmalige Adoption und diesmal sogar über eine Staatengrenze hinweg –, aber wir taten alles für ihn, wo er uns doch anstelle von Siegfried in den Schoß gefallen war." –

Viktor war von Sabines Geigenspiel so entzückt, ja hingerissen, dass er schon zwei Tage später erneut bei ihr erschien, diesmal mit einem Sträußchen, wie ihm das sein Vater schmunzelnd angeraten hatte.

„Ich hoffe, ich gehe dir nicht auf die Nerven, Bienchen, wenn ich schon wieder frage, ob ich dir zuhören darf."

Sabine schien sich zu freuen, war aber nicht so ausgelassen froh wie bei seinem letzten Besuch.

„Ich sagte dir doch vorgestern schon, Viktor, es tut mir sogar gut, wenn ich nicht ganz für mich allein üben muss. Aber hast du denn so viel Zeit?"

„Das Semester geht erst in ein paar Wochen los. Ich werde in Erlangen vielleicht Naturwissenschaften studieren. Oder vielleicht doch Geschichte, ich weiß noch nicht so genau."

„Nun ja, Studium, das habe ich hinter mir." Und dann mit einem tiefen Seufzer: „Es hatte sich nach meinen beiden Preisen alles so schön angelassen, meine Agentur schleifte bald mehr Engagements und Konzerte heran, als ich packen konnte. Aber in den letzten Wochen kommt eine Absage nach der anderen. Das sind nicht Absagen auf Anfragen von uns oder auf irgendwelche Bewerbungen, nein, sondern Absagen für schon fest vereinbarte Konzerte – feste Verträge werden einfach annulliert!"

„Das darfst du dir nicht gefallen lassen, Bienchen. Vertrag ist Vertrag!"

„Aber mein Agent meint, übrigens sogar mein Vater als Jurist, dagegen sollte man auf keinen Fall klagen, sonst sei man endgültig draußen. Mich ärgert mehr noch als die Absagen selber die Art und Weise, wie da abgesagt wird! Gestern kam wieder eine."

Sabine zog einige Briefe hervor, das waren offenbar solche Absagen.

„Entweder sind sie kurz und schroff, ohne jede Begründung oder Entschuldigung oder gar Bedauern, gewöhnlich mit ‚Heil Hitler!' drunter. Oder es werden irgendwelche windigen Vorwände ins Feld geführt und eine Verschiebung bis auf Weiteres angekündigt. Besonders schäbig die scheinheilige Anfrage, ob eine Mitgliedschaft in der neu geschaffenen Reichskulturkammer respektive in der Reichsmusikkammer besteht, um dann fortzufahren", Sabine beugte sich vorlesend über den Brief, *„wobei wir darauf aufmerksam machen möchten, dass wir andernfalls das Konzert nicht durchführen können* *resp. nicht durchführen dürfen*'. Ein aufrichtiges Bedauern, Viktor, war eigentlich nur in einer einzige Absage zu spüren, und da merkte man auch, welch rücksichtsloser Druck von oben auf die Veranstalter ausgeübt wird. Und meinen Mendelssohn darf ich schon gar nicht mehr spielen!"

Viktor schaute sich die Absagebriefe an, dann fuhr Sabine fort: „Ich habe eigentlich nur noch im Ausland Chancen. Mein Agent ist Österreicher, das ist schon mal gut, und ein Konzert in Graz ist bereits unter Dach und Fach, und eines in Genf und Zürich ist fest abgesprochen und muss nur noch unterschrieben werden. ‚Dich bring ich ganz groß raus!', hat mein Agent gesagt, und er hat ja schon damit angefangen. Vater wollte mir von nun an sogar die Guarneri geben, wenn sie demnächst wieder zurück ist. Die habe ich ja bisher nur zu Hause gelegentlich mal spielen dürfen – einfach unerreicht! Da bin ich inzwischen schon voll drin! Aber das ist jetzt in diesen unruhigen Zeiten einfach zu gefährlich, die kommt hier in den Tresor."

„Ist es für dich nicht ein bisschen – wie könnte man sagen? – schmerzlich, oder ein enttäuschend vielleicht, wenn du jetzt, wo du die Guarneri schon so gut kennst, bei Konzerten auf deinem Instrument spielen musst?"

„Nein, meine Geige ist ja nicht schlecht, da ist alles da – es fehlt nur dieses ganz Besondere, was die Guarneri ausmacht. Vom Ansprechverhalten mal abgesehen, sind die beiden im Grunde ja sehr ähnlich. Nur liegt bei der Guarneri eben noch dieses unbeschreibliche Flair darüber. Aber ich bin mit der Guarneri inzwischen so vertraut, dass ich bei jeden Ton, den ich auf meiner Geige spiele, nicht nur genau weiß, wie er auf der Guarneri klingen würde, sondern ihn buchstäblich höre – ich höre die Guarneri bei jedem Ton mit."

„Wenn du dich auf einen bestimmten Ton konzentrierst?"

„Nein, nein, das gilt ja nicht nur für einzelne Töne, sondern für ganze Passagen, da erst recht. Das gilt überhaupt!", sagte Sabine langsam, als ob sie sich erst erinnernd vergewissern müsse, aber dann richtete sie ihren Blick auf die Zukunft und fuhr energisch fort: „Graz, Genf, Zürich – da kommt jetzt alles drauf an! Ich werde noch mehr üben. Und noch etwas werde ich tun, Viktor, – Fremdsprachen büffeln!"

Viktor freute sich darüber, wie Bienchen sich nicht unterkriegen lassen wollte und von den Absagen eher angefeuert als entmutigt schien. Das waren offenbar die Früchte der Erziehung durch ihren greisen Lehrmeisters am Konservatorium, der ihr in allen schwierigen Situationen immer wieder abverlangt hatte: ‚*gegenhalten!*' – nicht nachgeben bei allen möglichen Widrigkeiten, die sich beim Üben einstellen können, aber gegenhalten auch gegenüber eigenen Stimmungen und dem momentanen Befinden. Nichts sei wichtiger für einen professionellen Musiker – und auch für jeden, der ein solcher werden wolle, so fügte er meistens noch hinzu –, auch dann, gerade dann, unerbittlich weiterzuüben, ja die Anstrengungen sogar noch zu verstärken, eben gegenzuhalten, wenn man nicht die geringste Lust dazu verspüre und man sich vielleicht miserabel, ungerecht behandelt oder gar gedemütigt fühle. Denn später werde es so manchen Auftritt geben, wo sie, obwohl sie sich elend fühle, einfach spielen muss, ob sie will oder nicht, und wenn sie das Spielen unter solch niederdrückenden Bedingungen nicht geübt hat und sie zum Beispiel nur dann auf ihrem Instrument jubilieren kann, wenn ihr zum Jubeln zu Mute ist, dann wird das nie befriedigend funktionieren. Alles andere sei bloß ein Musizieren von Amateuren, reine Gelegenheitsmusik.

Dann schickte sich Sabine an, mit dem Üben zu beginnen.

„Das ist ja geradezu ein Training!", meinte Viktor. Sabine war über diesen Vergleich nicht im Geringsten überrascht und sagte nur: „Natürlich – was dachtest du?", war aber schon ganz bei ihrer Violine.

Viktor setzte sich wieder brav in seine Ecke und hörte zu. Schon nach wenigen Takten fühlte er – er spürte es mehr, als dass er es gehört oder gesehen hätte –, wie sich die Violine zu einem Teil von Sabine verwandelte. Das war seltsam, aber jeder Takt bestätigte ihm aufs Neue, dass es wirklich so war. Begann nach einer kurzen Pause der nächste Satz oder ein neues Stück, so dauerte es oft nur die ersten zwei, drei Töne, und schon trat dieses eigentümliche Phänomen wieder auf: Was da spielte, das war mehr als ein Mensch und eine Violine, die sich zusammengetan hatten. Es war eine neue Einheit, die unauflösbar und untrennbar geworden zu sein schien. Viktor sprach in einer Pause mit Sabine darüber.

„Das wundert mich, Viktor, dass man das hört –“

„– nein, ich höre es nicht eigentlich, ich spüre es irgendwie.“

Es dauere immer erst einen Moment, meinte Sabine, bis diese Veränderung eintrete. Manchmal geschehe es fast augenblicklich, manchmal mit Verzögerung. Sie müsse da gewissermaßen erst in die Violine hineinfließen – nein, nicht in das Innere der Geige natürlich; man könne es vielleicht besser umgekehrt beschreiben, die Violine gehöre dann plötzlich mit zu ihr, sie sei dann plötzlich zu einem Teil ihrer selbst geworden.

In den ersten Jahren, als sie noch in die üblichen Geigenstunden gegangen sei, hätte sie dieses Erlebnis überhaupt nicht gekannt. Eines Tages aber, zu Hause beim Üben, sei dieser seltsame Zustand eingetreten, das sei für sie geradezu eine Offenbarung gewesen. Die Violine sei plötzlich kein Gegenstand mehr gewesen und habe angefangen zu singen, als sei sie körperlos.

„Erst von da an bin ich wirklich eine Geigerin gewesen. Vorher habe ich nicht einmal geahnt, was mir da noch gefehlt hat, aber von da an habe ich gewusst, wo ich hinmuss.“

Sabine entfernte ein gerissenes Haar aus ihrem Bogen.

„Mein Gott, Viktor, darüber habe ich mit noch keinem Menschen auf der Welt gesprochen!“, sagte Sabine plötzlich und sah Viktor nachdenklich an. „Ich wüsste auch nicht, mit wem ich mich sonst darüber unterhalten könnte. Weißt du, man spürt, dass wir uns schon als Kinder gut kannten …“

Je besser trainiert sie sei, fuhr sie fort (und sie hatte tatsächlich ‚trainiert‘ gesagt), desto schneller trete dieser Zustand ein, zum Beispiel wenn sie sich vor Konzertbeginn erst mal einspiele, und umso leichter sei er zu erlangen. Bevor man ihn erreicht habe – in der Ausbildung dauere das wohl Jahre, wenn man sich dagegen vor einem Konzert einspiele, vielleicht nicht einmal eine halbe Minute –, bevor man also diesen Zustand erreicht habe, sei es so, als antworte die Violine dem Spieler; sei es so, als würde der Spieler irgendeinen bestimmten Ton oder eine Tonfolge in einer ganz bestimmten Art und Weise bloß anregen, und die Violine würde dann das singen, was der Spieler ihr vorgegeben habe. Das geschehe natürlich nicht nacheinander, sondern ‚Vorgabe‘ und ‚Antwort‘ fänden absolut gleichzeit statt. Natürlich sei diese ‚Antwort‘ bei einem eher durchschnittlichen Geiger nie wirklich haargenau das, was er erwartet habe; und wahrscheinlich würde er auch gar nicht etwas so Genaues erwarten. Aber diese Abweichungen zwischen ‚Vorgabe' und ‚Antwort' würden allmählich immer geringer, und eines Tages seien ‚Vorgabe' und ‚Antwort' ineinander aufgegangen und so jede Abweichungen voneinander verschwunden. Die Geige sage dann wirklich haargenau das, was auch der Geiger sagen wolle, denn die Geige sei dann der Geiger selbst und der Geiger sei die Geige – erst wenn das, was das Instrument da sagt oder singt, keine ‚Antworten' mehr seien, sei aus den beiden eine wirklich vollkommene Einheit geworden.

„Und das spürt dann der Geiger?"

„Ja, sofort, und zwar verbunden mit einem großen Glücksgefühl, so ist es jedenfalls bei mir. Nicht nur ich stelle mich auf die Violine ein, sondern, umgekehrt, die Violine auch auf mich – darum würde ich es ja auch sofort merken, wenn zufällig jemand anderes auf meinem Instrument gespielt hätte."

Der höchste Grad eines solchen Einswerdens sei bei ihr übrigens erreicht gewesen, fuhr Sabine nach einer kleinen Pause fort, als sie eines Tages während eines Konzerts gespürt habe, dass nicht nur die Violine mit ihr, sondern ebenso auch sie mit dem ganzen Orchester verschmolzen gewesen sei und es nur noch ein einziges gemeinsames Tun gegeben habe. Dieses gemeinsame Tun habe nicht nur darin bestanden, dass die Handlungen jedes einzelnen Mitglieds genauestens gleichgerichtet gewesen seien – das erreiche jedes ordentliche Orchester –, sondern dass die ganzen Einzelhandlungen bei all ihrer Verschiedenartigkeit nur noch *eine einzige gemeinsame Handlung* darstellten, wenngleich sie auf viele Personen verteilt gewesen sei.

Viktor spürte, wie schwer Sabine die Beschreibung dieser subtilen Vorgänge fiel, und versuchte sie zu ermuntern, indem er bestätigte: „Das ist alles sehr schwer in Worte zu fassen."

„Mit dem ganzen Orchester eine wirkliche Einheit zu bilden, das ist eines der großartigsten Gefühle, die es für einen Solisten gibt! Und doch muss man aufpassen, dass man nicht in der wunderbaren Geborgenheit des Orchesters versinkt. Man muss jedes Mal wieder raus, sonst geht man als Solist im Wohlbehagen unter. Wie schon so mancher."

„Dieses Entstehen einer Einheit ist wohl bei allen Instrumenten so, meinst du nicht?"

„Sicherlich, aber wahrscheinlich bei den Streichinstrumenten besonders ausgeprägt."

„Ich erinnere mich, Onkel Max, der Bruder von meinem Vater, war ja ein großer Ruderer vor dem Herrn, und der erzählte von seinem Achter bei der Amicitia etwas ganz Ähnliches –", Viktor unterbrach sich, „entschuldige, wenn ich dein Violinspiel unpassenderweise mit dem Rudern vergleiche!"

„Nein, nein, ist schon recht, Viktor."

Sofern die Mannschaft genügend gemeinsam trainiert habe, führte Viktor aus, sei irgendwann nach dem Start das zwingende Erlebnis aufgekommen *‚Jetzt läuft er!'*, und zwar ganz plötzlich und für alle gleichzeitig und mit dem Gefühl großer Gewissheit. Es sei gewesen, als ob das Boot plötzlich schwebte, fast widerstandslos dahinglitte. Von da an sei auch das Zusammenspiel perfekt gewesen. Die seien also plötzlich eine Einheit geworden, wie Sabine das vorhin genannt habe. Und sie hätten dann plötzlich alle acht nur noch eine einzige, eine gemeinsame Identität besessen und jeder seine Einzelidentität gewissermaßen aufgegeben.

„Du hast da vorhin etwas Ähnliches angedeutet", fuhr Viktor fort, „nämlich dass der Solist, der in einem ganzen Orchester aufgegangen ist, irgendwie schauen muss – nicht, so war es doch? –, dass er seine Identität wiedererlangt."

„Viktor!", rief da Sabine überrascht, „genau das ist es! Denk doch bloß an unsere großen Orchester! Vor allem auch an Dirigent und Orchester, die nicht durch die geringste Ungleichzeitigkeit voneinander getrennt sind – obwohl doch der eine dirigiert, also etwas *vorgibt*, und die anderen ihm *folgen* – aber die folgen ihm gar nicht, jedenfalls nicht im Sinne von nachfolgen, sondern beides – vorgegeben und folgen – geschieht gleichzeitig."

„Mir hat einer beim Zusammensitzen nach einer Probe einmal gesagt, das *Gehirn des Geigers* nehme das Instrument als einen Teil des eigenen Körpers wahr. Da hatte er mit diesem ‚Teil des eigenen Körpers' schon recht, aber erklärt war damit noch überhaupt nichts, es ist nur mit anderen Worten beschrieben und klingt etwas umständlicher, und der Dr. Fellgiebel vom Chor, der auch mit dabeisaß und der ja was vom Gehirn versteht, der hat abgewinkt und ihm gesagt, ‚Das hat dir dein Gehirnforscher da in Heidelberg eingeblasen, aber das *Gehirn*, das Gehirn, das nimmt überhaupt nichts wahr, genauso wenig wie es friert, wenn mir kalt ist'. – Find' ich gut", meinte Sabine. –

Es war noch viel Zeit bis zum Semesterbeginn, und so übernahm Viktor im Verlauf der folgenden Wochen alle möglichen Aufgaben im Hause Strauss, um Sabine zu helfen, damit sie möglichst viel Zeit für ihr nimmermüdes Üben hatte, Violintraining, wie sie es neuerdings immer öfter nannte.

Das waren Botengänge und Besorgungen, zum Teil auch für Sabines Vater; Literatur- und Notenbeschaffung, manchmal auch in Heidelberg drüben, wozu auch die Beschaffung von Schallplatten gehörte; das Ausschneiden wichtiger Besprechungen aus den Zeitungen; und vor allem ‚Viktors Technischer Dienst', wie er vergnügt prahlte, der sich mit allem befasste, was das Instrument selbst betraf. Das war die Beschaffung und die gemeinsame Auswahl von immer wieder neuen Sorten von Kolophonium, worauf Bienchen besonderen Wert zu legen schien, aber dann natürlich auch das Besorgen von allem möglichen Zubehör und die Bereitstellung von Ersatzsaiten verschiedener Beschaffenheit und Herkunft, bei deren geschwindem Austausch Viktor Sabine bald übertraf. Wenn er dann gegen Abend für eine halbe Stunde zuhören konnte, empfand er das wie eine Belohnung, besonders dann, wenn Sabine manchmal die ganzen Stücke, an denen sie den Tag über gearbeitet hatte, noch einmal für ihn ‚aufführungsreif' und ganz ohne Korrekturwiederholungen zusammenstellte.

Am meisten aber machte sich Viktor um die Bögen verdient. Deren Bespannung, die aus Pferdeschweifhaaren besteht, unterliegt bei heftigem Gebrauch einen ziemlichen Verschleiß; immer wieder reißen einzelne Haare, die der Geiger dann, wenn er eine kurze Pause hat, mit einem kleinen Ruck herauszieht, bis schließlich eine Neubespannung fällig wird. Sabinens Geigenbauer aber, an sich ein tüchtiger Mann, brauchte für keine Lieferung, für keine Reparatur mehr Zeit als für die Neubespannung eines Bogens, die er in seiner Fachsprache befremdlich ‚Behaarung' oder ‚Neubehaarung' nannte.

Immer wieder vertröstete er dann Viktor, dem jedoch die ungeduldige Sabine im Nacken saß; es war jedes Mal das Gleiche. Als der Geigenbauer wieder einmal nach mehreren Vertröstungen von Viktor besonders unnachgiebig bedrängt wurde, rückte er in seiner Not damit heraus, dass das ‚Behaaren' eines Bogens das Unangenehmste sei, was es in der ganzen Geigenbauerei gibt, woraus Viktor schloss, dass ihm wahrscheinlich diese Arbeit nicht besonders liege. In der Werkstatt hatte er an einem Bogen, der offenbar gerade in Arbeit war, gesehen, wie die Haare von einem kleinen trapezförmigen Keil durch ihren eigenen Zug festgeklemmt werden – sicherlich keine ganz einfache Geschichte, dachte Viktor, aber das müsste sich mit etwas Geschick und einigem Probieren bewerkstelligen lassen.

Das jedoch war ein großer Irrtum, wie sich alsbald herausstellte. Viktor scheiterte bei seinem ersten Anlauf auf der ganzen Linie, es ging schief, was nur schief gehen konnte, und am Schluss war ein ganzes Bündel der teuren mongolischen Pferdeschweifhaare verdorben. Dummerweise hatte er vorher schon, wenn auch nur im Scherz, bei Sabine großspurig ‚eine neue Ära der Bogenreparatur, ja eine neue Ära im gesamten Bogenbau überhaupt' angekündigt. Aber diese Prahlereien waren vielleicht sogar günstig gewesen, insofern nämlich, als er sich durch den sanften Spott Bienchens gezwungen sah, alles daranzusetzen und sich festzubeißen, um die Sache doch noch zu einem guten Ende zu bringen.

Er besprach sich als Erstes mit einem alten Schulfreund, der inzwischen als Werkzeugmacher in den Motorenwerken drüben auf dem Waldhof tätig war, von dem er ein paar Tipps erhielt und der dabei auf die Idee kam, ihm eine kleine Vorrichtung zu bauen, die das Bespannen, wie er meinte, enorm erleichtern würde. Dann begab er sich zum Geigenbauer und bat ihn, bei einer ‚Behaarung' einmal von Anfang bis Ende zuschauen zu dürfen. Es traf sich gut, dass der Geigenbauer ohnehin gerade vorhatte, einen Bogen frisch zu ‚behaaren', obwohl es Viktor dann arg irritierte, dass er dabei fast ununterbrochen fluchte und vor sich hinschimpfte. Sodann verkroch sich Viktor zu Hause in die Werkstatt der Garagenhalle, der früheren Remise, in der sich der alte Herkommer nur noch selten aufhielt, und arbeitete die halbe Nacht, bis er das komplizierte Verfahren Schritt für Schritt intus hatte.

Schon bald konnte er in kürzester Zeit einen Bogen wieder herrichten, und von den fünf oder sechs Geigenbögen, die es im Hause Strauss gab, alles hochwertige Meisterbögen, von denen gewöhnlich aber nur einer oder höchstens zwei intakt gewesen waren, lagen von da an stets alle parat und höchstens einer war gerade einmal bei Viktor in Reparatur. Sabine frohlockte und ihr Vater, der ja auch einiges von Violinen verstand, freute sich über den tüchtigen Sohn seines alten Freundes Zabener. –

Etwa um diese Zeit muss es auch gewesen sein, dass Strauss den Konsul, von dessen Krankheit er gehört hatte, ohne Ankündigung überraschend besucht hat.

„Ich werde in Zukunft öfter einmal einfach nach dir schauen, Zabener", sagte er schon im Hereinkommen, „wenn ich sehe, dass du zu Hause bist. Wir kennen uns gut genug, als dass du mir nicht sofort offen sagen würdest, wenn es dir gerade nicht passt."

Der Konsul, der sonst bei solchen Begrüßungen große Korrektheit an den Tag zu legen pflegte, blieb gemütlich sitzen und strich nur die Wolldecke glatt, in die er eingeschlagen war.

„Ja, sieh da, der Herr Rat! Der Herr Rat persönlich schaut mal wieder bei mir rein!", empfing er Strauss erfreut, „das ist aber recht! Komm, nehmet Se Platz, Herr Rat, hocket Se naa!"

„Du hast ganz recht, Zabener", lachte Strauss über den freundlichen Spott, „in der alten Badischen Justizverwaltung sind wir Anwälte mit ‚Herr Rat' angeredet worden, und manch alter Bürovorsteher hat das bis heute beibehalten."

„Ich werde noch die ganze Woche über zu Hause sein, ich hatte eine fürchterliche Bronchitis – Weißt du schon das Neueste? Herkommer ist unser neuer Blockwart! Sein Vorgänger ist wegen irgendeiner Sauerei geflogen, ich glaube, er sitzt sogar."

„Ist Herkommer denn nicht mehr dein Chauffeur in der Firma?"

„Doch, natürlich. Blockwart ist keine hauptberufliche Tätigkeit. Ich meine sogar ehrenamtlich – ich weiß nicht."

„Was hat er da als Blockwart so alles zu tun?"

„Oh, da gibt es manches, was die Partei interessiert. In erster Linie muss er halt die Leute in seinem Block betreuen, wie das heißt; aber das bedeutet in Wirklichkeit natürlich auch überwachen. Dann muss er die ständige Verbindung zwischen der Partei und seinen paar Parteigenossen aufrechterhalten, so es überhaupt welche gibt hier in seinem Block, und die Mitgliedsbeiträge für die Partei und für alle möglichen Organisationen einkassieren und auch die Haussammlungen durchführen, du weißt doch, für die NS-Volkswohlfahrt, für das Winterhilfswerk und für die NS-Kriegsopferversorgung und was es da so alles gibt. Eine Personenkartei soll er auch anlegen – er hat mir schon eine Musterkarte gezeigt, weil er etwas nicht verstanden hat. Meine Güte, du glaubst nicht, was da alles drauf verzeichnet werden soll! Im Grunde unerhört! Und dann soll er dafür sorgen, dass die Kundgebungen und die Feierstunden der Partei von möglichst vielen besucht werden und dass Stänkerer, Panikmacher und Gerüchteverbreiter – genau so hat er das aufgezählt – dass Stänkerer, Panikmacher und Gerüchteverbreiter gemeldet werden."

„Und was hat er davon?"

„Er übernimmt Verantwortung, mein Lieber, und dafür erhält er Macht. Freilich nur ein bisschen Macht. Und damit auch nur einen sehr bescheidenen Einfluss, aber immerhin. Und vor allem, er findet Anerkennung bei seinen Parteibonzen und gewinnt Geltung in der Nachbarschaft. Das ist für ihn wahrscheinlich das Wichtigste. Alle wissen sie: Er gehört zum Apparat!"

„Meinst du, er ist auch schon Parteimitglied?"

„Ja, sicherlich. Doch das hat ihm nicht genügt, verstehst du, jetzt ist er ein Parteifunktionär. Ein Funktionär zwar nur auf der untersten Ebene, aber die darf man keinesfalls unterschätzen, diese unterste Ebene! Sie ist von allen Ebenen der Parteihierarchie bei weitem die größte, und über sie, nur über sie, steht die Partei an Tausenden von Punkten mit der Bevölkerung in direkter und ständiger Verbindung. Das ist enorm wichtig. Und Herkommer weiß um seine Wichtigkeit. Du solltest mal sehen, wie er sich aufspielt und dicke tut. Nicht bei mir natürlich, aber bei den Leuten hier in der Gegend. ‚Ich habe 54 Haushalte unter mir!', hat er vorgestern auf der Fahrt nach Karlsruhe geprahlt; hast du gehört, ‚unter mir' hat er gesagt, und das seien an die 200 Personen, also mehr als eine Kompanie! Außerdem, so hat er mir ganz vertraulich noch gesagt, hieße seine Position in Wirklichkeit, also offiziell, Blockleiter; Blockwart, das sei nur die Bezeichnung nach außen."

„Die bauen da ein Überwachungssystem auf, Zabener, schlimmer als in Russland!", meinte Strauss nachdenklich.

„Aber vielleicht ist es gar nicht schlecht, wenn man da jemanden von der anderen Seite an der Hand hat. Man erfährt dann doch so manches. Neulich hat er mich sogar vor einem seiner Spießgesellen gewarnt, der mich aushorchen sollte. Er ist mir absolut ergeben."

Strauss wiegte zweifelnd den Kopf.

„Doch, doch! Auf ihn ist Verlass. Er weiß natürlich um meine manchmal doch recht kritische Einstellung, er schnappt sicherlich auch so dieses und jenes auf, aber er wird mich niemals denunzieren. Natürlich bin ich sicher, dass er hin und wieder über mich ausgefragt wird und da könnte er möglicherweise schon einmal in gewisse Loyalitätskonflikte geraten. Ich will es ihm nicht zu schwer machen und halte mich ihm gegenüber – oder sagen wir besser: in seiner Gegenwart – lieber etwas zurück. Ich muss beispielsweise ganz vorsichtig sein, wenn ich im Auto im Gespräch mit einem Vorstandskollegen irgendeine Information erwähne, an die ich über einen Auslandssender gekommen bin. Womöglich rutscht einem dann noch als Quelle Radio BBC heraus – das könnte seine Loyalität dann doch überbeanspruchen."

Strauss zweifelte immer noch: „Ich traue ihm einfach nicht ganz. Wenn ich daran denke, wie er vor Jahren bei dir seinen Dienst als Chauffeur angetreten hat. Ich war zwar nicht dabei, aber du hast mir das damals so anschaulich erzählt", lachte Strauss, „und das hat mich so beeindruckt, dass ich mich noch heute daran erinnere, als sei ich dabei gewesen."

„Wieso, was war denn da?"

„Er hätte bei der Begrüßung, als du ihm die Hand gegeben hast, kräftig die Hacken zusammengeschlagen, hast du erzählt, und sich gleichzeitig, mit dem Blick zum Boden, so tief verbeugt, wie es überhaupt nur möglich ist."

„Jaja, ich erinnere mich, das war schon auffällig! Er ist mir ja öfters mal allzu untertänig, der Bursche hat kein Selbstbewusstsein. Früher, im Krieg, war das besser."

„Kein Wunder – was war er gleich gewesen, Zabener? Feldwebel zum Schluss, nicht wahr? Da hatte er mit seinem Zug, den er führte, eben genügend Leute unter sich, das ist es."

„Ich habe seine ungewöhnliche Verbeugung und das Hackenschlagen damals mehr von der heiteren Seite betrachtet."

„Das war keine übertriebene Höflichkeit mehr, Zabener, was du mir da geschildert hattest, über die man hinterher lachen kann, oh nein! Das war ostentative Unterwerfung, die er aber für erforderlich gehalten hat, um diesen Posten zu erlangen – die du ihm also gewissermaßen abverlangt hast. Wer sich so demonstrativ unterwirft, Zabener – oder sagen wir, wer glaubt, dass er sich derart demonstrativ unterwerfen muss, der wird dem Verursacher, oder vielleicht besser: dem Veranlasser, diese schmachvolle eigene Preisgabe eines Tages heimzahlen!" –

Wochen später kamen sie erneut auf Herkommer zu sprechen.

„Sag mal, Zabener, trägt dein Herkommer ein Parteiabzeichen? Ich sah ihn kürzlich, ich müsste mich da arg getäuscht haben."

„Jaja, das trägt er neuerdings, auch im Dienst natürlich. Habe da einfach darüber hinweggesehen, als er es das erste Mal angesteckt hatte. Ich glaube, er ist schon viel länger in der Partei. Mir kommt übrigens sein Parteiabzeichen gar nicht so ungelegen. Nur ein Beispiel, neulich an der Grenze, auf der Rückfahrt von Straßburg, da wurden wir vom deutschen Zoll in Kehl viel schneller abgefertigt als sonst; praktisch nach dem ersten Blick in den Wagen sofort durchgewinkt. Als der Beamte Herkommers Parteiabzeichen sah, dachte er sich wohl, wenn schon der Fahrer Parteigenosse ist, dann muss der da hinten drin ein ganz wichtiger Bonze sein –"

„– womit er ja in gewisser Weise nicht ganz unrecht hatte", spottete Strauss.

„Herkommer ist natürlich stolz auf die Wirkung, die er erzielt. Auch mir gegenüber, er ist längst nicht mehr so unterwürfig in letzter Zeit. Er ist selbstbewusster geworden, jetzt, wo er wieder etwas zu melden hat."

„Ich glaube, dein Herkommer ist sogar ein noch verhältnismäßig erträglicher Fall, da gibt es gewiss viel Schlimmere. Denn der Mann hat ja immerhin einen sicheren Posten in einem großen Unternehmen, er hat ein ausreichendes Einkommen, hat Familie, hat einen Chef, der ihn schätzt – ich glaube, so sieht nicht der typische Blockwart aus, so wie du mir neulich die Aufgaben dieser Leute geschildert hast. Die brauchten doch in kürzester Zeit Tausende und Abertausende, und da wird mit Sicherheit eine große Zahl von Existenzen darunter gewesen sein, die an den Rand gedrängt waren – Arbeitslose, Leute, die jahrelang in dieser deprimierenden Arbeitslosigkeit festgesteckt waren, aus der Bahn Geworfene, vielleicht auch Asoziale und Vorbestrafte, wie das bei der SA ja auch stellenweise der Fall war. Das kann gar nicht anders gewesen sein nach einem verlorenen Krieg, nach der Inflation und nach der großen Wirtschaftskrise! Diese Leute bekamen plötzlich wieder eine Perspektive, die haben plötzlich wieder entdeckt, was sie so lange entbehren mussten, nämlich dass sie offenbar doch gebraucht werden und nützlich sind. Und sie erhielten plötzlich, wie du mir das ja beschrieben hast, Macht. Mehr noch: Sie fanden nicht nur endlich wieder Beachtung, sondern sogar Anerkennung. Sie wurden gebraucht. Sie hatten eine Aufgabe. Sie spürten, man baute auf sie. Eine regimetreuere Gefolgschaft als diese Blockwarte und überhaupt als diese ganze untere Ebene kann es wahrscheinlich überhaupt nicht geben!"

„Da ist was dran, Strauss. Eine Aufgabe. Viktor schrieb mir einmal aus dem Internat, schon vor Langem, das Wichtigste sei gewesen, dass jeder in der Klasse, in die er als trauriger und heimwehkranker Fremdkörper hineingesteckt worden war, seine feste Aufgabe hatte, auch außerschulisch, und dass auch er schon vom ersten Tag an eine bestimmte kleine Aufgaben zugewiesen erhielt. Aber das galt vor allem, nachdem er nicht mehr sogenannter Externer war, sondern ganz in das Internat übergesiedelt ist. Anfangs seien das einfache Dinge gewesen wie die Kontrolle, ob abends alle Lichter in Haus und Hof ausgemacht und die Tore geschlossen waren; später dann anspruchsvollere Aufgaben, die ihren Mann durchaus forderten, wie das pünktliche Schlagen des Gongs den ganzen Vormittag über zum Beginn und zum Ende jeder Schulstunde oder das morgendliche Wecken; oder, wieder etwas ganz anderes, soziale Dienste wie Krankenbesuche im Altersheim. Auch harter körperlicher Einsatz sei verlangt worden, schrieb er, zum Beispiel das Walzen des Sportplatzes. Das war schon gut überlegt, Strauss; Viktor fühlte, er wird gebraucht. *Hier gibt es keine Passagiere,* hieß bei denen im Internat die Parole, *hier gibt es nur Besatzungsmitglieder.*" –

Die gelegentlichen Bogenreparaturen in ‚Viktors Technischem Dienst' hatten sich längst eingespielt, als Viktor eines Tages, als er wieder einmal einen Bogen neu zu bespannen hatte, feststellte, dass sein Vorrat an Schweifhaaren zu Ende ging. Es reichte nur noch knapp, und die letzten Haare waren sogar etwas zu kurz. Eher spielerisch, ohne besondere Absicht, verband er zwei Haare mit einem sauberen Weberknoten, doch als die Bespannung dann saß, war der Knoten doch etwas zu weit zur Mitte hin geraten, sodass er sicherlich stören würde, zumal er ganz nah an der Kante lag. Aber ein Späßchen war ihm das schon wert. Er legte den Bogen, bevor Sabine wieder zu spielen begann, neben ihre Violine und wartete ab, wobei er überlegte, wie sich der akustische Effekt wohl anhören würde.

„Was ist denn da los?", stutzte Sabine schon nach dem ersten Strich, das war wie ein Streichen und ein Zupfen in einem!"

Viktor gestand seine Übeltat sofort, war aber vom akustischen Ergebnis nicht weiter überrascht, obwohl es für ihn stets ein großer Unterschied war, ob er sich einen Ton oder Klang nur vorstellte oder ihn, fast gegenständlich und wie zum Anfassen deutlich, mit allen seinen Feinheiten hörte. Viktor, der sich immer freute, wenn sich eine Gelegenheit bot, jemandem einen komplizierten Sachverhalt zu erklären, erläuterte Sabine in allen Einzelheiten, was mit der Saite, erst einmal ohne einen Knoten, geschieht, wenn sie mit dem Bogen angestrichen und zum Schwingen gebracht wird. Am Anfang unterbrach sie ihn mehrmals: „Weiß ich doch, weiß ich doch!", aber dann wurde sie doch aufmerksamer.

„Für einen allerersten kurzen Augenblick haftet die Saite am Bogen", sagte er, „sie klebt gewissermaßen an ihm, und wird von ihm ein winziges Stückchen mitgenommen. Dabei nimmt ihre Spannung zu, entsprechend lässt sie sich zunehmend schwerer zur Seite auslenken und von einer bestimmten Spannung an reißt sie sich los und schwingt zurück, über ihre Ruhelage hinaus. Am Ende der Strecke kehrt sie um, schwingt also wieder in derselben Richtung, in der sich der Bogen bewegt, und sobald sie annähernd seine Geschwindigkeit erreicht hat, haftet sie wieder an ihm, sie klinkt sich also gewissermaßen wieder ein und wird wieder ein Stückchen mitgenommen, bis sie sich erneut losreißt. Das ist im Prinzip ein dauerndes ein Hin- und Herwechseln zwischen Haftreibung und

Gleitreibung. – So sieht man auch, was es bedeutet, wenn der Bogen nur ganz schmal mit der Kante aufliegt oder mit seiner vollen Breite, oder wenn er langsamer oder schneller bewegt wird, und was ein zu glatter Bogen bedeutet und wie sich dann das aufgebrachte Kolophonium auswirkt."

„Ja, klar, klar."

„Wenn sich aber nun ein Knoten in den Haaren des Bogens befindet, dann wird die Saite vom Bogen ein ganzes Stück weiter mitgenommen als vorher, wo die Auslenkung nur durch die Haftung geschah, die Saite wird also plötzlich viel stärker gespannt und der Ton ist dann schlagartig lauter, aber er klingt auch sofort wieder ab auf die Lautstärke des gestrichenen Tons – das ist der obendrauf gesetzte ‚Zupf'!"

„Pizzicato!", rief Bienchen.

Die Frequenz bleibe also unverändert, meinte er noch gelehrt, aber die Amplitude würde für einen Augenblick viel größer. Doch Sabine amüsierte sich bereits spielerisch mit diesem seltsamen Phänomen, bei dem sich Streichen und Zupfen miteinander verbinden, und sie lachten beide über die Effekte, die Sabine dabei herausholen konnte. Dann riss Viktor das verknotete Schweifhaar heraus, und Sabine wandte sich wieder ernsthaft ihrem Training zu.

Viktor aber ließen die Knoten von da an nicht mehr in Ruhe. Er erlangte allmählich eine große Kunstfertigkeit, und Sabine probierte gutmütig, aber auch nicht ganz ohne eigenes Vergnügen Viktors neueste Kreationen aus. Er experimentierte mit verschieden stark auftragenden Knoten, wobei ihn die Ergebnisse mit dem gemeinen *Achtknoten*, wie er in der Seefahrt heißt, am meisten befriedigten. Später machte er Versuche mit mehreren und schließlich vielen Knoten hintereinander, und sie nannten die entsprechenden Bögen dann ‚Sägebogen'. Da war dann nichts mehr zu hören von einzelnen wohlgesetzten Zupfern, sondern das ergab einen einzigen brutal aufgerissenen Ton.

„– nicht gerade schön", wie Sabine befand,

„– aber enorm ausdrucksstark", ergänzte Viktor,

„– wo's passt", relativierte Sabine.

Natürlich probierte Viktor auch Knotenabstände aus, die sich veränderten, und verfertigte schließlich sogar ein Schweifhaar, in das gleich mehrere einzelne Haare hineingeflochten waren und das schließlich nur noch aus Knoten, einer an den anderen gereiht, bestand, mit dem sich gar fürchterliche Töne erzeugen ließen.

„Du hast aus meiner Violine ein schnarchendes Krokodil gemacht", lachte Sabine.

Immerhin verlegte Viktor seine Knotenbahnen ganz an die Außenkante des Bogens, wo sie noch am wenigsten störten, aber bei Bedarf leicht einzusetzen waren.

Sabine und Viktor hatten jedenfalls ihren Spaß mit diesen Experimenten, und Viktor genoss die Wochen der Freiheit zwischen Internat und Studium. Aber wirklich unbeschwert waren sie nicht. Immer wieder einmal kam Viktor die drohende Ungewissheit in den Sinn, die Bienchen und ihren Vater bedrängte, und manchmal hatte Viktor das Gefühl, dass Bienchen im gleichen Augenblick wie er von diesen bleiernen Gedanken an die Zukunft befallen wurde, aber sie sprachen darüber nie miteinander.

Sie konnten nicht ahnen, dass diese Knoten im Schweifhaar, deren erster nur ganz beiläufig im Jux geknüpft worden war und die nur dem Schabernack gedient haben, sich in nicht allzu ferner Zeit als äußerst nützlich erweisen sollten; ja vielleicht waren sie es gewesen, die Sabine das Leben gerettet haben. –

5 _ Ludwig Herkommers Erkundungsauftrag in Berlin

Herkommer war nun schon seit über einem Jahr als hauptamtlicher Mitarbeiter bei der SA beschäftigt und vorwiegend im Gebäude der Kreisleitung tätig. Die Welt hatte sich in dieser Zeit verändert, und auch bei Herkommer war in vielem ein Wandel eingetreten.

Wie damals schon bei der Oberfränkischen Eisenbahngesellschaft war es Eugen gewesen, dem er diesen Posten zu verdanken hatte. Offiziell hatte Eugen Saller als ein Beamter des mittleren oder bestenfalls gehobenen Dienstes zwar nur begrenzten Einfluss auf Personalfragen, aber er kannte, vor allem bei der Polizei und in der Partei, auf allen Ebenen wichtige Leute, und offenbar hörte man auf ihn. Erst viel später fand Herkommer heraus, dass er eine ganz entscheidende, wenn auch durchaus nicht offizielle Rolle innehatte bei dem immer enger werdenden Zusammenspiel von Polizei und Partei, wie es am deutlichsten zunächst bei der Gestapo, der Geheimen Staatspolizei, sichtbar geworden war. Schon gleich nach dem Umsturz war dieses verhängnisvolle Zusammenrücken zu beobachten gewesen, als bei der ersten Welle der Massenverhaftungen vor allem in Berlin die Polizei überfordert war und SA-Leute als Hilfspolizisten eingesetzt wurden, die sich freilich in keiner Weise ausreichend unter Kontrolle halten ließen und rasch wieder deaktiviert werden mussten. In der Tat gab es diese geheimnisvollen Verbindungsmänner zwischen Polizei und Partei in nahezu allen Großstädten. Auf dieser Schiene also war Ludwig Herkommer nach seinen Erfolgen als Polizeihundeführer bei der Oberfränkischen Eisenbahn gelandet und in der gleichen Weise war er von dort, nachdem er sich bei der Schirndinger Eisenbahnkatastrophe ausgezeichnet hatte, von der Partei als Führungsnachwuchs für die SA weggeholt worden.

Bei der SA allerdings war sein Start dann eher holprig gewesen, mindestens war er glanzlos verlaufen. Zwar war ihm der Ruf eines Wundermannes vorausgeeilt, der auch noch die schwierigsten und verfahrensten Situationen mit Bravour zu meistern vermag – ‚Das sieht man dem Bürschlein überhaupt nicht an', soll der Kreisleiter nach der ersten Begegnung geäußert haben –, aber Herkommer hatte in der ersten Zeit selbst gespürt, dass er zu solch selbstständigen Glanzleistungen, wie er sie als Polizeihundeführer oder dann als Eisenbahner vollbracht hatte, in der neuen Umgebung noch nicht wieder fähig gewesen wäre.

Es galt als durchaus ungewöhnlich, dass ein Nicht-Parteimitglied sogleich als ‚Hauptamtlicher' von der SA eingestellt wurde, aber an seinem ersten Arbeitstag war von irgendeiner besonderen Stellung nichts zu spüren gewesen. Ein mürrischer SA-Scharführer hatte ihn in Empfang genommen und ihm mitgeteilt, dass von der Partei außer ein paar Hilfskräften von der Kreisleitung im Augenblick niemand und von der SA nur er anwesend sei, und hatte ihm den Auftrag erteilt, fürs Erste einen tischhohen Stapel alter Zeitungen mit dem Messer in Klosettpapier zu verwandeln, wozu er die Doppelseite insgesamt viermal zu halbieren habe, was dann jeweils 16 Blatt in einer ausreichenden Größe ergebe. Herkommer erinnerte sich noch genau, wie enttäuscht er gewesen war. Das war ein allzu großer Gegensatz zum vorangegangenen Einstellungsgespräch – mit welchen Erwartungen war er doch hierhergekommen! Aber, er hatte es ja schon immer verstanden, seine Gefühle ganz im Hintergrund zu halten, und so war es ihm leicht gefallen, seine Enttäuschung zurückzudrängen und sie schließlich, als ihm die stumpfsinnige Arbeit dank konsequenter Schematisierung der einzelnen Handgriffe sogar Spaß zu machen begann, ganz auszuschalten.

Am Nachmittag waren dann unter großem Gepolter fünf oder sechs SA-Männer von irgendeinem Einsatz zurückgekehrt, die ihn, auf dessen Eintreffen sie offenbar vorbereitet waren, herzlich-derb begrüßt hatten. Er konnte sich deshalb noch so genau daran erinnern, weil das für ihn der Beginn einer tiefen und gänzlich neuartigen Erfahrung war, nämlich immer mehr einzutauchen in eine festgefügte Gruppe, von ihr aufgenommen zu werden und in ihr aufzugehen, aber dabei auch immer mehr von sich selbst zu Gunsten der Gruppe aufzugeben.

Herkommer hatte sich schon bald wohlgefühlt unter diesen Hauptamtlichen, ja er liebte die Gruppe, obwohl er eigentlich keinen dieser Leute als Einzelnen besonders mochte oder gar zum Freund hätte haben wollen – waren es doch im Grunde ziemlich trübe Gestalten, Versager, die sich von der schiefen Bahn in die SA hatten hinüberretten können, kleine Gauner auch ohne Aussichten, die sich nun neue Chancen mit neuem Rang und Ansehen ausrechneten. Solange sie Uniform trugen, schien es Herkommer damals, war ihre Vergangenheit neutralisiert und sie waren nichts als Teile einer tüchtigen Gruppe gewesen; sah man sie in Zivil, war man mindestens enttäuscht, wenn nicht gar bestürzt.

Einer von ihnen war erst am nächsten Tag nachgekommen, in Zivil, ein unscheinbares, schmächtiges Kerlchen, blass, lahm und nichtssagend in jeder Hinsicht, aber als er wieder in seine SA-Uniform geschlüpft war, weiß Gott kein besonders eindrucksvoller Aufzug, da war er plötzlich wer, da hatte er auf Herkommer, obwohl noch genau derselbe wie vorher, plötzlich vif gewirkt, fix, beweglich, pfiffig. – Oder ob er sich vielleich in Uniform dann doch etwas anders verhalten hatte?

Bei seiner eigenen Einkleidung am Tag darauf hatte Herkommer an sich selbst erlebt, wie sehr auch er diesem Uniformeffekt unterlag. Das war eigenartig gewesen: Im gleichen Augenblick, da er das Koppelschloss eingehakt hatte – mit diesem ‚Klick' war für ihn das Ankleiden beendet –, da gehörte er endgültig dazu – er war *uniformiert.* Und zugleich spürte er, er war jetzt nicht nur ein Teil dieser Gruppe, sondern – auch dieses viel verborgenere Gefühl stellte sich allmählich ein – auch die Gruppe ein Teil von ihm.

Das war anfangs ein äußerst angenehmer und behaglicher Zustand gewesen. Man fühlte sich wundervoll geborgen, wenn man sich nur genügend einordnete und sich bedingungslos den verschiedenen Führern fügte, nicht nur den niederrangigen, die die unmittelbaren waren, sondern auch den höheren und den hochrangigen gar, die immer wieder mit irgendwelchen Sonderaufgaben erschienen, weil diese Hauptamtlichen eine Stabseinheit bildeten, über die man rasch verfügen konnte.

Irgendwann war dann gar der Standartenführer dagewesen, hatte sie antreten lassen und ihnen am Ende einer längeren Ansprache in einem fast feierlichen Ton erklärt:

„Männer! Ihr seid die Keimzelle einer kasernierten SA! Und mehr noch: Ihr seid der Kern einer *revolutionären Volksmiliz*, nämlich eines riesigen Volksheeres, das in nicht allzu langer Zeit entstehen wird, und in dem die Reichswehr vollständig aufgehen soll. Aus euch, aus solchen kleinen ausgesuchten Kadern, wie sie jetzt an vielen Orten im Reich gebildet worden sind, soll unser Führungsnachwuchs entstehen. – Versteht ihr, was das heißt? – Versteht ihr, was das für euch bedeutet? – Was es bedeutet, schon im ersten Jahr des Tausendjährigen Reichs als Führungsnachwuchs ausgewählt worden zu sein? Das ist eure einmalige Chance, Leute!"

Beachtung finden, beachtet werden, das war für alle in der Gruppe ein wichtiges Thema, für manchen, der vor seiner SA-Zeit arg herumgestoßen worden war, ein Lebensthema geradezu. Entsprechend ernst genommen hatten sich die jungen Männer nach der Ansprache des Standartenführers gefühlt, und umso mehr war ihre Bereitschaft gewachsen, sich noch enger zusammenzuschließen und sich als eine Gruppe der Besonderen immer mehr abzuheben von allen anderen. Auch Herkommer hatte nicht ohne Stolz dieses weitere

Erstarken ihrer Gruppe verspürt, zugleich aber war ihm dabei zum ersten Mal aufgegangen, wie eingefangen er in dieser Gruppe war. Von da an hatte ihn dieser Gedanke, dass er eben zugleich auch ein Gefangener der Gruppe sei, häufiger einmal bedrängt, und es wurde ihm allmählich immer klarer, dass sie alle miteinander in ihrer Gruppe gefangen waren, weil sie sich gegenseitig gefangen hielten. Der anfangs so willkommene Zustand, die Wärme der Gruppe und die Übereinstimmung zu genießen, begann, seine Anziehungskraft zu verlieren. Die Vorstellung, ein kleines, aber eben auch wichtiges Rädchen zu sein, das sich zwar niemals aus eigenem Antrieb bewegt, aber in seinen Bewegungen in stetem Gleichtakt mit seinen Nachbarrädchen steht, dieses Gefühl war allmählich gar nicht mehr so erstrebenswert.

Der kleine Blasse hatte ihm einmal sogar gesagt, dass das ja gerade das Schöne in einer solchen Gruppe sei, dass man nichts selbst entscheiden müsse, man habe nichts weiter zu tun, als die Anordnungen zu befolgen, da könne man nichts weiter falsch machen und keiner würde einen hinterher für irgendetwas zur Verantwortung ziehen. Er würde überhaupt nicht verstehen, was da manche mit ihrer ‚Selbstbestimmung' wollten, das seien doch nur disziplinlose Künstlertypen und so, die nie gelernt hätten, zu gehorchen und sich einzuordnen, um gemeinsam mit anderen eine große Sache zu tragen. Klare Anweisungen, und seien sie noch so streng, das sei ihm viel wichtiger als die ganze Selbstbestimmerei. Alle späteren Vaterlandsverräter hätten erst einmal mit dem Gerede über Mitbestimmung und Selbstbestimmung angefangen, aber nicht mit Einordnen und die Klappe halten gefälligst, das könnten die nämlich nicht.

Da hatte Herkommer dann doch sehr aufgemerkt. So verworren das alles auch war, was er da hatte anhören müssen, eines war ihm dabei aufgegangen: Je mehr er sich der Gruppe unterwarf, je besser er sich einfügte und alle Verantwortung abgab, umso mehr ließ er sich in ihr auch treiben und umso mehr verlor er seine Initiative. Worunter er aber noch mehr litt, das spürte er erst jetzt so recht: Ob er wollte oder nicht, Einordnung führte bei ihm stets – und viel stärker wohl als bei seinen Kameraden – zur Unterordnung, zu einer sehr tiefen Unterordnung noch dazu, nicht nur gegenüber den direkten Vorgesetzten, sondern auch gegenüber der Gruppe und damit auch gegenüber den einzelnen Kameraden. Er fügte sich dann allem und jedem, erledigte widerspruchslos alles, was auf ihn zukam, und wurde natürlich auch entsprechend ausgenutzt. Einordnung bestand bei ihm so sehr aus Unterordnung, dass sie, nicht nur gegenüber seinen Vorgesetzten, sondern auch gegenüber den Kameraden, stets zugleich auch etwas Beflissenes, manchmal direkt Unterwürfiges hatte. Und dass Einordnung eben stets Unterordnung zu sein hat, das war ihm schon als Kind eingebläut worden, da kam er nicht gegen an.

Wie er so darüber nachdachte, war er sich mit einem Mal sicher gewesen: Ich darf einfach nicht in der Gruppe aufgehen, jedenfalls nicht ganz, so schön das manchmal auch wäre. Ich muss einfach hin und wieder den anderen gegenüber Widerstand leisten und ihnen auch einmal widersprechen. Ich muss auch gegenüber den Vorgesetzten meine eigenen Vorschläge vertreten – ich muss mich einfach freimachen von diesen Fesseln der Gruppe, von dieser Unterjochung, erst dann kann ich meine Fähigkeiten richtig entfalten und wieder Initiative entwickeln. Was sonst soll Führungsnachwuchs denn heißen?

Wenn Violet ihn einmal als den willfährigen und servilen Gruppenkuli sehen würde, war ihm noch in den Sinn gekommen, ihn, der allen zu Gefallen war, sie würde das nicht für möglich halten, und er müsste sich schämen.

Diese neu gewonnenen Einsichten waren Herkommer nicht nur einmal durch den Kopf gegangen und dann wieder verschwunden, wie das häufig so ist, sondern er musste wohl geahnt haben, wie wichtig sie für ihn waren. Und so hatten sie sich in Vorsätze verwandelt, die er sich jeden Abend aufs Neue ins Gedächtnis gerufen hatte, um den vergangenen Tag zu untersuchen, ob er sich schon gebessert hatte und wo er noch entschiedener hätte auftreten müssen. Herkommer spürte, dass er viel eigenständiger und selbstbewusster werden müsste, wenn er vorankommen wollte.

So versuchte er immer häufiger einmal, sich bei diesem oder jenem seiner Kameraden durchzusetzen und sogar dem Scharführer seinen eigenen Standpunkt zu erläutern, wenn er sich seiner Sache sicher war. Auch war es durchaus möglich, dass er, ganz im Gegensatz zu früher, selbst dann mit seiner Auffassung nicht hinter dem

Berge hielt, wenn er wusste, dass er mit seiner Meinung im Augenblick noch allein stand. Gelegentlich hatte er dann auch einmal eine Putzfrau angeschnauzt, was er früher nie gewagt hätte, oder einen Handwerksburschen im Haus herumkommandiert, wenn ihm das notwendig erschien.

Es hatte nicht lange gedauert, da war auch im Verhalten seiner Kameraden eine Veränderung zu spüren gewesen. Nicht dass er unbeliebt geworden wäre, im Gegenteil, man beachtete ihn, man bemühte sich um ihn, viel mehr als früher. Man fragte ihn und setzte nicht mehr sein Einverständnis als selbstverständlich voraus. Bald wurde er ‚Herko' genannt und so auch gerufen, was er als Anerkennung verstanden hatte, und vorbei war es gewesen mit dem Spruch ‚Der Herkommer soll mal herkommen!', über den er sich immer geärgert hatte, als ob er das Mädchen für alles sei.

Als förderlich für seine Selbstbefreiung aus der allzu engen Einbindung hatte sich auch sein Eintritt in die Partei erwiesen, die er auf energisches Drängen seines Beschützers Eugen gerade noch rechtzeitig beantragt hatte. Denn nach dem Umsturz war die Zahl der Aufnahmeanträge dermaßen angeschwollen, dass die Partei eine jahrelange Aufnahmesperre erließ, die auch für SA-Mitglieder, obwohl diese eigentlich von der Sperre ausgenommen waren, den Eintritt erheblich erschwerte. Er gehörte also, gerade noch, zu den Märzgefallenen, wie sie von den alten Parteigenossen spöttisch genannt wurden, aber der Kreisleiter, der ihn als neuen Parteigenossen in einer Art willkommen geheißen hatte, als ob er ihn vorher noch nie gesehen hätte, sagte ihm, man dürfe da nicht ungerecht sein, denn viele dieser „Märzgefallenen" seien Beamte oder Staatsangestellte, denen vor der Machtübernahme jede Parteizugehörigkeit verwehrt gewesen sei.

Es war nicht zu übersehen, dass ihn der Kreisleiter seit seinem Parteieintritt höher schätzte, ihn jedenfalls gegenüber den anderen Hauptamtlichen der Gruppe bevorzugte, was auch bald schon auf die verschiedenen Unterführer der SA abfärbte. Wenn für irgendeine anspruchsvollere Aufgabe ein Einzelner aus der Gruppe gebraucht wurde, dann wurde meistens nach ihm verlangt. Das begann Herkommer zwar hin und wieder lästig zu werden, war ihm aber dennoch willkommen, denn es bestätigte ihm, dass er es geschafft hatte; dass er sich schon genügend befreit hatte von der nivellierenden Gruppe und gewappnet war, wieder wie früher schwierige Aufgaben in eigener Verantwortung und ganz auf sich allein gestellt zu übernehmen, die sich dann alsbald auch einstellten. –

„Ich habe dich zu mir rufen lassen, Herko, weil ich eine ganz besondere Aufgabe für dich habe“, empfing ihn der Kreisleiter, ein jugendlich wirkender Mann Ende 30, in ungewöhnlich ruhigem Ton, „und ich wüsste im Moment sonst keinen, dem ich sie übertragen könnte.“

Er liebte es, junge Untergebene, vor allem wenn er sie mochte, mit ‚Du‘ anzureden, wobei er manchmal allerdings in einem einzigen Gespräch mehrmals zwischen ‚Du‘ und ‚Sie‘ hin und her sprang. Erfahrene Mitarbeiter wussten schon aus der Anrede den Charakter oder, bei einem plötzlichen Wechsel, den weiteren Fortgang eines Gespräches, das gewöhnlich ziemlich einseitig verlief, richtig einzuschätzen. ‚Du‘, das war die Umarmung, das war das Zur-Brust-nehmen, zugleich aber auch die Vereinnahmung des Gesprächspartners als Gefolgsmann, der keine abweichenden Meinung mehr äußern, ja sie nicht einmal mehr haben durfte. Das Wechseln auf ‚Sie‘ dagegen, das war das Wegschieben auf Armeslänge bei einer Ermahnung oder Warnung, oder es war der Ausdruck einer gewissen Empörung über die Abweichung des Zuhörers von seiner Auffassung; oder es war gar, je nach Tonlage, das brüske Wegstoßen von sich, zum Beispiel bei einem Anpfiff oder wenn er jemandem ausführlicher den Marsch blasen wollte, aber davon konnte hier keine Rede sein.

„Ich spreche hier nicht in meiner Eigenschaft als Kreisleiter, sondern als SA-Führer – eine Doppelfunktion übrigens, die nicht sehr bekannt ist, aber gar nicht so selten vorkommt. Wir stehen vor einer überaus schwierigen Frage. Mit ‚wir‘ meine ich nicht uns hier von der Partei, nicht uns von der hiesigen Kreisleitung, sondern die SA und zwar nicht die örtliche, sondern die SA überhaupt, also reichsweit gesehen.“

An dieser Stelle unterbrach er sich und fuhr in einem deutlich verschärften Ton fort: „Alles, was du jetzt hörst, ist GKdos! Absolut GKdos!“

„Was ist Gee-Kaa-doss?“ fragte Herkommer vorsichtig.

„Eine Geheime Kommandosache. Unterliegt also strengster Geheimhaltung, nicht nur nach außen, sondern auch hier innerhalb des Hauses. Wenn du mit jemandem darüber reden willst, dann ausschließlich mit mir; ich stehe dir bis zur Abfahrt deines Zuges heute Abend jederzeit zur Verfügung, das weißt du. Deine Aufgabe wird darin bestehen, schleunigst nach Berlin zu fahren und die Baulichkeiten einer bestimmten Adresse, die ich dir mitgeben werde, auszukundschaften.“

‚Baulichkeiten‘ hat er gesagt, was er damit wohl meint, fragte sich Herkommer, aber der Kreisleiter fuhr bereits fort:

„Uns interessiert: die Zahl der Räume dort; die Größe der Räume; wenn möglich die ungefähre Grundfläche jedes Raumes, also zum Beispiel ‚circa 4 auf 7 Meter‘ oder so; ferner vorhandene Verbindungstüren zwischen den Räumen, also etwa: einfache Türen, zweiflüglige Türen, Schiebetüren und so weiter; dann auch die Breite der Treppen, mindestens der Treppe vom Parterre zum ersten Obergeschoss; ebenso die Breite des Eingangsportals – ist es etwa zweiflüglig? – und die Gestaltung der Freitreppe außen, falls vorhanden, und so weiter. Mit diesen Fragen geht es uns darum, ein Bild darüber zu gewinnen, ob das Gebäude für uns groß genug und vor allem genügend repräsentativ ist, verstehst du?

Ich will dir auch die Hintergründe erklären, Herkommer, dann siehst du, warum die Sache so streng geheim ist. Der Führer hat angeordnet, dass das Hauptquartier des Stabes der SA von München nach Berlin verlegt wird. Das ist sicherlich eine kluge Entscheidung, denn die SA ist inzwischen zu einem Millionenheer angewachsen, dagegen ist die Reichswehr mit ihren hunderttausend Männeken, so gut sie im Vergleich zur SA auch bewaffnet sein mag, nur ein winziges Häuflein. Auch wenn wir die gesamten Polizeikräfte noch dazurechnen, dann ist das immer noch ein verlorener Haufen, der beispielsweise eine auftrumpfende SA nicht in Schach halten könnte. Das ist der Grund, warum immer wieder diese blödsinnigen Gerüchte aufkommen, und die Heeresleitung, aber auch der Innenminister Frick immer wieder glauben, sich vor einer SA, die sich selbstständig machen könnte, fürchten zu müssen. Da kann es nur Vertrauen schaffen, wenn sich das Hauptquartier des SA-Stabes in nächster Nähe und damit direkt in der Hand des Führers befindet. Es wird immer wieder vergessen, dass kein anderer als der Führer selbst den Rang des ‚Obersten SA-Führers' innehat! – So, und für dieses SA-Hauptquartier ist nun von irgendeinem der Berliner Verwaltungsbonzen, wie wir unter der Hand erfahren haben, ein bestimmtes Objekt ausgeguckt worden, in das wir demnächst einziehen sollen. Den Stabschef Röhm interessiert es natürlich brennend, ob das Gebäude für unsere Zwecke überhaupt ausreichend ist und ob es unseren Bedürfnissen, aber vor allem auch unserer Bedeutung entspricht. Denn wenn wir uns querstellen wollen, kann das nicht früh genug geschehen."

„Und ganz unter uns", fuhr er leiser fort, „mich interessiert das auch persönlich, denn der Stabschef will mich mit nach Berlin nehmen – aber das ist natürlich auch streng vertraulich und weiß hier im Haus keiner! – Die ganze Angelegenheit ist deshalb so diffizil, weil die jetzigen Besitzer keinesfalls erfahren dürfen, dass sie das Gebäude räumen müssen, aber die fliegen in aller Kürze raus. Deshalb – und weil natürlich auch die Parteispitze in Berlin möglichst nicht erfahren soll, dass die SA schon heimlich Erkundigungen über dieses Objekt einholt –, deshalb wollten wir auch keinen aus dem Münchener Stab als Auskundschafter nach Berlin schicken – so etwas kann ja immer mal auffliegen –, sondern ich habe dem Obergruppenführer, der den ganzen Umzug leiten soll, vorgeschlagen, einen unserer Leute von hier zu nehmen, den in Berlin keiner kennt – und das bist du.

Wenn du also irgendwelche Probleme bekommst, wenn du irgendwo aussagen musst, was du da tust, dann überlege dir irgendetwas Vernünftiges, aber sag' keinesfalls – hörst du: keinesfalls! –, dass du für die SA-Führung in München das Gebäude ausbaldowern sollst.

So, hier hast du die Adresse in Berlin, Herkommer. Und da quittierst du mir 100 Reichsmark in bar für die Bahnfahrt und den Aufenthalt in Berlin – hinterher genau abrechnen! Hier ist noch ein verschlossener Briefumschlag mit weiteren 100 Reichsmark für alle Fälle, den Klebestreifen mit dem Dienstsiegel nur im Notfall öffnen und alle Entnahmen auf dem Ausgabenzettel, der dabeiliegt, eintragen und die Belege und Quittungen dazulegen."

Herkommer begann noch am gleichen Nachmittag damit, sich bis zur Abfahrt seines Zuges im Einschätzen der Quadratmeterzahl von Räumen zu üben; wer weiß, ob er in Berlin Gelegenheit haben würde, die Räume auszumessen. Das war ganz einfach, er musste nur das Schätzen kleinerer Strecken von vielleicht drei bis zehn Metern einigermaßen beherrschen, weshalb er den halben Nachmittag über einen Zollstock mit sich herumtrug. Er war erstaunt, wie rasch er sich mit seinen Schätzungen verbessern konnte. –

In Berlin Anhalter Bahnhof angekommen, studierte er in der Bahnhofshalle den am Ausgang angebrachten großen Stadtplan ‚Groß-Berlin' – meine Güte! – und dann den Plan ‚Berlin-Mitte' daneben. Die Adresse stand auf dem Zettel des Kreisleiters, ‚Voßstraße 1' hieß es da und war auf dem Stadtplan schnell gefunden. Er versuchte, sich den Weg dorthin einzuprägen und machte sich in sein Wachstuchheft, das er für das Aufmaß der Räume mitgenommen hatte, eine grobe Skizze.

Es war noch nicht einmal halb acht, so früh dürfte er auf keinen Fall dort erscheinen, die Leute dort schliefen noch, jedenfalls würden sie ihn wohl kaum in ihre Räume schauen lassen. So trank er im Bahnhofsrestaurant erst einmal einen Kaffee und schaute seine Skizze an.

„Voßstraße 1", fragte er den Kellner, „ist das weit von hier?"

Der Kellner schüttelte den Kopf und stammelte etwas, was nicht recht zu verstehen war, offenbar ein Pole, aber da hörte er schon vom Nebentisch: „Da fahren Sie mit der U-Bahn bis zur Station Kaiserhof, da sind es dann nur noch ein paar Schritte."

Aber er wollte zu Fuß gehen, es war ja noch so viel Zeit. Die Luft war frisch, der Tag begann klar, und trotz der frühen Stunde wehte schon ein böiger Wind. Er fröstelte ein wenig und schritt kräftig aus, es tat wohl, den Kopf nach der langen Bahnfahrt und dem vielen Rauch in den Abteilen auszulüften. Noch nie war er in einer so großen Stadt gewesen, doch schien er nicht im geringsten beeindruckt oder gar eingeschüchtert, im Gegenteil, er war gespannt auf seine Aufgabe, genoss seinen Marsch durch die erwachende Großstadt und spürte mit einem Mal, wie ihn ein Gefühl glücklicher Freiheit durchströmte. Das waren die Aufträge, wie er sie schätzte!

Aufgaben, bei denen man auf sich allein gestellt ist; die man allein durchführen muss; bei denen man allein die Verantwortung trägt und alle Entscheidungen allein zu treffen hat; bei denen man aber dennoch weiß, dass man nicht ein verlorener Einzelgänger ist, sondern sich getragen fühlen kann von einer großen Zahl von entschlossenen Männer, die hinter einem stehen, die auf einen vertrauen und gespannt dem Erfolg der Mission entgegenblicken.

Da und dort fragte er kurz nach dem Weg, nicht weil er sich verlaufen hätte, sondern eher um sich zu vergewissern. Die Berliner waren freundlich und kannten sich aus. Möglicherweise sind sie doch etwas heller, dachte er, oder einfach wacher?

„Nach der Voßstraße 1 möchteste? Was willste denn dort, Kleener? Das ist das Borsig-Palais!"

Herkommer murmelte etwas von Heizung nachsehen.

„Geradeaus weiter, das ist dann direkt an der Ecke Wilhelmstraße-Voßstraße." –

Oh, die Voßstraße 1, das war ein statiöses Gebäude! Diese hohen Fenster und die Nischen in der Fassade des Obergeschosses mit diesen übermannshohen Statuen darin! So sieht kein Wohnhaus aus, das erkannte er gleich; auch kein gewöhnliches Bürogebäude, eher die Zentrale eines großen Unternehmens. Im Näherkommen sah er dann am Eingang ein großes in Bronze gegossenes Schild:

KANZLEI
DES STELLVERTRETENDEN
REICHSKANZLERS

Das hätten die mir ja gleich sagen können! Aber das wussten sie wohl selbst nicht. Etwas verdutzt ging er am Eingang vorbei und noch ein Stück weiter, um seinen Plan erst noch einmal zu überdenken, doch dann machte er entschlossen kehrt und ging mit flottem Schritt und ohne Zögern in das Gebäude hinein. Gleich rechter Hand gab es eine verglaste Portierloge, in der sich mehrere uniformierte Männer vom Wachpersonal aufhielten, bei denen er sich aber nicht darüber im Klaren war, ob es Wachleute oder Polizisten oder vielleicht auch nur Chauffeure waren.

„Morgen! Ich komme von der Firma Klaus Segebert Heizung, Gas und Wasser wegen der Erneuerung der Dampfheizung."

„Ach ja“, antwortete der Pförtner, „ich hörte schon davon, da soll sich wohl was tun.“

„Ich müsste in alle Räume einmal kurz reinschauen, wenn das möglich wäre, bitte“, sagte Herkommer und tippte auf sein Wachstuchheft.

„Du“, wandte sich der Pförtner an einen seiner Kollegen, der im Hintergrund der Portierloge herumsaß, „geh doch mal mit dem jungen Mann durchs Haus und zeige ihm die Räume.“

„Was meinste, wie lange das dauert! Mehr als 40 Räume!“

„Klar, alle! – Nu mach' schon!“

Das hätte ja nicht besser klappen können, dachte Herkommer und eilte dem Wachmann hinterher. An der Art und Weise, wie dieser an den einzelnen Türen anklopfte, konnte Herkommer erkennen, welcher Respekt dem gerade Besuchten entgegenzubringen war. Bei Räumen, bei denen der Wachmann sicher war, dass sich im Augenblick niemand darin aufhält, schlug er, um der Form Genüge getan zu haben, nur einmal kräftig mit den Knöcheln der geschlossenen Faust gegen die Tür und stieß diese, ohne eine Antwort abzuwarten, fast im gleichen Augenblick auf. Das Gleiche galt für alle Räume im Souterrain, in denen er technisches Hilfspersonal seines Ranges wusste – vielleicht, dass er in besonderen Fällen statt mit nur einem mit zwei kurzen Schlägen anklopfte und möglicherweise auch noch eine knappe Sekunde bis zum Öffnen dazwischenschob. Bei den höherrangigen Sachbearbeitern klopfte er nur mit dem Knöchel des gekrümmten Zeigefingers an, und zwar drei- oder viermal und vor allem wesentlich leiser und wartete dann etliche Sekunden, bevor er ein zweites Mal, diesmal aber schon deutlich stärker, anklopfte. Bei den Hochrangigen im Obergeschoss schließlich, obwohl sich bei diesen die Prozedur meistens nur an der Tür ihres Vorzimmers abspielte, wartete er nach dem ersten Anklopfen erheblich länger und zwar mit etwas vorgebeugtem Oberkörper und dem Ohr nah an der Tür, und falls ein zweites Anklopfen notwendig wurde, so erfolgte dieses hier nun keineswegs lauter als das erste. Wenn auch nach dem dritten Anklopfen kein ‚Herein!‘ zu vernehmen war, drückte er mit der einen Hand die Türklinke langsam nach unten, während er mit der anderen Hand nach hinten, auf Herkommer zu, eine abwehrende oder mindestens aufhaltende Gebärde machte, so als ob er befürchte, dass Herkommer versuchen könnte, an ihm vorbei in den Raum zu stürmen. War die Klinke dann ganz herabgedrückt, so öffnete er ebenso langsam die Tür, aber nur so weit, dass er gerade seinen Kopf hindurchstrecken konnte, wobei er vorsorglich schon vorher ein beschwichtigendes Lächeln aufsetzte.

Bei den allerhöchsten Würdenträgern des Hauses kam dann als letzte Steigerung noch hinzu, dass er im Augenblick des ‚Herein!' sich aus seiner lauschenden Haltung deutlich aufrichtete, um noch rasch seinen Rock zu straffen, indem er ihn mit beiden Händen in einem kurzen Ruck nach unten zog, was aber nicht zur geringsten Verzögerung des Eintretens führte.

Auch innerhalb des Raumes gab es im Verhalten des Wachmanns noch beträchtliche Unterschiede. Bei Respektspersonen blieb er gleich neben der Tür stehen, den Rücken fast an der Wand, bei weniger Hochrangigen trat er von vornherein ein ganzes Stück weiter in den Raum, und bei den Hilfskräften seiner Art, wie sie vorwiegend im Souterrain anzutreffen waren, ging er neugierig im Raum umher und schwätzte mit ihnen oder hielt sich beim Messen an Herkommers Seite.

Das Sprüchlein, das er nach dem Eintreten aufsagte, war stets das gleiche: „Da ist jemand von der Heizungsfirma wegen der neuen Anlage. Dürfte der gerade mal kurz in den Raum schauen?"

Meistens wurden sie erfreut begrüßt (‚Von der Heizungsfirma? Na, da wird's ja Zeit!'). Herkommer huschte dann mit seinem Zollstock gebückt am Boden entlang und maß Länge und Breite, wobei er auch größere Vorsprünge und Nischen berücksichtigte.

Der Bürovorsteher, der zusammen mit zwei Sekretärinnen im riesigen Vorzimmer des Vizekanzlers saß, eine sportliche Gestalt mit lockerem Auftreten, meinte: „Ahaa – das ist eine gute Nachricht! Das Reich hat die Bude ja erst kürzlich gekauft, hätte nicht gedacht, dass sich da so schnell etwas ereignen würde! Herr von Papen saß im Winter an manchen Tagen im Mantel am Schreibtisch! Sie werden gleich sehen, er hat ja auch mit Abstand den größten Raum. Schade, dass er heute nicht da ist – er wird sich freuen!" Und leiser fügte er noch hinzu: „Unser Vize hat halt doch Einfluss!"

Irrigerweise sah er offenbar in dieser Fürsorge des Reiches auch ein gutes Zeichen für den Fortbestand der Kanzlei des Herrn von Papen.

Ein freundlicher Jurist machte sich bei Herkommers doch eher flüchtiger Vermessung sogar Gedanken: „Ist denn das genau genug, was Sie da machen? Lassen Sie sich ruhig Zeit, Sie stören hier nicht."

„Es geht im Moment nur um die Circa-Kubikmeter", beschwichtigte Herkommer, „wegen der richtigen Kesselgröße und der Anzahl und Größe der Radiatoren in den einzelnen Räumen." Und vom eigenen Erfolg seiner Schwindelei beschwingt, fügte er frech noch hinzu: „Was Sie hier haben, ist absolut unterdimensioniert!"

Der Jurist nickte zufrieden und drohte lächelnd mit dem Zeigefinger: „Verstehe. Also die Anlage bloß nicht zu knapp auslegen!"

Nur zwei der Besuchten, die sich gerade in einer heftigen Diskussion befanden und damit offenbar nicht richtig vorangekommen waren, reagierten gereizt und fauchten den Wachmann an: „Muss das denn ausgerechnet jetzt in der Dienstzeit sein?" Und zu Herkommer gewandt: „Also los, Mann, aber machen Sie schnell!"

„Oh, wenn ihr wüsstet, was ich weiß", dachte Herkommer schadenfroh beim Messen, „nächstens fliegt ihr ja doch alle hochkant hier raus. Nix ist's mit einer neuen Heizung! – Oh, wie gut, dass niemand weiß, dass ich Rumpelstilzchen heiß."

Dass dieser Rauswurf blutig verlaufen würde, konnte Herkommer nicht ahnen. –

Der Rundgang hatte über zwei Stunden gedauert. Wenn er jetzt noch die Breite der Treppe messen würde – und auch die Höhe der Stufen und die Tiefe der Trittflächen, denn deren Zahlenverhältnis war für die Vornehmheit dieser Treppe gewiss nicht ohne Bedeutung –, dann würde das mit dem Wachmann an seiner Seite schwierig werden, weil diese Messungen mit den Kubikmetern für die Heizung wahrhaftig nichts mehr zu tun hatten. So tat er einfach so, als messe er das Treppenhaus in seiner ganzen Breite, schrieb aber nur die Treppenbreite auf und begnügte sich bei den Stufen mit einer Schätzung ihres Verhältnisses von Stufenhöhe zu Trittfläche, mit einem befriedigenden Ergebnis übrigens: Die Treppe, alles massiver grauer Granit, war sehr flach, sehr herrschaftlich, sehr vornehm.

Wieder in der Portierloge angekommen, wandte sich Herkommer an den Pförtner.

„Jetzt müsste ich noch die Raumhöhen von Souterrain, Erdgeschoss und Obergeschoss wissen", sagte Herkommer, obwohl ihn das in Wahrheit nicht weiter interessierte und er nur seine Schwindelei mit den Kubikmetern für die Heizung perfekt machen wollte.

„Oh weh, die Räume sind hoch, ich glaube über drei Meter fünfzig, und der große Festsaal hat natürlich die doppelte Höhe. Da müssen wir mit einer langen Leiter – aber halt, ich weiß, der Hausmeister hat doch da irgendwo noch alte Pläne!"

Die Pläne, die schließlich zum Vorschein kamen, arg vergilbt und verstoßen, stammten noch aus dem Jahre 1875, dem Jahr des Baubeginns. In den seither vergangenen sechzig Jahren seien mehrere Umbauten vorgenommen worden, sodass die Pläne nicht mehr ganz dem heutigen Stand entsprächen, doch seien sie allemal geeignet, um daraus die Raumhöhen zu entnehmen. Herkommer überredete den Hausmeister, ihm die ganzen Pläne für eine kurze Zeit zu überlassen.

„Es wird dann alles viel schneller gehen!", sagte Herkommer. „Das erspart uns auch sonst bei der Planung enorm viel Arbeit!", und er versprach dem Hausmeister in die Hand, ihm die Pläne in den nächsten Tagen zurückzuschicken. –

Schon am Tag darauf war Herkommer wieder in Nürnberg, befasste sich eine halbe Nacht lang damit, die Pläne mit Bleistift mehr oder weniger freihändig auf Transparentpapier durchzuzeichnen und wunderte sich über den enormen Bleistiftverbrauch auf diesem Papier. Am nächsten Morgen erschien er, nachdem er die Originale zur Post gebracht hatte, pünktlich zum Dienst. Der Kreisleiter zitierte ihn sogleich zu sich und kam sofort zur Sache.

„Legen Sie los! Ich bin außerordentlich gespannt!"

„Es handelt sich um das Borsig-Palais", berichtete Herkommer nicht ohne Stolz, „erst kürzlich vom Reich erworben. Dort ist schon seit Juni vergangenen Jahres die Kanzlei des Stellvertretenden Reichskanzlers untergebracht, es ist also der Dienstsitz des Vizekanzlers."

„Ja, das habe ich inzwischen auch gerüchtweise gehört."

„Ich war in jedem Raum und konnte mir anschließend noch die alten Pläne des Gebäudes beschaffen. Die konnte ich natürlich nicht im Original mitbringen, aber ich habe sie freihand durchgezeichnet. Die Änderungen durch spätere Umbauten sind nicht allzu bedeutend. Ich habe die Änderungen, soweit ich sie erkennen konnte, eingezeichnet. Unsichere Bereiche halten sich ziemlich in Grenzen, ich habe sie durch eine ganz weite Schrägschraffur, die ich darübergelegt habe, kenntlich gemacht."

Der Kreisleiter schien hochzufrieden, aber die Details, mit denen Herkommer fortfuhr, um den überaus repräsentativen Charakter des Gebäudes zu beschreiben, wollte er sich gar nicht mehr alle anhören.

„Eigentlich wäre meine Reise gar nicht notwendig gewesen", sagte Herkommer schließlich.

„Aber wer hätte das denn vorher wissen können! Es hätte ja auch sein können, dass uns diese alten Säcke in Berlin reinlegen wollen, es gibt da doch erhebliche Spannungen zwischen der Partei – nicht etwa dem Führer! – und der SA. Und vor allem das Reichswehrministerium und speziell die Heeresleitung machen ihren Einfluss geltend und überwachen und behindern die SA, wo es nur geht; du glaubst nicht, was das für ein grenzenloses Durcheinander und Kompetenzgerangel in Berlin geworden ist. Aber es ist ja gut gegangen!", rief er begeistert aus. „Etwas Geeigneteres jedenfalls kann es für uns überhaupt nicht geben! Von der prominenten Lage in der Mitte der Reichshauptstadt ganz abgesehen! Ich bin morgen in München und werde dem Obergruppenführer berichten." –

Als der Kreisleiter tags darauf zurückgekommen war, rief er Herkommer gleich wieder zu sich.

„Wir haben in München einen Volltreffer gelandet! Der Obergruppenführer hat im Auftrag des Stabschefs, der von deiner Arbeit ebenfalls recht angetan war, dem Liegenschaftsamt sofort unser Einverständnis übermittelt, und der Stabschef selber hat dem Führer in aller Form persönlich gedankt. Das will bei dem was heißen!", lachte er. „Ich selbst werde mein Parteiamt hier niederlegen und als höherer SA-Führer mit dem Rang eines SA-Sturmbannführers in Berlin eine wichtige Position im Stab übernehmen. Außerdem: Der

Obergruppenführer legt Wert darauf, dass du mitkommst. Ich übrigens auch. Es ist dir wohl klar, dass du den Münchnern dieses Angebot nicht ausschlagen kannst?"

Herkommer antwortete darauf nicht erst lange, sondern fragte nur: „Und wann wird das sein?"

„Irgendwann im Sommer." –

6 _ Fellgiebels Ärger mit der Partei _ Seine Frau Marianna und der Adoptivsohn Jan

Als Fellgiebel von seinen Krankenbesuchen zurückkam, rief ihm die Sprechstundenhilfe schon über den Hof zu: „Es hat angerufen, Herr Doktor, Sie möchten sich doch bitte auf der Ortsgruppe beim Ortsgruppenleiter melden."

„Melden tu' ich mich überhaupt nirgends! Sagen Sie das denen!", schimpfte Fellgiebel ziemlich laut zurück, wobei seine Sprechstundenhilfe freilich sogleich erkannte, dass das nicht etwa ein Auftrag für sie war. „Es kann höchstens sein, dass ich mal vorbeikomme – nein, ich werde dort anrufen."

Drinnen fragte er dann: „Und warum soll ich mich dort melden? Was haben die gewollt?"

„Es ging irgendwie um das Wartezimmer."

„– um das Wartezimmer? Keine Ahnung! Was geht die mein Wartezimmer an!"

Beim Mittagessen machte sich dann bei Fellgiebel doch eine gewisse Unruhe breit, und er erörterte den Anruf mit seiner Frau.

„Nicht dass mich dieser Anruf im Geringsten beunruhigen würde –"

„Natürlich beunruhigt er dich, Wilhelm! Und mich auch. Eine Vorladung von der Ortsgruppenleitung hat immer etwas Bedrohliches."

„Ach was, für mich nicht die Spur! Aber natürlich ist man da etwas neugierig, das ist doch klar! Außerdem ist das keine Vorladung, wie du meinst, sondern ich soll halt mal vorbeikommen."

„*Melden* sollst du dich, Wilhelm, *melden*!"

Fellgiebel musste lachen, als er seine Frau ansah, die in so eindringlichem Ernst auf ihn einredete.

„Du schaust mich mal wieder so wissend an, Marianna, hast du denn eine Idee, was da los sein könnte?"

Er kannte diesen seltsam abgründigen Blick seiner Frau, der ihn immer dann traf, wenn sie eine besondere Einsicht hatte, die ihm verschlossen war. Gewöhnlich lächelte sie dabei, und Fellgiebel rief dann meistens, ‚Du bist eine Unterirdische!', weil sie ihm unheimlich war, aber das rief er lachend, wenn auch nicht ohne Respekt. Oder er fragte sie, ‚Was meinst du als promovierte Hexe dazu?', und dabei gruselte es ihn manchmal fast vor diesem Blick. Denn gewiss, darin war er sich sicher, gehörte sie, ohne das selbst so recht zu wissen, zu diesen Unterirdischen, wie es sie vor allem bei den Nordländern mit ihren langen Winternächten gibt.

Solche Menschen, meistens Frauen, vermögen feine Zeichen zu erkennen und zu deuten und verborgene Zusammenhänge zu sehen, wie sie Fellgiebel als Kopfmensch niemals würde bemerken können und die er, wenn man sie ihm zeigte, selbstverständlich strikt verwerfen würde. Immerhin war es ihr stets ein Leichtes, zum Beispiel einer Schwangeren das Geschlecht ihres Kindes vorauszusagen, allerdings nur dann zuverlässig, wenn sie die Frau nicht näher kannte, offenbar weil sonst allzu viele verborgene Anzeichen und verdeckte Botschaften auf sie einströmten, sodass jene, auf die es wohl ankam, darin untergingen.

Sogar Fellgiebels Freund, der Pfarrer Liedel, damals noch Kaplan, war immer wieder von Mariannas Ankündigungen beeindruckt gewesen und hatte, aller schwarzen Kunst und Zauberei schon kraft Amtes abhold, eines Tages erkannt, dass sich das im Grunde leicht erklären lasse. Bei diesen Menschen sei eben die Vergangenheit von der Gegenwart und vor allem die Gegenwart von der Zukunft einfach nicht so klar voneinander getrennt. „Aha", hatte Fellgiebel damals gespottet, „einfach nicht so klar getrennt. Jetzt wissen wir's, das ist es!"

Manchmal sagte Marianna zu Fellgiebel sogar ‚Pass auf, Wilhelm, im Wartezimmer sitzt ein Krebs', und gewöhnlich fand dann Fellgiebel diesen Patienten auch. Beim Bronchialkarzinom klappte es am besten und auch beim Magenkrebs nicht schlecht. Doch Marianna war nicht etwa stolz auf ihre Treffer. Sie leistete ihrem

Mann, der einen guten Ruf als Diagnostiker hatte, diese unkonventionelle Hilfe nur ungern, weil sie sich nicht in die ärztlichen Belange einmischen wollte. Aber wenn sie etwas plötzlich so sicher wisse, dann sehe sie sich eben auch verpflichtet, es weiterzugeben und auszusprechen. – ‚Wie machst du das nur?', wollte Fellgiebel immer wieder von ihr wissen. ‚Ich weiß es nicht, ich weiß es doch nicht', rief dann Marianna gequält, die ohnehin schon genug unter ihren Ahnungen zu leiden hatte. – ‚Es könnte sein', hatte sie früher einmal geäußert, ‚dass ich es rieche. Ja, ich glaube, ich rieche es. Ich kann dir aber überhaupt nicht sagen, wie es riecht, es ist so unglaublich schwach. Wahrscheinlich kann ich gar nicht besser riechen als andere Menschen, sondern mich beeinflussen Gerüche eben nur viel stärker.' – Und auf Fellgiebels Ausruf, der in solchen Gesprächen dann gelegentlich folgte, dass das unbedingt einmal von jemandem wissenschaftlich untersucht werden müsse, drohte sie nur, ‚Untersteh dich!', weil sie als echte Unterirdische wusste, dass damit alles zerstört werden würde.

Nun aber war plötzlich dieser Blick mit diesem Lächeln wieder da, und Marianna schüttelte ihre Mähne und sagte:

„Ich habe nicht nur eine Idee, worum es gehen könnte – ich weiß es! Das ist mir ganz plötzlich gekommen. Ich hatte mit einem Male diesen Patienten aus der Traitteurstraße wieder vor mir. Ganz deutlich. Weißt du, dieser Pg. mit den Ulkusfalten, der letzte Woche in der Sprechstunde war. Als er sich verabschiedet hat, da hat er noch einen ganz kurzen Blick auf das Hitlerbild im Wartezimmer geworfen."

„Da werden doch die meisten, wenn sie rausgehen, noch einen kurzen Blick draufwerfen, der Schinken hängt ja direkt über der Tür!"

„Kann sein, aber doch keinen solchen Blick, Wilhelm! Oh, du ahnst ja nicht, mein Lieber, wie viele verschiedene Blicke es gibt, mehr als Wörter im Deutschen, und jeder hat wieder eine etwas andere Bedeutung – das lässt sich nicht in Worten fassen! Zwischen diesem Blick und dem Ortsgruppenleiter gibt es eine direkte Verbindung, unsichtbar natürlich, aber ich kann sie trotzdem geradezu mit Händen greifen! Du kannst sicher sein, bei der Ortsgruppenleitung wird es um das neue Hitlerbild im Wartezimmer gehen."

Es hing tatsächlich erst seit wenigen Wochen. Fellgiebel hatte monatelang unter dem wachsenden Druck der Ärztekammer und auch der Kassenärztlichen Vereinigung gestanden, in seinem Wartezimmer oder an einer anderen prominenten Stelle in der Praxis doch endlich ein Bild des Führers aufzuhängen, und er war empört, dass offenbar Späher ausgesandt worden waren, die sich als Patienten ausgaben oder möglicherweise auch tatsächlich welche waren, was aber die Schnüffelei auch nicht besser machte. Als er während eines Hausbesuches bei einem Kunstmaler, der sich einen gewissen Namen mit idyllischen Landschaftsbildern aus dem Südschwarzwald gemacht hatte, in dessen Atelier mehrere mächtige Hitlerbilder sah – es waren davonfließende Aquarelle mit viel wässrigem Hellbraun, eines missglückter und unbeholfener als das andere –, da hatte er sich, ohne lange zu überlegen, für eines dieser Bilder entschieden, das ihm besonders misslungen schien, um es zu Hause in sein Wartezimmer zu hängen. Der Kunstmaler, ein gewisser Friedhelm Büngener und ein fanatischer Gefolgsmann Hitlers schon seit Jahren, hatte sich hochgeehrt gefühlt, vor allem auch durch diese außerordentliche Spontanität des Kaufentschlusses, und er hatte Fellgiebel, schon im Hinblick auf das ständig wechselnde Publikum und die gewiss zu erwartenden langen Betrachtungszeiten, die in einem Museum bei Weitem nicht zu erreichen gewesen wären, einen besonders günstigen Preis gemacht.

Fellgiebel musste in den folgenden Tagen verschiedene Krankenbesuche in der Gegend, in der die Ortsgruppenleitung lag, absolvieren und fuhr mehrmals am Gebäude der Ortsgruppenleitung vorbei, aber er ließ sich Zeit mit seinem Besuch dort. Nicht dass er Hemmungen gehabt hätte, ‚nicht die geringsten!', wie er sagte, oder sich gar fürchtete vor diesem Besuch, sondern weil er Marianna und wohl auch sich selbst beweisen wollte, dass er nicht hin und her zu kommandieren sei und dass er komme, wenn es ihm passt.

Dann machte er sich doch eines Morgens ziemlich früh auf den Weg zur Ortsgruppe, und zwar deshalb so zeitig, wie er Marianna bei der vorzeitigen Beendigung des Frühstücks erklärt hat, weil er so bei der Begrüßung des Ortsgruppenleiters am ehesten um dieses ‚Heil Hitler' herumkomme, das gelinge mit keinem Gruß zuverlässiger als mit einem betont freundlich und aufmunternd gesprochenen ‚Guten Morgen!‘, kein Vergleich zu ‚Guten Tag‘. Manchmal würde er in solchen Fällen sogar ‚Ja, guten Morgen, Herr Soundso!‘ mit fast übertrieben starker Betonung des ‚*Mor*-gen‘ sagen, dann klappe das Weglassen des Hitlergrußes immer. Natürlich hätte es Fellgiebel keine besondere Schwierigkeit bereitet, mit ‚Heil Hitler‘ zu grüßen – wie oft antwortete er doch in der Sprechstunde einem eifrigen oder vielleicht auch nur eingeschüchterten Patienten, der allzu stramm mit ‚Heil Hitler‘ grüßte, ebenfalls mit ‚Heil Hitler‘, wobei er jedoch die beiden Worte betont ruhig und deutlich aussprach, viel deutlicher als die meisten der eintretenden Patienten, was dann alle möglichen Deutungen zuließ. Überhaupt lohne es sich bei jeglicher Begegnung, stets auf den Tonfall und die sprachliche Sorgfalt beim Hitlergruß zu achten, das sei für eine erste grobe Einordnung des Gegenübers stets von Vorteil. Dem Ortsgruppenleiter jedenfalls wollte er die zweifelhafte kleine Aufmerksamkeit eines korrekten Hitlergrußes auf keinen Fall zukommen lassen, obwohl dieser schon vor Jahren einmal als Patient bei ihm gewesen war.

Der Ortsgruppenleiter traf erst ein paar Minuten nach ihm ein, Fellgiebel saß in einem Sessel in der Halle und rief ihm im bewährt frohen Ton sein ‚Guten Morgen, Herr Ortsgruppenleiter!‘ zu.

Es klappte, und der Ortsgruppenleiter tat überraschter, als er war, und rief: „Sieh da, der Herr Doktor Fellgiebel!“, und dann, nicht mehr so theatralisch: „Komm, lassen Sie uns geschwind in mein Büro gehen!“

Dort fuhr er dann in einem gar nicht einmal so unfreundlichen Ton fort: „Was hört man da von Ihnen so alles in der letzten Zeit, Doktor?“

„Von mir?“, fragte Fellgiebel überrascht und tat so, als denke er nach. „Ich habe weder telefoniert noch geschrieben noch sonst etwas, weder auf dem Dienstweg noch direkt.“

„Nein, ich meine doch nicht, was man *von* Ihnen, sondern was man *über* Sie hört, Doktor.“

„Ach so“, antwortete Fellgiebel und tat erleichtert, „nun ja, wer weiß, was da die Leute so daherreden! Da fragen Sie am besten mich direkt!“

Fellgiebel freute sich, dass er den Ortsgruppenleiter da hatte, wo er ihn haben wollte, und dieser wohl einräumen musste, dass es hier doch offenbar nur um Gerede ging; der Ortsgruppenleiter dagegen ärgerte sich über Fellgiebels gespielte Begriffsstutzigkeit.

„Sie hatten", fuhr er in schärferem Ton fort, „im Gegensatz zu Ihren Kollegen lange Zeit in Ihrer Praxis kein Bild des Führers hängen. Trotz immer wieder neuer Anstöße durch die Ärztekammer. Jetzt sind Sie endlich dem Wunsch Ihrer Kollegenschaft nachgekommen, aber mit was für einem entsetzlichen Bild! Dass es den Führer darstellen soll, sei nur am rechteckigen Oberlippenbart und an der Tolle über der Stirn zu erkennen", er fuhr sich durchs Haar, „und am Braunhemd mit der Krawatte. Von welchem Stümper haben Sie –"

Da unterbrach ihn Fellgiebel heftig. „Was sagen Sie da? Um Gottes willen, nein!", rief er bestürzt aus, als ob er dem Ortsgruppenleiter beim Bewältigen seines Irrtums beispringen wollte. „Das ist eines der bedeutendsten Werke von Friedhelm Büngener, ein Original-Aquarell! Friedhelm Büngener, übrigens ein Alt-Parteigenosse, hat durchaus einen Namen und nimmt auch, soviel ich weiß, in der Reichskammer für bildende Künste eine wichtige Funktion wahr."

Der Ortsgruppenleiter war für einen Augenblick unsicher geworden. „Ein Alt-Parteigenosse? Also ein *Alter Kämpfer* mit dem goldenen Parteiabzeichen?"

Da stimmte Fellgiebel dem Ortsgruppenleiter zum ersten Mal in diesem Gespräch zu, aber zugleich verbesserte er ihn auch: „Ja, gewiss! Sie meinen mit dem goldenen Parteiabzeichen sicherlich das *Goldene Ehrenzeichen der NSDAP*. – Und wenn Sie wissen wollen, warum ich so lange überhaupt kein Hitlerbild in der Praxis hängen hatte: Weil ich auf eben dieses Bild gewartet habe, das den Führer trifft wie kein anderes. Ihn nicht vordergründig abbildet wie irgendein Foto – davon haben wir genug –, sondern weil es sein innerstes Wesen erfasst und es dem Kenner offenbart. – Ich vermute", fügte er in höhnischem Pathos noch hinzu, „dass Ihr feiner Gewährsmann – gewiss kein Beurteiler mit einem geschulten Auge! – den Rang dieses Bildes nicht zu erfassen vermochte und seiner Wucht einfach nicht gewachsen war."

Der Ortsgruppenleiter schwieg für einen Augenblick, Fellgiebel spürte, wie er zwischen Wohlwollen und gefährlicher Angriffslust schwankte.

Das Telefon läutete, der Ortsgruppenleiter nahm ab und wirkte schon nach wenigen Sekunden äußerst konzentriert, wahrscheinlich eine wichtige dienstliche Angelegenheit von oben. Fellgiebel nutzte den Augenblick und sagte, als wolle er nicht länger stören, fast triumphierend ‚Heil Hitler!', nickte dem Ortsgruppenleiter dabei freundlich zu und schickte sich an zu gehen, und der Ortsgruppenleiter stimmte zu, indem er ihn kurz anblickte und für einen Moment, kaum merklich nickend, die Augen schloss.

Auf dem Heimweg war Fellgiebel zunächst recht vergnügt gewesen und zufrieden mit sich und mit dem Theater, das er dem Ortsgruppenleiter vorgespielt hatte. Er war gewiss kein böser Mensch, aber er liebte es eben, andere Leute – ohne ihnen freilich ernsthaft zu schaden – ein bisschen hereinzulegen, mit ihnen zu spielen und schlauer zu sein als sie, vor allem dann, wenn es Leute waren, die mächtiger waren als er und die glaubten, auch über ihn Macht zu haben. Aber dann fiel ihm ein, dass ihm am Schluss des Gespräches dieses ‚Heil Hitler' nicht hätte herausrutschen dürfen, obwohl es als Schlusspunkt ja gar nicht schlecht gepasst hatte. Aber solche Fehler unterlaufen einem nun einmal, erst zieht man alle Register, um diesen Hitlergruß zu vermeiden, und dann wirft man ihn freiwillig hinterher, das ärgerte ihn.

Als ihn dann plötzlich die Sorge befiel, dass sein Gespräch mit dem Ortsgruppenleiter vielleicht doch noch üble Folgen für ihn haben könnte, trübte sich seine Stimmung weiter ein. Er versuchte, an etwas anderes zu denken, weil er spürte, wie die ängstliche Unruhe, die mit dieser Sorge verbunden war, sein ganzes Befinden vergiftete. Aber die Sorge sprang ihn auf seinem Heimweg immer wieder aufs Neue an, und die Gefahr, die ihm vom Ortsgruppenleiter drohte, erschien ihm von Mal zu Mal größer. Er wurde immer kleinmütiger, und sein Gespräch mit dem Ortsgruppenleiter kam ihm jetzt gar nicht mehr so souverän geführt vor, und als er schließlich zu Hause angekommen war, da war er, entgegen seinem sonstigen Verhalten, eingeschüchtert und kleinlaut geworden. Im Büro der Ortsgruppe, wo er noch groß getönt hatte, da hatte er im Ortsgruppenleiter noch ganz seinen ehemaligen Patienten gesehen, aber jetzt war der Ortsgruppenleiter plötzlich zum verlängerten Arm, zum Tentakel eines krakenhaften Systems geworden, das unbarmherzig nach ihm griff.

Zum ersten Mal hatte Fellgiebel Angst vor dem Regime. Vielleicht bin ich manchmal doch ein bisschen ein Maulheld, dachte er, und dann wieder ein bisschen ein Angsthase, beides in einem. –

Fellgiebels Adoptivsohn lebte sich nur langsam in seiner neuen Umgebung in Mannheim ein. Jan war ein stiller Junge, der zwar stets freundlich, aber immer auch mit einer leisen Distanz seine Umgebung beobachtete. ‚Wenn ich nur wüsste, wie er tatsächlich ist', sagte Fellgiebel hin und wieder, der an der Eingewöhnung seines Adoptivsohns regen Anteil nahm, ‚oder wie er eigentlich ist', doch Marianna sah das ganz anders. ‚Jan ist so, wie er ist – so ist er, da gibt es kein *eigentlich* und kein *tatsächlich*. Und wie er sein wird, wenn er sich vollständig eingelebt hat, das liegt ganz bei uns.'

Jan hatte das Gröbste schon hinter sich. So versprach er sich schon lange nicht mehr, wenn er nach seinem Namen gefragt wurde, weil ihm inzwischen genügend gegenwärtig war, dass er jetzt *Jan Fellgiebel* hieß. Aber eigentlich fühlte er sich immer noch als *Jean Hossenlopp*, und der Name Fellgiebel, obwohl er ihm ganz gut gefiel, war nur eine Haube, die ihm übergestülpt worden war. ‚Aber das weißt du doch!', hatte ihn neulich der Klassenlehrer sanft getadelt, als er sich wieder einmal verhaspelt hatte, und das war ihm peinlich gewesen, nicht nur weil die ganze Klasse gelacht hatte. Natürlich hatte er das gewusst! Aber sein Versprecher hatte mit dem, was er wusste, nicht viel zu tun.

Enrico, sein Banknachbar und neuer Freund, der zu einer verzweigten Artistenfamilie drüben auf dem Waldhof gehörte und sich vom ersten Tag an hilfsbereit um ihn gekümmert hatte, gab ihm in der Pause recht: Etwas richtig zu wissen, heiße noch lange nicht, es richtig zu tun, das würde ihnen bei der artistischen Ausbildung immer wieder eingetrichtert; nicht Wissen müsse man erwerben, sondern Automatismen, heiße es da, und das gelte auch für das Sprechen. Wissen könne dabei ganz nützlich sein, manchmal aber würde es einem auch im Weg stehen, und besonders schwer sei es, einen bereits erworbenen Automatismus aufzugeben und ihn durch einen neuen zu ersetzen, das sei ihm früher einmal bei der Parterreakrobatik passiert, und restlos würde man wahrscheinlich einen alten Automatismus nie loswerden, und ‚Hossenlopp' zu sagen, das sei ein solcher Automatismus. Von Automatismen hatte Jan noch nie etwas gehört, aber was ihm Enrico da erzählte, leuchtete ihm ein.

Auch das lähmende Heimweh hatte Jan inzwischen überwunden. Es war ein eigentümliches Heimweh gewesen, und ihm war deshalb so schwer zu entkommen, weil es nur noch aus der Trauer und aus Lethargie bestand, jedoch die Sehnsucht *wonach*, die sonst ein Heimweh vor allem bestimmt, die fehlte bei ihm gänzlich. Wonach hätte er sich auch sehnen sollen? Der Jan ist zu oft umgetopft worden, hatte neulich der Klassenlehrer gesagt.

An die Zeit vor Hossenlopps, das musste in einem Kinderheim in Frankreich gewesen sein, hatte er nur noch ganz vage Erinnerungen, eigentlich überhaupt keine mehr, auch seine Schwester Germaine tauchte erst in der Hossenlopp-Zeit in seinen Erinnerungen auf und wurde dann immer wichtiger für ihn. Nach dem Tod der Eltern hatte man sie beide in das Kinderheim in Herrlingen getan, was sie erst so richtig zusammengeschweißt hat, doch es war nicht lange gegangen, bis man das ganze Kinderheim zusammengepackt hatte und aufgebrochen war nach Palästina, während er im Krankenhaus landete. An seiner Stelle wurde Fellgiebels behinderter Sohn Siegfried mitgegeben. Von da an war er endgültig allein gewesen. Er war in das Internat nach Stefansfeld gekommen, was nicht schlecht war, aber zusammen mit Germaine wäre es gewiss erträglicher gewesen. Aber auch das war nicht lange gegangen. Kaum war er mit der neuen Situation einigermaßen vertraut – alles war neu gewesen für ihn: neue Erzieher und neue Lehrer, neue Kameraden und neue Orte, neue Schulbücher und neue Kleider –, da war er von seinem jetzigen Stiefvater dringend nach Mannheim ‚zurückbeordert' worden, wie dieser in einem langen Brief an ihn schrieb ‚*zurück*beordert' nach Mannheim, obwohl er vorher noch nie dort gewesen war.

Die Not in seinem neuen Elternhaus war tatsächlich groß. Fellgiebels Frau Marianna war schon bald nach der Ausreise ihres Sohnes Siegfried in eine schwere Krise geraten. Obwohl sie in dieser Ausreise die einzige Rettung für Siegfried sah, hatte sie sich nicht von dem immer wieder aufsteigenden Selbstvorwurf befreien können, Siegfried abgeschoben zu haben. Eine große Leere war über sie gekommen, die im Laufe der Zeit vielleicht überwindbar gewesen wäre, hätte sie sich nicht allmählich mit einer schweren Depression aufgefüllt.

„Ich liebe Siegfried so sehr", hatte sie tonlos bekannt, „und das tut hier so weh!", wobei sie die flache Hand auf die Magengrube presste.

„Oh ja, du spürst das im Sonnengeflecht", hatte Fellgiebel sachlich diagnostiziert. „Menschen mit einem hohen Integrationsgrad erleben gewisse Gefühle, wenn sie allzu heftig werden, im Solarplexus geradezu körperlich, bis hin zu einem gewissen Schmerz", dozierte Fellgiebel weiter, was ihr aber auch nicht weiterhalf.

Später war er dann auf die Idee gekommen, dass man ihre mütterlichen Instinkte stärker beanspruchen müsse, denn ihre Tochter aus erster Ehe, die ja noch im Hause war und sich übrigens rührend um sie bemühte, war schon fast eine junge Dame und ließ sich längst nicht mehr so innig bemuttern, wie das für Mariannas Balance, nachdem man ihr den pflegebedürftigen Siegfried weggenommen hatte, offenbar notwendig war. So lag es für Fellgiebel nahe, sich über ein neues Objekt für ihre Mutterliebe Gedanken zu machen, und dabei hätte es gar nicht anders sein können, als dass er alsbald auf Jan kam. So geschah es denn auch – Jan wurde aus dem Internat kurzerhand zurückbeordert.

Jan war kaum eingetroffen, da schlug Fellgiebels Therapie auch schon an. Marianna setzte sich jeden Abend zu Jan ans Bett, las ihm vor oder plauderte mit ihm, am Morgen weckte sie ihn behutsam und half ihm sogar beim Anziehen. In den ersten Tagen brachte sie ihn noch zur Schule, und bei Tisch war sie bestrebt, ihn, der sich in der neuen Umgebung eher still verhielt, möglichst in alle Gespräche einzubeziehen. Wenn er abends in der Badewanne saß, wusch sie ihn mit Zärtlichkeit und Sorgfalt, was ihm schon seit Jahren nicht mehr widerfahren war. Schon nach wenigen Tagen zeigte sich Marianna fast glücklich und lachte endlich einmal wieder, und ihr Zustand besserte sich rasch. Zwar sprach sie, wenn sie mit ihrem Mann allein war, immer noch viel von Siegfried, oft in einer sehr nachdenklichen Weise, aber längst nicht mehr in diesem gequälten Ton wie in den vergangenen Wochen.

Der arme Jan, der in seinem Leben noch nicht viele Erfahrungen mit derart robuster Bemutterung hatte sammeln können, verhielt sich eher scheu, aber keineswegs abweisend, und genoss es offensichtlich, plötzlich so viel Beachtung zu finden. Dagegen waren ihm die polternde Freundlichkeit und die aufdrängende Zuwendung seines Stiefvaters, der er bei jeder zufälligen Begegnung in Haus und Hof ausgesetzt war, eher lästig. So konnte es schon einmal vorkommen, dass er beim Verlassen seines Zimmers erst einen Augenblick lauschte, ob der Weg nach unten frei war, denn wenn er seinem neuen Vater begegnete – auch wenn dieser mit jemandem sprach und er sich vorbeizustehlen versuchte –, konnte das ein ausführliches, wenn auch meistens ziemlich einseitiges Gespräch nach sich ziehen mit vielen Fragen, die er beantworten sollte. ‚Halt, mein Freund', rief Fellgiebel dann, ‚ist alles in Ordnung? – Geht es dir gut? – Warst du heute schon auf der Toilette? – Kommst du mit deinen Hausaufgaben zurecht?'

Wenn er dann womöglich noch näher auf die Schule zu sprechen kam und seine Auffassung über die Bedeutung der einzelnen Fächer kundtat, konnte das Gespräch sehr lange gehen. Jan war ja durchaus bereit, geduldig zuzuhören, wenn sein ruhiges Zuhören nur nicht immer wieder durch die vielen eingestreuten Vergewisserungsfragen, auf die er antworten musste, unterbrochen worden wäre. Da wurde ihm dann jedes Mal deutlich, in welch einem Missverhältnis das raumfüllende Dröhnen seines neuen Vaters zu dem dünnen Fiepsen seiner kurzen Antworten stand, und er fühlte sich fast erdrückt. –

„Ich habe Ihren Sohn neben ein auffallend aktives und kontaktfreudiges Kind gesetzt", sagte der Klassenlehrer, „einen gewissen Enrico, er kommt aus einer bekannten Artistenfamilie. Der Einzige in der Klasse, den alle Lehrer mit seinem Vornamen aufrufen. Das ist eigentlich sein Künstlername. Der wird uns helfen, den stillen Jan ein wenig aufzulockern."

Und so geschah es denn auch, und der Klassenlehrer tat alles, um Jan aus seiner vorsichtigen Zurückhaltung herauszuhelfen.

„Enrico", eröffnete er die Erdkundestunde, „du warst doch schon selber in den Küstenstädten und in den Seebädern und auch auf den Inseln, nicht wahr? Damit fangen wir heute an, die Küstenregion Nordsee. Du kannst derweil mal durch das ganze Haus marschieren und die Zeitschriften für die Sammlung der Kriegsgräberfürsorge auf die Klassen verteilen, pro Schüler ein Exemplar, und nur während der

Stunde, nicht in den Pausen, sonst gibt's da womöglich noch eine Balgerei um die Hefte. Am besten nimmst du dir deinen Nachbarn mit, den Jan Fellgiebel, zu zweit könnt ihr das besser tragen."

Enrico war die Küstenregion tatsächlich schon ein wenig vertraut, weil er schon mehrmals während der Ferien seine Eltern auf wochenlangen Tourneen an die Nordsee hatte begleiten dürfen. Jan dagegen wäre während der Erdkundestunde viel lieber in der Klasse geblieben, weil er noch überhaupt nichts vom Norden Deutschlands wusste, und vor allem nicht vom Meer, das ihn schon als Kind, jedes Mal wenn davon gesprochen worden war, hatte aufhorchen lassen. –

„Bei den nächsten gehst du voran", drängte Enrico, „du hast ja jetzt gesehen, wie's geht!"

Die nächste Klasse, das waren ausgerechnet Große, eine Obersekunda, ‚O II.a' stand an der Tür. Jan klopfte vorsichtig an, mehrmals. Im Klassenzimmer schien es lebhaft zuzugehen. Dann war etwas zu hören, was man als ‚Herein' deuten konnte, sie traten zögernd ein und nahmen nebeneinander Aufstellung in der Nähe der Tür. Der Lehrer, der nicht unbeliebte, aber auch gefürchtete Dr. Fürst, las gerade seiner Klasse aus Don Karlos jenen berühmten Auftritt des dritten Aktes vor, in dem der Malteserritter Marquis von Posa von Philipp II., den Fürst natürlich gleich mitlas, Gedankenfreiheit forderte. Man muss dazu wissen, dass Fürst schon als Schüler zum Verdruss seiner Eltern hatte Schauspieler werden wollen und während seines Germanistikstudiums nicht nur Theaterwissenschaft belegt, sondern heimlich jahrelang Schauspielunterricht genommen hatte, intensiv, nicht nur so nebenher, wie er betonte. Im Gymnasium betreute er dann die Theatergruppe, die bald alle anderen Schülertheatergruppen im Lande übertraf, und leitete sämtliche Schulfeiern, in denen gesungen, musiziert oder vorgetragen wurde, vom Direktor deshalb bei entsprechenden Anlässen in freundlichem Spott mit ‚Herr Intendant' angeredet.

Daraus erklärt sich, dass er die berühmte Szenenfolge nicht einfach flüchtig *herunterlas*, sie auch nicht seiner Klasse mit einiger Sorgfalt *vorlas*, sondern er *trug* sie *vor*, nein, er *spielte* sie, mit Donner und Getöse und zog dabei, wie er das in solchen Fällen immer tat, auch die letzten Register. Eine solche Darbietung kann freilich nicht an beliebiger Stelle unterbrochen werden, und so dauerte es eine Weile, bis er innehalten konnte, um endlich zu den beiden kleinen Quintanern hinüberzublicken.

„Was wollt ihr?", herrschte er die beiden an, noch immer in gehobenem Tone und mit gestützter Stimme, die er auch an sich selbst so liebte. Jan und Enrico machten scheu einen hastigen Hitlergruß, und Jan sagte, dass sie in allen Klassen die Zeitschriften für die Sammlung der Kriegsgräberfürsorge verteilen sollten, wobei Jan spürte, dass sein Stimmchen, das ja noch ungebrochen war, in so unmittelbarem Anschluss an Dr. Fürsts mächtigen Auftritt noch dünner klang als im Zwiegespräch mit seinem Stiefvater.

„Hinaus mit euch!", donnerte Fürst im gleichen Ton weiter, „und noch einmal von vorn! Deutliches Anklopfen – warten, bis man euch hereinruft – dann die Tür hinter euch schließen – drei Schritte in den Raum treten – nebeneinander aufstellen – und dann, beide gleichzeitig, grüßen! Aber nicht wie der Tünnes in der Kneipe oder die Tante Thusnelda beim Friseur mit ‚Heidla', so wie ihr beide eben", wobei er darauf achtete, dass bei ‚Heidla' ein ganz kurzes ‚a' am Ende stand. „Also den Gruß deutlich sprechen, ohne Hast, ganz vorn im Mund geformt und genügend kraftvoll: Heil Hitler!"

Und als ob das immer noch nicht genügend klar geworden sei, wiederholte er noch einmal mit großer Geste und in höchster Betonung: „H e i l", und da machte er eine winzige Pause und fuhr fort, „H i t t - l e r r ! – Und nicht Heidla", wobei er erst die drei letzten Worte nicht mehr mit gestützter Stimme sprach, sodass sie wieder ganz zum Alltag gehörten.

Als Jan und Enrico erneut in das Klassenzimmer traten, lächelten ihnen die Obersekundaner, die am nächsten saßen, zu, aber Jan war sich nicht sicher, ob sie ihnen Mut machen wollten oder sich über ihren Auftritt amüsierten. –

‚Warum', fragte sich Dr. Fürst auf dem Nachhauseweg, ‚habe ich bisher eigentlich noch nie einen angepfiffen, der beim Grüßen genuschelt hat? Erst heute diese beiden kleinen Wichte!' Dabei war doch dieses schlampige Grüßen auch schon früher allgemeine Gewohnheit gewesen, eigentlich schon immer, daran erinnerte er sich ja, nur so richtig aufgefallen ist es ihm erst in den letzten Tagen.

Ihm war, als ob er dafür in letzter Zeit empfänglicher geworden wäre. Und die beiden Knirpse hatte es eben als Erste erwischt. Aber das war schon richtig, da musste durchgegriffen werden, denn ihm kam dieses ‚Heidla' schmierig und unappetitlich vor – alles war auf einmal voll mit diesem ‚Heidla'!

Beim Abendbrot berichtete Jan seinen Eltern über den Vorfall in Einzelheiten.

„Seit wann ist denn dieser Dr. Fürst so ein scharfer Rettich?", fragte Marianna ihren Mann. „Nächstens kommt auch der noch mit dem Parteiabzeichen!"

„Ach nein, niemals! Ich kenne den Fürst vom Sportverein, das ist kein Hitler, nicht im Geringsten, eher im Gegenteil. Aber es geht ihm nichts über einen sauber gesprochenen Auftritt. Denk nur an den 9. November neulich in der Turnhalle, unglaublich gut gemacht, muss man sagen, da war ihm das Inhaltliche ziemlich wurscht!"

„Aber er sorgt damit halt auch ganz sauber für die Weiterverbreitung", spottete Marianna, und das Thema schien beendet.

Aber Fellgiebel musste beim Essen plötzlich lachen und presste erschrocken seine Serviette an den Mund.

„Das stimmt! Das stimmt tatsächlich!", rief er, „Die sagen alle, wirklich alle ‚Heidla'!" Fellgiebel übertrieb mit seinem Lachen. „Das ist mir noch nie so aufgefallen. Die ungekürzte Aussprache in zwei Worten hört man nur bei ganz offiziellen Anlässen, bei der Eröffnung von Gerichtsverhandlungen oder bei Kundgebungen natürlich."

„– und ab und zu auch im Alltag, das sind dann die überzeugten Wichtigtuer", sagte Marianna.

Fellgiebel vermochte sich offenbar den Klang des Hitlergrußes aus den Mündern von allen möglichen Leuten, die er kannte, ganz konkret vorzustellen, und das Ergebnis amüsierte ihn ungemein. Aber noch größer war sein Vergnügen in den folgenden Tagen, als ihm der Hitlergruß unausgesetzt in natura begegnete und zwar, da er nun darauf achtete, stets in genau dieser abgekürzten, ja verstümmelten, im Grunde geradezu abgelutschten Form, die vorher niemandem, weder ihm noch Marianna noch Jan oder sonst jemandem, wirklich aufgefallen war. Wenn der Gruß in dieser Form gar aus dem Munde eines überzeugten Hitleranhängers oder eines echten braunen Würdenträgers kam, die im Alltag auch nicht viel anders sprachen als die anderen Menschen, gluckste er manchmal vor unterdrücktem Lachen, und seine Freude war perfekt.

Sein Amüsement wäre wohl längst nicht so groß gewesen, wäre es um die bloße Wortverstümmelung gegangen, wie sie ständig und überall vorkommt. Nein, es war die Deformation des Heilsrufes selbst, die er empfand, die Tilgung des sakralen Nimbus, der diesem Gruß ja ursprünglich eigen war, es war das gänzlich unbefangene Vordringen zu jener Figur da ganz oben, die an der Spitze des Systems stand, und war damit das kecke Ignorieren des „Heiligen", was diesem Spottgruß das Verbotene gab und ihm damit erst seinen besonderen Reiz verlieh. Entsprechend epidemisch schien sich diese frivolen Umdeutung im ganzen Land auszubreiten.

Wer auch nur ein einziges Mal auf diese Verschleifung aufmerksam geworden war, konnte sie fortan, wenn sie ihm dann tatsächlich begegnete, nicht mehr überhören, es war wie ein Zwang. Selbst ein linientreuer Hitleranhänger, auch wenn er versuchte, sich dagegen zu sperren – er hörte fortan ‚Heidla'.

Aber was war es denn genau, was sich da in den letzten Wochen über das ganze Reichsgebiet hinweg auszubreiten begann, ohne dass man hätte sagen können, wo es seinen Ursprung genommen hatte? Den Hitlergruß in seiner verschliffenen Form gab es ja schon längst, und was sich ausbreitete, das war nur die veränderte Art, den Gruß zu hören. Einmal darauf aufmerksam gemacht, hörte man eben, ob man wollte oder nicht, exakt ‚Heidla', und der meistens eher spöttisch aufgelegte Fellgiebel sprach manchmal einen solchen Gruß, den er gerade hörte, für sich im Stillen noch einmal nach, als Trefferbestätigung gewissermaßen.

So hatte sich der Hitlergruß nicht nur von einem pathetischen Heilsgruß in einen nachlässigen Alltagsgruß verwandelt – schon das schmerzte die Parteigrößen –, sondern, schlimmer noch, er wandelte sich – nur indem er plötzlich anders gehört wurde – vom Alltagsgruß in einen verborgenen Spottgruß, unheimlich und bedrohlich für die Höheren in der Partei.

Regimekritische pflegten ihn sogar als sublimes Erkennungszeichen zu verwenden, denn mit nichts konnten sie sich Kundigen gegenüber gefahrloser zu erkennen geben. Das war dann gewöhnlich kein flüchtiges Schnellsprechen mehr, sondern ein prononciertes Nachsprechen der verpönten Form mit einem nur geringfügig verlängerten kurzen ‚a', und jeder aus der Szene verstand, dass da eine gewisse Geringschätzung des Regimes, mindestens eine gewisse Gleichgültigkeit gegenüber der nationalsozialistischen Bewegung, wie sie sich nannte, angedeutet werden sollte. Doch wer wäre daraufhin schon dingfest zu machen gewesen? Zwar kam es gelegentlich zu diesem oder jenem heftigen Einspruch irgendeines strammen Hitleranhängers, am Stammtisch zum Beispiel, wenn ein neu Hinzugekommener allzu betont auf diese lässige Weise grüßte, aber der Übeltäter konnte leicht parieren und sich herausreden, und niemals wurde eine Person deswegen ernsthaft belangt. Das lag nicht etwa an einer gewissen Großzügigkeit der Partei oder an der geringen Bedeutung des Vergehens, im Gegenteil, die Partei zeigte sich in ähnlichen Fällen stets als äußerst empfindlich; sondern es lag an den strikten Weisungen aus Berlin, die inzwischen ergangen waren, dieser unsichtbaren Epidemie keinesfalls dadurch, dass man sie zu einem verfolgenswerten Thema machte, noch zusätzlich Nahrung zu verschaffen. Und was hatte sich der Mannheimer Kreisleiter neulich aufgeregt, als er das erste Mal von der Geschichte hörte! Er hatte alle Ortsgruppenleiter sofort zu sich befohlen und, als sie dann nach und nach eintrafen und wissen wollten, worum es gehe, ihnen immer wieder einzelne Sätze empört, doch ohne rechten Zusammenhang zugerufen:

„Der Deutsche Gruß wird durch dieses verdammte ‚Heidla' geradezu ausgelöscht! – Auch wenn der Gruß einigermaßen korrekt gesprochen wird, er kippt einfach um in ‚Heidla', bei jedem, der darum weiß! – Was vorher ein Zeichen treuer Ergebenheit war, ein Ausweis der Loyalität, das kann jetzt zur Tarnung einer zersetzenden Gesinnung missbraucht werden! – Das ist wie eine Seuche! – Dieses ‚Heidla' muss mit Stumpf und Stiel ausgerottet werden, schleunigst, bevor es sich durch die ganze Bevölkerung frisst!"

Aber da war ja jetzt von ganz oben das Gegenteil angeordnet und vom Reichsministerium für Volksaufklärung und Propaganda die Devise ausgegeben worden: austrocknen lassen – nicht beachten – ja nichts dagegen unterehmen – sich totlaufen lassen!

Nun, es lief sich tatsächlich tot, aber das dauerte noch zehn Jahre. –

Das Gebäude lag seltsam verlassen da, kein Auto parkte davor, trotz der Julihitze waren alle Fenster geschlossen, im Obergeschoss war eine Scheibe eingeschlagen. Das Bronzeschild des Vizekanzlers war abmontiert, das Eingangsportal verschlossen, und die Portierloge, so viel ließ sich von draußen durch das Glas erkennen, war unbesetzt und lag im Dunkeln.

Auch in der Hausmeisterwohnung hinten öffnete niemand auf Ludwig Herkommers Klingeln. Im Souterrain allerdings war hofseitig ein Fenster auf Lüftung gestellt, das musste das Kartenlager sein, und da hatte er keine großen Schwierigkeiten mehr, in das Haus zu gelangen.

Es war eigenartig, wie vertraut ihm alles war, als er durch die Flure ging, wiewohl er erst ein einziges Mal dagewesen ist. Und doch musste er sich hin und wieder vergewissern, wo genau im Gebäude er sich gerade befand, und dazu schaute er dann in diesen oder jenen Raum hinein und warf dabei zur Orientierung auch einen kurzen Blick nach draußen.

Etwas zu kennen, auch gut zu kennen, aber noch nicht vertraut damit zu sein, das war ihm geläufig; aber das Umgekehrte, mit etwas vertraut zu sein, es aber noch nicht recht zu kennen, war ihm eine neue Erfahrung. Das kam wohl von den Grundrissen, dachte er, die er für den Stab gezeichnet hatte.

Es schien ihm ohnehin alles seltsam in diesem Gebäude, so vertraut und so fremd; wieso hallten seine Schritte so sehr in den Fluren, warum hallte und schallte es überhaupt derart im ganzen Haus? Das kannte er von leergeräumten Wohnungen, aber hier war doch noch gar nichts ausgeräumt. Hallte es nur deshalb so sehr, weil er der einzige Mensch war im ganzen Gebäude?

Dann hörte er im Haus Geräusche.

„Hallo", rief da einer, „ist da wer?"

„Hallo-o", rief Herkommer zurück und war bemüht, seinem Antwortruf einen möglichst freundlichen Klang zu geben.

Ganz am Ende des Flurs sah er dann den Hausmeister kommen. Herkommer ging ihm entgegen, doch es wäre vielleicht besser gewesen, wenn er stehen geblieben wäre, wo er war, denn der Hausmeister, der sich schon vorher eher vorsichtig auf ihn zubewegt hatte, hielt an, und als Herkommer nah genug herangekommen war, wich er sogar zwei Schritte zurück, als wollte er einen schützenden Abstand erhalten zwischen sich und dem eingedrungenen Besucher.

„Guten Morgen", sagte der Hausmeister zögernd und nach einer Sekunde wie zur Korrektur, „Heil Hitler –"

Der Mann war eingeschüchtert und hatte Angst, das sah Herkommer sogleich, doch da erkannte ihn der Hausmeister auch schon.

„Ah, Sie sind doch der Heizungsbauer, nicht?"

„Ne, ich habe gewechselt", sagte Herkommer so beiläufig wie möglich und hoffte, dass der Hausmeister auf die Heizungsgeschichte nicht weiter eingehen würde.

„Ich komme als der Vertreter des neuen Hausherrn", sagte Herkommer und schüttelte dem Hausmeister die Hand. „Wir sollten mal schauen, dass wir mit vereinten Kräften in den nächsten zwei, drei Monaten den ganzen Laden wieder ordentlich in Gang bekommen!"

‚Als der Vertreter des Hausherrn', das war etwas dick aufgetragen, zeigte beim Hausmeister aber durchaus Wirkung, der sofort die Chance sah, dass er sich wieder bei einem starken Mann mit offensichtlichem Einfluss würde einklinken können. Als ein ‚*Beauftragter* des Hausherrn' wäre schon richtiger gewesen, aber sicherlich schwächer in der Wirkung auf den Hausmeister, den er ja dringend brauchen würde, und wenn er dem Hausmeister gar gesagt hätte, wie es wirklich war, nämlich dass er ‚*im Auftrag* des Hausherrn' oder gar ‚*auf Befehl* des Hausherrn' gekommen sei, nun, dann wären sie eben Arbeitskollegen gleichen Ranges gewesen, und das hätte keinem von beiden geholfen, Herkommer nicht, weil er dann im Hausmeister gewiss nicht diesen ergebenen Gefolgsmann und Helfer gefunden hätte, wie er ihn brauchte, und dem ängstlichen Hausmeister nicht, weil er auch weiterhin ohne die Deckung durch einen starken Vorgesetzten hätte auskommen müssen.

Sie gingen nebeneinander ein paar Schritte durch das Haus.

„Da kann ich Ihnen zeigen, was die angerichtet haben!", sagte der Hausmeister und hielt auf eine Tür zu.

„Wann? Wer?"

„Die SS und die alle – wie sie die Kanzlei ausgehoben haben“, sagte der Hausmeister und blieb empört stehen, die Hand schon auf der Türklinke, „die ganze Kanzlei ausgehoben! Die wichtigsten Leute alle festgenommen! Und den Herrn von Papen haben sie zu Hause verhaftet!“

Obwohl er nicht danach gesucht hatte, fiel Herkommer in diesem Augenblick, wer weiß warum, der Namen des Hausmeister ein, den er auf die Zeichnungsrolle schreiben musste, als er ihm vor ein paar Wochen die ausgeliehenen Pläne zurückgeschickt hatte.

„Aber den Herrn von Papen haben sie ja gleich wieder laufen lassen, Herr Bachmann“, sagte Herkommer begütigend, und der Hausmeister fühlte sich geschmeichelt, weil sein neuer Chef ihn bereits mit dem Namen anredete. Dann öffnete er langsam die Tür.

In dem Raum musste eine Schießerei stattgefunden haben, wie man an der zerschossenen Schreibtischplatte und an den Einschüssen in der Wand dahinter sah. Herkommer dachte im ersten Augenblick, da habe jemand versucht, den verschlossenen Schreibtisch amerikanisch zu öffnen, doch der Hausmeister sagte: „Aber den hier, den haben sie nicht laufen lassen. Der Herr Dr. Jung war augenblicklich tot. Sie haben ihn sofort weggeschafft. Einfach mitgenommen. Dabei hatte der Herr Vizekanzler und die ganze Kanzlei und erst recht Dr. Jung überhaupt nichts mit dem Röhm-Putsch zu tun, nicht das Geringste! Wir waren eines der nobelsten Ämter in ganz Berlin und noch nie die Freunde dieser SA!“

„Hm“, meinte Herkommer nur und war froh, dass er nicht in Uniform erschienen war. Er operierte, wenn er allein war, ja meistens in Zivil, aber irgendwann, nein, baldigst müsse er ihm wohl sagen, wo er herkomme.

„Meine Frau hat gleich am nächsten Morgen das ganze Blut und alles aufgewischt und alles wieder saubergemacht.“

„Ja – war denn da die Polizei schon da gewesen und die Mordkommission und so?“

„Nein, auf die warten wir heute noch. Wie der ganze Spuk vorbei war, das dauerte keine halbe Stunde, und wie die SS die Festgenommenen abtransportiert gehabt hat, da sind zwei von uns, einer aus der Wache und ein Techniker, gleich zur Polizei gegangen, Telefon ging ja keins mehr. Seither haben wir nichts mehr gehört, und jetzt hocke ich hier mit meiner Frau mutterseelenallein im ganzen Haus."

Herkommer erkannte freilich sogleich, dass die Hausmeistersfrau, sicher nicht ohne Zutun des Hausmeisters, mit dem Putzen allzu schnell bei der Hand gewesen war und nun wahrscheinlich wichtige Spuren verloren waren. Das könnte Ärger geben. Andererseits schien an höherer Stelle kein besonderes Interesse an der Spurenlage zu bestehen, sonst wäre doch sofort die Mordkommission erschienen. Dazu passt auch gut, dachte Herkommer, dass diese Brüder die Leiche gleich mitgenommen haben, die man zwar wahrscheinlich nicht verschwinden lassen kann, doch sollte wohl verborgen bleiben, dass diese Exekution in der Kanzlei des Vizekanzlers geschehen ist. Mit den verbliebenen Spuren war nicht mehr viel anzufangen; das waren der zerschossene Schreibtisch und die paar Einschusslöcher in der Wand, sie könnten höchstens noch Unannehmlichkeiten bringen, falls doch noch ein Übereifriger nach der Spurensicherung fragen sollte, und umgekehrt nützen konnten sie auch keinem mehr. Also weg damit!

„Bachmann, das nächste, was Sie tun: Den Schreibtisch zudecken und mit irgendeinem, den Sie sich schnappen, in den Keller schaffen, wir richten da drunten später sowieso ein Möbellager ein, wenn unsere Möbel aus München gekommen sind. Und dann: Die Löcher in der Wand sauber verputzen und wieder Tapete drüber, fertig! Übrigens – in Ihrem eigenen Interesse: Sie hätten nie zulassen dürften, dass da saubergemacht wird, bevor die Spuren gesichert sind. Aber keine Angst, Bachmann, das kriegen wir schon hin." –

Zwei Tage später erschienen dann doch irgendwelche Leute in offizieller Mission, und Herkommer ärgerte sich, dass er sich von ihren Dienstmarken, die sie ihm entgegengestreckt haben, hatte ablenken lassen und nicht genügend aufgepasst hatte, als er sie hereinließ und sie sich flüchtig vorstellten. Er hätte sofort zurückfragen sollen, woher genau sie kämen, dann hätte er das Heft in der Hand behalten, von vornherein, und *er* wäre es gewesen, der als Erster etwas gefragt hätte, und sie hätten ihm antworten müssen; das ist immer gut für den Anfang. Jedenfalls waren es drei Zivilisten, und wenn er recht gehört hatte, kam der etwas misstrauisch wirkende Kleinere von der

Staatsanwaltschaft und die beiden Großen kamen von irgendeiner Polizeidienststelle.

Herkommer gab Antwort, so gut er konnte. Er sei da ja noch gar nicht dagewesen, sondern erst Anfang Juli nach Berlin geschickt worden, nachdem das Gebäude direkt nach dem Röhm-Putsch endgültig der SA-Führung als neues Hauptquartier zugewiesen worden war. Momentan sei er der Einzige im ganzen Haus. – ‚Oh ja, Sie haben recht, das ist manchmal nachts schon ein bisschen eigenartig.' – Aber er habe keine Angst. Vom Hausmeister im Hinterhaus sprach er nicht.

„Und was ist Ihre Aufgabe hier?"

„Ich bereite im Auftrag der SA-Führung den Umzug des Hauptquartiers von München nach Berlin vor, der bis zum Herbst abgeschlossen sein soll."

„Im Auftrag der SA-Führung?", fragte der Staatsanwalt gedehnt, und da er ihn immer noch fragend anblickte, fuhr Herkommer fort:

„Neben der Festlegung der unvermeidlichen Renovierungsarbeiten muss vor allem noch Verschiedenes umgebaut werden, und dazu will das Büro Speer eine genaue Liste unserer Wünsche, die ich vorbereite."

Aber der Staatsanwalt wollte offenbar noch mehr darüber hören, sodass Herkommer seine Aufgabe weiter beschrieb.

„Das Wichtigste dabei ist, ich muss Vorschläge ausarbeiten, welche Räume für die einzelnen Herren des Führungsstabs jeweils am ehesten in Betracht kommen und wie sie entsprechend vorzubereiten sind – Änderung der Verbindungstüren, Größe der Vorzimmer, direkter Zugang zum Flur, Notausgänge und so weiter. Gerade das aber ist nach dem Röhm-Putsch und den Ereignissen von Bad Wiessee momentan ein wenig schwierig, weil man noch gar nicht genau weiß, wer in Zukunft alles zur obersten SA-Führungsebene gehört –"

Das aber wollte der Staatsanwalt wohl nicht mehr so genau hören, und er hob nicht gerade abwehrend, aber doch sichtlich abbremsend und mit skeptischer Miene die Hand. Erst in diesem Augenblick, eigentlich erst mit dieser Geste wurde Herkommer so richtig klar, wie aussichtslos die Aufgabe geworden war, in die er da hineingeraten ist. Aber er sollte unbedingt weitermachen, war ihm gestern noch telefonisch von München bestätigt worden.

Das Interesse der Herren an weiterer Aufklärung erschien Herkommer doch recht begrenzt. Sie gingen fast ein wenig gelangweilt durch das Haus, nur die Räume im Obergeschoss fanden sie etwas interessanter, schauten in dieses oder jenes Zimmer, blickten in das riesige Vorzimmer des Vizekanzlers und statteten eher neugierig als respektvoll auch dem Dienstzimmer des Vizekanzlers einen kurzen Besuch ab, ganz wie man ein Museum oder eine historische Stätte aus dem vergangenen Jahrhundert besucht, und einer der Drei sagte nachdenklich:

„Das war also diesem Herrn von Papen sein vornehmer Verein."

Dann wollten sie vor allem noch in das Zimmer von Edgar Jung kurz hineinschauen, und Herkommer war froh, dass der Hausmeister den Schreibtisch längst weggeschafft und die zerschossene Wand wieder hergerichtet hatte. Ob denn geschossen worden sei, wollte einer der beiden Kripoleute wissen, als sie das Zimmer von Dr. Jung wieder verlassen hatten. Warum kommt er gerade hier darauf, fragte sich Herkommer, und er versuchte, die Aufmerksamkeit der Ermittler in andere Teile des Gebäudes zu lenken:

„Ich nehme an, die haben erst einmal ein paar Schüsse in der Eingangshalle oder im Treppenhaus abgegeben, um sich Respekt zu verschaffen."

Jedenfalls habe er im Treppenhaus unten am Kellereingang ein paar Kugeln gefunden, aber die Herren interessierten sich nicht weiter dafür und wollten nicht einmal die Geschosse haben. –

Herkommer hatte sich vorgenommen, während der langen Wochen in Berlin nach und nach alle wichtigen Sehenswürdigkeiten zu besuchen, denn es gehörte sich einfach, wie er fand, über die Reichshauptstadt Bescheid zu wissen. Aber obwohl er einen Zettel mit interessanten Zielen bei sich trug, den er immer noch weiter ergänzte, wenn er etwas Neues erfuhr, hatte er nur selten einmal genügend Zeit, einen längeren Ausflug zu den Sehenswürdigkeiten zu unternehmen. Anstatt sich ein möbliertes Zimmer in der Nähe zu suchen, wie es ihm angeraten worden war, hatte er sich im Souterrain ein kleines Kabuff für die Nacht eingerichtet, was Geld sparte und vor allem den Vorzug hatte, dass er ständig zur Stelle war. Bei der Firma *Franks Rohmöbellager*, der bevorzugten Einkaufsquelle der Berliner

Arbeiterschaft, hatte er äußerst preisgünstig ein paar einfache Möbelstücke bekommen, Rohmöbel eben, die er aber nicht einmal anstrich – Tisch, Bett, Stuhl, das reichte ihm völlig.

Nur der tägliche Spurt zum Postamt führte ihn nach draußen, aber eben, wenn auch mit geringen Variationen, stets in die gleiche Gegend. Statt der Sehenswürdigkeiten war das örtliche Postamt zu seinem wichtigstes Ziel in Berlin geworden, denn dorthin, so war aus Sicherheitsgründen angeordnet worden, würden bis auf Weiteres alle Briefe von der Münchener Zentrale an ihn ‚postlagernd' geschickt werden, die meistens Anweisungen enthielten oder Antworten auf diese oder jene Frage, die von ihm im Zusammenhang mit der Einrichtung der Büros gestellt worden ist. Offenbar waren sich die Herren im Münchener Hauptquartier, schon wegen der völlig neuen Besetzung des Stabes, noch nicht ganz sicher, wie weit sie ihrer zukünftigen Anschrift in Berlin schon trauen konnten.

Eines Morgens lag ein sehr persönlich und gediegen wirkender hellblauer Umschlag mit handgeschriebener Adresse in seiner Post. Herkommer sah sofort, dass das Violet Bohners runde, kugelnde Handschrift war. Einen Augenblick lang freute er sich über die unerwartete Begegnung, war dann aber doch über sich selbst erstaunt, wie wenig er im Grunde auf den Inhalt des Briefes gespannt war. Viel mehr beschäftigte ihn, dass Violet, die doch stets ängstlich auf Deckung bedacht war, ihm überhaupt schrieb. Wenn er überwacht würde, damit muss man ja heutzutage immerhin rechnen, dann war dieses ‚postlagernd' eine gar nicht so ungeschickt aufgestellte Falle. Aber wahrscheinlich hatten die jetzt nach dem Röhm-Putsch ganz andere Sorgen in ihrem Hauptquartier. Nun ja, Violet hatte wenigstens keinen Absender angegeben, und am Schluss stand, wie er schon beim Öffnen des Briefes gesehen hatte, nicht ‚Violet', sondern nur ‚Deine Bohne'.

In seinem provisorisch eingerichteten Büro in der Portierloge sah er erst einmal seine dienstliche Post durch, bevor er sich dann Violets Brief zuwandte. Er war in den letzten Wochen sehr eingespannt gewesen und hatte nur hin und wieder einmal an sie gedacht. Violet klagte über die Leere ihrer Wohnung, während er in Berlin sei, und seine viel zu seltenen und immer nur so kurzen Besuche, manchmal nur für einen Abend und eine Nacht, und sie habe Angst, dass man sich fremd werde, man müsse gelegentlich auch die Dinge des Alltags gemeinsam bestehen. Es war ein langer Brief voller Sehnsucht, und er war, wie es Violets Art entsprach, zwar in keiner Weise intim, aber doch ungewöhnlich persönlich.

Je mehr Herkommer beim Lesen aufging, wie zärtlich diese Sätze waren, umso deutlicher fühlte er, wie wenig dieser Brief zu seiner augenblicklichen Stimmung passen wollte. Bei ihm war das etwas Besonderes mit diesen Stimmungen, das wusste er. Vielleicht war es auch nur ein Spleen. In Nürnberg hatte ihn Eugen einmal zu einem Vortrag mitgenommen, es war irgendwie um die Macht der Stimmungen gegangen, er hatte zwar nicht alles verstanden, aber begriffen, dass die Stimmungen unser Verhalten beeinflussen, ja dass sie unser Handeln manchmal geradezu beherrschen, im Guten wie im Schlechten. Und dann war da außer von den Stimmungen noch von diesen Gestimmtheiten die Rede gewesen, Grundgestimmtheiten hatten sie geheißen, das hatte er sich gemerkt, denn das betraf ihn vor allem. Aus schlechten Stimmungen kann man sich befreien, wenn man sie erkennt, mehr oder weniger schnell, manche Menschen bleiben Stunden oder gar Tage lang darin hängen, bevor sie sich von ihnen freimachen können, andere können sie fast augenblicklich überwinden und irritieren damit all die Menschen in ihrer Umgebung, die eine bestimmte Stimmung nicht sofort abwerfen können. Aber bei diesen Grundgestimmtheiten, da war das anders, das wusste Herkommer, da kommt keiner so schnell heraus, und sie bestimmen unser Tun mehr, als man glaubt.

Eugen hatte sich bei ihm hinterher entschuldigt, er hätte nicht gewusst, dass der Vortrag so langweilig werden würde, aber Herkommer fand ihn ganz hervorragend, vor allem diese Gestimmtheiten hatten es ihm angetan. Und, nachdem er kürzlich seine neue Aufgabe in Berlin übernommen hatte, da entdeckte er sogar, dass es bei ihm, von den speziellen Gestimmtheiten abgesehen, auch eine rein ortsabhängige Grundgestimmtheit gab, nämlich seine Berliner und seine Nürnberger Grundgestimmtheit, was ihm bei seinen gelegentlichen Fahrten nach Hause, oder richtiger nach Nürnberg, besonders auffiel. Nürnberg – das war für ihn: fürsorglich sein; Schutz gewähren; Stärke vermitteln; vielleicht manchmal auch ein wenig imponieren. Berlin dagegen – das war viel mehr. Das war ein ständiges Entscheiden und sich Durchsetzen bei den Verhandlungen, und das hieß Entschlossenheit zeigen beim Ausräumen und Aufräumen, beim Planen und Umbauen, beim Organisieren und Koordinieren. Mit einem Wort, Berlin – das war Aufbruch und Zukunft. Da passte Violets zarte Sehnsucht in ihrer sanften Melancholie einfach nicht dazu.

Nicht gerade gleichgültig, aber doch ungerührt legte er den Brief zur Seite und glaubte, dass er damit auch schon erledigt sei, jedenfalls fürs Erste einmal. Aber so lästig er ihm im Moment auch war, er kam ihm immer wieder in den Sinn.

Er würde Violet antworten, dass es jetzt weiß Gott Wichtigeres gebe als isolierte Zweisamkeiten auf einer glückseligen Insel oder wie er das so ähnlich irgendwie ausdrücken würde. Sie schreibt immer nur von mir und von sich und von sich und von mir. Mich aber interessiert das Ganze, unser großes Thema, das ist der nationale Aufbruch, in den ich hineingestellt worden bin. Jeder, der darin eine Aufgabe hat, muss diese nach Kräften erfüllen, und kein anderer darf ihn davon abhalten! Dieser Aufbruch, so würde er ihr schreiben, ist enorm, ist überwältigend, ist einzigartig und übertrifft alles Bisherige in der Geschichte. Vielleicht erlebt ihr das in Nürnberg nicht so stark wie wir hier in Berlin – diese fantastischen Aufmärsche, diese Umzüge, diese Großkundgebungen! –, obwohl die Aufbruchstimmung auch bei euch spürbar sein müsste.

Eugen hatte ihm kürzlich von seinen Elsässer Vettern erzählt, die am 20. April mit den Rädern nach Freiburg hinübergefahren sind, um am Abend bei der Großkundgebung aus Anlass von Hitlers Geburtstag dabei zu sein und beim angekündigten Fackelzug zuzuschauen, und die ihm hinterher, obwohl es keine von diesen Anschluss-Elsässern waren, begeistert berichtet und ihm bestätigt hatten: „Bei euch geht es aufwärts!" – Es seien sogar Bekannte aus Gérardmer, also echte Vollfranzosen, mit dabei gewesen. Das ist es eben, alle werden sie von dieser Aufbruchstimmung ergriffen, sogar die Ausländer, was die Elsässer ja sind, und bei uns sogar die Meckerer und Parteigegner, ja selbst die übriggebliebenen Politiker von den anderen Parteien aus der Systemzeit, wenn sie ehrlich sind. Sogar im Ausland ist unser Ansehen wieder gestiegen. „Durch unser entschlossenes Vorgehen", hatte der Kreisleiter getönt, „sind wir wieder zu einem respektierten Mitglied der europäischen Völkerfamilie geworden" – jawohl, so ist es, wir haben wieder Geltung in der Welt erlangt! Nur Violet will von all dem nichts spüren, vor lauter Angst, und klammert sich an mich! Gut – man muss zugeben, dass durch die Entlassung der jüdischen Beamten, überhaupt durch die Verfolgung der Juden und die Welle der Emigranten unser Ansehen im Ausland allzu leicht wieder untergraben wird, da wird man in Zukunft sicher vorsichtiger sein müssen, denn die Emigranten hetzen natürlich gegen uns, wo sie nur können, aber das mit den Juden wird sich sowieso allmählich wieder einrenken, hatte er schon früher Violet immer wieder erklärt, obwohl sie nie so recht daran glauben mochte.

Je länger er über seine Antwort nachdachte, umso deutlicher spürte er, wie schwer ihm dieser Brief fallen würde. Er wusste, dass er ein viel zu unbeholfener Briefschreiber war, um Violet diese Gedanken nahezubringen, über die er sich ja selbst noch nicht genügend im Klaren war. Auch sollte er sich nicht ohne Not der Gefahr einer zwar nicht sehr wahrscheinlichen, aber immerhin möglichen Briefzensur aussetzen.

Im Grunde nahm er diese ganzen Einschränkungen der persönlichen Freiheit ja ohne Klagen hin, das waren eben die kleinen Opfer, die man für den nationalen Aufbruch und für das deutsche Wiedererstarken zu bringen hatte. Bei der noch längst nicht vollständig gelungenen Niederringung des inneren Feindes ging das vermutlich auch gar nicht anders, da will man ja nichts dagegen sagen. Denn freilich konnte es nicht erwünscht sein, das sieht doch jeder ein, wenn irgendwelche Meckerer Radio Straßburg hören, nur um sich für ihr feindseliges Stammtischgerede zu munitionieren und sich dann unter ihresgleichen hervorzutun. Ganz etwas anders dagegen war es, wenn Eugen und er gelegentlich den Straßburger Sender hörten, das geschah in kritischer Einstellung und natürlich auch, um Eugens Heimatgefühle ein wenig zu befriedigen.

Lästig war es natürlich gewesen, dass sie neulich bei ihrer kleinen Elsassreise in Eugens Heimatdorf Niedermorschwihr pro Kopf nur 50 Reichsmark hatten mitnehmen dürfen, offiziell jedenfalls, aber wir brauchen diese strengen Devisenvorschriften, und wenn Deutschland das Geld einfach ungebremst ins Ausland abfließen lässt, dann kommen wir nie auf einen grünen Zweig, das muss jeder Gutwillige verstehen.

Auch dieser Eintopfsonntag für das Winterhilfswerk[4] war so eine Einschränkung, die jedermann, Arm und Reich, auferlegt war, aber durch nichts anderes, sagte der Kreisleiter immer, wird Groß und Klein besser vor Augen geführt, was wir unter Volksgemeinschaft verstehen – „Volksgemeinschaft, Herkommer, das ist ein heiliges Wort!"

Herkommer, so war er eben, dachte nicht darüber nach, wie man sich von diesen Einschränkungen befreien könnte, unter denen er ja auch gar nicht ernstlich litt und das er deshalb leicht ertrug und meistens sogar bejahte, sondern er machte sich höchstens einmal Gedanken darüber, wie man, wenn das mal nötig sein sollte, ein Verbot in einem Einzelfall am ehesten umgehen kann und wie man sich vor möglichen Konsequenzen am besten schützt. Doch bei Violet ging es ihm um das Grundsätzliche. Was immer er ihr auch schreiben würde, sie würde nie verstehen, *nie verstehen können*, was Volksgemeinschaft heißt – Volksgemeinschaft, die vom Einzelnen eben auch Verzicht verlangt.

Oder sollte er den Brief gar nicht erst versuchen und einfach mal wieder nach Nürnberg fahren und Violet nachts überraschen? –

Der Röhm-Putsch lag inzwischen schon Wochen zurück, und im politischen Berlin war das Vizekanzleramt schon fast vergessen, als sich bei Herkommer noch ein weiteres Mal überraschender Besuch ankündigte. Herkommer ging gerade an der Portierloge vorbei und hörte, wie es in der Telefonzentrale klingelte, die dort mit untergebracht war. Er hatte die Anlage, nach einem ziemlich heftigen Krach mit der Reichspost, wieder instand setzen lassen, doch hatte er sich vorgenommen, auf Anrufe, die ohnehin selten waren, keinesfalls zu reagieren. Wenn man jedoch in einem so großen Gebäude so lange Zeit mutterseelenallein ist, dann wird man von Tag zu Tag begieriger darauf, sich mit anderen Menschen zu unterhalten, gleichgültig worüber. Zwar konnte Herkommer diesem Drang gewöhnlich leicht widerstehen, jedenfalls solange der Aufwand für ein solches Gespräch genügend hoch war, so beispielsweise, wenn er manchmal vielleicht ein gewisses Bedürfnis verspürte, mit dem Hausmeister zu plaudern, den er jedoch erst in seiner Wohnung im Souterrain des hinteren Gebäudes hätte aufsuchen müssen. Wenn sich dagegen eine Gesprächsmöglichkeit in so greifbarer Nähe einstellt wie hier dieses Klingeln des Telefons auf der Theke der Portiersloge, wo schon in der nächsten Sekunde und mit einem einzigen Handgriff eine Verbindung herzustellen war, und wenn diese Chance auf ein Gespräch sich so unüberhörbar laut auftut und immer wieder zum Handeln auffordert, dann werden alle Vorsätze übersprungen, und so griff er, ohne es sich recht zu überlegen, nach dem Telefonhörer und meldete sich. Ein folgenschwerer Schritt, wie sich zeigen sollte.

„Hier Voßstraße eins."

„Heil Hitler – Morjen. Sturmbannführer Ossenbühn möchte einen Herrn Herkommer sprechen, ist der bei Ihnen zu erreichen?"

„Ist am Apparat."

„Ist ja bestens! Ich verbinde mit dem Sturmbannführer."

Heftiges Leitungsknacken.

„Ossenbühn."

Was folgte, war die geschliffene und ungewöhnlich höflich formulierte Bitte des Sturmbannführers um ein kurzes persönliches Gespräch, möglichst heute Vormittag noch.

„Sie bewachen das Palais?"

„Bewachen weniger, natürlich auch. Ich bereite den Umzug des Stabes von München nach Berlin vor."

„Darüber sollten wir sprechen."

Am späten Vormittag fuhr ein schwarzer Wagen vor und hielt nahe am Eingang. Herkommer wollte rasch zum Wagen hineilen, um den Sturmbannführer zu begrüßen, doch der wartete nicht mit dem Aussteigen, bis ihm der Chauffeur die Wagentür öffnete, und sprang flott die paar Stufen hinauf, Herkommer entgegen, den im ersten Augenblick die schwarze SS-Uniform irritierte, hatte er doch einen Sturmbannführer der SA erwartet.

Ossenbühn trat auch jetzt Herkommer gegenüber ungemein höflich auf, dabei aber keineswegs zurückhaltend oder gar scheu, wie das bei besonders höflichen Menschen häufig zu beobachten ist. Es war vielmehr diese geschliffene Höflichkeit, diese betonte, akzentuierte Höflichkeit, mit der sich große Teile der Führerschaft der aufsteigenden SS von dem oft arg krachledernen Auftreten der höheren SA-Führer abzuheben suchten. Herkommer war durchaus beeindruckt, zumal sich die generelle Höflichkeit seines Gastes mit einer großen persönlichen Freundlichkeit ihm gegenüber verband.

Der Sturmbannführer ließ sich von Herkommer erst noch einmal schildern, was er wusste von ‚unserem Handstreich', wie er das halb scherzhaft nannte. Es war nicht viel. Vor allem interessierte er sich für den Besuch dieser Kommission ein paar Tage danach.

„An der Aktion Voßstraße waren viel zu viele Stellen beteiligt, das konnte nicht klappen!", klagte Ossenbühn und zählte auf: „die SS – das hätte schon gereicht; na ja, und dann noch die Gestapo, aber eben auch noch dieser Haufen da, der sich Landespolizeigruppe General Göring nennt, und noch die Reichswehr!"

„Auch die Reichswehr?", fragte Herkommer.

„Bei dieser Aktion hier vielleicht nicht direkt, aber mindestens hat sie der Polizei mit Waffen ausgeholfen. Ausgerechnet beim Kommando Voßstraße wollten sie alle mit dabei sein! Aber das heikelste Thema bei der ganzen Geschichte", meinte der Sturmbannführer, „ist dieser Dr. Jung, nicht Herr von Bose."

„Bose? Bose –?"

„Ja, Herbert von Bose, der wurde im Keller erschossen. Das wissen Sie gar nicht, Herkommer?"

„Meine einzige Quelle war der Hausmeister und der hatte sich, wie ich ihn kenne, vermutlich in seiner Wohnung unterm Bett versteckt."

„Übrigens wurde Bose nicht in seinem Zimmer erschossen, wie Görings Leute meinten, sondern, wie gesagt, im Keller; die verwechseln das mit Dr. Jung. Die Erschießung Boses habe auf einem bedauerlichen Irrtum beruht, sagten die Männer von der Gestapo hinterher. Möglicherweise stimmt das sogar. Hauptziel war, von der Aushebung des ganzen Ladens abgesehen, von Anfang an Dr. Jung. Obwohl Bose natürlich genauso zu dieser von-Papen-Clique gehört hat wie Jung."

„Sie meinen, das war ein ganzes Nest von Gegnern?"

„Ich meine das nicht, Herkommer, das weiß ich. Wir kennen jeden einzelnen. Das war eine intakte Widerstandsgruppe. Die meisten unserer Leute denken bei Widerstandsgruppen immer zuerst an die Linken. Das hier waren Konservative, und die waren schon viel weiter! Die standen in den Startlöchern! Durch Papen hatten sie sehr direkten Zugang zu Hindenburg und auch gehörigen

Einfluss auf ihn, aber was sie vor allem gefährlich machte, war ihre Nähe zur Reichswehr. Der Treppenwitz bei der Papen-Clique aber ist", amüsierte sich Ossenbühn, „dass Papen selbst gar nicht mit zu dieser Widerstandsgruppe gehörte! Der hat wahrscheinlich nicht einmal gemerkt, was das für eine Bombe war, die ihm Dr. Jung als Manuskript für seine berüchtigte Rede in Marburg vor die Nase gelegt hat."

Sie plauderten noch eine Weile über den Röhm-Putsch, und der Sturmbannführer erläuterte Herkommer sorgfältig, warum es unbedingt notwendig gewesen war, sofort den Staatsnotstand auszurufen, und dass eine solche Gelegenheit selbstverständlich stets ausgenutzt würde, um gleich noch ein paar andere gefährliche Gegner loszuwerden. Natürlich hätten die beiden ausgeschalteten Reichswehr-Generäle nicht das Geringste mit der SA-Führung zu tun, im Gegenteil, die Reichswehr verachte die SA ebenso, wie die SS das tut, erläuterte der Sturmbannführer und merkte gar nicht, wie sehr er mit seinen verächtlichen Worten über die SA auch Herkommer traf.

Plötzlich fragte der Sturmbannführer unvermittelt: „Woher, Herkommer, haben Sie eigentlich gewusst – oder wie haben Sie erfahren, dass die Liquidierung von Dr. Jung verdeckt bleiben sollte?"

Für einen Augenblick fürchtete Herkommer, jetzt in die Enge getrieben zu werden und fragte erst einmal vorsichtig:

„Was meinen Sie mit ‚verdeckt'?"

Der Sturmbannführer lachte vergnügt, und Herkommer merkte, dass er offenbar gar nichts Böses im Schilde führte.

„Das ist der etwas vornehmere Ausdruck. Es soll etwas ‚verdeckt bleiben', das steht bei uns für vulgo ‚vertuscht werden'. Wobei mich immer wieder der feine Unterschied entzückt: ‚Vertuscht *werden*' – da wird irgendwie daran gedreht, das ist SA-Stil. Aber ‚verdeckt *bleiben*' – da manipuliert keiner, man sorgt einfach nur dafür, dass es so bleibt, wie es ist, nämlich zugedeckt. – Sie verstehen?"

„Ach so. Nein, ich habe, als ich hier ankam, von der ganzen Geschichte überhaupt nichts gewusst und auch vom Hausmeister nichts Näheres erfahren. Sondern es war mir einfach klar, dass es etwas zu bedeuten hat, wenn das SS-Kommando den toten Dr. Jung gleich mitnimmt." Herkommer vermied das Wort Leiche. „So etwas geschieht ja nicht zufällig. Da sollte nicht zu viel an die große Glocke kommen. Und weil die Hausmeistersfrau ohnehin schon alles gesäubert hatte, schien es mir nur konsequent, auch die letzten Spuren – das waren der zerschossene Schreibtisch und die Einschusslöcher in der Wand –, verschwinden zu lassen. Einfach weil es auf der vorgegebenen Linie lag."

„Das ist genau das", tönte der Sturmbannführer voller Anerkennung, „was wir in unserem Führungsnachwuchs brauchen, Herkommer! Ich meine jetzt nicht Leute, die Befehle gewissenhaft ausführen und die dabei sogar höchsten Einsatz an den Tag legen, obwohl wir diese natürlich auch brauchen, dringend brauchen. Sondern gerade in der SS brauchen wir vor allem auch Männer, die die generelle Intention aufnehmen, verstehen Sie, die generelle Intention, die hinter irgendeinem Befehl der Führungsspitze steht, und Männer, die in einer bestimmten Situation dann auch ohne ausdrücklichen Befehl, auch ohne Auftrag, genau das Richtige tun. Weil sie eben *spüren*, worauf es im Ganzen ankommt. Einzelkämpfer also mit Umsicht und Eigeninitiative, die schon auf das kleinste Anzeichen hin die Intention der Führung erfassen und selbständig mitziehen."

Nun ja, dachte Herkommer, so klein war das Anzeichen nun auch wieder nicht, wenn da eine ganze Leiche verschwindet.

„Das hätte was geben können, Herkommer, wenn dieser Staatsanwalt die Spuren von der Schießerei in Jungs Zimmer entdeckt hätte! Obwohl ich ja glaube, dass die bei ihrer Suche nicht besonders wissbegierig waren."

„War auch mein Eindruck."

„Die sind sicherlich von irgendjemandem ein bisschen abgebremst worden."

„War ja auch seltsam, dass diese Kommission erst nach Tagen gekommen ist!"

„Doch nachschauen mussten sie eben, schon der guten Ordnung halber. Jung war der wichtigste Mann hier, und ihm galt unser Hauptinteresse, aber er war kein fest beamteter Mitarbeiter im Vizekanzleramt, und es gibt gewichtige Gründe, dafür zu sorgen, dass sein Tod nicht mit der Aushebung des Amtes in Verbindung gebracht wird! Darum ist von uns ganz systematisch das Gerücht gestreut worden, dass Jung gar nicht anwesend sein konnte, weil er schon ein paar Tage vorher in seiner Wohnung in Halensee festgenommen worden und dann in Oranienburg erschossen worden sei. Dabei war es natürlich genial von unseren Leuten, dass sie nicht nur den Todesort geändert, sondern auch den Todestag um zwei oder drei Tage vorverlegt haben, da kommt der Verdacht eines Zusammenhangs erst gar nicht auf."

„Aber", fuhr Ossenbühn fort, „wir sollten, nur weil wir hier so nahe draufsitzen, nicht vergessen, dass es bei den ganzen Aktionen in erster Linie um die Niederschlagung des Röhm-Putschs ging und um die Ausschaltung einer verkommenen SA-Führung, und dass das hier in Berlin nur ein paar kleinere Aufräumarbeiten am Rande waren, die man halt so miterledigt hat. Das wichtigste Ergebnis jedenfalls ist, wenn auch im Moment vielleicht schlecht für Sie, mein lieber Herkommer, dass die SA als Machtfaktor am Ende ist, da ist die Luft endgültig raus! So ziemlich die einzige Aufgabe, die ihr noch bleibt, wird es sein, sich um den Wehrsport und die Wehrertüchtigung, also um die vormilitärische Ausbildung zu kümmern. Die dachten immer, weil sie viel größer sind als wir, seien sie die Eigentlichen. Das Entscheidende aber ist nicht die Größe, sondern die Gesinnung, die innere Haltung und das Herrschaftsbewusstsein! Und natürlich der Zugang zu den Waffen. Da hat sich die SA immer große Hoffnungen gemacht, von wegen millionenstarkes Volksheer, in dem die Reichswehr dann aufgehen soll, und so weiter. Nicht einen einzigen Karabiner werden sie von der Reichswehr kriegen!"

„Und die SS?"

„Oh, übersehen Sie nicht die enge Verflechtung der SS mit der Polizei, an vielen Punkten besteht sogar eine gewisse Personalunion, und das wird noch ausgebaut. Die SS bekommt nicht nur Waffen – sie hat sich schon. Haben Sie schon von der SS-Verfügungstruppe gehört? Das ist eine kasernierte Sondereinheit, immerhin bereits mehrere Regimenter stark, und die Bewaffnung – die stammt von der Polizei! Auch wenn da letztes Jahr gerade von Seiten der Reichswehr gemurrt worden ist, damit würde eine Parteiorganisation mit Staatsmitteln aufgepäppelt. Aber das war nur der Neid, das hat sich gelegt, inzwischen bekommen die ja auch genug. Diese Verfügungstruppe ist unser Grundstock, Herkommer, und zwar nicht etwa für ein Volksheer, gottbewahre, sondern im Gegenteil für eine künftige

Elite-Truppe. Für die suchen wir gerade unseren Führungsnachwuchs zusammen. Und genau da brauchen wir ganze Kerle wie Sie!"

„Aber ich hörte, ein Wechseln von der SA in die SS sei gar nicht ohne Weiteres möglich", sagte Herkommer, und Ossenbühn war überrascht, wie beweglich Herkommer war und sich offenbar im gleichen Augenblick auch schon mit dem Gedanken eines Wechsels beschäftigte und im Grunde genommen bereits zugriff.

„Wir wollen natürlich nicht, dass die SA ausblutet, zumal wir nur die wenigsten aus ihrem Führerkorps brauchen könnten, die da das sinkende Schiff verlassen wollen. Insofern stimmt das grundsätzlich schon, was Sie sagen. Aber diese Vorschrift gilt nicht, wenn Sie von mindestens zwei höheren SS-Führern, so die Regelung, zum Übertritt aufgefordert worden sind. Aber nun machen Sie mal erst noch Ihren Umzug schön fertig! Mein unmittelbarer Vorgesetzter im Amt, Obersturmbannführer Castan, wird die Angelegenheit genauso sehen wie ich", sagte der Sturmbannführer zum Abschied und gab Herkommer einen aufmunternden Klaps auf den Oberarm, als ob er ihn schon hätte. –

Für Herkommer folgten noch etliche Wochen angestrengter Arbeit in Berlin, bis er schließlich, nicht ohne Stolz, nach München melden konnte, dass die gesamten Räumlichkeiten planmäßig fertiggestellt seien und auch die neu angeschafften Möbel bereits an Ort und Stelle stünden, sodass ab Montag kommender Woche, also genau nach Zeitplan, der eigentliche Umzug planmäßig vonstatten gehen könne. Ossenbühns SS-Dienststelle schien allerdings über alle Vorgänge in der SA genauestens im Bilde zu sein, denn schon zwei Tage nach Herkommers Vollzugsmeldung nach München erhielt er von Ossenbühn die Nachricht, dass es nun wohl an der Zeit sei, den besprochenen Übertritt zur SS in Angriff zu nehmen.

Herkommer fühlte sich etwas überrumpelt, und alle möglichen Gedanken schossen ihm durch den Kopf: Dass er schon gar nicht mehr gefragt werde, ob er überhaupt übertreten wolle; dass er doch noch nicht die geringste Erklärung in dieser Richtung abgegeben habe; dass er das ja eigentlich auch gar nicht gekonnt hätte, weil er in den letzten Wochen viel zu beschäftigt war, als dass er über seine weitere Karriere hätte nachdenken können; dass diese ihm aber äußerst wichtig sei; aber schließlich auch, dass bei der SA wohl nicht mehr viel zu holen sein wird. Im Grunde fühlte sich Herkommer sogar geschmeichelt, dass Ossenbühn von sich aus das Thema wieder aufgegriffen hatte, wenn auch arg über seinen Kopf hinweg; aber wahrscheinlich umso wirksamer.

Alles Interesse Ossenbühns an seinem baldigen Übertritt jedoch half offenbar nicht weiter, Herkommer musste einen endlosen Weg durch Ämter und Behörden antreten, vor allem der *Große Ariernachweis*, den man ihm abverlangte, machte ihm Schreibarbeit über Wochen. Bis nach Stolp in Pommern, wo einer seiner Urgroßväter gelebt hatte, musste er reisen, weil der dortige Pfarrer mit einem Eintrag im Kirchenbuch nicht zurechtkam.

„Ich habe meinen Ariernachweis doch längst erbracht", hatte er vor ein paar Tagen bei Ossenbühn geklagt. „Für meinen Eintritt in die SA musste ich meinen Ahnenpass zusammenstellen, den könnte ich jederzeit vorlegen, ich habe ihn ja hinterher wieder bekommen."

„Das mag für die SA ausreichen", hatte Ossenbühn verächtlich abgewinkt, „auch vielleicht für eine Verbeamtung oder sonst etwas, aber bei uns brauchen Sie den Großen Ariernachweis, Herkommer. Der wird Ihnen übrigens nicht wieder ausgehändigt, sondern er wird, wie alle Abstammungsnachweise, vom Rassen- und Siedlungshauptamt einbehalten. Aber das Organisatorische werden Sie alles noch lernen, Herkommer. – Was ich jetzt möchte, ist nur, dass Sie das alles schön herbeischaffen, klar, und vor allem, dass Sie auch einsehen und verstehen, warum wir gerade in diesem Punkt so unerbittlich streng sind."

Herkommer blickte auf.

„Beim sogenannten Kleinen Ariernachweis, der ja nur bis einschließlich Großeltern zurückreicht, kann in einem ungünstigen Fall, wie man leicht sieht, immer noch ein ziemlicher Anteil fremden Blutes mit drinstecken, wenn es da beispielsweise unter den acht Urgroßeltern eine jüdische Urgroßmutter gibt. Man wollte aber nicht allzu streng sein, obwohl es sich natürlich um eine ‚wesensfremde Vermischung', wie wir das nennen, handelt, und hat deshalb diese Aufteilung vom Volljuden über den Halbjuden nur bis zum Vierteljuden vorgenommen, das ist ein Mischling zweiten

Grades. Aber der Begriff des Achteljuden, also dritten Grades, spielt beim Kleinen Ariernachweis gar keine Rolle mehr, der Anteil nichtarischen Blutes ist dann gering genug, sodass er vernachlässigt werden kann. Und zwar deshalb, weil unsere Wissenschaftler festgestellt haben, dass sich solch kleine Fremdanteile allmählich wieder herausmendeln, wie der Fachausdruck lautet, man könnte auch einfach sagen, sich auswachsen. Diesen Vorgang nennen wir in der Rassenlehre ‚Aufartung', und darauf beruht unsere *Aufartungspolitik*. Aber: Das braucht seine Zeit, ein paar Generationen mögen da schon darüber hingehen. Wir von der SS jedoch, als die Speerspitze der nationalsozialistischen Bewegung gewissermaßen, können darauf nicht warten, wir brauchen von vornherein einen möglichst reinrassigen arischen Auftritt nordischen Blutes, wie ihn erst der Große Ariernachweis gewährleistet. Der winzige Anteil fremden Blutes, der da und dort trotzdem noch drinstecken mag, ist in kürzester Zeit vollends herausgemendelt! Deshalb also, verstehen Sie, wird der Große Ariernachweis verlangt, der in jedem Fall sogar noch über die Urgroßeltern hinausgeht. Je höher der Dienstgrad, desto strenger die Anforderungen. Und wenn ich eben sagte, dass die SS die Speerspitze der Bewegung darstellt, so ist das sehr wörtlich gemeint. Die SS ist jetzt durch den Führererlass eine absolut eigenständige Organisation geworden. Die SA ist die Massenorganisation, wir sind die Elite – von der SA endgültig abgekoppelt. Jetzt sind wir frei und können uns auch offiziell an die Spitze der Bewegung setzen. Insofern, Herkommer, kommt Ihr Übertritt genau zur rechten Zeit!"

„Mir fehlt jetzt nur noch ein Urgroßvater auf der mütterlichen Seite", fügte Herkommer hier ein, „aber väterlicherseits bin ich schon bei den Ur-Ur-Großeltern."

Ossenbühn gefiel Herkommers Eifer und er fuhr in fast kameradschaftlichem Ton fort:

„Na also, Herkommer, Mensch! Es geht doch! Den Rest schaffen Sie auch noch! – Oh ja, ich weiß, das ist viel Arbeit, aber es lohnt sich. Mein Großer Ariernachweis reicht bis 1710 zurück! Ich musste einfach immer weitermachen, ich musste! Je mehr ich mich damit befasste, desto besessener wurde ich, und desto mehr ekelte ich mich schon bei der bloßen Vorstellung, dass jüdisches Blut in meinen Adern fließen könnte. Bei fremd klingenden Namen nahm ich mit Beklommenheit und manchmal sogar mit einer gewissen Angst die Spur auf. Aber jeder neue arische Vorfahr, den ich entdeckte, auch wenn da vielleicht auch mal ein Sorbe darunter war, war für mich ein neuer Sieg!"

„Was sind Sorben?"

„Meines Wissens sagt man auch Wenden, sind aber echte Deutsche! Die Sorben siedeln hauptsächlich entlang der Lausitzer Neiße. Cottbus, Bautzen, so diese Gegend. Das sind Slawen, also keine nordische Herrenrasse, leider. Aber ein Sorbe im Stammbaum ist immer noch besser als ein Jud", lachte Ossenbühn, „da wird keiner was sagen."

Dann aber wurde Ossenbühns Gesichtsausdruck unvermittelt fanatisch und unversöhnlich, ja fast feindselig erschien Herkommer dieser sonst so freundliche Vorgesetzte plötzlich in seiner Unerbittlichkeit, und auch seine Stimme und sogar seine Bewegungen wurden härter. Das war nicht mehr Ossenbühns eigene Sprache.

„Wir sind durchdrungen von der Gewissheit, dass die Reinheit des deutschen Blutes die Voraussetzung für den Fortbestand des deutschen Volkes ist. Das deutsche Volk allerdings ist in einer unerträglichen Weise *mit jüdischem Blut geradezu durchseucht*. Während in früheren Jahrhunderten eine gesunde bäuerliche Bevölkerung dem Ansturm noch erfolgreich widerstand, ist später durch die perfide Strategie der Juden, sich zu assimilieren, immer mehr fremdes Blut in den Volkskörper eingesickert und hat ihn immer mehr geschwächt und ihn seiner Lebenskraft insofern beraubt, als er in der Abwehr dieser unsichtbaren Invasion immer mehr erlahmt ist und sich allmählich mit dieser Vermischung abfand, ja sie schließlich sogar für wünschenswert hielt. Noch gibt es einen natürlichen Widerstand in weiten Kreisen unseres Volkes, aber das reicht nicht aus, wie die Vergangenheit zeigt, denn diese Widerstandskraft wird immer geringer, und darum muss alles getan werden, um diesen Widerwillen gegenüber allem, was jüdisch ist, anzufachen, ihn in aktiven Widerstand zu verwandeln und bis zum Abscheu zu steigern. Das ist unser Ziel. Aber wenn wir damit nicht schnellstens anfangen und wirklich radikale Gegenmaßnahmen ergreifen, ist unser Untergang besiegelt."

Ossenbühn trat ganz dicht an Herkommer heran, ballte beschwörend die Fäuste und zischte mehr, als dass er sprach: „Wir haben überhaupt keine Zeit mehr, Herkommer! Mit dem Zeitmaß der Weltgeschichte betrachtet, befinden wir uns im letztmöglichen Augenblick, in dem wir das deutsche Volk noch retten können!“ –

8 _ Straussens Abschied von seiner Kanzlei

Schon als im März 1934, von der Öffentlichkeit nur wenig beachtet, der Arierparagraph auch von der Reichswehr übernommen worden war, hatte Strauss geahnt, dass es allmählich für ihn doch bedrohlich werden könnte. Und so war es denn auch. 1935 folgten die Nürnberger Rassengesetze, vom eigens nach Nürnberg einberufenen Reichstag verabschiedet, und damit wurde auch das Frontkämpferprivileg, auf das er sich allzu lange verlassen hatte, aufgehoben.

Strauss hatte sich zu dieser Zeit in der Kanzlei schon weitgehend zurückgezogen. Er arbeitete zwar noch mit, verfasste für Welde, der sich an manchen Tagen mit schriftlichem Formulieren unerhört schwertat, lange Schriftsätze und arbeitete gelegentlich auch noch dieses oder jenes Gutachten aus, trat aber nach außen hin kaum mehr in Erscheinung.

Mit dem Erlass der Nürnberger Rassengesetze trat eine merkwürdige Veränderung ein. Zwar gab es in Deutschland seit langem schon einen handfesten Antisemitismus, der tief verwurzelt war. Es gab ihn in den verschiedensten Graden und Abstufungen, doch war er meistens ein eher latenter Antisemitismus, wenngleich er durch äußere Anlässe, vor allem durch geschickte Propaganda, leicht anzufachen war. Die offensive Feindschaft und der harte und mitleidslose Umgang mit den Juden, wie er der nationalsozialistischen Doktrin entsprach, war bis dahin von Freund und Feind als die äußerste der extremen Positionen angesehen worden, mit der sich die meisten nicht oder nur schwer hatten identifizieren können.

Nun aber war ein Gesetz dazu erlassen und in Verbindung mit dem pompösen Nürnberger Reichsparteitag (und unter bestürztem Aufmerken der Weltöffentlichkeit) von Hermann Göring, dem damaligen Reichstagspräsidenten, mit großem Tamtam verkündet worden. Damit war in die Vielfalt der flottierenden Meinungen und in die Willkür der judenfeindlichen Maßnahmen ein fester Pflock eingeschlagen. Er markierte von nun an die offizielle Haltung, die Soll-Norm gewissermaßen, und war damit eben nicht mehr eine Extremposition, sondern eine Norm, die man vielleicht mit der eigenen Einstellung noch nicht ganz erreicht hatte, an die man sich als Volksgenosse oder gar Parteigenosse jedoch nun gefälligst gewöhnen sollte. Alles, was milderer Einstellung entsprach, auch in den eigenen Reihen, galt in den Augen der Parteioberen als bürgerliche Verweichlichung, rassische Unaufgeklärtheit und Rückständigkeit.

So mancher durchschnittliche Antisemit mittleren oder kleineren Kalibers, der ob seiner zunehmenden Juden-Aversion und der Aggressionsbereitschaft, die ihm immer mehr abverlangt wurde, mitunter Gewissensbisse verspürt haben mochte, fühlte sich nun durch die neuen Gesetze und vor allem durch die unerbittliche Haltung, die aus ihnen sprach und die seine eigene Rigorosität bei weitem übertraf, gedeckt und abgesichert. Das, was eine ‚normale' Einstellung und ein ‚normales' Verhalten gegenüber Juden ist oder bald sein sollte, das wurde durch die Existenz der Nürnberger Gesetze neu definiert.

Diese plötzliche Verschiebung vom irrwitzigen Extrem zur empfohlenen Norm und schließlich zum befohlenen Verhalten war bis in die Kanzlei Welde, Strauss und Kollegen hinein spürbar, wiewohl die Sozietät überwiegend aus Anwälten bestand, die dem Regime kritisch gegenüberstanden.

„Da hätte ich mir bei Gott etwas anderes gewünscht", äußerte von Marwitz über die neuen Rassengesetze, „aber besser als dieser gesetzlose Zustand der letzten Jahre ist es allemal."

„Wenigstens wird wohl die entsetzliche Willkür ein Ende haben", stimmte Strotkötter zu.

„Es geht nicht an, dass irgendwelche wild gewordenen unteren Chargen freihändig entscheiden, wer in Haft genommen wird", meinte sogar Dr. Barousse in der verbreiteten Sehnsucht der Juristen nach Ordnung.

„Die antisemitischen Ausschreitungen haben wir jedenfalls hinter uns", meinte auch der Referendar Mack. „Wenn sie sich jetzt nur nicht gegen die Katholiken wenden!"

Strauss spürte deutlicher als alle anderen die unsichtbaren Veränderungen, die in der Kanzlei vor sich gingen, obgleich er nicht in der Lage gewesen wäre, sie angemessen zu beschreiben. Es war nicht nur, wie er mehrfach bei Kollegen und Personal zu beobachten glaubte, ein rascheres Wiederwegblicken, wenn man sich im Vorbeigehen auf dem Flur gegrüßt hatte; es war nicht nur gelegentlich das unvermittelte Verstummen eines Gesprächs, wenn er zufällig hinzugetreten war; es war einfach eine allgemeine Befangenheit, die sich immer mehr ausbreitete und die es früher in der Kanzlei nicht gegeben hatte. Sogar die auffallende Höflichkeit und auch echte Freundlichkeit, mit der man ihm begegnete, sei es im Sekretariat der Kanzlei oder in den Büros der einzelnen Kollegen, schien ihm verdächtig – als ob er schon nicht mehr dazugehörte.

Als Welde dann für drei Wochen zu einer Kur nach Badenweiler fuhr, fühlte sich Strauss in der Kanzlei allein gelassen, wie er das bis dahin noch nie erlebt hatte. Er würde nun in allgemeinen Verwaltungsangelegenheiten, die die Kanzlei im Ganzen betrafen, vermehrt mit dem Bürovorsteher, einem Herrn Schellhammer, zusammenarbeiten müssen, was ihm sonst Welde stets abgenommen hatte, weil er wusste, das Strauss mit dem Bürovorsteher nur schlecht zu Rande kam. Schellhammer führte bei den Sekretärinnen der Kanzlei und den Stenotypistinnen des Schreibbüros ein strenges Regiment und beherrschte die Abläufe in der Kanzlei wie noch keiner seiner Vorgänger. Er nahm den Associés an Arbeit ab, was er ihnen nur abnehmen konnte (‚was er ihnen nur aus der Hand winden kann', pflegte Welde zu spotten), und gehörte zu jenen Menschen, die in allem, was sie tun, was sie wissen und was sie sagen, sich ihrer Sache stets sicher sind. Selbstzweifel kennen sie nicht, Ungewissheit ertragen sie nicht. Es war kein Wunder, dass dieser überaus selbstgewisse Schellhammer mit Strauss, der stets abwog, der nicht nur die unmittelbaren Folgen, sondern auch die Randfolgen bedachte, der das noch nicht Entscheidbare im Unentschiedenen schweben ließ und der dem kleinsten Zweifel nachging, dass er mit diesem Dr. Strauss nie so recht zu harmonieren vermochte. Immer wieder einmal glaubte sich Schellhammer in einem bestimmten Fall veranlasst –

bei aller Höflichkeit, die er beachtete –, von Strauss ‚eine exakte Vorgabe' verlangen zu müssen, ‚eine klare Linie' fordern zu sollen – oder er fragte sogar, wenn er ob Straussens ausführlicher Erörterung aller Eventualitäten schließlich ungeduldig geworden war, kurzerhand ‚ja oder nein?' Strauss dagegen wünschte sich bei Schellhammer mehr Fingerspitzengefühl für die jeweilige Situation, weil eben keine der anderen vollständig gleiche, und betonte immer wieder, wie gefährlich doch die Regelung einer Angelegenheit nach Schema F sein könne, so sehr er den Wert systematisierter Abläufe, die Schellhammer so sehr liebte und immer weiter ausbaute, auch schätze.

Irritiert war Strauss, als er eines Tages nach der Mittagspause in die Kanzlei zurückkam und sich alle Kollegen in einer Sitzung im großen Konferenzraum befanden. Die Regelung für das Einberufen von Besprechungen sah vor, dass Besprechungen im kleineren Kreis unter den Beteiligten direkt vereinbart werden konnten (oder auch ad hoc angesetzt wurden), dass jedoch zu Besprechungen im großen Kreis, üblicherweise auf Veranlassung des Seniors, vom Kanzleisekretariat, gewöhnlich vom Bürovorstand, eingeladen wurde, meistens durch einen einfachen Laufzettel im Postfach. Strauss erkundigte sich im Sekretariat, ob er den Termin möglicherweise übersehen hätte, aber Schellhammer, der sich bei einem Verfahrensfehler ertappt sah, lachte beschwichtigend:

„Nein, nein, Herr Doktor, die Herren sagten, sie besprächen eine Angelegenheit, *die Sie angeht, und die*", fuhr Schellhammer nun laut lachend fort, *„und die würde Sie nichts angehen –"*

Schellhammer spürte sofort, dass er mit diesem albernen Wortspiel, obwohl lachend geäußert, zu weit gegangen war. Doch Strauss, der für einen Augenblick an eine Überraschung zu seinem Geburtstag nächste Woche dachte, maß Schellhammers Bemerkung offenbar keine weitere Bedeutung bei und wandte sich ab und beschloss im gleichen Augenblick, zu der Runde dazuzustoßen. Als er die Polstertür vorsichtig öffnete, vernahm er drinnen eine lebhafte Diskussion, die im gleichen Augenblick, da er eintrat, jäh abbrach.

„Entschuldigen Sie bitte die Verspätung, meine Herren!", sagte er im Hinsetzen.

„Der Termin ist irgendwie an mir vorbeigegangen", murmelte er, als er saß, noch in die betretene Stille hinein. Und obwohl er sich im

Allgemeinen für gutartig hielt, musste er sich doch eingestehen, dass er sich an der Verlegenheit weidete, in die er die Runde mit seinem überraschenden Auftritt gestürzt hatte. Doch verspürte er dieses seltsame Triumphgefühl nur für Sekunden, dann wurde er selbst von der überflutenden Peinlichkeit erfasst.

Der geschliffene Herr von Marwitz fasste sich als erster: „Wenn hier jemand um Entschuldigung bitten muss, dann sind wir es, Doktor Strauss. Wir hätten niemals mit der Besprechung beginnen dürfen, bevor Sie eingetroffen waren. Wir haben nicht einmal geklärt, ob Sie benachrichtigt worden sind, sondern wir sind entgegen bewährter Praxis in die Besprechung, statt sie korrekt zu eröffnen, allmählich hineingeglitten."

Feldmeier räusperte sich ein paarmal hüstelnd und geriet sogleich in einen schweren Hustenanfall, wie das immer wieder einmal geschah, wenn er sich in Bedrängnis sah, und verließ nach kurzer Zeit, ein Taschentuch vor den Mund gepresst, den Raum. Barousse warf einen fragenden Blick in die Runde und stand ebenfalls auf, um draußen nach Feldmeier zu schauen.

Zur Überraschung aller ergriff der stets auf Vermittlung bedachte Herr Strotkötter das Wort.

„Wir alle in der Kanzlei leiden, weil wir einerseits Sie als den Mitbegründer und, ich darf das ruhig sagen, den Spiritus rector der Sozietät verehren, andererseits aber erkennen müssen, dass Sie gezwungen sind, immer mehr in den Hintergrund zu treten, und es sich trotzdem nicht verhindern lässt, dass wir draußen als jüdische Sozietät gelten – von jeher spricht man, wenn von der Kanzlei Welde, Strauss und Kollegen die Rede ist, in Kurzform nun einmal von der ‚Kanzlei Strauss'. Es scheint, als wäre seit Nürnberg eine jüdische Kanzlei dieser Größe – jedenfalls eine Wirtschaftskanzlei dieser Größe – wohl nicht mehr zu halten, wie verschiedene Beispiele erkennen lassen, und selbst eine Kanzlei, die als jüdische Kanzlei nur *angesehen* wird, ist bereits in ihrer wirtschaftlichen Existenz bedroht. Man exponiert sich nicht, indem man eine Kanzlei wählt, die als jüdisch gelten könnte. Wir sehen das ja seit zwei Jahren an den Zahlen, alte Klienten halten uns noch einigermaßen die Treue, neue, jedenfalls neue von Bedeutung, sind immer weniger dazugekommen."

„Ich bin mit jeder Lösung einverstanden, die der Kanzlei hilft", warf Strauss unvermittelt ein, was deutlich die Beklemmung löste, aber zugleich auch dazu führte, dass nun mit einem Mal jeder seinen Beitrag leisten wollte, sei es durch weitere Erörterung der beeinträchtigten Chancen der Kanzlei, für die sich immer neue Beispiele finden ließen, sei es durch vorsichtig angedeutete Vorschläge, wie wohl am besten in Zukunft zu verfahren sei, sodass die Besprechung, der niemand vorstand, immer mehr auseinanderlief.

„Lassen Sie uns das Thema vertagen, meine Herren", ächzte Strauss schließlich, „bis Herr Welde zurück ist." –

Danach ging alles sehr schnell. Kaum war Welde wieder da, kündigten Feldmeier und Barousse ihr Ausscheiden aus der Sozietät an, es sei denn, Dr. Strauss selbst würde ausscheiden. Dieser Schritt sei ihnen nicht leicht gefallen, es ginge ihnen dabei weniger um sie selbst – seien sie doch als arische Anwälte, wie sie sich nannten, genügend bekannt –, als um das Wohl der Kanzlei und der Kollegen, da müsse jetzt eine klare Entscheidung im Interesse aller getroffen werden.

„Das ist doch die reine Erpressung!", tobte von Marwitz, als er das erfuhr. „Damit würden wir in der Öffentlichkeit erst recht zu einer jüdischen Kanzlei! Die wissen ganz genau, dass sie allein, ohne die Kanzlei im Rücken, nicht bestehen können, haha, gerade die beiden! Denen geht es nur darum, Herrn Strauss herauszuschießen!"

„Lassen wir sie doch einfach ziehen", meinte Strotkötter, „damit rechnen die nicht."

„Aber unser Problem Strauss", wandte Mack ein, „wäre damit immer noch nicht gelöst. Herr von Marwitz hat völlig recht, sobald das Ausscheiden der beiden bekannt wird, gelten wir erst recht als jüdische Kanzlei."

Welde und Marwitz berichteten am Abend Strauss ausführlich von den jüngsten Ereignissen in der Kanzlei, und Strauss zog sofort die Konsequenz.

„Lassen Sie uns dieses Gewürge so schnell wie möglich beenden, es zerstört die Sozietät! Als Erstes brechen die schwachen Steine heraus, aber das schwächt das ganze Gefüge. Scheuen Sie sich nicht, meine Herren, mit meinem Ausscheiden auch meinen Namen herauszustreichen, wirklich! Ballast bleibt Ballast."

„Sie sind unser wichtigster Berater!“, versicherte von Marwitz, und das war gewiss aufrichtig gemeint.

„Oh, was glauben Sie, wie schnell das geht, dass wir uns voneinander entfernen und einander fremd werden, wenn die Leinen erst einmal losgeworfen sind!“, entgegnete Strauss.

„Aber Sie werden, wenn Sie nicht mehr dem Tagesgeschäft ausgesetzt sind“, ergänzte Welde, „einen ganz anderen Überblick gewinnen.“

„Warum, fehlte es bei mir denn daran?“, lächelte Strauss.

„Nein, nein, weiß Gott nicht, lieber Herr Strauss! Aber Sie können sich dann ganz der Gesamtschau und den großen Zusammenhängen widmen. *Entfernung bringt die Dinge näher!* Von draußen sieht man manchmal mehr, als wenn man mittendrin steckt, das ist die Stärke des Außenstehenden.“

„Ein Fremder, der dazu gehört“, sagte von Marwitz noch. –

Am nächsten Tag schienen alle in der Kanzlei zwar betrübt zu sein, die Associés, die Referendare, das Personal und auch Strauss selbst, aber sie wirkten auch wie erlöst. Schellhammer, der Strauss etwas Freundliches sagen wollte, meinte, man werde ihm freilich weiterhin geeignete Klienten zuführen, aber Strauss war schon klar, welche Klienten das sein würden, irgendwelche Mandanten nämlich, die sie nicht haben wollten und die er dann wahrscheinlich auch nicht mochte.

Welde begleitete seinen alten Gefährten schweigend noch bis zum Ausgang. Strauss verließ die Kanzlei, wie er sie stets verlassen hatte, mit eher kleinen Schritten, nachdenklich und mit gesenktem Kopf, und anstatt noch einmal einen Blick zu Welde zurückzuwerfen, nickte er nach einigen Schritten nur ein paar Mal vor sich hin. –

9 _ Verdächtige Gesprächsrunde _ Mutmaßungen über Hitler

„Du hast in letzter Zeit gar nicht mehr bei mir hereingeschaut, Strauss. Drum habe ich dich zu unserer kleinen Runde heute Abend einfach mit eingeladen“, sagte der Konsul zur Begrüßung, „es freut mich sehr, dass du gekommen bist!“

„Ich muss offen gestehen, Zabener, ich habe manchmal doch etwas Hemmungen, dir so im Vorbeigehen mal Guten Tag zu sagen."

Der Konsul blickte Strauss mit gerunzelter Stirn nur fragend an.

„Jedenfalls bei Tag, das wird doch alles beobachtet heutzutage, und ich wette, es wird auch irgendwo registriert. Irgendwann steht dann in der Zeitung: ‚Jüdischer Ex-Anwalt besucht regelmäßig deutschen Wirtschaftskapitän.' Oder noch schlimmer: ‚Industriekapitän lässt sich regelmäßig von jüdischem Wirtschaftsjuristen beraten'."

„Ich lasse mir doch meine Besucher nicht von der Partei vorschreiben, Strauss! – Aber gut, wenn du meinst, dann machen wir's eben umgekehrt, und ich besuche in Zukunft dich!"

„Das ist ja noch schlimmer! – ‚Deutscher Wirtschaftsführer holt sich regelmäßig Rat bei jüdischem Rechtsexperten.' Aber der Fall wird kaum eintreten, du hast ja viel zu wenig Zeit, Zabener! Es ist für dich doch viel schwieriger, dich von deinem großen Schreibtisch loszureißen und mich aufzusuchen, als einen reingeschneiten Freund abzufertigen, dem es übrigens nichts ausmacht, wenn er zwischenrein mal etwas warten muss."

„Gegen ‚abzufertigen' möchte ich mich verwahren, Strauss. Das klingt mir zu sehr nach ‚kurz abspeisen', das ist ungerecht! Beim letzten Mal haben wir wieder lang über Mitternacht zusammengesessen!"

„Aha, schon wieder ein gefundenes Fressen für die Späher", sagte Strauss, dem es zunehmend Spaß machte, den Misstrauischen zu spielen, „Da wird's dann heißen: ‚Stundenlange Geheimbesprechungen nachts und außerhalb des Firmensitzes mit jüdischem Berater.' – Mir kann da ja nicht mehr viel passieren, aber du, Zabener, du hängst da doch rascher drin, als du denkst!"

„Oh, die wissen sehr wohl, wen sie unbedingt brauchen."

„Ich wäre mir da nicht so sicher – dein Nachfolger steht schon bereit."

„Pah, da gibt es natürlich immer welche, die sich Hoffnungen machen, überall. Und meistens vergebens. Diese Leute findest du sogar am ehesten in deiner nächsten Umgebung. Wenn ich mich in meiner Vorstandsrunde so umschaue – na ja, sicherlich kann ich nicht allen trauen. ‚Wen immer du töten wirst, dein Mörder wird nicht unter ihnen sein'", lachte Zabener vergnügt. „Komm, lass uns reingehen. Dr. Fellgiebel ist auch da – du kennst ihn doch?"

„Natürlich, inzwischen sogar gut, du hattest ihn mir seinerzeit als Arzt empfohlen."

„Viktor hat Semesterferien und stieß überraschend mit dazu, und auch sonst sind noch ein paar interessante Leutchen da."

Drinnen führte Fellgiebel gerade in allen Tonlagen vor, wie der Hitlergruß klingt, wenn er schlampig gesprochen wird, wie das ja allgemein üblich sei. Anschließend berichtete er dann von den unerhörten Turbulenzen, die diese Verschleifung des Hitlergrußes in Berlin plötzlich ausgelöst habe, bis in die höchsten Parteispitzen hinein sei das gegangen, obwohl doch der Gruß schon seit Jahren in seiner verschlissenen Form in der Öffentlichkeit gebraucht würde, aber das sei bisher nahezu unerkannt geblieben. Solche Verschleifungen schlichen sich eben in aller Regel unbemerkt ein. Zabener war erstaunt, wie gut Fellgiebel über Parteiinterna im Bilde war.

„Ich kann mir schon vorstellen, dass so etwas den Herren in Berlin alles andere als gleichgültig ist", sagte Pfarrer Liedel, der auch gekommen war. „Es gibt keinen gröberen Verstoß gegenüber einem derartigen Jahrtausendereignis – wie es das Erscheinen eines solchen Heilsbringers darstellt –, als es durch nachlässiges Alltagsgehabe gewissermaßen zu entweihen."

Strauss blickte überrascht auf, war das mit dem Jahrtausendereignis und dem Heilsbringer ironisch gemeint? Sprach da ein Gegner oder ein Anhänger? Er kannte Pfarrer Liedel nur flüchtig – war das womöglich einer von diesen Deutschen Christen? Das waren doch die, erinnerte er sich, welche in den Fragebogen unter Religion nicht ‚evang.' oder ‚röm.-kath.', sondern ‚gottgläubig' eintrugen.

„Die Kirche hat in solchen Dingen große Erfahrung", setzte Pfarrer Liedel wieder ein. „Bei solchen fast schon religiös anmutenden Ritualen kommt es darauf an, dass der Heilsruf etwas Weihevolles bleibt. Das ist zunächst einmal für jeden Einzelnen wichtig, für die Anhänger wie auch für die noch Zögernden, sieht doch jeder, wie ernst von allen der Heilsruf genommen wird. Und es ist noch wichtiger wahrscheinlich für den Heilsbringer selber, der fest daran glaubt – und fest daran glauben muss! –, dass er auserwählt, dass er von der Vorsehung auserkoren sei. In diesem Glauben aber bestärkt ihn nichts mehr als diese ständigen Huldigungen mit dem Heilswunsch, ganz extrem bei den Aufmärschen und Großkundgebungen. Aber der Heilswunsch darf nicht zu einer belanglosen Alltagsformel absinken und darf sich erst recht nicht unbemerkt in eine belustigende Spottformel verwandeln."

Strauss sah den Pfarrer wieder gelassener, so spricht kein Hitleranhänger, aber auch die Partei würde ihm nichts anhaben können.

„Diese perfekt inszenierten Großkundgebungen", stimmte Fellgiebel dem Pfarrer Liedel zu, „tragen sicherlich enorm dazu bei, ein überwältigendes Gemeinschaftsgefühl bei den Massen zu erzeugen. Kaum einer, der sich davon freimachen könnte; selbst Skeptiker und kritische Geister, die bloß mal so zuschauen wollten, werden von der allgemeinen Begeisterung ergriffen. Aber ganz neu ist für mich Ihr Aspekt, Pfarrer Liedel, dass diese Veranstaltungen auch insofern der Stabilisierung des Systems dienen, als sie, gewissermaßen umgekehrt, die Veranstalter bestärken und sogar noch in Hitler selbst den Glauben an die Auserwähltheit weiter verfestigen. Sein Auserwähltheitserlebnis wird zur Auserwähltheitsgewissheit."

„Daran ist nicht zu zweifeln", bestätigte Strauss.

„Woran ist nicht zu zweifeln – an seiner Auserwähltheit?", spottete der Konsul.

„Nein, nein, an seinem verhängnisvollen Glauben an sein Auserwähltsein, was ja schon fast das Gegenteil ist."

Zabener war nicht ganz wohl bei diesem Gespräch, ein kleiner Kreis zwar und alles zuverlässige Leute, aber wie leicht konnte da etwas nach draußen gelangen! Doch Fellgiebel griff Straussens Zwischenbemerkung begierig auf, und Zabener wollte kein allzu strenger Gastgeber sein.

„Solche Ideen", setzte Fellgiebel seine Ausführungen fort, wobei Zabener, um sich selbst zu beruhigen, feststellte, dass bis jetzt wenigstens noch niemand von einer fixen Idee gesprochen hatte, „solche Ideen beginnen gewöhnlich mit einem singulären Erlebnis und verfestigen sich dann allmählich. Das liegt bei Hitler jetzt bald zwanzig Jahre zurück, und zwar war das meiner Vermutung nach während seines Lazarettaufenthalts in Pasewalk, nach seiner kurzzeitigen Erblindung bei einem Giftgasangriff der Engländer an der Westfront, so jedenfalls beschreibt er das selbst. Stellen Sie sich doch nur mal vor: Er wird aus diesem grenzenlosen Getümmel, das Tag und Nacht an der Front herrscht und das für ihn als Meldegänger mit den dauernden Ortsveränderungen gewiss noch viel turbulenter war, mit einem Schlag herausgenommen und total stillgestellt. Total stillgelegt! Die Augen dicht verklebt, der ganze Kopf ziemlich fest eingebunden, um den Augenverband genügend zu sichern – und das tagelang und natürlich ohne Unterbrechung. Ich bin kein Psychiater, aber das kommt schon fast einer absoluten Deprivation aller Außenreize nahe! In einer derartigen Ausnahmesituation kann es, natürlich entsprechende Veranlagung und persönliche Vorgeschichte vorausgesetzt, leicht zu einem solchen Berufungserlebnis kommen."

An dieser Stelle schob sich Pfarrer Liedel, der gerne ins Grundsätzliche ging, dazwischen:

„Bei solchen Erleuchtungs- und Erweckungserlebnissen, mit denen sich ja die Theologie vielfach beschäftigt hat, geht es stets um eine plötzliche Einsicht, um eine sich schlagartig einstellende Erkenntnis, und zwar in zweierlei Weise: Entweder es gelingt die Bewältigung eines bis dahin ungelösten Problems – das wäre zum Beispiel das Heureka-Erlebnis des Archimedes; oder die Erleuchtung besteht in einer tiefen Einsicht in die eigene Situation, die auch dann, wenn sie irrig ist, auf der Stelle zu einer Änderung der ganzen Lebensrichtung führen kann, sodass der Betroffene von diesem Augenblick an zu einem anderen wird."

„Ja, das sehe ich ebenso", versuchte Fellgiebel rasch wieder das Wort zu erlangen, aber Pfarrer Liedel fuhr unbeirrt fort.

„Man darf sich von der unerhörten Wucht, mit der ein solches Erleuchtungserlebnis auf einen Menschen treffen kann, keine zu geringe Vorstellung machen! Es übt eine geradezu absolute Macht über ihn aus."

„Eben, eben", drängte sich Fellgiebel erneut vor, „und zwar gilt das im Guten wie im Bösen – bei der göttlichen Erleuchtung ebenso wie bei der teuflischen Besessenheit! Das ist nicht eine momentane Anwandlung, die dann eben aufgegriffen und weiterverfolgt würde, sondern das ist wie die Inbesitznahme der ganzen Person durch eine mächtige Außeninstanz. Hitler selbst schrieb darüber später zwar nur ein paar dürre Worte, oft genug zitiert, ‚ich aber beschloss,

Politiker zu werden', aber dahinter verbirgt sich das vorausgegangene Berufungserlebnis, das Erlebnis der Auserwähltheit als die eigentliche Zündung seiner Karriere und so auch dieses Entschlusses, Politiker werden zu wollen. Erst von da an erlebt er sich als auserwählt, erst von da an unterstellt er sich einer Vorsehung, als deren Werkzeug er sich sieht und die er später immer wieder einmal selbst erwähnt."

„Nun ja, aber dass er dann so konsequent dabeiblieb!"

„Wenn ein Mensch, der von einem Berufungserlebnis geleitet wird, damit erst einmal ein Stück weit gekommen ist, dann wird ihn jeder weitere Erfolg in seinem Glauben an seine Auserwähltheit bestärken und diesen Glauben weiter verfestigen. Solche Erfolge stellten sich bei Hitler schon früh mit der unerwartet großen Zustimmung ein, die er bei seinen Agitationsreden in den Hinterzimmern der Münchner Kneipen erhielt und wo er und die Partei seine Begabung als wilder Redner entdeckten. Daraus wurde schon bald mehr, und Hitler erkannte seine Fähigkeit, Massen mitzureißen und zu mobilisieren. Und dann seit der Machtergreifung ein Erfolg nach dem anderen: der Abbau der Arbeitslosigkeit – die Rückholung des Saargebiets – die Kraft-durch-Freude-Organisation, wirklich für alle, selbst Seereisen gibt's da inzwischen! – und jetzt sogar Erfolge gegenüber den europäischen Großmächten der Entente, er ganz allein! – auch die Einführung der allgemeinen Wehrpflicht – die Sprengung aller Rüstungsbeschränkungen durch den Versailler Vertrag – und jetzt noch der Einmarsch ins entmilitarisierte Rheinland[5] – und entsprechend immer mehr Zustimmung in der Bevölkerung natürlich. Von der Bestätigung durch die bombastischen Großveranstaltungen brauchen wir da gar nicht mehr zu reden."

„Sind aber auch wichtig!", wandte Zabener ein, „vor allem diese Großkundgebungen und ihre Wirkung auf alle Beteiligten, das kann man alle paar Wochen wieder erleben. Ob aber Hitler gegen Kriegsende so etwas wie ein Erweckungserlebnis hatte, das ist ja nur eine Vermutung!"

„Und eine nicht ganz unbegründete!", unterstützte Strauss Fellgiebels Theorie.

„Mag er von mir aus sein Berufungserlebnis, mag er seine Auserwähltheitsgewissheit herhaben, woher er will", steckte Fellgiebel ein wenig zurück, „jedenfalls gibt es keinen Zweifel, dass er diese Gewissheit hat! Dass er sie in einer ganz massiven Weise hat!"

Doch dann ereiferte er sich aufs Neue: „Glauben Sie denn, Herr Konsul, dass ein Mensch aus derart bescheidenen Verhältnissen, ohne Ausbildung und ohne rechten Beruf, der es im Krieg bis zum Gefreiten gebracht hat und der als ewiger Gefreiter geradezu abgerichtet darauf war, Untergebener zu sein und nichts anderes als ein ständiger Befehlsempfänger, glauben Sie denn, dass ein solcher Mann in der Lage gewesen wäre, mit einer so schwierigen und anspruchsvollen Personengruppe wie den Vertretern der Generalität in größter Unbefangenheit zu verhandeln? Meine Güte, das tat er bereits im Januar 1933, ich glaube, noch vor seiner Ernennung zum Reichskanzler! Und er hat nicht nur verhandelt mit ihnen, sondern sie sich kurze Zeit später untertan gemacht, vielleicht nicht alle, aber doch die wichtigsten, und ist mit ihnen in einer Art und Weise umgesprungen, wie es sich wohl nicht einmal ein absoluter Souverän von Gottes Gnaden herausgenommen hätte. Selbst vor einem barschen Befehlston schreckte er später nicht zurück – ganz und gar unüblich in diesen Kreisen! Das geht nur mit einer ganz massiven, einer ganz robusten Berufungsgewissheit! Da gab es bei ihm nicht den kleinsten Augenblick eines Selbstzweifels mehr. Und das war natürlich nicht nur mit den Generälen so, aber da vielleicht am deutlichsten zu sehen."

Fellgiebel musste Luft holen, so sehr hatte er sich in Rage geredet, dann fuhr er, ruhiger geworden, fort.

„Dieses überbordende Bewusstsein der Auserwähltheit ist wohl auch das, was viele seiner Gäste oder Besucher – nicht alle! – offenbar gespürt haben, wenn sie hinterher von der starken charismatischen Wirkung sprachen, die von ihm ausgehen soll."

Der Pfarrer Liedel war sich mit dem Doktor Fellgiebel in dieser Diskussion selten einig und ergänzte: „Das ist nicht das sogenannte geliehene Charisma, wie man das früher einmal nannte und wie es sich, auch bei unscheinbaren Personen, allein aufgrund einer herausgehobenen Position entwickelt. Sondern es entspringt ganz der betreffenden Person, es bricht geradezu aus ihr hervor, gespeist vom unerschütterlichen Glauben an ihre Auserwähltheit. Und dieses originäre Charisma steckt andere an, nimmt ihnen alle Zweifel und reißt sie mit."

Fellgiebel versuchte, eine Art Schlusspunkt zu setzen: „Wenn eines Tages der ganze Laden zusammenkracht, weil eine Gegenrevolution aufkommt oder weil er weggeputscht wird – der wird mit seinem Auserwähltheitsbewusstsein bis zum Schluss auf seine Rettung durch die ‚Vorsehung' hoffen!"

Es trat ein kurzes Schweigen ein. Nicht nur Zabener war der Gesprächsverlauf etwas unheimlich geworden, alle dachten sie nach Fellgiebels letzten Worten für einen Augenblick darüber nach, wie die Herrschaft Hitlers einmal enden könnte, aber keiner wollte sich dazu äußern. Fellgiebel, der das Schweigen brechen wollte, schaute in die Runde, und sein Blick blieb an Viktor hängen.

„Wie ist das so mit der Partei und mit dem Hitlergruß an der Universität?", fragte er Viktor leichthin in einem plötzlich veränderten Ton.

„Ich kann nur von Erlangen sprechen. Dieser Nationalsozialistische Deutsche Studentenbund wird natürlich immer stärker, die alten Verbindungen sind in der Auflösung. Der Allgemeine Studentenausschuss ist bei uns in Erlangen schon ganz in der Hand des NS-Studentenbunds, und in den Vorlesungen sieht man immer wieder mal Braunhemden –"

„Sind das SA-Leute, die auf die Linientreue der Professoren achten?"

„Nein nein, solche Aufpasser gibt es natürlich auch, aber die kommen in Zivil. Man erkennt sie übrigens leicht daran", lachte Viktor, „dass sie nur an ganz bestimmten Stellen plötzlich zu schreiben beginnen, dafür dann umso hastiger. Nein, die Braunhemden, das sind besonders Aktive vom Studentenbund. Es ist zwar nach wie vor untersagt, in Uniform in die Vorlesungen zu kommen, aber da kümmert sich keiner drum. Ich glaube, das Verbot gab es schon von jeher, seit es Verbindungen gibt, und den NS-Studentenbund gibt es auch schon seit mindestens fünf oder zehn Jahren, und auch die Uniformen sollen sie schon vor dem Umsturz bekommen haben, sie seien aber vor Dreiunddreißig kaum einmal in Vorlesungen zu sehen gewesen."

„Auf gelegentlichen Fotos von Hörsälen in den Illustrierten hielt ich das immer für SA-Leute."

„Ist auch kaum zu unterscheiden. Auch bei den Bücherverbrennungen hat ja alle Welt gedacht, das seien irgendwelche primitive SA-Rüpel gewesen, für die es ein Hauptspaß gewesen sein muss, Bücher zu verbrennen, von denen sie kein Wort verstanden. Gewiss, von der SA waren auch welche mit dabei, aber es war viel schlimmer: Das waren wir selbst – das waren welche von uns! Ich habe damals noch nicht studiert, aber ich kenne zwei ältere Kommilitonen, auch sonst ziemliche Wichtigtuer, die sich immer noch mit der Bücherverbrennung brüsten."

„Und wie verhalten sich die Professoren?", fragte Fellgiebel.

„Oh ja, das würde mich auch interessieren!", klinkte sich seine Frau Marianna mit ein, die mit Pfarrer Liedel in ein Gespräch vertieft war.

„Ganz unterschiedlich. Jeder wieder anders. Auf jeden Fall aber äußerst sehenswert, fast immer findet sich ein Hinweis darauf, wie es um die eigene Einstellung zum Regime bestellt ist. Da gibt es welche, die diese ministerielle Anordnung, die da zweifellos dahintersteht, absolut ernst nehmen: Sobald sie auf dem Katheder angelangt sind, reißen sie schneidig-stramm den durchgestreckten Arm hoch und grüßen mit schnarrender Stimme, so laut, dass man fast erschrickt, wenn man das zum ersten Mal erlebt, wobei sie manchmal sogar noch die Hacken zusammengeschlagen – ich habe da einen ganz bestimmten Herrn im Auge. Danach klappen sie ganz zahm ihr Vorlesungsmanuskript auf und beginnen wie schon von jeher mit ungleich sanfterer Stimme ‚Meine Damen und Herren!'"

Viktors Zuhörer lachten, und Strauss schüttelte kaum wahrnehmbar den Kopf.

„Andere murmeln den Hitlergruß fast nur, verbunden mit einer lässigen Armbewegung, und sind schon ganz auf ihren Vortrag konzentriert. Wieder andere grüßen bereits, während sie noch auf dem Weg zum Vorlesungspult sind, so als ob sie ja keine Zeit mit Überflüssigem verlieren wollten, wahrscheinlich aber eher, um den parteipolitischen Akt vom akademischen Geschehen deutlich zu trennen. Wobei manchem sicherlich nicht unwillkommen ist, wenn sein Gruß im Begrüßungsgetrampel des Auditoriums untergeht. Bis zu einem gewissen Grad gehören zu dieser Gruppe auch diejenigen, die wenigstens solange warten, bis sie oben angekommen sind, dann aber ganz hastig ihren Gruß sprechen und auch die Bewegung von Arm und Hand nur sehr flüchtig und ganz beiläufig vollziehen, wie eine lästige Pflicht, die Augen schon im Vorlesungsmanuskript. Und dann gibt es natürlich auch solche, die den Gruß einfach vergessen, schwer zu sagen, wie weit mit Absicht; oder auch die Spaßvögel mit einer gewissen subversiven Ader, die zwar, wie früher üblich, mit ‚Meine Damen und Herren!' beginnen, vielleicht auch schon die ersten Worte sprechen, also beispielsweise ‚In unserer letzten Sitzung haben wir erörtert –', dann aber mit einem erschreckten ‚Ach so – Heil Hitler!' sich selbst unterbrechen."

„Am meisten aber imponiert mir einer der älteren Professoren! Das ist jedes Mal ein besonderer Auftritt, nie ganz genau derselbe, aber immer wieder der Gleiche und von einigen, die darauf achten, mit Spannung erwartet: Ein ungemein souverän wirkender Herr, der völlig ungerührt und gelassen zum Katheder schreitet, seine Unterlagen dort sorgsam ausbreitet, einige Sekunden wie nachdenklich ins Auditorium schaut und schließlich den Hitlergruß entbietet – wirklich: entbietet –, nicht einen Hauch zu eilfertig, zu laut, zu stramm, aber auch nicht die Spur zu flüchtig oder gar nachlässig, und das alles verhältnismäßig langsam und mit einem versteinerten Gesicht, als ob er das schon seit Jahrzehnten so machte, wobei dann erst mit Beginn der eigentlichen Vorlesung wieder Leben in seine Züge kommt – das finde ich großartig! Politisch, könnte man meinen, sei der Mann überhaupt nicht einzuordnen, sein Ritual sagt überhaupt nichts aus, weder in der einen noch in der anderen Richtung, aber gerade deshalb, gerade wegen dieser vollkommenen Balance, ist jedem klar, das ist ein Gegner durch und durch, ohne dass man ihm etwas anhaben könnte."

„Es ist erstaunlich, was man da alles zum Ausdruck bringen kann", bestätigte Strauss, der stets für Nuancen zu haben war.

„Aber das geht eben nur bei der mündlichen Begegnung", bedauerte Viktor, „in Briefen heißt es ‚Heil Hitler!' Oder ‚Mit deutschem Gruß!' und fertig."

„Nun ja, Viktor, ganz so ist es nicht", schaltete sich sein Vater ein, „ich achte da in der Firma gelegentlich schon mal darauf, ob unter einen Brief, den ich erhalte, ‚Heil Hitler!' oder ‚Mit deutschem Gruß' steht. Allzu viel sagt das freilich nicht, aber das können so die kleinen Zeichen sein, die versteckten Hinweise, aber das sind nicht mehr als höchstens einzelne Steinchen."

Viktor stutzte. „Wieso? Ist doch egal."

„Das glauben die meisten. Es war vielleicht mal egal. Vor Dreiunddreißig, als sich die Hitleranhänger bei heiklen Briefempfängern noch nicht so recht trauten, offen ‚Heil Hitler' zu schreiben, ihnen aber das verbreitete ‚Hochachtungsvoll' zu althergebracht schien, da bot sich für diese Leute mit dem deutschem Gruß ein hübscher Kompromiss, um nicht gar zu weit vorzupreschen, aber doch ein wenig die neue Gesinnung zu zeigen. Doch als dann nach dem Umsturz ‚Heil Hitler' absolut Usus wurde und für Beamte – übrigens auch mündlich – ab Mitte Dreiunddreißig sogar Pflicht, da gewann dieses ‚Mit deutschem Gruß' einen ganz neuen Rang. Jeder, der nicht ‚Heil Hitler' schreiben mochte, schrieb von da an nolens volens ‚mit deutschem Gruß'."

„Genau so ist es", bestätigte Fellgiebel. „Wenn ich zum Beispiel einen Untersuchungsbericht an einen Kollegen schicke, den ich gut kenne, dann schreibe ich natürlich irgendeinen persönlichen Gruß drunter, klar. Geht die Sache aber beispielsweise an ein Krankenhaus oder an einen Kollegen, von dem ich kaum etwas weiß oder gar an einen, der sich als Parteigenosse hervortut – oder etwa auch in einem Schreiben an die Ärzteschaft –, dann schreibe ich, weil ich ‚Heil Hitler' nicht schreiben mag, eben ‚mit deutschem Gruß'."

Interessant, was Strauss dazu wusste: „Meine Freunde in England – das sind die dortigen Partner meiner früheren Kanzlei – waren höchst erstaunt, als sie in einem gemeinsam bearbeiteten Fall beim Aktenstudium sahen, dass auch unter unseren Schriftsätzen, jedenfalls denen an deutsche Adressaten, ‚mit deutschem Gruß' stand. ‚Jetzt schreibt Ihr ja auch schon ‚mit deutschem Gruß', rief ihr Senior mich fassungslos an. ‚Ja natürlich', musste ich ihm antworten, ‚nur so können wir das ‚Heil Hitler' umgehen.' Es war damals nicht einfach gewesen, denen in London klarzumachen, dass wir damit eben gerade keine Anhängerschaft kundtun, ja vielleicht sogar eine gewisse Distanz andeuten wollten – unseren Engländern gegenüber war uns das jedenfalls misslungen!"

„Ich glaube, Dr. Fellgiebel, die Formel ‚mit deutschem Gruß' wird überhaupt nur deshalb noch geduldet", vermutete Zabener,

„weil sie vor dem Umsturz doch gerade von den Hitleranhängern sehr geschätzt wurde, aber heute ist sie umgekehrt eben zum Erkennungszeichen der eher Regimekritischen – oder sagen wir wenigstens: der etwas Distanzierten – geworden. Aber natürlich schauen sich auch die Gesinnungsschnüffler da droben genau an, wer da statt ‚Heil Hitler' bloß ‚mit deutschem Gruß' schreibt."

„Ja, das sind so die Feinheiten", sagte Fellgiebel, „so die kleinen Zeichen, wie Sie das eben nannten. Ich kenne einen Hotelier am Kaiserring, der glaubt sogar, schon mit dem Weglassen des Ausrufezeichens nach ‚Heil Hitler' ein kleines antifaschistisches Signal gesetzt zu haben. Wenn man das Ausrufezeichen weglässt, sagte er, dann sei das für den Kenner ein deutlicher Hinweis dafür, wie gering die eigene Begeisterung sei – aber ich fürchte, das ist ein Signal, das nur er selber versteht."

„Wenn sie auch darauf noch aufpassen wollten, da hätten die Gesinnungsschnüffler ja einiges zu tun! Aber immerhin, das ist einzuräumen, mein Fahrer hat mir einmal gesagt – der hat ja doch einen gewissen Einblick –"

„Das ist unser Blockwart", flüsterte Viktor Dr. Fellgiebel zu.

„– mein Fahrer hat mir einmal gesagt, es werde von Seiten der Partei sehr wohl vermerkt, ob jemand von Hitler oder vom Führer spreche. Von Hitler zu sprechen, sei natürlich nicht verboten, aber wenn jemand vom Führer spreche, dann wisse man, dass man einen der Unseren vor sich habe."

„Oder einen Heuchler", ergänzte Strauss, ohne dass Zabener darauf eingegangen wäre.

„Wobei ich allerdings zugeben muss", fuhr Zabener fort, „dass das süddeutsche ‚*der* Hitler sagte', ‚*der* Hitler hat völlig recht', ‚*der* Hitler hat ganz genau gewusst' – also mit dem Artikel vor dem Namen –, dass das ungleich provinzieller als ohne Artikel klingt – so richtig kleinkariert nach Stammtisch."

„Es ist eben ein gewisser Unterschied", schmunzelte Strauss, „ob man *von* Hitler oder *vom* Hitler spricht, beim Führer hat man diese Schwierigkeiten nicht."

„Also, bei den Fahnen, da weiß ich es ganz genau, dass die Partei Nachforschungen angestellt hat. Die Blockwarte mussten nicht nur hinter Haushalten her sein, die den Aufruf zum Flaggen nicht befolgten, sondern sie mussten auch melden, wer die Hakenkreuzfahne und wer die schwarzweißrote Fahne gewählt hat, die war ja bis vor kurzem noch erlaubt. Das war perfide, denn da hat sich dann doch so mancher Regimegegner oder regimekritisch Eingestellte politisch offenbart, ohne es zu wollen."

„Jaja, das war auch so eine Frechheit mit den Fahnen", polterte Fellgiebel, „mich haben sie damit in Geldstrafe genommen!"

„Was? In Geldstrafe?", fuhr der Konsul fast erschrocken hoch, fürchtete er doch, man könnte inzwischen womöglich schon für das Nichtbefolgen eines Beflaggungsaufrufs belangt werden.

„Nein, nein", beruhigte ihn Fellgiebel und lachte. „Ich habe 1933 eine schwarzweißrote Fahne gekauft und zwei Jahre später musste ich noch einmal eine kaufen, eine Hakenkreuzfahne, das meinte ich mit Geldstrafe. ‚*Kein deutscher Haushalt*', hieß es doch wörtlich, ‚*darf ohne Hakenkreuzflagge sein. Nicht berechtigt zu ihrer Führung sind nur Staatsangehörige, die im Sinne der Nürnberger Gesetze keine Volksgenossen, also jüdischer Abstammung sind.*' Das ‚Führen' einer Flagge durch einen Haushalt hat mich als alten Marinesoldaten dabei am meisten amüsiert."

„Aha, da sind sie schon wieder", sagte Zabener, „diese kleinen feinen Hinweise – so, wie zwischen ‚Heil Hitler' und ‚mit deutschem Gruß' nun eben auch zwischen Hakenkreuzfahne und Schwarzweißrot, die wir vielleicht schon für eine kleine Demonstration unseres Widerstands halten, die aber beispielsweise im Ausland, wie Herr Strauss ja gerade ausgeführt hat, überhaupt nicht bemerkt wurden – ja sagen wir ruhig: überhaupt nicht bemerkt werden konnten. Die jungen Elsässer, die an Hitlers Geburtstag aus lauter Neugier zu den groß angekündigten Kundgebungen nach Freiburg, Karlsruhe und auch Mannheim rübergekommen sind, staunten über das unbeschreibliche Fahnenmeer und wunderten sich, dass auch die meisten Wohnhäuser beflaggt waren. Aber dass das zwei verschiedene Fahnen waren, die ganz Verschiedenes aussagten, das fiel denen von draußen doch überhaupt nicht auf!"

Zabeners Gäste nickten, aber niemand hätte im Augenblick noch Weiteres beizutragen gewusst.

‚Ist ja gut, ist ja gut!', hatte Pfarrer Liedel noch am Schluss beschwichtigend dazwischenrufen wollen, doch er unterließ es, weil er spürte, dass die Diskussion darüber ohnehin am Auslaufen war. Als hätten wir weiß Gott nichts Wichtigeres zu diskutieren als diese lächerlichen Erkennungszeichen! Jetzt, wo die Diskriminierung der Juden Gesetzeskraft erlangt hat; jetzt, wo immer mehr Geistliche in den Konzentrationslagern verschwinden; und wo die Korruption im Parteiapparat allmählich zum Himmel stinkt! Da sieht man, wie unterjocht wir alle bereits sind – wir wagen nur noch über die kleinen antifaschistischen Signale zu diskutieren, die so verborgen sind, dass sie kein Mensch mehr erkennt. –

10 _ Eine überschattete Liaison _ Viktors und Ludwigs Wiedersehen in Nürnberg _ SS-Bonzen und ihr Führungsnachwuchs

„Ei, da schau!", begrüßte sie Ludwig Herkommer lächelnd, aber ein wenig kühl, als er am späten Abend im Schlafanzug gerade aus dem Badezimmer kam. „Mein kleiner Eindringling ist endlich mal wieder da!"

Violet hatte sich das gut zurechtgelegt und wollte ‚endlich' eigentlich gar nicht sagen, das war ungeschickt, aber mit ‚Eindringling', fand sie, hatte sie ganz gut betont, wer der Herr im Hause ist und wem die Wohnung gehört, obwohl, das musste man zugeben, er selbstverständlich ein voll zutrittsberechtigter Untermieter war. Aber in einem Anflug von Selbstbehauptung erschien es ihr notwendig, etwas Distanz zu schaffen, zur Strafe dafür, dass er wochenlang fortgeblieben war, unentschuldigt, wie sie fand.

„Oh, ich musste dienstlich ganz plötzlich für ein paar Tage wieder nach Berlin", antwortete Ludwig, und zwar wie stets, trotz der späten Stunde, mit diesem jungenhaften Eifer, den sie an ihm so liebte und der sie auch jetzt sogleich wieder mitriss. Von Distanz aber, auch von dieser eher spielerischen Distanz, die sie etablieren wollte, keine Spur, er hatte das Wort Eindringling ganz anders verstanden und blickte an sich hinab.

Violet schaute Ludwig ernst an, nicht lächelnd oder lachend wie früher bei solchen Begrüßungen, und legte ihm ihren linken Unterarm auf die Schulter, nicht ihre Hand, die ließ sie an seinem Rücken nach unten hängen. Die Hand auf die Schulter zu legen, das wäre zu persönlich, zu versöhnend, im Augenblick einfach zu freundlich gewesen. Eigentlich hatte sie ihn wohl umarmen wollen, wie sie das sonst immer tat, wenn er von irgendwoher zurückkam, doch das hatte sie gerade noch aufhalten können, und so kam es zu dieser merkwürdig unvollständigen Bewegung mit ihrem Unterarm auf seiner Schulter – ungewohnt, nirgendwo festgelegt oder gar zur Gepflogenheit geworden und darum äußerst labil und nur für Sekunden aufrechtzuerhalten. Doch statt ihren Arm gleich wieder wegzunehmen, als müsse sie sich korrigieren, machte sie mit dem rechten Arm das Gleiche, man könnte sagen, sie holte, um die abgebrochene Handlung zu vollenden, den rechten Arm nach und löste so die Spannung durch eine verhaltene Umarmung auf, zu der sie nur noch die Arme etwas anwinkeln und ihre Hände mit sanftem Druck auf seinen Rücken legen musste. Jetzt nur keinen Kuss, dachte sie, das hat er nicht verdient, drehte schnell ihren Kopf zur Seite und lehnte ihn dann doch leicht an seine Schulter. Ludwig drückte sein Kinn in ihr Haar und umschlang ihre Taille.

Mit ganz kleinen, ganz langsamen Schrittchen, wie spielende Kinder, wenn sie sich anschleichen, schob er Violet, die ihre Position unverändert beibehalten hatte, durch den Flur rückwärts vor sich her, bis in sein Zimmer. An der Bettkannte angelangt, brauchte er sich nur wenig nach vorn zu beugen, und schon saß sie auf der Bettkante; und noch etwas weiter vorgebeugt, und sie hing mit ihrer Umarmung an seinem Hals und ließ sich dann vollends auf das Bett hinabsinken. Er packte sich halb über, halb neben sie und betrachtete im Halbdunkel ihr Profil.

So sieht keine Jüdin aus, dachte er. Wie sehen Jüdinnen aus? Er kannte Juden eigentlich nur aus dem „Stürmer“, da gab es Fotos und Karikaturen, scheußliche Gestalten, es ging eigentlich immer nur um die Juden, sicherlich manchmal auch etwas übertrieben, könnte er sich vorstellen, und merkwürdig war, jüdische Mädchen oder junge Frauen kamen kaum einmal darin vor. Aber Bienchen und Dr. Strauss, fiel ihm ein, das waren ja auch Juden.

Wenn Violet doch nur keine Jüdin wäre! Er spürte, dass er sich dann gewiss inniger mit ihr verbunden fühlte, denn er liebte sie doch, aber dann würde er sie ohne Vorbehalte lieben, während er sie so manchmal eben doch nur ausnutze, das musste er zugeben, viel mehr war das meistens nicht. Ich werde sie jedenfalls stets beschützen, nahm er sich vor.

Violet lag derweil regungslos da, nicht einmal, dass sie sich nach dem Niedersinken ein wenig gestreckt hätte. Kürzlich hatte sie sein Sportjackett bei der chemischen Reinigung abgeholt, und als sie es dann an seinen Platz zurücktat, hatte sie in seinem Kleiderschrank eine schwarze Uniform hängen sehen. Ob er wohl eine Freundin in Berlin hat? Nein, über all das wollte sie jetzt nicht nachdenken. Und er war ja fast noch ein Junge. Trotzdem fühlte sie sich bei ihm so sicher, wenn er so nahe bei ihr lag, einen Arm und ein Bein über sie gebreitet. Da durften sich jetzt keine vergifteten Gedanken dazwischenschieben. Diese Ruhe war wundervoll.

So lagen sie lange beieinander. Violet schaute zu ihm hinüber, sein Gesicht war ganz nah, er war wohl eingeschlafen. Sie war überrascht, wie ebenmäßig, ja schön, seine Gesichtszüge waren, die doch manchmal so hart sein konnten, dass er ihr fast herzlos erschien. Sanfte Gefühle kannte er nicht oder konnte sie nicht kundtun, höchstens manchmal, wenn er sang. Und wenn sie ihm solche sanften Gefühle entgegenbrachte, wurde er unsicher. Jetzt aber, schlafend, schien er nur noch aus Sanftmut zu bestehen, wie ein großes Kind – für einen Augenblick hätte sie ihn stürmisch küssen mögen. Welches Gesicht, das harte und unerbittliche, das mitleidlose, oder das sanfte, weiche und reine, ist sein eigentliches Gesicht?

Ihr Bedürfnis nach Schutz war größer geworden in der letzten Zeit, die selbstverständliche Sicherheit früherer Jahre hatte sie verloren. Immer öfter überkam sie Angst, wenn sie allein war. Manchmal ließ sie alle Rollläden herunter, als ob ihre Wohnung damit uneinnehmbar würde, und ängstigte sich trotzdem weiter. Im Haus zwar waren die Leute alle nett zu ihr, aber manche schauten neuerdings so seltsam, sie grüßten freundlich lächelnd, aber Violet hatte den Eindruck, als schauten sie im nächsten Augenblick betroffen drein oder traurig, als ob ihnen plötzlich etwas eingefallen sei und sie mehr über sie wüssten als sie selbst.

Dann musste sie für eine Weile eingeschlafen sein. Später holte Ludwig, wie sie im Halbschlaf bemerkte, einen Perlwein herbei und seine Laute, nicht Gitarre, wie er öfter schon betont hatte, die er an den dichten braunen Haarpelz seiner Brust hielt, und spielte seine Melodien. Hauchfein waren sie und schwebend, wie sie das noch nie gehört hatte, meistens summte er mit und sang manchmal sogar dazu, und sie ging ganz auf darin, alle Sorgen waren vergessen.

Als Violet am Morgen aufwachte, die Sonne schien schon durch die Lücken im Rollladen, da wusste sie nicht mehr, was Traum gewesen war und was Wirklichkeit. Herkommer war schon im Morgengrauen entschwunden, sie erinnerte sich noch an einen Kuss auf die Schläfe, der sehr zart war oder auch nur flüchtig. –

„Na, mein Lieber", empfing Eugen den eintretenden Ludwig Herkommer mit einem leichten Grinsen, „da ist's jetzt wohl nichts mehr mit deinem vorehelichen Geschlechtsverkehr?"

Eugen liebte solche schockierenden Begrüßungen. Herkommer schaute irritiert, und Eugen fuhr streng und in gespielter Sachlichkeit fort:

„Paragraph 2 des gerade erlassenen *Gesetzes zum Schutze des deutschen Blutes* lautet: ‚Außerehelicher Verkehr zwischen Juden und Staatsangehörigen deutschen oder artverwandten Blutes ist verboten.' Auf Deutsch, Ludwig: Das ist *Rassenschande*, Menschenskind! So heißt das nämlich jetzt."[6]

Aber dann war der höhnische Ton plötzlich verschwunden, fast flüsternd beschwor er Herkommer: „Pass' mir bloß auf, Kerle! Du tappst da blind in ebbis rein! Kennst du wenigstens den Blockwart? Hast du den schon mal gesehen? Oder hat er dich gesehen? Abends, nachts? Aber Hausbewohner haben dich bestimmt schon oft ein- und ausgehen gesehen! – Sag' mal, bist du eigentlich polizeilich als Untermieter gemeldet? Sonst hast du überhaupt keine Chance!"

„Natürlich bin ich gemeldet. Meinst du, dass –"

„Natürlich meine ich! Wenn dich der Blockwart nächstens anquatscht – weißt du, wie er aussieht?"

„Nein, kenn' ich nicht."

„Na, du wirst's schon merken – und wahrscheinlich wird er dich demnächst ansprechen, ja ganz bestimmt sogar, dann ist das jedenfalls viel besser für dich, als wenn er es nicht tut, verstehste?"

„Wieso?"

„Das ist ganz einfach: Wenn er dich über Frau Bohner ausfragt oder dir vielleicht sogar einen Beobachtungsauftrag geben will, dann gehörst du für ihn mit zu unserer Seite. Wenn du aber in nächster Zeit gar nichts von den Brüdern hörst, dann, Holzauge, sei wachsam! Dann wirst du nämlich bereits selber beobachtet. Der Frau Bohner passiert nichts, aber dich nehmen sie an den Kanthaken, du dümmer Wackes! Die Weiber sind da wieder fein raus! Du weißt doch, was drauf steht? Da kannst du heutzutage schon mit einem einzigen Aufhupf im Zuchthaus landen, Nundebib!"

„Ich glaube wohl kaum, mein Bester, dass man mich als SS-Dienstgrad je belangen würde."

„Wenn sie dich nicht packen können, werden sie sich eben an Frau Bohner halten."

„Nein, die wird ja gebraucht", entgegnete Herkommer zynisch und mit gespielter Überheblichkeit, „sie dient ja immerhin dazu, mich bei Laune zu halten!"

„Und sie macht ihre Sache ja nicht schlecht", sagte Eugen, der auf das letzte Wort nicht verzichten wollte. –

Als Viktor aus der Buchhandlung am Hauptmarkt, wie er früher hieß und wie ihn die alten Nürnberger immer noch nannten, heraustrat, ging gerade Violet Bohner vorbei.

„Ja, guten Morgen, Frau Bohner!", rief er ihr zu, „so eine Überraschung! Kennen Sie mich noch, erinnern Sie sich noch an mich?"

„Ja freilich, der Herr Zabener! Viktor Zabener, der Busenfreund vom Ludwig."

„Richtig, jawoll, der Freund von Ludwig. Und nicht nur Busenfreund, wir sind sogar Milchbrüder, wussten Sie das?"

„Nein – wirklich?"

„Wie geht es ihm?"

„Oh, dem geht's besser als mir!", sagte Violet, doch sie lachte dabei. „Er hat ja eine Mordskarriere gemacht, drum muss er leider die meiste Zeit in Berlin sein, aber im Moment ist er da. Vielleicht kommen Sie grad geschwind mit nach Haus, Herr Zabener? Der freut sich bestimmt!"

Viktor stimmte sofort zu. „Ich hätte ihn ja schon längst einmal besucht, ich studiere ja jetzt in Erlangen drüben, aber sein Vater hatte mir mit Stolz erzählt, dass Ludwig jetzt in Berlin ist."

„Aber Gott sei Dank nicht immer."

„Jedenfalls ein glücklicher Zufall, dass ich in Erlangen ein Buch nicht bekommen habe, aber die wussten wenigstens, dass es in ihrem Nürnberger Geschäft vorrätig ist."

Herkommer freute sich über diesen überraschenden Besuch sichtlich: „Ich wollte gerade aufs Präsidium gehen, ich bin nämlich dienstlich nach Nürnberg gekommen, es geht um die Aufstellung spezieller Einheiten der Verfügungstruppe, aber das hier geht jetzt vor, Viktor! Meine Güte, wie lange haben wir uns nicht mehr gesehen!"

„Und so ein Zufall, dass Frau Bohner gerade an diesem Buchladen vorbeilief, als ich herauskam!"

„Jetzt will ich dir mal erzählen, was ein wirklicher Zufall ist! Hört gut zu, beide! – Stellt euch also vor: Ich war im Sommer vierunddreißig verantwortlich für die Übernahme des Borsig-Palais in Berlin und war wochenlang allein in dem Riesengebäude und ganz schön beschäftigt. Telefonanrufe nahm ich grundsätzlich keine entgegen, die alten Bewohner, Papen mit seinem Vizekanzleramt, war ja längst rausgeschmissen worden, der neue, der SA-Stabschef mit seinem ganzen Klub, noch nicht eingezogen, also konnten da überhaupt nur irrtümliche oder belanglose Telefonanrufe kommen. – So, und jetzt passt auf! Es kommt auf jede Einzelheit an, auf jede Kleinigkeit! Eines Morgens beim Anziehen ist mir mein linker Schnürsenkel gerissen. Ich hab' die Enden provisorisch zusammengeknotet und wollte auf dem Weg zur Post in einem kleinen Schuhgeschäft Ersatz beschaffen. Klappte aber nicht, an der Tür hing ein Zettel ‚Wegen Trauerfall heute geschlossen'. Aber in einem Kramladen ein paar Straßen weiter bekam ich dann doch was einigermaßen Passendes. Allerdings waren die neuen Schnürsenkel deutlich zu lang, was ich aber beim Binden mit einer größeren Schleife ausgleichen konnte. Zum Mittagessen – bloß eine Erbswurstsuppe mit bisschen Brot – setzte ich mich in einen Korbsessel in der Eingangshalle, und beim Aufstehen bin ich dann mit der weiten Schleife des Schuhbändels irgendwie im Geflecht des Korbsessels, das links etwas schadhaft war, hängengeblieben. Ich spürte sofort, wie sich der Schuh beim Gehen lockerte, und an der Portierloge machte ich Halt, ging in die Hocke und band meinen Schuh frisch.

Als ich mich wieder aufstellte, genau in diesem Augenblick, läutete direkt neben mir auf der Theke der Portierloge das Telefon, und ich nahm gegen alle Gewohnheit den Hörer ab – eben weil ich direkt daneben stand und eigentlich nur den Arm auszustrecken brauchte –, und so kam meine Verbindung mit Oskar Ossenbühn zustande, meinem jetzigen Chef im Lehrregiment Castan. – Stellt euch also Folgendes genau vor, damit ihr seht, was richtige Zufälle sind: Wenn mein linker Schuhbändel schon einen Tag früher oder erst einen Tag später gerissen wäre; oder wenn es nicht der linke, sondern der rechte gewesen wäre, was ja ohne Weiteres hätte sein können; oder wenn der Schuhhändler nicht ausgerechnet am selben Tag, an dem ich einen neuen Schnürsenkel brauchte, zu einer Beerdigung gemusst hätte oder wenigstens der Kramladen nur ein wenig mehr Auswahl gehabt hätte und ich so einen Schnürsenkel in der richtigen Länge bekommen hätte, sodass ich keine so große Schleife hätte binden müssen und deshalb beim Aufstehen nicht am Korbsessel hängengeblieben wäre; und wenn der Korbsessel nicht schadhaft gewesen wäre; und wenn ich zum Nachbinden nicht ausgerechnet an der Portierloge direkt neben dem Telefon angehalten hätte, sondern noch fünf Schritte weitergegangen wäre, und ich darum, wie all die Wochen vorher, einfach den Hörer nicht abgenommen hätte – ja, dann säße ich heute noch als besserer Kalfaktor bei der gammeligen SA herum. Allein, ohne Ossenbühn, hätte ich das nie geschafft in die SS rüber, mit diesen Bombenaufstiegschancen."

Bei den letzten Worten blickte Violet etwas betreten zu Boden, aber sie nickte dabei tapfer.

„Wahrscheinlich – nöh, eigentlich sicher sogar – hätte mein ganzes Leben, angefangen mit dem gerissenen Schuhbändel, einen total anderen Verlauf genommen."

„So, da bist du jetzt also in der SS", sagte Viktor, ohne dass man im Geringsten hätte heraushören können, ob er das begrüßte, womöglich darüber begeistert war, oder Vorbehalte hatte oder Ludwig sogar auf einem verhängnisvollen Weg sah. „Und was machst du da?"

„Spezialaufgaben im Hauptamt. Wir bereiten in Berlin in Anlehnung an unsere Verfügungstruppe Elite-Kampfeinheiten vor, aber behalt' das für dich![7] Ich habe aber nach wie vor häufig hier in

Nürnberg zu tun und vor allem auch in der Mühlbergkaserne in Ellwangen, das erledige ich von hier aus, deshalb schau' ruhig öfter mal bei uns rein! Mein erster Wohnsitz ist immer noch Nürnberg", sagte Herkommer und blickte dabei freundlich zu Violet hinüber.

„O weh, ich will nächstes Semester im München weiterstudieren."

„Warum? Hat es dort in deinem Fach die größeren Koryphäen?"

„Ja – also, nicht direkt, aber in München gibt es eine sehr aktive Akaflieg, eine Akademische Fliegergruppe, und ich interessiere mich ja schon immer für die Fliegerei, fürs Segelfliegen vor allem."

„Nürnberg ist ja von München aus nicht aus der Welt – aber ruf vorher an!"

Ludwig hat sich doch sehr verändert, fand Viktor, aber ganz zum Positiven hin, vor allem dieser manchmal doch arg rabaukenhafte Auftritt war verschwunden. Wahrscheinlich hat diese famose Violet dem ungehobelten Raubein doch gewisse Manieren beibringen können, es sind eben oft die Frauen, deren Einfluss da sichtbar wird, und das kommt ihm jetzt bei der SS zugute – es stimmte schon, die SS ist eben doch mit Abstand die noblere Organisation, nach allem, was man so hört. –

Das sah man im SS-Hauptamt in Berlin nicht viel anders. Die Herren saßen in tiefen Ledersesseln beisammen und rauchten.

„Der Mann hat tadellose Manieren", befand ein schneidig auftretender Obersturmführer. „Wäre direkt schade gewesen, ihn bei der SA zu lassen! Er hat zwar kein Abitur, vorzeitig abgegangen, und kommt aus ziemlich kleiner Kiste, wie ich der Personalakte entnehme, aber der Vater, Chauffeur von irgendeinem Großkopfeten in der Industrie, wohnte mit seiner Familie im Souterrain des Hauses seines Chefs, und da hat er wohl doch so einiges mitgekriegt."

„Gewiss. Auch unser Doktor hat einen ausgezeichneten Eindruck –"

„Sagen Sie doch nicht immer ‚unser Doktor', lieber Ossenbühn", tadelte Castan milde. „Das ist nun mal der Hauptsturmführer Dr. Braune. Unsere Sanitätsoffiziere, oder sagen wir Truppenärzte, sind absolut vollgültige SS-Führer, SS-Führer mit einer zusätzlichen ärztlichen Ausbildung an einer Universität, anders als bei der Reichswehr und jetzt bei der Wehrmacht, da sind es in erster Linie

Ärzte, die eine nur begrenzte militärische Grundausbildung haben – muss auch nicht schlecht sein. Ist aber ein Unterschied."

„Werde es beherzigen. Der Hauptsturmführer Dr. Braune also hatte bei der Eintrittsuntersuchung ebenfalls einen hervorragenden Eindruck gewonnen. Ein oder zwei Zentimeter, meinte er, könnte Herkommer ja größer sein, einsneunundsiebzig einhalb hat er, na ja, vielleicht streckt er sich noch ein bisschen. Aber sonst: Bestes arisches Erbgut, sagt er, und kerngesund bis auf die Knochen in jeder Hinsicht, dazu sauber durchtrainiert."

„Und hell im Kopf, klar in der Sprache", fügte der Obersturmführer hinzu, „– so sollten wir noch ein paar mehr haben!"

„Momentan haben wir als echten Führungsnachwuchs für die Verfügungstruppe erst vier Mann mit genügend Format beisammen – allerhöchstens fünf", zählte Ossenbühn an den Fingern ab, „aber wir stellen trotzdem unverdrossen weitere Kampfeinheiten auf –"

„Nun ja, wir stellen sie noch nicht auf, aber, Sie haben da schon recht, wir bereiten sie vor", räumte Castan ein. „Die Nachwuchslage, auch für das eigentliche Führungskorps, wird sich im Übrigen rasch bessern, wenn wir erst einmal die beiden SS-Junkerschulen stehen haben."

„Apropos Junkerschulen: In weltanschaulicher Hinsicht ist dieser Herkommer noch völlig unterbelichtet. Politisch ist er die Unschuld vom Lande, und seine rassischen und völkischen Vorstellungen, so er überhaupt welche hat, liegen unter dem Gefrierpunkt."

„Bei mir war er gar nicht so schlecht", sagte der Obersturmführer, „ich würde sagen – befriedigend."

„Befriedigend?", fuhr da Castan dazwischen. „Befriedigend sagen Sie? *Befriedigend ist nur das Ausgezeichnete!* Ein unauffälliger Durchschnitt im Umgang mit den weltanschaulichen Fragen ist bei Männern des Führungskorps-Nachwuchses völlig unzureichend! Jeder dieser Männer muss auch in diesem Bereich – und gerade da – absolut Spitze sein! Die nationalsozialistische Weltanschauung muss für diese jungen Männer zu einem Thema werden, das sie nicht nur beherrschen, sondern für das sie mit Leidenschaft eintreten."

„Seien Sie nicht so streng, das gibt sich mit der Zeit", sagte Ossenbühn. „Der Junge ist Anfang zwanzig."

„Hm, er wirkt wesentlich reifer, wesentlich."

„Das kommt daher, dass er durch nichts, aber auch durch nichts, zu beeindrucken ist. Solche Leute kennen keine Befangenheit, keine Angst, kein Lampenfieber. Und mit dem Brigadeführer, der ihn neulich in der Halle irgendetwas gefragt hat, ich kam zufällig dazu, spricht er fast wie mit einem Mann seines Alters, dabei natürlich absolut korrekt und höflich, aber ohne jede Beflissenheit. Das macht nicht nur einen unerhört sicheren Eindruck, sondern jeder spürt sofort, dieser Mann ist eben tatsächlich sicher."

Während Ossenbühn noch sprach, kam der SS-Arzt Dr. Braune mit einer Unterschriftsmappe dazu.

„Ah, meine Herren", lachte er, „wie ich höre, reden Sie gerade über diesen Tausendsassa." Und zu Castan leiser: „Ich sollte Ihre Unterschrift bis heute Mittag haben."

„Bleiben Sie ruhig da, Sie stören nicht, im Gegenteil. Ich wollte nämlich gerade vorschlagen, dass sich jeder von uns um einen aus unserem Führungsnachwuchs ganz persönlich kümmert, Ossenbühn beispielsweise um Herkommer. Den hat er sich ja schon selbst ein bisschen unter die Fittiche genommen. Was halten Sie davon?"

„So viele sind es ja nicht."

„Ja, wir sprachen gerade vorhin davon."

„Das hätte auch den Vorteil, dass wir viel eher erfahren, was in den Köpfen der jungen Herren so vor sich geht."

„Ja, rundum eine gute Sache. Sollten wir bald in Angriff nehmen!"

„Aber jetzt zurück zu unserem Wunderknaben!", forderte Ossenbühn.

„Bei uns im Nürnberger Präsidium hieß er ‚der Ungerührte', sagte Dr. Braune. „Das war wirklich auffällig! Es konnte passieren, was wollte, er behielt die Ruhe und damit die Übersicht, oft als einziger. Kein Wunder, dass ihm in haarigen Situationen wie von selbst die Führung zufiel, obwohl er gewöhnlich der jüngste war. – Er zeigt dann nie die geringsten Anzeichen von Aufregung oder auch nur Unruhe, von menschlicher Anteilnahme an irgendeinem Schicksal ganz zu schweigen – im Gegenteil, je schlimmer es zugeht, desto eisiger wird er in seinem Verhalten. Er ist dann die reine Konzentration und sieht nur noch seine Aufgabe, alles andere ist ausgeblendet."

„Er scheint völlig gefühlsblind zu sein. Das soll es ja geben."

„Direkt gefühlsblind will ich nicht einmal sagen. Ein gewisses Defizit hat er da sicherlich, aber im Alltag, so im normalen Bereich, zeigte er durchaus Gefühle, wenn auch nicht überwältigend. Ich habe den Eindruck, er kann seinen wahrscheinlich ohnehin eher dürftigen Gefühlshaushalt völlig abkapseln, ausschalten, vorübergehend stilllegen, wenn ihm bei einer heiklen Aufgabe auch nur im Geringsten irgendwelche Gefühle in die Quere kommen könnten."

„Ein bisschen davon sollte eigentlich jeder haben, wenn er führen will."

„Von dem Moment an", nahm Dr. Braune den Gedanken noch einmal auf, „wo er seine Gefühle abkapselt, ist er natürlich auch total gefühlsblind, das stimmt schon. Dann nimmt er Gefühle bei anderen – ohnehin nicht seine starke Seite! – einfach nicht wahr, versteht sie nicht, handelt einfach darüber hinweg. Das kann für seine nähere Umgebung eine äußerst lästige Angelegenheit sein, aber wenn alles kopflos durcheinanderrennt, dann sind solche Leute die geborenen Führungsfiguren."

„Wir werden uns um unseren Führungsnachwuchs noch viel intensiver kümmern müssen, meine Herren", sagte Castan im Aufstehen, „gerade auch um solche Grenzfälle wie Herkommer. Die Reichswehr – jetzt muss man ja Wehrmacht sagen – ist uns da mit ihren Wurzeln, die noch bis in die Alte Armee reichen, weit voraus. Jedenfalls bitte ich Sie, lieber Ossenbühn, auch Herkommers weltanschauliche Entwicklung strikt im Auge zu behalten. Es kann nichts schaden, wenn Sie sich ihn hin und wieder auch mal allein vorknöpfen. –

Jedes Mal, wenn sich Eugen und Ludwig trafen, und das war selten genug, war doch Herkommer in den letzten Monaten die meiste Zeit in Berlin, jedes Mal erkundigte sich Eugen als Erstes angelegentlich und mit einer nur scheinbar ernsthaften Höflichkeit nach seiner Beziehung zu Violet, häufig mit den Worten: „Und was macht dein Bratkartoffelverhältnis, Ludwig?"

„Ach gut, gut", wehrte Herkommer dann ärgerlich ab, aber diesmal fragte er ihn, „sag' mal, was meinst du eigentlich immer mit ‚Bratkartoffelverhältnis'?"

„Nun, dein Verhältnis, dein Techtelmechtel – nein, es ist eigentlich mehr als ein Techtelmechtel – dein Gschpusi, deine Liebschaft mit deiner Zimmerwirtin, das ist ein klassisches Bratkartoffelverhältnis, Ludwig."

„Und was ist ein Bratkartoffelverhältnis?"

„Ein Bratkartoffelverhältnis?", fragte Eugen gedehnt zurück, als ob er das Wort zum ersten Mal höre. „Das ist im Prinzip immer das gleiche, überall genau das gleiche, jedes Mal: Die Frau ist meistens ein wenig älter, Soldatenfrau oder Kriegerwitwe oder so, der Mann jugendlich und eher unerfahren. Wenn sie sich treffen, was natürlich am besten bei ihr zu Hause geschieht, macht sie ihm Bratkartoffeln, wobei für Bratkartoffeln genauso gut auch Rühreier mit Schinken oder Ofennudeln mit Vanillesauce stehen kann, um ihn so zu regelmäßigem Besuch zu verlocken – das ist zunächst die Vorleistung, ‚anfüttern' nennt man das in der Anglersprache. Sie wünscht sich von ihm Zärtlichkeit, eine gewisse Wärme und liebevolle Zuwendung, dafür darf er sie dann vögeln, verstehste? Bei ihm ist es genau umgekehrt, er will in erster Linie vögeln und dafür gibt er Zärtlichkeit und eine gewisse Wärme und, wenn er ein guter Liebhaber ist, vielleicht auch etwas Zuwendung – das kommt dann der ganzen Beziehungskiste enorm zugute. Das Ganze ist wie eine Balkenschaukel, die aber mit ganz verschiedenartigen Gewichten besetzt ist, was aber nichts ausmacht, solange es beide Seiten nur schaffen, bei den doch sehr verschiedenen Interessen die Balance zwischen Geben und Nehmen zu halten, nicht haargenau, aber doch einigermaßen. Dann kommen die schönsten Begegnungen zustande. Geht die Sache über eine längere Zeit, dann muss man aufpassen, die Gewichte verändern sich nämlich nach und nach, und dann kann es sein, dass man da und dort zulegen oder wegnehmen muss – gar nicht so einfach, Ludwig! Gilt übrigens nicht nur für Bratkartoffelverhältnisse, sondern überhaupt und überall. Aber du sagst gar nichts – stimmt's denn nicht?"

„Ob es stimmt, was ich sage, will ich wissen!", rief er noch einmal hinterher.

Herkommer schmerzte es, wie kaltschnäuzig, wie geringschätzig, wie hemdsärmlig Eugen über seine Verbindung mit Violet sprach. Wahrscheinlich hatte er sogar recht, so von der Sache her, aber stimmen, wirklich stimmen tat es trotzdem nicht, überhaupt nicht.

Seine Liaison war etwas völlig anderes, nur, was sie war, das wusste er selbst nicht. Es hörte sich einfach gemein an, was Eugen da sagte. Das stimmt nicht – ja, so ist es, es passt zwar, aber es stimmt nicht, das ist ein Unterschied. –

11 _ Ein Abend beim Konsul

Strauss war gerade im Keller, um nach einer tropfenden Rohrleitung zu sehen, als er das Telefon oben läuten hörte. Er eilte hinauf, er eilte tatsächlich, leicht gebeugt und mit flinken Schritten, und tadelte sich selbst sogleich: Früher wäre er gewiss nicht so schnell und noch dazu so ängstlich zum Telefon gesprungen, zumal es nicht zu seinen Aufgaben gehört hatte, Telefonanrufe selbst entgegenzunehmen, und er ermahnte sich zu größerer Gelassenheit mit längeren Schritten und aufrechterem Gang.

„Hier Strauss – ach, du bist es, Zabener! Das ist schön! Guten Morgen!"

„Hast du Lust, Strauss, Samstagabend zu uns zu kommen? Was heißt ‚zu uns'?", korrigierte sich Zabener selbst, „zu mir zu kommen. Wir sollten uns mal wieder in kleinerem Kreis treffen, ganz zwanglos nach dem Abendessen, so um acht Uhr? Das hat ja schon lange nicht mehr geklappt."

„Ja, Zabener, da komme ich gerne."

„Sabinchen, sagt mir mein Fahrer, sei momentan aus Wien zu Besuch da, stimmt das? Bring sie unbedingt mit! Es sind noch zwei Ehepaare vom Grün-Weiß dabei, Fellgiebels kommen auch und noch ein paar andere interessante Leute."

„Wenn du ausgerechnet Sabine und mich dazu einlädst", spottete Strauss, „dann ist es bei deiner sprichwörtlichen Sorgfalt in der Gästeauswahl so gut wie sicher, dass es sich um ziemlich gut sortierte Leute handelt."

„Wieso?"

„Weil du ihnen offenbar bedenkenlos zumuten kannst", lachte Strauss, „einen Menschen wie mich, einen Angehörigen einer minderen Rasse, wie ich hörte, einen ganzen Abend lang zu ertragen.

Vielleicht ihm sogar interessiert zuzuhören, wenn er das Neueste aus der weiten Welt berichtet, unzensiert, versteht sich. Vergiss nicht, die mögen mit ihren Volksempfängerchen zwar hin und wieder mal Straßburg hören – so gut sind die deutschsprachigen Sendungen dort übrigens gar nicht gemacht –, aber ich kann mit meinem Radioapparat all die englischen und französischen Sender empfangen, und zwar die Originalbeiträge für die eigene Bevölkerung, viel interessanter!"

„Strauss, Mann Gottes!", rief Zabener vorwurfsvoll, als ob er vor einer plötzlichen Gefahr warnen müsste.

„Warum, was hast du? Ist doch nicht verboten!"

„Noch nicht, Strauss! Noch nicht, aber die Partei interessiert sich brennend dafür, wo Auslandssender gehört werden – da sitzen nämlich die Gegner. Die Blockwarte, das weiß ich von meinem Fahrer, haben den Befehl, genau aufzupassen, welche Radiosender in ihrem Block gehört werden – die kommen ja überall herum in den Häusern. Wenn sie wo etwas Auffälliges hören, das kommt sofort ins Dossier."

„Ich hab doch sonst nichts zu tun. Vernünftige Zeitungen gibt's kaum mehr, also höre ich Auslandssender –"

„Das sollten wir vielleicht nicht unbedingt am Telefon erörtern", unterbrach ihn Zabener ungnädig, und seine Stimme klang gepresst.

„Ach so, verstehe – du meinst, mein Telefonapparat könnte abgehört werden?"

„Nein, deiner doch nicht, meiner! Du bist für die nicht mehr interessant. Jedenfalls nicht interessant genug, um abgehört zu werden. Was sie über dich wissen müssen, wissen sie schon lange, du stehst längst auf der schwarzen Liste, das genügt ihnen fürs Erste."

„Und wieso sollten sie dich abhören? Ich denke, du bist doch – versteh' mich bitte nicht falsch, Zabener – aus deren Sicht eher einer der Ihren."

„Das ist es ja gerade. Niemand wird strenger überwacht als die, die zwar dazugehören – dazugehören müssen – und die gebraucht werden, derer man sich aber doch nicht ganz sicher ist."

Strauss schwieg einen Augenblick, und darum fuhr Zabener fort: „Du machst dir ja keinen Begriff, Strauss, was das für ein Aufwand ist, auch nur einen einzigen Telefonanschluss ständig zu überwachen.

Ich weiß das ein bisschen von einem Postler, der bei uns im Werk war und sich verplappert hat. Den Mann hatte man zu uns geschickt, weil er irgendwelche Anschlüsse – was weiß ich – in der Telefonzentrale machen sollte. Es ginge dabei nur um unseren Schutz, nämlich um die Abwehr ausländischer Werkspionage – von mir aus. Keiner im Haus wusste so recht, was zu tun sei, bis er schließlich bei mir gelandet ist. Da erfuhr ich dann, dass es in der Heinrich-Lanz-Villa im Souterrain für die Abhöranlage momentan an die sechzig Beamte gibt, die nichts anderes zu tun haben, als Telefongespräche abzuhören. Es würden zwar ständig mehr, aber eigentlich müsste man ein Vielfaches an Personal haben, meinte er."

„Da sollte man in Zukunft vielleicht doch vorsichtiger sein", meinte Strauss. „Eine abscheuliche Tätigkeit, wenn man sich überlegt –"

„Zum Glück ein äußerst langweiliges Geschäft! Mit den paar Hanseln können sie selbst mit einer perfekten Organisation nur eine sehr begrenzte Zahl von Anschlüssen ohne allzu viele Überschneidungen ständig abhören, jedenfalls viel zu wenig für ihre Pläne! Mit den neuartigen Magnetophon-Aufnahmegeräten seien sie im Moment noch nicht so weit, sagte er, damit könnte man natürlich die ganzen Leerzeiten vermeiden, die trotz aller Weiterschaltungstricks immer noch entstehen, aber der Flaschenhals wird immer das eigentliche Abhören bleiben. Wenn sich der Beamte stundenlang belangloses Zeug mit anhören muss, überhört er allzu leicht auch einmal eine brisante Bemerkung."

„Also sind unsere Chancen, ungeschoren davonzukommen, gar nicht so schlecht?"

„Wir sollten es erst gar nicht darauf ankommen lassen, Strauss!"–

Als am Samstagabend des Konsuls gutgelaunte Gäste eintrafen, ging draußen am Gartentor mehrmals ein Polizist im gemessenen Wachtmeisterschritt vorbei. Der Chauffeur Herkommer, immerhin der zuständige Blockwart, musste, lange nach Feierabend, auch noch zugange gewesen sein, denn in der Wagenhalle brannte Licht. Der Konsul, bestrebt, keine Unruhe aufkommen zu lassen, meinte, dass das ja nichts Besonderes sei, ein Polizist am Abend in einer ruhigen Gegend, zivile Späher seien viel gefährlicher, aber Pfarrer

Liedel vermutete, dass es sogar zwei Polizisten waren, die in Gegenrichtung um den Block gingen, sodass der Eindruck des Auf- und Abgehens entstanden sei. Dennoch schien sich niemand ernstlich bedroht zu fühlen, im Gegenteil, es wurden Späße über die seltsame Situation gemacht und einige einschlägige Polizisten- und Gestapowitze erzählt, bei denen sich vor allem Fellgiebel hervortat.

In aufgeräumter Stimmung stand er schließlich auf, spähte aus dem offene Fenster und rief laut: „Vorsicht, Leute, draußen steht ein Polizist, der umzingelt das Haus!"

Das tat er aber nicht nur einmal, sondern er wiederholte den Satz, dessen Witz freilich rasch verblasste, in immer wieder neuen und unerwarteten Intonationen und schien selbst am meisten überrascht, was da alles an närrischen Variationen möglich war. Je mehr er in seiner Rolle aufging, desto peinlicher wurde der Auftritt seiner Frau Marianna, bis der Konsul endlich ungeduldig rief:

„Der Herr hätte besser Schauspieler werden sollen!"

Dr. Fellgiebel fühlte sich einen Augenblick geschmeichelt, ärgerte sich dann aber über das ‚besser' und setzte sich endgültig an seinen Platz. Als aber, während noch alles schwieg, fast im gleichen Augenblick die Haustürglocke anschlug, zuckten mindestens die schreckhafteren unter den Damen für einen Moment zusammen, und die eher zufällig entstandene Gesprächspause wandelte sich in angespannte Stille. Es war der alte Herkommer, Zabeners Chauffeur, der nur, wie Lydia weitergab, vermelden wollte, dass die beiden Polizisten abgezogen seien. Bevor die Haustür ins Schloss fiel, hörte man noch, wie er im Flur auf eine Frage des Hausmädchens ‚Weiß ich auch nicht!' antwortete.

Noch war kein rechtes gemeinsames Gespräch aufgekommen, worauf allerdings Zabener, nicht nur in diesem ‚kleinen Kreis', wie er ihn nannte, stets besonderen Wert legte. Die Gäste plauderten nur mit ihren Nachbarn, und Frau Fellgiebel und Bienchen schienen sich besonders zu amüsieren und kriegten sich nicht ein vor Lachen.

„Wir wollen da auch zuhören!", rief der Konsul den beiden Damen zu, die ihre Köpfe ganz nah zusammengesteckt hatten.

„Fräulein Strauss erzählte mir gerade eine köstliche Geschichte", wandte sich daraufhin Marianna Fellgiebel an die Runde. „Es ging um Herrn Bopfinger", sagte sie und musste schon wieder lachen, „den ja einige von uns kennen".

Bopfinger, so erläuterte Marianna Fellgiebel, noch immer von kurzen Lachanfällen geplagt, sei ein sogenannter alter Kämpfer mit dem goldenen Parteiabzeichen, hätte aber seinen früheren Posten als Leiter der Musikhochschule ganz ordentlich, wenn auch mit viel ‚Heil Hitler!' ausgefüllt. Jedoch sei er dann Ende Dreiunddreißig oder Anfang Vierunddreißig von der Partei als neuer Generalmusikdirektor am Theater durchgedrückt worden, obwohl er unter Fachleuten für diese Position als weniger geeignet angesehen wurde und bei manchen sogar als Stümper galt. Es sei wie erwartet zu einer Reihe von Pleiten und sogar Skandalen gekommen, was ihn jedoch nicht davon abgehalten habe, sein großes Ziel weiterzuverfolgen, endlich einmal als Gast die Berliner Philharmoniker zu dirigieren, so wie dies auch seinem großen Vorgänger Richard Lert über Jahre hinweg vergönnt gewesen war, wiewohl das von Bopfinger darauf zurückgeführt würde, dass Lert eben ein Jude war und deshalb sicherlich eine spezielle Protektion aus dem damaligen Berlin erhalten hätte. Alle Hebel habe er in Bewegung gesetzt, berichtete Frau Fellgiebel, aber die Philharmoniker hätten sich spröde verhalten, schließlich sei es aber auf undurchsichtigen Parteiwegen eines Tages doch noch zu einer Einladung Bopfingers nach Berlin gekommen.

„Bei den Proben lief alles ganz zufriedenstellend", so fuhr Marianna Fellgiebel fort, die allmählich wieder Herrin über ihr Lachen geworden war. „Die Musiker beherrschten die vorgesehenen Stücke natürlich längst und hätten sie ohne Bopfinger wahrscheinlich auch nicht viel anders gespielt. Erst bei der letzten Probe, es saßen außer einigen Zutrittsberechtigten bereits etliche Parteigrößen im Zuschauerraum, klopfte Bopfinger mit wichtigtuerischer Miene immer wieder unwirsch ab, manchmal schon nach wenigen Takten, was bei den Musikern zu wachsender Unruhe führte. Nach einem erneuten Abbruch meldete sich schließlich der erste Geiger, ein gemütlicher Wiener, mit der verhaltenen Drohung zu Wort: ‚Wann's jetzt noch mal abklopfn, Herr Bopfinger, dann spielen wir's heut Abend so, wie Sie dirigieren!'"

Das anschließende Gelächter der Runde wäre gewiss bescheidener ausgefallen, wenn Bopfinger nicht den meisten von ihnen als machtbewusster, aber unbeholfener Ehrgeizling, um den sich viele boshafte Geschichtchen rankten, bekannt gewesen wäre, allen voran Marianna Fellgiebel, die selbst einige Jahre an der Musikhochschule unterrichtet hatte.

„Die durch den Arierparagraphen frei gewordenen Stellen", meldete sich Fellgiebel zu Wort, sicherlich auch, weil er zeigen wollte, dass er auch für ernsthafte Beiträge gut war, „diese freigewordenen Stellen waren natürlich eine enorme Chance für den Nachwuchs, in allen Bereichen, aber das führte eben auch auf breiter Front zu einem Niveauverlust, zumal auf die freigewordenen Stellen bevorzugt Parteigenossen gesetzt wurden – also noch einmal eine einschränkende Auswahl."

„Es überrascht nicht", pflichtete ihm Zabener bei, „dass man in Berlin zu den äußersten Konzessionen bereit ist, um die wenigen, die von der ersten Garnitur noch geblieben sind, zu halten."

„Oh, so wenige sind es gar nicht!", meinte Fellgiebel. „So mancher aus der ersten Reihe ist sicherlich auch deshalb geblieben, weil er sich mit dem Wegfall wichtiger Konkurrenten verbesserte Chancen für sich selbst erhofft; andere wollen einfach nur weitermachen, weiterhin Erfolg haben und stürzen sich, blind für alles andere, in die Arbeit und kümmern sich um die Politik noch weniger als bisher."

„Man muss verstehen, Doktor, es ist ein sehr, sehr schwerer Entschluss, ins Ausland zu gehen", sagte Zabener, und Sabine Strauss, die ihm direkt gegenüber saß, nickte dabei versonnen, „vor allem für jene, die hier bereits Erfolg hatten. Ich denke da besonders an die Schauspieler und Schriftsteller, für die es allein schon der Sprache wegen unerhört schwierig wird, wenn sie das Land verlassen."

„Wenn sie Schreibverbot, Auftrittsverbot, Malverbot haben", sagte Sabine, „bleibt ihnen oft gar nichts anderes übrig."

„Manche bleiben dennoch!"

„Höchsten Respekt!"

„Am peinlichsten für das Regime ist es doch, wenn ein ganz renommierter Künstler, Schriftsteller, Wissenschaftler, dem gegenüber nichts einzuwenden ist und den man gern hierbehielte, dennoch ins Ausland geht. ‚Das sind unsere eigentlichen Niederlagen', hat Goebbels kürzlich gesagt, und das sieht er als großer Propagandist natürlich völlig richtig."

„Und deshalb sind ja auch die, die auf ihren Posten bleiben, von enormem propagandistischen Wert für das Regime."

„Das ist nicht allen klar – ich habe den Eindruck, manchmal sogar nicht einmal denen, die bleiben!"

„Es kommt natürlich ganz darauf an, welche Position sie bekleiden."

„Eben. Wir reden im Moment ja nur von den Prominenten. Wenn die mitmachen, dann hat das für die Stützung des Regimes eine unvergleichlich größere Bedeutung, als wenn irgendein kleiner Angestellter eifrig mittut, nur weil er Angst hat, dass er andernfalls seinen Posten verlieren könnte."

„Die Mächtigen", meinte Fellgiebel, „oder sagen wir besser die Einflussreichen, denn so mächtig sind sie gar nicht, sie beruhigen ihr Gewissen damit, dass sie unbedingt dableiben müssen, ‚um Schlimmeres zu verhüten', ja dass es geradezu ihre Pflicht sei, jetzt standzuhalten, und dass sie vielleicht sogar manchem Bedrängten oder Verfolgten mit ihrem Einspruch helfen könnten. In der Tat, wenn sich nicht einmal diese Leute gelegentlich eine vorlaute Lippe leisten können, wer dann?"

„Was schauen Sie denn alle zu mir her?", lachte der Konsul. Nur Strauss hatte zu ihm hergeschaut. Aber dann wurde er ernst, setzte sich etwas auf, und alle schauten ihn nun tatsächlich an, weil sie spürten, dass er eine Erklärung abgeben wollte.

„Ich bin seit Kriegsende in unserem Unternehmen und trage seit Anfang der Dreißiger die volle Verantwortung, und ich muss gestehen, so sehr Sie das vielleicht überraschen mag, dass sich mir die Frage, ob ich unter den neuen politischen Bedingungen demissionieren soll, noch nicht ein einziges Mal gestellt hat. Im Gegenteil, je härter wir von diesem oder jenem Erlass getroffen wurden, je infamer die Schikanen von irgendwelchen untergeordneten Stellen – ich könnte Ihnen da so einiges erzählen! –, umso enger fühlte ich mich dem Unternehmen verbunden und umso unverdrossener kämpfte ich für unsere Rechte. Und, weiß Gott, es hat sich gelohnt! Ich habe trotz aller Wirrnisse auch so manche schöne Stunde und sogar tiefe Befriedigung erlebt."

Leiser und nachdenklicher und nicht mehr in diesem proklamatorischen Ton fügte er nach einer kurzen Pause noch hinzu: „Das ging natürlich nicht immer ohne – ohne, sagen wir: ohne eine gewisse Anpassung, wenn es auch nur eine scheinbare Anpassung war. Man muss bereit sein, gewisse Konzessionen zu machen, auch wenn es nur pure Lippenbekenntnisse sind; mit dem Kopf durch die Wand ist da nichts zu erreichen. Und mit einer Demissionierung erst recht nichts."

„Ich kann dir da nicht widersprechen, Zabener", meldete sich Strauss das erste Mal an diesem Abend zu Wort, „es gab für dich wohl gar keinen anderen Weg. Aber dadurch hatten unsere braunen Freunde wieder einen mehr – und zwar einen von den besonders Wichtigen! –, den sie auf ihrer Habenseite verbuchen konnten. Und nicht vergessen: mit dem sie prahlen konnten – ‚Schaut nur, auch der!', ‚Was wollt ihr denn, sogar dieser!'. Also hast du, ob du das wolltest oder nicht, dabei mitgeholfen, das System weiter zu stützen und zu verfestigen, nur ein kleines bisschen, gewiss, aber doch ungleich mehr, als der kleine Angestellte oder Beamte, der ebenso regimekritisch ist, aber der den Mund hält und sich vielleicht sogar überreden lässt, in die Partei einzutreten. Versteh' mich nicht falsch, Zabener, ich sagte ja schon, es war wohl gar nicht anders möglich, und ich glaube – ja ich muss sagen: ich fürchte –, ich hätte an deiner Stelle ebenso gehandelt. Das Lebenswerk im Stich lassen? Es den Banausen überlassen, es schutzlos den Barbaren ausliefern?"

Sie spürten alle, dass das Gespräch unversehens in sehr persönliche und noch dazu ganz grundsätzliche Bereiche geraten war – ging es doch um die Kernfrage aller Kollaboration –, und alle sannen sie in der kleinen Pause, die nach Zabeners und Straussens fast bekenntnishaften Beiträgen entstanden war, darauf, wie das Gespräch in Bahnen zu leiten sei, die weniger heikel und vielleicht auch persönlich weniger verfänglich waren, ohne dass es in die Alltagsbelanglosigkeiten abgleitet.

Schließlich nahm Charly Knobel, der ältere der beiden Tennisclub-Freunde Zabeners, den Gesprächsfaden vorsichtig und mit der nötigen Distanz zu den persönlichen Problemen Anwesender wieder auf.

„Nicht nur in der Industrie oder im Kulturbereich ist vieles schwerer geworden. Auch ganz unauffällige Sportvereine wie unser Club, harmlose Freizeit-Zusammenschlüsse doch meistenteils unpolitischer Bürger, die Freude haben am Tennisspielen, kämpfen mit den nämlichen Schwierigkeiten. Wir mussten im Grün-Weiß – und zwar durch Druck von außen! – Teile des Vorstands auswechseln und wurden gezwungen, einen Arierparagraphen in die Vereinssatzung aufzunehmen. Was aber viel schlimmer ist, der ganze Verein ist seither in zwei Lager gespalten."

„Im 46er haben wir genau das Gleiche beobachtet", ergänzte der jüngere der beiden Tennisclub-Freunde Zabeners.

„Was ist der ‚46er'?"

„Der hiesige Turnverein, 1846 gegründet. – Da sind jetzt auch gewisse Lager entstanden, genau genommen sogar drei. Einmal die Hakenkreuzler, oft sogar sehr aktive Vereinsmitglieder, aber mit viel Krawall. Auf der anderen Seite die Hitlergegner, die das aber längst nicht mehr so offen zu äußern wagen – klar. Nicht sehr viele. Dazwischen die größte Gruppe: die, die eigentlich Sport treiben wollen und damit basta – eine Gruppe, die aber kleiner wird, weil immer mehr zu den Hitleranhängern überlaufen. Meistens keine besonders Fanatischen, aber immerhin, sie stärken eben die Anhängergruppe. Übrigens genau wie Sie sagten, Herr Dr. Strauss, vor allem die großen Sportskanonen werden von den Hitlerleuten mit lautem Beifall bei sich aufgenommen – wir haben im 46er und auch im Grün-Weiß ja einige Berühmtheiten. Wenn sie aber austreten, wird ihnen ‚Verräter' nachgerufen. – Und auch die Gegnergruppe schrumpft; die Vereinsaustritte mehren sich, natürlich fast alle aus dieser Ecke. Am Ende werden wir eine mächtige Hitlergruppe haben, vom rabiaten Fanatiker mit fließenden Übergängen bis zum harmlosen Zustimmer, dem es vor allem um seine Ruhe geht, und einer wirklich nur noch ganz kleinen Gruppe von Nichtüberzeugten, Unentschiedenen oder Abwartenden, die einfach ihren Sport machen wollen, und unter denen sich dann vielleicht noch eine Handvoll echter Hitlergegner verbergen."

„So ist es", sagte Zabeners Tennisfreund. „Und so wird es kommen, wahrscheinlich in allen Vereinen in Deutschland."

„Nicht nur in den Vereinen, Ihr 1846er kommt mir vor wie ein kleines übersichtliches Modell für das ganze Deutsche Reich, ein Modell, an dem wir die zukünftigen Abläufe studieren können", fügte Zabener bekümmert hinzu. –

Man sprach über dieses und jenes, und auch die Versorgungslage wurde zum Thema, immerhin war bereits der zweite Vierjahresplan in Vorbereitung mit dem Ziel Autarkie und Devisensparen zu Gunsten der Aufrüstung.[8] Marianna Fellgiebel, die über ihren großen Arzthaushalt gern spöttisch sprach, wiewohl sie ihn doch perfekt zu meistern schien, zählte auf, an welche Waren in letzter Zeit schlechter heranzukommen war, weil die häufiger als früher ausverkauft waren, das habe es noch vor ein paar Monaten kaum einmal gegeben. Es ging ihr vor allem um Fleisch – Wurstwaren seien davon weniger betroffen – und um Butter, und Bohnenkaffee sei fast überhaupt nicht mehr zu kriegen.

Der Konsul, obwohl an hauswirtschaftlichen Fragen sonst wenig interessiert, hatte gut zugehört: „Das sind genau die Produkte, die entweder vollständig oder zu einem erheblichen Teil aus dem Ausland eingeführt werden müssen. Die Einfuhren werden, wo es nur geht, gedrosselt, um Devisen zu sparen, das spüren wir auch in der Firma. Sogar wenn es sich bei uns in der Produktion um Lieferungen handelt, die für den Export bestimmt, also hervorragende Devisenbringer sind, ist es jedes Mal ein Theater, wenn wir für die Fertigung irgendwelche Zulieferungen aus dem Ausland brauchen, und sei es auch nur in ganz geringem Umfang. Alles, was wir aus dem Ausland beziehen müssen, ist erheblich teurer als früher, insofern haben wir selbst das größte Interesse daran, so wenig Devisen wie möglich zu verbraten. Aber da sieht man erst, wie ruiniert unsere Währung inzwischen schon ist, im Inland merkt man davon natürlich nur wenig."

„Hm, das stimmt, da gibt es überall Engpässe", es schien, als ginge das Zabeners Tennisfreund erst jetzt so richtig auf. „Da gab es doch in den letzten Jahren eine sehr beliebte Konserve, ‚*Fleisch im eigenen Saft*', die ist mir in letzter Zeit so gut wie nicht mehr in den Läden begegnet."

„Ah – ich habe das Zeug zufällig in meinem Wagen vorn auf dem Beifahrersitz liegen sehen! Der kleine Herkommer hat seinem Vater ein paar Dosen davon aus Berlin mitgebracht."

„Ja Berlin! Berlin!", schaltete sich da Fellgiebel ein. „Das ist inzwischen eine ganz andere Welt. Ich war ja zum Internistenkongress dort, direkt vor der Olympiade –"

„– vor den Olympischen Spielen", verbesserte Pfarrer Liedel.

„Von mir aus vor den Olympischen Spielen, Padre", tat Fellgiebel die Verbesserung ab, „man macht sich keinen Begriff, was das für eine Pracht in den Läden und Schaufenstern war! Alles gab es in Hülle und Fülle! Wir leiden hier ja auch nicht gerade Not, aber dort kam ich mir vor wie im Schlaraffenland! Und irgendwo sah ich sogar ein ganzes Schaufenster voll mit eben diesem *Fleisch im eigenen Saft*, von dem Sie sprachen, das war mir besonders aufgefallen. Die Berliner Läden seien schon Monate vorher mit allem bevorzugt beliefert worden, sagte mir ein Taxifahrer."

„Und das fehlt dann natürlich hier."

„Und dann: Überall die Tausende von Judenschildern – es waren wirklich Abertausende! –, man hat sich hier ja schon so daran gewöhnt! Die sind, während wir in Berlin waren, fast von einem Tag auf den anderen verschwunden! ‚Juden sind hier unerwünscht!' stand vorher an jeder zweiten Ladentür und an jedem Restaurant, ‚Nur für Arier' auf den Parkbänken. ‚Juden werden nicht bedient' las ich an einem Bahnhofsbuffet oder gar ‚Juden Zutritt verboten!' am Eingang eines Schwimmstadions. Am Ortseingangsschild von Berlin-Reinickendorf – wissen Sie, diese gelben Schilder am Straßenrand, vor den ersten Häusern –, da stand ganz offiziell, es ist unglaublich, unter dem Ortsnamen, bisschen kleiner, aber in der gleichen Schrift, ‚Juden unerwünscht', da habe ich SA-Leute gesehen, die das mit einem schwarzen Streifen zugeklebt haben. Und dann diese ganzen prahlerischen Hinweise wie ‚Tuntenhausen ist judenfrei' oder ‚Judenfreies Haus' oder gar, diese Analphabeten, ‚Juden sind hier nicht mehr aufhältlich' – alles zugeklebt, abmontiert, verschwunden!"

„Diese Olympischen Spiele waren eben eine Propagandaveranstaltung sondergleichen!", sagte Zabener.

„Propaganda", ging da Pfarrer Liedel wieder ins Grundsätzliche, „Propaganda, das heißt halt fast immer: nicht nur einseitige Berichterstattung und Argumentation, nicht nur Übertreibung und ausgewählte und zurückgehaltene Fakten, sondern eben auch absichtsvolle Täuschung, Fälschung, Irreführung. Die Grenze ist da nicht zu ziehen."

„Ein Meisterstück war natürlich die Eröffnung der Sommerspiele am 1. August!", fuhr Zabener fort. „Alle – Anhänger und Gegner,

Deutsche und Ausländer –, wirklich alle erwarteten eine große Rede, eine Grundsatzerklärung womöglich; Hitler würde sich diese einmalige Plattform mit einer Verbreitung über die Radiostationen der ganzen Welt und über die Wochenschauen nicht entgehen lassen. Aber was dann geschah, war propagandistisch unerhört! Hitler sprach nur einen einzigen knappen Satz! ‚Ich erkläre hiermit die Olympischen Spiele – und so weiter – für eröffnet', oder so ähnlich, wie eben diese Eröffnungsformel heißt. Damit dokumentierte er auf das Überzeugendste, dass die Olympischen Spiele eben keine Propagandaveranstaltung des Dritten Reiches waren, dass die Olympischen Spiele eben nicht für die Nazipropaganda missbraucht wurden, wie das die internationale Presse schon seit Wochen prophezeite, ja teilweise schon als gewiss angekündigt hatte. Das heißt, er bestritt – ohne ein Wort zu sagen, aber gerade deshalb umso wirksamer – genau das, was die Spiele in Wahrheit natürlich von A bis Z waren, darin sind wir uns ja einig."

„Völlig einig – Propaganda von A bis Z", stimmte Fellgiebel zu, „und die Franzosen haben dann noch einen draufgesetzt und ließen ihre Mannschaft doch tatsächlich mit dem Hitlergruß einmarschieren, ausgerechnet die Franzosen!"

„Und auch die Engländer! Nur sprach man darüber nicht so sehr."

„Jedenfalls eine anbiedernde Geschmacklosigkeit, wie sie im Buche steht!", brauste Fellgiebel auf. „Die fallen uns kritisch Eingestellten damit doch glatt in den Rücken!"

„Ja – ganz so war es nicht, man muss da Verschiedenes richtigstellen", beruhigte Zabener Fellgiebel, der schon wieder ganz aufgebracht war. „Natürlich war das ein blödes Bild, das wahrscheinlich um die halbe Welt ging, da haben Sie schon recht, und ich denke da vor allem auch an die Wirkung im Inland und zwar an den äußerst ungünstigen Einfluss auf die Unentschlossenen, auf die Schwankenden, auf die Zweifler. Die spürten plötzlich verstärkten Schiebewind in Richtung konformen Verhaltens. – Aber vergessen Sie nicht: Der erhobene rechte Arm mit ausgestreckter Hand, das ist zugleich auch der olympische Gruß. Das wussten natürlich die wenigsten im Olympiastadion, und den Hitlerleuten war das natürlich gerade recht."

„Ursprünglich war das der Saluto Romano", wusste Pfarrer Liedel als Humanist beizutragen, „der Ende vergangenen Jahrhunderts mit den Olympischen Spielen wieder aufkam. Später hatte ihn Mussolini aufgegriffen, und von ihm wohl übernahm ihn dann Hitler, und zwar in großem Maßstab und mit strengstem Reglement."

„Ohne sich selbst allzu genau danach zu richten!", schimpfte Fellgiebel. „Was der da zusammengrüßt, einmal mit ausgestrecktem und dann wieder mit abgewinkeltem Arm und nach hinten gebogener Hand, das sollte sich ein Pimpf im Jungvolk oder gar ein Hitlerjunge mal erlauben!"

„Ist Ihnen aufgefallen", fragte Strauss schmunzelnd in die Runde, „dass wir jedes Mal, wenn wir uns treffen, wieder auf diesen Hitlergruß zu sprechen kommen?"

„Dabei gäbe es gewiss Wichtigeres zu erörtern", meinte einer der beiden Tennisfreunde, die in dieser Runde zum ersten Mal mit dabei waren und die neulich die langen Diskussionen über diesen Heilsruf der Nationalsozialisten, bei denen sich Liedel und Fellgiebel besonders engagiert hatten, nicht mitbekommen hatten.

„Oh, unterschätzen Sie nicht die Bedeutung dieses Grußes! Seine Wirkung für die Stabilisierung und den Zusammenhalt des ganzen Systems ist enorm!", mahnte Pfarrer Liedel, der schließlich wie kein anderer in diesem Kreis um die geheimnisvolle Kraft gemeinsam genutzter symbolischer Gesten und Handzeichen wusste.

„Ich kann es bis heute noch nicht fassen", klagte Strauss, „trotz allem, was ihr neulich über den Hitlergruß so erzählt habt. Es ist wirklich unglaublich, dass das gelungen ist – und dazu noch in kürzester Zeit –, nicht nur die eigene Partei, nein, ein ganzes Volk auf diesen Hitlergruß mit der erhobenen Hand abzurichten! Ich hätte das nie für möglich gehalten!" –

Am späten Abend, als die Gäste gegangen waren und er nur noch mit Strauss zusammensaß, fühlte sich Zabener erschöpft von der langen Diskussion.

„So ein Gesprächsabend strengt mich doch sehr an, Strauss. Mein Gehör ist in letzter Zeit deutlich schlechter geworden."

„Das muss für dich auch beruflich eine große Belastung sein, nicht?"

„Beruflich? Nun ja, ich kann es ertragen." Dann musste er lachen: „Ich brauche ja nicht alles so genau zu verstehen, was die bei den Sitzungen sagen; Hauptsache, die verstehen, was ich sage!"

„In einem Gespräch zu zweit, so wie jetzt, fällt es übrigens kaum auf."

„Aber schon in einem nur wenig größeren Kreis wie heute Abend habe ich meine Mühe – ich kann nicht mehr selektiv hören, das ist es. Ich kann nicht mehr nur die eine Stimme heraushören, der ich gerade folgen will. Da erst bemerkt man den Tumult der Stimmen, die man nicht mehr auseinandersortieren kann und die Vielfalt der Nebengeräusche in einem Raum, vor allem wenn der etwas ‚hallig' ist. Und wenn es dann gar Stimmen sind mit wenig Obertönen, weißt du, diese brummelden Zeitgenossen, dann macht mir das noch mehr zu schaffen – das ist weniger eine Frage der Lautstärke."

„Jaja! Die Konsonanten mit ihren etwas höherliegenden Tönen oder Geräuschen, die sind es, die das Klangbild eines Wortes vor allem bestimmen – das habe ich von Bienchen gelernt. ‚Klangbild', das könne man ganz wörtlich nehmen, meinte sie, der Klang eines jeden Wortes sei auf einem Kathodenstrahloszillographen tatsächlich bildhaft darstellbar, und es handle sich bei jedem Wort um ganz klar konturierte und fein profilierte ‚Klang-Abbildungen' gewissermaßen – gestochen scharf."

„Aha! Dann wären also diese Klang-Abbildungen, diese Klangbilder, wie sie in meinem Kopf ankommen, eher etwas verwaschen und verschliffen, jedenfalls nicht mehr so scharf."

„Ja, so kann man das durchaus sehen, Zabener."

„Am Schlimmsten aber wird es für mich, wenn jemand hastig daherredet. Unser Freund Fellgiebel hat mir das so erklärt: Jedes Wort, das wirklich verstanden werden soll, muss erst einmal identifiziert worden sein – das gilt auch für den normal Hörenden, was der aber gar nicht merkt, weil das Hören und das Identifizieren und dann das Verstehen in aller Regel buchstäblich im selben Augenblick geschieht. Bei mir geht das mit dem Identifizieren nicht so schnell, und jetzt wird mir auch klar, warum: Weil meine Klangbilder nicht so deutlich sind, ist die Identifikation schwieriger, denn ich muss beim Abgleich dieses Klangbilds mit den gespeicherten

Klangbildern meines Wortschatzes herausfinden, welches von denen das ähnlichste ist. Das dauert einen Augenblick, auch wenn der nur winzig ist. Ich denke, wir reden hier von Hundertstelsekunden. Aber ich muss eben doch, auch wenn das völlig automatisch und unbewusst vor sich geht, im Vergleich zum normal Hörenden eine größere Anzahl von möglichen Wörtern prüfen. Natürlich geht das bei mir im Grunde genommen ja immer noch unerhört schnell, aber eben doch nicht schnell genug, um bei einem richtigen Schnellsprecher mitzukommen. Abgesehen davon, dass diese Schnellsprecher meistens nicht sehr sorgfältig sprechen, sodass also das Klangbild noch ein weiteres Mal beeinträchtigt wird."

„Nun ja, jetzt weißt du wenigstens, Zabener, warum dir der Kopf brummt. Nächste Woche um diese Zeit sind wir schon in Davos und du kannst dich erholen!"

Zabener aber freute sich trotzdem über die angeregte Diskussion und darüber, wie offen sie sich alle den ganzen Abend über an den Gesprächen beteiligt hatten, obwohl sich einige doch nur flüchtig kannten. Offenbar fühlte man sich sicher in seinem Haus und verließ sich auf ihn bei der Auswahl der richtigen Gäste. Er spürte die Verantwortung, die er seinen Gästen gegenüber trug, und das beschäftigte ihn viel mehr als die Gefahr, in die er sich selbst als der Gastgeber solcher Abendgespräche begeben hatte. –

12 _ Konsul Zabener und Dr. Strauss in Davos

„Wie man sich doch plötzlich frei fühlt in diesem Land!", sagte Strauss, als sie in Zürich umstiegen, und atmete tief durch. „Es ist vielleicht für dich nicht so deutlich zu spüren wie für mich, Zabener, aber ich hätte nie gedacht, dass es da einen solchen Unterschied gibt zwischen hier und zu Hause. Das überrascht mich doch sehr!"

Zabener, der ja schon aus beruflichen Gründen häufiger in die Schweiz kam, sprach auf der Weiterfahrt über die Unterschiede, wie er sie sah. Die Schweizer, das seien eben die beständigen Urdemokraten, denn die Demokratie der noch viel älteren, die der alten Griechen, sei ja längst wieder untergegangen. Und diese Schweizer hätten es immerhin geschafft, vier verschiedene Sprachen unter einem Dach auf Dauer zu vereinen – die meisten anderen Staaten scheiterten ja schon bei zweien – , und gelungen sei ihnen das, meinte er, durch einen gehörigen Sinn für strikte politische Ordnung auf der einen Seite und die gleichzeitige Gewährung von großer Freiheit für den Einzelnen wie für die einzelnen Gruppen andererseits, beides in nützlicher Balance. Einen solchen Gegensatz könnten sie eben ertragen, diese Schweizer, ganz anders als unsere Untertanenseelen daheim.

„Natürlich ist uns das alles mehr oder weniger geläufig, Strauss; aber jetzt, wo wir im Land sind, klingt es in uns erst richtig an, wird wach, und mit einem Mal fühlt man eine neue Freiheit, wie die kleinen Kubifische, die aus einer engen Transportflasche in ein weites Bassin geschüttet werden und sich plötzlich ungehindert tummeln können. – Und ich muss sagen, Strauss, ich fühle mich hier einfach auch weniger beobachtet als zuhause, mit einem Wort eben – freier!"

„Siehst du! Das freut mich, dass du das auch fühlst! Vor Dreiunddreißig zeigtest du doch, vor allem im Zorn, gelegentlich gewisse autoritäre Anwandlungen", diagnostizierte Strauss nachsichtig, „und antidemokratische, oder, sagen wir, demokratiekritische Ausbrüche waren ab und zu auch mit dabei, mein Lieber. Du warst eben nur ein Kopf-Demokrat!"

„Immerhin!"

„Aber man muss dir zugute halten, Zabener", räumte Strauss ein, „während andere, vor allem auch ähnlich national Gesinnte wie du, sich von Dreiunddreißig an nach und nach mit den Nazis arrangiert haben, bist du, gerade umgekehrt, würde ich sagen, immer ‚demokratischer' geworden."

„Ich möchte jetzt nicht auch noch gelobt werden für meine politischen Schwächen! Ich bin kein demokratischer Monolith. Aber meine Demokratiezweifel bezogen sich vor allem auf auf den miserablen Umgang miteinander, auf diese persönliche Herabwürdigung des politischen Gegners, als ob es keine andere Möglichkeit der Auseinandersetzung im Parlament gebe. So hat sich doch bei uns", dozierte Zabener weiter, „das System in seinem Ansehen im Laufe der Jahre selbst ausgehöhlt. Als dann Hitler und speziell Goebbels damit begannen, das Parlament planmäßig verächtlich zu machen – ihr Ausdruck ‚Quasselbude' wurde ja allmählich zum Allgemeingut –, erhielten sie viel Zustimmung, und zwar keineswegs nur aus den eigenen Reihen! Kein Wunder, dass dann Dreiunddreißig die Abschaffung der parlamentarischen Demokratie fast mühelos über die Bühne ging." –

Zwei Tage später gingen sie nach einer langen Bergtour abgekämpft, aber guter Dinge durch die Straßen von Davos auf ihr Hotel zu.

„Was ist denn das?", fragte Strauss erstaunt und zeigte auf ein Gebäude, auf dem nicht nur, wie man das von Gasthäusern kennt, über der ersten Etage in plastischen Buchstaben ‚Braunes Haus' stand, sondern dessen Fassade auch noch von oben bis unten in einem merkwürdig aufdringlichen Braun gestrichen war.

„Nanu, ich dachte, das Braune Haus gebe es nur bei uns in Deutschland, in der Brienner Straße in München.[9] Aber dass die hier ihre ganze Bude dann auch noch braun anstreichen müssen – nein, so etwas!"

„Wenn die guten Leutchen erfahren, was ‚Braunes Haus' in Deutschland bedeutet – die reißen vor Schreck das ganze Gebäude ab!", lachte Strauss.

Zabener dagegen blieb nachdenklich: „Aber könnte es nicht auch sein, Strauss, dass das gar nicht aus Ahnungslosigkeit geschah? Also nicht beispielsweise, weil die Farbe beim Anmischen viel zu braun geraten ist – so etwas kommt ja vor! –, und man dann aus der Not eine Tugend gemacht hat und das ganze Haus so nannte; sondern dass das hier – eine blitzblanke Außenstelle der NSDAP ist?"

„Wie bitte? Hier in der Schweiz?"

„Ja, hier in der Schweiz! Darüber hat es sogar schon Krach mit Bern gegeben, wenn ich mich recht erinnere. Die Nazis haben in der Schweiz eine ganze Anzahl regelrechter Ortsgruppen gebildet, mindestens ein Dutzend, und noch mehr Stützpunkte im ganzen Land. Die Mitglieder sind meistens Auslandsdeutsche, die in der Schweiz wohnen, aber eben auch Schweizer."

„Nun ja, die deutschen Mitglieder", meinte Strauss gutmütig, „das sind Leute mit Heimweh, und die Schweizer, das sind halt ein paar Germanophile."

„So einfach ist es wohl nicht, Strauss – jedenfalls langen die ganz schön hin! Die Anführer sollen auf Hitler vereidigt worden sein, unglaublich, und sogar eine eigene Hitlerjugend soll es geben – man mag es nicht für möglich halten!"

„Diese Hitler-Ideen", bemerkte Strauss kopfschüttelnd, „scheinen doch für manche Menschen eine seltsame Attraktivität zu haben!"

„Das Hauptbüro der schweizerischen Landesgruppe soll sogar hier in Davos sein, jedenfalls ist im vergangenen Winter der Landesgruppenchef, ein Deutscher natürlich, der Name fällt mir gerade nicht ein, hier in Davos einem politischen Mord zum Opfer gefallen.[10] Wer weiß, Strauss, vielleicht stehen wir hier vor der schweizerischen Nazizentrale."

Strauss fing auch an zu zweifeln und erwiderte trocken: „Ich kann da als deutscher Jude schlecht reingehen und fragen, Zabener." –

Zabener und Strauss hatten sich von ihrer Reise in die Schweiz ein paar ruhige Tage versprochen, weit ab von zu Hause, ohne Geschäft und ohne Alltag, in denen man über alles, nur nicht über die Politik und die übermächtige Partei reden wollte. Aber nun, da der dauernde politische Druck und der Zwang plötzlich fehlten, war die Neigung, über Politik zu sprechen, desto lebhafter geworden.

Sie saßen plaudernd auf einer Bank am Höhenweg in der Sonne und erfreuten sich an der Aussicht.

„Ich weiß nicht", sagte Strauss zufrieden und ohne besondere Mitteilungsabsicht, „was man mehr preisen soll, diese unglaubliche Kulisse oder den Blick in dieses adrette Tal."

Zabener hatte seinen Kopf in den Nacken gelegt und sein Gesicht der Sonne zugewandt.

„Was gefällt dir denn im Tal so gut?", fragte er nach ein paar Sekunden mit geschlossenen Augen.

„Dieses Herausgeputzte allerorts, die Sauberkeit in allen Winkeln, die Sorgfalt, die man überall spürt, mit einem Wort, die Ordnung, die eben allenthalben herrscht!"

„Jetzt erinnerst du mich mit deiner ‚Ordnung'", sagte Zabener ein wenig boshaft, „an meinen Fahrer Herkommer. Den schicke ich ja als Aktenkurier öfter mal in die Schweiz. Nirgends fährt er lieber hin! ‚Da herrscht Ordnung und Sauberkeit!', ist seine stehende Rede jedes Mal, und er ist nicht der einzige!"

„Das ist ja lustig!"

„Nichts ist den Deutschen wichtiger als Ordnung, Strauss, geordnete Abläufe, Vorhersehbarkeit. Die Ordnungsliebe ist ihr Höchstes, ist ihre wichtigste Eigenschaft, aus der sich auch viele andere Eigenschaften ableiten lassen, die man den Deutschen gerne zuschreibt. Das soll aber weiß Gott kein Ordnungsvorwurf an deine Adresse sein", lachte Zabener.

Strauss fühlte sich auch gar nicht getroffen und sagte nur spottend: „Siehst du, ich bin halt schon viel stärker assimiliert, als du immer glaubst, und habe sogar die ganzen nationalen Vorurteile schon intus."

„Och, dass das ein Vorurteil ist, will ich nicht einmal sagen", meinte Zabener behaglich gähnend.

„Aber, wo wir schon dabei sind, Zabener, dieser Ordnungssinn, diese Ordnungsliebe, diese Ordnungssehnsucht geradezu, das war eine der wichtigsten Voraussetzungen für Hitlers Erfolg."

Zabener setzte sich langsam auf. „Wie meinst du das?"

„Um das wirklich erklären zu können, muss ich einen Moment weiter ausholen dürfen."

„Oh, bitte, bitte, verehrter Herr Rat!"

„Gut. Zunächst also: Die Deutschen waren 1918 natürlich noch ziemlich Demokratie-ungeübt, da gibt es keinen Zweifel. Das galt für die Bevölkerung ebenso wie für die Politiker, sogar für die wenigen, welche schon vorher – ohne großen Einfluss – im alten Reichstag gesessen haben. Drum kam es nach dem Krieg die meiste Zeit nur zu einem, wie ich das sehe, eher schwächlichen, manchmal sogar erbärmlichen Parlamentarismus, bei dem die Leute draußen, wenn sie durch Presse und Rundfunk Näheres erfuhren, erst recht in Ablehnung verfielen. Das Niveau ist aber keineswegs allmählich besser geworden, sondern mit dem Auftreten der Nazis wurde alles nur noch schlimmer."

„Jaja, wir sprachen ja gelegentlich darüber."

„So. Und dazu kommt nun, dass dieses demokratieungeübte Volk, schon in der Kaiserzeit stramm auf Disziplin, Gehorsam, Ordnung abgerichtet, durch den verlorenen Krieg und das Chaos der Nachkriegsjahre, durch die Inflation und den Vermögensverlust, durch die Besetzung und die Arbeitslosigkeit grenzenlos verwirrt und unsicher geworden war und hilflos nach neuer Orientierung suchte. In diesen Hexenkessel, den keiner mehr verstand, stieß Hitler mit seinen großtönenden Ordnungsversprechungen hinein. Da waren die Inhalte fast schon bedeutungslos – Hauptsache war, dass da einer markig verkündete, es wird wieder Ordnung Einzug halten! – Eigentlich waren die meisten seiner Ankündigungen und Forderungen, geht mir gerade durch den Kopf, in irgendeiner Weise Ordnungsversprechungen gewesen."

„Strauss!", rief Zabener laut und tat empört, „aus ist es mit dem gemütlichen in der Sonne Sitzen! Wir können machen, was wir wollen, Strauss, wir landen bei der Politik! Ausgangspunkt war das schöne Tal hier, und bloß weil du es ‚adrett' gefunden hast, sind wir wieder in die Politik abgeschwommen; stimmt ja auch – adrett –, so kann man durchaus sagen. Und damit sind wir mal wieder bei den Voraussetzungen für die Machtübernahme angekommen. Aber du hast ja recht, Strauss, so war es. Oder mindestens könnte diese Ordnungssehnsucht der Deutschen auch mit eine Rolle gespielt haben."

Danach gab es wieder eine Pause, wie das so ist, wenn man sich wohlig sonnt, und ein Gespräch dabei nicht so wichtig ist. Beide dachten sie über den Aufstieg der Nationalsozialisten nach und ließen die Bilder der vergangenen Jahre an sich vorüberziehen.

„Es war die Ordnungssehnsucht nicht allein, Strauss! Hitler hat den Leuten vieles, allzu vieles versprochen, worunter für viele Menschen, für allzu viele, eben doch das eine oder andere Passende mit dabei war. Dafür nahm man dann das, was einem weniger zusagte, in Gottes Namen in Kauf. Unsereinen hat er damit geködert, dass er gegen den unwürdigen und strangulierenden Versailler Vertrag anrannte. Und er hat dann ja auch in kürzester Zeit einen achtbaren Erfolg nach dem anderen erzielt. Das ging dann ja Schlag auf Schlag. Anfangs hat mir der Kerl manchmal fast imponiert!"

„Mir nicht!", begehrte Strauss sogleich auf. „Mir nicht im Geringsten!", rief er fast schon schrill. Aber dann fuhr er sachlich fort: „Die Erfolge, die du meinst, Zabener, die beruhten nicht auf der Stärke Hitlers, sondern auf der Unentschlossenheit der Entente, auf ihrer Konfliktscheu. Noch beim Einmarsch ins entmilitarisierte Rheinland war sich Hitler seiner Sache gar nicht so sicher! Die einmarschierenden Einheiten hatten den strikten Befehl, sich beim geringsten Widerstand der Franzosen oder der Belgier sofort zurückzuziehen. Darüber spricht man heute nur nicht mehr."

„Jedenfalls haben die ganzen Aktionen – Rückgewinnung des Saargebiets, Einmarsch ins Rheinland, Einführung der allgemeinen Wehrpflicht, Aufbau einer Luftwaffe und überhaupt Sprengung aller Fesseln des Versailler Vertrags – diese ganzen Aktionen haben Hitler in der Bevölkerung enorme Zustimmung eingebracht und zwar auch von denen, die sich vorher indifferent oder sogar eher ablehnend verhalten hatten. Noch nie gab es einen Politiker, der seine Versprechungen so konsequent wahrgemacht hat, zum Donnerwetter, vor allem, wenn man seine Drohungen mit dazurechnet! Die hatte nur niemand so recht ernst genommen."

„Ich schon! Ich schon!", rief Strauss dazwischen.

„Als Hitler letztes Jahr die Existenz einer eigenen Luftwaffe bekanntgab – die mehr als 800 heimlich gebauten Einsatzflugzeuge ließen sich einfach nicht länger verbergen –, und als er diese Luftwaffe dann auch noch als dritte selbstständige Waffengattung neben dem Heer und der Marine etablierte, was für ein Jubel ging da durch die Reihen der Flugbegeisterten. Und auch den Übrigen imponierte es, weil das eben auch wieder ein kraftvoller Schlag zur Befreiung vom Versailler Vertrag war – auf gut deutsch: Es war nichts anderes als ein erneuter Vertragsbruch. Aber du solltest nur mal Viktor dazu hören! Der ist begeistert, unsere Flugzeuge seien die besten der Welt, überall gehe es voran. Und das sagt er, obwohl er politisch durchaus gewisse Vorbehalte hat, da sorge ich schon dafür! Aber der Bursche will fliegen, alles andere, das Studium, auch die Mädchen, das alles kommt erst in zweiter Linie. Fürs Fliegen würde er auch mit dem Teufel paktieren und seine Seele verkaufen", lachte Zabener etwas resigniert.

„Gut, Zabener. Die Aufdeckung der Luftwaffe, die allgemeine Wehrpflicht, der Einmarsch ins Rheinland, das waren Hitlers große Spektakel, einverstanden; für alle sichtbar – und entsprechend bejubelt. Aber viel schlimmer waren doch seine fast unsichtbaren Eingriffe, nämlich die Änderung der Spielregeln! Hat er doch sofort nach Hindenburgs Tod das Amt des Reichspräsidenten abgeschafft – das war unerhört, noch in die allgemeine Trauer hinein! – und hat er doch noch im gleichen Zug alle Angehörigen der Armee erneut vereidigen lassen, und zwar diesmal persönlich auf ihn als den Führer des Deutschen Reiches und Volkes, wie er sich seither nennen lässt – wobei sie ihm persönlich bedingungslosen Gehorsam zu geloben haben! – Menschenskind, Zabener! Bedenk doch! Formal betrachtet ist er damit auf dem Gipfel der Macht angekommen! Er ist nicht nur der Führer der übermächtigen Partei und ist als Reichskanzler nicht nur der Regierungschef, sondern er ist nun auch das Staatsoberhaupt und der Oberbefehlshaber der Wehrmacht, wie die Reichswehr ja nun heißt. Alles in einer Person! Der absolute Souverän in jeder Hinsicht! Die war die entscheidende Weichenstellung für kommende Zeiten! Nun gibt es keinerlei Machtbeschränkung mehr durch die Verfassung oder sonst etwas! Das war das Abwürgen des Rechtsstaats! Und so hat heute kein Betroffener mehr die Möglichkeit, irgendeine Verfügung von oben durch ein Gericht prüfen zu lassen. Es herrscht allgemeine Behördenwillkür, Zabener, und überall, wo Behördenwillkür herrscht, herrscht auch Behördenübermut."

So lief das Gespräch dahin, manchmal etwas gemächlich und von kleinen Pausen unterbrochen, aber keineswegs ohne Engagement oder gar lustlos. –

Man braucht nicht ständig miteinander zu reden, dachte Strauss zufrieden, so gern er sich mit Zabener unterhielt. Wenn man sich in vielen Dingen so einig ist, dann genügt schon die bloße Anwesenheit des Freundes, genügt schon das gemeinsame Erleben einer so ausgeglichenen Atmosphäre wie hier, um Freundschaft und Einvernehmen weiter zu vertiefen.

Strauss war froh darüber, dass Zabener in diesen verworrenen Zeiten so selbstlos zu ihm hielt, obwohl ihm das doch nur Nachteile einbringen konnte, und so hat er den Freund auch immer wieder beschworen, die enge Verbindung im eigenen Interesse nicht zu öffentlich werden zu lassen.

Auf Zabener war Verlass, schon im Krieg, er war ein richtiges Frontschwein gewesen, im guten wie im schlechten Sinne, aber dennoch konnte er ebenso an langen Abenden der kultivierte Gesprächspartner sein, damals wie heute. Überhaupt war bei Zabener immer wieder eine gewisse Zwiespältigkeit zu beobachten, nicht nur dann, wenn sich die soldatische Robustheit mit seinem feinnervigen Reflexionsvermögen und noblen Diskussionsverhalten verband, sondern Zwiespältigkeit in vielem, eigentlich in allem. Zabener war ein Mann der großen Spannweiten. Wo man bei ihm auch hinsah, wo man bei ihm auch anklopfte, er vereinte immer wieder gegensätzliche Eigenschaften, gegensätzliche Verhaltensweisen, gegensätzliche Haltungen und Einstellungen, alles in einer Person. Zabener spürte das wohl selbst, wie hatte er doch gerade dieser Tage erst geklagt: ‚Ich bin kein demokratischer Monolith.'

Ich darf ihm da natürlich nicht Unrecht tun, nahm sich Strauss vor, Zabener hat sich in den schweren Nachkriegsjahren immer wieder als aufrechter Anhänger und Verfechter der Republik erwiesen, und gewiss war er immer noch bemüht, ein fortschrittlicher Demokrat zu sein. Aber dann brach eben doch hin und wieder der alte Reserveoffizier hervor. Nur für kurze Zeit meistens, vielleicht nur für einen Augenblick, für eine einzelne eingestreute Bemerkung etwa, denn im Grunde war er längst zum Kriegsgegner geworden. Aber das hinderte ihn nicht, dann doch begeistert von alten Kriegserlebnissen zu erzählen. Trotzdem war Zabener auch in Straussens Augen natürlich ein konsequenter Hitlergegner, schon von Anfang an. Und dennoch zeigte er sich hin und wieder doch angetan vom Glanz der wiedererstarkten Wehrmacht.

Als sie nach einer Weile wieder ins Plaudern kamen, griff Zabener ganz von sich aus den Gedanken auf, dass er immer wieder Einstellungen, häufig sogar regelrechte Wertvorstellungen in sich entdecke, die gänzlich widersprüchlich seien, ja sich geradezu gegenseitig ausschlössen, sodass er sich manchmal selbst überrascht frage, ‚He da, was gilt denn nun?'

„Ich glaube, Zabener, dass das jedem Menschen so ergeht, dem einen mehr, dem anderen weniger –"

„Wenn ich das so bedenke", sagte Zabener und rieb sich nachdenklich seinen Nasenrücken, um die Sonnencreme besser zu verteilen, „wenn ich das so bedenke, dann wird mir so manches klar."

Zabener schwieg einige Sekunden und nickte in unregelmäßigen Abständen vor sich hin. „Man sieht dann, wie unsinnig es ist, beispielsweise zu sagen, dass es in Deutschland sechzig Prozent Nationalsozialisten gibt. Oder: In einem der vertraulichen innenpolitischen Lageberichte der Sicherheitspolizei, streng geheim natürlich, der mir in meinem Büro im Berliner Amt zufällig zwischen die Finger geraten ist, da hieß es, dass zwischen zehn und fünfzehn Prozent der Deutschen „Judenfeinde“ seien, als ob man das so einfach abzählen könne, sechs Millionen oder zehn Millionen, und das sei natürlich noch viel zu wenig. Ich will den Antisemitismus in Deutschland weder unterschätzen noch überschätzen, Strauss, aber die Wirklichkeit sieht anders aus, so einfach ist die Welt nicht! Es handelt sich viel eher um „antisemitische Anteile“, wie sie in jedem Deutschen – und nicht nur in den Deutschen – drinstecken. Da gibt es auf der einen Seite eine Anzahl fanatischer Judenfeinde, hundertprozentig und unheilbar, und am anderen Ende ebenso totale Judenfreunde; dazwischen aber – und darauf kommt es an – ein riesiges, breites Mittelfeld in allen Abstufungen des Pro und Kontra, wobei ganz offen ist, was beim Einzelnen zufällig zu Tage tritt und worauf die Sicherheitspolizei bei ihren Nachforschungen für ihre vertraulichen Lageberichte gerade gestoßen ist und was sich in der einzelnen Person im Laufe der Zeit allmählich verfestigt und die Oberhand gewinnt. Das war schon in den zwanziger Jahren so, als es den Nazis gelang, in der einzelnen Person allmählich immer mehr von den zwar vorhandenen, aber bis dahin eher latenten Antisemitismus-Anteilen, wie ich das nenne, wachzurufen. Manchmal allerdings auch mit dem gerade umgekehrten Ergebnis. Dann werden nämlich dadurch, wenn auch in viel geringerem Umfang, Gegner des Antisemitismus geschaffen.“

„Man kann eben vieles, auch Gegensätzliches, gleichzeitig sein“, murmelte Strauss, „oder mindestens in sich bergen!“

Wieder folgte eine kleine Gesprächspause, dann gab sich Zabener sich sichtlich einen Ruck, als müsse er einen inneren Widerstand überwinden.

„Ich war schon im Examenssemester gewesen, als mir aus irgendeinem Anlass ein sympathischer und kluger Studienkollege aus den ersten Semestern wieder in den Sinn kam, ein imponierender Bursche, der dann leider nach Innsbruck abgewandert ist. Wir waren Konsemester, schätzten einander und hatten uns regelmäßig in den Vorlesungen und Seminaren getroffen und gelegentlich auch zusammen gearbeitet. Mit diesen Erinnerungen stiegen in mir allerdings auch gewisse Vorbehalte ihm gegenüber auf, ohne dass ich hätte sagen können, worin diese bestünden. Ich erinnerte mich nur, dass es da bei ihm irgendeinen dunklen Punkt gegeben hatte, für den er nichts konnte, der aber wohl Ursache dafür war, dass ich bei aller Wertschätzung seiner Person stets eine leise Distanz zu ihm aufrechterhalten hatte. Irgendetwas Befremdliches, Verwerfliches, das mir nicht mehr einfallen wollte, schien mit ihm verbunden gewesen zu sein, aber ich wusste nicht mehr, was es war, und diese unvollständige Erinnerung quälte mich. Ich erinnerte mich nur noch, dass irgendetwas mit ihm nicht gestimmt hatte. Tage später ist mir dann eingefallen, dass er mir einmal erzählt hatte, seine Mutter sei eine Jüdin, was mich aber nicht einmal besonders beschäftigt hatte. Jetzt aber musste ich erkennen, dass ich damals seine jüdische Mutter, ohne es zu ahnen, als einen ernsthaften Makel verbucht hatte. Du siehst, in uns nagen eben selbst dann noch irgendwelche alten Vorurteile, wenn wir sicher sind, dass wir sie längst hinter uns gelassen haben." –

13 _ Beginn einer Fliegerkarriere _ Adam stellt sich ein

Viktor Zabener hatte sich in München längst eingelebt und war auch mit seinem Studium vorangekommen, wenigstens einigermaßen, wiewohl sich die Abhaltungen in München schon bald als bedeutend größer als die in Erlangen erwiesen hatten. Es waren aber nicht die kulturellen Angebote und auch nicht die sonstigen Verlockungen in dieser großen Stadt gewesen, die ihn vom Studium abgehalten hätten. Es war vor allem die „Akaflieg", die dortige Akademische Fliegergruppe, die immer wieder aufs Neue eine belebende Abwechslung in sein studentisches Leben hineinbrachte.

Solche Akafliegs, die sich mit der flugwissenschaftlichen, aber auch der praktischen Weiterbildung ihrer vorwiegend studentischen Mitglieder befassen, hatte es schon in den zwanziger Jahren an Technischen Hochschulen gegeben, und die Münchener Akaflieg war für Viktor ja der Hauptgrund für seinen Wechsel von Erlangen nach München gewesen. Schon am Tag seiner Ankunft, noch bevor er sich immatrikulierte, hatte er sich dort angemeldet, und so war es gekommen, dass die Akaflieg dort schon von seinem ersten Semester an seine gesamte Freizeit und vielleicht noch etwas mehr als nur diese in Anspruch nahm. Jedenfalls war er mit seinem Konto der laufenden Arbeitsstunden, die hauptsächlich in der Werkstatt abzuleisten waren, schon nach zwei Semestern an der Spitze seiner Akaflieg-Kommilitonen gelegen. Nicht nur an den Wochenenden wie die meisten, sondern auch unter der Woche, häufig sogar noch nachts, war er in der Werkstatt anzutreffen, obwohl diese draußen in Prien lag und er bis hin mit seinem Motorrad mindestens anderthalb Stunden brauchte.

Aber er war besessen von der Fliegerei und von allem, was damit zu tun hatte, sie war von Anfang an sein großes Münchener Thema gewesen, nicht die Geschichtswissenschaft und auch nicht der Allgemeine Maschinenbau. Da hatte sich für ihn überhaupt eine merkwürdige Konstellation der Fächer ergeben. Auf den Rat seines Vaters hin hatte er, etwas unschlüssig noch, in Erlangen mit Jura begonnen, das allerdings bald schon wieder aufgegeben, um in der Philosophischen Fakultät Geschichte und Philosophie zu hören, was er dann in München fortgesetzt hatte. Doch ist er immer häufiger von einem Akaflieg-Kommilitonen, mit dem er sich angefreundet hatte, zu interessanten Veranstaltungen an der Technischen Hochschule mitgeschleppt worden, in luftfahrttechnische Vorlesungen und auch in solche über Allgemeinen Maschinenbau, was ihn durchaus interessierte, und als er eines Tages dort in ein Seminar zur Technikgeschichte geraten war, da hatte er schon nach der ersten Viertelstunde, und noch ohne allzu viel von der Sache zu verstehen, gewusst, dass er mit der Geschichte der Technik sein eigentliches Fachgebiet gefunden hatte. Schon kurze Zeit später hatte er beschlossen, übrigens mit dem Segen beider Fakultäten, sich auch an der Technischen Hochschule zu immatrikulieren. Das war für ihn die ideale Kombination gewesen, und schon bald war ihm aufgefallen, dass er in den Diskussionen dieser kleinen Arbeitskreise hin und wieder einen durchaus nützlichen Gesichtspunkt hatte einbringen können. Die Historiker waren ihm hin und wieder zu unbeholfen mit den technischen Grundlagen umgangen, und die Ingenieure hatten sich zu sehr davon beherrschen lassen und waren daran haften geblieben.

So hatte er denn gegenüber den Technikern immer wieder einmal betont, dass er seinem bisherigen Werdegang nach viel mehr von den Geisteswissenschaften herkomme, während er bei den Historikern gern darauf hingewiesen hatte, dass er in seinem ganzen Denken viel eher ein Ingenieur sei, mit allen Vor- und Nachteilen, die damit verbunden seien. Das war keine Wichtigtuerei gewesen und war auch nicht aus schlauer Gerissenheit geschehen, sondern hatte sich von selbst ergeben, denn selbstverständlich waren im Gespräch mit den werdenden Ingenieuren seine Stärken im Vergleich zu diesen eher in den methodischen Grundlagen der Geschichtswissenschaft gelegen, während er umgekehrt bei den Historikern mit einer vertieften Einsicht in die technischen Zusammenhänge hatte aufwarten können.

Seinem Vater, der über diese Aktivitäten bei der Akaflieg nicht sonderlich begeistert war, hatte er wenigstens antworten können, dass er ohne die Akaflieg niemals bei seinem Fach, der Technikgeschichte, gelandet wäre. Und auch der gar nicht so aussichtslose Übergang zur noch gänzlich unentwickelten Wissenschaftsgeschichte, über den er zurzeit nachdenke, wäre ihm ohne die Akaflieg wahrscheinlich für immer verschlossen geblieben. –

Das fiel ihm ein paar Wochen später wieder ein, als er der Hangkante des Hornbergs entlangflog, um seinen Fünfstundenflug hinter sich zu bringen. Den musste er nachweisen, um die höheren Weihen des Segelflugs zu erlangen. Ob das alles so stimmte, was er da seinem Vater über den positiven Einfluss der Akaflieg vorgetragen hatte, darüber war er sich inzwischen nicht mehr so sicher. Aber feststand, dass es ausschließlich seiner Akaflieg München und niemand anderem zu verdanken war, dass er nun an diesem Lehrgang für Leistungssegelflug in der Schwäbischen Alb teilnehmen durfte. Das war schon ein enormer Vertrauenserweis seiner Akaflieg, dass sie ausgerechnet ihn geschickt hatten!

Nur jeweils einen Platz hatte es für die neun Akafliegs in Deutschland gegeben, und was mit diesen Freiplätzen erreicht werden sollte, das war ihm sofort klar gewesen: Die Akafliegs sollten gewonnen und nach Möglichkeit vereinnahmt werden, waren sie doch in der ganzen Fliegerei die einzigen Vereine, die sich 1933 der Übernahme durch den neugegründeten Deutschen Luftsportverband – einer durchaus paramilitärischen Organisation – entziehen konnten. Das war gelungen, weil man geschickt bei der Deutschen Versuchsanstalt für Luftfahrt, mit der es viele Berührungspunkte gab und in der viele ehemalige Akaflieger saßen, Unterschlupf und Schutz gefunden hatte. So hatte bei ihnen in München schon 1933 eine Umbenennung stattgefunden, die fast schon einer Umgründung gleichkam, und seither hießen sie ‚Flugtechnische Fachgruppe an der Technischen Hochschule München bei der Deutschen Versuchsanstalt für Luftfahrt (DVL)' in Berlin. Berlin, das war immer gut, denn das gab Sicherheit, aber im allgemeinen Sprachgebrauch, und nicht nur intern, blieb es unverändert bei ‚Akaflieg München', so fühlten sie sich auch.

Aber nun war man in Berlin damit beschäftigt, streng geheim, wie es hieß, aber bei den Akafliegs in aller Munde, aus diesem Deutschen Luftsportverband, zusammen mit den Fliegerstürmen der SA und der SS, das *NS-Fliegerkorps* zu bilden, von den Akafliegern sogleich mit ‚NS-Fiasko' verspottet. Da sollten nun endlich auch diese eigensinnigen und absolut unmilitärischen Akaflieger, die sich stets für etwas Besseres hielten, eingegliedert werden. Der neuernannte Leiter der Segelflugschule, seinem Range nach ein DLV-Fliegerkommandant namens Friesiger, hatte bei der Begrüßung ganz offen ausgesprochen, dass das neue NS-Fliegerkorps sofort nach seiner offiziellen Gründung den Kontakt, den engen Kontakt mit den Akafliegs, wie er betonte, suchen werde. „Und da schien es uns am aussichtsreichsten, von den Akafliegs nicht die verdienten Alten Herren aus den Vorständen einzuladen, sondern die jeweils besten Segelflugzeugführer. Denn diese haben wahrscheinlich zu Hause mehr Einfluss auf ihre Kameraden und damit auf ihre Akaflieg als die Vorstände, weshalb wir diesen jetzt durch eine spezielle Ausbildung im Leistungssegelflug etwas Besonderes bieten wollen."

Das mag stimmen, hatte sich Viktor da gedacht, aber bei mir jedenfalls haben sie sich damit gründlich vertan; denn er war zwar erfolgreich gewesen am Reißbrett und in der Werkstatt und hatte mit seinen fliegerischen Leistungen schon nach ein paar Semestern zur Spitze gehört, aber er zählte eher zu den Stillen im Lande und hatte sich bei den internen Diskussionen in der Akaflieg, so aufmerksam er sie stets verfolgt hatte, doch stets sehr zurückgehalten. Denn im Grunde genommen war er damals noch arg schüchtern gewesen, was nur nicht so sichtbar geworden war, weil er seine Schüchternheit mit einer guten Erziehung überspielen konnte. –

„Jetzt müssen wir als Erstes den Zabener noch einmal für fünf Stunden raushängen, dieser Wind könnte bis zum Abend halten", hatte der Fluglehrer Unbehaun gleich nach dem Frühstück verkündet, und Viktor hätte nicht gedacht, dass er nach seinem Misserfolg von vorgestern so schnell eine neue Chance bekommen würde. Aber dieser Fluglehrer Unbehaun, der übrigens als eine große Kanone im Segelflug galt, mochte ihn, das hatte Viktor gleich gespürt. Das war keiner von diesen militärisch tuenden und übertrieben zackigen DLV-Leuten und zukünftigen NSFKlern, sondern ein Sportsmann eben, nicht unelegant, und dabei so lässig, dass er auch in eine Akaflieg gepasst hätte. Viktor hatte schon am ersten Tag gemerkt, dass er im Begriff war, wie ein schwärmerischer Backfisch eine bedingungslose Gefolgschaft zu diesem Mann zu entwickeln.

Und nun hing er tatsächlich schon seit einer guten Stunde draußen für seinen Fünfstundenflug. Es wehte ein starker und vor allem wunderbar gleichmäßiger Westwind heute, ganz im Gegensatz zu seinem ersten Fünfstunden-Versuch vorgestern. Immer schön über der Hangkante fliegen, ermahnte sich Viktor, und sich von diesem mordsmäßigen Seitenwind ja nicht zur Leeseite hin versetzen lassen. Das konnte einem leicht passieren, wenn man ein bisschen ins Träumen geriet. So wie vorhin, als er über die Akafliegs nachdachte, die vom NS-Fliegerkorps geschluckt werden sollen. Immer genügend vorhalten. Je höher man kommt, desto stärker wird der Wind und umso mehr muss vorgehalten werden; halb quer schwebt man dann hoch über der Hangkante, und je stärker man quersteht, desto langsamer geht es voran. Was aber bei einem Dauerflug überhaupt keine Rolle spielt.

So an die zweieinhalb bis drei Kilometer mochte eine Strecke lang sein. Im Norden endete der steile Hang vorne am *Horn*, das dem ganzen Berg seinen Namen gegeben hat, dort machte man kehrt, möglichst noch bevor man ins Sinken geriet, dann flog man nach Süden zurück, am Startplatz vorbei, wieder etwa drei Kilometer, und am *Kalten Feld*, das hundert Meter über Platzhöhe lag, machte man wieder eine Kehrtkurve, immer vom Hang weg diese Kehrtkurven, immer gegen den Wind, auch wenn man genügend Höhe hatte, nie zum Hang hin, damit es einen ja nicht zu weit ins Lee trug. Mindestens hundertmal würde man bei einem Fünfstundenflug diese Strecke zwischen dem Horn und dem Kalten Feld abfliegen müssen, hatte Viktor ausgerechnet, also mindestens fünfzig Mal hin und her. Vielleicht sechs- oder siebenmal wird er schon hin- und hergeflogen sein, schätzte Viktor, ach, er hätte gleich von Anfang an mitzählen sollen, aber während einer so langen Zeit verzählt man sich dann irgendwann doch.

So also sah die bewaldete Albkante von oben aus, der ‚Trauf' der Alb, nicht die Traufe, wie man ihnen schon am ersten Tag bei der Geländeeinweisung erklärt hatte, der Trauf, und ein kurzes Stück davon kannte er inzwischen so gut wie seine Hosentasche. Er wunderte sich, wie viele kleine Einzelheiten des Geländes ihm von seinem vorigen Flug noch im Gedächtnis geblieben waren, obwohl es ihm so entsetzlich schlecht gegangen war, sodass er sich nach der Landung, halb bewusstlos und völlig entkräftet, sicher gewesen war, dass er alle Einzelheiten vergessen haben würde.

Anfangs war vorgestern ja alles ganz gut gegangen, wenngleich er wohl etwas zu angespannt gewesen war. Doch dann war eine Regenwand mit kräftigen Böen durchgezogen, und auch hinterher war es derart bockig geblieben, wie er das noch nie erlebt hatte. Es war keine Viertelstunde gegangen, bis er gespürt hatte, dass ihm übel werden würde. Und wie alle, die seekrank werden, hatte er geglaubt, seinen Magen durch tiefes Atmen beruhigen zu können, und wie alle hatte er sich dann doch übergeben müssen – ohne Spucktüte, ohne ein Handtuch oder sonst etwas, das man zur Not vielleicht hätte verwenden können.

Das grässliche Würgen war minutenlang gegangen, danach war er erschöpft und ein wenig nach vorn gebeugt in seinem Gurtzeug gehangen. Er hatte gewaltig Höhe verloren, was ihm aber alles gleichgültig war, war unaufmerksam weitergeflogen und vorn am Horn weit über die Stelle hinausgeraten, wo er seine Kehrtkurve hätte setzen sollen. Aber mit einem plötzlichen Ruck, schon weit draußen im Tal, hatte er sich aufgerichtet und sich im Befehlston laut zugerufen ‚Durchhalten! Durchhalten! Ich wer-de durch-hal-ten! Auf keinen Fall werde ich aufgeben – auf keinen Fall!' und war über den gequetschten Klang seiner Stimme überrascht gewesen. Dem war ein Hustenanfall gefolgt, wohl weil ihm etwas von der scharfen Magensäure in die Stimmritze geraten war, der aber von einem erneuten Würgen, zum Glück nur kurz, beendet worden war. Inzwischen war er schon fast über Weilerstoffel gewesen, viel zu weit draußen, und war schleunigst zum Hang zurückgeflogen. Das war mit diesem Rückenwind recht geschwind gegangen, aber von seiner schönen Höhe war nicht mehr viel übriggeblieben. In vielleicht 30 Metern über Platzhöhe, viel mehr konnten es kaum gewesen sein, war er dann am Startplatz vorbeigeflogen, ein wenig vor der Hangkante, und wenn er sich nicht täuschte, haben die paar Leute, die dort gestanden sind, besorgt zu ihm herübergeschaut – ‚heraufschauen' hatte man das schon fast nicht mehr nennen können.

Der Wind hatte dann etwas nachgelassen, aber die Luft war immer noch holprig genug gewesen, das hatte gerüttelt und geschüttelt, und um jeden Meter Höhe hatte er wieder kämpfen müssen, aber das war zu schaffen, hatte er gehofft, jetzt, da alles draußen war, und es ihm schon wieder besser ging, weil sein Magen noch leerer, als er schon war, nicht hatte werden können. Mit jeder Schleife war er dann wieder ein Stückchen höher am Start vorbeigeflogen, der schließlich wieder tief unter ihm lag, und alles war wieder wie vorher gewesen, bevor ihm so entsetzlich übel geworden war.

Doch die Freude darüber hatte nicht lange angehalten, allmählich war ihm doch wieder mulmig geworden. Erst hatte er es nicht wahrhaben wollen, war er doch davon überzeugt gewesen, dass man sich mit einem völlig leeren Magen nicht mehr übergeben könnte, aber dann war es doch wieder losgegangen. Mit leerem Magen war die Quälerei noch viel schlimmer gewesen, und das böse Würgen, das nun ja nicht mehr automatisch durch ein plötzliches sturzbachartiges Entleeren beendet oder wenigstens für eine Weile unterbrochen worden ist, war nur noch mit einem gleichzeitigen lauten Stöhnen zu ertragen gewesen. Was er schließlich doch noch gespuckt hatte, das war grüne Galle, in kleinen Portionen nur, aber regelmäßig alle paar Minuten, und noch viel scheußlicher schmeckend als der Mageninhalt bei den ersten Attacken. Sein ganzer

Körper hatte sich bei diesem fortgesetzten Würgen verkrampft, das Flugzeug hatte sich taumelnd bewegt, jedes Gefühl für einen angemessenen Ruderdruck war ihm verloren gegangen, und wenn das Würgen besonders schlimm gewesen war, dann hatten sich sogar seine Augen geschlossen, ob er wollte oder nicht. Wenn das in einer Kehrtkurve geschah, beim Wenden am Ende der Strecke, dann hatte er sich nur noch durch eine Tauchkurve retten können, um im Würgen ja nicht in einen unkontrollierten Flugzustand zu geraten.

So hatte sich das Martyrium stundenlang hingezogen, mal schlimmer, mal etwas weniger schlimm, aber ohne Ende, doch er hatte durchgehalten – bis schließlich der Wind eingeschlafen war, und aus war der Traum vom Fünfstundenflug. Nicht einmal eine Dreiviertelstunde hätte ihm noch gefehlt, aber Viktor war fast froh über das vorzeitige Ende gewesen und zu erschöpft und ausgehöhlt, um in Baumwipfelhöhe weiterzukämpfen und dann womöglich doch noch abzusaufen mit einer heiklen Außenlandung drunten im Tal auf der Notlandewiese neben dem Tannhof.

Nach einem torkelnden Landeanflug hatte er dann viel zu spät aufgesetzt, und als das Flugzeug zum Stehen gekommen war, war sein Kopf nach vorn auf seine scheußlich durchweichte Windjacke gefallen, und erst als seine Kameraden angelaufen kamen, um das Flugzeug zurückzuschaffen, hatte er sich mit kaum geöffneten Augen langsam wieder aufgerichtet. –

Jetzt bin ich doch wieder ins Träumen geraten, rief sich Viktor zur Ordnung, verdammt noch mal! Ich darf jetzt nicht über vorgestern nachdenken! Ich muss mich ganz auf den heutigen Flug konzentrieren, ermahnte er sich. Er würde da die richtige Balance erst finden müssen. Entweder man war viel zu angespannt wie er vorgestern schon bei Beginn des Fluges, was dann beim Dauerkotzen in diese totale Verkrampfung des ganzen Körpers überging, oder es lief alles wunderbar flüssig und leicht, so wie heute, dann blieb man schön locker, war aber bei einem solchen Dauerflug doch in Gefahr, irgendwann ins Träumen zu geraten, nicht aufzupassen und sich ablenken zu lassen, vor allem, wenn man müde war oder erschöpft, oder wenn man noch so mitgenommen war wie er von diesem erfolglosen Kampf vorgestern. Jedenfalls hatte er von diesem dauernden Würgen einen schweren Muskelkater davongetragen, besonders die Bauchmuskulatur war betroffen, und schon ein leichter Druck auf die Bauchdecke oder in die Flanken war schmerzhaft. Vielleicht hätte er es heute nicht schon wieder versuchen sollen, im Grunde fühlte er sich ausgehöhlt und schwach.

Am Kalten Feld, ziemlich weit oben, saßen zwei Mädchen, schön bunt, die jedes Mal winkten, wenn er vorbeiflog. Er wackelte mit den Flächen, was die Mädchen noch mehr zum Winken anspornte, hielt aber erschrocken inne, als ihm klar wurde, dass man das vom Startplatz aus beobachten konnte.

Jetzt sind sie natürlich enttäuscht, dachte er, als er das nächste Mal vorbeiflog, vor allem, als er dann sah, wie ihr fröhliches Winken erlahmte, als er nicht geantwortet hatte, und ihre Hände langsam nach unten sanken. So war Viktor eben, er konnte keinem Tierchen ein Haar krümmen und mochte keinen Menschen enttäuschen, und da war es ihm ein quälender Gedanke, dass die beiden jetzt womöglich glauben könnten, er sei ein eingebildeter Pinsel, der ihnen erst großartig aus den Lüften zuwinke und sie dann, wenn sie antworteten, überhaupt nicht mehr beachte. Das nächste Mal flog er in einer leichten Kurve mit entsprechender Querlage an den Mädchen vorbei, sodass sich sein Kopf gegen den Himmel abhob und seine winkende Hand sicherlich nicht zu übersehen war. Die Mädchen schienen außer sich vor Freude, dieses Winken mit der Hand, wenn auch schlechter zu erkennen, wirkte wohl viel persönlicher als das Wackeln mit den Flächen. Mit allerlei Variationen im Winken, sowohl von ihm oben als auch von den beiden unten, verging bald eine Stunde, oh, da hatte er sich wieder mal ganz schön ablenken lassen. Er tröstete sich damit, wenigstens nicht geträumt zu haben, aber einen Regenschauer, der vom Stuifen her heranzog, hatte er doch erst bemerkt, als der bis dahin gleichmäßige Wind böig aufzufrischen begann. Mit den ersten Tropfen machten sich die beiden Mädchen eilends davon, das sah er noch, und als er sie beim nächsten Vorbeiflug wieder gefunden hatte, waren sie schon unten am Platzrand angelangt und hatten sich im prasselten Regen ihre Jacken über den Kopf geworfen und konnten nicht mehr zu ihm heraufblicken. Wie gerne wäre er ihnen noch einmal am Boden begegnet, um zu schauen, wie sie in groß aussahen. –

Als der Schauer durchgezogen war, brach blendend hell die Sonne hervor. Die Luft war reingewaschen, der Stuifen und der Rechberg lagen zum Greifen nah, die Sicht reichte bis zum Hohenstaufen und noch viel weiter. Was auf den ersten Blick aussah wie Wälder in der Ferne, waren tiefdunkle Wolkenschatten. Es dauerte nicht lange, und es gab die ersten thermischen Ablösungen, genau über der Hangkante – plötzlich hatte er drei und vier Meter Steigen pro Sekunde. Viktor flog seine Strecke nicht bis zum Ende des Hangs, sondern fing sofort an zu kreisen, wobei er zwei andere Flugzeuge, die in einiger Entfernung ebenfalls am Hang flogen, gut im Auge behalten musste.

Jetzt kam es darauf an, möglichst lange in dieser aufsteigenden Luft zu bleiben. Er verlagerte vorsichtig seine Kreise, um immer wieder die günstigsten Bereiche ausfindig zu machen.

Unten am Start rief im gleichen Augenblick der Fluglehrer Unbehaun seine Leute zusammen. „Alle Mal herhören! Kommt mal ein bisschen näher! – Schaut mal rauf, der Zabener hat einen mordsmäßigen Bart erwischt! Seht ihr, wie er immer wieder seine Querlage verändert?"

„Ja, er kreist nicht besonders gleichmäßig."

„Eben, aber das macht er doch absichtlich! Und warum?"

Unbehaun sah in die Runde.

„Weiß es keiner? – Weil er ständig auf der Suche nach der Stelle ist, wo das beste Steigen herrscht. Ich meine jetzt nicht das scheinbare Versetzen der Kreise, wenn sich der Bart mit dem Wind verschiebt, das ergibt sich von allein. Sondern ich meine dieses dauernde Tasten und Probieren, versteht ihr, dieses ständige Verlagern der Kreise in die eine oder andere Richtung. Das funktioniert bei ihm ganz aus dem Bauch heraus. Es gibt dazu natürlich ein paar Regeln – da reden wir noch drüber."

„Schaut mal! Da segelt ja noch ein Bussard mit! Seht ihr, da! Müsste etwa auf der gleichen Höhe sein."

„Nach segelnden Raubvögeln könnt ihr euch immer richten. Wenn sie nur nicht so selten wären! Oder eben nach solchen Naturtalenten wie dem Zabener", lachte Unbehaun, „die sind immer im Bereich des besten Steigens."

Viktor freute sich derweil, dass es wie mit dem Fahrstuhl nach oben ging, jetzt mit über fünf Meter Steigen in der Sekunde. Das ist der wahre Menschenflug, jubelte er, als er tausend Meter über dem Start erreicht hatte, und er stieg noch immer. Ohne die Kraft von Maschinen, nur mit den Kräften der Natur, begeisterte er sich, wobei für ihn zu diesem ‚wahren Menschenflug' eigentlich mit dazugehörte, dass auch der Start ohne einen Motor, nur mit Muskelkraft erfolgt, so wie auch vorhin bei seinem Start, als ihn zehn Mann mit dem Gummiseil in die Luft geschnellt hatten.

Schon so mancher hat sich beim Hangsegelflug von einer zu schwachen Thermikblase verleiten lassen, in ihr zu kreisen und ist zusammen mit ihr vom Wind übers Land getragen worden; zwar gewann er dabei Höhe, aber zu langsam, und die reichte dann nicht mehr aus, um gegen den Wind wieder bis vor zur rettenden Hangkante zu fliegen, sodass er irgendwo abgesoffen ist. Nun, das konnte ihm bei dem starken Steigen vorhin nicht passieren, zwar ist er bei dem kräftigen Westwind auch tüchtig versetzt worden, hat aber gleichzeitig eine so stolze Höhe erreicht, dass er jetzt trotz Gegenwind wieder bequem zum Platz zurückfliegen konnte.

Das Steilkreisen erforderte doch einige Aufmerksamkeit, wenn es etwas bringen soll, das spürte Viktor, als er es beendet hatte. Er räkelte sich etwas – richtig sich strecken konnte man das bei dieser Enge nicht nennen –, lockerte seine angespannten Schultern und lehnte seinen Hinterkopf an das Kopfpolster, dann schaute er nach dem Platz und der Hangkante im Westen. Als er in einem schnellen Geradeausflug Richtung Startplatz überging, überkam ihn ein tiefes Glücksgefühl. Schon bald war zu erkennen, dass er, wenn er dort ankäme, immer noch über ein ordentliches Guthaben an Höhe verfügen würde. Wie noch nie fühlte er sich eins mit dem Segler, er saß nicht einfach drin und steuerte, sondern er war zu einem Teil des Flugzeugs geworden und ebenso das Flugzeug zu einem Teil von ihm. Viktor musste an den verzauberten Amicitia-Achter von Onkel Max denken, genauso wie an Sabines Violine, die sich im Spiel zu einem Teil von ihr verwandelt hatte.

Dann hatte ihn der Hangaufwind wieder. Die zwei anderen, tief unter ihm, krebsten immer noch brav am Hang entlang. Was war dieses ewige Hin- und Herschrubben doch langweilig gegenüber seinem Ausflug vorhin bis hinauf an die Wolkenbasis! Natürlich, das musste er zugeben, ist das mit dem Risiko verbunden, es nicht mehr zurück zu schaffen, bis vor zum Hangaufwind, und abzusaufen, wenn man sich verschätzt hat. Aber, wer nicht wagt, der nicht gewinnt; das ist nicht nur beim Segelfliegen so, das gilt überhaupt, für das ganze Leben, überall. Jedoch, spann Viktor seinen Faden weiter, man soll da nicht ungerecht sein! Die Vorsichtigen, die Bewahrer des Erreichten, die braucht es ebenso wie die Vorwärtsstürmer, in jedem Klub, in jedem Unternehmen, in jedem Staat. Auf die richtige Mischung, auf das richtige Verhältnis zueinander kommt es an, wahrscheinlich mehr noch als auf überragende Figuren der einen oder der anderen Sorte. Hat man zu viele Bewahrer in einem Gremium und behalten die das Sagen, dann führt das über eine zunächst als ganz angenehm empfundene Phase der Stabilität und der Sicherheit zur allmählichen Erstarrung – und damit irgendwann zum Abstieg und im schlimmsten Fall zum Untergang. Hat man dagegen zu viele von den einfallsreichen Vorwärtsstürmern und Neuerern an Bord, dann mag sich zwar schon bald erster Erfolg einstellen, aber ebenso ebenso schnell nimmt der Ordnungsverlust zu, und das Chaos droht Einzug zu halten. Die Klügsten sind wohl die, die erkannt haben – gleichgültig zu welcher der beiden Gruppen sie gehören –, dass die jeweils anderen mit dazugehören, ja dass sie sogar dringend gebraucht werden, weil man umso mutiger handeln kann, je sicherer man ist, dass die vom anderen Lager sich schon rechtzeitig melden werden.

Jaja, bestätigte er sich das nach der nächsten Kehrtkurve selbst noch einmal, nachdem er ein bisschen darüber nachgedacht hatte: Die Bewahrer des Erreichten braucht es halt ebenso wie die Vorwärtsstürmer. Auch wenn sie sich nicht einigen können. Und auch dann, wenn sie glauben, dass alles viel besser laufe, wenn es die anderen nicht gebe. Ja selbst dann noch, wenn sie die anderen nicht nur für unnütz, sondern sogar für schädlich halten. –

Viktor fiel auf, dass bei stundenlangem Fliegen das Rauschen des Fahrtwindes allmählich immer mehr zu verschwinden scheint. Nicht dass dieses vielfältige Rauschen dann nicht mehr da wäre; man hört es schon noch, wenn man darauf achtet, aber man nimmt es eigentlich nicht mehr wahr. Während der ersten Minuten eines

Fluges war Viktor jedes Mal aufs Neue beeindruckt von diesem Konzert; es ist eben nicht nur ein mächtiges, tiefes Rauschen, sondern es ist durchzogen von vielen Nebenstimmen, einem Brausen und Zischen, einem vielstimmig leisen Pfeifen und manchmal sogar einem Wispern, ein Konzert, das sich fließend von Sekunde zu Sekunde anders zusammensetzt und so ständig verändert.

Wenn sich Viktor nach längerem Fliegen diesem Rauschen aufmerksam zuwandte, dann stand es im gleichen Augenblick mit seiner ganzen Vielfalt wieder im Vordergrund. Immer wieder machte es ihm Vergnügen, aus diesem vielstimmigen Rauschen, das ihn von allen Seiten umgab, bestimmte Melodien herauszuhören. Es fing gewöhnlich damit an, dass ihm zwei, drei, vier Töne entgegensprangen, in denen er den Anfang einer Melodie sah, die er kannte, und damit standen auch bereits die nächsten Töne fest, nach denen er im allgemeinen Durcheinander des akustischen Gewoges nur zu suchen brauchte – nein, nicht einmal zu suchen brauchte er, diese Töne gliederten sich von selbst aus, lösten sich aus dem Gemenge und boten sich ihm an, damit er mit ihnen fortfahre. Stets waren so die nächsten Töne von den vorangegangenen schon bereitgestellt, und im nächsten Augenblick oder vielleicht auch schon im selben Augenblick konnte er sie deutlich ausmachen. Eigentlich tue ich nichts anderes, als den chaotischer Lärm, der mich umgibt, zu ordnen, man kann auch sagen: zu sortieren, in solche Geräusche oder Töne, die in meine Melodie passen, und solche, die nicht mit aufgenommen werden dürfen und darum im Hintergrund zu bleiben hatten.

Ihm fiel die knorrige Antwort ein, die der Berliner Bildhauer Christian Daniel Rauch einmal einer zudringlichen Verehrerin gegeben haben soll, als sie bei der feierlichen Enthüllung des Scharnhorst-Grabmals von ihm wissen wollte, wie er es denn mache, dass sich aus einem solch ungefügen Felsblock schließlich ein Löwe entwickle. „Ich schlage einfach alles weg“, hatte Rauch geantwortet, „was nicht nach Löwe aussieht.“

Wegschlagen konnte er nichts, aber irgendwie in den Hintergrund drängen. Der Löwe war ja schon vorher im Felsblock drin, so wie seine Melodie neben zahllosen anderen schon vorher im Geräuschgewirr steckte, ebenso wie selbstgemachte Melodien, die er einfach so erfand. Gelegentlich, wenn die Melodie nur undeutlich oder etwas lückenhaft hervortrat, verstärkte er das, was im Vordergrund stehen sollte, indem er die Melodie, um die es ging, selbst von sich gab, nicht singend oder summend oder gar pfeifend, sondern eher zischend mit einem langgezogenen, getakteten ‚schsch – sch-sch-sch – sch' oder auch einem ‚chch – ch – ch-ch-ch' in wechselnder Tonhöhe, wobei ihn nur störte, dass er das häufig angestrebte Legato manchmal durch Luftholen unterbrechen musste.

Wenn es mit den Melodien mal gar nicht klappen wollte, dann schummelte er ein wenig, man kann auch sagen, er half nach, indem er den Geräuschgenerator, zu dem sein Flugzeug geworden war, ein wenig manipulierte: Er flog etwas schneller oder er ließ eine Fläche etwas hängen, sodass das Flugzeug ein wenig seitlich schob. Das veränderte den Geräuschaufbau von Grund auf und half fast immer.

‚Melodiefäden verfolgen' nannte er dieses Spiel, das überall funktionierte, wo es einigermaßen monotonen, aber nicht völlig gleichmäßigen Lärm gab. Doch als er eines Tages mit einem Freund so darüber sprach, als ob dieses Verfolgen von ‚Melodiefäden' für jeden normalen Menschen die allerselbstverständlichste Tätigkeit sei, da erntete er nur einen verständnislosen Blick mit einem anschließenden unsicheren Lächeln und angedeutetem Kopfschütteln, sodass er fortan mit persönlichen Offenbarungen dieser Art vorsichtiger war.

So ähnlich muss das auch mit den echten Halluzinationen sein. Die kommen nicht einfach aus dem Nichts, wie er gelesen hatte, jedenfalls anfangs nicht, immer sind erstmal gewisse Reize da, akustische oder optische, die dann anders sortiert und in anderen Zusammenhang gebracht werden, also irgendwie umgedeutet werden.

Viktors Spiel mit seinen Melodiefäden war auf einem Flug, der auf die Dauer so langweilig war wie dieser, ein wundervoller Zeitvertreib, der nicht allzu sehr ablenkte, und dieses Spiel lief von Runde zu Runde müheloser. Vielleicht hatte er dabei fliegerisch nicht mehr das Letzte herausgeholt, aber das konnte er sich bei dem starken Westwind leisten.

Gerade war er mit einer Melodie, einem feierlich getragenen Choral, zu Ende gekommen, als er für einige Augenblicke eine menschliche Stimme, unverkennbar die eines Mannes, mit ein paar undeutlichen Worten, bruchstückhaft und nicht zu verstehen, aus dem Rauschen herauszuhören glaubte. Viktor durchschaute freilich sofort, dass auch diese Sprachfetzen, genau wie vorher die Melodien, aus der vorhandenen Geräuschevielfalt von ihm selbst ‚herausmodelliert' worden waren. Trotzdem merkte er natürlich auf. Das war etwas Neues!

Er hatte seine fünf Stunden inzwischen fast beisammen, das machte ihn glücklich und vertrieb die Langeweile, aber er war neugierig genug, um zu hoffen, dass dieser Effekt eben unter den veränderten Strömungsbedingungen bei der Landung vielleicht noch einmal eintreten würde. Als er mit seinem Landeanflug begann, hörte er dann tatsächlich noch einmal einige Wortfetzen, kaum deutlicher als vorhin und immer noch nicht recht zu verstehen, aber es war keine unsympathische, ja eine fast vertraut klingende Stimme. Er würde das mit der Sprache bei Gelegenheit noch ein bisschen trainieren müssen, nachdem es mit den Melodien schon so fein klappte.

Dann folgte eine tipptopp Landung, Aufsetzpunkt direkt neben dem Landekreuz, und schon kamen die Kameraden gesprungen, um ihm, dem ersten dieses Lehrgangs, zu seinem Fünfstundenflug zu gratulieren. Welch ein Unterschied zu seinem erbärmlichen Zustand bei der Landung vorgestern nach seinem ersten Versuch!

Als sie das Flugzeug zurückgeschoben hatten, kam mit großen Schritten Unbehaun auf ihn zu.

„Gratuliere!", rief er strahlend, schüttelte er ihm die Hand und schlug ihm auf die Schulter. Viktor war glücklich, dass er bei seinem Fluglehrer, der immer mehr zu seinem fliegerichen Idol wurde, solche Anerkennung fand.

„Na ja", wehrte er ab, „beim zweiten Versuch."

„Ich meine ja gar nicht den Fünfstundenflug – doch, der war auch prima. Aber ich meine den Bart, den du erwischt hast. Du hast ihn perfekt ausgekurbelt, bis zur Basis. Man sah von unten ganz genau, dass er räumlich sehr begrenzt war. Gar nicht so einfach, dauernd drinzubleiben! Viktor, du bist ein Naturtalent! Aus dir kann noch was werden!", lachte er.

Den doch eher schüchternen Viktor machte das dicke Lob fast verlegen.

„Eine Zeit lang war noch ein Bussard dabei", versuchte Viktor das Lob abzuschwächen, „ohne einen einzigen Flügelschlag! Nach dem konnte ich mich etwas richten."

„Hab ihn gesehen. Aber der war einmal ganz schön draußen – und da hat er sich dann nach dir gerichtet!"

Dieser Bussard beschäftigte Viktor den ganzen Abend über, mehr als sein gelungener Fünfstundenflug. Er ging früh ins Bett. Von seinem heutigen Flug war er nur müde, aber vom Flug zwei Tage davor fühlte er sich noch immer gerädert, und seine Bauchdecke und die Flanken schmerzten bei jeder Bewegung. Vielleicht hatte er etwas Temperatur.

Was hat ein Bussard in dieser Höhe verloren? Zu holen gibt es da für ihn nicht das Geringste. Warum lässt er sich, ohne einen Flügelschlag, so hoch tragen? Wieso beherrscht er das überhaupt, dieses Kreisen genau an der günstigsten Stelle? Und warum macht er das – einfach nur aus Freude am Segeln? Aus Freude an der Höhe? Kennen Bussarde das – Freude?

Viktor konnte nicht lange darüber nachdenken, denn schon bald, nachdem er sich hingelegt hatte, fiel er in einen bleiernen Schlaf.

Mitten in der Nacht aber schreckte er auf, geweckt vom Donnern einer herzhaften Marschmusik, die beängstigend näher kam. Das war nicht eine verwehte Bauernkapelle in der Ferne – die mussten draußen schon fast vor dem Haus angekommen sein, sogar die Klingeltöne der Lyra waren inzwischen zu vernehmen. Noch halb betäubt dachte er im ersten Augenblick an einen Schabernack seiner Kameraden, die sich über sein frühes Zubettgehen mokiert hatten und viel lieber seinen Fünfstundenflug mit ihm ausgiebig begossen hätten, doch im schwachen Mondlicht war auszumachen, dass alle Betten, soweit von seinem Platz aus einzusehen, wohl besetzt waren und alles schlief. Offenbar war außer ihm keiner aufgewacht oder auch nur unruhig geworden – kaum vorstellbar, dass womöglich nur er diese dröhnend laute Musik hörte?

Sie stand in einem unerhörten Gegensatz zu den blassen Melodien im Rauschen der Luft, und doch spürte er sogleich einen verborgenen Zusammenhang, wenngleich er nicht hätte sagen können, worin dieser bestand. Wohl darum war er so gar nicht überrascht, als nach dem Verklingen der letzten Takte in der sich ausbreitenden Stille dieselbe männliche Stimme erklang, die er von seinem Flug her kannte, diesmal ungleich deutlicher, zumal sie aus nächster Nähe zu kommen schien. Ihm war sofort klar: Das ist kein Fremder. DAS IST ADAM. Das konnte nur Adam sein.

‚Guten Abend, Viktor. Ich bin da.'

Der Gedanke, dass diese laut und deutlich gesprochenen Worte auch einer seiner Kameraden hören könnte, beschäftigte ihn schon gar nicht mehr, so sicher war er sich inzwischen, dass nur er allein das alles hören konnte.

‚Ich bin da', das klang ungemein verlässlich. Aber wieso Adam? Wie kam er gerade auf Adam? Dabei war er ganz sicher, dass das Adam war. Dass das überhaupt nur Adam sein konnte. Doch wer ist Adam?

Im Einschlafen fiel ihm ein, dass ihm Bienchen einmal erklärt hatte, Adam sei bei den Juden nicht einfach nur ein Name, sondern würde auch im Sinne von Mensch verstanden. Adam, das sei die Vernunft. –

14 _ Nachtwache und Lehrgangsalltag

Den Akafliegern, egal von welcher Hochschule sie kamen, war das militärische Gehabe lästig, sie fühlten sich dadurch nur abgehalten vom Fliegen, ihrem großen Thema, das sie hierhergeführt hat.

Viktor saß mit seinem Wachkameraden Jochum, einem etwas älterer Physiker von der Akaflieg Karlsruhe, den er schon länger kannte, im Halbdunkel der Wachstube und trug sich ins Wachbuch ein. Diesen ganzen Zirkus habe es früher nicht gegeben, meinte Jochum, ein stiller Mensch, der meistens düster dreinblickte und der schon vor ein paar Jahren einmal hier gewesen war. Damals habe noch ein rein sportlicher Geist geherrscht, und auch diese lächerliche Flaggenhissung jeden Morgen mit Antreten des ganzen Haufens und dabei diese albernen Meldung an den Schulleiter, als ob sie soeben erst eingetroffen seien, das habe es alles nicht gegeben, und erst recht nicht dieses dämliche Wacheschieben bei Nacht, wozu auch, es ginge ja auch so; das sei doch nichts als ‚Soldateles-Spielerei', wie er das in seiner Karlsruher Mundart nannte.

Viktor sah das nicht so streng: „Das geht halt auf das Konto dieser vormilitärischen Ausbildung, wie die es nennen. Natürlich bin ich auch nicht begeistert, dass wir beide uns jetzt die Nacht um die Ohren schlagen sollen. Aber sonst, das bisschen Antreten in Reih und Glied ab und zu oder abends der Stubendurchgang von irgendwelchen Heinis vom Stammpersonal oder das militärische Wecken morgens – nun ja, das ist eben der kleine Preis, den wir dafür zahlen müssen, dass es jetzt mit der Fliegerei überall in Deutschland aufwärtsgeht wie noch nie. Die deutschen Flugzeuge sind die besten der Welt! Alle paar Monate ein neuer Weltrekord! Jeder kann fliegen lernen! Und auch wir wären nicht hier zur Ausbildung im Leistungssegelflug! Das ist doch fantastisch – und dafür muss man dankbar sein!"

„Viktor, das, was du für einen kleinen Preis hältst, den wir für das Fliegen zahlen müssen, dieses ganze militärische Getue, das ist nur eine erste kleine Anzahlung!"

Viktor blickte ihn fragend an.

„Schau her – wie viele sind wir hier? Ich schätze, zusammen mit uns Neunen von den Akafliegs, so an die 40 Mann. Bei den Wehrbezirkskommandos werden wahrscheinlich jetzt schon die meisten von uns, aber mit Abschluss des Lehrgangs bestimmt alle, zur sogenannten ‚fliegenden Bevölkerung' gerechnet. Das heißt, wir werden ausnahmslos bei der Luftwaffe landen und die meisten davon, sagen wir 35, bei der Fliegertruppe. Wir werden eine äußerst anspruchsvolle und aufwändige Ausbildung durchlaufen – unser Lehrgang hier ist übrigens schon der Anfang davon – einige werden noch aussortiert, ein paar halten nicht durch, aber bis der Krieg losgeht, stehen mindestens 30, oder von mir aus auch nur 25 von uns perfekt ausgebildet in der ersten Reihe der Einsatzkräfte." Dann senkte er die Stimme. „Aber nicht einmal eine Hand voll, so wie ich das einschätze, wird den Krieg überleben. Das ist der tatsächliche Preis!"

„Ach, wer wird denn da gleich an Krieg denken!", rief Viktor laut, um die düstere Stimmung zu vertreiben.

„Ich, Viktor, ich! Und ihr alle auch bald!"

„Hitler will keinen Krieg, das hat er tausendmal erklärt. Der Mann war selbst Frontsoldat und schwer verwundet, der kennt die Schrecknisse des Kriegs!"

„Mensch, ihr seid ja alle blind“, stöhnte Jochum.

„Was er will, das ist Deutschland Schritt für Schritt von den Fesseln des Versailler Vertrags befreien und aus dem Nachkriegselend herausführen. – Das hat er bald geschafft!“

„Ja, Viktor, bald. Und dann geht's los!“

Viktor war ärgerlich, dass er sich in der kurzen Diskussion hatte dazu verleiten lassen, die Argumente der Gegenseite zu übernehmen. ‚Gegenseite‘, so hieß bei ihnen zu Hause, vor allem bei ähnlichen Diskussionen mit seinem Vater, alles, was der Meinung der Partei entsprach oder ihr nahekam. Da passierte dann oftmals das Gleiche wie eben: Die Bemerkungen seines Vaters waren ihm meistens allzu negativ gewesen, allzu deprimierend in ihren Aussichten, genauso wie gerade eben bei Jochum, und das hatte ihn dann häufig dazu verlockt, sich dieser Miesmacherei, wie er das sah, entgegenzustellen, und eine optimistischere Sicht zu vertreten, und schon fand er sich auf der Gegenseite – „Du vertrittst da die Auffassung der Hitlerleute“, pflegte sein Vater dann zu sagen.

Es war eigenartig: Wenn er hin und wieder einmal den guten Ludwig traf, was sich ja leider nur noch selten ergab, und sie auf Politisches zu sprechen kamen, dann zeigte er Ludwig gegenüber doch meistens eine ziemlich regimekritische Zurückhaltung, sodass sich manchmal sein ‚nationalsozialistischer Milchbruder‘, wie er ihn dann nannte, bei aller Anhänglichkeit, die er immer noch hegte, über ihn aufregte und sich gelegentlich sogar recht unfreundlich empörte. Wenn dagegen zu Hause über die gleichen politischen Fragen gesprochen wurde, dann klang er gelegentlich seinem Vater gegenüber, so schien ihm selbst, fast wie Ludwig, dieser Obernazi.

„Wahrscheinlich hältst du mich jetzt für einen kritiklosen Parteigänger“, fing Viktor nach einer Weile wieder an.

„Nein, nein“, lachte Jochum, „das habe ich gleich gemerkt, dass bei dir zu Hause sich die Begeisterung durchaus in Grenzen hält.“

„Wieso? Wir haben uns doch gar nicht über Politik unterhalten, oder?“

„Oh, das spürt man auch so – gar nicht so leicht zu sagen, woran. Natürlich haben wir nicht direkt über Politik gesprochen, aber, weißt du, die Politik durchzieht doch jetzt alles, wirklich alles, und da gibt es dann Themen wie die Gebäude des Reichsparteitags – ja, darüber haben wir gesprochen; oder die moderne Kunst in München; oder die Todesstrafe – erinnerst du dich? – oder über deinen Vater und den Kampf seiner Firmen mit den Behörden – was war noch? Über alle diese Dinge jedenfalls haben wir uns in den letzten Tagen ganz sachlich unterhalten. Aber da gab es eben außerdem noch winzige Botschaften, minimale Zeichen, unsichtbare Nuancen, wie sie jedermann beim Sprechen mit aussendet, die dann, ohne im Geringsten zum Thema zu werden, unbemerkt als Hintergrund in die Äußerung mit einfließen – und das geschieht, ohne dass man selber darum weiß."

Viktor blätterte gelangweilt im Wachbuch herum.

„Da steht ja vornedrin auch die Wachordnung. – Aha, wir müssen also stets telefonisch erreichbar sein; einer kann sich auf dem Feldbett hier ausruhen, von Schlafen steht da nichts; alle zwei Stunden muss einer patrouillieren, auf einer genau vorgeschriebenen ‚Ronde', wie sie das nennen – siehst du, hier der roten Linie entlang", sagte Viktor und schob Jochum die Wachordnung hinüber, der sich die Zeichnung ohne viel Interesse ansah und missmutig dann in der Wachordnung weiterlas.

„Au, das ist ja interessant hier: Wir haben also während der Nachtzeit jeden, der uniformiert oder in Zivil das Gelände oder eines der Gebäude betritt, nach seinem Ausweis zu fragen. Allerdings steht da auch, ‚wobei bei Personen, die zweifelsfrei bekannt sind, davon abgesehen werden kann'. Aber, haha, die Worte ‚abgesehen werden kann' sind sauber mit dem Lineal durchgestrichen und durch ‚abzusehen ist' ersetzt worden, und am Rand steht ‚geändert am soundsovielten von i. A. unleserlich, DLV-Kettenführer' – ich wette, Viktor, da muss sich einer einen Spaß daraus gemacht haben, sich von unserem Schulleiter, als der nachts mit besoffenen Kopf ins Haus gestolpert ist, den Ausweis zeigen zu lassen."

Danach blätterte wieder Viktor im Wachbuch.

„Ah, da schau her! Dieser Pilgrim! Der Pilgrim war auch schon mal da! Das ist ein Klassenkamerad von mir, ein Freund könnte man fast sagen, und der hat auch Wache schieben müssen. Schon lange nichts mehr von ihm gehört. Der wollte doch aktiver Offizier werden bei der Luftwaffe und müsste inzwischen bald schon Leutnant sein. Von einem Dienstgrad ist nichts zu lesen, vielleicht war er im Urlaub da? Ich erinnere mich, wir sprachen öfter mal sehnsüchtig über die Segelfliegerei. Dem werde ich morgen gleich mal eine Ansichtskarte von hier schicken!"

„Wenn ich so an meinen alten Schulkameraden denke", unterbrach Viktor dann später das Weiterblättern, „dann muss ich sagen, du hast mit deiner Abneigung gegenüber dem militärischen Ton oder dem, was diese DLV-Führer dafür halten, schon recht. Ich meine vor allem auch ihren Umgang miteinander, dieses betonte Zackigtun auch außerhalb des Dienstes, dieses dauernde Hacken zusammenschlagen."

Jochum blickte fragend auf.

„Ich war mal für ein paar Tage von Pilgrims Eltern zu ihm nach Hause eingeladen. Sein Vater ist ein General alter Schule, fast täglich kamen andere hohe Offiziere zu Besuch – du glaubst nicht, wie nobel es in diesem Haus zuging, wie zurückhaltend und gedämpft die Begrüßungen waren und die Gespräche."

Jochum blieb skeptisch. „Militarist bleibt Militarist und Kommisknochen Kommissknochen", sagte er nur. –

Als Viktor lange nach Mitternacht mit seinem Patrouillengang begonnen hatte, war er geradezu benommen von dieser totalen Stille, wie sie hier oben auf den Höhen der Alb herrschte, fernab der Besiedelung im Tal und weit abseits aller Städte. Er blieb immer wieder einmal stehen, um zu lauschen und diese Stille in sich aufzunehmen, denn beim Gehen entstanden eben doch einige Geräusche, obwohl er sich bemühte, nicht so hart aufzutreten, und wenn er dann reglos stand, dauerte es immer erst ein Weilchen, bis sich die große Stille wieder eingerichtet und erneut ausgebreitet hatte.

Es gibt so etwas wie eine mittlere Alltagslärmigkeit, überlegte er, nicht auffällig laut und nicht auffällig leise, das ist tagsüber wohl das Übliche, obwohl er sich das im Augenblick gar nicht recht vorzustellen vermochte, so sehr war er von dieser besonderen Stille hier gefangen. Sodann gibt es, am Abend meistens und ganz früh am Morgen, diese stillen Stunden, in denen aber, wenn man darauf achtet und sich Zeit lässt, immer noch allerhand aus Nah und Fern zu hören ist; in der Nähe ist da ein Knistern und dort ein Knacken wahrzunehmen, ein zartes Wispern und ein leises Rascheln, und aus der Ferne kann man ab und zu ein Bellen ahnen oder ein Jaulen, irgendein Brummen oder ein unbestimmtes Dröhnen – und doch glaubt man, eine tiefe Stille jenseits des Tageslärms zu fühlen.

Und nachts, das hatte er auch schon erlebt, kann es sogar noch ruhiger werden. Aber irgendetwas ist immer noch zu hören, und irgendwelche verborgenen Geräuschemacher sind immer noch da, selbst wenn sie gerade schweigen und nur auf ihren Einsatz warten. Doch diese Stille hier oben auf der Alb, das war etwas ganz anderes, Neues. Was er bisher an Stille erlebt hatte, das waren alles nur Annäherungen an die wahre Stille, das waren ganz verschiedenartige, aber alles unvollkommene Stillen – ob man das so sagen kann, ‚verschiedenartige Stillen'? –, aber es war nie die wahre Stille gewesen, die es wohl aus gutem Grund nur in der Einzahl gibt. Das hier war sie.

Doch plötzlich fuhr er herum – diesmal war er doch erschrocken, als er plötzlich Adams Stimme, wenn auch nur flüsternd, ganz nah hinter sich hörte. ‚Du solltest, wenn du Patrouille gehst, Viktor, auch wirklich gehen, und nicht bewegungslos an irgendeiner Stelle herumstehen!'

Dann breitete sich die unheimliche Stille wieder aus. Viktor setzte nach einem kurzen Zögern, das aber nicht einem Mangel an Fügsamkeit entsprang, sondern nötig war, um aus seinem Sphärentraum zurückzufinden, den Rundgang gehorsam fort, wagte aber kaum mehr, richtig aufzutreten und kürzte ab, wo es nur ging, mochte Adam darin vielleicht auch ein Wachvergehen sehen.

Seit sich Adam vor ein paar Tagen nachts, nach der Marschmusik, bei Viktor angemeldet hatte – ‚Viktor, ich bin da!' –, war er schon mehrmals mit kurzen Bemerkungen zu hören gewesen, meistens ein wenig im Ton eines Aufpassers, wenn auch nicht gerade unfreundlich. Anfangs war Viktor fast erfreut, dass Adam noch da war, aber bald schon hatte es ihn eher gestört, wenn Adam sich eingemischt hat; und wenn er nachts aufgewacht war und an Adam, seinen Wächter, gedacht hat, dann litt er sogar darunter.

Schon seit Adams erstem Auftritt ist ihm diese elende Geschichte mit den totgeschlagenen kleinen Kätzchen auf dem Bauernhof von Onkel Xaver nicht mehr aus dem Kopf gegangen. Als ob da ein geheimer Zusammenhang bestünde. Er hatte schon seit Jahren kaum mehr daran gedacht und war froh gewesen, dass er nicht mehr hatte daran denken müssen. Aber nun hatte er die Szene wieder so deutlich vor Augen, als sei das alles erst gestern geschehen, und es überkam ihn ein Gefühl, als sei er der Schuldige und als sei er der Täter, obwohl er doch genau wusste, dass es Tante Schorschett war.

Wahrscheinlich ist Adams Stimme jetzt die Strafe dafür.

‚Niemand kann für etwas bestraft werden', hörte er da Adam sagen, ‚was er nicht getan hat'. – ‚Aber ich war dabei und habe geschwiegen.' – Mit keinem Menschen, nicht einmal mit Ludwig, der ja auch mit dabei war, hatte er je darüber gesprochen.

Als er in die Wachstube trat, amüsierte sich Jochum über den verklärten Blick Viktors, der wirklich seltsam verändert dreinschaute, nicht weil er etwas geblendet, sondern gerade einer anderen Welt entstiegen war.

„Mit deinem glasigen Blick siehst du aus wie in Trance!", lachte Jochum.

„Ja – wenn man so lange im Stockdunkeln war", lenkte Viktor von seinem wirklichen Zustand ab. –

Am frühen Morgen, noch vor Sonnenaufgang, hörte Viktor, der in der Wachstube verschlafenen am Tisch saß, ein entferntes Rufen draußen. Es war der Fluglehrer Unbehaun, der auf dem Hallenvorfeld stand und ‚Zabener, Zabener' gerufen hatte, und ihn nun, da er ihn sah, herbeiwinkte und noch einmal ‚Viktor' rief. Sie gingen aufeinander zu, und Unbehaun zeigte im Gehen auf eine eigentümliche Wolkenformation über dem Bernhardus.

„Schau nur, ganz was Seltenes! Dieser zinnenförmige Wolkenrand, eine Zinne exakt neben der anderen! Das sieht doch tatsächlich aus wie eine mittelalterliche Burg, so regelmäßig habe ich diese Wolken selbst noch nicht gesehen, *Castellanus* heißen sie. Diese Wolken am frühen Morgen sind ein sicheres Zeichen für anständige Gewitter am Nachmittag."

Unbehaun lief unruhig hin und her, Viktor war überrascht, dass er schon so früh auf den Beinen war.

„Ich werde heute jedenfalls meinen lang geplanten Doppelsitzer-Streckenflug in Angriff nehmen. Ich beobachte die Wetterlage schon seit Tagen."

Das klang endgültig, und auch der Schulleiter, der, als er beim Frühstücken von Unbehauns Plan hörte, davon offenbar gar nicht angetan war, fügte sich in das Unvermeidbare, wie er beim Tagesbefehl etwas resigniert erkennen ließ. Jochum hörte zufällig, wie er in der Schreibstube pikiert von sich gab: „Früher war das so, dass man seinen Leuten einen Flugauftrag erteilte, heute muss man froh sein, wenn man als Schulleiter davon in Kenntnis gesetzt wird."

Dabei wusste er genau, dass Unbehaun zu seiner Segelflugschule abkommandiert war, um nach dem vergangenen Rekordjahr im Laufe dieses Sommers einige weitere aufsehenerregende Flüge anzuhängen oder womöglich gar diesen oder jenen neuen Rekord zu fliegen.

Schon verhältnismäßig früh am Vormittag unternahm Unbehaun einen ersten Start, nur um einmal zu probieren, wie er sagte. Viktor meinte, dass es vielleicht noch etwas zu früh sein könnte, Unbehaun machte dann aber rasch Höhe und verschwand schon bald in südöstlicher Richtung.

„Der wird bei dieser Wetterlage nie über das Günzburger Moos wegkommen", nörgelte der Schulleiter, „das ganze Donauried ist ein Absaufgebiet, wie es im Buch steht!"

Dann rief er: „Die Rückholmannschaft kann sich schon mal fertigmachen, damit der Unbehaun spätestens am Nachmittag wieder zurück ist. Der wird hier dringend gebraucht! Zabener, ihr fahrt sofort los, wenn sein Anruf kommt, und zwar im Schweinsgalopp! Spätestens um drei seid ihr wieder da!"

Es wurde zwei Uhr, es wurde vier Uhr – kein Telefonanruf. Der Schulleiter schüttelte indigniert den Kopf und sagte mit einer Miene, die eher einen Hauch von Genugtuung verriet, irgendetwas von großer Sorge. Endlich, sie waren gerade beim Einräumen, kam die Nachricht, irgendwo hinter Passau sei Unbehaun gelandet. ‚Mensch, das könnte ein neuer Rekord sein', rief einer, und der Schulleiter knurrte:

„Wenn er nach Österreich reingeflogen ist, kann er was erleben!"

Drei Mann hoch brachen sie auf, mit einem ziemlich unruhigen Anhänger für das Segelflugzeug am Haken. Sie fuhren wie die Teufel die halbe Nacht durch ohne eine Pause, anfangs noch in strömendem Regen. Viktor freute sich darauf, Unbehaun nach seinem Erfolg wiederzusehen; am schönsten wäre es gewesen, wenn er Unbehaun, der ja nun lange Stunden warten musste, ganz allein hätte abholen können, als sein Retter oder Befreier, aber das ging ja nicht.

Unbehaun hatte eine präzise Ortsbeschreibung für die Rückholmannschaft durchgegeben, er sei nahe an einem alleinstehenden Gutshof gelandet, dessen einziges Telefon aber defekt war, daher die verspätete Landemeldung. Noch bei Dunkelheit stießen sie nach einiger Kartenarbeit, aber ohne langes Suchen, auf die Zufahrt zum Gutshof, und da konnten sie auch schon im Dunkeln das Segelflugzeug erkennen, das Unbehaun nahe an den Weg und keine 50 Meter von den Stallungen entfernt hingesetzt hatte.

Unbehauns kleiner Co-Equipier schlief fest auf dem hinteren Platz und war, soweit sich das bei der Dunkelheit und den beschlagenen Scheiben erkennen ließ, tief in den Sitz hineingesunken. Unbehaun hatte sich vom Hof ein paar Pferdedecken besorgt und sich unter eine Tragfläche gepackt. Als sie ihn leise anriefen, streckte er sich erst einmal, und es dauerte ein paar Augenblicke, bis er ansprechbar war, doch dann antwortete er hellwach und war sichtlich erfreut, als er sah, dass Viktor mitgekommen war.

Trotz Dunkelheit brauchten sie nicht einmal eine halbe Stunde zum Abmontieren und Verladen und machten sich im ersten Morgengrauen wieder auf die Rückfahrt. Im Wagen war es nun eng geworden, und als sie dicht nebeneinander saßen, spürte Viktor, wie ausgekühlt und durchgefroren Unbehaun war. Der angelte sich aus dem Durcheinander hinter ihnen eine Packdecke, die er dicht um sie beide schlug, dann schmiegte er sich an Viktor an, nicht ohne Behagen und so fest es nur ging.

„Eines Tages“, sagte er gähnend, „wird diese Rückholerei nicht mehr nötig sein. Dann sind die Segelflugzeuge so vollkommen, dass auch weite Überlandflüge, wenn nicht etwas völlig schiefgegangen ist, wieder am Startplatz enden.“

Als ihm wärmer wurde, schlief er allmählich ein. –

Der allabendliche Stubendurchgang mit anschließendem ‚Licht aus!‘ hatte laut Dienstplan pünktlich um 22 Uhr durch ein Mitglied des Stammpersonals zu erfolgen. Wenn das einer von diesen militärbesessenen DLV-Dienstgraden war, konnte der Abend durch allerlei Schikanen, die es sonst höchstens in der Rekrutenausbildung beim Kommiss gab, noch recht ungemütlich werden. Wie angenehm dagegen war doch dieser weltläufige Fluglehrer Unbehaun, der schon bei der Meldung des Stubenältesten lässig abgewinkt hat.

„So – ist alles in Ordnung, Leute?“, fragte er in kameradschaftlichen Ton. Er machte das Licht aus, sagte aber noch nicht Gutnacht und ging im Dunkeln langsam zwischen den Betten hin und her.

„Habt ihr euch inzwischen noch etwas in die Sache mit dem negativen Wendemoment hineingedacht? Ich hoffe, ihr habt aufgepasst im theoretischen Unterricht. Das müsst ihr nicht nur wissen, das muss in Fleisch und Blut übergehen. Dann könnt ihr es von mir aus sogar wieder vergessen.“

Seine Stimme kam aus immer wieder anderer Richtung.

„Solche Sachen lassen sich auch gut im Bett vor dem Einschlafen einüben. Im Segelflugzeug muss jede Querruderbewegung von einem gleichsinnigen Seitenruderausschlag begleitet sein, jede! Stellt euch das so konkret wie möglich immer wieder vor: – rechts, beide Ruder! – und links, beide Ruder!– und rechts, beide Ruder! – und links, beide Ruder!“ – Jetzt war er vorne am Fenster. – „Das spielt bei Segelflugzeugen vor allem wegen ihrer großen Flügelstreckung eine Rolle.“

Da und dort knarrten die Dielen. Als er bei Viktor vorbeikam, der in der oberen Etage des Stockbetts lag, hob er die Decke an, fuhr mit der flachen Hand unter seinen Schlafanzug und machte wie zum Scherz einige kreisende Bewegungen auf seiner Bauchdecke, die Viktor erschrocken auf das Äußerste angespannt hatte. Dann zog er seine Hand sofort wieder zurück und tätschelte dabei besänftigend Viktors Bauch noch zwei, drei Mal, wie man das manchmal bei einem Baby oder Kleinkind tut. Im gleichen Augenblick hörte man weiter hinten im Schlafraum ein unterdrücktes Kichern. Viktor erschrak. Ob die etwas bemerkt haben? Oh, sicherlich! Bestimmt haben die etwas mitgekriegt, sonst würden sie nicht so kichern! Viktor spürte, wie er rot wurde. Er fühlte sich ertappt und musste wieder an die Tötung der kleinen Kätzchen denken. ‚Keiner kann für etwas bestraft werden, was er nicht getan hat‘, hatte Adam kürzlich gesagt – aber er war dabei gewesen und er hatte geschwiegen. –

Zwei Tage später hieß es, Unbehaun sei verschwunden. Schon als er zum Frühstück kam, spürte Viktor eine gewisse Betretenheit im ganzen Raum, ohne dass man von diesem Betretensein beim Einzelnen viel hätte bemerken können, doch es ging viel stiller zu als sonst. Keiner schien Näheres zu wissen, niemand traute sich, laut und an alle gerichtet die Frage nach Unbehauns Verbleiben auszusprechen. Dafür aber viel Getuschel mit den Platznachbarn und viele fragende Gesichter und auch solche, auf denen ‚Nein, ich weiß auch nichts Genaueres' stand.

Die Leute vom Stammpersonal gaben seltsam unbestimmte und ausweichende Antworten, und die Bürotante auf der Schreibstube hatte Jochum, wie er erzählte, auf seine Frage hin nur knapp ‚auf Dienstreise' zugerufen; das tat sie aber, gemessen an ihrer sonstigen Schwätzbereitschaft, so auffallend kurz angebunden und so ungeschickt, dass Jochum noch einmal nachfragte und darauf als Antwort ganz leise ein schmerzlich betroffenes ‚Ich glaube nicht, dass er zurückkommt' erhielt.

Am Nachmittag wurde Viktor zum Schulleiter befohlen.

„Sagen Sie, Zabener, hatten sie irgendwelche persönliche Kontakte zu Fluglehrer Unbehaun?"

Viktor wäre stolz darauf gewesen, hätte er jetzt auf eine frühere Bekanntschaft mit Unbehaun verweisen und ihn vielleicht entlasten können, was immer man ihm auch vorwerfen mochte.

„Nein, Fliegerkommandant!"

„Sie können übrigens ruhig schon ‚Sturmbannführer' statt ‚Fliegerkommandant' zu mir sagen, der Deutsche Luftsportverband ist schon so gut wie endgültig im neuen NS-Fliegerkorps aufgegangen. Die offizielle Gründung steht vor der Tür."

Und in eitlem Ton fügte er noch hinzu: „Ein NSFK-Sturmbannführer, das entspricht dem Rang eines Majors, beispielsweise der Luftwaffe. Aber jetzt zur Sache! Es gibt schwerwiegende Hinweise darauf, dass Unbehaun ein Homosexueller ist!"

Viktor in seiner Ahnungslosigkeit war bestürzt.

„Ist Ihnen in dieser Richtung irgendwie etwas aufgefallen? – Nichts? Auch der kleinste Hinweis kann nützlich sein."

Verwirrt überlegte Viktor einen Augenblick.

„Nein, eigentlich nicht."

Der Schulleiter ging in seinen Reitstiefeln mit schweren Schritten auf und ab, als ob er überlegte.

„Das sind eigentlich arme Schweine, diese Homosexuellen! Obwohl die meisten von ihnen auch charakterlich ziemlich versaut sind. Da gibt es rein äußerlich die strahlendsten Gestalten, sage ich Ihnen, nordische Kämpferfiguren mit kühnen Gesichtern, aber man darf sich nicht bluffen lassen und darf auch kein Mitleid mit ihnen haben. Sie gehören hinter Schloss und Riegel, weil sie sonst auch Gesunde mit ihrer Abartigkeit anstecken! Im Grunde genommen gehören sie, auch wenn sie persönlich noch so große Verdienste zu haben scheinen, auf lange Sicht betrachtet, ausgemerzt. Sie sind ein Geschwür am Volkskörper. Sie wissen ja, sogar die SA war davon befallen! Nur durch radikales Ausmerzen kann der Volkskörper gesunden."

Er ging immer noch mit harten Schritten hin und her und verlieh so seinen markigen Worten die passende akustische Kulisse. Nach einer Pause fuhr er in fast väterlichem Ton fort.

„Sie sind ein Typ, Zabener, schon von Ihrem ganzen Äußeren her und Ihrer Stimme und Ihrer Sprechweise, auf den Homosexuelle ansprechen, glauben Sie mir das! Seien Sie auf der Hut, Zabener, und denken Sie an meine Worte, wann immer Ihnen ein Verdacht in dieser Richtung kommt."

Er war nachdenklich stehen geblieben und nach einer Weile fragte er: „Wie sieht es bei Ihnen eigentlich mit dem Wehrdienst aus? Wie alt sind Sie?"

„Ich werde 22. Bis zum Abschluss meines Studiums, spätestens bis 1939, bin ich zurückgestellt."

Dabei genierte sich Viktor etwas, weil er ahnte, dass bei dieser Zurückstellung sein Vater die Hände mit im Spiel gehabt hatte, der natürlich über irgendwelche Beziehungen zum Wehrbezirkskommando verfügte oder solche jedenfalls leicht installieren konnte. Viktor wollte keinesfalls als Drückeberger erscheinen und fügte darum noch hinzu: „Durch die verschiedenen Scheine, die ich erworben habe, gehöre ich zur sogenannten ‚Fliegenden Bevölkerung'. Das sagte man mir auf dem Wehrbezirkskommando. Ich werde auf jeden Fall zur Luftwaffe und zwar zur Fliegertruppe kommen."

Der Schulleiter schien zufrieden und sagte nach einer weiteren

Pause: „Gut. Ich vertraue jedenfalls ihrer Aussage und werde das auch so zu den Akten nehmen. Es kann aber sein, dass sie zu Hause, in München, noch einmal von der Gestapo in dieser Sache vernommen werden. – Wir sehen uns beim Abendessen.“

Viktor stand stramm, grüßte und verschwand. Schon auf der Treppe war Adam wieder zur Stelle und sagte zu ihm: ‚Nur mal fürs Erste – achte auf die Feinheiten: Ist dir aufgefallen, dass er nicht sagte, ‚Unbehaun ist homosexuell‘– das wäre, ob zutreffend oder nicht, die Zuordnung einer Eigenschaft gewesen. Nein, er sagte, dass Unbehaun ein Homosexueller ist, – da wird schon eine Gruppe etabliert, die Homosexuellen, und da ist es bis zur Ausgrenzung und Abstempelung nicht mehr weit. Das nächste ist dann: einsperren. Und zum Schluss: ausmerzen – das hat er ja selbst gesagt.‘ –

Viktor war inzwischen mit Adam einigermaßen vertraut, aber auch Adam mit ihm. Am Anfang, bei den ersten Begegnungen in der vergangenen Woche, war Viktor noch eher ängstlich gewesen und arg zurückhaltend und auf vorsichtige Distanz bedacht, war doch keineswegs sicher, ob da nicht irgendetwas Feindseliges folgen könnte. Aber er merkte schon bald, Adam war zwar streng zu ihm, aber es schien doch so, als ob er auf seiner Seite sei.

Längst war sich Viktor darüber im Klaren, dass die strengen Worte Adams nirgends sonst als in seinem eigenen Kopf ihren Ursprung hatten. Dass das so sein musste, darauf war er schon bei seinen Melodiefäden gekommen – da glaubte er, fast körperlich zu spüren, wie groß eben doch sein eigener Beitrag bei diesem ‚Herausmodulieren‘ der Melodien aus den Geräuschen war, wie er das in seinen Selbstgesprächen gerne nannte. Auch dann, wenn im allgemeinen Rauschen, Zischen und Brausen des Fahrtwindes außer den Melodien neuerdings immer mal wieder Gesprächsfetzen mit Adams Stimme zu hören waren, war er sich über deren wahren Ursprung im Klaren. Doch wenn Adam plötzlich mit klarer Stimme und in vollständigen Sätzen zu ihm sprach, unsichtbar zwar, aber doch greifbar nah, dann wollten ihm manchmal doch Zweifel kommen, ob das wirklich alles von seinem eigenen Kopf ausging, zumal Adam fast immer Gedanken äußerte, auf die Viktor in diesem Augenblick selbst gar nicht ohne Weiteres gekommen wäre, wiewohl, das war einzuräumen, sie ihm auch nie gänzlich fremd gewesen waren. Und vor allem, so fragte er sich, wie ist das zum Beispiel mit diesen kleinen Unregelmäßigkeiten in Adams Sprechweise, mit dem gelegentlichen Räuspern, mit den kleinen Versprechern und verbalen Selbstkorrekturen – das sollte alles in seinem Kopf entstanden sein? – Oder gar, wie soll man sich erklären, dass er, wenn er anderer Meinung war, mit Adam sogar diskutieren konnte – alles aus einem Kopf?

Dann war er sich doch wieder sicher, dass das alles nur von ihm selbst ausging, da noch nie irgendeine andere Person in der Nähe auch nur im Geringsten aufgemerkt hatte, auch dann nicht, wenn Adam richtig laut zu ihm sprach. Merkwürdig fand er freilich, dass Adam trotzdem in Gegenwart Dritter – vor allem, wenn es ganz ruhig war wie gestern, als sie zur Verabschiedung angetreten waren –, meistens ganz leise sprach, fast flüsternd und ganz nah an seinem linken Ohr, wie er genau hören konnte.

Auf der umständlichen Bahnfahrt zurück nach München hatte er viel Zeit, über sein Verhältnis zu Adam nachzudenken. Er war bis jetzt noch nicht dahintergekommen, wann Adam am ehesten auftrat; wann er am ehesten aufzutreten pflegte, variierte er spöttisch weiter; wann er am ehesten aufzutreten beliebte oder aufzutreten geruhte – mit den Worten zu spielen, das war vermutlich sein milder Protest gegen diesen dauernden unsichtbaren Begleiter. Drei- oder viermal am Tage konnte es schon sein, dass sich Adam einmischte, aber es geschah doch zu unregelmäßig, als dass man einigermaßen hätte abschätzen können, wann er sich wohl erneut hören lassen würde. Wenn sehr viel los war an einem Tag, dann mussten seine Interventionen keineswegs häufiger erfolgen, aber wenn stundenlang ziemliche Ruhe herrschte, dann eben auch nicht unbedingt. Jedenfalls geschah es für Viktor stets unerwartet, und es war für ihn immer wieder eine Überraschung, wenn Adam sich zu Wort meldete.

Was Adam sagte, war meistens recht vernünftig, das musste man zugeben. Aber er beließ es eben nicht bei Hinweisen, sondern sehr schnell wurden Einsprüche oder Mahnungen oder sogar gewisse Rüffel daraus. Er hat gut reden, versuchte sich Viktor zu rechtfertigen, ich handle und tue und mache, unablässig den ganzen Tag lang, und dann kommt er, hinterher und oft erst, nachdem er genügend

Zeit zum Nachdenken gehabt hat, und bewertet und beanstandet und stellt Forderungen auf, während ich vielleicht in Sekunden hatte handeln müssen.

Ha! – der, der handelt, ist immer der Dumme! Und die Besserwisser, die immer nur über die verschiedenen Möglichkeiten, die es gibt, nachdenken, aber sonst nichts tun, und die hinterher dann kritisieren, dass das die falsche Möglichkeit war, die leben ja schon von jeher nur von denen, die handeln!

Da war Adam plötzlich wieder zur Stelle. ‚Vielleicht hast du recht', gab er sich versöhnlich, ‚erinnerst du dich an den Staubsack?' – so hatten sie ihren Deutschlehrer genannt – ‚der hatte doch irgendwo bei Goethe eine Sentenz ausgegraben, und wir sollten dann einen Aufsatz darüber schreiben, *der Handelnde ist immer gewissenlos,* hat es da geheißen, *Gewissen hat nur der Betrachtende* oder so ähnlich.' – ‚Woher weißt du denn das, Adam? Da gab es dich doch noch gar nicht!', fragte Viktor erstaunt. – ‚Doch, doch, ich war nur noch nicht –', und da stockte Adam für einen Augenblick, ‚ich war nur noch nicht – ausgeschlüpft, könnte man sagen.'

Das war das einzige Mal, dass Adam einen Hinweis auf seine Herkunft gegeben hat.

Schon vor ein paar Tagen hatte Viktor ganz offen Adam seine Besserwisserei vorgehalten, und was hat der geantwortet? – ‚Das ist nicht besser, was ich weiß. Was heißt schon *besser*? Besser als was? Nein, nein, Viktor, ich weiß es richtig, und du weißt es falsch, da gibt es kein *besser*.' – Besserwisserischer kann die Antwort eines Besserwissers nicht ausfallen, hatte Viktor gedacht. Aber vielleicht ist er manchmal auch mein Schutzengel, mein besserwisserischer Schutzengel? Nicht jeder Aufpasser ist zwar ein Schutzengel, aber jeder ordentliche Schutzengel passt auf.

Adam wusste auch sonst noch allerlei zu sagen, meistens kleine Warnungen oder Verhaltensregeln, aber auch mit längeren Überlegungen rückte er manchmal heraus. In fliegerischen Dingen dagegen hielt er sich zurück, das wäre auch noch schöner gewesen. –

Wieder in München hatte Viktor im Lesesaal nachgeschlagen und vieles über Halluzinationen, gespaltene Persönlichkeiten und merkwürdig vielfältige Personalität gelesen. Das traf alles nicht so ganz auf ihn zu, fand er, trotzdem sollte er Adam und diese ganze Geschichte unbedingt verborgen halten. Das geht überhaupt niemanden etwas an! Ich habe meine Identität keineswegs verloren, auch dann nicht, wenn Adam spricht. Ich schlüpfe ja nicht in ihn hinein, und dann wieder zurück, und dann womöglich noch in eine weitere Person und so weiter, nein nein, ich höre diesen Adam zwar, aber ich bin nach wie vor Viktor. Ich höre Adam, aber ich bin nicht Adam! Ich bin immer der gleiche, ob ich den Adam gerade höre oder nicht. Und wenn das Halluzinationen sein sollen, von mir aus. Halluzinationen sind bedeutungslos und gänzlich ungefährlich, solange man sich darüber im Klaren ist, dass es Halluzinationen sind; damit komme ich schon zurecht! Eigentlich sind sie sogar ganz amüsant. Ich werde den Teufel tun und irgendwo in Behandlung gehen! Ich gehe zu keinem Arzt, zu keinem Psychologen und erst recht nicht zu einem Psychiater. Mir fehlt ja nichts.

Auf dem Heimweg kamen ihm dann doch Bedenken – mein Gott, ich werde doch nicht verrückt werden! –

15 _ Maria aus Odessa taucht auf _ Die SS-Leitstelle im Hotel Metropol in Wien

Viktor arbeitete gern im Lesesaal, aber immer wieder in den vergangenen Semestern kam es vor, dass er, statt an seinen Themen zu arbeiten, sich einige der medizinischen Nachschlagewerke und psychiatrischen Handbüchern an seinen Platz holte, weil er hoffte, doch noch Weiteres über seinen seltsamen Zustand mit dieser häufigen Anwesenheit Adams zu finden. Aber die einschlägigen Passagen kannte er inzwischen, und anstatt die Bücher zurückzustellen, blieb er dann meistens noch eine Weile sitzen und geriet ins Träumen und führte mit Adam seine lautlosen Zwiegespräche. ‚Manchmal merke ich erst nach einer Weile, dass ich mit mir selber rede', notierte er ungewollt verräterisch in sein Kollegheft.

Man saß in diesem Lesesaal an langen Tischen, von seinem Gegenüber und den seitlichen Nachbarn durch eine schön kassettierte Sichtblende getrennt, über die man nur im Stehen hinwegblicken konnte. Sie reichte nicht ganz bis auf die Tischfläche hinab, sondern stand auf polierten Messingfüßchen, kaum dass man ein dickes Buch darunter hätte hindurchschieben können.

Im ganzen Saal herrschte eine wundervolle Atmosphäre konzentrierten Arbeitens, die einen schon beim Eintreten umfing. Sie wurde nicht durch das geringste Gespräch gestört, und die unvermeidlichen Arbeitsgeräusche wie Umblättern und Papierrascheln oder ein gelegentliches unterdrücktes Husten trugen eher noch zu ihrer Verstärkung bei. Für viele Menschen hat eine solche Stille etwas Überwältigendes, ist sie doch für die meisten eine ganz neue Erfahrung. In der Tat kommt es nur äußerst selten vor, dass so viele Menschen hellwach in einem einzigen Raum verhältnismäßig nah beieinandersitzen, ohne dass jemand redet, was mit dem schier grenzenlosen Mitteilungsbedürfnis des Menschen zusammenhängt, das nahezu unabhängig zu sein scheint von der Dringlichkeit und dem Gewicht des Mitzuteilenden.

In dieser Ruhe, die seinen Träumereien sehr entgegenkam, sah Viktor plötzlich in dem schmalen Streifen, den die Sichtblende vom gegenüberliegenden Leseplatz freigab, etwas lautlos vorbeihuschen. Es musste die Hand seines Gegenübers gewesen sein, von der dann, als sie stillhielt, gerade noch die Fingerspitzen zu sehen waren. Viktor warf unwillkürlich einen kurzen Blick auf seine Hand, wie um zu vergleichen. Diese Fingerspitzen waren zierlicher und zarter, viel hellhäutiger und gepflegter als die seiner Hände, und die Fingernägel waren poliert und sorgfältig zurechtgemacht. Dann kam, wohl durch eine kleine Bewegung seines Gegenübers, fast die ganze Hand zum Vorschein. Es waren schöne Finger, sanfte Finger, die vollkommener nicht hätten sein können und die in unruhigen kleinen Tastbewegungen fortgesetzt etwas zu suchen schienen, ohne dass sich dabei die ganze Hand bewegt hätte. Viktor verstand sofort, dass das der Abglanz des gerade gelesenen Textes war, der spannend und zugleich schwierig sein musste. Wenig später hakten sich sogar Zeigefinger und Mittelfinger an einem der polierten Messingfüßchen ein, nicht nur spielerisch, sondern zupackend, und verharrten so eine ganze Zeitlang fest angespannt.

Viktor hätte weiß Gott was darum gegeben, wenn herauszufinden gewesen wäre, um was für ein Buch, um was für einen Text es sich da handelte. Und natürlich auch, wer es war, der da auf der anderen Seite so intensiv las, der Hand nach wohl eine Frau. Viktor überlegte, wie er sich vergewissern könnte. Aber der Ein- und Ausgang des Lesesaals, die Regale mit den ganzen Lexika und Nachschlagewerken, die Saalaufsicht, die Toiletten, alles befand sich auf der Seite des Saals, die hinter ihm lag; und so gab es keinen Anlass aufzustehen, um mit einem vorgetäuschten Ziel auf der anderen Seite des Lesetisches entlangzugehen und dabei unauffällig Ausschau zu halten. Ein zielloses Auf- und Abgehen im Lesesaal aber hätte gegen alle Gepflogenheiten verstoßen, sodass man damit gewiss aufgefallen wäre. Viktor versuchte deshalb, aus seiner Aktentasche, die am Boden stand, verschiedenerlei heraufzuholen, weil er im Abtauchen wie auch beim Hochkommen jedes Mal für einen kurzen Moment ganz flach über die Tischplatte hinwegschauen und so beim Gegenüber besseren Einblick gewinnen konnte.

Soweit sich erkennen ließ, war es eine sorgfältig und wohl auch elegant gekleidete Frau, die im da gegenüber saß, aber ihr Gesicht zu sehen, schaffte er nicht.

‚Viktor', meldete sich da Adam warnend, was ihm aber im Augenblick überhaupt nicht passte, ‚wenn man von einem Wahrnehmungsgegenstand, der einen fasziniert' – Adam hatte tatsächlich von einem Wahrnehmungsgegenstand gesprochen – ‚so wenig nur gesehen hat und noch weniger darüber weiß, dann regt das die Fantasie unverhältnismäßig stark an, und man beschäftigt sich damit unter Umständen viel stärker, als wenn man schon ein komplettes Bild davon besäße, das vielleicht alles Interesse hätte erlöschen lassen. Nach aller Erfahrung', so dozierte Adam weiter, ‚wird eine spätere Begegnung, so sie je erfolgt, mit einer Enttäuschung enden – das ist so. Also, sei ganz bewusst bestrebt, dich fürs Erste so wenig wie möglich zu engagieren!'

Viktor ließ sich nicht abhalten und versuchte, seinen Kopf zu senken, ohne dabei seinen Oberkörper allzu weit vorzubeugen, weil das sogleich wieder zu einer Verschlechterung seines Blickwinkels geführt hätte. Wahrscheinlich müsste man mit dem Kopf ganz bis auf die Tischfläche heruntergehen, aber das kam nicht in Frage, denn er erinnerte sich, wie empört neulich die ältliche Aufsichtsdame reagiert hatte, als sie diesen kleinen Japaner ertappte, der genau in dieser Haltung an seinem Leseplatz gesessen ist, um, wie es aber nur schien, ungeniert den gegenüberliegenden Platz auszuspähen, an dem zufälligerweise eine junge Dame saß. Dabei war der Arme, wie sich herausstellte, nur eingeschlafen.

Nach und nach lockerten sich die beiden Finger wieder und lösten sich schließlich ganz von dem Messingfüßchen. Viktor hörte noch ein unschlüssiges Blättern, dann die Geräusche des Zusammenpackens und das Rücken des Stuhls im Aufstehen, und obwohl der Aufbruch für ihn damit nicht unangekündigt kam, war er im ersten Moment dermaßen perplex, dass es ihm nicht gelang, das Gesicht wirklich zu erfassen, das er freilich auch nur sehr kurz zu sehen bekommen hatte. Nur der Rücken und vor allem der Hinterkopf der Davonschreitenden prägten sich ihm ein. Es war ein mächtiger Haarknoten, der jedoch nicht im Nacken baumelte, sondern in einer eleganten Knüpfung hochgesteckt war und so den Nacken freigab, sodass der schlanke Hals zur Geltung kam.

Es schien ihm ausgeschlossen, jetzt hinterherzulaufen, sie zu überholen und unauffällig das Gesicht zu betrachten oder gar sie anzusprechen, zumal sie nicht den Eindruck machte, sich auf den Fluren oder gar auf der Straße auf ein Gespräch einzulassen, abgesehen davon, dass er gar nicht gewusst hätte, wie er ein solches Gespräch hätte in Gang bringen sollen. Aber wenn sie den Lesesaal aufsucht, dann wird sie sicherlich auch einmal in diesem oder jenem Seminar, in diesem oder jenem Institut auftauchen – man wird eben die Augen offen halten müssen.

Doch wonach sollte er Ausschau halten? Das war gar nicht so einfach. Wenn er noch so gut hätte zeichnen können, er wäre nicht im Stande gewesen, auch nur im Geringsten ihr Gesicht wiederzugeben, er hatte von ihr einfach kein Bild vor sich. Er musste dieses Gesicht, obwohl er es doch eben erst gesehen hatte, sofort wieder vergessen haben, so, wie man auch das Gesicht eines Menschen allmählich vergisst, dem man vor vielen, vielen Jahren einmal kurz begegnet ist und an den man sich nur noch vage erinnern kann. Ja wahrscheinlich hatte er ihr Gesicht nicht einmal vergessen, sondern es in diesem kurzen Augenblick des Aufstehens erst gar nicht aufgenommen.

Aber es kam ganz anders. Als er am Tag darauf am Mauritiushof gerade aus der Straßenbahn stieg, um am Oberseminar über den deutsch-dänischen Krieg teilzunehmen und sein Referat über die Schlacht an den Düppeler Schanzen zu halten, da sah er sie in einiger Entfernung ebenfalls zum Seminargebäude eilen. Es war merkwürdig, er hatte sie im selben Moment, da sein Blick auf sie fiel, auch schon erkannt, vollständig erkannt, ohne dass auch nur der kürzeste Augenblick für ein Wiedererkennen notwendig gewesen wäre, ganz wie bei einem längst vertrauten Menschen – wo er sich doch sicher gewesen war, dass es ihm bei dieser ersten Begegnung gestern nicht gelungen war, ein Bild von ihr in sich aufzunehmen. Aber sie brauchte nur aufzutauchen – sogar ohne dass ihr hochgesteckter Haarknoten als ihr offenbar besonders gepflegtes äußeres Merkmal sichtbar gewesen wäre –, und schon belebte sich sein Suchbild, um dessen Existenz er gar nicht gewusst hatte, und war perfekt zum Abgleich mit der Wirklichkeit vorhanden. Wobei dieser Abgleich übrigens gänzlich automatisch verlief und sich so augenblicklich das Gefühl völliger Gewissheit einstellte.

Wegen seines Referats, das sicherlich als erstes an die Reihe kommen würde, war er doch schon ziemlich aufgeregt, und da zur gleichen Zeit auch eine wichtige Hauptvorlesung begann, war der Andrang im Treppenhaus groß, und er verlor sie aus den Augen. Doch durfte er jetzt keinesfalls länger weitersuchen, sondern musste zusehen, dass er schleunigst in seinen Seminarraum kam.

Er setzte sich an den riesigen Seminartisch, breitete seine Unterlagen, die er jetzt gleich brauchen würde, vor sich aus und kontrollierte sie zerfahren gleich mehrmals auf ihre Vollständigkeit. Neben ihm zog jemand den noch freien Stuhl zurück.

„Ist hier noch frei, bitte?" – er erschrak, es war diese geheimnisvolle Frau, von der er so gar nichts wusste und so gern alles gewusst hätte. Im Sitzen versuchte er, eine grüßende Verbeugung anzudeuten, was misslang und seine Befangenheit nur noch steigerte. Wie sehr man doch von einem überaus willkommenen, aber eben gänzlich unverhofften Ereignis aus dem Konzept gebracht werden kann, dachte Viktor und wandte sich rasch wieder seinen Unterlagen zu, in denen er Halt suchte. Dann blickte er aus den Augenwinkeln doch wieder auf diese weißen Hände neben sich und diese makellosen Finger, weiter traute er sich nicht, seinen Blick zur Seite zu wenden, und er spürte, wie ihm von diesen Händen der Rest seiner Konzentration auf das Referat geraubt wurde.

Schon nach wenigen Sätzen der Begrüßung und Einführung wurde Viktor zu seinem Referat aufgefordert, und für einen Augenblick hoffte er, von seinem Platz aus sprechen zu können. Das wäre insofern von Vorteil gewesen, als er nicht ständig vom Anblick dieser Kollegin abgelenkt worden wäre, zumal zu erwarten war, dass sie dauernd zu ihm als dem Referenten herschauen würde.

„Nein, nein", rief jedoch der Professor freundlich, „wir wollen nicht vom Platz aus referieren. Kommen Sie doch bitte nach vorn ans Kopfende des Tisches!"

Etwas überstürzt griff er nach seinen Unterlagen und während er hastig nach vorn eilte, nahm er sich vor, sich während seines Vortrags zwar häufig genug vom Manuskript zu lösen und in die Zuhörerschaft zu blicken, dabei aber auf keinen Fall in Richtung dieser Kommilitonin zu schauen.

Sein Referat wurde freundlich aufgenommen, das Beifallsgetrommel am Schluss war lebhaft, und als sich Viktor wieder an seinen Platz setzte, blickte ihn die Kollegin an, lächelte dabei kaum wahrnehmbar und nickte zweimal ganz leicht. Das war für Viktor viel mehr als eine kollegiale Freundlichkeit, es schien ihm eine ungemein kompetente Beurteilung seines Referats, viel wichtiger als die Bewertung durch den Professor, die im Wesentlichen auch recht zustimmend ausfiel.

„Ihr Referat hat mir sehr gut gefallen, Herr Zabener", sagte sie nach Seminarende zu ihm, sie musste seinen Namen der umlaufenden Anwesenheitsliste entnommen haben. „Ich habe gar nicht gewusst, dass Marschmusik auch im Kampfeinsatz eine Rolle gespielt hat, ich hielt sie immer nur für eine Art militärischer Folklore, so für den Marsch durch die Garnisonsstadt und für das Platzkonzert am Sonntagvormittag. Aber was Sie da über den Sturm auf die die Düppeler Schanzen sagten, das war ja Musik auf dem Schlachtfeld, ein paar hundert Meter nur hinter den Kämpfenden! Marschmusik kann man das wohl nicht mehr nennen. Schlachtmusik müsste man wohl sagen – Musik als Stimulanz zum entschlosseneren Töten und zur Erleichterung des Getötetwerdens."

Sie plauderten noch eine Weile über dieses und jenes, ohne dass

Viktor außer durch Nicken und Schlucken viel dazu beigetragen hätte, dann schwebte sie freundlich winkend davon. Viktor war von ihrer vollen und ausgefüllten Stimme betört, die er noch eine ganze Weile im Ohr hatte. Oh, das war keine von diesen kleinen Piepsfiepsen wie die meisten jungen Kolleginnen hier, frisch vom Gymnasium, die mit ihren dünnen Stimmchen kicherten und schnatterten; und sie sprach ein bemerkenswert gutes Deutsch, wenn auch vielleicht mit einem gewissen osteuropäischen Klang, wie Viktor fand, aber er hätte bei keinem einzigen Wort sagen können, worin dieser Akzent bestand.

Ein Kommilitone, mit dem er sich schon öfter ausgetauscht hatte, sprach ihn an: „Dass sie sich so lange mit ihnen unterhalten hat! Im letzten Semester war sie uns allen gegenüber äußerst spröde. Nun, Sie haben ja auch", fügte er spöttisch hinzu, „bei Ihrem Referat fast ununterbrochen nur zu ihr hin gesprochen", und fuhr beschwichtigend fort, „ist auch kein Wunder, Herr Zabener, wenn man von einer schönen Frau so angestrahlt wird!"

„Ah, Sie kennen sie schon länger?"

„Letztes Semester ist sie plötzlich aufgetaucht, unnahbar und voller Geheimnisse und verschlossen bis zum Kragenknopf. Kommt aus Odessa, ihr Nachname ist nicht auszusprechen, so kompliziert ist er. Vorname Maria. Hat ja auch tatsächlich so etwas Ikonenhaftes, nicht? ‚Maria mit der Bombe' nannten wir sie unter uns, und einmal hieß es sogar, dass sie eine russische Spionin sei. Es lässt sich nicht mehr klären, ob die Bombe auf Odessa anspielt, wo ja zur Zeit der Anarchisten und auch noch danach allerhand hochgegangen ist, oder ob bloß ihr Dutt damit gemeint ist." –

„Ah, mein junger Freund!", rief Fellgiebel, als er Viktor in seiner Praxis stehen sah, und schüttelte ihm die Hand.

„Ich bin nur für zwei Tage hier – zu Besuch, muss man fast schon sagen – und sollte ein Rezept für meinen Vater abholen."

„Kommen Sie mit rein, Viktor, kommen Sie mit rein! Passt gerade gut. Wir haben uns ja schon eine Ewigkeit nicht mehr gesehen!"

Drinnen sagte er dann: „Setz dich!", und brachte, wie das Viktor von früher schon kannte, die Anreden durcheinander. Doch diesmal musste ihm das selbst aufgefallen sein, denn er rief: „So – endgültig

Schluss jetzt mit dem einseitigen ‚Du'! Ab heute gilt das ‚Du' für beide Seiten! Ich kenne dich ja schon seit deiner Schulzeit – ja, ganz recht, ich erinnere mich, du hattest gerade das Abitur gemacht, und zu Schülern sagt man halt meistens noch ‚du'. Aber wenn du mich dann dauernd per Sie anredest, dann bringt mich das durcheinander, zumal mein ‚Du' angesichts deiner überragenden Körpergröße sowieso allmählich ein bisschen wacklig geworden ist."

Sie sprachen über Viktors Vater, den Konsul, auf den man aufpassen müsse, weil er sich mit seinem Zwölfstundentag und den Sitzungen bis tief in die Nacht und auch mit seinen fortwährenden Dienstreisen allzu viel für sein Alter zumute.

„Wirken Sie doch bitte auch auf ihn ein!", bat Fellgiebel und vertat sich schon wieder in der Anrede.

Man sollte einmal darauf achten, nahm sich Viktor vor, an welchen Stellen des Gesprächs und in welchem Zusammenhang Fellgiebel am ehesten in das ‚Sie' abkippte. Das war gewiss nicht nur eine Sache des Zufalls und galt wahrscheinlich für ihn selbst ebenso, denn er spürte genau, dass ihm das ‚Du' manchmal ganz leicht und dann wieder nur schwer über die Lippen gehen wollte.

Viktor erzählte von seiner Fliegerei, was Fellgiebel sichtlich interessierte, und davon, dass er in den letzten Monaten fast in eine zweite Karriere hineingeraten sei, denn er würde von München und neuerdings auch von der DVL, von der Deutschen Versuchsanstalt in Berlin, fliegerisch enorm gefördert, was ihn einerseits glücklich mache, denn er sei mit Leib und Seele Flieger, und das sei eine Auszeichnung, andererseits leide eben doch sein Studium darunter, das ihn immer mehr fessle und für das er gern mehr tun würde.

Von Adam aber, der ihn zurzeit fast täglich heimsuchte, sprach er nicht. Das ging auch einen guten Freund der Familie, der Fellgiebel gewiss war, nichts an.

„Was meinst du mit fliegerisch fördern?", wollte Fellgiebel wissen.

„Sonderausbildung, spezielle Schulungen und so weiter. Den ganzen Winter über habe ich an einem Blindfluglehrgang auf der C-Schule in Fürth teilgenommen, und zwar als ‚Einzelschüler', wie sie mich dort nannten und auch riefen. War sehr schwer mit dem Studium zu verbinden, ich bin dauernd zwischen München und Fürth hin- und hergefahren! Die andern dort waren reine Motorflieger, die für die Verkehrsfliegerei und vor allem für die Luftwaffe ausgebildet wurden. Doch das Schönste von allen diesen Lehrgängen und Schulungen war für mich die Typeneinweisung für den Habicht in Laucha und die anschließende Kunstflugausbildung mit dem Kunstflugschein am Ende."

„Was ist ‚Habicht'?"

„Das ist ein wunderbares Segelflugzeug", sagte Viktor mit leuchtenden Augen, „vor wenigen Jahren noch undenkbar! Mit einer unglaublichen Geschwindigkeitsspanne von 60 bis 250 Kilometer, im Versuch sind die bei uns in der DFS über 400 geflogen, bis zur Endgeschwindigkeit!"

„Was heißt Endgeschwindigkeit?"

„Wenn du die Maschine auf den Kopf stellst, dann wird sie immer schneller, bis sich Luftwiderstand und Eigengewicht die Waage halten – das ist die Endgeschwindigkeit, und die liegt beim Habicht so bei 450 Kilometer. Ein normales Segelflugzeug hätte da schon längst die Ohren angelegt – so nennt man das, wenn ein Flugzeug in der Luft abmontiert."

„Jaja, ich habe die Dinger, wenn man sie mit ihren halb durchsichtigen Flügeln so sieht, schon immer für ziemlich zerbrechlich gehalten."

„Nicht so der Habicht!"

„Und warum nehmen sie gerade dich?"

„Das Flugzeug ist mir wie auf den Leib geschnitten. Ich habe ein ziemlich untrügliches Gefühl für die kinetische Energie, mit einfachen Worten: für den Schwung, der in einem bestimmten Augenblick im Flugzeug drinsteckt und was man mit ihm noch machen kann und was nicht. Die meisten, auch gute Flieger, haben damit ihre Schwierigkeiten, die müssen nachdenken und bewusst abschätzen, ich hab' das einfach so im Bauch, ganz direkt, augenblicklich. Ich war noch gar nicht so weit gekommen mit meiner Fliegerei, da war mit einem Schlag diese Fähigkeit plötzlich da."

„Ja, diese spontanen Evidenzerlebnisse, die gibt es auch in anderen Bereichen, vor allem im Sport, sie sind aber eher selten."

„1936 habe ich den Habicht das erste Mal in der Wochenschau gesehen, da sind vier Stück über dem Olympiastadion vorgeführt wurde, eigentlich müsste man sagen: im Olympiastadion, denn die sind zum Teil richtig tief in diesen Kessel hineingeflogen und mit ihrem Schwung in einer eleganten Kurve auf der anderen Seite wieder heraus. Ich war fassungslos – und heute fliege ich den Habicht selbst! Einschließlich komplettes Kunstflugprogramm!“

Der meistens doch eher bescheiden auftretende Viktor zeigte für einen Augenblick unverhohlenen Stolz, merkte das aber selbst sogleich und suchte nach einem anderen Thema.

„Und wozu macht ihr das alles?“, wollte Fellgiebel noch wissen.

„Das könnte in ein paar Jahren für die Fliegerei mit Raketentriebwerken äußerst wichtig werden.“

„Was das alles kostet! – Aber dir gönne ich es, Viktor! Und pass’ mir immer gut auf“, sagte Fellgiebel und dann stöhnte er noch vor sich hin, „wenn nur nicht alles so eindeutig auf Krieg hinausliefe.“

„Ich sehe da gerade in Ihrer Federschale das SA-Sportabzeichen liegen“, fragte Viktor, „sagen Sie, sind Sie jetzt – bist du jetzt in der SA? Das kann ich mir gar nicht vorstellen!“

„Dreimal darfst du raten“, lachte Fellgiebel, „SA wäre schon mal falsch.“

„Könnte mir höchstens noch denken“, fuhr Viktor unsicher fort, „vielleicht im NS-Kraftfahrkorps? Sie – du hast dich ja immer schon für Autos interessiert.“

„Nee, gar nicht besonders. Weißt du, wofür ich mich schon immer interessiert habe – für den Sport. Ich bin, seit ich hier meine Praxis habe, im Turnverein, im Sechsundvierziger, und da wollte ich natürlich irgendwann, wie meine anderen Sportfreunde auch alle, das Sportabzeichen machen. Alle haben sie’s geschafft, nur ich nicht! Drei Mal habe ich Anlauf genommen, den ganzen Sommer über trainiert, aber es hat nie gereicht bis Saisonende, und im nächsten Frühjahr ging’s von vorne los. Es fehlte mir nicht viel, aber meine Beine sind einfach zu kurz für die Lauf- und Sprungdisziplinen. Doch dann kamen eines Tages ein paar SA-Männer und sollten auf unserem Sportplatz die Leichtathletikübungen für ihr SA-Sportabzeichen absolvieren. Die Übungen waren etwas leichter als die für unser Sportabzeichen, das Reichssportabzeichen, und waren für mich gerade noch zu schaffen, drum machte ich mit. Dazu kamen dann bei denen außer Kleinkaliberschießen noch ein paar quasimilitärische Übungen im Geländesport und so weiter, aber die machten mir als Kriegsteilnehmer überhaupt keine Schwierigkeiten, da war ich sogar besser als die SA-Leute. Und so hatte ich dann wenigstens auch mein Sportabzeichen. Ich hab's natürlich nie getragen, wie soll ich auch, das Riesending gehört an eine Uniform."

„Und warum hast du es dann hier auf dem Schreibtisch herumliegen?", fragte Viktor ein wenig inquisitorisch, wenn auch in einem freundschaftlichen Ton, und war überrascht, wie leicht ihm das ‚Du' auf einmal fiel.

„Das will ich dir ja gerade erklären. Damit führe ich die Hitlerbonzen in die Irre. Das ist mein Schutzschild. Immer wenn sich einer von diesen Parteileuten wegen irgendeiner Geschichte angesagt hat, was Gott sei Dank nur selten geschieht, lege ich das Abzeichen hier in die Federschale – oh, bei Weitem nicht jeder in der SA besitzt das SA-Sportabzeichen! Heute war auch wieder einer da, von der KV, nein, von der Ärzteschaft, die wollen doch schon seit Monaten, dass ich unter meinem Arztschild am Haus noch ein zweites Schild mit dem Hinweis ‚Arischer Arzt' anbringe, das sei jetzt vorgeschrieben. – ‚Ich denke ja nicht daran', habe ich gesagt und dabei nachdenklich und bekümmert auf dieses Abzeichen hier geschaut. Ohne mein SA-Sportabzeichen wäre diese schroffe Ablehnung kein ganz ungefährlicher Akt gewesen, so aber ist der Kerl ganz unsicher geworden, hat seinen Schwanz eingezogen und sich bald wieder verabschiedet."

„Aber tu's lieber weg", sagte Viktor, „solange es nicht gebraucht wird. Sonst denkt man womöglich noch, dass du auch einer von denen bist."

Als sich Viktor nach langem Geplauder allmählich wieder verabschieden wollte, sagte Fellgiebel: „Wir können ein Stück zusammen gehen, ich habe ganz in eurer Nähe noch einen Hausbesuch zu machen."

Am Praxisausgang wurden sie von der Sprechstundenhilfe aufgehalten, die mit einem Bündel Papier in der Hand noch schnell einige Unterschriften haben wollte, die dringend seien. Fellgiebel leistete irritiert und ohne genau hinzusehen ein paar mal seine Unterschrift, die nur aus mehr oder weniger charakteristischen Schlangenlinien bestand, bei einem längeren Brief jedoch hielt er plötzlich inne.

„Ich kann das jetzt unmöglich hier zwischen Tür und Angel durchsehen", rief er ungehalten und schob den Rest der Papiere von sich, „warum kommen sie damit auch erst im letzten Augenblick!"

Unterwegs bruddelte er immer noch vor sich hin.

„Ich schätze sie ja außerordentlich, sie ist schon seit vielen Jahren bei mir und ohne sie ginge es überhaupt nicht, aber wenn sie etwas von mir will, kann sie von einer penetranten Zähigkeit sein!"

Und dann fuhr er empört fort: „Hat sie mir doch gestern erklärt, dass sie nun auch bald ein Auto hätten. Ihr Mann – ein spießiger kleiner Buchhalter, der eigentlich gar nicht zu ihr passt – habe einen KdF-Wagen bestellt – ‚Kraft durch Freude'. Du weißt, das ist dieses rundliche Auto von der Arbeitsfront, ein ‚Volks-Wagen'.[11]"

„Ja, ich kenne ihn, ich habe schon Bilder gesehen. Er läuft über hundert und soll autobahnfest sein."

„Und da bekommst du eine KdF-Sparkarte, schön vorbereitet für Klebemärkchen, die du dir bei der Arbeitsfront kaufen kannst, und du musst dann nur noch für jede Woche mindestens fünf Mark einkleben, das hat sie mir genau erklärt, bis 990 Mark beisammen sind. Aber die drei, vier Jahre, die das dauert, sind ihrem Mann zu lang, deshalb spart er zehn Mark pro Woche, und sie legt auch noch einmal zehn Mark dazu, dann dauere es nicht mal ganz ein Jahr, hat sie begeistert ausgerufen, und ob ich denn nicht ihr Gehalt etwas aufbessern könnte – darauf lief's nämlich hinaus! Aber auf dem Ohr höre ich schlecht! Ich denke ja nicht daran, denen ihr Auto zu alimentieren! Erst anfangs des Jahres habe ich sie aufgebessert. Was brauchen die überhaupt ein Auto! Das ist eine Frechheit!"

Doch da schaltete sich überraschend Adam ein: ‚Du siehst also, der Doktor ist halt doch ein Autonarr, ein Herrenfahrer eben, wie man so sagt, und da ärgert ihn natürlich, dass in Zukunft Krethi und Plethi und womöglich auch seine Sprechstundenhilfe und ihr spießiger Mann im eigenen Auto herumfahren sollen.'

„Ich garantiere dir, Viktor", schimpfte Fellgiebel weiter, „die werden nicht einen einzigen Wagen liefern, diese Gauner, das ist doch ein abgekartetes Spiel!"

Viktor erschrak, weil Fellgiebel viel zu laut sprach in seinem Zorn und sich von den Fußgängern dicht hinter ihnen nicht beeindrucken ließ.

„Vorsicht, wenn das jemand hört!“, zischte er.

„Das sag’ ich jedem, der mich danach fragt!“, rief Fellgiebel. „Meiner Thusnelda habe ich das auch gesagt, da hat sie fast geweint, aber nicht über sich, sondern über mich. Sie sei ja auch keine fanatische Anhängerin, keineswegs, aber der KdF-Wagen sei nun wirklich einmal eine rundum positive und erfreuliche Sache, genauso wie auch die Autobahnen. Ich sei eben von vorneherein und aus Prinzip gegen alles, was von denen kommt, auch gegen das Gute. Ihr Bruder sei auch so ein Miesmacher.“

Dann ging Fellgiebels Schimpfen in gespieltes Jammern über.

„Diese Frau ist noch mein Ruin! Hat sie sich doch vergangene Woche von irgendeinem Gimpel, der von der Kreisleitung kam, unsere Hakenkreuzfahne abschwätzen lassen. Du weißt doch, in einigen süddeutschen Regionen haben sie gleich mit dem Österreich-Anschluss eine Fahnenssammlung durchgeführt, damit bei Hitlers bombastischen Einzug in Wien genügend Hakenkreuzfahnen zu sehen waren, und die dumme Nuss dachte, wie sie mir hinterher gesagt hat, dass die Ablieferung der Fahne Pflicht sei – und ich kann mir jetzt eine neue kaufen!“

„Oh, ich erinnere mich“, lachte Viktor, „mit den Fahnen scheinst du ja ausgesprochenes Pech zu haben.“

„Weiß Gott, das ist dann schon die dritte, die ich mir kaufen muss.“

„Ich weiß, die erste war Dreiunddreißig die Schwarz-Weiß-Rote, aber dann nur bis 1935 geduldet“, zeigte sich Viktor gut informiert, „dann kam die Hakenkreuzfahne, und die ist jetzt auch weg.“

„Was aber das Verrückteste bei dieser Fahnensammlung war – geradezu grotesk! –, man bekam ein Pappschild, das man statt der Fahne an die Spitze der Fahnenstange hängen sollte, mit dem dämlichen Aufdruck ‚*Ich flog nach Wien!*‘ und irgendeinem Parteistempel darunter. Das sah vielleicht blöd aus!“, lachte Fellgiebel. „Und hat kein Mensch verstanden, ein Patient hat sogar gefragt, wann ich wieder zurück sei aus Wien. Ich hab’s natürlich sofort wieder abnehmen lassen.“[12]

Sie waren inzwischen am Zabenerschen Haus angekommen und wollten sich verabschieden, als der Konsul aus dem Haus trat.

„Die Herren in vergnügtem Gespräch“, begrüßte sie der Konsul aufgeräumt.

„So vergnügt auch wieder nicht. Wir sprachen gerade über den Anschluss Österreichs.“

„Jedenfalls ist damit wieder ein wichtiges Verbot der Siegermächte, das Anschlussverbot, außer Kraft gesetzt“, stieg der Konsul sogleich in das Gespräch mit ein. „Schon von daher verdient die Aktion Zustimmung. Übrigens kann von einem Überrennen Österreichs durch die deutschen Truppen, wie Radio Straßburg meinte, überhaupt keine Rede sein! Die Begeisterung der Bevölkerung war doch wahrhaft überwältigend. Jubelnde Menschenmassen entlang der Straßen so weit man sehen konnte; in Wien bei der großen Kundgebung mit Hitler auf dem drangvoll dicht besetzten Heldenplatz Zehntausende; sogar auf den Dächern saßen Leute – so etwas lässt sich nicht für die Fotografen arrangieren! Da wurden uralte Sehnsüchte erfüllt. Und zwar nicht nur Begeisterung bei der breiten Bevölkerung, sondern eindeutige Zustimmung auch bei vielen Prominenten mit Stimmen von Gewicht, die durchaus besonnen auftraten und keineswegs nationalsozialistisch tönten. Zustimmung sogar von den Kirchen, von Gewerkschaften und quer durch alle möglichen Institutionen –“

„Gut, gut –“, räumte Fellgiebel fast unwillig ein und zögerte nicht, den Konsul zu unterbrechen, „die Begeisterung war groß. Aber bitte nicht vergessen – und das gilt für alle diese öffentlichen Massenkundgebungen! – die Gegner sieht man nicht! Das war gewiss nur eine Minderzahl, aber Tausende, nein, Zigtausende wurden innerhalb weniger Tage verhaftet, und für Hunderttausende von Juden und sogenannten Mischlingen hat jetzt eine fürchterliche Zeit begonnen. Nur dass all dieses Unheil, das seit Dreiunddreißig ganz allmählich und scheibchenweise über uns ausgebreitet worden ist, auf die armen Österreicher nun mit einem Schlag hereinbricht.“

„So sehr mich die Vereinigung der beiden Staaten als solche befriedigt“, antwortete der Konsul etwas förmlich, „ich glaube, ich brauche Ihnen gegenüber nicht zu betonen, wie sehr es mich bedrückt, unter welchen Vorzeichen sie geschieht und welche Folgen das für Teile der Bevölkerung möglicherweise hat. Es könnte durchaus sein, das will ich gern einräumen, dass mancher Österreicher seinen Beifall später einmal bereut. Aber man muss gerechterweise auch sehen, dass es aus dem Ausland – ich meine aus Österreich –

gerade für einen deutschfreundlich eingestellten Österreicher gar nicht so leicht war, das wahre Gesicht des Nationalsozialismus in Deutschland zu erkennen, der sich ja mit allerhand höchst attraktiv wirkenden Schmuckfedern und Parolen getarnt hat. Je mehr sich einer nach der Vereinigung der beiden Länder sehnte, umso eher erlag er den Schalmeienklängen Hitlers, und geschickt gewählte Schlagworte wie ‚Heimkehr ins Reich' – das hatten wir ja schon 1935 einmal gehört – oder ‚Ein Volk, ein Reich, ein Führer' und stolze Bezeichnungen wie ‚Großdeutschland' oder ‚Großdeutsches Reich' taten ja auch das ihre. Da schlitterte in Österreich so mancher rechte Mann unversehens an die Seite der Nazis oder gar in die Partei hinein, einfach nur deshalb, weil er von draußen nicht genügend hatte trennen können zwischen Deutschland und der Hitlerpartei. – Aber ich denke, wir sollten unseren subversiven Stehkonvent aus Sicherheitsgründen jetzt lieber beenden – genauso spontan wie wir ihn begonnen haben", empfahl der Konsul, und deutete lächelnd eine Verbeugung an, bevor sie sich dann trennten.

„Bin mal gespannt", sagte Viktor noch, „wie die Wahlen am 10. April ausfallen."

„Da bin ich überhaupt nicht gespannt, mein Lieber", rief Fellgiebel, schon im Weggehen, „das packen die bestimmt! Die müssen bloß beim Auszählen achtgeben, dass sie mit ihren Ja-Stimmen nicht versehentlich auf über hundert Prozent kommen." –

Etwa zur gleichen Zeit saß in Wien Bertel Castan, inzwischen SS-Standartenführer, mit einigen seiner SS-Führer in der Halle des Hotels Metropol am Morzinplatz, das gerade für die neu geschaffene Gestapo-Leitstelle Wien requiriert worden war. Ununterbrochen wurden Kisten und Kästen, Büromöbel und Akten mit viel Radau und unter den lauten Befehlen der Unterführer ins Haus gebracht und Hoteleinrichtungen ziemlich planlos hin- und hergetragen.

„In diesem Durcheinander und Krach ist ja nicht zu arbeiten!", stöhnte Castan.

„Sorgen Sie dafür", fuhr Ossenbühn einen Oberscharführer an, der in der Nähe stand und einen etwas besonneneren Eindruck machte, „sorgen Sie dafür, dass wir uns so schnell wie möglich in einen ruhigen Raum, mit einem Tisch und ein paar Stühlen drin, verholen können!"

„Jawohl, Obersturmbannführer!", rief der Oberscharführer, grüßte stramm und entfernte sich geschäftig.

„Es war jedenfalls ein Kardinalfehler, Untersturmführer, als erste Amtshandlung bis auf den Hausmeister das gesamte Hotelpersonal zu entlassen", sagte Castan und blickte dabei aufmerksam zu Ludwig Herkommer, den dieser Rüffel doch etwas überraschte, denn dem Standartenführer war doch sicherlich klar, dass Ossenbühn als Obersturmbannführer der dafür Zuständige war; außerdem hatte ihn Castan eben mit seinem SS-Dienstgrad angeredet, obwohl Herkommer als Kriminalbeamter wie meistens in Zivil war. Das war ungewöhnlich, Castan sagte sonst fast immer Herkommer zu ihm, und dann fühlte er sich als Kriminalkommissar angesprochen, als ‚*a.p.Kriminalkommissar*' genau genommen, zu dem er nach längerer Ausbildung kürzlich ernannt worden war.

„Natürlich müssen wir um äußerste Geheimhaltung bemüht sein", fuhr Castan fort, „das ist schon richtig, aber wir haben ja unsere Tätigkeit noch gar nicht aufgenommen. Erst mal alles einrichten! Unsere Leute haben einfach nicht die Erfahrung mit dem Einräumen unserer ganzen Bagage und dem Umräumen der Möbel. Mit den Hotelkräften, die jede Ecke des Hauses kennen, wäre das reibungslos gegangen. Und einen Chef de Cuisine mit einer tüchtigen Küchenbrigade, Herkommer, haben wir auch noch nicht gefunden", lachte er dann in versöhnlicherem Ton. „Die Küche vom Hotel Metropol hatte keinen schlechten Ruf!"

In der Drehtür zur Halle sah Herkommer einen Uniformierten auftauchen, der offenbar nichts mit dem Ausladen und diesem ganzen Gewühl des Einräumens und Umräumens zu tun hatte und sich suchend im allgemeinen Durcheinander umsah. Es war ein Rottwachtmeister aus ihrem Berliner Polizeiregiment, den er flüchtig kannte, und der, als er die Runde der SS-Führer schließlich entdeckt hatte, eilig näherkam. In einer gewissen Befangenheit grüßte er etwas flüchtig, beugte sich zu Herkommer herab und sagte leise, fast flüsternd, als ob er möglichst wenig stören wolle:

„Da kommt eben eine Meldung rein, am Tiergarten Schönbrunn versammelt sich gerade eine größere Menschenmenge, momentan schon etwa zweihundert Personen, zunehmend, zu einer Demonstration, zu der", wie er stockend fortfuhr, „der C – V – J – M aufgerufen haben soll."

Castan, der Herkommer am nächsten saß, hatte aber doch verstanden.

„CVJM sagen Sie? – Das ist der Christliche Verein Junger Männer! Das hört sich fast so ungefährlich an wie Heilsarmee. Sind aber nicht zu unterschätzen! Noch dazu sind das in Österreich sogar vorwiegend Katholiken, schon von daher ergibt sich für uns eine erhöhte Brisanz. Und was war mit denen los?"

Der Rottwachtmeister wusste inzwischen noch zu ergänzen: „Es gibt Plakate und Spruchbänder *‚JA zum Anschluss an das Reich, NEIN zur Verfolgung Andersdenkender'.*"

„Also – das muss sofort unterbunden werden, Ossenbühn! Schicken Sie gleich einen Mannschaftswagen hin, am besten vielleicht mit dem Obersturmführer Leber, ehe da etwas schiefläuft!"

„In Österreich, glaube ich, waren aber Demonstrationen erlaubt – oder nicht?"

„Das weiß ich nicht, Ossenbühn, wie da die Rechtslage ist. Ist mir ehrlich gestanden auch ziemlich schnubbe. Ich weiß nur: Unbegrenzte Versammlungsfreiheit und Demonstrationsfreiheit, das ist der erste Schritt zum Bürgerkrieg! Vergessen Sie nicht, Ossenbühn, noch nie in der Geschichte hat es einen Aufstand oder eine Revolution gegeben, die anders begonnen hätte als mit einer Straßendemonstration, die dann aus dem Ruder gelaufen ist. – Ihre Leute sollen sich beeilen, mit jeder Viertelstunde, die sie später dort eintreffen, wird die Auflösung schwieriger!"

„Ruhig auch ein paar Festnahmen", rief Castan Ossenbühn noch nach, „und hierher bringen! Dann können wir gleich mal schauen, wer da alles dahintersteckt!"

Und zu Herkommer gewandt, sagte er noch: „Sie sind im Moment in Zivil, es ist besser, wenn Sie nachher die Verhöre übernehmen." –

Sabine Strauss freute sich auf ihre Violine, die sie sicherheitshalber zu Hause gelassen hatte. Sie war mit ein paar Musikerfreunden, die längst alle Bienchen zu ihr sagten, für einige Tage zum Skilaufen in einer abgelegenen Hütte im Dachsteingebirge gewesen. Das waren unbeschwerte Tage, selbst auf der Heimreise noch waren sie alle vergnügt, und als es auf Wien zuging und der Abschied bevorstand, wurden sie noch einmal richtig ausgelassen.

Doch bei ihrer Ankunft in Wien war dann plötzlich alles ganz anders. Schon bei der Einfahrt in den Westbahnhof wunderten sie sich über die vielen Hakenkreuzfahnen und wurden mit wachsender Beklemmung stiller, aber es dauerte noch eine Weile, bis sie begriffen, was geschehen war und was ihnen ein Mitreisender mit Stolz in der Stimme bestätigte: „Deutsch-Österreich ist heimgekehrt! Ein Volk, ein Reich, ein Führer!"

Hitler hatte also seine Drohungen wahr gemacht und war einmarschiert – und ganz Österreich schien begeistert.

Sie verabschiedeten sich verstört voneinander, niemand lachte mehr, aller Übermut war verflogen. Sabine hastete nach Hause und rief unten im Kolonialwarenladen gleich ihren Agenten an, erreichte ihn aber nicht. So ließ sie das Gepäck samt Skiern stehen, wo es stand, und machte sich zu Fuß auf den Weg zu ihm, der immer einen väterlichen Rat und, wenn es sein musste, auch einen Trost für sie hatte.

In der letzten Zeit hatte er sie immer wieder gewarnt. „Wenn der Hitler einmarschiert – sofort abhauen, sofort! Die Grenze zur Schweiz wird sicher streng bewacht, ist auch zu weit, besser nach Ungarn oder gleich in die Tschechoslowakei rüber. Wenn's nicht so schlimm wird, kann man immer noch zurück. Aber umgekehrt geht's nicht, dann sitzt man in der Falle." Am besten wäre es, hatte er gemeint, wenn sie sich schon jetzt ein kleines, aber wohlüberlegtes Fluchtgepäck richten würde, und er hatte ihr seinen fertig gepackten Rucksack gezeigt. „Die meisten raffen im letzten Augenblick viel zu viel zusammen und haben dann doch wichtige Kleinigkeiten vergessen, das war schon 1918 so, als die Donaumonarchie in Fetzen flog."

Vorletzte Woche noch hatte er ihr erklärt: „Weißt du, Sabinchen, wir Wiener waren es seit Olims Zeiten gewohnt, dass unser Wien die Hauptstadt und das Zentrum eines riesengroßen Reiches ist, eines mächtigen Imperiums! Und nicht bloß der Verwaltungswasserkopf von so einem lächerlichen Kleinstaat. ‚Rumpfösterreich – Schrumpfösterreich', sagt man in Wien. Insofern wäre mir als echtem Wiener etwas Größeres schon recht. Aber auf keinen Fall mit dem Hitler! Der zieht uns mit in seinen Krieg!" Und dann hatte er seine früheren Warnungen noch einmal wiederholt und sie beschworen, nicht so sorglos in den Tag hineinzuleben, aber sie hatte seine Warnungen in den Wind geschlagen und war zum Skilaufen gefahren. Schließlich herrschten diese Spannungen zwischen Wien und Berlin schon seit Monaten, ohne dass etwas geschehen wäre.

Der Agent wohnte in der obersten Etage eines vielstöckigen Mietshauses in der Leopoldstadt. Seine Wirtin – oder war es seine Haushälterin? Das hatte sie nie ganz herausgefunden, jedenfalls war es ihr manchmal fast peinlich gewesen, wie übertrieben höflich und fast schon devot buckelnd sie ihr gegenüber stets aufgetreten war – diese Frau also rief ihr, hoch aufgerichtet und den Kopf in den Nacken geworfen, triumphierend zu:

„Den Herrn Twaroch hat man abgeholt."

Es war ihr anzusehen, welche Lust es ihr bereitete, Sabine diese Worte entgegenzuschleudern. Sie hatte nicht gesagt: ‚Der Herr Twaroch ist abgeholt worden.' Und schon gar nicht: ‚Den Herrn Twaroch haben sie abgeholt', wie das ein Gegner wohl sagen würde, nein, sie wählte diese spröde Formulierung ‚Den Herrn Twaroch hat man abgeholt', um ihren Worten etwas vom unerbittlichen Klang der Stimme einer erbarmungslosen Mehrheit zu geben. In der kleinen Pause, die sie danach machte – wobei sie ihre stolze Haltung unverändert beibehielt –, war zu spüren, wie sehr sie die Verhaftung Twarochs befriedigte.

„Und Sie", fuhr sie fort, „Sie haben den richtigen Zeitpunkt auch verpasst – Heil Hitler!", und schlug die Wohnungstür vor ihr zu.

Sabine machte sich, so schnell sie nur konnte, auf den Weg nach Hause. Es wurde schon dunkel, und sie überlegte unterwegs immer wieder aufs Neue, was alles einzupacken sei; das Wichtigste ist die Geige; Noten sind furchtbar schwer; etwas Konzertkleidung muss sein; und ja nicht vergessen das Heft mit den ganzen Adressen – zum ersten Mal war sie froh darüber, dass sie noch nicht die Guarneri von ihrem Vater bekommen hatte. –

Ebenfalls in Wien saßen derweil Castan, der Standartenführer, und Ludwig Herkommer beisammen, um die Protokolle durchzugehen, die bei den Verhören der festgenommenen Demonstranten entstanden waren. Castan war mit Herkommers Arbeit sehr einverstanden und da er ihn mochte, plauderte er, als sie durch waren, noch ein wenig mit ihm.

„Ich befasse mich sonst ja nicht mit den einzelnen Verhören, aber ich wollte doch mal sehen, wie Sie es anstellen, Herkommer, dass Sie immer wieder so gute Ergebnisse erzielen – jetzt bei den Demonstranten ja auch wieder, Respekt! Deshalb habe ich mir einen Teil der Verhöre hinter dem Vorhang mit angehört."

„Im Grunde hätten wir die vielen Festnahmen gar nicht gebraucht", meinte Herkommer, „das waren alles ziemlich harmlose Leute, keine klare politische Linie, eher diese jugendlichen Radaumacher, viele höhere Schüler dabei und auch Studenten, ein paar verträumte Idealisten – mit einer einzigen Ausnahme, das ist eben dieser Grohmüller, ein glühender Kommunist, wie ich ja schon bald herausgekriegt habe."

„Den habt ihr doch hoffentlich festgehalten?"

„Ja sicher, von dem können wir bestimmt noch andere Dinge erfahren, Standartenführer, der hat ganz andere Verbindungen! Zu diesem Haufen jedenfalls gehört er absolut nicht. Passt er auch nicht. Alle anderen haben wir laufen lassen."

„Ist auch besser, Herkommer, wir sollten die Harmloseren unter den Opponenten nicht von vornherein gegen uns aufbringen – wenn wir das schaffen, dann genügt es schon! Sofort gewinnen werden wir sie ohnehin nicht. Aber sie werden sich, wenn es nicht ganz krasse Gegner sind, mit der Zeit alle anpassen, alle. Sie werden erst mal die Schnauze halten, so tun, als ob sie einverstanden seien, manche werden sogar zum Schein ein bisschen mitmachen, und im Übrigen werden sie darauf achten, dass sie nicht auffallen und wenigstens äußerlich mit der großen Mehrheit übereinstimmen – und die haben wir ja längst auf unserer Seite. Und wenn sie sich lange genug so angepasst haben – bloß äußerlich angepasst, verstehen Sie, Herkommer –, dann stellen sie eines Tages zu ihrer Überraschung fest, dass sie inzwischen tatsächlich angepasst sind, durch und durch – oder jedenfalls weitgehend –, und nicht mehr so zu tun brauchen, als ob sie es wären. Ich war jedenfalls schon immer dafür, bei den kleinen Fischen die sanfte Linie zu fahren – die kommen dann schon noch –, bei den eigentlichen Gegnern jedoch umso unerbittlicher durchzugreifen!"

„Ah, da bin ich froh, dass Sie das genauso sehen, Standartenführer. Ich habe die Demonstranten in einem fast freundschaftlichen Ton entlassen."

„Sehr gut! Bleibt uns momentan auch gar nichts anderes übrig, Herkommer, als die Harmloseren nach Hause zu schicken", lachte Castan etwas verbittert. „Wir müssten für unsere Fälle unbedingt eine eigene Unterbringungsmöglichkeit haben, das ist ganz dringend. Vielleicht klappt es ja mit dem Lager in Mauthausen, Ossenbühn ist da schwer hinterher. Die österreichischen Gerichte und auch die Justizverwaltung hier sind furchtbar unbeweglich, schlimmer noch als in Deutschland – ‚schlimmer als im Altreich' muss man jetzt ja sagen. Die stellen sich vielleicht an, Menschenskind! Aber davon ganz abgesehen – darüber sind sich viele nicht im Klaren –, wir werden in Kürze hier die gleiche Situation haben, wie wir sie anfangs auch bei uns im Reich hatten: Die Gefängnisse und Zuchthäuser reichen bei Weitem nicht aus. Die neuen Lager sind absolut kein Luxus!"

Sie kamen dann noch auf Fragen der Verhörtechnik zu sprechen und erörterten plaudernd erlaubte und unerlaubte Verhörmethoden. Schließlich kam Castan, wie meistens bei solchen Unterhaltungen, auf seine alte *Grundregel vom sanften und gleichmäßigen Druck* zurück, von der er große Stücke hielt und die er stets anführte, wenn im Gespräch das Stichwort Verhörtechnik gefallen war. Jede plötzliche Steigerung des Vernehmungsdrucks durch eine Verschärfung im Ton, durch plötzliches Anbrüllen und so weiter, würde nur dazu führen, meinte er, dass der Verhörte in einer plötzlich verstärkten Abwehr, in die er dadurch zwangsläufig gerate, verstockt reagieren und nur seinen Widerstand weiter erhöhen würde. Es komme beim richtigen Druck – ohne den es natürlich überhaupt nicht gehe –

eben viel mehr als auf die Lautstärke auf die Ausdauer, also auf die Ermüdung des Verhörten, an.

Herkommer wusste natürlich, dass auch sonst im Leben dem Standartenführer nichts mehr zuwider war als das Gebrüll und das laute Anschnauzen, wie es gerade im soldatischen Alltag nun einmal Brauch ist. Schon bei zu lautem Sprechen konnte es geschehen, dass er gereizt reagierte – und zwar nicht laut, selbstverständlich, sondern, was für seine Untergebenen viel schlimmer war, mit schneidender Schärfe. Aber nicht nur deshalb war Herkommer nicht so recht von der Nützlichkeit der Theorien Castans überzeugt, zumal er genau wusste, dass Castan selbst nicht viel Erfahrung mit Verhören hatte, doch hütete er sich zu widersprechen. Statt Bedenken zu äußern, zog er es vor, Castans Ausführungen zu ergänzen. Falls der zu Vernehmende nicht auf völliges Schweigen geschaltet habe, sagte er, dann wolle er ja in aller Regel durchaus antworten, nur möchte er natürlich nicht alles sagen, was er dazu weiß. Und genau das müsse man ausnutzen, nämlich möglichst viele Fragen stellen, in dichter Folge, und zwar solche Fragen, die er verhältnismäßig leicht, das heißt ohne in Konflikte zu geraten, beantworten kann. Wenn er irgendwann die Antwort verweigere oder stocke oder sichtlich ausweichende oder vielleicht sogar erkennbar falsche Aussage mache, dann höchstens feststellend sagen: ‚Aha, da schweigen Sie plötzlich!', beziehungsweise: ‚Da weichen Sie aus!', aber keinen zusätzlichen Druck machen. Sondern sofort weitergehen und später, in ganz anderem Zusammenhang, überraschend noch einmal darauf zurückkommen. Und dabei dem Verhörten immer ein Schlupfloch lassen – beispielsweise eine einfachere Nebenfrage, auf die er leichter antworten kann –, damit er am Reden bleibt. Da müsse man natürlich dann gut aufpassen und die Übersicht behalten – gewöhnlich habe von den beiden derjenige verspielt, der als erster den Überblick verliert.

Herkommer hatte schon viel zu viel und viel zu lange geredet, das merkte er selbst, und der Standartenführer schaute ihn nur lächelnd an.

„Eigentlich", holte Herkommer Luft, „gehört ja diese Verwirrung, die man mit diesem Hin und Her schafft, auch zur Erhöhung des Drucks, nur eleganter. Und da kann es halt sein, dass bei zu großem Druck – egal ob durch Brüllen oder Ermüden oder Verwirren oder sonst etwas – der Verhörte *zu viel* aussagt, also mehr sagt, als er weiß, dass er übertreibt, dass er mehr zugibt, als wirklich stattgefunden hat, und er mehr Namen preisgibt, als es der Wahrheit entspricht."

Aber das schien Castan nicht zu stören: „Lieber zu viel als zu wenig! Wir wollen ja nicht wie im philosophischen Seminar die absolute Wahrheit ermitteln, Herkommer, sondern was wir brauchen, das ist Material! Einfach Material – belastendes natürlich –, um gegen Leute vorgehen zu können, die uns gefährlich sind oder die einfach nur durch ihre großen Zahl wie Insekten unser System unterminieren – auch das ist eine Gefahr!" –

Beim Abendessen meinte Castan beiläufig zu Ossenbühn: „Ihr Herkommer, Ossenbühn, hat wieder mal eine Anzahl perfekter Verhöre abgeliefert, ich habe mir selbst ein paar mit angehört. Vor allem, was er da bei diesem Kommunisten, der mit ins Netz gegangen ist – wie? Ah, Sie haben die Akten schon da? Ausgezeichnet! Höchst überraschend war für mich der völlig veränderte Stil, der völlig veränderte Ton, den er schon von vornherein bei diesem Kommunisten anschlug, als ob er das Ergebnis schon vorher wüsste. Der hat da einen sechsten Sinn! Ich habe mich hinterher mit ihm noch eine Weile über Verhörtechnik und so weiter unterhalten, aber was ich von ihm dazu erfahren konnte, hat mich auch nicht viel weitergebracht."

„Ich glaube, der macht das ganz aus dem Bauch heraus. Wo sollte er es auch gelernt haben? Der war ja im Verhören schon von Anfang an gut."

„Was er so ausführte, wich jedenfalls zum Teil erheblich von dem ab, was in der Ausbildung gelehrt wird. Da gibt es doch klare und saubere Standards! Aber warum soll ich das kritisieren, schließlich hat er Erfolg, besser könnte es gar nicht laufen."

„Aber interessant, dass er sich offenbar Gedanken über die Verhörtechnik macht, sonst hätte er nicht so ausführlich darüber gesprochen."

„Trotzdem, manches, was er gesagt hat, kommt mir reichlich wirr – oder sagen wir besser, noch arg unsystematisch vor."

„Soll er es doch mal ausarbeiten, warum nicht?"

„Genau das ist es! Mir schwebt sogar vor, ihn irgendwann einmal, wenn er noch etwas weitergekommen ist, für einige Zeit als Ausbilder an eine der Polizeischulen abzukommandieren. Dann ist er gezwungen, seine Vorgehensweise bei den Verhören zu reflektieren und in eine Ordnung zu bringen. Entweder wir sehen dann, dass er eben der große intuitive Verhörer ist, dessen Methoden nicht lehrbar sind, oder – und das ist meine Hoffnung – wir stellen unsere ganze Verhörtechnik auf ein neues oder mindestens verbessertes Fundament. Es ist jedenfalls unglaublich, was der Bursche alles herauskriegt!"

„Oder die dritte Möglichkeit vielleicht", lachte Ossenbühn, „wir verlieren unseren besten Vernehmer, der von Stund' an kein anständiges Verhör mehr zustande bringt, weil er zu viel darüber nachgedacht hat." –

Durch die Verhaftung Twarochs war Sabine endgültig in Panik geraten. Sie spürte, wie sie zu flattern begann; sie musste sich zwingen, jeden Gedanken, der ihr kam, erst einmal zu Ende zu denken, ständig kamen ihr neue Ideen in den Sinn, was jetzt unbedingt als Nächstes zu tun sei – ‚immer der Reihe nach, immer der Reihe nach!', beruhigte und beschwor sie sich selbst. Wer kann mir am ehesten Rat geben, wer? Jetzt, da Twaroch verschwunden ist? Sie dachte an ihre Musikerfreunde, an Klaus Jungbauer vor allem, auf die war Verlass. Da sollte sie gleich einmal anrufen. Sie lief schneller.

Doch als sie zu Hause ankam, hatte der Kolonialwarenhändler seinen Laden schon zugesperrt, aber es brannte noch Licht. Vom Treppenhaus aus gab es einen Hintereingang, sie klingelte. Nach einer Weile fielen ihr leise Geräusche auf, nahe an der Abschlusstür, da musste jemand sein, aber niemand öffnete. Zaghaft klingelte sie noch einmal, sie spürte, wie ihre Hand zitterte und wie sich überhaupt ihre Nervosität immer weniger bändigen und zurückhalten ließ. War das Angst? Dann sprang plötzlich die Tür auf, und ihr Krämer stand da, einen Pinsel in der Hand, vor einer seiner schwarzen Tafeln, wie er sie tagsüber draußen an der Stiege vor seinem Laden stehen hatte. Er war gerade damit beschäftigt gewesen, mit abwaschbarer weißer Farbe die Tafel frisch zu beschriften, was er gut konnte; sie hatte sich immer über seine schön ausgewogenen Buchstaben gefreut und las: ‚Frischer Gebirgsbrimsen eingelangt'.

„Ich weiß", stieß sie, noch außer Atem, hervor, „Sie haben schon geschlossen, Entschuldigung, dürfte ich trotzdem ganz schnell mal telefonieren?"

Der Händler sah sie ernst an und sagte leise, aber nicht etwa verbessernd, „Guten Abend", dann machte er eine kurze Pause, als ob er nachdächte, und fuhr in einem leicht gehobenen Ton fort, wie man ihn wählt, wenn man etwas fest versprechen will:

„In diesen schweren Zeiten, Fräulein Strauss, dürfen Sie jederzeit bei mir telefonieren. Jederzeit, auch bei Nacht, wenn Sie in Not sind."

Sabine war sich plötzlich sicher, der gute Mann wusste ganz genau, warum sie so aufgeregt war. Er zog sich sofort zurück, wies auf das Telefon, das an der Wand hing, und nickte ihr im Hinausgehen aufmunternd zu. Die Telefonnummer von Klaus Jungbauer, einem älteren Oboisten, der auch der Anführer bei ihrem Skiausflug gewesen war, hatte sie in ihrem Notizbuch stehen. Sie bekam sofort eine Verbindung, irgendwelche liebenswürdigen Wiener, dann aber langes Warten, Jungbauer musste erst herbeigerufen werden. Er zeigte sich tief beunruhigt, mahnte zu größter Eile, die ganze Stadt sei in einer fiebrigen Erregung, überraschend viele Anhänger in der breiten Bevölkerung, aufgeteilt in Gutgläubige, die der Propaganda erlegen sind, und den giftigen, boshaften Abschaum, der nun hochkomme, missgünstig, hasserfüllt und rachsüchtig, und der jetzt die Gegner des Anschlusses jage.

„Am nächsten ist es in die Tschechoslowakei", wurde er konkret. „Die Leute dort sind gut deutschfeindlich gesinnt – ich meine natürlich, sie sind gut *Hitler-feindlich* eingestellt, Bienchen. Wie man empfangen wird, das spielt auch eine Rolle! Von Wien bis zur Grenze sind es mit dem Fahrrad so um die fünfzig oder sechzig Kilometer, alles schön eben. Über die offiziellen Grenzübergänge brauchst du es erst gar nicht zu probieren. Am sichersten kommst du über den Grenzfluss, das ist die March, wenn du die Eisenbahnbrücke in der Nähe von Marchegg nimmst, das ist die Strecke Wien-

Bratislava. Aber nur bei Nacht! Von der Brücke bis nach Bratislava sind es dann noch mal 20 Kilometer, höchstens, doch da kannst du dir dann ja Zeit lassen."

„Aber wie finde ich bei Nacht diese Brücke?"

„Hast du einen Kompass?"

„Nein, nur eine Autostraßenkarte."

Jungbauer überlegte.

„Au, halt, da gebe ich dir mal den kleinen Hawelka, weißt du, den Franzl, den Cellisten. Der ist aus der Gegend."

Es dauerte eine Weile, sie hörte im Hintergrund reden, offenbar informierte Jungbauer den Franz Hawelka erst. Dann eine fröhliche Stimme.

„Hallo, Bienchen, da bist du ja schon wieder, wie schön! Der Klaus hat mir's schon kurz erzählt, du musst schleunigst weg – schlimm, schlimm!" Von da an wurde seine sonst so frohe Stimme immer leiser und trauriger. „So eine erste Geige werden wir nimmer finden, und ob wir uns jemals wiedersehen – vielleicht Einzelne von uns, da und dort in der Welt, noch einmal kurz im Vorübergehen, und dann erzählt man sich das Neueste und hört vielleicht von diesem und von jenem. Aber alle noch einmal gleichzeitig beieinander und womöglich auch noch zusammen arbeitend, das haben wir hinter uns – so schnell es begonnen hat, so schnell war es auch wieder vorbei. Oh Bienchen", schluchzte er und zog die Nase hoch, „du hattest so gar keine Starallüren! Du weißt gar nicht, wie sehr du unser ganzes Orchester vorangebracht hast!"

Aber dann bekam seine Stimme wieder Fasson und Form, und seine alte Zuversicht stellte sich wieder ein, als er ihr zurief: „Aber wir helfen dir alle! Und nicht nur jetzt, sondern, wenn es sich gibt, auch später. Jeder von uns wird jedem helfen, der Hilfe braucht!"

Sabine ahnte freilich, wie wenig sie sich alle in Zukunft gegenseitig würden helfen können, und doch machten sie Franzens Worte glücklich und mit einem Mal wieder stark.

„Also, pass auf, denn das ist ziemlich kompliziert, der Weg zur Eisenbahnbrücke in der Nacht. Zu einer Eisenbahnbrücke gibt's ja keine Wegweiser! Aber wenn du dir alles genau notierst, kommst du garantiert hin. Hast du eine Taschenlampe? Schreib gut mit, jedenfalls die wichtigsten Punkte! Sag's, wenn's zu schnell geht!"

Und Franz legte los, nannte jede Ortschaft, durch die es ging, beschrieb jede Weggabelung, vergaß keine Kreuzung und wurde in seiner Wegbeschreibung besonders angelegentlich, als es durch das kleine Örtchen Schlosshof ging und am Barockschloss vorbei.

„In Örtchen Schlosshof fährst du direkt am berühmten Festschloss Hof vorbei, eine wirklich ganz wundervolle Anlage mit stattlichen Gebäuden und einem stufenförmig angelegten Garten mit sieben Terrassen, das siehst du auch bei Nacht."

„Sag mal, Franzl, wieso kennst du dich eigentlich dort so gut aus?", unterbrach Sabine seine begeisterte Schilderung.

„Da bin ich aufgewachsen!", sagte Franz Hawelka.

Zum Fluss und zur Brücke hin wurde Franzens Beschreibung immer detaillierter, zumal er sich nun nicht mehr auf Ortschaften stützen konnte, aber das machte ihm nichts aus, denn er kannte jeden Weg und Steg und schwärmte zwischendurch immer wieder von diesem Paradies für findige Lausbuben, die natürlich auch diese Eisenbahnbrücke stets in ihre Abenteuer mit einbezogen hatten, obwohl sie natürlich für Fußgänger streng verboten war. Schließlich ging es, mal rechts, mal links, nur noch auf irgendwelchen Feldwegen weiter, die Franz aber genauestens zu kennen schien.

„Und dann stehst du am Fuß der Brücke und musst jetzt nur noch die Böschung rauf, dann hast du es geschafft."

Franz Hawelka wünschte ihr noch einmal alles, alles Gute und versprach, ihr bis morgen früh ununterbrochen die Daumen zu drücken. Auch Klaus Jungbauer kam mit einem heiseren ‚Also dann, Bienchen!' noch einmal kurz an den Apparat, danach ein Knacken im Hörer, dem ein trostloses Tuten folgte, und sie war allein.

Sie sah sich um, wollte ihrem Kaufmann das Telefon noch bezahlen, fand ihn schließlich im Laden, aber er lehnte fast schroff die Bezahlung ab.

„Ich möchte mich verabschieden", sagte sie leise.

Da ergriff er ihre beiden Hände und bewegte sie, als ob er ihr Glück wünschen wollte, mit kräftigem Händedruck auf und ab.

„Ich weiß zwar nicht", sagte Sabine, „was frischer Gebirgsbrimsen ist, aber es klingt so appetitlich und sauber, wie ein plätschernder Bergbach – verkaufen Sie schon heute welchen?" –

Das Fluchtgepäck war rasch beisammen. Viel war in einen solchen Rucksack ja nicht reinzukriegen. In einer Seitentasche steckte der wohlverpackte Gebirgsbrimsen, und oben schaute der Geigenkasten mit seinem Hals ein Stück weit aus dem Rucksack heraus. Wie unternehmungslustig das aussah! Wie der Aufbruch zu einer Reise, dachte Sabine. Aber Reise, das ist gewöhnlich *‚hin zu'*; hin zu einem erstrebenswerten Ziel. Flucht ist genau das Gegenteil von Reise, selbst wenn sie genau in die gleiche Richtung geht; *Flucht*, das ist *‚weg von'*, weg von einer drohenden Gefahr – einer Verfolgung oder einer Gefangennahme.

Dann machte sie im Keller ihr Fahrrad fertig, pumpte die Reifen noch etwas auf, und als sie gerade damit beschäftigt war, den Rucksack auf dem Gepäckträger festzuzurren, da erschien oben an der Kellertreppe, angelockt wohl durch das Geräusch ihrer Luftpumpe, dieser geschwätzige Pensionist aus dem Hinterhaus, dem sie schon immer aus dem Weg zu gehen bestrebt gewesen war.

„Ah, das Fräulein Strauss! Wie geht es ihm? Oh, wie lange habe ich es schon nicht mehr gesehen!", rief er in seinem besonders breiten Wienerisch in den Keller hinunter und fuhr dann in einem noch betulicheren Tone fort, sodass sich Sabine nicht sicher war, ob es nicht höhnisch klingen sollte: „Wollen's eine kleine Fahrradtour unternehmen?"

Zu dumm, dass er ihren gepackten Rucksack gesehen hatte! Sie schaute, dass sie mit dem schweren Fahrrad so schnell wie möglich die Kellertreppe hinaufkam, grüßte flüchtig und fuhr davon.

Sabine war eine geübte Radlerin und kam flott voran. Die Breitenleer Straße, die große Ausfallstraße nach dem Osten, hatte sie schon bald hinter sich gelassen, die letzten Gaslaternen waren verschwunden, und nun ging es im Dunkeln hinaus ins flache Land, genau wie es Franz Hawelka ihr beschrieben hatte, auf Raasdorf zu, das schon nach einer Stunde erreicht war. Dort rechts abbiegen, hieß es, in Richtung Pysdorf mit Ypsilon, das aber links liegen bleibt. Weiter nach Leopoldsdorf. Lästig nur, dass der Dynamo bei jeder Radumdrehung für einen Augenblick abhob und so das Licht dauernd an- und ausging, wahrscheinlich war das Vorderrad verbogen.

Manchmal musste sie einen Wegweiser mit der Taschenlampe

kurz anleuchten, aber sie wusste meistens schon vorher, was draufstand, denn bis jetzt stimmte alles haargenau, was ihr Franz Hawelka geschildert und sie sich mit den wichtigsten Stichwörtern aufgeschrieben hatte.

Im nächtlichen Leopoldsdorf aber wurde sie plötzlich von einem Polizisten, der mit einem roten Taschenlampenlicht gewinkt hatte, aufgehalten. Sie erschrak bis ins Mark, als sie im Dunkeln die Uniform erkannte, und sah sich schon am Ende ihrer Reise, aber der Polizist fragte nicht einmal nach den Papieren, sondern tadelte nur freundlich ihr flackerndes Licht und half ihr dann sogar dabei, den Dynamo in eine bessere Position zum Vorderrad zu bringen.

Inzwischen war es nach Mitternacht, nur noch da und dort in der Ferne ein Licht, sie fuhr auf Lassee zu, aber vom Marchfeld, wohin sie schon immer einmal eine Radtour hatte machen wollen, um sich die Barockschlösser anzuschauen, war nicht viel zu sehen gewesen. Dann kam Groißenbrunn, da musste sie aufpassen und durfte auf keinen Fall den Wegweisern folgen und links nach Marchegg abbiegen, sondern sie sollte geradeaus weiterfahren, durch das bald schon folgende kleine Örtchen Schlosshof, schon dem Franzl zuliebe. Dort im Festschloss, in einem dieser prachtvollen Gebäude, die man nur erahnen konnte und in denen man kaum ein Licht sah, dort war er also aufgewachsen. Aber nicht um den guten Franz ging es ja, sondern um den besseren Weg zur Eisenbahnbrücke. Fährt man nämlich den kleinen Umweg über Schlosshof und biegt dort erst in Richtung Marchegg ab, so hatte das Franz erklärt, dann stößt man nachher direkt auf die Eisenbahnlinie und muss nicht erst durch halb Marchegg hindurchfahren. Es gebe da zwar noch eine kleine Abkürzung, hatte er gemeint, aber das seien alles Feldwege, und Franzl hatte wohl mit Recht befürchtet, dass sie sich da im Dunkeln niemals zurechtfinden würde.

Also weiter jetzt auf Marchegg zu, bis zur Unterführung, dort unter der Bahnlinie durch, und tatsächlich, wie Franz vorausgesagt hatte, sobald man auf der anderen Seite wieder hinausfuhr, sah man unmittelbar linker Hand den nächtlich-verlassenen, aber hell erleuchteten Bahnhof liegen. Da sollte sie dann sofort rechts abbiegen, hatte er gesagt, und entlang der Bahnstrecke weiterfahren, die da schon etwas höher lag als der Weg daneben, weil sie nun, genau wie der Franzl angekündigt hatte, zur Brücke hin allmählich anstieg. Selbst eine kleine Kreuzung auf diesem Nebenweg hatte Franzl angegeben, über die sollte sie geradeaus weiterfahren, aber nach zweihundert Metern etwa würde der Weg oder das Sträßlein im rechten Winkel nach links abknicken – sieh da, es stimmte genau! –, nach rechts aber ginge ein zugewachsener Feldweg ab, fast nur noch ein Trampelpfad, direkt auf die Bahnlinie zu, und dem sollte sie folgen, dann sehe sie die Brücke schon vor sich. Nun, viel sah man in der stockdunklen Nacht nicht von ihr, aber das musste sie sein. Jetzt nur noch das Fahrrad die steile Böschung hochschieben, was mit dem schweren Gepäck gar nicht so einfach war, und schon stand Sabine am Anfang der Brücke. Punktgenau! Wie von Franz Hawelka beschrieben – bravo, Franzl!

Bis zum eigentlichen Fluss seien es dann noch einmal gut zweihundert Meter, das seien riesige Auen, eben sein damaliges Abenteuergebiet, die immer wieder überschwemmt würden, deshalb stünden schon hier – noch auf festem Land – die ersten Brückenpfeiler. Die Grenze komme aber erst direkt am Fluss, hatte er ihr eingeschärft, und zwar verlaufe sie am diesseitigen Ufer und sie sei nicht zu übersehen, weil genau an dieser Stelle die Steinbrücke des Marchvorlands in die Stahlkonstruktion der eigentlichen Flussüberquerung übergehe.

Sabine schob ihr Fahrrad, nur noch ihre Schritte waren zu hören. Es war wenig Platz zwischen dem Geländer und den Schienen, und wenn einem auf der eigentlichen Brücke ein Zug begegnete, würde man wohl besser in eine der balkonartigen Nischen treten, deren erste fast schon zum Greifen nah vor ihr lag und die es gewiss alle vierzig oder fünfzig Meter geben würde.

An eben jener Stelle, dort, wo die Steinbrücke endete und die Stahlkonstruktion begann, trat, keine fünf Meter von ihr entfernt, eine Gestalt hinter einem Stahlträger hervor und rief, nein, brüllte: „Holt, stehnbläbn oder i schieß! Händ' hoch!"

Der Kerl hatte sein Gewehr tatsächlich auf sie angelegt. Sabines Rad fiel um. Sie war nicht einmal erschrocken, als ob sie an der Grenze eine solche Festnahme erwartet hätte. Der Sprache nach war der Wachposten deutlich ein Österreicher, in Zivil, wie sie zu ihrer Überraschung erkannte, und nur mit irgendeiner Armbinde versehen; das seien die Schlimmsten, hatte es geheißen – geschwind rekrutierte Hilfspolizisten ohne Ausbildung.

Ihren Pass wollte er schon gar nicht sehen, er sagte nur drohend „So einfach geht's net!" zu ihr, dann ein scharfer Pfiff durch die Finger und Sekunden später erschien ein zweiter Mann.

„Bringst sie auch weg! Sagst, es wär' schon der Vierte!"

Sabine hatte das alles wie unbeteiligt registriert, fast gleichgültig, nachdem gewiss war, dass ihre Flucht misslungen war, und ohne Angst auch, eher schon neugierig darauf, was nun folgen würde. Ihr inneres Lichtlein, auf das meistens Verlass war und das ihr auch zu ihrer Flucht so verlässlich geschienen hatte, nicht sehr hell zwar, aber überaus beständig, war plötzlich ausgeblasen worden, alle Hoffnung dahin. Sie begann zu frieren.

Der zweite Mann war, obwohl er kein Wort sprach, merklich freundlicher und half ihr vorsichtig, ihr Fahrrad auf der engen Fläche zu wenden, und am Übergang zur Steinbrücke übernahm er es ganz, als er merkte, wie schwer sie sich damit tat den steilen Abhang hinunter.

Nach einer halben Stunde, sie waren inzwischen ohne ein Wort zu reden in Marchegg angekommen, deutete ihr Bewacher auf ein finsteres Gasthaus vor ihnen, eine arg heruntergekommene Spelunke offenbar. Ihr Rad landete in einem Schopf im Hof, in dem schon viele Fahrräder standen, und sie wurde in einen dunklen Flur bugsiert, von dem aus es über eine steile Treppe hinab in den Keller ging. Einziges Licht war die Taschenlampe ihres Bewachers. Am Ende eines endlosen Ganges, um ein paar Ecken herum, wurde sie schließlich in einen stockdunklen muffigen Raum geschoben. Ihr Bewacher verschwand, verschloss die Tür von außen und war mit seinen genagelten Stiefeln den ganzen langen Gang entlang und auch die Kellertreppe hinauf und sogar noch oben im Flur zu hören. Dann wieder Stille.

Der Raum war nicht nur muffig, sondern es stank auch bestialisch. Der Fußboden war voller Abfälle, das spürte man bei jedem Schritt. Sabine tastete sich vorsichtig in die Richtung, in der sie die Tür vermutete, und suchte vergeblich nach einem Lichtschalter. Sie stieß an irgendwelches Gerümpel, stolperte über einen Sack, vermutlich Kartoffeln, und warf dabei mit Getöse einen leeren Blecheimer um. Als wieder Ruhe eingetreten war, glaubte sie in einer Ecke ein erschöpftes Ausatmen zu hören. Sie war über sich selbst erstaunt, dass in dieser unheimlichen Situation nicht die geringste Angst in ihr aufkam, sie war nur noch kalte Beobachterin, gespannt darauf, wie es wohl weitergehen mochte.

Die Stelle, an der sie ihren Rucksack mit der Geige abstellt, würde sie sich genau merken müssen, denn es war keineswegs sicher, dass bei einem plötzlichen Abtransport für Licht gesorgt sein würde. Doch sie hatte noch keine rechte Vorstellung von diesem Kellerraum. Sehr groß war er nicht, das konnte sie hören, aber es gab nirgendwo auch nur den Hauch eines Lichtscheins. Zwar war sie seit vielen Stunden schon in tiefer Nacht unterwegs gewesen, aber diese totale Dunkelheit hier in diesem Keller war noch einmal etwas anderes. Plötzlich stieß sie im Umhersuchen mit dem Fuß an etwas Weiches, Nachgiebiges – da liegt ein Mensch, war ihr sofort klar – und hörte ein leises Stöhnen, das in ein Ächzen überging. Dann irgendein Gemurmel in einer ihr nicht bekannten Sprache, sie konnte nicht einmal sagen, ob das eine Männer- oder einer Frauenstimme war.

Eindringlich wurde ihr bewusst, wie unerwartet schwierig es ist, mit einem Menschen auch nur in die einfachste Beziehung zu treten, wenn man ihn nicht kennt, ihn nicht sehen kann und auch seine Sprache nicht versteht – selbst dann, wenn man nicht einmal einen Meter von ihm entfernt ist. Die geringe Entfernung, sann Sabine weiter, hilft überhaupt nichts, im Gegenteil, sie erhöht nur den Druck, Verbindung aufzunehmen. In Verbindung zu treten mit einem fremden Menschen, mit dem zusammen man eingesperrt worden ist und von dem man nichts weiß und der in Wahrheit schier unendlich weit entfernt von einem ist.

Beide schwiegen sie momentelang, beide wohl mit dem gleichen Unbehagen. Es könnte eine osteuropäische Sprache gewesen sein, dachte Sabine und fragte dann unsicher:

„Deutsch? – Deutsch?"

Damit hatte Sabine eine bescheidene Verbindungsader getroffen, es kam zum ersten Kontakt.

„Ja, deutsch. Abba bloß wännigg", kamen die ersten Worte aus der Dunkelheit.

Der Wortschatz war wirklich minimal, aber Sabine war nicht nur eine geduldige, sondern auch eine einfühlsame und geschickte Fragerin, und so kam nach und nach doch so einiges heraus. Es handelte sich um einen älteren Mann, der da lag. Und es gab noch einen zweiten im Raum, der offenbar schlief. Es waren Ostjuden, aus welchem Land war nicht ganz klar, er hatte verschiedene Länder aufgezählt, vielleicht um den Reiseweg zu beschreiben. Sie waren schon seit zwei Tagen hier. Und sie seien verprügelt worden, wenn sie das richtig verstanden hat.

Sabine empfand es nur als fair, auch über sich ein paar Worte zu sagen. Sie sei vor den Nazis aus Wien geflohen, aber beim Grenzübertritt geschnappt worden, heute Nacht erst. Warum sie fliehen musste, sagte sie nicht; vielleicht weil sie sich vor einer Verbrüderung fürchtete.

„Essen, essen", rief ihr unsichtbarer Gesprächspartner.

„Du hast Hunger?", versuchte sich Sabine zu vergewissern.

„Ja, Hunn-ger, Hunn-ger!"

Sabine fiel der Gebirgsbrimsen ein, den sie ganz vergessen hatte. Sie tastete nach ihrem Rucksack, dort dann nach der Seitentasche, zog das kleine Paket mit dem Gebirgsbrimsen vorsichtig heraus und begann, es behutsam auszupacken. Das musste mit großer Aufmerksamkeit geschehen, keinesfalls dürfte ihr der Inhalt in den Schmutz des Fußbodens fallen. Sie hätte nie gedacht, dass solche einfachen Handgriffe ohne Blickkontrolle im Dunkeln so schwierig werden können.

Die üble Luft im Keller nahm sie schon längst nicht mehr wahr, umso deutlicher trat nun der Gebirgsbrimsen in seiner Frische hervor, ein duftender Ziegenkäse offenbar. Das musste auch ihr Mitgefangener gerochen haben. Er gab einen undefinierbaren Laut von sich, und Sabine hörte, dass er ganz nah herangekommen sein musste. Sie versuchte, den Käse mit den Fingern in drei gleich große Portionen aufzuteilen und spürte dabei, wie ihr Mitgefangener schon tastend nach dem Käse greifen wollte.

„Finger weg!", zischte sie, und das schien er tatsächlich sofort verstanden zu haben. Dann hielt sie das ihm zugedachte Käsestück in seine Richtung, das er augenblicklich ertastete und, wie sie den folgenden Geräuschen entnahm, gierig verschlang.

„Langsam, langsam“, mahnte sie und nahm dann selbst einen kleinen Bissen von ihrem Stück, bevor sie sich auf die Suche nach dem anderen Mann machte. Als ob er auch im Dunkeln alles sehe, rief ihr Mitgefangener warnend: „Schlaft! Schlaft, nix essen“, als ob er über den Schlaf seines Gefährten wachen müsse, wo er doch nur eine zweite Portion vom Gebirgsbrimsen zu ergattern hoffte. Der andere Mann, obwohl noch schlaftrunken, begriff sofort, worum es ging, als ihm Sabine, scheu tastend, seinen Käseanteil entgegen hielt, und verschlang seine Portion ebenso gierig wie der erste.

Natürlich kam auch zu dritt kein Gespräch zustande. Es war nur ab und zu mal ein kurzes Stöhnen oder ein leichtes Ächzen zu hören, hin und wieder ein betontes Ausatmen, alles Geräusche, die man wahrscheinlich für sich allein nicht von sich gegeben hätte und die jetzt nur hervorgebracht wurden, weil man das Bedürfnis hatte, eine gewisse allgemeine Mitteilungsbereitschaft kundzutun, obwohl man inhaltlich nichts weiter auszusagen hatte und, falls doch, nichts hätte aussagen können.

So ging es Stunden, und sie hatten jedes Gefühl für die Tageszeit verloren, als die Tür geräuschvoll aufgesperrt wurde und im Türrahmen zum schwach erleuchteten Kellerflur hin die Silhouette eines Wachmanns erschien, der ihnen mit seiner Taschenlampe schmerzhaft ins Gesicht leuchtete, um sie dann viel zu laut mit ‚Los!‘ und ‚Auf!‘, mit ‚Hopp!‘ und ‚Zack-zack!‘ nach oben zu treiben.

Draußen war heller Tag. Sie wurden auf die Pritsche eines heruntergekommenen alten Praga-Lastwagens getrieben, der zum Glück Spriegel und Plane hatte, denn es fing an zu regnen. Sabine wagte nicht, nach ihrem Fahrrad zu fragen. Der energisch laute Wachmann, wieder ein Zivilist mit Armbinde und einer verwahrlosten Flinte, stieg als letzter zu, die Plane wurde von außen geschlossen, und der Lastwagen fuhr los.

Sabine hatte jetzt endlich Gelegenheit, sich ihre beiden Mitgefangenen näher anzuschauen, die in einem wirklich erbarmenswerten Zustand waren – ausgemergelte Gesellen unbestimmten Alters, verdreckt, gebückt, mit deutlichen Spuren der Misshandlung im Gesicht und Blutflecken an den verschlissenen Klamotten –, die aber beide mit freundlichem Interesse zu ihr herüberschauten. Während der Fahrt versuchte einer der beiden, die Heckplane ein wenig zur Seite zu drücken, um einen Blick nach draußen werfen zu können, was aber der Wachmann sofort mit schroffen Kommandos und ein paar derben Flüchen unterband, wobei er, um seinem Befehl Nachdruck zu verschaffen, mit den Gewehrkolben kräftig auf den Pritschenboden stieß. Es war ein etwas dicklicher Jüngling, eher weich und schläfrig, mit einem uninteressierten Bubigesicht, der wohl noch nie in seinem Leben irgendwo etwas zu melden gehabt hatte und der es genoss, wie er nun, gewissermaßen kraft Amtes, mit harter Hand Macht über andere ausüben konnte.

Nach vielleicht zwei Stunden Fahrt drang immer mehr Straßenlärm herein, Hupen war zu hören und schließlich sogar das Klingeln einer Straßenbahn, sodass Sabine sicher war, sie fuhren durch Wien. Schließlich ging es langsamer, dann hielten sie an, fuhren im Schritttempo weiter, rumpelten über irgendwelche Schwellen, es wurde dunkler im Wagen, wohl weil sie sich durch eine Einfahrt bewegten, dann hielt der Wagen endgültig an. Die Heckplane wurde zurückgeschlagen, und ihr Bewacher schob die beiden Männer nebeneinander so heftig an das Ende der Pritsche, dass sie abspringen mussten, einer schlug dabei hin.

Ein Fotograf, an seiner weißen Armbinde ‚Presse' als Pressefotograf zu erkennen, der sie offenbar schon erwartet hatte, schickte sich an, einige Aufnahmen von den beiden zu machen. Sabine wollte ebenfalls von der Pritsche heruntersteigen, aber da rief der Pressefotograf: „Halt, zurück! Sie dürfen auf keinen Fall mit ins Bild kommen!"

Anscheinend sah sie immer noch ansehnlich genug aus, um mit auf einem Propagandafoto zu erscheinen, das wohl – wer weiß, mit welchem Text darunter – irgendwelche bedrohliche Übeltäter aus Osteuropa zeigen sollte. Erst nachdem die fotografische Prozedur beendet und ihre beiden Kellergefährten weggebracht worden waren, durfte sie von der Pritsche herunterklettern, freilich ohne dass ihr dabei jemand geholfen, wenigstens die Hand gereicht oder vielleicht für einen Augenblick den Rucksack abgenommen hätte.

In dem mächtigen Gebäude ging es sogleich wieder in den Keller, dort in einen größeren Raum, in dem schon eine ganze Anzahl von Festgenommenen saß. Der Raum war ebenfalls unbeleuchtet, aber durch ein Oberlicht über der Tür fiel wenigstens ein schwacher Schein auf die Wartenden. Im Vergleich zum ersten Keller war die Einrichtung geradezu luxuriös, genügend Stühle, hinter einer spanischen Wand ein Toiletteneimer. Miteinander zu reden war streng verboten.

Sabine hielt noch immer ihren Rucksack mit der Geige auf dem Schoß. Sie war die einzige Frau, soweit sie das bei dem schlechten Licht erkennen konnte, jedenfalls die einzige jüngere, was manche recht ungeniert zu anhaltendem Hergaffen veranlasste.

Das Warten schien endlos, jeder versuchte, sich in der aufgezwungenen Untätigkeit einen Reim auf das Prinzip der Aufrufe zu machen. Oft dauert es länger als eine Stunde, bis der nächste an der Reihe war und offenbar zu einem Verhör gebracht wurde, manchmal betrug der Abstand nur wenige Minuten. Keiner war bis jetzt zurückgekommen. Gelegentlich wurden weitere Inhaftierte hereingeschoben, wobei es Sabine besonders rätselhaft und beunruhigend schien, dass manche von den neu Eingetroffenen schon nach wenigen Minuten wieder aufgerufen und abgeholt wurden.

Sabine kam erst gegen Abend dran. Beim Weg nach oben, der dann von der Eingangshalle aus über eine weite Treppen zur ersten Etage führte, konnte sie durch die großen Fenster nach draußen schauen. Die Gegend kam ihr bekannt vor, das musste der Morzinplatz sein, und sie war jetzt wohl in diesem großen Hotel dort.

Der Untersuchungsführer, ein langer, schmalwüchsiger SS-Mann irgendeines Unterführer-Dienstgrads, blickte nicht einmal auf, als er sie heranwinkte und mit der gleichen Bewegung zum Hinsetzen aufforderte. Er begann sofort mit seinen Fragen zur Person. Sabine erinnerte sich nicht, jemals eine Stimme mit einem so ungnädigen Ton gehört zu haben.

Nach ein paar Minuten trat ein junger Polizist ein, grüßte stramm und rief: „Hauptscharführer Scharpf möchte bitte sofort ins Büro vom Standartenführer kommen."

Der SS-Mann brach, ohne noch einmal einen Blick auf Sabine zu werfen, das Verhör auf der Stelle ab und verließ den Raum, wobei er dem Polizisten zurief: „Sie sorgen mir dafür, dass ich hier abgelöst werde. Das kann oben länger dauern."

Der junge Polizist wusste nicht recht, ob er auf Sabine aufpassen oder sofort den Befehl des Hauptscharführers ausführen und eine Ablösung veranlassen sollte und verließ nach einigem Zögern etwas unschlüssig den Raum.

Sabine erkannte sofort ihre Chance. Ihr war klar, dass es für sie nichts zu verlieren gab. Sie stand nach kurzem Überlegen auf, ergriff ihren Rucksack, ohne ihn sich umzuhängen, wie eine große Reisetasche mit einer Hand, und verließ ohne jede Hast, die sie nur verdächtig gemacht hätte, das Verhörzimmer. Sie wusste genau, um die nötige Gelassenheit auszustrahlen und ja keine ängstliche Anspannung sichtbar werden zu lassen, musste sie jetzt, wie bei einem Konzert vor ihrem ersten Einsatz, ganz bewusst ihre Schultern lockern und ihre angespannte Bauchdecke fallen lassen. Mit möglichst selbstverständlichem Schritt und ohne jede Eile bewegte sie sich, fast schon schlendernd, durch den Flur und ging dann, die freie Hand locker auf dem Handlauf, die breite Treppe hinunter, wobei sie ihren Blick möglichst absichtslos und wie zufällig über die Sessel und die kleinen Tische in der Empfangshalle unter ihr gleiten ließ.

In Eingangsnähe saßen hinter einem langen Empfangstresen ein paar Polizisten und SS-Männer verschiedener Dienstgrade, auch an ihnen schritt sie, so unbefangen es nur ging, ohne Eile vorbei und blickte durch die gläserne Drehtür schon hinaus ins Freie, wo sie einen Wachposten mit Gewehr und Stahlhelm stehen sah. Nach Passieren der Drehtür ging sie an ihm mit der gleichen Selbstverständlichkeit ruhig vorbei und blickte ihn dabei kurz an, und im gleichen Moment, da er sie ansah, nickte sie mit freundlicher Miene ein einziges Mal ganz knapp, woraufhin er, als wolle er ihren minimalen Gruß ebenso nur andeutend erwidern, für einen Augenblick wie zustimmend die Augen schloss.

‚Ja, beide Augen zudrücken', dachte sie, ‚so ist's recht, mein Lieber', und war über ihre eigene Keckheit entzückt. Jetzt war sie frei, jetzt konnte sie ausschreiten.

„Hallo!", hörte sie schon nach einem kurzen Stück hinter sich eine männliche Stimme, die rasch näher kam, „hallo!"

Sie erstarrte, sollte sie sich umwenden oder einfach weitergehen? Dann wagte sie doch einen kurzen Blick hinter sich, es war ein junger SS-Führer, der ihr hinterhergelaufen kam und sie im nächsten Augenblick einholen würde.

„Mensch, Bienchen!", rief ihr Verfolger laut lachend, als er neben ihr war, „wie lange haben wir uns nicht mehr gesehen!"

Es war Ludwig. Er schüttelte ihr stürmisch die Hand und schien sich wirklich zu freuen.

„Komm, lass' uns schnell noch mal reingehen, da hat's bequeme Sessel!", sagte Herkommer und legte ihr im Gehen die Hand auf die Schulter. Wie betäubt tappte Sabine willenlos nebenher.

„Das Bienchen!", rief er kopfschüttelnd über diese Überraschung und noch einmal, „das kluge Bienchen!", als ob er es nicht fassen könne.

Als sie saßen, sagte er: „Ich habe nur über Viktor ab und zu mal was von dir gehört. Selten genug, dass ich den mal sehe."

Einer Ordonnanz, die vorbeihuschte, rief er zu: „Bringen Sie uns zwei Soda, mit Eis, wenn's geht."

Und dann wieder zu Sabine: „Sag mal, was hast du denn hier bei uns zu tun gehabt?"

Sabine, die bis jetzt noch nicht ein einziges Wort gesprochen hatte, antwortete leise: „Ich sollte verhört werden."

Herkommer stutzte und war für einen Augenblick sprachlos.

„Wie? Bei uns? Hier oben? In der ersten Etage, gleich rechts?", fragte er und deutete mit dem Kopf in die Richtung, wo die Verhörräume lagen. „Vom Hauptscharführer Scharpf?"

„Kann schon sein, der Herr hat sich mir nicht vorgestellt, jedenfalls trug er ziemlich viel Lametta."

Ludwig, nun doch recht durcheinander: „Den sollte ich doch gerade ablösen –"

Er sah sich irritiert in der Halle um und sagte: „Wir sollten auf jeden Fall erstmal wieder nach oben gehen, hier sitzen wir zu sehr in der Schusslinie."

Oben wurde Herkommer dann dienstlich.

„Da liegt schon deine Akte. Viel ist's nicht", sagte er, als sie sich setzten, und blätterte in den Papieren.

„Aha!", sagte er plötzlich streng und schob die Akten zur Seite. Dann fragte er nach allem Möglichen, Sabine antwortete frei heraus, zögerte an keiner Stelle, verheimlichte nichts, weil es nichts zu verheimlichen gab, und sprach dabei mit einer überaus sachlichen und fast gleichgültigen Stimme. Herkommer machte sich ein paar Notizen und nickte ab und zu vor sich hin.

„Das ist heute schon mein soundsovieltes Verhör, ich weiß selbst nicht mehr wie viele", sagte Herkommer schließlich, „ohne Pause. Ich hätte eigentlich gerade Dienstschluss gehabt."

Er wirkte angestrengt, machte aber keinen erschöpften Eindruck.

„Willst du jetzt, dass ich dich bedauere?" fragte Sabine, aber nicht etwa aufgebracht oder spöttisch oder betont sanft, was doch nur provozierend gewirkt hätte, sondern nur ebenso sachlich und ungerührt wie bei der Beantwortung seiner Fragen.

„Nein, umgekehrt", sagte Herkommer drohend, „ich bedaure dich, Bienchen!"

„Kannst du auch, ich habe seit gestern Mittag nichts mehr gegessen."

Ohne einen Moment des Zögerns und ohne auch nur einen Augenblick tastend zu suchen, griff Herkommer in seine Aktentasche, die neben ihm am Boden stand, und reichte Sabine etwas, das wie ein in Pergamentpapier eingewickeltes großes Frühstücksbrot aussah. Danach verhörte er sie lustlos weiter und machte unverändert seine Notizen. Wenn er doch bald aufhörte, dachte Sabine, ich möchte jetzt endlich in dieses Frühstücksbrot hineinbeißen!

Herkommer hatte das Gefühl, Sabine in ihrer anstrengungslosen Sicherheit nicht gewachsen zu sein. Sie zeigte, fand er, überhaupt keine Wirkung, wie die Boxer sagen. Vielleicht nahm sie ihn nicht genügend ernst und ahnte gar nicht, in welcher Gefahr sie schwebte. Von ihm hing doch alles ab! Dass sie das nicht merkte!

Er spürte, dass er unaufmerksam war und seine Fragen nicht konsequent genug stellte. Das war ihm in dieser Weise noch nie bei einem Verhör widerfahren. Jedes Mal, wenn er etwas notieren wollte, hatte er das Gefühl, die Hälfte davon schon wieder vergessen zu haben. Das Verhör will lief gar nicht so, wie er das wollte, dabei hätte er gerade bei Sabine besonders gern brilliert. Aber sie gab ja von vornherein schon alles zu, wie sollte er da mit ihr kämpfen und seine Überlegenheit dartun.

Was er bei seinen Verhören sonst stets verspürte, das war Macht. An manchen Tagen strebte er fast wie ein Süchtiger danach. Er fühlte seine Wichtigkeit und konnte sicher sein, dass das auch sein Gegenüber so erlebte. Manchmal war es für ihn ein geradezu rauschhaftes Gefühl, wenn er Macht ausüben konnte. Zum ersten

Mal war ihm das begegnet, als er noch bei der SA war. Da hatte er eine Putzfrau, die auch tatsächlich eine ziemliche Schlampe war, herumkommandiert und schikaniert, was er sich vorher noch nie getraut hatte, und als er sah, dass sie Angst vor ihm hatte, war das für ihn ein ganz neues Gefühl, das ihm Stärke gab. Hinterher war er dann richtig freundlich und großzügig zu ihr gewesen und hatte ihr sogar noch ein paar Essensmarken gegeben, daran erinnerte er sich noch.

Aber Sabine war durch nichts zu beeindrucken. War sie einfach arglos? Erkannte sie nicht seine Macht, die über ihr weiteres Schicksal entschied? Wart' nur, ich werde dich schon noch überraschen! Man kann andere seine eigene Macht nicht nur dadurch spüren lassen, dass man mit harter Hand durchgreift, sondern auch dadurch, dass man sie vor fremder Machtausübung bewahrt. Herkommer sah sie lange an. Dann diktierte er sich selbst ins Protokoll, sodass sie mithören konnte, was er schrieb:

„Nach allem –

was sich aus der Vernehmung ergab –

sind die Voraussetzungen –

für eine Festsetzung –",

und zur Erläuterung für sie fügte er hinzu, „Festsetzung, so heißt bei uns hier die Einweisung in das Lager", und er ergänzte noch ein weiteres Mal, diesmal mit einem entschuldigenden Lächeln, „das wir im Augenblick noch nicht einmal haben!"

Dann fuhr er fort:

„– sind also die Voraussetzungen für eine Festsetzung –

von Fräulein Sabine Strauss –

– nicht gegeben."

Sabine sah ihn sprachlos mit weit geöffneten Augen an, ihre Gelassenheit war dahin, wie Herkommer befriedigt feststellte. Er lehnte sich zurück und beobachtete seinen Erfolg. Hatte er sie also doch aus der Fassung gebracht und ihr die Macht, über die er verfügte, doch noch zeigen können.

„Heißt das", fragte Sabine mit unsicherer Stimme zurück, „– dass ich – dass ich jetzt gehen kann?"

„Natürlich. Hier hast du deinen Passierschein. Gut aufheben! Ich bring' dich noch runter, aber besser hinten raus, zur Salztorgasse."

Als sie nach unten gingen, fragte Herkommer eher plaudernd, in welches Land sie sich jetzt wohl absetze. – Ich glaube, am besten gehe ich in die Schweiz, von früheren Konzerten dort habe ich da einige Bekannte. – Warum bist du nicht gleich dorthin gegangen? – Viel zu weit mit dem Fahrrad in der Nacht, und mit der Bahn viel zu viele Kontrollen.

Dann waren sie unten, Ludwig ging mit ihr noch bis auf die Straße, es wurde schon dunkel.

„Glaub ja nicht, dass dich die Schweizer mit offenen Armen empfangen –", sagte Ludwig und nach einer Pause leise, „servus, Bienchen!" –

Als er wieder nach oben ging, überkamen ihn Zweifel und er ging langsamer und blieb ab und zu sogar einen Augenblick nachdenklich stehen.

Ob das mit Bienchens Freilassung nicht doch falsch war? Kein anderer im Haus hätte Bienchen laufen lassen, da war er sich sicher. Es wurde ja nicht jeder SS-Führer und schon gar nicht jeder Polizeioffizier in der Leitstelle als Verhörer eingesetzt, von den Unterführern waren es überhaupt nur zwei. – Hatte er das Vertrauen, das man in ihn setzte, missbraucht? Gewiss ist es nicht richtig, wenn man jemanden, der unter einem offenbar berechtigten Verdacht steht, kurzerhand laufen lässt. Wenn es aber ein armer Teufel ist, dessen einziges Vergehen im Grunde nur darin besteht, dass er abhauen wollte? Wahrscheinlich kann man das gar nicht so deutlich voneinander trennen – richtig oder falsch; gut oder schlecht; erlaubt oder unerlaubt.

Da hätte man viel zu tun, wenn man bei jeder Entscheidung erst darüber nachdenken wollte, ob sie gut oder schlecht ist, ob sie richtig ist oder falsch. Viel wichtiger ist, was die anderen dazu sagen würden. Da brauchte er erst gar nicht nachzudenken, das wusste er sofort, ob ihm die anderen begeistert zustimmen würden, ob sie ihm auf die Schulter schlügen und sagten ‚In Ordnung so!' Oder ob sie bedenklich das Gesicht verzögen und sich womöglich empört oder bestürzt abwendeten.

Aber ob so oder so, Herkommer musste einsehen, dass er mit seiner Entscheidung, Bienchen laufen zu lassen, halt doch ziemlich allein dastand. ‚Aber egal, ob richtig oder falsch', ließ er seine Zweifel hinter sich, ‚jedenfalls habe ich Bienchen mal gezeigt, wer hier das Sagen hat!'

Überhaupt, was sollte er sich da Vorwürfe machen, sagte sich Herkommer und ging nun wieder rascher die Treppen hinauf, schließlich hatte ihm doch der Standartenführer, immerhin der Ranghöchste hier, nach dieser CVJM-Demonstration selbst erklärt, dass es im Augenblick gar nicht so gut sei, wenn allzu viele festgesetzt würden, weil die Gefängnisse überfüllt seien und momentan einfach noch der Platz für so viele Menschen fehle. Insofern hatte er sich also doch irgendwie loyal verhalten, loyal in einem höheren Sinne gewissermaßen, versuchte er sich einzureden.

Auf alle Fälle würde er, um sich zu sichern, morgen früh in der Stabsbesprechung beim letzten Sitzungspunkt – er hieß regelmäßig „Manöverkritik und Verbesserungsvorschläge" – darauf hinweisen, dass es entscheidend wichtig sei, dass wir uns bei unseren Verhören raschestens wieder auf die bewährten Vorschriften und Verfahrensweisen besinnen. Natürlich, das sei einzuräumen, hätten wir in den letzten Tagen, kaum dass wir einigermaßen eingespielt waren, unheimlich viel zu tun gehabt, und Tag und Nacht hätte ein Durcheinander sondergleichen geherrscht, aber es ginge auf die Dauer nicht, dass ein Einzelner, ganz für sich allein, bei einem Verhör entscheidet, ob man beispielsweise einen vorübergehend Festgenommenen am gleichen Tag wieder laufen lässt oder nicht. Ich jedenfalls, so würde er bei der Besprechung sagen, fühle mich in einer solchen Situation ausgesprochen unwohl – denn wenn ein ernsthaft Verdächtigter erstmal weg ist, dann ist er weg, und zwar endgültig!

Damit, so war er sich sicher, würde er genügend vorgebaut haben für den Fall, dass in den nächsten ein oder zwei Tagen irgendjemand naseweis danach fragen sollte, wo denn diese Frau, die sich da heimlich verziehen wollte, eigentlich abgeblieben sei. Dann würde er sagen: ‚Ja, ich weiß. Die habe ich laufen lassen. Das ist genau einer dieser Fälle gewesen, wie ich ihn bei der Stabsbesprechung zur Sprache gebracht habe; wohlfühlen tu ich mich bei solchen Alleingängen nicht.' –

Beim Abendessen erzählte Ossenbühn am Tisch der höheren SS-Führer: „Da ist doch heute Nachmittag so ein freches Frauenzimmer während einer Verhörerablösung glatt abgehauen! An allen Wachen unten und am Eingangsposten vorbei.“

„Da muss unbedingt etwas geändert werden, meine Herren!“, schaltete sich sofort Castan mit seiner Kritik ein. „Wir kontrollieren unten im Empfang viel zu sehr den Eingang statt den Ausgang. Umgekehrt muss es sein, freiwillig will bei uns so schnell keiner rein, da ist nichts zu befürchten, aber raus.“

„Ist schon in die Wege geleitet“, antwortete Ossenbühn, „wir ändern die Wachvorschriften, schnellstens! Aber ich wollte noch von etwas ganz anderem berichten. Dieser Herkommer –“

„Warum, was hat der wieder gemacht?“

„Dieser Mann – der hat vielleicht eine unerhörte Gewalt über andere Menschen! So etwas habe ich noch nicht gesehen!“

„Ich sag's ja immer schon“, brummte Castan dazwischen, wartete aber gespannt darauf, was folgen würde.

„Ich habe zufällig von oben beobachtet, wie er diese Frau, die uns da durch die Lappen gegangen ist, wieder zurückgeholt hat. Ich stand auf dem Balkon mit Dr. Braune, der ja, wie Sie wissen, einen besonderen Blick für Frauen hat –“, dabei lächelte er zu diesem hin und auch die anderen schmunzelten ein wenig, „– als Braune plötzlich auf den Eingang unten deutete und ganz aufgeregt sagte: ‚Schauen Sie mal, ist das nicht diese hübsche Kleine mit der Violine, die heute Morgen gebracht worden ist?‘, und er beugte sich etwas über die Balustrade und rief mir zu: ‚Menschenskind – ich glaube, die geht stiften!‘ Da kam auch schon Herkommer aus dem Haus geschossen, beinahe hätte er noch den Posten umgerannt, und sauste im Laufschritt hinter ihr her. Ich dachte schon, um Himmlers willen, jetzt gibt's gleich eine öffentliche Festnahme mitten auf dem Morzinplatz und einen Menschenauflauf, womöglich sträubt sich das Weib und kreischt, und dann unter aller Augen das gewaltsame Zurückschaffen ins Haus, oh weh, – aber nichts dergleichen! Er hat sie unter fröhlichem Lachen gestoppt, ihr freundlich die Hand auf die Schulter gelegt und dann nur ein paar Worte mit ihr gewechselt, und schon ist sie brav wie ein kleines Hundchen neben ihm hergetrabt. Drinnen hat er sich, als hätte er eine alte Bekannte getroffen, mit ihr erst einmal plaudernd unten in die Halle gesetzt, stellen Sie sich das vor! Ich sah sie von oben sitzen. Erst dann ist er mit ihr die Treppe hochgegangen, und sie lief mit gesenktem Kopf hinter ihm her. Er hat sich nicht ein einziges Mal umgedreht, um zu sehen, ob sie ihm folgt."

„Hm", nickte Castan anerkennend, „kein einziges lautes Wort, keine körperliche Gewalt, jedenfalls nicht in der Öffentlichkeit, keinerlei Aufsehen – so stelle ich mir in der Zukunft überhaupt das alles hier vor." –

17 _ Viktors Besuch bei seinem Vater und bei Fellgiebel _ Flug nach Haunstetten

„Darf ich dir, wenn auch arg verspätet, zu deiner Ernennung zum Wehrwirtschaftsführer gratulieren?", fragte nach der Begrüßung Viktor seinen Vater gleich als Erstes. Der Konsul lächelte dazu einen Augenblick freundlich, aber dann runzelte er doch sehr die Stirn.

„Na ja", sagte er, „das musste wohl so sein, aber kein Grund für eine Gratulation, mein Lieber."

„Oh, Papa, freu' dich doch ein bisschen!"

Viktor wunderte sich selbst darüber, dass er ‚Papa' gesagt hatte, das war ihm schon seit vielen Jahren nicht mehr so absichtslos über die Lippen gegangen, allerdings hatte es sicherlich auch kaum einmal eine Situation gegeben, in der er seinem Vater hätte gut zureden müssen.

„Bei der Annahme dieser Ernennung ging es mir in keiner Weise um mich selbst, im Gegenteil, obwohl natürlich eine Ablehnung der Ehrung gänzlich ausgeschlossen gewesen wäre. Das Wohl der Firma", er sprach in solchen Fällen, in denen es um seinen komplizierten Konzern ging, mit Vorliebe von der ‚Firma', als ob er der Geschäftsführer einer mittleren GmbH sei, „das Wohl der Firma steht an erster Stelle, und es bestimmt alles andere. Auch meine Vorstandskollegen rieten mir dringend zu. Denke nur an die Zuteilung knapper Rohstoffe oder an irgendein Gezerre mit der Arbeitsfront oder einen schnellen Zugang zu den Reichsbehörden, die sich allzu gern abzuschotten versuchen. Diese Knaben von der Arbeitsfront übrigens sind gestern fast stillgestanden, als ich reinkam! Da kann man nun schon so einiges durchsetzen! Die Tätigkeit eines Vorstandschefs ist in den letzten Jahren eben immer mehr zu einer politischen Tätigkeit geworden."

„Aber bist du nicht auch ein kleines bisschen stolz? Bitte, Papa, sei ein wenig stolz! Ich bin nämlich stolz. Ich komme gerade aus Augsburg von Messerschmitt und hörte beim Anpassen der Fallschirmgurte zufällig, wie einer sagte, ‚das ist der Sohn von dem Wehrwirtschaftsführer'."

„Stolz ist nicht das richtige Wort, Viktor. Natürlich gibt es einige Führungspersönlichkeiten, gerade in gewissen Staatsunternehmen wie in Salzgitter, denen gegenüber ich jetzt – wie soll ich sagen, bestimmt nicht Stolz, aber sagen wir – eine gewisse Genugtuung empfinde. Ja, Genugtuung könnte man das nennen. Einfach weil ich bisher des Öfteren den Eindruck hatte, dass sich diese Herren auf ihren Wehrwirtschaftsführer allzu viel zugute halten und sie mich das andeutungsweise auch spüren ließen. Das hat jetzt ein Ende! Aber Stolz – nein!"

„Also doch mehr als bloße Zweckmäßigkeitsüberlegungen gegenüber der Firma", gab sich Viktor zufrieden, „ein bisschen gefühlsmäßige Beteiligung ist also doch dabei."

„Wenn du das so siehst – ja. Andererseits steht man nun direkt in einer Reihe mit einer Anzahl von Spitzenleuten, die sich zu echten Nazigrößen entwickelt haben, auf Tuchfühlung gewissermaßen, und das mag ich gar nicht. Ohne diese Leute freilich, gewiss hervorragende Fachleute meistens, hätte das Regime nie etwas werden können. Die brauchte man dringend, aber manchen konnte es eben nicht schnell genug gehen mit dem Überlaufen."

An dieser Stelle passiert es das erste Mal, dass sich Adam in Gegenwart des Konsuls bei Viktor mit einmischte: ‚Da hat er recht, der Konsul', hörte Viktor Adam nicht sehr laut, aber eindringlich auf ihn einreden, ‚ohne die wäre es tatsächlich nicht gegangen. Aber, Alterchen, das gilt nicht nur für die überzeugten und astreinen Nazis. Die Lauen und die Flauen, die dem Regime mehr oder weniger kritisch gegenüberstehen und sich vielleicht im Geheimen für Gegner halten oder die sich wenigstens im tiefsten Grunde ihrer

Seele als Gegner, wenn auch als verhinderte Gegner, verstehen, ha, die sind genauso wichtig, um den ganzen Laden am Laufen zu halten. Und schau nur! Bis auf die Juden sind sie ja fast alle da! Ja, ja, Viktor, gerade diese Leute sind für das Regime besonders wichtig, denk nur mal an die Wirkung im Ausland .‘

Viktor hätte Adam gerne geantwortet, aber er musste sich da zusammennehmen, solange andere mit dabei waren, und so sagte er nur leise

‚Hm –‘.

Das aber hatte Adam offenbar gehört und er ergänzte: ‚Es war schon schlimm genug, dass von den Spitzenleuten die überzeugten und astreinen Hitleranhänger natürlich sofort voll mitgemacht haben – und ja nicht nur allein, sondern mitsamt ihren Unternehmen! Aber noch viel schlimmer ist es, dass sich auch die nicht so recht Überzeugten, die halben Gegner, ohne Weiteres bereitfinden mitzutun. Die geben diesem Hitler seiner Volkswirtschaft erst die richtige Fülle und Stabilität.‘

Der Konsul war gesprächig an diesem Tag, im Grunde freute er sich, dass Viktor an seinem Konflikt mit sich selbst, an seinem Konflikt mit dem Wehrwirtschaftsführer, Anteil nahm, denn natürlich war es für ihn ein Konflikt. So war es für ihn gewiss entlastend, mit einem Vertrauten über die Vorgeschichte zu plaudern. Aber zugleich war er unzufrieden mit sich selbst, weil er seinem Sohn nicht gleich mit dazugesagt hatte, dass er außerdem in die Partei eingetreten ist, zwar irrtümlich gewissermaßen, wie er hinterher im Ministerium erfahren hatte, denn es traf gar nicht zu, dass man zur Ernennung zum Wehrwirtschaftsführer der Partei angehören muss, wie ihm das die örtlichen Parteigrößen vorgemacht hatten. Aber eingetreten ist eingetreten.

„Die Ernennung selbst war übrigens nur eine Sache von nicht einmal zwanzig Minuten – und dafür bin ich extra nach Berlin gefahren.“

„Bei Hitler?“

„Klar, höchstpersönlich. Ich war noch nie in der Reichskanzlei und sehe auch keinen Anlass, meinen Besuch je zu wiederholen. Wir waren zu dritt, außer mir noch zwei Herren aus Hamburg. Wir kannten uns schon vorher, von irgendwelchen Tagungen und Ausschüssen. Alle drei waren wir wohl eher etwas reserviert eingestellt gegenüber dem Regime, jedenfalls, sagen wir mal, keine Hurra-Nationalsozialisten. Einer allerdings, an sich ein recht verlässlicher Mann, hatte vergangenes Jahr ein schreckliches Geleitwort für ein Sammelwerk geschrieben, mit ziemlich dämlichen Lobeshymnen auf die neue Zeit und Elogen auf Hitler, das hätte er gewiss nicht nötig gehabt. Aber wer weiß, vielleicht hatte er auch wegen irgendeiner Geschichte schön Wetter machen müssen."

„Wie wirkte Hitler auf dich?"

„Ich war schon während der Anreise gespannt darauf gewesen, was es mit Hitlers Charisma wohl auf sich habe, von dem man ja immer wieder hört. Bei mir jedenfalls hat es nicht funktioniert. Aber als wir anschließend an die Audienz noch zusammen zu Mittag aßen, zeigte sich, dass die beiden anderen doch mindestens beeindruckt waren. Einer meinte sogar, dass er bis jetzt ein ungläubiger Thomas gewesen sei, das müsse er ehrlich zugeben, aber jetzt sei er doch schon eher überzeugt als vorher. Dabei war ihm natürlich bewusst, dass Hitler uns nur ein paar belanglose Freundlichkeiten gesagt hatte, und er schüttelte selbst konsterniert den Kopf über die plötzliche Veränderung, die da in ihn hineingefahren war."

„Man muss da allerdings das ‚angeheftete' Charisma vom angeborenen unterscheiden – es gibt noch viel gelehrtere Ausdrücke dafür. In München hat es dazu eine öffentliche Vorlesung gegeben, die aber mitten im Semester plötzlich abgebrochen worden ist. Ich nehme an, die Partei sah das nicht so gern, weil die Leute bei jedem zweiten Satz darüber nachgedacht haben, ob damit Hitler gemeint sein könnte oder nicht. Da musste dann ein anderer einspringen, ich habe den Namen vergessen, man hat so richtig gemerkt, wie ihm allmählich der Stoff ausgegangen ist, wir sind dann nicht mehr hingegangen. Der Abbruch hatte jedenfalls viel Aufsehen erregt."

„Ich weiß, Viktor, was du mit ‚angeboren' und ‚angeheftet' sagen willst. Das ‚angeheftete' Charisma ist das erworbene, das aber nicht unbedingt selbst erworben zu sein braucht; das können auch die im Hintergrund gewesen sein, beispielsweise die jeweilige Partei, die den Betreffenden in dieser Weise hochstilisiert hat. Oder es war eben einfach die Berufung in ein hohes Amt. ‚Wem Gott gibt ein Amt –'"

„Wahrscheinlich spielt meistens beides eine Rolle, gerade der originäre Charismatiker bekommt noch viel zusätzliches Charisma angehängt."

„‚Angeheftet', um mit deinen Worten zu reden", lachte der Konsul. „Was mich aber am meisten überrascht hat, Viktor, und das war für mich das eigentliche Erlebnis dieses Tages, das ist die Stimme Hitlers! Man kennt ihn ja nur vom Rundfunk und aus der Wochenschau, mit diesen wilden Tiraden, entweder düster drohend oder hasserfüllt bebend und mit äußerster Lautstärke in bellenden Tonfall, dazu diese unerbittlichen Gesten – und nun hörte ich einen warmen und überaus sympathisch wirkenden Bariton und erlebte ein ruhiges Auftreten voller Wohlwollen und Güte. Wenn es gespielt war, dann war es meisterhaft gespielt!"

„Funk", fuhr er fort, „hatte mich übrigens schon vor vielen Wochen – auffallend freundlich übrigens – gebeten, gelegentlich meines nächsten Besuches in Berlin mit seinem Büro einen Termin für ein Vorgespräch, wie er das nannte, zu vereinbaren."

„Wer ist Funk?", fragte Viktor.

„Funk, das ist der neue Reichswirtschaftsminister", sagte der Konsul und winkte dabei missmutig ab.

„Ist es nicht mehr Schacht?"

„Nein! Das solltest du aber wissen! Dich beschäftigt nur noch deine Fliegerei. Du solltest schauen, dass du nächstes Jahr fertig wirst! Vergiss nicht, du bist zwar zurückgestellt, aber nur bis einschließlich Sommersemester 39, ‚zur Beendigung des Studiums', wie es hieß. Stattdessen vertust du deine Zeit mit dieser sicherlich nicht ganz ungefährlichen Fliegerei. Das macht mir noch einmal zusätzlich Sorge."

„Du brauchst da wirklich keine Bedenken zu haben. Die normale Feld- und Wald- und Wiesenfliegerei ist da wahrscheinlich viel gefährlicher. Alles was wir machen, wird vorher genauestens geplant und Punkt für Punkt festgelegt, alles was schiefgehen kann, auch wenn es noch so unwahrscheinlich ist, wird ebenso eingeplant, und die Folgemaßnahmen werden detailliert festgelegt. Man macht sich davon in der Öffentlichkeit nicht das richtige Bild. Die Leute glauben, das sei eine halsbrecherische, oder, sagen wir, mindestens waghalsige Ausprobiererei, ob etwas geht oder nicht, ob etwas hält oder nicht, wogegen wir im Grunde etwas ganz anderes machen, nämlich Messreihen aufstellen, endlose Messreihen unter verschiedenen und genau kontrollierten Bedingungen, und die miteinander vergleichen und vielleicht hinterher noch den Konstrukteuren ein bisschen unsere Eindrücke schildern."

Vater Zabener nickte, doch wirkte er nicht sehr überzeugt.

„Aber zurück zu Funk", sagte er, „der eröffnete mir also, dass beabsichtigt sei, mich zum Wehrwirtschaftsführer zu ernennen. Ich nehme an, er wollte sicherheitshalber vorfühlen, ob ich da möglicherweise abwinken würde. Ich war natürlich außerordentlich überrascht, damit hätte ich gegenwärtig überhaupt nicht gerechnet, und er fuhr dann auch gleich fort, ohne auf eine Antwort zu warten: ‚Wir respektieren durchaus Ihre manchmal doch etwas kritische Einstellung! Wir respektieren sie nicht nur, wir brauchen sogar solche Männer, nur eben feindlich dürfen sie unserem Staat nicht gegenüberstehen.' – ‚Wieso, hatten Sie je den Eindruck eines feindseligen Verhaltens?', fragte ich sofort zurück. – ‚Nein, nein, um Gottes willen, Konsul Zabener! Was wir bei Ihnen bemerken, sind lediglich gewisse Vorbehalte – nein, ich will nicht einmal sagen Vorbehalte, sondern es ist lediglich eine gewisse – sagen wir einmal – Reserve gegenüber den Ideen der nationalsozialistischen Bewegung. Aber an ihrer Loyalität dem Staat gegenüber bestanden selbstverständlich nie die geringsten Zweifel!', und so ähnlich quasselte er da ganz gewandt daher – der Mann ist Journalist von Haus aus, er war früher mal der große Spendenbeschaffer der Partei."

„Vielleicht ist sein neues Amt jetzt die Belohnung dafür?"

„Mag sein. Ich habe mich jedenfalls nicht weiter über meine Einstellung geäußert, sondern sogleich überlegt, wofür diese Ernennung gut sein könnte. Gewiss, als Erstes kam mir die Firma in den Sinn. Aber dann dachte ich auch daran, dass man politisch Bedrängten eher helfen kann, und überhaupt, dass sich im Ganzen mehr Einfluss nehmen lässt und ich in manchen Fällen vielleicht – jedenfalls im eigenen Machtbereich und noch ein bisschen drum herum – Schlimmeres verhindern könnte. Es muss doch noch mehr solche wie mich geben, Herrschaft nochmal!"

Da war der kritische Adam wieder zur Stelle: ‚Er sagt natürlich nichts darüber, aber ich glaube, das ist ihm klar, dass er damit zugleich mithilft, das Regime zu festigen und das System zu stabilisieren.‘

Viktor dachte sich seine Antwort nur: ‚Dass gilt überhaupt für jeden, absolut jeden, der in irgendeiner Weise mittut!‘ Doch Adam musste auch das gehört haben und antwortete: ‚Aber es ist dabei schon ein Unterschied, ob einer Krankenpfleger, Taxifahrer oder Pförtner ist oder ein berühmter Dirigent, ein mächtiger Bankdirektor oder ein Konzernlenker – oder nicht?‘

Ein kurzer Blick, nur sicherheitshalber, zu seinem Vater ließ Viktor sicher sein, dass auch hohe Respektpersonen und Autoritäten bei diesen internen Gesprächen mit Adam nicht zuhören konnten.

„Wenn alle von Deck gehen“, hörte er seinen Vater wie aus der Ferne noch sagen, „dann haben die Hitlerleute endgültig freie Hand!“ –

Nach diesem Gespräch mit seinem Vater überlegte sich Viktor, ob er nicht mal wieder bei Fellgiebels reinschauen sollte. Da hatte sich doch im Lauf der Zeit, trotz des Altersunterschieds, ein fast freundschaftliches Verhältnis entwickelt, und gewiss würde es der Doktor beklagen, wenn er nach München wieder zurückführe, ohne bei ihm wenigstens Guten Tag gesagt zu haben.

Als er dann am Abend bei Fellgiebels saß, fühlte er sich, vor allem auch durch die ihm stets zugewandte Frau Marianna, in eine behagliche kleine Runde aufgenommen, fast wie zu Hause, ja vielleicht war es, wenn auch anders zwar, sogar noch behaglicher als dort, denn in seinem Elternhaus war trotz aller Fürsorge seines Vaters, die manchmal ebenso rührend wie unbeholfen war, das Fehlen seiner Mutter immer wieder zu spüren. Aber so wohlaufgehoben er sich bei Fellgiebels auch fühlte, er hatte zunächst wieder die alten Hemmungen zu überwinden, Dr. Fellgiebel mit ‚Du‘ anzureden; so sehr, dass er ein paar Mal zu gestelzten Satzkonstruktionen Zuflucht nahm, um eine direkte Anrede zu umgehen. Fellgiebel überschüttete ihn, wie immer, wenn sie sich längere Zeit nicht gesehen hatten, mit Fragen über Fragen, nicht examinierend, sondern aus einem herzlichen Interesse heraus, und er begann, wie er das meistens als Erstes tat, sich nach dem Stand und Fortgang des Studiums zu erkundigen.

„Müsstest eigentlich bald fertig sein, nicht wahr?“

„Ich bin bis nächstes Jahr, bis Ende Sommersemester 1939 vom Wehrdienst zurückgestellt. Ich würde natürlich gern noch promovieren, für meine Fachrichtung gibt es keinen richtigen Abschluss, aber wahrscheinlich muss ich dann erstmal meinen Wehrdienst ableisten. Mein Schulfreund Pilgrim ist schon Leutnant, und ich habe noch nicht einmal angefangen.“

„Aber du hast ein abgeschlossenen Studium, mein Lieber, jedenfalls bis dahin. Das ist ja auch was! Ich hatte zwei Klassenkameraden, gute Freunde von mir, beide schlugen sie nach dem Abitur die Offizierslaufbahn ein, der eine sogar bei der Marine, was ich manchmal fast mit Neid verfolgte, vor allem, wenn er im Urlaub in seiner prachtvollen dunkelblauen Uniform zu Besuch zu uns kam. Ich war zu dieser Zeit ein kleiner Student, studierte und büffelte, machte mein Physikum, überstand allerlei Prüfungen und absolvierte mein Examen. Dann kam der Krieg und die beiden kletterten immer weiter nach oben, während ich ziemlich unten auf der militärischen Hühnerleiter saß. Aber nach dem Krieg mussten beide noch einmal ganz von vorne anfangen, während ich schon bald damit beschäftigt war, meine eigene Praxis aufzubauen. Das könnte sich bei deinem Schulfreund und dir, wenn's Krieg gibt und danach, noch einmal ähnlich abspielen.“

„Ah – wer spricht schon von Krieg –“

„Ich!“, sagte Fellgiebel sehr bestimmt. „Ich spreche vom Krieg – leider.“

Nach ein paar Sekunden des Schweigens blickte er Viktor aufmunternd an.

„Und was macht die Fliegekunst?“

Viktor schaute ein wenig verdutzt und sagte gedehnt: „Die Fliegekunst?“

„Doch, doch, die Fliegekunst! Das Wort stammt von eurem Urvater, dem Otto Lilienthal, einem in mehrerlei Hinsicht bedeutenden Mann. Er hat ein Buch geschrieben ‚Der Vogelflug als Grundlage der *Fliegekunst*‘, schon 1889! – Was, da staunst du! Müsste dich als Technikhistoriker – so sagt man doch? – interessieren.“

„Jaja“, akzeptierte Viktor lächelnd das neue Wort, „die Fliegekunst! Die Fliegekunst, das ist der Untergang der Wissenschaften –

bei mir jedenfalls. Aber hoffen wir, dass es nicht so weit kommt. Ich bin da mit der Fliegerei viel weiter vorangekommen, als ich je beabsichtigt habe. Früher war ich derjenige, der drängte und der alles tat, um zum Fliegen zu kommen – für das Studium war dann immer noch genügend Zeit; heute ist es umgekehrt, ich werde immer öfter angefordert, auch wenn ich mich ziere, und komme nicht mehr zum Studieren. Aber eigentlich sträube ich mich auch gar nicht wirklich. Solange ich in Schleißheim oder sonst einem der Plätze in der Gegend eingesetzt bin, geht es ja noch. Da fallen dann halt ein paar Seminare und Vorlesungen aus, aber ich kann wenigstens nachts arbeiten. Aber meistens werde ich in Darmstadt oder sonst irgendwo gebraucht. Natürlich freut's mich, wenn sie unbedingt mich haben wollen."

„Du musst auch an später denken! Das Studium ist für deine berufliche Karriere, ganz gleich was du einmal machst, mindestens genauso wichtig. Habt ihr in München denn nicht auch ein paar junge Damen mit dabei, die für dich die ganze Sache vielleicht etwas attraktiver machen könnten?"

„Im historischen Seminar schon, aber von der Ingenieurseite aus nicht."

„Es müssen ja nicht nur fachliche Kontakte sein. Für mich waren die jungen Studentinnen an der Universität – arg viele waren es vor dem Krieg ja noch nicht – in jeder Hinsicht belebend. Das düstere Auditorium in der Anatomie, alles grau in grau, hatte plötzlich seine Höhepunkte, wie bunte Blumen waren sie da in den Hörsaal hineingestreut. Man gab sich in den Praktika und später auch in den klinischen Semestern viel mehr Mühe, wenn junge Damen mit dabei waren, das galt vielleicht sogar für manche Professoren. Und auch außerhalb der Universität – es gab Tanzereien, es gab Sommerfeste, man machte gemeinsame Ausflüge, man –"

„Ei der Daus! Ich habe immer gedacht", spottete Marianna, „du hättest dich ganz auf dein Studium konzentriert!"

„Das musst gerade du sagen, Marianna! Und wie hätte ich dann jemals dich an Land ziehen sollen?", lachte Fellgiebel, wollte dann aber gleich wieder mit unverminderter Neugier von Viktor weiter hören, wie er es mit den weiblichen Studienkollegen halte. Doch, doch, sagte Viktor, er habe einen gewissen Kontakt zu einer ebenso eleganten wie geheimnisvollen Dame aus Odessa, die mit ihm studiere, oder richtiger gesagt, die die gleichen Vorlesungen und Seminare in der Philosophischen Fakultät besuche, denn von einem gemeinsamen Studieren könne man eigentlich weniger reden. Immerhin tausche man sich gelegentlich über Sachfragen aus, die im Seminar behandelt worden sind, und sie hätten sogar schon einmal ein Konzert zusammen besucht. Er sei da bis jetzt vielleicht nicht forsch genug gewesen, wenn er da an manche Kollegen denke, aber gerade die hätten in Bezug auf die Dame aus Odessa noch viel weniger erreicht, da sei er viel näher dran. Für die flatterigen jungen Studentinnen dagegen, die vielleicht ganz hübsch anzuschauen seien, aber doch nur Unruhe stifteten, interessiere er sich eigentlich weniger.

Fellgiebel hakte natürlich gleich wieder nach, Marianna dagegen war die bohrende Neugier ihres Mannes gar nicht recht, es gelang ihr aber nicht, seine zudringliche Nachfragerei zu unterbinden. Am liebsten hätte sie den Raum für eine Weile verlassen, aber wer weiß, was ihr Mann dann erst alles gefragt hätte, und so versuchte sie, möglichst uninteressiert dabeizusitzen.

Natürlich, so stellte Viktor noch klar, sei seine Ausgangsposition gegenüber den Studentinnen auch insofern ungünstig, als er wegen seiner fliegerischen Aufgaben immer wieder einmal für einige Tage abwesend sei. Aber trotzdem, das müsse man schon sehen, würde durch die weiblichen Kollegen, jedenfalls nach seinen persönlichen Vorstellungen, häufig zu viel an Unruhe in die geistige Atmosphäre gebracht, als dass er in ihrer Anwesenheit einen entscheidenden Vorteil sehen könne. Wie angenehm dagegen sei da doch früher immer das Zusammensein mit Sabine Strauss gewesen.

„Bienchen!", rief da Marianna Fellgiebel entzückt, als ob ihr dieser Name seit Jahren entfallen gewesen sei.

„Es hat in meinem ganzen Leben niemanden gegeben, der mir so unbegrenzt sympathisch war und nichts als sympathisch. Niemanden kannte ich besser und niemand kannte mich besser, alles ist immer so mühelos und so selbstverständlich gewesen. Bienchen war mir vertraut wie kein anderer Mensch. Ganz eng, aber ohne Spannungen, ohne Knistern, das war das Schöne."

„Ihr seid eben über lange Zeit fast wie Geschwister zusammen aufgewachsen."

„Das hat sich erhalten, obwohl wir inzwischen nur noch brieflich einigermaßen in Verbindung stehen, und ich weiß, dass es ihr genauso geht."

„Wo steckt sie denn jetzt?", fragte Fellgiebel.

„Ich habe lange nichts Näheres mehr von ihr gehört", musste Viktor einräumen, „vielleicht war sie beim Anschluss Österreichs gerade auf einer Konzertreise. Nur eine kurze Ansichtskarte habe ich vor einiger Zeit von ihr bekommen, ohne Absender, aus Montreux, wunderschön mit dem Genfer See im Frühnebel, aber ich weiß nicht, ob sie jetzt irgendwo dort wohnt oder nur von dort geschrieben hat. Jedenfalls scheint sie nach dem Anschluss im Frühjahr nicht einkassiert worden zu sein." –

Für die Besprechung in Augsburg kam es Viktor sehr gelegen, dass am gleichen Tag eine Klemm 35 von Darmstadt nach Haunstetten, dem dortigen Werksflugplatz von Messerschmidt, überführt werden sollte. Diese Klemm, nagelneu übrigens, war ein zweisitziger offener Tiefdecker, der als Schulflugzeug eine große Rolle spielte. In Augsburg, so hatte Viktor andeutungsweise gehört, sollte es wohl um seinen Einsatz in einem ziemlich geheimen Lastenseglerprogramm gehen, obwohl er sich nicht recht vorstellen konnte, was das dortige Werk mit Lastenseglern zu tun haben könnte.

Er startete in Griesheim in aller Herrgottsfrühe, lange vor Sonnenaufgang. Das Wetter hätte nicht besser sein können, da und dort lag in den Odenwaldtälern noch ein Hauch von Frühnebel. Viktor hatte fest damit gerechnet, dass sich Adam seinen Auftritt nicht nehmen lassen würde, zu verlockend das lange Alleinsein während des Fluges, und so philosophierten sie schon bald über die Welt am frühen Morgen.

‚Der frühe Morgen ist so ganz anders als alle anderen Tageszeiten!', sagte Viktor mit einem leisen Kopfschütteln, wie er das immer tat, wenn ihn etwas erstaunte.

‚Ja, du hast recht', hörte er Adam sagen, ohne dass dieser im dichten Wust der Geräusche hinter der kleinen Windschutzscheibe etwa schlecht zu verstehen gewesen wäre, ‚jede Tageszeit hat ihren ganz eigenen Charakter, aber der frühe Morgen, gerade in den Sommermonaten, der hat noch einmal etwas ganz Besonderes.'

Aber was? Viktor konnte es nicht beschreiben, ja nicht einmal klar erleben, er fühlte dieses grundsätzlich Andersartige nur unbestimmt.

‚Das hat gar nichts mit dem Fliegen zu tun", stellte Adam fest, „das gilt am Boden ebenso, nur lässt dir das ruhige Fliegen mehr Zeit für die Betrachtung, für eine entrückte Betrachtung, während am Boden, wenn man schon so früh aufsteht, meistens schon bald irgendetwas getan werden muss.'

‚Den frühen Morgen erlebt man viel zu selten', schwärmte Viktor, ‚dabei übertrifft er an geheimnisvoller Intensität alle anderen Tageszeiten!'

Dann ging links die Sonne auf, erst zögernd, aber bald strahlend hell und anfangs noch ganz gelb, und Viktor ließ die linke Fläche etwas hängen, um dieses Schauspiel besser verfolgen zu können, das ihm, hoch aus der Luft betrachtet, jedes Mal wieder wie der Auftakt schien zu einem großen Fest. Wie rasch das ging! Das kleine Flugzeug war bald in gleißendes Gold getaucht. Er schirmte mit der linken Hand die Augen etwas ab und spürte durch den dick gefütterten Handschuh hindurch die Wärme der Sonnenstrahlen. Das würde ein guter Tag werden. Beerfelden, das er gerade überflog, lag noch grau in grau im Schatten der vergangenen Nacht, und je heller und blendender es hier oben wurde, umso finsterer erschien die Erde da drunten, sodass man kaum glauben mochte, dass der neue Tag dort ebenfalls schon begonnen hatte.

Der Kompasskurs stimmte haargenau. Wenn ich es geschickt anstelle, überlegte Viktor, und noch ein paar Grad zulege, kann ich ohne spürbaren Umweg am Hornberg vorbeifliegen.

Er fing frühzeitig an, langsam zu sinken und flog dann in geringer Höhe über den Segelflugplatz, aber die Hallentore waren noch geschlossen und kein Mensch war zu sehen.

Nach einer guten halben Stunde kam Augsburg in Sicht. Der Flugplatz Haunstetten im Süden der großen Stadt war bald ausgemacht. Auch hier schien das Flugplatzgelände gänzlich menschenleer. Nur in den Werkhallen hinten herrschte offenbar schon etwas Betrieb, was an den vereinzelten Lichtern unter den Sheddächern und den teilweise schon aufgeschobenen Hallentoren zu sehen war; immerhin sind wir ja schon seit anderthalb Stunden unterwegs, meinte Adam, da wird es für die faulen Brüder da unten auch allmählich Zeit anzufangen.

Viktor war bester Laune, er fühlte sich in der frühen Stunde mit Adam völlig allein und unbehelligt von irgendwelchen zuschauenden Besserwissern.

‚So, nun pass' mal auf, Adam, was wir jetzt machen! So früh am Morgen, wo noch niemand auf den Beinen ist, kann man sich das leisten!'

In fliegerischen Dingen konnte er sicher sein, dass sich Adam nicht einmischte. So setzte er, ohne viel nachzudenken, zu einer seiner Landungen der besonderen Art an, mit der er gewöhnlich seine Habicht-Einfliegerei abschloss; mit der Klemm musste das genauso gehen! – Das war ja seine besondere Fähigkeit: Er spürte sofort, jedenfalls solange er im Flugzeug saß, aus dem Bauch heraus und ohne zu überlegen, geradezu körperlich eben, ob etwas ging oder nicht, ob es reichen, ob es passen würde.

Er flog in ordentlicher Höhe parallel zur abgesteckten Landebahn und an der Lage des Landekreuzes konnte er erkennen, dass er in der Gegenrichtung zu landen hatte. Als er am Platz fast vorbeigeflogen war, nahm er das Gas weg und schaltete die Zündung aus. Es war immer wieder überraschend, wie lange sich bei solchen Manövern die Latte, angetrieben vom Fahrtwind, noch weiterdrehte. Er zog ein wenig, um langsamer zu werden, dann blieb die Luftschraube stehen. Die Landebahn lag inzwischen schräg hinter ihm, und so war nun irgendwann eine Kehrtkurve fällig, und außerdem musste die noch beträchtliche Höhe verringert werden und das möglichst ohne Zunahme an Geschwindigkeit. Ein vernünftiger Pilot wäre nun vielleicht noch einen Kilometer in der gleichen Richtung und Höhe weitergeflogen, hätte dann kehrt gemacht und hätte so in einem ruhigen Anflug seine Geschwindigkeit und Höhe nach und nach bis zum Aufsetzpunkt verringern können.

Viktor in seinem frühmorgendlichen Übermut löste das Problem auf seine Art. Er machte das, was Sportflieger einen *Slip* nennen (das ist eine Art „schräger Seitengleitflug"), was sie aber nur bei der Landung tun, kurz vor dem Aufsetzen, wenn sie noch ein paar Meter an Höhe loswerden wollen. Viktor dagegen hatte seinen Slip in der stolzen Höhe von 300 Metern begonnen und kombinierte nun diesen Slip mit einer weiten Kehrtkurve. Der so zustande gekommene riesige Kurven-Slip führte zu einem rapiden Höhenverlust ohne Erhöhung der Geschwindigkeit, und man muss zugeben, dass das für einen Betrachter am Boden nun wirklich äußerst spektakulär aussah, weil er so gar keinem gewohnten Flugbild entsprach: Vom Boden aus konnte man voll auf die Oberseite des Flugzeugs schauen und vor allem – die Längsachse des Flugzeugs stimmte ganz und gar nicht mehr mit der Flugrichtung überein.

Tatsächlich hatten einige Arbeiter, durch das plötzlich abgebrochene Motorgeräusch aufmerksam geworden, zum Himmel geblickt und den beginnenden Riesen-Kurvensslip gesehen, sodass der entsetzte Schrei „Die Klemm stürzt ab!“ erschallte, was noch mehr Beobachter aus den Werkhallen auf den Plan rief.

In Wahrheit lief alles genau wie von Viktor vorgesehen, und als er mit seiner weiten Hundertachtzig-Grad-Kurve zu Ende war, hatte er seine dreihundert Meter Höhe verheizt, wie die Flieger sagen, und befand sich in Bodennähe exakt über dem Beginn der Landebahn. Er nahm den Rest seines Slips heraus und im nächsten Augenblick setzte die Klemm auf, genau neben dem Landekreuz.

Viktor kannte den Haunstettener Platz sehr genau, und wenn er jetzt das Spornrad lange genug in der Luft hielte, würde sein Schwung bequem ausreichen, um bis hinüber zum asphaltierten Abstellplatz vor der Halle 2 zu rollen. Er verließ die Landebahn in einem weiten Bogen und rollte geradewegs auf das Hallenvorfeld zu. Dort konnte er dann auch allmählich das Spornrad auf den Boden lassen, musste dann allerdings in leichter Schlangenlinie weiterrollen und den Kopf rechts und links weit heraushängen, weil er sonst wegen des Motors vor sich nichts von dem gesehen hätte, was unmittelbar vor seinem Flugzeug lag. Vom Hallenvorfeld aus konnte er dann erkennen, dass die Halle schon offen und dabei ziemlich leer war, und da sein Schwung noch ausreichte und kein Mensch zu sehen war, rollte er ohne lange zu überlegen mit nur noch mäßigem Tempo und dem Spornrad am Boden schräg in die Halle hinein, und als er weit genug drinnen war, rief er Adam übermütig zu: ‚So – und jetzt rum mit der Alten!‘, trat voll links rein und betätigte gleichzeitig kräftig die linke Radbremse, sodass die Klemm um das stark angebremste Rad herumschwenkte. Und als sie in der nächsten

Sekunde so weit herumgekommen war, dass sie mit der Schnauze wieder nach draußen schaute, stoppte er die Drehbewegung mit der rechten Radbremse und hielt im gleichen Augenblick ganz an.

Viktor stieg aus, streckte sich und nahm sein spärliches Gepäck aus der Maschine. Auf dem Weg zur Luftaufsicht kam ihm gestikulierend ein Mann entgegen, den er nicht kannte, Typ maßgebender Zivilbeamter, der um die Wichtigkeit seiner Funktion weiß.

„Sie haben es doch tatsächlich fertig gebracht", rief ihm der Mann zu, „mit einer einzigen Landung sämtliche Verstöße zu begehen, die überhaupt nur möglich sind, und die entweder als lebensgefährlich gelten oder aus anderen Gründen streng verboten sind!"

Doch das reichte ihm noch nicht und so fuhr er, als er ganz herangekommen war, mit unverminderter Lautstärke fort: „Und Sie haben das alles mit einer solchen Entschlossenheit und Radikalität getan, dass überhaupt nur Vorsatz in Betracht kommen kann! – Das wird Konsequenzen haben!"

„Heil Hitler – und Guten Morgen!", sagte Viktor, wie er das gelegentlich bei seinem Vater gehört hatte, und er betonte dabei das ‚Guten Morgen' viel stärker und verbeugte sich leicht, „Viktor Zabener."

„Sie sind der Zabener?", sagte der Mann erstaunt und in deutlich verändertem Ton, wenngleich noch immer ungehalten.

Viktor tat, als würde er diese Frage als Zweifel verstehen und fragte: „Ja, bin ich – wollen Sie meinen Ausweis sehen?"

„Nein, nein. Aber ich muss da selbstverständlich Meldung machen. Wenn Sie bei der Luftwaffe wären, hätten Sie jetzt einen Tatbericht am Hals, aber sicher!"

„Sehen Sie! Wie gut das doch ist."

„Sie sind von der DFS?"

„Nicht ganz. Eigentlich gehöre ich zur Akaflieg München. Die ist ja eine Art Tochter der DVL in Berlin geworden, und von der bin ich zurzeit an die DFS in Darmstadt ausgeliehen. Aber wer weiß, vielleicht komm' ich demnächst für eine Weile wieder zu Ihnen, ich war ja schon im Frühjahr mal eine Zeitlang da."

„Um Gottes willen", tat der Mann von der Luftpolizei bestürzt und lachte über seinen Scherz.

Dann hörte man von der Luftaufsicht das laute Blöken des

Außentelefons, ein ekelhafter Ton, wie Viktor fand, und der Mann rannte zurück. Viktor wartete auf ihn, weil er ihn noch nach dem Weg zu seinen verschiedenen Anlaufstellen im Werk fragen wollte, aber das schien ein längeres Gespräch zu werden, und als er schon unschlüssig weitergehen wollte, um in der Kantine zu schauen, ob dort schon ein Kaffee zu bekommen sei, kam er endlich wieder.

„Sie möchten sich bitte im Büro von Herrn Lusser melden. Er hat ihre Landung beobachtet."

„Ist das Robert Lusser?", fragte Viktor erstaunt.

„Ja, das ist Herr Robert Lusser."

Lusser war hier ein wichtiger Mann, das wusste Viktor. Er saß so weit oben, dass Viktor noch nie mit ihm direkt zu tun hatte. Auch sonst spielte Lusser in der Fliegerei in Deutschland eine Rolle, gerade auch in Sicherheitsfragen, und verfolgte schon seit Jahren seine Idee, die notwendigerweise eher unscharfen Betriebsrisiken in der Luftfahrt mathematisch exakt zu erfassen.[13]

Lussers Sekretärin schaute ihn nicht unfreundlich an, als er in das Vorzimmer eintrat, machte dann aber doch ein recht bedenkliches Gesicht, als sie hörte, dass er der Flugzeugführer sei, der sich melden sollte. Doch ließ sie, wie Viktor zu spüren glaubte, auch ein gewisses Mitgefühl erkennen, als sie ihn zu ihrem Chef hineinführte.

„Herr Zabener", hauchte sie zu ihrem Chef hin, der hinter seinem Schreibtisch saß, und zog sich zurück.

„Grüß Gott!", begrüßte ihn Lusser lautstark, bevor Viktor noch etwas sagen konnte, und es lag ein gut gespieltes Erstaunen mit viel Ironie in seinem Ton, was sich nur auf die Landung beziehen konnte und mit ‚Heil Hitler' überhaupt nicht in dieser Weise zum Ausdruck zu bringen gewesen wäre. So hätte auch sein Vater einen Übeltäter empfangen können, dachte er; überhaupt schienen da gewisse Ähnlichkeiten zu bestehen, vielleicht auch die Neigung, den Hitlergruß zu umgehen, wo dies unauffällig möglich war.

„Meinen Lebtag lang habe ich nicht so viele Kapitalfehler und Regelverstöße bei einem einzigen Landung gesehen!", dröhnte Lusser.

„Die Landung selber", fügte er, bereits weniger polternd, noch hinzu, „war ja dann wieder tadellos", und musste dabei selbst lachen.

Da nickte Viktor wenigstens.

„Ich darf Ihnen aus ihrer Ausbildungszeit vielleicht in Erinnerung rufen: *Erstens:* Sie sollen keine derartigen kalifornischen Riesenslips machen! Der Slip dient zur Korrektur eines leichten Höhenüberschusses an der Platzgrenze und nicht, um gewaltsam ein paar hundert Meter Höhe wegzuschrubben. – *Zweitens:* Sie sollen grundsätzlich keine Kurvenslips machen! Ihr ganzer Slip war eine einzige riesenlange Hundertachtzig-Grad-Kurve! – *Drittens:* Sie sollen – selbst bei heiklen Außenlandungen – niemals direkt aus einer Kurve heraus aufsetzen. Das letzte Stück war bei Ihnen eine reine Bodenkurve und Bodenkurven zählen zur Parterreakrobatik! Zwischen Kurvenende und Aufsetzen war nicht ein Meter Geradeausflug mehr dazwischen!", übertrieb Lusser. – „*Viertens*", und man merkte, wie ihm das Aufzählen Spaß machte, „Sie sollten motorlosen Flug gefälligst nur mit Segelflugzeugen betreiben! – *Fünftens*", und dabei wurde er noch erheblich lauter, „werden Flugzeuge nun einmal vorsichtig per Hand und zu Fuß in die Halle hineingeschoben und nicht mit Karacho und vollem Bremseneinsatz hineingedonnert!"

Viktor war fassungslos; das war alles richtig, was Lusser ihm vorwarf, und doch, so fand er, traf es überhaupt nicht zu.

„Ich hatte vor der Halle nur noch ganz minimalen Schwung", stotterte Viktor, „und weil ich wusste, dass die Maschine doch gleich in diese Halle kommt – und der Motor ja abgestellt war –"

„Aha, ich verstehe", spottete Lusser, „Sie wollen jetzt noch dafür gelobt werden, dass Sie nicht mit laufendem Motor in die Halle hineingerollt sind, was?"

Viktor schwieg, und Lusser machte eine kleine Pause.

„Jedenfalls potenzierten Sie das Risiko noch einmal, indem Sie ihre ganzen Possen, jede für sich allein schon gefährlich genug, mehr oder weniger gleichzeitig vorführten, sie also miteinander kombiniert haben!"

„Wissen Sie", fuhr Lusser in milderem Ton fort, „den Landeanflug und die Landung mit stehender Latte will ich Ihnen gar nicht so sehr vorhalten. Das haben wir früher auch gemacht. Weniger weil die Laien nicht von der Überzeugung abzubringen sind, dass ein Motorflugzeug mit stehendem Motor runterfällt wie ein Klavier, sondern weil die Sache auch so manchem Motorpiloten – wider besseres Wissen! – nicht recht geheuer ist."

„Aber", und da erhob er noch einmal seine Stimme, „völlig unverantwortbar war das Rollen bis in die Halle hinein! – Und dazu dann noch diese Kehrtwendung am Schluss! Eine Disziplinlosigkeit sondergleichen!"

„Es war aber wirklich kein Vabanquespiel", versicherte Viktor leise, „ich habe in solchen Fällen, auch in der Luft, plötzlich ein untrügliches Gefühl der Gewissheit. Das ist kein Abschätzen oder Abwägen, langt's oder langt's nicht, sondern eine plötzliche – wie soll ich sagen – gewissermaßen eine plötzliche Einsicht, wie eine Eingebung, eben diese ‚Gewissheit' –"

„In Ordnung, in Ordnung, akzeptiert!", rief Lusser ungeduldig; und dann betont ruhig: „Aber was hätten Sie gemacht, wenn Ihre linke Radbremse versagt hätte – das gibt es ja. Da genügt ein Luftverlust, weil Sie auf dem Hallenvorfeld in einen Nagel gerollt sind, und schon haben Sie keine richtige Bremswirkung mehr! – Bitte, sagen Sie jetzt nicht, Herr Zabener, dann hätten Sie halt rechts gebremst! Für ihren Ringelpiez hatten sie nur Platz nach links, rechts stand die 108 vom Chef."

Viktor schwieg.

„Aha! Sehen Sie! Diese absolute Sicherheit, von der Sie träumen und die es für Sie subjektiv sogar geben mag – Sie nennen das sehr schön ‚Gewissheit' –, diese absolute Sicherheit existiert überhaupt nicht. Die kleinen Störungen – die aber ausreichen, ein ganzes Konzept über den Haufen zu werfen – lauern überall in großer Zahl, und wir sollten ihnen so wenig Chancen wie nur möglich geben und uns nicht von irgendwelchen ‚Gewissheiten' blenden lassen."

Und in noch versöhnlicherem Ton, fast schon väterlich, sagte Lusser schließlich: „Ich weiß natürlich, dass Sie diese sonderbare Art zu landen aus dem effeff beherrschen, Ihre Serieneinfliegerei mit dem Habicht hat sich in einschlägigen Kreisen rumgesprochen. Aber denken Sie bei Ihren Kunststückchen auch daran, dass immer die Gefahr besteht, dass ein unerfahrener Pilot versucht, irgendeinen Knaller, den er bei Ihnen gesehen hat, nachzumachen. Solange Sie mit dem Habicht fliegen, habe ich da keine Angst, an so ein Flugzeug kommt ja nicht jeder ran. Aber mit der Klemm? Heben

Sie sich Ihre Kapriolen besser für einen Flugtag auf! Da ist dann merkwürdigerweise auch die Gefahr viel geringer, dass sich Nachahmer aufgerufen fühlen."

„Ich werde in Zukunft stärker darauf achten müssen, kein schlechtes Vorbild abzugeben."

„Sie scheinen jedenfalls einer von diesen seltenen weißen Raben zu sein, denen das dynamische Fliegen besonders liegt. Ich weiß, diese Leute spüren im Bauch, was ihnen in jedem Augenblick an kinetischer Energie zur Verfügung steht. Schade übrigens, dass wir vor lauter Wehrtechnik keine Zeit mehr haben, den dynamischen Segelflug weiterzuentwickeln. Der Albatros zeigt uns prinzipiell, dass es gehen könnte."

„Das *Spüren im Bauch*", ergänzte Viktor vorsichtig, „damit ist eigentlich nur gemeint, dass es eben nicht im Kopf geschieht, nicht durch Nachdenken und Abwägen. Das ginge viel zu langsam und wäre außerdem zu ungenau. Es kommt auf die Vielzahl der Sinneseindrücke an, die unbewusst verarbeitet werden, und plötzlich ist dann diese Gewissheit da; bei mir funktioniert das alles nur im Flugzeug und nur, wenn es sich bewegt. Ich kann es nicht besser beschreiben."

„Darüber sollten wir uns einmal ausführlich unterhalten! Melden Sie sich auf jeden Fall bei mir, wenn Sie wieder im Haus sind."

Im Aufstehen fragte er noch: „Zabener ist ein seltener Name, sind Sie mit Konsul Zabener, dem Wirtschaftskapitän, verwandt?"

„Ja, das ist mein Vater."

„Ah! – Dann grüßen Sie bitte Ihren Herrn Vater von mir!"

Lusser nahm sich vor, sich diesen Zabener heranzuziehen. Eine derartige Begabung könnte später bei der Entwicklung eines zukünftigen Großlastenseglers äußerst nützlich sein. Großlastensegler, das war etwas völlig Neues in der Firmengeschichte und in der Luftfahrt überhaupt; da gab es noch so gar keine Handhabungsroutine – nichts vom Bisherigen passte, keinerlei Erfahrungen –, aber ein Mann wie Viktor Zabener würde diese wahrscheinlich noch am raschesten bei sich entwickeln können. Wie wichtig die Eindrücke und die Hinweise eines guten Einfliegers für die Konstrukteure und den Projektleiter sein können, und wie sehr man dagegen im Dunkeln tappt und wie schleppend man vorankommt, wenn der Pilot nichts Verwertbares aussagen kann und nur seinem Messreihen mitbringt, das wusste Lusser längst. –

18 _ Reichspogromnacht am 9. November 1938 und die Zerstörung der Guarneri

Sabine klingelte am frühen Morgen am Gartentor ihres Elternhauses. Sie hatte eine lange Nacht auf der Bahn hinter sich, die beim Grenzübergang in Basel eben doch ziemlich aufregend für sie war, aber jetzt war sie glücklich, am Ziel zu sein. Sie wusste noch von früher, wenn sie mal ihren Hausschlüssel nicht dabeihatte, dann dauerte es meistens ziemlich lange, besonders am Morgen, bis die alte Else schließlich herangeschlappt kam und öffnete.

Der Garten sah nicht sehr gepflegt aus, immerhin, man war schon im November. In ihrer Kindheit war er allzu akkurat herausgeputzt gewesen, das hatte ihr, wenn sie mit ihrem Ball spielte, so manche Rüge eingebracht. Richtig schön jedoch, fand sie, war er erst geworden, als sie keinen Gärtner mehr hatten und nur sie sich noch um den Garten gekümmert hat, farbenfroh war er da geworden, wild und kraftstrotzend, aber immer noch genügend aufgeräumt.

Sabine überlegte sich schon, ob sie nicht doch noch ein zweites Mal läuten sollte, als die Haustür umständlich von innen aufgeschlossen wurde und ihr Vater erschien. Für einen Augenblick waren sie beide überrascht; er, weil er sie am Genfer See in Sicherheit glaubte, und sie, weil er es war, nicht Else, der zum Öffnen der Gartentür herausgekommen war. Doch Sabine war nicht nur überrascht, sie war erschrocken über sein Aussehen. Seit er aus der Kanzlei raus ist, dachte Sabine, ist es nur abwärts gegangen mit ihm. Der einst mit so selbstverständlicher Sicherheit auftretende Mann wirkte verängstigt und krank. Er ging etwas gebückt, die Schultern hingen herab, und als sie zum Haus hin gingen, schritt er nicht aus, sondern das war eher schon, wie Sabine fand, ein unsicheres Tapsen und Trippeln, stellenweise sogar mit einem Schlurfen dabei. In ihren Schmerz über den Zustand ihres Vaters, auf den sie als junges Mädchen und auch als Studentin immer so stolz gewesen war, mischten sich erst Mitleid und dann fürsorgliche und zärtliche Gefühle, und als er die paar Stufen zur Haustür hinaufgestiegen war, da musste sie ihn einfach umarmen, obwohl das in der Familie sonst nicht üblich war.

Else sei gestern Abend mit dem Zug für zwei, drei Tage nach Walldürn gefahren, ihre Mutter sei schwer erkrankt. Seine Stimme klang heiser.

„Kommst du denn überhaupt allein klar?", zweifelte Sabine, „mit der Küche und so? Ich glaube, da komme ich gerade recht."

„Du kommst immer recht, Bienchen", sagte Strauss herzlich, „aber du bist ja nicht gekommen, um mir in der Küche zu helfen! Warum setzt du dich solchen Gefahren aus? So sehr ich mich freue, dass du jetzt da bist, mir wäre wohler, du wärest in der Schweiz."

„Ich habe große Pläne. Wir sollen für Radio Lausanne die Triosonaten von Couperin spielen, und zwar auf historischen Instrumenten. Die Engländer machen so etwas schon lange, ein gewisser Arnold Dolmetsch ist dort der Motor, in Frankreich gibt es sogar eine *Ecole de Musique Ancienne.* Die Instrumente haben wir schon fast beisammen."

„Und wozu musstest du dann nach Deutschland kommen?"

„Die Noten von Couperin waren nirgends aufzutreiben, aber ich habe hier das allermeiste, und die will ich holen, dazu noch meinen kuriosen Barock-Bogen, mit dem ich eigentlich noch nie gespielt habe. François Couperin lag mir schon immer, aber er ist nicht sehr bekannt, fast war er vergessen, eine richtige Wiederentdeckung!"

Sie frühstückten zusammen, später spielte Sabine dann auf Straussens behüteter Guarneri, Strauss hörte bewegt zu. Sabine kam in einer solch spielerischer Selbstverständlichkeit mit dem Instrument zurecht, als würde sie täglich darauf spielen, und schon nach wenigen Augenblicken war die Violine wieder wie zu einem Teil von ihr geworden. Sabine spielte mit Hingabe und während der letzten Takte beugte sich vor und sah sie ihn froh mit weit geöffneten Augen an, und er wusste, die besonders akzentuierten Töne am Schluss, die er soeben gehört hatte, das war Bienchens Begrüßungsfanfare für ihn.

Danach erläuterte sie ihm mit der Guarneri in der Hand, wie das mit dem erwarteten und dem tatsächlichen Ton sei, worüber sie früher nur mit Viktor zu sprechen gewagt hatte; und dass es bei ihr heute kaum mehr vorkomme, dass etwas auch nur um Nuancen anders klinge, als sie es erwarte – allenfalls gebe es mal kleine Abweichungen im Timbre; und schließlich, dass sie auch bei ihrer eigenen Violine eigentlich bei jedem Ton stets höre, wie er klingen würde, wenn sie auf der Guarneri spielte. Diese ständige Verfügbarkeit des Klanges der Guarneri, das erlebe sie als etwas Wunderbares, und das sei ihr genug, solange sie die Guarneri selbst wohl aufbewahrt in seinem Tresor wisse.

„Ach, ich würde so gern Eva in Wiesbaden mal anrufen", bat Sabine, und sie meinte damit Straussens zweite Frau, ihre Stiefmutter, mit der sie stets gut ausgekommen war, die Strauss aber schon vor zwei oder drei Jahren verlassen hatte, wiewohl noch immer eine gewisse Verbindung zu bestehen schien. Sabine war sich nie darüber klar geworden, ob die Trennung nicht doch damit zusammenhing, dass Eva eine Christin war und dem allgegenwärtigen Druck auf jüdische Familien nicht mehr standzuhalten wusste, der sich ja nicht nur in den öffentlichen Schikanen äußerte, sondern auch an gänzlich unerwarteter Stelle plötzlich hereinbrach und dann oft nur aus peinlichen Kleinigkeiten bestand.

Sie hatte den Eindruck, dass ihr Vater fast froh darüber war, dass sich ihm ein Anlass bot, seine Frau anzurufen.

„Ich habe die Nummer im Kopf", sagte er und ließ über das Fernamt die Verbindung herstellen.

„Strauss hier. – Ah, Eva, stell dir vor, Sabine ist da! Sie möchte mit dir sprechen."

„Das gute Kind!", hörte sie die überraschte Eva aus dem Hörer zirpen.

Eva und Sabine plauderten dann lange und erstatteten einander getreulich Bericht über die Ereignisse der letzten Zeit, wobei Sabine aber bestrebt war, Eva möglichst wenig Anlass zu geben sich aufzuregen.

Schließlich bemerkte Sabine, wie ihr Vater, der anfangs gespannt zugehört hatte, im Hintergrund auf und ab ging und Anzeichen wachsender Ungeduld zeigte.

„Wir sollten einmal wieder wie früher alle drei zusammensein!", rief Eva zum Schluss ihres Gespräches noch. –

Am späteren Abend hörte Sabine, wie nebenan ihr Vater noch einmal mit jemandem telefonierte. Wie immer am Telefon sprach er recht laut, und obwohl sie nicht viel verstehen konnte, merkte sie doch bald, dass er sich noch einmal angelegentlich mit Eva unterhielt.

Am nächsten Morgen, so hatte Sabine mit ihrem Vater ausgemacht, wollten sie sich gegen zehn Uhr zum Frühstück treffen, Sabine wäre früher lieber gewesen.

„Ach, weißt du, bis ein alter Mann morgens richtig in Gang kommt –", hatte ihr Vater gesagt, aber ‚alter Mann', das mochte sie gar nicht von ihm hören. „Dann hast du auch Zeit, Bienchen, alles schön vorzubereiten. Ich freu mich."

Sabine war schon beizeiten auf. Zum Violine spielen war es noch zu früh, und so nutzte sie die Zeit, um sich zwei Straßen weiter im Hause Zabener nach Viktor zu erkundigen. Wer weiß, vielleicht ist er zufällig gerade da? Sie traf jedoch nur den alten Herkommer an, der in der Garage am Wagenwaschen war. Er schaute sie misstrauisch an, kaum dass er ihren Gruß beantwortet hätte; mit einem solch kritischen Blick hatte sie ihn, der doch meistens recht freundlich zu ihr gewesen war und bei den Kindern betont gemütlich aufzutreten pflegte, noch nie erlebt. Sie erhielt nur spärlich Auskunft, er habe Viktor schon lange nicht mehr gesehen, und auch vom Herrn Konsul habe er nichts über Viktor gehört.

Als Strauss zum Frühstück erschien, war er gegenüber gestern wie verwandelt: strahlend, mit blitzenden Augen und weißem Hemd, unternehmungslustig wie wohl schon lange nicht mehr. Er hole nachher Eva am Bahnhof ab, sie habe gestern Abend noch einmal angerufen, sie komme heute um fünfzehn Uhr zehn am Hauptbahnhof an und hätte einiges an Gepäck dabei.

„Ich glaube, sie bleibt länger. Vielleicht bleibt sie ganz!", sagte Strauss unsicher und ahnte, dass er Evas Anreise, mindestens den letzten Anstoß dazu, Bienchens gestrigem Anruf in Wiesbaden zu verdanken hatte und dem langen Geplauder der beiden über die Musik und über Sabines letzte Konzerte.

„Wenn jetzt auch noch Viktor dabei gewesen wäre! Aber ich weiß nicht, wo der Bursche steckt. Ich habe mich heute früh bei Zabeners erkundigen wollen, aber es war nur der Chauffeur da, und der wusste überhaupt nichts. Ein bisschen muffig ist er mit der Zeit geworden."

Strauss tadelte ihre Arglosigkeit und machte sich ernste Sorgen. Das könne noch ganz schön schief gehen.

„Bleib zu Hause! Das spricht sich herum, dass du da bist! Zabeners Chauffeur halte ich ohnehin für gefährlich, vergiss nicht, er ist der Blockwart hier. Ich hätte den Kerl schon längst rausgeworfen, aber Zabener glaubt, dass Herkommer ihm eine gewisse Deckung bietet."

Ihr spätes Frühstück dehnte sich unter Plaudern und Berichten bis gegen Mittag aus.

„Bienchen, ich kann dir nicht sagen, wann das Gästezimmer oben zum letzten Mal benutzt worden ist, hilfst du mir, es noch ein bisschen herzurichten, bevor wir zur Bahn gehen?" fragte Strauss voller Tatendrang, war aber beim Herrichten oben dann doch nicht so recht zu gebrauchen.

„Du meinst, dass ich mit zum Bahnhof kommen soll?"

„Ja unbedingt doch! Eva erwartet das!", sagte Strauss so bestimmt, dass Sabine fast vermutete, dass er offenbar gewisse Hemmungen zu überwinden hätte, müsste er Eva allein in Empfang nehmen.

Auf dem Bahnsteig herrschte einiges Gedränge, sie mussten lange suchen, Strauss befürchtete schon, Eva sei nicht mitgekommen, dann sah er sie ganz am Ende des Bahnsteigs mit einer Zeitung fröhlich winken. Beide waren sie überrascht, wie viel Gepäck Eva dabeihatte, doch auf dem Weg durch die Menge fand Strauss noch einen freien Gepäckträger, der mit seinem Handwagen das ganze Gepäck bis nach Hause schaffen sollte. Die Begrüßung war freundlich, sehr freundlich, aber etwas konventionell, wie Sabine fand, beide schienen sie ihr im Augenblick eben doch etwas befangen.

Auf dem Weg nach Hause sprach Eva fast nur mit Sabine, die ein paar Mal versuchte, ihren Vater mit einzubeziehen, der aber, so sehr er sich auf das Wiedersehen gefreut hatte, nicht recht darauf einging. Sie konnte sich nicht denken, dass er wirklich eifersüchtig war, aber ein wenig zurückgesetzt mochte er sich schon fühlen. Eva spürte die gestörte Balance und auch das Bestreben Sabines, diese Balance zu verbessern, und um darzutun, dass es an ihr nicht fehlen sollte, hakte sie in einem plötzlichen Entschluss Sabine unter, was

Straussens momentane Position in diesem heiklen Dreieck gewiss auch nicht verbesserte.

Zu Hause stieg Eva sogleich voll in die Hauswirtschaft ein, als ob sie nie weg gewesen wäre.

„Wir werden zusammen ein festliches Abendessen veranstalten!", rief sie begeistert. Dann schaute sie in der Speisekammer und im Eisschrank nach, was alles verfügbar war, und erörterte mit Sabine und Strauss die vielen Möglichkeiten, die sich boten; Else hatte offenbar gut vorgesorgt. Das gemeinsame Ziel ließ alle Befangenheit schnell verfliegen, zumal sich auch Strauss an der Diskussion mit Interesse beteiligte und dann, als es ans Arbeiten ging, wenigstens den Wein aus dem Keller holte und die Gläser richtete.

So wurde die Stimmung immer ungezwungener und später, im Laufe des Abendessens, sogar ausgelassen. Zum Nachtisch sagte Strauss schließlich, nachdenklich und bedeutungsschwer: „Solche kleinen Feste geraten nur dann so beschwingt, wenn schwere Sorgen im Hintergrund stehen."

Danach spielte Sabine, die sonst so Klassikbesessene, auf der Guarneri einige überraschende Stücke aus der goldenen Ära der Wiener Operette brachte dann immer stärker die Klänge Ungarns mit ins Spiel, „was immer mehr in klassische Zigeunermusik überging und zwar durchaus auch in solche andalusischer Tradition, als habe sie nie etwas anderes gespielt. Und wenn es ihr an irgendeiner Stelle allzu schluchzend und allzu gefällig wurde, rettete sie sich für ein paar Takte in groteske Übertreibungen, was ihr kundiges Publikum mit Lachen quittierte. Schließlich holte sie noch die alten Bögen von Viktor aus ihrem Zimmer, die er vor Jahren mit seinen Knoten in den Schweifhaaren für sie präpariert hatte, und führte sie mit dem Ernst eines abgebrühten Musikclowns vor. Noch während sie spielte, beschloss sie, einen oder zwei dieser närrischen Viktorbögen mit nach Lausanne zu nehmen, wo sie doch ohnehin schon den Barockbogen in ihrem Gepäck haben würde. Strauss und Eva klatschten und lachten, und vor allem Strauss musste immer mehr lachen und bekam bald keine Luft mehr, was mit einem argen Hustenanfall endete und die überbordende Stimmung rasch wieder einfing und in angemessenere Bahnen zurücklenkte.

Danach wurde der Abend sehr still. Strauss erzählte zögernd von einem Anruf seines Freundes Zabener gestern – „war es gestern? Ja, gestern, am Montag" –, in Paris wäre in der deutschen Botschaft ein Legationssekretär von einem Besucher, einem jungen Juden, niedergeschossen worden, zum Glück nicht tödlich, aber wenn der sterben würde, dann wäre hier was los! Und dann sei es aus Zabener herausgebrochen, ganz gegen seine sonstige Vorsicht am Telefon, ‚Mensch, Strauss, hau ab!', habe er viel zu laut in den Hörer gerufen, ‚die bringen euch alle um! Denen ist mit dem Münchner Abkommen zur Lösung der Sudetenkrise der erhoffte Krieg abhandengekommen, die platzen bald vor Zerstörungswut. Wenn dieser Mann in Paris stirbt, dann seid ihr dran!' – Dann habe er aufgelegt.

„Heute Morgen habe ich von dem Attentat auch bei uns im Radio gehört. Der Mann sei schlecht dran, hieß es, und Radio Straßburg hat berichtet, Goebbels würde toben."

In einem Augenblick des nachdenklichen Schweigens der kleinen Runde erklärte Eva mit einer plötzlich veränderten Stimme:

„Ich möchte zu dir zurückkommen", und legte dabei ihre Hand auf Straussens Arm. Sie habe von ihrem Anwalt verlässlich erfahren, dass Juden, die mit einem Arier, wie sie das nennen, verheiratet seien, von Haft und Konzentrationslager verschont und auch sonst unbehelligt blieben. Sie erörterten die Verlässlichkeit dieser Aussage, aber Strauss war sich nicht sicher, ob das auf Dauer Bestand haben würde. Sie komme aber nicht nur aus bloßer Opportunität zurück, betonte Eva, sondern weil die Judenverfolgung durch Partei und Regierung auch zu einer immer stärkeren Judenverachtung – jedenfalls in einem Teil der Bevölkerung – geführt habe, und da wolle sie nicht mit dazugehören, und das habe bei ihr einen generellen Wandel ausgelöst.

„Wie dumm von uns, dass wir uns zu Zeiten der beginnenden Bedrängnis zerstritten haben, anstatt näher zusammenzurücken! Das machen wir jetzt! Uns ist es einfach noch zu gut gegangen!"

Strauss nickte dazu nur, und Sabine strahlte beide überrascht an. Sie bewunderte Eva.

„Hast du denn keine Angst, Eva?"

„Das ist gar nicht die Frage. Es geht darum, wo ich hingehöre in Zeiten der Not. Zu meinem Mann. Nach Mannheim. In die L

Quadrate. Und zwar in die ungeradzahligen L-Quadrate", sagte sie versonnen, „in die ruhigen; in die mit den großen Gärten ringsum, die entlang dem Schlossgarten zwischen dem Bahnhof und dem Schloss liegen. Da fühle ich mich in Mannheim am meisten daheim. – Huch, ich glaube, ich bekomme Heimweh – jetzt wo ich da bin", erschauderte sie.

Diese Gegend, von der Eva sprach, war das bei weitem älteste Villenviertel und das einzige innerhalb des sogenannten Rings, welcher der früheren Stadtmauer folgt, und innerhalb dessen diese merkwürdige ABC-Quadrate-Ordnung anstelle von Straßennamen gilt. Die ‚Quadrate' sind größere Häuserblocks aus vielleicht dreißig, vierzig Gebäuden oder mehr, keineswegs immer genau in Quadratform angeordnet, und die Hausnummern laufen nicht, wie sonst üblich, den rechts und links eines Straßenzuges stehenden Häusern entlang, sondern es wird fortlaufend um das Quadrat herumgezählt, ohne Rücksicht auf die Hausnummern auf der anderen Straßenseite. Nur einige wichtige Hauptachsen haben auch noch einen Straßennamen, der aber nicht zum Auffinden einzelner Häuser dient. Das ist für Fremde oft nicht einfach, die Einheimischen kommen damit aber gut zurecht, weil sie bei einer Adresse wie beispielsweise ‚P 5, 7' sogleich das Wichtigste wissen, nämlich, und zwar ziemlich genau, in welcher Gegend der Innenstadt das gemeinte Haus liegt.

Sie sprachen an diesem Abend noch lange miteinander, und zum Schluss sagte Strauss: „Und wenn wir vielleicht doch nach England gehen, dann beide zusammen." –

Bei Sabines Abreise am nächsten Morgen gab es auf dem Bahnsteig dann doch noch Tränen bei Eva und Sabine, nicht frei fließende zwar, auch wurden sie durch häufigeren Lidschlag gut beherrscht, aber für Strauss waren sie trotzdem nicht zu übersehen. Nachsichtig lächelnd schüttelte er kaum wahrnehmbar den Kopf über die beiden gefühlsseligen Damen, faltete umständlich ein Taschentuch auseinander und schnäuzte sich mehrmals kräftig, was er sonst nur selten in dieser Stärke tat.

„Du versprichst mir", sagte er noch hastig, als schon die ersten Waggontüren zugeschlagen wurden, mit plötzlicher Angst in der

Stimme, „dass du dich nicht noch einmal diesen Gefahren aussetzt! Ich bin sicher, du stehst auf ihren Suchlisten, nach allem, was du uns erzählt hast."

Alle drei wussten sie, wie ungewiss ein Wiedersehen war und dass ihnen eine lange Zeit der Trennung bevorstand. –

Den ganzen Tag über hatte Strauss immer wieder an Bienchen gedacht. Wo sie inzwischen wohl sein mag? Gegen Abend hatte Eva am Radio die Meldung vom Tod des Legationssekretärs gehört und ihn sofort herbeigerufen, doch bekam er nur noch die erregten Kommentare mit, die alle sehr ähnlich klangen und vom allerorts ausbrechenden Volkszorn sprachen, der sich auf die Dauer wohl kaum niederhalten lasse, und die sich auch sonst in düsteren Drohungen gegen die Juden im Lande ergingen, sodass Strauss sich sicher war, dass für die Juden nun bald mit neuen Schikanen und Einschränkungen, vielleicht sogar mit noch mehr Verhaftungen zu rechnen sei. Sein Freund Zabener, der als ein hohes Tier in der deutschen Wirtschaft über manche Ereignisse oft schon früher als die Öffentlichkeit unterrichtet war, weil ja die meisten Nachrichten für die Bevölkerung erst noch im Propagandaministerium vom Deutschen Nachrichtenbüro aufbereitet, das heißt zurechtgemacht und gleichgerichtet werden mussten, hatte weiß Gott heftig genug gewarnt. Aber gewiss befand sich wenigstens Bienchen inzwischen in Sicherheit und hatte jetzt wahrscheinlich nicht mehr weit bis nach Lausanne.

Als Strauss dann bei seinem Abendspaziergang *Am Tattersall* vorbeiging da sah er, dass sein früheres Stammcafé, inzwischen eher schon ein Tagesrestaurant mit kleiner Karte, noch geöffnet war. Offenbar fand unten in den Souterrain-Räumen des Cafés, in denen ein Heim der Hitlerjugend – nichts weiter als ein Ort für regelmäßige Versammlungen – untergebracht war, eine größere Veranstaltung statt.

Es herrschte ungewohnt viel Betrieb, wie Strauss durch die großen Fenster sah, ständig wurden noch weitere Stühle nach unten geschafft und merkwürdig viele SA-Leute saßen wartend an den Tischen herum. Strauss, stets neugierig, fasste den plötzlichen Entschluss hineinzugehen, wieso auch nicht, wenn da noch geöffnet war. Allerdings, wenn ihn jemand erkennen würde, könnte das zu bösen Anpöbeleien führen. Der Kellner erinnerte sich offensichtlich noch an ihn und grüßte freundlich, wenn auch überrascht zu ihm herüber. Strauss bestellte sich einen Tee.

Immer wieder kamen Hitlerjungen ins Café – allein, zu zweit, in kleinen Rudeln –, die nach unten wollten. Sie wurden von einem schneidig auftretenden SA-Untersturmführer aufgehalten, nicht einmal unfreundlich, aber doch sichtlich zu keiner Diskussion bereit.

„Euer heutiger Heimabend, Leute, fällt aus. Eure Räume unten werden in den nächsten Tagen für eine wichtige Aktion gebraucht. Die Kreisleitung hat das mit eurem Bannführer so abgesprochen", sagte er immer wieder aufs Neue und mit den gleichen Worten.

Die meisten waren gefügig, stellten nicht einmal Fragen, grüßten mehr oder weniger stramm und verschwanden wieder. Heimabende waren nicht besonders beliebt.

Unvermittelt standen dann die wartenden SA-Leute alle auf, von Befehlsausgabe war die Rede, und polterten die Treppe hinunter. Nach einer Weile ließ ihr Lärm im Souterrain nach und verstummte dann ganz, und in der plötzlichen Stille konnte er den Untersturmführer zu seinen Leuten sprechen hören, mit diesen abgehackten Sätzen, in dieser betont markigen Sprache, die die Hitlerleute so schätzten und die ihm so zuwider war. Dazwischen befanden sich immer wieder ganze Passagen, die, viel leiser gesprochen, nur aus einem schnellen Gebrabbel bestanden, als ob er flüchtig etwas vorlese. Aber auch die mit erhobener Stimme gesprochenen Teile seiner Rede waren nicht zu verstehen, umso belustigender war für Strauss das übertriebene Auf und Ab seiner Worte, die mehr gebellt als gesprochen waren, und das unvermittelte Laut und Leise seiner Sätze. Dann musste jemand unten die Tür zum Treppenaufgang geschlossen haben, man hörte nur noch wie aus der Ferne, dass da einer mit großer Anstrengung sprach.

Der Gastraum war inzwischen fast leer. Strauss trank seinen Tee aus und zahlte; er wollte sich allmählich auf den Weg nach Hause machen, ging aber vorher noch geschwind auf die Toilette im Tiefgeschoss. Von dort war der Untersturmführer wieder viel deutlicher zu hören, und man konnte sogar die meisten Passagen seiner Rede verstehen.

„… Die Durchführung liegt also ganz bei den einzelnen SA-Stürmen“, hörte er. „Die Aufgabe der Feuerschutzpolizei besteht ausschließlich darin, benachbarte Gebäude zu schützen. – Soweit also der Ablauf bei den Synagogen. Ist das klar?“

„Jawohl, Sturmführer!“, riefen die meisten seiner Zuhörer, aber es war ihm offenbar nicht laut genug.

„Ob das klar ist?“, fragte der Untersturmführer noch einmal lauter.

„Jawohl, Sturmführer!“, brüllten sie alle.

Dann wieder kleine Pause, Gemurmel der Zuhörer, dazwischen das Rauschen eines Wasserklosetts.

„Halt! Zum Ablaufplan noch Folgendes: Pünktlich um 20 Uhr also, das heißt, eine Stunde nach Ladenschluss, öffnen im Stadtgebiet insgesamt sieben SA-Leitstellen. Unsere Leitstelle hier am Tattersall ist zuständig für die Oststadt, die Schwetzinger Vorstadt und die Innenstadt, diese aber nur bis zur *Breiten Straße* –“, danach erneutes Rauschen einer ausgiebig betätigten Wasserspülung, in dem die nächsten Worte untergingen und dann wieder der gewohnte Vergewisserungsruf, „– ist das klar, Leute?“

„Jawohl, Sturmführer!“

„Alles, was jenseits der Breiten Straße liegt, geht uns also nichts an, klar. Also bitte genau unseren Bereich einhalten! – Unsere Leitstelle ist übrigens die einzige, die zugleich als Rettungsstelle fungiert und ab 23 Uhr mit zwei Ärzten und den entsprechenden Sanitätstrupps ausgestattet ist.“

Dann ging seine Rede unversehens wieder in dieses schnelle Gebrabbel über, offenbar las er immer wieder Passage aus einem schriftlichen Einsatzbefehl vor und war von Strauss nur noch mit Mühe zu verstehen. „… *Von den Leitstellen aus nehmen alle Einsatztrupps ihren Ausgang und dorthin haben sie nach erledigtem Auftrag sofort zurückzukehren* … und so weiter … *Ebenso haben sich eventuell Versprengte oder Verletzte unverzüglich wieder zurück zur Leitstelle zu begeben* – ist ja klar. *Auch alle besonderen Vorkommnisse sind an die zuständige Leitstelle zu melden, wobei nach Möglichkeit Meldegänger einzusetzen sind.*“

Dann wieder in seiner alten Lautstärke: „Dazu noch Fragen?“

„Zum Zeitplan also noch mal: Ab 23 Uhr die Synagogen, klar,

gleichzeitig rücken von den Leitstellen die SA-Trupps mit den Listen aus." Dann wieder dieses flüchtige Vorlesen: *„Außer den vorhandenen Listen sind keinerlei schriftliche Unterlagen zu erstellen ..., alle Befehle und Einsatzpläne sind mündlich zu übermitteln ... Auch während der Befehlsausgabe sind keinerlei schriftliche Notizen zulässig. Die einzigen schriftlichen Unterlagen sind die Listen ..., die Listen sind aufgeteilt in erstens Ladengeschäfte und Kaufhäuser, zweitens aufzusuchende Wohnungen und drittens eventuell festzunehmende Personen. Die Listen tragen keinen Betreff und enthalten nur die Namen und die Anschriften."* – „Nun ja", fuhr er nun wieder laut fort, „die Listen haben wir ja inzwischen ausreichend besprochen. – Daran ist wochenlang gearbeitet worden, Männer."

Drohend fügte er noch hinzu: „Die Führer der einzelnen Trupps haften mir persönlich für die Namenslisten! Sie dienen nur dazu, einen raschen Zugriff ohne langes Herumsuchen zu ermöglichen, zack-zack, und vor allem auch, um Irrtümer zu vermeiden. – Ja nicht am Einsatzort liegen lassen! Also nicht etwa den Wohnungsnachbar herausklingeln und ihn fragen, ob man da richtig ist! Und dem dann womöglich noch die Liste unter die Nase halten! Das muss alles ruck-zuck gehen, sonst glaubt uns kein Mensch das mit dem Volkszorn und dem spontanen Aufstand des ganzen Volkes gegen die Juden. Obwohl es ja so ist."

Dann kam wieder sein dazwischengeschaltetes Vorlese-Gebrabbel: *„Entstehen Schwierigkeiten beim Auffinden oder bei der Identifikation bestimmter Personen, soll vom Führer des Trupps der zuständige Blockwart herangezogen werden, der den SA-Trupp aufgrund seiner Orts- und Personenkenntnis unterstützen wird."*

Der Untersturmführer schien so ziemlich am Ende seiner Befehlsausgabe angekommen, das allgemeine Durcheinanderreden schwoll allmählich wieder an, nur ab und zu noch von einzelnen Nachträgen des Untersturmführers unterbrochen.

„Einen Moment mal noch! – Ruhe jetzt! Hört doch noch mal einen Augenblick zu, zum Donnerwetter! Der Trupp Fröhlich ist noch unvollständig. Sind vom 2. Zug noch welche da?"

Aber Strauss hatte genug gehört, er hastete verwirrt nach Hause. Da war also irgendetwas mit den Synagogen im Anzug, wahrscheinlich Zerstörung der Fenster und vielleicht sogar des Mobiliars und der religiösen Ausstattung! Aber was es mit diesen SA-Trupps und ihren Listen auf sich hatte, war ihm schleierhaft.

Jedenfalls würde er Eva warnen müssen – aber wovor? – Ob sie fliehen sollten? Jetzt, völlig unvorbereitet und mitten in der Nacht? Und wohin? Am ehesten London, aber das will alles gut vorbereitet sein! Bestimmt stand er ja gar nicht mit drauf auf diesen Listen; zwar war sein Frontkämpferprivileg längst erloschen, aber zweifellos wussten die einschlägigen Stellen der Partei natürlich immer noch, dass er Frontkämpfer war.

Dennoch war es bedrohlich, was er da in seinem alten Stammcafé gehört hatte, aber er wusste noch viel zu wenig; und so beschloss er dann doch, Eva zunächst nichts zu erzählen, es würde sie nur beunruhigen. –

Sie zogen in einem Vierertrupp durch die nächtliche Bismarckstraße, einer schönen Allee mit gemütlichen Gaslaternen, in Richtung Schloss. Der Anführer des Trupps war ein alter SA-Scharführer, im Hauptberuf ein untergeordneter Lokalredakteur beim örtlichen *Hakenkreuzbanner*, der schon seit 1931 mit dabei war und dem die SA, seine SA, wichtiger war als alles andere. Er bedauerte nur, dass sie nicht zu sechst waren, wie er anfangs gehofft hatte, dann nämlich hätten sie in zwei Dreierreihen auf der Fahrbahn marschieren dürfen und müssten nicht wie gewöhnliche Fußgänger auf dem Trottoir nebeneinander hergehen. Der Vorteil allerdings war, dass sie sich unterhalten konnten, und so nutzte er die Gelegenheit, um seine drei Männer, die erst vor kurzem von der Hitlerjugend übernommen worden waren, nationalsozialistisch weiterzuschulen und sie vor allem mit der SA näher vertraut zu machen. Und so legte er denn ganz im Stile seiner Zeitungsartikel los.

„Dieser 9. November heute, das wird ein großer Tag, der in die Geschichte eingehen wird! Und ihr dürft daran teilnehmen! – 1918, da war der 9. November ein Tag der nationalen Schmach, das war das Kriegsende durch meuternde Matrosen, das war die Revolution der Sozialisten und damit der Dolch im Rücken unserer siegreichen Armeen, und es war der Beginn der Regierung der Novemberverbrecher. – Dann kam der 9. November 1923, der Marsch auf die Feldherrnhalle mit unserer heroischen Niederlage. Aber wie hat der

Führer gesagt: ‚Aus den Blutzeugen der Bewegung ist dann doch noch die Rettung Deutschlands erwachsen.‘ Und entsprechend steht an ihrem Mahnmal an der Ostseite der Feldherrnhalle die Inschrift ‚Und Ihr habt doch gesiegt‘. – Der 9. November heute aber ist der Tag der endgültigen Befreiung Deutschlands vom Judentum! Und das wird einzig die Leistung der SA sein! Ab heute steht die SA wieder in der vordersten Reihe der Bewegung!“

Es folgten einige Schritte im Schweigen, dann fuhr er in nachträglichem Zorn fort: „1934, da haben unsere eigenen Hundertfünfundsiebziger-Schweine die SA kaputtgemacht![14] Ich kann da die oberste Führung durchaus verstehen! Waren wir bis dahin die Spitze der aktiven und wirklich kämpferischen Nationalsozialisten und auf dem besten Wege, zum millionenstarken Volksheer zu werden, so haben wir 1934 mit dem Röhm-Putsch unsere Bedeutung und eigentlich auch unsere Ehre verloren. Fortan waren wir eigentlich nur noch zuständig für die vormilitärische Ausbildung, gewiss eine wichtige Aufgabe, aber wirklich vertraut im politischen Sinne hat uns in der Parteispitze niemand mehr. Wir haben unsere führende Stellung im Staat aus eigener Schuld verloren, wir haben sie freiwillig an die eingebildeten feinen Herren von der SS abgegeben.“

Der Scharführer bedauerte, dass er seine aufrüttelnden Worte, die er so sorgfältig in der Redaktion vorbereitet hatte, nicht vor dem ganzen SA-Sturm hatte vortragen dürfen, weil der Untersturmführer selbst hatte sprechen wollen, sodass ihm jetzt nur seine drei Mann als Zuhörer verblieben waren. Umso leidenschaftlicher schloss er mit einem Aufruf.

„Aber jetzt, Männer, jetzt kommt unsere große Stunde, die Stunde der Bewährung! Jetzt können wir durch äußerste Härte bei unserem Einsatz beweisen, dass es uns ernst ist mit den Idealen der Partei! Dass auf keine der Organisationen der NSDAP mehr Verlass ist als auf die SA! Die Zeit der Sühne ist vorbei! Heute Nacht werden wir unsere alte Stellung in der Partei und damit im Staat wiedererlangen, Männer! Das ist unsere große Chance!“

„Nun, da wollen wir dann mal so richtig den spontanen Volkszorn herauslassen, der von den maßgebenden Stellen kaum mehr niedergehalten werden kann, wie ich im *Völkischen Beobachter* gelesen habe“, sagte einer der jungen SA-Männer eher spöttisch.

„Mir passt dieses Gerede vom Volkszorn ganz und gar nicht! Das ist doch alles dummes Zeug! Von wegen ‚spontan'! Das schmälert doch nur die eigentliche Leistung der SA! Wir haben die Einsatzpläne und die ganzen Listen und das alles wochenlang vorbereitet! Jede Juden-Adresse genauestens überprüft!"

„Deshalb war es mir auch gar nicht recht", trug er noch nach, „dass etliche Trupps in Zivil losgezogen sind. Das kommt zwar diesen Parolen vom spontanen Volkszorn entgegen, bringt aber für die SA überhaupt nichts. Da herrschte eine unklare Befehlslage!"

Aus der Innenstadt drang plötzlich Lärm, der überhaupt nicht mehr aufhören wollte, fortgesetztes dumpfes Krachen mit anschließendem Klirren, wie es beim Einschlagen großer Glasflächen entsteht, minutenlang.

„Aha", sagte der Scharführer befriedigt, „da sind jetzt die Kaufhäuser und die Judengeschäfte dran, in den Planken und in der Breiten Straße. Sauberer Einsatz! Richtiges Trommelfeuer!"

„Schade, dass es auf unserem Weg gar keine Ladengeschäfte und Kaufhäuser gibt!", meinte einer seiner Leute.

„Dafür umso ausgiebiger vornehme Wohnungen! Nicht einmal bloß Wohnungen sind es eigentlich, sondern richtig noble Villen – wirst du gleich sehen!"

Unter einer Gaslaterne, deren Licht aber zu schwach war, sodass er doch seine Taschenlampe verwenden musste, schaute der Scharführer noch einmal in seine Liste.

„Also, Dr. Strauss, den haben wir hier als Ersten auf der Liste. Daneben steht ‚Bei Blockwart Pg. Herkommer wg. Zugang fragen!' – Aha. Der Blockwart wohnt ganz in der Nähe, im Haus vom Konsul Zabener unten drin, den kenne ich gut."

Bei Herkommer brannte noch Licht. Kaum hatte der Scharführer geklingelt, ging die Tür schon auf, im Halbdunkeln sah er, dass es nicht Herkommer war, der die Tür öffnete.

„Ist Herr Herkommer nicht da?"

„Doch, ich bin da", lachte Ludwig Herkommer. „Ich bin sein Sohn, nur kurz auf der Durchreise zu Besuch hier. Mein Vater musste heute Abend überraschend mit dem Konsul wegfahren."

„Oh, das ist jetzt dumm. Wir sollten ihn wegen des richtigen Zugangs fragen bei Dr. Strauss dort vorne."

„Ist mir schon klar! ‚Zugang erkunden' oder auch ‚wegen Zugang fragen', das ist so ein Kürzel, so eine getarnte Kurzanweisung; das bedeutet, da gibt es mehrere Eingänge, die ihr sichern müsst, sonst gehen euch hinten raus vielleicht welche durch die Lappen."

„Sie sind vom Fach?"

„Hm", machte Ludwig nur und war froh, dass er in Zivil war. Er begegnete solchen SA-Leuten nicht gern in der Uniform eines SS-Führers, zeigte sich aber hilfsbereit. „Ich kann Sie schnell hinbegleiten. Die Villa Strauss hat tatsächlich zwei Eingänge, das stimmt, einen herrschaftlichen zur Straßenseite hin und einen Lieferanteneingang an der Seite neben der Küche."

Ludwig Herkommer ging flotten Schritts vor dem SA-Trupp her, er wollte sich mit dem Scharführer jetzt nicht unterhalten. Ohne darüber nachzudenken, war ihm mit einem Schlag alles klar. Dieser Trupp hatte anscheinend die Aufgabe, die Bude dort auszuheben und den alten Strauss abzuholen. Das soll wohl ganz unauffällig geschehen, nachts, im Rahmen dieses spontanen Volkszorns, dieses perfekt organisierten, von dem schon seit Tagen die Rede ist, dachte er zynisch. Heute Mittag war ja am Radio gekommen, dass dieser Legationssekretär in Paris gestorben ist – jetzt geht es also los! Hat es nicht gleich nach dem Attentat schon gestern und vorgestern da und dort vereinzelte Racheakte gegen Juden gegeben? Davon hatte er gehört; die waren wohl wirklich spontan gewesen. Aus der Innenstadt drang Lärm herüber.

„Hier, diese vier Stufen der Freitreppe hinauf, das ist der herrschaftliche Eingang. Nach der Haustür kommt eine kleine Vorhalle; danach noch einmal zwei breite Stufen vor einer mehrflügeligen Innentür, alles geätzte Glasscheiben, dahinter liegt dann die Haupthalle mit der Treppe nach oben. Der Lieferanteneingang ist ganz hinten an der rechten Seite des Hauses."

„So, dann gehen wir doch mal rein!" sagte der Scharführer aufmunternd, rüttelte am Gartentor und stieg, als es sich nicht gleich öffnen ließ, nicht ungewandt drüber. Während seine Leute nachfolgten, sah der Scharführer Herkommer fragend an.

„Nein, nein, ich komme da auf keinen Fall mit!", wandte sich Herkommer zum Gehen. Das sollten die Rüpel von der SA mal allein erledigen. Außerdem verspürte er doch gewisse Hemmungen, dieses

Haus zu betreten, in dem er seit vielen Jahren – seit dieser unseligen Hundegeschichte – nicht mehr gewesen war. Gegenüber dem alten Strauss empfand er keinen Groll mehr, doch war es ihm gleichgültig, was dort im Haus jetzt geschehen würde. Er war froh und in gewisser Weise auch stolz darauf, dass ihn solche Ereignisse so wenig berührten; eigentlich überhaupt nicht berührten, könnte man sagen.

Der Scharführer klingelte stürmisch an der Haustür, nach einer Weile noch einmal, und seine Leute wollten schon die mitgebrachten Brechwerkzeuge hervorholen, als der Türöffner schnarrte. Der Scharführer warf sich mit der Schulter ein paar Mal kräftig gegen die Tür, die aber offenbar zugesperrt war. Dann wartete er aber doch, wenn auch nicht geduldig, immerhin genügte ihm für den Augenblick das Schnarren als Signal, dass man bereit war zu öffnen. Doch es tat sich nichts. Schließlich klingelte der Scharführer noch einmal, und der Kräftigste der SA-Männer schob bereits lauernd sein Brecheisen, eigentlich eher eine Art Kuhfuß, in den Spalt unter der Tür und sah den Scharführer fragend an. Dann aber hörte man, wie jemand aufsperrte; es war Eva, die erst den Morgenrock aus ihrem Koffer hatte hervorholen müssen, und als sie dann die Tür ein wenig öffnete und durch den Spalt ängstlich zwar, aber tapfer nach draußen spähte, stieß der Scharführer die schwere Eingangstür mit voller Wucht auf und schleuderte die zierliche Frau nach hinten.

Wie losgelassen stürmten die vier SA-Männer in den Vorraum, warfen die Stechpalme von ihrem Schemel und zertrümmerten mit diesem unter gewaltigem Getöse die großen geätzten Glasscheiben der mehrflügeligen Innentür, die zwar Innentür hieß, aber in Wahrheit eine meterbreite verglaste Abtrennung des schmalen Vorraums zur Halle hin war. Dann drangen sie in die Halle ein, warfen an Möbeln um, was nur umzuwerfen war, schlitzten die Polster der Sessel auf und rissen die Bilder von den Wänden und die Vorhänge samt der Lamperien von den Fenstern. Eine Glasvitrine hatte es einem von ihnen besonders angetan. Er räumte die Vasen und Karaffen, die Tassen und Gläser und was sonst noch an kostbaren Stücken in der Vitrine stand, verhältnismäßig sorgfältig und in einer Art perverser Umständlichkeit aus und stellte sie wohlgeordnet auf den Fußboden. Dann breitete er vorsichtig eine der Perserbrücken darüber und begann, mit vorsichtigen Schritten darauf herumzutrampeln. Man konnte ihm ansehen, wie sehr ihm die knackenden Geräusche ergötzten – eine offenbar höchst lustvolle Tätigkeit, der sich die anderen drei sogleich mit sichtlichem Vergnügen anschlossen. Das war keine rabiate Raserei mehr, sondern genießerisches Zerstören und Kaputtmachen.

Strauss war schon beim ersten Lärm, nur mit einem Nachthemd bekleidet, hinunter zu seinem Tresor gestürzt, den er mit zitternden Händen öffnete. Er entnahm die Guarneri, ließ in verwirrter Hast den Tresor offenstehen, was er sonst niemals tat, und eilte hinauf in die Halle. Er lief auf den Nächsten der SA-Leute zu, den weitaus stämmigsten, der am unteren Ende der Treppe stand, und hielt ihm die Guarneri mit beiden Händen entgegen.

„Hier! Ein unersetzliches Instrument! Ich schenke es der SA, ich stifte es der Partei, wenn es nur erhalten bleibt!", stieß Strauss hervor.

Der SA-Mann riss Strauss die Violine aus der Hand, und man sah, als er sie in den Händen wiegte, dass das geringe Gewicht ihn überraschte.

„Es ist eine echte Guarneri!", rief Strauss.

„W i e heißt sie?"

Strauss: „Guarneri – Guarneri del Gesú."

„Ach was! Nix! Bloß die Schtradifaris sollen verschont werden, hat's geheißen, alles andere wird zusammengeschlagen!"

Dann fasste er die Violine am Hals, knapp unterhalb der Wirbel, und schwang sie wie einen Tennisschläger. Die anderen sahen gespannt her und weideten sich an Straussens Angst um das Instrument, der beschwörend die Hände erhoben hatte.

Auf dem untersten Pfosten des freistehenden Treppengeländers saß eine polierte Hartholzkugel, über die der SA-Mann, der die Violine hielt, mit der freien Hand fast zärtlich wie über einen Kinderkopf strich. Dann ließ er die Guarneri behutsam und mit einer Zartheit, die man dem groben Gesellen nie zugetraut hätte, aus geringer Höhe – es mag eine knappe Fingerbreite gewesen sein – mit ihrem Rücken auf die Kugel fallen, wobei er sie ganz locker hinten am Wirbelkasten hielt. Federnd sprang sie mehrmals in dichter Folge, fast schon vibrierend, ein paar Millimeter wieder hoch, was nicht alle Violinen tun, und es entstand dabei ein fremder, aber wunderbarer Klang. Der SA-Mann tat überrascht, vielleicht war er es auch, lächelte mit halbgeöffnetem Mund der Violine freundlich zu, wie man einem kleinen Kind zulächelt, das zum ersten Mal, halb zufällig noch, einen Ton aus einem Kinderinstrument hervorgebracht hat, und wiederholte sein einfältiges Spiel noch ein paar Mal. Der dumme Gimpel ahnte nicht, dass er auf ein Prüf- und Demonstrationsverfahren gestoßen war, das nur die erlesensten Violinen bestehen und das bereits die alten Meister von Cremona herangezogen haben, um vorzuführen, wie sich Spreu vom Weizen trennen lässt.

Dann hielt er plötzlich wie erschrocken inne, als besinne er sich auf seine eigentliche Aufgabe, hob die Violine in einem weiten Bogen langsam an und schlug sie, mit einem plötzlich verzerrten Gesicht, mit voller Kraft auf die Kugel. Man hörte ein splitterndes Krachen, nicht einmal besonders laut, mit dem die Guarneri ihren Geist aufgab.

Der SA-Mann warf ihre Reste, die zum Teil noch mit den Saiten aneinanderhingen, mit einer verächtlichen Bewegung zu den übrigen Trümmern und Scherben, die knöchelhoch am Boden lagen, und Strauss, der verzweifelt auf die Stufen niedergesunken war, spürte im selben Augenblick, dass er dieses Geräusch der Zerstörung bis an sein Lebensende nicht würde vergessen können.

Wie er so hilflos dasaß, in sich zusammengefallen, nach vorn gebeugt, die Ellenbogen auf den Knien, das Gesicht in den Händen, ausgerechnet da fiel ihm ein, dass er einmal gelesen hat, dass während der französischen Revolution zahllose alte Musikinstrumente zerstört worden seien, was ihm freilich nur geringen Trost bot. –

Noch vor Morgengrauen kehrten nach und nach die einzelnen Trupps in die Leitstelle am Tattersall zurück. Dort waren inzwischen auch der Kreisleiter mit zwei Ortsgruppenleitern und einigen höheren SA-Dienstgraden zur Abschlussbesprechung eingetroffen. In einem Nebenzimmer ließen sie sich ein Frühstück servieren. Der Untersturmführer berichtete, in der Oststadt, so sei ihm gemeldet worden, soll es zwei und auf dem Lindenhof einen Toten gegeben haben; in allen drei Fällen sei eindeutig Widerstand geleistet worden. Das wurde ohne die geringste Aufregung als etwas kaum Erwähnenswertes entgegengenommen, und der eine Ortsgruppenleiter meinte: „Das ist ja schon fast Widerstand gegen die Staatsgewalt, muss man sagen. Wenn ich von einem Widerstand Leistenden bedroht werde – dann ist das doch nichts als Notwehr!"

Bei den Trupps draußen in der Gaststube war der Rausch der Zerstörung zwar verflogen, doch bei aller Erschöpfung waren die meisten Männer noch aufgekratzt und erzählten über die Tische hinweg einander prahlend von ihren Erlebnissen in der Nacht, bis sich dann doch allmählich eine gewisse Katerstimmung breitmachte, wiewohl sich der Tumult noch eine ganze Weile hielt.

„Der Schorsch hat einen Moralischen!", rief einer. Lachen und Grölen in der Runde.

„Der kann einfach nimmer! Der hat die vornehmen Judenweiber am laufenden Band umgelegt!"

„Ach was", verteidigte sich Schorsch müde, „bloß eine!" Darauf noch größerer Jubel in der Runde.

Der Untersturmführer war kurz zum Telefonieren am Buffet gewesen und hatte auf dem Weg zurück ins Nebenzimmer die letzten Worte gehört.

„Ruhe!", rief er in äußerster Schärfe, woraufhin augenblicklich alles verstummte, und dann in Richtung Schorsch und seinem Trupp: „Ihr wisst, dass das Rassenschande ist? Und was auf Rassenschande steht?"

Schorsch, erst sprachlos, dann stotternd: „Wieso – ich hab doch – das habe ich doch – ich hab das doch nicht getan aus – aus – das war doch nicht zum Vergnügen, das war doch nicht aus Geilheit! Das war mehr wie eine Strafaktion!"

Da flackerte bei aller Müdigkeit und Erschöpfung erneut heller Jubel auf, und der Rottenführer Michel, ein schmächtiges Männchen mit Fistelstimme, der noch nicht recht begriffen hatte, worum es ging, rief übermütig: „So ist es! Die Juden gehören verprügelt, und die Weiber müssen tüchtig durchgefickt werden!"

„Ruhe jetzt!", brüllte der Untersturmführer erneut und ging zurück ins Nebenzimmer. Die Herren dort hatten durch die plötzliche Stille, die schon beim ersten Ruheruf eingetreten war, sein Eingreifen mitbekommen und erkundigte sich, was denn los sei. Der Untersturmführer berichtete vom gerade Gehörten, es sei eben doch auch zu gewissen Ausschreitungen gekommen – von den Tötungen sprach keiner mehr – und es läge eine Selbstbezichtigung wegen mindestens einer Vergewaltigung vor, die wahrscheinlich ernstzunehmen sei.

„Man sollte da nicht päpstlicher sein als der Papst“, meinte der eine Ortsgruppenleiter beschwichtigend, „so etwas kommt einfach vor.“

„Das muss man sich nur mal vorstellen“, stimmte ihm einer der SA-Führer zu, „da hüpfen diese Weiber halbnackt unseren Männern vor der Nase herum –“

„Ich würde mich nicht wundern“, unterbrach ihn der Kreisleiter, „wenn es nicht die eine oder andere sogar direkt darauf angelegt hätte.“

„Es scheint leider nicht der einzige Fall gewesen zu sein“, sagte der Untersturmführer. „Jetzt, wo alle darüber reden, lässt sich die Angelegenheit natürlich nicht mehr unter der Decke halten.“

So war es denn auch. Es war nicht mehr unter der Decke zu halten. In Sachen Rasse und Rassenschande entdeckte das Regime plötzlich seine hohe Moral und griff, als ob es sich reinwaschen wollte von dieser Pogromnacht, mit unerbittlicher Härte durch. Nicht nur in Mannheim, überall im ganzen Reichsgebiet wurden viele SA-Trupps, die im Einsatz waren, verhört, was zu Verhaftungen und drakonischen Strafen führte. Mord und Totschlag dagegen blieben ungesühnt. –

19 _ Aufräumarbeiten und Plünderer _ Violets Verschwinden

Ludwig Herkommer hatte schlecht geschlafen. Im Halbschlaf hatte er immer wieder einmal ein Feuerwehrauto gehört und auch sonst allerlei Geräusch und Tumult aus der Ferne, aber zum Aufstehen und Nachsehen, was da los sei, hatte der Lärm nicht gereicht. Wahrscheinlich haben da aufgebrachte Leute in der Nacht ein paar Synagogen angezündet, da hatte es doch gleich nach dem Attentat irgendwo schon ein paar solcher Vorfälle gegeben, und jetzt, wo unser Mann gestorben ist, geht es damit erst recht los. Er hielt nicht viel von solchen spontanen Aktionen der Bevölkerung, das widersprach seinen Ordnungsvorstellungen, aber wahrscheinlich haben sich manche Leute durch den Aufbruch der SA-Trupps in der Nacht aufgerufen gefühlt, ebenfalls etwas gegen die Juden zu unternehmen. Dieser Trupp, den er zu Straussens geleitet hatte, war garantiert nicht der einzige offizielle hier in der Gegend, da war er sich sicher, und wenn da fünfzig oder hundert oder noch mehr solcher Trupps losziehen, dann fällt das auf, und manch einer läuft mit hinterher.

Herkommer zog sich an, sein Vater war offenbar von der Reise mit dem Konsul noch nicht zurück. Er machte sich als Erstes auf den Weg zur Villa Strauss, vielleicht könnte er auskundschaften, was sich dort in der Nacht ereignet hat. Unterwegs musste er plötzlich an die arme Violet in Nürnberg denken, die könnte es ja auch erwischt haben! Er musste sich eingestehen, dass er in letzter Zeit kaum einmal an sie gedacht hatte, was er selbst schofel fand nun, wo sie sicherlich in Gefahr war, und wer weiß, was womöglich schon passiert ist; ‚Du bist mein einziger Kontakt noch nach draußen', hatte sie ihm einmal gestanden, aber er hatte sie in letzter Zeit im Grunde nur noch ausgenutzt, grenzenlos ausgenutzt, und sie sich als eine Art willige Aushilfsfrau für Nürnberg gehalten, an die er eigentlich nur dachte , wenn er nach Nürnberg kam. Aber es war eben auch einfach zu viel gewesen in den letzten ein, zwei Jahren.

An der Villa Strauss angekommen, sah er schon von draußen durch die offenstehende Eingangstür die schweren Zerstörungen in der Halle. Die Haushälterin, die anscheinend gerade erst gekommen war, denn ihr Koffer mit ihrem Mantel und dem Hut darauf stand noch mitten im Eingang, war damit beschäftigt, die Unmengen an Glasschutt und Splittern und Trümmern mit einer Kehrschaufel aus dem Weg zu schaffen und in Eimer zu füllen. „Wo kommen bloß diese ganzen Scherben her", sagte sie immer wieder vor sich hin.

„Ist Dr. Strauss nicht da?", fragte Herkommer höflich, als ob er nicht stören wolle. Sie richtete sich auf, ihr Gesicht war verheult.

„Ich weiß nicht, wo er ist", antwortete sie gequält und musste schon wieder weinen. Sie wandte sich ab, um ihre Tränen zu verbergen, und schaufelte weiter.

„Es ist alles so sinnlos", murmelte sie vor sich hin.

„Wie bitte?", fragte Herkommer leise zurück.

„Es ist alles so sinnlos! Warum räume ich noch alles auf? Meine Stelle hier bin ich los. Den Haushalt Dr. Strauss gibt es nicht mehr.

Es war eine gute Stelle. Ich habe noch nie etwas gegen die Juden gehabt, im Gegenteil. Hier im Haus war man immer freundlich zu mir und großzügig. In meinem Alter werde ich so schnell nicht wieder eine Stelle finden. So alte Frauen wie mich stellt niemand mehr ein. Diese Stellen gab's nur in jüdischen Häusern. Weil die nur Hausangestellte über 45 Jahren einstellen durften. Das ist jetzt vorbei. Jetzt gibt's in ganz Mannheim keinen jüdischen Haushalt mehr."

Als es ihr nicht gelang, ein umgeworfenes schweres Ledersofa wieder aufzustellen, ging ihr Herkommer zur Hand und stellte gleich noch ein paar umgeworfene Sessel und Polsterstühle wieder auf die Beine. Ihr dankbarer Blick aus den verheulten Augen ließ ihn schon wieder voller Unruhe an Violet denken – er sollte jetzt doch, statt auf die Rückkehr seines Vaters zu warten, schauen, dass er schleunigst nach Nürnberg weiterkommt. Vorsichtig zog er einige große Glasstücke, die in den Flügeln der Glaswand mit der Innentür noch in den Rahmen hängengeblieben waren, heraus, mit denen die Haushälterin gewiss ihre Schwierigkeiten gehabt hätte, dann verabschiedete er sich flüchtig und machte sich auf den Weg. Er durfte jetzt Violet nicht allein lassen, dort hatte er etwas wiedergutzumachen.

Die Haushälterin stieß schließlich auch auf die Reste der Violine und sah sofort, dass da nichts mehr zu machen war, aber wegen der besonderen Wertschätzung, die dieses Instrument im Hause Strauss genossen hatte, packte sie sie dennoch gewissenhaft in eine Schachtel, nicht viel größer als ein Schuhkarton. Da und dort fand sie noch weitere Trümmerstücke und schwer einzuordnende Splitter, die aber nur von der Geige stammen konnten und die sie alle sorglich mit dazulegte. Dann verschnürte sie die Schachtel mehrfach über Kreuz und mit vielen Knoten und versah sie in deutscher Schreibschrift mit dem Rubrum ‚*Kaputtene Geige, 10. November 1938*'. –

Dr. Fellgiebel war in der Nacht mehrmals herausgeklingelt worden, jedes Mal waren es SA-Männer mit mehr oder weniger schweren Schnittverletzungen, in zwei Fällen musste er nähen. Von den Begleitern der Verletzten hatte er allmählich immer mehr über das ganze Ausmaß der Zerstörungen erfahren. Die Synagogen in der

Stadt würden brennen, die Schaufenster der jüdischen Kaufhäuser und Geschäfte in den Einkaufsstraßen seien zertrümmert worden, und dabei muss es wohl zu diesen Verletzungen gekommen sein. Im Lauf der Nacht seien immer mehr Schaulustige dazugekommen, die sich dann darangemacht hätten, erst einmal die Auslagen und nach und nach all die Läden auszuräumen. „Und die Polizei?", hatte Fellgiebel einen der SA-Männer gefragt. Ja, die hätte aufgepasst und für Ordnung gesorgt, soweit das eben ging. Er habe selbst gehört, wie ein Polizist einem Mann, der gleich mit einem ganzen Stapel Stoffballen auf den Armen beim Wronker herausgekommen sei, ermahnt hätte: „Nu macht mal bisschen halblang, Leute!".

Fellgiebel fand in den zwei Stunden, die ihm nach den letzten Verbänden noch geblieben waren, keinen rechten Schlaf mehr.

„Jetzt also doch!", sagte er beim Frühstück zu seiner Frau, „ich habe schon vor zwei Tagen damit gerechnet, aber dass es so schlimm kommen würde, hätte ich nicht gedacht."

„Der Volkszorn braucht halt seine Zeit", höhnte Marianna.

Als er am Wartezimmer vorbeiging, sah er durch die gerade offene Tür, dass da im Hintergrund Dr. Strauss mit verbundenem Kopf saß, ein Taschentuch an die geschwollene Oberlippe gepresst.

„Holen Sie doch bitte gleich Herrn Dr. Strauss aus dem Wartezimmer", sagte er zu seiner Sprechstundenhilfe, „und setzen Sie ihn solange in den Verbandsraum. Und sowie ich frei bin, rein mit ihm zu mir!"

„Meine Güte, lieber Herr Strauss, was hat man denn mit Ihnen gemacht?", begrüßte er ihn dann. „Warum haben Sie mich denn nicht angerufen? Ich wäre doch zu Ihnen gekommen, Sie wissen doch, ich habe mich noch nie von einem Hausbesuch bei politisch Missliebigen abhalten lassen!"

Der Kopfverband schien nicht besonders fachmännisch angelegt. Strauss machte einen verstörten Eindruck, zeitweise schien er ganz abwesend zu sein. Dann redete er wieder minutenlang undeutlich und verwirrt daher. Fellgiebel nahm den Verband ab, desinfizierte die Wunde, die nur oberflächlich war, entdeckte dann aber ein schweres Hämatom am Hinterkopf. Er würde Strauss, der ziemlich desorientiert schien, in diesem Zustand nicht gleich wieder laufen lassen dürfen, jedenfalls nicht allein.

Frisch verbunden fasste sich Strauss allmählich wieder und versuchte, wenn auch noch benommen, die Ereignisse der Nacht zu schildern. Er schien grenzenlos aufgebracht, aber woran sich offenbar sein Zorn immer wieder entzündete, das waren nicht die SA-Trupps, die hatte er längst abgetan, denen galt seine ganze Verachtung und von denen hatte er nichts Besseres erwartet; sondern das waren seine Nachbarn, ebenfalls Juden, die ihn bis zur Empörung enttäuscht und halb um den Verstand gebracht haben.

„Ohne den geringsten Widerstand haben sie sich abführen lassen! Diese verdammte jüdische Folgsamkeit, schon seit Generationen! Wie die Lämmer sind sie mit gesenktem Kopf vor den Schergen hergegangen! Und ohne Zögern, höflich fast, sind sie in den Wagen eingestiegen! Die werden sich im Konzentrationslager genauso willig aufrufen und zum Galgen oder zur Schlachtbank führen lassen! ‚*Jawoll!*‘, werden sie noch rufen und ‚*Zu Befehl! Wir Juden haben gemeinsam beschlossen, uns widerstandslos abschlachten zu lassen!*‘ – Einmal assimiliert – immer assimiliert, da können wir nicht mehr zurück! So sind wir geworden – Pfui Teufel, wir törichten assimilierten Juden! Das war unser Generationenirrtum! Unsere verdammte hündische Neigung, uns anzupassen, uns ehrlich einzuordnen, vollgültige und nützliche Mitglieder der Gesellschaft zu werden – jetzt wird es uns heimgezahlt, mit Recht heimgezahlt! Oh, hätten sie doch nur auch mich verhaftet und abgeführt! Ich hätte gekämpft wie ein Löwe, ihnen die Unmenschlichkeit ihres Tuns entgegengeschleudert, ihnen mein EK I[15] vor die Füße geworfen, ihnen die Assimilation meiner Väter und meine eigene aufgekündigt!“

Und dann schloss er mit einem bitterbösen Satz, den Juden sonst nur unter sich und nur zum Scherz gebrauchen. „Ein Antisemit ist ein Mensch“, stieß er in trotziger Wut hervor, „der die Juden noch mehr verachtet, als sie es verdienen!“

Fellgiebel brachte ihn, der schon wieder gänzlich aufgelöst war, ins Herrenzimmer. Das war mit den vielen Büchern, den dicken Teppichen und den dichten Vorhängen der rechte Ort, um wieder zur Ruhe zu finden. Dann wurde Fellgiebel zu einem Notfall gerufen.

„Ich habe Herrn Dr. Strauss ins Herrenzimmer gesetzt“, rief er Marianna im Weggehen noch zu, „bring ihm doch was zu trinken und schau dann später noch mal nach ihm. Ich muss mich, wenn ich wieder da bin, unbedingt noch einmal näher mit ihm befassen."

Aber als Fellgiebel nach einer guten Stunde zurückkam, war Strauss verschwunden, das Mineralwasser stand unberührt an seinem Platz. –

Im Treppenhaus Schraderstraße 15 in Nürnberg roch es, wie es immer gerochen hat, nicht gerade unangenehm, eher vertraut, aber es war eben doch nicht genügend gelüftet worden, befand Ludwig Herkommer beim Hinaufgehen. Das war Bohnerwachs, vielleicht auch etwas Terpentinöl; Kernseife und Soda aus der gemeinsamen Kellerwaschküche und wohl auch fertiges Waschpulver; dazu weiter oben irgendein Küchendunst, allerdings so schwach, dass er nicht näher zu spezifizieren war.

Er war in den letzten Jahren ja viel herumgekommen und da hatte er im Laufe der Zeit erfahren, dass es in den Häusern desto weniger roch, je wohlhabender die Leute waren, die darin wohnten, meistens jedenfalls; und dass die Gerüche immer stärker, gewiss auch vielfältiger, aber eben auch immer lästiger und manchmal schließlich schier unerträglich wurden, je ärmer die Bewohner waren. Natürlich saßen sie viel dichter aufeinander, und die Klosetts befanden sich in den Treppenhäusern auf den Zwischenetagen. Aber das war es nicht, sie lüfteten einfach zu wenig, wenn überhaupt. Ihre selbst produzierten Gerüche waren ihnen offenbar weniger lästig, ja vielleicht hatte eine bestimmte charakteristische Mischung für sie etwas Vertrautes, womöglich Heimeliges, und trug so sogar zu ihrem Wohlbefinden bei. Manche Kneipenwirte pflegten sogar ganz bewusst diese Kunst der Komposition des richtigen Geruchs in der Gaststube aus Bierdunst vom Keller, überhitztem Fett aus der Küche und unterschiedlich altem Zigarettenrauch aus dem Nebenzimmer.

Violets Wohnungstür stand halb offen. Herkommer bemühte sich, so leise wie möglich einzutreten, um Violet zu überraschen.

Schritt für Schritt schob er sich langsam voran. Aus ihrem Wohnzimmer, die Tür war nur angelehnt, drangen Geräusche, und er hörte, wie sie in ihrem großen Kleiderschrank mit der graunzenden Tür, die immer wieder zufallen wollte, herumräumte. Da stieß

Herkommer, laut lachend, die Zimmertür auf und war ebenso überrascht wie der SA-Mann, der vor dem Schrank kniete und gerade dabei war, Violets Kästchen und Mappen, Kassettchen und Kartönchen unten im Schrank zu durchwühlen.

Herkommer versuchte, für einen Augenblick weiterzulachen, weil er verbergen wollte, dass er eigentlich gar nicht den SA-Mann, sondern jemand Vertrautes hatte erschrecken wollen, aber das misslang. So war der SA-Mann der Erste, der sich wieder fasste.

„Sind Sie der Freund?", rief er Herkommer zu und richtete sich bedrohlich auf.

„Wie bitte?", herrschte Herkommer empört den SA-Mann an, der einen halben Kopf größer war als er, und fuhr mit gut gespielter Verständnislosigkeit fort, „wieso kommen Sie denn da drauf?"

„Wieso? Ha, ich hab' doch gerade ein Riesenfoto von Ihnen gesehen, eine ganze Serie!"

Der SA-Mann schien sich in Violets Unterlagen bereits bestens auszukennen und holte einige aufgezogene Fotos in der Größe eines Kuchenblechs hervor. „Sehen Sie, Ihr Kopf hier ist sogar noch'n Stück größer als in Natur!"

Die Großfotos schienen ihm Beleg genug, dass Herkommer ‚der Freund' sein musste.

„Sie hat mich vor Jahren tatsächlich einmal fotografiert, diese Vergrößerungen übrigens kenne ich gar nicht."

Ich darf mich von diesem Kerl jetzt nicht vor lauter Erklären in die Verteidigung drängen lassen, dachte Herkommer.

„Sie sind wohl gerade mit einer kleinen Privat-Plünderung beschäftigt, wie?", fragte er ihn so scharf und so überlegen, wie er nur konnte.

Herkommer wusste durch ein Telefongespräch mit Eugen, dass diese Plündereien im ganzen Reich losgebrochen waren; an sich sei es der Partei gar nicht unwillkommen gewesen, hatte Eugen gemeint, dass die Übergriffe auch am 10. angehalten hätten und sogar noch heute, am 11. November anhielten; nun seien ja in den Großstädten vor allem die bescheideneren jüdischen Etagenwohnungen an der Reihe, deren Mieter geflohen waren oder verhaftet worden sind; und das könnte ja dem gewünschten Eindruck, dass das alles schon von Anfang an spontaner Volkszorn war, nur förderlich sein.

Allerdings habe man nun die Sache nicht mehr genügend in der Hand – ohnehin hätten in Berlin gewisse Regierungsmitglieder wegen der enormen Wertevernichtung und den Konsequenzen für die Versicherungen schon in der ersten Nacht intern etwas nervös reagiert.

Der SA-Mann wurde unsicher und stand nun längst nicht mehr so aufgebläht vor ihm.

„Es ist Ihnen doch bekannt, dass Aktionen von Einzelpersonen strikt untersagt sind, mögen sie auch noch so spontan erfolgen!", fügte Herkommer dann noch hinzu und zeigte gleichzeitig seinen Dienstausweis. Der SA-Mann wurde noch kleiner und schien sich aus dem Staub machen zu wollen, denn er griff, wenn auch zögernd, nach seiner großen Henkeltasche. Dann schob er sich tatsächlich langsam seitlich Richtung Tür.

Ich hätte ihm den Ausweis näher hinhalten sollen, dachte Herkommer, und wohl auch einen Augenblick länger; das SS-Zeichen hat er sicher gesehen, aber er hat wahrscheinlich mehr auf das Passbild geblickt und hat vielleicht gar nicht mitbekommen, dass ich SS-Führer bin.

Als sich der SA-Mann an ihm vorbeidrückte – er roch nach Alkohol –, konnte Herkommer von oben in die offene Tasche schauen und sah mehrere Kameras, auch Violets Leica glaubte er erkannt zu haben, und eine ganze Anzahl von Objektiven und andere fotografische Gerätschaften.

„Das lassen Sie mal schön hier!", rief ihm Herkommer nach, aber der andere war schon im Korridor. Er eilte ihm nach, doch erst unter der Wohnungstür konnte er ihn stellen und versuchte, ihm die Tasche zu entreißen.

„Geh weg, du Saukerl!", kam es von dem SA-Mann, wobei er das Herkommer weniger zurief, als dass er es im angestrengten Raufen hervorpresste. Aber das war Herkommer endgültig zu viel, schließlich war er als SS-Untersturmführer im Berliner Hauptamt ein ‚*a.p. Kriminalkommissar*', also ein Beamter, und so ließ er, empört über diese beleidigende Wortwahl, von der Tasche ab und haute dem SA-Mann eine rein; bloß eine Backpfeife freilich, ein Backenstreich, wie er das bei späteren Aussagen über den Vorfall genannt hat; jedenfalls war es nicht viel mehr als eine gewöhnliche

Ohrfeige, eine lässige Maulschelle könnte man auch sagen, mehr nicht, weil das die Geringschätzung besser ausdrückt als ein Faustschlag.

Der SA-Mann aber prallte zurück und stapfte mit deutlicher Rücklage auf den Absätzen nach hinten, die Fußspitzen dabei deutlich angehoben. Ob er tatsächlich angetrunken ist, fragte sich Herkommer für einen winzigen Augenblick, denn er hatte diese schnellen Rückwärtsschritte auf den Hacken schon gelegentlich bei Betrunkenen gesehen, die im Begriff waren, das Gleichgewicht zu verlieren. Aber da stieß der Mann auch schon rückwärts an das Treppengeländer, klappte nach hinten um, wobei die Beine in die Luft flogen, und war im Lichtschacht verschwunden. Im nächsten Augenblick ein Donnerschlag von unten und klirrendes Getöse, Herkommer beugte sich über das Geländer und sah auf das zertrümmerte Glasdach vom Lagerraum des Lebensmittelgeschäfts und die Leute, die drunten zusammenliefen. Der SA-Mann hatte das Glasdach mitsamt seinen Stegen durchschlagen, was ihn gehörig, aber auch nicht zu heftig abgebremst hat, und war dann, soweit sich das von oben erkennen ließ, auf einem großen Haufen leerer Jutesäcke gelandet, wo er sich gerade ziemlich benommen aufzurappeln begann.

Herkommer war zwar von der Wirkung seiner Ohrfeige überrascht, aber man kann nicht sagen, dass er über ihre Folgen erschrocken gewesen sei, erschrak er doch ohnehin so gut wie nie. Er stellte schnell noch die zurückgebliebene Henkeltasche in sein Zimmer und sauste nach unten.

Der SA-Mann saß schon wieder halbwegs aufrecht, und als er Herkommer sah, schaute er ihn nicht etwa empört oder zornig oder gar wütend an, ja nicht einmal vorwurfsvoll hätte man seinen Blick nennen können, sondern er schaute fast teilnahmslos drein, als ob sie noch nie etwas miteinander zu tun gehabt hätten. Er war arg zerkratzt, auch sein Braunhemd hatte Schaden genommen, aber sonst waren nur ein paar Hautabschürfungen und einige oberflächliche Verletzungen, eher Kratzwunden als Schnittwunden, zu sehen.

Trotzdem sollte man ihn sicherheitshalber zum nächsten Arzt oder ins Krankenhaus bringen, empfahl Herkommer betont fürsorglich, aber seine Fürsorglichkeit war, wie stets in solchen Fällen, sehr sachlich getönt. –

Polizei ist weiters keine aufgetaucht, stellte Herkommer fest, wahrscheinlich haben die momentan noch genug anderes zu tun, und da wird es wohl das Beste sein, wenn ich selbst eine Meldung schreibe, klipp und klar, das ist immer besser als abzuwarten, bis einer kommt, der keine Ahnung hat, wie es war, und der kreuz und quer fragt, da hat man dann die Sache nicht mehr so in der Hand. Hinterher heißt es dann womöglich noch, ich hätte den SA-Mann den Treppenschacht hinuntergeworfen, dieser Eindruck musste unbedingt vermieden werden. Ein Glück, dass er nicht tot ist, was gut möglich gewesen wäre, dann hätte die ganze Geschichte noch ganz schön ungemütlich werden können.

Herkommer war erfahren genug, um zu erkennen, dass er den SA-Mann nicht allzu sehr belasten dürfe, denn wahrscheinlich würde man diesem das Geschehen dann genauso vorhalten, wie er es in seiner Meldung beschreiben würde, ja vielleicht sogar ihm Teile daraus wörtlich vorlesen, und da wird es dann darauf ankommen, dass der SA-Mann, der ja keiner von den Hellsten zu sein scheint, im Großen und Ganzen zustimmt und nicht etwa protestiert und bei allen Punkten lauthals behauptet, es sei alles ganz anders gewesen.

Herkommer schilderte den Hergang so genau er konnte, freilich ohne auf das besondere Verhältnis, das zwischen ihm und seiner Zimmerwirtin bestand, einzugehen – tat ja auch nichts zur Sache. Stellenweise übertrieb er auch ein wenig, aber es war, wie er sein gelegentliches Abweichen von den Tatsachen zu nennen pflegte, ein Übertreiben in Richtung der Wahrheit. So ergänzte er die Schilderung seines Blicks in die Henkeltasche des SA-Manns noch durch die Bemerkung, ‚wobei ich auch meinen eigenen Fotoapparat entdeckte', weil er sich davon eine erhöhte Legitimation versprach, dem SA-Mann die Tasche zu entreißen und sich auf eine Rauferei einzulassen; es könne ja niemand überprüfen, was er wirklich gesehen hat, eigentlich wisse er das sogar selbst nicht mehr so genau, und es sei ja auch nicht strafbar, sich bei der Identifikation eines Fotoapparats zu irren.

Während er schrieb, läutete im Flur Violets Telefon. Ob sie sich von irgendwoher meldet? Er nahm den Hörer ab.

„Hallo?"

„Ossenbühn. Ich höre von Saller, dass Sie gerade in Nürnberg sind. Das trifft sich gut, Herkommer! – Passen Sie auf, die Untersuchung dieser Sauereien vorgestern Nacht wurden reichsweit auf einige Schwerpunkte zusammengezogen, jeweils auf Gau-Ebene."

„Sie meinen diese Vergewaltigungen?", fragte Ludwig und musste an Violet denken und an Eugens dumme Sprüche von der Rassenschand.

„Ja, diese Fälle. So furchtbar viele, wie wir anfangs angenommen haben, sind es übrigens gar nicht. Aber in Nürnberg, da haben sie gestern mit den Voruntersuchungen angefangen, da klappt das überhaupt nicht. Die sehen dort nur die Vergewaltigungen als solche – die mir persönlich, unter uns gesagt, ziemlich schnuppe wären, das gehört bei einem Volksaufstand mit dazu –, aber der ideologische Aspekt, nämlich die Rassenschande, der kommt bei denen viel zu kurz. Ich wollte Sie bitten, Herkommer, dass Sie sich da schon bei den Voruntersuchungen mit einschalten, und zwar ganz offiziell als Vertreter des Hauptamts und prononciert unter dem Aspekt der Rassenschande."

„Gerade ich bin da denkbar ungeeignet, Obersturmbannführer."

„Wieso denn, wieso denn? Sie sind einer unserer besten Verhörer!"

„Das Thema liegt mir überhaupt nicht."

„Komm, Mensch, reden Sie nicht, Herkommer. Sie werden doch mit diesen dusseligen Nürnberger SA-Burschen klarkommen!"

„Ich musste hauptsächlich wegen Ellwangen nach Nürnberg fahren, Sie wissen doch, Obersturmbannführer, Stichwort Mühlbergkaserne –"

„Jaja, weiß ich, aber darüber sollten wir auf keinen Fall jetzt am Telefon sprechen, Herkommer! Ellwangen hat noch ein paar Tage Zeit. Wir haben bei den Verhören in Nürnberg einen viel zu geringen Einfluss! Da sitzen ein paar höhere Polizisten und zwei oder drei Staatsanwälte alter Art. In Nürnberg ist die SA immer noch zu dominant. Das liegt an der Gauleitung."

Herkommer beschloss, sich wegen dieser lästigen Voruntersuchungen gleich nach der Mittagspause mit dem Polizeipräsidium in Verbindung zu setzen, dann würde er dort auch seine Meldung abgeben können statt auf dem nächsten Revier, denn auf dem Präsidium landete sie dann ja doch.

Übrigens hatte er von seiner Meldung später nichts mehr gehört. Und wie er schon am nächsten Tag auf sein beiläufiges Fragen hin von einem dieser Staatsanwälte erfuhr, würde der SA-Mann, der ja immerhin geplündert hatte, wohl unbehelligt davonkommen – das falle heutzutage unter Volkszorn, und er wisse doch sicherlich, dass er als Staatsanwalt weisungsgebunden sei. Es ginge jetzt höchstens noch um den Sachschaden, und das liefe auf eine reine Versicherungsfrage hinaus – diese Millionenschäden der letzten Tage in ganz Deutschland, fügte er noch mit besorgtem Stirnrunzeln hinzu, das müssten nun alles die deutschen Versicherungen bezahlen.

Tags darauf wurde Herkommer von einer Hausbewohnerin angesprochen, der er schon hin und wieder einmal im Treppenhaus begegnet war.

„Ah, Herr – Herr – Herkommer, gut, dass ich Sie treffe. Sie suchen sicher die Frau Bohner. Die ist noch in der Kristallnacht mit einer großen Tasche hier die Treppen hinuntergerannt."

Er hörte das Wort Kristallnacht zum ersten Mal. Die Frau erwartete keine Antwort, sie sah ihn nur ernst an, vielleicht auch etwas betrübt, und er verstand ihren Blick, der sich langsam senkte und ihn erkennen ließ, dass sie verlässlich wusste, dass auch Violet zu den Verfolgten gehörte, und wohl auch wusste, wie ihr Verhältnis zueinander war. Herkommer nickte unsicher und fragte nach ein paar Sekunden noch einmal wie erstaunt zurück: „Ja?"

Dann überfiel ihn ein Gefühl, das ihm da zum ersten Mal in seinem Leben begegnete, das Gefühl einer tiefen Sehnsucht nach einem anderen Menschen. Es überfiel ihn mit einer solchen Heftigkeit, dass alles andere, jeder Gedanke, jede Stimmung, jede Absicht und jedes Ziel aus seiner Gegenwart hinausgedrängt wurde und er nichts mehr tun konnte, als sich hilflos auf die Treppenstufen zu setzen.

Da hockte er nun, der Eiskalte mit dieser souveränen Führungsbegabung; der niemals Fassungslose; der stets so perfekt Kontrollierte, den seit jenem Drama mit den zwei jungen Kätzchen nichts mehr wirklich hatte berühren können – da saß er nun und fühlte sich zerstört. Wäre er schon bisher allen möglichen Gefühlen und vor allem diesen kleinen und größeren Sehnsüchten in der üblichen Häufigkeit eines normalen Lebens ausgesetzt gewesen, so hätte er wohl auch diesem Ansturm standgehalten. So aber stürzte auf ihn, der bis dahin ein Blinder war in der Welt der Gefühle, eine Kaskade fremdartiger Sehnsüchte und Ängste ein, mit denen umzugehen er nie hatte lernen können und denen er nicht gewachsen war.

Am schwersten zu ertragen war die Gewissheit, die ihn schon bei den ersten Worten der Nachbarin überkommen hatte, dass er Violet nie mehr wiedersehen würde und alles Sehnen vergebens war.

Von da an beherrschte Violet, ob er an sie denken wollte oder nicht, seine Gedanken in einer Weise, wie ihm das bis dahin noch nicht begegnet war. Kaum, dass er einmal für ein paar Minuten abgelenkt war, weil ihm von anderen Dingen hohe Konzentration abverlangt wurde, am deutlichsten zum Beispiel, wenn er einen Telefonanruf von einem Vorgesetzten aus dem Amt in Berlin erhielt, und umso quälender danach das erneute Zurückfallen in dieses endlose Kreisen der Gedanken um Violet. Sobald ihm nach einer solchen Ablenkung Violet wieder in den Sinn kam, durchfuhr ihn das wie ein gedämpfter Schreck, den man in der Magengrube spürt, sodass er unwillkürlich für einen kurzen Augenblick einatmete. Am schmerzlichsten war dieses Zurückfallen, wenn es durch einen äußeren Anlass ausgelöst war, der überraschend einen Zusammenhang mit Violet stiftete. Das waren jedes Mal die schwersten dieser Attacken. So hatte er, alter Gewohnheit folgend, am Abend im Vorbeigehen in Violets Briefkasten geschaut und fand – wieder verbunden mit dieser seltsamen Form eines leisen Erschreckens – einen Brief von ihr im Kasten, mit diesem unverkennbaren blauen Kuvert und ihrer großzügigen runden Schrift, der jedoch, wie er gleich darauf sah, gar nicht an ihn, sondern an ihre Tante Constanze in München gerichtet war. Dann erst entdeckte er den Vermerk ‚*Empfänger unbekannt verzogen, 11. Nov. 38*' und eine flüchtige Unterschrift.

Da war diese Tante Constanze also allem Anschein nach auch ausgehoben worden, wie er schulterzuckend feststellte, denn das berührte ihn nicht weiter, waren doch seine zehrenden Gefühle ganz auf Violet gerichtet. Aber dass er einen Brief von Violet in den Händen hielt, auch wenn er nicht an ihn gerichtet war, und dass Violet offenbar vergeblich um Hilfe gerufen hat, denn nur um einen Hilferuf konnte es sich handeln, das schnürte ihm die Kehle zu. –

In Herkommers Leben bildete dieser Tag einen Einschnitt. Von nun an bestand plötzlich ein unerwarteter Zugang in die Welt der Gefühle, in die er bisher höchstens einmal scheu und vom Rande her, wie es ihm vorkam, hineingeblickt hatte, fand er sie doch von je her schon bedrohlich, denn sie schien ihm ohne Ordnung und in verwirrender Vielfalt zu wuchern wie im Dickicht eines Urwald, ohne auffindbare Pfade, endlos sich hinziehend und ohne erkennbaren Ausgang. Am besten ist es ihm immer dann gegangen, wenn er sich von allen Gefühlen ferngehalten hat und alles, was aus dieser fremden Welt auf ihn hereinzubrechen drohte, sorgsam ausgesperrt hielt. Daran wollte er sich auch weiterhin halten, war es doch stets schon seine Stärke, sich auch in den widrigsten Situationen nicht von irgendwelchen Gefühlen übermannen und davonschwemmen zu lassen, sondern, oft als Einziger, einen kühlen Kopf und damit den verlässlichen Überblick zu bewahren. Das hatte ihm schon so manches Lob eingebracht.

Mit Violets Flucht waren es bis jetzt freilich nur quälende Gefühle gewesen wie die Sehnsucht (und ein paar damit verwandte bettelnde Gefühle), die nach ihm gegriffen haben, aber an keiner anderen Stelle wäre diese eiskalte ‚Festung Herkommer' je aufzubrechen gewesen. Doch er ahnte schon, dass das nur der Anfang sein könnte und er auf der Hut sein musste, um nicht von nun an von einer ganzen Flut von Gefühlen, unerfahren wie er war, erfasst und beherrscht zu werden und schließlich darin unterzugehen.

Jedenfalls würde er die Gefühle und alles, was mit Gefühlen zusammenhängt, erst mühsam erlernen, mindestens sich mit ihnen zunehmend vertraut machen müssen – nichts war ihm bis dahin fremder. –

Jan Fellgiebel hatte sein erstes Fahrrad, nach langem Bitten und Betteln, erst mit elf oder zwölf Jahren bekommen, obwohl er schon längst Fahrrad fahren konnte. Vor allem Marianna hatte sich lange gesperrt, weil sie die Gefahren des Straßenverkehrs sah und Jans ungestümen Bewegungsdrang kannte. Als er sein Rad dann glücklich hatte – es war gebraucht, hatte zwölf Mark gekostet, sah nicht besonders schön aus, war aber technisch einwandfrei, worauf sein Vater besonderen Wert legte –, da konnte er bei seinen ersten Fahrten in der Stadt geradezu körperlich spüren, wie gewaltig sich sein Aktionsradius von einem Tag auf den anderen vergrößert hatte.

Nun würde er seinen Schulfreund, einen stillen, etwas gehbehinderten Lehrersohn, der drüben überm Neckar wohnte, viel öfter besuchen können. Der hatte das mit dem Aktionsradius gar nicht gleich verstanden, aber Jan hatte ihm eine Darstellung in ihrem Erdkundebuch gezeigt, da waren Deutschland und die Tschechoslowakei abgebildet, und im Westen der Tschechoslowakei waren in Reih und Glied schematisch lauter winzige Kanonen, Panzer und vor allem Flugzeuge eingezeichnet, je ein Flugzeug stand für 100 Stück in Wirklichkeit, und ein riesiger Kreis, der über weite Teile Deutschlands hinwegging, gab an, wie weit der Aktionsradius dieser Flugzeuge reichte.

„Siehst du! Und du liegst jetzt voll in meinem Aktionsradius, ich kann also jetzt viel leichter mal zu dir kommen – bei Flugzeugen ist das die Reichweite, immer gerechnet mit Rückkehr zum Startplatz, verstehst du?“

Sein Freund aber hatte nur verzagt genickt.

„Du freust dich gar nicht! Da sagst du immer, komm’ mal vorbei, besuch’ mich mal, schau’ mal rein, und jetzt, wo ich viel leichter –“

„Doch, doch, ich freue mich schon. Aber diese Flugzeuge machen mir Angst“, hatte sein Freund damals leise gesagt, „meinst du, sie kommen?“

„Das sollen die mal probieren! Mit der Ostmark[16] haben wir die Tschechoslowakei jetzt ganz schön in der Zange!“ –

Natürlich reichte inzwischen sein Aktionsradius noch viel weiter als bis in die Neckarstadt drüben, mindestens bis hinter Weinheim, schätzte er, aber er würde da wohl anders rechnen müssen, diese ‚Rückkehr zum Startplatz', die er immer wieder anführte, das war bei ihm zu übersetzen mit ‚an einem Nachmittag zwischen Mittagessen und Abendbrot zu erledigen'. Was darüber hinausging, das war wohl nur an einem Sonntag und nach einer ordnungsgemäßen Abmeldung, wie das sein Vater nannte, zu bewältigen, und wenn es noch weiter gehen sollte, dann würden das schon richtiggehende Fahrradtouren mit Übernachtung sein, und nur in den Ferien möglich, aber dafür wäre die elterliche Genehmigung sicherlich nur schwer zu erlangen, und sie hinge entscheidend vom Alter und der Reife seiner Mitfahrer ab und auch vom sonstigen Eindruck, den sie bei früheren Besuchen bei seinen Eltern hinterlassen hätten, und vielleicht auch vom Ansehen, das ihre Familien bei seinen Eltern genossen.

Nichts ärgerte ihn mehr, als wenn seine Kumpane sein Fahrrad herabsetzten. ‚Das ist kein Marken-Fahrrad, das ist eine Rübenmühle!', ‚Dein Licht ist eine Stallfunzel!' Oder ‚Eine Zweigangschaltung wäre das mindeste!' Mit der Zeit fing er allerdings doch an, sich während der großen Pause auf dem Schulhof die anderen Räder in den überfüllten Fahrradständern anzusehen und seinen Blick für den allgemeinen Zustand und die besonderen Ausstattungen zu schärfen. Er musste zugeben, bei seinem Rad war absolut keine Marke mehr zu erkennen, weil der ganze Rahmen, aber auch die Schutzbleche und der Gepäckträger mit einem schwarzen Lack, der nicht einmal besonders glänzte, irgendwann überstrichen worden war und weil vorne auf dem Steuerrohr, wo üblicherweise das Markenschildchen angenietet ist, nur noch zwei kleine Löcher zu erkennen waren. Eine Zeit lang hatte er gehofft, dass sein Rad vielleicht ein Presto-Rad wäre, das war die begehrteste Marke in seiner Schule, denn Presto hatte die Deutschlandfahrt gewonnen, aber aus dem Abstand der Bohrungen konnte er ersehen, dass da irgendein anderes Schildchen angenietet gewesen sein musste. Auch die vernickelten Teile, die Lenkstange vor allem, zeigten böse Flecken und Rostnarben, so sehr er sie auch gewienert hatte. Aber technisch gesehen war sein Fahrrad einwandfrei, besser im

Schuss als die meisten, und der ganze Zubehörkram war eigentlich überflüssig. Natürlich gab es diese oder jene Kleinigkeit an den anderen Rädern, die er auch gerne gehabt hätte, vor allem ein Kilometerzähler an der Vorderradgabel unten oder gar ein Geschwindigkeitsmesser wären schon sehr nützlich, aber die meisten in seiner Klasse würde er sowieso abhängen. Das kommt ganz auf den Fahrer an.

Jan war also mit seinem Fahrrad keineswegs unzufrieden, wenngleich er zugeben musste, dass er ihm in letzter Zeit unter dem Druck der immer attraktiver werdenden Fahrräder seiner Mitschüler mit wachsender Kritikbereitschaft begegnete. Da traf es sich gut, dass ein Altwarenhändler in der Nähe – *An- und Verkauf* stand über der Tür –, bei dem Jan öfter mal ins Schaufenster guckte, weil man sich überhaupt nicht vorstellen kann, was es alles gibt auf der Welt an Tand und Kram –, da traf es sich also gut, dass dieser Händler eines Tages ein komplettes Fahrrad mitten im Schaufenster stehen hatte. Und was für eines! Jan blieb im eiligen Vorbeigehen mit einem Ruck stehen, weil er mit seinem inzwischen geübtem Blick sofort erkannte, dass das etwas besonders Edles war und selbst die feinsten Fahrräder auf dem Schulhof bei weitem übertraf. Es war weinrot lackiert und glänzte wunderbar, alle blanken Metallteile waren hochglanzverchromt und nicht bloß vernickelt wie bei seinem Rad. Von der Marke hatte er zwar noch nie gehört, aber hinten auf dem Schutzblech stand auf einer wehenden blau-weiß-roten Trikolore ‚*3 x Vainqueur Tour de France*' – einfach unbezahlbar! Die Lenkstange war ganz flach, so wie er sich das immer vorgestellt hat – das war schon keine Lenkstange mehr, das war ein richtiger Sportlenker mit Vorbau! Dazu eine Dreigangschaltung mit einer kleinen schwarzen Kugel als Griff auf dem Schalthebel und schicke Felgenbremsen wie bei einem Rennrad, und die Reifen hatten wunderschöne Flanken aus hellem Paragummi. An den scharfen Kanten der Reifenstollen konnte man sehen, dass das Rad so gut wie neu und kaum gefahren war.

Jan betrat vorsichtig den Laden, um das Rad aus nächster Nähe zu betrachten und vielleicht auch mal anzufassen. Der Händler kam, kaum dass er Jan bemerkt hatte, aus dem Hintergrund hervor, weil er gleich sah, dass da ein echter Interessent, offenbar aus gutem

Hause, aufgetaucht war, und pries, unfachmännisch wie Jan fand, die Vorzüge dieses Fahrrads, und als ihm nichts mehr dazu einfiel, obwohl gewiss noch manches zu sagen gewesen wäre, schloss er mit dem Preis.

„60 Mark – eine Okkasion sondergleichen!"

Jan hatte an den Preis überhaupt noch nicht gedacht und überschlug schnell seine finanziellen Möglichkeiten. Zirka 45 Mark und ein paar Pfennige hatte er gespart, 10 Mark wären vielleicht noch irgendwie aufzutreiben; das würde knapp, 60 Mark waren viel Geld.

„Ich habe es erst dieser Tage bei den Haushaltsauflösungen *en bloc* ersteigert, sonst könnte ich es gar nicht so günstig abgeben", sagte der Händler, „du weißt doch, die ganzen Juden, die jetzt noch schnell auswandern. Die können natürlich nicht alles mitnehmen."

Der Mann verstand sich aufs Verkaufen, und als er merkte, dass Jan der Preis zu schaffen machte, fügte er, damit Jan den Laden ja nicht vorschnell wieder verließ, noch geschwind hinzu: „Komm mit, ich habe hinten in der Halle noch mehr Fahrräder."

Was er Halle nannte, war eine große Baracke im Hof. Dort stapelten sich die Möbel bis zur Decke, Küchengerätschaften aller Art, Töpfe, Pfannen, Schüsseln waren auf Tischen hoch aufgetürmt, und Geschirr und schwere Silberbestecke füllten randvoll offene Kästen und Laden, die unter den Tischen standen.

„Alles aus jüdischem Besitz", sagte der Händler mit erhobenem Zeigefinger, womit er wohl andeuten wollte, dass es sich um erstklassige Ware handelte.

Weiter hinten in einer Ecke lehnte dann tatsächlich ein Fahrrad am anderen, der Händler nannte aus dem Kopf zu jedem den Preis, so zwischen 20 und 40 Mark bewegten sich seine Angebote, alles ganz ordentliche Räder, jedenfalls weder Ramsch noch Schrott, aber mit seinem weinroten Fahrrad im Schaufenster nicht zu vergleichen.

Dann verabschiedete sich Jan verhältnismäßig schnell.

„Ich muss mit meinen Eltern reden. Ich komme spätestens morgen Nachmittag wieder, spätestens. Ganz bestimmt. Bitte, verkaufen Sie es ja nicht vorher!"

Zuhause angekommen, übertölpelte er durch Schnelligkeit und charmantes Lächeln die Sprechstundenhilfe, die mit ihrem Büro zwischen Warteraum und Sprechzimmer saß, um für einen geordneten Ablauf zu sorgen, und witschte zwischen zwei Patienten schnell zu seinem Vater hinein.

„Drei Minuten, mein Lieber, höchstens drei Minuten, das Wartezimmer sitzt voll! – Was gibt's denn da so Dringendes?"

Jan schilderte aufgeregt seinen fantastischen Fund und ob er denn seine Sparkasse auflösen dürfe.

„Du kannst natürlich über deine Ersparnisse verfügen. Aber bitte keine weiteren Verbindlichkeiten eingehen! Und lass dir nicht in der Begeisterung etwas aufschwätzen, was sein Geld nicht wert ist!"

„Nein, nein, im Gegenteil, das ist eine ausgesprochene Okkasion, hat er gesagt. Und danke, Papa!"

Dass ihm noch 15 Mark fehlten, hatte er vor lauter Eile gar nicht mehr anbringen können und so ging er rauf in die Wohnung und wandte sich an seine Mutter. Er erzählte Marianna noch einmal das gleiche über seine Entdeckung im Altwarenladen, aber viel ausführlicher als gerade eben bei seinem Vater, und dass er jetzt natürlich in größter Eile sei, damit ihm nicht jemand das Rad vor der Nase wegschnappe.

„Kannst du mir mit vielleicht 10 Mark aushelfen, ich meine pumpen, Mama?"

Marianna musste lachen, was Jan für ein gutes Zeichen hielt.

„Pumpen? Wie willst du denn das je zurückzahlen?"

„Mit meinem Taschengeld."

„Da kommst du ja jetzt schon nicht mit aus! Nee, nee, lass mal, mein Lieber", sagte Marianna und holte zwei Fünfmarkstücke herbei. „So, und keinen Pfennig mehr."

Vor lauter Glück umarmte Jan seine Mutter für einen Augenblick, schnappte seine Sparkasse und machte sich im Geschwindschritt auf den Weg zum Altwarenhändler.

Schon vom weiten sah er, das Rad stand noch unverändert im Schaufenster, was ihn aber nicht langsamer gehen ließ. Jan schloss seine Sparkasse erst im Laden auf; er hatte gut Buch geführt, es waren 45 Mark und 30 Pfennige. Der Altwarenhändler strich die Scheine auf der Ladentheke glatt und legte sie akkurat aufeinander, setzte die verschiedenen Münzen in kleinen Säulen obendrauf, sodass Jan schon glaubte, er würde diese Bezahlung akzeptieren, schob drei Groschen wieder zu Jan zurück und sagte: „Jetzt müssen wir schauen, wo du die fünf Mark noch auftreiben kannst", und legte seine Hand auf das Geld.

Jan verschwand noch einmal, kam aber nach einer halben Stunde ziemlich ratlos wieder zurück. Der Händler sah ihn fragend an, aber Jan zuckte mit den Schultern und wischte hilflos über den Sattel und den Scheinwerfer.

„Im Grunde geht es nur noch um vier siebzig", sagte er schließlich, weil ihm gerade sein altes Rad in den Sinn gekommen war, was sicherlich auch noch acht oder zehn Mark wert war, so dass er durchaus, wenn auch nicht gleich, noch einen gewissen Spielraum hatte. Dann nahm er die Luftpumpe ab, auch ein recht solides Ding, voll verchromt und mit einem kurzen Druckschlauch zum Festschrauben am Ventil, und hielt sie dem Händler hin.

„Ich lasse Ihnen die Luftpumpe da. Ich löse sie in den nächsten Tagen ein – wär' das in Ordnung so?"

Der Händler war selbst froh, dass sich so rasch eine Lösung gefunden hatte, ohne dass er im Preis hätte nachlassen müssen, und willigte ein. Ganz gewiss würde Jan bald wiederkommen, denn ohne diese spezielle Pumpe für die Rennradventile würde er sein Rad nicht aufpumpen können. Jan trug sein Fahrrad selbst die paar Stufen vom Laden auf die Straße hinunter, winkte dem Altwarenhändler, der schon wieder neue Kunden hatte, kurz zu und fuhr davon.

Wie leicht dieses Rad lief! Den Lenker würde er noch eine Spur verstellen müssen, den Sattel noch etwas flacher nehmen. Wenn er pünktlich zum Abendessen erscheinen wollte, wurde es allmählich Zeit, aber er brachte es einfach nicht fertig, den kürzesten Weg zu nehmen. Und im Hof zu Hause angelangt, konnte er sich noch immer nicht von seinem Rad trennen und wollte wenigstens vor dem Essen noch schnell die Einstellungen von Sattel und Lenker verbessern. In einer kleinen Ledertasche, die hinten am Sattel hing, fand er tadelloses Werkzeug, sauber in einen Leinenlappen eingewickelt, und dazu noch ein zusammengerolltes Groschenheft über eines der Abenteuer von Klaus Störtebeker, die er selbst so gern las. Dieser Fund berührte ihn doch sehr, fast so, als sei das Heft eine persönliche Botschaft an ihn. Der erste Besitzer musste also auch ein Junge gewesen sein, sicherlich in seinem Alter, der dieses Fahrrad erst vor wenigen Wochen bekommen hatte. Wie man so etwas nur weggeben konnte! Vielleicht in einer plötzlichen Notlage – hatte der Altwarenhändler nicht von Juden gesprochen? Er fühlte sich mit diesem Jungen, den er nicht kannte und der nun gewiss sehr traurig war, eng verbunden. –

Jan brannte darauf, nach dem Abendessen seinen Eltern endlich die Errungenschaft vorzuführen. Seinem Vater imponierten die technischen Besonderheiten und er lobte vor allem das geringe Gewicht des Rades, seine Mutter war vom Glanz und der Schönheit angetan und bestätigte ihm, dass das bestimmt ein guter Kauf gewesen sei, und obwohl Jan das alles längst wusste, tat es ihm wohl, es noch einmal zu hören.

„Und das alles für 60 Mark!“, rief er.

Sie gingen zusammen nach oben, Fellgiebel schien nun doch unzufrieden.

„Mir ist nicht wohl bei der ganzen Geschichte“, sagte er, mehr zu Marianna als zu Jan gewandt. „Ich meine jetzt nicht speziell das Fahrrad, sondern diese ganzen Billigangebote seit Wochen.“

„Der Altwarenhändler hat mir gesagt, das sei alles von Auswanderern, die das nicht haben mitnehmen können.“

„Das heißt auf Deutsch: von Juden; und das sind keine Auswanderer, Jan, das sind Flüchtlinge! Es heißt ja auch nicht ‚Reichsauswanderungssteuer‘, sondern ‚Reichsfluchtsteuer‘, was den Juden da von Amts wegen noch an Geld abgepresst wird.“

„Du hast recht, Wilhelm“, sagte Marianna, „da sollte man sich fernhalten. Ich habe das bei dem Fahrrad gar nicht gleich so gesehen, aber es gehört sicherlich auch dazu.“

„Die Ärztekammer bietet in einem Rundschreiben an die ‚lieben Kollegen‘ ganz offiziell vollständige Praxiseinrichtungen und komplette Röntgenanlagen zum Extrapreis an, halb geschenkt! Ha, ich werde mir da doch nicht die Finger schmutzig machen!“

Fellgiebel empörte sich immer mehr; Jan kannte diese Neigung seines Vaters, dann zu poltern.

„Als Arzt erfährt man ja unerhört viel aus der ganzen Stadt. Die Auktionshäuser sind voll bis oben hin, und die Altwarenhändler füllen ihre Lager möbelwagenweise auf. In manchen Stadtteilen wurde sogar direkt aus den Wohnungen heraus versteigert.“

„Davon habe ich beim Friseur gehört“, sagte Marianna, „das sei manchmal sogar mehr ein Verteilen und Verschenken an die Leute gewesen, meine Friseuse war noch ganz begeistert.“

„Klar war die begeistert!“, rief Fellgiebel und verlor schier die Fassung. „Das sind Bestechungsgeschenke an die Bevölkerung! Da wird hinterher keiner mehr über die Judenvertreibung meckern, wenn er selber Nutznießer war und mitgetan hat. Deshalb halten die auch gar nicht geheim, wo das ganze Zeugs herkommt, im Gegenteil! Ganz im Gegenteil!“

Jan war bestürzt, welch eine Diskussion er da mit seinem unschuldigen Fahrradkauf ausgelöst hat.

„Aber vielleicht hilft man sogar den Juden, wenn man ihnen ihre Sachen, die sie doch nicht mitnehmen können, abkauft? Der Altwarenhändler hat den Juden doch sicherlich geholfen, als er ihnen ihren ganzen Hausrat abgekauft hat.“

„Mein lieber Jan!“, sagte Fellgiebel und machte eine kleine Pause. „Das sagen sie alle, schon seit Jahren, wenn sie jüdisches Eigentum übernehmen – ‚Ich wollte dem doch nur helfen!‘ Ganze Geschäfte haben so ihren Besitzer gewechselt, ganze Fabriken!“ –

Viktor und sein Vater, der Konsul, waren damit beschäftigt, den Abend zu planen.

„Wenn du schon mal da bist – das ist ja selten genug, muss man schon sagen! –, dann sollten wir deinen Geburtstag heute auch richtig feiern!“, rief der Konsul, und was wie eine Ermunterung hätte klingen sollen, kam aus seinem Mund wie eine Anordnung heraus.

„Wenn keine Frauen in einem Haushalt sind“, fuhr er fort, „werden die Familienfeste zu wenig gefeiert, das ist eine alte Sache. Ich kann mich überhaupt nicht an einen Geburtstag von dir erinnern, Viktor. Höchstens noch an die Kindergeburtstage.“

„Wir sind ein bisschen spät dran.“

„Ich werde schon noch ein paar Leutchen zusammentrommeln! Reiner Zufall, dass ich heute Abend frei bin.“

„Frag doch auch mal den Dr. Fellgiebel!“

„Ich weiß, deinen neuen Freund“, spottete der Konsul gutmütig, „wird gemacht. Gern. Du bestimmst, du hast Geburtstag! Außerdem ist auch mir, wie du weißt, Dr. Fellgiebel stets willkommen!", schloss er etwas steif.

„Vielleicht kommt sogar seine Frau mit. Den kleinen Fellgiebel, den Jan, können wir auch mit dazunehmen."

Am Abend gratulierte dann Jan seinem alten Schulkameraden Viktor besonders artig, den er im Internat als Sextaner nur noch als Abiturienten kennengelernt hatte.

„Na, Jan, neues Fahrrad, was? Hab dich gestern damit gesehen!"

Jan war stolz, dass ihn Viktor auf sein Fahrrad ansprach.

„So neu auch wieder nicht. Das ist schon wieder Monate her. Ich habe schon weit über dreihundert Kilometer drauf, obwohl man ja im Winter viel weniger fährt."

„Woher weißt du das so genau?"

„Ich habe zu Weihnachten einen kleinen Kilometerzähler dazugekriegt. Aber in den Sommerferien kommen noch einmal mindestens tausend Kilometer dazu, zusätzlich zum Laufenden natürlich."

„Sag mal, was hast du denn im Sommer Tolles vor?"

Jan wollte gerade so richtig loslegen, als mit viel Hallo zwei weitere Gäste eintrafen und ebenfalls gratulieren wollten; der Konsul hatte in der kurzen Zeit immerhin ein gutes Dutzend Gäste zusammengebracht. Hoffentlich, dachte Jan, würde er im Laufe des Abends an Viktor, mit dem ja alle ein wenig plaudern wollten, noch einmal näher herankommen.

Die meisten aus der Gästeschar kannten sich und sahen sich um, wer von den Freunden und Bekannten aus früheren Treffen sonst noch da war, und sicherlich kam in dieser Umgebung manchem von ihnen Dr. Strauss in den Sinn. Doch es war, als ob ein stillschweigendes Abkommen bestünde, nicht von der Judenverfolgung zu sprechen und vor allem sich mit keinem Wort nach Dr. Strauss zu erkundigen, wiewohl im Stillen jeder hoffte, vielleicht doch noch etwas über Dr. Strauss zu erfahren. Wahrscheinlich war niemand in diesem kleinen Kreis mit der Judenverfolgung einverstanden – von verzweifelter Empörung bis zu missbilligendem Abwägen mochte das Spektrum gereicht haben –, aber es wäre unschicklich gewesen, das jetzt auszusprechen, denn es hätte die vergnügte Stimmung dieser Geburtstagsfeier nur getrübt. Und da man im Gedanken an den allseits wohlgelittenen Dr. Strauss auf Kritik am Regime bereits eingestimmt war, fing die Runde nun desto lebhafter damit an, den gerade erst erfolgten Einmarsch in die Tschechoslowakei und die Errichtung des Reichsprotektorats Böhmen und Mähren zu erörtern; kaum jemand in diesem Kreis, der nichts dazu zu bemerken gehabt hätte.

„Wissen Sie, bis vergangenen Herbst, bis zur Angliederung des Sudetenlands, konnte ich bei allen innenpolitischen Vorbehalten, die ich habe, noch voll mitgehen …"

„Mir geht es ebenso, obwohl ich bei der Lösung der Sudetenland-Krise mit der Art und Weise im Einzelnen nicht einverstanden sein konnte – aber nun gut! Doch jetzt diese Zerschlagung der ganzen Tschechoslowakei –"

„– und dazu dieses merkwürdige ‚Protektorat' Böhmen und Mähren –"

„Das ist es doch! Diesmal sind wir in ein fremdes Land einmarschiert –"

„– in ein Land mit einer anderen Sprache –"

„– und mit einer slawischen Bevölkerung –"

„Manchmal imponierte mir Hitler sogar – außenpolitisch freilich nur! –, wie energisch er sich gegen diesen strangulierenden Versailler Vertrag stemmte. Aber nun die Tschechoslowakei – das hat jetzt nichts mehr mit dem ‚Auslöschen der Schmach von Versailles' zu tun –"

In dieses Gewirr der Stimmen hinein hörte man den Konsul plötzlich laut sagen: „Mein Freund Dr. Strauss", und mit dem Namen Strauss erstarb jedes Gespräch – jetzt war der Name also doch ausgesprochen worden. „Mein Freund Dr. Strauss hat gleich nach dem Münchner Abkommen im September prophezeit: ‚Pass auf, Zabener', hat er gesagt, ‚Hitler wird sich nicht lange an das Münchner Abkommen halten!'"

„Obwohl er", merkte der alte Hausfreund Pfarrer Liedel, der auch zugegen war, noch an, „obwohl er ja im September noch feierlich erklärt hatte, dass mit der *Heimführung des Sudetenlands*, wie er es nannte, nun alle seine Gebietsansprüche befriedigt seien."

„Und Dr. Strauss hat als erfahrener Jurist noch etwas Wichtiges hinzugefügt", fuhr der Konsul fort, „ein Vertrag muss von beiden Seiten eingehalten werden, das gilt auch für den Versailler Vertrag."

„Wie ist das zu verstehen?", fragte Fellgiebel dazwischen.

„Hitler hatte in äußerster Zielstrebigkeit die ‚Fesseln des Versailler Diktats', wie es immer wieder hieß, gesprengt; das heißt, Stück für Stück den Versailler Vertrag aufgebrochen. Die meisten von uns haben ihm dabei sogar noch Beifall gespendet, ich auch zugegebenermaßen, aber im Grunde – ein Vertragsbruch nach dem anderen! Und die Alliierten haben das – wiederum Stück für Stück – geduldet, statt auf die Einhaltung des Vertrags zu pochen, was anfangs noch leicht möglich gewesen wäre. Zum Einhalten eines Vertrages gehört eben auch – und das meinte Strauss –, dass man den Vertrag verteidigt, wenn ihn der Vertragspartner nicht einhalten will. Das gelte nirgends so ausgeprägt wie im Völkerrecht!"

So kam man, nachdem der Name Strauss nun einmal gefallen war, dann also doch auf die verfolgten Juden und auf die Pogromnacht im November zu sprechen. Die meisten der Gäste waren ratlos und verhielten sich eingeschüchtert gegenüber dem verstörenden Thema, und niemand hatte auch nur den geringsten Hinweis, was mit Strauss geschehen ist; der Letzte, der mit ihm gesprochen hat, war Fellgiebel.

„Die Feuerwehr", erzählte der pensionierte Oberst von Kraiß, der seit vielen Jahren zu Zabeners engster Runde gehörte, „die Feuerwehr durfte nicht löschen – die Synagoge ist gleich bei uns um die Ecke. Die waren zwar in der Nacht mit lautem Martinshorn gekommen und rollten ihre Schläuche aus, aber sie sollten offenbar nur aufzupassen, dass die Flammen nicht auf die Nachbarhäuser übergreifen."

„Wir hatten große Angst", unterbrach ihn seine Frau.

„Dabei war das nicht irgendeine x-beliebige freiwillige Bauernfeuerwehr, die mal löscht und mal nicht, sondern diese Feuerwehr ist, könnte man sagen, selbst schon eine Behörde, heißt sie heutzutage doch *Feuerschutz-Polizei* und unterliegt strengsten Anweisungen und Befehlen von oben. Ich will damit nur sagen, dieser seltsame Feuerwehreinsatz – nicht nur hier, nein, in allen Städten! – muss genauestens geplant gewesen sein. Wie überhaupt die ganze Aktion."

„Auch die eigentliche Polizei hat sich ja bemerkenswert zurückgehalten. Die waren zwar überall zur Stelle bei der Zerstörung der Schaufenster und der Geschäfte, aber sie schritten nirgends ein."

Fellgiebel kam ein Späßchen in den Sinn, das zwar ein wenig schmächtig war, aber vielleicht doch geeignet, der mit einem Mal recht gedrückten Stimmung wieder etwas aufzuhelfen.

„Kennen Sie den Unterschied zwischen einem Polizisten und einem gewöhnlichen Volksgenossen in der Reichskristallnacht? – Der Volksgenosse schaut weg, der Polizist schaut zu."

Schütteres Lachen der Gästeschar, doch der Konsul, der das nicht im Geringsten spaßig fand, rief dazwischen: „Wenn diese ‚Volksgenossen' wenigstens nicht geplündert hätten!"

„Ja, das gab's da und dort natürlich auch", wusste Fellgiebel, „in der Sprechstunde bekomme ich ja Informationen aus allen Ecken und Enden der Stadt, aber Plünderung war eher selten. Der Mob ist natürlich immer gleich bei der Hand, wenn es wo was zu holen gibt, das ist klar, aber sonst schauten die Leute tatsächlich weg. Sie taten den Juden nichts, aber sie halfen ihnen auch nicht. Oder nur in den seltensten Fällen."

„Ich gehe natürlich mit Ihnen da absolut konform", wandte sich Zabener noch einmal an den Oberst, „das war alles bestens vorbereitet", und sarkastisch fügte er noch hinzu, „wobei ich mit ‚bestens' kein Lob zum Ausdruck bringen will."

„Sie meinen wirklich", sagte der Oberst, aber es klang eher zustimmend als fragend.

„Denken Sie doch nur an die speziell eingerichteten SA-Leitstellen in der ganzen Stadt. Wie ich hörte, waren die sogar schon am Mittwochnachmittag besetzt, kein Mensch wusste in den betreffenden Häusern und in der Nachbarschaft, wozu das gut sein sollte. Und vergessen Sie nicht, die SA-Trupps führten in der Nacht genaue Adressenlisten mit sich. Wie hätten die Kerle auch sonst die richtigen Häuser und Wohnungen finden sollen, es ging ja nicht nur um die Synagogen! Und was besondere Erwähnung verdient, bei uns in der Firma, jedenfalls im hiesigen Werk, hatten schon zwei Tage vorher auffallend viele für den 10. November Urlaub eingereicht, manche schon vom Mittwoch an, also vom 9. November, bis Ende der Woche. Auffallend viele! Dazu kamen dann noch jede Menge Krankmeldungen. Und was waren das für Leute?", rief der Konsul triumphierend, „ha haa, das waren fast alles SA-Mitglieder, wie die kluge Sekretärin unseres Personalchefs herausgefunden hat."

„Dem Goebbels sein Gerede vom Überkochen des Volkszorns – das glaubt denen doch kein Mensch mehr!", fügte Fellgiebel hinzu.

„Das war von langer Hand geplant, es brauchte nur einen Anlass."

„Sagen Sie mal", fragte Fellgiebel nachdenklich in die Runde, „hat es da denn nicht, wenn ich mich recht erinnere, vor ein paar Jahren schon einmal so einen politischen Mord gegeben, ebenfalls im Ausland?"

„Jawohl", rief Zabener, „richtig, das war genau die gleiche Geschichte, seinerzeit in der Schweiz, in Davos, 1936. Ich weiß es deshalb so genau, weil ich gerade zum Wintersport in Davos war."

„Aber damals ist daraufhin überhaupt nichts geschehen, überhaupt nichts, im Gegenteil, die Sache wurde so schnell wie möglich unter den Teppich gekehrt. Die Presse, wie immer sauber gleichgeschaltet, brachte eine kurze Mitteilung und damit Schluss! Nicht einmal im *Völkischen Beobachter* war besondere Empörung zu spüren –"[17]

„Kein Wunder! Sollten doch zwei, drei Tage später, ich weiß es noch wie heute, in Garmisch-Partenkirchen die Olympischen Winterspiele beginnen. Man wollte auf keinen Fall, dass darauf ein Schatten fällt."

„Auf den großen internationalen Auftritt des modernen friedliebenden Deutschland", fügte Fellgiebel noch böse an. –

Viktor fühlte, dass Jan noch mit ihm sprechen wollte, schon während des Essens hatte er einige Male aufmerksam zu ihm hergeschaut. Als man dann die Tafel aufhob und die Gäste gebeten wurden, sich nach Belieben über die Halle und die Nebenräume zu verteilten, rief er Jan im Aufstehen zu:

„Komm, wir setzen uns da drüben im Eck an den Rauchtisch!"

Und da Viktor nun einmal die Hauptperson des Abends war, setzten sich der Konsul und Dr. Fellgiebel zwanglos mit dazu, was aber Jan nicht weiter störte.

„Ich muss dir doch unbedingt noch meine Reisepläne schildern", sprudelte Jan los. „Im August in den Ferien mache ich mit der Marine-HJ eine Fahrt an die Küste. Höhepunkt ist der Besuch des Kriegshafens Wilhelmshaven. Wir sind dort von der Kriegsmarine für drei Tage zur Besichtigung des ganzen Marinestützpunkts eingeladen und, stell dir vor, wir wohnen auf einem Kriegsschiff!"

„Ei ei!", lachte Fellgiebel, sein Vater, zu Viktor und zum alten Zabener hinüber, „das sind ja interessante Neuigkeiten! Man muss nur ins Haus Zabener kommen, da erfährt man dann alles –"

Die Herren schmunzelten, und zu Jan hin knurrte er noch:

„– alles, was einem zuhause nicht gesagt wird."

„Es ist ja noch gar nicht ganz spruchreif. Bis jetzt haben sich von uns erst vier gemeldet, aber unsere Gefolgschaft muss mindestens sechs stellen."

„Und das wollt ihr mit dem Fahrrad machen?", erkundigte sich Viktor, „das ist weit! Da braucht ihr ja allein für die Anreise schon einmal mindestens eine Woche."

„Wir fahren mit der Bahn bis Stade, das ist schon ganz nah am Meer. Die Fahrräder kommen in den Gepäckwagen. Die Gruppenfahrkarten sind sowieso schon viel billiger, und vom HJ-Bann hier gibt's noch mal einen anständigen Zuschuss. Und in Stade, in der Jugendherberge dort, treffen sich dann die Teilnehmer aus dem ganzen Reich. Die Marine-HJ dort ist der Gastgeber und organisiert alles Weitere, einschließlich Fahrtroute. Von Stade aus geht es ja erst noch zwei Tage mit den Rädern weiter, in Cuxhaven noch mal Jugendherberge, viel an der Küste entlang, bis nach Wilhelmshaven."

Viktor spürte, wie begeistert Jan jetzt schon war von der See, die er noch gar nicht kannte.

„Ich muss zugeben, ich träume sogar schon vom Meer, von den Schiffen und von der Marine!"

„Als ich zu Beginn meines Studiums in München immer mehr mit der Fliegerei in Berührung kam, da war ich ähnlich besoffen vor lauter Begeisterung und dachte an nichts anderes mehr."

„Das hat ja dann auch zu wunderbaren beruflichen Erfolgen geführt", nickte Fellgiebel zu Viktor herüber.

„Von Beruf wollen wir da mal noch nicht reden, Doktor! Das nur der guten Ordnung halber!", begehrte der Konsul unerwartet heftig auf, fand aber bei keinem ein Echo.

„Wenn ich Glück habe", sagte Jan, „werde ich vorher noch nach Prieros abkommandiert. Ich kann aber nur während der Osterferien. Da werden nur die Besten aus den Marine-Gefolgschaften hingeschickt. Letztes Jahr bin ich schon einmal gefragt worden, aber das wäre mitten im Schuljahr gewesen, und da habe ich abgesagt."

„Das vernimmt man mit Befriedigung!", äußerte sich sein Vater. „Aber was gibt's denn in Prieros?"

„In Prieros ist die Seesportschule der Marine-HJ, ‚Reichs-Seesportschule Gorch Fock der Marine-Hitlerjugend' heißt sie richtig."

„Und wo ist das genau?"

„In Prieros. Das liegt im Spreewald."

„Im Spreewald? Was wollen die denn mit einer Seesportschule im Spreewald?", geriet Fellgiebel schon wieder in Rage, „das kommt mir vor wie eine Bergsteigerschule in der Lüneburger Heide. Was Besseres fällt denen wohl nicht ein!"

„Soll übrigens eine ziemliche Schinderei sein dort, hörte ich", fügte Viktor an. Aber darauf ging Jan nicht ein.

„In Prieros könnte ich dann auch mal nach einem Fahrtenmesser der Marine-HJ schauen, bei uns in Süddeutschland gibt es so was nicht."

„Was ist das jetzt wieder?"

„Ich habe die Pimpfenprobe ja schon lange bestanden, und seither darf ich das Fahrtenmesser tragen; und da gibt es nun verschiedene Ausführungen. Die normalen und die besonderen, bei denen ist auf der Klinge meistens ‚Blut und Boden' eingeätzt, in der Handschrift des Reichsjugendführers –"

Aber an dieser Stelle unterbrach er seine Erläuterungen, sprang auf und rief: „Ich glaube, es ist am besten, ich hol's mal her, dann kann ich das besser erklären!"

Und schon war er verschwunden.

Viktor war ganz angetan von seinem kleinen Schulfreund aus vergangenen Internatszeiten, der fast schon zu einem jungen Mann geworden war.

„So abgerundete, harmonische Burschen findet man selten in diesem Alter", sagte er zu Fellgiebel, der das nicht ungern hörte. „Auch im Körperlichen, in den Bewegungen – da herrscht Übereinstimmung in allem."

„Ich wette, der rennt jetzt nachhause, sein Fahrtenmesser holen, das ist sein ganzer Stolz!", sagte Fellgiebel kopfschüttelnd. „Die Kerle haben doch regelrechte kleine Seitengewehre an ihrem Koppel hängen! Dabei sind es doch noch arge Kindsköpfe! Was doch eine solche Aufschrift auf der Klinge für eine Bedeutung gewinnen kann! Das ist die reine Sammelwut, wie bei den Zigarettenbildchen."

„Nur etwas kostspieliger", sagte der Konsul.

„Ich bin von Jans übertriebenem HJ-Engagement gar nicht so begeistert. Wenn ich schon höre ‚weltanschaulicher Unterricht', den da irgendeiner von den älteren HJ-Lümmeln erteilt! Und jeden Samstag haben sie ‚Antreten', jeden Mittwoch ‚Heimabend'! Das geht doch alles auf Kosten der Schule."

„Aber es gibt halt für einen Jungen gar keinen anderen Weg mehr zur Fliegerei oder zur Seefahrt", gab Viktor zu bedenken.

„Jaja, das stimmt schon. Wenigstens steht das Seemännische im Vordergrund, die tun da sogar allerhand in Richtung Wassersport und Seemannschaft. Das ist jedenfalls besser als dieser dauernde ‚weltanschauliche Unterricht'! – Neulich, bei der Schlossbeleuchtung in Heidelberg, was da die Marine-Jungs mit ihren Kuttern vorexerziert haben – allen Respekt! Sauber, sauber, muss ich da sagen als alter Marinesoldat."

Nach einer Weile kam Jan mit zwei Fahrtenmessern an.

„Was? Du hast zwei?"

„Aber verschiedene! Die kosten vier Mark fünfzig, komplett mit Lederzeug und Hülse" – er genierte sich, das Wort Scheide auszusprechen –, „da sind sechzig Pfennig Taschengeld die Woche nicht sehr viel", sagte er noch und blickte kurz zu seinem Vater hinüber.

„Dieses hier ist das häufigere", und tatsächlich stand eingeätzt ‚Blut und Boden' auf der Klinge. „Aber bei diesem hier hat er ‚Baldur von Schirach' draufgeschrieben; die sind viel seltener. Und nun habe ich gehört, dass an der Küste manche von der Marine-HJ ein Fahrtenmesser haben mit der Aufschrift ‚Seefahrt tut Not!' – das wäre mein Traum!" –

Ludwig Herkommer dachte an die Zeit in Wien zurück, ‚da war wenigstens was los!', und war sich noch immer nicht darüber im Klaren, ob er zum Hauptamt nur abkommandiert worden war oder ins Hauptamt versetzt worden ist. Allzu oft hatte er erlebt, dass einer aus seiner Umgebung zunächst einmal irgendwohin abkommandiert wurde, und erst hinterher – vielleicht nach einer Bewährung? – stellte sich dann heraus, dass es eine Versetzung auf Dauer war.

Sicherlich wäre es nicht dienlich, wenn er jetzt offiziell nachfragen würde, aber trotzdem sollte er schauen, dass er da irgendwann wieder herauskommt. In einer dieser vielen Kopfstellen in Berlin beschäftigt zu sein – gleichgültig, ob sie sich Reichsamt oder Reichsministerium oder Hauptamt oder Stab nennen –, das klingt zwar eindrucksvoll, und zu Hause nimmt alle Welt an, dass man damit in das Zentrum der Macht aufgerückt sei, in Wahrheit aber bringen diese Posten für den Herbeizitierten nur Nachteile. Jedenfalls für ihn.

In einer solchen Zentrale geht es doch immer nur um Schreibtischarbeit und langweilige Sitzungen, um das also, was getan werden soll, was getan werden muss oder was vielleicht schon getan worden ist, aber nicht um das Tun selbst. Über das, was zu tun ist, wird nur gesprochen oder geschrieben, es wird in Listen erfasst und abgehakt, und das war das, was er am wenigsten mochte. Und während er draußen in der Wiener Leitstelle als Obersturmführer mit drei oder vier Ranghöheren über sich ungefähr in der Mitte der Hierarchie schwamm, mithin die allermeisten im Haus unter sich wusste, ist er hier durch die Überzahl hoher und höchster Dienstgrade so ziemlich in die Nähe des unteren Endes der langen Skala gerutscht.

Das ist ihm dieser Tage erst so richtig aufgegangen, als er, aus seinem Zimmer kommend, über den Flur lief. In Wien, im Metropol, ist er, vielleicht nicht gerade mit geschwellter Brust, aber doch aufrecht und selbstbewusst durchs Haus geschritten, und wenn sein Blick zur Seite gegangen war, dann hatte das eher etwas Kontrollierendes gehabt; aber hier, da blickte er, wenn er aus seinem Zimmer trat, fast scheu nach rechts und links, bevor er sich dann eher hastigen Schritts davonmachte. Was waren das doch für Zeiten, als er vor ein paar Jahren, nicht weit von hier, das Borsig-Palais für den Stabschef der SA und seine Dienststelle vorbereitet hatte! Das war ja auch eine Spitzendienststelle, eine Zentrale, oder sollte jedenfalls eine werden – aber da war er ganz allein auf sich gestellt!

Dann störte ihn die Vermittlung in seinen Gedanken mit einem Anruf von außerhalb.

„Vermittlung. – Da ist ein Anruf für Sie, Obersturmführer. Ein Herr Viktor Zabener. Ich stelle durch."

„Viktor! Menschenskind, du!", rief Herkommer sichtlich erfreut, „wo steckst du?"

„Gar nicht weit entfernt von dir. Ich bin am Anhalter Bahnhof und wollte nur schauen, ob du im Lande bist."

„Nix nur mal schauen, da kommst du hier vorbei! Wir können doch zusammen essen gehen."

„Gleich?"

„Natürlich gleich. Ich warte auf dich. Was machst du denn in Berlin?"

„Ich hatte in Rangsdorf zu tun."

„Was treibst du denn ausgerechnet in Rangsdorf?"

„Da ist Bücker."[18]

Herkommer war mit den herrschenden Gepflogenheiten beim Umgang mit möglicherweise geheim zu haltenden Dingen vertraut genug, um sogleich zu erkennen, dass es bei Antworten dieser Art, gerade auch unter Freunden, unschicklich gewesen wäre, weiter zu fragen, beispielsweise, was es für ihn denn bei Bücker zu tun gebe, obwohl er sich nicht vorstellen konnte, was ausgerechnet Bücker produzieren sollte, das besonderer Geheimhaltung bedürfte.

Die Grundregel, auf die auch hier im Haus großer Wert gelegt wurde, hielt er jedenfalls für richtig: Jeder sollte von einem Sachverhalt nur soviel erfahren, wie es zur Erfüllung seiner Aufgabe notwendig ist. Das heißt für ihn in der Konsequenz: Wenn jemand mit einer Sache überhaupt nichts zu tun hat, dann hat er auch nichts über sie zu erfahren. Und somit auch nicht weiter danach zu fragen. Wenn sich alle daran halten, läuft der Laden wie ein Uhrwerk und das dauernde Rumgequatsche hört auf, und wenn dann doch mal wo eine undichte Stelle ist, kann nicht viel auslaufen. Natürlich müssen die höheren Dienstgrade, das sah Herkommer ein, einen breiteren Überblick haben – je höher, desto breiter. Aber das ist ja gerecht eingerichtet: Umso weniger wissen sie Bescheid über die Details. Und ohne die geht es nun mal nicht.

So im mittleren Bereich, fand er, kann es allerdings ganz nützlich sein, wenn es da, natürlich ganz inoffiziell, einzelne Mitarbeiter gibt, die sich neben ihrer positionsbedingten Detailkenntnis auch einen erweiterten Überblick verschafft haben. Das waren Personen, die mitten in der Hierarchie zugleich auch Einzelkämpferqualitäten entwickeln – aber eben Einzelkämpferqualitäten zum Zusammenhalt des Ganzen –, und denen seines Erachtens besondere Führungsqualitäten zuzuschreiben waren. Für einen solchen hielt sich Ludwig Herkommer.

Es klopfte.

„Ja!", rief Ludwig betont laut, und Viktor platzte lachend herein. Anhaltendes Händeschütteln und Schulterklopfen.

„Du bist ja schon Obersturmführer! Gratuliere!", sagte Viktor, als er Herkommers schwarzen Uniformrock über einem Kleiderbügel an der Seitenwand des Aktenschranks hängen sah.

„Ist noch gar nicht lange her – das hängt mit der Hühnerleiter bei der Sipo beziehungsweise der Gestapo zusammen. Wenn man da aufrückt – nach langen, qualvollen Kursen und Prüfungen, Viktor, versteht sich", übertrieb Herkommer lächelnd, „dann zieht der SS-Dienstgrad entsprechend nach."

„Ah, das hängt zusammen –"

„Und wie! Es ist fast schon dasselbe. Mir ging dieser Unter-Sturmführer auf die Nerven, obwohl man ja meistens nur Sturmführer sagt. Diese ‚Unter' gibt es nur bei der SS. So, wie es die ‚Ober' nur bei den Kellnern gibt", witzelte Herkommer, „aber ich bin ohnehin lieber in Zivil – das wird dich überraschen."

Viktor blickte ihn fragend an.

„Ich bin dreiunddreißig oder vierunddreißig schon einmal halb ersoffen, in einer ganz kleinen Gruppe nur, damals noch in der SA. Mit ‚ersoffen' meine ich untergegangen, aufgesogen worden mit Haut und Haar und ohne Rest – und weg war ich. Das sollte mir mit der SS nicht noch einmal im Großen passieren! In Uniform, da geht man in einer großen Gemeinschaft auf, so total, dass man seine eigene Persönlichkeit verliert, vor allem, wenn man noch nicht weit genug nach oben aufgestiegen ist."

„Du willst sagen, du büßt deine Individualität ein?"

„Ja, das ist es genau! Und auch jede Eigeninitiative geht flöten."

„Klar, dass ist die Folge des Individualitätsverlusts", tönte Viktor gelehrt.

„Bei meinen Eintritt in die SS war das noch schlimmer – schlimm kann man eigentlich gar nicht sagen, eher noch deutlicher; es war noch viel spürbarer. Ich erinnere mich noch an alle Einzelheiten bei der Einkleidung. Wie da die abgelegten SA-Klamotten als verkrumpelter Haufen vor mir auf dem Boden lagen, lumpig und proletarisch, und wie ich dann das noble schwarze Tuch am Körper spürte, alles perfekt verarbeitet. Erst jetzt, da ich eingekleidet war, erst von diesem Augenblick an fühlte ich mich wirklich aufgenommen und zugleich natürlich auch emporgehoben und war erfüllt davon, dass ich von nun an einem mächtigen und ganz exklusiven Korps angehöre und selbst ein Teil dieses Korps bin", steigerte sich Herkommer immer mehr in eine blinde Begeisterung. „Ich wusste, dass ich damit in einen Orden eingetreten bin. Der Orden unter dem Totenkopf, dem man auf Lebzeiten angehört. Ein hehrer Orden, der herausgehobenen ist aus der breiten Volksgemeinschaft und doch zugleich ihr wichtigstes Glied darstellt und ihren edelsten Kern."

‚Das sind so diese SS-Parolen', murmelte Adam, ‚ziemlich genau hergebetet. Die hat er schon ganz gut auf 'm Kasten.'

Dann fuhr Herkommer, wieder etwas sachlicher geworden, fort: „Es ist merkwürdig, was eine solche Uniform, eigentlich ja ein totes Ding, bewirken kann! Vor allem, was sie, wenn ich sie am eigenen Körper trage, *anrichten* kann! Sie kann einen Menschen durch und durch verwandeln! Dann bestimmt die Uniform, was ich denke und was ich tue! – Aber ich war ja gewarnt genug aus meiner SA-Zeit. Ich wusste, dass ich mich von diesem großartigen Orden, von diesem Moloch nicht verschlingen lassen durfte, schon gar nicht, wenn ich darin aufsteigen wollte. Ich will nicht aufgesogen werden, sondern ich will aktiv mitgestalten! Aber ich glaube, Viktor, allein dadurch, dass ich mir diese Gefahr, vor lauter echter Begeisterung blind vereinnahmt zu werden, immer wieder bewusst gemacht habe, das hat mich gefeit – hoffentlich hält's vor!"

Dann gingen sie zusammen essen.

„Jetzt verstehst du auch, warum ich nicht den ganzen Tag in der schwarzen Uniform herumlaufen möchte", sagte Herkommer unterwegs. „Bei mir und noch etlichen im Hause wird sie in Kürze übrigens durch eine feldgraue Uniform ersetzt – das aber nur ganz unter uns! –, unser neuer Verein wird dann Waffen-SS heißen. ‚Verfügungstruppe', das hat ja kein Mensch verstanden."

Die beiden Milchbrüder waren freundlich zueinander, viel freundlicher als in früheren Jahren, da sie sich noch häufiger gesehen hatten. Sie freuten sich wohl auch tatsächlich und waren bemüht, den fast schon herzlichen Ton auch dann noch aufrechtzuerhalten, als die erste Wiedersehensfreude schon langsam abklang, wiewohl sie sich doch viel kritischer musterten, als man nach ihrem freundschaftlichen Gehabe hätte annehmen mögen.

Ludwig ist ganz schön in die Breite gegangen, dachte Viktor, er war ja schon als Junge eher stämmig. ‚So richtig dick ist er eigentlich gar nicht', mischte sich Adam in seine Gedanken, ‚aber einen Mords Specknacken hat er bekommen, und die ganz kurz geschnittenen Haare – viel zu hoch rauf sind sie geschnitten! – machen den Nacken noch derber und roher, fast gewalttätig schon, könnte man sagen.' – Früher, dachte Viktor, hat er mir besser gefallen!

Ludwig stand dem nicht nach und fand, dass Viktor, wie eigentlich immer schon, reichlich schlaksig daherkam und inzwischen dazu noch einen etwas verweichlichten Eindruck machte, was man schon an seinen viel zu langen Haaren sehen konnte; und wenn er auch zu einem tollen Flieger geworden ist, so war diese leise Unbeholfenheit in seinem Auftreten inzwischen fast noch deutlicher zu spüren als früher, sodass er manchmal fast ein wenig abwesend und weltfremd schien – aber trotzdem, er mochte Viktor einfach!

In Wahrheit freilich hatte Viktors gelegentliche Abwesenheit ganz andere Gründe, musste er doch immer wieder einmal auf eine Bemerkung Adams achten, wodurch er für ein paar Sekunden abgelenkt war und eben abwesend, mindestens unaufmerksam wirkte.

„Neulich", erzählte Viktor, „habe ich mich mit einem Schlag und in aller Deutlichkeit an eine Szene erinnert, als wir noch kleine Kinder waren. Da sind wir doch immer mit der Hedwig –"

„Wer ist Hedwig?"

„Das war mein Kindermädchen, und zum Spazierengehen im Schlossgarten haben wir dich immer mitgenommen."

„Ja, das stimmt, ich weiß noch!"

„Und auf der Lindenhof-Überführung sind wir dann jedes Mal hängen geblieben, weil wir unbedingt auf eine Rangierlokomotive warten wollten, die unter uns durchfährt und uns in weißen Dampf einhüllt. Aber die Hedwig wollte immer nur weiter, in den Park, und wenn sie den einen von uns beiden vom Brückengeländer weggezerrt hatte, dann blieb bestimmt der andere stehen und hielt sich fest."

„Ja, ich weiß noch genau! – Aber sag mal, wie kommst du gerade da drauf?"

„Pass auf! Ich hatte diese Geschichte, wahrscheinlich genauso wie du, völlig vergessen und ich hätte wahrscheinlich auch nie wieder im Leben daran gedacht. Doch neulich bin ich mit einem Versuchsträger geflogen –"

„– einem Lastensegler?", fragte Herkommer neugierig dazwischen.

„Nein, eine Motorkiste", wehrte Viktor fast ein bisschen unwillig ab. Wir sind zurzeit damit beschäftigt, eine Einheits-Blindflugtafel zu entwickeln, aber da redet ein Dutzend Stellen mit rein, mindestens, und jeder hat wieder andere Vorstellungen."

„Was ist eine Blindflugtafel?"

„Das ist ein Teil des ganzen Instrumentenbretts mit den wichtigsten sechs Instrumente, die man zum Blindflug braucht, und die sollten in Zukunft bei allen Flugzeugen stets in der gleichen Anordnung zueinander vor dem Piloten stehen, eben im Blindflugbrett. Momentan hat da jedes Flugzeugwerk seine eigene Auffassung von der Sache, und so kommt es zu den verschiedensten Anordnungen der Instrumente. Manchmal gibt es sogar innerhalb eines einzigen Flugzeugtyps Unterschiede, je nach Baureihe und Platz, der zur Verfügung steht. Das ist nicht nur für den Flugzeugführer äußerst lästig, sondern es kann in kritischen Fällen sogar gefährlich werden. Stell dir einen vor wie mich beispielsweise, der immer wieder auf andere Mühlen umsteigen muss – daher die ‚Einheitstafel'."

Herkommer nickte.

„Der Pilot muss im Blindflug wirklich äußerst konzentriert arbeiten! Du hast da als Pilot keinerlei zuverlässiges Gefühl für die Lage der Maschine im Raum, es gibt kein oben und kein unten, kein schräg und schief und kein horizontal und gerade, nichts gibt's. Das einzige, worauf man sich verlassen kann, sind die Instrumente, und die musst du alle sechs ständig und nahezu gleichzeitig beobachten; und nicht nur beobachten, sondern die Anzeigen augenblicklich in kleine Steuerbewegungen umsetzen! Das klappt nur, wenn es ganz automatisch abläuft, und am Anfang denkste, auf so vieles gleichzeitig zu achten, das lern ich nie! – Aber du siehst, Ludwig, dass das nur dann so automatisch funktionieren kann, wenn die Instrumente immer exakt an der gleichen Stelle sitzen, nicht?"

„Ja – und weiter!", drängte Herkommer, der das alles gar nicht so genau wissen wollte.

„Ich war also in einem sauberen Funkbaken-Anflug auf Staaken, Sicht absolut null, alles weiße Soße, und ich war zufrieden, wie schön das alles mit unserer Instrumententafel funktionierte, aber ich war trotzdem sehr angespannt, denn es war ziemlich bockig. Plötzlich huschte da ein riesiger schwarzer Schatten blitzschnell rechts an mir vorbei! Ganz nah, nur für den Bruchteil einer Sekunde zu sehen, es ging um eine Haaresbreite und ich wäre hineingekracht. Mensch, so bin ich schon lange nicht mehr erschrocken! Wahrscheinlich auch, weil ich so völlig auf die Instrumente konzentriert war."

„Und was war das?"

„Wenn ich das wüsste. Ein Gebäude oder so etwas kann es nicht gewesen sein, denn so tief war ich längst noch nicht. Und Berge, dazu noch mit solchen Steilhängen, gibt es dort keine, und wie sich später herausstellte, war auch weit und breit kein anderes Flugzeug in der Gegend unterwegs gewesen. Ich hatte natürlich gar keine Zeit, darüber nachzudenken, sondern brach den Anflug sofort ab und zog nach oben durch.

Ich war einfach vor Schreck nicht mehr handlungsfähig und fühlte mich hilflos wie ein kleines Kind, nämlich genauso wie wir beide uns gefühlt haben, damals im Dampf der Lokomotiven auf der Brücke, weißt du noch, – und der riesige schwarze Schatten, das war der große Hund, mit dem du zusammengeprallt bist, Ludwig, erinnerst du dich?"

Ludwig stöhnte belustigt und lachte zugleich etwas gequält.

„Du glaubst es nicht", fuhr Viktor fort, „aber es hat Minuten gedauert, bis ich mir wieder ganz sicher war, dass ich nicht der weinende kleine Bub von der Brücke bin, der da zitternd im Cockpit sitzt. Ich bin ziemlich aufgelöst in Güterfelde gelandet, das ist ein Außenplatz von Gatow in der Nähe von Potsdam, da war das Wetter noch erträglich. Aber erst nach der Landung konnte ich mich allmählich von der fixen Idee befreien, dass der schwarze Schatten dieser unheimliche Riesenhund war vor 20 Jahren. Aber so klare, so gestochen scharfe und so detaillierte Erinnerungen aus der Kindheit in so leuchtenden Farben habe ich nie wieder erlebt."

Herkommer schaute Viktor besorgt an. Er fürchtete um Viktors klaren Kopf und beurteilte die Lage erst wieder milder, als Viktor mit den Worten schloss: „Und du warst auf meinen Erinnerungsbildern auch sehr schön mit drauf."

Es gab immer wieder neue Themen, über die sie sprachen, vor allem auch die tausend kleinen Geschichten aus den alten Zeiten, die jeder wieder etwas anders in Erinnerung hatte. Auch als sie nach dem Essen in Herkommers Büro zurückgekehrt waren und noch einen Kaffee zusammen tranken, kam nicht eine einzige Pause auf, allzu viele gemeinsame Erlebnisse gab es aus früherer Zeit und allzu viel Berichtenswertes aus den letzten Jahren; aber zugleich merkten sie auch, in welch verschiedenen Welten sie inzwischen lebten.

Dann aber riss der Gesprächsfaden doch ab, und Viktor spürte, dass Ludwig etwas, woran er herumkaute, zur Sprache bringen wollte, aber zögerte.

„Hast du mal wieder etwas von Bienchen gehört?", fragte Ludwig schließlich, als wollte er die Gesprächspause überwinden, und es sollte möglichst beiläufig klingen.

„Die Reichskristallnacht hat sie jedenfalls glücklich überstanden, sie war ja in der Schweiz. Irgendwann danach hat sie mir eine Ansichtskarte vom Genfer See geschickt, wo sie jetzt lebt. Aber ihr Vater ist seither verschwunden."

Ludwig war die Erinnerung an den alten Strauss lästig, doch Viktor fügte noch hinzu: „Das war kein unebener Mann!"

„Man soll sich nie durch irgendeinen Einzelfall aus der Verfolgung der großen Linie drängen lassen", tönte Ludwig vielsagend.

‚Das ist wieder einer dieser Sätze', ließ sich Adam vernehmen, ‚mit denen sie hier im Haus um sich werfen.'

„Ich verfolge da überhaupt keine Linie!", sagte Viktor, und in seinem Ton lag leiser Widerspruch.

„Eben! Du nicht! Aber wir!"

„Mich interessiert gerade umgekehrt nur der menschliche Einzelfall. Ganze ‚Linien', Ludwig, das sind schon wieder künstliche Konstruktionen, die man so oder so ausrichten und auslegen kann."

Herkommer ging aber nicht weiter darauf ein, bemühten sie sich doch beide, politischen Themen aus dem Weg zu gehen, weil sie wussten, vielleicht auch nur ahnten, welche Gegensätze da aufbrechen würden.

„Um also beim Einzelfall zu bleiben", fuhr Viktor fort, „Bienchen geht es gut. Sie ist ja schon Jahre vor dem Anschluss nach Wien gezogen und ging dann noch vor der Reichskristallnacht in die Schweiz. Sie hat sich jedenfalls rechtzeitig in Sicherheit gebracht."

„So rechtzeitig auch wieder nicht, Viktor. Beim Anschluss ist sie aufgegriffen worden, als sie nachts illegal die Grenze zur Tschechoslowakei überschreiten wollte", sagte Herkommer mit einem Hauch Triumph in der Stimme.

Viktor war für einen Augenblick baff, Herkommer sah nur, dass Viktor schluckte. Viktor war irritiert. Ist das wahr? Sie hatte ihm doch eine Karte vom Genfer See geschickt. Wann war das genau gewesen? Das war doch *nach* der Pogromnacht, wie soll sie dann schon beim Anschluss verhaftet worden sein?

Herkommer, dem Viktors plötzliche Verwirrung nicht entgangen war, sah die Gelegenheit, endlich einmal mit jemandem über die eigenmächtige Freilassung Bienchens zu reden, die ihm hin und wieder doch noch arg auf der Seele lag. Viktor war ein Außenstehender, da gab es kein Risiko, und Viktor war ihm wohlgesonnen, bei ihm würde er noch am ehesten mit einer Zustimmung oder wenigstens mit Verständnis rechnen können. Eine Zustimmung aus dem Munde Viktors, das wäre für ihn fast so etwas wie eine Absolution.

„Ich muss dir das alles näher erklären, Viktor, und dir auch etwas beichten, etwas, worüber ich mit noch niemandem gesprochen habe!"

Dann machte er wieder eine kleine Pause und fuhr leise fort:

„Das war in der Gestapo-Leitstelle in Wien, direkt nach dem Anschluss. Mein Dienst war schon zu Ende, da musste ich durch einen reinen Zufall, eine plötzliche Verhinderung eines Unterführers, bei den Verhören einspringen und hatte als ersten Fall, stell dir das vor, Bienchen von mir sitzen! Wir waren natürlich beide äußerst überrascht und trotz der misslichen Umstände gab es sogar eine gewisse Wiedersehensfreude, auf beiden Seiten. Außer dem Versuch einer illegalen Grenzüberschreitung lag nichts weiter gegen sie vor. Aber auch dann, wenn sie nicht dadurch auffällig geworden wäre, hätte man sie als Reichsflüchtling über kurz oder lang aufgegriffen, sie ist ja schon vier oder fünf Jahre vorher illegal nach Österreich abgehauen. Sie hat übrigens mir gegenüber nicht das Geringste verschwiegen oder auch nur beschönigt. Ich hatte es noch nie so leicht bei einem Verhör, aber ich fühlte mich ganz schön in der Klemme. Eines war mir sofort klar, jeder meiner Kameraden im Stab hätte sie strikt festgehalten, und unsere beiden Verhör-Unterführer erst recht. Die Vorschriften waren eindeutig, daran ist nicht zu rütteln. Aber es war eben das Bienchen, und wir waren einmal eine ganz eng verbundene Clique gewesen, sogar lebenslange Blutsbrüderschaft hatten wir einmal geschlossen, erinnerst du dich noch? Da hing ich jetzt dazwischen. Sollte ich sie freilassen und ihr die Flucht ermöglichen? Sie hatte ja nichts direkt verbrochen!"

Er atmete tief. „Jedenfalls habe ich sie dann laufen lassen, ganz ordnungsgemäß mit Passierschein, und da mache ich mir manchmal halt doch Vorwürfe."

Es entstand eine Pause, die so leer war, dass keiner in sie hineinreden wollte, und beide dachten sie an Bienchen. Schließlich sagte Viktor ohne zu lächeln: „Hast du dich vielleicht doch, wie du vorhin sagtest, ‚*durch einen Einzelfall aus der Verfolgung der großen Linie drängen lassen*'?"

Herkommer in seiner Bedrängnis war für einen Augenblick enttäuscht und empfand diese Bemerkung als wenig einfühlsam. Aber wie es seine Art war, wurde Viktor sogleich wieder verbindlicher und fügte fast korrigierend hinzu: „Natürlich bin ich froh, Ludwig, dass du sie freigelassen hast, Gott sei Dank!"

„Aber war das richtig, war das recht?", wollte Herkommer wissen.

„War es denn recht, die Juden – nein, sagen wir ganz konkret, nicht die Juden, sondern war es denn recht, Bienchen, einen aufgehenden Stern, zu boykottieren und so aus Deutschland hinauszutreiben und sie dann in Österreich wie alle geflohenen Juden zu bedrohen und sie dann, als sie sich zu entziehen versuchte, festzunehmen? – Da hast du dann eben die Chance zur Korrektur ergriffen!"

Herkommer blickte ratlos vor sich hin. Er hatte im Laufe des Gesprächs sein schneidiges Auftreten und den forschen Ton, den er sich in den letzten Jahren immer mehr angeeignet hatte und mit dem er in einer Unterhaltung selbst einem eher schlichten Gedanken noch einen gewissen Schwung zu verleihen vermochte, völlig abgelegt.

„Die großen Zusammenhänge, wie es dazu kam und warum das so sein muss, kann ich nicht beurteilen, ich bin bloß ein Rädchen im großen System. Ich weiß nur, dass man uns immer wieder sagt, dass wir uns nicht vom Einzelfall irremachen lassen dürfen, und das ist an sich richtig!"

„Du hast einen Einzelfall laufen lassen, Ludwig, und nichts anderes. Reden wir von diesem Einzelfall!"

„Aber so verlieren wir die große Linie!"

„Gegen die du verstoßen hast, das ist doch klar, auch wenn ich darüber glücklich bin, denn damit hast du Bienchen gerettet. Aber lassen wir deine ‚große Linie'! Du stecktest in einem Loyalitätskonflikt, kein Konflikt zwischen eurer ‚großen Linie' und einem Einzelfall, sondern ein ganz einfacher Konflikt zwischen deiner SS-Mitgliedschaft und deiner Jugendfreundschaft mit Bienchen, nicht?"

„Das ist mir schon klar. Wir bekamen in der Ausbildung viel über ‚loyal', über den ‚loyalen Diener', über Führer und Gefolgschaft zu hören. Was heißt eigentlich ‚loyal' genau? Ich hab da nie fragen wollen."

„Loyal? Treu sein. Verlässlich sein, zum Beispiel gegenüber dem Staat oder gegenüber der Firma oder gegenüber der Familie. Jedenfalls gegenüber der Gruppe, zu der du gehörst. Die Anderen müssen sich einfach auf dich verlassen können; sie müssen sicher sein können, dass du nicht irgendwelche eigenen Interessen verfolgst, die mit der Gruppe in Widerspruch stehen; dann bist du loyal. Das weißt du dann auch, das spürst du. Andernfalls meldet sich dein Gewissen. Dass man ein Gewissen hat, das spürt man erst im Konfliktfall. Du darfst nie das Gefühl haben, das darf von den anderen keiner erfahren, was ich da tue. Dann bist du loyal."

„Aber schlecht, wenn man zwei Gruppen angehört!", reflektierte Herkommer seine Situation eigentlich ganz richtig.

„Das tun wir alle. Und nicht nur zwei Gruppen! Vielen Gruppen, aktuellen und halb vergessenen. Das können ganz große sein, frühere, von denen man gar nichts mehr merkt, die aber immer noch wirksam sind. Aber auch ganz kleine, vielleicht nur kurzlebige. Und irgendwann spürt man dann eine solche Zugehörigkeit deutlich, nämlich dann, wenn man in einen Konflikt gerät."

Herkommer fühlte sich verstanden. „So ist es."

„Das war schon richtig, was du getan hast, denke ich. Loyal gegenüber unserer kleinen Clique. Und dazu gehörte gewiss auch Mut, Ludwig! Aber, da ist nichts zu machen, loyal gegenüber deiner Gestapo war das nicht."

Sie unterhielten sich dann noch über Ludwigs weitere Karrieremöglichkeiten, das sei schon nicht so einfach und ein bisschen Glück müsse man eben auch haben, aber Viktor wusste zum Thema Karriere nur zu sagen, dass er im Grunde halt immer noch als Student herumgammle.

„Jetzt tu mal nicht so bescheiden! Wir wissen hier ziemlich genau über dich Bescheid. Aus bestimmten Gründen ist der Reichsführer[19] an der Flugzeugentwicklung interessiert, besonders an der militärischen, und so haben wir natürlich unsere Dossiers über alle, die irgendeine Rolle dabei spielen und einen gewissen Namen haben, egal, ob in der Industrie oder bei der Luftwaffe, und da stehst du eben mit drin, Viktor. Vor allem wissen wir auch, wer mit wem gut steht, womöglich sogar befreundet ist, und wer bei wem im Bierverschiss ist und so weiter. So etwas erleichtert die Arbeit ungemein! Die im Reichsluftfahrtministerium, die ja in Fragen der Luftrüstung die eigentlichen sind, haben so etwas nicht; wir sind ja bloß Schwarzfahrer", amüsierte sich Herkommer.

„Und bei wem stehe ich im Bierverschiss?", wollte Viktor wissen, der die studentischen Rituale freilich besser als Herkommer kannte.

„Bei keinem. Nirgends. Du hast dir scheint's noch nicht genügend Feinde gemacht, Viktor, doch das kommt schon noch. Aber etwas anderes steht drin – nicht von mir reingebracht! –, ich bin selber bald vom Stuhl gefallen, als ich das gelesen habe. Was die so alles wissen! Es steht drin ‚Schulfreund von Obersturmführer Herkommer'! Und dass ein gewisser Robert Lusser von Messerschmitt als dein Schutzpatron gilt."

„Da kann ich gleich einen Beitrag zur Aktualisierung eures Geheimdossiers leisten", lachte Viktor. „Lusser ist nicht mehr bei Messerschmitt, er ist jetzt gerade zu Heinkel nach Rostock gegangen."

„Oh, schade! Er scheint dich doch enorm gefördert zu haben, nach allem, was da so drinsteht."

„Ja, das ist mir auch immer wieder einmal aufgefallen, enorm! Ich habe viel von ihm gelernt! Aber die meisten Kontakte bisher gingen gar nicht so sehr über die Firma, und ich war ja auch nie ein Messerschmitt-Mann, sondern das lief meistens auf der Schiene Technisches Amt – also Luftfahrtministerium –, bei dem Lusser in allerhand Ausschüssen sitzt, und der Deutschen Versuchsanstalt, zu der ja unsere Akaflieg München seit ein paar Jahren mehr oder weniger gehört. Das mit Lusser wird genauso weitergehen wie bisher."

„Hoffen wir's. Werde da unter ‚Lusser' gleich mal eine Berichtigung veranlassen."

„Und was steht sonst noch über mich drin?"

„Sonst noch nichts weiter, wir sind damit ja noch ganz am Anfang. Aber noch etwas gibt es darin, das wird dich interessieren, eine Spalte ‚Delicta', da steht drin, wo einer Dreck am Stecken hat, was einer früher mal ausgefressen hat, aber auch, was es über seine dunkle Seite so an Gerüchten gibt. Das kann eines Tages furchtbar nützlich sein, wenn man da was weiß. Steht bei dir aber auch nichts drin", tröstete Herkommer fürsorglich, doch Viktor fühlte sich schon von der bloßen Existenz dieser unheimlichen Dossiers und dieser ganzen geheimen Karteien und Listen bedroht, und dass er selbst darin aufgeführt sein sollte, das flößte ihm Furcht ein.

Die Plauderstimmung vom Vormittag wollte danach nicht mehr aufkommen. Viktor erkundigte sich noch vorsichtig nach Violet, die er ja vor Jahren bei seinem Besuch bei Ludwig kennen gelernt hatte. Herkommer ging jedoch nicht darauf ein und schüttelte nur andeutungsweise den Kopf, dann rief er laut „Herein!", denn es hatte geklopft und ins Zimmer trat ein kräftiger Mann in Polizeiuniform und grüßte.

„Polizeioberinspektor Saller", sagte Herkommer kurz zu Viktor hin. Der Oberinspektor erläuterte mit viel Papier die Tagesordnung und die Organisation für irgendeine bevorstehende Veranstaltung, an der hohe und höchste Schweifträger der Partei, wie er sie nannte, teilnehmen würden. Viktor verstand nicht viel, konnte dafür aber Ludwig in Ruhe beobachten. Er schien seine entschlossene Sicherheit, die er beim Bericht über Bienchens Freilassung so völlig verloren hatte, inzwischen wiedererlangt zu haben. Die beiden sprachen in einem vertrauten Ton und per Du miteinander, und Ludwig nannte seinen Besucher ‚Eugen' und dankte ihm zum Schluss angelegentlich, dass er ihm diese schwierige Arbeit abgenommen habe.

„Gerne, Ludwig. Es war mir ein innerer Reichsparteitag!"

„Das hört sich zwar ganz positiv und ‚pro' an, dein ewiger ‚innerer Reichsparteitag', auch wenn er allmählich so einen Bart hat! Aber ich habe dir schon ein paar Mal gesagt, Öschänn, dass man hier im Haus deine welschen Späße über die Partei gar nicht sehr schätzt. Ich wäre an deiner Stelle da etwas vorsichtiger, *Monsieur Saller*", sagte Herkommer spitz und sah Saller vielsagend an.

Er hatte zum Schluss nicht Eugen, sondern Öschänn zu ihm gesagt, und ‚Monsieur Saller', und das hatte er französisch ausgesprochen.

„Weißte, wer das war?", fragte Herkommer, nachdem sie wieder allein waren. „Das war Eugen Saller, mein großer Förderer in Nürnberg. Der Öschänn! Stammt aus dem Elsass. Der hatte von Anfang an einen Narren an mir gefressen und mich gefördert und vorangeschoben, wo er nur konnte. Hatte immer den richtigen Rat für mich. Ein Mann mit enormem Einfluss, auch in der Gestapo und der SS, und beim Aufbau der Verfügungstruppe ist er nicht wegzudenken, aber eben alles außerhalb der offiziellen Organisation. Ich kann mich nicht erinnern, dass er je einmal etwas auf dem offiziellen Dienstweg erledigt hätte", übertrieb Herkommer lachend.

„Und so auch hier im Haus wieder – hier ist er für alles Informelle das Bindeglied zwischen Sipo und SD, ein simpler Oberinspektor! Das muss sowieso über kurz oder lang alles zu einer übergeordneten großen Behörde zusammenwachsen, und er bereitet das vor –

jedenfalls im Untergrund das Inoffizielle, was dabei das Wichtigste ist. – Aber du schaust so begriffsstutzig? – Ach so, *Sipo*, das ist die Sicherheitspolizei, zu der die Kripo und wir von der Gestapo gehören, und der SD, der Sicherheitsdienst, das ist der Überwachungsapparat."

„Inzwischen hat sich unser Verhältnis umgekehrt", fuhr er fort, „das ist der Lauf der Welt; jetzt hängt er an mir, ich hab ihn mit allen Mitteln nachgezogen, hier in Berlin ist er noch viel nützlicher als in Nürnberg, jetzt, wo es um den großen Zusammenschluss geht.[20] Ein absolut ergebener Gefolgsmann. Wir sind ein unschlagbares Gespann und wissen über die einzelnen Hauptämter, vor allem eben auch über Informelles wahrscheinlich mehr als jeder andere im Haus."

Viktor hatte sich das stumm angehört, und wenn er schon bei den unvermeidlichen Besprechungen in der Deutschen Versuchsanstalt oder gar bei den Sitzungen im RLM, beim Technischen Amt, zu denen er gelegentlich zitiert wurde, meistens nur sprachlos mit dabeisaß und eingeschüchtert war von der hoffnungslosen Kompliziertheit der ganzen Organisation, so war es hier im Hauptamt schon fast ein Gruseln über die geheimnisvollen Gefahren in diesem vollends unüberschaubaren Schlangennest, die er nur ahnen konnte.

Zum Schluss versprachen sie einander, bis zu ihrem nächsten Treffen nicht wieder so viel Zeit verstreichen zu lassen, und es war zu spüren, dass es ihnen ernst damit war.

„Vielleicht kann ich dir das nächste Mal schon Näheres über ein militärisches Projekt des Reichsführers SS berichten, das dich als Flieger interessieren dürfte."

Herkommer dankte Viktor noch einmal für die gute Idee, ihn zu besuchen, und Viktor dankte ihm, dass er sich so viel Zeit für ihn genommen hatte, dann begleitete ihn Ludwig in die Empfangshalle zum Ausgang. Die Verabschiedung unten war dann sehr sachlich, aber Ludwig blickte Viktor doch noch eine Weile freundlich nach, bis er in der Drehtür verschwunden war, eine Drehtür übrigens mit Panzerglas, die im Bedarfsfall von der Pförtnerloge aus blockiert werden konnte und sich dann keinen Zentimeter mehr vor- oder zurückbewegen ließ.

Als Herkommer wieder nach oben ging, kam er sich plötzlich

elend vor. Das Wesentliche hatte er Viktor nicht gesagt und so die Chance vertan, sich mit jemandem auszusprechen, mit einem Unbeteiligten, der ihm wohlwollte. Das hätte ihm helfen können, mit Bienchens Freilassung allmählich besser fertigzuwerden. Nein, das war keine ehrliche ‚Beichte' gewesen, wie er das vorher groß angekündigt hatte.

Er hätte Viktor sagen sollen, das wurde ihm jetzt klar, dass er der ungebärdigen Sabine, die durch nichts aus ihrer frechen Selbstsicherheit herauszubringen war, in erster Linie seine Macht hatte vorführen wollen. Und das war nur noch durch die überraschende Freilassung zu erreichen, erst damit habe er sie aus der Fassung gebracht.

Stattdessen hatte er bei Viktor immer mehr den Eindruck aufkommen lassen, dass er sich in einem Loyalitätskonflikt befunden habe, auf der einen Seite die Dienststelle, auf der anderen alte Verbundenheit, aber das mag höchstens ganz im Hintergrund eine Rolle gespielt haben, wenngleich es schon stimmte, dass er als Untersuchungsführer nicht loyal gehandelt hat, das sah Viktor richtig. Aber er stand damit gewiss nicht in einem Konflikt mit irgendwelchen sentimentalen Loyalitätsgefühlen gegenüber ihrer früheren kleinen Kinderbande. Vielleicht war es albern, aber nichts als Machtdemonstration war sein Beweggrund gewesen. Er war ein Schwindler, er war feige gewesen, selbst beim Beichten! Und der gutgläubige Viktor hatte seinen Mut sogar noch ausdrücklich anerkannt!

Oben begegnete ihm der Hauptsturmführer Schmoll im Flur, der am Vormittag bei Viktors Eintreffen gerade an der Pforte vorbeigekommen war und Viktor hinauf zu Herkommer begleitet hatte, durfte doch kein Fremder auch nur einen Schritt allein durch das Haus gehen.

„Was war denn das für ein komischer Vogel, Herkommer, der heute so lange bei Ihnen war?"

„Alter Jugendfreund von mir. Aber der ist inzwischen einer der besten Einflieger und Versuchspiloten, die es gibt bei uns in Deutschland! Nicht bei der Truppe, sondern industrieseitig eingesetzt, also ein Zivilist –"

„– ein Zivilist reinsten Wassers!", lachte der Hauptsturmführer

Schmoll, „das kann man nur bestätigen! Ich habe noch selten einen so unmilitärischen Zeitgenossen wie den hier frei herumlaufen gesehen!" –

22 _ Ausflug zum Starnberger See _ Unfall in Griesheim _ Prüfungsvorbereitungen

Schon von weitem sah Viktor Maria am Parzivalplatz stehen. Sie war also doch gekommen! ‚Nun', dämpfte Adam, ‚der Ausflug zum Starnberger See war ja immerhin fest vereinbart.' – ‚Aber sie war mir anfangs mit so große Bedenken gegen eine Motorradtour gekommen', antwortete ihm Viktor in Gedanken, ‚dass ich mich nicht gewundert hätte, wenn sie doch noch abgesprungen wäre.' – ‚Oh, nicht Maria mit der Bombe, die nicht!'

Ihr einziger Vorbehalt war schließlich gewesen, sie wollte keinesfalls mit dem Motorrad von zu Hause abgeholt werden, das sei, gerade am Sonntagmorgen, viel zu auffällig, und alle Welt würde ihr hinter den Vorhängen bei der Begrüßung und dann beim Aufsteigen zusehen, da würden ihr die paar Schritte bis zum Parzivalplatz gar nichts ausmachen. Und da war sie nun.

Sie hatte sich zweckmäßig gekleidet, das sah Viktor schon, als er abstieg, mit Windjacke und Schal, festen Schuhen und langer Hose, ein Aufzug, wie er ihn bei ihr gar nicht kannte, und sie hatte eine seltsame Kappe auf, die ihr aber gut stand und ihr etwas Verwegenes gab. Sie begrüßte ihn strahlend mit einem kräftigen Handschlag. Viktor hatte in seinem Rucksack für sie eine seiner Fliegerkopfhauben mitgebracht, die sie gern gegen ihre Kappe auswechselte, weil darunter sogar ihr hochgesteckter Haarknoten einigermaßen Platz fand.

Sie unterhielten sich nicht lange, sondern fuhren erstmal los. Viktor war begeistert, schon nach den ersten paar Kilometern durch die Stadt, wie gut Maria mitfuhr, wie vollkommen sie sich einfühlte und wie wenig darum der Fahrer von ihr merkte, und er war sich sicher, dass sie dieses behände Schwingen durch die Kurven, diese völlig gleichsinnige Bewegung von Motorrad, Fahrer und Mitfahrer ebenso genoss wie er selbst. Da kannte er doch so manchen Kollegen, der ungleich störrischer hinten draufsaß und während der ganzen Fahrt ein störender Fremdkörper blieb.

‚Auf diese Idee', meldete sich Adam noch einmal kurz, ‚Maria zu einem sonntäglichen Badeausflug an den Starnberger See einzuladen, hättest du schon früher kommen können! Dieses warme Wetter hält doch schon seit Wochen an. Du solltest häufiger mal etwas mit ihr unternehmen!' – Adam sollte eigentlich wissen, dachte Viktor, dass ihm jetzt, da es auf das Examen zuging, wegen seiner fliegerischen Verpflichtungen kaum noch Zeit für etwas anderes blieb. Aber Adam hatte insofern schon recht, als dass er da in Zukunft ganz anders rangehen sollte. Es war schon viel, wenn es gelegentlich zu einer Tasse Kaffee zwischen zwei Vorlesungen kam, neulich hatten sie immerhin den gemeinsamen Besuch einer Ausstellung geschafft, und vor Ostern waren sie sogar einmal zusammen in einem Konzert, aber das war alles. ‚Du bist einfach viel zu scheu, Viktor! Ist dir denn noch nicht aufgefallen, dass sie noch nie einen deiner Vorschläge abgelehnt hat?'

Viktor wusste ein kleines Plätzchen am Ostufer, direkt am Wasser. Dort breiteten sie ihre Decke aus, und Maria verschwand im Gebüsch, um sich umzuziehen. Als sie wieder heraustrat, nun im Badeanzug und mit gelöstem Haar, das fast bis zur Taille reichte, war Viktor hingerissen. Doch aus Viktors Blicken, das sah Maria durchaus, sprach kein besitzergreifendes Begehren, sondern das war, mindestens in den ersten Augenblicken, ein hilfloses Überwältigtsein. Sie setzte sich auf die Decke, um ihre Haare hochzubinden und unter ihre Badehaube zu packen, und weil sie merkte, wie durcheinander Viktor geraten war, der kein Wort mehr sprach, hüllte sie sich in ihr Badetuch, aus dem nur noch Kopf und Arme herausschauten.

Viktor war froh, dass er im Süden ein kreisendes Segelflugzeug entdeckte, auf das er sie aufmerksam machte, um endlich wieder ein paar Worte sagen zu können. Maria ging gern darauf ein und erkundigte sich interessiert nach dem Sinn des dauernden Kreisens, das wäre ihr schon öfter mal aufgefallen und sie hätte sich nie einen Reim darauf machen können, wen immer sie auch danach gefragt habe. Viktor machte dieses unverkennbare Interesse richtig glücklich, weil Nichtflieger solche Hinweise auf ein Flugzeug gewöhnlich zwar entgegennehmen, auch mal kurz hinschauen, sich dann aber in der Regel nicht weiter mit dem Gesehenen befassen. Viktor war in seinem Element. Er erklärte, er schilderte, er beschrieb und fand in seinem Sprudeln in Maria nicht nur eine geduldige, sondern auch eine aufmerksame Zuhörerin, was er aus ihren Zwischenfragen ersah.

Schließlich schien Maria die Sache im Wesentlichen begriffen zu haben, und Viktor war zufrieden.

„Das Wort ‚Aufwind' führt also leicht in die Irre", fügte er noch an, „das ist eben kein Wind im üblichen Sinne, das Flugzeug wird ja nicht irgendwie *hochgeblasen* wie von einem Haarföhn. Sondern man muss sich das so vorstellen: Die warme Luft ist leichter und sie steigt wie eine riesige Blase mit ein paar hundert Metern Durchmesser langsam auf – wie eine unsichtbare Montgolfiere – mit einer Geschwindigkeit von vielleicht fünf oder sechs Metern in der Sekunde. In diese Thermikblase fliegt man hinein, das Steigen kann man sofort auf seinen Instrumenten ablesen. Wenn man Glück hat, erwischt man den oberen Teil dieser Blase, wenn man weiter unten hineinfliegt, dauert das Vergnügen meistens nicht lange, und man ist unten gleich wieder draßen."

„Ah – so also fliegen die Raubvögel! Und kommen dabei immer höher ohne einen Flügelschlag!", rief Maria begeistert. „Ich habe in den Ferien früher in den Karpaten oft stundenlang den Steinadlern beim Segeln zugeschaut."

Viktor war glücklich über so viel kluge Einsicht. ‚Man muss eben die Zusammenhänge sehen', hörte er Adam murmeln, ‚nicht schlecht, die junge Dame!'

„Die Kunst ist also", beschloss er seine Erläuterungen, „so zu kreisen, dass man möglichst lange in dieser Thermikblase bleibt – und vor allem natürlich, dass man sie überhaupt erst einmal findet."

„Das würde ich mir gerne einmal aus der Nähe ansehen", sagte Maria und schaute in den Himmel.

„Oh, das kann ich ohne weiteres arrangieren. Wir haben bei der Akaflieg einen Kranich, das ist ein leistungsfähiger Doppelsitzer, da können wir sogar einmal zusammen fliegen."

Nichts Schöneres konnte sich Viktor vorstellen, als mit Maria zu fliegen.

„Ich hörte, Sie fliegen Segelflugzeuge ein?“, fragte Maria, als ob sie sich erst seiner fliegerischen Fähigkeiten vergewissern wollte.

„Ja, größere allerdings.“

„Gibt es da noch größere als diesen Zweisitzer da?“

„Oh ja, für zehn Personen, ein Flugzeugführer und neun Mann. Lastensegler heißen die Dinger.[21] Und es wird nicht mehr lange dauern, dann haben wir vielleicht welche, in die mehr als zehnmal soviel hineingehen! Mit denen werde ich dann wahrscheinlich viele Monate zu tun haben.“

„Und wozu werden diese Lastensegler gebraucht?“

„Für militärische Zwecke, Transportaufgaben.“

„Transport –“, nickte Maria, „ich dachte, Sie fliegen auch richtige Kriegsflugzeuge ein, Motorflugzeuge.“

„Auch, auch, aber zurzeit bin ich fast nur mit Segelflugzeugen beschäftigt, und das wird sicher noch eine ganze Weile so gehen.“

Viktor fühlte, dass Maria Segelflugzeuge zwar als etwas Schönes empfand, dass sie aber von ‚richtigen Kriegsflugzeugen‘, wie sie das genannt hatte, mehr beeindruckt gewesen wäre. Deshalb erzählte er ihr noch über seine Habicht-Fliegerei, das würde eine ganz heiße Sache werden, sei im Augenblick aber noch nicht spruchreif, weil man mit den Triebwerken noch nicht so weit sei.

Sie schwammen dann weit in den See hinaus, Viktor konnte Maria kaum folgen. Er würde ihr nachher unbedingt klarmachen müssen, wie wichtig doch die Lastensegler seien und dass man sie absolut ernst nehmen müsse und dass Deutschland da ganz vorne sei.

Nach dem Schwimmen lagen sie nebeneinander auf ihrer Decke in der Sonne, um zu trocknen und sich wieder aufzuwärmen. Das erinnerte Viktor an die Badeausflüge in der Jugendzeit, meistens mit Bienchen und Ludwig; doch als Erwachsener war er noch nie so nah neben einer Frau gelegen. Viktor sprach wieder kein Wort.

„Ach, ist das schön hier!“, rief Maria mit ausgebreiteten Armen und ließ ihre Hand auf Viktors Unterarm fallen, wo sie sie für einen Augenblick liegen ließ. Viel mehr an Annäherung konnte sie sich mit Anstand nicht leisten, aber die aufmunternde Geste reichte aus, um Viktor wieder zum Reden zu bringen.

„Jagdflugzeuge“, so holte Viktor weit aus, „sind natürlich eindrucksvoller als die langweiligen Lastensegler. Die großen Fliegerhelden im Weltkrieg, das waren alles Jagdflieger, und die flugbegeisterten Jünglinge heute träumen alle von der Jagdfliegerei. Die Jagdflieger, das sind die heldenhaften Angreifer, und Angreifer zu sein, gab schon immer mehr her, als wenn man bloß Verteidiger war."

„Ja, ich glaube, da haben Sie recht."

„Aber im Grunde stimmt das mit den Jagdfliegern gar nicht! Natürlich, so ist ihr Ruf, und rein taktisch gesehen greifen sie tatsächlich an. Aber strategisch gesehen sind es Verteidiger!"

Maria drehte ihren Kopf mit einem ungläubigen Blick zu ihm hin.

„Doch, entweder geben sie den eigenen Kampfverbänden Jagdschutz, wie man das nennt, gegen feindliche Jäger; oder, umgekehrt, sie bekämpfen eindringende feindliche Bomber – beides ist Verteidigung. Bei einem Bomber beispielsweise ist das schon etwas anders, ein Stuka etwa, der greift ganz eindeutig an. Aber die eigentliche Angriffswaffe in Reinkultur, das sind die immer wieder unterschätzten Lastensegler!"

Maria schaute ihn erneut fragend an.

„Sie schaffen die Luftlandetruppen hinter die feindlichen Linien, und wenn nötig sogar weit ins Hinterland. Zum Beispiel, um eine wichtige Brücke, die der Gegner bei seinem Rückzug vielleicht sprengen könnte, zu sichern. Am deutlichsten wird der Angriffscharakter des Lastenseglers bei einer Invasion, zum Beispiel bei der Besetzung einer Insel."

„Ach so."

„Eben, Luftlandetruppen! Noch bei Dunkelheit starten die Lastensegler hinter einem Schleppflugzeug, gewöhnlich, so ist es vorgesehen, in größeren Verbänden. Zig Kilometer vor ihrem Ziel, im ersten Morgengrauen, klinken sie aus und nähern sich lautlos ihrem Einsatzgebiet und landen. Bis der Gegner etwas merkt, sind die Soldaten schon in Position, das heißt, sie sind irgendwo in Deckung gegangen und kampfbereit. Das ist der große Vorteil gegenüber den Fallschirmjägern. Die müssen von den Transportflugzeugen bis über ihr Ziel gebracht werden, was natürlich nur unter großen Motorengedröhn möglich ist, und wenn sie abgesprungen sind, dann geben sie, solange sie am Schirm baumeln, dem alarmierten Gegner viele Minuten lang Zeit, sie abzuschießen, und nach der Landung müssen sie erst wieder sammeln, bevor sie sich mit Waffen und Gerät in Position bringen können."

„Und wie weit können die Lastensegler nach dem Ausklinken noch fliegen?", fragte Maria mit sichtlichem Interesse, und Viktor freute sich, dass sie genau die richtige Frage stellte, denn das war ja der springende Punkt.

„Oh, sehr weit, das ist es ja gerade. Die Gleitzahl liegt bei etwa bei 17 bis 18, je nach Zuladung. Das bedeutet, wenn sie in vielleicht drei- oder viertausend Meter Höhe anfliegen – sie haben ja Zeit und können früh genug starten, um diese Höhe zu erreichen –, dann können sie nach dem Ausklinken noch die siebzehn- oder achtzehnfache Entfernung zurücklegen, also noch so 60 oder 70 Kilometer weit fliegen. Wenn sie schneller fliegen ein bisschen weniger. Eine Gleitzahl von 18 – sie ist übrigens streng geheim! – ist für ein solches Flugzeug ein ganz hervorragender Wert!"

„Das ist ja fantastisch!", rief Maria. Wie rekapitulierend fuhr sie fort: „Es kommt also auf die Gleitzahl an. Also Gleitzahl 18."

„Mit voller Zuladung!", bestätigte Viktor.

„Ja, jetzt verstehe ich auch, wenn Sie sagen, diese Lastensegler sind eine ausgesprochene Angriffswaffe."

„Sie sind sogar die Speerspitze des Angriffs!"

„Ich wollte, ich könnte mir einen solchen Lastensegler einmal aus der Nähe ansehen!", meinte Maria verträumt. –

In den folgenden Wochen hatte Viktor kaum Gelegenheit, seinen Vorsatz zu verwirklichen, sich endlich mehr um Maria zu bemühen, obwohl ihm Maria, wenn er sie zufällig in Seminaren oder Vorlesungen traf, stets sehr freundlich begegnete und unverkennbar war, dass sie sich keinerlei Mühe gab, ihre Freude über das Wiedersehen zu verbergen. Wenigstens kam dann der versprochene Flug mit dem Kranich zustande, wenn auch bei ungünstigem Wetter, sodass er nur eine knappe Viertelstunde ging, Maria aber war dennoch begeistert und fing schon beim Aussteigen wieder damit an, sich angelegentlich nach den Lastenseglern zu erkundigen. –

Das war nun schon wieder Wochen her, und noch immer hatte sich keine Gelegenheit ergeben. Einmal hätte es fast geklappt, alles hätte gepasst, aber Maria, die ihr Studium sehr ernst nahm, hatte am nächsten Morgen ein Referat zu halten und war noch immer mit der Vorbereitung beschäftigt. Er spürte, dass sie wirklich betrübt war, als sie ihm absagte.

Eigentlich sollte er ja seinem Studium ebenfalls mehr Zeit widmen, das Examen stand vor der Tür, und die Prüfungstermine waren schon festgelegt, doch seine Einsätze hatten in diesem Sommer eher noch zugenommen, obwohl ihm sein Gewährsmann in Darmstadt versichert hatte, ihn den ganzen Sommer über bis zum Beginn des Wintersemesters so weit wie möglich zu verschonen, wie er es nannte. Das hatte ihn in einen eigentümlichen Konflikt gebracht. Eine ‚Verschonung' mochte er in der Reduzierung seiner Einsätze nicht sehen, das Wort kam ihm unpassend vor. Im Gegenteil, so angenehm es ihm war, endlich wieder etwas mehr Zeit für die Prüfungsvorbereitungen zu haben, so fühlte er doch so etwas wie Eifersucht gegenüber den Piloten, die an seiner Stelle fliegen sollten, wusste er doch verlässlich, dass man in Darmstadt am liebsten ihn für diese Aufgaben heranzog, wie er sich inzwischen überhaupt als der eigentlich Zuständige fühlte für alle Fragen, die die Handhabung und den Einsatz dieses Lastenseglers betrafen. Das war wohl eine etwas übertriebene Bewertung seiner Tätigkeit, in der er aber noch bestärkt worden war durch zwei Anfragen der Versuchsanstalt in Berlin, die ja sein eigentlicher Arbeitgeber war und die eine Stellungnahme für das Oberkommando der Luftwaffe zu strategisch wichtigen Gesichtspunkten beim Lastenseglereinsatz ausarbeiten musste. Sie fragten nicht erst lange bei der DFS in Darmstadt herum, sondern hatten sich kurzerhand gleich an ihn gewandt. Das fand er richtig, kein anderer war enger mit diesem Projekt verbunden und kein anderer konnte besser Auskunft über Fragen der Handhabung und des Einsatzes dieses Flugzeugs geben.

So war er denn jedes Mal froh, wenn er nach ein oder zwei Wochen Pause plötzlich doch wieder gebraucht wurde und man ihn bat, kurz mal wieder einzuspringen, vielleicht gar, weil ein besonderes Problem aufgetaucht war. Am liebsten operierte er dann, schon der Nähe wegen, von Schleißheim aus, wenn es sich einrichten ließ, Leipheim ging auch noch einigermaßen, aber selbst nach Griesheim, wie es eben meistens erforderlich war, ging er ganz gern, weil da gewöhnlich ein Zwischenhalt zu Hause mit heraussprang. Dennoch, ein Einsatz in Griesheim kostete ihn fast zwei zusätzliche Tage, das war ein großer Zeitverlust, den er nur durch unbeirrtes Lernen während der stundenlangen Bahnfahrt etwas mindern konnte.

In Griesheim war es dann durch einen Unfall zu einer bösen Verzögerung in seiner ohnehin argen zeitlichen Bedrängnis gekommen, sodass er schon gefürchtet hatte, sein Examen verschieben zu müssen – sofern das überhaupt möglich gewesen wäre, denn seine Zurückstellung vom Wehrdienst lief spätestens zum Ende des Jahres aus. Er war schon zwei Tage in Griesheim und hatte sich nun auch am dritten Tag wieder mit der weniger beliebten Serien-Einfliegerei zu befassen, bei der ein Lastensegler nach dem anderen in einem genau festgelegten Flugprogramm zu überprüfen war. Zusätzlich aber sollte er bei einem der Flüge noch einen kurzen Hochgeschwindigkeitsversuch durchführen, der ihn viel mehr reizte, den er aber auf einen der letzten Flüge gegen Abend aufschieben wollte, weil die Luft bis in den späten Nachmittag hinein noch viel zu turbulent war.

Der Tag ließ sich, so anstrengend und monoton die Serieneinfliegerei auch war, bei herrlichem Wetter wunderbar an. Beim letzten Flug vor der Mittagspause durchflog er, als er schon landen wollte, einen besonders kräftigen thermischen Aufwind und ohne auch nur einen Augenblick zu überlegen, fing er an, in der Aufwindzone steile Kreise zu fliegen. ‚Siehst du', hörte er Adam im Rauschen des Fahrtwinds rufen, ‚den halben Vormittag lang hat dich die Thermik bei den Messreihen gestört. Heißa, jetzt wird zurückgezahlt!'

Viktor, so erfahren er inzwischen war, war keineswegs ein abgebrühter Pilot, den nichts mehr beeindrucken konnte, sondern er hatte sich eine naive Fähigkeit bewahrt, sich selbst an anspruchslosen kleinen Flügen noch zu begeistern, und so stieg er mit diesem mächtigen Segler, von dem seine Kollegen sagten, dass er eben doch ein unschieriger Drachen sei und sonst nichts, bis zur Wolkenbasis, die bei 1800 Metern lag. Anschließend vergnügte er sich mit ein paar schönen Slips rechts und links und einigen extremen Steilkurven, dann übte er sich minutenlang im extremen Langsamflug, immer hart am Strömungsabriss, und schließlich studierte er immer wieder das Überziehverhalten, auch mit hängender Fläche und in absichtlich unsauber geflogenen Kurven, wie das im Ernstfall bei einem militärischen Einsatz durchaus einmal vorkommen könnte – dann aber wahrscheinlich in gefährlicher Bodennähe und nicht in dieser sicheren Höhe wie er bei seinen Versuchen.

Als er nach der Landung die Kabinenhaube öffnete, kam vom Platzrand in raschem Schritt ein Fliegerhauptingenieur auf ihn zu, ein feister Kerl, den er kannte, aber überhaupt nicht mochte, und der in seinen Augen ein ziemlicher Wichtigtuer ohne allzu viel Ahnung war und ein arger Pedant noch dazu. Es war derselbe, der ihn schon vor zwei Tagen, als er einen Lastensegler in der Halle fotografieren wollte, ziemlich schroff angefahren hatte. ‚Sie wissen doch, dass das Fotografieren strengstens untersagt ist und dass auf dem gesamten Flughafengelände nicht fotografiert werden darf!'. Er hatte ja nur ein paar Aufnahmen machen wollen, um Maria, die doch an seiner Fliegerei immer so großen Anteil nahm, einen Lastensegler wenigstens einmal auf einem Foto zeigen zu können, wenngleich er natürlich niemals vorhatte, ihr ein Bild zu überlassen, da war er nun doch zu gewissenhaft. Für den Fliegerhauptingenieur hatte er deshalb rasch die Ausrede erfunden, er müsse für das Technische Amt im RLM einen Bericht schreiben, bei dem es am einfachsten sei, wenn er bestimmte Stellen, um die es ginge, auf einem Foto markieren würde.

Inzwischen war der Fliegerhauptingenieur bis auf Rufweite herangekommen, er ging die letzten Schritte langsamer, wischte sich den Schweiß von der Stirn und raunzte Viktor schnaufend an:

„Was haben sie denn da noch in der Gegend spazierenzufliegen?"

Viktor wusste, dass ihm dieser Fliegerhauptingenieur nichts zu sagen hatte, aber er wollte sich an diesem schönen Tag seine gute Laune nicht verderben lassen und versuchte es mit spaßigen Antworten.

„Aha, und das kratzt sie?", lächelte ihn Viktor beim Aussteigen an. „Davon hatte doch niemand auch nur den geringsten Schaden, Verehrtester. Oder habe ich womöglich das Flugzeug zu sehr abgenutzt in der Luft? Ich habe doch nicht einen Liter Sprit verflogen.

Aber ist Ihnen aufgefallen, den ganzen Vormittag über hat die Schleppmaschine nicht eine Minute mit laufendem Motor auf mich warten müssen. So pünktlich lief das alles – so kann man wirklich sparen! Das einzige, da haben Sie recht, meine Mittagspause ist jetzt halt ein paar Minuten kürzer."

Der Fliegerhauptingenieur fühlte sich von Viktor mit seinen saloppen Bemerkungen nicht genügend ernst genommen und fuhr aufgebracht fort: „Sie wissen, dieses Flugzeug ist streng geheim, es ist noch nicht einmal offiziell in Dienst gestellt, wir sind immer noch in der Vorserie, und je länger es beim Einfliegen in der Gegend herumfliegt, desto leichter machen wir es der feindlichen Spionage!"

„Oho, Respekt! Ich sehe, die spionieren sogar noch in 2000 Metern Höhe – saubere Arbeit!"

„Ich bin überhaupt dagegen, dass unsere Militärflugzeuge von Zivilisten geflogen werden", setzte der Fliegerhauptingenieur noch missmutig nach. ‚Reg dich nicht auf', beschwichtigte ihn Adam fast flüsternd, obwohl er sicherlich wusste, dass er von Dritten nicht gehört werden konnte, ‚unter diesen Leuten im Fliegeringenieurkorps gibt es gewiss hervorragende Könner, ohne die überhaupt nichts liefe, aber manche von ihnen – natürlich die schwächeren, die Sesselfurzer – möchten halt am liebsten für schneidige Fliegeroffiziere gehalten werden.'

„Ich will Ihnen was sagen", wandte sich Viktor noch einmal an den Fliegerhauptingenieur, „ich kann dieses Flugzeug gar nicht genau genug kennen lernen, und zwar auch in allen Extrem- und Ausnahmesituationen. Wen fragt man denn, wenn demnächst irgendwo bei der Truppe damit etwas schiefgeht? Wenn einer runterfällt, scheinbar ohne Grund? Da fragt man nicht Sie, nein, nein! Stellen Sie sich vor, da fragt man mich!"

Das war zu viel an lächelndem Selbstbewusstsein.

„Sie werden von mir hören!", sagte der Fliegerhauptingenieur scharf, indem er sich zum Gehen wandte, und legte flüchtig grüßend die rechte Hand an die Schirmmütze, ein Gruß, den Viktor, so unmilitärisch es nur ging, mit einem bayrisch klingenden „Also, servus dann!" erwiderte.

Er war stets darauf bedacht zu zeigen, dass er, jedenfalls fliegerisch gesehen, aus München kam und zwar von der in großen Teilen immer noch betont zivil gebliebenen Münchener Akaflieg. –

Auch am Nachmittag waren die Beanstandungen bei der Serieneinfliegerei nur gering, und bei einem der letzten Flüge ließ er sich dann etwas höher schleppen, um nach dem Abfliegen des Serienprogramms noch genügend Höhe für den geplanten Messflug zu haben. Wegen einer kleineren baulichen Veränderung in der Serie sollte er in seinem Messflug die Geschwindigkeit im Geradeausflug stufenweise um jeweils 20 km/h bis auf 290 km/h erhöhen, wobei jede Geschwindigkeitsstufe für ungefähr 15 Sekunden einzuhalten war; dabei sollte er in jeder Geschwindigkeitsstufe die Lastveränderung, erkennbar am jeweils ankommenden Ruderdruck, und die Veränderungen der Steuerdrücke festhalten, wobei es fürs Erste durchaus ausreichen würde, hieß es, wenn er auf dem Formular eines der fünf Felder ankreuzen würde, ‚gering', ‚mäßig', ‚normal', ‚hoch (noch zumutbar)' oder ‚zu hoch (unzumutbar)'.

Das waren Flugaufträge außerhalb der Routine, wie er sie liebte. Er kam rasch voran und als er gerade in der letzten Geschwindigkeitsstufe mit ziemlicher Bahnneigung und nicht mehr sehr hoch über dem Platz hinwegschoss – hinter ihm im Rumpf fing gerade mit einem lauten Brummton eine Vibration an, die er zu lokalisieren versuchte, und gleichzeitig ging ihm der Gedanke durch den Kopf, dass man auch so etwas, obwohl zu den harmloseren Übungen zählend, eigentlich besser in größerer Höhe machen sollte – in genau diesem Augenblick erfolgte ein betäubend lauter Schlag, und mit einem splitternden Krachen durchschlug ein schwerer Gegenstand die Frontscheibe und traf ihn am Kopf. Nur für einen Moment war er benommen und vielleicht sogar weggetreten, war aber sofort vollauf wieder da und nahm die Geschwindigkeit heraus, um den orkanstarken Fahrtwind zu vermindern, dem er jetzt ungeschützt ausgesetzt war und der das Blut, das ihm über das Gesicht lief, versprühte. Das Flugzeug war noch voll steuerbar, wie er als erstes überprüfte, und auch er selbst fühlte sich, von den Verletzungen abgesehen, noch voll in Ordnung, er konnte sich uneingeschränkt bewegen, nur der Blick aus dem rechten Auge schien ihm merkwürdig verhüllt. Er riss seinen rechten Handschuh herunter, streifte die Kopfhaube ab und griff sich an die Stirn, wo er im nassen Haaransatz eine klaffende Platzwunde ertastete. Dann fuhr er sich über die Stirn, über die das Blut floss und das rechte Auge abdeckte, das sich aber einigermaßen freiwischen ließ.

Den fürchterlichen Schlag spürte er noch minutenlang als anschauliches Nachbild in sich stecken, und so konnte er noch nach Minuten unmittelbar fühlen, dass dieser Schlag von etwas Schwerem und Großem herrührte und dass dieser schwere Körper aber zugleich auch etwas Weiches gehabt haben musste.

Sein Landeplan war schnell gefasst. Entgegen dem Reglement flog er nicht bis zum Südteil des Platzes weiter, wo er in perfekten Ziellandungen die bereits getesteten Flugzeuge in Reih und Glied nebeneinander abgestellt hatte, sondern er zog das Flugzeug etwas hoch und setzte mit dem restlichen Schwung noch eine Kehrtkurve daran und landete so, dass er keine zehn Meter vor dem Eingang zur Luftaufsicht zum Stehen kam, wo auch der Sanitätsposten untergebracht war. So nah an diesem Gebäude hatte kein Flugzeug etwas zu suchen, schon gar nicht ein landendes, sodass sogleich ein paar Leute aus dem Haus traten. Viktor klappte mit einiger Kraftanstrengung die klemmende Kabinenhaube zur Seite, befreite sich vom Gurtzeug, sprang heraus und lief zum Sanitätsraum.

„Weg! Zur Seite! Aus dem Weg!“ rief er den Entgegenkommenden zu, die den Weg zum Eingang versperrten, die aber, als sie sein blutüberströmtes Gesicht sahen, ohnehin erschrocken beiseite wichen.

Glücklicherweise war gerade ein Stabsarzt der Luftwaffe zugegen, der die verschiedenen Wunden im Gesicht versorgte und die Platzwunde am Kopf sogar nähen musste. Als Viktor nach einer Stunde, etwas unsicher noch auf den Beinen, verbunden und verklebt, ins Freie trat, ging er noch einmal die paar Schritte zu seinem Flugzeug hinüber, das gerade von ein paar Leuten von der Werft demontiert wurde und von denen er erfuhr, dass er mit einem Schwan zusammen geprallt sei, man habe ihn gerade in der Halle gewogen, er habe fast 10 Kilo gehabt.

Viktor schaute sich die Reste der zertrümmerten Frontscheibe und den abgeknickten Mittelsteg an und sagte, ganz Viktor: „Das Flugzeug sieht ja noch schlimmer aus als ich.“ –

Mit den Pflastern im Gesicht, der immer noch geschwollenen Oberlippe und mit dieser kahlgeschorenen und kreuz und quer verklebten Stelle am Kopf würde er auf keinen Fall auf der Rückfahrt zu Hause Station machen. Das sah schlimmer aus, als es war, und würde gewiss zu lästigen Fragen führen. Vor allem sein Vater würde sich in den Vorbehalten gegenüber seiner Fliegerei nur bestätigt sehen, das sollte man nicht noch fördern.

Auch als er dann wieder in München war, ging er nicht unter die Leute und war viele Tage lang in keinem Institut, in keinem Seminar und auch nicht in der Bibliothek zu sehen, sondern arbeitete zu Hause, so gern er Maria mit der Bombe wieder einmal getroffen hätte. Doch die selbstgewählte Klausur erwies sich als Segen, weil er endlich einmal nichts anderes tat als lernen. Freilich, die Zeit bis zu den Prüfungen war mehr als knapp, und so war er gezwungen, eine Art Notverfahren zu entwickeln, das sich jedoch als überaus praktikabel erwies. Es war ihm nämlich beim besten Willen nicht mehr möglich, auch nur die wichtigsten Lehrbücher noch einmal durchzugehen; mit einigen Standardwerken hatte er sich überhaupt noch nie näher beschäftigt und nur in den Vorlesungen davon gehört. Deshalb befasste er sich zunächst nur mit den Inhaltsverzeichnissen dieser Werke, die meistens ziemlich ausführlich waren. Zeile für Zeile prüfte er gewissenhaft, manchmal minutenlang, ob er vom Inhalt des so benannten Kapitels eine gewisse Vorstellung hatte und ob er, wenn man ihn danach fragen würde, wenigstens im Groben angeben könnte, worum es dabei geht. Wenn er eine halbwegs befriedigende Antwort wusste, dann genügte ihm das bereits, jedenfalls im ersten Durchgang, und er konnte sich mit der nächsten Überschrift im Inhaltsverzeichnis befassen. Blieb er jedoch auch nach längerem Nachdenken ratlos, dann schlug er die angegebenen Seiten auf und blätterte dort bedächtig hin und her, begann auch da und dort zu lesen, aber nur so lange, bis er den gesuchten ersten Überblick gewonnen hatte; mehr nicht, mehr konnte er sich von der Zeit her nicht leisten, zumal es allzu häufig vorkam, dass er nachlesen musste.

Irgendwann schaltete sich unvermittelt Adam ein: ‚Die große Gefahr für dich liegt jetzt in einem Verhalten, mein Lieber, das sonst beim Studieren als höchst begrüßenswert gilt, nämlich dass nach einem kurzen Anlesen eines Kapitels dein Interesse an der Sache so groß wird, dass du immer weiterliest, dass du dich festliest und alles um dich herum vergisst. Aber genau davor musst du dich nun hüten!'

Viktor war überrascht, dass der sonst eher strenge Adam ihn in dieser unsoliden Art der Prüfungsvorbereitung noch bestärkte. Auch sonst streute Adam immer wieder einmal seine Weisheiten mit ein. Es ging ihm stets um dasselbe, um den Überblick: ‚Überall im Leben kommt es auf den Überblick an, Viktor, der ist viel wichtiger als die Details. Das gilt auch für die Wissenschaften. Die Details braucht man nicht zu wissen, die kann man nachschlagen; aber den Überblick, den muss man einfach haben, sonst wird es nichts! Der lässt sich nicht nachschlagen. Da gibt es so manchen fleißigen Büffler, der hat am Schluss alle Details gelernt, aber wahrscheinlich gerade deshalb immer noch nicht den rechten Überblick gewonnen.'

So vergingen die Tage, und Viktor war zufrieden mit seiner Lernmethode. ‚Wer nicht den rechten Überblick hat', ermunterte ihn Adam zwischenrein, ‚kann auch die Details nicht sauber geordnet in seinem Kopf unterbringen.' Und am Tag darauf irgendwann: ‚Nur wer den Überblick hat, sieht auch die großen Zusammenhänge.'

Sonst war Adam ziemlich schweigsam und ließ Viktor arbeiten.

In diese stillen Tage hinein meldete sich mit einem handgeschriebenen Brief die alte Sekretärin seines Vaters, die schon seit seiner Schulzeit ein freundliches Verhältnis zu ihm unterhalten hatte, ohne jeden Auftrag, wie sie gleich eingangs betonte, aber sie habe den Eindruck, dass sein Vater ihn gern einmal wieder sehen würde, denn er habe, als die Rede auf seinen Sohn gekommen sei, nur nachdenklich vor sich hin gemurmelt, ‚Oh, den habe ich schon seit Monaten nicht mehr gesehen', und dann habe er zu ihr gesagt, dass er darüber besonders traurig sei, weil es wahrscheinlich Krieg gebe, ‚und wer weiß, was da kommt', doch dürfe sie Viktor davon keinesfalls etwas sagen, sonst würde er sich womöglich noch herbeordert fühlen.

Das war einer der seltenen Augenblicke, in denen Viktor ein Gefühl des Berührtseins in sich aufsteigen fühlte – sein Vater, der stets so kühle, sehnte sich nach einem Wiedersehen! Und als er dann so unerwartet gelesen hat, dass sein Vater ganz offen vom bevorstehenden Krieg spricht, da ist er erschrocken, obwohl er in letzter Zeit oft selbst darüber nachgedacht hat, und er verschanzte sich hinter seinen Examensvorbereitungen, als ob der Krieg sich damit aufhalten ließe. –

Eines Morgens aber schob Viktor nach höchstens einer halben Stunde des Studierens all die Bücher, die da aufgeschlagen vor ihm lagen, von sich weg und sprang auf.

„Ich weiß genug!", rief er laut, als müsste er eine ganze Kompanie aufrütteln. „Mehr ist in der kurzen Zeit nicht zu schaffen. Aber ich habe jetzt den Überblick, das muss reichen!"

Er war gespannt, was Adam wohl zu diesem plötzlichen Abbruch sagen würde, aber Adam schwieg. Viktor sah auf die Uhr, packte in Eile seine Siebensachen, die Bücher ließ er offen liegen, rannte zum Hauptbahnhof und fuhr nach Hause.

„Der Herr Konsul ist gestern mit dem Schlafwagen nach Berlin gefahren", hörte er vom Hausmädchen, das er schließlich in der Waschküche gefunden hatte. „Er fährt die letzte Zeit beinah jeden Monat zwei- oder dreimal hin."

Das große Haus war wie ausgestorben, auch im Souterrain bei Herkommers fand er niemanden, und so stellte er nur enttäuscht sein Gepäck ab und ging zu Fellgiebels.

„Ah, Viktor", empfing ihn Marianna strahlend, „wolltest du zum Jungen oder zum Alten? Der Alte ist Krankenbesuche machen, und der Junge ist auf Reisen."

Viktor schaute sie fragend an.

„Jan hatte schon lange vor, mal an die See zu fahren, das ist seine große Sehnsucht, und jetzt ergab sich die Gelegenheit mit der Hitlerjugend."

„Ach so, ja, ich weiß. Die sind von der Kriegsmarine zur Besichtigung des Kriegshafens nach Wilhelmshaven eingeladen worden, hat er mir erzählt – und das ist jetzt gerade?"

„Ja. Zehn, zwölf Tage, Ende der Woche kommt er zurück. Am Montag fängt ja die Schule wieder an!"

„Und ebenfalls am Montag, am 4. September, beginnen bei mir die Prüfungen in München."

„Aber du bist doch sicherlich gut vorbereitet? Sonst wärst du doch nicht vorher noch einmal nach Hause gekommen, nicht?"

„Oh, ich bin total vorbereitet, so gut wie ich war noch nie einer vorbereitet“, lachte Viktor. „*‚Gänzlich unvorbereitet, wie ich mich habe*‘, so hat sich mein Vater mal über den Versprecher eines Kollegen lustig gemacht, der bei der Eröffnung irgendeiner großen Veranstaltung in Berlin als Ersatzredner hatte einspringen müssen. Am Montag geht’s los – und ich bin gänzlich unvorbereitet, wie ich mich habe.“

Sie plauderten noch eine Weile, doch Marianna wurde immer ernster.

„Ich bin sehr unruhig, Viktor, ich zittere innerlich geradezu. Meine Unruhe kommt ganz tief von innen, ich weiß nicht, wie ich das erklären soll. Wenn ich zu Wilhelm davon spreche, lacht er nur. Nicht spöttisch etwa oder gar höhnisch, sondern freundlich, sogar gütig, wie er eben ist, nur dass er meine Unruhe nicht ernst nimmt, sich nicht an meiner Unruhe beteiligt. Jan war noch nie so lange allein weg gewesen und auch noch nie so weit weg von zu Hause.“

„Nun ja, er ist ja nicht allein“, sagte Viktor, um Marianna zu trösten, aber was beide wirklich beunruhigte, obwohl sie es nicht aussprechen wollten, war der drohende Krieg, der jeden Tag losbrechen konnte.

Sie schwiegen für einige Sekunden, bis Marianna sagte: „Ob dann die Züge noch fahren?“

Viktor wusste, dass sich Marianna manchmal vor ihren eigenen Ahnungen fürchtete, besonders dann, wenn sie Menschen betrafen, die ihr nahestanden, zumal diese Ahnungen dann häufig auch noch recht verworren waren, weil sie viel zu heftig und ungeordnet auf sie hereinstürzten und so eigentlich nur dazu beitrugen, ihre Unruhe noch weiter zu steigern. Während die Ahnungen sie sonst unmerklich beschlichen und sich ganz allmählich, manchmal erst über Tage hinweg, entfalteten und plötzlich stumm, aber unverrückbar vor ihr standen, waren diese Ahnungen, bei denen es um vertraute Personen ging, turbulent und stürmten unausgesetzt auf sie ein. „Oft gleichzeitig aus verschiedenen Richtungen“, wie sie das nannte, und mal mit einem glücklichen und im nächsten Augenblick wieder mit einem verhängnisvollen Ausgang.

„Wir stehen vor etwas Entsetzlichem“, sagte sie, „ich bin mir ganz sicher, ich spüre das. Ich weiß nur nicht, ob das der bevorstehende

Krieg ist, der alles andere in mir übertönt. Oder ob meine Unruhe nur von dem kleinen Jan herrührt, der so weit weg ist und es trotz aller Anstrengung vielleicht nicht mehr schafft bis nach Hause." –

23 _ Jans Reise nach Wilhelmshaven und Ausbruch des Zweiten Weltkriegs

Fellgiebel hatte Jans Fahrrad vor der Abreise noch einmal genau überprüft.

„Du weißt, dass deine Mutter Bedenken hat; es gibt wahrscheinlich Krieg, und es stimmt schon, wenn sie sagt, dass man da nach Möglichkeit beisammenbleiben sollte."

„Ich kann da jetzt nicht mehr abspringen im letzten Moment! ‚Wahrscheinlich Krieg', das heißt's schon seit Frühjahr. Wir sind nur zu sechst, aber sechs müssen es mindestens sein aus jeder Stadt, also aus jeder Marine-Gefolgschaft, sonst fällt für die anderen fünf auch alles ins Wasser."

Doch es hatte alles geklappt, er hatte mit seiner freundlichen Zähigkeit die endgültige elterliche Reiseerlaubnis doch noch erlangt, wenngleich sie eher zögernd erteilt worden war, wobei sich vor allem der behutsame Hinweis auf schon früher gegebene Zusagen als wirksam erwiesen hat. Und nun saß er mit Enrico, seinem Platznachbarn in der Schule, und vier Weiteren von der Marime-HJ in einem D-Zug Richtung Hamburg und wartete auf das Meer.

Jan hatte sich auf die Reise gut vorbereitet und dabei auch seinen Schulatlas herangezogen, und er wusste, dass erst noch diese ganzen Mittelgebirge zu durchqueren waren, bevor es dann im Flachland auf die Küste zuging. In der Gegend von Hildesheim traten die Berge dann auch zurück, die Landschaft wurde flacher, und Jan erwartete die Weite der Norddeutschen Tiefebene, über die er bei seinen Vorbereitungen gelesen hatte. Diese Weite stellte sich tatsächlich auch ein, weil richtige Berge schließlich nicht einmal mehr am Horizont zu sehen waren, aber ihn überraschte, dass es doch immer noch so richtig flach. Da war er wohl zu sehr von seiner Rheinebene ausgegangen, die ja in der Tat topfeben ist.

In Hannover konnte er einen Fensterplatz in Fahrtrichtung ergattern, was ihm sehr gelegen kam, verspürte er doch eine zunehmende Neigung, immer wieder einmal aus dem Fenster zu schauen, möglichst weit nach vorne, um am Horizont schon das Meer zu erahnen, das irgendwann auftauchen musste, obwohl er sich eigentlich darüber im Klaren war, dass das wohl noch Stunden dauern würde.

Er dachte an Germaine, waren sie doch zusammen vor ein paar Jahren wahrscheinlich genau die gleiche Strecke gefahren, jedenfalls bis Hannover, auf dem Weg nach Bremerhaven, als das ganze Kinderheim nach Palästina auswanderte und er wegen seiner Diphtherie hatte zurückbleiben müssen. Die lange Seereise dann, die hatte ihm Germaine voraus – durch den Ärmelkanal und um ganz Frankreich und Spanien herum, bei Gibraltar dann ins Mittelländische Meer rein, wie es in seinem Schulatlas hieß, und der Länge nach hindurch bis nach Jaffa, oh, diese Route ist er oft mit dem Finger auf der Karte nachgefahren, wenn er an Germaine dachte und ihr nah sein wollte und sich ausmalte, wie er sie vielleicht einmal besuchen würde eines Tages.

Dabei konnte er sich gar nicht mehr recht erinnern, wie Germaine genau ausgesehen hatte, als sie getrennt wurden, und er wusste schon gar nicht, wie sie heute wohl aussehen mochte. Als sie sich das letzte Mal gesehen hatten, da war sie zehn oder elf Jahre alt. In letzter Zeit hatte er in seinem Schmierheft seitenweise den freien breiten Rand dazu verwendet, Germaine in allen möglichen Situationen zu zeichnen, beim Ballspielen, beim Kochen, beim Lesen, beim Schreiben, beim Turnen, beim Radfahren, beim Schwimmen im Mittelmeer – Jan war ein flotter Zeichner, und bald waren es über dreißig kleine Szenen, aber dabei kamen immer wieder nur ziemlich kleine Mädchen heraus, und wie Germaine jetzt aussah, wusste er immer noch nicht.

Der Briefkontakt hatte sich von Anfang an als äußerst brüchig erwiesen. Schon von den Ansichtskarten, die sie sich im ersten Jahr mit großem Eifer geschrieben hatten, waren nur die wenigsten angekommen, und die paar späteren Briefe, sicherlich auch nur zu einem kleineren Teil durchgekommen, waren alle von der Zensur geöffnet gewesen, und eventuell beigelegte Fotografien, selbst harmlose Kinderbilder, waren regelmäßig entnommen. Nur ein einziges Mal, da war ein Klassenbildchen Germaines mit eingefaltet, knapp einen Handteller groß. Über einem Kopf ziemlich weit hinten, mit einem Gesichtchen, das auch nicht viel anders aussah als die Gesichter der anderen Kinder, war ein kleines Kreuz eingezeichnet, aber dieses Gesichtchen war von einem Mädchen in der Reihe davor fast zur Hälfte verdeckt, sodass er unwillkürlich versucht gewesen war, durch eine kleine Kopfbewegung zur Seite hinter den verdeckenden Kopf zu blicken – das Bildchen hatte ihn mehr gequält, als dass es ihn erfreut hätte. Und nie konnte man sagen, ob bereits der eigene Brief hängen geblieben war oder erst die erwartete Antwort darauf, jedenfalls kam nie ein rechter Briefwechsel zustande.

Doch das kann unsere gegenseitige Zuneigung nicht mindern, dachte Jan. Zwar sind sie ja in ihrer Kindheit oft genug umgepflanzt worden, und das sind jedes Mal wieder neue Umgebungen, neue Stimmen, neue Gesichter, neue Personen, neue Landschaften für sie gewesen, nur sie beide sind immer dieselben geblieben; aber das hatte eben auch sein Gutes, denn dadurch verbündeten und verbanden sie sich immer enger miteinander. Da gab es niemanden, der sich dank größerer Nähe hätte dazwischenschieben können, und so hatten sie all ihre Bedürfnisse, sich mit anderen Menschen zusammenzuschließen, ganz aufeinander konzentrieren können. Und das hielt sich wohl bis heute, stellte Jan befriedigt fest, wo sie wahrscheinlich beide nicht mehr recht wussten, wie der andere aussah.

Die letzte Stunde, auf Stade zu, fuhren sie mit einem Personenzug. Jan stand die meiste Zeit auf der offenen Plattform, weil man von da aus viel weiter nach vorn schauen konnte. Er wollte auf jeden Fall der Erste sein, der am Horizont das Meer entdeckte; sollten die anderen ruhig Karten spielen, er genoss den Fahrtwind auf der Plattform und war überzeugt, dass das, was er da immer wieder schnuppernd aufnahm, bereits echte Seeluft war.

Als der Zug dann verlangsamte und mit viel Lärm und Geklacker über die letzten Weichen und Kreuzweichen ratterte und endlich in den Bahnhof von Stade einfuhr, da jubelten sie alle, auch Jan, aber er war zugleich ein wenig betrübt darüber, dass die Fahrt, solange sie auch gedauert hat, nun zu Ende war, ohne dass wenigstens für einen Augenblick in der Ferne das Meer zu sehen gewesen wäre.

Beim Ausladen der Fahrräder aus dem Gepäckwagen stellten sie fest, dass noch zwei andere Gruppen mit demselben Zug angekommen waren, sie waren aus Leipzig und aus Chemnitz.

Mit den Fahrrädern war es nicht mehr weit bis zur Jugendherberge. Kaum dass sie dort ihre Fahrräder in einem Raum neben der Kellerwaschküche abgestellt hatten, wurden sie auch schon zur Verteilung der Bettwäsche und zur Zuteilung der Betten und der Spinde nach oben gerufen. Man konnte sehen, wie alle sechs beim Gang durch das fremde Haus bestrebt waren, in einem ersten Anflug von Heimweh möglichst nah beieinander zu bleiben, um zu vermeiden, das sie auf verschiedene Schlafräume verteilt würden.

Am nächsten Morgen war nach dem Frühstück Kontrolle der Fahrräder und des Gepäcks angesetzt. Danach war eine Putz- und Flickstunde vorgesehen. Die Abreise per Rad nach Wilhelmshaven sei auf den nächsten Morgen festgelegt, Abmarsch 7 Uhr, weil die letzten Gruppen erst im Laufe des heutigen Tages in Stade eintreffen würden. Jan war enttäuscht, er wollte jetzt losfahren, um endlich das Meer sehen.

Bei der Kontrolle geriet er ausgerechnet an den Gefolgschaftsführer der Stadener; die Stadener waren die Gastgeber, und der Gefolgschaftsführer war für alle, auch für die Auswärtigen, der gefürchtete Platzhirsch, jedenfalls bis Wilhelmshaven, wo sie dann ganz reguläre Gäste der Kriegsmarine sein würden, und dann wieder auf der Rückfahrt bis nach Stade.

„Aha, der vornehme Herr bevorzugen ein ausländisches Fabrikat!“, sagte der Gefolgschaftsführer, aber eigentlich nicht bösartig im Ton.

Jan war schlagfertig genug, ohne dabei allzu vorlaut zu wirken: „Einem geschenkten Gaul …, das Rad ist gebraucht gekauft. War eine besondere Okkasion.“

„Nicht schlecht“, sagte der Gefolgschaftsführer anerkennend, „aber was meinst du mit Gaul?“

„Ach, das ist bei uns so eine Redensart, Gefolgschaftsführer: Einem geschenkten Gaul schaut man nicht ins Maul. Man soll also bei etwas Geschenktem oder fast Geschenktem nicht allzu kritisch sein. War ich auch nicht.“

„Ist aber wirklich Spitze! Ganz Prima!", sagte der Gefolgschaftsführer und gab Jans Fahrrad einen freundlichen Klaps auf den Sattel.

Jan ergriff die günstige Gelegenheit, schlug die Hacken hörbar zusammen und schmetterte: „Ich bitte, mit zwei Kameraden aus meiner Gruppe nach der Putz- und Flickstunde einen kurzen Ausflug zum Stadersand rüber machen zu dürfen."

Der Gefolgschaftsführer überlegte einen Augenblick.

„Kann ich verstehen, ihr Landratten aus dem Süden habt noch nie richtiges Wasser gesehen. Aber pünktlich 12 Uhr 30 zum Mittagessen zurück!"

„Hat geklappt!" rief Jan seinen beiden Freunden schon von weitem zu.

„Wir sollten das mit der Putz- und Flickstunde aber nicht zu wörtlich nehmen", sagte Enrico, „Putz- und Flickstunde wird immer angesetzt, wenn es nichts Gescheites zu tun gibt und man im Moment nicht weiß, was man mit den Leuten anfangen soll, eine reine Verlegenheitsveranstaltung!"

„Also fahren wir doch gleich!"

Enrico, der seine Eltern ja schon mehrmals in den Sommerferien auf Tourneen an die See begleitet hatte, war überzeugt, von den Dreien der am ehesten Zuständige zu sein, und setzte sich gleich beim Losfahren an die Spitze, und da er sichergehen wollten, dass er nicht gleich von einem der beiden eingeholt und von seiner Anführerposition verdrängt würde, schlug er ein gehöriges Tempo ein. Es war noch recht dunstig, fast nebelig, aber zugleich sehr hell und auch warm, weil die pralle Sonne über dem Dunst stand. Bis zum Stadersand war es nicht weit, nur wenige Kilometer, aber als sie in der Nähe des Restaurants dort ihre Räder abstellten, schwitzten sie doch ziemlich.

„Das kommt an der Küste öfter mal vor", gab sich Enrico sachkundig, „auch im Sommer. Regelrechten Nebel kann es da manchmal sogar geben."

Jan fühlte sich wie erlöst, als er endlich vor sich das Wasser sah. Obwohl man nicht so sehr weit schauen konnte, fand er doch, weit war es schon, und er fühlte sich seinem großen Ziel, dem Meer, ganz nah.

Wie ein dunkelgrauer Schatten zog in der Ferne, gerade noch zu erkennen, langsam ein Schiff vorbei, Jan sah sprachlos zu.

„Ich sag's ja gleich", war sich Enrico seiner Sache inzwischen zunehmend sicherer, „das ist noch gar nicht das richtige Meer, das ist noch die Elbe."

„Quatsch, die müsste ja kilometerbreit sein."

„Ist sie auch! Sie wird noch viel breiter."

Später konnten sie im Dunst das jenseitige Ufer als zarte Linie ausmachen. Enrico hatte recht, sie waren noch gar nicht richtig am Meer, aber den drei Zurückgebliebenen ihrer Gruppe würden sie nach der Rückkehr verkünden können, dass sie auf ihrem Ausflug zum Stadersand, wenn auch noch nicht ganz am richtigen Meer, so doch immerhin schon mal an der See gewesen seien.

Am nächsten Morgen ging Jan noch vor dem Frühstück zu seinem Fahrrad hinunter, um sein Gepäck schon draufzuschnallen. Erst als er damit fertig war, sah er im Halbdunkel, dass er hinten einen Plattfuß hatte. Ein Glück, dass er so früh nach unten gegangen war, da war noch genügend Zeit, den Schlauch zu flicken, schlimmstenfalls würde er eben auf das Frühstück verzichten müssen. Erst als er das Rad hinaus ins Helle schieben wollte, bemerkte er, dass auch das Vorderrad platt war. Das war also kein Missgeschick mit einem Nagel, wie es jedem einmal widerfahren konnte, da hatte ihm einer aus Bosheit und Neid die Luft rausgelassen! Das traf ihn im Grunde viel mehr als ein Plattfuß durch einen Nagel, obwohl jetzt das Aufpumpen eine Kleinigkeit sein würde gegenüber dem Reifenflicken, das ihm nun wohl erspart blieb. Sein Rad war eben das auffallendste von allen, mit seiner alten Mühle von früher wäre das bestimmt nicht passiert. Jan hätte weinen können vor Wut und Enttäuschung über so viel Gemeinheit, und Enrico spürte Jans Empörung.

„Das muss ja nicht einer von uns gewesen sein, Jan."

Enricos Bemerkung verhalf ihm wieder zu etwas mehr Gelassenheit.

Die letzten Minuten vor dem Start dann waren ein einziges aufgeregtes Durcheinander der verschiedensten Mundarten aus ganz Deutschland, und tatsächlich, Punkt 7 Uhr setzten sich die Ersten mit dem Stadener Gefolgschaftsführer an der Spitze in Bewegung, und das Rufen, Schimpfen und Fluchen kreuz und quer über den

Hof hinweg verstummte in wenigen Sekunden, war doch jeder plötzlich voll damit beschäftigt, aufzuschließen, möglichst Anschluss zu halten und es ja nicht abreißen zu lassen.

„Erster Halt mit Pinkelpause hinter Hemmoor", hatte es nach dem Früh-stück geheißen, „dort Einteilung in verschieden schnelle Achter- bis Zehnergruppen mit je einem Unterführer voraus."

Aha, dachte Jan, deshalb legen die vorne so ein Mordstempo vor, wahrscheinlich sollen wir uns bis Hemmoor automatisch sortieren, da werde ich mich mal nicht lumpen lassen! Tatsächlich wurden schon bald nach Stade einzelne vor ihm etwas langsamer. Dass Überholen verboten sei, davon hatte niemand etwas gesagt, also schob er sich immer wieder einmal an einem etwas Langsameren vorbei, stets darauf bedacht, die Spitze gut im Auge zu behalten.

In Düdenbüttel muss es wohl gewesen sein, als ziemlich weit vor ihm mitten auf der Dorfstraße einer von ihnen stürzte – Jan hatte gerade nicht hingeschaut und konnte nicht sagen, wie es zu diesem Sturz gekommen war. Die beiden hinter dem Pechvogel, sichtlich um Tempo bemüht, hörten für einen Moment zu treten auf, wollten vielleicht auch wirklich anhalten und fuhren dann wie auf Kommando doch weiter – jede zufällige Bewegung des Sichaufrappelnden, die wie ein Nicken aussah, und jede unwillkürliche Handbewegung als willkommene Aufforderung zum Weiterfahren verstehend.

Jan aber hielt an. Bis auf ein paar Kratzer – von Hautabschürfungen zu reden, wäre schon zu viel gewesen – und einer ziemlich verdreckten Hose war nichts passiert, beim Fahrrad allerdings, so zeigte sich, als sie weiterfahren wollten, war die linke Tretkurbel verbogen und schlug an der Hinterradgabel an. Es gelang Jan aber, durch ein paar kräftige Tritte von rechts auf die Innenseite der Kurbel sie so weit zu richten, dass sie an der Hinterradgabel vorbeikam. Als sie endlich wieder losfuhren, waren inzwischen auch die Letzten an ihnen vorbeigezogen. Doch an ein Aufholen war nicht zu denken, der arme Teufel war von seinem Sturz noch allzu eingeschüchtert, sodass Jan schließlich nah neben ihm herfuhr und ihn, indem er ihn hinten an seinem Koppel packte, kräftig mit voranschob.

Hinter Hemmoor standen dann alle am Straßenrand und warteten auf sie.

„Hurra, da kommen ja schon unsere beiden Trödler!“, empfing sie ein Kameradschaftsführer von den Stadenern mit leisem Spott, „hopp, stellt euch gleich mit in die letzte Gruppe rein!“

„Nein, nein!“, rief der Stadener Gefolgschaftsführer, der nicht weit weg von ihnen stand und seine Augen überall zu haben schien, „Fellgiebel soll ganz nach vorn in meine Gruppe kommen! Wenn sie nur alle so zügig fahren würden wie er!“

Mit einen gewissen Stolz, den er aber unter einer dienstbereiten Miene zu verbergen suchte, machte sich Jan mit seinem Rad auf nach vorn an die Spitze des langen Zuges, hörte aber noch, wie der Kameradschaftsführer hinter ihm sagte: „Keine Kunst mit so einem Rad!“

Hätte der Gefolgschaftsführer ihn direkt angesprochen, überlegte sich Jan, dann hätte er wohl, um das Lob bescheiden abzuwehren, das Gleiche gesagt, vielleicht sogar mit denselben Worten, aber dass das dieser Kameradschaftsführer sagte, das mochte er gar nicht so hören.

„Also, auf, auf, Leute!“, rief der Gefolgschaftsführer, „ab der Otterndorfer Schleuse fahren wir bis Cuxhaven fast Küstenlinie! Das ist so gut wie kein Umweg! Alles für unsere Landratten! – Horrido!“

Gegen Mittag standen sie dann mit wehendem Haar auf dem Deich, und obwohl man bei der immer noch mäßigen Sicht auch nicht viel weiter auf das Wasser hinaussehen konnte als gestern am Stadersand, war Jan ergriffen von der Ferne, die sich ihm gleichwohl auftat.

„Endlich das Meer, Enrico! – Alle Seefahrergeschichten in den letzten Jahren sind nichts gewesen gegen diesen Augenblick – mindestens fünfhundert Jahre Seefahrt stürmen auf mich ein“, schwärmte er und breitete im kräftigen Seewind die Arme aus.

Enrico schien das zu pathetisch.

„Das heißt aber immer noch Unterelbe“, flüsterte er Jan mit einem leicht boshaftem Lächeln ins Ohr, „bis *Cuxhobn.*“

„Mag’s heißen, wie’s will. Und mag’s drüben im Dunst auch wieder irgendwo ein Ufer geben – das hier ist doch überhaupt kein Vergleich zu gestern! Man spürt doch“, sagte Jan und presste seine Fäuste an die Brust, „man spürt doch – wie soll ich das beschreiben –, wie das Meer von hier aus, von diesem Punkt aus, an dem wir hier stehen, mit tausend möglichen Routen den ganzen Erdball überzieht.“ –

Nach zwei Tagen in Wilhelmshaven, die von morgens bis abends mit unablässigem Besichtigen ausgefüllt waren, fand im Gästekasino ein *Kameradschaftsabend* statt, wie es auf dem Dienstplan hieß. Die Marine gab sich große Mühe, die Tische waren schön gedeckt, an jedem Tisch saß ein jüngerer Offizier mit dabei, dazwischen noch der eine oder andere Unteroffiziersdienstgrad vom Stammpersonal des Marinestützpunkts.

„Besonders toll war die Kriegsmarinewerft", fand Enrico, „da hätte man einen ganzen Tag lang und noch länger besichtigen können, was es da alles gibt."

„Mit am besten gefallen hat mir das Leben auf dem Schulschiff, so gut habe ich noch nie geschlafen!"

„Den Film heute Vormittag von der Seeschlacht im Skagerak hätten wir uns natürlich auch zu Hause anschauen können, aber hier hat das gleich ein ganz anderes Gewicht."

So ging die Rede hin und her, vom Stammpersonal, das seine Freude an den wissbegierigen Jungs hatte, durch aufmunternde Fragen unterstützt und zugleich im Rahmen gehalten.

„Ich hätte nie gedacht", äußerte sich Jan, vor Begeisterung überfließend, „dass die U-Boote von innen so groß sind! Eng ist es drin natürlich trotzdem. Drum haben immer nur acht von uns gleichzeitig an Bord gedurft. Der Kommandant, ein Kapitänleutnant, hat jeden von uns mit Handschlag begrüßt! Das war der neueste U-Boot-Typ, alles noch nagelneu, gerade erst frisch von der Besatzung übernommen. Der Kommandant und der Erste Offizier haben uns von A bis Z alles erklärt. Ich weiß jetzt ganz genau, wie das alles funktioniert. Für mich kommt überhaupt nur noch U-Boot infrage!"

Darüber muss ich unbedingt auch Viktor schreiben, nahm sich Jan vor, der hat für solche technischen Dinge etwas übrig, obwohl er ja leider Flieger geworden ist. Eine interessante Ansichtskarte vom Kriegshafen hatte er ohnehin schon für ihn besorgt. Sicher wird ihn interessieren, dass U-Boote genauso wie Flugzeuge Höhen- und Tiefenruder haben.

Nach der Suppe folgte eine Ansprache eines Fregattenkapitäns über die Aufgaben der Kriegsmarine und über die beruflichen Chancen für Offiziersbewerber, die für alle wirklich mitreißend war.

„Da werde ich morgen in meinen Postkarten an diese Landratten zu Hause unbedingt darauf hinweisen müssen", sagte Enrico zu Jan, „dass der Vortrag für uns immerhin von einem Fregattenkapitän gehalten worden ist, und dass ein Fregattenkapitän einem Oberstleutnant entspricht. Das wissen die nämlich nicht!"

„Mein Vater weiß das", winkte Jan ab, „der war im Krieg bei der Marine. Als Sanitätsoffizier."

Immerhin hatte ihn Enrico auf eine gute Idee gebracht. Er würde noch heute Abend oder morgen früh gleich einen ausführlichen Brief nach Hause schreiben und mitteilen, dass für ihn feststünde, dass er, wenn es so weit sei, alles daran setzen würde, seinen Wehrdienst bei der Kriegsmarine abzuleisten.

Noch mehrmals am Abend trat dann ein Marine-Quartett mit Seemannsliedern auf, alte und neue, bei denen sie die Refrains begeistert mitsangen und sich von Mal zu Mal mehr als angehende Seeleute fühlten. In diese Stimmung hinein gab dann zu später Stunde ein junger Oberleutnant zur See die Änderung des Dienstplans für morgen, den letzten Tag, bekannt.

„Morgen Wecken erst um 8 Uhr."

Schon da kam unüberhörbar Zustimmung auf.

„Als besondere Zugabe und damit ihr wenigstens einen kleinen Einblick auch in die praktische Seefahrt bekommt: Morgen fahren wir so gegen 10 Uhr 30, genaue Zeit und Kai wird noch bekanntgegeben, mit zwei Tendern auf die Nordsee hinaus. Wir versorgen draußen an einem vorher festgelegten Ort zwei U-Boote übungshalber mit Öl. Ihr könnt da mal miterleben, wie das Bunkern auf See vor sich geht – keine einfache Sache!"

Die Begeisterung war groß, größer noch als am nächsten Tag während der Fahrt, die durch schlechtes Wetter und raue See beeinträchtigt war. Jan jedoch war das gerade recht. Zwar machte ihm der zunehmende Seegang zeitweise auch zu schaffen, aber ein Dahingleiten wie auf einem Binnensee wäre ihm äußerst unseemännisch vorgekommen. Auch als er am späten Abend, todmüde, aber glücklich, wieder in seinem Bett lag, glaubte er beim Einschlafen, noch immer die Bewegungen des Versorgungsschiffes zu spüren, und er schlief wunderbar. –

Am Abreisetag dann, frühmorgens noch vor dem Wecken, begegnete Jan im Wasch- und Toilettenraum dem Oberbootsmann, der beim Kameradschaftsabend mit an ihren Tisch gesessen hatte.

„Macht nur zu, dass ihr so schnell wie möglich nach Hause kommt!", röhrte der Oberbootsmann, dass es nur so hallte. Jan, noch im Nachthemd und ganz verschlafen, erschrak über den rauen Ton, hatte sich doch dieser Oberbootsmann so lustig und manchmal fast kameradschaftlich, könnte man sagen, mit ihnen unterhalten. Jan schaute verzagt zu ihm hinüber.

„Ja, wisst ihr denn nicht?", dröhnte es noch lauter von den Waschbecken her. „Es ist Krieg! Heute früh sind wir in Polen einmarschiert!"

Beim Frühstück, das zum Abschied wieder im Gästekasino stattfand, herrschte ziemliche Aufregung; keiner schaute träumend vor sich hin und rührte still in seinem Kaffee, wie das in den letzten Tagen am frühen Morgen häufig zu beobachten war, alle redeten sie miteinander, allerdings nirgends sehr laut; die Leute vom Stammpersonal, die noch mit anwesend waren, schienen eher etwas bedrückt, mindestens nachdenklich, bei den Jungen dagegen war eine gewisse neugierige Begeisterung zu spüren.

Die Marineführung hatte schnell und umsichtig gehandelt und einen gewandten Korvettenkapitän abgestellt, der soeben eingetroffen sein musste und der sich, als Jan seinen Platz suchte, gerade vorstellte.

„– meine einzige Aufgabe besteht im Augenblick darin, mit allen Mitteln dafür Sorge zu tragen, dass alle Zivilisten, die sich zurzeit noch auf dem Gelände des Marinestützpunktes aufhalten – zum Beispiel Lieferanten, Handwerker, Privatpersonen und sonstige Besuchergruppen –, in Sicherheit gebracht werden. Denn es ist klar, falls England in den Konflikt eingreift", von Krieg sprach er nicht, „müssen wir hier mit ersten Luftangriffen rechnen."

„Und nun speziell zu Ihnen, meine Herren!", wobei er sich mit einer souverän angedeuteten Verbeugung lächelnd den Tischen mit den Marine-Hitlerjungen zuwandte. „In Ihrem Falle – entschuldigen Sie bitte, wenn ich Sie eben mit zu den Zivilisten gerechnet habe! – in Ihrem Fall heißt ‚in Sicherheit bringen' nicht nur, dass Sie das Gelände des Kriegshafens verlassen, sondern dass sie sicher in ihre Heimatorte zu Ihren Eltern zurückgeleitet werden.

Alle eventuellen Anrufe besorgter Eltern werden auf mich durchgestellt werden; umgekehrt werden auch wir versuchen, mit allen Eltern telefonisch oder telegrafisch Verbindung aufzunehmen, sobald die Rückreisemöglichkeiten geklärt sind. Ich bitte Sie deshalb, auf den umlaufenden Listen die vollständige Anschrift ihrer Eltern einzutragen, in Blockschrift bitte, und, sofern Telefon vorhanden, die Telefonnummer und den Namen des zuständigen Fernamts.

Die Marineführung sieht sich selbstverständlich in der Pflicht, im Einvernehmen mit der Reichsbahn die Rückreise ihrer jungen Gäste in ihre Heimatorte sicherzustellen. Das ist insofern nicht ganz einfach, als es sich um 15 verschiedene Zielorte handelt, aber das ist zu lösen. Im Augenblick weiß noch niemand, ob nennenswerte Transportkapazitäten der Reichsbahn von Seiten der Wehrmacht beansprucht werden, die natürlich absoluten Vorrang haben, und ob die bestehenden Fahrpläne aufrechterhalten werden können. Aber darüber wird wohl in Kürze Klarheit bestehen. Unter Umständen müssten Sie die kleine Unannehmlichkeit, mit einem Nachtzug zu reisen, in Kauf nehmen."

Ein etwas vorlauter Hitlerjunge von der Berliner Gruppe, der den Stimmbruch offenbar noch vor sich hatte, rief zum Redner hin:

„Am liebsten würden wir alle gleich hierbleiben! Früher durften doch die Schiffsjungen und die Seekadetten auch schon mit 14 oder 15 Jahren an Bord der Kriegsschiffe!"

Der Offizier verwandelte den Ton, in dem er zu den Marine-Hitlerjungen gesprochen hatte, übergangslos von freundlich-sachlicher Mitteilung in väterlich-strenge Beschwichtigung.

„Jetzt macht erst mal schön euer Gymnasium fertig! In drei oder vier Jahren, wenn ihr Abitur gemacht hat, ist der Krieg längst vorbei. Aber auch danach brauchen wir tüchtige Seeoffiziere! Natürlich ist nicht jedem Offiziersjahrgang das Glück vergönnt, einmal an einer kriegerischen Auseinandersetzung teilzuhaben." –

Um sich zu verabschieden, ging Viktor am Freitag gegen Abend noch einmal zu Fellgiebels hinüber, sein Vater war noch immer nicht von seiner Reise nach Berlin zurück.

„Ich wollte nur noch geschwind zum Adschöhsagen reinschauen", begrüßte Viktor Marianna, „ich fahre mit dem Nachtzug nach München, am Montag früh fängt mein Examen an."

„Wilhelm", rief Marianna nach oben, „Viktor ist da und will Adieu sagen."

„Die Prüfungen finden trotzdem statt?", fragte Fellgiebel, als er die Treppe herunterkam, und gab sich gleich selbst die Antwort, „– ja, natürlich, warum auch nicht. Bis jetzt scheint ja alles ziemlich normal weiterzulaufen."

„Vor allem wollte ich fragen, ob ihr inzwischen schon etwas von unserem Seefahrer gehört habt."

„Es ist nur ein Brief angekommen, voller Begeisterung. Aber das war noch vor – noch vor dem Einmarsch in Polen", sagte Marianna und sie spürte, dass sie sich scheute, das Wort Krieg auszusprechen.

„Jans Brief ist noch von *vor dem Krieg*", korrigierte Fellgiebel, der zu möglichst klaren und manchmal auch überhöhten Aussagen neigte. Und damit noch deutlicher werde, wie tief der Einschnitt ist, den der Kriegsbeginn darstellt, fuhr er fort: „Der Brief wurde *noch in der Zeit vor dem Krieg* geschrieben – *dieser Brief stammt aus der Vorkriegszeit.*"

„Jetzt hör auf!"

„Doch! Und von jetzt an haben wir zwei Vorkriegszeiten! ‚Vor dem Krieg', das war bisher die Zeit vor August vierzehn, dann kam die erste große Katastrophe, und später haben die Zeitungen geschrieben, ‚in Europa gingen die Lichter aus'. Aber danach sind sie wenigstens wieder angegangen! Diesmal wird es keine Lichter mehr geben, die wieder angehen könnten, mindestens in Deutschland nicht."

„Das klingt alles so entsetzlich pessimistisch, was du sagst", unterbrach ihn Marianna sanft, „aber du hast schon recht, uns steht Schlimmes bevor –"

„Das kann gar nicht schlimm genug enden!", brauste Fellgiebel auf. „Erst wenn alles zerstört ist, wirklich alles, wenn die Städte niedergebrannt sind, alle Brücken gesprengt, die Eisenbahngeleise herausgerissen und die Fabriken abmontiert und bis in die Fundamente geschleift sind; erst wenn die Armeen zerschlagen sind – versteht ihr: zer-schla-gen, nicht nur auseinandergetrieben! – und wenn Millionen und Abermillionen getötet sind, erst dann, wenn gar kein Wiederaufbau mehr möglich ist, erst dann wird dieses unruhige Volk in der Mitte Europas Ruhe geben. – Oh, nur keinen verfrühten Frieden! Nur keinen Generalputsch der Vernünftigen! ‚Im Felde unbesiegt' würde es dann wieder heißen! Nein, erst wenn alles Böse aus diesem Volk herausgeeitert ist, erst wenn diese riesige Pestbeule mit glühendem Eisen restlos herausgebrannt worden ist, haben wir in späteren Jahrhunderten vielleicht wieder etwas mehr Glück. – Alles andere führt sonst bloß wieder zu einer Atempause wie letztes Mal."

Leise fügte er noch an: „Da müssen wir hindurch, die paar jedenfalls, die übrigbleiben."

Fellgiebel ließ sich erschöpft in einen Sessel fallen, die flachen Hände an den Kopf gelegt, als hielte er sich die Ohren zu, um sich von einer Explosion, die gleich alles niederreißt, zu schützen.

„Setzt euch doch zu mir!", bat er. „Und Marianna, bitte, mach uns einen Tee!"

Für einen Moment war Marianna froh, dass sie weglaufen durfte, merkte aber schon bald, dass sie nicht fliehen konnte – sie wusste, Wilhelm hatte recht; Marianna litt unter ihren Ahnungen, wiewohl sie ihnen stets misstraute. Viktor dagegen, ebenfalls nicht unberührt von Fellgiebels Ausbruch, suchte in dem Gedanken Halt, dass so etwas gar nicht möglich sei, und es eine solche Zerstörung eines ganzen Landes, eine solche Vernichtung eines ganzen Volkes überhaupt noch nie gegeben habe. Wir werden den Krieg gewinnen, so ist zu hoffen, doch danach müsste freilich die große Reinigung kommen, von der sein Vater in vertrauter Umgebung immer wieder einmal sprach, müssten die Auswüchse beseitigt und die wirklich gefährlichen Figuren entmachtet werden und entfernt; und vor allem die Gegenkräfte, die es ja gab, müssten gesammelt und zugelassen und wieder eingesetzt werden. Sein Vater sah das alles realistischer als Fellgiebel, dieser Feuerkopf.

Sie tranken schweigend ihren Tee, nur einmal aufgeschreckt durch eine Sondermeldung am Radio, die aber eher nichtssagend war und von der Einnahme einiger Ortschaften, vielleicht sogar Städte berichtete, deren Name sie nicht kannten. Dann fiel Marianna Jans Brief aus Wilhelmshaven ein, den sie Viktor hinschob.

„Da, lies selbst!"

Ganz ähnlich diese Begeisterung, dachte Viktor beim Lesen, wie auch bei mir selbst, damals vor fünf oder zehn Jahren! Diese bedingungslose Besessenheit! Und bei Jan kommt noch diese Sehnsucht nach dem Meer dazu. Die Besichtigung des U-Boots schien Jan das Wichtigste seines ganzen Aufenthaltes in Wilhelmshaven gewesen zu sein, sie nahm den größten Teil seines Briefes ein. Als sich Viktor in Jans Schilderungen vertiefte, spürte er, wie ihm der Schweiß auf die Stirn trat, noch bevor sich Adam flüsternd mit der Bemerkung einmischte: ‚Ich wüsste keinen, Viktor, der sich weniger als U-Bootfahrer eignet als du!' Tatsächlich war ihm schon die bloße Vorstellung schier unerträglich, in eine solche stählerne Röhre, die allseits verschlossen ist, durch ein enges Turmluk hineinkriechen zu sollen. ‚Und da bleibst du dann auch, tagelang, wochenlang, nicht mal hinausschauen kannste, und wenn's brenzlig wird, müsst ihr noch tiefer hinuntertauchen', setzte Adam noch obendrauf, als wolle er Viktor noch mehr ängstigen. Wie unvergleichlich dagegen, dachte Viktor, ist doch die Freiheit beim Fliegen!

Viktor mochte kaum weiterlesen und war froh, dass das Telefon läutete. Marianna wollte schon aufspringen, doch Viktor rief, „ich nehm' ab, ich nehm' ab", und langte nach dem Telefon, das in Reichweite neben ihm stand.

„Hier bei Dr. Fellgiebel –"

„Irgendeine Marine-Dienstelle in Wilhelmshaven", gab er den Hörer an Marianna weiter.

„Ja –?"

Nachdem sie gespannt in den Hörer hineingelauscht hatte, atmete Marianna befreit auf.

„Dankeschön! Vielen Dank! Dankeschön! – Jawohl. Herzlichen Dank!"

Dann legte sie auf. „Jan kommt morgen früh um 6 Uhr 14 hier an", lachte sie wie erlöst, doch sogleich wurde sie wieder ernst und fügte leise hinzu: „Aber ob er jedes Mal wiederkommen wird?" –

III

1939 bis 1945

Viktor strahlte, als er Jochum, seinen alten Segelfliegerfreund, endlich unter den Angekommenen entdeckte. Jochum hatte nur wenig Gepäck bei sich, trug aber eine große Papprolle unter dem Arm, wie man sie für große Zeichnungen und Pläne verwendet, die nicht gefaltet werden sollen.

„Du hättest mich doch nicht an der Bahn abzuholen brauchen, Viktor! Mit dem bisschen Gepäck hätte ich das schon allein geschafft!"

Viktor wollte Jochum die Rolle abnehmen, aber Jochum hielt sie fest und gab ihm lieber seinen kleinen Koffer.

„Du willst sicher wissen, warum ich dieses Ofenrohr mit mir herumtrage – da steckt der Grund für meine Reise drin. Ich will mich mit einem Rückstoßexperten hier an der Technischen Hochschule beraten, mit dem wir zusammenarbeiten. Normalerweise funktioniert das natürlich mit der Post per Einschreiben und noch mal Einschreiben und viel Hin und Her, aber bei den wirklich ganz geheimen Projekten muss einer von uns persönlich von Kiel nach München fahren, das ist sicherer, abgesehen davon, dass man dann die Sache ganz anders diskutieren kann."

„Dann lass mal deine Rolle schön zu und halt' sie gut fest", lachte Viktor. „Aber sag mal, wo bist du denn inzwischen gelandet? Als wir uns das letzte Mal gesehen haben, warst du doch noch in Berlin und hast bei Argus in Reinickendorf Flugmotoren gebaut, stimmt's?"

„Nun, gebaut habe ich sie nicht gerade, aber bei der Entwicklung ein bisschen mit hineingeredet. Vielleicht zu viel, man hat da als kleiner Physiker bei den Maschinenbauern nicht viel zu melden.

Jedenfalls haben sie mich dann nach Kiel zur Germaniawerft geschickt."

„Zur Germaniawerft?"

„Ja, und zwar zu Walter; an sich gehört die ganze Werft mit den ganzen Unterbetrieben zu Krupp."

„Ah, davon habe ich gehört, der Walter-Motor – ihr entwickelt irgendwelche U-Bootantriebe."

„Was du eigentlich gar nicht wissen dürftest – schon das ist geheim! Aber zu den U-Bootantrieben gehöre ich gar nicht. Unser Häuflein dort entwickelt Flugzeugtriebwerke – das ist übrigens noch viel geheimer!"

Wie er im Gedränge der Bahnhofshalle so neben Jochum herging, da kam ihm eine Bemerkung Lussers in den Sinn; das war im Sommer gewesen, kurz vor dessen Weggang zu Heinkel, nach einer Serie dieser merkwürdigen Versuchsreihen mit dem Habicht[1], die er zu fliegen hatte und auf die sich niemand einen Reim machen konnte. „Wenn wir für ein so ähnliches Flugzeug eines Tages ein Triebwerk hätten, das könnte eine unglaubliche Sache werden! Einen solchen Abfangjäger würde es auf der ganzen Welt nicht geben!" Aber er hatte nicht recht verstanden, worauf Lusser mit dieser Bemerkung hinauswollte, und sie war auch allzu beiläufig eingestreut gewesen, als dass er als der weitaus Jüngste in diesem kleinen Expertenkreis damals hätte zurückfragen mögen.

„Ich bin noch ein bisschen früh dran, wollen wir uns hier in das Café setzen? – In München ist ja noch alles wie im tiefsten Frieden!"

„Tagsüber schon. Aber als ich letzte Woche wieder nach München zurückgekommen bin, es war am Abend und es war die erste richtige Verdunklungsnacht, da bin ich doch ganz schön überrascht gewesen, wie stockdunkel ganz München dalag und wie gedrückt die Stimmung war. Die Menschen huschten als schwarze Schatten an mir vorbei, meistens ziemlich lautlos, als würden sie nicht dazugehören. Einzelne trugen grüngelbliche Leuchtplaketten am Revers, kaum heller als die Leuchtziffern auf einem Wecker. Was war das früher ein Bild der Lebensfreude und der Kraft, wenn man abends in München ankam! Jedenfalls war von Begeisterung nicht viel zu spüren."

„1914 soll das ganz anders gewesen zu sein."

„Man sollte nicht glauben", fuhr Viktor fort, „welche Vertrautheit und wie viel Trost da von einem einzigen Fenster ausgeht, das noch erleuchtet ist, weil jemand das Verdunkeln vergessen hat. Mir jedenfalls ging das so. Man sucht dann unwillkürlich nach weiteren Lichtern. Ein paar beleuchtete Fenster in der Ferne, das waren für mich die letzten Zeichen von Leben in dieser Schattenwelt, trotz der vielen Menschen um mich herum."

„In Karlsruhe wird das viel strenger gehandhabt, schrieb mir meine Mutter gerade, in ganz Karlsruhe nicht ein einziger Lichtschein! Es sind ja auch keine zwanzig Kilometer mehr bis zur französischen Grenze! Die Arme traut sich abends überhaupt nicht mehr auf die Straße, so dunkel sei es."

„Mein Motorradl habe ich auch stilllegen müssen. Da braucht man jetzt einen roten Winkel auf dem Nummernschild, den gibt's aber nur für kriegswichtige Fahrzeuge."

„Was machst du überhaupt noch in München? Ich dachte, du bist fertig mit dem Studium?"

„Bin ich auch. Seit gestern habe ich das Examen hinter mir!"

„Ach was! Seit gestern? Ich gratuliere! Ist alles gut gelaufen?"

„Ja – bei allen fünfen. Ich habe allerdings das Gefühl, wir wurden ausgesprochen nachsichtig behandelt, weil jeder weiß, dass wir jetzt alle, einer nach dem andern, eingezogen werden. Meine Zurückstellung ist inzwischen auch abgelaufen."

„Ich glaube, in der Gefahr schwebe ich nicht", lachte Jochum hellauf, der manchmal so düster sein konnte, und klopfte dabei vergnügt auf seine Papprolle. „Aber dafür habe ich es in Kiel meistens mit argen Fanatikern und Bonzen zu tun. Schön, mal wieder mit einem vernünftigen Menschen zu reden!"

„Mir geht es da nicht viel anders. Bei mir sind es die Kommissköpfe, über die ich mich ärgere. Ich habe ja durch die Einfliegerei viel mit allen möglichen militärischen Einrichtungen zu tun, auch in den einschlägigen Ämtern sitzen viele Kommissköppe, für die bin ich halt bloß ein schäbiger Zivilist. Obwohl, man soll da nicht undankbar sein, ich verdanke denen eine Pfundsausbildung. Ich habe im Laufe der Jahre die ganzen Motorflugscheine machen können. Bis C2, als Privatmann wäre das unmöglich gewesen. Natürlich ging das alles ein bisschen auf Kosten des Studiums."

„Und was fliegst du am liebsten? Fixe Jäger oder die großen dicken Brummer?“

„Ich fliege eigentlich alles gern. Darin liegt ja gerade der Reiz, sich vom einen Typ auf den anderen umzustellen und zwar von jetzt auf nachher. Ich brauche da – nach gründlicher Vorbereitung am Boden natürlich – in der Luft nur ein paar große Ruderausschläge, schön langsam, und schon spüre ich, wie ich in das Flugzeug hineinwachse, hineinfließe, bis ich vollständig eins mit ihm bin, während ich vorher nur drinsaß. Es ist dann ein Teil von mir geworden und ich bin ein Teil von ihm, verstehst du? Das ist ein wunderbares Gefühl, das aber so ausgeprägt nicht alle meine Kollegen kennen – manche lästern sogar, ich sei verrückt geworden und würde mir das alles nur einbilden.“

„Oh doch, ich kann mir das genau vorstellen, ich habe ja lange genug Segelflug getrieben. Wahrscheinlich ist das beim einen weniger, beim anderen stärker entwickelt – aber ein bisschen davon braucht wahrscheinlich jeder gute Flieger.“

„Für mich jedenfalls bedeutet dieses Verschmelzen mit dem Flugzeug, dass ich zum Beispiel das ganz sichere Gefühl dafür habe, was in jedem Augenblick an Schwung noch drinsteckt oder was ich mir mit meiner Höhe im Augenblick noch leisten kann – dieses Gefühl habe ich vor allem im Habicht immer weiter ausgebildet. Da braucht es dann keinerlei Überlegen mehr, ob ich bei einer simulierten Außenlandung mit dem Lastensegler vielleicht zu schnell reinkomme oder ob ich schon arg niedrig bin und mich deshalb ziemlich langsam reinmogeln muss, und es vielleicht nicht mehr reichen könnte über eine Baumreihe oder eine Hecke hinweg. Das hab’ ich im Bauch.“

„Begriffen. Das ist ja schon mit dem gewöhnlichen Segelflugzeug bei Außenlandungen das Problem.“

„Nur dass der Lastensegler, dieser Koffer, um ein Vielfaches schwerer ist und man sich im Einsatz nicht wie beim Segelfliegen das Landefeld vorher erst mal in Ruhe aus der Höhe anschauen kann! Die sollen irgendeine unbekannte Wiese irgendwo im Feindesland mehr oder weniger nach der vor dem Start studierten Karte anfliegen, und zwar ohne große Höhenreserven! Vor der Landung erst noch ein paar gemütliche Platzrunden fliegen zur Besichtigung des Landefelds, das ist da nicht drin!“

„Ja, ich verstehe, das wäre beim militärischen Einsatz zu gefährlich."

„Der Höhepunkt der ganzen letzten Jahre aber war für mich die Kunstflugschulung auf dem Habicht. Das war zwar nur ein kleiner Punkt im großen Ausbildungsprogramm, aber es war eben das i-Tüpfelchen auf dem Motorkunstflug und auf der ganzen Ausbildung überhaupt. Es ist weniger die einzelne Kunstflugfigur als der Flug im Ganzen. Nichts verschafft mir mehr Glücksgefühl als dieses Herumtoben in drei Dimensionen; das Ausnutzen des Schwungs, den man von Augenblick zu Augenblick gerade hat; das richtige Abzirkeln bei der Umwandlung dieses Schwungs in eine bestimmte Figur und dann das erneute Schwungholen durch sparsames Verheizen der Höhe, die einem noch bleibt –"

„Fast möchte man wieder anfangen, wenn man dich so hört!"

„Das kam mir dann bei der Lastenseglerei natürlich enorm zugute."

„Wieso? Da läuft doch alles ziemlich gleichmäßig ab."

„Von außen gesehen schon, aber im echten Einsatz mit Luftlandetruppen soll das Ding ja am Schluss möglichst genau an einer vorher festgelegten Stelle in der Landschaft stehen, die man aber meistens nur von der Karte kennt! Und die anderen Vögel, die noch dazugehören, sollen auch nicht allzu weit entfernt stehen. Da ist die perfekte Beherrschung der Ziellandung das A und O. Solch riesige Flugplätze haben wir ja nur beim Einfliegen, aus Sicherheitsgründen, aber auch da sollte man sie nicht ausnutzen. Die Segler haben nach dem Einfliegen alle beieinander in einer Ecke des Platzes zu stehen. Nur das ist für den Kampfeinsatz später realistisch."

„Und wann, glaubst du, wird das mit den Lastenseglern losgehen?"

„Keine Ahnung, was es da für strategische Überlegungen gibt. Die Serienauslieferung an die Luftlandetruppe – das sind die Fallschirmjäger – soll gerade begonnen haben. Die ersten Einweisungsflüge, hörte ich, verliefen auf den Flugplätzen gar nicht schlecht. Aber sobald scharfe Einsätze geübt werden, treten Schwierigkeiten auf. Ich soll in der nächsten Zeit noch ein Landeschema ausarbeiten, nach dem man die letzten zwei oder drei Minuten bis zu Landung fliegen kann. Du musst bedenken, der Schleppflug findet meistens noch in der Nacht statt; beim Gleitflug nach dem Ausklinken herrscht anfangs noch tiefe Dämmerung; erst im Zielgebiet kommt dann, sofern sich die Meteorologen nicht vertan haben, so ein erstes Büchsenlicht auf, das gerade zum Landen ausreicht."

Es entstand eine kleine Gesprächspause, wie das so geht, wenn man sich lange Zeit nicht gesehen hat und sich der erste Erzählschwall verlaufen hat. Jochum schien sich für die Lastensegler nicht weiter zu interessieren.

„Dir geht es also nicht schlecht", sagte Jochum, und der Anfang klang noch ganz zufrieden, „mit Segelflugzeugen herumfliegen und dabei sogar noch Geld verdienen! Das hört sich alles so harmlos an. Aber vergiss nicht, Viktor, deine Lastensegler, das sind Kriegsflugzeuge! Du hast mitgeholfen, den Krieg vorzubereiten. Du bist vielleicht kein überzeugter Nationalsozialist, das weiß ich, aber ein Unterstützer!"

„Unterstützer sind wir letzten Endes alle!"

„Ich nicht", sagte Jochum. Das irritierte Viktor, aber er mochte nicht nachfragen, das anfangs so freundliche Gespräch schien plötzlich gestört.

Jochum ließ der Habicht keine Ruhe, und er dachte an seine Papprolle: „Meinst du, dieser Habicht wird – wie soll man sagen – zur Vorstufe eines neuartigen Flugzeugs oder einer ganz neuen Art von Flugzeugen?"

„Wieso, wie kommst du darauf?", fragte Viktor und tat ahnungslos, doch es war tatsächlich, wie er sich erinnerte, bei den Habicht-Versuchen schon hin und wieder unter vorgehaltener Hand von Strahltriebwerken die Rede gewesen.

Jochum antwortete nichts und schaute Viktor nur zweifelnd an; schließlich sagte er zögernd: „Ich weiß auch nicht –"

Später, als sie sich verabschiedet hatten, ließ sich Adam mal wieder vernehmen: ‚Ich werde den Eindruck nicht los, dass dein alter Spezi Jochum noch irgendetwas auf dem Herzen hatte, aber den Absprung nicht gefunden hat, damit herauszurücken. Das könnte mit dem Habicht zusammenhängen, auf alles, was du zum Habicht sagtest, da reagierte er wie elektrisiert.' –

Auf der Rückfahrt von einer Besprechung in Griesheim hatte Viktor wieder einmal zu Hause reingeschaut und bei dieser Gelegenheit auch das örtliche Wehrbezirkskommando aufgesucht, was er schon lange vorhatte.

„Ich wollte mich bloß mal erkundigen, wie es mit meiner Einberufung steht, ich war zurückgestellt", sagte Viktor zu dem Mann hinter der Theke, der den eher seltenen Dienstgrad eines Unterfeldwebels hatte – könnte eine Degradierung gewesen sein, dachte Viktor.

„Sie werden schon noch rechtzeitig drankommen!", sagte der Unterfeldwebel beruhigend, der ein Spaßvogel zu sein schien, denn er tat dann so, als würde er flüstern. „Gehe nie zu deinem Fürst, wenn du nicht gerufen wirst! Oder wie die Leute hier in der Gegend sagen, ‚Geh nie zu doim Färschd, wannde net gerufe wärschd!' – Sind Sie doch froh, wenn Sie noch ein bisschen Zeit haben", meinte er gemütlich, „die Franzosen und die Engländer laufen Ihnen so schnell nicht weg!"

Das klang freundlich, wenn auch nicht gerade wehrbegeistert, dachte Viktor, während der Unterfeldwebel in seinen großen Karteikästen und Ordnern herumsuchte. Welch ein Unterschied, dieser freundliche Unterfeldwebel heute und dagegen der übellaunige Brummbär bei der Musterung vor ein paar Jahren! „Gewünschte Verwendung?", hatte er den anderen Jüngling, der neben ihm an der Theke stand, missmutig angeknurrt, „Ich möchte U-Boot-Fahrer werden!", hatte der fast begeistert ausgerufen. – „Und Sie?" – „Flugzeugführer" – „Aha, verbrennen also", hatte der Brummbär ungerührt genickt und dann auf den Mann neben ihm gedeutet, „oder ersaufen."

Sie hatten damals beide gelacht, aber ihr Lachen hatte ein wenig gequält geklungen. Das scheinen hier auf dem Wehrbezirkskommando lauter solche Defätisten zu sein, dachte Viktor, aber der Kerl damals war ein Zivilbeamter gewesen und am Revers hatte er das Parteiabzeichen getragen. Nun ja, sein Vater war ja ebenfalls alles andere als vom Krieg begeistert, und Viktor warf ihm gelegentlich sogar vor, dass das, was er gerade sagte, sich fast defätistisch anhöre. Aber wenigstens beschloss sein Vater die häufige Kritik an der Führung und an der Partei neuerdings mit dem Satz ‚Aber jetzt müssen wir erst einmal den Krieg hinter uns bringen!', und das sagte er nicht nur so daher, sondern das war sicherlich seine Überzeugung. Viktor sah das ebenso, erst den Krieg gewinnen. Er war ja auch nicht sonderlich begeistert vom Krieg, aber vom Fliegen schon. Inzwischen hatte der Unterfeldwebel eine Akte herausgezogen.

„So, da habe ich Sie ja – jawohl, Sie waren bis zur Beendigung Ihres Studiums zurückgestellt. Nanu, aber eigentlich doch nur bis Ende Sommersemester neununddreißig.“ Er blätterte in den Unterlagen. „Ah ja, kein Wunder, dass Sie noch da sind, Sie sind inzwischen u. k.-gestellt, wussten Sie das nicht? Verstehen Sie, u. k.! Das heißt *unabkömmlich*. Auf Antrag der DVL Berlin, steht da – keine Ahnung, wer das ist.“

Bei der Versuchsanstalt kannte ihn doch kaum jemand, ob da womöglich wieder sein Vater dahintersteckte? Nein, das musste von der DFS in Darmstadt ausgegangen sein. Da sollte er doch mal nachforschen, was da los ist, wenn er das nächste Mal wieder in Darmstadt ist.

„Auch wenn Sie sich freiwillig melden, das hilft nix – u. k. ist u. k.“, rief ihm der Unterfeldwebel noch nach. –

Bevor Viktor nach München weiterfuhr, schrieb er an seinen Vater, der wieder einmal dienstlich auf Reisen war, einen langen Brief, denn mit dem Abschluss seines Studiums war für ihn eben doch ein Lebensabschnitt zu Ende gegangen, das spürte er, und darüber wollte er sich mit seinem Vater unterhalten, auch wenn das jetzt nur brieflich möglich war. Viktor freute sich, wie leicht es ihm beim Schreiben fiel, seine Dankbarkeit zu zeigen. Das war ihm in früheren Briefen an seinen Vater, so sehr er sich stets Mühe gegeben hatte, nie so recht gelungen. ‚Das kommt daher‘, belehrte ihn Adam ‚dass du nun unabhängig von ihm bist, oder, sagen wir lieber, dass du dich nun unabhängiger von ihm fühlst.‘

Auf dieses Unabhängigkeitsgefühl jedoch wollte er in seinem Brief nicht weiter eingehen, fügte dann aber wenigstens noch an, dass dieser Abschnitt seines Lebens insofern noch nicht ganz abgeschlossen sei, als er ja seine Fliegerei für die Versuchsanstalt und die Hersteller auch weiterhin betreibe, was ihm ja bisher schon einige Unabhängigkeit, vor allem finanziell, eingebracht habe, doch Letzteres sollte er wohl besser nicht so sehr betonen. Aber wer weiß, wie lange das mit dieser Fliegerei als Zivilist noch geht, dachte Viktor. Seine Zurückstellung sei ja nun abgelaufen, schrieb er weiter, aber wie er auf dem Wehrbezirkskommando gerade erfahren habe, sei er jetzt u.k. gestellt, und das würde ihm – jedenfalls auf die Dauer – gar nicht schmecken, schon wegen seiner Freunde, die zum großen Teil schon eingezogen seien. Gestern erst sei er dem Vater eines früheren Klassenkameraden aus der Volksschule begegnet. Der sei nicht unfreundlich gewesen, im Gegenteil, habe aber doch mehrfach gefragt, wieso er denn noch nicht eingezogen worden sei, fast etwas gedehnt habe das geklungen, und wann auch er denn wohl seinen Einberufungsbefehl erhalte.

Zum Schluss fragte er bei seinem Vater noch an, ob denn er vielleicht eine Ahnung habe, wie das mit der u.k.-Stellung vor sich gehe und wie man da wieder herauskomme. –

Viktor ging, als er wieder in München war, erst einmal zu den Historikern, wohl auch in der Hoffnung, vielleicht Maria mit der Bombe zu treffen.

„Ach, der Herr Zabener, unser Herr Ingenieur, auch mal wieder im Lande?", begrüßte ihn ein Kommilitone, den er von einer Arbeitsgemeinschaft zur Technikgeschichte kannte und der in freundlichem Spott das Wort ‚Ingenieur' französisch aussprach. „Ich dachte schon, wir kriegen Sie nach bestandenem Examen hier nicht mehr zu sehen. Wir hätten Sie nämlich letzte Woche dringend gebraucht, es ging bei der Entwicklung des Stahlgusses um irgendeine metallurgische oder mineralogische Frage, die anfangs im Ruhrpott große Schwierigkeiten bereitet haben soll, aber ich habe davon so wenig verstanden, dass ich Ihnen jetzt nicht einmal sagen kann, worin genau unser Problem bestanden hat."

„Ich kann mir schon ungefähr denken, worum es ging. Ich nehme an der nächsten Sitzung am Donnerstag endlich mal wieder teil."

„Oh, das ist erfreulich, da freuen wir uns alle – wir sind nur noch acht oder neun, jeden Tag kommen welche ins Seminar, um sich zu verabschieden, ab an die Front. Sie sehen ja, wie leer sogar hier in der Seminarbibliothek schon alles ist."

„Fiel mir auch auf."

„Sie hatten in der Zwischenzeit, wie ich von einem ihrer Akaflieg-Kollegen aus der TH zufällig hörte, wieder gewisse Aufgaben als Einflieger zu absolvieren? Das beeindruckt mich ungemein, Herr Kollege!"

„Ja, ich war in Darmstadt, in Griesheim. Aber ‚Einflieger', das hört sich so heldenhaft an und so strahlend. Das Einfliegen der Serie ist eine ganz schematische Angelegenheit mit nicht den geringsten Freiheiten für den Piloten. Sie müssen ein umfangreiches Programm, das in allen Einzelheiten festgelegt ist, möglichst exakt abfliegen und dabei alles, was sie tun und von den Instrumenten ablesen, in eine Liste auf einem Schreibbrett eintragen, das auf ihrem rechten Oberschenkel festgeschnallt ist, das sogenannte Kniebrett. Und das 10, 12 oder 15 Flüge hintereinander, immer wieder exakt dasselbe. Für die wirklich interessanten Aufgaben haben die in Darmstadt unheimlich erfahrene Piloten mit Tausenden von Flugstunden, weltberühmte Rekordhalter, sogar eine Fliegerin ist mit dabei, große Klasse, die war schon hochberühmt, als ich noch im Abitur steckte; aber man lernt dort enorm dazu. Für mich bleiben meistens bloß noch die niederen Arbeiten – man nennt mich dort allgemein ‚der Student' –, und zu diesen ‚niederen Arbeiten' gehört eben auch dieses Einfliegen der Serie. Die Dinger werden in Mannheim gebaut und in Griesheim eingeflogen, jedenfalls zurzeit noch. Aber diese Lastensegler sind keine besonders reizvollen Flugzeuge."

Das Wort ‚Lastensegler' hätte er schon gar nicht sagen dürfen, fiel ihm ein, und wo sie gebaut werden, erst recht nicht. Zu gerne hätte er noch etwas über Maria mit der Bombe gehört, aber er mochte nicht danach fragen, sollte es doch keinesfalls offenbar werden, wie sehr er sich für sie interessierte. So plauderten sie noch eine Weile über Belanglosigkeiten, doch als sie auf verschiedene Seminarteilnehmer zu sprechen kamen, fragte er schließlich doch nach ihr, wobei er sich darum bemühte, dass seine Worte möglichst beiläufig klangen.

„Haben Sie die Dame aus Odessa mal wieder gesehen?"

„Oh, Maria mit der Bombe. Stellen Sie sich vor, die ist vorletzte Woche von der Gestapo verhaftet worden. Hier im Seminargebäude. Kannten Sie sie näher? Besser nicht! Die Gestapo hat auch hier im Haus alle einvernommen, die dazu etwas wissen könnten."

Viktor konnte nur noch erstarrt zuhören.

„Sie muss grenzenlos überrascht gewesen sein. Sie wurde leichenblass und sprach wie gelahmt kein Wort." –

Viktor rief in seiner Verzweiflung vom Postamt aus bei Ludwig in Berlin an. Er wurde nervös, als er merkte, wie die Sekretärin, über die Ludwig inzwischen verfügte, ihren Chef perfekt abzuschirmen wusste. Schließlich erreichte er ihn dann kurz vor Dienstende doch noch, nachdem er längere Zeit auf eine erneute Verbindung mit Berlin gewartet hatte.

Ludwig hörte schweigend zu, machte sich offenbar Notizen, stellte kaum eine Zwischenfrage – „Nur weiter! Weiter!", rief er ab und zu, wenn Viktor schluckte und ins Stocken geriet, „nur weiter!" Am Anfang hatte Viktor geglaubt, dass das Ungeduld sei und sich Ludwig eben doch belästigt fühle. Aber allmählich merkte er, wie Ludwig, so fern er ihm inzwischen war, wohl ebenso wie er es selbst noch immer spürte, dass sie Milchbrüder waren, und er sah an den Fragen, wie sein alter Freund in sein Sorgenschiff mit einstieg und seine Weiter-Weiter-Rufe eher freundliche Ermunterungen als Zeichen der Ungeduld waren.

Viktor schilderte auch das ganz Persönliche: Wie fasziniert er von dieser Frau war, von Anfang an, die ihm zu Beginn fast unerreichbar schien, bis sie ihm täglich, stündlich und schließlich immerzu in den Sinn kam. Es war wie eine Beichte. Auch in der Vorbereitung für die Seminare und die Arbeitsgemeinschaften hätten sie sich wunderbar ergänzt, häufig wären sie zusammen in die Mensa gegangen und einmal sogar zusammen baden gewesen am Starnberger See. Und sie wäre so flugbegeistert gewesen, dass er sie mehrmals zum Fliegen mitgenommen habe, einmal auch mit nach Böblingen, natürlich nicht zu etwas Militärischem wie in Lechfeld oder in Schleißheim, so nah Schleißheim gewesen wäre, sondern nur zu rein Sportfliegerischem, wovon sie dann auch viel mehr gehabt hätte.

„Irgendwelche militärisch bedeutsamen Dinge", beteuerte Viktor, „hat sie von mir überhaupt keine erfahren."

„Sicher?"

„Sicher!"

„Seid ihr euch auch persönlich irgendwie näher gekommen?", wollte Ludwig wissen.

„Doch, ich glaube schon", antwortete Viktor eher ausweichend.

„Hm", sagte Ludwig nur, unterdrückte aber jeglichen Kommentar, aber Viktor spürte, dass er am liebsten wieder eine dieser verächtlichen Bemerkungen wegen seiner Zaghaftigkeit gemacht hätte, wie er sie von früher schon kannte.

„Ich werde mich jedenfalls um die Geschichte kümmern, Viktor. Das ist gar nicht so einfach, Mensch! – Ruf' mich morgen nach zwölf an!"

„Wieder hier?"

„Ja, klar, hier im Amt. Nicht unter meiner privaten Nummer, da könnte es sein, dass irgendwelche böse Menschen heimlich zuhören wollen. Nein. Nicht welche von uns hier! Aber wir sollten es erst gar nicht zu irgendwelchen blöden Fragen kommen lassen. Hier sind wir sicher. Jedenfalls sicherer als zu Hause."

Viktor wusste nicht, wie er die Zeit bis nächsten Mittag verbringen sollte. Er ging stundenlang durch die Stadt, dabei mindestens fünfmal durch die Tristanstraße und schaute an dem großen Haus empor, in dem sie irgendwo gewohnt hatte, entzifferte unten im Treppenhaus die Briefkastenschildchen, obwohl sie gewiss nur Untermieterin gewesen war, und quälte sich mit immer wieder den gleichen Gedanken. Maria – eine Spionin? Dieses reine und sanfte Geschöpf? Das ist unmöglich, das kann nur ein Irrtum sein! Und doch muss Belastendes vorliegen! Niemals werde ich erfahren, ob sie nicht doch etwas für mich übrig hatte oder ob sie mich tatsächlich nur anzapfen und aushorchen wollte. Vielleicht hatte sie sogar einen konkreten Auftrag, kam dann aber mit ihren Gefühlen für mich in Konflikt? Er konnte sich nicht denken, dass er ihr gleichgültig gewesen war, und er stellte sich immer wieder bestimmte Szenen in den letzten Monaten vor, in denen sie ihn glücklich gemacht hatte, weil sie besonders freundlich und manchmal fast herzlich zu ihm war. –

Am nächsten Tag sagte Ludwig am Telefon als Erstes, dass er gleich wegmüsse und drängte zur Eile.

„Um es gleich vorwegzunehmen, da ist nichts zu machen! Oh, das ist ein ganz dickes Ei! Halt dich da draußen, Viktor! Am Schluss wirst du womöglich noch in einem Verhör so richtig dazwischengenommen. Weißt du, was das bedeutet? Sieht ganz so aus, als ob sie speziell auf dich angesetzt war. Sie haben die ganzen Telefongespräche mit ihrem Agentenführer abgehört, ist scheint's ein ganz enges Verhältnis gewesen, er habe sie seit Monaten immer wieder angehalten, unbedingt am Ball zu bleiben. Es sei immer wieder um das Thema ‚Kleiderzahl' gegangen – das ist natürlich nur ein Codewort, erläuterte Ludwig – und sie solle unbedingt dranbleiben und regelmäßig Bericht erstatten.

Viktor war augenblicklich klar, ‚Kleiderzahl', das war kein Codewort, sondern ein Hörfehler Ludwigs oder seines Gewährsmanns bei der Sipo, den er angezapft hatte; ‚Kleiderzahl', das war die Gleitzahl der Lastensegler, Maria war auf die Lastensegler und deren Gleitzahl angesetzt gewesen!

Beim letzten Gespräch, das abgehört worden sei, habe der Agentenführer aber Maria in größter Aufregung aufgefordert, so schnell wie möglich abzuhauen, er habe sie geradezu beschworen und sie zärtlich ‚Manjetschka' genannt, das ist eine – wie soll ich sagen – das ist im Russischen eine liebevolle, eine sehr liebevolle Verhätschelung von Maria, aber da war es schon zu spät, denn unsere Leute haben natürlich auf der Stelle zugegriffen und kamen zum Glück gerade noch rechtzeitig. Mehr weiß ich auch nicht."

„Ist auch genug", presste Viktor heraus.

„Und jetzt noch was", sagte Ludwig ärgerlich, „lass in Zukunft gefälligst mich bei deinen gefährlichen Weibergeschichten aus dem Spiel!", fügte dann aber eingedenk ihrer Milchbruderschaft noch hinzu, „– wenn's irgendwie geht." –

In den folgenden zwei Tagen lag Viktor entweder für Stunden regungslos auf seinem Bett und starrte zur Decke oder er saß im Postamt auf einer Bank vor den Telefonkabinen, wo er auf die Ferngespräche mit der DFS und dem Büro Lusser wartete, die er angemeldet hatte – nach vorn gebeugt, die Unterarme auf die Knie gestützt, den Kopf herabhängend und den Blick am Boden.

Das Einzige, was ihn aus seiner Lethargie heraushelfen konnte, das spürte er verlässlich, war, so rasch wie möglich die Einfliegerei wieder anzukurbeln. Oh, keine Prüfungsvorbereitungen mehr, das war Gott sei dank vorüber, jetzt ging es darum, Flugaufträge einzuholen und sie dann abzuarbeiten, so wie immer, einen nach dem anderen, am besten eintönige, die sich ständig wiederholten, wie er sie früher so gar nicht geschätzt hatte, und bei denen man, wenn es einmal lief, keine neuen Entscheidungen zu treffen brauchte, sondern die man nur wie vorgeschrieben Punkt für Punkt abzuhaken brauchte. Um nichts anderes als solche Flugaufträge ging es ihm bei seinen Anrufen, doch das Schwerste war für ihn dabei, mehrmals am Tag sich zur rechten Zeit aufzuraffen, um aufzustehen, die Schuhe anzuziehen und zum Postamt zu laufen.

Meistens waren mehrere Gespräche zur Koordination notwendig. Doch nach einigem Hin und Her hatte er einen gehörigen Stundenplan beisammen, der bis Ende der übernächsten Woche reichte, mit Aufgaben in Leipheim, Obertraubling und Laupheim, und auch ein schöner Überführungsflug von Lechfeld nach Warnemünde war dabei, da würde er in Rostock seinen alten Förderer Lusser besuchen können. Es tat ihm wohl in seiner Verlassenheit, als er bei seinen Anrufen merkte, dass man ihn brauchte; dass man ihn haben wollte und schätzte; auch dass man bei manchen Aufgaben eigentlich nur ihn einsetzen mochte und froh war, dass er sich gleich nach seinem Examen wieder gemeldet hatte. Aber die langweiligen Bahnfahrten zu seinen Einsatzorten, vor allem die endlose Rückreise von Warnemünde, die ihm bevorstand, bedrückte ihn, denn er wusste schon jetzt, dass ihn das lange, Herumsitzen auf der Bahn wieder zurückwerfen würde in seine Verzweiflung. Früher, da hätte er gelesen während der Fahrt, Typenhandbücher oder die geschmähten Betriebs- und Rüstanleitungen, aber alles, was er sich in den letzten Tagen zu lesen vorgenommen hatte, auch irgendwelches harmloses Zeug zur Unterhaltung – schon nach ein paar Zeilen beherrschte Maria wieder seine Gedanken. –

Das Fliegen ließ sich dann gar nicht so schlecht an, reine Routine, größtenteils Serieneinfliegerei mit Lastenseglern. Es unterliefen ihm auch kaum irgendwelche Fehler, er beobachtete sich da verlässlich, obwohl ihn, als er das befriedigt feststellte, Adam sogleich fragte, ob er sich denn sicher sei, dass ihm in seinem jammervollen Zustand tatsächlich alle Fehler, die er machte, auch auffielen. Da erlaubte sich Viktor sogar einen Scherz und sagte zu Adam betont gleichgültig ‚Du kannst ja aussteigen und in der Kantine auf mich warten, wenn es dir zu gefährlich ist, mit mir zu fliegen.' Danach war Ruhe.

Im Stillen freute sich Viktor darüber, dass er wieder in der Lage war, Späße und Blödsinn zu machen; diese Idee, Adam einfach mal für eine Weile wegzuschicken oder jedenfalls spaßeshalber so zu tun, als ob das möglich sei, war ihm bisher noch nicht gekommen.

In seiner Selbstbeurteilung jedenfalls war er sich ganz sicher, mit Fehlern kannte er sich aus, und über Fehler hatte er schon öfter einmal mit Lusser diskutiert. Der befasste sich ja vor allem damit, die technischen Fehler in eine Systematik zu bringen, womit die Risiken berechenbar würden, während ihn besonders die Pilotenfehler beschäftigten, die man vielleicht ebenfalls in eine Ordnung bringen könnte, womit er bei Lusser auf großes Interesse gestoßen war. –

Lästig war es, wenn Wartepausen entstanden wie am ersten Tag in Obertraubling, als die Schleppmaschine wegen der vielen Beladungsflüge, die verlangt waren, nachmittags schon vor der Zeit nachtanken musste. Er saß bereits angeschnallt im Flugzeug und wartete und wartete. Nach Stunden des aufmerksam gespannten Arbeitens zu plötzlicher Untätigkeit gezwungen, brachen die Gedanken an Maria in der alten Heftigkeit wieder über ihn herein. Er hatte Maria auch vorher freilich nicht vergessen, nicht einen Augenblick, aber da hatten sich das Fliegen und die tausend kleinen Dinge, die zu tun waren, zwischen ihn und seine Gedanken an Maria geschoben, wie ein Filter, durchsichtig zwar, aber dennoch ausreichend Schutz bietend vor direkter Bedrängnis. Aber nun war er diesen Gedanken plötzlich wieder schutzlos ausgesetzt.

Wenn er doch mehr über Maria wüsste! Ludwig hatte ihn vor den Gestapoverhören, die ihm möglicherweise bevorstünden, gewarnt. Kämen sie doch nur! Bis jetzt hatte sich noch niemand gemeldet, und obwohl er sich davor fürchtete, bedauerte er das fast, denn in seiner Not hoffte er, bei einem solchen Verhör möglicherweise Näheres über Marias Verschwinden, über den Grund ihrer Verhaftung, überhaupt: über sie und ihr Leben zu erfahren.

‚Es ist naiv von dir', meinte Adam allerdings dazu, ‚sich von den Gestapoleuten irgendwelche Auskünfte über Maria zu erhoffen.' Doch alles, was in irgendeiner Weise mit Maria zusammenhing, interessierte ihn brennend – und wenn es ein Verhör durch die Gestapo war.

Dann humpelte das Schleppflugzeug über den holperigen Rasen heran, endlich ging es weiter, und die Gedanken an Maria verloren ihre Zudringlichkeit und traten allmählich in den Hintergrund. Viktor war nicht glücklich, aber immerhin, er war beschäftigt. –

Es dauerte fast zwei Wochen, bis Viktor über die Sekretärin endlich einen Termin für ein Gespräch mit seinem Vater bekam. An der Sekretärin lag das nicht, die mochte ihn ja schon seit Kindestagen und half ihm, wo sie nur konnte, und auch heute noch sagte er, jedenfalls solange niemand zugegen war, ‚Tante Irma' zu ihr. Aber der Konsul war eben seit Kriegsbeginn fast ununterbrochen auf Reisen, entweder in Berlin bei irgendwelchen Behörden, Kammern und Fachverbänden oder bei den Zweigwerken im Reich.

„Es ist schon grotesk", sagte er zu ihr, „dass ich für ein Gespräch mit meinem eigenen Vater, das noch dazu bei uns zu Hause stattfinden soll, bei seiner Sekretärin im Werk um einen Termin nachsuchen muss."

Doch so war es. Sein Vater, so viel er auch zu sagen haben mochte, war der unfreieste Mensch im ganzen Konzern, und er wusste das. „Schon der Pförtner", hatte er früher gelegentlich über seine hohe Stellung selbst gespottet, „schon der Pförtner hat zwar morgens pünktlich um halb acht da zu sein – ich übrigens auch! –, aber um fünf hat er Feierabend und ist ein freier Mann und kann machen, was er will – ich nicht, bei mir geht's weiter! Wo ich gerade bin, wohin ich am nächsten Tag reise, mit wem alles ich mich bespreche", so übertrieb er gerne, „das entscheidet meine Sekretärin! Die macht meine Termine, und die führt meinen Terminkalender, nicht ich!"

Als es dann endlich soweit war und der Konsul seinem Sohn kräftig die Hand schüttelte, um ihm endlich zum bestandenen Examen zu gratulieren, waren seine ersten Worte: „Du siehst richtig spitz aus, Viktor! Fehlt dir etwas?"

„Nein, nein, ist alles in Ordnung. War ein bisschen viel gewesen die letzten Wochen."

Der Konsul sah ihn besorgt an: „Du solltest als Erstes mal zu Dr. Fellgiebel rübergehen und dich richtig durchuntersuchen lassen! Hast Du irgendwelche Beschwerden? Oder irgendwo Schmerzen? Nein? Fühlst du dich denn wohl?"

Viktor war die ungewohnte Fürsorge lästig.

Sein Vater sah ihn noch einen Augenblick lang schweigend an. „Ein volles Studium und dazu diese elende Testfliegerei, das ist einfach zu viel!", sagte er dann, wobei sein sorgenvolles Fragen in ein unwilliges Klagen überging, wie es Viktor eigentlich viel vertrauter war. „Ich habe dir von Anfang an gesagt: entweder – oder! Wobei ich nie den geringsten Zweifel daran gelassen habe, dass ich für entweder war! Aber du hast aus einem bezaubernden Freizeitsport zur Erholung und zum Ausgleich einen Extremberuf gemacht, bei dem es um Leben und Tod geht! Um Leben und Tod! Und dazu dann das Studium, das kann nicht gut gehen! – Ich mache mir Sorgen um dich!"

Der Konsul wurde wieder ruhiger: „Oder hast du Kummer?", und beugte er sich lächelnd vor, „Liebeskummer?"

Sein Vater hatte noch nie über solche Themen mit ihm gesprochen.

„Nur dranbleiben! Nicht gleich aufgeben!", rief er ihm zu, als müsse er Zuversicht verbreiten. „Immer freundlich verfügbar sein! Sich nicht betroffen oder schmollend gar zurückziehen!"

Viktor schüttelte nur langsam und ganz leicht den Kopf, was ahnen ließ, wie aussichtslos diese Sache war, doch der Konsul setzte sein aufmunterndes Reden unbeirrt fort: „Frauen wissen eine gewisse Beharrlichkeit durchaus zu schätzen, Viktor. Wer zu früh aufgibt –"

„Meine u. k.-Stellung macht mir viel mehr zu schaffen", lenkte Viktor von dem heiklen Thema ab.

„Weshalb? Was man hat, das hat man! Soviel ich weiß, soll das nur einmal jährlich kurz überprüft und dann wieder verlängert werden. Wir haben jede Menge u. k.-gestellte Leute in der Firma, ohne die könnten wir zumachen."

„Ich wäre froh, ich wäre da wieder raus! Auf den Flugplätzen und besonders in den Fliegerhorsten wird man wie der letzte Dreck behandelt, wenn man keine Uniform anhat – jetzt mit Kriegsbeginn ist das noch schlimmer geworden."

„Was machst du da?"

„Seit die Auslieferung der Lastensegler begonnen hat, gibt es bei der Truppe öfter mal kleine Probleme. Die sind am raschesten behoben, wenn jemand von Seiten des Herstellers kommt. Vor allem dann, wenn es um Handhabungsfragen geht, schicken sie meistens mich. ‚Das kann der Student machen', heißt es dann immer noch, obwohl ich mein Studium hinter mir habe. Aber da steckt auch viel Vertrauen und Anerkennung dahinter."

„Gewiss, die setzen auf dich."

„Ich komme ja meistens nicht über die Pforte in den Fliegerhorst, sondern, wenn's geht, fliege ich, mit irgendeinem kleinen Hupfer. Wenn ich dann zur Luftaufsicht komme – dahin geht man nach der Landung als Erstes –, fängt es schon an! Irgendein Unteroffizier, der natürlich nur an Uniformierte gewöhnt ist, die an seinem Tresen stehen, raunzt mich dann an: ‚Und was wollen *Sie* hier?' Je nach seinem Ton sage ich dann: ‚Nichts! *Sie* wollen was von *mir*! Ich komme im Auftrag der DFS wegen der neuen Lastensegler.' Danach geht's gewöhnlich besser, aber nur etwas. In den Augen dieser Leute bleibe ich ein staubiger Zivilist, obwohl ich ja eigentlich der Experte bin, der ihnen auf die Sprünge helfen soll."

„Jaja, diese Überheblichkeit gegenüber Zivilisten sitzt denen natürlich in den Knochen."

„Vor allem habe ich diese versteckten Anspielungen auf den Einfluss meines Vaters satt, wenn irgendwo in Gesprächen die Rede auf meine ausbleibende Einberufung und auf die u.k.-Stellung kommt. Ich muss da raus!"

„Andere wären froh."

„Ein wohlwollender Oberst, der dich übrigens vom Krieg her kennt, sagte mir vergangene Woche, ‚Ein Mann mit Ihren Fähigkeiten gehört eigentlich nach Rechlin' – weißt du, das ist diese Luftwaffenerprobungsstelle da in Mecklenburg, ich war schon mal dort – das wär' doch eine Sache!"

„Als Soldat?"

„Natürlich, nur als Soldat."

„Mein lieber Sohn", schlug da der Konsul diesen grundsätzlichen Ton an, den er bei wichtigen Erklärungen bevorzugte, „du bist dir doch hoffentlich darüber im Klaren, dass du nach deiner Einberufung als Rekrut und dann als minderer Dienstgrad noch unvergleichlich schlechter behandelt wirst als mit deinem gegenwärtigen Zivilistenstatus! Als Zivilist kannst du dich schlimmstenfalls zurückziehen. Oder eine freche Lippe riskieren. Als Soldat bist du allem ausgeliefert. Je mehr du von dem Bild abweichst, dass deine Vorgesetzten von einem gut abgerichteten Soldaten haben, der Befehle befolgt und sonst nichts, umso heftiger wirst du zurechtgestaucht. Gewiss, man hat dich fliegerisch unerhört gefördert, auch mit Hilfe des Militärs, der Luftwaffe, aber nur, weil man etwas von dir erwartete. Gut, du hast geliefert – Respekt. Aber das ist alles vergessen, wenn du beim Militär bist. Das ist eine Welt für sich, da fängst du wieder ganz von unten an."

„Das stimmt schon. Man weiß auch nie, wo man hinkommt."

„Außerdem glaube ich nicht, dass man dich aus dieser u.k.-Stellung so schnell wieder herauslässt. Weil du dich in deinem Brief an mich – vielen Dank übrigens! – nach meinen Erfahrungen mit der u.k.-Stellung von Mitarbeitern erkundigt hast, ich habe meine Verbindungen ein bisschen spielen lassen und in Berlin die Akten zu deiner u.k.-Stellung einsehen können. Die wissen sehr wohl, was sie sich da für ein Goldstückchen herangezogen haben!"

Er suchte aus seiner Aktentasche umständlich ein Blatt heraus. „Ich habe mir vom Wichtigsten gleich eine Mikrofilm-Kopie erbeten; als Wehrwirtschaftsführer erhalte ich solche Kopien, jedenfalls bei nicht geheimem Material, ohne jede Rückfrage", fügte er erläuternd hinzu. „Im Antrag der Deutschen Versuchsanstalt für Luftfahrt, bei dem es um deine u.k.-Stellung geht, steht in einem seitenlangen Gutachten über dich: ‚Viktor Zabener ist eine dieser besonderen Begabungen', und das folgende las er dann rasch herunter, ‚die als Flugzeugführer die komplette kinetische Situation ihres Flugzeugs in jedem Augenblick des Fluges für ihre Entscheidungen unmittelbar verfügbar haben.' Das hat jemand dann noch ergänzt: ‚Nach Erläuterung durch Oberstabsarzt Dr. K. bedeutet das oben Ausgeführte: Sie müssen nicht erst bewusst abschätzen oder gar überlegen – Klammer auf: z.B. Fahrtüberschuss, Resthöhe, noch zu überfliegende Hindernisse usw., Klammer zu –, sondern handeln spontan und mit viel größerer Zuverlässigkeit, gewissermaßen automatisch.'"

Damit faltete der Konsul sein Blatt auch schon wieder zusammen und rief: „Stimmt das?"

„Ich denke schon. Aber im Grunde gilt das für jeden ordentlichen Flieger, es ist nur ganz verschieden stark ausgeprägt. Dieser Oberstabsarzt, der da erwähnt ist, hat mich in Bad Nauheim mit seinen Leuten drei Tage lang von morgens bis abends untersucht. In Bad Nauheim unterhält die Luftwaffe eine spezielle Fliegerärztliche Untersuchungsstelle, in der auch Forschungsarbeit geleistet wird. ‚Es geht hier nicht um Ihre Eignung als Flugzeugführer, die steht außer jeder Frage', sagte er mir mehrmals, ‚sondern wir wollen herausfinden, wodurch sich der ausgezeichnete Flieger von den sehr guten und den guten Fliegern unterscheidet.'"

„Aha", sagte der Konsul, obwohl er das nicht so genau verstanden hatte. „Zum Schluss stand dann in der Beurteilung noch, dass dieser Zabener der richtige Mann sein würde für die kommende Lastenseglerentwicklung, das heißt für die Flugerprobung, zumal wesentlich größere Einheiten als die bisherigen Lastensegler in Entwicklung seien, hieß es, denen eine absolut kriegsentscheidende Bedeutung beizumessen sei."

„Da gehen dann nicht mehr nur zehn Mann rein", bestätigte Viktor, „sondern zweihundert! Oder, mit voller Bewaffnung und Ausrüstung, mindestens eine ganze Kompanie. So etwas hat es noch nicht gegeben!"

„Brauchen wir das?"

„Ja", sagte Viktor nachdenklich, „es geht um die Invasion in England eines Tages." –

2 _ Sabines Rückholung ins Reich

Ludwig Herkommer schob die Flügel der Drehtür mit Schwung vor sich her und trat in die Hotelhalle, die ihm doch recht verändert vorkam, ohne dass er auf den ersten Blick hätte sagen können, was in der Zwischenzeit alles anders geworden war. Am Tresen, über dem nicht mehr die Tafel ‚Hier Ausweiskontrolle!' hing, sondern auf dessen Marmorplatte jetzt nur noch ein schlichtes Schild ‚Empfang' zu sehen war, fragte er den diensttuenden Unterscharführer, ob sein Gepäck schon eingetroffen sei.

„Nein, Obersturmführer, aber es muss jede Minute kommen."

Der Mann schien ihn zu kennen, und offensichtlich erwartete man ihn. „Ich werde sofort veranlassen, dass Ihnen Ihr neues Zimmer gezeigt wird, Obersturmführer. Die Ordonnanz, die sie hinaufbegleitet, ist gleich zur Stelle. Ihr Gepäck wird dann nachgebracht."

Herkommer setzte sich nach der langen Bahnfahrt von Berlin nach Wien erst einmal in einen der Sessel in der Hotelhalle, die bis zur dritten Etage hinaufreichte, rieb sich die Müdigkeit aus dem Gesicht und sah sich um.

Im Vergleich zu seinem letzten Aufenthalt kam ihm die Halle kalt und lieblos vor, aller Wiener Charme war verflogen, ein Hauch von Kaserne schien sich auszubreiten, aber er konnte noch immer nicht sagen, woher diese Veränderung rührte. Die Sessel freilich waren inzwischen ziemlich abgewetzt, die niederen Tische reichlich ramponiert – sicherlich würde bei einer zivilen Nutzung der Verschleiß nicht so rasch voranschreiten. Die schweren Vorhänge, die die hohen Fenster eingerahmt hatten, waren verschwunden – was das doch ausmachte! –, und ebenso fehlten die breiten, dunkelroten Läufer auf den Treppenstufen – jawohl, das war es, die fehlenden Vorhänge und vor allem die fehlenden Läufer, das waren wohl die deutlichsten Veränderungen, die jetzt die Halle so nüchtern wirken ließen, obwohl die polierten Messingstangen auf den Stufen noch vorhanden waren, als ob die Läufer nur zur Reinigung weggenommen worden seien. Im allgemeinen Kommen und Gehen gab es nur noch wenige schwarze SS-Uniformen, das fiel Herkommer auch noch auf, und kaum einmal einen Zivilisten, dafür herrschte jetzt das Feldgrau der Waffen-SS vor.

„Ja, da schaust", mit diesem Ausruf blieb ein alter Bekannter von der Sipo bei Herkommer stehen, „Besuch von höchster Stelle bei uns in der Ostprovinz – Österreich därfst ja nimmer sagen."

„Ah, du bist es!", sprang Herkommer auf, und sie schüttelten sich die Hände. „Wieso von höchster Stelle? Wer ist denn gekommen", fragte Ludwig zerstreut.

„Wer da kommen is? Ha, du bist kommen. Bist denn nimmer beim Hauptamt in Berlin?"

„Jaja, aber ich war nur für eine Weile abkommandiert, jetzt bin ich wieder bei euch. Das heißt, genau gesagt, ich bin jetzt der Leitstelle Wien zugeordnet, von der ich gesteuert werde und von wo aus ich operiere."

„Was operierst' denn, du Bazi?"

„Das werden wir sehen, das weiß ich selbst noch nicht."

„Bei uns hat sich viel verändert, seit's nach Berlin gangen bist! Net nur die vielen Neuen. Der Castan red nur noch ganz leis, wann er was sagt –eiskalt isser. Dös gfallt'm, wann sie dann trotzdem alle spuren, als ob er gebrüllt hätt. Von dem reicht schon der kleinste Pfuzgerer, den er ablasst, und alle rennen's wie verrückt durcheinander. Übrigens wollt ich noch sagn, weil du in Zivil bist, seit Kriegsbeginn ist's zwar net grad befohln, aber es wird gern gsehn, wann wir am Dienstsitz Uniform tragn, auch die Kriminaldienstgrade."

„Danke für den Hinweis, werde ihn berücksichtigen. Kommt halt ganz auf die Aufgabe an." –

Herkommer war noch keine zwei Tage wieder in Wien und hatte sich erst mühsam wieder ein Büro erkämpft und sich darin eingerichtet, als ihn Castan zu sich rufen ließ. Schon immer war es Herkommer wichtig, dass er angemessene Beachtung fand, und so freute es ihn, dass schon so kurze Zeit nach seiner Rückkehr Castan nach ihm fragte. Aber der Standartenführer war ein schwieriger Vorgesetzter, der ihn zwar mochte, das wusste er, und ihn sogar förderte, der aber in seiner unterkühlten Sachlichkeit, die er von jeher mit Sorgfalt pflegte, für einen Mann wie Herkommer von hoffnungsloser Undurchschaubarkeit war, sodass er sich auch diesmal wieder mit einer gewissen Beklemmung auf den Weg nach oben machte.

Als Herkommer eintrat, telefonierte Castan gerade, forderte ihn jedoch sogleich mit ermunternden Gebärden auf, ihm gegenüber Platz zu nehmen. Castan sah ihn, während er weitertelefonierte, freundlich an, aber mit diesem betont sanften und fast gütigen Blick, den Herkommer an ihm so fürchtete, denn der kündigte für gewöhnlich ein Ungewitter an. Diesen Blick konnte er diesmal besonders ausführlich beobachten, weil das Telefongespräch, das Castan offenbar nicht besonders beschäftigte, sich so lange hinzog und Castan immer wieder einmal zu ihm herschaute. Mit diesem sanften Blick, das wusste Herkommer, zog Castan sein Gegenüber mit den unsichtbaren Fäden scheinbaren Wohlwollens zu sich her, ganz nah an sich heran, so wie der Raufbold sein Opfer an der Krawatte festhält und zu sich herzieht, bevor er ihm den entscheidenden Schlag aus nächster Nähe versetzt.

Dann war das Telefongespräch beendet. Castan blätterte in den Akten, die vor ihm lagen, und knurrte ohne aufzublicken: „Gut, dass Sie wieder da sind."

Noch einige Sekunden, dann blickte er auf und sagte mit gehobener Stimme: „Sie haben bei einer Ihrer ersten Aktionen in der Leitstelle Wien, wir waren gerade erst hier im Hotel Metropol eingezogen, eine gewisse –", er blickte erneut auf die Akten, „– eine gewisse *Sabine Strauss*, die festgenommen worden war, einem längeren Verhör unterzogen und sie anschließend mit Passierschein freigelassen."

Ludwig zuckte zusammen, freilich ohne dass man das von außen hätte sehen können – was weiß Castan sonst noch von dieser Geschichte?

„Das war ein Fehler erster Güte", sagte Castan in betonter Sachlichkeit, und als Herkommer schon Luft holte, um darauf zu antworten, sprach er fast ohne Pause weiter, „ich will im Augenblick keinerlei Begründung von Ihnen hören!"

Im Grunde war es gut, das erkannte Ludwig sofort, dass Castan im Moment nichts Näheres über die Sache hören wollte, denn er hatte keine Ahnung, wie viel Castan von der Geschichte sonst noch wusste. Auf keinen Fall wollte er mehr preisgeben, als Castan schon wusste, und vielleicht würden ihm Castans weitere Bemerkungen einige vorsichtige Schlüsse erlauben.

„Sabine Strauss ist eine bedeutende Violinistin, Herkommer, ich weiß nicht, ob Ihnen das bekannt ist. Ich kann das insofern einigermaßen beurteilen, als ich selbst Violine spiele, und zwar leidenschaftlich, wenn auch nur mäßig. Aber mindestens bin ich mehr als bloßer Liebhaber! Ich wollte Berufsmusiker werden, aber wie es der Zufall im Leben so will, daraus wurde nichts. Sabine Strauss, das ist unerhört, sie spielt genau so, wie ich spielen würde, wenn ich besser spielen könnte. So wie Sabine Strauss zu spielen, das war für mich natürlich ein unerreichbares Ziel. Ich bin einfach verliebt in ihren Strich. Ich habe sie seinerzeit hier in Wien in einem Konzert erlebt, es war Beethovens Violinkonzert, hinreißend gespielt, sage ich Ihnen, seither bin ich nicht nur von ihr verzaubert, sondern wie verhext. Das war nur ein paar Wochen vor dem Anschluss, ich war damals in Zivil in Wien gewesen, zur Vorbereitung bei Glaise-Horstenau, und danach hatte er uns zu einem Konzert von Sabine Strauss eingeladen, man hatte da abends immer so schön Zeit, noch etwas zu unternehmen. Unter hundert virtuosen Geigern würde ich sie heraushören, schon nach den ersten drei Takten. Das glauben Sie nicht, Herkommer? Ich besitze eine Grammophonplatte von ihr – leider nur diese eine – mit dieser, mit dieser Violinsonate da von Prokofjew drauf; damit können wir den Versuch ja mal machen, wenn sich die Platten von ein paar anderen Geigern mit der gleichen Solo-Sonate auftreiben lassen. Dürfte ja kein Problem sein. Eine solche Geigerin, sage ich Ihnen, gibt es nur einmal! Und dazu noch eine, die meine eigenen Idealvorstellungen, auch wenn sie manchmal nur vage sind, plötzlich in so vollkommener Weise Wirklichkeit werden lassen."

Noch immer ganz verzückt ließ er sich in seinem Schreibtischsessel nach hinten fallen, breitete die Arme aus und blickte wie verzweifelt zur Decke, wobei er in gut gespielter Übertreibung jammerte: „Und so jemanden lassen Sie einfach laufen!"

„Immerhin", fuhr er fort, jetzt wieder ganz der unerbittlich Strenge, „immerhin, Herkommer, ging es um illegales Überschreiten der Reichsgrenze, Menschenskind! Und außerdem ist sie Volljüdin."

Dann geriet er für einen Augenblick noch einmal ins Klagen: „Sie hätte so schön in mein Konzept gepasst! – Sie kennen Mauthausen II, Herkommer?"

„Mauthausen schon –", zögerte Herkommer.

„Nein, Mauthausen II. Hat eigentlich nichts mit dem Lager zu tun. Es wird natürlich von dort mitversorgt, liegt aber etwas abseits, nur ein größeres alleinstehendes Gebäude, und im Gegensatz zum Hauptlager soll dort eine politische und weltanschauliche Umerziehung stattfinden. Daher anfangs die irreführende Bezeichnung Umerziehungslager, aber neuerdings richtiger und offiziell Schulungslager genannt. Handelt es sich doch nur um die leichteren Fälle, meistens Leute in gehobenen Positionen: Künstler, Ärzte, Schauspieler, Rechtsanwälte, ein paar Journalisten, etliche Musiker – alles Österreicher und einwandfreie Leute im Grunde, die vielleicht bloß durch ihr loses Mundwerk und mit dummen Witzen aufgefallen sind und denen einfach noch die richtige weltanschauliche Ausrichtung fehlte – wo sollten sie sie auch herhaben. Wenn diese Leutchen noch ein paar Musiker mehr hätten – das könnten durchaus auch ordentliche Laienmusiker sein, vielleicht kann man sich sogar welche aus dem Hauptlager ausleihen – , dann könnte unter einer fachmännischen Leitung wie der von Sabine Strauss ein ganz famoses Lagerorchester entstehen. Damit würde sich so mancher Schatten, der in letzter Zeit auf Mauthausen gefallen ist, wieder etwas aufhellen, und außerdem könnte sich das Orchester selbst zu einem aktiven Beitrag der Beteiligten zu ihrer eigenen Umerziehung entwickeln. Sabine Strauss hätte das gekonnt, Herkommer, sie hat diese mitreißende Kraft."

„Aber sie ist doch Jüdin!"

„Da hätten wir dann schon noch eine Lösung gefunden. Natürlich hätten wir sie nicht wie die anderen, die umerzogen werden sollen, nach einem Vierteljahr wieder entlassen können, klar. Aber sie hätte ja zum Stammpersonal gehören können, das können auch Häftlinge sein, in Mauthausen II gibt es in der Wäscherei noch ein paar solche ‚Dauergäste' aus dem Hauptlager, denen geht es gar nicht so schlecht."

Castan ärgerte sich, wie schön das alles hätte laufen können, wenn es ihm Herkommer nicht verpatzt hätte.

„Was Dümmeres, als Sabine Strauss so mir nichts, dir nichts zu entlassen – scheinbar ganz korrekt, mit ordnungsgemäßem Passierschein, aber ohne irgendwo rückzufragen –, etwas Dümmeres, auch für Ihre Karriere, hätten Sie gar nicht tun können, Herkommer! Aber das wollen wir jetzt nicht weiter vertiefen. Sie bekommen von mir eine Chance, eine einzige Chance, den Bock, den sie da geschossen haben, wieder gutzumachen: Sie schaffen mir diese Frau wieder her!"

Vielleicht vermutet er tatsächlich, dachte Herkommer, ich stünde mit ihr in Verbindung und wüsste, wo sie steckt. Sonst könnte er mich doch nicht vor diese unlösbare Aufgabe stellen!

„Aus dem Ausland?", fragte er unsicher.

„Wo immer Sie sie auch aufstöbern! Los, ran! Wenn einer das schafft, dann sind Sie es! Da gibt es jetzt überhaupt kein Wenn und

Aber mehr und kein Hin und Her, Sie allein schaffen mir die Strauss herbei und kein anderer, und zwar bis Ende des Monats, verstanden? Entweder ist sie dann hier, oder Sie sind – draußen."

Vor ‚draußen' machte er eine kleine Pause und als er das Wort aussprach, schnippte er mit dem Zeigefinger über die Tischplatte, als ob er ein Papierkügelchen wegschnippen wollte.

Ludwig Herkommer verstand, dass die Unterredung damit beendet war. Er stand auf, nahm Haltung an und grüßte mit erhobenem Arm, und obwohl er dabei die Hacken nur andeutungsweise zusammenschlug, stand sein Grußaufwand in einem grotesken Missverhältnis zu Castans minimalem Fingerschnippen.

Was wusste Castan von der Geschichte und wie hat er davon erfahren? Dieses Wegschnippen, so schien es Herkommer, markierte nicht nur die Beendigung des Gespräches, sondern enthielt auch bedrohlich die komplette Beschreibung seiner weiteren Karriere, wie sie ihm blühte, wenn er keinen Erfolg haben würde. –

Herkommer setzt alle offiziellen Hebel in Bewegung, um Sabines Verbleib aufzuhellen, tagelang – nichts! Reichsmusikkammer? Das brauchte man schon gar nicht zu probieren. Dann versuchte er über alle möglichen Leute, die Sabine gekannt hatten oder vielleicht immer noch mit ihr in Verbindung standen, etwas über ihren Aufenthaltsort zu erfahren – nichts! Sogar mit der Sekretärin von Konsul Zabener hatte er telefoniert und von ihr gehört, dass Sabine Strauss schon vor Jahren nach Wien gezogen sei und man auch von ihrem Vater, dem Dr. Strauss, der ja mit dem Herrn Konsul gut bekannt war, seit der Reichskristallnacht nichts mehr gehört habe. „Man kann sich ja denken, was passiert ist, aber ich jedenfalls weiß wirklich nichts Näheres."

Danach war er tagelang damit beschäftigt, sich Veranstaltungskalender zu beschaffen, nicht nur hier aus Wien, sondern, zusammen mit seiner Sekretärin, von allen möglichen Fremdenverkehrsämtern oder Kurvereinen, die ihm auch nur im Geringsten aussichtsreich erschienen – nirgendwo stieß er auf ihren Namen.

Die Poststelle amüsierte sich schon über die Stapel an Reiseprospekten, die da plötzlich für Herkommer eintrafen, und der Kriminalrat Schmoll, seines Zeichens SS-Hauptsturmführer, frotzelte, ob er denn schon seinen Urlaub vorbereite und dass es wirklich bemerkenswert sei, wie gründlich und systematisch er doch bei allem vorgehe, was er tue, sogar bei seinen privaten Dingen, die er während der Dienstzeit so nebenher miterledige.

Auch über Konzertagenturen sollte man es einmal probieren, meinte seine Sekretärin, und so nahm er telefonisch Kontakt mit allen möglichen Konzertagenturen im noch zugänglichen Europa auf und ließ seine Mittelsleute im feindlichen Ausland, vor allem in Frankreich und England, in der gleichen Weise suchen. Oft genug kannte man den Namen Sabine Strauss sofort, und einige der Angerufenen hatten sogar gehofft, von ihm etwas Neues über sie zu erfahren, aber alle Mühen waren vergebens, nirgendwo konnte man ihm weiterhelfen.

Schließlich wandte er sich noch einmal an Castan.

„Sie haben in Sachen Sabine Strauss von einer Grammophonplatte gesprochen, die Sie besitzen, Standartenführer. Könnte ich diese bitte mal sehen?"

Castan ließ die Schallplatte von einer Ordonnanz aus seiner Suite, die er ganz oben im Haus bewohnte, herbeiholen und reichte sie mit einem fragenden Blick an ihn weiter. Herkommer sah in Sekunden, es handelte sich um die Aufnahme eines öffentlichen Konzerts von Radio Lausanne.

Herkommer ließ sich mit Hilfe des Auswärtigen Amts auf dem Eilwege mit den erforderlichen Papieren ausstatten und reiste nach Lausanne. Das war eine äußerst umständliche Bahnfahrt: Erst quer von Ost nach West durch die ganze Ostmark, wie Österreich jetzt ja hieß; dann in Feldkirch, vor der Ausreise aus dem Deutschen Reich, das sich jetzt Großdeutschland nannte, ein ewig langer Aufenthalt mit gleich mehreren Zugkontrollen nacheinander in einem inzwischen fast menschenleeren Zug; und anschließend die nächtliche Fahrt durch die friedensmäßig hell erleuchtete Schweiz, mit einer kurzen Unterbrechung der Reise am frühen Morgen in Bern wegen der deutschen Botschaft, und weiter nach Lausanne am Genfer See. –

Die Leute von Radio Lausanne waren nicht unfreundlich, ja man kann sagen, sie zeigten sich hilfsbereit, doch waren sie mit Auskünften über Personen äußerst zurückhaltend; Herkommer schien es, als ob da aufgrund irgendwelcher schlimmer Erfahrungen ganz strikte Anweisungen bestünden. Man wusste zwar sofort, wer Sabine Strauss war, aber obwohl er versicherte, ein alter Freund noch aus der Kinderzeit zu sein, bedauerte man, ihm keine weiteren Auskünfte über sie geben zu können und ihm vor allem keine Adresse nennen zu dürfen. Man bat um Verständnis, es ginge hier nicht nur um die Abschirmung von Künstlern und anderen Prominenten, was Radio Lausanne sehr ernst nähme, sondern außerdem noch um den besonderen Schutz politisch Verfolgter; Fräulein Strauss stamme aus Deutschland und sei offenbar sogar von dort geflohen.

„*Moi aussi* – ich auch", log Herkommer, „umso mehr Verständnis habe ich natürlich für Ihre Zurückhaltung hier."

Man unterhielt sich noch eine Weile über die Gefahren, die von einem großen Nachbarland ausgehen können. Schließlich fragte Herkommer, ob es vielleicht möglich sei, Sabine Strauss wenigstens eine Nachricht von ihm zu übermitteln. Doch, das wolle man gern übernehmen.

Herkommer schrieb auf einem Notizzettel ein kurzes Briefchen an Sabine, zu dem er aber mehrmals ansetzen musste: ‚*Liebe Sabine*', fing er an – aber nein, ‚*Liebes Bienchen*', das klingt viel vertrauter, er durfte hier nicht nur an Sabine denken, sondern musste auch auf die Leute von Radio Lausanne achten, die seine Nachricht weiterleiten sollten. ‚*Ich würde gern mit Dir sprechen*' – nein, nicht sprechen, das hört sich viel zu sehr nach Auskunft einholen oder gar verhören an, ‚*ich würde Dich gerne besuchen*', muss es heißen, oder noch besser ‚*Dich gerne wiedersehen*', das ist unverfänglicher und auch persönlicher; ‚*aber bei Radio Lausanne will man Deine Adresse nicht herausgeben, was ich durchaus verstehen kann. – Wann können wir uns treffen? Und wo? Ich werde morgen (und auch in den kommenden Tagen) an der Rezeption von Radio Lausanne wieder nachfragen und hoffe, dann Deine Antwort vorzufinden.*

Herzliche Grüße, Dein Ludwig'

Darunter schrieb er nach einigem Überlegen noch: ‚*P. S. Ich bin jetzt auch in der Schweiz!*'

Das war missverständlich formuliert und sollte es auch sein. Vielleicht würde sie annehmen, dass er aus irgendeinem Grund ebenfalls hatte abhauen müssen; ja, so etwas sollte sie ruhig vermuten, außerdem war das so falsch ja nicht – war er denn nicht jetzt ebenfalls in der Schweiz? –

Schon am nächsten Mittag war eine Antwort da, ein kurzes Billett nur: *‚Gut, wir treffen uns morgen um halb 11 Uhr bei Radio Lausanne, unten in der Halle am Empfang. Gruß Sabine‘.*

Herkommer war überrascht, Sabine bevorzugte also für das Treffen einen neutralen Ort, was hatte das zu bedeuten? Wenn schon nicht bei ihr zu Hause, das Treffen in einem Café beispielsweise wäre doch ebenfalls ein Treffen ohne die Preisgabe ihrer Adresse gewesen, aber nicht gar so unpersönlich wie in dieser Halle hier. Wollte sie damit sagen, je unpersönlicher, je neutraler der Ort, desto größer ist die Distanz, die ich zwischen uns lege und die du, egal was du von mir willst, erst einmal überwinden musst?

Herkommer machte sich auf ein schwieriges Gespräch gefasst, aber er hatte jetzt ja genügend Zeit, darüber nachzudenken, wie er wohl am besten vorgehen könnte. Diese Überlegungen, das war ihm klar, hätte er zwar schon auf der langen Anreise anstellen können, aber, eigenartig, im Zug war er noch zu weit weg gewesen von diesem Treffen, wusste noch nicht einmal, ob es überhaupt stattfinden würde. Doch jetzt kannte er schon einmal den Treffpunkt und wusste außerdem die Uhrzeit. Überrascht stellte er fest, dass auch sein Bild von Sabine, das er vor sich hatte und das im Lauf der Zeit ein wenig vage geworden war, mit einem Mal wieder farbkräftiger und viel deutlicher geworden war und fast greifbar nah vor ihm stand.

Am besten wohl, ich fange ohne langes Drumherumreden gleich mit der Sache an und sage ihr, worum es geht – dass ich sie zurückholen möchte, weil ich sie damals in Wien irrtümlich freigelassen habe. Aber da lacht sie mich doch nur aus, das wusste er schon jetzt. Drum sollte er vielleicht gleich noch weiter ausführen, dass er ihretwegen die größten Schwierigkeiten bekommen habe und dass diese Geschichte ihn womöglich seine Karriere kosten könne. Aber das wird sie höchstens höflich bedauern, und auch wenn ich ihr verspreche, dass ich mich, wenn sie mit mir zurückkomme, für sie einsetzen werde, so wird das daran nichts ändern. Eigentlich, so sollte er ihr klarmachen, ginge es weniger darum, sie zurückzuholen – ihre Rückkehr sei natürlich die Voraussetzung –, sondern dass man sie nach Castans Ideen im Umerziehungslager von Mauthausen II als Musikreferentin einsetzen möchte.

Aber ich müsste ihr mehr bieten können, irgendeinen Tausch. Man hatte ja in den letzten Jahren schon öfter mal versucht, einen Emigranten, den man aus Gründen seiner Reputation gern wieder auf seinem alten Posten gesehen hätte, mit irgendwelchem Häftlingsaustausch zurückzulocken. Herkommer erinnerte sich noch gut an einen Fall vor dem Krieg, damals war es gelungen, einen berühmten Emigranten aus Paris zur Rückkehr zu bewegen; er war eine der großen Gestalten im deutschen Theater gewesen, schon sehr alt zwar, aber dank seines Rufes von großem Einfluss auf die öffentliche Meinung im In- und Ausland, und dessen Namen wollte man keinesfalls im feindlichen Lager auftauchen sehen. Die Gegenleistung sei gewesen, glaubte er sich zu erinnern, dass man für seine freiwillige Rückkehr seinen Sohn aus dem Konzentrationslager Sachsenhausen freigelassen hat. Blut ist ein ganz besonderer Saft, sagt man, nichts bindet enger, das müsste auch hier funktionieren! Wo ist wohl der alte Strauss abgeblieben, an den er allerdings nur mit gemischten Gefühlen dachte, aber das sollte jetzt keine Rolle spielen, lebte der noch?

Herkommer meldete im Hotel ein Gespräch nach Wien an.

Der Standartenführer sei im Augenblick nicht zu erreichen, sagte ihm irgendein schwächlicher Schreibstubenhengst, der in Castans Vorzimmer saß und der seine ganze Bedeutung aus der Macht seines Chefs herleitete. Herkommer wies energisch auf die besondere Dringlichkeit hin, aber der Zerberus wich nicht zur Seite und beharrte auf der Nichterreichbarkeit seines Chefs.

Doch da schaltete sich Castan, der mitgehört haben musste, persönlich ein, raunzte schroff „Raus aus der Leitung, Putzmüller!“ und fuhr noch im gleichen Atemzug mit diesem warmen Wohlwollen in der Stimme fort, das er so vollkommen beherrschte und auf Abruf augenblicklich einzusetzen wusste: „Was gibt es Neues aus Lausanne, Herkommer? Erzählen Sie!“

Herkommer berichtete, er habe schon ein erstes Gespräch mit der fraglichen Person führen können, die Situation sei äußerst schwierig, eine Lösung in unserem Sinne beinahe unmöglich, sie habe offenbar einen gut dotierten Posten beim Rundfunk.

„Ich müsste ihr irgendeine Gegenleistung von unserer Seite anbieten können. Ist es möglich, Standartenführer, dass Sie feststellen lassen, wo ihr Vater, der Rechtsanwalt Dr. Leopold Strauss steckt?"

Castan, der auf alles, was mit Sabine Strauss zusammenhing, mit einer seltsamen Begeisterung und fast einer gewissen Begierde reagierte, rief: „Ah, ich verstehe! Ist mir alles klar! Müsste herauszufinden sein. Rufen Sie mich heute Abend Punkt fünf noch mal an!"

„Ich weiß nicht, ob sich das mit der umständlichen Telefonvermittlung so genau einhalten lässt, Standartenführer."

„Ist schon recht, Herkommer. Das klappt! – Heil Hitler!"

Am Abend erfuhr Herkommer dann, dass der alte Strauss im Lager Dachau einsaß; tadellose Führung, aber gesundheitlich in keiner guten Verfassung; müsste eigentlich operiert werden.

„Der Mann ist für uns als Häftling nicht sonderlich interessant", meinte Castan.

„Jedenfalls kein Vergleich zu seiner Tochter", versuchte Herkommer Castan noch anzufeuern.

„Eben. Mit der habe ich Großes vor! Ein ganz neuer Stil in der Umerziehung! Der Stil bestimmt den Ton, der im Schulungslager herrscht, und vom Ton hängt der Erfolg der Umerziehung ab."

„Und der Ton macht die Musik", versuchte Herkommer zu scherzen, „und die Musik macht Sabine Strauss."

Da aber Castan mit keiner Silbe darauf einging, fuhr er sogleich betont sachlich fort: „Sie würden also einem Austausch zustimmen, Standartenführer?"

„Muss ich ja wohl! – Aber Sie glauben nicht, wie ich diese verdammten Tauschgeschäfte im Grunde hasse! Jeder, den wir freilassen – womöglich sogar ins Ausland, das haben wir alles schon gehabt –, ist ein Trommler gegen uns! Diese Leute wollen sich doch danach nur wichtig machen."

„Diese Gefahr ist beim alten Strauss vielleicht nicht so gegeben."

„Mag sein. Wenn Sie mir damit die Strauss herbeibringen – mir soll's recht sein. Mit dem Hauptamt in Berlin krieg ich das dann schon hin." –

Als Herkommer am nächsten Tag dann die flachen Stufen zum Eingang von Radio Lausanne hinaufging, sah er drinnen schon Sabine in einem der Sessel sitzen. Sie schien sich gerade mit den Leuten von der Rezeption quer durch den Raum unterhalten zu haben, verstummte jedoch, als er eintrat. Herkommer ging gleich in Richtung Sabine und nickte den Radioleuten nur kurz zu, es waren die beiden von gestern und dazu noch ein neues Gesicht.

Sabine lächelte unbefangen und stellte als Erstes fest, dass er sich überhaupt nicht verändert habe seit ihrer letzten Begegnung – vielleicht, dass er ein wenig fülliger geworden sei, sagte sie, was er aber gar nicht gerne hörte.

„Aber sag mal, Ludwig, wieso bist du jetzt auch in der Schweiz, wie du als P.S. noch unten druntergeschrieben hast?"

Die Frage war Herkommer lästig. Das hatte er ja nur daruntergeschrieben – in irreführender Absicht, das war zuzugeben –, um bei Sabine den Eindruck erst gar nicht aufkommen zu lassen, sie werde nun doch wieder von ihren Feinden aus Deutschland eingeholt.

„Leider nur vorübergehend in der Schweiz, ich bin zurzeit der Deutschen Botschaft in Bern zugeordnet", sagte Herkommer, was in gewisser Weise ja auch zutraf, hatte doch sein Marschbefehl zunächst bis Bern gelautet, wo er sich weisungsgemäß bei der Deutschen Botschaft gemeldet hatte.

Sabine fragte weiter, nicht etwa erfreut, sondern eher traurig und enttäuscht: „Wie hast du mich überhaupt ausfindig machen können?"

„Da gibt es eine wunderschöne Schallplatte von dir, Prokofjew, und da steht irgendwo ‚Radio Lausanne' drauf."

Sabine presste die Lippen zusammen. Der Neue in der Rezeption schaute auffallend häufig zu ihnen her, Herkommer hatte den Eindruck, dass er gar nicht dazugehörte. Sabine wirkte wenig attraktiv, grau in grau gekleidet, der Pullover an den Ellenbogen gestopft und ausgeleiert und mit verstoßenen Bündchen.

„Du gibst – du gibst häufiger Konzerte?"

„Konzerte, Konzerte – ich gebe vor allem Geigenstunden", sagte Sabine freudlos.

„Aber ich habe nur vier Schüler", setzte sie noch nach.

Herkommer war mit dem ziemlich stockend verlaufenden Gespräch unzufrieden. Die *Eröffnung*, wie das in seiner Ausbildung geheißen hatte, war verkorkst; statt gleich zur Sache zu kommen, hatte er sich als Erstes die Führung aus der Hand nehmen lassen und sich dann mit allgemeinem Begrüßungsgerede zufriedengegeben.

„Ich habe dich gesucht", nahm er endlich seinen Leitfaden auf und bemühte sich dabei um einen konsequenteren Ton, „weil ich dich seinerzeit in Wien irrtümlich freigelassen habe."

Und noch ehe er damit fortfahren konnte, dass er sie deshalb zurückholen wolle, was zu äußern ihm ohnehin etwas schwer fiel und weshalb er einen Augenblick zögerte, hatte Sabine schon begriffen: „Und das willst du wohl jetzt wieder gutmachen?"

„Ich habe die größten Schwierigkeiten bekommen", sagte Herkommer, wobei er ‚deinetwegen' zu sagen unterdrückte. „Im schlimmsten Fall kann mich die Angelegenheit meine Karriere kosten."

„Das täte mir leid, Ludwig, aber das glaube ich nicht", tröstete Sabine Herkommer lächelnd. „Aber schau, bei dir geht es um deine Karriere, höchstens; bei mir um meine Freiheit, vielleicht sogar um mein Leben."

„Ach nein, Sabine. Unser Ziel ist es, um das ganz offen auszusprechen, dich nach einer freiwilligen Rückkehr im Schulungslager in Mauthausen auf eine neu zu schaffende Stelle zu setzen, als Musikreferentin gewissermaßen, dich als die renommierte Violinistin."

„In Mauthausen?", fragte Sabine gedehnt.

„Nein, das ist nicht das Konzentrationslager, es geht um das Umerziehungslager, um das Schulungslager, die Bezeichnung ‚Mauthausen II' ist eigentlich irreführend. Es liegt eben nur dort mit auf dem Gelände und wird vom Konzentrationslager technisch mitversorgt."

Sabine schüttelte nur leicht den Kopf: „Dann lieber von meinen vier Geigenstunden leben."

Ehe das Gespräch erneut zu versanden drohte, kam Herkommer übergangslos auf Sabines Vater zu sprechen.

„Wie geht es deinem Vater?"

„Ich habe seit der Pogromnacht nichts mehr von ihm gehört", sagte Sabine leise und mit ausdruckslosem Gesicht. „Wenn er umgekommen wäre, wenn er gestorben wäre, hätte ich das erfahren, sicherlich ganz bald. Im *Bureau d'état civil* – so heißt hier das Standesamt –, hörte ich, dass die deutschen Standesämter nach wie vor einwandfrei funktionieren, übrigens sogar im Falle des Todes während einer politisch bedingten Haft. Aber auch wenn er bloß inhaftiert worden ist, wäre doch sicher irgendwann eine Nachricht von ihm oder wenigstens über ihn herausgesickert, nicht?"

„Pass auf, Bienchen", rief da Herkommer, „soeben sickert sie heraus! Dein Vater befindet sich seit fast anderthalb Jahren im Konzentrationslager Dachau. Es geht ihm in letzter Zeit gar nicht gut, er sollte unbedingt operiert werden, aber die medizintechnischen Einrichtungen im Krankenrevier reichen dazu nicht aus. Könnte ein Entlassungsfall werden."

Sabine sagte minutenlang kein Wort, und auch Herkommer sah keinen Anlass zu reden, zumal er auch nichts Genaueres über ihren Vater zu sagen gewusst hätte. Er war sich nicht sicher, ob Sabine verstanden hatte, dass seine unvermittelte Bemerkung über ihren Vater ein Angebot zu einem ‚Geschäft' darstellte – eine ‚Offerte', wie sie so etwas im Geheimdienst nannten – , aber Sabine war mitgegangen.

„Wenn er freikäme – dafür würde ich alles tun", sagte sie schließlich, „auch nach Wien zurückkehren."

„Ich denke, man kann da einen Austausch arrangieren – er wird entlassen, am besten erst einmal in eine Klinik, und dafür kommst du freiwillig mit mir nach Wien zurück."

Sie saßen einander über eine halbe Stunde diskutierend gegenüber, vorsichtig, manchmal misstrauisch, die beiderseitigen Möglichkeiten und Bereitschaften abtastend. Nachdem im Gespräch schon bald deutlich geworden war, wie groß das Interesse beider Seiten an einem Austausch war, ging es nur noch um den Zeitplan und um die Details. Doch da wurden die Unterschiede erst so richtig sichtbar. Herkommer nämlich ging es vor allem um eine rasche Erledigung seines Auftrags – er konnte sich nicht leisten, viele Tage lang in der Schweiz zu bleiben, seine Dienstreise in die Schweiz war von einigen Kollegen ohnehin mit neidischem Argwohn betrachtet worden; Sabine dagegen erkannte, dass mit jeglichem Entgegenkommen zu Gunsten einer möglichst raschen Abwicklung das Risiko, hereingelegt zu werden, anwuchs. Ihr Partner war nicht Herkommer, mit Ludwig wäre sie schon zurechtgekommen, sondern ihr Kontrahent war die Gestapo und damit die SS. Gewiss, es war Eile geboten, denn die Operation schien dringend zu sein und war vielleicht schon über die Maßen hinausgezögert worden. Aber sie sollte nicht zulassen, dass das ausgenutzt wird und man sie dann womöglich übervorteilt, was also hieße, dass man sie mit Versprechungen nach Deutschland lockt und ihren Vater dann doch nicht freilässt.

„Wir müssen das jetzt einfach Zug um Zug abwickeln, ein Schritt nach dem anderen", sagte Herkommer, „da kann ja nichts schiefgehen."

„Reden wir nicht lange um den heißen Brei, Ludwig! Du traust mir nicht, und ich traue dir nicht. Oder vielleicht etwas freundlicher ausgedrückt – aber vielleicht schon etwas zu freundlich –, deine Leute sind es, die trauen mir nicht, und ich traue deinen Leuten nicht. Doch trotzdem ist das keine so symmetrische Situation, wie du glaubst. Aber gerade darum ist die Lösung ganz einfach: Ihr liefert zuerst, lasst also meinen Vater frei und bringt ihn in eine Klinik seiner Wahl, und er telefoniert dann von dort mit mir. Daraufhin ist es an mir zu liefern."

„Wobei ‚zu liefern' heißt, mich auszuliefern", schob sie sarkastisch noch nach. „Liefere ich nicht – kein Risiko für euch, ihr sackt einfach meinen Vater wieder ein. Ihr wisst ja, wie das geht, darin habt ihr doch Übung, nicht? – Umgekehrt sähe es schon anders aus: Ich erschiene bei euch, aber da fiele es plötzlich einem eurer Häuptlinge ein, dass aus diesem oder jenem Grund mein Vater doch nicht freigelassen werden kann. Und was dann? Glaubst du denn im Ernst, deine SS würde dann das ganze Geschäft rückgängig machen und mich in die Schweiz zurückkehren lassen?"

Herkommer spürte, dass er gegen Sabines nüchternes Argumentieren nicht recht ankam. Doch sie hatte recht, das war die richtige Reihenfolge, wie sie sich automatisch ergab, wenn man das größtmögliche gegenseitige Misstrauen voraussetzte.

„Gut", sagte Herkommer schließlich und richtete sich in seinem tiefen Sessel auf, während Sabine noch immer auf der vordersten Kante saß, „wir haben, glaube ich, genügend Einigung erzielt, Bienchen. Ich gehe jetzt ins Hotel und werde von dort aus Wien anrufen, daraus ergibt sich dann alles Weitere. Du hörst von mir, wie es dann weitergeht. Aber dazu brauche ich deine Adresse, du hast doch sicher kein Telefon."

„Natürlich nicht. Aber du kannst mich jederzeit telefonisch über meine Zimmerwirtin Madame Pelletier erreichen, sie ist Hebamme. Hier hast du die Telefonnummer!"

Herkommer sah auf die Uhr und hatte es plötzlich eilig.

„Ich muss meinen Chef möglichst noch vor dem Mittagessen erreichen!"

Sie standen auf, um zu gehen. Die beiden am Empfang und vor allem dieser Dritte schauten für einen Augenblick überrascht und dann fragend zu ihnen her. Sabine nickte ihnen verständnisinnig zu und sagte im Vorbeigehen freundlich: „Ist schon in Ordnung, merçi beaucoup!" –

Herkommer war überrascht, mit welchem Jubel der sonst doch eher nüchtern-brummige Castan seinen telefonischen Bericht entgegennahm. Castan war mit allem einverstanden.

„Aber sehen Sie zu, dass Sie so schnell wie möglich wieder beikommen!", und da Herkommer darauf nichts sagte, fuhr er fort: „Natürlich, das habe ich begriffen, sie können in Lausanne erst los, wenn Sie die telefonische Bestätigung vom alten Strauss haben, dass er frei ist. Nun, ich werde jetzt gleich mal den Alex Piorkowski in Dachau anrufen, der soll sich darum kümmern, dass seine Ärmelschoner in der Lagerverwaltung auch nicht einen Tag darüber vertrödeln! Und Sie können inzwischen mal schon mit der Botschaft in Bern die Einreise der Dame klarmachen."

Herkommer schaute sich die Stadt an, sah in die vollen Schaufenster und ging am Seeufer spazieren. Schon am nächsten Tag erhielt er gegen Abend vom Portier, zusammen mit seinem Zimmerschlüssel, eine Nachricht von der Telefonzentrale, dass in seiner Abwesenheit ein Telefonanruf gekommen sei, wonach Herr Dr. Strauss morgen ab 12 Uhr in der Narath-Klinik in Mannheim für einen Telefonanruf zur Verfügung stehe. Die Telefonnummer war angegeben. Herkommer fragte sich ungeduldig, ob er nicht gleich mal dort anrufen sollte, aber wahrscheinlich war Strauss noch gar nicht eingeliefert worden.

Dann rief er Sabine an, sie sollte morgen gegen 12 Uhr im Hotel Pallace in der Rue du Grand-Chene sein, um den Anruf in der Klinik zu tätigen. Am besten das Reisegepäck gleich mitbringen, wenn alles gut geht, könnten sie bereits den Zug kurz nach halb zwei ab Lausanne nehmen.

Am nächsten Tag war Sabine pünktlich zur Stelle. Erst hier im noblen Hotel fiel ihm so richtig auf, wie ärmlich ihre Kleidung war; ihr einziges Gepäckstück außer ihrer Violine war ein verschlissener Rucksack. Herkommer war das peinlich, und der Portier blickte hochmütig drein.

Die Telefonverbindung mit der Narath-Klinik kam rasch zustande, Sabine erschien schon nach zwei oder drei Minuten wieder.

„Er ist eingetroffen“, sagte sie nur.

„Wie geht es ihm?“, fragte Herkommer teilnahmsvoll.

„Sehr schlecht“, presste Sabine heraus und fing an zu weinen. „Ich konnte ihn kaum verstehen.“ –

Herkommer war zufrieden. Der Fang würde ihm bei Castan ein dickes Lob einbringen. ‚Fang‘ kann man es eigentlich gar nicht nennen, es war keine gewaltsame Aktion, insofern ganz nach Castans Geschmack; es war auch keine Überlistung, sondern ein faires Geschäft. Ist wahrscheinlich auch für sie selbst besser so, versuchte er aufkommende Bedenken zu zerstreuen, die verhungert uns sonst noch in Lausanne, so wie sie inzwischen aussieht.

Während der langen Bahnfahrt zurück nach Wien sprach Sabine kaum einmal ein Wort, meistens saß sie mit halb geschlossenen Augen da. Wenn Herkommer eine aufmunternde Bemerkung machte, dann nickte sie höchstens abwesend oder schüttelte, wenn sie nicht zustimmen mochte, andeutungsweise den Kopf, und wenn er sie gar etwas fragte, so folgte meistens nur eine sanfte Gebärde des Nichtwissens oder der gleichgültigen Unentschiedenheit, doch kaum einmal eine Antwort.

Als der Zug nach Überqueren des Alpenrheins bei Buchs die Schweiz verlassen hatte, das kleine Liechtenstein durchquerte und dann ins österreichische Feldkirch einfuhr, und Herkommer befriedigt feststellte, jetzt sind wir wieder *auf deutschem Boden*, da nickte sie nicht einmal mehr. –

Die Schleppmaschine war gerade dabei, sich für den nächsten Start vor ihm in Position zu setzen, und Viktor wollte eben die Kabinenhaube schließen, als ein hübsch gekleidetes Mädchen, eine Nachwuchssekretärin wohl, gestikulierend zu ihm hergesprungen kam, offenbar um ihm eine Nachricht zu überbringen. Frisur und Kleidung wurden vom Propellerwind der eindrehenden Schleppmaschine arg zerzaust, denn sie verwendeten neuerdings ein viel kürzeres Schleppseil als früher, aber sie lachte nur übermütig und rief ihm, als der Motor der Schleppmaschine auf Leerlaufdrehzahl zurückgenommen wurde, etwas zu, was er aber nicht verstand.

„Nix verstanden", rief Viktor freundlich, hob seine Kopfhaube über dem linken Ohr etwas an und winkte sie ganz nah zu sich heran.

„Herr Bonse, unser neuer Entwicklungschef", rief sie ihm ins Ohr, „bittet Sie, nach fünf Uhr, wenn sie fertig sind, zu ihm in sein Büro zu kommen."

Viktor nickte und rief ihr lachend zu: „Sind Sie dann auch noch da?"

Viktor war über sich selbst überrascht, zu solchen flotten Bemerkungen neigte er sonst nicht. ‚Das hängt damit zusammen', erläuterte ihm Adam sogleich in strenger Sachlichkeit sein Verhalten, ‚einmal, dass du diese verwegenen Fliegerklamotten mit diesen ganzen Reißverschlüssen und so weiter anhast, einschließlich dieser schneidigen Kopfhaube natürlich, und sodann, dass ein ganzer Schleppzug um dich herum aufgebaut ist, und ihr noch dazu einen Mordskrach macht, mit viel Wind. Das alles beeindruckt junge Damen – und das spürst du und wirst frech.'

Das Schleppseil spannte sich, das Flugzeug ruckte an, seine kecke Frage kam ihm plötzlich treulos vor gegenüber Maria mit der Bombe, aber jetzt musste er aufpassen, die Grasfläche war holprig und wellig.

Im Schleppflug dann, meistens eine eher langweilige Angelegenheit, bei der er nichts weiter zu tun hatte, als sauber hinterherzufliegen, kam ihm Maria erneut in den Sinn. Er glaubte allmählich immer fester daran, dass Maria die große Liebe seines Lebens sei und es für ihn keine andere Frau mehr geben könne. Erst nachdem sie verhaftet worden war, ist ihm das so richtig aufgegangen, vorher war er allzu verzaubert von ihrer Existenz und in ihrer Gegenwart allzu benommen und verschüchtert, um Vergleiche anzustellen und das zu spüren. Die anderen Mädchen, die er bisher kennengelernt hatte, mehr aus der Ferne als der Nähe, sportliche und sanfte, liebevolle und elegante, alle konnten sie schon im ersten Vergleich mit Maria nicht bestehen. – Wie es ihr wohl geht? Wo man sie gefangen hält? Es war zum Verzweifeln.

Die Schleppmaschine wackelte mit den Flächen – richtig, die Schlepphöhe war erreicht, er soll ausklinken, heißt das, seine Arbeit begann. Wie gut doch, wenn man von diesen bedrückenden Gedanken, die sich in endloser Wiederholung nur um Maria drehten, durch Arbeit abgehalten wurde, auch wenn es dabei nur um ein eintöniges Abhaken und das Eintragen von Flugdaten in das Formular auf dem Kniebrett ging. –

Nach dem letzten Flug machte er sich zu Bonse auf. Die Büros lagen verlassen, die meisten Türen standen offen, da und dort schlurfte eine Putzfrau über den Flur.

„Ah, Herr Zabener", rief ihm Bonse von drinnen zu, als er sich anschickte, vorsichtig in das nicht mehr besetzte Vorzimmer einzutreten, „kommen Sie nur herein! Und bitte, nehmen Sie Platz! – Ich habe eine wichtige Angelegenheit mit Ihnen zu besprechen. Mein Freund Lusser von Heinkel hat mir empfohlen, mit Ihnen in Verbindung zu treten, wir sitzen in Berlin zusammen in einer Kommission beim Technischen Amt."

„Wahrscheinlich, Herr Zabener", so fuhr er fort, „hat gegenwärtig niemand mehr Flugerfahrung mit Lastenseglern als Sie."

Viktor schüttelte höflich den Kopf: „Ja, aber das war zum größten Teil reine Serieneinfliegerei."

„Oh, stellen Sie Ihr Licht nicht so unter den Scheffel! Herr Lusser hat mir da ganz andere Dinge von Ihnen erzählt. Und ich habe Ihnen deshalb in den letzten Tagen öfter mal zugesehen, da erkennt man als Fachmann doch so manches. – Aber zur Sache: Sie wissen vielleicht, wir haben einen Groß-Lastensegler[2] in Entwicklung."

„Habe davon gehört. Er soll inzwischen sogar schon fliegen?"

„Ja", antwortete Bonse gedehnt, „aber mit viel Sand im Getriebe. Wir brauchen unbedingt Sie! Ich habe schon mit Darmstadt gesprochen, die DFS ist einverstanden. Das Problem ist, unsere Werkspiloten, alles hoch erfahrene Leute, aber natürlich Motorflieger durch und durch, mögen das Ding einfach nicht. Die Konstrukteure sind begeistert und stolz, ein derartiges Flugzeug hat es noch nie gegeben auf der Welt! Aber die Einflieger finden ein Haar nach dem anderen in der Suppe. Ich glaube, was in Wahrheit dahintersteckt: Denen ist es einfach zu sehr ‚Wegwerfflugzeug'."

„Was ja nicht ganz falsch ist."

„Natürlich! Aber unter bestimmten Bedingungen kann dieses Flugzeug einmal kriegsentscheidend sein!"

„Das ist wie mit unseren Wachswattestöpseln für die Ohren", amüsierte sich Viktor, „– zum einmaligen Gebrauch bestimmt."

Bonse nickte, obwohl ihm Viktors Vergleich keineswegs angemessen schien. „Allerdings ist der Drachen momentan tatsächlich in einigen Punkten noch nicht ganz hasenrein, oder sagen wir: fliegerisch noch etwas anspruchsvoll. Jedenfalls reißt sich zurzeit niemand darum, das Ding zu fliegen! Stellen Sie sich vor, hier, auf unserem Hauptplatz, haben wir noch keinen einzigen Start absolviert! Auch die nagelneue Vorserienmaschine, die V3, die ich Ihnen nachher zeigen werde, war noch nie in der Luft. Seit vorgestern steht sie fix und fertig aufgebaut in der Halle herum. Die einzige, die wie verrückt mit dem Vogel fliegen will, ist die Frau Reitsch, die mir deshalb alle paar Tage ein Fernschreiben schickt. Ich weiß allmählich nicht mehr, was ich dem närrischen Huhn antworten soll. Um Himmels willen, die Hanna ist doch viel zu klein und zu zierlich für dieses Trumm, und sie würde die riesigen Steuerdrücke, die es momentan noch braucht, überhaupt nicht aufbringen! Stellen Sie sich vor, da würde etwas passieren!"

Viktor runzelte die Stirn und äußerte sofort seine Bedenken: „Hohe Steuerdrücke sind nicht nur lästig oder schließlich sogar gefährlich, sondern sie verhindern auch zuverlässig ein wirklich präzises Fliegen. Wenn ich mir damit eine Landung beim Einsatz in unbekanntem Gelände vorstelle, meine Güte, da wird mir jetzt schon bange!"

„Ich finde, wenn ich mir diese Bemerkung erlauben darf, diese

Äußerung ist ganz charakteristisch für Ihre Art des Fliegens, Herr Zabener, für ihren Stil. Sie haben natürlich völlig recht, wir arbeiten daran. Aber dieses Fliegen nur so mit zwei Fingern am Steuerknüppel wie die Hanna in ihrem Sperber-Junior[3], das ist natürlich nicht drin."

„Mein Ideal wäre ein Flugzeug", sagte Viktor, „das auf meine Gedanken und Vorstellungen reagiert, verstehen Sie, ein Flugzeug, das allein von meinen Gedanken und Vorstellungen gesteuert wird, ich erlebe das manchmal im Traum", worauf aber Adam sofort mit der Bemerkung einfiel ‚Mach mir diesen guten Mann nicht verrückt, das versteht der nicht!'

„Die Hanna wäre natürlich genau die Richtige gewesen für den offiziellen Erstflug nächsten Monat, ich glaube am fünfzehnten. Hat natürlich mit ‚Erstflug' überhaupt nichts zu tun, aber ganz großer Bahnhof hier! Das hätte natürlich gezogen, wenn man da Hanna Reitsch als Pilotin hätte ankündigen können. Abgesehen davon, dass sie tatsächlich großartig fliegt. Wundervoll! Wissen Sie, bei ihr, da kommt nicht erst die eine Flugbewegung, und der folgt dann die nächste, sondern die eine Bewegung ist noch nicht ganz zu Ende, da beginnt sich schon die nächste anzukündigen, und wenn es auch nur ein erstes zartes Andeuten ist; so klingt in jeder Bewegung, die sich gerade aufbaut, die vorangegangene mehr oder weniger deutlich noch einen Augenblick nach. Das ergibt dann dieses wundervoll flüssige und elegante Fliegen", schwärmte Bonse, „und das ist eines der Geheimnisse ihrer Fliegerei! – Ach, vielleicht dass wir sie doch noch einladen, wenn wir die Steuerdrücke im Griff haben!"

„Was Sie da beschreiben, ist am deutlichsten natürlich zu sehen im Kunstflug, zwar nicht bei allen Figurenfolgen und auch gewiss nicht bei allen Piloten. Aber Sie haben sicherlich recht, wahrscheinlich ist so etwas manchmal auch schon bei einem gewöhnlichen Landeanflug zu beobachten."

„Ich darf Ihnen sagen, ich habe ganz Ähnliches auch bei Ihnen beobachtet, beim Einfliegen. Die meisten am Boden sehen das gar nicht, aber ich bin sicher, sie spüren es, und das Flugbild begeistert sie, oder sie finden das Ganze einfach nur schön. Dieses Ineinanderfließen der Bewegungen kennt man übrigens auch bei bestimmten Folgen im Kunsttanz, bei anderen Figuren wiederum gilt es als schlimmer Fehler – ich habe mich in jungen Jahren damit intensiv beschäftigt.“

„Der Kunstflug kann vom Tanz viel lernen, eher als umgekehrt.“

„Bevor wir uns völlig im Philosophieren verlieren“, lachte Bonse, „kehren wir lieber wieder in die raue Kriegswirklichkeit zurück!“

Er stand langsam auf und blickte Viktor aufmunternd an, „ich werde Ihnen jetzt erstmal das geheimnisvolle Gerät zeigen.“

Auf dem Weg zur Halle plauderte Bonse weiter.

„Früher war der Erstflug tatsächlich der erste Flug, das gab es gar nicht anders. Nachdem sich aber die Würdenträger und Wichtigtuer immer zahlreicher zu solchen Ereignissen angekündigt haben und unbedingt mit dabei sein wollen – es sind ja immerhin die Geldgeber –, ist man davon längst abgegangen, bei allen Firmen, nicht nur bei uns, und macht schon viele Wochen vorher die ersten Flüge, also die eigentlichen Erstflüge, um einigermaßen sicher zu sein, dass dann beim offiziellen Erstflug alles klappt. Sie glauben ja nicht, wie groß der Ärger ist, wenn schon alle da sind, aber aus irgendeinem technischen Grund der Start plötzlich abgeblasen werden muss! Das kann einen wie mich den Posten kosten!“

Als sie dann die Halle im Blickfeld hatten, fiel Viktor schon von weitem der Werkschutz auf, der an beiden Eingangstüren postiert war. Bonse erriet Viktors Gedanken: „Es geht uns mit den Wachposten – Tag und Nacht – weniger um Sabotage- als um Spionageabwehr.“

„Aber wo der Drachen inzwischen doch schon fliegt?“, zweifelte Viktor. „Wenn ein neues Flugzeug erstmal in der Luft ist, weiß man das spätestens am nächsten Tag auch in England.“

„Glauben Sie wirklich?“, fragte Bonse unsicher.

„Ich weiß das. Ein alter Freund von mir, genau gesagt mein Milchbruder, ist ein Gestapomensch geworden und war bis vor ein paar Wochen ins Reichssicherheitshauptamt abkommandiert; ich glaube sogar, die betreiben dort in der Prinz-Albrecht-Straße irgendwie eine eigene Abwehr. Himmler ist jedenfalls an allem, was Flugzeugproduktion und Neuentwicklungen betrifft, höchst interessiert, das weiß ich, und er verlasst sich nicht auf die Informationen und Zahlen, die er auf regulärem Weg vom Ministerium erhält.“

„Kann schon sein. Das ist wegen seiner fixen Idee einer eigenen Luftwaffen-SS, von der man munkelt."

„Von diesem Freund übrigens habe ich zum ersten Mal – so ganz beiläufig am Telefon – von Ihrem neuen Groß-Lastensegler gehört! Das ist ja schon ein Witz, da fliegt man fast täglich in Laupheim, in Obertraubling, in Leipheim und muss dann ausgerechnet von einem Spezi aus Berlin erfahren, dass genau da, direkt vor der eigenen Nase, etwas ganz Neues, etwas ganz Großartiges im Bau ist! Wahrscheinlich wird der gesamte Luftraum in dieser Gegend von irgendwelchen Dunkelmännern überwacht, die alles Neue sofort weitermelden. Es könnte sogar gut sein, meinte mein Freund, dass der Auslandsgeheimdienst in London und unsere Leute in der Prinz-Albrecht-Straße den gleichen Lieferanten für ihre Nachrichten haben. ‚Ein tüchtiger Spion hat immer mehrere Abnehmer für seine Meldungen', hat sich mein Freund neulich sogar noch amüsiert. Darüber regen die sich in Berlin nicht weiter auf."

„Oh Gott, das ist mir alles zu hoch", schüttelte Bonse den Kopf, „wie einfach sind doch dagegen unsere Probleme mit dem zu großen Steuerdruck!"

Der Posten vom Werkschutz trat respektvoll zur Seite und hielt ihnen die Tür auf. Was Viktor im nächsten Augenblick sah, als die spärliche Hallenbeleuchtung anging, war überwältigend. Ein mächtiges Flugzeug, mattgrau und düster, wie ein Ungeheuer aus der Vorwelt, eingesperrt, eingezwängt in eine Halle, die in Länge, Breite und Höhe gerade noch ausreichte. Nur wenn man hätte zurücktreten können, wäre das Ungetüm in seiner ganzen Gestalt zu erfassen gewesen, so war es immer nur ein einzelnes mächtiges Teilstück, das man im Halbdunkel vor sich sah, und das drohte einen in der engen Halle fast schon zu erdrücken.

„Der Rumpf ist fast dreißig Meter lang", hörte er Bonse hinter sich sagen, „Spannweite fünfundfünfzig Meter, Höhe mehr als zehn Meter."

Viktor stand ziemlich weit vorne am Bug und blickte zu den Tragflächen hinauf, die sich im Dunkel unter dem Hallendach verloren; ganz oben, da, wo sie auf der Oberseite des Rumpfes zusammenliefen, konnte er knapp davor die kantigen Scheiben des Führersitzes erkennen – der lag gut und gern in der Höhe des

Dachgeschosses eines Einfamilienhauses. Ob man von diesem Thron aus dieses Riesenspielzeug beim Landen überhaupt noch sauber aufsetzen kann, fragte sich Viktor und stellte sich für einen Augenblick mit geschlossenen Augen eine Landung vor.

„Wir haben eine Zuladung von zweiundzwanzig Tonnen, maximal bis siebenundzwanzig", so hörte er Bonse wieder, „und einen Laderaum von einhundert Kubikmetern; das heißt, mit einem Zwischendeck gehen zweihundert Mann rein; oder eine voll ausgerüstete und bewaffnete Infanterie-Kompanie; oder beispielsweise ein Panzer IV, der mit eigener Kraft von vorne reinfahren kann; oder eine 8,8-Flak mit Lafette, Zugmaschine und Bedienungsmannschaft – das ist doch was! Wie?!"

Sie stiegen ein, und obwohl Viktor von außen die gewaltigen Abmessungen des Rumpfes gesehen hatte, überraschte ihn die Wirklichkeit dieses Laderaums: höher noch als breit und mit einer Rückwand, die sich irgendwo weit hinten im Dunklen verlor. Eine steile Leiter führte nach oben zum Führersitz, Viktor stieg behänd die vielen Sprossen hinauf.

„Ich bleibe lieber unten", lachte Bonse von unten, „mit dieser Hühnerleiter, da kann man sich schon vor dem Start das Genick brechen."

Dann wurde Bonse von einem der Wachmänner ans Telefon gerufen und verschwand im Werkmeisterbüro am Kopfende der Halle. Viktor war das gerade recht, konnte er sich doch in Ruhe mit dem schlafenden Ungeheuer befassen.

Die Instrumentierung war nicht gerade aufregend, aber sicherlich ausreichend. Die Ruder, die er erst ganz vorsichtig bewegte – es könnte ja sein, dass er beim Bewegen irgendwo draußen damit anstieß –, liefen verhältnismäßig leicht, aber man spürte doch, welche Massen man allein schon mit den Rudern zu bewegen hatte. Er überlegte beim Blick nach vorn, auf welcher Höhe der Windschutzscheibe wohl der Horizont liegen würde, und stellte sich vor, wie sich beim Endanflug die Landebahn kurz vor dem Aufsetzen von seinem Platz aus darstellen könnte. Sein Blick glitt langsam die mächtigen Tragflächen entlang, und er versuchte, im Halbdunkel bis zu den Flächenenden rechts und links zu schauen. Von oben sah er auf den Hallenboden hinunter, um sich an diese Höhe zu gewöhnen und stellte sich dabei das Gras der Landebahn vor. Schließlich stieg er von seinem Hochsitz wieder herunter und schritt, den Kopf im Nacken, das Flugzeug langsam in seiner vollen Länge und Spannweite ab, bevor er sich erneut oben hinter das Steuerhorn setzte, um mit fast geschlossenen Augen langsame und wohlbemessene Steuerbewegungen und mit einer freien Hand diese oder jene imaginäre Betätigung auszuführen.

Viktor war gerade mit einem Endanflug beschäftigt, als er Bonse zurückkommen sah. Er setzte noch weich auf, bevor er sich dem eintretenden Bonse zuwandte und ihn von seinem Hochsitz herab etwas skeptisch fragte: „Und der Schleppstart – womit?"

„Ju 90", rief Bonse hinauf, „aber die ist bei den paar Stück, die sie nur haben, kaum beizukriegen. Außerdem gibt es nur eine einzige mit den amerikanischen Pratt & Whitney-Motoren. Aber gerade die müssten wir haben, wenn wir demnächst mit voller Zuladung starten wollen. Bis auf Weiteres behelfen wir uns halt mit der 110, drei Stück davorgespannt reichen so gerade."[4]

„Drei nebeneinander?", vergewisserte sich Viktor und kletterte von seinem Hochsitz herunter.

„Nicht genau nebeneinander, bisschen gestaffelt, aber eigentlich schon noch nebeneinander – Troika-Schlepp haben das unsere Leute getauft."

„Au, das ist nicht ungefährlich!", erkannte Viktor sofort, „ein Triebwerkausfall beim Abheben oder auch nur eine weiche Stelle im Gras –"

„Genau das ist die große Gefahr! Die betroffene 110 bricht aus, und was allein noch zu bewältigen gewesen wäre, kann in der Troika, noch bevor der Pilot ausreichend reagieren kann, zur Katastrophe führen." –

Am nächsten Tag verkündete Bonse beim Mittagessen am Cheftisch, dass er jetzt den richtigen Mann für das weitere Einfliegen der 321 gefunden habe.

„Es war eine Empfehlung von Herrn Lusser. Ich traf ihn kürzlich in Berlin und erzählte ihm von unseren Problemen bei der Einfliegerei, vor allem auch über die zu großen Steuerdrücke."

„Was Sie nach den neuen Vorschriften, Verehrtester, streng

genommen gar nicht gedurft hätten! Sie haben doch gehört: ‚*Auch gegenüber Vertretern anderer Hersteller ist es unzulässig, über eigene Entwicklungsprojekte zu sprechen, solange diese noch der Geheimhaltung unterliegen, auch wenn den anderen Herstellern das Projekt bereits bekannt sein sollte*', so oder ganz ähnlich heißt es."

„Eigentlich wieder mal ein starkes Stück von diesen Bürokraten!", schimpfte Bonse. „Wie soll man ohne einen gelegentlichen Gedankenaustausch über die Firmengrenzen hinweg jemals weiterkommen? Aber wie dem auch sei – mein Verstoß gegen diese neuen Vorschriften hat uns jedenfalls bestens weitergeholfen! Lusser empfahl mir nämlich, angelegentlich und ohne Vorbehalt, wie er sagte, Herrn Viktor Zabener. Das ist übrigens der Sohn des Wehrwirtschaftsführers Zabener, aber das tut nichts zur Sache. Er hält zweifellos große Stücke auf ihn, denn er fügte ausdrücklich noch hinzu ‚eine Empfehlung ohne jede Einschränkung', und das will bei Lusser was heißen!"

„Hat er denn auch Erfahrung mit Segelflugzeugen – daran fehlt es doch offenbar bei unseren Leuten –, speziell mit Lastenseglern?"

„Ja doch, Sie haben ihn wahrscheinlich schon gesehen, das ist der junge Mann von der DFS, der hier in letzter Zeit meistens die 230 einfliegt."

„Ah ja – aber ist ihr neuer Mann die 321 denn schon geflogen?"

„Noch nicht, aber ich habe gestern alles mit ihm durchgesprochen, einschließlich Besichtigung in der Halle."

„Und da wissen Sie schon sicher, dass es klappt?", kamen sogleich die Zweifel.

„Ja, da weiß ich schon sicher, dass es klappt!", sagte Bonse mit betonter Gewissheit. „Sie können sich nicht vorstellen, wie intensiv Zabener von diesem Flugzeug Besitz ergriffen hat! So etwas habe ich noch nicht gesehen. Ich bin ans Telefon gerufen worden, da war er dann ganz für sich allein, aber ich konnte ihn, während ich in der Meisterbude telefonierte, durch die große Scheibe beobachten. Das war kein erstes Sich-vertraut-machen, wie man das ja kennt – ein bisschen sich umschauen und vielleicht mal an den Rudern rütteln –, nein, das war wie eine Andacht! Er saß aufgerichtet und fast unbeweglich oben in der Wanne, ich glaube, mit geschlossenen Augen, so genau konnte man das auf die Entfernung nicht sehen, und bewegte ganz langsam die Ruder, immer nur ein klein wenig. Minutenlang kaum einmal eine Bewegung, aber dennoch nicht starr; ab und zu sah er zu den Flächen hinaus, mit ganz ruhigen Kopfbewegungen, dann wieder blickte er aus den Seitenfenstern zur Erde hinab. Mir wurde schnell klar, der flog bereits mit unserer 321! Ich wurde allmählich so sehr ergriffen von diesem Bild, von dieser Konzentration, davon, wie er sich das riesige Flugzeug buchstäblich einverleibte, wie er eins wurde mit ihm, dass ich genau erkennen konnte, eben beginnt er mit der letzten Neunzig-Grad-Kurve vor der Landung und fängt dabei schon an, verstärkt zu sinken und wird gleich landen; nun ist er im letzten Stück des Landeanflugs, er wird langsamer und braucht größere Ruderausschläge; jetzt noch eine kleine Bodenböe ausgleichen, gleich setzt er auf – oh, es war geradezu spannend, ihm zuzusehen, obwohl es außer ein paar Ruderausschlägen und seinen sachten Kopfbewegungen so gut wie nichts Sichtbares gab. Und da habe ich mit einem Mal gewusst: Der kann es!" –

Bereits für den nächsten Tag war Viktors erster Start vorgesehen. Als er vom Mittagessen kam, sah er die 321 schon in der Ferne in Startposition am Platzrand stehen. Sie wirkte auch im Freien und selbst auf diese Entfernung noch immer riesengroß, ein Eindruck, der durch die Männer vom Bodenpersonal, die sich winzig klein vor dem Flugzeug abhoben, noch verstärkt wurde.

Über dem ganzen Gelände hatte sich eine gewisse Unruhe ausgebreitet, viele aus den Büros, meistens Zivilisten, hielten sich trotz der Kälte im Freien auf, und vor den Hallen waren auffallend viele Monteure, die sonst in den Werkhallen arbeiteten, mit irgendwelchen Tätigkeiten an abgestellten Flugzeugen beschäftigt, mit denen sich ihr Aufenthalt im Freien rechtfertigen ließ – alle wollten sie den Start der 321 mit ansehen.

Inzwischen waren die drei 110 herangerollt, stellten aber, nachdem sie ihre Position vor der 321 eingenommen hatten, die Motoren erst noch einmal ab, weil Start und Schleppflug noch einmal im Einzelnen durchgesprochen werden sollten. Viktor hatte den Eindruck, dass die Besatzungen, alle sechs Luftwaffenpersonal, von seinen Fähigkeiten als Pilot der 321 nicht unbedingt überzeugt waren, zumal sie erfahren hatten, dass das Viktors erster Start mit der 321 war. Besonders der Schleppzugführer, ein junger Oberleutnant, der die mittlere Schleppmaschine flog und hastig eine Zigarette nach der anderen rauchte, sprach nur zu ihm her und wiederholte immer wieder eindringlich die schon mehrmals besprochenen Schritte, vor allem das Verhalten bei einem unvorhergesehenen Zwischenfall während des Starts, den er offenbar am meisten fürchtete. Viktor hörte geduldig zu und nickte jedes Mal an den entscheidenden Punkten, soweit sie ihn betrafen. Er nickte nicht etwa ungeduldig oder gar unaufmerksam, sondern er nickte ruhig und ernst, wie es seine Art war bei solchen Dingen, doch das war dem Oberleutnant, der an ein knappes Wiederholen oder mindestens an ein deutliches ‚Jawohl!' gewöhnt war, offensichtlich nicht genug.

„Na, ich bin mal gespannt", wandte er sich schließlich etwas resigniert zum Gehen, konnte dabei aber seine Nervosität nicht verbergen. Sie stiegen in ihre Flugzeuge, doch beim Einhängen der Schleppseile zeigte sich, dass die mittlere Schleppmaschine, wenn auch nur um ein Geringes, zu weit vorgerollt war und erst von ein paar Mann mühsam zurückgeschoben werden musste.

Von seinem Hochsitz aus, der durch das abwerfbare Fahrgestell, auf dem das Flugzeug nun saß, noch einmal spürbar höher geworden war, hatte Viktor einen unvergleichlichen Überblick und schaute gelassen auf das aufgeregte Treiben hinab. Er stellte den Höhenmesser auf Platzhöhe und prüfte noch einmal alle Ruder und die Landeklappen auf Funktion und Leichtgängigkeit. Im Vergleich zu gestern Abend kam ihm das Flugzeug, das in der düsteren Halle noch so abweisend gewirkt hatte, heute deutlich zugänglicher vor. ‚Es ist längst nicht mehr so leblos und unbeteiligt wie gestern', sagte Adam, und tatsächlich, ab und zu erzitterte es leicht und vibrierte unter den Böen, die in der letzten Viertelstunde deutlich zugenommen hatten.

Dann sollte, weil der Wind gedreht hatte, der Start noch einmal umgebaut werden, denn bei der geringen Leistungsreserve wollte man doch möglichst genau gegen den Wind starten. Viktor konnte sitzen bleiben, das Flugzeug wurde mit viel Hauruck und unter der eher ungeschickten Mithilfe der Zugmaschine um dreißig oder vierzig Grad nach rechts gedreht, die drei Schleppmaschinen dagegen mussten unter umständlichem Einwinken neu aufgestellt werden. Viktor freute sich, dass die Motoren nicht erneut abgestellt wurden, gleich musste es losgehen. Unter energischem Winken der Zuständigen traten die vielen Zuschauer, die meisten gewiss mit nur zweifelhafter Legitimation, zögernd zur Seite. Als alles frei war, schauten die Piloten gespannt zum Startwagen hinüber, bis der Schleppzug endlich abgewinkt wurde. Viktor spürte, wie sich mit zunehmendem Motorgeräusch die Schleppseile strafften, dann sah er, wie sich die drei Piloten zunickten; der Lärm der sechs Triebwerke, schon vorher von beachtlicher Stärke, schwoll zu einem schier unerträglichen Dröhnen an und im nächsten Augenblick setzte sich die mächtige 321 zögernd in Bewegung.

Mit quälender Langsamkeit nahm der Schleppzug Fahrt auf, doch ließ sich die 321 mit einigermaßen kräftigen Seitenruderausschlägen genau genug hinter der mittleren Schleppmaschine halten. Allerdings, da hatte dieser Oberleutnant schon recht, bei einem Zwischenfall, beispielsweise einer Kollision der Schleppmaschinen wegen eines Motorausfalls, womöglich noch mit anschließendem Ringelpiez, konnte es mit den Ausweichen verteufelt eng werden. Aber Viktor war auf alles gefasst, vor allem würde es neben einem augenblicklichen Ausklinken und vollem Seitenruderausschlag auf einen entschlossenen Querrudereinsatz ankommen, sobald sein Flugzeug zum Ausweichen wegzudrehen beginnt.

Unter zunehmendem Geholper begann sich dann die eben noch so tonnenschwere Verbindung zu Mutter Erde spürbar zu lockern, das Ungetüm schickte sich tatsächlich an zu fliegen. Noch ein Hopser über eine leichte Senke, ein letztes Antippen der Grasnarbe, und der Schleppzug flog. Viktor warf das Fahrgestell ab, was nicht zu früh geschehen durfte, weil es sonst im Hochspringen hätte gegen den Rumpf schlagen könnte, aber auch nicht zu spät, damit das mehrteilige Ding trotz seines Gewichts von mehr als 1500 Kilogramm beim Aufprall möglichst unbeschädigt blieb.

Auch das verlief einwandfrei, und noch bevor sie die Platzgrenze erreicht hatten, zogen die drei Schleppmaschinen ihre Fahrwerke ein. Doch trotz des verminderten Luftwiderstands und des geringeren Gewichts durch den Abwurf des Fahrgestells mussten die Schleppmaschinen weiter unter Volllast fliegen, um wenigstens einigermaßen zu steigen. Viktor bewegte bei seinen laufenden Korrekturen die Ruder so wenig wie möglich, denn er fühlte geradezu körperlich, wie sich die drei Schleppmaschinen abquälten. Wie sollte das bei voller Zuladung werden!

Als sie einigermaßen Höhe gewonnen hatten, begann der Schleppzugführer, vorsichtig eine weite Kurve zu fliegen, bis sie in Gegenrichtung waren, erst jetzt nahm er – und mit ihm seine beiden Begleiter – das Gas etwas zurück, was Viktor genau spürte, aber auch deutlich hören konnte, weil mit der veränderten Drehzahl irgendwelche Teile seiner 321 in Resonanz gerieten, was sich in einem tiefen Brummen äußerte. Dann kam der Platz wieder in Sicht und als sie schließlich querab waren, hatten sie erst eine Höhe von nicht viel über fünfhundert Metern gewonnen.

Entsprechend lange ging es, bis sie die vereinbarte Ausklinkhöhe von fünfzehnhundert Metern beisammen hatten. Die drei 110 kippten nacheinander zur Seite ab, ihr Schleppseil hinter sich herziehend, und waren im Nu verschwunden. Erst jetzt konnte sich Viktor mit seinem Flugzeug näher befassen und erst jetzt, da er nicht mehr gefesselt war und allein flog, spürte er, dass er vorhin im Schlepp das Flugzeug noch gar nicht voll übernommen hatte. Er hatte es nur wie ein Automat in der richtigen Höhe hinter der mittleren Schleppmaschine hergesteuert, mehr nicht.

Da war es wieder, was ihn immer wieder beschäftigte: Er war *draufgesessen*, gut, aber noch nicht wirklich *dringesessen*, wie er das so liebte. Jetzt musste er sich ganz tief reinsetzen, sich hineinfließen lassen, dass Flugzeug spüren bis in die Flügelspitzen. Schon nach ein paar kräftigen Ruderausschlägen fühlte er verlässlich, dass er nun nicht mehr bloß zugeladener Rudergänger und Steuermann war, wie gerade eben noch im Schleppflug, sondern zu einem Bestandteil des Flugzeugs geworden war und zu dessen Zentrale.

Viktor flog mit wechselnden Geschwindigkeiten und achtete in alter Gewohnheit auf die Geräusche. Es war wieder dieses vielstimmige Rauschen, das sich aus Zischen und Pfeifen, aus Brummen und Summen und Rauschen und Sirren zusammensetzt, ganz ähnlich, wie bei anderen Segelflugzeugen und auch in dieser sich ständig ändernden Mischung, aber natürlich viel mächtiger und auf einen viel größeren Raum verteilt. Und siehe da, auch seine vielgeliebten

Melodiefäden, der Trost seiner Langstreckenflüge, stellten sich wieder ein! Doch diese Melodien in der 321 hatten einen ganz anderen Charakter als die bisherigen, es waren vorwiegend Partien aus brausenden Chorälen, und sie waren gesetzter, großartiger, erhabener und freilich auch voluminöser, ganz passend eben zu diesem gewaltigen Fluggerät. Aber er wusste ja längst, dass diese Melodiefäden erst in seinem Kopf entstehen.

Viktor drückte immer wieder einmal leicht an und beobachtete, wie der Vogel Fahrt aufnahm, und er interessierte sich dafür, wie lange und wie steil er danach wieder steigen konnte, bis der gewonnene Schwung aufgezehrt war. Er flog leichte Schwänzelkurven, rechts und links und eine an der anderen, die vom Boden sicherlich ganz ulkig aussehen mussten, wenn sie von einem so gewaltigen Flugzeug ausgeführt werden, und er stoppte die Sekunden, die es dauerte, um diesen riesigen Drachen im Kurvenflug von einer Querlage in die andere hinüberzuwälzen, jeweils um genau zwei Pinselbreiten im Drehen nach rechts oder links. Danach war Langsamflug an der Reihe, und dann kamen Vollkreise, flache und steile, rechts und links herum – er hätte noch viel mehr ausprobieren wollen, aber es war allmählich an der Zeit, an die Landung zu denken. Doch er war zufrieden, es gab keine Überraschungen; zwar waren die Ruderdrücke bei größeren Ausschlägen tatsächlich unheimlich groß, doch er hatte in den wenigen Minuten das Flugzeug mit seiner gewaltigen Masse schon ganz in sich aufgenommen.

Er schickte sich an, als Abschluss seines Fluges mit großem Fahrtüberschuss in Gegenrichtung am Start vorbeizufliegen und drückte noch ein letztes Mal kräftig an, holte enorm Fahrt auf und schoss in wenigen Metern über dem Platz an seinen Zuschauern vorbei, sodass diese das Fauchen und Pfeifen hören konnten, und sah genau, wie alle Gesichter zu ihm hergewandt waren. Dann zog er, sich schon wieder entfernend, langsam hoch und hängte schließlich mit dem restlichen Fahrtüberschuss noch eine hochgezogene Kehrtkurve daran, nicht extrem, aber immerhin so steil, dass die Zuschauer auf die Oberseite des Flugzeugs blicken konnten. Danach lag die Landebahn genau vor ihm, und nach einem eleganten Slip und ehe sich die Zuschauer versehen hatten, schwebte er schon aus und setzte neben seinem laut Beifall klatschenden Publikum auf.

‚Die jubeln, als ob sie den Krieg schon gewonnen hätten', äußerte Adam geringschätzig. – ‚Aber die 321, Adam, ist ein ganz wichtiger Schritt dazu, Adam, das wirst du noch sehen!' – Nach nicht einmal zweihundert Metern Rutschen auf seinen vier Kufen stand er.

Bonse kam angelaufen. „Dieser Kontrast!“, jubelte er. „Erst dieser mühsame und schwerfällige Schleppflug und dann dieses federleichte Spielen am Himmel!“

„Je nun, so federleicht war es ja nicht gerade!“, antwortete Viktor, schüttelte seine Arme aus und machte kreisende Lockerungsübungen mit den Schultern.

„Ganz klar, Herr Zabener, Sie machen den Vorführungsflug am 15. und kein anderer! Genauso wie heute! Genau so!“ Dabei ahmte er, vor Begeisterung strahlend, wie ein kleiner Junge mit ein paar geschwinden Schritten und leicht ausgebreiteten Armen das letzte Stück des Fluges nach. „Wunderbar, wie man von oben auf des Flugzeug blicken konnte, und dann dieser elegante Slip mit diesem dicken Koffer – ein herrliches Flugbild!“

„Bis dahin“, fuhr er fort, „kriegen wir auch noch die Ruderdrücke vollends hin. Vielleicht hilft uns sogar die Schleppschule in Echterdingen mit einer anderen Schleppmaschine aus. Auf alle Fälle werden wir die Zuladung kräftig vermindern oder ganz ohne Zuladung fliegen, da schaut bei einer solchen Veranstaltung ja keiner nach.“

Dann kam auch noch der Schleppzugführer, der seine 110 inzwischen am Platzrand abgestellt hatte, wie erlöst auf Viktor zu und schüttelte ihm lange die Hand, ohne etwas zu sagen, nur mit einer gewissen Dankbarkeit im Blick. –

4 _ Beerdigung in Hamburg _ Gestapobesuch im Werk _ Flug mit Ludwig

Bonse arbeitete mit seinen Leuten Tag und Nacht an letzten Verbesserungen, der Vorführflug mit dem hohen Besuch aus Berlin stand vor der Tür. Eines Abends fand Viktor in seiner Unterkunft ein Telegramm an der Zimmertür stecken, Nachricht von seinem Vater, er möge ihn doch bitte mal anrufen. Die Post hatte längst geschlossen, aber Viktor wusste, wenn sein Vater ‚mal' schrieb, dann heißt das bei ihm: gleich mal, auf der Stelle, sofort.

Schon beim Aufreißen des Telegrammumschlags war seine Zimmerwirtin aufgeregt unten an der Treppe erschienen und hatte gespannt und mit halb geöffnetem Mund zu ihm hinaufgeschaut. Der Eingang eines Telegramms war für sie ein unerhörtes Ereignis, das sie den ganzen Tag über auf Trab gehalten hatte, und an dem angeforderten Telefongespräch, von dem sie nun erfuhr, schien sie mehr noch als Viktor interessiert zu sein.

„Gehen Sie doch in die Post, Herr Zabener", riet sie ihm.

„Hat doch schon lange zu."

„Nein, ich meine doch den Gasthof Zur Post, die haben Telefon."

Sein Vater war selbst am Apparat.

„Danke für den raschen Anruf", sagte er in seiner betont sachlichen Art, wie er sie vor allem beim Telefonieren pflegte. „Ich habe dir mitzuteilen, dass deine Mutter in der vergangenen Nacht gestorben ist."

Noch bevor in ihm Trauer, Bestürzung oder gar Verzweiflung hätten aufsteigen können – selbst ein bloßes Erschrecken über die Nachricht würde einen Augenblick länger gedauert haben –, befremdete ihn der eiskalte Ton seines Vaters, der ihm herzlos schien.

„Heute früh habe ich den Anruf von der Klinik in Hamburg bekommen und dir dann gleich von meinem Büro das Telegramm schicken lassen. Inzwischen steht auch schon fest, dass die Beerdigung am kommenden Dienstag um zehn Uhr auf dem Ohlsdorfer Friedhof stattfinden wird. Du kommst doch?" Der Konsul wartete erst gar nicht Viktors Antwort ab. „Ich habe für uns Schlafwagen ab Mannheim buchen lassen."

Unpersönlicher geht es ja kaum mehr, dachte Viktor unwillig. Und wie er sich da distanziert! Wie er gleich alles mir zuschieben will – ‚deine Mutter' – als ob das nun allein meine Sache sei und er eigentlich nur als der Übermittler der Nachricht fungiere. ‚In gewisser Weise hat er natürlich recht', beschwichtigte Adam, ‚deine Eltern haben sich schon vor Jahren getrennt, aber sie ist eben immer noch deine Mutter. Du darfst da nicht ungerecht sein, er ist noch nie ein großer Held in mitfühlender Beteiligung oder gar herzlicher Anteilnahme gewesen, da hat er sich stets auf das Äußerste zurückgehalten, aber so verarbeitet er nun einmal seine Gefühle. Je härter ihn ein Ereignis trifft, umso mehr ist er bemüht, seiner Umgebung zu zeigen, dass er nicht im Geringsten betroffen und wie immer Herr der Lage ist.' – ,Vielleicht ist es so, Adam. Aber wer sich Tag für Tag in ein so strenges Korsett zwängt, der wird allmählich tatsächlich so.'

Viktor bezahlte am Buffet sein Telefongespräch und stolperte etwas benommen aus dem Lokal. Er ging auf Umwegen nach Hause, die kalte Luft tat wohl, und je später er in sein Zimmer zurückkäme, desto sicherer würde er den Fragen seine Zimmerwirtin entgehen.

Erst allmählich kam Trauer in ihm auf. Er überlegte, wann es wohl war, dass er seine Mutter zum letzten Mal gesehen hatte, diese stille Frau, die sich stets im Hintergrund gehalten hatte. Das war Jahre her. Über ihre langen Briefe, die regelmäßig zu seinem Geburtstag und zu Weihnachten eingetroffen waren, hatte er sich immer gefreut und sie meistens sogar zwei- oder dreimal gelesen, doch danach war es für ihn jedes Mal arg mühsam gewesen, einigermaßen ausführlich und herzlich genug zu antworten. Aber auch vorher schon, erinnerte er sich, als sie noch zu Hause bei ihnen war, vor seiner Zeit im Internat, war es ihm schwergefallen, ihre besitzergreifenden Zärtlichkeiten wenigstens mit einem angemessenem Lächeln zu erwidern. Waren gar andere zugegen, dann war es ihm gänzlich unmöglich, ihre Küsse und sonstigen Zeichen ihres mütterlichen Stolzes ohne erkennbare Abwehr über sich ergehen zu lassen. Viktor wusste, dass sie unter seiner spröden Art gelitten und manchmal an seiner Sohnesliebe gezweifelt hatte, und so hatte er sich schon vor einiger Zeit fest vorgenommen, ihr bei einer späteren Begegnung, die sicherlich irgendwann stattfinden würde, so zugewandt und so herzlich wie nur möglich zu begegnen, das würde ihm als Erwachsenem nun sicher nicht mehr so schwerfallen. Auch als er kürzlich erfahren hatte, dass seine Mutter wegen einer langwierigen Geschichte ins Krankenhaus gekommen sei, da hatte er sich fest vorgenommen, sie zu besuchen. Sobald er in der Gegend zu tun hätte. Aber warum erst dann, warf er sich jetzt vor. Warum nicht gleich?"

Nun war es zu spät.

Die Trauer, die während seines langen Nachhausewegs nach ihm griff, war nicht diese wilde Trauer, wie er sie nach dem Verschwinden Marias erlebt hatte; nicht diese verzweifelte Trauer, gegen die man sich aufbäumt und die alles mit sich reißt und die immer wieder aufs Neue angreift und erst ganz allmählich erlahmt. Sondern es war jene ganz andere Trauer, diese stumme, stille Trauer, die alles einfärbt auf lange Zeit, dabei nie überhand nimmt, aber auch nie wieder ganz verschwindet.

Erst am nächsten Morgen ging Viktor auf, dass die Beerdigung auf den schon seit Wochen festgelegten Erstflugtermin fiel. Bonse war sichtlich betrübt, als ihm Viktor sagte, dass er am Dienstag nicht zur Verfügung stehen könnte. Er hatte bei Bonse mit weniger Entgegenkommen gerechnet und befürchtet, dass er ihm mit der unerhörten Bedeutung dieses Projekts kommen würde, nicht etwa nur für die AG, sondern für den ganzen weiteren Krieg, schon im Hinblick auf die Landung in England. Aber Bonse versuchte mit keinem Wort, ihn umzustimmen und kondolierte nur verständnisvoll. –

Sein Vater war die Herzlichkeit selbst, als sie sich an der Sperre trafen und dann zusammen zum Bahnsteig gingen und in den Schlafwagen stiegen.

„Wir lassen uns erst noch einen guten Rotwein bringen, man schläft einfach besser bei diesem dauernden Gepolter und Gerüttel die ganze Nacht. – Oh Gott, wie lange haben wir uns nicht gesehen, Viktor!“, sagte der Konsul, als er sich ächzend niedersetzte. Er überschüttete Viktor mit Fragen über sein Wohlergehen und kam mit keinem Wort auf Viktors Mutter und ihren Tod zu sprechen, nicht einmal, um wenigstens pro forma seine Fragerei besser einzuleiten, sondern er war nur begierig darauf, Neues aus Viktors Leben und vor allem über seine *berufliche Tätigkeit*, wie er das etwas gedehnt nannte, zu erfahren. Viktor, der an den traurigen Anlass ihrer Reise dachte, fand das befremdlich und versuchte mehrmals, das Gespräch auf den Tod seiner Mutter oder wenigstens auf frühere Erlebnisse mit ihr zu lenken – vergeblich. Es war wie stets, der Konsul allein bestimmte das Gespräch. Er wollte nur von Viktors Arbeit hören, von seinen Aufgaben bei der DFS. – ‚Ein Mensch, ein Hinterbliebener, der nicht bereit ist, die gebotene Trauerarbeit anzunehmen', meldete sich Adam etwas besserwisserisch zu Wort, ,ja der sie wie der Konsul geradezu verweigert, wird über Dinge reden, die vom Trauerfall so weit entfernt sind wie nur möglich.'

Natürlich erzählte er seinem Vater gern von seinen Aufgaben bei der Deutschen Versuchsanstalt. Der Konsul war ja selbst ein hochgradiger Geheimnisträger, sodass er es mit der Geheimhaltung wohl nicht allzu genau zu nehmen brauchte. Er hoffte dabei nur, dass sein Vater endlich einsehen würde, wie wichtig seine Einfliegerei für die Waffenentwicklung war, und er wiederholte, dass sie sogar von unmittelbarer Bedeutung für den weiteren Kriegsverlauf sein könnte.

Der Konsul ging interessiert mit, was Viktor aus seinen Zwischenfragen ersah und was ihn stolz machte, aber schließlich sagte er etwas steif: „Sicher wird man diese Großraumtransporter, wie du diese Lastensegler nanntest, irgendwo brauchen – natürlich, wieso würde man sie sonst bauen – , aber weshalb sie für den weiteren Kriegsverlauf unmittelbar von Bedeutung sein sollen, wie du meintest, vermag ich nicht zu erkennen."

„Oh, bedenke doch, Papa, die Maschinen gehen nicht an irgendwelche Transportgeschwader, sondern an die Fallschirmjäger, das heißt, an die Luftlandetruppe!", sagte Viktor und machte erwartungsvoll eine kleine Pause, aber der Konsul begriff nicht gleich, und so fuhr er fort: „Wir werden schon bis zum Sommer die ersten fünfzig Stück gebaut haben, und danach geht es rasant weiter. Mit fünfzig Maschinen – oder im Herbst vielleicht schon mit mehr als hundert – können wir im Handumdrehen fünf- oder zehntausend Mann mit voller Bewaffnung auf irgendeiner Hochfläche in England stehen haben, stell dir das vor, fünf- oder zehntausend Mann oder noch mehr! Das sind nicht nur ein paar Regimenter, das geht schon in Richtung Divisionsstärke! Und ein paar Stunden später geht es dann erst richtig los, wenn die ersten Flugplätze in der Nähe freigekämpft sind."

„Sofern sie durchkommen! Immerhin haben die Engländer ein hervorragendes Netz von Funkmessgeräten an ihrer Südwestküste aufgebaut, deshalb ist ja Göring mit seiner Luftschlacht um England mehr oder weniger steckengeblieben, die sollte ja schon letzten Herbst gewonnen sein, stattdessen wird unsere Ausgangslage von Tag zu Tag schlechter! Nach allem, was ich höre, muss diese ,Luftschlacht‘ in Kürze endgültig abgeblasen werden! Ich habe da von General Thomas, dem Chef des Wehrwirtschaftsamts in Berlin, auch so meine Informationen. Und deine langsamen Segler sind sicherlich ohne große Anstrengung schon im Anmarsch abzuschießen – mit jedem Abschluss haben wir hundert oder hundertfünfzig Soldaten weniger.“

„Ja, das stimmt schon, es wird alles von der Erringung der Luftherrschaft oder wenigstens der Luftüberlegenheit abhängen. Aber man darf nicht so schwarz sehen, ich bin da guten Mutes, der Krieg wird genauso weitergehen, wie er bisher gelaufen ist. Mit England wird das genauso klappen, wie es vorher mit Frankreich geklappt hat! Das war ja auch von keinem Menschen für möglich gehalten worden! Und schon gar nicht in diesem Tempo.“

Das Thema Frankreichfeldzug ließ den Konsul sogleich wieder zuversichtlicher dreinschauen. „Was Frankreich anbetrifft, so muss ich allerdings gestehen, dass ich bei Kriegsbeginn die Lage viel zu pessimistisch beurteilt habe. Aber du darfst nicht vergessen, dass in mir noch die Weltkriegserfahrung steckt, da haben wir es vier Jahre lang mit aller Kraft und mit unglaublichen Verlusten versucht und sind bitter hängen geblieben. Und nun ein Feldzug von wenigen Wochen, ein Durchmarsch geradezu!“

„Das war eine unerhörte Leistung und Ergebnis einer brillanten Strategie!“

„Was die einzelnen Panzerverbände anbetrifft, mag das schon stimmen, aber du solltest mal den Dr. Fellgiebel dazu hören!“

„Pah, dieser alte Kommunist!“, lachte Viktor.

„Fellgiebel ist doch kein Kommunist! Der hat eher mit den Sozialdemokraten sympathisiert. Für mich vielleicht ein bisschen zu links, aber doch kein Kommunist!“

„Klar, klar, ist er nicht. Ich habe nur schnell nach einem Wort für einen besonders unerbittlichen Hitlergegner gesucht.“

„Jedenfalls zählt dir Fellgiebel gleich mehrere schwere strategische Fehler auf, die im Frankreichfeldzug von höchster Stelle gemacht worden sind. Alles sehr einleuchtend, muss ich sagen, obwohl ich die Punkte jetzt nicht mehr im Einzelnen wiedergeben könnte. Aber die Quintessenz daraus ist klar: Wir haben den Frankreichfeldzug nicht deshalb gewonnen, weil wir militärisch so tüchtig sind, sondern weil die Franzosen so schwach waren. Die hatten die Nase voll vom letzten Krieg und haben ihre ganze Kraft in ihre Maginotlinie gesteckt und im Übrigen den lieben Herrgott einen guten Mann und den Kampfgeist Kampfgeist sein lassen."

Viktor hörte das nicht so gern, aber vielleicht hatte der Alte recht.

„Jedenfalls", so fuhr der Konsul fort, „ist Hitler in seinem Glauben an sich selbst und an seine Unbesiegbarkeit durch diesen raschen Sieg enorm bestärkt worden! Der Fellgiebel hat da mit diesem Auserwähltheitsglauben, den er bei Hitler diagnostiziert haben will, schon irgendwie recht. Der Mann wird in Zukunft keine Grenzen mehr kennen, weil er gelernt hat, dass ihm alles, was er anpackt, gelingt. Aber da hat er etwas Falsches gelernt. Ich habe das bei uns einmal mit einem jüngeren Direktor erlebt, an sich ein ganz tüchtiger Mann, dem mit viel Glück eine unglaubliche Erfolgsserie in den Schoß gefallen ist, die viele Monate anhielt. Das ganze Unternehmen sprach damals davon, und er galt als der kommende Mann im Konzern, woran er allmählich auch selbst glaubte. Aber in Wirklichkeit war er danach nirgendwo mehr recht einzusetzen, denn er war zu einem Weltmeister in optimistischer Fehleinschätzung geworden."

„Du meinst also, Hitler wird in Zukunft noch mehr riskieren?"

„Natürlich. Es wird für ihn zur festen Gewissheit geworden sein, dass es bei allem auf nichts weiter als auf seine absolute Entschlossenheit und Unnachgiebigkeit ankommt. Der Sieg über Frankreich ist für ihn eine unerhörte Bestätigung in seinem Berufungswahn."

Und weil der Konsul gerne allgemeine Regeln aufstellte, fügte er noch an: „Der Mensch lernt nun einmal sehr schnell. Manchmal viel zu schnell. Und aus Erfolgen gewöhnlich schneller noch als aus Misserfolgen. Und er gibt sich bei diesem Lernen mit einer äußerst schmalen empirischen Basis zufrieden – vier, fünf Fälle nacheinander in der gleichen Richtung genügen, und schon ist er davon überzeugt, sich auf eine Gesetzmäßigkeit verlassen zu können."

Der Konsul machte einen Augenblick Pause, und Viktor wollte über diese Weisheiten nachdenken, doch da fuhr er schon fort: „Aber was wahrscheinlich genauso verhängnisvoll ist, Viktor: Der Generalstab, die Parteispitze, all die Leute in Hitlers näherer Umgebung, sie spüren dessen immer unbeirrbareren Glauben an die eigene Unbesiegbarkeit und machen ihn sich zu eigen. Und andere, die vielleicht ab und zu noch Zweifel hatten, stellen ihre Zweifel immer mehr zurück. Das gilt natürlich über diesen engeren Kreis hinaus für weite Teile des Offizierskorps, schließlich für die gesamte Bevölkerung. Da gibt es immer mehr, die begeistert auf neue Sondermeldungen am Radio warten. Noch nie hatte Hitler eine so große Anhängerschaft und noch nie so viel Zustimmung wie heute nach dem Sieg im Westen, selbst unter den ehemals noch Schwankenden. Sogar die eher Regimekritischen fangen ab und zu schon an, da und dort Beifall zu klatschen!"

Da verstummte er plötzlich und sagte in einem ganz anderen Ton, leiser, fast murmelnd und als ob ihn seine eigenen Gefühle überraschten: „Ich sah es doch an mir selbst! Wie begeistert ich plötzlich von unserem Einmarsch in Paris war! – Ich bin über mich selbst erschrocken! Ich fürchte, Viktor, da steckt in mir immer noch ein verborgenes Stückchen Hurra-Patriotismus von 1914 mit drin." –

Die Beerdigung zog sich endlos hin. Adam tadelte Viktor, weil er mit seinen Gedanken woanders sei – wie meistens, so fügte er noch boshaft hinzu. ‚Nimm dir ein Beispiel an deinem Vater!' – Der saß kerzengerade und konzentriert neben ihm, mit wachen Augen, ernst, aber ohne Anzeichen besonderer Ergriffenheit.

In einem so großen Kreis fiel Viktor das Trauern schwer. Schon sich zu sammeln und bei der Sache zu sein, verlangte immer wieder neue Anstrengung. Aber er war mit seinen Gedanken bereits wieder in Leipheim und Obertraubling.

Zur Stunde würde wohl gerade mit großem Bahnhof dieser offizielle Erstflug stattfinden. Vielleicht war die 321 jetzt gerade in der Luft? Eigentlich war es ihm ganz recht, dass er diesem ganzen Rummel dort hatte entgehen können. Wahrscheinlich hätte Bonse seine punktgenaue Ziellandung exakt neben dem Landekreuz vorher großartig angekündigt und auch sonst noch so Verschiedenes an Prahlereien von sich gegeben, was ihm alles peinlich gewesen wäre. Danach hätte er ihn sicherlich wieder, wie schon früher bei ähnlichen Anlässen, den hohen Tieren aus Berlin wie ein Wunderkind vorgeführt. Von denen musste man sich dann joviale Allgemeinplätze anhören, das kannte er längst, oberflächliches Getue, ein paar

Lobesworte vielleicht, die aber nicht wirklich ernst gemeint waren, und schon stand man dem Nächsten gegenüber und antwortete, wie die ganze Zeit schon, immer wieder mit den gleichen Worten ‚jawohl, Herr General', ‚jederzeit, Herr Ministerialdirektor, selbstverständlich', ‚Danke, Herr Oberst' – und immer wieder ‚danke, danke' und ‚jawohl, jawohl'. Nur selten einmal hatte er in einer solchen Situation echtes Interesse bei seinem Gegenüber verspürt, gewöhnlich gab es Beachtung höchstens für ein paar Augenblicke. Er war eben ein Zivilist und dazu noch einer, der, wie schon an seinem Aussehen und Auftreten leicht erkennbar, weit abseits aller Hierarchien stand, und so war er gewiss nicht einer der Ihren, den man sonst vielleicht sogar ein wenig hätte protegieren können. Oh, wenn die wüssten, dass ich eigentlich verrückt bin, dachte Viktor in einer Art unbegründeter Schadenfreude. ‚So verrückt auch wieder nicht', griff Adam unverzüglich ein, ‚gewiss, du hörst Stimmen – ja und? Was viel schlimmer ist, die hier hören keine Stimmen! Du jedenfalls weißt mit diesen Stimmen umzugehen – es ist im Übrigen nur eine einzige, dazu noch meine, die dir wohl vertraut ist –, und sie ist in ihrer Sachlichkeit und Rationalität gerade für einen wie dich eine große Hilfe, ohne dass ich mich damit jetzt über die Maßen rühmen wollte. Die Stimme hat genau das, was dir am meisten fehlt, mein Lieber, Kritikbereitschaft und genügend Skepsis, um nicht jeder Parole auf den Leim zu gehen – nicht nur politisch gesehen!' – ‚Manchmal, Adam', habe ich das Gefühl, als wäre mein Verstand, jedenfalls der kritische Verstand, ganz zu dir hin abgewandert.' – ‚Jedenfalls wirkst du gelegentlich auf andere Menschen etwas – wie soll ich sagen? – etwas entrückt.' – ‚Vielleicht weil du mich gerade mal wieder störst und auf mich einredest.' – ‚Ich muss ja auf dich aufpassen', lachte Adam. – ‚Na, dann pass mal schön auf!'

Adam sagte nichts mehr. Viktor wandte sich wieder den Trauerfeierlichkeiten zu, spürte aber immer mehr, je länger die Zeremonien gingen, diese Trauer um seine Mutter würde er mit sich allein ausmachen müssen. –

Ein paar Tage später wurde Viktor in der großen Montagehalle ans Telefon gerufen. Es war Bonse, der sichtlich bemüht war, freundlich zu klingen: „Ah, gut dass ich Sie noch in der Halle erreiche, Herr

Zabener! Es sind für Sie zwei Herren da, von der Sicherheitspolizei, die Sie sprechen möchten. Kommen Sie zu mir rüber, ja?“

Sicherheitspolizei? Das ist doch die Gestapo! Die gehört mit zur Sipo, das wusste er von Ludwig. Ob die nach so langer Zeit doch noch etwas von ihm über Maria wissen wollten? Ludwig in Berlin hatte ja damals ein Verhör durch die Gestapo für gar nicht so unwahrscheinlich gehalten. Doch Viktor war nicht etwa erschrocken über den überraschenden Besuch, ihn erfüllte die Aussicht, endlich etwas über Maria zu erfahren.

Bonse nickte ihm aufmunternd zu, als ob er ihm Mut machen wollte, und führte ihn in das Konferenzzimmer nebenan. Dort traf er auf zwei Zivilisten, die sich offenbar gerade etwas äußerst Belustigendes erzählt hatten und nur mühsam wieder zu angemessenem Ernst zurückfinden konnten.

„Entschuldigen Sie bitte“, sagte der Ältere, immer noch schmunzelnd, zu Viktor, „wir haben uns gerade über eine zwar dienstliche, aber dennoch ungemein amüsante Angelegenheit unterhalten.“

Das gibt es also auch, wunderte sich Viktor, lachende Gestapoleute, die sich zu Beginn einer Einvernahme erst einmal entschuldigen.

Die beiden zeigten in routinierter Beiläufigkeit ihre Dienstmarken, viel zu kurz, als dass Viktor Genaueres hätte erkennen können, was ihn aber nicht störte, war er doch nur darauf aus, Näheres über Marias Schicksal zu erfahren.

„Kommen wir zur Sache – sagt Ihnen der Name Jochum etwas?“

„Oh ja, ich war vor Jahren mit ihm zusammen auf dem Hornberg. Ich kenne ihn vom Segelfliegen. Das war ein Lehrgang für Akaflieger. Er kam von der Akaflieg Karlsruhe, ich von den Münchnern.“

Viktor überlegte eine Sekunde, wieso Jochum etwas mit Maria zu tun haben könnte, aber im nächsten Augenblick war ihm klar, dass es hier überhaupt nicht um Maria ging.

„Was wissen Sie über Herrn Jochum?“

„Das ist ein ausgezeichneter Segelflieger. Aber sagen Sie bitte, was ist mit ihm?“

„Das können wir Ihnen im Augenblick gar nicht beantworten“, wich der Gestapomann aus. Wir bearbeiten den Fall nicht selbst, die zuständigen Kollegen haben uns gebeten, für sie ein paar Informationen mit einzuholen. Hatten Sie auch beruflich mit Herrn Jochum zu tun?“

„Nein. Ich weiß nur, als wir uns kennenlernten, war er als Physiker an irgendeinem Institut der Technischen Hochschule Karlsruhe tätig. Später ist er zu Argus nach Berlin gegangen – die bauen Flugmotoren – und von dort kam er nach Kiel zur Germaniawerft.

Doch das schienen die beiden schon zu wissen, vermutete Viktor, weil sich keiner irgendwelche Notizen machte. Erst als der Ältere seine nächste Frage stellte, griff der andere nach seinem Stift und setzte sich erwartungsvoll in Schreibposition.

„Könnten Sie mir bitte einige Personen aus Ihrem Bekanntenkreis nennen, die Herrn Jochum ebenfalls kennen?“

Viktor überlegte und schüttelte dann den Kopf. „Da kämen höchstens welche von dem damaligen Lehrgang in Frage, aber ich habe zu keinem von denen mehr Verbindung.“

Sie erkundigten sich noch nach diesem und jenem und wollten auch über seine gegenwärtige Tätigkeit etwas hören, vor allem auch über seine fliegerischen Aufgaben. ‚Aber das geht euch erst recht nichts an‘, stellte Viktor im Stillen fest und antwortete so nichtssagend wie möglich und verschanzte sich mit jedem zweiten Satz hinter Geheimhaltungsvorschriften. Wahrscheinlich hatten sie testen wollen, ob er seine Geheimhaltungsverpflichtungen genügend ernst nimmt, aber vielleicht entsprangen diese Fragen auch bloß ihrem persönlichen Interesse an der Fliegerei. Danach zogen sie, offenbar nicht einmal besonders unzufrieden über ihre dürftigen Ergebnisse, mit einem lässigen Hitlergruß wieder ab. –

Am nächsten Tag sollte Viktor eine Zweimotorige nach Staaken überführen und machte auf dem Weg nach Griesheim eine Zwischenlandung in Sandhofen, um zu Hause Wäsche auszutauschen. Als er seinen übergroßen Wäschesack zu Lydia, der treuen Seele, in die Waschküche hinuntertrug, hörte er Geräusche drüben aus der Souterrainwohnung.

„Herr Ludwig ist auch da!“, strahlte Lydia.

„Was? Wirklich?“, rief Viktor, und dabei fiel ihm ihr Erkennungspfiff von früher ein, den er schon mindestens zehn Jahre nicht mehr gebraucht hatte. Er trat in den Hof hinaus, und schon beim ersten

Versuch gelang es ihm, die unverwechselbare kleine Melodie, die sich damals Bienchen ausgedacht hatte, einigermaßen wohlklingend und auch laut genug hervorzubringen, obwohl er sich schon lange nicht mehr im Pfeifen geübt hatte. Sekunden später flog drüben die Abschlusstür der Herkommerschen Wohnung auf, und im Türrahmen erschien ein grenzenlos verblüffter Ludwig, der nach kurzem Stutzen über den Hof auf Viktor zulaufen wollte. Aber da erinnerte er sich auch schon an die strengen Regeln, die sie sich damals gegeben hatten, und er hielt lachend inne, um erst vorschriftsmäßig die Erkennungsmelodie zu erwidern, was ihm aber wegen des Lachens nicht recht gelingen wollte. Dann erst fielen sie sich in die Arme.

„Mit dir hätte ich hier am wenigsten gerechnet, Ludwig!"

„Ja, meinst du, ich mit dir? Ich bin gerade aus Wien angekommen, ich muss gleich weiter nach Berlin. Habe hier nur mal kurz Station gemacht."

„Siehst du, genau wie ich. Wenn du willst, kannst du bei mir mitfliegen. Ich will nur in Griesheim etwas ausladen, dann geht's weiter nach Staaken, von dort kannst du mit der S-Bahn nach Berlin reinfahren! Bequemer geht's nimmer."

Ludwig war höchst angetan von der Idee, und Viktor tat es wohl, dass er bei Ludwig mit einem so nützlichen Angebot punkten konnte, und er genoss es, wie beeindruckt Ludwig war, als er hörte, dass sie mit einer großen Zweimotorigen fliegen würden.

„Weißt du, das ist zwar ein Kampfflugzeug, aber die Maschine gehört nicht der Luftwaffe, sonst dürfte ich dich auch gar nicht mitnehmen, sie ist auf Heinkel eingetragen."

In Griesheim staunten die Freunde von der DFS nicht schlecht, dass Viktor einen Offizier der Waffen-SS offenbar als Gast dabeihatte, aber keiner sagte etwas. Viktor kam es gar nicht ungelegen, dass er mit seinem geheimnisvollen Begleiter einen gewissen Eindruck hinterlassen konnte, aber er wollte freilich auch nicht in den Verdacht geraten, ein Hundertfünfzigprozentiger mit allzu engen Beziehungen zur Waffen-SS zu sein, womöglich sogar einer, der eine Rolle spielt beim geheimen Aufbau einer speziellen Fliegertruppe der Waffen-SS, wovon immer wieder einmal gerüchteweise zu hören war.

Östlich vom Harz mussten sie eine Kaltfront durchfliegen, was für Viktor eine ziemlich alltägliche Angelegenheit war, aber Ludwig doch sehr zu schaffen machte. Für eine gute halbe Stunde ging es durch sehr unruhige Luft, Viktor saß unverzagt am Steuerhorn und nickte Ludwig aufmunternd zu, wenn der ab und zu mal zu ihm herschaute, doch Ludwigs Zustand wurde immer elender.

Nach der Landung in Staaken war Ludwig reichlich wacklig auf den Beinen, das sah Viktor schon beim Aussteigen, obwohl sich Ludwig größte Mühe gab, nicht schwach zu erscheinen. Als er wieder auf festem Boden stand, hielt er sich noch einen Moment an der Leiter fest, bevor er die ersten Schritte machte.

„Ich gehe nur noch geschwind zur Luftaufsicht, Ludwig. Setz du dich schon mal ins Flugplatz-Café. Du solltest jetzt erstmal einen heißen Tee trinken!"

Ludwig atmete tief durch und sah Viktor so verzweifelt an, als ob er sicher wäre, dass er sich niemals wieder würde erholen können.

„Los, Ludwig, auf! Die haben einen schönen heißen Tee für dich! Danach sieht die Welt gleich wieder anders aus! Mir bestellst du auch gleich einen mit!"

Sie saßen dann noch eine Weile im Café beisammen, bis es Ludwig allmählich wieder besser ging.

„Von deiner geheimnisvollen Dulcinea hast du wohl nichts mehr gehört?", fragte Ludwig, obwohl ihn das nicht sonderlich interessierte, aber vielleicht wollte er Viktor, auf den er bei diesem Flug doch arg armselig gewirkt haben musste, auch einmal an seine schwachen Stunden erinnern. Viktor schüttelte nur traurig den Kopf.

„Das wundert mich nicht, nach Lage der Dinge", stellte Ludwig sachlich fest.

„Aber von der Gestapo hatte ich trotzdem Besuch!", trumpfte Viktor lachend auf. „Die tauchten zwei Mann hoch in der Firma auf und wollten von mir Näheres über einen alten Bekannten aus der Segelfliegerzeit wissen."

„Und wann war das?", horchte Ludwig auf. „Hast du inzwischen schon mit jemandem darüber gesprochen, vor allem am Telefon?"

„Nee, ich habe nur Bonse, der natürlich neugierig war, beiläufig erzählt, dass sich die beiden Gestapoleute nach einem alten Segelfliegerkameraden erkundigen wollten, dass ich aber keinen Kontakt mehr hätte und nichts Näheres über ihn wüsste."

„Das ist gut, Viktor. Aber pass mir ja auf, rede auch weiterhin nicht darüber, vor allem nicht am Telefon. Bei allen solchen Einvernahmen oder Verhören oder um was es sich bei dir auch gehandelt haben mag, in denen es um irgendwelche dritte Personen geht, nach denen man sich erkundigt oder denen man etwas nachweisen muss, bei allen solchen Gesprächen wird sofort anschließende Telefonüberwachung angeordnet."

„Warum?"

„Ist doch klar: Der Vernommene erkundigt sich natürlich in der nächsten Zeit bei allen möglichen gemeinsamen Bekannten, ob sie etwas Näheres von diesem Mann wüssten, an dem da die Gestapo offensichtlich so großes Interesse hat. Da können unsere Leute dann nicht nur noch Weiteres erfahren, was bei der Einvernahme möglicherweise verschwiegen worden ist, sondern es lässt sich vor allem auch das Netz weiter ausbauen."

„Was für ein Netz?"

„Das ist die Liste oder die Landkarte – das ist dieses ganze riesengroße Geflecht –, wo alle eingetragen sind, die mit dem Betreffenden in irgendeiner Weise in Verbindung stehen."

Viktor war sprachlos.

„Das ist eine der ergiebigsten Methoden, Viktor. Oft wird eine solche Einvernahme überhaupt nur deshalb angesetzt, damit sich danach eine Telefonüberwachung lohnt."

„Hab' aber mit niemandem darüber telefoniert", sagte Viktor, der sich, obwohl er ein reines Gewissen hatte, bereits umstellt fühlte, „und ich kenne auch niemanden, der irgendwie Verbindung mit Jochum hätte." –

Am Abend, nach Viktors Besprechung in Adlershof, trafen sie sich noch einmal zum ‚gemütlichen Teil', wie Viktor es schmunzelnd nannte.

„Wieso gemütlicher Teil, Viktor, war es denn bei deinen DVL-Leuten heute Nachmittag so ungemütlich?"

„Die Tagesordnungspunkte nicht, alles bestens gelaufen, aber es gab da zum Schluss noch eine Personalie –"

„Wie, hast du dich denn auch um Personalfragen zu kümmern? Ich dachte immer, du bist so eine Art freischaffender Künstler, reiner Einzelkämpfer, und fliegst da deine Kunststückchen und gehst danach wieder nach Hause."

„Nein, nein", lachte Viktor, „ich habe auch wichtige Personalfragen zu klären, nämlich meine eigenen." Und dann plötzlich in einem äußerst sachlichen Ton: „Ich habe heute bei der DVL darum gebeten, meine u. k.-Stellung aufzuheben –"

„Bist du verrückt geworden?", fiel ihm Ludwig ins Wort, der sonst immer als engagierter Krieger auftrat.

„Aber damit habe ich bei denen auf Granit gebissen. Erstens ginge das gar nicht so einfach, die DVL stelle nur den Antrag auf die u. k.-Stellung. Und zweitens denke man nicht daran, freiwillig auf mich zu verzichten; das ginge überhaupt nicht, das würde ich doch selbst sehen; ich sollte da mal schön durchhalten."

„Aber sag mal, warum willst du denn deine u. k.-Stellung sausen lassen? Andere wollen da unbedingt rein – und du willst raus?"

„Weil ich das einfach nicht mehr länger aushalte so! Immer öfter kommt's vor, dass ich schief angesehen werde; ‚Drückeberger' hat zwar noch keiner gesagt, aber gedacht. Dass ich nicht irgendwie wegen Krankheit wehruntauglich bin, weiß natürlich jeder; wer fliegen darf, ist natürlich allemal k.v. Das Schlimmste sind für mich die dauernden Anspielungen auf den Einfluss meines Vaters – als ob der meine Einberufung verhindern würde! Da gibt es bei uns einen Fliegerhauptingenieur – du machst dir keinen Begriff! Der Kerl tut nichts anderes, als Formulare auszufüllen und Papiere abzustempeln. Wenn er eine Akte erhält, in der zum Beispiel von der Me 109[5] die Rede ist, dann lässt er sie zurückgehen mit der Bemerkung, das Flugzeug heiße laut der Vorschrift soundso des Technischen Amtes ‚Messerschmitt Bf 109' –‚Bf' für Bayerische Flugzeugwerke – erst seit der Gründung der Messerschmitt AG 1938 hießen die Flugzeuge Messerschmitt, also ‚Me'. Natürlich hat er Recht, dieser Wichtigtuer, aber kein vernünftiger Mensch, weder in der Industrie noch bei der Truppe, hat je von einer ‚Bf 109' gesprochen, das tun bloß diese Bürohengste und diese Archiv-Heinis. Genauso ist es, wenn dieser Pedant jedes Mal, wenn einer bei einem Flugzeug vom ‚Flügel' spricht, dazwischenruft ‚bitte – das heißt Tragfläche!'. Und ausgerechnet dieser Ärmelschoner hat in einer Sitzung, als die Verlängerung der einzelnen u. k.-gestellten Mitarbeiter anstand, bei meinem Namen spöttisch eingeworfen ‚Nun ja, wenn man Zabener heißt – keine Frage!'. So deutlich hat das noch keiner ausgesprochen. Aber denken tun das viele, und genauso tuscheln sie natürlich auch."

„Ach, Viktor, was schert dich das Geschwätz der Leute!"

„Ich kann mich einfach nicht freimachen davon", sagte Viktor gequält, „wir sind doch alle abhängig von der Meinung, die andere von uns haben! Oft genug springt sie sogar auf einen über – kennst du das? Dann fühle ich mich manchmal selbst wie ein Drückeberger." –

5 _ Viktor in der Lusser-Kommission _ Erste Begegnung mit dem Tragschrauber _ Einberufung

Die stundenlangen Besprechungen, wie sie alle paar Tage stattfanden, waren Viktors Sache nicht. Eine Ausnahme allerdings bildeten die ganztägigen Sitzungen der Lusser-Kommission, in die er auf Lussers ausdrücklichen Wunsch hin aufgenommen worden war. Die Kommission hatte sich mit den besonderen Betriebsrisiken der Neuentwicklungen der verschiedenen Hersteller zu befassen und tagte meistens in Berlin im Technischen Amt des Reichsluftfahrtministeriums oder irgendwo im Reich bei einem der großen Hersteller. Bei diesen Sitzungen und vor allem in den Gesprächen in den Pausen war wirklich Neues zu erfahren – und auch manches noch zu lernen, das musste er zugeben. Außerdem kamen ja seine interessantesten Aufgaben und Flugaufträge nach wie vor aus der Ecke Lusser, obwohl Lusser längst nicht mehr bei Messerschmitt war und, wie man hörte, auch Heinkel in Rostock demnächst wieder verlassen würde. Vielleicht hatte Lusser gerade deshalb die neuerliche Sitzung noch einmal bei sich in Rostock anberaumt.

Erst wenige Tage vorher war Rudolf Heß, Hitlers Stellvertreter, zur Überraschung der ganzen Welt von Augsburg nach Schottland geflogen, offenbar um Friedensgespräche anzubahnen, und so war es kein Wunder, dass beim Mittagessen ausgiebig die Frage erörtert wurde, ob das mit Wissen Hitlers, ja womöglich in dessen Auftrag geschehen sei. Schließlich schaltete sich auch Lusser in das Gespräch ein. Für ihn bestand offenbar nicht der geringste Zweifel daran, dass Heß in Hitlers Auftrag oder mindestens mit dessen Wissen geflogen war. Das so offen auszusprechen, war nicht ohne Risiko, weil zu diesem Zeitpunkt die offizielle Version längst festgelegt und öffentlich gemacht worden war, nämlich dass Heß diesen Flug hinter dem Rücken Hitlers, jedenfalls ohne dessen Wissen und vermutlich in geistiger Verwirrung unternommen habe.

„Das macht mir doch niemand vor", polterte Lusser los, „dass man bei Messerschmitt ein zweimotoriges Flugzeug einfach so ausleihen kann wie ein Ruderboot hier beim Bootsverleih unten an der Uferpromenade! Einfach nur mal so! Ich kenne doch weiß Gott den Laden in Augsburg, das ist dort noch schlimmer als hier! Offiziell klappt das schon gar nicht, da müssten viel zu viele Stellen mitreden. Und ganz inoffiziell, ohne jeden Papierkrieg, einfach so unter der Hand, ganz persönlich von Spezi zu Spezi, mag so etwas vielleicht bis Oberstleutnant klappen – oder bis Oberst allerhöchstens. Alles was darüber ist, ist doch viel zu auffällig und löst Rückfragen noch und noch aus. Und ein Reichsminister gar, noch dazu der ‚Stellvertreter des Führers', du meine Güte! Je ranghöher einer ist, desto schwieriger werden solche krummen Touren, verstehen Sie, und nicht umgekehrt, wie die Leute meinen! Für mich gibt es da keine Sekunde des Zweifels, dass die Sache von oben, von ganz oben gedeckt war!"

„Ich verstehe nicht ganz, warum soll denn so etwas umso schwieriger sein, je mächtiger einer ist?", fragte einer der Sitzungsteilnehmer.

„Ha, weil das immer mehr auffällt! Weil immer mehr Leute vom Tross beteiligt sind – Adjutanten, persönliche Referenten, Büroleiter, Sekretärinnen, Fahrer! Weil es für den angesprochenen Gewährsmann im Werk immer gefährlicher wird, die Verantwortung dafür zu übernehmen!", erregte sich Lusser, fuhr dann aber im ruhigen Ton dessen, der eine Einsicht vermitteln will, fort: „Stellen wir uns doch einmal vor, meine Herren, wie so etwas in der Praxis wohl ablaufen würde, dann wird Ihnen das schnell klar: Da ruft das Büro Heß – ein Adjutant oder wegen der Geheimhaltung sogar Heß selbst – in Augsburg an mit dem Wunsch, eine Me 110 zur Verfügung gestellt zu bekommen und zwar ohne Pilot. Der Anrufer wendet sich mit Sicherheit gleich an eine ranghohe Person in der AG, vielleicht sogar an Willy Messerschmitt selbst, den Heß ja gut kennt. Natürlich wird ihm der Wunsch nicht abgeschlagen, natürlich nicht! Sondern er wird höflich entgegengenommen, schnellste Prüfung der momentanen Möglichkeiten wird zugesagt, klar. – Aber was geschieht dann?“

Lusser blickte fragend in die Runde, als ob einer der Teilnehmer die Antwort schon parat hätte: „Nun?“

Und da ihn alle gespannt ansahen, fuhr er selbst fort. „Ich will’s Ihnen sagen. Man ist zunächst einigermaßen ratlos, denn so etwas ist noch nie vorgekommen, und so wird man sich erst einmal beraten, ganz intern unter Direktoren und mit ein, zwei zuverlässigen Bereichs- oder Abteilungsleitern. Oh, ich höre die Herren schon reden: ‚Was sollen wir da bloß machen?‘ – ‚Um Gottes willen, stellen Sie sich vor, da würde etwas passieren!‘ – ‚Da sind dann wir dran!‘ – ‚Hinterher heißt es, wir haben einfach blindlings und ohne Rückfrage ein Flugzeug herausgegeben, gerade mal so, und alle im RLM werden rufen, wie konnten Sie nur!‘ –‚Aber wir können doch nicht einfach sagen: nein, machen wir nicht!‘ – Und so, meine Herren, würde es immer wieder hin- und hergehen.“

Und dann fuhr er in völlig verändertem Ton fort, sodass es fast klang, als ob ein anderer spräche: „Also, meine Herren, nehmen wir mal an, wir hier wären es, die das zu entscheiden hätten, was würden wir tun? – So sicher wie das Amen in der Kirche wäre unser erster Schritt, dass wir in Berlin irgendwo höheren Orts nachfragten. Nicht auf dem Dienstweg freilich, sondern erstmal ganz inoffiziell, fast privat, möchte ich sagen. Da kennt man beispielsweise irgendeinen näher aus dem Umkreis des Generalluftzeugmeisters, oder einer hat einen direkten Draht zu jemand Höherem im Büro des Staatssekretärs – der Milch ist ja ein unerhört mächtiger Mann geworden! Wen immer in Berlin wir auch ansprechen würden, um endlich zu hören, wie wir uns in dieser heiklen Angelegenheit verhalten sollen – bei einer derart unüblichen Anfrage, die aber knistert vor Brisanz, wird unter Garantie keiner dieser Herren die Verantwortung übernehmen wollen. Jeder wird sich nach oben absichern, und in kürzester Zeit wäre unsere Anfrage, und war sie noch so inoffiziell, an höchster Stelle gelandet, möglicherweise sogar bei Hitler selbst, ging es doch um seinen Stellvertreter."

„Ergo", fuhr Lusser fort, „die Aktion wäre von oben gestoppt worden, sobald sie dort bekannt geworden wäre. Zwingend! Es gibt gar keinen anderen Weg! Da sie aber nicht gestoppt worden ist, wie wir alle wissen, kann man getrost davon ausgehen, dass die Führung bestens im Bilde war, und deshalb diese vorsichtige Anfrage aus Augsburg wahrscheinlich auch gar nicht erst erforderlich gewesen ist."

Die meisten Sitzungsteilnehmer schienen Lussers Überlegungen zuzustimmen, und einer sagte nachdenklich: „Heß soll ja kein ungeübter Flieger gewesen sein. War er nicht Kriegsflieger? Und wenn ich recht weiß, hat er sogar vor ein paar Jahren den Zugspitzenflug gewonnen."

„Trotzdem ist es völlig ausgeschlossen, dass Heß eines schönen Tages nach Haunstetten gekommen ist, sich reingesetzt hat und losgeflogen ist – völlig ausgeschlossen! Für die Nicht-Flugzeugführer unter Ihnen: Da waren erst mal etliche Flugstunden für die Typeneinweisung zu absolvieren! Der Vogel hat über 2000 PS! Das geht nicht am gleichen Tag – so ein bisschen gezeigt kriegen und rumprobieren und ab geht die Post –, sondern so etwas ist ein Training und verteilt sich über Wochen!"

„Damit wird die Legende von einem heimlich durchgeführten Flug natürlich noch unwahrscheinlicher", sagte Viktor.

„Eben. Ganz abgesehen davon, dass die 110 für eine derartige Distanz mit zwei auffälligen Zusatztanks ausgerüstet werden musste, was natürlich auch nicht so ganz im Verborgenen zu machen war."

„Man sollte mal die Leute vom Flugbetrieb bei Messerschmitt fragen", schlug Viktor vor, „wie das war mit der Typeneinweisung, wann das Training angefangen hat und so weiter."

„Da bringen Sie mich auf eine Idee, Zabener! Ich muss überhaupt mit verschiedenen Leutchen dort mal reden. Passen Sie auf! Wenn die Gestapofritzen da in den letzten Tagen alle möglichen Leute hochnotpeinlich verhört haben – und das werde ich mit Sicherheit sofort herausfinden! –, dann ist die Initiative zu diesem Flug von Heß ganz allein ausgegangen. Wenn sich aber bis jetzt keiner von der Gestapo blicken ließ, dann war Heß von oben gedeckt, verstehen Sie?"

„Ja, das müsste funktionieren", bestätigte Viktor. „Es sei denn, die sind so schlau und führen ihre Verhöre nur zum Schein durch, eben um die wahre Initiative zu diesem Flug zu verschleiern."

‚Du bist schon fast so gerissen wie Ludwig!', hörte Viktor Adam murmeln. –

Viktor war gegen Ende der Sitzung noch die Aufgabe aufgebrummt worden, bis spätestens zum nächsten Sitzungstermin das von ihm entwickelte Landeschema für die DFS 230 auch an andere Flugzeugtypen anzupassen, in erster Linie an die 321 natürlich, aber auch über die Vorbereitung für weitere Typen sollte er sich schon einmal Gedanken machen. Viktor ahnte, dass ihm bis zum nächsten Treffen in zwei Monaten, vielleicht auch erst in einem Vierteljahr, anstrengende Zeiten mit langen Serien von Testflügen bevorstehen würden.Da hatte er sich mit seinen Landeschemas was eingebrockt!

Beim alten Lastensegler hatte sich ja schon im Westfeldzug gezeigt, dass den Piloten im Ernstfall, und das heißt gewöhnlich in der Aufregung ihres allerersten Einsatzes, eine einigermaßen genaue Ziellandung häufig misslang. Die Flugzeuge standen dann viel zu weit entfernt voneinander und es dauerte zu lange, bis die gelandeten Gruppen, womöglich noch unter feindlichem Beschuss, sich zu einer Kampfeinheit zusammenschließen konnten. Im schlimmsten Fall sind einzelne sogar ganz außerhalb des vorgesehenen Feldes gelandet, sodass bei schwierigen Gelände- und Kampfbedingungen die Soldaten vielleicht erst Stunden später am befohlenen Punkt zur Verfügung standen. Jeder Landeanflug war eben wieder anders, gerade in einem unbekanntem Gelände. Mit seinem Landeschema war das viel besser geworden, das hatte sich gerade erst bei der Luftlandeschlacht um Kreta gezeigt, aber trotzdem sollen die Verluste dort entsetzlich gewesen sein.

Dieses Landeschema war nichts anderes als ein rechenschieberartiges Kärtchen am Armaturenbrett mit einer genau festgelegten Aufteilung des Landeanflugs in exakte Teilabschnitte, dazu einfache Zeittabellen für jeden Abschnitt zum Mitzählen der Sekunden, das Ganze versehen mit ein paar einfachen Korrekturen für Windeinfluss und unterschiedliche Ausgangshöhen. Am Flugzeug sah man nur einige Peillinien an der Frontscheibe und dazu einen Peilstab, nicht stärker als eine Fahrradspeiche, der vorne auf der Schnauze saß.

Bonse war damals fast etwas enttäuscht gewesen, als er ihm seine ersten Papier- und Pappemuster vorgeführt hatte. Aber nun, nachdem sich das Verfahren bewährt hat, kündigte er ihm an, dass er ihn für das Kriegsverdienstkreuz vorschlagen würde.

„Ja nicht, bitte ja nicht", sagte Viktor, „damit würde mein Zivilistenstatus endgültig zementiert!"

„Ihre nächste Aufgabe, Zabener, ist natürlich, das Gleiche schleunigst auch für die 321 zu machen, das wissen Sie ja. Da ist es noch viel wichtiger!"

Viktor zeigte sich wenig begeistert: „Die Serienproduktion ist ja erst so richtig angelaufen, als feststand, dass wir die Luftschlacht um England endgültig verloren haben. Aus ist es mit Luftüberlegenheit oder gar Luftherrschaft! Wozu noch Großraumlastensegler?"

„Vielleicht ändern sich die Zeiten noch einmal, wenn die in Peenemünde[6] weiter vorangekommen sind. Die Inselinvasion steht immer noch auf dem Programm! Und vergessen Sie nicht, inzwischen macht sich unsere 321 als geschlepptes Transportflugzeug an der Ostfront ganz schön nützlich. Das sind ja für den Nachschub inzwischen unerhörte Entfernungen geworden, und der Materialbedarf ist unheimlich! Gerade da könnte übrigens Ihr Landeschema sehr nützlich sein. Immer wieder kommt es vor, dass so ein Transporter beim Landen irgendwo ins Gebüsch rauscht. Denken Sie bei den Riesenentfernungen bitte nur mal an die Zwischenlandungen zum Nachtanken auf irgendwelchen Provinzflugplätzen!"

„Das ist es ja gerade! Das Ganze ist doch ein tot geborenes Kind! Diese Schleppzüge haben eine viel zu geringe Reichweite. Und da sitzen sie dann irgendwo fest und kommen nicht mehr weiter – das habe ich jetzt schon ein paar Mal bei der Truppe gehört. Sprit gibt's zwar meistens noch, aber dann ist oft kein Kuller verfügbar, der noch intakt ist. Und ob dann auch so schnell ein Kran beizukriegen ist oder sonst ein Hebezeug, ist auch noch eine Frage."

„Jaja, stimmt schon. Deshalb werfen sie inzwischen das Fahrgestell schon gar nicht mehr ab."

„Aha“, trumpfte Viktor auf, „also noch einmal eine gute Tonne weniger Zuladung und noch langsamer, also noch mehr Spritverbrauch und noch häufiger zwischenlanden!“

Bonse schwieg. Viktor hatte sich richtig in Rage geredet.

„Aber in Ordnung“, sagte er schließlich, „ich werde mich an die Arbeit machen.“

„Unter uns“, sagte Bonse mit gedämpfter Stimme, „es gibt da noch ganz andere Pläne. Wir haben massenhaft Doppelsternmotoren von Gnôme et Rhône erbeutet, und die produzieren für uns natürlich weiter – drüben läuft schon einer auf dem Prüfstand –, von denen wollen wir vier oder vielleicht sogar sechs in die 321 einbauen – das gibt das größte Transportflugzeug der Welt!“

Viktor, eben noch ganz auf Kritik und Widerspruch eingestellt, ging sofort darauf ein: „Oh, so etwas möchte ich gern auch einmal fliegen!“ –

Lusser war da ganz anders als Bonse. Als er bei einem Besuch in seiner alten Firma im Werk Obertraubling zufällig von Viktors Landeschema hörte, sah er sofort den enormen Sicherheitsgewinn bei allen außergewöhnlichen Landungen.

„Wenn das klappt – das ist ein Sicherheitsbeitrag ersten Ranges, und zwar nicht nur für Lastensegler!“, sagte Lusser zu Bonse. „Darüber muss ich mit Zabener reden! – Verstehen Sie, da spielt auch ein psychologisches Moment eine Rolle, gerade die ganz jungen Piloten fühlen sich mit einem solchen Landeschema einfach sicherer, haben das Gefühl, man hat sie an die Hand genommen, lässt sie nicht allein, gibt ihnen Empfehlungen, ja führt sie regelrecht. Dazu kommt, sie sind dann bei aller passiven Anspannung zusätzlich mit etwas ganz aktiv beschäftigt und müssen die Sekunden mitzählen, müssen abgleichen und einstellen und so weiter, und so wird verhindert, dass sie vor lauter Aufregung die einzelnen Abschnitte zu früh einleiten – denn das ist es doch meistens! Jedenfalls eine ganz hervorragende Sache! Ich habe mit meinen neuen Projekten in Kassel wahrhaftig genug am Bein, aber Sicherheitsthemen interessieren mich immer, auch wegen der ‚Lusser-Kommission‘ – weiß selber nicht, wer die so getauft hat.“

Als Viktor später dazustieß, überfiel er ihn mit dem Vorschlag, der aber eher eine Forderung war, ähnliche Schemas auch für andere Flugzeuge zu erstellen. Viktor schaute ihn etwas verständnislos an.

„Denken Sie an Notlandungen, mein lieber Zabener! Es vergeht kaum eine Woche, in der wir nicht mindestens eine Maschine verlieren, meistens Jagdflugzeuge im Einsatz, oft genug leider mitsamt dem Piloten, weil nach einem Motorausfall die Notlandung missglückt ist. Da haben wir im Prinzip doch genau dieselbe Situation!"

Viktor hatte, ganz gegen seine sonstige Art, nur Bedenken und Einwände. „Ich habe da auch schon drüber nachgedacht. Aber die großen Könner und Routiniers brauchen eine solche Hilfe natürlich nicht – doch genau diese Leute müssten wir auf unserer Seite haben, wenn das was werden soll. Und die Frischlinge haben im Ernstfall dann das Schema doch nicht zur Hand, dafür kommt so etwas viel zu selten vor. Vorher trainieren geht auch nicht, wenn man bedenkt, dass so gut wie immer eine Bauchlandung zu empfehlen sein wird; die Knaben müssten also beim Üben bis kurz vor dem Aufsetzen mit eingezogenem Fahrwerk fliegen, und das Anfliegen im Leerlauf ist noch lange nicht ein Fliegen mit stehendem Motor – Gott, was da alles schief gehen kann! Die Übung wird ja komplizierter als das Verfahren im Ernstfall!"

„Ich weiß, ich weiß", wehrte Lusser ab, „aber ich habe ja was ganz anderes im Auge. Sie kennen das Projekt Raketenjäger?"

„Nichts Genaueres, nur so gerüchtweise."

„Nun tun Sie mal nicht so, Zabener", lachte Lusser, „alle reden sie hier schon darüber. Je höher die Geheimhaltungsstufe, umso größer das Interesse! – Also! Alles, was Sie wissen müssen, sage ich Ihnen jetzt in Stichworten: Es geht um einen reinen Abfangjäger zum Objektschutz; Raketentriebwerk, aber regelbar und abschaltbar." Viktor musste da an den guten Jochum denken. „Zwölftausend Meter Höhe in drei, vier Minuten, reicht also weit über die Einflughöhen der Bomberverbände; im Horizontalflug nahe Schallgeschwindigkeit; Brenndauer bei Höchstleistung so an die zehn Minuten; alles andere Gleitflug, beziehungsweise im Angriff Sturzflug. Sie ahnen schon, worum es mir geht: Die Sache läuft auf eine Landung ohne die Korrekturmöglichkeiten durch einen Motor hinaus, ganz genauso wie bei Ihren Lastenseglern, Zabener. Nur dass sich das hier natürlich bei beträchtlich höheren Landegeschwindigkeiten abspielt."

„So detailliert habe ich das noch nicht gewusst, vor allem wusste ich nicht, dass das Projekt schon so weit gediehen ist."

„Inzwischen heißt das Gerät Me 163, fliegt im Schlepp bereits bestens und ist noch immer ohne Antrieb", lachte Lusser verächtlich. „Nun ja, das soll in Kassel nicht meine Sorge sein, aber was uns qua Kommission beschäftigen sollte, sind die speziellen Risikothemen. Ich sagte schon, das Flugzeug hat eine sehr hohe Landegeschwindigkeit, und da kommt nun verschärfend noch hinzu, dass irgendwelche Leute oben unverständlicherweise immer mehr dazu neigen, ganz junge, wie sie sagen ‚noch unverbrauchte' Flugzeugführer draufzusetzen."

„Ah, jetzt verstehe ich, Sie denken sicherlich da auch an ein genau angepasstes Landeschema, wenn es so weit ist?"

„Wenn es so weit ist, sagen Sie? Es ist so weit! Schempp-Hirth hat zu Trainingszwecken einen Habicht mit verkürzten Flächen in einen ‚Stummelhabicht' umgewandelt. Statt dreizehneinhalb Meter Spannweite gibt's eine Version mit acht und eine mit sechs Metern. Der Habicht, das ist doch schon immer Ihr Lieblingsflugzeug gewesen! Die 6-Meter-Version hat ziemlich genau die Eigenschaften einer leergebrannten 163. Die sollten Sie sich schon mal vornehmen! An die endgültigen Zahlenwerte der 163 haben wir das Landeschema dann schnell angepasst. Mich interessiert im Moment vor allem eines: Ist das überhaupt eine sinnvolle Lösung mit diesen ganz jungen und unerfahrenen Piloten? Geht das überhaupt? Und wie kann man sie unterstützen? – Das ist meine Aufgabe für Sie."

„Wie viel Zeit haben wir? Oder anders gefragt: Wann geht die Me 163 in Serie?"

„Keine Ahnung! Ich glaube, es gibt kein Projekt, an dem dermaßen lange herumgedoktert wurde, wie diesen Raketenjäger. Es ist ja auch nie mit dem nötigen Nachdruck betrieben worden. Wissen Sie, ein übliches Jagdflugzeug als Bomberbegleitschutz – das bedeutet Angriff, Angriff ist heldenhaft. Die Luftwaffe als die Speerspitze der Wehrmacht! Aber ein Jagdflugzeug als Abfangjäger, der zu nichts anderem zu gebrauchen ist als zu einem örtlichen Objektschutz, ein langweiliger Verteidiger also, das passt nicht in das Bild von der glorreichen deutschen Luftwaffe! Erst so nach und nach ging den Herren Strategen auf, dass die Luftangriffe der Engländer allmählich doch noch gefährlich werden könnten, und plötzlich schrieen alle nach einem Abfangjäger. Aber der brauchte seine Zeit. Und dann kam ja noch diese Riesensauerei mit dem Walter-Triebwerk dazu, das hat uns schwer zurückgeworfen."

„Wieso, was war da?"

„Wissen Sie das denn nicht? Sabotage noch und noch, und zwar nicht irgendwie von außen, sondern vom Projektleiter selber! Der Mann hat sein eigenes Projekt um Monate, ja um Jahre verzögert! Der Raketenmotor würde schon längst einwandfrei laufen, aber der hat immer wieder daran herumgespielt, zum Beispiel Querschnitte und Strömungsgeschwindigkeiten verändert, obwohl sie in Ordnung waren, Ventile umgebaut, die einwandfrei funktionierten, und allen möglichen Kokolores reinkonstruiert. Klassische Sabotage! Hunderte von Prüfstandversuchen, aber das Triebwerk lief und lief nicht richtig, manchmal ist es nach seinen Änderungen sogar schlechter gegangen als vorher. Aber in Kiel bei Walter hat sich halt kein Schwein um das Projekt wirklich gekümmert. Die waren mit ihren U-Boot-Antrieben beschäftigt und haben den einfach machen lassen. Die Sache flog nur deswegen auf, weil er an einen englischen Agenten die kompletten Pläne weitergegeben hat, die aber dann an der spanischen Grenze abgefangen worden sind. Aber damit hatte sich der Kerl selbst einen Strick gedreht, denn siehe da, die ganzen Fehler, die er nach und nach eingebaut hat, waren in diesem Zeichnungssatz nicht mit drin! Bekloppter kann man's nicht einrichten! Aber das war eben ein verbissener Fanatiker! Sabotage allein genügte dem nicht, er musste außerdem noch Landesverrat üben. Das war ein Fanatiker, wie er im Buch steht; er soll keinen Pfennig Geld genommen haben, nicht einmal für seine Auslagen."

Viktor wusste sofort, dass nur von Jochum die Rede sein konnte.

„Haben sie ihn geschnappt?"

„Klar. Schon vor zwei Monaten. Inzwischen ist er hingerichtet worden, Fallbeil, zack! Die haben da kurzen Prozess gemacht."

Die Nachricht von der Hinrichtung Jochums traf Viktor heftig, aber mehr noch beschäftigte ihn dessen Verrat. Dass Jochum nie ein überzeugter Nationalsozialist gewesen ist, das wusste er ja längst. Da gibt es ja so manchen, und er musste an seinen Vater denken, bei dem es in dieser Hinsicht ja auch gelegentlich ein wenig fehlte. Und auch ich selbst, sagte sich Viktor, bin in vielem zu skeptisch, als dass ich bei genauerer Prüfung als einwandfreier Volksgenosse gelten könnte, das liegt wohl an meinem Elternhaus. Aber dem eigenen Land so in den Rücken zu fallen und dem Feind zu helfen, das hätte er Jochum nicht zugetraut. Jochum ist auf die schiefe Bahn geraten, wohl durch schlechten Einfluss, denn er hielt ihn im Grunde immer noch für einen anständigen Kerl. Erst nur Hitlergegner – nun ja, dachte er, das gibt es sicherlich öfter –, aber dann Saboteur und schließlich Vaterlandsverräter. –

In einer Sitzungspause der Lusser-Kommission, die diesmal in Berlin im Ministerium tagte, hatte Lusser Viktor Zabener zu einem kurzen Gespräch nach draußen gebeten. Lussers neuer Assistent, den er seinen Adjutanten nannte, war mit dabei.

„Wissen Sie", erklärte er dem im Beisein von Viktor, als sie auf dem Korridor auf und ab gingen, „wir sollten bei diesen Risikobewertungen stets auch an die sich daraus ergebenden Ausbildungserfordernisse denken! Und da ist mir unserem Herrn Zabener sein Urteil als Flieger enorm wichtig. Er ist für mich vor allem zuständig, wenn es bei einem neuen Typ darum geht, was der Pilot mindestens können muss oder können sollte – und was im Vergleich dazu der durchschnittlich ausgebildete Pilot vermutlich bereits kann und was nicht. Und ob das, was fehlt, noch nachtrainiert werden kann. Da sollten wir uns nicht auf das verlassen, was uns die Werkspiloten der Hersteller dazu erzählen – das sind ja alles Artisten, die kommen mit den tückischsten Biestern zurecht, und hinterher meinen sie dann noch, das müsste eigentlich jeder schaffen, wenn er nur richtig eingewiesen worden ist."

„Natürlich ist unser Herr Zabener ebenfalls ein Artist", fügte er in freundlichem Spott noch hinzu, „ein ganz gewiefter noch dazu", wobei er Viktor zulächelte, „aber er weiß eben auch genau, was dem normal ausgebildeten Piloten Schwierigkeiten bereiten wird, und deshalb kann er schon im Voraus sagen, wie die Unfälle aussehen werden. Das haben wir ja bei der 321 gesehen!"

Damit wandte er sich direkt an Viktor und legte ihm im Gehen die Hand auf die Schulter: „Ja, und aus eben diesem Grunde, wie ich es gerade meinem Adjutanten erläutert habe, möchte ich Sie bitten,

Herr Zabener, sich mal um die neue Fa 330 zu kümmern. Wissen Sie, was das ist?“

„Eff aa?“, fragte Viktor unsicher zurück, „nicht Fw, Focke-Wulf?“

„Den Focke haben diese Brüder schon vor Jahren herausgeekelt, aber auf seine Hubschraubererfahrungen wollten sie dann doch nicht ganz verzichten, und so hat er sich dann mit Achgelis zusammengetan, wissen Sie, dem Kunstflieger, und jetzt entwickeln die, nicht weit weg vom Werk in Bremen, in Delmenhorst Hubschrauber – eben: FA, Focke-Achgelis. Oder richtiger gesagt, sie entwickeln Drehflügler, denn diese Fa 330 ist ein Tragschrauber, kein Hubschrauber.“

Viktor wusste Bescheid. Tragschrauber, das sind diese Autogiros, wie sie auch heißen, die können nicht wie die Hubschrauber senkrecht starten und landen, sondern brauchen immer etwas Horizontalgeschwindigkeit, aber sie können unglaublich langsam fliegen und darum reichen ihnen schon ein paar Meter zum Starten und zum Landen.

„Ich will von Ihnen wissen, wie die Fa 330 zu fliegen ist, vor allem von nur wenig geschultem Personal, und wie Sie den Schulungsbedarf einschätzen.“

„Bin selber gespannt, man kann nicht genug Flugzeuge kennenlernen“, sagte Viktor.

„Ja, dann mal los! Sie müssen sich in Delmenhorst nach dem Vorort Hoykenkamp durchfragen, Focke-Achgelis kennt in Delmenhorst keiner – ganz kleine Bude –, die schicken Sie sonst alle zu Focke-Wulf.“

„Ich muss aber erst noch Darmstadt Bescheid sagen. Neuerdings brauchen sogar wir als Zivilisten für alle Dienstreisen einen Marschbefehl.“

„Habe ich alles schon geklärt, die waren natürlich sofort einverstanden. Ich werde Sie bei Focke-Achgelis avisieren.“ –

Ein mittelgroßer Hangar am Rande einer Wiese, die zur Not als kleiner Flugplatz durchgehen könnte, und eine stillgelegte Margarinefabrik, das war die ganze Firma. Was er dann in der Halle zu sehen bekam, eingezwängt zwischen ineinander geschachteltem Fluggerät verschiedenster Herkunft, war auf den ersten Blick nur ein Gewirr aus ein paar Alustangen und Stielen, Stäben und Holmen, allerlei Spanndrähten und Zügen, dazu ein mickriges Sitzchen mit Anschnallgurten, und darüber ein Rotor mit drei Flügeln, bei denen man, wie bei einem halb verhungerten Hund, die Rippen zählen konnte, die sich durch die Bespannung durchdrückten. Doch alles war sauber in hellem Mattgrau lackiert und offenbar schon durchaus ernst gemeint, denn auf dem Seitenleitwerk – ein anderer Platz wäre nicht zu finden gewesen – prangte bereits das Balkenkreuz.

So also sah dieser Tragschrauber aus – Viktor war enttäuscht. Das Ding war von einer grandiosen Einfachheit. Ein Motor war nicht zu entdecken, im Rotorkopf allerdings schien einiges an Ingenieurkunst zu stecken.

„Und was wollen Sie mit diesem Gestell? Viermotorige Bomber abschießen?", fragte Viktor seinen Begleiter. Der schien an solche Bemerkungen schon gewöhnt zu sein, denn er reagierte mit keiner Miene auf Viktors Spott, sondern blieb unverändert freundlich und begann engagiert mit seinen Erläuterungen.

„Bei dieser Konstruktion handelt es sich, wenn Sie so wollen, um ein Aufklärungsflugzeug, und zwar um einen speziellen Nahaufklärer für die Kriegsmarine."

Viktor schaute ungläubig auf das einfache Gerät, das, wenn man vom Rotor absah, vor ihnen mehr am Boden lag, als dass es gestanden hätte.

„So einfach es gebaut ist, es könnte kriegsentscheidend werden, sage ich Ihnen! Dabei wiegt es gerade mal 75 Kilo! Es wird wie ein Drachen hinter einem U-Boot hergezogen und vergrößert die Sichtweite, die vom U-Boot aus vielleicht fünf Seemeilen beträgt, auf mehr als 50 Kilometer bei klarer Sicht, denn jetzt sitzt der Ausguck plötzlich 150 oder 200 Meter hoch überm Wasser. Denken Sie auch an die Erdkrümmung! Oder wenn Sie es auf die Fläche beziehen: Wenn das normale U-Boot eine Fläche von vielleicht 80 Quadratkilometer einigermaßen überwacht, kontrolliert es jetzt von einem einzigen Standort aus einen Seeraum von über 8000 Quadratkilometer, also das Hundertfache!"

Nun ja, dachte Viktor, da hat er die Zahlenverhältnisse wohl ein wenig geschönt, aber er begriff sofort und fragte auch schon weiter: „Wie hoch ist die erforderliche Mindest-Anströmgeschwindigkeit?"

„Acht Meter in der Sekunde."

„Nur? Das ist fantastisch! Und wie schnell fährt so ein U-Boot? Reicht das denn?"

„Ohne Weiteres. Der U-Boot-Typ IX D 2, für den das Gerät vorgesehen ist, läuft schon in gewöhnlicher Marschfahrt fast 20 Knoten! Überwasserfahrt natürlich. Das reicht dicke. Schwierig wird es nur bei zu starkem achterlichen Wind. Also bei ‚Wind von hinten' oder ‚Schiebewind', wie Sie als Flieger wohl sagen würden."

Am Nachmittag hatte Viktor Gelegenheit, ‚das Dings da', wie er es nur noch nannte, selbst auszuprobieren. Ein Exemplar, das zur Schulung späterer Piloten vorgesehen war und deshalb Räder hatte, wurde aus der Halle geholt und dann mit ihm als Pilot von einem leichten Lastwagen wie ein Drachen Runde für Runde um den kleinen Flugplatz gezogen. Viktor war begeistert über die niederen Geschwindigkeiten, mit denen das alles funktionierte, brauchte doch der Lastwagen kaum schneller als ein Radfahrer zu fahren, und er war begeistert, wie mühelos das Steuern ging – eine Spielerei! So einfach wie die ganze Konstruktion, so einfach war auch die Handhabung.

Er flog mal höher, dann wieder ganz niedrig, in ‚Bierflaschenhöhe', wie er konstatierte, was sich fast auf eine Handbreit genau einhalten ließ; er scherte mal weit nach links, mal weit nach rechts aus, stieg und sank dabei, und die zwei Leute vom Werk, die auf der Pritsche des Lastwagen saßen, konnten erkennen, wie ihm dieser Schleppflug so richtig Spaß machte. Aber viel mehr als dieses Auf und Ab und dieses Ausscheren nach rechts und links ließ sich im Schlepp nicht veranstalten, und so wurde ihm die Sache bald langweilig. Er damit begann, eine liegende Acht nach der anderen zu fliegen, mal eine größere, dann wieder lauter kleinere Achten, schnelle und langsame, und dann eine so groß, wie es mit dem verhältnismäßig kurzen Schleppseil nur möglich war. Vom Lastwagen aus musste genau zu beobachten sein, dachte Viktor, dass er bei seinen komischen Flugbewegungen mit der Schnauze des Flugzeugs jedes Mal exakt eine liegende Acht beschrieb, eine nach der anderen.

Tatsächlich waren die Leute von Focke-Achgelis hinterher hell begeistert. So etwas hatte mit ihrem kleinen Flugzeug noch keiner gemacht.

„Nun ja, große Möglichkeiten hat man im Schlepp ja nicht", sagte Viktor zum Abschied, „aber beim nächsten Mal mache ich euch im Flug einen Knoten in euer Schleppseil!" –

Lusser schien erleichtert, als er von Viktor hörte, wie unglaublich leicht dieser kleine Tragschrauber zu fliegen sei.

„Dann wäre wohl auch diese letzte Hürde bald genommen. Das freut mich für Focke! Es ist auch höchste Zeit, dass mit den U-Booten etwas geschieht, im Nordatlantik haben wir immer größere Verluste und die Beute wird immer magerer! Da wäre das neue System wahrscheinlich auch gar nicht so geeignet, aber in der Arabischen See und im Indischen Ozean könnten wir damit den Engländern die Nachschubwege ganz schön blockieren! Die U-Boote sind vielleicht unsere letzte Chance, wenn wir England in die Knie zwingen wollen."

„Mit der Luftwaffe haben wir's nicht geschafft –"

„– jedenfalls bis jetzt nicht", korrigierte Lusser, und es klang niedergeschlagen, „jedenfalls nicht im ersten Anlauf."

Es entstand eine kleine Pause, die Adam für eine kurze Bemerkung benutzte: ‚Mit seiner Aussicht auf einen zweiten Anlauf will er Hoffnung machen, aber er scheint sich seiner Sache selbst nicht mehr so sicher zu sein. Wo er doch inzwischen bei Fieseler die tollsten Geheimwaffen entwickelt, Flügelbomben gegen England, Marschflugkörper sagt man auch.'

„Aber da wird noch so manches kommen!", setzte Lusser nach. Das klang fast drohend, aber Viktor spürte, dass die Gedanken an den Fortgang des Krieges und an seinen ungewissen Ausgang für Lusser etwas Quälendes hatten. Wohl deshalb fuhr Lusser mit etwas ganz anderem fort, nicht ohne Vorwurf in der Stimme.

„Sie haben sich in Delmenhorst noch ein wenig mit Kunstflug vergnügt, wie ich höre?", fragte er spitz.

„Kunstflug kann man das nicht nennen, so am Schleppseil hängend."

„Doch, doch, mein Lieber, Ihre Figur, von der mir am Telefon berichtet wurde, war die Andeutung von so einer Art ‚Lazy Eight', und die ist, wenn sie wirklich exakt und ganz symmetrisch geflogen wird, eine der schwierigsten Figuren überhaupt", belehrte ihn Lusser, der in jungen Jahren selber ein erfolgreicher Kunstflieger war.

Als Viktor darauf antwortete, hatte Lusser im ersten Augenblick den Eindruck, dass er ablenken wollte, aber dann sah er, dass Viktor doch beim Thema blieb.

„Das einzige spezielle Betriebsrisiko, das ich bei der Fa 330 sehe, besteht darin, dass einer aus purem Übermut zu heftig drückt, also die Schnauze allzu plötzlich senkt, womöglich noch aus einer Schräglage heraus, so, wie ich das bei meinen liegenden Achten jedes Mal, wenn ich die Schnauze wieder senken wollte, ganz vorsichtig probiert habe. Macht das einer zu doll, dann wird der Rotor augenblicklich abgebremst, der Auftrieb ist weg und er bleibt weg, und das Ding haut's auf der Stelle runter. Daher diese liegenden Achten, die ich geflogen habe!"

„Aha, verstehe – gut. In Ordnung."

„Aber sonst, meine ich, kann man nach einer kurzen Trockenschulung im Autoschlepp jeden draufsetzen, der seine fünf Sinne beisammen hat. Vielleicht ganz nützlich, wenn er vorher ein bisschen Segelflug getrieben hat, muss aber nicht sein. Es könnte beim Personal eher das umgekehrte Problem geben, dass man nämlich einen erfahrenen Flugzeugführer, den man irgendwo übrig hat, draufsetzt. Der wird dann derart unterfordert sein, dass er pennt, statt Ausschau zu halten. Oder er macht Unfug, weil er sich langweilt, und fällt dabei runter." – ‚Du hast schon immer dazu geneigt', schob Adam an dieser Stelle ein, ‚dich um Dinge zu kümmern, die dich eigentlich nichts angehen!'

„Nun ja, das hat nicht unsere Sorge zu sein", sagte Lusser. Sie schreiben mir doch bitte einen kurzen Bericht fürs Technische Amt, ja? Über die leichte Bedienbarkeit und so und die vergleichsweise geringen Ausbildungsvoraussetzungen und so weiter?" –

Viktor fühlte sich auf der Höhe seiner Einfliegerkarriere. Man brauchte ihn, man hörte auf ihn, sein Wort hatte Gewicht. Auch mit seinen Arbeiten am Stummelhabicht kam er gut voran und freute sich auf die Arbeit mit der Me 163, wenn auch das Triebwerk dazu noch immer fehlte. Doch als er nach einer Dienstreise wieder zurück nach Obertraubling kam, lag sein Einberufungsbefehl in seinem Postfach, nachgesendet von der alten Sekretärin seines Vaters, der ‚Tante Irma', mit ein paar lieben Zeilen auf einem Laufzettel des

Konzerns und der Bemerkung: „Oh weh, ich glaube, da ist Dein Gestellungsbefehl drin!"

Viktors Überraschung verwandelte sich schnell in eine eigentümliche Mischung aus Bestürzung und Triumph. Bestürzt aber war er eigentlich nur wegen der unangekündigten Plötzlichkeit, mit der das freie Leben nun sein Ende finden sollte, und vielleicht kam auch noch ein Hauch Enttäuschung dazu, weil seine Auftraggeber offenbar doch nicht so bedingungslos an ihm festhielten, wie sie immer betonten – hätten ihm ja vorher was sagen können von der Aufhebung der u. k.-Stellung! Aber größer als Schreck und Bestürzung war der Triumph. Jetzt würde er endlich dieser Geringschätzung entgehen, wie sie allen Zivilisten galt und die er letzten Endes sogar dann noch spürte, wenn er zum Beispiel bei Neuentwicklungen als Experte mit irgendwelchen Militärs zu tun hatte – obwohl er doch in solchen Fällen, so könnte man sagen, dann als ‚Ausbilder der Ausbilder' hinzugezogen worden war.

Da besann sich Adam wieder einmal auf Grundsätzliches. ‚Es ist schon eigenartig, tatsächlich siehst du ja wirklich nicht sehr soldatisch aus in deiner saloppen Kluft und mit deinem nicht gerade militärischen Haarschnitt, das stimmt schon. Und entsprechend gering wirst du natürlich eingeschätzt, von jedem, der dich sieht, ganz automatisch, und manche halten dich vielleicht sogar für einen kleinen Drückeberger – das kann man verstehen in so einem Militärstaat, da wird jeder sofort irgendwie eingestuft, je nachdem, ob er eine Uniform anhat oder nicht. Aber jetzt kommt das eigentliche Phänomen: Obwohl du natürlich weißt, dass du kein Drückeberger bist – und ja wirklich einen ganz schön harten Einsatz an den Tag legst – und obwohl es dir selbst natürlich völlig wurscht ist – völlig wurscht! –, was die Leute von dir halten, hast du dir in Wirklichkeit das alles längst zu eigen gemacht und deine Drückebergerposition akzeptiert, das merkst du nur nicht! Sonst würdest du dich nämlich jetzt nicht so darüber freuen, dass du eingezogen wirst. Anstatt den Barras zu verfluchen! Du siehst ja in deiner Einberufung fast einen Sieg!'

Viktor sprach zunächst mit niemandem über sein baldiges Verschwinden, erst als es am Ende einer dieser langweiligen Besprechungen unter dem Punkt Einsatzplanung plötzlich um neue Termine ging, zu denen er schon Soldat sein würde, informierte er die Runde.

Bonse war empört: „Seit wann wissen Sie das? Warum haben Sie nicht gleich etwas gesagt? Das ist jetzt in der kurzen Zeit kaum mehr hinzukriegen!"

Viktor sah sofort die Gefahr, dass Bonse mit seinen Interventionen alles gefährden könnte. ‚Spürst du', fragte Adam, der einfach nur Recht behalten wollte, ‚wie verrückt du bereits darauf bist, endlich eingezogen zu werden?' Bonse beendete die Sitzung ziemlich abrupt, offenbar wollte er sogleich etwas unternehmen.

„Ich kenne den Spinner noch aus meiner Darmstädter Zeit", sagte der Fliegerhauptingenieur im Aufstehen zu Bonse, als Viktor schon draußen war, „und ich verstehe nicht, warum Sie gerade auf ihn so großen Wert legen. Ich habe so meine Zweifel, ob es gut ist, wenn bei Besuchen aus Berlin jedes Mal dieser schlampige Zivilist zum Empfang mit angeschlichen kommt."

„Doch, doch! Wen wollen Sie sonst nehmen? Bei ihm können wir sicher sein, dass es klappt. Denken Sie doch nur an die Vorführung der verschiedenen Starthilfsraketen bei der 321 neulich. Oder an die neuen Bremsschirme. Stellen Sie sich vor, da ginge etwas daneben! Das wäre für die Projektgegner, die's ja immer gibt, ein gefundenes Fressen!"

„Jeder ist ersetzbar! Lassen Sie den Zabener ruhig ziehen!"

„Der Mann kann nirgendwo nützlicher sein als im Versuch. Für draußen ist er viel zu sensibel. Da wird er versagen."

„Ach was, der Mann braucht sein Fronterlebnis! Erst dann wird er normal."

„Dazu ist er einfach zu vielseitig ausgebildet, der fliegt ja alles! Als was wollen Sie ihn denn einsetzen? Als Jagdflieger? Wo Sie ihn auch hintun, das ist die reine Verschwendung. Der ist absolut überqualifiziert!"

„Für die Jagdfliegerei kann einer gar nicht hoch genug qualifiziert sein!" –

Auch Lusser, von Bonse wegen seiner guten Verbindungen zur Luftwaffenführung informiert, setzte von Kassel aus alle Hebel in Bewegung, um Viktor zu halten.

„Wen ich auch anspreche", meldete sich Lusser schon am nächsten Tag telefonisch, „ich bekomme stets die gleiche Antwort: Wenn der Stellungsbefehl erstmal rausgegangen ist, ist die Maschinerie kaum mehr aufzuhalten, schon gar nicht, wenn dann nur noch eine Woche Zeit ist! Dabei bin ich mit Ihnen, mein lieber Bonse, durchaus der Meinung, dass wir Herrn Zabener natürlich unbedingt halten sollten. Warum sind Sie nicht früher gekommen?"

„Ich habe das doch auch erst gestern erfahren."

„Sofort mit der Aufhebung der u. k.-Stellung hätten wir uns rühren müssen!"

„Die u. k.-Stellung ist ja nicht von uns beantragt gewesen. Zabener gehört zur DVL in Berlin und ist über die DFS in Darmstadt an uns ausgeliehen."

„Mein Gott, ist das wieder kompliziert! Das schaffen wir nie in den paar Tagen!"

„Ich glaube auch nicht, dass das noch zu schaffen ist."

„Wir hätten das früher wissen sollen."

„Und jetzt ist es zu spät!"

Und so war es dann auch. Viktor, den man so dringend gebraucht hätte, verschwand in der Namenlosigkeit der Rekrutenausbildung in einer heruntergekommenen Kaserne bei Posen. –

6_Viktors Scheitern im Fronteinsatz

Am Abend traf sich Major Wolf, der Kommandeur der II. Gruppe des Geschwaders, mit seinem Freund Hannes Löb, der die III. Gruppe befehligte, im Offizierskasino. Es war notdürftig in einem ziemlich verwahrlosten Gebäude eingerichtet worden, in dem vermutlich einmal die Büros der Flugplatzverwaltung untergebracht waren, worauf die da und dort noch erkennbaren Türschilder in kyrillischer Schrift hindeuteten.

„Hat doch auch seine Vorzüge, wenn beide Gruppen mal zusammen auf einem Platz liegen, nicht? Sonst hat man sich ja manchmal wochenlang nicht gesehen", sagte Hannes Löb und ließ sich mit einem behaglichen Ächzen in den abgeschabten Sessel neben Wolf sinken.

„Unterschätze nicht das Risiko dabei, Hannes. Wir liegen im Moment mit sechs Staffeln auf einem einzigen Platz, das gab's noch nie in Frontnähe! Wir sind zwar verhältnismäßig weit hinten, aber wir könnten für den Iwan doch ein ziemlich interessantes Ziel abgeben."

„An so was hätte letztes Jahr auf dem Vormarsch noch kein Mensch gedacht! Du hast recht, das könnte ungemütlich werden."

„Drum will jetzt der Alte auf allen Plätzen des Geschwaders eine Sitzbereitschaft tagsüber einrichten, wie ich gerade hörte, bei uns hier sollen es sechs Maschinen ständig sein."

Löb hob die Hand und ließ sie resigniert zurückfallen. „Mensch, wenn ich da an unser Schlösschen in Saint-Valery denke! Und nur eine einzige Staffel am Platz, damals am Kanal, weißt' noch? Das war noch komfortabler gewesen als in Dresden-Klotzsche! Und jetzt das hier dagegen."

„Übrigens, heute Nachmittag sind bei uns die Neuen von der Ergänzungsstaffel eingetroffen."

„Und, wie sind sie?"

„Ordentlich. Anständig, lieb. Vielleicht noch ein bisschen ahnungslos in ihrem Eifer. Da kann man noch gar nichts sagen."

„Du, der Alte kann das! Der sieht das sofort – phänomenal! Als er noch Gruppenkommandeur war, da mussten jedes Mal die Neuen einzeln bei ihm antanzen. Ich war zwei- oder dreimal mit dabei, um ihm die Personalakten vorzulegen und die Einträge zu machen und so. Er unterhielt sich dann ganz leutselig und sogar richtig interessiert mit ihnen und verklickerte jedem den besonderen Geist, der in seinem Haufen herrschen täte. Die kamen selber gar nicht groß zu Wort, die meisten waren ja doch etwas verdattert, aber sie brauchten auch gar nichts weiter zu sagen, er hatte trotzdem hinterher von jedem sein genaues Bild. ‚Fällt auf die Fresse', sagte er dann zu mir, wenn der wieder draußen war, ‚fällt auf die Fresse' auch nach dem nächsten; manchmal aber auch ‚au, der könnte was werden' oder ‚hoffentlich kommt er durch, bis er so weit ist'. Doch dann folgte sicherlich wieder einer mit ‚fällt auf die Fresse'."

„Ist ja brutal!"

„Aber das ist schließlich das, was ihn vor allem interessiert – was bringt uns der Mann, wird er sich bewähren? – Bei einem besonders schneidigen Ankömmling, einem Oberleutnant, keine Ahnung, wo der herkam, jedenfalls gab er sich großartig wie am Abend nach einer Ritterkreuzverleihung, da sagte er hinterher nur zu mir: ‚Obacht, Löb, das ist ein Durchdreher'. – Und genau so war es dann auch! Der drehte bei jeder Gelegenheit total durch, wurde auch schon bald abgelöst, und die anderen mit der miesen Prognose, dass sie auf die Fresse fallen, die gingen tatsächlich schon in den ersten Wochen verloren, so oder so."

„Das ist ja gespenstisch."

„Manchmal sieht es fast so aus, als würden aus dem ganzen Haufen exakt die unsicheren Kantonisten herausgeschossen."

„Ja, da ist was dran. Die überleben die ersten zehn, fuffzehn Feindflüge nicht. Schaffen sie die, dann werden ihre Chancen von Mal zu Mal besser. Vor allem, wenn's vielleicht schon bald zu einem ersten Erfolg kommt."

„Die traurigsten Fälle, find' ich, sind immer die, wenn's nicht mal bis zur Feindberührung reicht, und die Jungs schon vor dem ersten Feindflug runterfallen!"

„In letzter Zeit werden die Start- und Landeunfälle mit den Neuen immer häufiger."

„Weil sie eben immer miserabler ausgebildet sind!", erregte sich Löb. „Dabei ist es eine alte Sache, ein Luftkampf wird, wie ich immer sage, in erster Linie durch das fliegerische Können entschieden."

„Diese Pressluftschulung! Das ist nicht zu verantworten, was diese Armleuchter in der Wilhelmstraße da machen! Was sie sparen an Zeit und Geld, das zahlen wir beim Nachschulen hier dreifach wieder drauf!", erregte sich Wolf. „Die Jungs haben doch schon mit dem Flugzeug allein mehr als genug zu tun!"

„Vor allem dauert's dann bei uns unter Einsatzbedingungen viel länger, bis sie reif sind – wenn sie's überhaupt werden!"

„Diesmal ist bei den Neuen ein Einflieger mit dabei."

„Wie – aus Rechlin?"

„Nein, von der Deutschen Versuchsanstalt, also ein ziviler Flugzeugführer ursprünglich, Zabener heißt er. Schon ein paar Jahre älter als die andern Neuen, fast schon in unserem Alter. Merkwürdigerweise ein Oberfähnrich, trotz dieser Beförderungssperre."

„Wahrscheinlich brauchte er nur eine stark verkürzte Ausbildung zu durchlaufen – was wollen die dem fliegerisch noch beibringen? – und hat gar nicht die ganze Ochsentour durchmachen müssen."

„Scheint jedenfalls als Flieger große Klasse zu sein. Mit dem werden wir diese Sorgen nicht haben!" –

Für Viktor Zabener ging der erste Tag mit Klamottenausgabe, Sitzproben, Anpassungsarbeit und viel Papierkrieg dahin. Am Platz war nicht viel los. Gegen Abend startete eine Rotte mit irgendeinem Auftrag, Viktor sah ihr nach, viel zu lange und ganz so, wie er vielleicht vor zehn Jahren schon Flugzeugen nachgeblickt hatte.

Tags darauf war in aller Frühe Staffelexerzieren angesetzt. Die Staffelkapitäne sollten sich ein Bild von den Neuen in ihrer Staffel machen und dabei zugleich ihre alten Leute, die zum Teil aber auch erst seit kurzer Zeit im Geschwader waren, weiter im Training halten. Viktor flog rechts neben dem Staffelkapitän, der anfangs häufig zu ihm herüberschaute und ihm ab und zu freundlich zunickte. Weiter hinten schien es nicht so gut zu klappen, der Staffelkapitän wandte sich mehrmals nach links um und gestikulierte. Was er dazu in sein Kehlkopfmikrofon hineinsprach, war nur schlecht zu verstehen, da würde er sich noch besser einhören müssen, dachte Viktor. Er spürte, wie es seinen Blick immer wieder spähend in Richtung Hauptkampflinie zog – die Front war noch weit weg, aber man konnte nie wissen.

Es folgten alle möglichen Manöver im Verband, vor allem immer wieder Formationsänderungen. Schließlich tauchte der Staffelkapitän mit ein paar kurzen Rufen, die Viktor wiederum nur schlecht verstand, steil nach unten weg, ein anderer Oberleutnant übernahm die Führung, und als sie ein paar Minuten später landeten, sah Viktor den Staffelkapitän bereits in der Nähe des Landekreuzes stehen, um die Landungen zu beobachten. Der Staffelkapitän schien von dem, was er da sah, nicht sonderlich angetan und verordnete allen noch ein paar Platzrunden mit Ziellandung. Danach nahm er sich jeden einzelnen zum ‚Kurbeln' vor, wobei es darum ging, den ‚Gegner' zu ‚wickeln', wie der Ausdruck hieß, das heißt, sich durch allerlei Manöver, vor allem durch fortgesetztes enges Kurven möglichst rasch hinter ihn zu setzen, um so in eine günstige Schussposition zu gelangen.

Am Abend – Viktor war schon dabei, sich in seiner Stube ein Abendbrot zu richten – nahm ihn sein Staffelkapitän mit ins Offizierskasino nebenan. Viktor war erst vor kurzem Oberfähnrich geworden, und fühlte er sich unter den vielen Offizieren verschiedenster Dienstgrade eher fehl am Platz. Ein Oberfähnrich ist eben weder Fisch noch Fleisch, dachte er, was schon aus seiner Uniform zu ersehen war. Ein Oberfähnrich hatte zwar die Schulterstücke eines Oberfeldwebels, doch trug er bereits das braune Koppelzeug und die Schirmmütze mit der silbernen Kordel der Offiziere, und während alle Unteroffiziersdienstgrade eine breite silberne Tresse entlang der Kragenkante trugen, hatte ein Oberfähnrich wie die Offiziere nur eine feine silberne Kordel als Paspelierung um den Kragen.

Sein Staffelkapitän führte Viktor wie eine teure Neuerwerbung vor und prahlte mit dessen ‚astronomischer Zahl an Flugstunden als Einflieger', wie er es nannte. Die Prahlerei war Viktor peinlich, aber es brachte ihm bei den Offizieren sogleich ein gewisses schulterklopfendes Wohlwollen und allseitiges Interesse ein.

„Ein guter Jagdflieger ist in erster Linie ein perfekter Flieger", sagte ein Hauptmann gönnerhaft, „insofern bringen Sie die allerbesten Voraussetzungen mit."

„Ein Luftkampf wird in erster Linie durch das fliegerische Können entschieden", stimmte Major Löb, der auch zugegen war, mit seinem Standardsatz zu. „Das präzise Schießen, das ergibt sich dann schon."

‚Ich weiß nicht', ließ sich da Adam gedämpft vernehmen, ‚ob da nicht noch viel mehr dazu gehört, beispielsweise ein unstillbares Jagdfieber – davon leben die doch hier alle. Sonst würde doch keiner von denen durchhalten.' – ‚Von diesem Jagdfieber habe ich bei mir noch nichts verspürt', antwortete ihm Viktor im Stillen. – ‚Gibt's aber! Wenn die ein feindliches Flugzeug am Himmel sehen, und sei es auf ihrem allerersten Feindflug, dann sind sie durch nichts mehr aufzuhalten – nicht einmal durch den strikten Befehl, gefälligst im Verband zu bleiben.' – ‚Ja, davon hörte ich auch schon mal.' – ‚Ist ihr Jagdfieber erst einmal erwacht, können sie einfach nicht mehr anders, als sich draufstürzen – aus denen sind die Erfolgreichsten von allen geworden!'

Viktor konnte sich dieses Jagdfieber nicht vorstellen, so sehr er auch immer wieder versuchte, sich in eine solche Situation hineinzuversetzen. Nicht dass er Angst gehabt hätte vor der ersten

Feindberührung, die ihm bevorstand. Oft spielte er im Kopf die möglichen oder mindestens die wahrscheinlichsten Formen der Begegnung durch, und er war sich dabei eigentlich sicher, dass es ihm im Luftkampf gelingen würde, sich schneller als sein Gegner in die richtige Schussposition zu bringen. –

Als nach dem Abendessen die meisten wieder gegangen waren, saßen Wolf und Löb noch beisammen.

„Dein neuer Oberfähnrich wird ja beachtet wie selten noch ein Neuzugang von der Jagdschule."

„Weil sie alle die fliegerische Konkurrenz ahnen."

„Das kann dem allgemeinen Niveau nur guttun", sagte Löb und fing dann wieder mit seiner alten Leier an: „Nirgends kommt es auf das fliegerische Können, auf die fliegerische Beweglichkeit und Gewandtheit im Raum mehr an als beim Jagdflieger. Dabei kriegen die heute bei der Ausbildung nicht einmal mehr die geringste Kunstflugeinweisung!"

„Heute Mittag kam sein Staffelkapitän, der Kessler –"

„Der von vorhin?"

„Natürlich, kennst du ihn denn nicht? Jedenfalls, Oberleutnant Kessler, der Staffelkapitän von diesem Zabener, kam heut Mittag ganz aufgelöst vor lauter Begeisterung zu mir. ‚So etwas habe ich noch nicht erlebt', erklärte er mir kopfschüttelnd und strahlte dabei. ‚Schon bei den paar Platzrunden, die ich meine Neuen erst mal fliegen ließ – dieser Zabener setzte doch als Einziger jedes Mal exakt neben dem Landekreuz auf, und zwar metergenau! Aber was ich da sonst so gesehen habe!', jammerte er, ‚zwei von den Neuen sind vor lauter Aufregung so schnell reingekommen, dass sie durchstarten mussten. Von allen hatte Zabener natürlich die bei weitem kürzeste Ausrollstrecke', schwärmte der Staffelkapitän weiter, und von Viktors Fliegen im Verband war Kessler fast noch mehr begeistert, es sei eine Lust, mit dem Burschen zu fliegen! ‚Ich habe noch nie einen Kaczmarek[7] gehabt', meinte er, auch unter Einsatzbedingungen nicht, der so perfekt seine Position eingehalten hat. Wie festgenagelt flog er bei allen möglichen Manövern neben mir her, so etwas habe ich auch bei unseren erfahrensten Hasen noch nicht gesehen!' – Kessler hat hinterher, wie er mir erzählte, mit allen noch ein bisschen gekurbelt, aber das sei eine Katastrophe gewesen. ‚Ich kann Ihnen jetzt schon sagen', meinte er, ‚in welcher Reihenfolge sie abgeschossen werden! Von denen bleibt keiner übrig! Aber der Zabener – der Knabe hat mich doch zweimal glatt gewickelt! Mich auszukurbeln, das hat bis jetzt noch keiner geschafft! Ich wette, der wird unsere neue Größe im Geschwader!' –

Wegen Engpässen beim Treibstoffnachschub und ungünstigem Wetter vergingen noch Tage, bis es zu einem ersten Einsatz kam. Doch der Einsatz betraf Viktor allein. Vom Heer war der dringende Hilferuf eingegangen, eine Brücke im nahen Hinterland des Gegners zu zerstören. Über sie flösse ununterbrochen fast der gesamte gegnerische Nachschub für diesen Frontabschnitt, und dem in allernächster Zeit zu erwarteten Angriff sei nur standzuhalten, wenn es gelänge, den gegnerischen Nachschub zu stoppen. Stukas seien mal wieder nicht verfügbar, und so hoffte man auf die Hilfe des Jagdgeschwaders.

Das Mindeste für eine solche Brücke sei eine 500-Kilo-Bombe, stellte ein Hauptmann aus Löbs Gruppe fest, der in solchen Fragen als besonders sachkundig galt, weil er erst kürzlich von einem Kampfgeschwader zur Jagdfliegerei gekommen war. Löb, der die Aufgabe schon auf seine Gruppe zukommen sah, sträubte sich sofort.

„Ja – wenn unsere neuen Maschinen schon da wären! Unsere alten Mühlen sind nur für 250 Kilo vorgesehen. Maximal!"

‚Dieses Maximal bedeutet: basta', erläuterte Adam flüsternd.

„Dann lasst uns eben mit unseren Mitteln angreifen! 250-Kilo-Bomben sind ja genügend da", meldete sich ein zufällig anwesender Fliegerhauptingenieur von der Werft, die am gleichen Platz lag.

Löb reagierte gereizt: „Was heißt ‚lasst uns' – wieso ‚uns'? Die Werft muss bestimmt nicht mit angreifen!"

Der bombenkundige Hauptmann dagegen blieb gelassen und erläuterte dem Fliegerhauptingenieur fast ein wenig zu sanft und geduldig: „Wenn eine SC 500, also eine 500-Kilo-Bombe zur Zerstörung eines Punktziels ausreicht, dann heißt das noch lange nicht, dass Sie die gleiche Wirkung erzielen können mit zwei oder auch vier 250-Kilo-Bomben."

Ein Waffenmeister hatte inzwischen vermeldet, dass im nahen Munitionsbunker auch 500-Kilo-Bomben für die Stukas lagerten, aber Löb, sonst eher ein Draufgänger, sträubte sich immer noch: „Wir sollten uns da draußen halten! Viel zu gefährlich!“

Wolf war weniger abweisend. „Wir müssen den armen Schweinen vorne irgendwie helfen. Ich kann mich dunkel erinnern, ich habe irgendwo von einem solchen Einsatz gehört. Wir sollten mindestens mal beim Geschwader nachfragen, ob da entsprechende Erfahrungen mit 500-Kilo-Bomben vorliegen.“

Die Antwort ließ nicht lange auf sich warten: In Sonderfällen zulässig; Startbahnlänge mindestens 900 Meter, danach hindernisfrei; sonst keinerlei Munition mitführen, Bordwaffen soweit möglich ausbauen; Träger muss abgeändert werden; Mindesttreibstoffbedarf errechnen plus 15 Minuten.

„Aber der Platz ist noch zu weich“, rief Löb, „ich möchte das nicht verantworten!“

‚Hast du gehört, wie er ‚ich‘ betont hat?‘, fragte Adam Viktor leise. ‚Das soll heißen, man kann es vielleicht mal probieren, aber ich möchte da nicht die Verantwortung tragen.‘

Große Begeisterung allerdings war nirgends zu spüren, und alle blickten zu Wolf, der erkannte, dass nun er an der Reihe war. Wolf überlegte. Man sah, wie er nachdachte: Das konnten nur die Leute seiner Gruppe sein, die er da an sich vorüberziehen ließ.

„Den Alten möchte ich das im Moment nicht zumuten, wenn's geht. Die sind total abgeflogen durch dieses ganze Gewürge in den letzten Wochen. Die Neuen haben fliegerisch nicht die Erfahrung. Der Start ist nicht einfach! Und danach ist der Mann ganz auf sich allein gestellt!“

‚Pass auf! Das läuft auf dich zu‘, zischte Adam noch.

Dann schaute Wolf zu Viktor: „Diese Aufgabe ist wie geschaffen für Sie!“

Alle schienen erleichtert.

„Ich lasse meine Maschine entsprechend vorbereiten, Herr Major“, sagte Viktor ohne jede Regung. –

Als Viktor am nächsten Morgen in aller Frühe durch das nasse Gras auf sein Flugzeug zuging, ließ der erste Wart schon den Motor warmlaufen. Das Heranschaffen der Bombe aus dem Munitionsbunker im Morgengrauen war für das Bodenpersonal der Staffel eine ungewohnte Aufgabe und hatte sich endlos hingezogen, aber nun konnte es allen nicht schnell genug gehen. Auch Major Wolf tauchte auf, was Viktor nicht erwartet hatte, fragte aber nur ‚alles klar?' und nickte ihm dabei freundlich zu.

Bei Wolf standen noch einige andere Offiziere. Sie unterhielten sich zwanglos und es schien, als seien sie zufällig hier zusammengetroffen, aber Viktor war sich sicher, dass sie den Start beobachten wollten.

Viktor rollte sehr langsam, die Offiziere schauten inzwischen alle her, und sein erster Wart hob mehr winkend als grüßend die Hand. Viktor wollte bis in die hinterste Ecke des Platzes rollen, um eine möglichst lange Startstrecke vor sich zu haben, und es fiel ihm selbst auf, wie respektvoll er rollte. Die mächtige Bombe unter dem Rumpf ließ, solange das Spornrad noch am Boden war, keine große Bodenfreiheit mehr übrig, und so war er auf dem weichen und auch unebenen Platz unwillkürlich bestrebt, jedes stärkere Einfedern zu vermeiden.

Auf dem Weg zum Startpunkt war es ihm noch gar nicht so deutlich geworden, aber nun, nachdem er auf volle Leistung ging, spürte er schon nach wenigen Sekunden, dass der Platz doch noch etwas ‚klebrig' war, wie man sagte, und nicht so fest, wie er angenommen hatte. Aber das Flugzeug wurde dann doch allmählich leichter, und als er die rechte Geschwindigkeit zum Abheben erreicht hatte und die Platzgrenze unübersehbar näherkam, tat er etwas, was er früher höchstens einmal an Flugtagen vorgeführt hat: Ohne sichtbar zu steigen, zog er das Fahrwerk ein. Das sieht äußerst spektakulär aus, wenn da plötzlich das Fahrwerk verschwindet und sich das Flugzeug trotzdem, rasch schneller werdend, nah am Boden weiterbewegt. Einer der älteren Hauptleute unter den gespannt Zuschauenden hatte auch sogleich ausgerufen: „Der soll mal keine Kunststücke machen mit seiner Bombe unterm Bauch!"

Viktor freilich ging es in seiner Not nicht um ein Spektakel, sondern er musste so schnell wie möglich Fahrt aufholen, also die Geschwindigkeit erhöhen, um mit seiner schweren Bombe über die bewaldeten Hügel, die bald nach Platzende begannen, mit genügend Reserve hochziehen zu können. Und eben dieses Fahrtaufholen geschieht am raschesten, wenn das Flugzeug nicht gleichzeitig noch steigen muss und wenn es sich dabei außerdem auf das Luftkissen legen kann, das sich zwischen Flügel und Erdboden bildet; denn da kann es dann ganz flach, also mit einem geringeren Luftwiderstand geflogen werden. Die Gefahr der Bodenberührung ist groß, aber Viktor, ein so sensibler Pilot, spürte zuverlässig, wenn er auf diesem Luftkissen aufliegt und ließ sich von ihm tragen ohne hineinzutauchen.

So geschah es dann auch. Nahe der Platzgrenze hatte er genügend Fahrt aufgenommen, um trotz seiner großen Last in einen Steigflug überzugehen, der vom Boden aus geradezu mühelos wirkte, zumal er es sich leisten konnte, ihn sogleich mit einer weiten Rechtskurve zu verbinden.

Viktor dagegen dachte, so fliegt sich eben eine Bleiente, und ließ seine weite Kurve allmählich ausklingen, um genau auf Kurs zu gehen, wie er ihn vorher errechnet hatte. Das war sein erster Feindflug! Aber er war nicht aufgeregt, wie er befürchtet hatte, nicht einmal sonderlich angespannt.

Bald schon überflog er die Hauptkampflinie – die schlafen wohl noch alle da unten, dachte er. Die Straße zur Brücke, nichts weiter als eine breite, zerfurchte Rollbahn, die sich laut Karte kerzengerade zum Fluss hinzog, hatte er trotz des starken Dunstes schnell gefunden. Er flog parallel zu ihr, nicht sehr hoch, und hatte sie durch die linke Seitenscheibe gut im Blick. Sie war leer und auch auf der Brücke würde so früh am Morgen wahrscheinlich noch nicht viel los sein. Die Sicht allerdings betrug nur zwei oder drei Kilometer, und er würde, wenn nachher die Brücke auftauchte und er im direkten Anflug werfen könnte, bis zum Ausklinken der Bombe höchstens noch 15 oder 20 Sekunden Zeit haben.

Nach ein paar Minuten, die sich endlos hinzuziehen schienen, aber doch ziemlich genau nach seiner Berechnung, tauchte dann im Dunst die Brücke auf. Mit je einer leichten Links- und Rechtskurve versuchte er, sich möglichst genau über die Straße zu setzen, dann nahm er das Gas etwas zurück und senkte die Schnauze, bis er über die lange Motorhaube hinweg die Fahrbahn der Brücke in ihrer vollen Länge vor sich liegen sah. Die Richtung stimmte haargenau.

Vom Beginn der Brücke an hatte er noch eine knappe halbe Sekunde zu warten – dann löste er aus.

Im selben Augenblick aber – die Bombe musste im gleichen Moment ausgeklinkt worden sein, und er wollte gerade damit beginnen, die Schnauze wieder hochzunehmen und abzudrehen –, in diesem Augenblick sah er für den Bruchteil einer Sekunde eine Gestalt in höchster Eile einen kleinen Wagen quer über die Fahrbahn schieben.

Trotz seiner Sicherheitshöhe spürte er die Wucht der Explosion und im Abdrehen und Hochziehen warf er in Schräglage über die Schulter noch einen Blick zurück. Sein Auftrag war erfüllt, unter einem gewaltigen Rauchpilz erkannte er im Qualm die schwere Zerstörung. Jedoch das letzte Bild vor dem Abwurf, die flüchtige Gestalt auf der Brücke, beschäftigte ihn ungleich mehr, vielleicht gerade deshalb, weil er diese Gestalt nur so kurz und unvollständig gesehen hatte.

‚Das war eine Frau', sagte Adam, und seine Stimme klang hart – nicht gerade anklagend zwar, aber unerbittlich.

Viktor sah das Bild noch vor sich; Adam hatte recht, der lange Rock, fast bis zum Boden.

‚Der Wagen – das war ein Kinderwagen.'

Ja, das konnte sein, ein Kinderwagen mit diesen altmodischen großen Rädern. Die Frau hatte sich im Rennen weit nach vorn gebeugt und sich auf den Rand des Kinderwagens gestützt, als ob sie das Kind im Wagen schützen wollte. Je länger er versuchte, sich Einzelheiten in Erinnerung zu rufen, desto mehr verschwamm das Bild im Unbestimmten und umso stärker lud es sich mit immer bedrängenderen Gefühlen auf.

Als er gelandet und auf seinen Platz zurückgerollt war, sprang er nicht übermütig aus der Maschine, wie das sonst Besatzungen tun, wenn sie Erfolg hatten, sondern er blieb benommen sitzen, bis sein Wart kam, auf die Fläche stieg und fragte, ob alles in Ordnung sei. –

In der Nacht wurde er von bösen Träumen geplagt. In verwirrenden Zusammenhängen erschien eine Brücke, eben diese Brücke, die aber nicht zu zerstören war, obwohl er immer wieder neue Bomben auf sie warf, und über die, als er sie dann doch zerstört hatte, der

Nachschub unverändert weiterfloss; danach tauchte dieser altmodische Kinderwagen wieder auf, der nur schwer zu schieben war, weil diese großen dünnen Räder tief in den weichen Boden des Flugplatzes einsanken. Im Kinderwagen hörte er leises Weinen, und als er vorsichtig das Wolldeckchen zurückzog, sah er eine grinsende 500-Kilo-Bombe darin liegen, die ihren roten Zünder tief in dass kleine Kopfkissen hineingedrückt hatte.

Am nächsten Tag gab es für Viktors Staffel schon am frühen Morgen einen Alarmstart. Weiter im Norden habe eine Anzahl russischer Erdkampfflugzeuge die Hauptkampflinie überflogen und dringe ins Hinterland ein, vermutlich um die dortigen Panzerbereitstellungen zu beharken.

Viktor klemmte sich in seine Position neben dem Staffelkapitän als dessen Rottenflieger. Nachdem sie in aufgelockerte Gefechtsordnung übergegangen waren, war er es, der als Erster im Norden die russischen Flugzeuge entdeckte, die wesentlich tiefer als sie Richtung Westen flogen. Es war wohl schon eine zweite Welle, die Ersten mussten inzwischen schon wieder auf dem Rückflug sein. Der Staffelkapitän nahm sofort die Fahrt heraus, soweit es nur ging.

„Wir sind etwas zu nah drauf für diese Höhe!“, sagte er und erläuterte mit ein paar Worten seinen Plan für einen Angriff aus der Sonne heraus. Dann drehten sie, immer noch langsam fliegend und sinkend, allmählich auf den Westkurs der Russen ein, bis diese dann, wenn auch tiefer, genau vor ihnen lagen. Dabei kam es ihrem Plan entgegen, dass die Russen deutlich schneller flogen als sie.

„Es sind IL-2!“, meldete Viktor. Sie mussten immer noch etwas warten und sanken weiter. Der Staffelkapitän blickte mehrmals nach hinten Richtung Sonne, die noch nicht sehr hoch stand, und peilte nach vorn. Er wartete noch immer zu.

„Die IL-2 heißt bei uns der ‚eiserne Gustav‘“, sagte der Staffelkapitän, wie um die Anspannung des Wartens zu überbrücken, was Viktor natürlich längst wusste, hatten sie sich doch in der Lusser-Kommission ausführlich mit der Konstruktion dieses Flugzeugs befasst. Es war stark gepanzert, aber nicht etwa einfach mit Panzerplatten versehen worden, wie man das bis dahin gemacht hat. Sondern um eine einzige zusammenhängende stählerne Wanne, in der alle beschussempfindlichen Teile ihren Platz fanden und die zugleich als tragende Einheit diente, war das übrige Flugzeug herumgebaut. Das führte bei erträglichem Gewicht zu einem hervorragenden Schutz für Motor, Besatzung und Treibstofftanks, so dass der ‚Eiserne Gustav' nur schwer abzuschießen war.

„So", rief der Staffelkapitän unvermittelt, womit Viktor klar war, dass es im nächsten Augenblick losgehen würde,

„– und beim Anflug immer gut in der Sonne bleiben! Zabener übernimmt den ganz rechts."

Dann brüllte er angriffslustig sein „Horrido!" und stürzte sich mit seiner Staffel auf die russischen Flugzeuge. Viktor, schräg rechts hinter ihm, nahm wie befohlen die rechte Maschine ins Visier. Sie wurde rasch größer, der Bordschütze hatte noch immer nichts gemerkt. Viktor wollte noch etwas näher rankommen, da zerplatzte die Maschine links daneben, vom Staffelkapitän getroffen, in einem gleißenden Feuerball. Viktor, nur auf sein Ziel konzentriert, erschrak bis ins Mark – jetzt spätestens hätte auch er schießen müssen, eine bessere Position konnte es nicht mehr geben, aber er war für einen Moment wie gelähmt und zog nur knapp über den Gegner hinweg, wobei er im anschließenden steilen Wegsteigen einige Treffer in den Flächen kassieren musste.

Der Staffelkapitän jubelte über seinen Erfolg, doch der Jubel war nur kurz, denn sogleich begann eine große Kurbelei, und wenige Minuten später schoss er, von Viktor getreulich gedeckt, noch eine weitere Maschine ab. Dann war es an der Zeit, wegen der schwindenden Treibstoffvorräte nach Hause zu fliegen, ohne nochmaliges Sammeln und jeder für sich allein auf dem kürzesten Weg. Zwei andere Maschinen in ihrer Nähe wackelten mit den Flächen, um anzuzeigen, dass sie ebenfalls einen Abschuss hatten erzielen können. Der Staffelkapitän war außer sich vor Freude, und im allgemeinen Händeschütteln nach der Landung schlug er Viktor, als ob der nur Pech gehabt hätte, tröstend auf die Schulter und rief: „Das nächste Mal dann!"

‚Hatte er nicht bemerkt, dass du gar nicht geschossen hast?', fragte Adam.

Sein Wart untersuchte bereits das Flugzeug wegen der Einschüsse in den Flächen, und der Waffenwart, der schon wieder nachmunitionieren wollte, fragte überrascht: „Hatten Sie denn Ladehemmung?"

In der folgenden Nacht wurde Viktor erneut von einem Traum gequält, der ihm endlos schien. Er hatte wieder dieselbe IL-2 wie beim letzten Mal vor sich, war in bester Schussposition und wollte schießen, aber er hatte Ladehemmung, die Maschinenkanone sagte kein Wort. Er flog in größter Eile zurück, ließ die Bewaffnung durchsehen, flog schnellstens wieder zum Luftkampf hin, der immer noch unverändert tobte, wollte schießen, hatte wieder Ladehemmung, musste zurückkehren – und so ging es in einem fort. Der Luftkampf endete nie, und stets, wenn er wieder ankam und schießen wollte, hatte er Ladehemmung.

Der Traum gab vor, wie es weitergehen sollte. –

Fast täglich waren Einsätze zu fliegen, aber wegen des trüben Wetters kam es nur selten zu einer Feindberührung. Begegneten sie doch einmal feindlichen Flugzeugen, die meistens in Frontnähe und in viel geringerer Höhe operierten, weil sie gewöhnlich zur Nahaufklärung unterwegs waren, so schickte der Staffelkapitän, sofern es nicht größere Verbände waren, nur eine Rotte oder Kette zu ihnen hinunter und beobachtete von oben das Geschehen. Immerhin gelangen so der Staffel innerhalb weniger Tage drei weitere Abschlüsse.

Viktor war selbst überrascht, dass meistens er es war, der die feindlichen Flugzeuge als Erster sah. So meldete er einmal, sie waren schon auf dem Heimflug, „Zielobjekt in Richtung drei, westlich der Hauptkampflinie, geringe Höhe“ und konnte trotz der Entfernung auch gleich dazusagen, dass es sich um eine Rata handelte, was ihm ein Lob des Staffelkapitäns in Form eines ‚Prima, Zabener!‘ einbrachte.

Sekunden später hatte der Staffelkapitän das Ziel auch aufgefasst und rief: „Los, Zabener, gleich drauf! Das ist eine gute Gelegenheit! Cäsar deckt!“

Viktor erschrak weder über den überraschenden Befehl, noch war er aufgeregt. Augenblicklich löste er sich aus dem Verband und begann seinen Angriff.

Viktor kannte die Rata genau, aber nur auf dem Papier. Sie war bei Beginn des Russlandfeldzugs, schon da veraltet, der russische Standardjäger, aber da die Russen völlig überrascht waren, wurden die Ratas in den ersten Tagen zu Hunderten schon am Boden zerstört. Die Rata, offiziell hieß sie I-16, bestand vor allem aus einem riesigen Sternmotor, an den sich ein gedrungener kurzer Rumpf anschloss. Weil der Rumpf so kurz war, richtete sie, wenn sie so dastand, ihre Schnauze viel steiler in die Luft als andere Flugzeuge und machte schon am Boden den Eindruck unerhörter Wendigkeit. Keinesfalls sollte man sich auf einen Kurvenkampf mit ihr einlassen, denn sobald eine Kurbelei losging, war sie dank ihrer Wendigkeit überlegen, und man tat gut daran, sein Heil in der Flucht zu suchen, was dank der viel höheren Steigleistung und Geschwindigkeit seiner 109 nicht schwierig war.

Viktor holte im steilen Sinkflug gewaltig Fahrt auf und nahm das Gas zurück, um nicht zu schnell zu werden. Immer noch stark angedrückt, setzte er sich hinter die Rata, die unverzagt geradeaus weiterflog und im Reflexvisier rapide größer wurde. Er wollte keinesfalls zu früh schießen, sondern sichergehen und erst im letzten Augenblick, aber dafür mit wenigen präzisen Schüssen den Gegner treffen, und so zögerte er noch einen Augenblick und noch einmal einen kleinen Augenblick, und da war er auch schon über das Ziel hinweggeschossen, und er spürte, obwohl es nichts mehr zu schießen gab, dass er immer noch zögerte. Nicht, dass er nicht hätte schießen können – nur, er zögerte eben im entscheidenden Augenblick, und wenn er einmal am Zögern war, dann zögerte er zu lange. Man konnte auch sagen, wenn er einmal zögerte, konnte er sich nicht mehr lösen vom Zögern.

Beim Bombenabwurf hatte er zwar auch Zögern müssen – eine knappe halbe Sekunde vom Beginn der eigentlichen Brücke an hatte er warten müssen, aber bei der Bombe war alles leichter, man wirft die Bombe ab, wirft sie weg, lässt sie einfach fallen – und von der Frau mit dem Kinderwagen hatte er in diesem Augenblick ja noch nichts wissen können. Beim Schießen mit dem Jagdflugzeug dagegen ist das alles ganz anders, das glaubte Viktor genau zu fühlen: Die Waffe ist in mein Flugzeug starr eingebaut, ich kann nur in Flugrichtung schießen, und ich ziele mit dem ganzen Flugzeug auf den Gegner, nicht nur mit der Waffe – das ganze Flugzeug ist die Waffe. Ich bin ein Teil des Flugzeugs und das Flugzeug ist ein Teil von mir, so wie Bienchen ein Teil ihrer Violine war und ihre Violine ein Teil von ihr. Ich bin das Flugzeug und das Flugzeug bin ich. Ich bin es, der schießt, nicht nur das Flugzeug und erst recht nicht nur das MG und die Maschinenkanone. Ganz im Gegensatz zu beweglich eingebauten MGs vorne in der Kanzel oder in der Bodenwanne eines Bombers – da ist es viel deutlicher die Waffe allein, die schießt.

Die Rata war verschwunden, Viktor flog beklommen zurück. Nachdem die Staffel gelandet war, erkundigte sich der Staffelkapitän ruhig und ohne Vorwurf in der Stimme: „Warum haben Sie nicht geschossen?"

Viktor blickte ihn ratlos an. Er schluckte und sagte nichts.

„Sie hätten nur zuzugreifen brauchen!"

Ganz ähnlich liefen in den folgenden Tagen einige kleinere Feindberührungen ab. Viktor kam zwar mehrmals für einige Augenblicke in Schussposition, schoss aber nicht. Er wusste inzwischen, auch wenn er wollte, er konnte einfach nicht schießen. ‚Ist das Feigheit? Nur so eine kleine, momentane Feigheit?', wollte Adam wissen, ‚so im entscheidenden Augenblick eine Hemmung?' – ‚Nein, nein!', wehrte Viktor ab und spürte dabei, wie ihm Adams Bemerkung dabei half, über sich selbst klar zu werden, ‚das ist nichts Momentanes. Ich habe einen tief sitzenden Widerwillen, auf Flugzeuge zu schießen, in mir sträubt sich alles. Das ist so stark, dass ich mich wie blockiert fühle! Ich weiß das erst, seit ich beim Geschwader bin.' – ‚Du meinst, seit du tatsächlich schießen sollst?' – ‚Ja. Ein Flugzeug im Reflexvisier zu haben – so kurz vor seiner Vernichtung –, das löst bei mir eine Sperre aus! Für einen Augenblick durchzuckt mich der Gedanke, wie kann ich es retten.'

‚Und Sekunden später', fügte Viktor resigniert noch hinzu, ‚hat sich mein Konflikt von selbst entschieden.' – ‚Man kennt das so ein bisschen von U-Boot-Kommandanten', meinte Adam, ‚die so richtig alte Seefahrer sind. Für die sind Schiffe nicht nur lebendige Organismen – das versteht jeder –, sondern beseelte Wesen, die man nicht einfach abgeknallt.' – ‚So ist es, Adam, genau so. Aber diese U-Boot-Kommandanten haben mehr Zeit, ihre Sperre zu überwinden.'

Viktors katastrophale Schießscheu sprach sich allmählich herum, erst eher als Verdacht, bald aber auch von den Waffenwarten bestätigt. Auch Wolf, der seine Ohren überall hatte, erfuhr davon und sprach mit Viktors Staffelkapitän darüber.

„Sie müssen sich da den Oberfähnrich Zabener mal speziell vorknöpfen, Kessler! Das haben wir am Anfang ja öfter mal bei den Neuen, aber dieser Zabener ist ja ein routinierter Berufsflieger, und dafür geht das jetzt schon viel zu lang! Sie müssen ihm klarmachen, dass er nicht auf Menschen schießt, sondern auf Maschinen. Das muss er sich vor allem dann auch selber klarmachen. Dieses dumme Gerede vom ritterlichen Zweikampf Mann gegen Mann – das stammt ja noch aus dem Weltkrieg – führt in die Irre. Er darf in seiner Vorstellung nicht von einem Gegner sprechen, der hinter ihm her ist oder auf den er schießen soll, sondern er darf nur die feindliche Maschine im Sinn haben, nie den Menschen darin! Nicht er greift mich an, nicht er ist hinter mir her, nicht er wird von mir getroffen, sondern sie, eine Jak-7, eine Rata, eine Il-2, verstehen Sie? – Damit habe ich bei solchen Pflänzchen wie dem Zabener schon öfter Erfolg gehabt. Sie werden sehen, wie auf einmal der Knoten bei ihm platzt!“

Kessler sprach dann am Abend lange mit Viktor. Viktor nickte dazu nur, aber er glaubte, seine Sperre besser zu verstehen. Soweit er zurückdenken konnte, stets hatte er sich für Flugzeuge interessiert und war von ihnen fasziniert, und als er täglich mit ihnen umzugehen hatte, liebte er sie schließlich. War denn nicht ein uralter Menschheitstraum mit ihnen in Erfüllung gegangen? Als er geboren wurde, flogen sie gerade so einigermaßen, und später hatte er dann sogar selbst mithelfen dürfen, dass sie immer besser wurden. Und diese feinen Gebilde sollte er nun wie ein Barbar zerstören?

Viktor musste bald erkennen, dass er wohl selbst nicht so recht wusste, was ihn am Schießen hinderte.

Für den nächsten Tag waren Erdkampfeinsätze geplant. Weiter im Süden waren deutscherseits zwei mächtige Panzerdurchbrüche gelungen, und um einer Einkesselung zu entgehen, begannen die feindlichen Truppen bereits, das dazwischenliegende Gebiet zu räumen. Die Aufgabe ihrer Staffel, zusammen mit einer Staffel aus der III. Gruppe, würde es sein, den Rückzug durch Tiefangriffe aufzuhalten. Eine Rotte aus der I. Gruppe des Geschwaders, das weiter im Süden lag, würde schon im Morgengrauen mit der genauen Luftaufklärung beginnen, aber Kessler und seine Leute wollten schon am Abend vorher versuchen, wenigstens anhand der Karte einen ersten Überblick über den Zielraum zu gewinnen. Wichtig war es bei dem verhältnismäßig weiten Anflug vor allem, den Zeitpunkt für den spätesten Beginn des Rückflugs festzulegen.

Den meisten, besonders den Neuen, schien der Einsatz eine willkommene Abwechslung ohne viel Risiko, und ein alter Feldwebel, der schon seit Kriegsbeginn in diesem Geschwader flog und gern den Veteranen spielte, schwadronierte bei den Jungen schamlos mit seinen Erfahrungen bei Angriffen auf Flüchtlingstrecks, die er vor allem im Polenfeldzug habe sammeln können.

„Je größer das Gedränge auf einer Straße ist, umso besser. Ein schön gerades Stück aussuchen, so circa ein bis zwei Kilometer lang. Dann, wenn man will, vorne und hinten mit einem 5-Kilo-Bömbchen zumachen, muss aber nicht unbedingt sein. Aber da geht dann schon mal keiner mehr so leicht durch die Lappen. Das Zumachen an den beiden Enden kann man in einem einzigen Überflug erledigen."

Und lachend fügte er noch hinzu: „‚Überflug in gerader Haltung' haben wir das genannt, weil wir da ja noch nicht geschossen haben. Aber dann geht's richtig los: Kehrt machen mit einer schönen hochgezogenen Kehrtkurve", die er, während er sprach, mit der flachen Hand vorführte, „und dann Schnauze runter und im niedrigen Überflug schießen aus allen Knopflöchern, dass die Fetzen fliegen!" Das Letzte sprach er deutlich lauter und entschlossener und blickte dabei grimmig drein. Dann fiel er wieder in den sanften Erzählton des Veteranen und fuhr zufrieden fort: „Ich bin dann gern noch ein zweites Mal in Gegenrichtung drübergeflogen. Da sieht man dann das totale Durcheinander erst richtig. Die Pferde sind durchgegangen, die Planwagen umgeschlagen, die Leute liegen im Straßengraben oder verstecken sich in irgendeinem Gebüsch, wenn man Glück hat, brennt sogar ein Lkw – mehr Spaß kann ein Angriff überhaupt nicht machen, Leute!"

Die meisten schauten etwas betreten, und ein blutjunger Leutnant sagte: „Das hat mit ritterlichen Zweikampf nichts mehr zu tun!"

„Pah, das mit dem ‚Mann gegen Mann' ist ohnehin nur eine Illusion!", sagte ein anderer.

Die Diskussion wurde rasch lebhafter, man konnte sehen, wie

sehr diese Themen, über die sonst kaum einmal gesprochen wurde, die Gemüter der jungen Männer beschäftigten.

„Diese Tiefangriffe auf Flüchtlingstrecks, das ist doch die reine Abschlachterei!"

„Man muss immer unterscheiden, ob es gegen Flüchtlinge oder gegen Truppenverbände geht."

„Wie morgen früh bei uns doch hoffentlich!"

Der Feldwebel merkte, dass er mit seiner Begeisterung vorhin nicht bei allen die volle Zustimmung gefunden hatte und versuchte, sich der Stimmung in dem kleinen Kreis etwas anzupassen: „Das waren natürlich in Polen meistens keine reinen Flüchtlingstrecks, sondern Militär und Zivil durcheinander, meistens. Im ersten Russlandjahr hatten wir es dann oft, dass Flüchtlingstrecks und irgendwelche motorisierten Verbände in entgegengesetzter Richtung gezogen sind – also Flüchtlinge, die abhauen wollten, und frische Verbände für die Front –, da brauchteste dann eigentlich überhaupt keinen Angriff mehr zu fliegen! Hab das ein paar Mal selber gesehen, als wir noch so richtig auf dem Vormarsch waren. Die schubsten dann mit ihren Lkws, manchmal sogar mit Panzern, die Flüchtlinge einfach in den Graben. Ihre eigenen Flüchtlinge!"

Viktor hörte mit Unbehagen zu. Schließlich äußerte sich auch Kessler, der Staffelkapitän. Er sprach mit nur leicht erhobener Stimme, aber jeder erkannte, dass die Diskussion damit beendet war:

„Wir werden uns jedenfalls morgen früh nicht darum kümmern, *was* sich da auf den Straßen bewegt. Denken Sie immer nur an das strategische Ziel dabei! Unser Ziel ist es nicht, unter Zivilisten Schrecken zu verbreiten, auch nicht, irgendwelche Truppenteile auszuschalten, sondern das strategische Ziel ist, die Rückzugsstraßen zu verstopfen, basta!" –

Es sei eine gewaltige Regenfront im Anmarsch, hatten die Meteorologen am späten Abend noch gewarnt, das schöne Wetter der letzten Tage gehe zu Ende, und der Erdkampfeinsatz am Morgen sei noch keineswegs sicher. Aber dann waren am frühmorgendlichen Himmel nur helle Schleierwolken in großer Höhe und ein flammendes Morgenrot zu sehen, das fast bis zum Zenit reichte.

Im Anflug sah Viktor von Weitem schon die kilometerlangen

Staubwolken, die von den russischen Verbänden herrühren mussten, die sich zurückzogen. An einigen Stellen glaubte er sogar, Panzer erkennen zu können. Die ihm zugeteilte Straße fand er schon aus der Ferne, und auch das zugewiesene Streckenstück war bald ausgemacht.

Viktor hatte sich fest vorgenommen, diesmal unbedingt zu schießen, und er war sich völlig sicher, dass er diesmal tatsächlich schießen würde. Es standen ihm zweimal 500 Schuss mit den beiden MGs zur Verfügung, was für etwa 25 Sekunden feuern reichen würde, obwohl Dauerfeuer natürlich zu vermeiden war, und dazu noch einmal 200 Schuss mit der Maschinenkanone, die am Stück in 15 Sekunden verballert wären, so dass er den kurzen Streckenabschnitt mehrmals feuernd überfliegen konnte und dennoch genügend Munition übrig behalten würde für den Fall, dass er auf dem Heimflug angegriffen werden sollte.

Viktor begann, seine Höhe zu verheizen und näherte sich dem Zielraum rasch. Im Näherkommen wunderte er sich, dass auf dem Streckenabschnitt, den man ihm zugewiesen hatte, keine Staubwolken zu sehen waren, und Sekunden später war ihm klar, dass sich da vorne unter ihm nur hochbeladene Pferdefuhrwerke und Fußgänger mit allen möglichen Handkarren dahinschleppten – um Gottes Willen, er war im Begriff einen Flüchtlingstreck anzugreifen! In seinem Entsetzen sah er plötzlich wieder den altmodischen Kinderwagen mit den großen, dünnen Rädern vor sich, irgendwo dort unten musste er sein, in dem diese höhnisch grinsende 500-Kilo-Bombe lag. Er war derart perplex, dass er statt zu schießen hochzog und abdrehte – die wenigen Augenblicke reichten ihm einfach nicht aus, um mit der neuen Situation zurechtzukommen.

Adam schwieg, aber Viktor spürte, dass er ihn unausgesetzt beobachtete. Er hatte also wieder einmal gezögert – wider bessere Absicht. Aber es war geschehen, er hatte wieder nicht geschossen, doch er blieb dabei und flog nach Hause.

Nachdem die Staffel vollzählig wieder gelandet war, kam der Staffelkapitän auf Viktor zu. Kessler ärgerte sich, dass er ohne Befehl und ohne besonderen Anlass, gänzlich aus eigenem Ermessen also und ohne Abmeldung allein zurückgeflogen war, und nahm ihn streng ins Gebet. Die Strafpredigt wäre noch länger gegangen, wäre

Kessler nicht zu Major Löb, dem Kommandeur der III. Gruppe, gerufen worden.

Löb, der den Erdkampfeinsatz der beiden Gruppen geleitet hatte, tobte: „Ich habe soeben von der I. Gruppe die Ergebnisse der Nahaufklärung bekommen. Ihr Haufen, Kessler, hat miserabel geschossen! Und, soweit ich sehe, der Oberfähnrich Zabener überhaupt nicht! Jedenfalls marschiert in seinem Abschnitt der ganze Tross ohne die geringste Störung weiter! Das kommt einer glatten Befehlsverweigerung nahe!“

„Der Mann ist zitternd und schweißgebadet ausgestiegen, Herr Major. Der war total fertig. Er ist ja noch nicht lange bei uns, aber so habe ich den noch nie gesehen.“

„Dabei ist ein solcher Angriff doch die harmloseste Sache der Welt, kaum einmal ein bisschen Abwehr!“

„Der Mann hat eine Schießblockade, Herr Major.“

„Ich weiß, ich sprach mit Major Wolf schon darüber. Der hält ihn für ein Pflänzchen, aber er meint, dass er noch kommt.“

„Wahrscheinlich muss man ein Pflänzchen sein, um so brillant fliegen zu können“, gab Kessler lächelnd zu bedenken, nachdem er bemerkt hatte, dass Löbs Zorn bereits wieder im Verrauchen war.

„So? Meinen Sie? – Mag sein. Aber unsere Aufgabe hier ist es nicht, brillant zu fliegen“, und an dieser Stelle erhöhte er seine Lautstärke beträchtlich und sprach in abgehackten Worten, „sondern dem Gegner Schaden zuzufügen, wo es nur geht! – Fliegen können wir hier alle!“ –

Am Abend im Offizierskasino kam das Gespräch nach dem Essen in kleiner Runde auf Zabener, über den sie sich in letzter Zeit schon öfter einmal unterhalten hatten. Löb war inzwischen noch nicht gnädiger gestimmt.

„Der hat heute wieder nicht geschossen!“, sagte er drohend.

Wolf spürte, dass diese Bemerkung an ihn gerichtet war, immerhin gehörte Zabener zu seiner Gruppe, aber er ging nicht darauf ein.

„Hat der Mann einfach Angst?“, fragte einer aus der Runde. „Ich meine plötzliche Angstattacken, kurze Angstanfälle?“

Wolf wehrte ab: „Der kennt keine Angst, das hat er als Testpilot bewiesen! Der hat irgendeine Sperre beim Schießen, die ihm da jedes Mal verquer kommt. Man muss sich das mal überlegen: Seit er fliegen konnte – oder sagen wir genauer, seit er im Versuch flog, war er darauf abgerichtet, möglichst keine Risiken einzugehen und die unvermeidbaren Risiken so gering zu halten wie nur möglich. Und jetzt soll er bei uns plötzlich genau das Gegenteil davon tun!"

„Ich glaube nicht, dass es das ist", meldete sich der Stabsarzt, der sich für zuständig hielt, „so viel Überlegung steckt da nicht dahinter. Bitte, ich bin kein Psychiater, aber ich denke, mit ‚Sperre' liegen wir da genau richtig. Alles geht bei ihm, alles klappt bei ihm, nur eines nicht, dass Schießen. Sogar noch das Zielen funktioniert bei ihm einwandfrei, aber eben nicht das Abdrücken. Wir hatten bei der leichten Flak einmal einen ähnlichen Fall. Der Kanonier war mit der 2-cm-Schnellfeuerkanone der mit Abstand beste Schütze weit und breit, jedenfalls solange auf dem Schießstand geschossen wurde. Aber wenn es darauf ankam, dann verpasste er vor lauter Abwarten, ob die Situation nicht noch besser würde, regelmäßig den rechten Zeitpunkt. Das war jedes Mal das gleiche Lied – er kam nicht zum Schuss. Eben das nennt man Blockade! Eine Blockade neigt stets dazu, sich zu tarnen, sich als solche zu verstecken, und das geht nun einmal am besten mit diesem an sich gar nicht so unzweckmäßigen Zögern, solange die Bedingungen rasch immer besser werden – dann braucht man nämlich nur noch einen winzigen Augenblick länger zu warten, und alle Chancen sind vorbei. Und genau das ist das unbewusste Ziel."

„Hättest doch selber Jagdflieger werden sollen, Dokter", sagte Wolf, „stattdessen vergammelste hier mit deinen Pillen und Spritzen."

„Jedenfalls ein Feigling, das ist er nicht. Das kann man nicht sagen."

„Er bleibt ja auch immer vollständig ruhig", sagte Kessler, Viktors Staffelkapitän, „das hört man in der EiV[8]. Die Aufgeregten – das müssen noch nicht mal echte Durchdreher sein – reden dann nicht nur plötzlich viel schneller, sondern vor allem in einer höheren Tonlage als sonst, manchmal sogar in einer viel höheren – das ist dann oft schon die reine Panik."

„Hm – ja – das stimmt tatsächlich", sagte Wolf nachdenklich, und an seinem leeren Blick in die Ferne sah man, dass er gerade dabei war, sich an solche Fälle zu erinnern.

„Nee, Feigling ist er bestimmt keiner“, sagte Kessler, das sieht man schon daran, dass er immer der Erste ist, der die feindlichen Flugzeuge sieht. Die nervösen Zappelphilippe entdecken ja nie was; als hätten sie alle Öl auf der Brille[9]! Sondern das sind meistens diese ganz heißen Typen, die man bei ihren ersten Feindflügen vor lauter Übermotivation kaum im Verband halten kann, so kampfbesessen und angriffslustig sind sie.“

Einige in der Runde schmunzelten mehr oder weniger versteckt.

„Ich will da keine Namen nennen“, sagte Wolf und schaute für einen Augenblick zu Löb, „– jeder fängt mal klein an.“

„Ich habe jedenfalls viel aus dem Fall Zabener gelernt“, sagte Wolf und wandte sich dabei vor allem an Löb, der dem fliegerischen Können ja immer schon besonderer Bedeutung beigemessen hat, „aber die fliegerischen Qualitäten, so wichtig sie sind, reichen allein nicht aus, es braucht noch diese ganz speziellen Fähigkeiten des Jägers und Kämpfers.“

Da schienen alle zuzustimmen, auch Löb; der fügte sogar noch hinzu, dass diese speziellen Fähigkeiten natürlich aus keiner Beurteilung hervorgehen.

„Na ja, ein bisschen schon“, sagte Wolf, „hinterher, wenn's zu spät ist, kann man in den Personalpapieren, vor allem in den Beurteilungen, schon gewisse Hinweise finden. Zabener hatte auf der Luftkriegsschule die beste Beurteilung. In allen Fachgebieten sehr gut und gut, auch in den Sportdisziplinen, nur in einem Fach war nichts mit ihm los, im Boxen. Da hatte er ungenügend – nicht *ausreichend*, nein, *ungenügend!* – und das schlug sich dann auch in der allgemeinen Beurteilung nieder, in der es heißt, ‚im Kameradenkreis stets vermittelnd und auf Ausgleich bedacht‘ – das hört sich ja noch ganz positiv an, aber dann geht's weiter mit der anderen Seite der Medaille: ‚aber es fehlt ihm jeglicher kämpferische Biss‘.“

„Weißte, Hannes“, fuhr Wolf nach einer kleinen Pause fort, „dem Zabener seine Art zu fliegen erinnert mich an unsere Weiber!“

Der Stabsarzt blickte fragend auf, er war noch nicht lange im Geschwader, deshalb erläuterte Wolf sogleich: „Für die Überführungsflüge – wissen Sie, wenn wir neue oder grundüberholte Maschinen bekommen – werden auch weibliche Flugzeugführer eingesetzt. Ich weiß gar nicht, ob die dienstverpflichtet sind oder was. Jedenfalls sind das enorm erfahrene Sportfliegerinnen, zum Teil auch Kunstfliegerinnen von vor dem Krieg."

Löb stimmte Wolf zu: „Jaa – ich weiß was du meinst, dieser weiche und flüssige Stil und meistens auch die Präzision."

„Die fliegen einfach besser, zum Teil sogar viel besser als der Durchschnitt unseres momentanen Nachwuchses – ich habe da natürlich vor allem die frisch eingetroffen Flugzeugführer von den Ergänzungsstaffeln im Auge. Was diesen Pilotinnen aber absolut fehlt, ist der Kampfgeist, sagen wir die Angriffslust."

„Ja, Angriffslust, das ist das richtige Wort! Es macht mir doch keiner weis, dass uns diese Luftkämpfe nicht irgendwie auch Spaß machen! Wenn der Einsatz auch groß ist und das Risiko hoch."

„Der Einsatz bleibt immer gleich", sagte Wolf, „aber das Risiko wird mit jedem Abschuss ein bisschen kleiner."

„Wieso? Das verstehe ich nicht", sagte der Stabsarzt.

„Es gibt da so einen Spruch, die ersten zwanzig Feindflüge seien genauso gefährlich wie die nächsten zweihundert, das ist natürlich bloß so eine Formel, aber wenn man schon länger mitmacht, dann sieht man bereits mit bloßem Auge, dass von den Neuen viel mehr abgeschossen werden als von den alten Hasen. Aber wenn dann einer erst einmal ein paar Dutzend Abschüsse erzielt hat, dann ist er jedenfalls von einem Durchschnittsgegner kaum mehr abschießbar."

„Oh, darauf sollte sich keiner verlassen!", antwortete der Stabsarzt ehrlich besorgt. „Eine einzige verirrte Kugel genügt –"

„Ach was!", unterbrach ihn Wolf unerwartet brüsk, „hören Sie auf! Das weiß doch hier jeder selber, Dokter!"

Doch der Stabsarzt wollte sich nicht einfach das Wort abschneiden lassen. „Wie man's nimmt, es ist doch höchst bemerkenswert, wie sehr sich alle mit diesem Oberfähnrich beschäftigen! Versager hatten wir ja schon öfter, die wurden dann halt abgelöst, basta."

„Sie sprechen das Stichwort aus, Dokter: Ablösung!" sagte Wolf, „Ich fürchte, ich werde mich ernsthaft damit befassen müssen." –

Heinz Wolf hatte sich die Personalakte Zabener bringen lassen, viel war es nicht, und saß nun grübelnd darüber. Ab und zu blickte er nachdenklich in den Regen hinaus und zu den getarnt am Waldrand abgestellten Flugzeugen hinüber, die im Dunst fast verschwanden. Er war noch zu keinem Ergebnis gekommen, als Hannes Löb von der III. Gruppe hereinschaute.

„Ah, du erledigst bei diesem Sauwetter auch erst mal deinen Papierkrieg."

„Würde auch lieber fliegen. Aber ich glaube, den Leuten tut ein Tag Aussetzen mal ganz gut."

„Ich fürchte, es wird nicht bei einem Tag bleiben, Heinz. Der Platz ist dermaßen nass und aufgeweicht! Das dauert mindestens noch zwei, drei Tage, bis der wieder fest genug ist."

„Ich sitze gerade über dem Oberfähnrich Zabener."

„Ah, der! Das wird nie was mit dem!"

„Ich bin tatsächlich auch so weit, dass ich überlege, wie wir ihn ablösen lassen könnten. Nicht gerade zu den Fallschirmjägern. Als Flieger sollte er schon erhalten bleiben. Was der Knabe doch schon alles an Typen geflogen hat! Da, schau mal mit rein, eine Riesenliste! Ich habe immer gedacht, ich hätte allmählich eine besondere Typenvielfalt beieinander; die ganzen Mehrmotorigen bei mir, du weißt, ich kam ja von einem Transportgeschwader rüber, aber gegen den hier bin ich ein Waisenknabe!"

Sie beugten sich über die Liste.

„Da gibt es nichts, was der Kerl nicht schon geflogen hätte", brummte Wolf.

„Was ist das, da ganz unten, Fa 330?"

„Keine Ahnung, kenn ich nicht."

„Womöglich Geheimwaffe!"

„Geheimwaffe? Das werden wir gleich haben!", rief Wolf und zog den Feldfernsprecher zu sich her, „ich muss da mal bei der Luftflotte nachfragen, beim Geschwader wissen die sowieso nix."

Löb runzelte die Stirn und fragte spöttisch: „Herr Major pflegen den Dienstweg zu vermeiden und unter Umgehung des Geschwaders direkt mit dem Luftflottenkommando zu korrespondieren?"

Wolf kurbelte schon und gab dann der Vermittlung seine Wünsche durch, ein ganz bestimmter Apparat bei der Luftflotte, den er nannte, sollte es sein. Danach wandte er sich Löb wieder zu: „Man kann nicht genug Leute kennen! Wenn du dich immer nur auf den Dienstweg verlässt –"

Schon ein paar Minuten später stand die Verbindung.

„Ah, du bist schon selber am Apparat! Pass auf, Mäuschen! Bei euch gibt es da ein ‚Gesamtverzeichnis aller … – was weiß ich – aller deutschen Flugzeugtypen' oder so ähnlich heißt es, ich weiß nicht die Druckstück-Nummer, jedenfalls fängt der Titel mit ‚Gesamtverzeichnis' an. Da schauste mal nach, ob da eine F – a – 3 – 3 – 0 drinsteht, hast' es? F – a – 3 – 3 – 0 und was das für ein Hobel ist."

Dann lauschte Löb und sagte nach einer kurzen Pause noch einmal: „Ja, richtig, Fa 330. – Was, du willst gleich nachsehen, ja? – Oh, prima! – Gut, ich halte das Gerät frei. Servus, bis nachher! – Ende."

Wolf legte auf.

„Sie meldet sich, sobald sie etwas gefunden hat."

„Eine Sie? Ein Mäuschen?", fragte Löb in gespielter Missbilligung streng.

Wolf winkte ab: „Ich kenne sie aus meiner kurzen Zeit im Stab beim General der Jagdflieger. Da war sie Nachrichtenhelferin, enorm fix und tüchtig."

Löb lächelte nur überlegen.

„Von wegen! Ich werde den Teufel tun und da im Dienst anbandeln! Ganz junges Ding! Die riecht noch nicht mal richtig nach Weib, könnte fast meine Tochter sein!"

„Gib nicht so an!" –

Löb war schon wieder weggegangen, als von der Luftflotte die Antwort eintraf, die Wolf sogleich an Löb telefonisch weitergab.

„Also, Hannes, nichts weiter Aufregendes mit Geheimwaffe und so", sagte Wolf, und seine Stimme klang fast ein wenig enttäuscht, „diese Fa 330 ist ein einfacher Tragschrauber für U-Boote, nicht einmal einen Motor hat die Mühle, wird wie ein Drachen hinter dem U-Boot hergezogen, als Ausguck sozusagen."

Löb jedoch schien diese Nachricht zu elektrisieren.

„Was?", rief er aus, „Tragschrauber? Suchten die denn nicht dieser Tage gerade Luftwaffenpiloten für irgendwelche Marine-Tragschrauber? Ich habe das nur ganz am Rande mitgekriegt, ganz zufällig, und habe der Sache überhaupt keine Bedeutung beigemessen, im Gegenteil, wir haben uns sogar noch richtig albern über die Tragschrauber von der Marine lustig gemacht. Da ist irgendwie, soviel weiß ich noch, beim Luftwaffenpersonalamt eine Anfrage eingegangen. Die Kriegsmarine wollte für die ersten scharfen Einsätze, also wohl für die Fronterprobung, noch nicht auf ihr eigenes Personal zurückgreifen, obwohl bereits ein paar Leute speziell auf Tragschraubern geschult worden sind, sondern man möchte von uns ein oder zwei besonders erfahrene und breit ausgebildete Flugzeugführer ausleihen."

„Sollen sie doch welche von ihren Marinefliegern nehmen."

„Ach was, Mensch, da ist doch dein Zabener genau der Richtige!" –

So lief es dann auch. Es dauerte zwar einige Tage, und Wolf fluchte, dass es einfacher sei, eine Division von der Ostfront nach Nordafrika zu verlegen, als einen einzelnen Mann von einer Waffengattung in eine andere abzukommandieren, aber nach einigem bürokratischen Hin und Her und etlichen Fernschreiben war der Oberfähnrich Viktor Zabener mit einem Marschbefehl in der Tasche auf dem Weg nach Saint-Nazaire an der Atlantikküste. –

7 _ Im U-Boot-Stützpunkt Saint-Nazaire

Nach einigem Herumfragen im Bahnhofsgelände von Saint-Nazaire fand Viktor die richtige Marinedienstelle, bei der er sich melden sollte. Dort schickte man ihn in eines der Nebengebäude der endlosen Bunkeranlage, die sich als gewaltiger Riegel zwischen den Hafen und die Stadt schob. Der Kapitänleutnant, bei dem Viktor seine Meldung betont vorschriftsmäßig herunterrasselte, saß erkennbar schlecht gelaunt in einem provisorischen Büro hinter einem leergeräumten Schreibtisch und war damit beschäftigt, eine Liste mit Telefongesprächen abzuarbeiten.

„Wird auch höchste Zeit, dass Sie endlich erscheinen", knurrte er, während er schon wieder eine neue Telefonnummer wählte, „morgen Abend laufen wir aus –". Dann lauschte er wieder in den Hörer und wandte sich, als dort nichts weiter geschah, erneut Viktor zu: „– ob mit oder ohne Ihre Bachstelze."

Bachstelze – ja, richtig, erinnerte sich Viktor, den Namen hatte er tatsächlich in den Unterlagen des kleinen Tragschraubers gelesen. Focke-Wulf verwendete, im Gegensatz zu den meisten anderen Herstellern, von jeher neben der Typenbezeichnung, wie sie das Technische Amt vorschrieb, außerdem noch zusätzliche Eigennamen, ausnahmslos Namen von Vögeln, und Focke-Achgelis hat das mit dem kleinen Tragschrauber genauso gemacht, der Name Bachstelze war ihm inzwischen ganz entfallen.

Der Kapitänleutnant, wie er so vor ihm saß und telefonierte, entsprach so gar nicht der Vorstellung, die Viktor von einem U-Boot-Kommandanten hatte. Der quirlige Mann war klein und eher rundwüchsig und wohl auch schon etwas fülliger geworden, dabei aber doch alles andere als gemütlich und mit einer viel zu hellen und scharfen Stimme ausgestattet. ‚Den überkurzen Haarschnitt hat er sich bloß zugelegt, damit seine beginnende Glatze nicht so auffällt', sagte Adam, ‚das ist ja fast schon Plüschvelours!'

„Ihren Marschbefehl geben Sie hier bei mir ab", sagte er zwischen zwei Telefongesprächen, und Viktor, der schon eine Weile ruhig dagestanden hatte, durchfuhr dabei ein sanfter Schreck, der aber, wie er sofort erkannte, auf der irrigen Befürchtung beruhte, dass sein Marschbefehl möglicherweise fehlerhaft ausgestellt sein könnte, weil er nur auf ihn allein, nicht aber auch auf Adam als seinen Begleiter lautete. Er würde sich mehr zusammennehmen müssen. Seit er vom Geschwader weg war, so erkannte er, hatte seine Störung zugenommen, war er doch tagelang allein gewesen und hatte auf der Bahnfahrt nur wenig schlafen können. Aber solange es ihm einigermaßen leichtfallen würde, zwischen seiner inneren Welt mit Adam und der äußeren Wirklichkeit zu unterscheiden, war alles in Ordnung. Und insofern war es schön, dass Adam wieder mit dabei war.

‚Da sitzt dein Feind am Schreibtisch', warnte Adam, ‚und im schlimmsten Fall kann er dich das Leben kosten.'

„Bevor Sie an Bord gehen, lassen Sie sich auf der Kammer Ihre Klamotten geben, das ist hier auf der Gebäuderückseite. Morgen sind den ganzen Tag über Bordarbeiten vorgesehen. Sie werden diese Nacht noch in unserem Hafenquartier verbringen, allerdings ist fast jede Nacht mit Fliegeralarm zu rechnen."

Dann lehnte er sich etwas zurück und fing an zu plaudern, aber ohne dass er dabei freundlicher, persönlicher oder sonst in irgendeiner Weise zugänglicher geworden wäre.

„Eigentlich waren zwei Flugzeugführer für die Einsatzerprobung vorgesehen, auch Wachwechsel und Wachdauer sollten ja mit erprobt werden", erläuterte er lustlos. „Wir hatten dazu einen erfahrenen Bootsmann aus unserer Crew vorgesehen, der auf dieser Bachstelze bereits ausgebildet worden ist, aber nur an Land, in Gelnhausen. Wäre interessant gewesen zu sehen, was ist wichtiger, See-Erfahrung oder Flugerfahrung? Ich sage, die See-Erfahrung! Leider ist der Mann kurzfristig ausgefallen. Aber es geht fürs Erste ja nur mal um die grundsätzliche Einsatzerprobung, das geht auch mit nur einem Mann." Und missgelaunt fügte er noch hinzu: „Ich glaube ohnehin nicht an die ganze Sache!"

Viktor hatte außer seiner Meldung noch immer kein Wort gesagt.

„Es ist Ihnen sicherlich bekannt – Sie hören ja auch den Wehrmachtsbericht –, dass deutsche U-Boote in den arabischen und vorderasiatischen Gewässern eine zunehmende Rolle spielen. Dort könnte vielleicht eine solche Ergänzung interessant sein, und ich nehme an, dass dieser Beobachtungsdrachen auch tatsächlich für unsere Monsunboote gedacht ist. Sie machen sich keinen Begriff von der Weite und Leere des Indischen Ozeans. Ich bin zwischen den Kriegen lange genug auf den Ostasienrouten unterwegs gewesen. Da könnte so etwas funktionieren. Aber wieso ausgerechnet wir hier auf dem Nordatlantik die Einsatzerprobung durchführen sollen, bei diesem Verkehr aus allen Richtungen! Eine Schnapsidee ersten Ranges von den Herren am grünen Tisch! Viel zu gefährlich! Auch wenn wir nun natürlich eine wesentlich südlichere Route fahren werden. Auf jeden Fall sollten wir mindestens mal erst aus dem Bereich draußen sein, wo wir noch mit Luftangriffen der Engländer rechnen müssen." – Dann fiel er vom Schimpfen wieder zurück in seine missmutige Resignation: „Wahrscheinlich hätte die Marineführung auch gar nicht mehr die Zeit gehabt, das verfluchte Ding zum vernünftigen Ausprobieren erst noch in den indischen Ozean zu schaffen." –

„Eine Seekiste haben Sie ja sicher nicht – was?", fragte ihn der Kammerbulle, ein vierschrötiger Bayer und der erste freundliche Mensch, auf den er in Saint-Nazaire traf. „Da schnappen Sie sich am besten einen soliden Pappkarton, ich habe da noch ein paar aus der Küche. In den kommen sämtliche persönliche Gegenstände rein, die Sie nicht unbedingt brauchen. An Bord dürfen Sie nur mitnehmen, was Sie in diesen Seesack hier reinkriegen, groß ist er nicht. Den Karton tun Sie gut verschnüren, der wird hier eingelagert, und darauf schreiben Sie in Blockschrift Ihre Heimatadresse, also die Adresse Ihrer Angehörigen, für den Fall – also, es könnte ja sein, dass Sie in Gefangenschaft geraten oder so."

Dann schleppte er die Bordklamotten an, alles nagelneu, mit viel knirschendem hellgrauen Leder, wie Viktor gleich sah, und das Ölzeug. Er sagte, das riesige Bündel sei Viktors ‚Päckchen', „alles ziemlich in Ihrer Größe. Am besten, Sie ziehen sich gleich um, und wenn was nicht richtig passt, gleich sagen! Wenn Sie erst mal draußen sind morgen, ist es zu spät!"

Viktor trennte sich nicht leicht von seiner Luftwaffenuniform, von der er Stück für Stück auf den Tresen legte. Das waren die letzten Zeugen seines Lebens als Flieger.

„Das hänge ich alles hinten beiseite. Die ganze noble Luftwaffenuniform, zusammen auf einen Kleiderbügel, mit Stiefeltasche dran, wenn Sie zurückkommen –"

„So, und dann habe ich ganz speziell für Sie noch was bekommen, das braucht natürlich nicht mehr mit in den Seesack zu passen. Müssen Sie unbedingt auch gleich mal anprobieren: 1 Fliegerkombi Winter, blaugrau, einteilig – die wird dann unter dem Ölzeug getragen –; 1 Fliegerkopfhaube, lammfellgefüttert, mit Kopfhörer, dazu 1 Kehlkopfmikrofon; 1 Fliegerbrille Auer-Neophan 50; 1 Paar Stulpenhandschuhe, gefüttert; 1 Paar Fliegerstiefel schwarz, lammfellgefüttert."

Diese Dinge waren ihm nun wieder geläufiger. Das Zeug war alles noch ungebraucht, zum Teil sogar noch verpackt. Wie sehr einem doch ein paar vertraute Kleidungsstücke wieder zu sich selbst verhelfen können! So lästig ihm solches Anprobieren sonst war, diesmal schlüpfte er gern hinein, auch wenn es nur probeweise war. –

Am zeitigen Morgen, es war noch düster, stapfte Viktor in seinen schweren Bordklamotten, den Seesack und die Fliegerkombi über der Schulter, zum U-Boot-Bunker. Das Hafenquartier war eine ungemütliche Sammelunterkunft gewesen in einer stillgelegten Schule, und viel Ruhe hatte es nicht gegeben, weil noch bis gegen Morgen ganze Besatzungen polternd von ihren nächtlichen Streifzügen durch die Kneipen und die Puffs der Stadt zurückgekommen waren. Aber die Nacht war immer noch besser gewesen als die vorangegangenen Nächte auf den Bahnhöfen und in den Zügen, die mehr standen, als dass sie fuhren.

Irgendwann auf seinem Weg zum Boot, er war schon im Bunker, hatte aber den Liegeplatz noch nicht erreicht, irgendwo auf diesem Weg lief für ein paar Sekunden die Zeit rückwärts, was ja immer wieder einmal vorkommt, ohne dass es einem jedes Mal besonders auffiele. Denn es ist nicht etwa wie bei einem plötzlich rückwärtslaufenden Film, dass sich nun alles rückwärts bewegen würde. Sondern, viel subtiler, einzelne kleine Ereignisse, meistens nur zufällige Erinnerungen und verwehte Vorstellungen, treten aus ihrer zeitlichen Ordnung im Ablauf heraus und erscheinen dann bereits früher als jene, durch die sie eigentlich erst hätten ausgelöst werden sollen. Und das verlief ganz unauffällig so:

Viktor staunte über die Weite des Bunkers, wie ein mächtiges Kirchenschiff lag er vor ihm, und er wunderte sich darüber, wie pechschwarz das Wasser war, in dem die U-Boote schwammen, schwärzer ging es nicht mehr. Fast zwingend kamen ihm daraufhin die schwarzen Kanäle beim Karneval im nächtlichen Venedig in den Sinn, und er dachte an die perfekten Masken und Kostüme dort. Dann ging es mit ein paar Erinnerungsbildern aus dem Münchener Fasching weiter, erst nur flüchtige Bilder, aber plötzlich überdeutlich die Erinnerung daran, wie er einen maskierten Freund sogar von hinten sogleich wiedererkannt hatte, nur an der Art seiner Bewegungen. Und scheinbar ganz absichtslos stellten sich Betrachtungen ein, wie leicht doch manchmal alte Freunde allein an ihrem Gang wiederzuerkennen sind, auch wenn ihr Gang gänzlich unauffällig ist und man sie schon seit Jahren nicht mehr gesehen hat.

Erst danach – erst danach! – fiel sein Blick auf drei, vier Gestalten vor ihm, die ebenso wie er mit ihrem Seesack über der Schulter dem

Boot vor ihnen zustrebten. Der ganz links kam ihm bekannt vor – und im nächsten Augenblick schon war ihm klar, dass das nur Jan Fellgiebel sein konnte. Halb von hinten schlug er ihm auf die Schulter: „Mensch, Jan!"

Jan fuhr zwar herum, schien aber darüber, dass da plötzlich Viktor vor ihm stand, nicht einmal sonderlich überrascht. Beide lachten sie laut, und es hallte von den Bunkerwänden wider.

„Ich habe vorgestern schon erfahren, ganz zufällig auf der Schreibstube drüben, dass du unser Bachstelze-Pilot sein wirst. Das ist ja toll! Ist denn bei dir nichts mehr los mit richtigen Brummflugzeugen und so?"

Sie hatten nicht viel Gelegenheit, länger miteinander zu reden, weil bald darauf die gesamte Besatzung, über 50 Mann, an Deck anzutreten hatte.

„Das ist meine erste Feindfahrt!", sagte Jan noch schnell, und Viktor spürte, wie stolz Jan darauf war. Dann folgte eine endlose Befehlsausgabe und Einweisung durch den Kommandanten und die beiden Wachoffiziere.

Viktor hörte bald heraus, dass die Besatzung frisch zusammengestellt war, kleinere Grüppchen kannten sich offenbar von früheren Einsätzen auf anderen Booten, und viele waren junge Spunde ohne Feindfahrterfahrung und hatten gerade erst ihre Ausbildungsfahrten hinter sich gebracht. Vielleicht war es ein Glück, dass er nicht als einziger Neuer in eine eingeschworene Besatzung hineingeraten ist. ‚Es ist meistens schlecht', stimmte Adam auf seine Art zu, ‚in einer eingespielten Gruppe der einzige Einzige zu sein.'

Doch es dauerte nicht lange, bis die anderen merkten, dass er der einzige Nichtseefahrer an Bord war – wie er nach der Befehlsausgabe übervorsichtig und wohl auch ein wenig unbeholfen ins Boot hinabkletterte; wie er drunten scheu umherblickte und Orientierung suchte und trotzdem schon nach ein paar Schritten hin und her sich nicht mehr sicher war, in welcher Richtung es ins Vorschiff ging und in welcher nach achtern.

Schon beim Hinabsteigen in das Boot, in dieses fensterlose stählerne Rohr, war ihm das Gefühl der Beengung fast unerträglich geworden, zumal ihm gewiss war, dass es mit jeder weiteren Sprosse nur noch schlimmer werden würde.

Sein eigenes Hinabklettern, so zögerlich es war, hatte er nur deshalb einigermaßen ohne anzuhalten bewältigt, weil vor ihm bereits etliche mit Tempo hinabgerasselt waren und andere, die ebenso schnell unten sein wollten, ihm dichtauf folgten. Drunten hatte er gerade seinen Seesack auf die ihm zugewiesene Koje geworfen, als über den Bordlautsprecher die *Gruppe Bachstelze*, wie sie offenbar hieß, auf das Achterdeck befohlen wurde. ‚Wer mit dem Tragschrauber nichts zu tun hat, bleibt gefälligst unten!', hieß es hinterher noch, während er bereits behänd wieder nach oben kletterte, denn von dieser zweiten Durchsage war er zum Glück nicht betroffen, er durfte wieder raus! – ‚Gut', dämpfte Adam seinen Eifer, ‚du darfst noch einmal kurz hinaus aus der engen Röhre, aber nicht ans Licht, nicht an die frische Luft, nicht ins Freie. Wir stecken immer noch in diesem scheußlichen Bunker!'

Der Tragschrauber war teilzerlegt in zwei großen Behältern hinten am Turm verstaut, und man sah gleich, dass die Bedienungsmannschaft, die vorher an Land nur teilweise mit dem Gerät vertraut gemacht worden war, mit der Entnahme aus den beiden Behältern und dem Aufbauen noch nicht so recht Bescheid wusste. Der Leitende Ingenieur, alle nannten ihn einfach L. I., schaute nur mit nachsichtigem Kopfschütteln in das Durcheinander, aber nach einer Weile stand der Tragschrauber schließlich doch komplett auf dem Starttisch im Wintergarten, wie diese merkwürdige Plattform hieß, die hinten an den Turm angebaut war.

„Nun", sagte der L. I. zu seinen Leuten, „das werden wir bis zum Weißbluten üben müssen, wobei es aber noch mehr auf das schnelle Abrüsten ankommt." Und zu Viktor gewandt: „Das Gerät ist Ihnen bekannt?"

„Fliegerisch schon, nicht im praktischen Einsatz an Bord."

„Dann können wir uns ja ganz auf die Einrichtungen an Deck und den Ablauf an Bord konzentrieren. Zunächst aber ein paar Worte zu Sinn und Zweck der ganzen Sache", sagte er zu Viktor und dann rief er laut zu den anderen, die noch an Deck herumstanden: „Ihr könnt auch mal herhören, die strategischen Gesichtspunkte sind auch für euch nicht ohne Bedeutung!"

Der Leitende spulte seine gut eingelernten strategischen Weisheiten ab. „Die Sichtweite von der Brücke eines U-Boots beträgt, immer gute Sichtverhältnisse vorausgesetzt, praktisch so um die fünf oder sechs Seemeilen bestenfalls, wegen der Erdkrümmung natürlich auch abhängig von der Höhe des Objekts über dem Wasserspiegel. Das aber heißt, ein U-Boot ist, zumindest strategisch gesehen, auch bei Überwasserfahrt nahezu blind. Dieses neue Gerät jedoch ermöglicht eine ganz andere Strategie im U-Boot-Krieg! Das wird den endgültigen Durchbruch für uns bringen! – Einziger Nachteil: die Rüstzeiten. Und zwar vor allem die Zeit zum Abrüsten, wenn schnelles Tauchen erforderlich ist."

Speziell an Viktor gerichtet erläuterte er noch: „Deshalb soll es mit der Einsatzerprobung auch erst weit draußen losgehen, wenn wir vor Angriffen der Engländer aus der Luft genügend sicher sind."

Viktor nickte.

„Das Einholen sollte", fuhr der L. I. fort, „bei mittlerer Flughöhe so zirka vier bis fünf Minuten dauern. Wenn der Tragschrauber dann wieder auf dem Starttisch steht, muss er blitzschnell abgebaut und in die beiden Behälter verstaut werden – da muss jeder Griff sitzen! Das dauert bei einer guten Mannschaft bestimmt noch einmal seine drei, vielleicht sogar vier Minuten, bevor dann die Jungs endlich den Turm entern und sich in Sicherheit bringen können – bei der Marineerprobungsstelle in Eckernförde behaupten sie, sie hätten es sogar in nur zwei Minuten geschafft. Also, so fünf bis zehn Minuten, eher zehn als fünf, wird man im Ganzen schon rechnen müssen."

Viktor war zu sehr Flieger, um nicht sofort zu erkennen, dass das bei einem Angriff aus der Luft nie und nimmer ausreichen würde. Der L. I. zeigte Viktor dann noch verschiedene Details an Deck und vor allem die Winde mit der Schleppseiltrommel, die beim Einholen von einem Pressluftmotor angetrieben würde. Beim Start dagegen würde das Schleppseil nur mit Hilfe einer Bremse langsam gefiert, also im Grunde genauso allmählich ausgelassen, als wenn man einen Drachen steigen ließe.

„Und was ist das?", wollte Viktor noch wissen und deutete auf eine Mechanik am Schleppseileinlauf.

„Das ist die Kappvorrichtung."

Viktor schaute den Leitenden fragend an.

„Nur für irgendwelche Notfälle – wenn sich beispielsweise mal das Schleppseil irgendwie verheddert", Viktors Frage war dem L. I. sichtlich unangenehm, „oder auch – – wenn mal ganz schnell getaucht werden muss."

‚Aha', sagte nach einer kleinen Pause Adam gedehnt, ‚so sieht also deine Guillotine aus.' –

Noch im U-Boot-Bunker wurde das Auf- und Abrüsten den Tag über mehrmals wiederholt. Es ging jedes Mal etwas schneller, doch alle waren sich einig, dass man noch erheblich mehr herausholen könnte. Beim letzten Mal schaute der Kommandant missmutig von der Brücke aus zu, die Stoppuhr in der Hand.

„Wie lange dauerte das Abrüsten, Herr Kaleun?", fragte hinterher der L. I. zur Brücke hinauf; er fragte das, wie Viktor schien, in einem durchaus höflichen Ton, und ‚Kaleun' war ja, wie er rasch gelernt hatte, die völlig bordübliche Kurzform für Kapitänleutnant.

„Viel zu lang!", brüllte der Alte und drückte ärgerlich auf seiner Stoppuhr herum, „ich habe da falsch gedrückt – ist ja auch scheißegal, wie lang! Ich lasse mir doch nicht meine Schnelltauchzeit von 35 Sekunden dermaßen versauen! Was heißt versauen – kaputtmachen, völlig wertlos machen! In Eckernförde haben wir um Sekunden gekämpft, und jetzt sollen da einfach noch zehn Minuten oder mehr draufgeschlagen werden? Gut Nacht, kann ich da nur sagen, arme U-Bootwaffe!" –

Nachdem keine Einflüge mehr gemeldet waren, begannen schon am Nachmittag die letzten Vorbereitungen zum Auslaufen. Das Boot sollte noch in der Abenddämmerung Bunker und Hafen verlassen, um am nächsten Morgen schon möglichst weit von der Küste entfernt zu sein, denn bei Tag musste man in Küstennähe stets mit Angriffen der Engländer aus der Luft rechnen.

In seiner Ahnungslosigkeit hatte Viktor wie selbstverständlich angenommen, dass er beim Ablegen und Verlassen des Bunkers die Manöver von Deck aus würde beobachten können, aber bis auf die Brückenbesatzung und ein paar Mann, die an Deck zum Loswerfen der Leinen gebraucht wurden, hatten sich natürlich alle, auch wenn sie dort keine Aufgabe zu erfüllen hatten, drunten im Boot aufzuhalten. So hockte Viktor nun mit Jan zusammen, der mit glänzenden Augen in sich hineinlächelte und mit seinen Bemerkungen bemüht war, seine freudige Erregung auch auf Viktor zu übertragen. Es ertönten immer wieder neue Befehle, die Viktor nicht alle verstand; dann sagte Jan, als man das Zischen der Pressluft hörte, stolz: „So, jetzt startet der Maschinenmaat die Diesel!"

„Wenn die Boote im Bunker liegen", erläuterte er noch, „lässt man nicht wie sonst die Diesel schon vorher stundenlang laufen. Aber jetzt laufen sie, bald geht's los!"

Und nachdem die Diesel im gleichmäßigen Leerlauf vor sich hinblubberten – fast mehr noch an den leisen Vibrationen zu spüren als mit dem Ohr zu hören –, brummelte Jan, der seine Routine dartun wollte, die er auf den Ausbildungsfahrten in der Ostsee erlangt hatte, ganz leise vor sich hin: „Kartoffel-Kartoffel – – Kartoffel-Kartoffel – – Kartoffel-Kartoffel – – Kartoffel-Kartoffel –"

Das sagte er bald zwanzigmal, aber ganz langsam und genau der Drehzahl der Diesel entsprechend, und so leise und fast stimmlos, dass fast nur noch die Konsonanten zu hören waren.

Schließlich wurde nochmals geprüft, ob alle Mann an Bord waren, und die einzelnen Stationen meldeten ihre Bereitschaft zum Auslaufen. Danach zog sich doch noch alles eine ganze Weile hin – weiß der Teufel, was die noch alles zu machen haben, fragte sich Viktor –, aber dann hörte man Kommandos in rascher Folge, und auch das Kommando „Leinen los!" konnte Viktor ausmachen. Das Boot erzitterte ein wenig, und Jan strahlte.

Die Diesel liefen inzwischen mit leicht erhöhter Leerlaufdrehzahl, und Jan wiederholte ein paar Mal sein ‚Kartoffel-Kartoffel', jetzt aber um eine Nuance schneller gesprochen. Viktor war sich sicher, dass sich das Boot bereits bewegte. Wahrscheinlich spürte er, der ja schon als Flieger manchmal fast zu sensibel war, deutlicher noch als die meisten an Bord auch die feinste Bewegung des Schiffskörpers; zwar nicht das sanfte Dahingleiten im Bunker, aber die geringste Veränderung oder Störung in dieser Bewegung. Da war doch gleich beim Ablegen dieses leise Schaben und Scheuern an den hölzernen Abweisern der Kaimauer zu fühlen gewesen, auch ein fast unmerkliches Knirschen; und obwohl jetzt im langsamen Dahingleiten zum Bunkertor kaum mehr als die leisen Vibrationen der Maschine zu spüren waren, glaubte er doch, diese oder jene minimale Richtungsänderung zu bemerken und dann, wohl nach Passieren des Tors, auch die ersten kleinen Wellen und das erste sanfte Wiegen des Boots.

Danach wurde die Drehzahl nochmals erhöht, sie befanden sich inzwischen wohl schon draußen im Hafenbecken, für einen Augenblick war es befreiend, wie das Boot mühelos zulegte. Jan sprach sein ‚Kartoffel-Kartoffel – Kartoffel-Kartoffel' noch ein wenig schneller und dann ging er über in „Kartoffelgemüse – Kartoffelgemüse – Kartoffelgemüse –"

Es war verblüffend, wie gut Jan das komplizierte Geräusch der Diesel in seiner ganzen Charakteristik in menschliche Sprache zu übertragen verstand; sogar für das ‚s' in Jans ‚Gemüse' glaubte Viktor in jeder Sequenz einen kurzen, leisen Zischlaut wahrzunehmen. Da musste er an seine Melodiefäden beim Fliegen denken.

Im freien Wasser dann, sie mussten den Hafen inzwischen wohl schon verlassen haben, legte sich das Boot voll ins Zeug. Nun beherrschte vor allem das Rauschen des Wassers das Fahrtgeräusch, und die Maschinen lieferten trotz ihres mächtigen Dröhnens eher den Hintergrund des Konzerts. Zugleich aber verstärkte sich auch dieses weiche Wiegen des Boots, wie es das beim Fliegen in dieser Weise nicht gab. Das waren Bewegungen, die ihm völlig fremd waren, kein Schaukeln oder Schwanken, wie er es kannte, kein plötzliches Fallen und hartes Aufgefangenwerden, sondern ein geheimnisvoll langsames Wiegen eben, das ihm nur Unbehagen bereitete und ihm zusetzte. Was da technisch geschah, war ihm klar; das musste diese lange Dünung des Atlantiks sein, wie sie eigentlich erst außerhalb der Biscaya herrscht und die den Bug immer wieder langsam anhob und dann wieder sinken ließ. Er war gespannt, wie sich das bei rauerer See entwickeln würde.

Nachdem er auf diese Schiffsbewegungen zu achten begonnen hatte, dauerte es nur noch wenige Minuten, und es stellten sich bei ihm die ersten Anzeichen von Übelkeit ein. Auch Jan bemerkte das, weil Viktor mehrmals aufstoßen musste und dabei merkwürdig ins Leere sah. Nun war plötzlich Jan der viel Erfahrenere von beiden, und es war rührend zu sehen, wie er sich sogleich fürsorglich um den älteren Freund zu kümmern begann.

„Am besten ist es, du legst dich auf deine Koje", sagte Jan.

Für alle Fälle holte er eine Pütz und kam damit gerade noch rechtzeitig, weil Viktor schon zum Spucken ansetzte. Dann meldete er dem Obersteuermann Viktors Zustand, der schaute später in Viktors Koje hinein, nickte ihm besänftigend zu und sagte aufmunternd: „Wird schon wieder werden!"

„Das war bei mir anfangs genauso", tröstete Jan, „das ist ganz normal. Wenn sich's irgendwie vermeiden lässt, steh so wenig auf wie möglich!"

Später erschien er noch einmal, um die Pütz auszuleeren und Viktor noch ein bisschen mit ruhigem Plaudern beizustehen.

„Auf unserer ersten Ausbildungsfahrt, auf der es auch hoch herging und wir Jungen alle zu spucken begannen, hat uns ein grauhaariger Bootsmann gesagt: ‚Es gibt da die alte Seefahrerweisheit mit den drei Stufen von Seekrankheit, wie sie jeder einmal durchlaufen muss, die müsst ihr kennen! In der ersten Stufe *glaubst du*, dass du stirbst; in der zweiten Stufe *bist du sicher*, dass du stirbst; und in der dritten Stufe *hoffst du*, dass du stirbst.'"

Viktor winkte mit erschöpftem Lächeln nur müde ab und durchlebte auf seine Weise noch einmal alle Phasen, wie er sie vor vielen Jahren bei seinem misslungenen Fünfstundenflug schon einmal durchgestanden hatte. Es ging die ganze Nacht. –

Im Morgengrauen befahl der Kommandant überraschend ein Prüfungstauchen.

„Das ist sicherer als am helllichten Tag", erklärte ihm Jan, „man weiß nie genau, was oben los ist, wenn man wieder auftaucht. Es könnte ja sein, dass man beim Auftauchen einem U-Boot-Jäger gerade in die Arme läuft."

„Kann denn der Alte nicht vorher gucken, ob die Luft rein ist?", fragte Viktor mit matter Stimme.

„Klar, wahrscheinlich bleibt er sogar die ganze Zeit auf Sehrohrtiefe, aber Flugzeuge, die sieht er da nicht so sicher. Die sind ja die eigentliche Gefahr, die natürlich umso kleiner wird, je weiter wir draußen sind. Irgendwann kommt dann sogar eine breite Zone, in der wir vor Fliegern völlig sicher sind, aber danach können uns dann schon wieder die amerikanischen Flugboote gefährlich werden."

So schwach und ausgepumpt sich Viktor auch fühlte, so interessierte ihn doch, wie der Tauchvorgang ablief und wie das mit diesem Anblasen der Tauchzellen vor sich ging, wovon er gehört hatte, damit das Boot fast zentimetergenau schwebend unter der Wasseroberfläche verblieb, und was es mit dem genauen Auswiegen über die Trimmzellen auf sich hatte. Aber wenn er auch nur den Kopf hob, um mehr mitzukriegen, kehrte sogleich die Übelkeit zurück.

Der Vormittag ging dann mit allen möglichen Arbeiten an Bord dahin – Reinschiff machen, Seekarteneinträge ergänzen, Treibstoffverbrauch berechnen, Ölstände prüfen, das Etmal ausrechnen, Torpedos ziehen, was immer das sein mochte, Proviant- und Wasserverbrauch kontrollieren – es gab keinen, der nicht irgendeine Aufgabe hatte, soweit er das in seiner Koje mitbekam. Alle waren sie beschäftigt, nur er lag nutzlos herum.

Doch jeder schien Verständnis für ihn zu haben. Das sah er an ihrer Miene und ihren Gesten, wenn sie, mit irgendetwas beschäftigt, bei ihm vorbeieilten. Aufmuntern wollten sie ihn, aufrichten, ermutigen oder sogar richtig Mut machen; alle blickten sie hoffnungsvoll drein, dabei eher tröstend manche, aufheiternd wieder andere; das tat wohl, wenn sie ihm so zulächelten, zunickten, zublinzelten – jeder wieder anders, und kaum einmal einer, dessen zufälliger Blick gleichgültig geblieben wäre. Einmal allerdings kam der Kommandant vorbei, der aber nur einen einzigen Blick in die Koje warf, wirklich warf, um sich sofort mit deutlich erkennbarer Verachtung wieder abzuwenden – als ob er, Viktor, es gewesen sei, der die Idee mit dem Tragschrauber gehabt hat.

Am Nachmittag wurde die Sicht immer schlechter, sodass gewiss nicht mehr mit Angriffen aus der Luft zu rechnen war, und so wurde die Gruppe Bachstelze für eine erneute Auf- und Abrüstübung an Deck befohlen, weil es, wie der Erste sagte, keineswegs dasselbe wäre, ob man die Übung drinnen im Bunker oder draußen bei Seegang durchführt.

„Wo ist denn der Oberfähnrich?", fragte der Erste von der Brücke herunter. „Es wäre nicht schlecht, wenn der immer mit dabei wäre, auch wenn nur auf- und abgerüstet wird."

„Der ist schlecht dran, Herr Oberleutnant", sagte der Oberbootsmann, der für die Gruppe Bachstelze zuständig war. „Der hat die ganze Nacht gereihert und liegt halbtot auf seiner Koje."

„De Fliejer hät over de Zong jeschisse", rief Jupp, ein Maat aus dem Rheinland, wie zur Erläuterung, obwohl es nichts mehr zu erläutern gab, doch er sagte das in einem singenden Tonfall, der so frohsinnig und heiter wirkte, dass dem qualvollen Ereignis keinerlei ernstzunehmende Bedeutung mehr zuzukommen schien.

Als der Tragschrauber gerade fertig auf dem Starttisch stand – es hatte wieder viel zu lange gedauert –, erschien der Alte auf der Brücke und befahl mit äußerst ungnädiger Miene und der Stoppuhr in der Hand ein Alarmtauchen mit anschließender längerer Unterwasserfahrt. Viktor bekam freilich auch davon nur wenig mit, obwohl ihn Jan getreulich auf dem Laufenden zu halten versuchte, aber als später nach dem Auftauchen das Boot wieder Marschfahrt aufgenommen hatte, fiel ihm eine plötzliche Unruhe an Bord auf, mit viel Hin- und Herlaufen, Flüchen und Kommandos, und nach einer Weile erschien Jan an seiner Koje, um ihm mitzuteilen, dass ein Generatorschaden oder so etwas Ähnliches aufgetreten wäre und die Feindfahrt abgebrochen werden müsste, da der L. I. keine Möglichkeit zur Reparatur mit Bordmitteln sähe. Der Alte sei bereits auf Gegenkurs gegangen, um möglichst noch im Schutz der folgenden Nacht wieder in Saint-Nazaire einzulaufen. –

Viktor ging es erst wieder besser, als sie sich sehr langsam in den Außenhafen von Saint-Nazaire schoben. Etwa zum gleichen Zeitpunkt ging ein Funkspruch der Hafenmeisterei ein, wonach sie die Box 3 des Bunkers ansteuern sollten. Dem Funkgast machte es natürlich keine Mühe, einen Funkspruch schon zu verstehen, noch während er ihn Buchstabe für Buchstabe niederschrieb, ja bei solchen kurzen Durchgaben, die nicht verschlüsselt waren, konnte er es sich leisten, überhaupt nicht mitzuschreiben. Did-did-did - dah-dah, kurz-kurz-kurz - lang-lang – also die Ziffer *drei* – hatte es bei der Box geheißen; er hatte ‚Box drei' an die Brücke durchgegeben, was auch sofort mit ‚Box drei' bestätigt wurde. Irgendwo auf dem Weg von der Hafenmeisterei zur Brücke aber – wo genau, das ließ sich hinterher nicht mehr feststellen, wahrscheinlich beim Funkgast, weil der nicht mitgeschrieben hatte –, irgendwo auf diesem Weg hatte sich ein Dreher eingeschlichen. Dieses Did-did-did - dah-dah (kurz-kurz-kurz - lang-lang) – also *drei* –, hieß ursprünglich Dah-dah - did-did-

did (also lang-lang - kurz-kurz-kurz) – das aber heißt *sieben*. So etwas kommt schon mal vor, gerade bei Ziffern.

Sie liefen also auf die Box 3 zu, aber dort wurde gerade ein anderes Boot erwartet, ein Boot, das äußerst erfolgreich an der US-Küste operiert hatte, bis hinauf in den Sankt-Lorenz-Golf in Kanada, und das nun nach monatelanger Feindfahrt mit großem Tamtam begrüßt werden sollte.

Schon bei der Einfahrt durch das Tor sahen sie zu ihrer Überraschung, dass der Bunker mit Girlanden, Blumen und Flaggen geschmückt war. Die Kais standen gedrängt voll mit allerhand uniformierten und zivilen Würdenträgern, und die Kriegsberichterstatter hatten für die Wochenschau ihre Filmkameras aufgebaut.

Als sich das Boot mit zemtimeterweiser Fahrt schließlich so weit in den Bunker geschoben hatte, dass vom Kai aus auch der Turm mit der Brücke zu sehen war, hob der Stabsmusikmeister seinen Taktstock und setzte kraftvoll mit dem musikalisch anspruchsvollen Kaiser-Wilhelm-Siegesmarsch ein, was in dem sonst so nüchternen Bunker sogleich zu einer ungemein festlichen Stimmung führte.

Der Erste Offizier war von diesem unerwarteten Empfang derart überrascht, dass er sofort der gesamten Mannschaft unter Deck befahl, sich zum Antreten an Deck unmittelbar nach dem Festmachen fertigzumachen, befanden sich doch im Augenblick außer der Brückenbesatzung nur ein paar Mann zum Festmachen an Deck.

Der Kommandant, im ersten Augenblick wohl auch etwas überrascht, richtete sich hoch auf und legte die Rechte betont korrekt an den Schirm seiner weißen Dienstmütze, Hand und Unterarm bildeten eine kerzengerade Linie. Die anderen auf der Brücke folgten ihm etwas zögerlich, und der Zweite winkte plötzlich, als er die rechte Hand schon fast an der Mütze hatte, mit beiden Händen entsetzt ab, als ob er das ganzen Theater noch vor dem Absturz in die Peinlichkeit hätte aufhalten können.

„Das ist ein Irrtum, eine Verwechslung!“, rief er verzweifelt, so laut er nur konnte.

Von den Offizieren am Kai brach daraufhin einer nach dem anderen seinen Gruß ab, und auch die Zivilisten nahmen ihre gestreckten Arme allmählich wieder herunter. Schließlich wurde auch der Stabsmusikmeister, der mit dem Rücken zum Wasser stand, unsicher, sah sich irritiert nach dem U-Boot um und ließ langsam seinen Taktstock sinken. Aber damit hatte er noch nicht abgeklopft. Der anfangs so volltönende Marsch lief von selbst noch ein paar dürre Takte weiter und erstarb erst, als auch der letzte herrenlose Pfeifer gemerkt hatte, dass er überflüssig geworden war – es klang erbärmlich.

An Bord hatte am längsten noch der Kommandant mit seinem Gruß der wachsenden Verwirrung standgehalten, aber nachdem die Kapelle verstummt war, gab auch er konsterniert auf.

Der Dienstälteste und zugleich Ranghöchste des Empfangskomitees, ein weißhaariger Konteradmiral, der bis dahin ebenfalls ständig gegrüßt hatte, blickte hilfesuchend zu seinem Adjutanten hinüber, wobei er seine Hand, als er sie endlich vom Schild der Schirmmütze löste, erst wieder etwas krümmte, bevor er sie endgültig sinken ließ. Dann rief er seinem Adjutanten zu: „Mann Gottes, Sie haben uns in den falschen Bunker geführt!"

Am raschesten hatten die Kriegsberichterstatter die veränderte Situation erfasst, die ohne großen Disput ihre Kameras und Stative zusammenpackten und verschwanden. –

8_Erster Einsatz auf See

Nach vier Tagen erneutes Auslaufen, diesmal erst in tiefer Nacht, weil entlang der französischen Atlantikküste bis in den frühen Abend hinein englische Aufklärer gemeldet waren.

Für Viktor hatte es während der Liegetage viel Gelegenheit gegeben, sich stundenlang mit Jan zu unterhalten und manches über die U-Bootwaffe, das Boot und die Besatzung zu erfahren.

„Du solltest dein ‚Jawohl, Herr Kapitänleutnant'", hatte ihn Jan belehrt, „allmählich sein lassen, da grinsen die anderen bloß! Wir sagen an Bord hier alle ‚Herr Kaleun', das ist völlig korrekt."

„Und unter uns", hatte er noch hinzugefügt, „heißt er ‚der Alte'. Das ist auf allen U-Booten so, ja überhaupt auf allen Schiffen, glaube ich, und hat nichts damit zu tun, dass Bruxldorf schon etwas älter ist."

„Wie sagst du, heißt er?", hatte Viktor gefragt.

„Ach so, das weißt du nicht, das kannst du nicht wissen. Bruxldorf oder auch Bruxldoof ist sein Spitzname. Er hat ja einen Doppelnamen und heißt Bruch-Selldorf. Den Spitznamen Bruxldorf soll er schon in Gotenhafen auf der U-Bootschule gehabt haben, hab ich gehört."

„Es ist interessant, wie lange sich solche Spitznamen halten, bei manchen Menschen stammen sie noch aus der Schulzeit."

„Dieses ‚Bruxldorf' muss wie ein Bazillus mit ihm an Bord gekommen sein; das war erst vor zwei Wochen. Vor dem Krieg hat er zur ersten Garnitur der U-Boot-Kommandanten gehört. Dann muss es bei einer der ersten Feindfahrten zu einer Riesensauerei an Bord gekommen seien, ich weiß nichts Genaueres, man munkelt nur so – er muss das Boot sinnlos in große Gefahr gebracht haben, jedenfalls hat sein Erster gebrüllt – das haben viele an Bord gehört – ‚Ich erkläre mich hiermit zu Ihrem Vorgesetzten!'"

„Ja, kann er das denn an Bord?"

„Ich denke, das kann er schon, aber er muss sich hinterher dafür verantworten. Es gab einen Riesenkladderadatsch, die Sache ging vors Kriegsgericht, alles ganz geheim. Am Schluss ist sein Erster und auch der Zweite degradiert worden, das sprach sich natürlich im Küstenrees herum, aber so ganz unrecht hatten die beiden scheint's nicht, denn der Alte wurde als Kommandant abgelöst und landete als Ausbilder bei der U-Boot-Schule in Neustadt und dann in Gotenhafen, noch lange vor meiner Zeit. Dort ist er dann so verbiestert und auch ein bisschen fett geworden. Dann ist er bei verschiedenen Stäben gelandet, und das hier ist jetzt wieder seine erste Feindfahrt, scheint's wollte man ihm nochmal eine Chance geben. Seine Jahrgangskameraden haben alle schon das Ritterkreuz, er fällt da direkt auf unter denen. Nur die ganz jungen Nachwuchskommandanten laufen noch ohne herum, da fragt man sich sofort, was ist mit diesem alten Sack da los. Du kannst dir ja vorstellen, was der jetzt für Halsschmerzen hat!"

„Halsschmerzen?"

„Ja! Weil man es um den Hals trägt – so nennt man das, wenn einer Tag und Nacht an nichts anderes mehr als an das Ritterkreuz denkt. Diesmal muss es bei ihm klappen, auf Biegen oder Brechen!"

„Und ich soll mir womöglich einen kalten Arsch holen, bloß weil der Halsschmerzen gehabt hat!", hatte da Jupp, der zugehört hatte, zum Schluss noch draufgesetzt. –

Am letzten Hafentag dann hatte sich Jan bald nach dem Wecken mit Fieber und starken Schluckbeschwerden abgemeldet, um das Revier aufzusuchen. Gegen Mittag hatte es geheißen, er wäre ins Marinelazarett in Lorient mit Verdacht auf Diphtherie eingeliefert worden und eine Teilnahme an der Feindfahrt sei jedenfalls ausgeschlossen.

Erst jetzt beim Auslaufen fühlte sich Viktor plötzlich alleingelassen, natürlich nicht von Jan, der konnte freilich nichts dafür, dass er krank geworden war, und er wusste ja, dass es für Jan nichts Größeres gegeben hätte, als bei dieser Feindfahrt dabei zu sein. Wie sich doch solche Zufälle bei einem Menschen wiederholen können! Viktor erinnerte sich, dass Jan schon einmal mit einem plötzlichen Knick von seinem voraussehbaren Lebensweg abgewichen war, wie ihm Jans sein Vater vor Jahren einmal erzählt hat. Da hatte Jan ebenfalls wegen einer Halsentzündung bei der Einschiffung zur Ausreise nach Palästina im letzten Augenblick zurückbleiben müssen.

Das Auslaufen unterschied sich kaum vom letzten Mal. Wieder, noch im Bunker, diese feinen Bewegungen des Schiffskörpers, die er zur deuten versuchte, wieder die gleichen Geräusche und Vibrationen – viel mehr Zugang zu dem, was draußen geschah, gab es für ihn ja nicht in seinem Gefängnis. Im freien Wasser kam ihm dann der Verdacht, dass diesmal doch ein stärkerer Seegang als beim letzten Auslaufen herrschte, und es war gewiss nicht gut, dass er daraufhin noch aufmerksamer auf die Schiffsbewegungen achtete. ‚Du musst dich ganz den Bewegungen des Bootes hingeben', hatte ihm Jan das letzte Mal geraten, aber das war so einfach nicht.

Es dauerte nicht lange, und er musste sich wieder flachlegen. Es war nicht nur eine kurze Attacke, wie er gehofft hatte, der durch rasches Hinlegen und ruhiges, tiefes Atmen zu begegnen gewesen wäre, sondern er spürte schon bald, dass er alles noch einmal von vorne würde durchlaufen müssen, nur dass ihm diesmal der Beistand Jans fehlte. Dafür allerdings sprang Jupp ein, den er bis dahin nur für eine freundliche Plaudertasche gehalten hatte, der sich nun aber als besorgter Freund bewährte.

Weil Viktor kaum etwas essen mochte, kam er am Abend mit einer heißen Brühe an; irgendwann brachte er Tabletten, die bei Seekrankheit nützlich seien und die er sich vom Funkmaat, der als Hilfssanitäter ausgebildet war, hatte geben lassen; und sogar nachts, wenn er beim Wachwechsel vorbeikam, bemerkte Viktor, wie Jupp kurz haltmachte und im Halbdunkel in die Koje sah und kontrollierte, ob er ordentlich zugedeckt war. Jupp machte sich Sorgen um Viktor, eine solch heftige Seekrankheit, wie sie Viktor beide Male schon gleich nach dem Auslaufen befallen hatte, war ihm noch nicht begegnet. Auch die maßgebenden Leute an Bord, vor allem die beiden Wachoffiziere, waren besorgt, und der Kommandant sah sich in seiner Einschätzung bestätigt.

„Was Ahnungsloseres kann man sich kaum mehr vorstellen", sagte er, „als uns für die Fronterprobung dieses nutzlosen Gestells ausgerechnet so einen Schlipssoldaten[10] von der Luftwaffe zu schicken – und dazu noch so einen!"

„Ich fürchte, bei der Flottille werden sie allmählich ungeduldig", meinte der Erste. Die stehen natürlich schwer unter Druck vom BdU[*] und warten dringend auf unsere Ergebnisse mit der Bachstelze."

„Durch den Generatorschaden haben wir eine ganze Woche verloren."

„Und jetzt scheitert die Erprobung womöglich daran, dass ausgerechnet der, der fliegen soll, dauernd körbeln muss."

„Eine Blamage für mein Boot! Nun, noch zwei, drei Tage, und wir sind weit genug draußen – wir können keinen englischen Luftangriff riskieren! Aber dann muss er hoch, ob er will oder nicht!", beschloss der Kommandant ziemlich schroff das Gespräch.

Gleich danach griff er sich den Obersteuermann: „Sie weisen den Oberfähnrich schon mal in die richtige Zielansprache ein, sobald er wieder einigermaßen auf den Beinen ist."

Schon am Abend meldete der Obersteuermann Vollzug.

„Doch, es scheint ihm etwas besser zu gehen. Ich konnte natürlich in der kurzen Zeit nicht in die Details gehen."

[*] Befehlshaber der U-Boote

„Hauptsache er unterscheidet auch auf größere Distanz Frachter und Kriegsschiffe, und da besonders Zerstörer."

„Ich habe ihm alle möglichen Silhouetten gezeigt. Mit der Richtungsansage in Strich kommt er natürlich noch nicht so zurecht, das geht bei ihm viel zu langsam, er muss da noch zu viel nachdenken und ist noch zu unsicher."

Der Alte reagierte schon wieder gereizt: „Verstehen Sie jetzt, warum ich so strikt gegen den Einsatz von Nichtseeleuten bin? Gerade auf U-Booten! Gleich nach Kriegsbeginn hatten wir einmal einen Waffenspezialisten von Rheinmetall mit an Bord – das war eine einzige Katastrophe."

„Jawohl, Herr Kaleun", sagte der Obersteuermann stoisch, obwohl nicht klar war, was er damit bestätigen wollte.

„Und wie stellen Sie sich das vor, wenn er die Richtungsdurchsagen nicht sicher beherrscht?"

„Ich habe ihm das Uhrenziffernblatt angeraten. Das funktioniert bei ihm als Flieger ziemlich automatisch."

„Von mir aus", winkte der Kommandant verdrossen ab, „genauer kann der Mann frei Schnauze sowieso nicht peilen." –

Viktor ging es tatsächlich wieder etwas besser, wobei er sich nicht darüber im Klaren war, ob der Seegang nachgelassen hatte oder er sich langsam an die Schiffsbewegungen gewöhnte. Nach wie vor schaute ihn der Kommandant, wenn er ihm zufällig unter die Augen kam, an, als ob er ein Fremdkörper sei, der hier nicht mit an Bord gehöre. Von der Besatzung dagegen wurde ihm, je besser er sich allmählich wieder fühlte, von allen Seiten eine aufmunternde Freundlichkeit entgegengebracht, auch von den Offizieren, und er spürte, wie er allmählich immer mehr mit zur Besatzung gehörte. Und je ablehnender sich der Kommandant zu der angeordneten Einsatzerprobung des Tragschraubers äußerte und je verächtlicher er über dessen Piloten sprach, desto freundlicher gab sich die Besatzung Viktor gegenüber, die an ihrem neuen Kommandanten mehr als an ihm auszusetzen hatte.

Nachdem er nicht mehr ständig auf seiner Koje zu liegen brauchte und nicht fortgesetzt in sich hineinlauschen musste, konnte er auch wieder eher über seine Lage an Bord nachdenken. Ich sollte, hatte ihm Jan immer wieder gesagt, mich den Bewegungen des Bootes ganz hingeben und nicht versuchen, gegen sie anzukämpfen. Bei dieser Erinnerung an Jans Ratschläge meldete sich endlich Adam wieder einmal, der sich während des Elends der Seekrankheit merkwürdig zurückgehalten hatte.

‚So ist das stets', dozierte er streng, ‚wenn ein übergreifender Zusammenhang, wenn eine größere Einheit entstehen soll. Du solltest ja nicht nur mit dem Boot in eine entspanntere und freundlichere Beziehung treten, man kann auch sagen, eine engere Einheit bilden. Sondern das Gleiche solltest du auch mit der Besatzung versuchen, gerade weil alle so eng zusammengepfercht sind, so eng, dass sich bei den Mannschaften sogar zwei Mann eine Koje im Wechsel der Wachen teilen müssen. Da darfst du nicht, wie bei der ersten Fahrt noch, dauernd um deine persönliche Identität kämpfen; da darfst du nicht versuchen, irgendeinen letzten Freiraum zu verteidigen, sonst kommst du aus der Abwehrhaltung nie heraus! Deine Individualität muss sich allmählich auflösen wie eine Stück Zucker im Kaffee. Erst dann gehörst du zur Besatzung, bildest du mit ihr wirklich eine Einheit.' – Er mochte recht haben, dachte Viktor, hatte aber keine große Lust, diesen ganzen umständlichen Gedankengängen Adams wirklich zu folgen. Doch Adam fuhr unerbittlich fort: ‚Du musst dich der Besatzung hingeben, genauso wie du dich den Bewegungen des Schiffs hingibst! Erst dann wird diese Enge, diese monatelange Bedrängnis, erträglich, und kein Schweißgestank wird dich mehr abstoßen, kein Mundgeruch dich mehr ekeln, keine Körpernähe dir mehr zuwider sein.'

Da musste Viktor nun doch an den Achter von Onkel Max vor dem Krieg denken, obwohl der gar nicht hier hinzupassen schien, aber das war im Grunde der gleiche Vorgang gewesen. Diese acht Mann hatten ihre Identität aufgeben müssen, jedenfalls zeitweise, und erst von da an waren sie siegreich, ja schließlich kaum mehr zu schlagen. ‚Natürlich ist dieser Achter', griff Adam Viktors Gedanken auf, obwohl Viktor gar nichts gesagt hatte, ‚natürlich ist dieser Achter nur ein Modellfall, ein geradezu spielzeughaft kleiner Modellfall, verglichen mit dem, was in einem U-Boot auf Feindfahrt geschieht – viele Wochen lang und mit viel mehr Menschen.'

Wahrscheinlich hatte damals Bienchen ebenfalls dieses Entstehen einer neuen Einheit auf einem höheren Niveau gemeint, als sie davon sprach, wie sehr auch der Solist mit dem Orchester verschmelzen könnte – manchmal sogar unter gefährlicher Einbuße an eigener Identität.

Viktor hatte schon ewig lange nicht mehr an Sabine gedacht und so erschrak er fast über die Heftigkeit, mit der er plötzlich an sie dachte. –

Auch Jupp war glücklich, als er merkte, dass es mit seinem neuen Freund allmählich wieder aufwärtsging. Er tat alles Mögliche, was er für geeignet hielt, um ihn wieder vollends aufzurichten, erzählte von früheren Fahrten mit dem alten Kaleun, erläuterte die Feinheiten der U-Boot-Technik und erzählte immer wieder Seemannswitze. Meistens lachte Jupp mehr als Viktor, der noch immer etwas geschwächt und eher gedämpfter Stimmung war.

„Momentan geht's einigermaßen", sagte Viktor, „aber ich sollte irgendwas zu tun haben an Bord. Wenn man keine Aufgabe hat, wird man viel leichter seekrank."

„Morgen, spätestens übermorgen, könnte ich mir vorstellen, sind wir genügend weit draußen, dann zieht dich der Alte hoch!"

„Wenn er mich nicht vorher über Bord schmeißt", lachte Viktor etwas verdrießlich, „der schaut mich jedes Mal an, als sei ich ein gefährliches Insekt. Als ob ich es gewesen wäre, der die Idee mit dem U-Boot-Tragschrauber gehabt hat!"

„Ich bin gespannt, wie das mit der Bachstelze geht!", sagte Jupp und schien tatsächlich sehr interessiert, „Trockenübungen haben wir ja genug an Land gemacht."

„Fliegerisch ist das überhaupt kein Problem", winkte Viktor ab, ohne große Unternehmenslust zu zeigen.

„Wenn wir wieder zurück sind, Viktor", rief Jupp laut in der Hoffnung, den doch noch etwas lethargischen Viktor endlich wieder frischen Mut einzuhauchen, „dann machen wir schwer einen drauf! Gleich beim ersten Landgang! Ich kenne da in St. Nazaire ein paar fantastisch großmopserte Weiber!"

„Was für Weiber, sagst du?"

„Großmopserte! Das Wort hab ich von unserem Bayern, weißt du, dem Maschinenmaat. Großmopserte Weiber!", rief er begeistert und malte mit beiden Händen zwei große Kreise in die Luft. „Kannst auch großmöpsig sagen. Da müssen wir unbedingt hin!“ Und schwärmend fuhr er fort: „Der Seemann prüft / sein Sackgewicht / an Stürbord ist / ein Puff in Sicht.“

Aber da erschrak Viktor. Er wusste nichts zu antworten, sondern lachte nur, was aber etwas verlegen klang. Da würde er auf keinen Fall mitgehen wollen. Allein die Vorstellung, von Jupp da mit hingeschleppt zu werden, machte ihm Angst. Man sollte möglichen Peinlichkeiten von vornherein aus dem Weg gehen. Er dachte schon jetzt über eine Ausrede nach, während ihm Jupp ein paar Mal kräftig auf die Schulter schlug. –

Erst am Abend des vierten Tags auf See ordnete der Kommandant den ersten Tragschraubereinsatz für Sonnenaufgang des nächsten Tages an. Der L. I., der für die Einsätze des Tragschraubers technisch verantwortlich war, bemerkte beim Abendbrot zum Ersten hinüber: „Ich denke, im Ernstfall wird man wohl ebenfalls regelmäßig mit *Sunrise* beginnen und erst abends zusammenpacken. Es sei denn –“, und da musste er lachen, es klang etwas höhnisch, „wir müssen vorher tauchen.“

„Was heißt ‚im Ernstfall‘, sagte der Erste, „das ist der Ernstfall! Fronterprobung heißt Einsatzerprobung und Einsatzerprobung ist Ernstfallerprobung. Wie wir das mit den Wachzeiten organisieren, bei nur einem Piloten, das müssen wir uns noch überlegen – mal sehen, wie's läuft.“ –

Viktor fand es herrlich, als er am frühen Morgen aus dem Turmluk stieg und ihm der kalte Wind ins Gesicht fuhr. Am liebsten hätte er die Kopfhaube noch einmal abgenommen – das war es, was ihm seit Tagen gefehlt hat. Soweit man im Morgengrauen erkennen konnte, war die Sicht nicht schlecht, aber die Wolkenhöhe war nur mäßig. Der Tragschrauber stand schon aufgebaut da, die Crew erledigte gerade die letzten Handgriffe. Viktor schwang sich auf den Starttisch, packte sich mit seinen dicken Klamotten auf den spartanischen Sitz aus Segeltuch und schnallte sich an. Er stellte den Höhenmesser nochmals nach und nickte dem Leitenden auf der Brücke zu zum Zeichen, dass er fertig sei, und der bestätigte über die Ringleitung.

Daraufhin wurde der Rotor von zwei Mann mit einer Zugleine, die über eine Andrehscheibe lief, auf eine gewisse Anfangsdrehzahl gebracht, die weitere Steigerung übernahm dann der Fahrtwind. Die Männer lösten die Leinen an den vier Klampen der Tragschrauberkufen und hielten die Bachstelze mit ihren Fäusten auf dem Starttisch fest, so gut es ging bei diesem Seegang und in dieser verwirbelten Luft.

Sobald die Startdrehzahl erreicht war, schaute Viktor wieder zum Leitenden und meldete Pilot und Flugzeug startbereit. Der Leitende gab das Kommando ‚Gerät – frei!', im gleichen Augenblick zog Viktor den Steuerknüppel etwas zu sich her und erhöhte damit den Auftrieb, sodass sich der Tragschrauber mit einem Ruck aus dem Griff der Haltemannschaft befreite.

Jupp, der an der Seilwinde stand, ließ, nachdem der Tragschrauber abgehoben hatte, in den ersten Sekunden das Schleppseil etwas zu schnell aus, sodass Viktor kaum Höhe machte und viel zu niedrig, hinter dem U-Boot herflog, anstatt steil darüber zu schweben, aber dann zog er die Bremse wieder etwas an, sodass Viktor, ganz wie ein Drachen, rasch zu steigen begann und unter vorsichtigem Auslassen des Schleppseils bald die Wolkenuntergrenze erreicht hatte. Es könnte sein, dachte Viktor, dass das richtige Bedienen der Seiltrommel beim Auslassen schwieriger ist als das Fliegen des Tragschraubers, denn ihm ging das Steuern der Bachstelze mit spielerischer Selbstverständlichkeit von der Hand. Die ersten Wolkenfetzen zogen vorbei, Viktor nahm die Schnauze wieder tiefer und hörte auf zu steigen.

„Sollhöhe erreicht!", gab er durch, und Jupp, der mit in der Ringleitung hing, hörte auf, weiter aufzufieren.

Viktor schaute auf das U-Boot hinab. Es war ein wundervolles Bild, wie sich das Boot, mehr in als über dem Wasser, schlank wie ein Pfeil und scharf wie eine Klinge in maschinenhafter Zielstrebigkeit seinen Weg durch die See bahnte. So also sah sein Gefängnis aus der Luft aus – aber jetzt konnte es ihm nichts mehr anhaben!

Alles sah aus der Luft entrückter aus, ungefährlicher, weniger bedrohlich – wirklich alles! Ja sogar fast schöner noch und vollkommener, das galt selbst für dieses U-Boot. Was man von oben aus der Luft sieht, dachte Viktor – und dabei hatte er natürlich vor allem das

Festland im Sinn –, das ist eben nicht mehr die volle Wirklichkeit, denn alles, was scheußlich ist und entsetzlich, ist verschwunden. Vielleicht macht es die volle Wirklichkeit erst aus, dass auch das Scheußliche darin mit enthalten ist. – ‚Ja', stimmte ihm Adam bei, ‚vielleicht neigen wir überhaupt dazu, etwas erst dann für realistisch zu halten, wenn wir auch das Hässliche darin entdecken.' – ‚Ich habe Waldbrände aus der Luft gesehen, Adam, auch Deichbrüche mit Überschwemmungen, sicherlich entsetzliche Katastrophen für die Betroffenen, vielleicht sogar mit Toten, aber aus der Luft, wenn man vergisst, was das für die unten bedeutet, waren es einfach großartige und manchmal sogar richtig schöne Bilder – das Entsetzliche war ebenso wie das Scheußliche herausgefiltert.'– ‚Aber denk doch nur an die Frau mit dem altmodischen Kinderwagen auf der Brücke!', wandte Adam ein. – ‚Ja', gab Viktor zögernd zu, ‚das stimmt schon, aber das war nur für den winzigen Bruchteil einer Sekunde. Und vergiss nicht, ich war fast im Tiefflug. Da ist man schon wieder etwas in die irdische Wirklichkeit eingetaucht.'

Nicht bei seinen großen Höhenflügen vergangener Jahre, nicht bei seinen stundenlangen Überlandflügen, sondern erst hier, in diesem armseligen Tragschraubergestell und aus lumpigen hundert Metern Höhe ging ihm mit einem Mal auf: Fliegen, Höhe gewinnen, sich entfernen vom Erdboden, das ist das allmähliche Heraustreten aus dem Irdischen.

Erst jetzt im Tragschrauber war diese leise, aber beständige Übelkeit, die nach den schweren Attacken der ersten Tage immer noch fortbestanden hatte, ganz verflogen, und nun, aus der engen Röhre befreit, genoss er die Weite seines Ausblicks und seine neue Freiheit in der Luft. Er wusste es ja, aber dennoch war es jetzt überwältigend zu sehen, welch riesigen Seeraum er im Vergleich zum Blick von der Brücke überschauen konnte, obwohl er nur knappe hundert Meter hoch war. Er versuchte, sich auf der Wasserfläche unter ihm den Kreis vorzustellen, der die Sichtweite des U-Boots markieren würde. Alles, was sich jenseits dieser Linie befindet, obwohl es für ihn hier oben noch vorzüglich auszumachen ist, verschwindet für das U-Boot bereits unter der Kimm. Ein Zerstörer beispielsweise, so malte er sich aus, der sich auf Gegenkurs näherte, würde über seinen Ausguck das U-Boot längst aufgefasst haben, während das U-Boot ihm ahnungslos vor die Rohre liefe. Eine brandgefährliche Situation – er konnte den Alten verstehen, der immer wieder das Tauchen gegen die Stoppuhr üben ließ –, denn nur Minuten später wäre der Zerstörer schon in Schussposition.

Er dagegen in seiner Höhe hätte diesen Zerstörer schon zu einem Zeitpunkt ausgemacht, zu dem das U-Boot für den Zerstörer noch unter der Kimm gelegen hätte, und dieser winzige schwebende Mann am fernen Horizont, der in der fast unsichtbaren Bachstelze saß, wäre dem Zerstörer bestimmt nicht aufgefallen.

Im Grunde, so sinnierte Viktor ein wenig ziellos vor sich hin, sollte man natürlich den ganzen Tag über den Tragschrauber als Ausguck in der Luft haben. ‚Dafür aber', so schaltete sich sofort Adam mit seinen ewigen Einwänden ein, ‚müssten eigentlich drei, mindestens zwei Piloten an Bord sein.' – ‚Ja, sicher richtig, aber hier auf dem Nordatlantik geht es ja nur um ein erstes Ausprobieren unter Einsatzbedingungen.' – ‚Aber warum muss dann die Sache ausgerechnet auf dem Nordatlantik ausprobiert werden? Das stinkt ja auch dem Alten!' – ‚Ist doch klar, weil sie mit der endgültigen Entscheidung über die Bachstelze nicht einen ganzen Monat oder länger warten wollen, bis sie ein Boot mit Tagschraube im Indischen Ozean haben.' –

Jupp war inzwischen verschwunden, ein Zeichen, dass man ihn nicht gleich wieder einholen würde und er dieses beschwingte Gefühl in den Lüften noch eine Weile würde genießen können. ‚Wir werden noch sehen, wie wir Ihre Wachzeiten einteilen', hatte ihm der Erste vor dem Start noch gesagt, ‚wir haben da ja noch gar keine Erfahrung, und Sie können sich ja melden, wenn Sie mal müssen.' Aber im Moment dachte er noch nicht im Entferntesten an eine Pause.

Am ruhigsten geht es wohl beim Maschinenpersonal zu, die haben Sechsstundenwachen, bei denen gibt es ja wahrscheinlich auch nicht dauernd etwas zu tun. Beim Deckspersonal dagegen – merkwürdiger Ausdruck bei einem U-Boot, dachte Viktor – scheinen es drei Wachen zu je vier Stunden zu sein, das heißt also wohl, überlegte Viktor, dass auf vier Stunden Wache acht Stunden Freiwache folgen, oder? Ja, so könnte es sein. Ihm wären acht Stunden Freiwache fast zu viel, nach den acht Stunden Freiwache wäre der Tag ohnehin schon bald zu Ende, und dann hieße es für ihn schon bald wieder zurück in die Röhre – Wache hin, Freiwache her. Jetzt merkte er erst, dass sich bei ihm da etwas umgekehrt hatte: Die Wache, das war für ihn die Freiheit, da konnte er fliegen und war von seiner dauernden Übelkeit erlöst, die Freiwache dagegen – da war er drunten eingesperrt, und die Seekrankheit drohte. Schon der Gedanke, nachher wieder in das U-Boot hinabsteigen zu müssen, bereitete ihm Unbehagen und ließ ihn schlucken.

Voraus wurde es heller, die Wolken, zwar immer noch tief, lockerten auf und verloren ihr dunkles Grau. Man könnte jetzt noch etwas höher gehen, aber dazu müsste er mit denen auf der Brücke sprechen und die müssten Jupp an die Winde zitieren, und das wären alles nur Störungen in seiner himmlischen Abgeschiedenheit, in der er sich inzwischen so richtig gemütlich eingerichtet hatte. Es gab nur den gleichmäßigen Fahrtwind, und darüber lag das Geräusch des Rotors, und weil der recht klein war, war das eher ein sanftes Schwirren, ein zartes Flap-flap-flap-flap, und nicht ein lautes Knattern wie bei Fockes berühmtem Hubschrauber mit seinen beiden großen Rotoren.

Viktor spielte ein wenig mit der Bachstelze, ließ sie noch ein paar Meter steigen und dann wieder sinken, versetzte sie in sanfte Schwünge zur Seite und freute sich über die angenehme Abstimmung der Ruder.

‚Was hieltest du davon', fragte da Adam plötzlich und zwar in deutlich schärferem Ton als sonst, ‚wenn du dich jetzt endlich an die Beobachtung des Seeraums machen würdest?' – ‚Halt die Klappe!', antwortete Viktor im Hochgefühl, endlich wieder fliegen zu dürfen, obwohl er einsah, dass Adam recht hatte mit seiner Rüge.

Es war gar nicht so einfach, stellte er schon nach ein paar Minuten aufmerksamen Beobachtens fest, ringsum Sektor für Sektor wirklich aufmerksam abzusuchen. Gerade weil es so wenig gab, was zu einer genaueren Identifikation aufgefordert hätte, gerade deshalb war es so anstrengend. Dabei herrschte durchaus eine bemerkenswerte Vielfalt, weil jeder Sektor wieder in einem anderen Licht erschien und in jedem Sektor die Wasserfläche in immer wieder anderer Art reflektierte. Aber ganze 360 Grad zu überwachen, dachte

Viktor, das ist zu viel für einen. – ‚Was heißt ganze 360 Grad?', kam da Adam schon wieder, ‚du übertreibst. Allerhöchstens 300 Grad einigermaßen zuverlässig, denn direkt nach hinten zu schauen, da sieht es schlecht aus.' – ‚Jedenfalls wissen die schon, warum sie auf der Brücke den Ausguck zu viert machen! Jeder hat nur einen Sektor von 90 Grad zu überwachen.' – Und Jan hatte ihm erzählt, wenn diese Vier im Kampfgebiet streng aufpassen müssen und mit keinem einzigen Blick ihren zugewiesenen 90-Grad-Sektor verlassen dürfen, dann seien sie schon nach zwei Stunden ablösungsreif.

Aber der Blick nach hinten war wirklich eine böse Verrenkerei, da hatte Adam schon recht, und er war sich hinterher nicht einmal sicher, ob er da wirklich alles genau gesehen hatte. Aber nach hinten ist die Überwachung des Seeraums ohnehin nicht so interessant, beschwichtigte sich Viktor selbst, von hinten drohen bei Marschfahrt weniger Überraschungen. Nur eben Flugzeuge, die nähern sich so schnell, dass es fast gleichgültig ist, aus welcher Richtung sie kommen. Ein Glück nur, dass so weit draußen auf dem Atlantik wohl kaum mehr welche zu erwarten sind, tröstete sich Viktor.

Die Flugzeuge waren bei der Überwasserfahrt die große Gefahr für das Boot, und sie waren vor allem auch Viktors spezielle Feinde, das sah er richtig, denn irgendwelche Kriegsschiffe, die würde er schon rechtzeitig melden, sodass vor dem Tauchen noch genügend Zeit zum Einholen des Tragschraubers bliebe. Bei einem Angriff aus der Luft jedoch sah das ganz anders aus. Die Flugzeuge würden sofort das U-Boot beharken, und der Alte würde so schnell tauchen, wie es nur geht, und den Tragschrauber würde er kurzerhand kappen, oder vielleicht auch nicht – egal, Viktor wäre in beiden Fällen der Dumme. Jeder Versuch, ihn vor dem Tauchen erst noch hereinzuholen, würde eine Gefährdung von Boot und Besatzung darstellen, die nicht zu rechtfertigen wäre.

Viktor war sich über diese besondere Gefahr aus der Luft, von der das Boot und vor allem er selbst bedroht war, schon lange im Klaren gewesen, aber erst jetzt, da er so verlassen am U-Boot hing, ging ihm richtig auf, wie allein gelassen der Pilot auf diesem fliegenden Hochsitz war und wie aussichtslos seine Situation, wenn das Boot wirklich ins Gedränge geraten sollte – vor allem dann, wenn Flugzeuge die Angreifer waren.

Später fand dann auf der Brücke, wie er von oben genau mitverfolgen konnte, der Wachwechsel statt, und der Obersteuermann, zu dem sich schon vom ersten Tag an ein freundliches Verhältnis ergeben hatte, übernahm die Wache vom Ersten. ‚Du solltest dich weniger um die Brücke als um den Horizont und deine vier Sektoren kümmern', ermahnte ihn Adam, ‚die schaffen den Wachwechsel auch ohne dich!'

Viktor konzentrierte sich sofort wieder streng auf seine Aufgabe als Ausguck, Adam hatte recht. Er war noch nicht wieder einmal rundum, als er vom Obersteuermann angerufen wurde.

„Brücke an Bachstelze", hörte er ziemlich verzerrt und fand es interessant, dass er unwillkürlich sofort wieder zur Brücke hinabsah, als ob der Anruf dann besser zu verstehen sei, „der Funker hat gerade durchgegeben, dass da irgendwo im Westen eine Cati unterwegs sein muss, aber er kann nichts Genaueres sagen."

„Was ist das, eine Cati?"

„So heißt bei uns die Catalina, das ist ein zweimotoriges Flugboot der Amis. Die kommen seit Neustem oben von Neufundland rüber und schaffen es so ziemlich bis zur Mitte des Nordatlantiks. Wahrscheinlich mit ein Grund, warum wir so weit südlich laufen. Und nicht zu vergessen, sie haben Wasserbomben im Gepäck!"

„Wasserbomben aus dem Flugzeug?"

„Jaja! Da sollten wir kein Risiko eingehen und dich für alle Fälle mal ne Weile runternehmen, damit wir schleunigst verschwinden können, falls die Brüder hier erscheinen."

Und zum Mann an der Winde, der mit in der Sprechverbindung war: „Wart noch einen Moment, Jupp, der Alte kommt gerade rauf, er will die Zeit nehmen beim Einholen."

Tatsächlich konnte Viktor gleich darauf den Kommandanten erkennen, wie er aus dem Turmluk herausstieg. Dann folgten die Befehle des Wachhabenden zum Einholen, und die Männer der Gruppe Bachstelze erschienen einer nach dem anderen, und Viktor spürte, wie es abwärts ging und sah, wie das U-Boot zwischen seinen Füßen allmählich wieder größer wurde. Alle schauten sie gespannt zu ihm herauf, nur die Vier im Ausguck suchten unbeirrt mit ihren Gläsern den Horizont ab, und man konnte von oben schön erkennen, wie sich jeder genau an seinen 90-Grad-Sektor hielt. Der Abstieg ging, wie Viktor schien, nur recht langsam voran und er glaubte, die Anspannung, wie sie an Deck herrschte, und die Aufregung, wie sie von der antreibenden Ungeduld des Kommandanten ausging, noch bis hier oben spüren zu können – der Respekt vor den feindlichen Flugbooten schien erheblich zu sein.

Es war schon eigenartig, ja paradox geradezu: Ausgerechnet er, der vom Fliegen besessen und von Flugzeugen verhext war und sie im Grunde auch dann noch liebte, wenn sie dem Feind gehörten, ausgerechnet er musste einsehen, dass gegenwärtig die Flugzeuge seine Todfeinde waren. Und doch, in gewisser Weise standen sie ihm immer noch näher als das U-Boot.

Als der Tragschrauber wieder sicher auf dem Starttisch stand und die Gruppe Bachstelze bereits mit dem Abbau begann, verschwand Viktor, so wie das vorgesehen war, sogleich im Turm, aber der Kommandant rief ihm höchst unzufrieden nach: „Das hat ja eine Ewigkeit gedauert, dieses Einholen!“, als ob Viktor einen Einfluss darauf gehabt hätte.

„Ich habe es auch gespürt, Herr Kaleun, der Pressluftmotor hat sich sichtlich schwer getan. Wir haben den Wind genau auf der Schnauze – vielleicht sollte man das nächsten Mal bei Gegenwind zum Einholen etwas Fahrt aus dem Boot nehmen.“

„Das fehlt gerade noch, Herr Oberfähnrich“, antwortete der Kommandant ebenso pikiert wie scharf, „dass Sie mir Ratschläge zur Schiffsführung erteilen – ausgerechnet Sie!“

„Jawohl, Herr Kaleun“, sagte Viktor nach einer kleinen Pause, bevor er weiter hinunterstieg.

Nachdem seine Wache zu Ende war, schaute der Obersteuermann bei Viktor vorbei.

„Ist ja alles nicht schlecht gelaufen. Beim Start, dieses Gewackle, ich hatte unten mehr Angst als du, der du draufsaßt auf dem Ding. Das heißt – ganz falsch! –, du hattest überhaupt keine Angst, das sah man, aber ich umso mehr. Für mich wär’s völlig unvorstellbar, mich auf ein solches Gestell draufzusetzen und mich hochziehen zu lassen.“

„Für mich ist der einzige Platz an Bord, an dem ich mich wohlfühle, das kleine Segeltuchsitzchen der Bachstelze. Du glaubst nicht, wie ich den Flug heute Morgen genossen habe. Hier unten geht's so allmählich mit meiner Dauerübelkeit schon wieder los."

„Ja – sollen wir dich denn nochmal raufhängen? Ein genauer Wachzeiten-Stropp ist ja noch nicht festgelegt – wir sollen Erfahrungen sammeln, hatte es geheißen."

„Nichts lieber als das, nur raus aus dem Stahlkäfig! Ich bin da sofort dabei!"

„Der Alte will nachher noch ein Prüfungstauchen durchführen. Danach machen wir das!" –

Am Nachmittag dann sah die Welt aus dem Tragschrauber, obwohl freilich wieder Wasser und nur Wasser zu sehen war, ganz anders aus. Und sie sah nicht nur anders aus als am Vormittag, sie fühlte sich auch anders an. Die Luft viel klarer, sodass der Horizont messerscharf geschnitten erschien, die Wolken höher und heller, die See glitzernder und gleißender, aber das Beschwingte, das Befreite, was er am Vormittag noch so eindringlich erlebt hatte, war dahin, war jedenfalls nicht mehr aufzufinden, obwohl er sich immer wieder bemühte, den Gefühlszustand vom Vormittag wiederherzustellen.

Wie hatte er diese Freiheit hoch über dem U-Boot genossen! Jetzt dagegen kam bald schon Langweile auf, kaum dass er damit begonnen hatte, den Horizont abzusuchen, und er musste aufpassen, nicht unaufmerksam zu werden und dumpf vor sich hinzubrüten. Es war ja nur eine bescheidene Freiheit gewesen, die er am Vormittag erlebt hatte, und die war halt rasch ausgekostet, jedes Glück nutzt sich ab, auch dieses. ‚Der Aufenthalt hier oben', erläuterte ihm Adam seine Lage, ‚ist für dich nur darum so verlockend, weil du für eine begrenzte Zeit aus deinem Gefängnis herausgelassen wirst, aber nur wie ein Hund an der Kette.' – Adam hatte recht, seine Freiheiten, wenn er es recht besah, waren mehr als dürftig; er konnte ein paar Meter höher fliegen oder tiefer, mal ein wenig mehr zur einen Seite und zur anderen, aber viel mehr gab es nicht. Er war ein Gefangener auch in der Luft, ein Gefangener durch und durch!

Oh, was habe ich doch alles an Flugzeugen geflogen! Die größten und die kleinsten, die schnellsten und die langsamsten, er ließ sie an sich vorüberziehen – oh ja, der „Storch"! Navigation habe ich studieren müssen noch und noch, Zielgeräte gebüffelt, mich mit Triebwerken befasst – alles für die Katz! Jetzt sitze ich in diesem Drahtgestell, das an einer Strippe hängt und wie ein Drachen hinter einem U-Boot hergezogen wird. – ‚Dessen Kommandant aber nichts von der ganzen Sache hält', ergänzte Adam.

Wäre ich doch nie mit diesem elenden Tragschrauber in Berührung gekommen, damals, bei diesen Spaßflügen in Delmenhorst; das hätte mir diese Versetzung zur Marine erspart. Aber ich gehöre doch immer noch zur Luftwaffe! – ‚Da hast du aber was davon', spottete Adam, ‚immerhin, du bist einer der teuersten Lehrlinge gewesen, die wir je hatten!' – ‚Aber furchtbar viel gebracht habe ich eigentlich nicht', ging Viktor darauf ein. – ‚Du wirst auch gar nicht mehr so schrecklich viel bringen können in diesem Krieg, schätze ich. Die da oben haben noch immer nicht begriffen, dass dieses Unterfordern mindestens genauso gefährlich wie die Überforderung ist.' –

9 _ Bordroutine, Feindberührung und Untergang

Die Tragschraubereinsätze wurden immer eintöniger für Viktor. Erster Start am frühen Morgen, alle paar Stunden eine Pause, selten einmal etwas zu entdecken, was zu melden gewesen wäre, meistens das gleiche Wetter, bedeckt, gute Sicht, und Gottseidank nur mäßiger Seegang – so waren die Pausen unter Deck und die Nächte eher zu ertragen, denn diese andauernde leise Übelkeit machte ihm immer noch zu schaffen. Manchen an Bord tat er leid, weil er so ungewöhnlich lange Wachzeiten zu absolvieren hatte. Er aber freute sich auf jeden neuen Start, auch wenn das Fliegen allmählich langweilig geworden war, und er schmunzelte im Stillen, wenn er den Wachplan las, weil er sich dann wieder ungestört mit Adam würde unterhalten können, obwohl er sich freilich darüber im Klaren war, dass er ein Überhandnehmen dieser Gespräche vermeiden musste, sonst könnte ihm diese merkwürdige Störung doch noch aus dem Ruder laufen, und so besann er sich immer wieder einmal auf seinen alten Ordnungsruf: ‚Adam, das bin ich selber!'

Der Marsch in ihr Operationsgebiet, in das sie vom BdU dirigiert wurden, würde noch drei oder vier Tage dauern, danach hatte er wohl auf Dauer unter Deck zu verschwinden. Aber bis dahin könnte er sich bei den Flügen die Zeit damit vertreiben, dass er Ausschau nach anderen Booten hielt, die ebenfalls im Anmarsch auf dieses Operationsgebiet waren, um dort die neue Rudelstrategie weiter zu erproben. Das würde ein Spaß werden, wenn man eines dieser Boote dann aus heiterem Himmel anfunkte und ihm die eigene Position durchgeben würde, sodass die sich dann die Augen aus dem Kopf schauten, wo denn ihr Funkpartner, der sie offenbar genau sehen konnte, wohl stecken mochte. Sie würden natürlich vermuten, dass er sich getaucht ganz in der Nähe aufhalte und man mindestens sein Sehrohr irgendwo erkennen müsste. Aber obwohl sie natürlich die Marschfahrt unverändert beibehielten, wäre nach einer halben Stunde der rätselhafte Funkpartner immer noch querab. Schließlich würden sie, aber erst nach langem Suchen, vielleicht dann doch die hauchzarte und federleichte Bachstelze irgendwo winzig klein knapp über dem Horizont ausmachen, aber alles andere würde für sie unsichtbar unter der Kimm bleiben. Mit dem missmutigen Alten würde der Jux wohl kaum zu machen sein, aber der Erste wäre sicherlich sofort bei der Hand.

Am liebsten war es Viktor, wenn der Alte seiner Geringschätzung des Tragschraubers freien Lauf ließ, was er meistens durch eine betonte Nichtbeachtung der Vorgänge bei Aufbau, Start und Landung kundtat. Zwar wurde Viktor dabei trotzdem gelegentlich von verächtlichen oder gar feindseligen Blicken des Alten getroffen, aber das nahm er in Kauf, wenn er dafür von störenden Eingriffen verschont blieb. Mischte sich dagegen der Alte doch ein – das war natürlich sein gutes Recht, aber Viktor und wohl auch Jupp empfanden das eben als Einmischung –, dann geschah das gewiss nicht aus plötzlich erwachtem Interesse, sondern eher, um seinem Ärger Luft zu machen und seine generelle Kompetenz darzutun für alles, was an Bord geschah. Gelegenheit für solche Einmischungen des Kommandanten gab es natürlich immer wieder.

„Warum fliegen Sie bei der Landung immer so schief an?", wollte er nach einem Flug von Viktor wissen. „Immer sauber geradeaus einschweben! So, wie sich unsere Leute rechts und links neben dem Starttisch aufgestellt haben. Kann doch nicht so schwer sein!"

„Der Vorhaltewinkel ergibt sich bei Seitenwind ganz automatisch. Wenn ich exakt in der gleichen Richtung stehen soll wie das Boot, dann müsste das Boot während der Landung genau gegen den Wind laufen. Sonst haben wir einen scheinbaren Wind, der sich aus Fahrtwind und Seitenwind –"

„Keine Belehrungen, bitte!", hatte ihn der Alte barsch unterbrochen.

In seinem Erfahrungsbericht sollte er auch zu diesem Thema noch etwas schreiben, nahm sich Viktor vor; der Flugzeugführer des Tragschraubers muss beim Einholen, aber auch schon beim Start, bei der Festlegung des Steuerkurses des Boots mindestens mitreden dürfen, aber er hütete sich, noch etwas zu sagen.

Tags darauf war die Sicht am frühen Morgen derart schlecht, dass Viktor gleich, als er aus dem Turmluk stieg, sah, dass da kein Flug möglich war.

„QBI", rief er den Männern der Brückenwache zu, aber der Obersteuermann, der ja kein Funker war, schaute ihn nur verständnislos an.

„QBI bedeutet in der Fliegerei totale Knofe", erläuterte Viktor, und erst als ihm einfiel, dass der Obersteuermann auch das Wort ‚Knofe' wohl nicht verstehen würde, rief er ihm und auch den Männern der Bachstelze-Crew, die schon an Deck drängten, zu: „Sicht null – nichts mit Fliegen, bei dem Wetter gehen sogar die Nebelkrähen zu Fuß!"

Er hätte natürlich nicht gleich selber den Flug lauthals abblasen dürfen, so eindeutig die Situation auch war, sondern er hätte besser erst die Schiffsführung informieren sollen.

„Das könnte Ihnen so passen", herrschte ihn der Alte an, als er zurückstieg, „das Zeug ist höchstens fünfzig Meter dick! Jetzt können Sie sich endlich mal bewähren! Denken Sie, ich will vollständig blind fahren, nur weil Sie keine Lust zu fliegen haben?"

Dabei hatte doch der Alte noch nie ein gutes Haar an der Tragschrauberei gelassen – jetzt sollte sie plötzlich von Nutzen sein! Viktor wusste genau, dass er in fünfzig Metern Höhe noch keine Sicht haben würde, auch in hundertfünfzig Metern noch nicht, dazu hätte es beim Blick senkrecht nach oben viel heller sein müssen.

Der Flug verlief dann genau so, wie er das erwartet hatte. Schon nach wenigen Sekunden verschwand unter ihm das Boot im Nebel. Das wäre keine ganz einfache Situation für einen nur kurz angelernten Marinepiloten ohne Blindflugerfahrung, dachte er; jede Orientierung über die Lage des Flugzeugs im Raum geht verloren, das kann dann in der Nervosität leicht zu verhängnisvollen Steuerbewegungen führen. Am besten war es, überhaupt nicht korrigierend einzugreifen, weil die Bachstelze im Schlepp, allemal im Steigflug, äußerst stabil in der Luft lag.

Viktor meldete an die Brücke während des Aufstiegs immer wieder ‚Sicht unverändert null'. Schließlich verschwand der Alte aus der Ringleitung, und kurz danach gab der Erste den Befehl zum Einholen. Immer noch von dichtem Nebel umgeben, merkte Viktor an dem immer flacher verlaufenden Schleppseil, dass er nur noch wenige Meter Höhe hatte, und als das U-Boot schließlich unter ihm aus dem Nebel auftauchte, stand er schon fast über dem Heck.

„Nun war es doch nichts", sagte später der Alte unter Deck zu ihm, „der Nebel hat doch stark zugenommen."

„Ja, aber ich glaube, ich habe interessante Gesichtspunkte für meinen Erfahrungsbericht sammeln können." –

Auffallend war die Neigung des Alten, den Tragschrauber stets möglichst hoch fliegen zu lassen; er hatte offenbar irgendwie die Vorstellung, dass man zwingend umso weiter sehen könne, je höher man sich befindet. So hatte er an einem ziemlich dunstigen Tag Jupp immer wieder befohlen, noch weiter auszulassen, obwohl Viktor diesem mehrmals ‚Halt, nicht zu hoch!' und ‚weiter runter!' duchgegeben hatte. Denn bei dem hoch reichenden Dunst, der geherrscht hatte, war die Fernsicht mit zunehmender Höhe eher schlechter als besser geworden. Das sollte unbedingt auch mit in seinen Erfahrungsbericht, befand Viktor, dass für die günstigste Schlepphöhe der Flugzeugführer zuständig sein muss und nicht die Brücke.

Noch schlimmer war es am Tag darauf, das war schon fast gefährlich gewesen. Er hatte, gleich nachdem er aus dem Turmluk gestiegen war, den Kommandanten darauf aufmerksam gemacht, dass sie Schiebewind hätten und beim Starten die Anblasgeschwindigkeit für den Rotor möglicherweise zu gering sei. Der Kommandant hatte ihn nur ungnädig angeschaut.

„*Was* für eine Geschwindigkeit ist zu gering?", knurrte er kopfschüttelnd, denn für ihn war ‚Anblasen' eine gänzlich andere Sache, die im Tauchzustand des Bootes eine Rolle spielte, nämlich das Füllen der Tauchzellen mit Luft.

„Die Anblasgeschwindigkeit, damit der Rotor auf genügend Drehzahl kommt. Wir haben ziemlichen Schiebewind."

Das war zu viel. „*Was* für einen Wind?", donnerte er.

„Er meint achterlichen Wind, Herr Kaleun", griff der Erste vermittelnd ein. „Wir sollten zum Start die Fahrt etwas erhöhen oder den Kurs solange ändern."

„Nichts da! Wir starten so! Und zwar sofort!", befahl der Alte, während Viktor im gleichen Augenblick schon überlegte, dass er in seinen Erfahrungsbericht aufnehmen sollte, dass bei Booten mit Tragschraubern unbedingt ein Schalenkreuzanemometer zur Messung der Windgeschwindigkeit mit zur Ausrüstung gehören müsste.

Der Start gelang schlecht und recht, aber obwohl Jupp, inzwischen gewitzter, nur ganz langsam ausließ, kam Viktor kaum über acht oder zehn Meter Höhe hinaus.

„Fieren, weiter auffieren!", rief der Alte immer wieder, aber jedes Mal, wenn Jupp dann vorsichtig etwas mehr Leine gab, sank Viktor eher wieder ein Stückchen, als dass er stieg.

Dann hörte Viktor in der Ringleitung, wie der Alte unwillig sagte: „Da! übernehmen Sie!"

„Können Sie nicht weiter steigen?", kam danach der Erste in die Ringleitung. „Bei dieser Seillänge müssten Sie doch schon viel höher sein!"

„Ich hänge da wie eine reife Pflaume", wahrscheinlich kannte der Erste diesen Ausdruck aus der Fliegersprache gar nicht, dachte Viktor, aber er musste doch sehen, wie ich da viel zu niedrig und viel zu steil angestellt hinterherbaumle. „Je mehr Jupp fiert, umso mehr Seilgewicht habe ich an der Schnauze hängen und umso steiler muss ich anstellen, um die paar Meter Höhe wenigstens zu halten – aber mehr geht nicht."

„Falls ich noch weiter absinke", bat Viktor den Ersten noch, „dann bitte sofort mit voller Leistung einholen und dabei möglichst noch die Fahrt erhöhen. Ich will keinen nassen Hintern kriegen!"

„Wenn wir ihn mit etwas mehr Marschfahrt vielleicht noch ein paar Meter höher bringen, da wird der Wind dann stärker“, meinte Jupp.

„Ach was, Jupp, umgekehrt! Der Rückenwind nimmt zu – das ist es doch, warum wir nicht höher kommen!“

Nach einer kleinen Pause kam der Erste wieder: „Wir erhöhen die Fahrt“, – meine Güte, jetzt probiert er es doch, befürchtete Viktor schon, aber dann fuhr der Erste fort: „Gruppe Bachstelze zur Landung an den Starttisch! Wir erhöhen für die Landung kurzzeitig die Fahrt.“

„Ja, da habe ich dann auch etwas bessere Ruderwirkung beim Landen“, äußerte sich Viktor zufrieden.

Entsprechend glatt verlief das Weitere. Viktor war einen knappen halben Meter über dem Starttisch mit der Landung fertig, den Rest besorgten die kräftigen Männerfäuste der Gruppe Bachstelze, die den schwebenden Tragschrauber an den Kufen packten und ihn vollends auf dem Starttisch herunterzogen.

Enttäuscht stieg Viktor wieder in sein Gefängnis hinab, der Alte blieb verschwunden. Viktor legte sich auf seine Koje. Wasserberührung hätte die augenblickliche Zerstörung des Tragschraubers zur Folge, er hätte sofort ausklinken müssen, im Schlepp des U-Boots wäre dem Druck der Wassermassen keine Sekunde zu widerstehen gewesen. Und dann? –

Am Nachmittag wurde vom Kommandanten ein erneuter Start befohlen, der Wind stand günstiger. Viktor war gerade auf Sollhöhe angelangt, als der Kommandant ein Prüfungstauchen anordnete. Viktor sah von oben, wie Jupp, der eilends zu seiner Winde lief, lustlos abwinkte.

Der Alte stand mit der Stoppuhr in der Hand auf der Brücke und während er minutenlang auf die Landung des Tragschraubers wartete, schüttelte er immer wieder einmal ungehalten den Kopf. Als Viktor nach der Landung im Turm verschwand, rief er ihm noch nach: „Halten Sie sich startbereit!“

Nach langwieriger Trimmerei und allerlei Prüfungen und Kontrollen kam endlich der Befehl zum Wiederauftauchen und zum Startklarmachen des Tragschraubers. Dann schließlich erneuter Start. Nach über drei Stunden ‚ohne besondere Vorkommnisse‘ im

Ausguck – es war nicht mehr viel Zeit bis Sonnenuntergang –, gab Viktor an den Obersteuermann auf der Brücke durch: „Ersuche gnädigst um eine kurze Pause."

„Ja, klar. Warst lange genug droben, heute", kam die Antwort des Obersteuermanns in der Ringleitung, und dann der Befehl, „Jupp, Bachstelze einholen!", und dann, immer noch in der Ringleitung zu hören, „Gruppe Bachstelze an Deck! – So, ich glaube, wir machen Schluss für heute, das lohnt nicht mehr."

Da schienen alle der gleichen Meinung zu sein, nur der Alte schimpfte: „Nur weil der Knabe dauernd schiffen muss, müssen wir jetzt blind fahren!"

Das ging gegen Jupps Gerechtigkeitssinn, weshalb er, nachdem er sich vergewissert hatte, dass niemand zuhörte, leise, aber aufgebracht zum Obersteuermann hin maulte: „Der Alte ist ein Schinder! Erst kann er nicht genug schimpfen, wie unnütz die Bachstelze ist, aber wenn's ihm in den Kram passt, dann jammert er plötzlich, dass er blind fahren muss!"

Und er empörte sich noch weiter: „Wenn das keine Schinderei ist, dass er mit Vorliebe genau dann sein Prüfungstauchen befiehlt, wenn wir den Drachen gerade hochgezogen haben! Könnte doch wenigstens erstmal ein Weilchen fliegen lassen, dass nicht alles für die Katz war! Das war jetzt schon paar Mal!" –

Es war nicht mehr weit bis in ihr Operationsgebiet. Der Flug am nächsten Morgen fand bei geringer Wolkenhöhe und mit ziemlich viel Regen statt, entsprechend eingeschränkt war die Sicht. Der Kommandant schaute beim Aufbau des Geräts wieder betont unbeteiligt und mit der Miene eines resigniert Wartenden zu, um mit seiner ostentativen Interesselosigkeit jedem zu verstehen zu geben, was alle längst wussten, nämlich dass er von diesem Projekt nicht das Geringste hielt. Der Erste dagegen verhielt sich ungleich engagierter, war er es doch, der die Aufgabe übernommen hatte, den Erfahrungsbericht aus der Sicht der Schiffsführung zu schreiben. Der Alte war hochgradig missgestimmt, das sah Viktor aus jeder Bewegung, wahrscheinlich auch wegen des Wetters, und als beim Start alle gespannt zum Tragschrauber schauten, blickte er wie gelangweilt zur Seite. Auch beim Aufstieg schaute er nicht ein einziges Mal zum Tragschrauber hin, ganz im Gegensatz zum Ersten, der sich bei Viktor mehrmals nach der Horizontalsicht erkundigte, um die günstigste Schlepphöhe herauszufinden, und der jedes Mal, wenn er etwas sagte oder fragte oder wenn Viktor antwortete, zum Tragschrauber hinsah, als ob sich damit die Verständigung verbessere.

Viktor dachte beim Aufstieg noch darüber nach, welche Anzeichen es wohl waren, aus denen diese „Tragschrauberabneigung" des Kommandanten so unmissverständlich abzulesen war, ja mehr noch, aus denen zu ersehen war, dass diese Ablehnung stets mit einer spürbaren Feindseligkeit ihm gegenüber einherging, da hatte er auch schon die Wolkenbasis erreicht. Noch ehe er das nach unten melden konnte, hatte das auch der Erste bemerkt und Jupp befohlen, nicht mehr weiter aufzufieren.

„Und sobald er in die Wolken gerät", hörte Viktor den Ersten in der Ringleitung, „sofort wieder etwas einholen!"

Der dauernde Regen war lästig, manchmal war in Böen ein verstärktes Prasseln auf der Fliegerbrille zu spüren, und die Innenseite beschlug dann eher. Aber noch war alles gut warm und trocken. Vor dem Start hatte ihm der Erste noch einen Schal aus blaugrauem Frottee umgebunden. „Das ist unter dem Ölzeug getragen das Dichteste, was es gibt", hatte ihm der Erste versichert, „der Schal saugt sich zwar allmählich voll, behält aber auch in feuchtem Zustand die Körpertemperatur. Kein Tropfen läuft dir am Hals und am Rücken runter."

In Fahrtrichtung schien der Regen zuzunehmen, die Sicht voraus, ohnehin schon mäßig, wurde rasch noch schlechter. Auch heute würde vermutlich wieder nichts Besonderes zu sehen sein, bei diesem Wetter wohl erst recht nicht. Vor ein paar Tagen hatte er, sehr weit entfernt und sehr hoch, wenigstens mal ein Flugzeug beobachtet, das war ihm vorgekommen wie ein Lebenszeichen aus seiner vergangenen Welt, aber trotz des guten Glases, dass man ihm mitgegeben hatte, war der Typ nicht auszumachen gewesen – vielleicht war es ein deutscher Fernaufklärer? –, und schon nach kurzer Zeit war das Flugzeug wieder entschwunden.

Viktor misstraute einer Wolkenbank voraus, die nach Nordosten hin fast aufzuliegen schien. Sie war noch einen Hauch dunkler als der Dunst und die Wolken ringsum, und wenn man durch das Glas sah, konnte man für einen Moment den Eindruck gewinnen, als würde sie ganz langsam querab nach Nordosten weiterziehen. Viktor starrte angestrengt in den Dunst, wischte nervös über sein Fernglas, fuhr mit den Fingern unter die Fliegerbrille und rieb sich die Augen. Aber da war doch etwas – ja, da ist ein Schiff! – da sind mehrere Schiffe! Viktor meldete seine Beobachtung sofort der Brücke:

„In Richtung 11 kleinerer Verband, Entfernung –", er überlegte einen Augenblick, „vielleicht sieben oder acht Meilen, höchstens zehn."

Danach war die Ringleitung plötzlich tot, und Viktor ärgerte sich, dass seine Durchsage viel zu aufgeregt geklungen hatte. Dann hörte er den Alten, der das Kehlkopfmikrofon offenbar dem Ersten weggenommen hatte, brüllen: „Was heißt hier ‚vielleicht'? Vielleicht sind da Schiffe, vielleicht sind da auch keine! Vielleicht sind sie in Richtung elf, vielleicht sollte man besser ‚drei Strich Backbord' sagen! Und wieso nur noch sieben oder acht Meilen? Früher haben sie nichts auffassen können, was? Pennen Sie denn da oben? Da brauchen wir keinen fliegenden Ausguck!"

Der Alte war nur schwer zu verstehen. Viktor wusste als Flieger, je unaufgeregter man sprach, wenn man ein Kehlkopfmikrofon am Hals hatte, desto besser die Verständigung. Dann war die besonnene Stimme des Ersten wieder zu hören.

„Können Sie die Fahrtrichtung dieses Verbands erkennen, Zabener?"

Die Stimme klang so betont ruhig, dass das fast schon einer Provokation des Alten gleichkam. Viktor überlegte einen Augenblick. Sie selbst fuhren momentan wohl etwas über 300 Grad – zu dumm, dass die Bachstelze keinen Kompass hatte, das ist ein weiterer Punkt für den Erfahrungsbericht! –, die Schiffe liefen fast quer zu ihrem Kurs, gleich darauf war er sich sicher: „Sie fahren Richtung Nordost bis Ostnordost, ich kann inzwischen im Dunst ganz schwach Rauchfahnen sehen."

Daraufhin gab der Erste den Befehl zum sofortigen Einholen der Bachstelze, und er hörte die Stimme Jupps, der aber, anstatt den Befehl zu bestätigen, nur ‚Oh jeh!' rief. Danach war wieder eine ganze Weile Ruhe in der Ringleitung, ein paar Mal hörte Viktor ein Knacken, als ob jemand die Sprechtaste drückte, wahrscheinlich war jetzt der Alte wieder in die Leitung gekommen.

Viktor spähte angespannt zu dem Schiffsverband hinüber – es wurden immer mehr, das musste ein ganzer Geleitzug sein! –, dann erst bemerkte er, dass ein kleineres Schiff, wohl ein Zerstörer, der viel schneller fuhr als die anderen, die fast zu stehen schienen, sich vom Konvoi gelöst hatte und mit Brassfahrt auf sie zuhielt, ein ganzes Stück der Strecke hatte er schon zurückgelegt – dass ihm der Zerstörer nicht früher aufgefallen war!

Er meldete seine Beobachtung sofort der Brücke. Der Alte, schon vorher am Rande seiner Fassung, drehte daraufhin vollends durch. Er gab einige verworrene Befehle, die Viktor nicht verstand, rief dazwischen mehrmals ‚Kommando zurück!' und fuhr den Ersten an: „Sehen wenigstens Sie denn etwas?", das alles bei gedrückter Sprechtaste für die Ringleitung, sodass Viktor mithören konnte. Dann befahl er, das Boot klarzumachen zum Tauchen und rief noch mehrmals „Alarmtauchen, Alarmtauchen" hinterher, er musste völlig die Nerven verloren haben. Ein Glück, dachte Viktor, dass der Erste den Befehl zum Einholen längst gegeben hatte und er bereits etwas tiefer flog. Jupp schaute beim Einholen ununterbrochen zu ihm herauf.

Doch dann hörte er den Alten Jupp anfauchen: „Kappen, sofort kappen! ‚Alarmtauchen' heißt automatisch immer auch ‚sofort kappen'! Das ist doch wohl klar! Denken Sie denn, wir können warten, bis Sie den runtergespult haben?"

Die Stimme des Alten schnappte dabei über, Jupp neben seiner Winde schaute hilflos zur Brücke, das konnte Viktor von oben genau erkennen, dann wieder zu ihm hinauf.

„Los, Mensch!", brüllte der Alte. „Worauf warten Sie noch? Das ist ein dienstlicher Befehl! Ich lass Sie vors Kriegsgericht stellen! Wenn Sie nicht augenblicklich kappen, werden wir ohne Sie tauchen!"

Viktor sah, wie Jupp noch einmal kurz zu ihm heraufblickte. Im nächsten Augenblick bäumte sich die Bachstelze leicht auf – Viktor wusste, dass er soeben gekappt worden war. Er staunte über sich selbst, wie gelassen er blieb und automatisch die Ausklinkvorrichtung betätigte, um das gekappte Schleppseil abzuwerfen, das ja einiges wog. Als es abfiel, spürte er einen kleinen befreienden Satz des Tragschraubers, und danach flog die Bachstelze frei und federleicht, wenngleich es unaufhaltsam nach unten ging – nicht einmal eine knappe Minute würde ihm noch bleiben. ‚Mein Schicksal hängt an einem seidenen Faden‘, hatte er bei seinen Träumereien vorhin, bevor der ganze Schlamassel losging, mit einem Blick auf das glitzernde Schleppseil noch gedacht. Jetzt war der seidene Faden nicht nur durchtrennt, sondern er hatte ihn auch noch ins Meer geworfen. Das U-Boot war verschwunden, der Zerstörer, bei dem er inzwischen die kleinsten Details erkennen konnte – es war ein Engländer – war schon ganz nah und stoppte nun in der Nähe der Tauchstelle die Maschinen. Ob sie ihn wohl schon bemerkt hatten hier oben?

Er hatte nur noch wenige Meter Höhe. ‚Ich bin mal gespannt, Adam, was der Rotor sagt, wenn er das Wasser berührt!‘ – ‚Was Wichtigeres hast du wohl nicht im Augenblick?‘ – ‚Na, dann wart mal ab, da fliegen die Fetzen!‘

Viktor setzte sich, so behutsam es ging, ins Lee des Zerstörers, sicherheitshalber mit einem gewissen seitlichen Abstand, um nicht in eine allzu heftige Verwirbelung zu geraten.

Man hatte ihn bemerkt. Vor dem Aufsetzen hatte er noch einen kurzen Blick auf den Zerstörer geworfen und gesehen, wie ein Beiboot klargemacht wurde. Wie er Adam vorausgesagt hatte, zerriss es den Rotor, die schwimmenden Teile blieben aber durch die Querverspannungen mit dem Rest des Gestells einigermaßen verbunden, was günstig war, weil dadurch der Tragschrauber nur langsam absoff. Viktor löste sein Gurtzeug, und es dauerte nur Sekunden, bis seine Klamotten mitsamt Ölzeug von unten bis oben mit eiskaltem Wasser, das ihn förmlich umklammerte, vollgelaufen waren. ‚Das ist das Dichteste, was es gibt‘, musste er an die Ermunterungen des Ersten vor dem Start denken, ‚kein Tropfen läuft dir am Hals und am Rücken runter.‘

Das Beiboot kam schnell näher, aber als die Besatzung mit ihren langen Bootshaken zu fischen begann, musste er erkennen, dass die Eile der Retter weniger ihm als dem verschwindenden Tragschrauber galt. Glücklicherweise ging dessen Bergung rasch vonstatten, dann erst wandten sie sich ihm zu. Ganze Sturzbäche schossen unten aus seinem Ölzeug heraus, als sie ihn, wahrscheinlich doppelt so schwer wie sonst, mühsam aus dem Wasser hievten. Seine Schwimmweste, die beim Ausziehen über Bord gefallen war, ließen sie achtlos treiben. Das übrige nasse Zeug solle er unbedingt noch anbehalten, bedeuteten ihm die Retter. –

Viktor hatte zwar keine Ahnung, wie es üblicherweise auf einem Zerstörer zugeht, aber er fand doch, dass die Nervosität, die an Bord herrschte, ungewöhnlich war. Zwar war er an Deck von einem Offizier kurz begrüßt worden – nicht einmal unfreundlich, aber mit einer gewissen Beiläufigkeit wie ein ganz selbstverständlicher Besuch –, aber alle, die er danach sah, rannten aufgeregt hin und her, und jeder schien mit der Erledigung einer dringenden Aufgaben beschäftigt. Von einem massigen Sanitätsdienstgrad wurde er in eine Kammer bugsiert, und gerade als er eintrat, merkte er, wie sich der Zerstörer kraftvoll wieder in Bewegung setzte. Jetzt erst, in der Kammer, in der es nur ein festgeschraubtes Feldbett mit ein paar Decken und einen Eimer gab, durfte er endlich seinen nassen Kleider ausziehen, was gar nicht so einfach war, denn er fühlte sich steifgefroren und kraftlos, und die nassen Kleidungsstücke klebten auf der Haut. Der bärige Sanitäter half ihm dabei und frottierte und massierte ihn anschließend unter vollem Krafteinsatz. Danach wurde er in einen viel zu weiten Drillichanzug gesteckt. Ein Backschafter, offenbar ein Inder, brachte einen Pott heißen Tee – oh, echten Tee! –, der herrlich schmeckte und guttat. Außerdem hatte man dem Backschafter noch einen warmen Troyer mitgegeben, in den Viktor sogleich hineinschlüpfte. Mit einem leisen Befremden sich selbst gegenüber bemerkte er, wie wenig es nur bedurfte, um einen derart Ausgefrorenen, der aus einer so aussichtslosen Lage gerettet worden war, das Gefühl zu vermitteln, dass er an Bord wohl aufgenommen sei. ‚Das grenzt fast schon an Landesverrat, wie du dich durch ein paar Selbstverständlichkeiten bestechen lässt', würde Adam wahrscheinlich jetzt sagen, doch der war offenbar wasserscheu und schwieg schon seit längerem.

Viktor spürte, wie der Zerstörer in hoher Fahrt einen plötzlichen Haken schlug, wobei das Schiff deutlich krängte und die hohen Seitenkräfte ihn an die Wand pressten – ganz ungewöhnlich für ein solches Schiff. Danach fuhr es in seltsamer Weise mal schneller, mal langsamer, und dann hörte er etliche Male und in dichter Folge ein dumpfes Plumpsen am Heck und gleich darauf heftige Detonationen, die man nicht nur hören, sondern auch fühlen konnte. Er wusste sofort, der Zerstörer warf Wasserbomben. Das konnte nur sein Boot sein, das da gejagt wurde, dachte er mit Schrecken, äußerst unwahrscheinlich, dass es da noch ein anderes Boot in der Nähe gab. Das unruhige Fahren mit schnellen weiten Bögen unter voller Kraft und dann wieder das Stoppen mit anschließenden ganz spitzen Ecken, fast auf der Stelle, ging noch eine Weile, und Viktor merkte, wie seine alte Übelkeit wieder aufkommen wollte. Dann folgte unter ganz langsamer Fahrt eine neue Serie Wasserbomben, und bald darauf brandete unbändiger Jubel auf aus Hunderten von Männerkehlen, nein, sogar ein regelrechter Jubelgesang, der durch kurze unregelmäßige Typhonstöße nicht ohne Kunst getaktet war. Der Backschafter sagte ihm später, als er das Essen brachte, dass das der Augenblick gewesen sei, als ein riesiger Ölflecken auf dem Wasser erschienen sei, der immer größer wurde – verlässliches Zeichen dafür, dass ein gejagtes U-Boot erlegt worden ist. Alle, die das sahen, vor allem natürlich die auf der Brücke, würden dann sofort mit ihrem Jubelgesang einsetzen, den sie mit den Stößen aus dem Typhon begleiten, und alle anderen, die irgendwo im Schiff das Typhon hören könnten, würden ebenfalls mit einfallen, sodass schließlich das ganze Schiff im Gleichtakt jubele. Sie hätten das schon öfter geübt, erzählte der Inder treuherzig, aber das heute, sagte er mit leuchtenden Augen, sei zum ersten Mal ein echter Einsatz dafür gewesen, und das sei wie ein Fest für das ganze Schiff.

Dann aber schaute er Viktor plötzlich ganz aufmerksam an, erst nachdenklich, dann zunehmend bestürzt und schließlich teilnahmsvoll, weil ihm klar geworden war, dass es sich nur um Viktors Boot gehandelt haben konnte. –

Viktor war erst wenige Stunden an Bord des Zerstörers, als er von dem Inder zu einem ersten Verhör abgeholt wurde. In einem Raum, auch nicht viel größer als seine Kammer, aber immerhin mit einem Bullauge versehen, erwarteten ihn zwei Offiziere, der eine schon etwas älter, schätzungsweise ein Kapitänleutnant, der ein fast perfektes Deutsch sprach – vermutlich ein Reserveoffizier, könnte vielleicht ein englischer Rechtsanwalt sein, dachte Viktor –, der andere ein blutjunger rotblonder Leutnant, aktiver Offizier sicherlich, der bemüht war, den scharfen, mindestens den hochpräzisen Vernehmer zu spielen, dessen Fragen dann auch stets etwas misstrauischer als die des älteren Offiziers klangen.

Die Verhörer, die vor allem Näheres über den U-Boot-Typ, über Einsatzpläne und elektronische Neuerungen hören wollten, fanden schon bald heraus, dass bei Viktor in Sachen U-Boot-Technik, U-Boot-Entwicklung und auch U-Boot-Strategie nicht viel zu holen war. Anfangs hatten sie seine blanke Unwissenheit für eine durchtriebene Form der Aussageverweigerung gehalten, die sie durch ein besonders intensives Bohren und immer wieder neue Anläufe zu durchbrechen versuchten – ohne den geringsten Erfolg natürlich. Aber als sie schließlich von ihm hörten, dass er eigentlich gar kein U-Bootfahrer sei, ja nicht einmal ein Mariner, sondern von der Luftwaffe, genauer von der Fliegertruppe, vorübergehend zur Kriegsmarine zwecks Fronterprobung des Tragschraubers abkommandiert worden sei, atmeten sie fast auf. Und wie um die Glaubwürdigkeit dieser Aussage zu bekräftigen, fügte Viktor noch an, dass sich daraus auch seine dauernde Übelkeit erkläre, die ihm auch jetzt an Bord des Zerstörers noch zu schaffen mache.

Seinen Verhörern, die sich zunächst über seine Neigung zur Seekrankheit gewundert hatten, schienen diese Attacken eine überzeugende Bestätigung für seine Ahnungslosigkeit in allen Fragen der Seefahrt. Sie ließen fürs Erste von ihm ab und erlaubten ihm großzügig, dass er jederzeit, anstatt den Eimer zu benutzen, seine Kammer verlassen und hinaus an die Reling treten und sich an der frischen Luft aufhalten dürfe, solange er wolle, nur möge er bitte keinesfalls auf dem Schiff umhergehen.

Von dieser Erlaubnis machte Viktor Gebrauch, so oft und so lange es nur ging. Der Fahrtwind war zwar lausig kalt bei längerem Aufenthalt an Deck, aber der freie Ausblick, vor allem der Blick auf die anderen Schiffe, war ihm das wert. Über dreißig Frachter mussten es sein – schwer zu zählen, weil ihre Abstände groß und sie nie alle gleichzeitig zu sehen waren. Er war überrascht, wie gering die Marschgeschwindigkeit dieses Geleitszugs war. Die Frachter schienen fast zu stehen, so mühsam schleppten sie sich voran. Er versuchte, die Geschwindigkeit zu schätzen und musste daran denken, wie er damals mit Ludwig zusammen die Strömungsgeschwindigkeit des

Rheins ermittelt hatte. Hier allerdings war das Verfahren arg ungenau, er war auf lauter Schätzungen angewiesen, weil er die Länge des Zerstörers nicht kannte und auch keine Stoppuhr hatte und weil nur selten einmal irgendetwas an kleinem Treibgut nah genug vorbeischwamm, das sich als Log hätte verwenden lassen. Er spielte seine Berechnungen mit immer wieder neuen Annahmen durch und je mehr er abschätzte und rechnete, umso deutlicher bestätigte sich sein Eindruck quälender Langsamkeit: Sie liefen nicht einmal zehn Knoten – klar, der Langsamste bestimmte das Tempo, und das war ein alter Seelenverkäufer, das sah sogar Viktor, der die meiste Zeit enorm qualmte und ziemlich weit vorne mitfuhr.

Nicht so sehr der Anblick dieses zähen Geleitszugs, sondern vor allem seine Aussichten hatten etwas Bedrückendes: Es konnte also noch viele, viele Tage dauern, vielleicht länger noch als eine Woche, bis sie einen englischen Hafen erreichen würden. Aber was war es ihm denn so eilig, dachte er, in England würde er irgendwo in einem Gefangenenlager landen – da hatte er es hier an Bord des Zerstörers mindestens genauso gut; man war ja nicht unfreundlich zu ihm, in einem Gefangenenlager würde sicherlich viel mehr herumgebrüllt, die Verpflegung hier an Bord war tadellos, er erhielt offenbar die gleiche Verpflegung wie die Besatzung, und es waren durchaus ordentliche Portionen. Schlecht nur war – so wog er Gefangenenlager und Zerstörer gegeneinander ab –, dass er seine Neigung zur Seekrankheit, obwohl besser geworden, noch nicht endgültig überwunden hatte, und er fühlte sich hier an Bord halt auch sehr allein. Jetzt fehlte nur noch, dass sie von deutschen U-Booten angegriffen werden! Viktor Zabener – zwar als einziger der U-Bootbesatzung gerettet, dann aber abgesoffen auf einem englischen Zerstörer, ohne dass das je jemand zu Hause erfahren würde – was es doch alles an Schicksalen geben kann, die für immer verborgen bleiben!

Viktor hing an der Reling und schaute an der Bordwand hinunter auf das vorbeistrudelnde Wasser, wie es sich vielfältig in jedem Augenblick aufs Neue formierte. Da war nur scheinbar nicht viel zu sehen, in Wahrheit würde er, selbst wenn er den ganzen Tag über auf diese Stelle starrte, nie zweimal genau dem gleichen Bild begegnen. Das war eine wundervolle Bildvorlage, um zu träumen! Deshalb war es sogar gut, dass sie nicht schneller fuhren, die feinen

Veränderungen im Wasser wären nicht mehr so schön zu beobachten gewesen. Obwohl er natürlich das alles so genau nun auch wieder nicht beobachten wollte – er wollte nur in Ruhe vor sich hinträumen, das einzige, womit er sich an Bord des Zerstörers beschäftigen konnte.

Von Adam, fiel ihm dabei auf, war weit und breit nichts mehr zu hören. So lange hatte er noch nie geschwiegen.

Wann war es denn, dass sich Adam das letzte Mal gerührt hat? Beim letzten Tragschrauberflug ist er doch noch mit dabei gewesen! Ja, sicher, so war's.

Dieser Adam, jetzt, wo man ihn brauchen könnte, kommt er nicht bei!

Alleinsein kann schnell zum Verlassensein werden, wenn man niemanden hat, mit dem man sich austauschen kann.

Was für ein Glück, dass Jan im letzten Augenblick krank geworden ist!

Alle anderen sind umgekommen. Das erfasste er erst jetzt so richtig, da er an die einzelnen Männer dachte. Vorher hatte er es nur gewusst, dass sie tot waren, jetzt begann er, es zu begreifen – der Obersteuermann – der Erste – und Jupp natürlich – die ganze Bachstelze-Crew.

Wahrscheinlich weiß kein Mensch bei der Flottille, der der Verlust des Bootes natürlich nicht verborgen bleiben wird, dass ausgerechnet er als einziger unter merkwürdigen Umständen übrig geblieben ist – wie sollten sie das auch wissen? –, und so werden sie auf einem umständlichen Dienstweg eine Gefallenenmeldung nach Hause durchgeben – oder nur eine Vermisstenanzeige? –, und werden seine in Saint-Nazaire zurückgelassene Seekiste, die in Wirklichkeit nur ein gut verschnürter Pappkarton war, an die Heimatadresse verschicken.

Sollten sie. Er hatte keinen Einfluss auf das, was die Flottille schreibt; auf das Gefangenenlager, in das er kommen würde; auf die Dauer dieser Seereise – auf nichts hatte er Einfluss.

Viktor merkte, dass er auszukühlen begann, und ging in seine Kammer zurück. Er legte sich auf das Feldbett und blickte auf die hellgraue Ölfarbe der stählernen Decke – alles immer noch viel komfortabler als auf einem U-Boot!

Das Schicksal Adams beschäftigte ihn fast mehr noch als sein eigenes. Je länger er darüber nachdachte, desto mehr wurde ihm gewiss, dass Adam wohl ein für alle Mal verschwunden war. Auf der einen Seite fühlte er sich dadurch von einer Last befreit; es war eine geheime Last, aber gerade darum war sie manchmal bedrückend. Auf der anderen Seite war er betrübt, so ähnlich wie man nach der Abreise eines guten Freundes betrübt ist; Adam war einfach nicht mehr da, war weg, war verschwunden, aber er war nicht gestorben, denn eigentlich hatte er nie wirklich existiert, darum stellte sich bei Viktor nicht etwa Trauer ein. ‚Man war jetzt halt nicht mehr zu zweit', war Viktors einzige Bemerkung, und das war eine Bemerkung des Bedauerns, nicht der Trauer.

Und doch hatte sich auch in ihm etwas verändert. Stundenlang lag er so da, um sich zu erforschen. In vielem, so hatte er das Gefühl, in vielem ist er mit Adams Verschwinden ein neuer Mensch geworden, nachdenklicher, objektiver, viel kritischer, so, wie er es früher, vor Adams Erscheinen, vielleicht auch schon war.

Adam hatte ja wichtige Aufgaben in Viktors Leben übernommen. Adam hatte die Kontrolle über alles, was er tat, ihm oblag die kritische Beobachtung, nicht nur die Beobachtung ihrer Umgebung, sondern vor allem auch die Beobachtung von Viktor selbst, weshalb Viktor ihn manchmal als Aufpasser empfunden hatte. Viktor war immer mehr zu einem nur noch Handelnden geworden, zum blinden Auftragserfüller, der seine Aufgaben erledigte, so gut es halt ging. Adam dagegen war der reservierte und zugleich strenge Beurteiler gewesen – nun ja, dazu hatte Adam, ganz im Gegensatz zu ihm, der zu handeln hatte, sich ja stets genügend Zeit genommen.

Jetzt war all das, was Adam damals übernommen hatte, wieder auf ihn zurückgefallen. Nein, nicht nur das, was ihm Adam abgenommen hatte, eigentlich war der ganze Adam, lange Zeit abgespalten von ihm, nun wieder in ihm aufgegangen – tauchte er darum jetzt nicht mehr auf?

Viktor fühlte, dass er mit Adams Verschwinden ein Stück zurückgetreten war, um vermehrte Übersicht zu erlangen, was aber zugleich auch eine vertiefte Einsicht in die Dinge selbst bedeuten kann. Aber der Preis dafür war, dass er alles in der Welt fortan kritischer sehen würde. Das ist nicht immer angenehm, wenn man bei jeder Sache gleich als Erstes die Nachteile, die Risiken, die Gefahren sieht, dachte er, aber wenn man zu einer besonnenen Weltsicht kommen will, dann muss das wohl so sein.

Im Grunde, dachte Viktor, bevor einschlief, wird Adam jetzt gar nicht mehr gebraucht. –

10 _ Ludwig Herkommers Besuch zu Hause nach dem Luftangriff _ Fahrt an die Ostfront

Gleich werden wir da sein, dachte Ludwig Herkommer verschlafen, streckte sich und stand auf und ging ein paar Schritte im Zug hin und her. Das war eine gute Idee gewesen, in den Marschbefehl einen kleinen Umweg hineinzuschwindeln und einen Zwischenstopp zu Hause einzubauen.

So etwas konnte nur Eugen organisieren! Ein Glück, dass es endlich gelungen war, ihn beim Hauptamt loszueisen, und dass er ihn mit einigen Tricks hatte nachziehen können. Der wäre uns in Berlin sonst noch versauert! Als er sich bei Castan zu dieser Dienstreise abgemeldet hatte, war dieser hocherfreut gewesen, als er eher zufällig von ihm erfahren hatte, dass Eugen Saller, dieses unübertreffliche Faktotum, in der vergangenen Woche wieder zu ihnen gestoßen war. „Sie wissen doch, Herkommer, dass Saller auch Elsässer ist. Aber sie wissen sicher nicht, dass er aus dem gleichen Dorf kommt wie ich“, hatte Castan gesagt. „Er ist mit mir sogar um ein paar Ecken herum verwandt, jedenfalls hat er als Kind zu mir Onkel Bertel gesagt.“ – „Jetzt wird er Standartenführer zu Ihnen sagen“, hatte Herkommer gescherzt. – „Nein, das wird er allerdings nicht!“, hatte Castan in strengem Ton klargestellt und dann unter Andeutung eines überlegenen Lächelns hinzugefügt, „ich bin soeben zum Brigadeführer ernannt worden.“

Der Zug fuhr bereits langsamer, obwohl noch nicht einmal die Vororte erreicht waren, und dann bewegte er sich minutenlang nur noch schleppend – das konnte doch nicht schon der Hauptbahnhof sein? Schließlich hielt er auf offener Strecke an. Nach einer Weile ging ein Schaffner durch die Abteile, man könne nicht in den Bahnhof einfahren, in der Nacht habe es einen ziemlich heftigen Luftangriff gegeben und die Aufräumarbeiten auf den Gleisen und den Bahnsteigen seien noch im Gange.

Herkommer sprang auf das Gleisbett hinunter und half noch ein paar älteren Leuten, den nicht unbeträchtlichen Höhenunterschied zwischen dem untersten Trittbrett und dem Schotter zu bewältigen, dann machte er sich zu Fuß auf den Weg.

Je mehr er sich der Innenstadt näherte, umso durchdringender wurde der Brandgeruch und desto mehr Trümmer lagen auf seinem Weg. Da und dort war die Feuerwehr noch immer mit Aufräumarbeiten und dem Aufstöbern von Glutnestern beschäftigt.

Er dachte über Castans Beförderung zum Brigadier nach, das war sicherlich auch gut für ihre Spezialeinheit, vor allem auch im Umgang mit benachbarten Heereseinheiten und deren Kommandeuren, mit denen es immer wieder einmal zu Kompetenzgerangel gekommen war. Brigadeführer, das war immerhin bereits ein Generalsrang, das würde in Zukunft vieles vereinfachen. Irgendwie muss das seinerzeit ungeschickt eingefädelt worden sein mit diesen Dienstgraden der SS! Die SA hat es ja schon vorher gegeben, und so militärisch die Kerle von der SA auch immer taten, von militärisch benannten Dienstgraden und militärisch benannten Formationen wollten sie absolut nichts wissen. Die SA hing damals ja noch dem Traum nach, sich mit der militärischen Aufrüstung zu einem millionenstarken Volksheer zu entwickeln und die Reichswehr eines Tages mühelos zu schlucken. Und weil die SS anfangs noch zur SA gehörte, hatte sie sich diesen Dienstgraden selbstverständlich nicht entziehen können. Aber als dann Neununddreißig die Waffen-SS entstand – und diese dann ja auch die feldgraue Uniform des Heeres erhielt –, da haben wir die letzte Chance verpasst, befand Herkommer, da hätte man die Dienstgrade der Wehrmacht einführen müssen! Zwar wurde von da an wenigstens vom Offizierskorps gesprochen – ‚Offizier der Waffen-SS', das klang ja schon ganz anders als ‚SS-Führer' –, an den Dienstgraden jedoch traute sich keiner zu drehen.

Ganz oben allerdings hat sich dann doch ein bisschen was getan, jetzt, wo draußen die Divisionen des Heeres und der Waffen-SS nebeneinanderliegen: Unsere hohen Herren schreiben unter ihre

Tagesbefehle und sonstigen schriftlichen Äußerungen nicht nur den SS-Dienstgrad unter ihrem Namen, sondern auch noch den entsprechenden Heeresdienstgrad. Was ist schon ein *SS-Obergruppenführer*, wenn nicht gleichzeitig ‚*und General der Waffen-SS*' danebensteht!

Doch ein SS-Untersturmführer ist in der Öffentlichkeit im Vergleich zu einem Leutnant halt ein armer Teufel, das hatte er lange genug mitgemacht, auch wenn sie das ‚Unter-', wo es ging, gern weggelassen haben, schließlich gibt es ja auch keinen Unterleutnant.

Den ziemlich ramponierten Mannheimer Hauptbahnhof, in den der Zug tatsächlich nicht hätte einfahren können, ließ Herkommer links liegen. Auf einem Spruchband, das an der Bahnhofshalle herunterhing und sich im Wind bewegte, konnte er mühsam ‚Räder müssen rollen für den Sieg!' entziffern. Es zog ihn weiter Richtung Schloss. Einige Landser, die ihm entgegenstiefelten, grüßten lustlos und an der Untergrenze des gerade noch Hinnehmbaren, wie Herkommer fand, aber sie grüßten wenigstens. Da hat sich vieles geändert, dachte Herkommer, seit es nicht mehr so richtig vorangeht.

Eher als er erwartet hatte, kam ihm die Villa Zabener in den Blick, weil der Dachstuhl eines kleineren Hauses davor abgebrannt war. Aber auch das Zabenersche Haus war bös zugerichtet. Der Dachstuhl war ziemlich beschädigt und auch weiter unten in der Etage mit Viktors Zimmer musste es gebrannt haben. Wie gut, dass die Chauffeurwohnung im Souterrain des Nebengebäudes lag, nicht einmal einen Wasserschaden schien es gegeben zu haben. Das Garagengebäude nebenan allerdings, die frühere Remise, war vollständig zerstört, die drei ausgebrannten Autos boten ein trostloses Bild.

Dann entdeckte er im Hof den Konsul, der ein paar Männer beim Ausräumen von Möbeln vorsichtig um die Ecken dirigierte.

„Ja, wer kommt denn da?", rief der Konsul, als er ihn gesehen hatte, und schien sich tatsächlich zu freuen. „Dein Vater muss gleich wieder zurück sein, Ludwig."

Herkommer grüßte so heiter und so herzlich, wie das in Uniform bei einem halbwegs korrekt ausgeführten Gruß möglich ist, und fragte als Erstes: „Haben Sie mal wieder etwas von Viktor gehört?"

Der Konsul sah ihn einen Augenblick unbewegt an, als ob er

nachdenken müsse, und sagte, als handle es sich um eine eher beiläufige Mitteilung: „Viktor ist gefallen."

„Ist er abgeschossen worden?", rief er bestürzt.

„Nein, ich nehme an, er ist ertrunken. Er war zuletzt Beobachtungsflieger auf einem U-Boot, das mit Mann und Maus im Nordatlantik versenkt worden ist – Wasserbomben, Ölfleck, aus!"

Noch nie hatte Herkommer deutlicher als in diesem Augenblick gespürt, wie tief verbunden sie als Milchbrüder waren, und so sträubte er sich, so bäumte er sich auf dagegen, dass Viktor tot sein könnte.

„Vielleicht", sagte er mit der Hellsicht des Verzweifelten, „war er gerade in der Luft, als das Boot getroffen wurde."

„Das ist äußerst unwahrscheinlich, Ludwig. Wenn sein Boot auf Tauchfahrt war und zu entkommen versucht hat, wird nicht er gleichzeitig oben spazieren geflogen sein – was sollte er da auch tun?"

„Doch, doch", rief er gequält, „so muss es gewesen sein! Es kann nicht sein, dass es ihn nicht mehr gibt", stöhnte er trotzig auf, „das würde ich spüren, wenn der fehlte!"

Im nächsten Augenblick hatte er sich wieder in der Hand, doch dieser Zustand seltsamer Verbundenheit hielt an. Er ging benommen ein paar Schritte über den Hof, dann hinten durch den Garten und auf ihren alten Schleichwegen ins Nachbargrundstück hinüber; das war ein halböffentlicher kleiner Park, ziemlich verwahrlost, wo er sich auf eine Bank fallen ließ, die vom Luftangriff noch voller Flugasche war. Jetzt nur niemanden sehen!

Selten hatte sich Herkommer mit Viktor so einig gefühlt und selten war ihm Viktor so nahe gewesen wie jetzt, da man ihm einreden wollte, dass er gefallen sei. Dass Viktor noch lebte, war für ihn von so selbstverständlicher Gewissheit, dass er gar nicht weiter darüber nachzudenken brauchte. Wahrscheinlich, dachte er, sind wir als Milchbrüder viel enger miteinander verbunden als gewöhnliche Brüder.

Ein solches Einvernehmen, sagte sich Herkommer, kann ja durchaus auch dann bestehen, wenn man sich in wichtigen Fragen uneins ist. Und bei uns beiden kommen diese Uneinigkeiten einfach daher, dass Viktor in weltanschaulichen Dingen so entsetzlich zurückgeblieben ist. Was niemand wundern kann, denn sein Vater ist bestimmt ein verkappter Gegner, mag er auch noch so national tun, und so kriegte Viktor daheim nie etwas Vernünftiges in dieser Richtung zu hören, eher im Gegenteil, während ich schon seit Jahren in der ständigen Schulung von Ossenbühn stehe und in letzter Zeit sogar in der von Castan selbst. Ich habe da kolossale Fortschritte gemacht und eine ganz andere Sicht der Welt gewonnen – oh, in diesen Fragen trennen Viktor und mich inzwischen Welten!

Für Viktor bedeutet das herrliche Wort ‚Angriff' etwas Verwerfliches, auf der ganzen Linie. Das hat er mir bei unserem letzten Treffen zu erklären versucht; der wird noch zu einem gefährlichen Pazifisten, wenn das so weitergeht. Da war er schon auf dem Weg nach Posen gewesen, weil er einrücken musste – das ist auch schon wieder bald zwei Jahre her. Viktor hat sich halt immer mehr auf seine Fliegerei zurückgezogen, sonst interessiert er sich doch für nichts. So hat er wahrscheinlich bis heute noch nicht begriffen, dass ein wachsendes Volk, wenn es wirklich stark ist, nicht nur das Recht, sondern sogar die Pflicht hat, wie ihm Ossenbühn immer wieder klargemacht hat, sich über seine Landesgrenzen, die aus vergangenen Zeiten stammen, hinweg auszubreiten und die verwahrlosten riesigen Räume, die der schwächliche Nachbar immer mehr hat verkommen lassen, zu säubern – in jeder Hinsicht zu säubern – und die eigene Kultur dort aufzubauen. Und er hat natürlich erst recht noch nicht kapiert, dass dazu eine gehörige Konsequenz gehört und gewiss auch einiges an Härte gegenüber den ursprünglichen Bewohnern, das ist nicht zu vermeiden.

Komplette Sätze von Ossenbühn kamen ihm in den Sinn, nein, sie stürmten geradezu auf ihn ein, und er fand, sie passten haargenau, um sich die politische Situation Großdeutschlands klarzumachen, die Viktor so gar nicht zu erfassen vermochte.

Wie oft schon, dachte Herkommer, wie oft schon habe ich bei Viktor das Gefühl gehabt, er lebt in einer ganz anderen Welt! Daher kommt es auch, dass wir an gemeinsame frühere Erlebnisse oft total verschiedene Erinnerungen haben, das ist unglaublich! Wo wir doch jedes Mal genau dasselbe gesehen und gehört haben, wo wir vielleicht sogar direkt nebeneinander gestanden sind! Auf Viktors Gedächtnis ist nicht der geringste Verlass. Was hatte er doch damals alles über die Reichskristallnacht gefaselt, als wir uns danach wieder gesehen haben. Und was für ein verworrenes Zeug erzählt er immer mal wieder über unsere Ferien damals auf dem Bauernhof!

Ich bin überzeugt, dass Viktor selbst daran glaubt, was er da erzählt, und nicht irgendwie schwindelt. Warum sollte er auch. Der glaubt genauso fest an seine Erinnerung wie ich an meine! Es könnte sogar sein – wer kann das so genau wissen? –, dass meine Erinnerungen ebenfalls da und dort vom wirklichen Geschehen abweichen, wenn auch gewiss nur in Kleinigkeiten. Da bin ich mir sicher.

Was Herkommer da so durch den Kopf ging, das waren natürlich alles nur Erfahrungen aus seinem privaten Leben, aber solche persönlichen Einsichten schienen ihm auch für seine dienstliche Tätigkeit eminent wichtig, und er dachte an seine häufigen Einsätze als Vernehmungsoffizier bei schwierigen Verhören. Er galt da als Spitzenmann und wurde vor allem herangezogen bei der Einvernahme von Personen, von denen man sich besonders wichtige Aussagen erhoffte – beispielsweise örtliche Bürgermeister in den besetzten Gebieten und ähnliche Leute oder gefangen genommene russische Offiziere –, aber häufig holte man ihn auch dann herbei, wenn bei einem Verhörten mit besonderem Widerstand gerechnet werden musste. Diese Position musste er unbedingt halten!

Bei meinen Verhören, so nahm er sich vor, sollte ich in Zukunft bei zweifelhaften oder offensichtlich falschen Aussagen noch viel strikter nachfassen, um herauszufinden, ob der Verhörte lügt oder ob er – wie er das von Viktor kannte – seine Aussage guten Glaubens macht. Je mehr man darauf achtet, umso größer die Chance, dass man auf entsprechende Hinweise stößt. Und je sicherer man bei einer erkennbar falschen Aussage feststellen kann, ob sie mit Absicht falsch oder in gutem Glauben erfolgt ist, desto eher kann man entscheiden, ob es etwas bringt, Druck zu machen oder nicht.

Die Menschen mit den bewussten Falschaussagen konnte er ja noch verstehen – wer hätte nicht irgendetwas zu verbergen? –, aber die gutgläubigen, diese Leute wie Viktor, die waren ihm von jeher ein Rätsel. Vor vielen Jahren in der Ausbildung hatte er einmal gehört, dass man sich auf das Gedächtnis – vor allem bei schon länger zurückliegenden Ereignissen – deshalb so wenig verlassen könne, weil wir uns gar nicht mehr an das Ereignis selbst, sondern an unsere letzte Erinnerung an das Ereignis erinnerten. Das Erinnerungsbild würde eben von Mal zu Mal schwächer, das heißt, unschärfer und ungenauer und könne so irgendwelchen unbewussten Veränderungs- und Fälschungstendenzen immer geringeren Widerstand entgegensetzen. Könnte ja sein. –

Als Herkommer zurück zur Villa kam, war der Konsul mit seinen Leuten immer noch beim Umräumen. Kurz danach traf auch sein Vater ein.

„Wo stecken Sie denn die ganze Zeit, Herkommer?", rief der Konsul ungeduldig, ohne dass er im Augenblick eine weitere Aufgabe für ihn gehabt hätte. Der alte Herkommer schien vom plötzlichen Auftauchen seines Sohnes nicht weiter überrascht. Er begrüßte ihn nur kurz und eher beiläufig, wiewohl es Jahre waren, die sie sich nicht mehr gesehen hatten. Aber als er feststellte, dass er hier nicht gebraucht wurde, zupfte er seinen Sohn am Ärmel und zog ihn mit sich in seine Wohnung im Souterrain.

„Die Autos sind hin, Ludwig, alle drei. Ich habe hier keine Arbeit mehr. Heute früh ist der Alte von einem Wagen aus dem Werk abgeholt worden!", schimpfte er. „Nicht einmal gefragt hat er, ob nicht besser ich ihn mit diesem Wagen fahren sollte."

Er schaute missgelaunt drein. Dann nickte er seinem Sohn ein paar Mal nachdenklich zu, ohne etwas zu sagen. Das hätte er früher ihm gegenüber niemals getan, dachte Ludwig; früher war er nichts als Befehlsempfänger gewesen. Vielleicht hätte der Alte mal trotzig genickt, ja, das hätte sein können, aber dieses nachdenkliche, langsame Nicken ihm gegenüber – niemals, das war ja schon beinah kollegial!

Sie sprachen über die immer schwieriger werdende Versorgungslage, die auch die Aufgaben eines Blockwarts immer schwerer machte, über die nachlassende Kriegsbegeisterung der Menschen, die hin und wieder in Mutlosigkeit, ja manchmal sogar in blanke Gegnerschaft umschlage, über Viktors Tod, an den Ludwig einfach nicht glauben konnte, und natürlich ausführlich über den Konsul, der in letzter Zeit immer ungerechter und defätistischer würde und sich immer mehr als Regimegegner entpuppe. Von Herkommers

Stolz, der Chauffeur des obersten Chefs zu sein, war nicht mehr viel übrig geblieben.

„Die Nachricht vom Soldatentod seines Sohnes habe ich ihm als der zuständige Blockleiter selbst überbracht. Das ließ ich mir nicht nehmen, von keinem aus der Ortsgruppe!"

Aus seinen Worten klang fast so etwas wie Genugtuung heraus, war er doch tatsächlich stolz darauf, wie sachlich, wie militärisch-korrekt geradezu, ihm neulich diese Benachrichtigung gelungen war und wie überlegen er seinem Chef gegenüber aufgetreten war, der anfangs nahezu hilflos reagiert habe.

Ludwig Herkommer spürte, dass er seinem Vater immer noch mit einiger Zurückhaltung begegnete. Der alte Herkommer dagegen verhielt sich ungleich zugewandter. Erst jetzt, da er seinen Sohn im Range eines Hauptsturmführers greifbar vor sich stehen sah, ging ihm endlich auf, dass sein Sohn ihn, den Feldwebel aus dem Weltkrieg, längst eingeholt hatte, und entsprechend respektierte er ihn nun. War doch Ludwig für ihn jetzt mindestens ebenbürtig. Ja vielleicht kuschte er im Gespräch sogar ab und zu ein wenig, was freilich allenfalls aus seinem Tonfall herauszuhören war. Und immer wieder kam er im Gespräch auf den Konsul zurück, sein angestauter Ärger auf seinen Chef war nicht zu überhören.

„Letzte Woche habe ich ihn beim Abhören von BBC erwischt. Du weißt, was auf das Abhören von Feindsendern steht? Ich werde ihn anzeigen – das heißt, nicht anzeigen, sondern ich werde in meiner Eigenschaft als Blockleiter Meldung machen."

„Das kannst du doch nicht machen, Vater! Den Konsul anzeigen!"

„Und ob ich das kann!" –

Eine knappe Woche später erhielt der Konsul auf einem nicht durchschaubaren Weg einen Wink, dass gegen die oberste Spitze des Direktoriums – damit konnte nur er gemeint sein – Ermittlungen wegen des Abhörens von Feindsendern im Gange seien, und als ihm zwei Tage später seine Sekretärin *zwei Herren mit Dienstausweis, beide in Zivil* meldete, die ihn sprechen wollten, kam dieser Besuch für ihn nicht mehr allzu überraschend.

„Herein mit den Herren!", rief er seiner Sekretärin zu. Es sollte vergnügt klingen und er sprach so laut, dass er mit seinem aufgeräumten Ton auch von den Besuchern im Vorzimmer gehört werden konnte. Er war sich sofort darüber im Klaren, es würde auf die erste Minute ankommen, auf das einleitende Plaudern, noch bevor die eigentliche Einvernahme beginnt.

Es traten zwei Beamte ein, beide sichtlich ein wenig befangen in diesem ungewohnt großzügigen Raum mit dem mächtigen Schreibtisch, den Teppichen und den noblen Ledersesseln. Der Jüngere der beiden, der die Aktenmappe zu tragen hatte, wirkte fast etwas unsicher und zögerte beim Eintreten. Unter der Tür blieb er einen Moment stehen, deutete eine Verbeugung an und klopfte dabei verlegen mit der herabhängenden freien Hand an die Füllung des Türrahmens, wie man an eine geschlossene Tür anklopft. Als sie ihre Dienstmarken vorzeigen wollten, winkte Zabener freundlich ab.

„Bitte, nehmen sie doch Platz, meine Herren!“, sagte der Konsul mit einladender Geste und fuhr im Hinsetzen laut lachend fort: „Das ist ja wohl eine Sache, was?“, und tat dabei so, als wisse er bereits genauestens Bescheid und kenne schon alle Details. Während die beiden ihre Unterlagen hervorholten, klopfte er noch etwas gezielter auf den Busch.

„Wenn ich an mein Berliner Büro im Reichsamt für Wirtschaftsausbau denke – glaubt denn jemand im Ernst“, so fragte er die beiden fast belustigt, „ich würde nicht jederzeit auf offiziellem Wege mit viel genaueren Informationen über die momentane Lage versorgt werden, als ich sie von irgendeinem Hetzsender unserer Kriegsgegner erhalten kann?“

Der Wortführer der beiden murmelte beschwichtigend: „Natürlich nicht –“, und machte eine wegwischen Handbewegung.

Der Konsul lag also wohl richtig, es schien tatsächlich um diese Geschichte da zu gehen, als ihn Herkommer neulich beim Radiohören überrascht hat, und so probierte er vorsichtig weiter, ob seine Vermutung zutraf.

„Man wird diesem Denunzianten mal tüchtig auf den Zahn fühlen müssen!“, sagte er einfach mal auf Verdacht, aber es klang sehr bestimmt. „Ich bin selbst äußerst überrascht!“

„Eigentlich“, sagte der Wortführer – und machte damit einen Fehler, weil er, statt mit der Vernehmung zu beginnen, einen Gesprächsfaden aufnahm, den ihm der Einzuvernehmende hinhielt –, „eigentlich liegt gar keine reguläre Anzeige von außerhalb vor, sodass man von einer Denunziation im strengen Sinne gar nicht sprechen kann, sondern es handelt sich nur um eine interne Meldung auf dem Dienstweg."

Der Protokollant blickte einen Augenblick überrascht von seinem Block auf, als sein Kollege diesen Hinweis auf ihre Quelle gab, machte sich aber gleich wieder an seine Notizen. Dann fuhr der Wortführer fort: „Eher um eine Vermutung, um eine Möglichkeit, die man wahrscheinlich gar nicht weiter verfolgen sollte."

Sie stellten dann nur noch eine Anzahl eher technischer Fragen und Fragen zur Person, der Konsul beantwortete alles geduldig, war aber nicht mehr so recht bei der Sache. Er wusste nun ja, was er hatte erfahren wollen; eine ‚interne Meldung auf dem Dienstweg', die konnte nur vom alten Herkommer als Blockwart stammen. Das herauszufinden war viel leichter gegangen, als er erwartet hatte. Und wahrscheinlich war auch der Feindsenderverdacht bereits genügend abgewehrt.

Sollte sein Freund Strauss vor Jahren also doch recht gehabt haben mit der Warnung vor seinem allzu devoten Chauffeur? Der würde ihm seine anfängliche Unterwürfigkeit eines Tages heimzahlen, hatte Strauss damals prophezeit.

So ist es wohl, dachte der Konsul; jetzt will er sich dafür revanchieren, dass er damals bei der Einstellung so peinlich vor mir gekatzbuckelt hat. Was bei Gott nicht nötig gewesen war. Ich hätte ihn ja auf jeden Fall genommen. Wo er doch im Krieg einer meiner tüchtigsten Unteroffiziere war. Und habe ich denn nicht in den ersten Jahren immer wieder versucht, ihn selbstbewusster und sicherer im Auftreten zu machen? Da steckt viel angestauter Groll aus all den Jahren dahinter. Aber ich werde ihn nicht rauswerfen. Unsere Personalleute sollen ihn versetzen. Irgendwohin, wo ich ihn nicht mehr unter meinen Augen habe. –

Ludwig Herkommer hatte auf der Weiterreise an die Ostfront eine schlechte Nacht hinter sich gebracht und versuchte am frühen Morgen, durch allerlei Kopfbewegungen einem beginnenden steifen Hals entgegenzuarbeiten und seine Halsmuskulatur aufzulockern.

Sein Gegenüber, ein Unterarzt, offenbar von einem Luftwaffen-Baubataillon, der erst in der Nacht irgendwo hinter Kiew zugestiegen war, sah ihm lächelnd zu.

„Weil Sie im Sitzen schliefen, haben Sie ständig statische Haltearbeit leisten müssen. Das ist nicht gut, und dazu dann noch dieses dauernde Gewackel und Geruckel des Zuges! Vielleicht kann ich Ihnen mit einer leichten Schulter- und Nackenmassage etwas helfen?"

Der Unterarzt massierte viel intensiver und länger, als Herkommer erwartet hatte, und versuchte dabei, den körperlichen Kontakt zu nutzen, um eine Unterhaltung in Gang zu bringen. Herkommer schwieg beharrlich, schon weil er es nicht für angemessen hielt, als Patient, der er im Augenblick ja war, mitzuplaudern. Der Unterarzt sprach über Gott und die Welt, über seine tagelange Bahnfahrt und über die Weite Russlands, die sich die Leute zu Hause überhaupt nicht vorstellen könnten; er ließ sich über die Holprigkeit der russischen Eisenbahngleise aus und – mit immer wieder kleinen Pausen, um Herkommer eine Antwort zu entlocken – über die Spurweite in Deutschland und in Russland und über die Weiber, die beim Umsteigen in Brest im Bahnhof herumgestanden seien.

„Unser Bataillon ist zum ersten Mal im Osten eingesetzt", sagte er schließlich, „ich soll in Charkow dazustoßen."

„Wo Ihre Einheit zurzeit liegt und wo Sie dazustoßen sollen, lieber Herr Doktor, das geht keinen etwas an, auch mich nicht!", sagte da Herkommer sehr bestimmt, fast scharf, aber er bemühte sich dennoch, nicht allzu schroff zu klingen, soweit ihm das in der heftigen Schlussphase der Massage möglich war.

„Jaja, natürlich", sagte der Unterarzt erschrocken, „Sie haben völlig recht!", dabei hatte er eigentlich nur hören wollen, bis wohin sie wohl zusammen reisen würden.

„Sie glauben ja nicht", gab sich Herkommer versöhnlich, „aus welch winzigen Mosaiksteinchen sich der Iwan ein genaues Bild von der Gegenseite aufbauen kann! Es kommt nicht darauf an, dass er so richtig große Nachrichtenbrocken auffängt, es genügen die kleinsten Splitterchen, wenn er sich nur genügend viele davon beschaffen kann. Oh, ich könnte Ihnen da Dinge erzählen! Letztes Jahr haben wir einmal beim Iwan eine Lagekarte von unserem Frontabschnitt erbeutet, da waren alle unsere Einheiten eingezeichnet, alles säuberlich aufgeführt mit Soll- und Iststärke, Bewaffnung, Fahrzeuge usw."

„Und wo hatten die das her?"

„Spionage. Das beruhte natürlich alles auf Verrat durch die Zivilbevölkerung. Aber, das heißt – Spionage und Verrat kann man es eigentlich gar nicht so recht nennen. Es waren eben diese zahllosen Mosaiksteinchen, die irgendwie durchgesickert sind und die dann systematisch ausgewertet und zusammengefügt wurden. Die Russen sind da Spitze!"

„Irgendwie durchgesickert", nickte der Unterarzt und dachte an diesen oder jenen Kontakt mit der Zivilbevölkerung, die ja anfangs – gerade in der Ukraine – den Eroberern gar nicht so unfreundlich begegnet sein soll. Herkommer blickte missvergnügt aus dem Fenster.

„Jedenfalls", sagte er nach einer Weile, „war es auch deshalb absolut richtig, dass wir im Hinterland bei den Zivilisten, wenn sie auch nur im Geringsten unzuverlässig schienen, gleich tüchtig durchgegriffen haben."

„Das sind Spezialeinheiten?"

„Ja. Einsatzgruppen. Einsatzgruppen sind Sondereinheiten aus Sicherheitspolizei – also Gestapo und Kripo – und Sicherheitsdienst, die eng mit der Waffen-SS zusammenarbeiten. Sie müssen wissen, bei diesen riesigen Räumen ist die Sicherung des Hinterlands mindestens genauso wichtig wie die Stabilisierung der Hauptkampflinie. Ohne ein befriedetes Hinterland keine standfeste Front!"

Herkommer blickte weiterhin bekümmert nach draußen, und der Unterarzt tat es ihm gleich, als ob es da Besonderes zu sehen gebe, und um das Gespräch im Gang zu halten, redete er Belangloses vor sich hin.

„Hier ist ja über zig Kilometer hinweg nicht das Geringste los! Wenn man bei uns in Deutschland aus einem Dorf herauskommt, sieht man doch in den meisten Gegenden schon das nächste Dorf in der Ferne liegen, oft sogar mehrere in der Gegend. Und dazwischen bestellte Felder, sauber gepflügte Äcker, ab und zu auch mal ein Stückchen Wald und einen kleinen Bach – hier gibt's nichts als

Steppe und Staub und Trockenheit. Wachsen tut so gut wie nichts – ein grauenhaftes Land."

„Oh, das kommt ganz darauf an, mein Bester", erwiderte Herkommer mit Verve, „unter welchem Gesichtspunkt man die Sache betrachtet! Als ich das letzte Mal mit der Bahn an die Front gefahren bin, da standen noch alle Zeichen auf Vormarsch. Wir sind die gleiche Strecke gefahren, und es war aus dem Zugfenster so ziemlich derselbe Anblick wie heute, aber damals waren wir von der Unendlichkeit dieses Landes begeistert! Das wird *unser* Land, nein, das *ist* unser Land! Das haben *wir* erobert! Das haben *wir mit unserem Blut* erworben! Und das werden *wir und nur wir* besiedeln und kultivieren und niemand anderes sonst! Wir schaffen das großgermanische Imperium!"

Herkommer hatte sich in Begeisterung geredet, nun wurde er wieder ruhiger:

„Es war doch schon immer so: Wenn ein Volk zu schwach war, seinen Lebensraum auszufüllen, dann musste es seinem Nachbarn weichen, wenn dieser stärker war und diesen Raum benötigte. Mit einem Mal hatte ich nicht nur verstanden, sondern auch im Innersten begriffen, was unser Kommandeur gemeint hat, damals am Tag des Einmarschs in die Sowjetunion, als er uns in Wien morgens zum Frühstück mit Stentorstimme zugerufen hat: ‚Jetzt haben wir den Krieg, den wir brauchen!'"

Der Unterarzt schaute Herkommer unsicher an, er schien nicht so überzeugt davon.

„Heute", fuhr Herkommer fort, „schaut man auf das eroberte Land natürlich nicht mehr mit diesen großartigen Gefühlen. Man überlegt sich eher, wie wir den Vormarsch wieder in Gang bekommen –"

„– oder ob wir wenigstens", fügte der Unterarzt noch an, „die eroberten Gebiete halten können."

„Na, hören Sie mal! Es gibt für mich keine Sekunde des Zweifels an unserem Sieg im Russlandfeldzug! Wer nach der Kesselschlacht von Minsk mit eigenen Augen diese tagelangen Gefangenenströme hat vorbeiziehen sehen, der weiß, dass der Feind diesen Verlust niemals mehr wird ausgleichen können."

Dann wurde sein Ton wieder fordernder: „Nach wie vor gilt der

Generalplan Ost, nach wie vor! Haben Sie vom *Generalplan Ost* schon gehört?"

Der Unterarzt hatte davon noch nichts gehört.

„Darin sind auf vielen hundert Seiten für ganz Osteuropa die Freiräumung und die Besiedelung von Gau zu Gau in allen Einzelheiten endgültig festgelegt, und dabei bleibt's. ‚*Heute Kolonie, morgen Siedlungsgebiet, übermorgen Reich*', so hat das der Reichsführer SS in einem einzigen Satz zusammengefasst."

Herkommer war dieser Unterarzt zu unentschlossen und zu lahm, mit solchen Leuten war kein Krieg zu gewinnen.

„Ich will mal schauen", sagte er im Aufstehen, während der Unterarzt schon wieder weiterplappern wollte, „ob weiter vorne im Zug irgendwo an einen Kaffee heranzukommen ist."

Er fuhr sich mit einem Kamm durchs Haar und holte seine Jacke aus dem Gepäcksnetz. Der Unterarzt verstummte, als er sah, dass sein Reisegefährte ein Offizier der Waffen-SS war, und überlegte sich, was er alles gesagt hatte in der letzten halben Stunde. –

Kein Mensch hatte Herkommer bisher erklären können, wieso in Russland die Züge stets mit einem solch gewaltigen Ruck anhalten. So war es auch diesmal wieder. Er stand auf, draußen ertönten Rufe.

„Los, raus alle!" – den russischen Bahnhofsnamen hatte er nicht verstehen können – „Der Zug fährt nicht weiter! Das ist der Zielbahnhof!"

Herkommer nahm sein Gepäck auf und schob sich im Gedränge zum Ausgang am Wagenende. Weil alles ausstieg, entstand auf dem schmalen Bahnsteig in kürzester Zeit ein Durcheinander, das unentwirrbar schien und umso mehr zunahm, je mehr Soldaten, allesamt schwer beladen, dem Zug entstiegen. Erst nach einer Weile bildeten sich mit viel Geschrei da und dort erste Gruppen heraus, die in diesem Gewühl durch ihre plötzliche Bewegungslosigkeit sofort auffielen, während die Zahl derer, die zwischen den Gruppen suchend umherirrten, rasch geringer wurde.

Ganz hinten am Bahnhofsgebäude, das eher einer Baracke glich, sah Herkommer einen einzelnen Mann stehen, der suchend herschaute – war das nicht Eugen? Herkommer lief, so schnell es sein Gepäck zuließ, auf den Mann zu – es war tatsächlich Eugen Saller.

„Mensch, Eugen! Solltest Du mich abholen?"

„Ich sollte nicht, ich wollte! Ich warte schon seit über vier Stunden. Aber allein tätest du uns nie finden, wir haben vor ein paar Tagen verlegt. Wir waren keine fuffzehn Kilometer mehr von der HKL* entfernt."

„Wieso, hattet ihr denn vorverlegt?"

„Nee, aber der Iwan ist plötzlich vorgerückt. Mann, da war vielleicht die Kacke am Dampfen!", sagte Eugen; dann scherzte er: „Die haben drüben spitzgekriegt, dass du nicht da bist."

Sie fuhren im Kübelwagen über eine Stunde, das letzte Stück durch den Wald, bis sie in einer kilometerweiten Lichtung auf eine große Besiedlung stießen, halb bäuerliches Dorf, halb Kleinindustrie, eine Köhlergemeinde mit Weiterverarbeitung der Holzkohle, wie Eugen erläuterte. Die meisten Gebäude waren niedergebrannt und Einheimische kaum zu sehen, aber die Unterkünfte schienen ganz erträglich.

Großes Hallo bei Herkommers Eintreffen, es war gerade Dienstschluss, und schnell stand eine kleine Runde beisammen, um das Neueste zu bereden, auch der Hauptscharführer Scharpf war hinzugetreten, der selbst noch im Kreis der Kameraden sich durch eine besonders betonte Linientreue auszuzeichnen suchte.

Herkommer schaute sich um. „Gar nicht so schlecht hier!"

„Das war hier die Schule", erläuterte Eugen. „Ossenbühn hat irgendwo eine Tafel entdeckt, dass das hier eine Mustersiedlung ist!"

„– eine Mustersiedlung war!", rief Herkommer, „nicht ist, war! Ist ja fast alles hin. Und warum, sag mal, sind so viele Häuser zerstört? Da hat es doch gar keine Kämpfe gegeben, das sieht man doch sofort!"

„Als wir ganz friedlich eingerückt sind, haben Heckenschützen einen feigen Angriff aus dem Hinterhalt geführt und auf einen Mannschaftswagen vom zweiten Polizeibataillon geschossen – zwei Tote, ein Schwerverletzter", sagte Eugen.

Da schaltete sich Scharpf ein. Er sprach in dieser aufgeregt-abgehackten Sprache der Kriegsberichterstatter, und man spürte, wie

* Hauptkampflinie

begeistert er von dem war, was er dazu zu berichten hatte: „Der Brigadeführer hat augenblicklich reagiert, noch bevor alle richtig ausgestiegen waren. Er ließ sofort die Hauptstraße und die paar Nebenstraßen sichern, kein Zivilist durfte mehr auf die Straße, alle Häuser waren sofort zu durchsuchen und sämtliche Männer festzunehmen, ausnahmslos, und jedes Haus, in dem Männer oder Waffen gefunden worden sind, war in Brand zu setzen."

„Ums Haar wäre uns die Schule noch mit abgebrannt", lachte Eugen etwas verlegen.

„Und die Männer?", fragte Herkommer.

„Zwei Lkw voll – ab in die Schlucht!", sagte Scharpf und machte dabei die schroffe Handbewegung eines endgültigen Wegwischens. „Ohne Geiselerschießungen wird man der Partisanen niemals Herr werden! Der Brigadier war übrigens nicht im Geringsten zornig oder gar wütend, sondern eiskalt. Wie immer. ‚Da wollen wir doch mal sehen, ob es jetzt nicht Ruhe gibt!', hat er gesagt."

„Bis jetzt hat's geklappt", meinte Eugen und fügte etwas bedrückt hinzu, „das war für mich, seit ich dabei bin, die erste Vergeltungsaktion für einen Heckenschützenanschlag."

„Für uns nicht", lachte Scharpf.

„Das harte Durchgreifen war sicherlich richtig", sagte vorbeugend ein blutjunger Polizeileutnant, käsig-blass und mit dicker Brille, den alle den Abiturienten nannten, „aber Geiselerschießung kann man diese Aktion nicht nennen, wenn es im Befehl einfach nur geheißen hat ‚sämtliche Männer'. Da gibt es strenge Regeln, was als verhältnismäßig gilt und was nicht."

„Jawoll, Herr Kriegsgerichtsrat!", kanzelte ihn Herkommer ebenso spöttisch wie ärgerlich ab.

„Damit ich nicht falsch verstanden werde", versuchte sich der Polizeileutnant zu verteidigen, „nicht dass ich dieses Vorgehen für ungerechtfertigt hielte –"

Herkommer ließ ihn erst gar nicht ausreden, sondern sagte wie entschuldigend in übertrieben fürsorglichem Ton: „Das sagt er uns nicht, weil er moralische Bedenken hätte, o nein, sondern um zu zeigen, wie genau er sich im Kriegsrecht auskennt und wie gut er auf der Junkerschule[11] aufgepasst hat – gell, da warst du doch?"

Alle lachten, schließlich auch der junge Polizeileutnant. –

„Ihr habt zu viele Häuser angezündet", sagte Herkommer zu Eugen, als er am späteren Abend die doch ziemlich beengten Verhältnisse in den Schlafräumen sah.

„Zum Ortsende hin hat es noch etliche unzerstörte Häuser. Brauchen wir auch dringend alle für unsere Hiwis[12], die stammen natürlich aus anderen Gegenden. Alles ganz dicht belegt. Dagegen ist die Schule hier der reine Luxus."

Die Mannschaftsdienstgrade und die meisten Unterführer waren im Tiefgeschoss und Erdgeschoss der Schule untergebracht, da gab es nur Strohsäcke. Für die Ranghöheren, vor allem für die Offiziere, waren in den beiden Obergeschossen genügend Matratzen zusammengeschleppt worden, die direkt auf dem Boden lagen. Bettgestelle, Spinde und Zimmertüren gab es keine.

Herkommer war müde von der langen Bahnfahrt und packte sich auf die Matratze neben Eugen, die noch frei war. Allmählich kehrte Ruhe ein im Haus, aber er konnte nicht einschlafen, weil er spürte, dass Eugen neben ihm wachlag. Der drehte sich immer wieder einmal auf die andere Seite, atmete ab und zu tief durch und schließlich flüsterte er zu Herkommer hinüber: „Und was ist mit den Kindern und den Frauen?"

„Die sind in den Wäldern. Wo sonst?", sagte Herkommer und war bemüht, seine Antwort so gleichgültig wie möglich klingen zu lassen.

Eugen stöhnte, und Herkommer war überrascht, wie deutlich man auch im Flüstern stöhnen kann, stimmlos zwar, aber deutlich hörbar, und er hatte auch sofort verstanden: Eugen litt unter Castans rigorosem Durchgreifen bei dieser Vergeltungsaktion. Ausgerechnet Eugen, sein unübertroffener Kumpan für jede Lebenslage, mit allen Wassern gewaschen, ausgerechnet der fing an zu flattern! Er *wackelte*, wie das in ihrem Jargon hieß. Heute Nachmittag, als man ihm bei seiner Ankunft von dem Heckenschützenüberfall und der Vergeltungsaktion berichtet hatte, da schien er doch noch ganz gut in der Spur gelaufen zu sein. Aber das ist ganz typisch, am Abend, wenn das Licht aus ist, dann kriegen diese Brüder einen Moralischen! Wenn er eine so einfache Geiselaktion nicht durchsteht, wenn er schon da Schwäche zeigt, dann wird er den kommenden Aufgaben der Einsatzgruppe nicht gewachsen sein.

„Warst du denn irgendwie beteiligt an der Geschichte?“, fragte er ihn, immer noch flüsternd.

„Ja. Beim Anzünden der Häuser. Das ging ja an sich noch. Aber das Schlimme war das Vertreiben der Bewohner! Die Weiber kamen immer wieder zurück und kreischten und hinderten uns und wollten noch Zeug rausholen. Haste sie vorne verjagt, probierten sie es hinten. Komm du mal mit einer solchen Furie zurecht! Die werfen sich auf dich, die kratzen und beißen! Die wissen ganz genau, dass du nicht schießt!“

„Wieso denn nicht – schieß doch!“, sagte Herkommer teilnahmslos.

„So kann nur einer reden, der nicht dabei war“, sagte Eugen vor sich hin. „Es ist ein Unterschied, ob man mit dabei war bei einer solchen Aktion gegen Kinder und Frauen oder ob man nur davon gehört hat.“

Herkommer hatte den Eindruck, dass sich Eugen bei den letzten Worten abgewandt hatte, und hörte, wie er sich zum Einschlafen zurechträkelte. Nein, mein Lieber, so leicht werde ich es dir nicht machen! Einfach den Kopf zur Wand drehen und abtauchen! Pennen. Stiften gehen. Du Flasche! Stell dich deinen Schwächen!

Herkommer hätte nie gedacht, dass der robuste Eugen so in die Knie gehen könnte. Aber wahrscheinlich fehlt es ihm gar nicht so sehr an Kraft und Seelenstärke, wie Herkommer seine eigene Gefühlsblindheit gern nannte. Was ihm vor allem wohl fehlt, ist die richtige nationalsozialistische Einstellung.

Er überlegte sich, womit er anfangen sollte. Es wird nicht leicht sein, Eugen, diesen weltanschaulichen Blindgänger, auf Vordermann zu bringen. Er durfte ihm jetzt nicht mit den großen Worten der nationalen Bewegung kommen, so herrlich diese auch klingen mochten, sondern was Eugen jetzt nottat, das waren praktische Hilfestellungen, wie Ossenbühn das bei seinen Belehrungen nannte, mit denen er seinem inneren Schweinehund würde zu Leibe rücken können.

„Das Allerwichtigste, was du jetzt brauchst, ist ein massives Herrschaftsbewusstsein“, fing Herkommer, immer noch flüsternd, vorsichtig an. „Das hat uns Jungen Ossenbühn schon in Polen immer wieder eingeschärft – Herrschaftsbewusstsein! Daran muss man auch selbst immer wieder arbeiten! Jeden Tag muss man sich die rassische Minderwertigkeit dieser Bevölkerung hier und auch der asiatischen Horden vor Augen führen, jeden Tag! Dann funktioniert das wie ein Trick! Wenn du Schwäche spürst, wenn dich Gefühle bei der Erfüllung deines Auftrags blockieren wollen, dann musst du nur an deine rassische Überlegenheit denken, denn darauf beruht ja dein Herrschaftsbewusstsein, und schon fällt dir das harte Durchgreifen gar nicht mehr schwer. Oder sagen wir: nicht mehr so schwer. Es geht leichter. Man muss sich vor Augen halten, die meisten Leute, mit denen wir hier zu tun haben, sind ja Staatsfeinde, auch die Leute hier vom Ort. Jeder zweite von den Männern im Dorf war bewaffnet, sagte mir Scharpf – nun, die geben jetzt Ruhe."

Herkommer stockte immer wieder, er war unzufrieden mit seinen Worten. Sie hätten anfeuernd wirken sollen, aber sie kamen ihm unbeholfen vor. Es war nicht einfach, einem, der zum Verzagen neigt, im Flüsterton die richtigen Korsettstangen einzuziehen. Ab und zu kamen ihm die Parolen und ganze Passagen aus Ossenbühns politischem Unterricht in den Sinn, die er für seine eigenen Instruktionsstunden zur weltanschaulichen Ausrichtung der Neuen, vor allem in den beiden Polizeibataillonen, übernommen hatte, dann lief es wieder wie am Schnürchen.

„Jeder, der auch nur die geringste Spur von Mitleid mit diesen Staatsfeinden erkennen lässt, muss aus unseren Reihen verschwinden! Allzu leicht reißt er andere, die vielleicht auch unsicher geworden sind, mit! Wir können nur harte, zu allem entschlossene Männer brauchen. Weichlinge haben bei uns keinen Platz! Rücksichtslose Durchsetzung, auch gegen die eigenen Hemmungen, heißt unsere Devise. Sie entspricht der wahren Männlichkeit. Jede Neigung, so etwas wie Verständnis zu zeigen, wie Toleranz oder Milde und Mitgefühl, ist weibische Schwäche!"

Herkommer stockte einen Augenblick. Dann fuhr er fort: „Die Gefahr geht aber nicht nur von den erklärten Staatsfeinden aus, von den Partisanen und den Heckenschützen –" Dann kam ihm wieder eine Ossenbühn-Passage in den Sinn, und es lief flüssiger. „Sondern eine noch viel größere Gefahr, wenn auch erst allmählich wirkend, dafür aber umso zerstörerischer und schließlich alles erstickend, sind die Menschenmassen minderwertiger Rasse, die, wenn wir nicht frühzeitig wie der sorgfältige Gärtner jäten, sich immer rascher und schließlich lawinenhaft ausbreiten und die edleren Rassen allein durch ihre große Zahl überwuchern."

Herkommer musste wieder einen Augenblick überlegen, womit er am besten fortfahren könnte. „Ich will die Leistungen unserer Leute an der Front nicht schmälern. Doch auf den Feind zu schießen, das erfordert keine besondere Überwindung – zumal ich weiß, wenn ich es nicht tue, tut er es. Auch geschnappte Partisanen und Heckenschützen umzulegen – und genauso natürlich auch stiften gegangene Kriegsgefangene oder zum Beispiel Politruks –, das schaffen die meisten auch noch ohne besondere Skrupel. Aber die scheinbar völlig unbewaffneten Zivilisten auszurotten – und dazu zählt natürlich auch das besonders gefährliche Judenpack –, da braucht man schon ein starkes Herrschaftsbewusstsein, um das unbeschadet durchzustehen."

Wieder nach einer kleinen Pause des Nachdenkens setzte er sein Flüstern fort: „Irgendwelche bürgerliche Rechtsnormen sind völlig fehl am Platz! Sie sind gefährlich für unser Volk; sie zu berücksichtigen, kann den Untergang bedeuten! Es gibt für unser Deutschtum und die arische Rasse überhaupt nur noch einen Weg zur Rettung in letzter Minute: rücksichtslose Befreiung von den Mächten der Finsternis durch deren Vernichtung!"

Dem unglücklichen Eugen waren bis dahin solche markigen Worte nur begegnet, wenn sie laut und kraftvoll geschmettert wurden. Geflüstert dagegen verloren sie ihre Wirkung, geflüstert wirkten sie einfach nicht ernst gemeint. Eugen erinnerte das an seine Jugendzeit im Elsass, als er noch regelmäßig zur Beichte gegangen war. Jedes Mal, wenn er da im Beichtstuhl mit der Aufzählung seiner Übeltaten zu Ende war, hatte der Pfarrer in genau dieser Weise flüsternd auf ihn eingeredet, eindringlich und streng, manchmal vielleicht sogar zornig. Aber ob das wirklich zornig war, konnte er nicht sagen, weil es nur geflüstert war, und geholfen hatte es nichts. Dann dachte er an seine *Coupains* von der *Action française* am Hartmannsweilerkopf und an die stundenlange Schnarcherei im Gleichtakt nachts. So möchte man uns haben! Jeder ist mit jedem unsichtbar verbunden, hatte ihm Le Chef damals erklärt. Alle im

Gleichtakt, selbstreguliert und vom Gruppendruck sauber zusammengehalten, ohne dass das der Einzelne merkt; und wenn trotzdem mal einer rausfällt, dann lässt man ihm eine persönliche Nachbearbeitung angedeihen, wie sie ihm gerade eben widerfuhr, bis man ihn wieder an die richtige Stelle, an der man ihn haben will, bugsiert hat.

Herkommer ging sein eigenes Geflüster allmählich selbst auf die Nerven, je länger er redete, desto mehr. Mit Flüstern konnte man einfach nicht den nötigen Druck aufbauen. Während Eugen anfangs in den Sprechpausen noch einen winzigen Ton oder, besser gesagt, irgendein Atemgeräusch von sich gegeben hatte als Zeichen dafür, dass er verstand oder jedenfalls zuhörte, schwieg er inzwischen ganz.

„Ihr Elsässer seid halt doch nur Beutedeutsche", sagte Herkommer zum Schluss resigniert, was Eugen widerspruchslos hinnahm, wiewohl er sonst bei solchen Anspielungen auf seine landsmannschaftliche Herkunft, selbst wenn sie nur im Scherz geäußert wurden, heftig zu protestieren pflegte. Doch dann hörte er in der aufkommenden Stille Eugens ruhige Atemzüge, und es ging ihm auf, dass Eugen längst eingeschlafen war. –

11 _ Ludwig Herkommer bei der Einsatzgruppe _ Castans Befehl

Als Herkommer am frühen Morgen noch bei Dunkelheit in den Speiseraum trat, den sie, eher spöttisch als aus Gewohnheit, das Kasino nannten, war er überrascht, dort so zeitig schon den Brigadeführer anzutreffen, der den neu eingetroffenen Führungsnachwuchs, wie die Frischlinge von der Junkerschule genannt wurden, aus der ganzen Gruppe hatte zusammentrommeln lassen und mit ihnen an einem Tisch hinten in der Ecke saß. Herkommer kannte das; Castan sprach häufig davon, dass er Wert darauf lege, den Führungsnachwuchs persönlich auszurichten und auf die Arbeit in der Einsatzgruppe vorzubereiten.

Castan, obwohl er sehr konzentriert sprach und intensiv auf seine Leute einredete, bemerkte ihn sofort.

„Ah, Hauptsturmführer Herkommer, gut, dass Sie da sind", rief er ihm zu, „wir sehen uns nachher gleich beim Frühstück!"

Herkommer hatte sich eigentlich nur schnell einen Becher Kaffee holen wollen, aber es war ihm auf der Stelle klar, das war ein Befehl, und so setzte er sich an einen der Tische am Eingang und wartete.

„Und wenn ihr mir sagt, Leute", nahm Castan seinen Faden wieder auf, „dass das eine Drecksarbeit sei, wie ich das immer wieder höre, und ihr viel lieber an der Front kämpfen würdet, und sei der Kampf dort noch so hart, dann muss ich euch sagen, Männer", und da machte er eine Pause und fuhr in einem völlig veränderten, fast schon feierlichen Ton fort, der so gar nicht in das trübe Halbdunkel dieser frühen Morgenstunde und erst recht nicht in diese schäbigen Kasinoräume passen wollte, „dann muss ich euch sagen, wir haben die heilige Pflicht, unserem Volk dieses Opfer zu bringen."

Castan schwieg einige Sekunden und schaute die jungen Männer einen nach dem anderen an, wie um die Wirkung seiner Worte zu prüfen. Herkommer kamen die Sprüche seines Vaters in den Sinn, die dieser gewöhnlich abgelassen hatte, wenn er ihm eine Tracht Prügel hatte zuteilwerden lassen. Das war für den Alten jedes Mal fast ein zeremonieller Akt gewesen, und er hatte dann stets davon gesprochen, dass er nur seine Pflicht erfülle, und wie weh ihm das als Vater tue, wenn er ihn züchtigen müsse, und welch ein Opfer er da bringe.

„Diese heilige Pflicht unserem Volk gegenüber haben wir selbst dann", fuhr Castan in dem getragenen Ton fort, „wenn dieses Volk die Notwendigkeit unserer Aktionen nicht oder noch nicht einsieht und unsere Handlungen deshalb ablehnt; ja wir hätten diese Pflicht sogar dann, wenn sich dieses Volk unwürdig erweisen würde gegenüber diesem Opfer der Treuesten seiner Söhne."

Danach verflog sein Pathos und er sprach wieder leiser. Herkommer hörte nicht sehr aufmerksam zu, streckenweise döste er sogar. Er kannte das ja alles schon, wenn nicht aus Castans Mund, dann von Ossenbühn. Germanisch, nordisch, arisch, so hallte es zu ihm herüber, auch vom deutschen Blut war immer wieder die Rede. Offenbar war Castan beim Thema Herrenrasse gelandet, genauso wie auch er selbst gestern Abend, als er sich Eugen vorgeknöpft hatte, aber Castan formulierte unvergleichlich brillanter, das musste er zugeben. Die *Herrenrasse*, das war ja, genauso wie das *Herrschaftsbewusstsein* und die *Volksgemeinschaft*, stets ein Oberthema bei all diesen Belehrungen.

Er saß etwas zu weit weg von der kleinen Gruppe, und Castan sprach eindringlich zwar, aber manchmal zu leise. Doch ab und zu kamen ein paar Sätze komplett bei ihm an und ließen ihn aufmerken. Es waren Sätze, die Castan für besonders wichtig hielt und die er darum betont deutlich sprach.

„Es ist die Rasse, die die Kultur hervorbringt", hörte er Castan sagen. Das sollte er sich merken. Aus solchen Sätzen lässt sich was machen. Wo Ossenbühn ihn in letzter Zeit doch immer häufiger zur weltanschaulichen Schulung der Polizeibataillone einsetzte.

„Die Engländer übrigens", fügte Castan noch an, „sprechen in ihrer Kolonialpolitik ganz unbefangen von der Herrenrasse, da brauchen wir uns also nicht zu verstecken. Aber sie haben die volle Bedeutung dieses Begriffs nicht erfasst und vor allem die Konsequenzen, die sich daraus ergeben, noch nicht einmal ansatzweise erkannt. Das Schlagwort allein genügt eben nicht! Ein solcher Begriff muss in seiner ganzen Tragweite erkannt und nicht nur verstanden, sondern gelebt, das heißt mit Leben erfüllt werden!"

Ein politischer Begriff wie Herrenrasse muss also auch gelebt werden – auch diese Worte sollte er sich einprägen, nahm er sich vor, das gilt für praktisch alle Themen in der weltanschaulichen Erziehungsarbeit. Später deutete Castan, während er sprach, immer wieder auf ein gerahmtes Bild an der Wand. Es war die großformatige Wiedergabe einer denkmalartigen Bronzeplastik, das Werk eines berühmten Bildhauers in Berlin. Der Rahmen war schon ziemlich verschrammt, gehörte das Bild doch schon seit ihrer Wiener Zeit zum ständig mitgeführten Inventar, und Castan hütete es wie seinen Augapfel. Es zeigte einen Kämpfer, mit beiden Händen auf den Knauf seines Schwerts gestützt, überhoch idealisiert und zur Lichtgestalt erhoben, keine Spur mehr von Leben und Lebendigkeit, nur noch feierliche Symmetrie und bedrohliche Muskulatur, strotzend vor grimmiger Gewaltbereitschaft.

Castan hielt einen Augenblick betrachtend inne, dann sagte er, den Blick immer noch auf das Bild gerichtet: „Unser Ziel ist der neue Mensch! Aber das ist nicht von heute auf morgen zu erreichen, und genau das meint der Führer, wenn er in seinem ‚Mein Kampf' schreibt, dass wir nicht nur die Aufgabe haben, aus unserem Volk die wertvollen Bestände an rassischen Urelementen, wie er das nennt, zu sammeln und zu erhalten, sondern es auch langsam und sicher zur beherrschenden Stellung emporzuführen."

So irgendwie hatte ihm das vor Jahren Ossenbühn auch schon erklärt; scheint also tatsächlich so ähnlich im ‚Mein Kampf' zu stehen. –

Als Castan zu Ende gekommen war, scheuchte er seine Leute in die Turnhalle nebenan zur ärztlichen Untersuchung und schickte ihnen noch einige aufmunternde Zack-Zack-Rufe hinterher, dann setzte er sich zu Herkommer an den Tisch und ließ sich von einer Ordonnanz das Frühstück bringen. Er war noch in Fahrt und so fiel ihm noch dieses und jenes zur Ergänzung ein, was er bei seinen Zöglingen nicht so im Einzelnen hatte ausführen wollen.

„Ich habe natürlich großes Verständnis für die Jungs. Vielleicht hätten wir sie nicht gleich als Erstes auf die jüdischen Familien ansetzen sollen, sondern trainingshalber erst mal nur auf die jüdischen Männer, das geht viel leichter von der Hand. Die Männer werden ja ohnehin meistens getrennt eingesammelt. Beim Wegschaffen von Kindern, da leiden die natürlich im Moment noch."

„Aber das sind auch Juden!", rief er plötzlich viel lauter. „Oder sollen wir mit dem Ausmerzen warten, bis sie erwachsen sind? Und vielleicht längst Schaden angerichtet haben und sich vermehren wie die Ratten? Jetzt haben wir sie, und das müssen wir nützen!"

Herkommer nickte nur.

„Das habe ich den Jungs mal ein bisschen klarzumachen versucht."

Er befasste sich für eine Weile mit seinem Frühstück, dann wischte er sich den Mund ab und fuhr versonnen fort: „*A la longue* muss das sowieso alles anders werden, die Belastung unserer Leute ist zu groß. Anstatt diesem wüsten Dahinschlachten muss unser Ziel das klinisch saubere Töten sein – einschließlich geordneter Weiterbearbeitung –, und das nicht nur in den Lagern, sondern auch hier draußen bei uns. Da sind wir noch weit davon entfernt."

Castan dachte an seine frühen Jahre in Paris, den ersten Höhenflug in seiner Karriere, wo er nach der Rückkehr aus Chicago mit dabei war, als nach seinen Entwürfen der erste vollmechanisiete Schlachthof in Europa gebaut und in Betrieb genommen wurde. Und noch immer hatte er das leise Tak-tak-tak, Tak-tak-tak der Gliederketten im Ohr. Der Schlachthof in der Millionenstadt, das war eine Insel der Sauberkeit, der Präzision, der absoluten Planmäßigkeit.

Der Brigadier war noch immer nicht ganz zur Ruhe gekommen und bruddelte weiter vor sich hin: „Aber es bleibt natürlich dabei, unsere Leute, und da vor allem die jungen, müssen abgehärtet werden! Ab-ge-här-tet! Das geht nicht von jetzt auf nachher, das braucht seine Zeit! Abgehärtet werden, das heißt bei uns natürlich nicht nur, an Wind und Wetter und raues Leben gewöhnt werden, sondern in erster Linie an Härte, an Härte bei der Durchführung der Aufgaben, an Härte gegenüber sich selbst. Daran fehlte es den meisten. Ohne ein Mindestmaß an Härte geht es nicht."

Er wendete, während er weiter frühstückte, das Thema noch eine Weile hin und her, und immer, wenn er Härte sagte, meinte er Grausamkeit.

Später erschienen noch einige höhere Führer, auch Ossenbühn war mit dabei, und setzten sich nach einer einladenden Handbewegung des Brigadiers zu ihnen an den Tisch. Als letzter kam dann noch, ziemlich verkatert, ihr Doktor, der Sturmbannführer Dr. Braune, mit dazu.

„Abhärtung im Sinne von Härte erwerben", holte Castan noch einmal aus, „hat nichts mit Abstumpfung zu tun, sondern damit, gegen spießbürgerliche Humanitätsduselei gefeit zu sein. Das haben wir uns alle erst allmählich aneignen müssen! Das ist im Grunde genau das, was bereits jeder kleine Bauernbub lernen muss, wenn sein Stallhase geschlachtet wird, den er bis dahin immer hat füttern dürfen."

Herkommer musste plötzlich an Tante Schorschett und die beiden Kätzchen denken. Aber Härte, auch Härte gegenüber sich selbst, war ihm von da an eher leichtgefallen.

„Oder wie der junge Medizinstudent in den vorklinischen Semestern", fiel der Doktor in plötzlichem Eifer ein, „der im physiologischen Praktikum die Reizleitung und die Reflexe studieren soll und der dazu erst mal lernen muss, einen lebenden Frosch zu decapitieren. Das kostet durchaus Überwindung. Aber nur anfangs."

Castan runzelte die Stirn, was Dr. Braune aber nicht von einer näheren Erläuterung abhielt: „Dazu muss er mit einer chirurgischen Schere alles, was oberhalb des Unterkiefers liegt, mit einem einzigen Schnitt wegschneiden", sagte der Doktor und riss seinen Mund weit auf, um mit der flachen Hand den horizontalen Schnitt an seinem eigenen Kopf anzudeuten. „Sie glauben ja nicht, wie sich vor allem die jungen Kolleginnen da angestellt haben!"

„So genau wollen wir das gar nicht wissen, Doktor", reagierte Castan ungehalten, „wie Sie sehen, frühstücke ich gerade!"

„Ich wollte ja nur darauf aufmerksam machen", sagte Dr. Braune erschrocken und nun sichtlich nicht mehr direkt an Castan gerichtet, „dass die Gefühlsduselei, diese Mitgefühls-Duselei, diese – diese – diese gefühlige Humanitätsduselei, die immer wieder aufbricht, der größte Hemmschuh bei unserer Arbeit ist, aber dass sie in der Tat leicht abtrainiert werden kann."

Dann ging Braune wieder ganz auf Linie: „Jedenfalls ist die rassische Reinhaltung des Volkskörpers eine der wichtigsten Aufgaben!"

Dennoch verbesserte ihn Ossenbühn sogleich: „Nicht nur die Reinhaltung – die natürlich auch –, sondern noch mehr die Reinigung, die Säuberung des Volkskörpers. Die slawische Rasse und erst recht natürlich die Juden sind schon viel zu stark in den an sich gesunden Volkskörper eingedrungen, sodass –."

„Ich muss in diesem Zusammenhang mal etwas ganz Grundsätzliches feststellen, meine Herren", fuhr Castan dazwischen, der sich an diesem Gespräch eigentlich nicht beteiligen wollte, „diese Reinigung des Volkskörpers ist nicht nur eine der wichtigsten Aufgaben, sondern es ist die wichtigste Aufgabe unserer Generation überhaupt! Dringender noch als die Schaffung neuen Lebensraums im Osten."

Ossenbühn nickte zustimmend: „Absolut! Leider kann man nicht offen genug darüber sprechen, große Teile unserer Bevölkerung sind noch nicht reif dafür. Beim Gewinn neuen Lebensraums im Osten, da haben wir sicher die Zustimmung der meisten Deutschen, aber sobald von der rassenhygienischen Aufgabe die Rede ist, von der rassischen Säuberung, da wollen sie nichts hören und nichts sehen davon."

„Ja, das stimmt – ab und zu sickert bei aller Geheimhaltung eben doch mal etwas durch", ergänzte Braune.

„Aber infam wird die Geschichte", schaltete sich Castan noch einmal empört ein, „wenn es dann heißt, dass wir das alles, unsere ganze Aufräumarbeit und Ordnungstätigkeit, vertuschen wollten! Etwas geheim halten zu müssen, heißt noch lange nicht, es vertuschen wollen! Die Feindsender tönen bereits großspurig, die sorgfältige Tarnung und Geheimhaltung unserer Arbeit in den Konzentrationslagern und in den Einsatzgruppen zeige unser Unrechtsbewusstsein überdeutlich! Das ist unerhört! Das Einzige, was uns davon abhält, uns zu unserer Arbeit öffentlich zu bekennen, ist die mangelnde Reife der deutschen Bevölkerung – nun ja, wir sind gerade mal knapp zehn Jahre zugange, da kann man an nationalpolitischer Einsicht auch nicht mehr erwarten." Castan wirkte bei den letzten Worten fast resigniert und machte eine kleine Pause. „Vom Ausland ganz abgesehen."

„Stehen wir dazu oder nicht?", rief Ossenbühn forsch, der in solchen Fällen stets auf die gleiche Pauke wie der Brigadeführer schlug.

„Eben", nahm Castan den Faden auf, „jeder Einzelne von uns hier steht dazu! Und wir alle sind von der Richtigkeit unseres Handelns überzeugt! Da darf es keinen Augenblick des Zweifelns geben. Wer ab und zu einmal Schwierigkeiten hat – das kann ich bei unseren Jungen sogar verstehen –, soll sich gefälligst an die Befehlslage halten!"

„Jawohl – das schafft durchaus Erleichterung", ergänzte Ossenbühn. „Die Führung fordert unbedingten Gehorsam, aber damit nimmt sie dem Unsicheren, der vielleicht nur für einen Augenblick zögerlich geworden ist, auch Verantwortung ab."

„Bedenken Sie doch, meine Herren", nahm Castan das heikle Thema nun sehr ruhig noch einmal auf, „mit welch unerhörten Widerständen wir zu rechnen hätten, wenn unsere Pläne zur Endlösung auch nur zu einem Teil publik würden! Die Bevölkerung und auch viele wackere Nationalsozialisten sind längst noch nicht so weit! Das könnte das Zusammenbrechen der Heimatfront bedeuten, mindestens ihre Schwächung." Dann rief er noch einmal laut: „Es gibt bei uns nicht das geringste Unrechtsbewusstsein! Und es darf auch nie ein Unrechtsbewusstsein aufkommen!"

Herkommer wartete immer noch gespannt darauf, was der Brigadeführer wohl von ihm wollte. Aber erst nachdem die anderen SS-Führer gefrühstückt hatten und wieder verschwunden waren, kam Castan zur Sache.

„Hören Sie gut zu, Herkommer! Im Vollzug[13] sind wir ja nicht schlecht. Das läuft. Vor allem mit den Juden. Da sind wir hier in der Gegend bald fertig mit dem Aufräumen! Wir haben fantastische Zahlen, obwohl unsere Leute vom Vollzug natürlich immer mal wieder ein bisschen übertreiben. Aber die Aufklärung, Herkommer, die Aufklärung liegt schwer darnieder! Im Vergleich zum letzten Jahr finden wir bei den Verhören kaum mehr was Brauchbares heraus! Wenn das so weitergeht, geht uns im Vollzug allmählich das Material aus. Die Juden waren leicht ausfindig zu machen, aber die haben wir allmählich aufgebraucht. Jetzt geht es darum, in der Bevölkerung die kleinen, aber hochgefährlichen Partisanen- und Sabotagenester auszuheben!"

„Zu Hause sind die Verhöre viel einfacher, Brigadeführer. Da können wir uns meistens auf irgendwelche Denunzianten stützen, auf wörtliche Aussagen –"

„Sagen Sie nicht Denunzianten, Menschenskind!", rügte Castan sofort. „Das sind verantwortungsbewusste Volksgenossen. Meldungen dieser Art sind nicht nur gestattet und erwünscht, sondern ich gehe so weit zu sagen, sie sind nicht nur bei schweren Straftaten, sondern bereits bei Gesinnungsfragen geradezu die Pflicht eines jeden Mitglieds der Volksgemeinschaft!"

„Jawoll, Brigadeführer! Aber dass das bei der Aufklärung so klemmt, liegt auch daran, Brigadeführer, dass sich die Ukrainer inzwischen viel feindseliger verhalten als letztes Jahr beim Einmarsch."

„Ach was, es liegt vor allem daran, dass unsere Verhöre nichts taugen! Ich meine nicht Sie, Herkommer, Ihre Ergebnisse sind unbestritten hervorragend. Aber wenn die Aufklärung in Zukunft nicht mehr Hinweise liefert, dann trocknet auf längere Sicht der ganze Laden aus, und unsere Leute im Vollzug können Däumchen drehen."

Der Brigadeführer schaute Herkommer ratlos an und sah selbst offenbar keinen Ausweg. Wie Herkommer längst wusste, verstand er eben auch viel zu wenig von der praktischen Verhörarbeit.

„Es kommt auf eine ganz differenzierte Erkundung an, Herkommer! In kleinen Schritten vorgehen und reihum wirklich alle Personen verhören, die mit einer Sache etwas zu tun haben könnten. Wie gesagt, reihum und in kleinen Schritten! Und nicht versuchen, erst mal den einen total auszuquetschen und dann den nächsten, das bringt nichts. Aber weil die Ergebnisse so dürftig sind, werden unsere Leute beim Verhören immer brutaler und die Verdächtigten immer verstockter. So geht das nicht weiter!"

„Je größer der Druck und je mehr Gewalt, desto mehr Fehlaussagen und Scheingeständnisse!", räumte Herkommer ein. „Mit Foltermethoden ist vielleicht mal in einem Einzelfall etwas zu erreichen, aber keine großflächige Aufdeckung. Man muss dabei auch an das Herumgequatsche der einheimischen Dolmetscher denken."

Castan spürte selbst, wie wenig er in der Lage war, Herkommer einen konkreten Auftrag zur Verbesserung der Aufklärungsarbeit zu erteilen, und ungeduldig geworden fuhr er fort: „Reden wir nicht lange! Was ich von Ihnen will, ist ganz einfach: eine grundlegende Verbesserung, eine völlige Neugestaltung unserer gesamten Aufklärung, vor allem der Verhörmethoden."

Nun, so einfach, wie er da tut, ist das ja nicht, dachte Herkommer. Das Einzige, was feststeht: Castan ist mit der Aufklärung, vor allem mit den Verhören, denkbar unzufrieden – mit Recht, muss man sagen –, und es soll halt alles anders, alles besser werden. Aber wie, das kann mir Castan auch nicht sagen, eigentlich weiß der Chef überhaupt nicht, was er will.

„Sie haben jede Unterstützung, Herkommer!", setzte Castan hinzu. „Wenn Sie meinen Wagen brauchen, jederzeit. Ich kann Sie durchaus auch mal freistellen, falls nötig. Sie könnten ja mal zur Einsatzgruppe C fahren, Erfahrungen austauschen. Bisschen umständliche Reise, aber mal hören, wie die das so machen. Vielleicht machen sie es besser. Jedenfalls möchte ich, dass am Schluss wir die Besten sind. Und zwar die weitaus Besten!"

Damit begann er, sich seinem restlichen Frühstück zuzuwenden, und rief mit erhobener Stimme: „Ist Ihnen Ihre Aufgabe klar, Herkommer?"

„Jawohl, Brigadeführer!", antwortete Herkommer stramm und wusste, dass die Unterredung damit beendet war. Aber überhaupt nichts war ihm klar. Er war ratlos und wusste nicht einmal, womit er anfangen sollte. –

Nach dieser Befehlsdusche mit einer schier unlösbaren Aufgabe musste sich Herkommer erst einmal sammeln. Er trat ins Freie hinaus und ging ein paar Schritte auf und ab. Er rief sich, so gut es ging, die Verhöre der letzten Monate ins Gedächtnis, immer wieder aufs Neue, und überlegte sich, was man da wohl anders, was man da wohl besser machen könnte – ohne jeden Erfolg, und je mehr er darüber nachdachte, umso aussichtsloser erschien es ihm, Castans vagen Vorstellungen zu entsprechen und irgendwie einen verbesserten Zugang zu den Verhörten zu erreichen. Allmählich ging ihm nichts mehr anderes als die Verhöre der Vergangenheit im Kopf herum, aber kein einziger neuer Weg wollte sich ankündigen, immer wieder das Alte, es war zum Verzweifeln.

Er müsste sich jetzt mit irgendjemand Vernünftigem unterhalten können, nicht über die Verhöre, nein, über irgendetwas, nur nicht dauernd diese Verhöre! Er dachte an Möller und machte sich auf den Weg ins Revier. Möller war ein tüchtiger Sanitätsunterführer, mit dem er sich in seiner Berliner Zeit im Hauptamt angefreundet hatte, ein begabter Medizinstudent, der würde ihm vielleicht sogar wegen seiner Dornwarze an der rechten Sohle etwas Vernünftiges empfehlen können. Er fand es schon immer besser, sich bei Kleinigkeiten an irgendwelche unteren Sanitätsdienstgrade zu wenden statt an die Ärzte, die gleich alles Mögliche untersuchen wollten und hinterher auch nicht mehr wussten als die Sanitäter; ein guter Sani jedenfalls geht gleich auf das Ziel los und weiß sofort ein Mittel, wenn man ihm nur klar genug sagt, was einem fehlt.

„Wir haben uns seit meiner Rückkehr ja kaum mal unterhalten können“, sagte Herkommer, und Möller schien sein Besuch willkommen. Sie erzählten sich, was seit ihrer gemeinsamen Zeit in Berlin so geschehen war, aber bald schon kamen sie auf das Heute zu sprechen, vor allem auf den hohen Druck von allen Seiten, unter dem die Einsatzgruppe stand.

„Das ist vor allem dieser selbstgemachte Druck, dieser ideologisch begründete“, meinte Möller.

„Aber der wird schon wegen der vielen Neuzugänge dringend

gebraucht, nur so ist der Laden zusammenzuhalten", erklärte Herkommer.

„Der kommt natürlich von ganz oben", sagte Möller.

„Und ist sicherlich auch notwendig", setzte Herkommer noch nach.

„Aber da sucht sich nun jeder, der etwas zu sagen hat, sein Lieblingsthema raus, und Castan ist ausgerechnet an diesem ‚neuen Menschen' hängen geblieben, wahrscheinlich, als er diese Bronze zum ersten Mal sah, und er redet in einem fort davon."

„Dass er alles auf seinen neuen Menschen bezieht", stöhnte Herkommer, „das geht den Leuten allmählich auf die Nerven, nicht nur mir."

„Beinah hätte sich Ossenbühn letztes Jahr mit Castan darüber angelegt, wie der neue Mensch beschaffen sein sollte. Obwohl die beiden doch ein gutes Verhältnis haben und Ossenbühn sonst immer ganz zahm ist ihm gegenüber. Das hat mir Ossenbühn kürzlich zu später Stunde, als ich ihm noch ein paar Tabletten aufs Zimmer gebracht habe, selbst erzählt. Vor lauter Begeisterung über diese Bronzeplastik und seinen neuen Menschen hätte Castan wie besessen getönt, dass ein gut durchtrainierter männlicher Körper im Grunde doch ungleich schöner sei als der Körper einer Frau. Auch wenn der noch so gut ausgeformt sei, er bleibe weich und damit unbestimmt. Das seien nur mindere Regungen, die uns für die Reize des weiblichen Körpers empfänglich machten. ‚Ich will das auch durchaus zulassen', hätte Castan zu ihm gesagt, ‚aber nur zeitweise, ich bin ja nicht von gestern. Aber sonst hat der neue Mensch zu gelten, und der neue Mensch ist männlich, und nur er ist unser großes Ziel!' – Er habe, behauptete Ossenbühn, sofort heftig Vorbehalte geäußert, man dürfe sich doch den neuen Menschen nicht zu männlich vorstellen, ihn also nicht allzu betont bloß als Mann sehen – auch nicht bloß als Frau selbstverständlich. Vielmehr ginge es doch beim neuen Menschen, so wie er ihn sehe, um eine höhere, gewissermaßen abstraktere Ordnung. Und es sei vielleicht etwas boshaft von ihm gewesen, hatte Ossenbühn zugegeben, dass er in diesem Zusammenhang Castan gegenüber diese peinliche Koffergeschichte erwähnt habe: ‚Sie erinnern sich doch, beim Abmarsch in Charkow, da war beim Stabsgepäck ein Aktenkoffer aufgesprungen, und da sind ein paar hundert Fotos von nackten jungen Männern herausgefallen.' – Castan hätte sich über seine Bemerkung zwar geärgert, hat mir Ossenbühn erzählt, sich aber nicht weiter betroffen gefühlt und bloß gesagt: ‚Das ist es doch bei der Suche nach dem neuen Menschen, dass wir ihn bis jetzt nur in Bronze haben, noch gibt es ihn nicht in natura, und so sind wir auf der ständigen Suche, obwohl wir wissen, dass diese *Höherselektierung*, von der wir alle überzeugt sind, Generationen dauern wird.' – Die Leute hatten damals natürlich gelästert, dass es mit Castans Koffer eine ganz andere Bewandtnis habe, und das war natürlich auch Castan zu Ohren gekommen; da würde es nicht um die Ästhetik der Rasse gehen, die Fotos dienten ganz anderen Zwecken. Aber als er, Ossenbühn, den Brigadier seinerzeit auf das Getuschel vor allem in den Polizeibataillonen vorsichtig aufmerksam gemacht habe, da habe Castan in geradezu väterlicher Güte geantwortet: ‚Oh, das kann ich sogar gut verstehen, Ossenbühn, das sind in den Polizeibataillonen einfach gestrickte, rechtschaffene Männer, die naturgemäß nicht den vollen Überblick haben und gerade deshalb stets nach den einfachsten Erklärung suchen.' Doch die nächsten Worte Castans seien äußerst kühl, wenn nicht gar scharf gewesen: ‚Aber vergessen Sie bitte eines nicht, Ossenbühn! Ich für meinen Teil werde nicht von irgendeiner Geschlechtsgier gesteuert, weder so noch so. Damit das klar ist!'"

Herkommer lachte etwas verlegen über die letzten Worte Möllers und wusste nicht recht, was er sagen sollte. –

12 _ Sabine Strauss als Musikreferentin im Umerziehungslager

Damals, erinnerte sich Sabine, als mich Ludwig bei seinem Chef in Wien abgeliefert hatte wie eine wertvolle Fracht oder, richtiger noch, wie ein kostbares Beutestück, da war ich noch voller Hoffnung gewesen, dass da vielleicht eine Aufgabe auf mich zukommen könnte, aussichtsreicher und befriedigender als die drei oder vier Geigenstunden pro Woche in Lausanne und das vergebliche Warten auf neue Schüler.

Ludwig war auf der Chefetage vorausgegangen und hatte Castan, damals noch Standartenführer, in strammem Ton seine Rückkehr aus Lausanne gemeldet. Aber kaum hatte Castan erfasst, dass Ludwig nicht allein gekommen war, da war er aufgesprungen und an Ludwig vorbeigestürmt, um sie, die noch immer draußen im Vorzimmer stand, zu begrüßen und an der Hand in sein Zimmer hineinzuziehen.

Sie erinnerte sich noch an alle Einzelheiten; wie Castan außer sich war vor Freude und sie mit Elogen überschüttete; wie überrascht Ludwig darüber war – das sah sie an seinem erstaunten Lächeln –, was für einen Enthusiasmus dieser sonst so kühle und reservierte Mann entwickeln konnte; wie Castan im pausenlosen Reden im Zimmer hin und her ging und die Arme vor Begeisterung in die Höhe warf und nicht einmal vom Telefon, das klingelte, in seinem Redeschwall aufzuhalten war.

„Nehmen Sie ab, Herkommer, bin jetzt nicht zu erreichen!", befahl er nur barsch zwischenrein und setzte seine Lobesrede fort.

Als Herkommer den Anrufer abgefertigt hatte, schaute ihn Castan einen Augenblick wie abwesend an und sagte dann: „Sie können jetzt gehen, Herkommer. Danke!"

Herkommer grüßte und verschwand – „Saubere Arbeit, Herkommer!", rief ihm Castan noch nach. Dann wandte er sich ihr wieder zu und alles Schroffe war aus seiner Stimme verschwunden.

„Ich habe Sie das erste Mal Ende 1937 in Wien erlebt – Beethovens Violinkonzert, unvergesslich!"

Sie hatte bis dahin nicht ein einziges Wort gesprochen.

„Heute würde ich das nicht mehr so spielen."

„Oh", flötete Castan, „ich hoffe, dass ich nun recht bald Gelegenheit haben werde, Ihre gewandelte Auffassung von diesem Werk kennenzulernen, obwohl ich im Moment nicht wüsste, wie man noch tiefer eindringen könnte, als Ihnen das schon vor Jahren bei Ihrem Wiener Konzert – kurz vor dem Anschluss an das Reich übrigens – in so unvergleichlicher Vollkommenheit gelungen ist. Für mich als Laien war schon damals keine Steigerung mehr vorstellbar, und ich kann nicht einmal ahnen, wie es jemals noch reifer, noch vollendeter gespielt werden könnte."

Ihm schien tatsächlich das ganze Konzert noch gegenwärtig gewesen sein.

„Sie werden in unserem Umerziehungslager – NS-Schulungslager heißt es ja inzwischen richtiger – ausreichend Gelegenheit haben, sich von Ihrem Schweizer Exil zu erholen und sich ein befriedigendes Wirkungsfeld zu erarbeiten." Dabei fiel sein Blick auf ihr Gepäck, das aus nichts Weiterem als ihrem Rucksack bestand, den sie neben sich abgestellt hatte und der zu einem guten Teil von ihrem Geigenkasten, der darin steckte, ausgefüllt wurde. Dann blickte er prüfend auf ihre armselige Kleidung.

„Ich werde veranlassen, dass Frau Mertens, die für die weiblichen –", er zögerte einen Moment und sagte dann nicht ‚Gefangenen', wie es ihm schon auf der Zunge lag, sondern fuhr fort: „– die für die weiblichen Lehrgangsteilnehmer zuständig ist, Sie mit angemessener Kleidung ausstattet."

Dann wurde er geradezu herzlich: „Wir müssen ja auch an unsere zukünftigen Konzerte denken!" –

Der Fahrer, der sie nach Mauthausen II in dieses Umerziehungslager oder Schulungslager hatte bringen sollen, daran erinnerte sie sich noch, war immerhin ein Sturmführer gewesen, soviel hatte sie damals schon von den Rangabzeichen der SS und der Waffen-SS verstanden, ein ungewöhnlich höflich auftretender Mann, der auf dem Weg zum Wagen im Haus sogar die Türen vor ihr öffnete und zur Seite trat. Unten im Wagen dann gab es zu ihrer Überraschung kein Wachpersonal und nicht einmal von außen absperrbare Autotüren.

„Sie versuchen bitte nicht, den Wagen schon vor Erreichen unseres Fahrtziels zu verlassen", sagte der Sturmführer beim Einsteigen, und, nachdem er angefahren war, fügte er noch hinzu: „Sie wissen ja, wir hätten jederzeit direkten Zugriff auf Ihren Herrn Vater in der Klinik."

Das sagte er nicht etwa warnend oder gar drohend, sondern in einem seltsam beiläufigen Ton, als wollte er nur zum Ausdruck bringen, dass er selbstverständlich schon lange über alle Einzelheiten ihres Falles informiert war.

In dem großen Backsteinbau, der ein ehemaliges Hotel oder Sanatorium gewesen sein mochte, bekam sie ein Zimmer ganz oben, fast unterm Dach, zugewiesen. Es war eher eine Kammer als ein Zimmer – Tisch, Stuhl, Bett, Spind. Immerhin, außen an der Tür stand bereits ihr Name und ‚Musikreferentin' darunter. Gefängnisartig, wie sie befürchtet hatte, wirkte dieses Schulungsgebäude keineswegs, nur der Ausgang, der mitten durch eine Portierloge hindurchführte, war mit automatischen Türen besonders gesichert.

Sie hatte nicht viel einzuräumen, und als sie sich gerade etwas erschöpft auf den Stuhl gesetzt hat, um über ihr weiteres Schicksal nachzudenken, erschien ein SS-Hauptsturmführer, der sich als Schulleiter vorstellte und sie etwas steif als neue Mitarbeiterin begrüßte.

„Sie wissen, es ist Ihnen – obwohl Sie, wie gesagt, als Mitarbeiterin gelten –, nicht erlaubt, das Haus zu verlassen. Was übrigens auch für die Schulungsteilnehmer während der ganzen dreimonatigen Lehrgangsdauer gilt", fügte er beschwichtigend noch hinzu.

Sie nickte nur.

„Ihre wichtigste Aufgabe wird zunächst darin bestehen, ein schlagkräftiges Orchester aufzubauen", er hatte tatsächlich ‚schlagkräftig' gesagt, „und mit den Leuten zu arbeiten, in der Regel nach Feierabend erst, selbstverständlich. Mein Büro, Fräulein Kern, wird Sie in allen Fragen unterstützen."

Im Hinausgehen hatte er ihr noch zugerufen: „Der Aufbau des Orchesters ist dem Standartenführer außerordentlich wichtig!"

Sie hatte sich von Anfang an im Haus frei bewegen können und kannte schon bald die wichtigsten Personen. Ein kurzer Aushang für die Lehrgangsteilnehmer, den sie gleich nach ihrer Ankunft geschrieben hatte, wonach unter fachkundiger Leitung ein kleines Orchester gegründet werden sollte, stieß offenbar auf nur geringes Interesse. Er war wohl zu knapp gefasst und zu unauffällig, wahrscheinlich sollte sie auf dem Aushang das geplante Orchester viel ausführlicher erläutern; und auch schreiben, welche Instrumente vor allem gebraucht würden, denn was bei ihr oben in einem Schrank auf dem Flur an Instrumenten herumlag, war erbärmlich; vielleicht könnte man den Interessenten sogar einen Kurzurlaub am Wochenende in Aussicht stellen, damit sie ihre Instrumente holen können – ob das wohl ginge? Darüber würde sie mal mit dem Schulleiter reden müssen; und vielleicht sollte man zu erkennen geben, dass das Orchester von oben gefördert wird. Oder ob ein solcher Hinweis womöglich eher hinderlich sein würde?

Erst am nächsten Tag, sie erinnerte sich noch genau, hatte sie zögernd ihre Violine hervorgeholt. Ob ich endlich mal wieder spielen sollte? Aber das wird man im ganzen Haus hören, auch wenn sie mit Dämpfer spielte, fürchtete sie. Mindestens in den beiden Dachgeschossen. Keiner sollte sagen, dass ihm ihr dauerndes Geigespielen auf die Nerven gehe! Während andere arbeiten, spielt sie Geige, würde es heißen. Sie zupfte unschlüssig ein paar spielerische Akkorde vor sich hin und lächelte, als sie an diese Geigenbögen mit den Knoten im Schweifhaar denken musste, an diese ‚Sägebögen', die Viktor vor vielen Jahren für sie präpariert hatte. Sie hatten damals viel gelacht, und allein der Gedanke hellte ihre Stimmung auf. So etwas sollte man haben! Vor lauter Langweile holte sie sich aus dem Schrank im Flur einen schon ziemlich malträtierten Geigenbogen, wobei sie zu ihrer Erleichterung einen großen Vorrat an Saiten aller Art und sonstigem Material für die Instrumente entdeckte.

Sie bespannte den Bogen frisch, was sich allerdings als ein mühseliges Geschäft erwies, zumal sie sich ja einen Sägebogen herrichten wollte und so entlang der Kante einen Knoten nach dem anderen in die Schweifhaare knüpfen musste. Die günstigsten Knotenabstände waren ihr noch einigermaßen aus den lustigen Zeiten mit Viktor geläufig, weil sie ihm häufig zugesehen und manchmal sogar geholfen hatte, aber sie verfügte natürlich bei Weitem nicht über die Fertigkeit, wie sie sich Viktor damals nach und nach angeeignet hatte, und so war sie für einige Stunden beschäftigt. Als sie zu Ende gekommen war, war es tiefe Nacht, aber nicht nur wegen des Lärms wäre es ihr allzu unheimlich gewesen, den Sägebogen auszuprobieren. –

Tags darauf hatte sie sich endlich genügend sicher gefühlt und zum ersten Mal ihre Violine wieder ans Kinn genommen. Sie spielte – scheu und so leise es überhaupt nur ging – die Meditation aus Massenets Oper Thais, die ihr zum Leisespielen besonders geeignet schien, und dann auch gleich noch den zweiten Satz aus Beethovens Violinsonate Nr. 7, gleich ein paarmal und jedes Mal noch ein wenig leiser. Es war wie eine Erlösung.

Noch nie hatte sie ganze Passagen, ganze Stücke derart leise gespielt. Es war unerhört schwierig, so leise zu spielen, der kleinste

Fehler, und der Ton wackelt oder reißt ab. Erst jetzt ging ihr so richtig auf, was vor vielen Jahren und in ganz anderem Zusammenhang ihr alter Lehrer mit den kleinen ‚Fehlerreserven' gemeint hat, die man sich, wo es geht, da und dort möglichst erhalten sollte. Das hier war ein solcher Fall, zweifellos, nur gewährte sie sich eben nicht die geringste Reserve mehr, an keiner Stelle, sie spielte exakt an der Kante des Absturzes entlang.

Jeder einzelne Ton musste dabei voll klingen; er durfte so leise werden, wie er wollte, aber voll musste er bleiben. Sobald der Klang dünn wird, das wusste sie, kippt das Ganze mit einem Mal um und wird zur Liliputmusik. Sie sann darüber nach, woran es wohl liegen mag, wenn ein Ton, obwohl ganz leise gespielt, trotzdem noch voll klingt, und was sich da eigentlich ändert, wenn er plötzlich dünn wirkt und spröde. Dann wagte sie sich mit ihrem Leisespiel an den zweiten Satz des Frühlings von Vivaldis Vier Jahreszeiten. O, es gab ja noch so viel anderes, bei dem es sich lohnte, es einmal ganz leise zu spielen, und dann noch leiser und noch einmal leiser, auch wenn das gegen alle Gewohnheit ging.

Sie lernte viel dazu bei diesem Spielen am Rande des Möglichen. Es machte ihr zunehmend Freude, und sie spielte von Tag zu Tag mehr. Dabei begegnete ihr etwas, was sie zwar längst wusste und stets ihren Schülern gepredigt hatte, aber nun an sich selbst eindringlich erlebte: Das Gelingen hängt vom richtigen Vorsatz ab und der muss genügend präzise sein. Sie darf nicht einfach nur möglichst schwache Töne hervorrufen wollen, die klingen allzu leicht auch unvollkommen, sondern sie sollte eher an ganz leise Töne denken. Oh, das ist durchaus ein Unterschied, schwach und leise sind zweierlei, erkannte sie, leise kann durchaus zugleich auch stark sein. Und noch einmal besser geht es, fiel ihr auf, wenn sie statt möglichst leiser Töne möglichst zarte Töne im Sinn hat.

Wie glücklich sie sich doch jedes Mal gleich fühlte, wenn sie spielte! Nach wenigen Takten schon! Gar nicht so sehr, weil ihre Melodien sie wie ein schützender Kokon umgaben – gewiss, auch das war zu verspüren –, sondern vor allem, weil die Welt, so beengend diese sie auch umgab, zu etwas Bedeutungslosem absank und dabei zu etwas eher Zufälligem wurde, das auch völlig anders hätte aussehen können, wohingegen sie in ihrer eigenen Welt angelangt war.

Anfangs war dieses Spielen noch eine Flucht in eine zweite Welt, in ihre private Nebenwelt, die sie sich mitgebracht hatte, während ihre eigentliche Welt eben doch die gegenständliche des Schulungslagers war. Aber das kehrte sich alsbald um. Der Raum der Klänge wurde, jedenfalls solange sie spielte, zu ihrem eigentlichen Lebensraum, und die Pausen waren nur noch befristete Aufenthalte in der ihr aufgezwungenen Lagerwelt. Kein Wunder, dass sie spielte, wann immer es nur ging. –

Sie hatte damals gerade die ersten paar Interessenten für das Orchester um sich versammelt, als die von Castan angekündigte Frau Mertens auftauchte, die sich um ihre Kleidung kümmern sollte. Sie hatte Frau Mertens noch genau vor sich, sie wirkte mürrisch und begegnete ihr nicht nur bei diesem ersten Gespräch, sondern auch bei den folgenden, bei denen es sich dann meistens um irgendwelche Anproben oder Änderungen handelte, mit einem unverhohlenen Misstrauen, ja mit lauerndem Argwohn geradezu, als ob sie von ihrer Beteiligung an einer verwerflichen Übeltat zuverlässige Kenntnis hätte.

Die Arbeit mit dem kleinen Orchester war mühsam. Ein Berufsmusiker, ein exzellenter Pianist aus Wien, stand ihr beim ersten vorsichtigen Auswählen der Mitspieler unverdrossen zur Seite, aber der Mann, so tüchtig er war, verzagte allzu leicht, wenn er bei der Auswahl auf unzureichende Bewerber stieß, und das waren eben die meisten.

„Wir müssen mit dem arbeiten, was wir haben!“, rief sie, „und selbst wenn am Anfang nur wir beide allein spielen und vielleicht bloß ein oder zwei Cellisten den Basso Continuo dazu streichen! Aber allmählich werden das dann immer mehr, die irgendwie mitspielen können.“

Der Pianist zweifelte, aber sie fuhr unbeirrt fort: „Sie werden bei den Halbgeeigneten den Korrepetitor spielen müssen, noch und noch. Und ich werde mir tagsüber die Finger wundschreiben mit Auszügen – vereinfachte Auszüge natürlich! Total vereinfacht, soweit es nur geht.“

„Das wird Wochen dauern, bis das auch nur ein bisschen läuft!“

„Na und? Es wird sowieso noch eine Weile gehen, bis wir genügend Instrumente aufgetrieben haben. Immerhin habe ich inzwischen schon zwei oder drei Berufsmusiker gefunden!"

„Ja", nörgelte der Pianist weiter, „aber das sind eher solche Privatmusiklehrer."

„Na und?", sagte sie noch einmal.

„Der Flügel, der kommen sollte, ist drüben im KZ gelandet. Die drüben haben ja neuerdings sogar ein Frauenorchester. Ich habe aus der Ferne das Abladen beobachtet. Die stellten sich vielleicht an! Der Schulleiter sagte, wir müssten halt fürs Erste mit dem Klavier in der Kantine vorliebnehmen."

„Mir hat er den Flügel großartig versprochen, und dass er uns auch bei der Beschaffung der anderen Instrumente helfen würde, der Schwätzer – mal sehen!"

„Er hat mir dann das Klavier in der Kantine gezeigt – na ja, Sabine. Das wackelt schon, wenn man den Deckel hochklappt. Er hat dann mit einer Hand ein bisschen drauf rumgeklimpert. ‚Ist doch prima!', hat er gemeint. Dabei ist das Ding verstimmt wie ein Cembalo im Regen."

„Das kriegen wir alles hin! Aber Sie bringen mich erst noch auf eine Idee mit diesem Frauenorchester. Instrumente werden wir von denen natürlich keine bekommen, die haben selber nicht genügend. Aber vielleicht können wir nächstens Mal vor einem größeren Konzert, wenn's bei uns gar nicht klappt, Leute vom KZ-Orchester ausleihen. Die haben im Hauptlager mit ihren Tausenden von Insassen natürlich ein ganz anderes Reservoir als wir."

„Sagen Sie nicht immer Hauptlager, Sabine!", klagte der Pianist, „sonst sind wir nämlich das Nebenlager, und am Schluss nennt man uns das Lagerorchester, das wollen wir doch nicht!"

„Nein, das wollen wir wirklich nicht", beruhigte sie ihn, „und in drei Monaten seid ihr ja alle wieder draußen."

„Und zwar tipptopp umgeschult", sagte der Pianist.

Aber ich werde hierzubleiben haben, dachte sie. Doch diese Aussicht betrübte sie weniger als die Gewissheit, dass dann der ganze Aufbau des Orchesters von vorne beginnen würde. Das wird jedes Vierteljahr wieder dieses Zusammentrommeln der Interessenten sein, dann das Auswählen der Geeigneten – wie schwer ist es ihr doch jetzt schon jedes Mal gefallen, einem begeisterten Bewerber zu sagen, dass seine Fertigkeiten einfach nicht ausreichten, so sehr sie inzwischen auch ihre Ansprüche heruntergeschraubt hatte. Und dann wird wieder die Suche nach den noch fehlenden Instrumenten kommen. Ein Glück, dass einige bereit waren, ihr mitgebrachtes Instrument für versiertere Spieler herauszurücken. So waren sie zu einem Horn, einer Querflöte und einer Klarinette gekommen.

Nach zwei Wochen spielten sie schlecht und recht alles mögliche einfache Zeug, aber immer noch gab es Passagen, die klangen erbärmlich, und manchmal waren sie für den Pianisten schier schmerzauslösend. Doch gab es auch großartige Augenblicke bei den Proben. Das waren Sabines seltene Solopartien, die in ihrem plötzlichen Kontrast zum allgemeinen Gefiedel den Pianisten manchmal fast erschauern ließen. –

Es dauerte Wochen, bis sich Castan das erste Mal im Mauthausener Schulungslager sehen ließ. Sie hatte mit diesem Besuch schon früher gerechnet, hatte er doch mehrmals betont, wie sehr er sich darauf freue, sie spielen zu hören. Dass er sie so lange in Ruhe gelassen hatte, war ihr nur recht gewesen, sie hatte inzwischen kaum mehr an seinen Besuch gedacht. Schließlich aber, eines frühen Morgens, hatte sie sich plötzlich vernachlässigt gefühlt. Ob er nach all den großen Sprüchen sein verdammtes Schrumpf-Orchester, mit dem sie sich so viel Mühe gab, schon wieder vergessen hatte? Aber zugleich hatte sie sich auch darüber geärgert, dass sie sich mit einem Mal so abhängig fühlte von einem Menschen, bei dem sie sich doch sicher war, dass er ihr völlig gleichgültig ist, ja, dass er eigentlich ihre Verachtung verdient.

Insofern hatte die Ankündigung des Schulleiters, dass eine Besichtigung des Schulungslagers durch den Standartenführer ins Haus stünde, bei ihr eben doch zu einer gewissen Befriedigung geführt, was sie sich aber nicht recht eingestehen wollte, denn sie hatte sich geschworen, fortan allen Anzeichen einer Anerkennung oder Nichtanerkennung seitens Castans so unbeteiligt und gleichgültig wie nur möglich zu begegnen. –

In diese Erinnerungen Sabines, die sich ganz auf ihre Anfangszeit in Mauthausen beziehen, ist hier einzuschieben, dass von einer regulären Besichtigung freilich keine Rede hatte sein können, obwohl sich sämtliche Abteilungen des Hauses auf einen Durchgang des Standartenführers vorbereitet hatten und alle wichtigen Personen zur Stelle gewesen waren. Castan hatte bei der Begrüßung die vorschriftsmäßige Meldung des Hauptsturmführers mit einem knappen ‚Danke' entgegengenommen, sich dann aber umgehend zur Musikreferentin bringen lassen. Mit der Aufgabe, den Standartenführer zu geleiten, hatte der Schulleiter Frau Mertens betraut, die in Castans Wiener Zeit als Kriminaldirektor und Chef der Gestapo-Leitstelle seine Sekretärin gewesen war.

‚Die Mertens ist da genau die Richtige', hatte der Schulleiter leise zu seinem Lehrgangsleiter, dem Obersturmführer Perseke, gesagt, der direkt neben ihm stand. ‚Für den Standartenführer tut sie alles. Ich weiß nicht, ob's da früher mal was Näheres gegeben hat, jedenfalls schwärmt sie noch heute für ihn.' – ‚Warum', fragte Perseke vorsichtig zurück, ‚warum will der Standartenführer ausgerechnet die Sabine sehen? Ist ja ein nettes Mädchen, aber –' – ‚Keine Ahnung!', sagte der Schulleiter und wiegte dabei lächelnd den Kopf.

Frau Mertens jedenfalls hatte gestrahlt und war mit Castan nach oben geeilt, aber je näher sie dem Zimmer der Musikreferentin gekommen waren, umso finsterer hatte sie dreingeschaut. –

An Castans ersten Besuch in ihrem Zimmer erinnerte sich Sabine Strauss mit Unbehagen. Sie war überrascht gewesen, dass er, kaum im Haus eingetroffen, auch schon bei ihr oben erschienen war. In der engen Kammer dann gab sich Castan betont unbefangen und schon nach den ersten Begrüßungsworten setzte er sich mit der Bemerkung „So, da bin ich aus dem Weg" auf den einzigen Stuhl im Zimmer.

Sie hatte, als er da so mitten in ihrem Zimmerchen saß, mit einer unglaublichen Gehemmtheit zu kämpfen, wie sie vor ein paar Wochen, bei ihrem ersten Gespräch im Hotel Metropol, auch nicht ansatzweise aufgekommen war. Das war nicht nur die Nähe, spürte sie, sondern auch noch diese Enge, die in ihrer Kammer herrschte.

Für einen Augenblick fürchtete sie, dass Castan zudringlich werden könnte. Aber dann sah sie, mit welch freundlichem Interesse, ja mit welch besorgtem Wohlwollen geradezu, er auf die Violine, die auf ihrem Bett lag, blickte. Fast dankbar war sie ihm für diesen

Blick, aber ihre Befangenheit konnte sie dennoch nicht überwinden. Umso munterer plauderte er drauflos.

„Ich würde mir wünschen, dass unser Orchester eines Tages zu einer festen Einrichtung wird, mit immer wieder neuen Mitgliedern natürlich, aber zu einer festen Einrichtung eben – das ‚NS-Schulungslager-Orchester Mauthausen II'."

Sie hatte keine Ahnung, wie das je gelingen sollte, und musste ihn wohl voller Zweifel angeblickt haben.

„Wissen Sie, da gibt es große Vorbilder", erläuterte er seine Pläne. „Zum Beispiel der NS-Frauenchor Berlin – immer wieder einmal im Rundfunk zu hören –, meine Schwester spielt dort eine wichtige Rolle; und nicht zu vergessen der renommierte NS-Volkschor in Essen; aber auch Instrumentalisten wie das NS-Frankenorchester oder das NS-Streichorchester Wiesbaden. Doch das mit Abstand berühmteste ist das Nationalsozialistische Reichs-Symphonieorchester in Berlin. Großartig schon der äußere Auftritt, die Musiker tragen einen braunen Smoking, den der Führer selbst entworfen haben soll", schwärmte er, „und Generalmusikdirektor Franz Adam, der Chef, dirigiert in einem braunen Frack!"

Danach wurde er wieder sehr sachlich. „Die Partei muss immer auch an das Bild im Ganzen denken, das in der breiten Öffentlichkeit von ihr entsteht, und das gilt natürlich auch für die SS und hier für unser Schulungslager Mauthausen II. Und natürlich auch für das Konzentrationslager hier."

Darum sei der schnelle Aufbau des Orchesters jetzt das Allerwichtigste.

„Spielen Sie mir zum Abschied noch etwas vor. Nur ein paar Takte, damit ich den Klang Ihrer Violine ins Ohr bekomme", bat Castan.

Sie schüttelte mit einem leisen Lächeln selbstverständlicher Überlegenheit den Kopf und hatte plötzlich alle Befangenheit verloren: „Das klingt nicht in dieser engen Kammer."

Aber Castan insistierte. Schließlich spielte sie einen ziemlich dämlichen Gassenhauer, der ihr gerade in den Sinn kam, weil sie damit am besten kundtun konnte, dass sie im Moment ohne jede Ambition spielen würde, vielleicht weil sie Castan tatsächlich nur den Klang ihrer Violine vermitteln wolle.

Da Castan nach dem letzten Ton immer noch gespannt zu ihr

herschaute, ergriff sie noch einmal ihre Geige, die sie schon weggelegt hatte, nahm aber den präparierten Bogen mit auf und spielte einfach die gleiche Melodie noch einmal, allerdings mit dem Unterschied, dass sie mit diesem Sägebogen, wie sie die präparierten Viktor-Bögen in seligen Zeiten genannt hatten, ein paar schlagzeugartige Akzente dazwischensetzte. Sie wollte Castan einfach klar machen, dass es ihr nur um ein Herumspielen mit einer Geige, nicht aber um wirkliches Violinespielen ging.

Aber Castan war fasziniert, so etwas hatte er noch nie gehört.

„Was war das?“, fragte er erstaunt und lächelte mit weit geöffneten Augen, als seien diese schrecklichen Töne für ihn eine musikalische Offenbarung.

„Ein gezupfter Streichton, nein, ein gestrichener Zupfton in Serie“, lachte sie fast übermütig. Man hätte fast meinen können, sie würde sich über ihn lustig machen.

„Schrumm-Schrumm, Schrumm-Schrumm“, versuchte er begeistert, ihre Schnarchtöne nachzuahmen, „das müssen Sie unbedingt mal in ein Konzert mit einbauen! – In drei Wochen komme ich wieder. Dann sind Sie mit ihren Leuten schon weiter, und vielleicht können wir die ersten Planungen für ein kleines Konzert machen, zunächst nur ein ganz internes selbstverständlich.“

Dann stand er auf, um sich zu verabschieden, und sagte im Hinausgehen, nun plötzlich fast im Befehlston: „Sie üben mit Ihren Leuten bitte nur solche Stücke ein, in denen Sie die tragende Rolle spielen! Also vorwiegend Violinkonzerte und so. Ich möchte vor allem Sie spielen hören, nicht Ihre Leute!“ –

Castan musste dem Lehrgangsleiter Perseke, den die Lehrgangsteilnehmer Perverseke nannten, von diesem Gassenhauer und vor allem von den Sägebogentönen erzählt haben, denn der erschien noch am selben Tag nach Dienstschluss in ihrer Dachkammer oben und erkundigte sich nach eben diesem Gassenhauer mit diesen unheimlichen Tönen, lüstern schmunzelnd, als ob es sich um eine Obszönität handle.

Der Standartenführer sei restlos begeistert gewesen. „So etwas von Begeisterung habe ich bei dem noch nie gesehen. – Ach, spielen Sie mir das doch auch mal vor – bitte!“

Sie holte mit einer so gleichgültigen Miene wie möglich ihre Geige hervor und spielte mit dem Sägebogen betont unbeteiligt und mit übertriebener Resignation im Gesicht die simple Melodie herunter, damit dieser Mann sehen möge, wie wenig sie hinter diesem Unfug stehe. Doch das half nichts, Perseke klatschte sich vor lauter Begeisterung auf die Schenkel.

„Da müssen wir mal auf einem Bunten Abend ein ganzes Konzert daraus machen!“, rief er voller Eifer. „Au, da fällt mir bereits eine Gelegenheit dafür ein!“

Er schien in Gedanken schon bei der Programmgestaltung zu sein. Sein ganzer Auftritt hatte für sie etwas Befremdliches, der Kerl hatte wirklich keine Ahnung.

Dann aber fügte er etwas bekümmert noch hinzu: „Aber der Schulleiter wird wahrscheinlich dagegen sein. Und der Standartenführer natürlich erst recht. – Aber wir bleiben jedenfalls in der Sache in Verbindung!“

Sie wusste oder hoffte mindestens, wenigstens Castan würde den Scherz erkannt haben, der in dieser ganzen Spielerei steckte, aber Perseke schien diese Töne, die im Grunde genommen doch nichts weiter als scheußlich waren, für hohe Kunst zu halten. Fortan begrüßte er sie, wenn sie sich im Hause begegneten, stets mit einem verschmitzten Lächeln und sprach sie immer wieder einmal auf die „Schrumm-Schrumm-Musik“ an, wie sie schon von Castan genannt worden war. Hin und wieder ging er sogar mit einem versteckten Augenzwinkern an ihr vorbei wie einer, der seinen Spießgesellen an eine heimlich verfolgte gemeinsame Sache erinnern will. Und einmal sagte er im Vorbeigehen sogar: „Irgendwann machen wir das noch! Ganz bestimmt!“ –

Schon eine Woche nach seinem ersten Besuch war Castan erneut in Mauthausen II erschienen. Diesmal drängte er zwar nicht als Erstes zu ihr nach oben, aber nirgends im ganzen Haus hatte er sich dann bei seinem Rundgang länger aufgehalten als bei ihr. Er kam allein, klopfte recht laut an, wartete nur knapp auf ihr ‚Herein‘ und schien ebenso gut aufgelegt wie bei seinem letzten Besuch. Ein paar Notenblätter, die auf dem Stuhl lagen, waren für ihn Anlass genug, sich ohne Zögern auf das Bett zu setzen. Aber diesmal verspürte sie nicht mehr diese Befangenheit, obwohl er sich, wie sie fand, noch dreister breitmachte als bei seinem letzten Besuch. Als er sie beiläufig fragte, was er zum weiteren Aufbau des Orchesters noch tun könne, war das wohl eher als allgemeine Frage gedacht, um sein Wohlwollen kundzutun, aber sie holte sofort einen Zettel hervor und murmelte: „Wenn aus der Sache überhaupt jemals ein bisschen was werden soll –", aber dann hob sie die Stimme und erläuterte die Punkte auf ihrem Zettel mit solchem Nachdruck, dass sie sich wie strenge Forderungen anhörten.

„Erstens: Instrumente! Wir brauchen dringend mehr Instrumente. Im Augenblick müssen sich zum Beispiel drei ganz ordentliche Cellisten in ein einziges Cello teilen, das ist schon bei der Probenarbeit unerträglich. Die meisten haben eben ihre Instrumente nicht mit ins Lager genommen."

„Sagen Sie besser ‚nicht mit zum Lehrgang genommen'! Aber gut, das werden wir bei den nächsten Lehrgängen schon von vornherein ändern. Es ist nur gut für den Ruf unserer politischen Umschulungskurse, wenn es schon bei der Einberufung heißt, dass man eventuell vorhandene Musikinstrumente mitbringen soll."

Sie nickte nur und fuhr mit dem nächsten Punkt fort: „Genauso fehlt es natürlich auch an Noten, obwohl ich Tag und Nacht kopiere und umschreibe und mir sogar einige von den Frauen am Abend helfen; und das Notenpapier geht demnächst auch zu Ende."

„Drittens: Wir brauchen mehr Zeit für die Korrepetition und für Einzelarbeit mit den schwächeren Mitgliedern, und zwar nicht nur nach Feierabend, also nicht nur in der Freizeit."

„Und dann: Bei zukünftigen Konzerten, selbst den ganz internen für das Stammpersonal und den Lehrgang, brauchen wir bei den schwach besetzten Instrumenten fallweise Verstärkung durch Musiker aus dem KZ-Orchester – möglichst Berufsmusiker –, und zwar bereits zu den Proben."

Dann schwieg sie. Castan stand auf und streckte die Hand zu ihrem Zettel hin und krümmte dabei ein paarmal seinen Zeigefinger, was heißen sollte: ‚Komm, komm! Geht schon in Ordnung – nur her mit dem Zettel!'

Er strich den Zettel glatt, und sie hatte den Eindruck, dass er mit allem wie selbstverständlich einverstanden war. Und tatsächlich, er nickte sogar, als er den Zettel zusammenfaltete und einsteckte.

„Das machen wir!", sagte er, und sie spürte durchaus Gewissheit in seinen Worten. Dann legte er unvermittelt seine Hand für einen Augenblick auf ihre Schulter, wobei sie mit Bestürzung spürte, dass Castan in ihr offenbar so etwas wie sein persönliches Eigentum sah, sodass diese Geste für ihn schon fast etwas Selbstverständliches hatte und in seinem Sinn wahrscheinlich nichts weiter als eine freundliche Bestätigung ihrer vielen Wünsche war.

Er setzte sich wieder auf ihr Bett und schwadronierte über seine eigenen Erfahrungen mit der Violine. Sie verstand sein Verhalten so gar nicht. Castan, sonst so streng und korrekt, der sich stets so unnahbar gab, breitete seine Arme aus, gähnte behaglich und reckte und streckte sich zufrieden. Fast hätte man für einen Moment meinen können, dass er sich mit dem Rücken auf das Bett fallen lassen wollte, so sehr genoss er seinen neuen Besitz.

Aber sie verbiss sich jede Bemerkung zu seinem Auftritt, ihr ging es nur um ihr Orchester. Eine günstigere Gelegenheit, mehr Förderung herauszuholen, würde sich so schnell nicht mehr ergeben.

„Noch wichtiger wäre es natürlich gewesen, wenn wir den Flügel, der ja für uns bestimmt war, auch tatsächlich bekommen hätten. Er ist mehr oder weniger versehentlich im KZ drüben gelandet. Das wird sich aber kaum mehr korrigieren lassen."

„Ja, ich weiß", sagte Castan missvergnügt, „das hatte politische Gründe und hing mit dem Besuch von Himmler zusammen, der dann doch ausgefallen ist, weil die Rot-Kreuz-Delegation aus Genf nicht beigekommen ist. Kein KZ im ganzen Reich hat es so schwer mit seiner Darstellung nach außen wie unseres hier."

Der Wunsch, den sie am wenigsten für erfüllbar gehalten hatte, ging am raschesten in Erfüllung. Schon wenige Tage nach Castans Besuch wurde ein Flügel abgeladen und in die Kantine geschafft, den Castan in einem Wiener Gymnasium hatte requirieren lassen. –

Obwohl sie eine Gefangene war, die eigentlich ins große Lager nebenan gehört hätte, so hatte sie doch beim Mittagessen im Schulungslager ihren Platz am Tisch des Stammpersonals. Das hatte gewisse Vorteile, weil sie nicht endlos an der Essenausgabe anzustehen brauchte oder zum Beispiel auch einmal diese oder jene Alltagsfrage durch ein kurzes Gespräch mit dem Zuständigen klären konnte, was vor allem in der ersten Zeit sehr nützlich gewesen war. Die meisten am Tisch hatten sie als Musikreferentin von Anfang an als zum Stammpersonal gehörig angesehen und waren auskunftsbereit und freundlich gewesen, manche in Ton und Umgang fast schon kollegial.

Das hatte sich nur um Nuancen zwar, aber doch grundsätzlich geändert, als ein paar Leuten im Stab aufgefallen war, welch ungewöhnliches Interesse Castan an ihr hatte. Mag sein, dass sie vielleicht allzu empfindlich war, aber immer häufiger glaubte sie, einen prüfenden oder einen heimlich abwägenden Blick bemerkt zu haben, der auf sie gerichtet war. Aber nicht nur darunter litt der unbefangene Umgang miteinander; was sie noch viel mehr störte als diese taxierenden Blicke, war die gesteigerte Beachtung, die sie plötzlich fand, war dieses übertriebene Entgegengekommen, das ihr peinlich war. Man begrüßte sie mit einem Mal besonders aufmerksam, man beeilte sich, ihr jeden Wunsch von den Augen abzulesen, fragte sie dauernd nach ihrem Wohlbefinden, und alle schauten sogleich interessiert zu ihr her, wenn sie einmal bei Tisch eine Bemerkung machte.

Sie schienen alle einen Heidenrespekt vor Castan zu haben! Besonders der Schulleiter konnte sich nicht genugtun, ihr immer wieder laut beizupflichten, egal was sie sagte, und betonte, auch vor anderen bei jeder Gelegenheit, wie wichtig es für das Schulungslager und sein Ansehen sei, über ein erstrangiges Orchester zu verfügen. Nur ihre Feindin, diese Frau Mertens, zeigte unverändert ihre Abneigung.

Es war schon ein eigen Ding, dachte sie, der persönliche Besitz eines gefürchteten Despoten zu sein. Und je häufiger sie von diesen neugierig bewertenden bis verächtlich abschätzenden Blicken getroffen wurde, desto weniger zweifelte sie daran, dass inzwischen alle vom Stab davon überzeugt waren, dass zwischen ihr und Castan ein massives Verhältnis bestand – gerade ein solcher Verdacht breitet sich rasend schnell aus, das wusste sie. Aber sie war bereit, jeden Verdacht hinzunehmen, wenn es nur für ihr Orchester von Nutzen war.

In ihrem Orchester waren die paar Berufsmusiker, obwohl bis auf den Pianisten eher durchschnittliche Vertreter ihres Faches, die

Stütze des Geschäfts. Gleichwohl lag in ihrem routinierten Spiel aber auch eine gewisse Gefahr. Denn je mehr sich Sabine bei den Proben um die schwächeren Mitglieder des zusammengewürfelten Ensembles kümmern musste, desto mehr neigten sie dazu, allerlei Arabesken und Verzierungen einzuflechten, womit sie jedoch nur die unsicheren Kantonisten irritierten und zum Stolpern brachten. Nichts mochte sie weniger als solchen ‚nicht gekonnten Zierrat', wie sie das nannte. Wenn diese Schlenker dann auch noch schlampig ausgeführt wurden, war es um ihre Geduld geschehen. Zum Glück wusste sie den Pianisten auf ihrer Seite.

Überhaupt, meinte der Pianist, würden sich die meisten dazu verführen lassen, kaum dass es mal ein bisschen läuft, ‚vui z' vui Gfui' hineinzulegen.

„Oder das, was sie dafür halten", stimmte sie ihm zu, „oft sogar einander widersprechende Aussagen fast im gleichen Atemzug!"

Man sah, wie sie litt.

„Da, schauns her, Sabine", sagte der Pianist fast gequält und deutete auf eine bestimmte Stelle in der Partitur. Die Streicher würden da beim letzten Takt zu einem derart verdickten Schlusston neigen, „dassa oam schia im Halz steckn blääbt, wann man 'n höat!"

Sie spürte, wie sie bei seinen Worten, den Ton ihrer Streicher noch im Ohr, tatsächlich schluckte.

„Ich muss euch das irgendwie beibringen! Es hilft nichts, wenn ihr dauernd nur hört ‚das dürft ihr nicht', ‚das passt überhaupt nicht hierhin', ‚das eben war gerade noch erlaubt', ‚das war schon wieder etwas zu viel' – ihr müsst da selber allmählich die richtigen Maßstäbe entwickeln."

„Und zwar genügend strenge Maßstäbe", fügte der Pianist noch hinzu, „obwohl wir mit tüchtig Schmackes und Ornament wahrscheinlich die musikalischen Tsching-darassa-bumm-Vorlieben unserer SS-Aufpasser gar nicht so schlecht treffen täten."

Sie warf ihm einen kurzen Blick zu, der vielleicht zu etwas mehr Vorsicht mahnen sollte, dann fuhr sie fort: „Ich gebe ja zu, in dieser kargen Kantine", in der sich weiß Gott das ganze Elend des Schulungslagers und seine Nutzlosigkeit widerspiegelte, „in dieser kargen Kantine würde mancher von euch vielleicht gern das warme Plüsch eines behaglichen Salons vergangener Zeiten mit anklingen lassen. Aber wir machen hier keine Innenarchitektur und keine Ausschmückung, sondern Musik. Ganz einfach Musik, so abstrakt wie sie ist, unabhängig von der Zeit und vom Raum. Und da braucht es keine Dekorateure."

Sie war sich nicht sicher, ob das alle so ganz verstanden haben, aber sie begriffen wohl, worauf es ankommt, und worauf sie beim Spielen mehr achten sollten.

„Jetzt spielen wir noch einmal diese kurze Passage von vorhin, und zwar ganz auf Linie, wie man das nennt, so linearer wie es überhaupt nur geht!"

Sie spielte die paar Takte erst noch einmal vor.

„Das war absolut ‚chemisch rein' gespielt", kommentierte anschließend der Pianist. Dann spielten sie alle zusammen die gleiche Passage noch einmal, so gut es eben ging.

„Habt's gehört?", fragte der Pianist. „Das war jetzt auch linear, aber im Vergleich zur Sabine stellenweise doch ein bisserl verunreinigt, nicht? Aber wenigstens ohne Schluchzen, ohne Kringel und Schneckennudeln."

„So, und jetzt kommt eure Aufgabe", sagte Sabine, „jeder spielt jetzt noch einmal das Gleiche einzeln, einer nach dem anderen, und zwar diesmal ausdrücklich mit diesem Schmuck und diesen Verzierungen, wie ihr sie manchmal so mögt, sogar ruhig auch mal etwas übertrieben! Also zum Beispiel mal ganz betont akzentuieren und dann auch überakzentuieren, nicht nur Vibrato und dauerndes Vibrato, sondern ruhig auch mal ein ‚Übervibrato', und nicht nur Legato, ob's passt oder nicht, sondern von mir aus auch die schlimmsten Portamenti – ihr wisst doch: Portamneto, dieses Gleiten – meistens muss man leider sagen: dieses Schlittern, dieses Schmieren – von einem Ton in einen anderen. Das Wichtigste ist, dass ihr euch dabei fragt – sonst hat diese ganze Übung keinen Wert –, was tut sich da im Kopf, wenn man so etwas hört? Was spielt sich da ab? Was verändert sich in der Wirkung, wenn ich die Stelle erstmal ohne und dann mit einem solchen speziellen Effekt spiele? – Und wenn ihr euch darüber im Klaren seid, dann sich fragen, von wann an fängt meine Zutat an, übertrieben zu wirken? Von wann an wird es unbehaglich? Und wann gar unerträglich? Ihr werdet sehen, ihr reagiert schon bald viel sicherer."

Es war grauenhaft, was danach alles zu hören war, einer nach dem anderen, aber manche mussten selbst über ihre Darbietungen lachen, und der Pianist stöhnte „i konn dös Largo nimmer höan!“, so dick hatten die meisten aufgetragen.

Und als sie dann die Passage noch einmal alle zusammen spielten, kommentierte Sabine: „Jetzt sind wir wieder im Café Sacher gelandet, ganz hinten im roten Salon, aber da geht es um Schlagsahne, nicht um Musik – auch wenn vielleicht dort im Hintergrund auch welche spielen.“

Damit war Schluss für diesen Abend. Als sie als die letzten die Kantine verließen, sagte Sabine zum Pianisten: „Ich glaube, die haben verstanden.“

Der nickte nur.

„Sie schauen immer noch so traurig aus!“

„Wir amüsieren und erholen uns da beim Musizieren – mir jedenfalls geht es so, Sabine –, aber ein paar hundert Meter weiter fängt das KZ an. Jeder von uns weiß, was dort passiert – oder nicht? Aber wir fiedeln hier Mozart.“

Sie nickte und atmete tief durch. „Die haben selbst ein großes Orchester drüben“, flüsterte sie.

„Fidi-ralalla, Fidi-ralalla, Fidi-rala-rala-laaa“, sang der Pianist eher verzweifelt als höhnisch, „und Gutnacht, Sabine!“ –

13_ Ludwig Herkommers Bleideckenverhöre

Eigentlich war Herkommer eher durch einen Zufall zu seinem neuen Verhörverfahren gekommen, wie das ja häufig so ist mit Erfindungen und Entdeckungen; und das gilt freilich ebenso für die bösen Erfindungen und Entdeckungen. Es fing mit einem gänzlich alltäglichen Verhör an. Ein russischer Jagdflieger hatte auf der deutschen Seite im Hinterland notlanden müssen. Der Flugzeugführer, immerhin ein Major, dem einiger Überblick zuzutrauen war, war erst am nächsten Morgen von den Feldjägern aufgegriffen worden und wurde bei Herkommers Einsatzgruppe zum Verhör abgeliefert. Die Luftwaffe, die, was die gegnerische Stärke anbetraf, noch immer ziemlich im Dunkeln tappte, erhoffte sich genauere Auskünfte über die Erdkampf- und Jagdstaffeln, die in letzter Zeit stark angewachsen waren.

Der Mann war durchgefroren und saß zitternd am Tisch, weshalb Herkommer befahl, ihn auf ein Feldbett zu legen, nicht ohne vorher darauf einige Wolldecken auszubreiten, denn nach zwei Russlandwintern wusste er, wie wichtig die Wärmeisolation nach unten war – ‚die Zudecke allein tut's nicht' war stets der Hinweis für die Frischlinge vom Ersatzheer, das Unterbett sei mindestens genauso wichtig, und das galt vor allem auch bei einem Feldbett. Obendrauf ließ er auf den Mann noch einmal etliche weitere Decken ausbreiten, und weil der immer noch schlotterte, ließ er ihm vom Küchenbullen einen heißen Tee verabreichen. Dann begann er sein Verhör, doch es verlief schleppend und war nicht besonders ergiebig. Der Mann bockte oder war einfach noch zu ausgekühlt.

Herkommers Leute und vor allem auch die Hiwis, wie sie genannt wurden, die Hilfswilligen, die als Dolmetscher fungieren sollten, kamen mit immer neuen Deckenstapeln an.

„Als drauf damit!", rief Eugen.

Schließlich konnte sich der Mann unter der Last des mächtigen Deckenpakets kaum mehr rühren, höchstens noch den Kopf ein wenig bewegen, wenn er seine Antworten auf Herkommers Fragen durch Nicken oder Kopfschütteln unterstützen wollte.

Herkommer hatte den Eindruck, dass der Mann, obwohl er ächzte und stöhnte, sich umso fließender äußerte, je höher das Gewicht wurde, das mit den Wolldecken auf ihn draufgepackt war.

Das müsste man doch ausnutzen können, dachte Herkommer. Es war, als würde alles, aber auch alles, was der Mann aussagen konnte, aber vielleicht gar nicht aussagen wollte, durch diese Last aus ihm herausgepresst. – Oder war es vielleicht so, dass nun, da alle anderen Möglichkeiten, nach außen wirksam zu werden – wie sich aufrichten, sich wegdrehen, sich aufbäumen oder die Fäuste ballen, die Hände heben, mit den Schultern zucken oder gar aufspringen, um sich schlagen, weglaufen, es gibt schier unendlich viele Formen, sich ohne Worte zu äußern –, war es vielleicht so, dass er nun, da alle anderen Möglichkeiten blockiert waren, eben das Einzige tat, was ihm noch verblieben war, nämlich zu reden? Dass er einfach reden musste, obwohl er eigentlich schweigen wollte? – Oder hatte der Mann schlicht nur Angst, keine Luft mehr zu kriegen und erdrückt zu werden, sodass er schließlich doch aussagte, also nachgab? Wenn es so war, dann war das eine stille Form von Folter. Jedenfalls nahm sich Herkommer vor, der Sache nachzugehen.

Bei den folgenden Verhören bewährte sich dieses Verfahren mit den vielen Wolldecken durchaus. Die Leute antworteten meistens desto besser, je größer das Gewicht wurde, das auf ihnen lastete und sie zusammenpresste und ihnen den freien Atem raubte und sie schließlich zur völligen Bewegungslosigkeit verdammte. Doch war das jedes Mal eine äußerst umständliche Angelegenheit, mit den zahllosen Decken, die einzeln doch ziemlich leicht waren, allmählich einen ausreichend großen Druck aufzubauen.

„Wir bräuchten viel schwerere Decken", erkannte Eugen ganz richtig, „dann würden wir vielleicht mit vier oder fünf Stück auskommen. Ich müsste mal versuchen, mit unserm Schneider zusammen, eine Art Steppdecke zu nähen, verstehst du, wo die einzelnen Kammern mit Sand gefüllt sind."

Eugen kam dann tatsächlich nach ein paar Tagen mit einer solchen Decke an, die viel schwerer und natürlich auch dicker war als die bisher verwendeten Wolldecken. Es sei gar nicht so leicht gewesen, hier in der Gegend an lockeren Sand heranzukommen, lobte sich Eugen, aber Herkommer fand, der Sand würde stinken, und so schwer sei die Decke nun auch wieder nicht und außerdem sei sie nicht richtig vernäht, sodass der Sand herausriesle. Es sei ja nicht zum Aushalten mit dieser Sauerei, wie bei jedem Schritt auf dem Steinboden der Sand unter den Sohlen knirsche.

„Hau ab, Eugen", rief Herkommer ungeduldig, „und lass dir was Besseres einfallen!"

Das war wieder mal klassisch, dachte Eugen, als er sich halb beleidigt zurückzog, wie Ludwig den Druck, den er von Castan bekam, an die unten weitergab.

Herkommer arbeitete derweil unverdrossen mit seinem Wolldeckenstapel weiter, so umständlich es auch war, und erzielte tatsächlich viel bessere Ergebnisse als bei den üblichen Verhören. Das sprach sich schnell herum und so wurde in komplizierten Fällen immer öfter von Heeres- oder Luftwaffeneinheiten, die in der Nähe lagen, um Unterstützung bei den Verhören nachgesucht. Die ahnten natürlich, dass es bei Verhören der Einsatzgruppe nicht gerade zimperlich zuging, aber sie interessierten sich ausdrücklich nur für die Ergebnisse und alles andere wollten sie gar nicht so genau wissen, wie sie immer wieder betonten.

Herkommer allerdings war noch immer nicht dahintergekommen, worauf der Erfolg beruhte. Es ist eben einfach die totale Körperblockade, redete er sich manchmal ein. Nur noch reden kann der Mann unter den Decken, sonst nichts, also tut er es.

Er dachte an den Selbstversuch, den er mit Eugens Hilfe durchgeführt hatte. Da war aber doch noch mehr gewesen als bloß die totale Körperblockade! Wenn man auf einen Stuhl gefesselt ist oder auf ein Brett, das kannte er aus verschiedenen Trainings, kann man sich ja auch nicht mehr bewegen, aber das hier war etwas anderes gewesen: Man fühlt sich wie rundum einbetoniert und merkt, wie mit jeder weiteren Decke der Druck größer wird und das Einatmen immer schwerer geht, als ob einem wie in einem bösen Traum der Alb auf dem Brustkasten säße. Herkommer war gewiss kein ängstlicher Mensch, aber da hatte er im Selbstversuch plötzlich Angst verspürt und gesehen, wie völlig abhängig er von dem Mann draußen war, der die Decken auflegt, obwohl das Eugen gewesen war, sein Freund, und obwohl es ja nur um einen verabredeten Selbstversuch gegangen war. Bei einer Vernehmung musste diese Angst noch viel schlimmer sein – dem Verhörten wurde seine totale Auswegslosigkeit vorgeführt. Wenn Eugen plötzlich wegliefe, hatte er gedacht, oder ans Telefon gerufen würde und ihn danach vergäße oder von einem Partisanen weggeschossen würde, dann wäre er erledigt.

„Jetzt wieder weg mit den Decken!", hatte er mit heiserer Stimme befohlen, die eher gequetscht als nur gepresst klang.

Als der Druck dann aber wieder nachgelassen hatte, erlosch seine Angst rasch wieder, genauso plötzlich wie sie aufgeflackert war, und schon bald traten für ihn wieder die Vorteile seines Verfahrens in den Vordergrund, und da war doch wohl die Hauptsache, dass es funktionierte, und zwar nicht schlecht. Warum es so gut funktionierte, das interessierte wahrscheinlich niemanden außer ihm, aber er konnte es sich auch nicht erklären. Jedenfalls – und das hielt er sich besonders zugute – wird der Verhörte nicht durch die Zufügung von Schmerzen und die Androhung weiterer Schmerzen zum Reden gebracht, sondern alles geschieht praktisch schmerzfrei.

„Von mir aus kann man auch sagen“, erläuterte er Eugen, „er wird zum Reden gebracht durch die Erzeugung einer ganz abstrakten Existenzangst.“ Das Wort Todesangst, obwohl es um nichts anderes ging, vermied er. „Und red’ nicht immer wieder vom Delinquenten, Eugen, das ist der Verhörte. Ob es ein Delinquent ist, das sollen wir ja erst herausfinden.“

Auch dem Brigadier gegenüber, der sich immer wieder nach dem Stand der Dinge erkundigte, betonte er, dass er nicht auf Schmerzzufügung setze. Sein Verfahren – ganz ohne Schmerzen! – funktioniere bereits, aber es sei rein technisch noch viel zu umständlich.

„Keine Schmerzzufügung“, lobte Castan, „das hört sich gut an, also keine Gewaltanwendung. Diese ganzen Foltermethoden, womöglich noch Prügel, das ist doch primitiv und geradezu mittelalterlich! Auch solche Geschichten wie Flackerlicht die ganze Nacht über oder ein ganz langsam tropfender Wasserhahn – alles viel zu langwierig! Das sind alles Schlampermethoden, wir brauchen Ordnung, Sauberkeit, präzise Abläufe, klare Vorhersehbarkeit! So, wie ich das damals als junger Mann in Paris bei meinen Entwürfen für den modernsten Schlachthof in Europa im Visier hatte. Außerdem besteht ja bei diesen willkürlichen Foltermethoden immer die Gefahr, dass der Verhörte zu viel zugibt und Schuldeingeständnisse liefert, die gar nicht zutreffen, nur um weiteren Folterschmerzen zu entgehen. Es ist ja gar nicht erwünscht, dass er alles Mögliche zugibt, was er gar nicht getan hat, das schafft nur Verwirrung und verzögert die Aufklärung eines Falles, manchmal um Tage und Wochen. Da sollte unser neues Verfahren doch zu viel saubereren Ergebnissen führen, so hoffe ich doch, Herkommer.“

Herkommer war bestrebt, mit seinen Verhören unter diesen dicken Wolldeckenpaketen erst einmal möglichst viel Erfahrung zu sammeln, an die Weiterentwicklung des viel zu umständlichen Verfahrens dachte er noch nicht. Er hatte auch keine Ahnung, wie da nach dem Reinfall mit der sandgefüllten Decke eine Verbesserung erzielt werden könnte. Eugen dagegen hatte sich genau das vorgenommen.

Tatsächlich rückte er nach ein paar Tagen mit einem Muster an, das aussah wie ein schmaler Streifen von einer Steppdecke, nur nicht ganz so dick und prall.

„So müssen unsere Decken gemacht werden, Ludwig!", rief Eugen zur Begrüßung, als er hereinkam, und streckte Ludwig mit beiden Händen den Musterstreifen entgegen, wobei er sich Mühe gab, den Eindruck zu erwecken, als ob dieser Streifen auch nicht viel schwerer sei als ein Streifen von einer herkömmlichen Steppdecke. Aber im gleichen Augenblick, da Ludwig danach griff, ließ er den Musterstreifen los, und lachte laut heraus, als durch das unerwartet hohe Gewicht Herkommers Arm nach unten gerissen wurde.

„Das ist es!", erkannte Herkommer sofort, „da brauchen wir nur höchstens vier oder fünf Decken! – Was ist da drin?"

„Bleiwolle."

„Bleiwolle –?"

„Das ist so ähnlich wie Stahlwolle, wie sie manchmal zum Scheuern verwendet wird, nur nicht so federnd und viel besser formbar und vor allem halt viel schwerer. Das schmiegt sich wunderbar an", tönte er begeistert wie ein Verkäufer in einem Bettengeschäft.

„Und wo hast du das Zeug her?"

„Zufall. Alles Zufall, eine Serie von Zufällen. Aber der Zufall hilft nur dem, der sein Ziel stets im Auge behält."

„Jetzt mach' keine großen Sprüche, Eugen. Wo hast du das Zeug her, und was mich besonders interessiert, gibt's genug davon?"

„Also, pass auf! Ich habe zufällig einen alten Spezi aus Nürnberg getroffen, der ist Waffenwart, weißt du, hier auf diesem Feldflugplatz ganz in der Nähe."

„Ja, ich weiß. Da liegen Stukas[14]. Und?"

„Das sind keine Stukas, das waren Stukas. Das sind jetzt Schlachtflieger – Erdkampfeinsatz, Panzerbekämpfung vor allem. Wir haben das Wiedersehen am Abend bei ihm natürlich begossen und sind in seinem Waffenlager auf Munitionskisten zusammengesessen. Da sind dann noch zwei, drei Mann dazugekommen, drum haben wir die Munitionskisten noch ein bisschen umarrangieren müssen, damit es eine gemütliche Runde gibt, und da ist mir aufgefallen, wie unheimlich schwer die waren, die waren wirklich sauschwer. ‚Sind auch gar keine Munitionskisten', hat mir mein Spezi erklärt, ‚da ist

Trimmmaterial drin.' Dabei hätte ich es ja belassen können, Ludwig, aber ich fragte ihn – weiß der Teufel warum – ‚Was ist das, Trimm-Material?' – ‚Das ist Bleiwolle', hat er geantwortet. Menschenskind, in dem Augenblick, wo er ‚Bleiwolle' gesagt hat, habe ich richtig gespürt, wie sich meine Ohren hochgestellt haben, und erst dann sind mir unsere Wolldecken eingefallen."

Herkommer hörte gespannt zu.

„Und wozu brauchen die diese Bleiwolle – noch nie gehört, dass in Flugzeuge Blei eingebaut wird. Denen kann doch alles nicht leicht genug sein!"

„Die brauchen das zum Trimmen. Das heißt, die brauchten es eben nicht. Die hätten es gebraucht. Die Ju 87 ist nämlich zur Panzerbekämpfung umgerüstet worden und hat unten neben dem Fahrwerk zwei 3,7-cm-Kanonen angebaut bekommen. Mordsdinger sind das, habe ich selbst gesehen. Und ursprünglich hätte die Truppe diese Umrüstung selber machen sollen, und da hat man mit kleinen Lastigkeitsveränderungen gerechnet, die dann mit der Bleiwolle im Heck ausgeglichen werden sollten. Aber dann wurde das doch alles in den Werften im Reich gemacht, und die Truppe ist auf diesen Bleikisten sitzen geblieben."

„Da müsste doch etwas abzukriegen sein, Eugen!"

„Die sind froh, wenn sie das Zeug loswerden." –

So einfach, wie sich Eugen das vorgestellt hatte, war es dann doch nicht. Ein paar Proben könne man schon abzweigen, hieß es, aber ganze Kisten – unmöglich! Die Bleiwolle würde zwar nicht mehr gebraucht, im Gegenteil, die Kisten seien bei jeder Verlegung nur eine Last, aber jede der Kisten sei genauestens inventarisiert. So entschloss sich Herkommer, selber mal mit den Fliegern zu reden.

An der Wache schienen sie äußerst überrascht, als da ein Offizier von der Waffen-SS mit einem Kübelwagen am Schlagbaum stand.

„Ich müsste mal euren Waffenoffizier sprechen", sagte Herkommer zum Posten in einem möglichst kameradschaftlichen Ton, und da war auch schon der Wachhabende herausgekommen.

„Da müssen Sie zurück und ganz außenrum, zur Werft auf der anderen Seite vom Platz. Da ist der Fliegeroberingenieur der Zuständige, Herr Hauptmann."

„Hauptsturmführer", verbesserte Herkommer nicht unfreundlich. „Oder sonst hier einen Offizier des Geschwaders?"

„Ich könnte Sie zum O. v. D. begleiten."

„Ja, prima, bringen Sie mich zum Offizier vom Dienst! Steigen Sie ein!"

Nur zwei oder drei Baracken weiter waren sie schon am Ziel. Der O. v. D., von der Wache offensichtlich über den ungewöhnlichen Besuch schon telefonisch informiert, kam heraus, ein junger Hauptmann mit hohen Orden, und ging ihnen, als sie ausstiegen, mit fragendem Blick ein paar Schritte entgegen.

War das nicht dieser Schulkamerad von Viktor, fragte sich Herkommer, damals in Nürnberg?

„Wir kennen uns doch, nicht?", sagte Herkommer noch ein wenig unsicher, „– Dieter Pilgrim?"

Sogar den Vornamen wusste er noch.

„Ja – natürlich!", rief der Hauptmann, „Sie sind der Zwillingsbruder Ludwig von meinem alten Schulfreund Viktor. Ach, was sag ich denn da! – Nein, nicht Zwillingsbruder selbstverständlich! Milchbrüder seien Sie gewesen, hieß es. Oh, das ist verdammt lange her! Viktor und Sie haben uns damals in Nürnberg besucht. Und was hört man so von Viktor Zabener?"

„Es heißt, dass er gefallen sei. Sein U-Boot jedenfalls ist von der Feindfahrt nicht zurückgekehrt. Nordatlantik. Er war als Schleppausguck eingesetzt oder wie das heißt. Obwohl er ja zur Luftwaffe gehörte."

„Was Gescheiteres hatten sie nicht für ihn zu tun? Er war doch als Flieger eine Koryphäe ersten Ranges! – Tut mir leid – auch für Sie, Ludwig!"

„Ich bin mir noch lange nicht sicher, ob er wirklich tot ist."

Danach erwähnten sie Viktor mit keinem Wort mehr, obwohl sie beide immer wieder an ihn denken mussten. Sie sprachen über die alten Zeiten, es ging um ihre verschiedenen Laufbahnen seither und um die Einsätze heute.

„Ihre Stukas seien zu Schlachtflugzeugen umgerüstet worden, hörte ich."

„Ja, die Panzerbekämpfung macht aber auch Spaß", sagte Pilgrim so beiläufig wie möglich. „Der letzte große Stukaeinsatz des Geschwaders war Kreta. Wir hatten große Erfolge gegen die Briten bei den Seezielen! – Und Sie, Sie gehören wohl zu dieser Einsatzgruppe, die hier in der Nähe liegt?"

Herkommer nickte nur und Pilgrim war froh, dass er offenbar nicht weiter darüber reden wollte. Entsprechend schnell war anschließend die Frage der Überlassung von Bleiwolle erledigt. Herkommer könne so viel bekommen, wie er wolle.

„Das kriegen wir schon irgendwie hin", sagte Pilgrim, „nur die leeren Kisten mit den ganzen Prüfnummern und so weiter müssen unbedingt hierbleiben."

Herkommer hatte befürchtet, Pilgrim würde wissen wollen, was sie mit der vielen Bleiwolle vorhätten, denn das war ja schon eine auffällige Angelegenheit, aber Pilgrim schien sich nicht im Geringsten dafür zu interessieren, waren doch alle Offiziere hier am Platz bemüht, so wenig wie möglich über diese Einsatzgruppe zu wissen. Darüber sprach man einfach nicht, und so konnte man die wenigen Gerüchte, die manchmal doch bis zu ihnen drangen, leicht als Übertreibungen abtun, sodass ihre Wirklichkeit rasch wieder verblasste und sie schnell wieder versiegten.

Herkommer fuhr in bester Stimmung zurück und wusste, das hatte er letzten Endes alles Eugen zu verdanken. Dieser Schlawiner schafft es doch, alles auszubaldowern und stöbert auch die verborgensten Vorräte noch auf!

Und trotzdem war er in letzter Zeit unzufrieden mit ihm. –

Herkommer sprach es bei Tisch offen aus: „Ich habe in letzter Zeit manchmal den Eindruck, dass diese Feldgeistlichen mehr schaden als nützen."

„Wie kommen Sie denn gerade darauf, Herkommer? Will denn jemand bei der Waffen-SS Feldgeistliche einführen?", lachte Dr. Braune.

„Das hört sich lustig an", schmunzelte Ossenbühn, „aber es ist erwiesen, dass die Belastbarkeit einer Einheit, die von einem guten Feldgeistlichen versorgt wird – und ich betone: von einem guten Feldgeistlichen –, wesentlich größer ist. Unter uns gesagt", fügte er etwas leiser noch hinzu, „in Berlin ist man angesichts der wachsenden Zahl von Nichtfreiwilligen in der Waffen-SS am Überlegen."

„Bei Einheiten im Fronteinsatz mag ein Militärseelsorger durchaus von Nutzen sein, daran zweifle ich nicht, aber für unsere Arbeit hier – Partisanenbekämpfung, Säuberungen und so weiter – sind die Einflüsse von Feldgeistlichen eher hinderlich, um nicht zu sagen: schädlich."

„Wovon reden wir denn?", warf Dr. Braune ungeduldig ein, „wir haben doch gar keine!"

„Nein, natürlich nicht! Ich will doch auf etwas anderes raus. Mein engster Mitarbeiter aus der Unterführerschaft, ein Elsässer übrigens –

„Ihr alter ‚Öschänn', nicht wahr?", rief Ossenbühn vergnügt dazwischen, „der Eugen Saller, ein prima Mann!"

„Ja – und eben der trifft sich alle paar Tage abends mit einem katholischen Feldgeistlichen von der Infanteriedivision nebenan, auch ein Elsässer, die sind per Du miteinander und kennen sich noch aus ihrer Schulzeit. Und seither zieht der Mann einfach nicht mehr richtig mit. Das heißt, er zieht schon, er ist nach wie vor hervorragend für alles, was Beschaffung heißt und geschwindes Organisieren, er kennt alle Tricks und Schleichwege in der Verwaltung, da ist er unschlagbar, aber sobald es um Säuberungen geht, sogar schon bei Verhören in strengerer Form, fällt er von einem Bedenken in das nächste und ist einfach nicht mehr recht zu gebrauchen. Da habe er halt immer stärkere moralische Hemmungen, sagt er."

„Der Mann steht offenbar unter dem Einfluss dieses Feldgeistlichen. Der betreibt ja geradezu Wehrkraftzersetzung!", empörte sich Braune. „Da müssen wir einschreiten!"

Castan hatte sich dem Gespräch näher zugewandt, als er hörte, dass es um Elsässer ging.

„Zersetzung der Wehrkraft würde ich es nicht gerade nennen, Dr. Braune", amüsierte er sich. „Aber im Ernst, meine Herren, wenn das so ist, dann scheint Saller unter seinen antiquierten Moralvorstellungen zu leiden, die dieser Pfaffe bei ihm offenbar wieder freigelegt hat. Das ist es!" Dann fiel er wieder einmal ins Grundsätzliche. „Moral ist nichts als toter Ballast aus der Vergangenheit auf unserem Weg zum neuen Germanien. Und nicht nur Ballast, diese moralischen Vorstellungen sind zugleich auch Fesseln. Je entschlossener wir sie abstreifen, desto rascher kommen wir voran. Aber das ist leichter gesagt als getan, meine Herren, gelten doch solche Hemmnisse, wenn auch in abgeschwächter Form, sogar noch für die meisten von uns! – Ich werde mir jedenfalls den Saller bei nächster Gelegenheit mal zur Brust nehmen." –

Als die ersten Bleidecken schließlich fertig waren, meldete Herkommer dem Brigadeführer, dass nun alles bereit sei, um das neue Verfahren vorzuführen. Er arbeite mit der neuesten Ausführung schon seit einigen Tagen, und den besten Eindruck würde man gewinnen, wenn man, nach einer kurzen Einführung, das Verfahren in seiner praktischen Anwendung sehe.

Castan erschien mit einigen höheren SS- und Polizeiführern. Die Vorführung gelang sicherlich auch deshalb so gut, weil der Verhörte, ein Zivilist, der unter dem Verdacht stand, einer Sabotagegruppe anzugehören, sich anfangs extrem bockig gezeigt hatte, sich dann aber, unter dem zunehmenden Druck der Bleidecken als äußerst aussagebereit erwies und schließlich auch Personennamen preisgab.

Herkommer erläuterte ausführlich die Methode und die bisherigen Erfahrungen damit und erwähnte mit leisem Lächeln auch Castans alte *Grundregel vom sanften, aber gleichmäßigen Druck im Verhör*, auf die Castan in früheren Jahren immer wieder abgehoben hatte. Doch Castan wollte die vorsichtige Ironie, die in dieser Andeutung lag, nicht erkennen, sondern er nickte an dieser Stelle nur ernsthaft und zeigte sich im Übrigen von allem sehr angetan und versprach größtmögliche Förderung. Er würde die neue Verhörmethode, zumal sie sich ja bereits bewährt hätte, unverzüglich dem Hauptamt melden und spreche Herkommer und seinen Leuten schon jetzt seine Anerkennung aus. Castan war sich seiner Sache so sicher, dass er die sofortige Einrichtung einer ‚zweiten Station' anordnete, zumal die eigene Aufklärung der Einsatzgruppe immer stärker auch von anderen Einheiten des ganzen Frontabschnitts in Anspruch genommen würde, was häufig auch neue Erkenntnisse für die eigene Aufklärungsarbeit erbrächte.

Leider nahm dann Eugen an diesen Erfolgen, zu deren Zustandekommen er doch selbst so viel beigetragen hatte, keinen rechten Anteil. Im Gegenteil, je mehr Herkommer in Gesprächen oder bei der Ausbildung weiterer Helfer die Vorteile und die Ergiebigkeit des

Verfahrens pries, desto mehr beklagte Eugen in abendlichen Zwiegesprächen die Grausamkeit des Vorgehens.

„Du wirst von Tag zu Tag miesepetriger, Eugen!"

„Weil ich von Tag zu Tag deutlicher sehe, um was für eine teuflische Methode es sich handelt. Und ich Hirsch habe da noch mitgeholfen!"

Herkommer machte sich Sorgen um seinen Freund. Mit einer so kläglichen Einstellung wird er nicht lange den Belastungen an der Ostfront und erst recht nicht denen in einer Einsatzgruppe standhalten können.

Eugens Zustand verschlechterte sich immer mehr, und dieser katholische Feldgeistliche, vermutete Herkommer, bestärkte ihn wahrscheinlich noch in seinen defätistischen Gedanken. Früher war er morgens nach dem Wecken stets der Vergnügteste von allen, pfiff vor sich hin und trällerte elsässische Lieder und plauderte mit jedem, auch mit denen, die ihre Ruhe haben wollten; jetzt hing er schon morgens beim Frühstück lahm und lustlos herum, als ob er sterbenskrank sei, und rührte mit starrem Blick auf seinen Becher langsam, aber ununterbrochen in seinem Malzkaffee.

Das Schlimmste kam aber, als Eugen zu einem Verhör des Oberscharführers Scharpf gerufen wurde, das schiefzugehen drohte. Oder genauer gesagt, eigentlich hatte man nach dem Hauptsturmführer Herkommer gerufen, aber der war beschäftigt und hatte Eugen gebeten, mal geschwind nachzuschauen, was da los sei. Es wäre besser gewesen, hatte sich Herkommer hinterher überlegt, er wäre selber gegangen.

Scharpf hatte noch nicht viel Erfahrung mit der diffizilen Bleideckenmethode und neigte auch sonst bei seinen Verhören zu einem eher rabiaten Vorgehen. Er war mit seinem Verhör an einen besonders renitenten Panzerkommandanten geraten, aus dem schon in den vorangegangenen Tagen die Verhörer bei der Truppe nicht ein Wort herausgebracht hatten, obwohl sie sich äußerste Mühe gaben, denn in der Heeresgruppe Mitte war man sich sicher, dass der lang erwartete Generalangriff unmittelbar bevorstehe und angesichts der ausgedünnten Divisionen nichts wichtiger gewesen wäre als genauere Informationen über die Angriffsschwerpunkte. Der Mann jedoch widerstand allen Fragen, als ob er sie nicht gehört hätte, und so ließ Scharpf in rascher Folge immer wieder neue Bleidecken auf ihm abladen.

Herkommer ging in solchen Fällen ganz anders vor. Er steigerte das Gewicht nur langsam, ließ ab und zu auch einmal eine Bleidecke wie zur Belohnung wieder wegnehmen und achtete vor allem darauf, dass der Druck auf den Brustkorb nicht zu groß wurde, weil das gefährlich werden konnte. Dafür variierte er den Druck immer wieder und legte ihn mal mehr auf die Beine, mal mehr auf die Hüften oder den Unterbauch; manchmal legte er auch einen schmalen Streifen – Eugens erstes Muster – quer über die beiden Schultern, der dann bedrohlich, aber eben nicht eigentlich gefährlich auf den Hals drückte und direkt unterhalb des Kehlkopfs auf den beiden Schlüsselbeinen auflag.

Als Eugen eintrat, lag der Mann mit verzerrtem Gesicht unter einem allzu mächtigen Paket, sein Atem war kurz und hochgradig gepresst, und Eugen fürchtete, er würde gleich ersticken.

„Halt!“, brüllte Eugen. Aber schon im nächsten Augenblick gab der Mann auf und ließ unter dem gewaltigen Druck der Bleidecken mit weit geöffnetem Mund den Atem aus sich herausschießen. Das Geräusch war entsetzlich.

„Jetzt hat's ihm die Gräten gebrochen“, stellte Scharpf fest.

„Nein! Jetzt hast du ihm den ganzen Brustkorb eingedrückt!“

Bis sie ihn schließlich freigelegt hatten, war der Mann erstickt. Eugen lief entsetzt zu Herkommer hinüber und fasste ihn verzweifelt am Arm, der aber schien gar nicht so betroffen zu sein und schüttelte nur ärgerlich den Kopf über Scharpfs Ungeschicklichkeit.

„Das ist bei jeder Massenpanik so“, versuchte Herkommer das Geschehen möglichst sachlich zu erläutern, „die Leute glauben immer, die Toten seien erdrückt worden. Aber das muss gar nicht unbedingt sein, die meisten ersticken bloß. Sie können gegen den Druck einfach nicht mehr einatmen.“ –

Am nächsten Morgen war Eugen verschwunden. Seine Schlafmulde schien unbenutzt, Herkommer war es am Abend gar nicht aufgefallen, dass er fehlte. Herkommer erkundigte sich im Geschäftszimmer, ob Eugen womöglich einen Sonderauftrag erhalten habe – nein.

Sein Verhalten gestern war ja eigentümlich genug gewesen. Irrte er draußen wo herum? War er womöglich entführt oder abgeknallt worden? Er hatte ihm ja oft genug gesagt, er soll seine Alleinspaziergänge lassen. „Wenn du bei einer regulären Einheit wärst, Menschenskind, könntest du auch nicht überall in der Gegend herumlatschen!" – „Wir sind aber keine reguläre Einheit", hatte Eugen geantwortet, nicht rechthaberisch etwa, sondern eher traurig und resigniert. Ist er vielleicht stiften gegangen, womöglich übergelaufen? – Der Mann war ja schon immer ein Rätsel.

Noch am selben Tag machte Herkommer diesen ominösen Feldgeistlichen ausfindig, bei dem sich Eugen oft genug abends herumgedrückt hatte. – Ja, Saller sei gestern am Abend dagewesen. – Ob er etwa einen verwirrten Eindruck gemacht habe? – Nein, ganz im Gegenteil, es sei ihm sogar aufgefallen, dass Saller, sonst ein lustiger Kerl, merkwürdig ernst und gefasst war.

„Er hat mir sogar eine seltsame Geschichte aus seiner Jugendzeit erzählt, das muss irgendwie etwas Halbmilitärisches gewesen sein, in den Vogesen. Da hätten nachts in ihrem Matratzenlager die Schnarcher und die Leiseatmer stundenlang im Gleichtakt geatmet; am Anfang habe er das für einen Jux gehalten. Manchmal seien einzelne aus dem Takt herausgefallen, aber alle seien wieder aufgenommen worden, und keiner sei dabei aufgewacht. Je besser die Gruppe in der Nacht wie ein einziges Wesen zusammen geatmet hätte, desto besser sei sie dann am Tag als schlagkräftige Einheit gewesen. Das sei wie ein Wunder, jeder hinge eben mit jedem zusammen, hat er gesagt, mit dem einen mehr, mit dem anderen weniger. Und jeder höre jeden, auch im Schlaf, den einen mehr, den anderen weniger, und jeder würde von jedem gehört, vom einen deutlicher, vom anderen schwächer. Die Menschen hingen aber auch sonst in ihren Gruppen viel enger zusammen, als man meine, und nicht etwa nur dann, wenn sie schliefen! – Er aber sei jetzt endgültig aus seiner Gruppe herausgefallen, und das sei viel schlimmer: Als Erstes habe das gemeinsame Schlafen nicht mehr funktioniert, er sei einfach wach gelegen, als die anderen schnarchten, dann habe er gespürt, dass er auch sonst herausgefallen war, nicht nur im Schlaf, und nun passe plötzlich überhaupt nichts mehr zusammen. Die Vorstellungen von den Zielen, die sie erreichen sollten, würden nicht mehr zusammenpassen, und die Mittel, die man einsetzen dürfe, um sie zu erreichen, würden erst recht nicht mehr übereinstimmen. Er stecke plötzlich in einer fremden Welt, obwohl er die anderen alle gut kenne und sie sich mochten. Aber es würde nicht mehr lange gehen, er spüre das, und die Gruppe würde ihn abstoßen, er gehöre nirgendwo mehr hin."–

Trotz Eugens Verschwinden, das ihn einige Tage doch bedrückt hatte, verspürte Herkommer Oberwasser. Morgen also würde er seine neue Verhörmethode offiziell vorführen. „Aussagezwang ohne Zwang", hat der Brigadier überall herumgeprahlt, als ob er der Erfinder der ganzen Geschichte sei. Morgen früh würde eine Kommission aus dem Reichssicherheitshauptamt angereist kommen, um sich ein Bild zu machen und weitere Entscheidungen über den Fortgang zu treffen. „Die Sendboten des Heils kommen", hatte Castan gespottet, wahrscheinlich, weil er sich ärgerte, dass den Bürokraten im Hauptamt seine ausführliche Beurteilung und Bewertung des Verfahrens nicht genug gewesen war.

Herkommer hatte für morgen noch ein paar Übersichten für seinen Vortrag vorbereitet und wollte gerade seine Pistole trocken wischen, die Walther PPK war im Regen nass geworden, da wurde ihm ein Polizeihauptwachtmeister Horlacher gemeldet, der ihn sprechen wolle.

Horlacher? – Hieß so nicht dieser Polizist in Nürnberg, der mit Gaski nicht zurechtgekommen war? Ja, richtig, der Horlacher Karl. Das ist schon über zehn Jahre her. Wie schnell die Zeit vergeht! Beiläufig hatte er schon neulich einmal gehört, dass es in den Polizeibataillonen einen Horlacher gab, erinnerte er sich.

Der Mann meldete sich betont korrekt, und Herkommer, der ihn trotz der langen Zeit sofort wiedererkannt hatte, bat ihn ebenso kühl, Platz zu nehmen. Dabei irritierte ihn, dass sich Horlacher nach Landserart hinsetzte, manche nannten es auch nach Landsknechtsart. Das tut man nicht in Gegenwart eines Vorgesetzten. Etwas vorgebeugt war er leicht in die Knie gegangen, hatte mit der Hand von vorne zwischen seinen Oberschenkeln hindurchgegriffen und sich den Stuhl unter seinen Hintern gezogen.

Als geübter Verhörer spürte Herkommer sofort, Horlacher war

nicht gut vorbereitet und fühlte sich unsicher. Aber die Sache musste einiges Gewicht für ihn haben, so, wie er sich gab. Er versuchte ungeschickt, mit allgemeinen Redensarten die Sprache auf frühere Zeiten in Nürnberg zu bringen, vielleicht deshalb, weil Herkommer damals ein junger Spund von noch nicht einmal 18 Jahren gewesen war und im Gegensatz zu ihm als reine Aushilfskraft überhaupt nichts zu melden gehabt hatte, aber Herkommer ging nicht darauf ein, und er war es, der das Gespräch eröffnen wollte.

„Also los jetzt, was gibt's?"

„Ich dachte, weil wir uns von früher kennen, dachte ich mir, ich kann mich da vielleicht direkt an Sie mit einer Bitte wenden."

Herkommer kam ihm mit keinem einzigen Wort entgegen.

„Es werden doch jeden Monat vierzig Mann von uns abgelöst und durch frische Leute ersetzt, und bei ihnen hier, Hauptsturmführer, würden die Listen zusammengestellt. Ich fühle mich ziemlich fertig inzwischen", presste er hervor, „und meine Frau hat seit einiger Zeit –"

„Ah, ich verstehe", sagte Herkommer. „Und warum sollte ich da ausgerechnet Sie bevorzugen?"

„Weil Sie immer auf meine absolute Ergebenheit rechnen können", sagte Horlacher mit einem Augenaufschlag, der treuherzig wirken sollte.

Herkommer biss sich auf die Lippen. Spielte der Kerl womöglich auf diese dumme Geschichte mit dem Geburtsjahr an, das er korrigiert hatte? Er erinnerte sich noch genau. Zum Glück gab es diesen Personalausweis überhaupt nicht mehr, aber, das war schon richtig, in seinem Soldbuch stand das falsche Geburtsjahr drin.

„Wahrscheinlich spielt eine solche Abänderung der Personalien nach so langer Zeit wohl kaum noch als Straftat eine Rolle", versuchte Horlacher, sich verständnisvoll zu geben, „aber sicher ist doch das geänderte Geburtsjahr bei den Beförderungen nicht ganz bedeutungslos gewesen, nicht? Sie sind ja noch sehr jung gewesen, als Sie zum Untersturmführer befördert wurden."

Herkommer schwieg und dachte nach. Der Mann könnte gefährlich werden. Aber arg viel war es nicht, was er da in der Hand hatte – Jugendsünde eines Minderjährigen. Doch Horlacher schien noch mehr zu wissen; Herkommer spürte, er wollte weiterreden.

Horlacher schluckte.

„Nun?", ermunterte ihn Herkommer.

„Da wäre noch etwas –", sagte Horlacher. „Ich würde freilich niemals von so etwas Gebrauch machen –"

„Was meinen Sie mit ‚von so etwas'?", fragte Herkommer sofort.

„Ich meine das, was mir da zu Ohren gekommen ist, von dem würde ich selbstverständlich nie Gebrauch machen, man weiß ja nie, was die Leute vielleicht da bloß so daherreden, aber ein alter Freund von mir aus der Nürnberger Zeit hat mir erzählt, Sie hätten vor dem Krieg, er sagte bis 1938, also über 1935 hinaus, eine feste Beziehung mit einer Jüdin gehabt", und dabei schüttelte er leicht den Kopf, als ob er kundtun wollte, dass er selbst das natürlich nicht glauben würde.

Feige ist er auch noch dazu, dachte Herkommer, drum will er zu seinen verdammten Scheißhausparolen nicht selber stehen, sondern schiebt einen alten Freund vor. Aber unter die Nase reiben will er sie mir dennoch.

„Aber ich bin ja eigentlich gekommen, Hauptsturmführer, um mit Ihnen über diese Personenliste zu sprechen", sagte Horlacher, doch das war ihm nun wieder viel zu fordernd herausgerutscht.

„Moment mal", sagte Herkommer und griff zum Kurbeltelefon, „Vermittlung, geben Sie mir doch geschwind mal die 9-9-9."

Er war sich ziemlich sicher, dass Horlacher nicht wusste, dass die 9-9-9 die Direktnummer des Brigadeführers war, die normalerweise nicht angewählt oder verlangt werden durfte – daher auch ‚Castans Privatnummer' genannt –, während alle dienstlichen Gespräche über das Vorzimmers des Ia zu laufen hatten.

Die Verbindung ließ auf sich warten. Er sah zu Horlacher hinüber, der aber mied seinen Blick. Herkommer war klar, das wird jetzt ein riskantes Spiel, aber diesem zudringlichen Kerl würde er schon den Schneid abkaufen.

„Castan", hörte er endlich den Brigadeführer, und es klang etwas ungnädig, mindestens überrascht, weil es eben ungebräuchlich war, ihn unter seiner direkten Nummer, die er stets für sich freigehalten wissen wollte, anzurufen.

„Ah, Heil Hitler, Herr Kriegsgerichtsrat! Hier Hauptsturmführer Herkommer, prima, dass ich Sie gleich an der Leitung habe!", spielte er nahezu perfekt die Rolle, die er sich blitzschnell ausgedacht hatte. Was er sagte, klang natürlich viel zu vertraut und zu herzlich einem Brigadeführer gegenüber, aber gerade das wollte er ja. Hoffentlich, hoffentlich würde Castan gleich begreifen, dass da etwas Besonderes im Gange ist. Und tatsächlich, Castan schaltete sofort und ging auf diese merkwürdige Anrede ‚Herr Kriegsgerichtsrat' ein, obwohl er natürlich wusste, dass ihn auf der anderen Seite nur Herkommer hörte; aber durch sein Mitspielen wollte er Herkommer die offenbar schwierige Situation, in der dieser gerade steckte, so weit wie möglich erleichtern.

„Wir saßen doch vor zwei Wochen", fuhr Herkommer fort, „so gemütlich beim Bier beisammen und sprachen über Fälle, wo Vorgesetzte von Untergebenen erpresst worden sind, meistens ging es irgendwie um Freistellung, Ablösung vom Fronteinsatz und Versetzung in eine Einheit des Ersatzheers, also Versetzung ins Reich, oder um die Rückstufung im Tauglichkeitsgrad und so. Erinnern Sie sich noch? Das würde in bestimmten Frontabschnitten, hatten Sie gesagt, manchmal wie eine Epidemie um sich greifen. Ich weiß gar nicht mehr, wie wir auf dieses Thema gekommen sind."

„Jaa – ich erinnere mich noch gut", tönte Castan zurück und sagte noch ein paar belanglose freundliche Worte zur Begrüßung, und Herkommer atmete auf, dass Castan so rasch begriff und mitspielte. Castan war in solchen Dingen einfach unerreicht, dachte Herkommer mit Respekt, eigentlich war Castan ja selbst ein mit allen Wassern gewaschener Spitzbube, und jetzt machte er sich sogar einen Spaß daraus, die leidenschaftslose Redeweise dieser meistens etwas spröden Militärjuristen nachzuahmen, und war kaum mehr an seiner Stimme zu erkennen.

„So, und jetzt passen Sie auf, Herr Kriegsgerichtsrat!", fuhr Herkommer fort, „nun soll *ich* erpresst werden! Wie verhält man sich da?"

„Wer will Sie erpressen? Wer ist der Erpresser?"

„Wer der Erpresser ist? Er sitzt mir gegenüber." Horlacher schaute erschrocken zu ihm her, und Castan schwieg für einen Augenblick.

„Und warum will man Sie erpressen?"

„Warum? Ha, weil ich hier die Listen zusammenstelle über die vierzig Mann, die jeden Monat im Austausch abgelöst und ins Ersatzheer versetzt werden. Da wittern eben manche ihre Chance – heim ins Reich! Keine ungefährliche Sache, wenn so etwas um sich greift – der Gipfel der Korruption! Sie wollte ich eigentlich nur fragen: Wie verhält man sich, wenn man erpresst werden soll?"

„Sind Sie erpressbar?"

„Jeder ist erpressbar, jeder von uns ist irgendwie erpressbar – Herr Kriegsgerichtsrat!"

Dieses ‚jeder von uns' hätte er sich dem Brigadeführer gegenüber nicht zu sagen getraut, aber eigentlich sprach er ja gar nicht mit den Brigadeführer und darum hatte er noch schnell ‚Herr Kriegsgerichtsrat' an seine Antwort drangehängt.

„Also, erst einmal prüfen, ob das behauptete Delikt überhaupt gegeben ist; beziehungsweise", fügte Castan mit leiserer Stimme noch hinzu, „ob es überhaupt noch nachweisbar ist."

„Aha", wiederholte Herkommer, „ob es überhaupt noch nachweisbar ist." Dabei stand er auf, beugte sich über seinen Schreibtisch und hielt Horlacher die Mithörmuschel ans Ohr, die dieser verdutzt übernahm.

„Dann, sehr wichtig", fuhr Castan fort, „was gibt es an Beweisen? Wenn es außer der Aussage des Erpressers sonst keine weiteren Beweise gibt, dann sitzt der natürlich am kürzeren Hebelarm und fällt auf den Bauch. In den meisten Fällen bei uns hier lag nichts Ausreichendes vor. Die Verdächtigungen waren meistens unbegründet, zum Teil völlig haltlos und aus der Luft gegriffen oder klar verjährt oder von einer solch schlappen Beweislage, dass kein Feldgericht ein Verfahren eröffnet hätte."

Castan kam immer mehr in Fahrt: „Bei richtiger Vorbereitung und richtigem Aufbau wird sich jedes Verfahren erst einmal gegen den Erpresser richten, mag der noch so Schlimmes anzeigen. Hoffentlich weiß der das! Ein Erpressungsversuch, Herkommer, bei dem der zu Erpressende dem Erpresser nicht nachgibt – auch wenn er wirklich Dreck am Stecken hat –, der ist missglückt, verstehen Sie, Herkommer, der ist missglückt! Sagen Sie das dem Mann!"

Herkommer fand es beachtlich, was Castan da aus dem hohlen Bauch so alles zusammenbrachte; ob es juristisch so ganz stimmte, war im Augenblick ja bedeutungslos. Jedenfalls wurde Horlachers

Gesicht lang und länger, und Herkommer sah, wie er in Angst geriet.

„Wenn es vor Verhandlungsbeginn zu einer Zurücknahme der Anschuldigungen durch den Erpresser kommt", ließ sich Castan noch einmal hören, „dann ist das meistens die beste Lösung. Natürlich wird man sich hinterher vor allem den Erpresser etwas genauer anschauen."

„Ja, natürlich", wiederholte Herkommer, „den Erpresser wird man sich dann genau anschauen."

Horlacher hatte inzwischen die Mithörmuschel langsam abgelegt und war aufgestanden und tat mit beschwichtigenden Gebärden so, als ob er das Telefongespräch nicht länger stören wolle, sodass Herkommer den sicheren Eindruck gewann, dass er im nächsten Augenblick versuchen würde, sich davonzumachen.

„Sie bleiben mir hier sitzen!", befahl er in äußerst scharfem Ton und legt seine Hand auf die Pistole vor ihm. „Ich erkläre Sie hiermit für festgenommen."

Dann hörte er laute Rufe im Telefon: „Hallo, Herkommer, hören Sie mich? – So, jetzt aber Spaß beiseite", rief Castan, und Herkommer war sofort klar, dass es jetzt wieder der Brigadeführer war, der sprach. „Passen Sie auf, Herkommer, dass Ihnen der Bursche nicht ausschlitzt! Wir müssen jetzt alles genau bedenken! Wenn der irgendetwas vorbringen sollte – etwas Politisches oder so –, was ich kraft Amtes sofort untersuchen müsste, könnte das schlimmstenfalls dazu führen, dass Sie morgen bei der Vorführung nicht zur Verfügung stehen. Das wäre eine Katastrophe und dazu eine Blamage für die ganze Einsatzgruppe. Drum machen wir die Sache anders. Wir setzen den Kerl erst mal vorläufig fest wegen versuchter Erpressung eines Vorgesetzten, basta. Der wird natürlich sagen, dass das alles ein Irrtum sei, ein Missverständnis, um Gottes willen, er würde doch niemals … und so weiter. Nun, wir werden sehen. Wenn wir ihn dann übermorgen wieder laufen lassen, hat er wenigstens keinen Schaden angerichtet und uns nicht den Kommissionsbesuch versaut. Ich schicke ihnen gleich zwei Feldjäger rüber, aber halten Sie ihn so lang fest!"

Es war einfach jedes Mal überwältigend, wie Castan eine Situation sofort überblickte, dachte Herkommer, und souverän alle Eventualitäten und Konsequenzen einbezog. Im Moment konnte er aufatmen, aber Horlacher blieb gefährlich. Wer weiß, was er bei irgendwelchen Verhören sonst noch alles über ihn aussagen würde – womöglich jetzt gleich schon bei der Festnahme durch die Feldjäger. Und falls er morgen oder übermorgen wieder rausgelassen wird, wird er ihm womöglich heimzahlen wollen, dass er wegen ihm im Kasten hatte sitzen müssen.

Vielleicht sollte er ihn doch auf diese Liste mit den vierzig Mann setzen? Dann wäre er weg. Aber bis dahin kann er noch viel Unheil anrichten. Herkommer war einfach unruhig beim Gedanken an Horlacher, er spürte, von da drohte Gefahr. –

14 _ Geburtstagskonzert für Castan _ Auflösung des Schulungslagers

Nun war sie bald drei Jahre im Schulungslager, und auch den Posten einer Musikreferentin gab es immer noch. Perseke ging ihr immer wieder einmal mit seinen verworrenen Plänen für ein reines Schrumm-Schrumm-Konzert auf die Nerven, und ihr kleines Orchester, mal besser, mal schwächer, löste sich regelmäßig alle drei Monate mit Lehrgangsende wieder auf. Unverändert reihte sich ein Lehrgang an den anderen, wobei man jedoch am Umerziehungserfolg durchaus seine Zweifel haben konnte. Das hatte sie aus gelegentlichen Bemerkungen heraushören können, wie sie in den Gesprächen nach den Proben hin und wieder fielen, obwohl natürlich die Teilnehmer mit ihren Äußerungen über das Schulungslager ihr gegenüber eher etwas vorsichtig waren; gehörte sie doch zum Stammpersonal. In dem kleinen Orchester schienen die Teilnehmer alle glücklich, es war für die meisten von ihnen das Gegenprogramm zu dieser törichten Umerziehung, kaum dass einmal ein Teilnehmer vor Lehrgangsende aus dem Orchester ausgestiegen wäre.

Castan hatte die meisten Konzerte in Mauthausen II und sogar im KZ besucht, aber bald nach Beginn des Russlandfeldzugs war er dann mit Teilen seiner Einheit von Wien an die Ostfront verlegt worden. Doch hatte er die Verbindung mit dem Leiter des Schulungslagers aufrechterhalten, und wie sie hörte, erkundige er sich immer wieder einmal nach dem Orchester, wobei er stets von seinem Orchester spreche. Nun hatte er überraschend seinen Besuch während seines Fronturlaubs angekündigt, und auch die Musikreferentin möchte doch bitte unbedingt im Hause sein, wenn er kommt. Als ob sie in all den Jahren jemals das Schulungslager hätte verlassen dürfen, dachte sie.

Als er eingetroffen war, verschwand er sogleich im Büro des Schulleiters. Nach einer Weile wurde sie dazugerufen. Es standen noch ein paar Höherrangige vom Schulungspersonal mit herum, die meisten schienen ihr noch mehr eingeschüchtert als bei früheren Besichtigungen. Nun ja, Castan war jetzt als Brigadier immerhin ein echter General. Er gab sich unnahbar und kalt, die Stimme klang noch eisiger als früher.

„Ah, welch eine Freude!", rief er wie ausgewechselt, als er sie sah. „Wenn Sie wüssten, wie sehr ich Sie mit Ihrem Orchester in den vielen Monaten an der Front vermisst habe! Mein Besuch hier hat übrigens völlig privaten Charakter, ich nehme ja während meines Fronturlaubs keine Dienstgeschäfte wahr. Der Hauptgrund meines Besuches hier ist mein Geburtstag. Aus diesem Anlass nämlich soll eine kleine Fete in unserer Wiener Leitstelle stattfinden, also im Hotel Metropol, da kriegen wir unten in der Halle die ganzen Gäste unter, und die Akustik dürfte auch nicht allzu schlecht sein, die Halle geht ja über zwei oder drei Etagen."

Sabine ahnte schon, was gleich kommen würde, und obwohl sie von Castans Idee keineswegs begeistert war, gingen ihr, ob sie wollte oder nicht, schon die ersten Überlegungen dazu durch den Kopf. Sie könnte mit ihren Leuten ja zum Beispiel von der Empore aus in der ersten Etage spielen. Auch diese mächtige Treppe, die sie ja allzu gut kannte und die fast bis in die Mitte der Halle hinunterführt, ist ja recht breit, da könnte sie dann mit ihrer Violine oben stehen.

„Ich wünsche mir zu meinem Geburtstag ein Konzert, ein Konzert von meinem Orchester! Wenn Sie wüssten, wie oft ich an der Front an das Orchester gedacht habe! Und zum Schluss und als Höhepunkt, ja als Höhepunkt des ganzen Festes, sollte ein Soloauftritt von Ihnen stehen! Ich überlasse die Auswahl der Stücke vollständig Ihnen. Was Sie ausgewählt haben, das ist für mich dann die eigentliche Geburtstagsüberraschung!“, rief er aus, und fast ein wenig unsicher fügte der mächtige Mann, der sonst so hart und unerbittlich sein konnte, noch an: „Ob Sie das schaffen bis zum 27.?“ –

Ein paar Stücke für das Orchester, die schon einigermaßen liefen und bei denen sie keine allzu schlimmen Patzer mehr befürchten musste, waren rasch gefunden. Für ihren Soloauftritt aber dachte sie sich etwas Besonderes aus. Sie wusste zwar nicht, was von Castan als Geiger zu halten war – es interessierte sie auch nicht –, aber sie war sich sicher, dass er mit seinem Musikgeschmack auch eher zu diesen Dekorateuren gehören würde, denn immer, wenn irgendwo besonders viel Ausschmückung, Schmus und Verzierung vorkam, war er sofort mit großem Lob bei der Hand gewesen. Dem würde sie es jetzt zeigen! – Der redet mir überhaupt allzu oft von der Front! Dabei ist er irgendwie im Hinterland zum Aufpassen eingesetzt und drangsaliert, wie sie gehört hatte, die Zivilbevölkerung.

Sie würde ihm nicht irgendetwas Unbedeutendes oder Untergegangenes oder jüngst erst wieder Hervorgeholtes vorspielen, jedenfalls nichts Unbekanntes. Nein, nein, sie würde Toccata und Fuge wählen, dieses unerhörte Orgelwerk von Bach, das Castan sicherlich kannte, wenngleich freilich auf der Orgel gespielt. Jetzt würde sie es ihm auf der Violine um die Ohren schlagen. Und wie!

Sie war schon richtig in Fahrt und hatte auch bereits eine Idee. Der experimentierfreudige Leopold Stokowski nämlich hatte vor Jahren das Stück, bei aller Klangfülle ein eher sprödes Orgelwerk von hoher Abstraktion, statt auf einer Orgel von den gut hundertzwanzig Mitgliedern seines Philadelphia Symphony Orchestra spielen lassen. Das hatte ihm zwar bei einem breiten Publikum grenzenlosen Beifall eingebracht, aber auch manches Stirnrunzeln in der Fachwelt, und ums Haar wäre es schon während der Proben zu einem Aufstand des Orchesters gekommen. Was Stokowski nach der einen Seite mit genialischem Getöse manieriert übertrieben hatte, würde sie nach der entgegengesetzten Seite mit feinnerviger Präzision wieder zurechtrücken – auf einer einzigen Violine mit vier Saiten.

Sie könnte es in einem bestimmten Teil des Stückes natürlich auch geradezu umgekehrt machen, erwog sie, nämlich Stokowski persiflieren, also alles noch mehr übertreiben als er, alles noch mehr verzieren und sich vor allem diese allzu kunstvollen Ornamente Stokowskis vornehmen und diese noch einmal übersteigern, indem sie diese noch mehr aufspreizte. Jedermann würde sofort erkennen, so hoffte sie wenigstens, dass da nicht Bach erneut verhunzt würde, sondern dass sie bloß mit Stokowski ihre Späße treiben wollte – das Ganze keine leichte Aufgabe!

Es blieb ihr nur eine knappe Woche, sie arbeitete die halben Nächte durch, schrieb Noten, probierte, probierte immer wieder, wobei ihr ihre unerhörte Fertigkeit im Leisespielen zustatten kam. –

Die Hotelhalle stand voll mit weiß gedeckten runden Tischen, und fast alle Gäste saßen schon an ihren Plätzen, als schließlich der Brigadeführer im nur selten getragenen Großen Gesellschaftsanzug der Waffen-SS mit seinen Begleitern eintraf und sich zu seinem Tisch vorarbeitete, wobei er diesem oder jenem freundlich zunickte, manchem auch zuwinkte oder einzelne gar mit einer angedeuteten Verbeugung über drei, vier Tische hinweg lächelnd begrüßte.

Als alle richtig saßen, schaute der für den Ablauf Zuständige – das war irgendein ziviler Kriminalbeamter von der hiesigen Leitstelle – zu Sabine her und nickte mehrmals überdeutlich, woraufhin sie den Streichern das Zeichen gab, eine kurze Fanfare zu spielen. Sie gelang fast stubenrein, womit die Veranstaltung offenbar eröffnet war, denn es wurden nun als Erstes etliche Grußadressen verlesen, darunter auch eine des Gauleiters von Wien, der als ein besonders konsequenter Judenverfolger galt, das wusste Sabine.

Danach folgten eine nach der anderen Begrüßungsansprachen der verschiedensten Würdenträger mit oder ohne Uniform, die man Sabine als „nur ein paar ganz kurze Reden“ angekündigt hatte, die sich aber endlos hinzogen. Das war schlecht für Sabines Orchester, weil ihre Leute, ohnehin an größere Auftritte nicht gewöhnt und zum Teil schon etwas lampenfiebrig, sich in Erwartung des alsbald folgenden Einsatzes bereits in Position gesetzt hatten und zunehmend unruhiger wurden.

Auch Sabine fühlte sich wahrlich nicht besonders wohl. Vor ihren großen Konzerten in früheren Zeiten hatte sie sich besser gefühlt, daran erinnerte sie sich noch gut. Bei aller Konzentration war sie einfach vergnügt gewesen und hatte sich auf ihren Auftritt gefreut. In diesem Rahmen dagegen und in diesem Gehäuse war sie bedrückt, ja mehr als das, sie fühlte sich elend.

Aber das hatte ihr ja vor Jahren schon ihr alter Mentor angekündigt. Es werde immer wieder einmal Situationen geben, in denen sie partout keine Lust hätte zu spielen, ja in denen sie sich so miserabel fühlten würde, dass sie überhaupt nicht spielen könne, aber auch dann müsse sie natürlich spielen, ob sie wolle oder nicht. Das sei das einzige Privileg des Amateurs, dass er das Spielen sein lassen könnte, wenn ihm nicht der Sinn danach steht. „Aber das gilt nicht für uns!", hatte er dann schroff ausgerufen. Darum sei es so wichtig, dass man nicht nur dann übe, wenn man besonders vergnügt sei und Freude am Spielen habe, sondern im Gegenteil, dass man gerade auch unter widrigen Bedingungen übe, wenn man sich schwach und mies fühle und nicht die geringste Freude beim Spielen habe. Denn gerade das Spielen unter widrigen Bedingungen, das müsse man besonders trainieren. Umso leichter falle dann alles andere.

Mit diesem Gedanken tröstete sie sich. Es ist ganz gleichgültig, wie ich mich fühle, es geht nachher um das Stück, nur um das Stück, nicht um mich. Aber gleichzeitig spürte sie, wie die Unruhe und das Gezappel ihrer Leute, das immer mehr zunahm, sie anzustecken begann. Da wird sie auf der Hut sein müssen. Aber so etwas beherrschte sie, fast schon seit Kindesbeinen. Sie ließ den Kopf auf die Brust sinken, langsam, aber soweit er nur wollte, ließ die Schultern beim Ausatmen noch ein wenig lockerer hängen, ließ die Bauchdecke fallen und löste den Mund – und sieh da, alles war doch einen Hauch angespannt gewesen. Sogleich fühlte sie sich etwas wohler, nur wenig wohler zwar, aber das würde reichen für ihren Auftritt.

Es war verrückt: Das, was sie in früheren Jahren ihren Schülern immer wieder eingeschärft hatte, das musste sie sich jetzt selbst zurufen, nämlich Konzentration und Anspannung voneinander zu trennen – volle Konzentration, aber keine Anspannung! Die meisten wussten gar nicht, dass es durchaus Konzentration ohne Anspannung gibt, ja dass das in den meisten Fällen die bessere Konzentration ist; sie hielten die Anspannung für einen unvermeidlichen Bestandteil der Konzentration. Ihr Lieblingsbeispiel war die Katze gewesen, die vor dem Mauseloch lauert, hochgradig konzentriert, kaum ablenkbar, auch über Stunden, aber durch und durch gelassen und überhaupt nicht angespannt. Das sei auf die verschiedensten menschlichen Tätigkeiten und alle möglichen Berufe zu übertragen, auf Schachspielen, Operieren, Fechten, Motorradfahren; auf Sänger, Sportschützen, Piloten, Jäger – es gibt fast nichts, wo es nicht zuträfe. Dazu gehöre übrigens auch, sich auf keinen Fall mit einem Fehler zu beschäftigen, der einem gerade unterlaufen ist, das sei der Blick zurück und bringe sofort wieder Anspannung und dazu noch Ablenkung vom unmittelbar Bevorstehenden.

Aber sie merkte, sie schweifte mit ihren Gedanken ab und folgte eben gerade nicht ihren eigenen Regeln. Im Gegenteil, sie war angespannt und nicht genügend auf ihren Auftritt ausgerichtet. Und sie dachte über Katzen vor Mauselöchern nach, so tadelte sie sich. Es hatte eben für sie schon seit Jahren keinen großen solistischen Auftritt mehr gegeben.

Endlich konnten dann ihre Leute mit dem ersten Satz aus dem dritten Brandenburgischen Konzert loslegen, und es lief nicht einmal schlecht.

Dem Orchesterbeitrag folgte eine große Ansprache, eine Art Festvortrag wohl, in dem es um die Raumpolitik des Reiches ging, für den sie jedoch überhaupt kein Ohr hatte, war es ihr inzwischen doch gelungen, ganz in ihre Toccata und Fuge hineinzuschlüpfen, die schon als Nächstes folgen sollte. Immerhin sah sie von ihrer Empore, dass Castan zwar aufgerichtet, aber mit gesenktem Kopf und mindestens halb geschlossenen Augen dabeisaß, und dass wohl auch die meisten anderen Gäste den Vortrag mehr über sich ergehen ließen, als dass sie dem Redner folgten, wenngleich sich die meisten längst nicht so gut wie Castan in der Hand hatten.

Nach einem eher matten Beifall war dann sie an der Reihe. Sie spürte, ihre Konzentration war perfekt, von Anspannung nicht mehr die Spur, ganz wie in ihren besten Zeiten. Während sie sich auf ihren Platz für ihren Auftritt begab – oben auf der breiten Treppe, die von der Empore mitten in die Halle führte –, hatte sie nichts anderes mehr im Kopf als ihr Stück. Castan sah überaus freundlich zu ihr herauf. Ob er hinterher enttäuscht sein würde oder ärgerlich – recht wird ihm geschehen sein! Ob das Publikum nachher pfeifen würde – nein, das würde es wohl nicht, aber am Schluss vielleicht betreten schweigen – nichts war ihr gleichgültiger im Augenblick.

Sie nahm die Violine auf, brachte den Bogen in Position, verzögerte jedoch den ersten Ton für Sekunden, bis die letzten störenden Geräusche verhallt waren, und eroberte sich so augenblicklich die äußerste Aufmerksamkeit des bis eben doch eher gelangweilten Publikums. Dann begann sie, wie nur sie das beherrschte, unendlich leise und doch raumfüllend zu spielen, im Vergleich zu Bachs klanggewaltigem Orgelwerk geradezu körperlos und alles andere als machtvoll – das wäre auch gar nicht möglich gewesen mit ihren zarten vier Saiten auf diesem Resonanzkörperchen. Schon mit den ersten Takten entstand ein hauchfeines silbriges Gespinst aus Tönen, das die ganze weite Halle erfüllte, von oben bis unten und bis in den letzten Winkel. Es klang, als würde sie nur noch Bachs Idee wiedergeben, die in einer abstrakten Reinheit erstrahlte, losgelöst von aller Gegenständlichkeit, wie sie irdischen Instrumenten eigen ist – Musik, wie es sie nur im Himmel gibt.

Sabine spürte schon nach wenigen Takten, das Publikum war ganz mit dabei. Da war es wieder, dieses Mysterium: dass sie sofort spürt, ob das Publikum folgt und wie es folgt. Ob es bloß unbeteiligt zuhört oder ob es wirklich mitgeht. Ob es vielleicht sogar begeistert ist und sich ganz öffnet oder ob es sich nur einfach anhängt und man es hinter sich herziehen muss wie einen zähen Schleim.

Etwas Derartiges hatten die Leute noch nie gehört. Gab es auch noch nie. Einzelne mochten Toccata und Fuge als großes Orgelwerk gekannt haben und erlebten nun eine Wiederbegegnung besonderer Art, manchen kamen vielleicht gewisse Passagen bekannt vor, aber die meisten Zuhörer waren wohl einfach nur verzaubert von diesem Klang.

Sabine hörte nicht nur ihre Violine, so, wie sie auch das Publikum hörte, sondern sie hörte mit ihrem geistigen Ohr zugleich auch die Orgel mit ihrem ganzen Volumen und in ihrer ganzen Vielstimmigkeit. Das war wunderbar, und es machte sie glücklich, wie sie mit der Stimme ihrer Violine das ganze Konzert anführte.

Ihr Publikum vergaß sie immer mehr, und als ob sie ganz für sich allein spielte, vergnügte sie sich damit, einzelne Phrasen ein paarmal zu wiederholen und sie bei der Vielzahl der Möglichkeiten auf eine immer wieder andere Weise zu realisieren, auf die ein Geiger bei klarem Verstand niemals kommen würde. Während sie bei diesen übermütigen Kunststückchen auf möglichst hohen Gleichklang der Wiederholungen achtete, kam es ihr plötzlich vor, als habe Bach das Werk für Violine geschrieben und sie habe es nur wieder ausgegraben oder freigelegt oder mindestens nachgestellt. Und ausgerechnet jetzt, jetzt bei der Aufführung, nicht beim stundenlangen Probieren der letzten Tage, ausgerechnet jetzt erinnerte sie sich an eine Bemerkung ihres alten Lehrers, es könnte sein, dass Bach das Stück ursprünglich für Streicher geschrieben hat. – Aber sie sollte jetzt besser bei der Sache bleiben!

Und dann ging es auf die lange Passage am Ende zu, und die sollte zu ihrer Stokowski-Persiflage werden! Ihren ganzen Zorn auf Castan und seine SS würde sie in diese letzte Minute hineinlegen und ihre ganze Verachtung des Lagers mit dieser hohlen NS-Schulung und dieser bösartigen Ideologie. Je näher sie der Stelle kam, an der sie mit dem Persiflieren beginnen wollte, desto mehr freute sie sich darauf – ja, Sabine, sonst doch eher sanfter Natur, freute sich mit einer geradezu zerstörerischen Lust.

Als sie dann zu persiflieren begann, verschwand schon nach wenigen Sekunden alle kristallklare Würde, alle souveräne Ruhe des Orgelwerks, die ja in ihrer Übertragung auf die Violine noch durchaus erhalten geblieben war. So war das ja schon bei Stokowski selber gewesen, nur dass sie es jetzt noch viel schlimmer trieb und von Takt zu Takt manierierter spielte. Vor allem diese Stokowski-Ornamente und alle sonstigen Spielereien und Verzierungen nahm sie sich vor, die sie noch ein weiteres Mal übersteigerte, indem sie sie noch mehr auffächerte, aufspreizte, aufblähte. Dabei sprang sie in einer Mischung aus Übermut und Zerstörungswut, die sie befallen hatte, in den Oktaven, scheinbar beliebig hin und her – wie es gerade kam, rauf und runter, ebenso verschnulzt wie technisch brillant gespielt, als ob das alles so sein müsste.

Die meisten Zuhörer schienen freudig zu lächeln, wie ihr bei einem flüchtigen Blick nach unten auffiel, aber, ganz offenbar, nicht deshalb, weil sie die Persiflage als das, was sie war, erkannt hätten, nämlich Hohn und Spott, sondern, wie sie bestürzt einsehen musste, weil ihnen diese mit Bedacht verhunzten Passagen besonders gut gefielen. Doch das steigerte nur noch ihren Zorn, nicht nur auf Stokowski, auf Castan, auf das Schulungslager, sondern nun auch noch auf dieses Publikum, und sie legte noch mehr zu.

Zum Schluss der Persiflage dann noch ein paar kräftige Striche, für die sie jedoch die präparierte Kante ihres Bogens benutzte, spielte sie doch mit ihrem ‚Sägebogen' – es hörte sich brutal an und es war, als ob ein Maler sein misslungenes Gemälde jähzornig mit einem derben Grundierpinsel durchgekreuzt hätte.

Sabine hatte sich so sehr in Rage gespielt, dass sie zu zittern glaubte, als sie die Geige absetzte. Im gleichen Augenblick erhob sich der Beifall in einem gewaltigen Rauschen, das rasch noch zunahm und Sekunden später von stürmischen Jubelrufen übertönt wurde. Ihr wurde klar, dass ihr Plan, sich an Castan zu rächen, ihn zu enttäuschen und zu bestrafen, weiß Gott nicht aufgegangen war – und mit diesem einfältigen Publikum auch gar nicht aufgehen konnte. Noch nie war ihr ein Beifall so wenig willkommen gewesen wie dieser. Sie umklammerte, außer sich vor Zorn, den Hals ihrer Geige und fühlte sich für einen Augenblick versucht, das Instrument voller Wut ihren letzten Tönen krachend hinterherzuwerfen, die steinerne Treppe hinunter, an deren oberem Ende sie stand.

Inzwischen hatte sich Castan an den ziemlich eng stehenden Tischen vorbei bis zur Treppe vorgeschoben und eilte nun, zwei Stufen auf einmal nehmend, verzückt zu ihr herauf. Bei den letzten Schritten breitete er weit die Arme aus – er wird mich doch nicht umarmen wollen, erschrak Sabine für einen Augenblick, aber sie sah zu ihrer Beruhigung, dass er die Handflächen ein wenig nach oben gedreht hatte und in seiner Begeisterung die ausgebreiteten Arme immer weiter nach oben hob.

Er schüttelte ihr schier endlos die Hand, während er überschäumend auf sie einredete – was freilich im allgemeinen Beifallsgetöse unterging –, und legte ihr schließlich, immer noch die Hand schüttelnd, seine Linke auf die Schulter. Dann verließ er die Empore wieder und sprang ebenso behände, wie er heraufgekommen war, die Treppe wieder hinunter, wobei der ruhiger gewordene Beifall noch einmal anschwoll –

„Ich weiß es sehr zu schätzen, Ossenbühn", lobte Castan am nächsten Morgen beim Frühstück laut, „dass Sie zu meinem Geburtstagsfest nach Wien gekommen sind."

„Auf einer Dienstreise lässt sich leicht ein kleiner Schlenker einbauen", lächelte Ossenbühn, „ich fahre heute zur Einheit zurück."

„Grüßen Sie die Leute von mir, mein Urlaub ist auch schon wieder fast vorbei. Nächste Woche bin ich wieder bei euch."

„Sieht gar nicht gut aus vorne."

„Ich weiß. Haut mir ja rechtzeitig ab! Ich finde euch schon."

„Reichenbach hat gerade zum erbitterten Widerstand aufgerufen. Kein Fußbreit Boden dürfe dem Feind –"

„Ich muss mit dem mal reden", unterbrach ihn der Brigadier ungnädig, „sobald ich zurück bin! Das gilt doch nicht für uns! Wir hätten auch gar nicht die nötige Bewaffnung dafür! Oder haben Sie vielleicht irgendwelche panzerbrechenden Waffen? Na also! Und unsere paar lumpigen MG 34, die brauchen wir für andere Zwecke. Mal ganz abgesehen davon, dass die Männer von unseren Polizeibataillonen nicht die geringste Kampferfahrung haben."

Castan ließ missvergnügt eine kleine Pause entstehen, dann sagte er noch: „Aus gutem Grund haben wir bei der Aufstellung der Einsatzgruppen die beigeordneten Polizeibataillone weiterhin Polizeieinheiten sein lassen und sie nicht in die Waffen-SS überstellt."

Es entstand wieder eine kleine Pause, dann versuchte Ossenbühn, das Thema zu wechseln:

„Das Schulungslager soll jetzt doch aufgelöst werden."

„So? Es war ja schon öfter mal davon die Rede. Ehrlich gesagt, Ossenbühn, die Sache hat sich überholt. Es ging uns damals nach dem Anschluss ja um echte Umerziehung. Wer jetzt immer noch ‚umerzogen' werden muss, bei dem schaffen wir das ohnehin nicht mehr! Die sollten wir lieber gleich ins Lager stecken. Mauthausen II bindet viel zu viele Kräfte, die wir anderswo besser einsetzen können. Stellen Sie sich doch das mal vor, Ossenbühn! Die hängen da seit Jahren herum und halten immer wieder die gleichen Vorträge."

„Und was geschieht mit der Strauss? – Das war ja großartig gestern!"

„Ja, das war wirklich fantastisch!", sagte Castan, als träume er noch. „Ein schöneres Geburtstagsgeschenk hätte ich mir nicht vorstellen können!"

„Und jetzt?", beharrte Ossenbühn vorsichtig weiter auf seiner Frage.

Castan hob mit gleichgültiger Miene die Schultern. „Sind wir doch froh, dass wir als Einsatzgruppe nicht mehr für das Schulungslager zuständig sind!"

„Das passt doch alles nicht zusammen", rief Ossenbühn fast aufgebracht, „wir können ihr doch nicht heute minutenlang begeistert zujubeln und sie morgen ins Konzentrationslager sperren!"

„Doch, können wir, Ossenbühn", antwortete ihm der Brigadier in eisiger Sachlichkeit, „ja müssen wir sogar!"

Dann fiel er in das Pathos seiner politischen Instruktionsstunden, wie es Ossenbühn aus früheren Zeiten wohlbekannt war, aber sein Ton wurde allmählich wärmer, und man spürte, er war bestrebt, Ossenbühn zu überzeugen.

„Wir schwelgen doch beide in der Erinnerung an gestern und huldigen Sabine Strauss, weil wir in ihr göttliches Geigenspiel verliebt sind und ihr dankbar sind für ein großartiges Konzert – gut. Und wir neigen nun dazu, ihr irgendwie zu helfen –, selbstverständlich. Aber was uns dabei zurückhält und zurückhalten muss", und damit hob er seine Stimme, „das sind die hehren rassenpolitischen Ziele des neuen Deutschlands, denen wir mit Ehrfurcht begegnen sollten. – Was uns da antreiben will, Sabine Strauss zu schützen und ihr zu helfen, das ist doch nichts weiter als unser persönliches Amüsement! Höchst private ästhetische Liebhabereien sind das, kleine persönliche Vorlieben, die nun frontal auf die großen rassenbiologischen Gebote unserer Zeit prallen, die ganze Völker betreffen. – Und da, Ossenbühn, da wollen Sie auch nur eine Sekunde zweifeln, was die richtige Entscheidung ist?"

Bei den letzten Worten war der Brigadeführer aufgestanden, und Ossenbühn begriff, die Sache war für ihn erledigt, er wollte jetzt gehen.

„Wir sehen uns nächste Woche wieder – vorne!", sagte Castan noch. –

Drei Tage nach dem Geburtstagskonzert wurde in der täglichen Stabsbesprechung des Schulungslagers, die morgens gleich nach dem Frühstück stattfand, bekannt gegeben, dass das Schulungslager mit sofortiger Wirkung aufgelöst wird, der laufende Lehrgang, der noch bis Samstag Mittag hätte gehen sollen, schon vorzeitig beendet wird, und zwar heute mit dem Mittagessen, und die Lehrgangsteilnehmer nach Hause entlassen werden. Die Teilnahmeurkunden seien umgehend auszustellen, und zwar über die gesamte Lehrgangsdauer, also bis Samstag, und seien den Teilnehmern auszuhändigen. Der Stab, mithin das gesamte Stammpersonal, würde noch im Laufe des morgigen Tages mit einem Autobus der Waffen-SS nach Wien zur Leitstelle gebracht.

Das anschließende Durcheinander war riesengroß, jeder war nur noch mit sich selbst beschäftigt und jeder hatte zu dieser Ankündigung etwas zu bemerken, was niemand hören wollte. Der Schulleiter sagte, dass er selbst überrascht sei und mehr im Augenblick auch nicht wisse, der Lehrgangsleiter Perseke schwieg wie meistens, und Sabine war klug genug, nicht zu fragen, was mit ihr geschehen würde, wofür sich aber im entstandenen Tumult wahrscheinlich ohnehin niemand interessiert hätte.

Als nach der kurzen Besprechung alles aufgeregt auseinanderlief, zischte ihr Perseke im Gedränge auf der Treppe zu: „Sie fahren auf jeden Fall mit uns, klar?"

Auf seiner Etage angekommen, grinste er wieder so anzüglich wie jedes Mal, wenn er von der ‚Schrumm-Schrumm-Musik' sprach: „Wir müssen da noch eine geeignete Verwendung für Sie finden, beziehungsweise ich wüsste sogar schon eine!"

Was habe ich da nur angerichtet mit meinem Sägebogen, dachte Sabine und hätte dieses ‚Sie fahren natürlich mit uns!' viel lieber aus dem Mund des Schulleiters gehört, denn sie wusste, dass Perseke nicht viel zu melden hatte.

So war das immer mit der Waffen-SS, dachte Sabine, zack-zack, ruck-zuck, das gehörte zu ihrem Stil. Die oben wissen seit Wochen Bescheid, die Entscheidung ist längst gefallen, aber die eigentlich davon Betroffenen erfahren das erst im letzten Moment.

In den vergangenen Monaten hatte es immer wieder einmal ein Gemunkel gegeben, dass das Schulungslager wohl demnächst aufgelöst würde. So viele Leute für ein Vierteljahr freizustellen und aus dem Produktionsprozess für nichts und wieder nichts herauszunehmen, das könnten wir uns einfach auf die Dauer nicht mehr leisten, hatte es geheißen.

Jetzt war es mit einem Schlag soweit. Es wird sicherlich am besten sein, dachte Sabine, wenn sie sich bis zur Abreise so wenig wie möglich sehen ließe, damit ja nicht irgendjemandem plötzlich auffiel, dass sie ja ein Sonderfall war, der eigentlich rüber ins Hauptlager gehörte.

Als sie am nächsten Morgen im Autobus saßen – der Bus war schon in aller Herrgottsfrühe gekommen und die meisten schliefen noch halb – wurde noch einmal kontrolliert, ob jemand fehlte. Es war also richtig gewesen, sich nicht irgendwo im Haus zu verstecken, ihr Fehlen wäre bemerkt worden, und dann wäre sie erst recht aufgefallen. Einfach nur überall mitschwimmen, dachte sie, so unauffällig wie es nur geht.

Die Stimmung im Autobus war gedrückt, die meisten starrten vor sich hin. Alle waren mit den gleichen Gedanken beschäftigt, was wird mit mir, wo komme ich hin, wo werde ich landen. Da war es nur natürlich, dass sich in dieser Not keiner Gedanken darüber machte, was mit den anderen geschehen wird, was mit dem, der neben einem saß, und was mit dem vor einem. Was mit dem Chef und was mit der Musikreferentin. So etwas interessierte in dieser beklemmenden Ungewissheit niemanden.

In der Leitstelle in Wien angekommen, hieß es sodann, sie sollten in der Hotelhalle auf weitere Marschbefehle und so weiter warten. Der Schulleiter wurde sofort in die Chefetage befohlen und würde sicherlich mit wichtigen Informationen für alle zurückkommen. Perseke, der offenbar schon ein bisschen mehr als andere im Stab wusste, sprach aufgeregt mit diesem und jenem. Sabine war klar, dass nun im untätigen Herumstehen und Warten die Gefahr viel größer war, dass sie von irgendjemandem aus dem Stab gefragt würde, was mit ihr denn nun werden sollte, und wahrscheinlich würde dem Frager im gleichen Augenblick einfallen, dass sie ja nur als Musikreferentin für das Schulungslager freigestellt worden sei und eigentlich ins Hauptlager gehöre. Und ganz bestimmt würde Perseke, sobald er sich wieder beruhigt hätte, nach ihr suchen.

Deshalb verschwand sie erst einmal auf die Toilette; da war sie in Sicherheit, jedenfalls für eine Weile. So lange sie niemandem plötzlich in den Sinn kam, so lange ihr Name nicht genannt wurde, und keiner nach ihr fragte, bestand keine Gefahr. Also erst mal weg und abwarten und die ganze Stammmannschaft sich ein bisschen verlaufen lassen. Je weniger Leute sie kennen würden, wenn sie wieder herauskommt, desto besser.

Aber wie lange sollte sie zuwarten? Womöglich bis Dienstschluss? Bis dahin wären wohl alle, die sie kannten, irgendwie verschwunden – weitergeleitet, umdirigiert, versetzt, abkommandiert oder sonst irgendwohin in Marsch gesetzt. Aber Vorsicht, je weniger Betrieb in der Halle und im ganzen Haus, desto mehr würde sie auffallen, wenn sie wieder herauskam. Und je mehr Zeit sie verstreichen ließ, desto größer die Gefahr, dass sich zufällig irgendeiner der Verantwortlichen eben doch an sie erinnerte und man anfing, nach ihr zu suchen. Eine schwierige Entscheidung.

Irgendwann raffte sie sich mit einem Ruck auf und verließ die Zelle. Da hilft alles Nachdenken nichts! Ob jetzt oder später – es ist alles gleich riskant. Ihr Gepäck behielt sie in der Hand. Den Rucksack mit dem herausschauenden Geigenkasten auf dem Rücken zu tragen, das hätte allzu sehr nach Abreise ausgesehen.

Am Sonntag stand ich hier noch ganz im Mittelpunkt, dachte sie und schaute die breite Treppe zur Empore hinauf, jetzt muss ich aufpassen, dass ich ja niemandem auffalle!

Ein hochrangiger Führer der Waffen-SS, der ihr entgegenkam, fasste sie mit kritischem Blick scharf ins Auge, und sie hielt für einen Moment den Atem an, doch dann grüßte er ungewöhnlich freundlich und hielt ihr mit einer lächelnden Verbeugung sogar die Glastür zum hinteren Treppenhaus auf; wahrscheinlich hatte er sie wegen des herausschauenden Geigenkastens wiedererkannt.

Dann verließ sie die Wiener Leitstelle auf dem gleichen Weg, auf dem sie das Haus vor Jahren schon einmal verlassen hatte – auf der Rückseite des Gebäudes, zur Salztorgasse hin, diesmal allein. –

15 _ Ludwig Herkommer sieht sich durch Horlacher bedroht

Castan war hochzufrieden mit Herkommers Vorstellung des Bleideckenverfahrens, und die Berliner Kommission, die am selben Tag wieder abgereist war, schien ebenfalls beeindruckt.

„Sie werden sicherlich in Kürze nach Berlin zitiert, Herkommer, – hoffentlich nicht auf Dauer! –, denn die wollen jetzt natürlich das Verfahren auf breiter Front einführen. Da braucht es Schulung, und vor allem werden Sie eine genaue Dienstvorschrift über die richtige Anwendung ausarbeiten müssen. Sie haben ja selbst gesehen, was dabei herauskommt, wenn Sie das irgendwelche Leute machen lassen ohne Schulung und genaueste Einweisung. Ich möchte Sie jedenfalls weiterhin in meinem Umkreis sehen. Das hat sich immerhin über Jahre bewährt, und hier haben Sie mit Sicherheit bessere Aufstiegsmöglichkeiten als irgendwo im Hauptamt."

Herkommer hörte das nicht ohne Stolz.

Dann lehnte sich Castan zurück und lächelte wohlwollend.

„Sagen Sie, Herkommer, ich habe Sie zwar schon einmal gefragt – allerdings nicht als Ihr Kommandeur, sondern als Kriegsgerichtsrat", lachte er, „zu dem Sie schlauer Hund mich am Telefon gemacht haben –, sagen Sie ehrlich, sind Sie erpressbar?"

„Ich fürchte, Brigadeführer, dass jedermann irgendwie erpressbar ist. Ich wüsste im Moment zwar nicht, wo ich verwundbar wäre, aber man soll die Gerissenheit dieser Leute nicht unterschätzen. Der Horlacher ist eine dumme Pfeife, wenn ich das so sagen darf, dümmer als der kann man sich kaum mehr anstellen. Aber da gibt es ganz andere Kaliber. Zum Teil sogar Kommunisten, die die Polizei schon Ende der Zwanziger unterwandert haben – da genügt einer auf tausend Mann!"

Castan gab sich mit Herkommers Antwort zufrieden. „Vielleicht haben Sie recht. Es kommt weniger auf das eigene Sündenregister als auf die Gerissenheit der Erpresser an. Übrigens sollten wir uns um diese Kommunisten näher kümmern. Ich für meinen Teil halte das für ein Gerücht, man sprach ja schon öfter mal darüber. Allenfalls gibt es einige Ehemalige. Aber die sollten wir uns trotzdem mal ein bisschen näher anschauen." –

Am Abend, als seine beschwingte Stimmung über die gelungene Vorführung und das Lob des Brigadiers wieder abgeklungen waren, kam Herkommer dieser Horlacher wieder in den Sinn. Vor allem das, was er über Violet zu wissen schien, das könnte richtig gefährlich für ihn werden. Wer weiß, was der sonst noch alles über ihn wusste!

Je länger er darüber nachdachte, umso unbehaglicher fühlte er sich in seiner Haut. Da gab es kein Entkommen durch ruhiges Nachdenken und sorgfältiges Analysieren der Situation. Im Gegenteil, je länger er sich mit der ganzen Geschichte beschäftigte, umso schlimmer fühlte er sich bedrängt. In seiner Not begann er schon einmal damit, sich seine Antworten zurechtzulegen, wenn er womöglich von Ossenbühn oder sonst wem in die Zange genommen werden sollte. Oder gar von Castan selbst, der von jeher schon sein besonderes Augenmerk auf den Führungsnachwuchs und speziell auf ihn gerichtet hatte.

‚Sie sollen über Jahre hinweg', so würde man ihm in äußerst ungnädigem Ton vorhalten, ‚mit einer älteren Jüdin ein Verhältnis aufrechterhalten haben, ein ziemlich enges Verhältnis, und zwar bis November 38! Haben Sie schon einmal etwas von den Nürnberger Rassengesetzen gehört, wie? Ist Ihnen klar, was Ihr Verhältnis ab 1935 in strafrechtlicher Hinsicht bedeutet? Was nicht heißt, dass Ihr Verhalten nicht schon vorher eine abscheuliche Sauerei war, ein unerhörter Vertrauensbruch, auch mir persönlich gegenüber', würde Ossenbühn sagen, ‚nachdem ich Sie gerade in die SS herübergeholt hatte!'

Wenn er doch wenigstens wüsste, was sie von Horlacher erfahren haben und was nicht. Wenn sie überhaupt noch etwas Weiteres wussten, dann konnten sie das nur von Horlacher erfahren haben. Oder gibt es da noch andere Kanäle? Sollte er einfach alles abstreiten? Aber wenn die schon mehr über die ganze Geschichte wüssten, und er etwas abstritt, was womöglich bereits im Personalhauptamt aktenkundig war, dann stand er erst recht im Hemd da.

‚Sie sollen sich zusammen mit dieser Jüdin sogar jahrelang eine gemeinsame Wohnung gehalten haben.'

‚Das ist doch alles verleumderisches Zeug!', würde er ausrufen, denn da konnte er sich gefahrlos empören, das mit der Wohnung brauchte er sich nicht vorwerfen zu lassen! ‚Da sieht man', würde er sich lauthals aufregen, und zwar bewusst etwas stärker, als es für ihn als Hauptsturmführer einem höheren SS-Führer gegenüber angemessen war, denn er müsste auf alle Fälle so deutlich wie möglich herausstreichen, wie unrecht man ihm mit solchen Anschuldigungen tat, ‚da sieht man', würde er empört ausrufen, ‚mit welchen

Mitteln diese Denunzianten arbeiten! Denen geht es doch nur darum, einen bedingungslosen – und ich darf sagen: einen äußerst einsatzbereiten – Gefolgsmann zur Strecke zu bringen!'

Das würde er fast herausschreien, aber dann würde er mit einem Schlag in ganz ruhigem Ton fortfahren: ‚Es war so: Ich bin, übrigens vor dreiunddreißig, in Nürnberg in ein möbliertes Zimmer gezogen. Die Vermieterin war, wie ich erst Jahre später erfuhr, tatsächlich eine Jüdin, verwitwet, fünfzehn oder zwanzig Jahre älter als ich, die war für mich, ich war knapp siebzehn, ein altes Weib! Aber warum sollte ich, als ich erfuhr, dass sie eine Jüdin ist, da wieder ausziehen? Sie war freundlich zu meinem Hund, das war die Hauptsache – ich war damals als Polizeihundeführer tätig, und es war nicht einfach, mit einem großen Schäferhund an der Leine ein möbliertes Zimmer zu bekommen.'

Vielleicht würde Ossenbühn ihn dann nicht mehr so grimmig anschauen wie am Anfang des Gesprächs. Wenn ihn allerdings Castan selbst in den Schwitzkasten nähme, gottbewahre, der würde ihn nicht grimmig anblicken oder empört, sondern der würde ihn nur mit grenzenloser Verachtung anschauen – im verächtlichen Dreinblicken war er der Meister –, und das wäre noch viel schlimmer als Ossenbühns Zornesblicke. Aber auch diese eiskalten Blicke Castans würden nachlassen und dessen Stimme wieder wärmer werden, wenn er ihm den Sachverhalt in dieser Weise erklären könnte – hoffentlich würde man ihn genügend zu Wort kommen lassen.

So ging es den ganzen Tag über weiter in seinem Kopf. Sobald sich eine ruhige Minute bot, probte und trainierte er für diese hochnotpeinliche und vor allem auch höchst bedrohliche Einvernahme, die ihm drohte, falls Horlacher nach seiner Festnahme irgendwie losgequatscht hatte. Die Sache könnte seine Karriere abrupt beenden, er dachte schon an Degradierung, an jahrelangen Bau womöglich, an Ausschluss aus der SS, an Strafkompanie. Er wusste genau, bei diesem Verhörtraining in eigener Sache kam es nicht nur auf schlüssige und überzeugende Antworten an, sondern er sollte versuchen, sich auch mit allen Fragen, die man ihm möglicherweise stellen könnte, schon vorher vertraut zu machen. Die würden äußerst unnachsichtig und sicherlich auch gemein sein, und da dürfte er keinen Augenblick überrascht sein und ins Stocken geraten. Deshalb gab er sich große Mühe, immer wieder neue Fragen, die sie ihm stellen würden, so anschaulich und drastisch wie möglich zu formulieren und schreckte dabei auch nicht vor heimtückischen Vorwürfen zurück.

‚Sagen Sie, Herkommer', würde ihn Castan beispielsweise mit maliziösem Lächeln plötzlich fragen, nachdem er sich gerade recht verständnisvoll über das gefälschte Geburtsjahr mit ihm unterhalten hätte, ‚sagen Sie, Herkommer, – war diese rotblonde Jüdin tatsächlich so gut im Bett?'

Er kannte ja diese ganzen Tricks und musste sie jetzt nur auf seinen Fall anwenden, möglichst konkret, um sich schon vorab mit den ganzen Möglichkeiten in allen Tonlagen vertraut zu machen.

Als er sich am Abend auszog, wusste er bei mancher der Fragen, wenn er sie sich wieder ins Gedächtnis rief, im ersten Moment nicht mehr sicher, ob sie ihm von Castan oder Ossenbühn tatsächlich schon gestellt worden war oder ob er sie nur in seinem Training durchgespielt hat, so intensiv hatte er die Einvernahme eingeübt.

In der Nacht schlief er unruhig und wurde von heftigen Träumen geplagt. Es war immer wieder die gleiche Szene, die sich schier endlos wiederholte: Er wurde von Horlacher, der immer näher kam, verfolgt, mal im Wald, mal in einer Großstadt, es musste Nürnberg gewesen sein, mal in der russischen Steppe, jedes Mal entkam er nur mit knapper Not, oder er wurde allein dadurch im letzten Augenblick gerettet, dass er aufwachte, schweißgebadet vom kilometerlangen Laufen mit äußerster Kraft. Dann kam plötzlich auch Gaski hinter ihm hergerannt, der zu ihm zurückkehren wollte, aber gleich dahinter folgte Horlacher, der Gaski nicht freigeben wollte. Als er sich erneut umwandte, war Gaski verschwunden, und Horlacher hatte sich in einen hässlichen, zähnefletschend Köter verwandelt, ganz nah war er schon herangekommen, und er erkannte ihn genau an seinen Augen mit den blutunterlaufenen Tränensäcken. In höchster Not schlug er das abscheuliche Tier tot und stampfte es in den weichen Erdboden hinein, bis es verschwunden war. Erschöpft wachte er auf, aber dieses Mal nicht aufgeschreckt und nicht in dieser Beklemmung wie schon ein paar Mal in dieser Nacht, sondern dieses Mal erwachte er langsam wie nach einem erholsamen Schlaf und fühlte sich mit jedem Atemzug mehr von allen Verfolgungen befreit. –

Zwei Tage darauf erschien während des Mittagessens eine Ordonnanz, sichtlich in Eile, zögerte einen Augenblick, an wen sie sich wenden sollte, und beugte sich schließlich zu Ossenbühn hinab, um nah an dessen Ohr eine kurze Meldung loszuwerden. Ossenbühn wurde sehr ernst, die meisten schauten fragend zu ihm her.

„Ich bekomme soeben die Meldung, wir haben schon wieder einen unserer Leute durch einen Heckenschützen, der aus dem Hinterhalt schoss, verloren."

Die Empörung war groß, manche warfen ihr Besteck neben den Teller, und etwas Angst war in der allgemeinen Erregung wohl auch mit dabei.

Gleich nach Tisch, einige standen noch auf eine Zigarette beieinander, machte die Nachricht die Runde, dass es sich bei dem hinterrücks Erschossenen um einen Unterführer aus den Polizeibataillonen, und zwar um den Oberwachtmeister Horlacher handelte. Herkommer, in seiner Gefühlswelt noch immer recht eingeschränkt, hörte das weder mit Betroffenheit oder gar Bestürzung und schon gar nicht mit Trauer. Was er verspürte, war Erleichterung. Es war die gleiche Erleichterung wie dieses Gefühl der Befreiung, das er verspürt hatte, als er in der vorvergangenen Nacht aus seinen Verfolgungsträumen erwacht war.

Als die Ersten die Mittagspause beenden und wieder an die Arbeit gehen wollten, ergriff Castan das Wort: „Wir müssen eine sofortige Vergeltungsaktion einleiten! Noch heute! Je dichter eine solche Strafaktion auf die Tat folgt, desto wirksamer ist sie. Wenn man sich da erst nach zwei oder drei Tagen zu einer Erschießungsaktion aufrafft, hat das keinen großen Effekt mehr und sät nur Hass. – Ich bitte den Einsatzleiter vom Dienst und Hauptsturmführer Herkommer mit mir ins Kartenzimmer zu kommen."

Unter der Tür drehte er sich zu Herkommer um, der hinter ihm ging.

„Horlacher – war das nicht der, der Sie erpressen wollte?", fragte er in beiläufigem Plauderton und tat ahnungslos, obwohl er natürlich bis in die Details Bescheid wusste. Er schaute Herkommer dabei mit gerunzelter Stirn an, aber diese gerunzelte Stirn ließ seinen ohnehin stets skeptischen Blick zum Verräter werden und den blanken Argwohn hervortreten. Herkommer spürte sofort mit großer

Gewissheit, Castan kannte nicht nur den Erpressungsversuch Horlachers im Detail, bei dem es um diese dumme Urkundenfälschung gegangen war, sondern er hatte inzwischen bei Horlacher auch dessen ganzes übriges Belastungsmatarial abgeschöpft, mit dem ihn Horlacher wegen Violet hatte erpressen wollte. Was aber noch viel schlimmer war – da war sich Herkommer nach diesem wissenden Blick völlig sicher –, Castan hatte ihn im Verdacht, er könnte etwas mit der Beseitigung Horlachers zu tun gehabt haben.

Im Kartenzimmer sagte ihm Castan dann, als wolle er ihn beruhigen oder trösten: „Nun ja, jetzt kann er niemandem mehr gefährlich werden."

Für Herkommer hörte sich das an wie die Bestätigung des Verdachts, den Castan ihm gegenüber zu hegen schien, zugleich aber auch so, als wolle ihm Castan signalisieren, dass er in dieser Angelegenheit auf seiner Seite stehe.

Wie würde sich das jemals wieder einrenken lassen, fragte sich Herkommer. Jedenfalls gab es von da an für Castan kein gefügigeres und willfährigeres Werkzeug als ihn. –

Der arme Eugen, von dem nach wie vor jede Spur fehlte, war umso depressiver geworden, das hatte Herkommer längst bemerkt, je mehr Erfolg sie mit der Bleideckenmethode hatten. Bei ihm war das gerade umgekehrt, je mehr es zu tun gab, je mehr Verhöre pro Tag, desto fröhlicher war er, ja manchmal war er geradezu stolz, wenn von anderen Einheiten Gefangene oder Partisanen, die sie geschnappt hatten, zum Verhör überstellt wurden, weil man sie für besonders wichtig hielt. Gewiss spielte für seine Stimmung auch eine Rolle, dass er, je mehr Betrieb bei ihm war, desto sicherer sein konnte, nicht im Vollzug draußen eingesetzt zu werden – bei den ‚Aufräumarbeiten', wie es beschönigend hieß.

„Ha, ich mach' mir da doch nicht die Finger schmutzig", hatte er erst neulich beim Friseur dicke getan, „das kann jeder, das sollen mal die Polizeibataillone richten. Die Aufklärung ist die eigentliche Kunst!", wofür er allerdings noch am nämlichen Tag einen heftigen Tadel Ossenbühns kassiert hatte, dem das hinterbracht worden war. Früher, in Polen, hatte ihm der gelegentliche Einsatz im Vollzug doch oft hart zugesetzt, besonders dann, wenn es nicht nur um

Geißelerschießungen, sondern um die radikale Zerstörung ganzer Höfe und Siedlungen ging, bei der man sich auch Frauen und Kinder vornehmen musste. Irgendwie konnte er den schwachen Eugen manchmal schon verstehen.

Natürlich konnten die Verhöre ebenfalls böse Folgen haben, darüber war er sich im Klaren, vor allem dann, wenn es ihm beim Verhören von Partisanen gelungen war, Namen von Mittätern herauszupressen. Wenn die dann alle im selben Ort wohnten, konnte das die Auslöschung des ganzen Dorfes bedeuten. –

Ossenbühn strahlte: „Gestern hatten wir mal endlich wieder eine Frontbegradigung nach der richtigen Seite hin! Das haben die gar nicht schlecht gemacht, die Burschen von unserer Infanteriedivision hier! Es geht also doch!"

„Umwerfend war's ja nicht", meinte Castan dazu, „einen Miniaturkessel haben sie zustande gebracht. Die Ausbuchtung war ja schon vorhanden, die mussten nur noch abschnüren."

„Immerhin sind gleich vier Politkommissare unter den Gefangenen gewesen."

„So? – Aha, da muss Herkommer ran! Die kann er wunderbar gegeneinander ausspielen, diese Wechselverhöre beherrscht er wie kein anderer. Und jetzt noch das Bleideckenverfahren obendrauf – gerade Kommissare können enorm ergiebig sein! Ich rufe ihn gleich mal her."

Herkommer erschien sofort und Ossenbühn erläuterte ihm die Einzelheiten der Übergabe.

Castan ergänzte: „Sie schnappen sich nur diese vier Politruks, alles andere sollen die von der Infantriedivision selber machen."

„Sie müssen aber aufpassen, Herkommer", ergänzte Ossenbühn noch, „die Heeresoffiziere ignorieren den Kommissarbefehl[15] häufig. Die sagen dann einfach, es sei kein Kommissar unter den Gefangenen gewesen, also hätten sie auch keinen liquidieren können. Aber es gibt da auch Übereifrige, meistens NSFOs[*], die sich die Liquidierung durch ihre eigene Truppe nicht nehmen lassen wollen. Die

[*] Nationalsozialistische Führungsoffiziere

könnten womöglich auf den Kommissarbefehl pochen und Ihnen die Herausgabe verweigern. Genauso kann es Ihnen aber auch umgekehrt passieren, dass einer die Herausgabe verweigert, weil er den Kommissarbefehl sabotieren will und aus den gefangenen Kommissaren gewöhnliche Kriegsgefangene machen möchte."

„Das ist gar nicht so selten, Herkommer", knurrte Castan unzufrieden. „die Übereifrigen sind für uns manchmal genauso lästig wie die Bremser."

Nach dieser in einem eher kameradschaftlichen Ton geäußerten Empfehlung sprach danach wieder ganz der Brigadier: „Es ist uns natürlich völlig unbenommen, *wann* wir eine solche Liquidation im Sinne des Führerbefehls durchführen. Es heißt ja nicht ‚sind *sofort* zu erschießen', sondern ‚*unverzüglich* zu erschießen'; also nicht ‚auf der Stelle', ‚augenblicklich', sondern ‚*unverzüglich*', das heißt *ohne schuldhafte Verzögerung*. Und Aufschub wegen eines Verhörs ist natürlich alles andere als eine schuldhafte Verzögerung! Aufklärung hat immer Vorrang! Sicht geht vor Deckung!"

„Und wem soll ich die vier Kommissare nach den Verhören übergeben?", erkundigte sich Herkommer noch.

„Was heißt übergeben, Mann!", fuhr ihn der Brigadier an, „da sind Sie an der Reihe! Die Politruks lassen gefälligst Sie hinterher verschwinden und kein anderer! Stellen Sie sich nicht so an!"

Der Brigadier nutzte Herkommers Abhängigkeit bis zum Letzten aus und er ließ ihn das spüren. –

„Ich lese gerade, dass wir Herkommer ‚zur Ausarbeitung des Verfahrens' ans Hauptamt abgeben sollen", empfing Ossenbühn den Brigadier am Morgen mit einem Fernschreiben in der Hand.

„Was?", rief Castan empört. „Versetzt oder abkommandiert? – Zeigen Sie mal her!"

Castan las. „Die sind ja verrückt geworden!" Und nachdem er zu Ende gelesen hatte: „Nein, nein, das werde ich zu verhindern wissen. Herkommer ist mein wichtigstes Werkzeug – unser wichtigstes Werkzeug", verbesserte er sich, „abgesehen davon, dass gerade er unserem Ansehen hierzulande enorm aufgeholfen hat."

„‚Hierzulande' gewiss nicht wörtlich gemeint.".

„Natürlich nicht, aber hier im ganzen Frontabschnitt! Je öfter wir denen mit diffizilen Verhören aushelfen können, desto freundlicher sprechen sie über uns."

„Aber eigentlich haben die draußen noch nie wirklich freundlich über uns gesprochen", warf Ossenbühn ein. „Aber im Grunde stimmt's schon. Sagen wir mal, desto weniger unfreundlich sprechen sie von uns."

Castan ging auf Ossenbühns Abwägungen nicht näher ein. „Ich habe mit Herkommer noch so einiges vor."

„Hm – der verkommt sonst im Hauptamt."

„Da sieht man, dass da wieder irgendwo so ein Ärmelschoner sitzt, der nicht die geringste Ahnung hat von dem, was er tut. Was soll denn Herkommer ausgerechnet in diesem Amt II D? Außer dass er Bleiwolle braucht, hat diese ‚Ausarbeitung des Verfahrens', die sie haben möchten, mit Technik überhaupt nichts zu tun!"

„Hat mich auch gewundert."

„Das Verfahren soll ‚fronttauglich' gemacht werden, schreiben diese Armleuchter! Dass ich nicht lache, es kommt doch von der Front, fast von vorderster Linie! Das haben die Brüder einfach nach Schema F halt so runtergeschrieben. Die haben vielleicht sagen wollen, er soll es ‚heimattauglich' machen –"

„– fronttauglich für die Heimatfront", fiel Ossenbühn in Castans Spott ein.

Da wurde Castan plötzlich wieder ernst: „Heimatfront, das ist seit Neuestem das Lieblingswort von Goebbels. Wir werden die Bleideckenverhöre im Reich noch bitter brauchen, glauben Sie mir das!"

„Und dann wenigstens dolmetscherfrei", stimmte Ossenbühn zu. –

Braune hatte einen Krankenbesuch in einer der Unterkünfte der Polizeibataillone machen müssen und mokierte sich beim Mittagessen darüber, dass diesen Polizisten doch nichts über ihre spießige Gemütlichkeit ginge. Er sei ganz überrascht gewesen, an den Fenstern ihrer Stuben hätten sie mit einem geradezu rührenden Fleiß Vorhänge aus allen möglichen Stoffresten angebracht, zum Teil sogar mit Gardinenleiste und Scharbracke, an den Wänden hingen doofe Bilder, aber eben Bilder, auf den Fensterbrettern stünden kleine Töpfchen mit irgendwelchen Kakteen, nur der Teufel wüsste, wo sie das Zeug herhätten, und die paar Meter Weg von der Straße zur Haustür hätten sie mit einem niedrigen Zäunchen eingegrenzt, das weiß gestrichen sei.

„Das habe ich schon oft beobachtet, auch bei anderen Truppenteilen," sagte Ossenbühn, „sobald die Leute irgendwo auch nur ein paar Tage länger liegen, fangen sie an, sich so richtig gemütlich einzurichten. Gerade auch in der Fremde. Das hat man besonders beim Vormarsch sehen können: Auch wenn sie vorher monatelang weitergezogen sind, sobald sie einigermaßen feste Quartiere bezogen hatten, begannen sie sofort wieder, sesshaft zu werden, und das äußert sich dann in solchen Dingen. Da gab es sogar welche, die sich einen regelrechten kleinen Herrgottswinkel in einer Ecke eingerichtet haben, was sie freilich nicht daran hinderte, in ihrem Spind, wenn sie einen hatten, nackte Weiber aufzuhängen."

„Ich dachte immer", meinte der junge SS-Arzt Dr. Harms, „das seien so richtig harte Männer für die Säuberungskommandos, aber wenn man sie machen lässt und dann ihre Stuben sieht, dann sieht man plötzlich, es sind eigentlich ganz harmlose kleine Spießer."

„Ja, das ist es doch gerade!", sagte Braune, „nur so funktioniert das! Bei den Säuberungen können wir keine Helden brauchen! – Man darf auch nicht vergessen, wenn zu Hause plötzlich irgendwelche Zivilisten gezogen werden, dann sind für diese Leute solche Polizeieinheiten durchaus attraktiv – sie können nämlich von vornherein ziemlich sicher sein, damit einem Fronteinsatz zu entgehen. ‚Polizeieinsatz in den besetzten Gebieten', das hört sich doch gar nicht so schlecht an, und was man in einer solchen Polizeieinheit dann tun muss, das tut man eben. Und abends erholt man sich im selbst errichteten Gärtlein hinter dem Haus."

„Na, Doktor", spottete Ossenbühn, „wenn ich an Ihre Hitlerbüste im Flur vom Sanitätsrevier denke, mit dem roten Kokosläufer davor, das ist im Grunde das gleiche, nur auf einem anderen Niveau."

„Ach was, das waren doch welche von den Sanitäts-Unterführern! Ich werde mich hüten, eine Führerbüste wegräumen zu lassen!"

„Ich glaube jedenfalls", befand Ossenbühn, „wir können unsere Leute ruhig noch ein wenig an ihren Buden weiterbasteln lassen. Die Russen haben dankenswerterweise die noble Angewohnheit, einen bevorstehenden Angriff ein paar Tage vorher mit einem kleinen Artillerieüberfall anzukündigen. Da wird dann irgendwo bei uns im Hinterland ein wichtiges, aber räumlich möglichst kleines Ziel – ein Feldpostlager, ein Divisionsstab, eine Reparaturwerft – mit äußerster Präzision aus heiterem Himmel beschossen, Dauer höchstens ein, zwei Minuten, Schäden meistens nur mäßig. Das soll ja auch nur eine Botschaft sein und die heißt: ‚So, Kameraden, wir sind soweit, wir kommen. Und schaut her, wir wissen ganz genau, wer von euch wo liegt. Und genau schießen können wir auch.'"

„Aber momentan besteht da noch keine Gefahr", ergänzte der Brigadeführer, „der Russe ist doch noch sehr geschwächt von seinem letzten großen Angriff, und mit jedem Tag, den die Russen länger brauchen, wird unsere Abwehr stärker." –

Genau ein solcher punktueller Artillerieüberfall aber ereignete sich am Abend des nächsten Tages, und Ziel war die Einsatzgruppe. Die Gedäudeschäden waren gering, aber es gab immerhin zwei Tote und etliche Verletzte, das Revier war schon wenige Minuten nach dem Artillerieangriff überfüllt. Als von zwei Sanitätern auf einer Trage der Brigadeführer hereingebracht wurde, ließ Dr. Braune, der gerade einen Verwundeten versorgte, alles liegen und stehen.

„Machen Sie hier weiter!", rief er über die Schulter Harms noch zu, obwohl der ebenfalls gerade mit einem Schwerverwundeten beschäftigt war, und eilte zum Brigadier, den er sofort in einen Nebenraum weiterbefördern ließ.

Castan lag mit halb geschlossenen Augen auf der Tragbahre, das Gesicht graugelb. Er war von einem Granatsplitter, wahrscheinlich einem Granatboden, am Oberschenkel heftig getroffen worden und hatte viel Blut verloren, aber die Blutung war bereits gestoppt. Dr. Braune flatterte sichtbar, doch der Sanitätsoberscharführer Möller unterstützte ihn umsichtig und mit großer Ruhe. Castan schien bei Bewusstsein, manchmal öffnete er ein wenig die Augen und es sah aus, als würde er das Geschehen um ihn aufmerksam, wenn auch eher unbeteiligt verfolgen.

Sie arbeiteten über eine Stunde. Danach ordnete Dr. Braune etwas unschlüssig eine Bluttransfusion an. Das Revier freilich war kein Truppenverbandplatz und kein Lazarett, und so dauerte es seine

Zeit, bis alles hergerichtet war und Möller einen geeigneten Spender mit der richtigen Blutgruppe gefunden und die Entnahme entsprechend vorbereitet hatte. Wie gut doch, dachte Braune, dass bei der Waffen-SS die Blutgruppe am linken Oberarm eintätowiert ist, da kann es keine Verwechslungen geben. Er blieb während der ganzen Zeit in dem kleinen Nebenraum bei Castan sitzen, obwohl draußen immer noch Verletzte unversorgt warteten. Als Castan tief durchatmete, ergriff er seine Hand, um ihm Mut zu machen und seines Beistands zu versichern, aber Castan zog schon nach ein paar Sekunden seine Hand wieder zurück.

„Verluste?", fragte der Brigadeführer krächzend.

„Zwei Tote."

„Wer?"

„Bloß irgendwelche Hiwis aus Rumänien oder Moldawien."

Castan nickte schwach.

Später trat Ossenbühn auf Zehenspitzen ein und nach einem scheuen Blick auf Castan schaute er Braune fragend an. Braune wirkte besorgt und machte eine abwägende Handbewegung, die Ungewissheit ausdrücken sollte. Castan lag mit geschlossenen Augen und halbgeöffnetem Mund da, nicht bei Bewusstsein offenbar oder vielleicht schlafend. Der hilflose Zustand des sonst so machtbewussten Mannes ging Ossenbühn sichtbar nahe.

Nach einer längeren Pause fragte er Braune leise: „Glauben Sie an ein Leben nach dem Tod, Doktor?"

Da war Castan mit klarer Stimme plötzlich wieder voll da – Ossenbühn erschrak fast: „Es gibt keinerlei Beleg für ein Leben nach dem Tod, außer dem innigen Wunsch der gesamten Menschheit, dass es so sein möge."

Castan öffnete nicht einmal die Augen, während er sprach, so sicher war er sich seiner Sache, und da Braune und Ossenbühn überrascht schwiegen, fuhr er im gleichen gehobenen Ton fort: „Keine Idee hat sich über die Jahrtausende hinweg und in allen Kulturen besser gehalten und stärker ausgebreitet als diese. Das ist aber auch schon alles."

Darauf Ossenbühn, als ob er mit seinen Worten einen Hauch von Hoffnung verbreiten könnte: „Was so viele Menschen glauben, kann nicht falsch sein!"

„Sie sollten nicht versuchen, Verehrtester", spottete Castan, „die Wahrheit durch Mehrheitsbeschluss zu ermitteln. Das ist noch nie gutgegangen."

Selbst noch sein Spott war eisig, doch man spürte, wie sehr er sich hatte anstrengen müssen, seinen gehobenen Tonfall aufrechtzuerhalten. Er musste husten und seine Stimme wurde wieder brüchig.

„Glauben Sie denn immer noch an ein Jenseits wie ein Konfirmand? An den lieben Gott? – Was fortlebt und was fortleben muss, das ist die Volksgemeinschaft, nicht der Einzelne in seinem einfältigen Egoismus!"

Danach schwieg Castan wieder, das war auch besser so, dachte Braune, man durfte ihn jetzt keinesfalls in irgendeiner Weise belasten, und um Zuwendung zu zeigen, zog er die Wolldecke, unter der Castan lag, ein bisschen höher.

Schließlich erschien Möller mit allerlei Gerätschaften auf seinem Rolltisch. Braune kontrollierte gewissenhaft die eingetragene Blutgruppe des Spenders und ahnte dabei nicht, dass ihm vorhin bei der Anordnung der Bluttransfusion ein verhängnisvoller Fehler unterlaufen war. Gewiss, der Tumult im überfüllten Revier war noch voll im Gange gewesen und alles voller Blut, doch das muss einen Truppenarzt unbeeinflusst lassen, zumal Castans Blutung längst gestillt war. Braune jedoch hatte in seiner Aufregung das ‚B' auf der Innenseite von Castans rechtem Oberarm, dass schon bald nach dessen Geburt zur Unterscheidung der beiden Zwillingsbrüder Albert und Bertel eintätowiert worden war, in hastiger Eile für die Blutgruppenangabe gehalten und einen Spender mit der Blutgruppe B herangezogen, während die richtige Blutgruppe Castans ordnungsgemäß auf dem linken Oberarms mit ‚A' angegeben war. Castan starb noch in der Nacht. –

16_Viktor in englischer Gefangenschaft

Seit Viktor Zabener in diesem Lager war, lief er in demselben Drillichzeug herum, das ihm an Bord des Zerstörers, der ihn aufgefischt hatte, verpasst worden war. So war es gekommen, dass ihn schon bald jeder in diesem vergleichsweise kleinen Offiziersgefangenenlager mindestens vom Sehen her kannte, denn in seinem hellen Drillichanzug war er fast mehr noch aufgefallen als die englischen Krankenschwestern, die gelegentlich durch das Lager huschten. Immerhin hatte ihm schon in den ersten Tagen eine von denen mit freundlichem Lächeln seine übergroße Hose für eine halbe Stunde weggenommen und sie im Bund und in der Beinlänge einigermaßen an seine Körperproportionen angepasst, was freilich seine Auffälligkeit nicht nennenswert vermindert hatte.

Nichts war Viktor mehr zuwider, als allgemeine Aufmerksamkeit auf sich zu ziehen, auch wenn das meistens nur für einige Sekunden geschah. In seiner Unübersehbarkeit übertraf er selbst noch die paar Stabsoffiziere aus dem Afrikakorps, alle vom Heer, die mit ihren Tropenuniformen in Gefangenschaft geraten waren. Die Flieger und die U-Boot-Fahrer waren in puncto Bekleidung wohl am schlechtesten dran, obwohl man in den schlimmsten Fällen mit englischer Militärkleidung ausgeholfen hatte. Doch von allen war er der am notdürftigsten Gekleidete, und es würde noch seine Zeit dauern, bis er wenigstens eine minimale Ausstattung an Klamotten und persönlichen Gegenständen wieder beisammen haben würde. Allmählich wurden dann aber, wie in den großen allgemeinen Kriegsgefangenenlagern schon längst, englische Arbeitsuniformen ausgegeben, von den Gefangenen Häftlingskleidung genannt, gegen die sich vor allem die Offiziere vom Afrikakorps sträubten.

„Wieso sind die überhaupt bei uns hier?", fragte der umständliche Major Ploetz seinen Stubengenossen, den Hauptmann Weißgruber, mit dem er öfter zusammensaß und der sich im Laufe der Monate zu einem fast schon väterlichen Freund Viktors entwickelte hatte. „Ich dachte doch, in Nordafrika hätten die Engländer ihre Kriegsgefangenen von Anfang an in ihre Lager in Ägypten gesteckt."

„Die sind nur deshalb hier, weil das hier ein Aushorchlager ist."

„Ja, das haben Sie schon ein paar Mal behauptet", polterte der Mayor, „mich hat noch keiner hier ausgehorcht!"

„Ich bin mir da nicht so sicher", antwortete Weißgruber, gemessen an seinem Dienstgrad auch schon ein etwas reiferer Jahrgang, offenbar ein Reserveoffizier, der als Zivilist sicherlich mehr zu melden gehabt hatte denn als Soldat. „Sie sind noch nicht *verhört* worden, das stimmt, aber nur Geduld, das kommt schon noch! Aber *abgehört* werden wir dauernd! Ist Ihnen denn noch nicht aufgefallen, dass nur die zum Verhör gebeten werden, die schon einige Zeit hier sind, nie einer von den frisch Eingetroffenen?"

„Doch – das könnte sein."

„Eben! Weil es sich halt viel schöner verhören lässt, wenn man schon vorher ein bisschen was von seinem Opfer weiß, vor allem über solche Dinge, über die es möglichst nicht hatte sprechen wollen."

„Meinen Sie?"

„Gefangene Offiziere werden schon seit Generationen belauscht, aber heute geschieht das mit Mitteln der modernen Technik!"

Der Major schaute sich im ganzen Raum um, der früher wohl ein Klassenzimmer war, konnte aber nichts entdecken. Draußen auf dem Flur sah er Viktor Zabener vorbeigehen.

„Ist der von der Luftwaffe oder von der Marine?", fragte der Major.

„Der ist von der Luftwaffe, aber er kommt von der Marine", lachte der Hauptmann amüsiert, „ich stand zufällig daneben, als er sich beim Lagerältesten gemeldet hat. ‚Aha', hatte der Oberstleutnant auf seine Meldung freundlich geantwortet, ‚auch abgeschossen?' – ‚Nein', hatte der Oberfähnrich gesagt, ‚nicht ab*geschossen*, Herr Oberstleutnant, ‚sondern ab*gehängt*.' – ‚Wie das?', hatte der Alte gefragt. – ‚Ich war Schleppausguck auf U-soundsoviel –', hatte der Oberfähnrich in äußerster Kürze gemeldet, ‚plötzlicher Zerstörerangriff – Alarmtauchen – Ausguck gekappt'."

„Gehört der als Oberfähnrich überhaupt in ein Offizierslager?"

„Nun ja, zu Hause sitzt im Kasino ein Oberfähnrich immerhin bei den Offizieren mit am Tisch, wenn auch ganz unten an der Tafel", lachte der Hauptmann schon wieder. „Aber deshalb haben sie ihn nicht hier in dieses Offizierslager getan. Ich nehme an, dass sie von ihm dieses oder jenes zu erfahren hoffen. Aushorchlager sind trotzdem auch Verhörlager – die Verhörer und die Aushorcher sind nämlich die Gleichen." –

Da Viktor ganz ordentlich Englisch sprach, fragte ihn ein britischer Leutnant von der Lagerverwaltung, ob er nicht Lust habe, im Lagerbüro mitzuarbeiten. Er würde nur für Büroarbeiten eingesetzt, die direkt die Kriegsgefangenen hier im Lager beträfen, und zwar die deutschen wie auch die österreichischen – die Engländer machten da offenbar einen Unterschied.

Viktor war aber umsichtig genug, erst einmal beim Lagerältesten zurückzufragen, ob da Einwände bestünden, wenn er bei den Engländern in der Lagerverwaltung mitarbeite.

„Nein, nein, ganz und gar nicht, aber unter zwei Bedingungen. Einmal, Sie übernehmen nur Arbeiten, die unmittelbar uns als Lagerinsassen betreffen, wie Namenslisten aufstellen, Statistiken anfertigen und so weiter, und arbeiten deshalb auch nur innerhalb des Lagers, also bei uns. Arbeit außerhalb lehnen Sie ab, das wäre ein Arbeitseinsatz, dazu sind wir als Offiziere nicht verpflichtet und auch nicht verpflichtbar, jedenfalls gegenwärtig noch nicht. Und zweitens, Sie unterrichten uns – am besten über mich – über alle wichtigen Dinge, die Ihnen zu Ohren kommen und uns betreffen. Da brauchen Sie übrigens nicht die geringsten Bedenken zu haben, damit rechnet der Tommy, ja, das erwartet er von Ihnen, das hat er eingeplant. Insofern dürfen Sie natürlich keinerlei Geheimhaltungsverpflichtungen unterschreiben, klar."

Viktor nickte.

„Ich weiß auch, mein Lieber, warum die gerade auf Sie gekommen sind. Sie sind zwar bei weitem nicht der Jüngste hier im Lager, aber Sie haben als Oberfähnrich den niedrigsten Dienstgrad. Jedenfalls tun Sie wahrscheinlich gut daran, Ihre Freiwilligkeit genügend zu betonen, dann könnte das auf Dauer laufen." –

Viktor hatte in seinem Büro, einem vollgestellten Kabuff im Souterrain des Hauptgebäudes, nicht sonderlich viel zu tun. Er saß auf einer Holzbank, und sein Schreibtisch war ein langer, schmaler Biertisch. Es waren Listen zu schreiben, wie das der Oberstleutnant schon vermutet hatte, es waren Tabellen unter den verschiedensten Gesichtspunkten aufzustellen, und vor allem waren die Karteikarten zu vervollständigen, alles genauestens vorgedruckt und von großer Umständlichkeit. Eine Kontrolle, was er in seinem beengten Kellerbüro genau tat, gab es so gut wie keine. Er hatte den Eindruck, diese Arbeiten waren von oben angeordnet, und da sie sich keiner von der englischen Lagerverwaltung aufladen wollte, beauftragte man damit einen der Kriegsgefangenen.

Anfangs lernte Viktor nur die Mitgefangenen in seiner nächsten Umgebung kennen, aber das änderte sich nun rasch, weil er überall, wo er in der Kartei Lücken entdeckte – manchmal enthielten die Karteikarten nur Nachnamen und Dienstgrad – den Betreffenden im Lager aufsuchen und befragen musste. Den meisten war das eine willkommene Abwechslung, obwohl sie den Kopf schüttelten über die Wissbegierde der Engländer. Einzelne empfingen ihn auch missgelaunt und abweisend, als ob er der Veranlasser sei, aber wenn er dann nach der Heimatanschrift gefragt hatte, waren auch diese allmählich milder gestimmt, sodass er es sich zur Gewohnheit machte, jeden, den er aufsuchte, gleich am Anfang nach der Adresse zu fragen, und wenn diese auf der Karteikarte bereits verzeichnet war, dann sagte er dazu ‚nur zum Abgleich'.

Wenn nichts weiter zu tun war, hielt er sich gerne in der Lagerbibliothek auf, die, lieblos in einen Nebenraum gesteckt, zum größten Teil aus irgendwelchem amerikanischen College-Lehrmaterial bestand, offenbar eine Stiftung, darunter massenhaft Skripte über die US-Philosophie und die politischen Wissenschaften, die Viktor von Mal zu Mal mehr beschäftigten.

Viel Sorgfalt verwandte er darauf, morgens in aller Eile die verschiedenen englischen Zeitungen durchzusehen, die früh morgens auf seinem Biertisch landeten und die er möglichst gerecht auf die einzelnen Stuben verteilen sollte, wobei diese Stuben allerdings eher die Größe von mittleren Klassenzimmern hatten und je nach Dienstgrad der Bewohner mit drei bis zehn Mann belegt waren, Tendenz zunehmend.

War niemand im Zimmer, legte er die Zeitungen auf den Tisch, das ging am raschesten. Aber viel interessanter war es zu beobachten, wie die Bewohner, wenn er sie antraf, die Zeitungen für ihr Zimmer entgegennahmen. Manche nickten ihm freundlich zu, wenn sie ihn mit seinen Zeitungen hereinkommen sahen, waren aber eher an einem kleinen Gespräch mit ihm interessiert und legten die Zeitung erst mal zur Seite. Andere, nicht minder freundlich, riefen vergnügt ‚Her damit!', nahmen sie ihm sofort aus der Hand und überflogen schon einmal die Schlagzeilen. Die Unfreundlichen dagegen schauten betont resigniert drein, sobald sie sahen, dass er mit den Zeitungen ankam, als wollten sie sagen ‚Auch das noch!', obwohl sie dann meistens interessiert nach der Zeitung griffen, und die Zornigeren unter diesen hoben abwehrend die Hände und schimpften über diese Form der Feindpropaganda, wie sie das noch immer nannten, wenngleich sie gewöhnlich dann doch schon bald mit dem Lesen begannen.

Das konnte nicht nur an den verschiedenen Charakteren liegen, überlegte sich Viktor, da stecken auch unterschiedliche politische Einstellungen dahinter. Man müsste wissen, *wie die Herren politisch denken* – eine Frage, die ihm eigentlich zuwider war. Denn nach der Machtergreifung war sie von seinem Vater allzu häufig zu hören gewesen, manchmal sogar mit denselben Worten, und immer mit dem Ziel, sich darüber Gewissheit zu verschaffen, wie frei man sich gegenüber einer bestimmten Person zu politischen Themen wohl würde äußern können. Und da man dabei doch nur selten zu einem eindeutigen Ergebnis gelangte und diese Frage immer wieder aufkam, hatte sich Viktor mit dem Widerspruchsgeist des Sohnes schließlich eingeredet, dass er die misstrauische Frage allmählich nicht mehr hören könne – und nun stellte er sie selbst! Aber vielleicht war das der Augenblick, an dem sein politisches Interesse erwachte.

Fortan versuchte er, mit möglichst vielen seiner Mitgefangenen ins Gespräch zu kommen, und wenn er die englischen Zeitungen verteilte, war es leicht, anhand der Schlagzeilen die Rede auf den Kriegsverlauf und auf die Politik zu lenken. Vor allem mit dem überaus besonnen wirkenden Hauptmann Weißgruber führte er fast täglich ausführliche Gespräche. Der erinnerte ihn in seiner milden Skepsis an seinen Vater und schien ihm auch in seiner politischen Einstellung ähnlich zu sein. Viktor fühlte es als eine Auszeichnung, dass dieser ruhige Mann offenbar Freude an diesen Unterhaltungen mit dem viel Jüngeren hatte und gab sich alle Mühe, den hohen Ansprüchen seines Gesprächspartners zu genügen.

Dagegen war der rundliche Major Ploetz von allen Lagerinsassen wohl am schwersten politisch einzuordnen. Mal schimpfte er in einem Gespräch stramm nationalsozialistisch über die total verjudeten Plutokratien in London und New York, dann sagte er wieder, dass er nach unseren Luftangriffen auf Coventry absolutes Verständnis für die Flächenbombardements der Engländer habe.

Genauso konnte es geschehen, dass er bei Sabotageakten durch Fremdarbeiter in der deutschen Rüstungsindustrie, über die man in den englischen Blättern immer wieder einmal las, die sofortige Erschießung der Täter an Ort und Stelle forderte, aber dann wieder erklärte er ganz offen, dass die Judenverfolgung unverzeihlich gewesen sei und wir uns damit auch wirtschaftlich enorm geschadet haben, vom Verlust an internationalem Ansehen gar nicht zu reden. Man wusste nie, woran man bei ihm war. Die linientreuen Hitleranhänger jedenfalls waren viel leichter als dieser Major Ploetz einzuordnen – ob als kompromisslose Fanatiker oder bloß gutartig-naive Zustimmer –, und ebenso natürlich auch die Hitlergegner, die allerdings seltener zu sein schienen und die auch gut daran taten, sich bei der allgemeinen Stimmung im Lager nicht allzu deutlich zu erkennen zu geben.

Aber bald wurde Viktor klar, dieser Major Ploetz war einfach deshalb nicht politisch einzuordnen, weil er überhaupt keine politische Position hatte, jedenfalls keine eindeutige, feste, eng umgrenzte, sodass er es wohl selbst gar nicht bemerkte, wie er je nach Gesprächsverlauf nach dieser oder jener Seite hin seine Konzessionen machte. Solche Leute gab es. Ganz anders dessen Stubengenosse, der Hauptmann Weißgruber. Obwohl der sich ihm gegenüber noch nie über seine Einstellung zu Hitler und zum Nationalsozialismus geäußert hatte, wusste Viktor schon bald, wo Weißgruber politisch stand. Der Hauptmann stellte meistens nur Fragen, gänzlich untendenziös formuliert und durchaus offen. Manchmal schilderte er auch bestimmte ‚Hitler-Ideen', wie er es nannte, objektiv und nüchtern, weder mit Zustimmung noch mit Ablehnung in der Stimme, aber bei den entscheidenden Begriffen mit einer ganz besonders sorgfältigen Aussprache und Betonung. Er sprach dann beispielsweise, je nach Anlass, über ‚die rassische Überlegenheit der germanischen Volksstämme' und entsprechend über ‚die rassische Minderwertigkeit' von allem, was aus dem Süden und insbesondere aus dem Osten kam; und er sprach von der ‚unerhörten Gefahr', die von der ‚Verschwörung des Weltjudentums' ausgehe; sprach vom ‚unverzichtbaren Lebensraum im Osten', der niemandem mehr als den Deutschen zustehe; und schließlich schilderte er Hitlers Vision von ‚Großgermanien'. Er formulierte so sachlich und so leidenschaftslos, dass selbst ein zuhörender Gestapo-Spitzel nichts zu beanstanden gehabt hätte, und trotzdem hatte Viktor jedes Mal sofort begriffen, dass bei Weißgruber da schreiende Anklagen dahinterstanden.

Keiner von den Gefangenen kam so viel im ganzen Lager herum wie er; jeden Tag die englischen Zeitungen verteilen; immer wieder nachfragen zur Ergänzung der Gefangenenkartei. Alle kannten ihn, er kannte jeden, aber er spürte, er gehörte doch nicht ganz dazu. Er war der Einzige im Lager, der kein Offizier war, wiewohl er freilich als Oberfähnrich bereits in die Offizierslaufbahn mehr oder weniger freiwillig eingeschwenkt war. Zwar ließen sie ihn seinen geringen Rang nicht spüren, gewiss, aber es kam eben auch keine engere kameradschaftliche Beziehung wenigstens zu den ungefähr Gleichaltrigen zustande. Oder lag das an ihm? Am wohlsten fühlt er sich eben doch in seiner Kellerschreibstube, auch wenn es gerade nichts Dringendes zu tun gab. Er überlegte, wer unter den Lagerinsassen wohl am strammsten diese Hitlerideen verfocht, und suchte die Karten dieser Offiziere heraus. Oder ob manche von denen nur so taten, in alter Gewohnheit? Kaum. Es waren fürs Erste vielleicht sechs oder acht, die sich in seiner Gegenwart schon genügend hervorgetan hatten, aber diese paar gehörten zu den Fanatischsten. Ihre Karten legte er an das eine Ende seines langen Biertischs. Von den meisten Lagerinsassen wusste er noch zu wenig, aber das würde sich im Laufe der Zeit beheben lassen. Mit den vermuteten Gegnern war es viel schwieriger. Die äußerten sich natürlich bei Weitem nicht so frei, aber er brachte trotzdem ein paar zusammen und die legte er ans andere Ende seines Tischs. Alle anderen gehörten irgendwo dazwischen, und es war zu hoffen, dass sie sich im Laufe der Zeit ausreichend zu erkennen geben würden. Je mehr man von ihnen weiß, je mehr sie sich offenbarten, desto genauer würde er sie an der richtigen Stelle seines langen Tischs zwischen den Fanatikern auf der einen Seite und den Gegnern am anderen Ende einsortieren können. Und je wohlsortierter seine Skala, umso durchsichtiger würde diese merkwürdig gemischte Männeransammlung für ihn werden.

Doch mit einer einzigen Skala wie dieser – vom fanatischen Anhänger und besessenen Vorkämpfer bis zum kompromisslosen Gegner und erbitterten Widerständler – würde er nicht auskommen, das sah er schon bald. Und so entwarf er immer wieder neue

Skalen unter anderen Gesichtspunkten, die sich dann mit lebendigen Beispielen aus seiner Kartei besetzen ließen. Umgekehrt bekam er von solchen ‚lebendigen Beispielen' manchmal auch die Anregung für neue Skalen, aber oft war es nur eine einzige Person, die ihm aufgefallen war, und es war schwierig, ein Gegenstück dazu zu finden und alle möglichen Abstufungen dazwischen. Andere Skalen ließen sich dann wieder ganz mühelos mit Beispielen in allen Ausprägungen füllen. Da gab es eine Skala, die vom verbohrten Militaristen, vom eindimensionalen Kommissknüppel bis zum euphorischen Schwarmgeist ging und die mit seiner Naziskala überhaupt nichts mehr oder nur noch ganz wenig zu tun hatte, oder eine vom grimmig Verschlossenen bis zum redseligen Zerfließenden, oder vom Helden bis zum Hasenfuß – manche Skalen trugen, andere überhaupt nicht.

Aber allmählich wurden die vielen Karteikarten, die da ausgebreitet herumlagen, doch zu auffällig, und bei einer überraschenden Kontrolle hätte er nur schwer eine einleuchtende Erklärung für seine Arrangements finden können. Viktor fertigte deshalb für die herausgelegten Karteikarten neue kleine Kärtchen an, auf denen nur der Dienstgrad und der Name Platz hatten. Damit ließ sich besser hantieren, man konnte sie auch leichter verschwinden lassen, und er hatte viel mehr Platz auf seinem Tisch für weitere Kandidaten.

Wie gerne hätte er doch seine Überlegungen mit jemandem besprochen. Das Abwägen irgendwelcher Bemerkungen zur Kriegslage oder zur offiziellen Politik des Reichs, wie er sie immer wieder aufschnappen konnte, gelingt viel leichter zu zweit. Früher war da Adam zur Stelle, den hätte man nicht lange zu bitten brauchen. Manchmal war es ihm sogar lästig gewesen, wenn sich Adam einmischte, aber seit Adam auf Nimmerwiedersehen verschwunden war, kam es doch öfter einmal vor, dass er sich plötzlich bei irgendeiner Sache fragte, was wohl Adam dazu sagen würde. So kam es, dass er sich in seiner Einsamkeit und Isolation die Frage, was Adam zu seinen Skalen und zu dieser oder jener Einordnung wohl sagen würde, immer häufiger stellte, und so wurden aus seinen Selbstgesprächen, zu denen er ohnehin von jeher neigte, immer mehr Zwiegespräche mit einem von ihm selbst wiederbelebten Adam, der dazu noch den Vorteil hatte, dass allein er bestimmte, wann Adam auftreten sollte und wann nicht.

Adam nur noch als Handspielpuppe, dachte Viktor zufrieden, er tritt nur auf, wenn ich ihn hervorhole, und er redet nur, wenn er reden soll. –

Der Lagerälteste winkte Viktor zu sich her.

„Herr Oberstleutnant?"

„Der Tommy möchte Sie nächste Woche noch ein weiteres Mal verhören, das sei ein Sonderverhör, es würden irgendwelche Leute von der Royal Air Force mit dazukommen. Und Sie möchten bis dahin bitte", fügte er lachend noch hinzu, „sämtliche Flugzeugtypen zusammenstellen, die Sie geflogen haben."

Viktor verdrehte die Augen nach oben.

„Ich habe denen aber gleich gesagt", fuhr der Oberstleutnant fort, „das wird er wohl nicht tun, denn so etwas ist uns als Kriegsgefangenen strengstens verboten, genau genommen dürfte er nicht einmal danach gefragt werden, und habe auf die Haager Landkriegsordnung verwiesen – aber ich weiß gar nicht, ob das so ganz stimmt. Nun ja, so genau werden sie die wohl auch nicht kennen."

„Ich fürchte, Herr Oberstleutnant, die interessieren sich nicht dafür, womit ich als Soldat geflogen bin, sondern was ich alles vorher geflogen habe, als Zivilist. Aber auch darüber werde ich ihnen nichts erzählen!"

Der Oberstleutnant nickte ihm aufmunternd zu, und Viktor war selbst überrascht, wie er in der kurzen Zeit der Gefangenschaft in gewisser Weise immer regimetreuer geworden war. Nicht ein Wort würden die Engländer über seine Flugzeuge zu hören kriegen.

Ein solches Sonderverhör schien etwas Außergewöhnliches zu sein, es sprach sich in Windeseile im Lager herum. Ein schneidiger junger Oberleutnant – er war offenbar im Lager der Jagdflieger mit den meisten Abschüssen, und er führte meistens das große Wort – rief beim Mittagessen in die Runde: „Wieso erhoffen sich die Engländer ausgerechnet von diesem Oberfähnrich da nähere Auskünfte über die deutsche Luftwaffe?"

„Er soll Testpilot gewesen sein, allererste Garnitur, heißt es."

„Da kann ich nur lachen! Wenn das stimmt, dann wäre er u.k.-

gestellt gewesen und nicht zum Kriegsdienst eingezogen worden! Außerdem hätte man ihn, wenn er wirklich ein derartiger Experte gewesen wäre, doch niemals in so einen primitiven Schleppdrachen reingesetzt, wo er nichts weiter zu tun hat, als runterzuschauen."

Es war unverkennbar, der quirlige Oberleutnant war ehrgeizig und fühlte sich von den Engländern übergangen. Das war vermutlich auch dem Lagerältesten aufgefallen, sonst hätte er nicht zu dem Marineoffizier neben ihm gesagt: „Eine der Hauptgefahren für die Geheimhaltung besteht bei den Verhören darin, dass gerade die jungen Offiziere gelegentlich dazu neigen, sich mit einem gewissen Geltungsbedürfnis ins rechte Licht zu rücken. Sie versuchen dann, mit ihrer Typenerfahrung zu brillieren und erläutern womöglich noch unsere Einsatztaktiken, die sich daraus ergeben. Oder sie prahlen mit ihren waffentechnischen Kenntnissen. Aber sie vergessen dabei vollständig, wie perfekt die Engländer bei ihren Verhören gerade auf diesem Instrument des Geltungsbedürfnisses zu spielen wissen!"

Wie ihm der Lagerälteste angekündigt hatte, wurde Viktor Zabener in der Woche darauf zu einem erneuten Verhör in das Gebäude der Lagerverwaltung zitiert.

Viktor sah sich überrascht sechs englischen Offizieren gegenüber, zweien von der Lagerverwaltung und vier wesentlich eleganter gekleideten von der *Royal Air Force*, denen die beiden *Army*-Offiziere, die er schon kannte, überaus zuvorkommend, fast mit einer gewissen Beflissenheit begegneten. Der kritische Adam würde jetzt sagen, malte sich Viktor im allgemeinen Stühlerücken aus, ‚das ist nicht besonders geschickt von denen, statt mit zweien gleich mit sechs Offizieren einen einzelnen Mann zu verhören. Aber dir, Viktor, der du sowieso meistens halb abwesend bist, wird das wohl nichts ausmachen.'

Als sie saßen, machte der Ranghöchste der *Airforce*-Leute, der bei der Begrüßung mit *Squadron Leader* angeredet worden war, eine einladende Handbewegung zu einem hochdekorierten *Flight Lieutenant* hin, den Viktor nicht zu Unrecht als *Captain* einschätzte, um diesem das Wort zu erteilen.

„Sie sind zwar hier im Lager bereits ausführlich vernommen worden", eröffnete der das Verhör, „aber wir hätten noch ein paar spezielle Fragen an Sie."

Die beiden *Army*-Offiziere vom Lager, ein grauhaariger *Captain* und ein *Second Lieutenant*, blickten steinern vor sich hin.

„*Can you tell me* – können Sie mir erklären, wieso man einen derart versierten Piloten wie Sie plötzlich als Beobachter in einem U-Boot-Autogiro eingesetzt hat, weiß Gott keine besonders anspruchsvolle fliegerische Aufgabe!"

„Nun ja –", lächelte Viktor, „es gibt ungleich versiertere Piloten als mich."

„Oh, keine falsche Bescheidenheit! Sie haben immerhin bei der Entwicklung der deutschen Strahlflugzeuge maßgeblich mitgearbeitet", und mit wissendem Lächeln fügte er noch hinzu, „und Raketenflugzeuge sind ja ebenfalls Strahlflugzeuge, und an der Entwicklung von ein paar anderen kriegswichtigen Flugzeugen waren Sie auch beteiligt."

Hoppla, die schienen ja allerhand über ihn zu wissen, dachte Viktor überrascht.

„Aber Sie haben schon recht, beim Tragschrauber wird fliegerisch nicht viel verlangt", sagte Viktor nachdenklich und versuchte, dem Verhör eine gewisse Wendung zu einem Gespräch unter Fachleuten zu geben. „Aber es ist doch eine äußerst interessante Konstruktion, finden Sie nicht auch? Und wie gering der Aufwand an Material! Aber nicht an Gehirnschmalz – der Rotorkopf ist eine technische Meisterleistung! Konnten Sie meinen Tragschrauber denn bergen?"

„Einen Moment, *please*!", polterte der *Squadron Leader*, der bis jetzt geschwiegen hatte, ein wenig ungehalten dazwischen, „wir sollten es doch bei der guten Ordnung belassen! Hier stellen wir die Fragen und nicht Sie!"

Der *Squadron Leader* schüttelte noch ein paar Mal missbilligend den Kopf. Dieser rätselhafte Deutsche war nicht im Geringsten eingeschüchtert oder verstockt oder überheblich, sondern er war durchaus gesprächsbereit und freundlich, aber er ging einfach nicht auf den richtigen Verhörton ein. Dann nickte er dem *Flight Lieutenant* zu, der daraufhin seine Frage etwas eindringlicher wiederholte.

„Also noch einmal, ich möchte von Ihnen wissen, wieso man gerade Sie als Angehörigen der Luftwaffe und renommierten Testpiloten in diesen primitiven U-Boot-Autogiro gesetzt hat."

„Ich weiß auch nicht", antwortete Viktor und tat so, als ob er ernstlich darum bemüht sei, zur Klärung dieser Frage beizutragen, „aber wissen Sie, bei uns in Deutschland – also beim deutschen Militär – wird nie mit dazugesagt, weshalb man versetzt oder abkommandiert wird und wieso ausgerechnet man selbst und nicht ein anderer ausgewählt worden ist."

Der alte *Captain* von der Lagerverwaltung blickte zu seinem Amtsbruder von der *Air Force* hinüber und machte ein Gesicht, als ob er sagen wollte, das war schon einmal eins zu null für unseren Gefangenen.

Der *Flight Lieutenant* winkte ab: „Das ist bei uns nicht viel anders. Aber Sie haben sich doch sicherlich Gedanken über ihre Versetzung zur Marine gemacht. Irgendeine Überlegung der Führung muss doch dahintergesteckt haben. Was denken Sie?"

„Bei der Rekrutenausbildung in Deutschland gibt es eine geläufige Redensart, gewöhnlich nur halbernst gemeint", sagte Viktor mit einem verbindlichen Lächeln. „Wenn beispielsweise ein Rekrut etwas falsch gemacht hat und entschuldigend sagt ‚ich habe gedacht, ich sollte …', dann bekommt er von seinen Ausbilder zu hören: Sie sollen nicht denken! Überlassen Sie das Denken den Pferden, die haben einen größeren Kopf!"

Der *Army-Captain* unterdrückte ein Lächeln, aber der *Flight Lieutenant* runzelte ärgerlich die Stirn, und Viktor lenkte sogleich ein.

„Das ist natürlich Unsinn. Natürlich haben Pferde einen größeren Kopf und auch ein größeres Gehirn, das stimmt schon, aber es kommt eben auf den Enzephalisationsquotienten an, nämlich auf das Verhältnis des Gehirngewichts zum Körpergewicht."

Der *Squadron Leader* schüttelte halb unwillig, halb belustigt den Kopf. Dieser deutsche Oberfähnrich muss ja ein totaler Spinner sein! Der hält wohl das Verhör für eine Plauderstunde! Harmlos naiv oder gerissen, das ist nicht zu entscheiden.

„Also – ich will damit nur sagen, natürlich habe ich darüber nachgedacht. Aber wissen Sie, ich bin gar kein so guter Pilot, wie Sie offenbar annehmen."

Die Offiziere, alle sechs, schauten überrascht zu ihm her. Das hatte es noch nie gegeben, dass auch nur einer von den deutschen Fliegern, die sie zu verhören hatten, erklärt hätte, dass er ein nur mäßiger Pilot sei. Alle, auch die unerfahrensten Greenhorns würden alles Mögliche einräumen, manche vielleicht sogar, dass sie am glücklichen Ausgang des Krieges zweifelten, aber doch niemals, dass sie gewisse Schwächen als Pilot hätten. Und nun kam dieser hier, auf den sie angesetzt worden sind, weil MI 6 glaubte, herausgefunden zu haben, dass er das ‚*As des as*' an fliegerischem Können und fliegerischer Erfahrung sei, und sagte ihnen, dass er eigentlich gar kein so guter Pilot sei!

„Natürlich kann man nicht sagen, dass ich ein ungeübter Pilot sei, ganz und gar nicht, das hat sich im Laufe der Jahre allmählich ergeben, aber ein wirklich guter Flieger, so einer von diesen absoluten Könnern, bin ich nicht."

Der *Flight Lieutenant* war perplex, und der *Squadron Leader* erklärte mit einem gewissen Ernst, offenbar weil er eine nähere Auskunft für besonders wichtig hielt: „Ich wäre glücklich, wenn Sie uns das erklären würden."

„Ich glaube, mir gehen beim Fliegen ständig zu viele Dinge durch den Kopf, und meine Gedanken lenken mich ab. Um ein wirklich guter Pilot zu sein, bin ich viel zu fahrig, manchmal geradezu zu schusselig. Immer wieder habe ich mich bei einer Unkonzentriertheit ertappt, beim Träumen, beim versehentlichen Überspringen wichtiger Schritte – es fehlt mir einfach diese naturgegebene Verlässlichkeit und die Präzision, diese ruhige Unablenkbarkeit, die den guten Piloten ausmacht."

„Und wieso hat man Sie dann viele Jahre lang bei dieser ‚Deutschen Versuchsanstalt' als Pilot beschäftigt, von dessen Urteil doch so manche Entscheidung abhing? – Wohlgemerkt", so erläuterte er zu den anderen Offizieren hin, „er war beschäftigt nicht bei der Industrie direkt, also bei den Flugzeugwerken, sondern bei der staatlichen Versuchsanstalt für Luftfahrt."

„Ich denke, man hat mich all die Jahre vor allem deshalb immer wieder eingesetzt, weil ich allmählich eine gewisse Fähigkeit entwickelt habe, die beim klassischen Testpiloten nicht so ausgeprägt ist oder richtiger, über die er in der Regel überhaupt nicht verfügt. Es ist doch so: Der klassische Testpilot kommt mit der haarigsten Situationen zurecht, jedenfalls meistens, und auch den störrischsten Drachen bringt er wieder heil auf den Boden und merkt nicht einmal, wie schwierig das war und wie leicht ein normaler Pilot dabei scheitern könnte. Aber ich bin da zu nervös, je problematischer sich ein Flugzeug in einer Situation verhält, umso mehr geht mir durch den Kopf, was alles schief gehen könnte, vor allem bei einem noch unerfahrenen Piloten."

Viktor schaute für einen Augenblick in die Runde. Er hatte den Tonfall eines Menschen, der verhört werden soll, nun erst recht verlassen und sein Plaudern wurde fast schon zu einem Belehren, doch die Herren schienen interessiert zuzuhören.

„Sie müssen wissen, in den meisten Fällen hat man feststellen können, dass der unerfahrene Pilot nicht einfach einen Fehler gemacht und daraufhin auf die Schnauze gefallen ist – gewiss, das gibt es auch –, sondern in der Regel löst er mit seinem Fehler eine ganze Kaskade weiterer Fehler aus, die sich von einem bestimmten Punkt an – unter Umständen schon nach wenigen Sekunden – nicht mehr korrigieren lassen. Der Routinier unterscheidet sich vom Anfänger nicht dadurch, dass er keine Fehler macht – er macht selbstverständlich ebenso Fehler, nur eben seltener; sondern der Unterschied liegt darin, dass es ihm gelingt, diese Fehlerkaskade sehr schnell, unter Umständen schon nach dem Anfangsfehler, zu beenden, während sie beim Anfänger eben nicht gestoppt wird und schließlich von ihm nicht mehr zu bewältigen ist."

„Und, und?", drängte der *Flight Lieutenant* weiter.

„Und?", fragte Viktor erstaunt zurück. „Das frühzeitige Erkennen von Schwierigkeiten, in die ein weniger geübter Nachwuchspilot geraten wird, ist natürlich von enormem Nutzen, zum Beispiel bei der Beurteilung der Truppentauglichkeit eines Flugzeugtyps – möglichst noch, während er sich in der Entwicklung befindet. Ich konnte da ziemlich genau aussagen, welche Gefahren drohen, das heißt also, welche Fehlerquellen in der Bedienung und Handhabung lauern und wie später die Unfälle aussehen werden. Ich kann das, weil ich weiß, womit die Piloten am ehesten Schwierigkeiten haben werden und was deshalb abgeändert werden sollte und woran noch gearbeitet werden muss. Allmählich konnte ich bei einem neuen Typ auch ziemlich verlässliche Angaben darüber machen, welche Fähigkeiten ein Flugzeugführer haben musste, wie viel Erfahrung er mitbringen sollte, um genügend zuverlässig mit der neuen Maschine zurechtzukommen."

Der *Flight Lieutenant* machte sich ausführliche Notizen, und es entstand eine Pause. Der *Squadron Leader* stand auf und ging telefonieren.

„Wir setzen um exakt vier Uhr das Verhör fort", sagte er im Hinausgehen mit einem Blick auf die Uhr.

Viktor musste intensiv an seinen damaligen Bericht über seine ersten Flüge mit dem Stummelhabicht denken, das war das, was er auf keinen Fall den Engländern sagen wollte. Der 6-Meter-Stummelhabicht hatte ziemlich ähnliche Flugeigenschaften wie der leergebrannte Raketenjäger, dessen Triebwerk damals aber immer noch nicht fertig war. Das war ein herrliches Gerät, wie geschaffen für ihn, mit dem man in der Luft herumtoben konnte! Aber sein Abschlussbericht über die Verwendbarkeit des Stummelhabichts zum Training von völlig unerfahrenen Piloten war vernichtend gewesen, vor allem auch deshalb, weil der verantwortungslose Plan bestanden hatte, ganz junge Flieger einzusetzen, die nur als Segelflieger ausgebildet waren – worüber er allerdings gar nicht hatte befinden sollen. Wer sich so etwas ausdenkt, so hatte er geschrieben, der hat sich noch nie ernsthaft mit den Flugeigenschaften eines 6-Meter-Stummelhabichts beschäftigt und hat erst recht keine Ahnung von den begrenzten Fertigkeiten eines gerade erst ausgebildeten jungen Segelflugzeugführers. Nicht einmal jeder Zehnte würde auf dem vorgesehenen Landeplatz oder auf einem selbst ausgewählten Notlandefeld sicher landen, die übrigen würden den Flug mit einem schweren Landeunfall beenden. – Wie das mit dem Raketenjäger in Deutschland inzwischen wohl weitergegangen ist? ‚Mensch, Zabener, überlegen Sie sich das gut, was Sie da schreiben', hatte Bonse ihn damals gewarnt, ‚Sie gehen mit dieser Beurteilung weit über Ihre Aufgabe hinaus.' –

Der *Sqadron Leader* und der *Flight Lieutenant* gingen vor dem Haus auf und ab. Der *Flight Lieutenant* sah schweigend vor sich hin und schüttelte alle paar Schritte verstört den Kopf, bis er schließlich resigniert sagte: „Aus dem bekommen wir niemals etwas heraus! Der lebt in einer ganz anderen Welt."

Der *Squadron Leader*, der während des Verhörs die Ruhe selbst gewesen war, wurde plötzlich heftig: „Wir müssen, wir müssen! Verstehen Sie doch! – Wenn die Krauts erst einmal mit diesem Abfangjäger soweit sind, haben unsere Luftangriffe ein Ende! Sie werden ihre Hydrierwerke und Raffinerien und Flugzeugfabriken und alles was kriegsentscheidend ist, hermetisch abschirmen. Schon jetzt haben wir viel zu große Verluste bei jedem Angriff! Wenn erst der Raketenjäger da ist, kommen wir mit der Bomberproduktion nicht mehr nach. Dann werden es von Angriff zu Angriff immer weniger statt mehr. Harris wird natürlich nicht aufgeben! Aber das ist der Anfang vom Ende! Außer einer Bomberflotte, die schrumpft, haben wir dann nichts mehr in der Hand! Die Invasion jedoch gelingt uns nur, wenn der Gegner vorher genügend geschwächt ist. Aber das schaffen wir dann nicht mehr. Wir müssen herausfinden, wie weit sie sind, wir müssen! Wo bauen sie die Triebwerke? Wo die Zellen? – Das weiß dieser Zabener natürlich alles! Wo stellen sie den speziellen Treibstoff her? – Die Frage ist gar nicht so sehr, wie viele haben sie schon, wie viele sind geplant, obwohl uns das zur Beurteilung der Bedrohung schon interessieren würde. Die Frage ist auch nicht so sehr, woran es den Deutschen im Augenblick noch fehlt! Sondern, wenn wir etwas dagegen unternehmen wollen, kann die Frage nur heißen: wo, wo, wo?“

„Wir sollten es bei diesem merkwürdigen Oberfähnrich eben doch mit dem Abhören seiner Gespräche versuchen!“

Aber der *Squadron Leader* winkte ab. „Ich habe Dutzende von Abhörprotokollen aus unserem Lager für die Generäle gelesen, meistens Zwiegespräche oder Gespräche in ganz kleinen Gruppen.

„Ja, ich durfte auch ein paar von den Protokollen lesen.“

„Solange es um das allgemeines Gesinnungsgeschwafel geht, um die NS-Treue, um die Hitlergefolgschaft oder auch nicht, um den Fahneneid auf Hitler, um die Einschätzung der Kriegschancen und so weiter, da funktioniert die Abhörerei tadellos – fast möchte ich sagen, sie funktioniert verdächtig gut. Aber wenn man etwas Bestimmtes erfahren will, sagen wir eine Aufmarschzone, irgendwelche Produktionsorte, neue Waffen und Geräte, Einsatzflughäfen und so weiter – da kann man lange warten, bis da irgendwann mal zufällig etwas kommt. Wenn überhaupt! Im Moment hätten wir auch niemanden, den man unauffällig mit ihm zusammenstecken könnte, um ein bisschen Einfluss auf die Gesprächsthemen zu nehmen.“

„Jaja, unser Mann müsste ein Deutscher sein und sich in der Luftwaffe oder wenigstens in der Luftfahrtindustrie perfekt auskennen, sonst kommt da kein vertieftes Gespräch zustande, oder der Bursche schöpft sogar Verdacht."

„Ach, ich traue diesen ganzen Abhörprotokollen nicht! Ist Ihnen denn bei den Gesprächen der Generäle nichts aufgefallen. Da ist dann plötzlich der Text voller Lücken, immer wieder kommen drei Punkte, um die Lücken zu kennzeichnen, und in Klammern steht dann ‚starke Hintergrundgeräusche' oder ‚Stimmengewirr' oder ‚Abgehörter spricht undeutlich' oder ‚Abgehörter spricht in die falsche Richtung'; oder es heißt einfach kurz und bündig: ‚wegen technischer Störgeräusche nicht zu verstehen'."

„Ja, ich habe auch ein paar solche Stellen gesehen", sagte der *Flight Lieutenant.*

„Beim allgemeinen Geplauder, bei den Bemerkungen zur Politik, zur Kriegslage und den Siegeschancen, kommen natürlich genauso viele Störungen und Lücken vor, das ist klar, nur sieht man die hinterher nicht mehr in den Protokollen! Die Lücken füllt nämlich unser famoses Abhörpersonal perfekt aus! Die kennen inzwischen diese ganzen Maschen und Redensarten der Generäle und so müssen sie eigentlich nur ein paar Stichwörter verstehen, um aufgrund ihrer Vorkenntnisse einigermaßen vollständige Sätze zusammenzuschustern!", spottete der Squadron Leader. „Aber sobald es dann um irgendwelche Details geht, von denen sie natürlich keine Ahnung haben, ist es aus mit diesen Ergänzungen aus dem hohlen Bauch, und dann machen sie eben drei Pünktchen."

Der *Sqadron Leader* war wieder ruhiger geworden. „Lassen Sie uns wieder hineingehen", sagte er. „Wir sollten übrigens in nächster Zeit auch herausfinden, wie die ersten Einsatzorte des Raketenjägers heißen, also welche Objekte als erste geschützt werden. Darüber wird dieser Herr Zabener zwar sicherlich nichts wissen, aber hinter dieser Frage sollten wir her sein, damit wir mit unseren Bomberpulks nicht ahnungslos ausgerechnet in so ein Wespennest hineinfliegen!"

Das Verhör zog sich bis gegen Abend hin. Der *Flight Lieutenant* kam auf alle möglichen deutschen Flugzeuge zu sprechen, manchmal auch auf solche, die noch gar nicht im Einsatz waren, und

Viktor war überrascht, wie gut informiert der Mann war, oder wie vollständig jedenfalls seine Unterlagen waren, in denen er immer wieder einmal blätterte. Selbst die einzelnen Baureihen eines Typs hielt er auseinander, wenn er von Viktor Näheres über gewisse Schwächen oder über die Vor- und Nachteile einer Nachfolgekonstruktion hören wollte. Doch Viktor zuckte nur mit den Schultern und gab nichtsagende Antworten wie ‚kann sein', ‚davon habe ich auch mal gehört', ‚da wissen Sie mehr als ich', ‚vergessen Sie nicht, das ist inzwischen Jahre her, dass ich im Versuch geflogen bin'.

Der Raketenjäge hatte es dem *Flight Lieutenant* besonders angetan auf den er während des Verhörs mehrmals zurückkam. Vor diesem Raketenjäger schienen die Engländer schon jetzt, wo es ihn noch gar nicht gab, ordentlich Respekt zu haben. Er meinte sicherlich die Me 163, einmal hatte er sogar Messerschmidt gesagt, doch Viktor wusste, dass bei mehreren Herstellern seit Jahren an Projekten dieser Art gearbeitet wurde und hatte beim Lesen in den englischen Zeitungen stets genau aufgepasst, ob sich da in den Kriegsberichten irgendwelche Hinweise auf neuartige Abfangjäger oder sonstige neue Abwehrwaffen finden ließen.

„Diesen Raketenjäger habe ich noch nicht einmal gesehen, geschweige denn geflogen", sagte Viktor, und das entsprach durchaus der Wahrheit, wiewohl er natürlich ganz genau wusste, wie er flog und wie er sich anfühlte im Flug, denn er hatte zahllose Schleppstarts mit dem 6-Meter-Stummelhabicht hinter sich.

Schließlich begann der *Flight Lieutenant* damit, seine Unterlagen zusammenzuschieben, und sagte mit einer gewissen formellen Höflichkeit, die allerdings zugleich auch etwas Drohendes enthielt: „Wir behalten uns natürlich vor, Sie nach Eingang weiteren Materials erneut zu vernehmen."

Dann schaute er fragend zum *Squadron Leader*, der zustimmend nickte und mit seinem Aufstehen, dem sofort alle folgten, das Zeichen zur Beendigung des Verhörs gab.

Viktor schlenderte lustlos und missvergnügt in seine Unterkunft zurück. Die Engländer mussten ihn, aus dem so gar nichts herauszukriegen war, für einen besonders strammen Parteigänger halten. Kein Wort über die deutschen Flugzeuge hatte er sich entlocken lassen. Aber eigentlich war er ja auch nur ein kleiner Fisch. Was hätte es den Engländern schon genutzt, wenn er alles, was er wusste, ausgeplaudert hätte? Überhaupt: Was war herausgekommen aus seiner ganzen Testfliegerei all die Jahre? – Nichts.

Mit den Lastenseglern war es eigentlich schon 1941 mit Kreta endgültig vorbei gewesen. Alle Landeschemas und Landehilfen, die er ausgetüftelt hatte, hatten nichts geholfen, die Piloten schafften es nicht, die Flugzeuge beim Landen in unbekanntem Terrain auf engstem Raum und nahe genug beieinander hinzusetzen, und die Verluste im Erdkampf waren dann immens. – Er dachte auch an die anderen Typen, die er in dieser Zeit noch geflogen hatte, doch an die Aufgaben im Einzelnen, die dabei zu bewältigen waren, konnte er sich gar nicht mehr so genau erinnern. Der große Lastensegler dann, die 321, der ja nur wegen der England-Invasion so forciert worden war, kam natürlich niemals zu einem großen Luftlandeeinsatz und vergammelte im Osten als Transporter; und der Sechsmotorige schließlich, der Gigant, war zwar äußerst eindrucksvoll, aber im Grunde doch eine Notlösung; unglaubliche zwanzig Stück davon, voll beladen, hatten die englischen Jäger bei einem einzigen Angriff über dem Mittelmeer nahe der libyschen Küste abgeschossen, ein Schlachtfest sondergleichen! Nur noch der Nachtflug mit Ankunft im Morgengrauen hätte eine Chance bieten können. Das hatte er schon lange vorher auch in seinen Berichten über die nötige Ausbildung der Flugzeugführer geschrieben, aber die hohen Herren in Berlin wussten ja alles besser. Und dann die Vorbereitungen für die 163, den Raketenjäger – alles für die Katz! Damit scheinen sie bis heute noch nicht zu Topf gekommen zu sein. Sonst hätte er in der englischen Presse mindestens Hinweise darauf entdeckt. Und schließlich sein letztes Flugzeug, die kleinste aller Mühlen, die Bachstelze? Sie hätte ihn ums Haar das Leben gekostet.

Alles, was er im Versuch geflogen hatte, war inzwischen wohl mehr oder weniger veraltet, und wenn er ausgepackt hätte, dann hätten die Engländer sicher schon bald gemerkt, dass er nicht nur ein kleiner Fisch war, sondern ein total alter Fisch noch dazu – bald zwei Jahre war es her, dass er als Zivilist seine letzten Testflüge absolviert hatte. Das ist gerade in Kriegszeiten eine halbe Ewigkeit in der Flugzeugentwicklung! Aber von ihm werden sie trotzdem nichts erfahren! Kein Wort. –

Viktor erfreute sich an dem Gedanken, dass wahrscheinlich keiner im Lager einen besseren Überblick über seine Mitgefangenen hatte als er; und dass vor allem die äußerst verschiedenen politischen Einstellungen keinem besser vertraut waren als ihm. Zu verdanken war das dem allgemeinen Nachrichtenmangel, wie er hier herrschte, und dieser lähmenden Ereignislosigkeit im Lager. So lösten, wenn er morgens mit seinen neuen Zeitungen ankam, oft schon die Schlagzeilen lebhafte Diskussionen aus. Viktor brauchte dann nur gut zuzuhören, und schon ergab sich mal bei diesem, mal bei jenem seiner Mitgefangenen eine kleine Ergänzung, eine gewisse Veränderung, ein neuer Aspekt für eine verbesserte Version des Bildes, das Viktor von ihm hatte. Oft waren es nur Nuancen, aber sie waren wichtig für eine immer genauere Platzierung des Betreffenden auf seinen Skalen. Damit ihm diese neuen Einblicke nicht verloren gingen, nahm er sich stets gleich nach Rückkehr in sein Kellerbüro wieder seine Skalen vor und überprüfte die Position des Betreffenden. So entstand auf seinem Biertisch allmählich ein immer vielfältigeres und genaueres politisches Gesamtbild vom ganzen Lager. Wenn es Adam noch gäbe, würde der ihn jetzt gewiss anfeuern, sich vermehrt über seine Namenskärtchen herzumachen, denn daraus sei allmählich immer deutlicher zu erkennen, wie diese Leute wirklich eingestellt waren. Adam hätte recht. Das war nicht so eine trübselige Angelegenheit, wie dauernd über den Erfolg oder den Misserfolg seiner Jahre als Flieger nachzudenken.

Der lange Biertisch war ein Segen. Vor allem seine Nazi-Skala, die von den fanatischen Hitleranhängern bis zu den entschiedensten Gegnern reichte, hatte er immer mehr mit konkreten Personen auffüllen können, und sie war wohl die ergiebigste seiner Skalen. Das war kein Wunder, denn stets, wenn er mit seinen englischen Zeitungen und ihren Schlagzeilen ankam, ging es sogleich wieder los mit den Gesprächen über den weiteren Kriegsverlauf, über Hitler und über seine Politik. So hatten allmählich immer mehr Leute ihren Platz auf seiner Skala gefunden, und dieser bunt zusammengewürfelte Verein aus Nazis, Halbnazis, Nichtnazis und Antinazis wurde ihm immer vertrauter.

Dabei fiel ihm auf, wie freigiebig er in letzter Zeit mit dem Wort Nazi umging. Zu Hause und auch später beim Kommiss als Wort zwar bekannt, aber kaum einmal gebraucht, unterlief es ihm nun im Lager immer häufiger, obwohl er es eigentlich nicht mochte. Das musste von den englischen Zeitungen herrühren, in denen das Wort viel gebräuchlicher war. Lästig war nur, dass er seine Kärtchen jedes Mal wieder wegräumen musste, doch das war unbedingt notwendig, er durfte nichts davon offen herumliegen lassen. Doch je mehr sich seine Skalen mit Namen füllten, umso umständlicher und schwieriger wurde es, beim nächsten Mal die Ordnung wiederherzustellen. Er würde sich daran gewöhnen müssen, jedes Mal vor dem Abräumen den letzten Stand genau zu notieren. Bei den fanatischen Nationalsozialisten war das nicht so dringend, die hatte er allmählich gut im Kopf, genauso wie die paar unverkennbaren Gegner, die es gab und denen gewiss auch sein Mentor, der Hauptmann Weißgruber, zuzurechnen war.

Auffallend war, je mehr einer im mittleren Bereich der Skala lag – und das waren bei Weitem die meisten –, umso weniger genau war seine Position festzulegen. Was sich nicht nur auf der Skala durch eine leichtere Verschiebbarkeit zeigte, sondern auch draußen in der Wirklichkeit zu beobachten war. Diese Leute legten sich eben auch in ihren Äußerungen gewöhnlich nicht so eindeutig fest und widersprachen sich sogar manchmal selbst ein wenig, sodass sie beim Einordnen auf der Skala nicht jedes Mal genau an derselben Stelle auftauchten. Major Ploetz beispielsweise war ihm schon früh als der am wenigsten Festgelegte aufgefallen, der am schlechtesten zu fassen war. Je mehr Äußerungen er im Lauf der Zeit von Ploetz auffing, desto mehr erwies sich der als ein Meister darin, über weite Strecken – vor allem auf der Nazi-Skala – hin- und herzuspringen. Deshalb hatte Viktor anfangs ja schon geglaubt, seine Skala tauge nichts, bis ihm endlich aufgegangen war, dass das daran lag, dass Ploetz überhaupt keinen festen Standpunkt hatte.

Viktor legte also eine Kladde an und trug als Überschrift der ersten Seite ‚*Fanatische Gefolgsleute*' ein und fügte als Erläuterung, man konnte auch sagen als Unter-Überschrift, noch hinzu *kompromisslos; unbelehrbar und unbekehrbar*. Darunter schrieb er dann die Namen derer, die ihm als besonders fanatisch aufgefallen waren. Bei manchen fiel dann noch eine mehr oder weniger kritische Bemerkung mit ab, meistens ein boshafter Spott. Das durfte ja niemandem in die Finger kommen!

Die nächste Seite überschrieb er dann – bereits etwas weniger extrem – mit ‚*Gläubig begeisterte Anhänger*' und erläuterte auch diese Überschrift: *Meistens gutartig-naive Zustimmer. Im Gegensatz zu den Fanatikern im Gespräch nicht unbedingt unzugänglich, aber eher durch militärische Rückschläge als durch Argumente beeinflussbar.* Auch darunter kamen dann wieder etliche Namen, alles sauber mit Vornamen und Dienstgrad und auch ab und zu wieder mit einem kleinen Kommentar versehen.

So ging es fort, Seite für Seite, zunächst mit ‚*Folgsame Pflichterfüller*', die zwar ‚*keine Begeisterung, aber eben auch keine Zweifel*' zeigten, wie er zur Erläuterung unter die Überschrift schrieb.

Und weiter ging es mit den Mitläufern, die aber offenbar viel schwieriger zu sortieren waren. Von denen gab es viele, aber, soweit er sah, waren sie ganz verschiedenartigen Untergruppen zuzuordnen, doch das würde sich im Lauf der Zeit gewiss noch genauer herausschälen. Er glaubte beobachtet zu haben, dass einige von diesen unter dem Druck der Gefangenschaft allmählich immer linientreuer wurden, was ihn anfangs überrascht hatte. Deshalb nannte er diese spezielle Gruppe – nur so fürs Erste einmal – ‚*Sich warmlaufende Mitläufer*'. Die nächste Seite überschrieb er ebenso vorläufig mit ‚*Zögernde Mitläufer*', von denen manche sogar, wie ihm schien, über eine gewisse Umkehr nachzudenken begannen. Sicherlich steckte in diesem Mitläuferhaufen noch diese oder jene andere Untergruppe mit drin. Man würde sehen. Aber vielleicht war die Zahl der Lagerinsassen doch zu gering, als dass sich da bestimmte Untergruppen noch genügend deutlich abbilden würden. Das Wort Mitläufer gefiel ihm jedenfalls gut. Er hatte es zu seiner Überraschung und ganz zufällig neulich in der Lagerbibliothek in einem noch völlig unbenutzten Duden in der Auflage von 1941 entdeckt, weiß der Teufel, wie dieses Wort 1941 in den Duden und wie der Duden in diese Lagerbibliothek gekommen war.

Dann gab es wohl noch so etwas wie die ‚*Unentschlossen Abwartenden*' und in der Mitte seiner Skala dann die ‚*Unsicher Schwankenden*', zu denen wahrscheinlich auch die *politisch gänz-*

lich Uninteressierten und politisch Gleichgültigen gehörten, wie er erläuternd dazunotierte.

An dieser Stelle gab es im Augenblick erst einen einzigen Namen; solche Leute äußerten sich eben nur selten einmal so, dass sie einzuordnen wären, und er konnte sie ja nicht fragen, sondern musste auf eine spontane Äußerung warten, die sich vielleicht zufällig einmal aufschnappen ließ.

Danach wurde die Ausbeute ohnehin schlechter, denn da fingen auf der Skala allmählich die Gegner an, und von denen äußerte sich natürlich erst recht kaum einmal einer frei heraus. Aber immerhin gab es manchmal doch Andeutungen, wenn man genau hinhörte. Aber auch für solche Seiten, für die er im Moment noch gar keine Beispiele hatte, sah er schon einmal die Seitenüberschriften vor, denn er war sich sicher, dass es die Figuren dazu nicht nur in seinem Kopf, sondern auch in der Wirklichkeit draußen im Lager gab und daheim in der gesamten Bevölkerung natürlich allemal.

Weiter ging es dann mit den ‚*Reservierten*'. Den Ausdruck hatte er von seinem Vater übernommen; der meinte damit diejenigen, die sich zwar fügten, aber dem Regime mit mehr oder weniger großer Distanz gegenüberstanden. Sie waren ihm schon in seiner Zeit als Zivilist gelegentlich begegnet, zum Beispiel unter den Gästen bei ihnen zu Hause. Aber sie gaben sich ja eigentlich nie recht zu erkennen, und trotzdem war ihre Reserve unübersehbar – nur eben: Woran erkannte man diese Reserviertheit einigermaßen sicher? Kaum hatte er diese Überschrift in seine Kladde eingetragen, fiel ihm auch schon ein Kapitänleutnant ein, der sicherlich gut in diese Kategorie passen könnte, obwohl er sich im Augenblick an keine einzige Äußerung von ihm erinnern konnte, die darauf hingewiesen hätte.

Das war dann auch die Stelle, an der ihn plötzlich die Frage überkam, an welcher Stelle der Skala denn wohl er selbst einzuordnen sei, und er war überrascht, dass diese Frage, die doch so nahelag, sich ihm erst jetzt stellte. Ich kann mich eigentlich in jede Position hineindenken, antwortete er sich selbst, aber er wusste, Adam hätte diese Antwort sicherlich nicht akzeptiert.

Am ehesten passte er irgendwo in die Mitte seiner Skala. Eigentlich war er lange Zeit ein politisch Uninteressierter oder ein unentschlossen Abwartender gewesen, nur an der Oberfläche politisch interessiert, weil er viel zu sehr in seiner Fliegerei aufging. Doch so unentschieden war er jetzt nicht mehr und auch nicht abwartend, seit er sich im Lager befand und sich immer mehr Gedanken über die politische Gesinnung anderer machte. Und Adam würde wohl dazu bemerken, dass jeder, der sich Gedanken über die politische Einstellung anderer macht, sich umso mehr auch mit der eigenen Position auseinandersetzen muss.

Es gab für ihn keinen Zweifel, er gehörte in die Gruppe derer mit einer gewissen Reserve gegenüber dem Regime, was sicherlich dem Einfluss seines Vaters zu verdanken war. An welcher Stelle der wohl einzuordnen wäre? Sein Vater war auch ein Gegner, doch viel konsequenter als er, aber auch er fügte sich wie die meisten Gegner. Alle fügten sie sich. Nur dass es den weniger vom Regime Überzeugten schwerer fiel sich zu fügen – desto schwerer, je weniger überzeugt sie waren.

Immerhin, eines fiel auf: Hier im Lager waren sie unter dem Druck von außen und fast unabhängig von ihrer Einstellung ein ganzes Stück näher politisch zusammengerückt. Fast alle fühlten sie sich in erster Linie als Soldaten in Kriegsgefangenschaft, das verband. Erst danach kamen die politischen Unterschiede.

Wer könnte auf seiner Nazi-Skala wohl noch mit in diese Gegend gehören? Er ging im Kopf Gebäude um Gebäude und Zimmer für Zimmer durch, er kannte sie ja alle, und es war gespenstisch, wie er da auf seinem langen Biertisch die Herren Offiziere vor seinem geistigen Auge auf- und abmarschieren lassen konnte. Dabei stieß er auf die ‚*Maul haltenden Skeptiker*', die sich zwar ebenfalls mit keinem Wort äußerten, aber allein mit ihren Blicken und Mienen ihrer Skepsis eben doch freien Lauf ließen. Genauso fand er auf diese Weise eine Gruppe, die zwar sehr klein war, höchstens vier oder fünf Leute, aber die die Stimmung manchmal doch sehr beeinflussten, die ‚*Querulantischen Miesmacher*', wie er sie nannte, die nicht nur im Politischen, sondern überhaupt in jeder Suppe sofort ein Haar fanden – also die gewohnheitsmäßigen Stänkerer, die Brunnenvergifter und die Fallensteller, könnte man sagen. Aber gehörten die denn überhaupt mit in diese Nazi-Skala? Waren das wirklich echte Regimegegner?

Die letzten drei Kategorien waren ihm schon lange klar, das waren die Gegner, die mit ihrer Kritik über die bloß Unzufriedenen hinausgingen. Da gab es zunächst die ‚*Empört Aufbegehrenden*'. Sicherlich waren auch sie zu den Gegnern zu rechnen, und so manche Bemerkung hätte sie zu Hause womöglich den Kopf gekostet. Aber ihre Empörung richtete sich meistens nur gegen ein ganz bestimmtes Ereignis – wie zum Beispiel die Massenerschießungen im Hinterland der Ostfront, von denen sie in den englischen Zeitungen gelesen hatten und was auch da und dort im Kameradenkreis bestätigt wurde. Aber durchgängige Gegner waren sie damit noch nicht, dem Regime im Ganzen hielten sie immer noch die Stange. Das waren die Gleichen, von denen man bei irgendwelchen Übelständen gelegentlich auch den Ausruf ‚Wenn das der Führer wüsste!' hatte hören können.

Als Nächstes aber folgten dann die ‚*Beständigen Gegner*', für die er allerdings bis jetzt noch kein Beispiel im Lager gefunden hatte – Fellgiebel wäre wahrscheinlich einer gewesen, und sicherlich gehörte zu diesen Beständigen auch sein Mentor Weißgruber, aber der äußerte sich ja nicht explizit über seine Einstellung, wiewohl er sich allmählich immer mehr zu erkennen gab. Die letzte Gruppe schließlich, das waren die ‚*Erbitterten Gegner*', von denen glaubte er bis jetzt wenigstens einen im Lager ausgemacht zu haben, einen Hauptmann der Artillerie.

So ganz hasenrein allerdings war seine Nazi-Skala noch nicht, das spürte Viktor. Adam würde das tadeln. Manche Kategorien saßen zu dicht aufeinander, und wahrscheinlich waren die *unentschlossen Abwartenden* und die *unsicher Schwankenden* ohnehin nur eine einzige Gruppe, denn sie flossen ihm dauernd durcheinander. Dagegen gab es zwischen anderen noch zu große Lücken, sodass sich keine fließenden Übergänge ergaben – irgendetwas stimmte da noch nicht. Und vor allem lagen sie nicht sauber aufgereiht auf einer geraden Linie, sondern liefen ein wenig in einem leichten Zickzack. Viktor ahnte, dass da noch andere Faktoren mit hineinspielten, die mehr oder weniger quer zur Hauptachse Nazi-Antinazi standen.

Viktors Skalen, vor allem die Nazi-Skala, waren schon zu einiger Vollständigkeit gediehen, als ihn eines Tages der Oberstleutnant in seinem Kellerverlies aufsuchte. Viktor sprang überrascht auf, und sein militärischer Gruß, nichts weiter als das ruckhafte Einnehmen einer strammen Haltung, litt etwas unter seiner Verlegenheit. In solchen Situationen war es schwierig, die richtige Balance einzuhalten zwischen einer gewissen militärischen Korrektheit, die er nicht übertreiben mochte, und dem allgemeinen Lagerschlendrian, den er freilich auch nicht fördern wollte.

Viktor wunderte sich, dass der Oberstleutnant genau die gleiche Kladde in der Hand hielt, wie er sie benutzte. Aber dann hielt ihm der Oberstleutnant ebendiese Kladde unter die Nase.

„Lassen Sie Ihre Sachen nicht so offen herumliegen! Ihre krakelige Handschrift ist kein ausreichender Schutz."

Viktor bedankte sich verwirrt.

„Und seien Sie vorsichtig mit ihren offenherzigen Anmerkungen zu den hitlertreuen Offizieren! Sie wissen nicht, wer in Deutschland am Ruder sein wird, wenn Sie eines Tages wieder nach Hause zurückkommen." –

17 _ Nahender Zusammenbruch _ Später Widerstand

Pilgrim saß nun schon seit Tagen untätig herum und ärgerte sich, dass er mit seinen drei Staffeln nicht starten durfte. In früheren Jahren ein kultivierter und vielseitig interessierter Mann, hatte sich sein Blickfeld seit Beginn des Krieges immer mehr auf seine Einsätze eingeengt und war in den letzten Monaten nur noch auf russische Panzer und deren Vernichtung ausgerichtet. Nichts anderes interessierte ihn mehr. Tag und Nacht sah er nur noch den gefährlichen Panzer T 34 vor sich, meistens in irgendeinem Blickwinkel aus der Luft, und überlegte, wie er ihn in der Position, in der er ihn gerade vor Augen hatte, am ehesten zur Strecke bringen könnte. Kein anderer kannte die Schwachstellen des T 34 besser als er, und entsprechend groß waren seine Erfolge.

Anhand eines erbeuteten Typenbuchs bimste er seine Leute, die jungen vor allem, auf die richtige Taktik beim Angriff und auf die richtigen Zielpunkte. Jedoch, es kam eben nicht nur auf genaues Wissen, sondern auch auf genaues Schießen an, und genaues Schießen hieß genaues Fliegen, doch wenn die Jungs nervös wurden – der Jagdschutz war ja meistens nur mäßig –, dann war von präzisem Arbeiten keine Rede mehr.

Aber man konnte doch nicht den ganzen Tag über mit den Leuten Theorie treiben! Die Anweisung vom Geschwader jedoch, die Mindesttreibstoffmenge dürfe keinesfalls angegriffen werden und stünde nur im Falle eines Panzerdurchbruchs zur Verfügung, war eindeutig und auch nicht mit Tricks zu umgehen.

Nach einer seiner Schießpredigten, wie die Staffelkapitäne seine Instruktionsstunden spöttisch nannten, obwohl sie von der Notwendigkeit überzeugt waren, war Pilgrim ein Besucher gemeldet worden, ein Major Wessungen vom Heer, auch noch recht jung für einen Major, aber wohl doch einige Jahre älter als er, freundlich, höflich, geschliffen – alte Schule eben, wie sein Vater, der General, dachte Pilgrim.

„Es ist eigentlich nur eine Art Nachbarschaftsbesuch. Wir liegen ganz in Ihrer Nähe. Fast nebenan, könnte man sagen."

„Hier in der Gegend, so gottverlassen sie ist, ist ja einiges los!"

„Das ist mit ein Grund meines Besuchs. Nicht weit von uns liegt ja diese Einsatzgruppe da, mit Waffen-SS und Polizeibataillonen. Also –", er stockte, „ich weiß nicht, was die da machen! Was man so hört, das ist fürchterlich! Wir sollten da genaueste Aufklärung verlangen! Da läuft etwas gewaltig daneben!"

„Und was soll diese Aufklärung bringen?"

„Bringen? – Die Einstellung dieser Aktivitäten! Und zwar die sofortige Einstellung! Notfalls über die Heeresgruppe oder sogar das OKH*. Immerhin ist die Waffen-SS der Wehrmacht unterstellt, jedenfalls strategisch!"

„Aber nicht der SD, der Sicherheitsdienst, und nicht die Polizeibataillone!"

„Nun, wie dem auch sei, ich bin jedenfalls mit meinen Bedenken beim Divisionskommandeur und bei den meisten im Stab auf wenig Begeisterung gestoßen. ‚Mann Gottes', sagte mir der Ia, der auf der Kriegsschule unser Inspektionschef war und mit dem ich inzwischen fast freundschaftlich verbunden bin, ‚Mann Gottes, lassen Sie

* Oberkommando des Heeres

da die Finger davon! Das kann nur Ärger geben – was ich nicht weiß, macht mich nicht heiß! Halten Sie sich da besser raus!‘ – Aber so einfach ist es eben nicht. Das fällt auf uns zurück! Es wird später niemand sagen, das war die Waffen-SS, sondern das waren die Deutschen, also die Wehrmacht!“

„Sie haben da schon recht. Wir sollten alles tun, was möglich ist. Die Wehrmacht muss sauber bleiben!“

„Was sie schon lange nimmer ist! Die Deutschen überhaupt hätten sauber bleiben müssen!“, und dann brach es aus ihm heraus, „diese Einsatzgruppen sind ein Schandfleck an der deutschen Sache! Und die KZs natürlich ebenso! Inzwischen werden dort die Juden zu Hunderten umgebracht, wie man hört. Das ist moralisch nicht mehr zu rechtfertigen!“

„Wie viele“, fragte Pilgrim mit skeptischen Lächeln zurück – vielleicht, weil ihm das ganze Thema lästig war und er es sich vom Leibe halten wollte –, „wie viele dürfen sie denn umbringen, damit es moralisch noch gerechtfertigt ist?“

Pilgrim spürte sofort, dass seine Frage unangemessen war, aber Wessungen überhörte den Spott und fuhr unverändert fort: „Jedenfalls bin ich jetzt auf der Suche nach – wie soll man das nennen – nach Gleichgesinnten. Darum bin ich zu Ihnen gekommen.“

Pilgrim deutete lächelnd eine sachte Verbeugung an, und sie war wirklich nur angedeutet, sodass nur sein Kopf sich etwas senkte, aber ohne dass das ein zustimmendes Nicken gewesen wäre.

„Und wie kommen Sie gerade auf mich?“

„Ich darf ganz offen sprechen. Weil ich glaube – weil wir glauben, dass dank Ihrer großen Erfolge Ihr Wort besonderen Einfluss haben würde, im ganzen Frontabschnitt. Auch unsere Division wird dann vielleicht ermutigt, etwas zu unternehmen.“

„Überschätzen Sie nicht den Einfluss von uns armen Frontschweinen in den höheren Stäben!“

„Aber es muss einfach etwas unternommen werden!“

„Die feinen Herrschaften von der Einsatzgruppe werden sich nicht ertappt fühlen, wenn wir sie zur Ordnung rufen, sondern die werden empört reagieren. Ich kenne da zufällig einen. Der war kürzlich sogar hier. Ein SS-Hauptsturmführer Ludwig Herkommer. Die werden nur sagen, wir sollten uns mal nicht so anstellen und sie nicht bei der Säuberungsarbeit behindern. Es sei schlimm genug, dass die Wehrmacht dieser wichtigen Aufgabe nicht gewachsen gewesen sei, sodass man gezwungen war, diese Einsatzgruppen zu bilden."

Danach fiel er in diesen abgehackten Tonfall der NS-Propagandisten und fuhr bellend fort: „Die Reinigung des arischen Volkskörpers", so werden sie ausrufen, „ist eine gewaltige Aufgabe, ja sie ist die wichtigste Aufgabe unserer Zeit! Dringender noch als der Raumgewinn im Osten!"

„Genauso reden sie, genauso!". So überzeugend konnte nur dann jemand diese nationalsozialistischen Scharfmacher karikieren, wenn er sich selbst in einiger Distanz zum Regime sah. Wessungen wusste, dass Pilgrims Vater, der General Pilgrim, dem Regime kritisch gegenüberstand, und das war wahrscheinlich auch die Erklärung dafür, warum der General nicht mit Kriegsbeginn reaktiviert worden war. Wohl darum auch hatte man Wessungen empfohlen, bei Gelegenheit einmal den jungen Pilgrim vorsichtig anzusprechen.

„Sie fliegen nur wenig Einsätze zur Zeit, fiel mir auf."

„Überhaupt keine! Wir sollen Sprit sparen!", fuhr Pilgrim unerwartet heftig auf. „Beim nächsten Panzerdurchbruch haben wir das dann alle zu büßen! Jetzt könnten wir uns einen nach dem anderen vornehmen. Wir wissen ganz genau, auch wenn sie meistens gut getarnt sind, wo sie liegen im Hinterland. Und es werden immer mehr. Inzwischen tarnen sie sich schon gar nicht mehr richtig, sie wissen längst, dass sie bereits wenige Kilometer weiter im Hinterland in Sicherheit sind! Wenn sie erst einmal dabei sind durchzubrechen, dann sollen wir sie wieder alle gleichzeitig abschießen! – Natürlich brauchen wir unheimlich viel Sprit, das stimmt schon. Sie müssen bedenken, ohne Jagdschutz können wir mit unseren Mühlen überhaupt nicht mehr operieren, schon gar nicht im weiteren Hinterland. Aber je länger jetzt mit der Panzerbekämpfung abgewartet wird, umso sicherer gelingt den Russen der nächste Durchbruch, und wenn wir dann nicht sofort abschnüren können, ist der Anfang für den nächsten Frontzusammenbruch schon gemacht! – Wenn sich die Treibstofflage nicht raschestens bessert, sehe ich schwarz, und zwar für die ganze Heeresgruppe Mitte!"

Das gegenseitige Wohlwollen war unverkennbar und es steigerte sich noch, als Wessungen Pilgrim auf das Schachspiel ansprach, das auf der Fensterbank lag.

„Es gibt leider bei uns kaum gute Schachspieler“, sagte Pilgrim.

„Oh, das geht mir drüben ebenso. Wir sollten, solange vorne noch Ruhe ist, uns bald mal zum Schachspielen wiedersehen!“

Sie verabredeten sich bereits für den nächsten Tag, und dieser Abend verlief dann mit Plaudern und Schachspielen in einem so angenehmen Einvernehmen, dass diese Treffen, wenn nicht Dienstliches im Wege stand, fast zur allabendlichen Regel wurden.

Mehr noch als die Ruhe des Schachspiels genoss Pilgrim den Gedankenaustausch über Gott und die Welt, der mit jedem Treffen vertrauensvoller wurde, bis sie schließlich sogar ihre politische Einstellung einander vorsichtig offenbarten.

„Ich habe das alles – oder sagen wir das meiste – von meinem Vater übernommen“, sagte Pilgrim wie zur Entschuldigung. „Mit der Muttermilch gewissermaßen. Mein Vater war schon in der Systemzeit als Regimentskommandeur ein Hitlergegner, und er macht sich noch heute Vorwürfe, dass er 1933 Hitler für eine Weile auf den Leim gegangen ist, weil er sich habe blenden lassen, als er sah, dass es mit der Reichswehr plötzlich wieder enorm aufwärts ging. ‚Spätestens 1934 mit Hindenburgs Tod hätten wir Offiziere, statt einen erneuten Eid[16] zu schwören, geschlossen die Gefolgschaft verweigern müssen‘, ist immer wieder seine stehende Rede, ‚das wäre ohne das geringste Blutvergießen gelungen.‘ Jetzt stecken wir bis zum Hals mit drin und können nicht mehr vor und zurück!“

Sie spielten schweigend noch eine Partie. Schließlich sagte Pilgrim, als er mit dem Springer den letzten Zug ausführte und ‚Schach‘ rief: „Wenn doch nur die militärische Lage genauso überschaubar wäre wie unsere Schachpartie.“

„I wo! Sie ist genauso überschaubar, Verehrtester“, lachte Wessungen bitter, „und sie ist genauso hoffnungslos wie im Augenblick meine Partie hier.“

Pilgrim blickte überrascht auf ob dieser unerwartet offenen Äußerung. „Sie fürchten also auch, dass der Krieg – verloren gehen kann?“

„Spätestens mit Stalingrad – allerspätestens! – hat doch jeder von uns, so er nur ein bisschen Überblick hat, gemerkt, dass das die große Wende war – seither geht es doch überall nur noch zurück. Sogar im Unteroffizierskorps wird bei uns darüber ganz offen gesprochen."

„Bei uns natürlich auch. Mein Bordschütze, ein hoch bewährter Feldwebel, absolut zuverlässig, aber politisch völlig unbedarft, hat sich bei mir ausgeweint. Seit sie wegen Treibstoffmangel so herumgammeln würden, hat er gemeint, und den ganzen Tag über nichts Geschcites zu tun hätten, würden seine Kameraden immer mehr am Endsieg zweifeln. Aber er glaube nach wie vor fest an unsere Geheimwaffen, obwohl seine Kameraden da bloß lachten. ‚Glauben die denn', hatte er sich empört, ‚der Führer würde sonst noch weiterkämpfen, wenn diese Aussicht nicht bestünde?' Das Weiterkämpfen sei für ihn der sicherste Beweis dafür, dass diese Wunderwaffen existieren und bald verfügbar sind. Ich habe ihm nur gesagt, dass das aber schon unerhört wirksame Waffen sein müssten, so beeindruckend, dass die Feinde dann in kürzester Zeit kapitulieren."

Wessungen schaute Pilgrim an und sagte nach einer längeren Pause: „Wir haben am Mittwochabend nach dem Abendbrot ein Treffen bei der Division, ein kleiner Kreis Gleichgesinnter – darf ich Sie dazu einladen?"

Wessungen war sich sicher, dass Pilgrim zu den aufrechten und genügend kritischen Offizieren gehörte, die erkannt hatten, auf welch elend abschüssige Bahn das Land geraten war. Und Pilgrim spürte, dass er von Wessungen dann noch mehr erfahren würde, denn es war offensichtlich, dass er nicht nur über diese Einsatzgruppe empört war. –

Das Treffen fand im nahen Kreisstädtchen in einem respektablen Gebäude statt, das der Divisionsstab, obwohl es beschädigt war, für seine Zwecke requiriert hatte. Sie saßen im Keller in eine Art Bierstube, die Wände holzgetäfelt, der Tisch äußerst massiv, die Stühle reich geschnitzt, aber unbequem. Sie waren zu siebt: Ein Oberst – das war ein gütig dreinblickender älterer Herr, fast schon im Alter seines Vaters; ein sehr entschlossen auftretender Oberstleutnant; sein neuer Freund Wessungen als Major; ein grauhaariger Hauptmann und ein auch nicht viel jüngerer Oberleutnant von den Pionieren, Sprengstoffchemiker von Beruf, wie sich herausstellte;

und dazu noch ein schweigsamer Kriegsgerichtsrat. Pilgrim, als erfolgreicher Flieger auf der Karriereleiter ungewöhnlich schnell nach oben gestiegen, war mit Abstand der Jüngste. Schon bei der Vorstellung war er von der angenehmen Atmosphäre in dieser Runde angetan.

Wessungen hatte Pilgrim, als er ihn erfreut über sein Kommen nach unten führte, erläutert, dass man sich bei solchen Treffen am besten nicht irgendwo weit abseits, weit draußen, gewissermaßen an einem verborgenen Ort verabreden sollte – das errege allzu leicht Verdacht –, sondern viel sicherer und selbstverständlicher nah am Brennpunkt, zum Beispiel in der Kommandantur oder eben hier mitten im Divisionsstab, als Kameradschaftsabend zur Erinnerung an gemeinsame frühere Zeiten deklariert; dafür interessiere sich dann kein Mensch mehr.

„Wir müssen da äußerst vorsichtig sein", hatte der Oberst nach seinen Begrüßungsworten erklärt, „sobald sich einer ausgeschlossen fühlt, haben wir einen neugierigen Nachforscher mobilisiert. Je stiller ein solcher Abend vor sich geht und mit je weniger Bier, umso unauffälliger bleibt ein solches Treffen. Mit Herren der Luftwaffe übrigens haben wir bis jetzt noch so gut wie keine Verbindung, auch in anderen Frontabschnitten nicht, und auch nicht zu Hause beim Ersatzheer. Deshalb begrüßen wir Ihre Teilnahme ganz besonders."

„Es soll ja heute noch die alte Redensart von vor dem Krieg gelten ‚*das preußische Heer, die kaiserliche Kriegsmarine und die nationalsozialistische Luftwaffe*'", erläuterte Wessungen unter vergnügtem Lachen, und Pilgrim fühlte sich für einen Augenblick ein bisschen wie ein Eindringling.

Als der Oberst dann weitersprach und etwas umständlich den Zweck des Treffens erläuterte, blickte er immer wieder freundlich zu ihm hin, und Pilgrim merkte, dass der Oberst vor allem seinetwegen alles so ausführlich darlegte. Schließlich fühlte er sich schon fast wie ein Mitglied einer Verschwörung, wenngleich eher unfreiwillig hineingeraten.

„Es kann aber nicht der richtige Weg für uns sein", fuhr der Oberst fort, „in irgendeiner Weise gegen diese Einsatzgruppe direkt vorzugehen –"

Der alte Oberst nahm einen Schluck Wasser, und in der kleinen

Pause, die entstand, bemerkte der Kriegsgerichtsrat zustimmend, wenn auch resigniert: „Wie sollte das auch je gelingen!"

„Ja, wie sollte das je gehen", sagte der Oberst, „schon dass wir uns diese Frage stellen, zeigt, wie machtlos wir längst geworden sind. Wir sind nicht mehr in der Lage, für Recht und Ordnung zu sorgen, obwohl die Einsatzgruppe mitten in unserem Frontabschnitt tätig geworden ist – das heißt also, in einem Gebiet, für das allein wir zuständig sind und Verantwortung tragen. Und auch der *Befehlshaber Rückwärtige Heeresgebiete*, der ist denen gegenüber genauso machtlos wie wir hier vorne! Aber was würde das der deutschen Sache auch helfen, wenn wir diese Einsatzgruppe stilllegen könnten? Die Gräuel gingen andernorts unverändert weiter. Nein, wir müssen da viel grundsätzlicher vorgehen, das Thema Einsatzgruppe war nur der Anlass, gab uns nur den Anstoß, um auch bei uns – genauso wie das inzwischen auch in anderen Stäben geschehen ist – um auch bei uns Zellen des Widerstands gegen – gegen – wie soll ich es nennen – gegen diese braune Pest zu bilden –"

Die letzten Worte waren ihm sichtlich schwer gefallen, und seinen Schlusspunkt presste er nur noch hervor: „– um die Ehre des Vaterlands zu retten."

„Soweit das überhaupt noch möglich ist!", sprang der Oberstleutnant kühl ein, ein überaus aktiv wirkender Mann, der das meiste Gewicht in der Runde zu haben schien. „Oder doch mindestens, um den totalen Untergang abzuwenden."

„Es gibt für uns also drei entscheidende Beweggründe", erläuterte Wessungen, deutlich zu Pilgrim hingewandt, „bei denen sich einer aus dem anderen ergibt, sodass sie keine Rangfolge haben: Die Befreiung vom braunen Ungeist und dem moralischen Niedergang; die Rettung des deutschen Ansehens in der Welt; und die Vermeidung des militärischen Zusammenbruchs und damit des totalen Untergangs als Folge der Besetzung unseres Landes durch fremde Heere."

Pilgrim hatte noch immer nicht recht verstanden, worum es ging. Aber dann wurde der Oberstleutnant deutlicher. Fast ungeduldig geworden kam er zur Sache:

„Wir sollten also nicht völlig aussichtslos gegen die Unmenschlichkeit dieser Einsatzgruppe vorgehen, sondern wir sollten uns viel genereller gegen diese Methoden überhaupt und gegen diese grauenhafte Gesinnung wenden. Unser Gegner ist nicht nur die SS. Ziel ist die Befreiung vom braunen Ungeist überhaupt, und so müssen wir die Partei als Ganzes entmachten. Das aber gelingt nur durch entschlossenen Zugriff auf die Spitze, durch energische Intervention an höchster Stelle!"

„Sprechen Sie es ruhig aus, wir müssen nicht nur Himmler, sondern, wenn das Bestand haben soll, auch Hitler entmachten."

„Ich wollte unseren neuen Freund nicht erschrecken", lächelte der Oberstleutnant, „aber genauso ist es. Das ist übrigens nicht nur unsere Auffassung hier, sondern die Einstellung in allen unseren Zellen. Es gibt keinen anderen Weg der Rettung. Die Armee an sich ist gesund."

„Wenn auch bedroht", sagte der Kriegsgerichtsrat warnend.

„Und nicht nur bedroht", ergänzte Wessungen, dem das nicht genug war, „sondern ernsthaft gefährdet! Sie hat längst ihre Unschuld verloren."

„Natürlich sind auch bei uns Sauereien vorgekommen", räumte der Oberstleutnant ein, „Riesensauereien sogar. In einer so großen Organisation wie der Wehrmacht kann das gar nicht anders sein. Aber zwischen den entsetzlichen Säuberungsaktionen der Waffen-SS und den Sauereien der Wehrmacht, die da und dort vorgekommen sein mochten, gibt es einen ganz wesentlichen Unterschied, meine Herren! Denn ein Unterschied ist es doch wohl – und zwar ein ganz entscheidender! –, ob solche Vernichtungsaktionen von oben angeordnet werden wie bei den Einsatzgruppen der Waffen-SS, ja sogar der Zweck der ganzen Organisation sind, oder ob ein solcher Übergriff bei uns halt irgendwo mal passiert, vorkommt, unterläuft, aber dann sofort auf das strengste verfolgt und geahndet wird! Oder nicht?"

„Ich fürchte nur, da ist manchmal eben doch nicht ‚sofort auf das Strengste verfolgt und geahndet' worden, sondern man hat weggeschaut und vertuscht, was das Zeug hält, nur um den eigenen Haufen nicht zu belasten und wenigstens den Anschein soldatischen Anstands und soldatischer Sauberkeit zu wahren."

„Einverstanden, mag vorgekommen sein, aber das sind Ausnahmefälle. Im Kern jedenfalls ist die Armee gesund."

„Hoffen wir, dass es so ist. Aber das können wir der Welt nur beweisen, wenn wir die Kraft zur Befreiung aufbringen."

„Womit wir wieder bei Hitler wären", sagte der alte Oberst.

Pilgrim tat es zwar wohl, dass die Herren in diesem sympathischen Kreis so engagiert zu ihm, dem Neuen, hin sprachen. Aber gleichzeitig fühlte er mit Beklemmung, dass er da in eine Zwangslage geraten war. Er sollte eine Entscheidung treffen, an die er noch nie gedacht hatte, allein schon deshalb nicht, weil dieser gewaltsame Weg aus dem deutschen Versagen, das er natürlich auch sah, für ihn bisher überhaupt nicht existierte – nicht existieren konnte, weil der Mahnruf seines Vaters wie ein Menetekel dazwischenstand. Jedes Mal, wenn er auf Heimaturlaub nach Hause gekommen war und sein Vater, der General, ihm zu Ehren einen kleinen Freundeskreis eingeladen hatte, war mit nur geringen Abwandlungen immer wieder die gleiche Szene abgelaufen: Man kam im abendlichen Gespräch schon bald auf irgendwelche empörenden Missstände zu sprechen, und mancher warf sogar die Frage auf, ob man da nicht sofort einschreiten müsse, koste es was es wolle. Aber stets war es dann sein Vater gewesen, der, obwohl er den Übelstand gewiss ebenso verurteilte, mahnend ausgerufen hatte *‚Jetzt müssen wir erst einmal diesen Krieg hinter uns bringen'*. Diese mäßigenden Worte *‚erst einmal den Krieg hinter uns bringen'* hatte er so oft von ihm gehört, dass sie ihm immer mehr zur Maxime geworden waren und manchmal wohl auch zur Ausrede.

Pilgrim suchte mehr Gewissheit und fasste behutsam nach: „Sie sagten sinngemäß, dass es nur einen Weg zur Befreiung gebe, nämlich Hitler zu entmachten, Hitler auszuschalten. Was bedeutet das? Festsetzen, inhaftieren?"

„Es kann nur eines bedeuten, ganz klar, – beseitigen! Alles andere würde zum Bürgerkrieg und schließlich zum Scheitern führen."

„Heißt beseitigen also umbringen?"

„So ist es", sagte der Oberstleutnant, „es kann nichts anderes geben als ein Attentat. Erst danach kann die eigentliche Befreiung beginnen."

Alle schauten sie zu ihm her. Pilgrim schluckte.

„Bei der Befreiung, beim Umsturz, bei allem bin ich sofort mit dabei! Aber ein Attentat –"

Pilgrim wusste ohne nachzudenken, wie die Haltung seines Vaters gegenüber einem Attentat auf Hitler aussehen würde, obwohl er darüber noch nie mit ihm gesprochen hatte.

„Das kommt alles etwas überraschend für Sie", hörte er den alten Oberst sagen, „das ist mir damals im ersten Moment nicht anders ergangen. Lassen Sie sich Zeit! Überlegen Sie sich alles in Ruhe. Wir wollen uns am nächsten Mittwoch wieder treffen –"

„Wenn bis dahin die Front noch steht!", warf der Oberstleutnant ein.

„– dann sehen wir weiter. Sie kommen doch?"

Pilgrim nickte heftig, fand aber nicht die rechten Worte.

„Ich will bis dahin gerne Ihr Gesprächspartner sein", sagte Wessungen zu ihm, „wenn Sie mögen". –

Als am späteren Abend dann die kleine Runde dabei war, sich aufzulösen, standen der Oberst, der Pionier-Oberleutnant und der Kriegsgerichtsrat noch an der Tür, und als sie gerade ihre Mäntel aufnehmen wollten, rief der Oberst: „Halt, meine Herren, lassen wir den restlichen Wein nicht verkommen. Das ist ja ein köstliches Tröpfchen!"

Und so setzten sie sich noch einmal zu dritt an den Tisch.

„Ich habe gar nicht gewusst, dass es so hervorragende Weine hierzulande gibt."

Es kam keine erneute Diskussion mehr auf, sondern man plauderte nur noch ein wenig miteinander.

„Rayon Cahul 1940", las der Pionier-Oberleutnant vom Flaschenetikett ab.

„Cahul ist eine Stadt und auch eine Region – eine bekannte Weingegend", sagte der Kriegsgerichtsrat.

„Wo?"

„Das war früher wohl rumänisch gewesen. Jetzt steht MSSR drauf, wie ich sehe, das heißt Moldawische Sozialistische Sowjetrepublik, ich glaube, seit dem Hitler-Stalin-Pakt 1939 ist das so."

„Dieser junge Major Pilgrim war doch für einen Augenblick etwas schockiert", bemerkte der Oberst. „Wir müssen in solchen Fällen in Zukunft behutsamer vorgehen. Er steht gewiss dem Regime auch kritisch gegenüber, ganz zweifellos, und er wird den Sprung schon schaffen, ich bin Wessungen da sehr dankbar, wenn er ihm hilft. Das ist uns ja allen ähnlich ergangen! Für die meisten war der Fahneneid die größte Hürde. Damals, 1934, da hätten wir Alten alle aufstehen müssen wie ein Mann, und diese ungesetzliche Neuvereidigung – wo gibt's denn so was! – wäre gescheitert. Dann ginge jetzt alles leichter. Der alte Eid hätte natürlich unverändert fortbestanden. Aber wir haben uns blenden lassen, weil wir große Zeiten für die Reichswehr heraufziehen sahen. Neue Waffen, neue Kasernen, neue Regimenter und neue Haushaltspläne, von denen man bis dahin doch nur hatte träumen können. Uns war es damals ja darum gegangen, die SA in Schach zu halten – das war ja inzwischen ein Millionenheer, meine Herren! Dagegen unser Häuflein, selbst 1934 waren das noch gar nicht so viel mehr als die erlaubten hunderttausend Mann. Drum haben wir schweigend mitgetan und eine anständige Gesinnung durch stramme Haltung ersetzt. Was haben wir uns da vorgemacht! Wir müssten uns unbedingt die Gunst Hitlers und der Parteioberen erhalten, auch wenn vor allem wir Alten gegen eine Neuvereidigung waren. Dabei war doch die Rivalität mit der SA schon vier Wochen vorher entschieden worden, als Hitler den ganzen Führungskader der SA hatte ermorden lassen, weil die angeblich hätten putschen wollen. Über hundert Tote, sagt man, wenn nicht noch mehr. Für eine Bewaffnung der SA war das ja wenigstens das endgültige Aus, Gott sei Dank!"

„Ich sehe den Major Pilgrim noch nicht in unseren Reihen", sagte der Kriegsgerichtsrat nach einer kleinen Pause, „ich fürchte, er ist ein ewig Zögernder."

„Nein, nein, das ist ein äußerst mutiger und entschlossener Mann! Einer unserer erfolgreichsten Stukaflieger! Eine Brücke anzugreifen, das mag ja noch gehen, aber einen englischen Kreuzer, wie er vor Kreta – da stürzen sie unmittelbar der feindlichen Schiffsflak entgegen, sie sind ein stehendes Ziel für die Tommys, die aus ihren Maschinenkanonen feuern, was das Zeug hält! Sie sehen deren Mündungsfeuer! Sie haben vielleicht sogar Einschläge! In einer solchen Situation dann nicht vorher abzufangen und abzudrehen, sondern im Sturzflug zu bleiben, präzise weiter zu zielen und erst im allerletzten Augenblick die Bombe auszulösen, wenn die höchste Trefferwahrscheinlichkeit besteht – da gehört schon höchster Mannesmut dazu!"

Der Kriegsgerichtsrat wiegte den Kopf. „Es ist ein himmelweiter Unterschied zwischen dem militärischen Mut, wie ich es einmal nennen will, und dem zivilen Mut von einzelnen Leuten wie uns – Leute, die sich im Verborgenen gegen die Mehrheit und ihren Anführer stellen und die sich gegen das, was als das allgemeingültige Ziel gilt, erheben wollen."

„Der Einfluss des Gruppendrucks", meinte der Pionier-Oberleutnant, „ist bei der militärischen Tapferkeit natürlich nicht zu unterschätzen!"

Aber da war der Oberst wieder ganz der alte Militär: „Oh, das ist nicht nur ein Druck. Das ist gerade beim Tapferen ein geheimnisvolles und nie versagendes Netz, das den Betreffenden trägt!"

Darauf herrschte wieder Schweigen, ausgeprägtes Schweigen, bis der Oberst erneut das Wort übernahm: „Nun ja, warten wir die Entscheidung Pilgrims ab. Aber eines ist klar, jeder Anwerbungsversuch, der misslingt, erhöht unser Risiko. Obwohl ich in dieser Hinsicht bei Pilgrim keine Bedenken hätte."

„Mir fällt da die Absage des Obersten Delarue neulich ein", erinnerte sich der Kriegsgerichtsrat, „das war eigentlich ganz und gar unser Mann, völlig auf unserer Seite – ich denke nur daran, mit welcher Energie er gegen das Einsickern der Gestapo in die Militärgerichtsbarkeit gekämpft hat, mit Erfolg übrigens – und trotzdem hat er sich uns dann verweigert."

„Mit Argumenten, denen man sich nicht einmal ganz verschließen kann", räumte der Oberst ein. „Delarue ging es um den Zeitpunkt des Aufstands, des Putsches, des Attentats. Er meinte, man würde es uns Offizieren in der Welt nicht abnehmen, dass das ein Aufstand gegen Hitlers Barbarei war, sondern man würde sagen, das war – jetzt, wo es überall rückwärts geht, – das war ein Aufstand gegen Hitlers letztlich eben doch erfolglose Kriegsführung. Diese Bedenken sind nicht unbegründet. Glauben Sie mir, wenn wir noch auf dem Vormarsch wären, meine Herren, glauben Sie mir, dann wäre bei einer Verschwörung höchstens noch die Hälfte mit dabei. Das sagt alles."

Dann setzte der Oberst noch einmal nach: „Man ist mit einem solchen Aufstand entweder zu früh oder zu spät – den richtigen Zeitpunkt gibt es nicht. Da hatte Delarue neulich gar nicht so unrecht. Überlegen Sie doch mal, was das gegeben hätte, wenn wir es geschafft hätten, schon zu Hitlers Glanzzeiten 1940 oder 41 loszuschlagen! Das mag man sich gar nicht ausmalen, wie verhängnisvoll das alles geworden wäre. Wir hätten eine massive Dolchstoßlegende, der gegenüber die von 1918 nur ein schlechter Witz gewesen wäre. Und trotzdem hatte Delarue ja recht: *'Man kann nur hoffen, dass der Aufstand bald gewagt wird zur Rettung unseres Ansehens in der Welt, aber man muss zugleich darum beten, dass er misslingt!'* Wir brauchen erst mal die totale Niederlage, sonst wird das nie was! – Eine entsetzliche Situation, meine Herren!"

„Das war bei meinem Gespräch mit dem Divisionsarzt ganz ähnlich!", sagte der Kriegsgerichtsrat. „Das ist ja ein gescheiter Mann! Er sagte gleich als erstes: ‚Leute, das wird nichts! Uns fehlt ein klares Ziel –'"

„– immerhin, er sprach bereits von ‚uns'!"

„Ja, das hat mich auch irgendwie gefreut. Aber dann fuhr er fort, dass wir ein positives Ziel haben müssten, nicht nur ein negatives wie *Adolf Hitler muss weg*! Das reiche nicht, wir müssten *für* etwas kämpfen, meinte er, nicht *gegen* etwas. Aber das negative Ziel sei natürlich viel zu übermächtig, deshalb dächten alle viel zu sehr nur daran. Aber wenn wir unser Negativ-Ziel erreicht hätten, in dem Moment also, wo Hitler weg wäre, hat er gesagt, ‚da bricht dann euer ganzer Aufstand, in dem ja alle möglichen Leute versammelt sind, unweigerlich auseinander'."

„Dann würde uns endlich auch deutlich", gab der Pionier-Oberleutnant zu bedenken, „dass die Alliierten nicht gegen Hitler kämpfen, sondern gegen die Deutschen, nicht gegen die Nationalsozialisten, sondern gegen das deutsche Volk – ist ja auch klar!"

„Da ist natürlich was dran!"

„Das ist von den Westmächten auch nie infrage gestellt worden, das haben sie auf der Konferenz in Casablanca – ja, ganz recht, das war während der Stalingrad-Endphase! – deutlich genug zu erkennen gegeben: Auch eine neue Regierung aus Hitlergegnern müsse bedingungslos kapitulieren."

Doch da unterbrach sich der Oberst selbst: „Wir wollen jetzt aber nicht die Argumente sammeln, die gegen unsere Pläne sprechen! Sie sind ja zum Teil nicht einmal so unbegründet – es kommt eben alles auf das persönliche Abwägen an, und das verdient in jedem Fall unseren Respekt."

„Ich fürchte nur, manchem Zögerer dienen diese Gegenargumente, vor allem der Fahneneid, nur als Ausrede."

„Für mich", stieß der Pionier-Oberleutnant plötzlich in ungewohnter Heftigkeit hervor, „für mich gibt es nur ein einziges Motiv. Die Gräuel müssen ein Ende haben! Jeder Tag zählt! Mag es kosten, was es wolle!" –

Pilgrim und Wessungen debattierten schon eine ganze Weile. An Schachspielen war nicht zu denken.

„Ich sehe durchaus", sagte Wessungen, „was Sie abhält – oder sagen wir besser, was Ihnen Schwierigkeiten bereitet: Das ist das Attentat."

„Gewiss, ein Attentat – das bedeutet immer Mord. Aber das ist es gar nicht so sehr. Ich glaube, was mich vor allem abhält, das ist der Fahneneid!"

„Pah, der ist ungültig, von A bis Z! Er ist verfassungswidrig zustande gekommen! Er ist erschwindelt und durch eine Überrumpelung erschlichen, damals mit Hindenburgs Tod. Und er ist mit diesem ‚unbedingten Gehorsam' gegenüber einer einzelnen Person in unzulässiger und unsittlicher Weise formuliert. Und wir haben ihn einem Verbrecher geleistet!"

Dagegen wirkte Pilgrims Antwort merkwürdig gelassen, fast wie ein Gebet: Hören Sie, Wessungen, ein Eid kann durch nichts ungültig gemacht werden! Ein Eid ist etwas Heiliges und damit etwas Absolutes. Ohne Wenn und Aber, er steht nicht zur Disposition. Es kann nicht sein, dass irdische Dinge bestimmen, ob er gültig ist oder nicht, so als ob er selbst etwas Diesseitiges wäre. Deshalb kann er auch nicht abhängig sein von der Redlichkeit des Eidnehmers, das spielt alles überhaupt keine Rolle – nein, ein Eid ist etwas Jenseitiges, vollständig Unabhängiges, ganz und gar Singuläres. Er bindet lebenslang, und er ist durch nichts bedingt!"

„Ich hatte da keine großen Probleme, eigentlich nie", nahm Wessungen dieses Bekenntnis schulterzuckend zur Kenntnis. „Wissen Sie, ich bin Agnostiker – bitte, keineswegs ein Atheist, aber eben ein Agnostiker –, da tut man sich in solchen Fragen leichter.

Ob zu Recht, das ist eine andere Frage. Würde ich den Eid als Hinderungsgrund heranziehen, dann wäre das bei mir tatsächlich eine Ausrede. Scheint aber leider gar nicht so selten zu sein, gerade bei den höheren Herren. Was mir viel mehr zu schaffen macht, das ist die Blamage, besser gesagt die Peinlichkeit, kommen wir doch viel, viel zu spät mit unserem Attentat! Das hat zwar durchaus seine Gründe, aber von außen sieht das doch aus, lieber Pilgrim, als würden wir deshalb abfallen, weil der Erfolg ausbleibt. Jetzt, wo es an allen Fronten kritisch zu werden beginnt, so wird alle Welt sagen, jetzt besinnen wir uns plötzlich und erklären, dass wir schon immer dagegen waren – puh! Aber nun gut, damit habe ich mich abgefunden. Die Peinlichkeit ist kein überzeugender Grund, das Attentat abzublasen und einfach so weiterzumachen wie bisher, das müssen wir ertragen. Nein, nein, die Untaten müssen ihr Ende finden, nur darum geht es mir noch! Dass wir dann außerdem nicht noch weiter ausbluten, jetzt wo der Krieg verloren ist, das ist für mich nur noch eine Zusatzprämie."

„Sie sind sich also sicher, dass der Krieg verloren ist?"

„Pilgrim –", sagte Wessungen nur, nicht einmal drohend, ja nicht einmal mahnend, wie man das sagen würde, wenn man einen freundschaftlichen Ordnungsruf mit anklingen lassen wollte; nein, er sagte nur: Pilgrim.

Pilgrim schwieg eine ganze Weile und dachte nach.

„Vielleicht", so fuhr er fort, „ist es gar nicht der Fahneneid allein, wenn ich so in mich hineinlausche. So strikt er mich auch bindet. Da kommt noch ein viel persönlicheres, ein ganz menschliches Moment dazu, und das ist nun ganz und gar nichts Jenseitiges oder Überirdisches mehr."

Pilgrim sprach plötzlich leiser und immer nachdenklicher, manchmal auch stockend; wie prüfend und stellenweise auch unsicher reihte er die Sätze aneinander: „Zwar könnte ich mir unter ganz extremen Bedingungen sogar vorstellen, Hitler den Gehorsam zu verweigern – ich denke zum Beispiel an einen Befehl Hitlers, einen durchaus aussichtsreichen Ausbruchversuch unbedingt zu unterlassen, so wie es Paulus in Stalingrad widerfahren ist.[17] Ja, doch, das kann ich mir vorstellen", sagte Pilgrim mit großem Ernst, und Wessungen spürte, wie sich Pilgrim immer mehr nach innen wandte und über sich selbst nachdachte. „Aber mitten im härtesten Abwehrkampf den Obersten Befehlshaber zu beseitigen, das hieße doch nichts anderes, als den Kameraden an der Front in den Rücken zu fallen – das könnte ich nicht, das könnte ich niemals. Das spüre ich geradezu körperlich. Ganz abgesehen von einer neuen Dolchstoßlegende, die so sicher wie das Amen in der Kirche sich einstellen würde. Gewiss, ich bin an den Obersten Befehlshaber gebunden, aber nur durch einen eiskalten, abstrakten Eid, das beginne ich jetzt zu durchschauen. Aber wirklich verbunden, das erkenne ich nun immer mehr, fühle ich mich mit meinen Mitkämpfern und besonders mit meinen eigenen Leuten – verbunden durch ein tiefes Kameradschaftsgefühl, das ja ein gegenseitiges ist. Darum glaube ich, wenn ich mich genau prüfe, ich könnte trotz Eid einen solchen untersagten Ausbruch ohne Weiteres befehlen, wiewohl mir bewusst ist, dass ich damit schwere Schuld auf mich laden würde."

Es entstand eine kleine Pause, bevor Pilgrim fortfuhr: „Aber es bleiben eben doch erhebliche Unterschiede zwischen uns, Wessungen, vor allem, was das Attentat anbetrifft."

Man sah Pilgrim an, wie betrübt er darüber war, dass sie nun in der entscheidenden Frage des Attentats so weit auseinanderlagen, und so beeilte er sich, noch zu ergänzen: „Ich respektiere Ihre Haltung natürlich absolut –"

„– und ich die Ihre!", versicherte Wessungen ebenso angelegentlich.

Dann schwiegen beide. Es war spät geworden. Pilgrim traf Anstalten aufzubrechen.

„Ich muss da noch einmal in mich gehen", sagte Pilgrim, nun wieder ganz in unbefangenem Ton, „und prüfen, wann einem Fahneneid nach allem, was Sie mir gesagt haben, zu entkommen ist. Ich werde aufrichtig weiter darüber nachdenken, unter welchen Bedingungen es gerechtfertigt oder sogar gefordert sein könnte, ihn zu brechen –"

„Sagen Sie nicht brechen", lächelte Wessungen, schon im Aufstehen, „er muss nicht erst gebrochen werden, denn er ist ungültig, ja er war unzulässig von Anbeginn."

Pilgrim nickte.

„Im Übrigen stürze ich mich in meine militärischen Aufgaben", sagte er zum Abschied, „und tue so, als ob alles so liefe, wie es im Wehrmachtbericht steht. –

Als Pilgrim vor dem Einschlafen über das Gespräch mit Wessungen nachdachte, ging ihm immer mehr auf, dass der Fahneneid bei ihm wahrscheinlich doch nicht diese absolut beherrschende Rolle einnahm, wie er im Widerstreit mit Wessungen anfangs geglaubt hatte. Nun, da sein Widerpart Wessungen fehlte, spürte er deutlich, dass der Eid, so fest er ihn band, ihn doch viel weniger bestimmte, als er Wessungen gegenüber kundgetan hatte. Die Heiligkeit des Eides – das lässt sich im Disput leicht daherreden. Hatte er denn nicht zum Abschied Wessungen noch gesagt, er wolle schauen, wie dem Eid vielleicht doch zu entkommen sei oder so ähnlich? Jedenfalls wolle er darüber nachdenken, versprach er, ob nicht doch Bedingungen vorstellbar seien, unter denen es gerechtfertigt sein könnte, ihn zu brechen.

Aber vielleicht will ich ihn ja gar nicht brechen, wandte er selbst ein. Ihm war diese seltsame Genugtuung verdächtig, mit der er sich, als Wessungen die Eidesformel zitierte, auf diesen *‚unbedingten Gehorsam'* gestürzt hat. Fast aufatmend hatte er sich an die beiden Wörter geklammert – warum? Er musste sich da selber auf die Schliche kommen!

Er hatte den Verdacht, dass er den besonderen Rang des Eides nur deshalb bei Wessungen so hochgespielt hatte, um sich desto besser dahinter verstecken zu können, wenn er ihn als Ausrede brauchte. Zwar war er schon dafür, was die Herren in Wessungens Kreis da planten, und er war da ganz auf ihrer Seite. Aber mitzutun, das traute er sich einfach nicht. Jedenfalls nicht so ohne Weiteres, jedenfalls nicht sofort. Obwohl die Herren auf ihn zählten. Er schwankte, und eine Lösung seines Konflikts war nicht in Sicht.

War er vielleicht doch ein Zauderer, ein Feigling? Er schlief schon halb und war darum gar nicht mehr auf Widerspruch eingestellt und so nahm er diese Selbstverdächtigung eher unbeteiligt hin. Nein, er war kein Feigling, kam ihm dann, das hatte er ja zur Genüge bewiesen. Schon mit dem Stuka vor Kreta und jetzt bei der Schlachtfliegerei. Er sah die Bilder seiner Angriffe vor sich und den

Jubel, mit dem er bei seiner Rückkehr empfangen wurde; das Lob des Geschwaderkommodore in Breditschew und manchmal sogar von der Luftflotte. Er brauchte diese Anerkennung, vor allem die Anerkennung der Respektspersonen. Gewiss, er wollte perfekte Arbeit leisten, schon in der Schule, aber nur, um damit die gehörige Beachtung zu erlangen.

Wie hätte Pilgrim erkennen können, welch unerhörter Unterschied besteht zwischen dem Mut des Soldaten und dem des Attentäters; zwischen dem strahlenden Helden und dem finsteren Gewissenstäter. Der eine weiß sich von einer breiten Mehrheit getragen, ja er fühlt sich von der ganzen Nation gestützt, der andere dagegen, der Attentäter, steht allein, und es gibt nur eine winzige Gruppe Gleichgesinnter, die ihn trägt. –

Pilgrim schlief unruhig, träumte Verwirrtes über Attentate und Fahnenflucht und wälzte sich mit seinem Konflikt im Bett. Er sah einen unentwirrbaren Knäuel, einen riesigen Knoten aus feldgrauen und schwarzen und braunen Strängen, der auf ihn zurollte und dabei immer größer wurde und von immer mächtigeren roten Strängen durchzogen war und sich niemals mehr würde entwirren lassen, sodass sich der gewaltige Knoten, während alle zu ihm herschauten, nur noch durch direkten Beschuss aus seinen beiden Maschinenkanonen lösen ließ.

Gegen Mitternacht klingelte ihn der O. v. D. heraus, entschuldigte sich umständlich, und er sei sich nicht sicher, ob er stören dürfe – nein, noch keine Alarmstufe, aber vorhin sei durchgegeben worden, dass ein Panzerangriff unmittelbar bevorstehen könnte, möglicherweise schon mit der Morgendämmerung.

Danach lag er lange wach, fast wünschte er sich, dass die russischen Panzer in der Frühe den Durchbruch endlich versuchen mögen, dann würde er erlöst sein von seinen quälenden Gedanken und könne das tun, was er am besten konnte – angreifen, kämpfen. Er stand lange vor Morgengrauen auf und als er sich angezogen hatte, kam tatsächlich die Nachricht, dass russischen Panzer zur Hauptkampflinie vorrückten.

Der Meteorologe, den er mit dem Feldfernsprecher herausgekurbelt hatte, war noch verschlafen, raschelte mit seinen Unterlagen und bat dann um noch ein paar Minuten, um draußen die Lage zu peilen. Dann rief er zurück und schilderte umständlich die Wetterlage und seine Bedenken für den frühen Morgen.

Pilgrim unterbrach ihn. „Ich komme zu Ihnen rüber", rief er. Für alle Fälle gab er schon einmal den Befehl, warmlaufen zu lassen, warf sich die Kombi über und machte sich auf den Weg.

Der Meteorologe wiegte bedenklich den Kopf: „Alles im Moment noch zu, nicht gerade Bodennebel, aber, sagen wir, starker Dunst, eigentlich eher selten in dieser Gegend. Keine fünfhundert Meter Sicht am Boden! Wird aber nach Sonnenaufgang rasch besser."

„Wir haben keine Zeit, Menschenskind! Die Russen versuchen schon seit einer halben Stunde durchzubrechen!"

Und dem Kapitän der ersten Staffel, der inzwischen auch aufgetaucht war, rief er schon im Weglaufen zu: „Ich flieg inzwischen schon mal vor und schau nach dem Rechten – die lassen meine Maschine gerade warmlaufen. Ihr startet, wenn ich noch nicht zurück bin, sobald die Platzgrenze zu erkennen ist. Zielraum wie gestern besprochen, klar? Die Sicht würde nach Osten rasch besser, meint der Wetterfrosch. Wenn ihr nach Sonnenaufgang zurückkommt, ist es dann auch hier besser. Die Zweite und Dritte drüben starten erst, wenn ihr zurückkommt, klar? Organisieren Sie doch bitte noch den Jagdschutz ab Sonnenaufgang."

Sein Bordschütze, der Feldwebel *Weiss mit Doppel-s*, wie er stets genannt wurde, mit dem Pilgrim schon so manchen Strauß bestanden hatte, grinste mit stark gerunzelter Stirn, wie er das immer tat, wenn er sich seinem Schicksal ergab, und eilte seinem Herrn hinterher.

Der Wart hielt Pilgrim das Gurtzeug für den Fallschirm entgegen, mit wenigen Griffen legte er es an und sprang wie befreit auf die Tragfläche, um einzusteigen. Wie bedeutungslos war das jetzt alles, was ihn die Nacht über gequält hatte, sein Konflikt, diese ganze Verschwörung, diese elende Einsatzgruppe, jetzt, wo es endlich wieder um Kampf und vollen Einsatz ging!

Die drei Staffelkapitäne besprachen sich am Platzrand, und ein paar Minuten später donnerte in einiger Entfernung Pilgrims startende Maschine vorbei, im Dunst und erstem Büchsenlicht nur schemenhaft zu erkennen, aber dafür umso lauter, da sonst noch alles ruhte. Sie verschwand im Grau, im Steigflug noch minutenlang zu hören. –

Schon bald nach Sonnenaufgang, es war noch immer etwas dunstig, kam die erste Staffel zurück.

„Da fehlen doch zwei!“, rief Pilgrims Wart, als sie, einer nach dem anderen, in dichter Folge hereinkamen.

Sie rollten gleich auf ihre Abstellplätze. Der Staffelkapitän, sichtlich zerzaust, kletterte aus der Maschine und winkte aufgeregt einen Sanitäter für seinen Bordschützen herbei, der verwundet zu sein schien. Dann ging er schwankend den beiden anderen Staffelkapitänen entgegen, die eilig näherkamen.

„Wir sind kaum zum Schuss gekommen“, er atmete schwer, „die Russen haben Flakpanzer* eingesetzt! Das gab es noch nie! Mit enormer Feuerkraft! Alle meine Besatzungen haben Treffer gemeldet! Zwei Maschinen fehlen!“

„Und wo ist der Alte? Der müsste doch längst schon zurück sein!“

Der Staffelkapitän schüttelte müde den Kopf und hob die Schultern.

„Ich habe genau an der Durchbruchstelle rauchende Flugzeugtrümmer liegen sehen.“ – Er presste die Lippen zusammen, dann fuhr er verzweifelt fort: „Auf dem Rückflug habe ich immer noch gehofft, dass er inzwischen vielleicht doch wieder hier gelandet sein könnte und seine Maschine wieder vorne am Platzrand steht.“ Der Staffelkapitän atmete schwer. „Er muss grenzenlos erschrocken sein, mehr noch als wir dann. In der letzten Sekunde seines Angriffs – ja, so muss es gewesen sein, wahrscheinlich hat er genau in diesem Augenblick schießen wollen, – erst in der letzten Sekunde seines Angriffs muss er plötzlich heftiges Feuer von den Flakpanzern gekriegt haben. Die hat er im Halbdunkel mit Sicherheit nicht vorher ausgemacht! Ich glaube, er hat nicht einmal mehr abfangen können. Aufschlagbrand exakt an der engsten Stelle der Panzerschneise.“ –

* Begleitpanzer mit leichten Schnellfeuerkanonen zur Flugabwehr

Früher war er, wenn er am Morgen mit dem Schlafwagen in Berlin angekommen war, von einem Fahrer an der Bahn abgeholt worden, aber seit die Luftangriffe auf Berlin dermaßen überhandgenommen haben, klappte das von Mal zu Mal schlechter. Zweimal in der vergangenen Nacht, so erinnerte sich der Konsul, hatte er im Halbschlaf bemerkt, dass der Zug längere Zeit stehengeblieben war, wohl um irgendwo auf offener Strecke das Ende eines Fliegeralarms abzuwarten. Kein Wunder, dass der Chauffeur wieder weggefahren war.

Es würde ihm guttun, zu Fuß zum Amt zu gehen, beim Gehen konnte man alles in Ruhe bedenken, und da kamen ihm gewöhnlich die besten Gedanken, wenn es sich auch selten genug ergab, dass er irgendwann einmal ein paar Schritte zu Fuß gehen konnte. Aber kaum war er aus dem Bahnhof ins Freie getreten, verspürte er wieder diesen ekelhaften, diesen spitzen und beißenden Brandgeruch. Wahrscheinlich hatte es vergangene Nacht oder schon in der Nacht davor wieder einen Luftangriff gegeben, mindestens ein paar Brandbomben mussten irgendwo in der Nähe gefallen sein, die Schwelbrände hielten oft noch Tage an.

Je länger er durch die üble Luft ging, desto missmutiger wurde er. Wieso fahre ich eigentlich regelmäßig in dieses Amt? Ich bin kein Beamter und kein Minister. Als ob ich zu Hause im Werk nicht schon genug zu tun hätte! Ich werde meine Besuche jedenfalls in Zukunft auf das Notwendigste beschränken, von Wirtschaftsausbau kann ohnehin keine Rede mehr sein. Die Eroberung der kaukasischen Ölfelder, letztes Jahr noch mehrmals versucht, haben sie wohl endgültig nicht geschafft, und wenn Leuna und die anderen Hydrierwerke demnächst vollends zusammengeschlagen sind, ist es sowieso aus.

Es hatte sich auf den Straßen so vieles verändert seit dem Attentat, obwohl es gerade erst eine Woche zurücklag. Merkwürdig viele Soldaten, meistens in Eile, waren unterwegs, aber auch Feldjäger und auffällige Streifendienste und sicherlich auch nichtuniformierte Aufpasser und Kontrolleure. Ständig wurde man von irgendjemandem misstrauisch angeblickt – die Gelassenheit der Großstadt war seit dem Attentat endgültig dahin.

Ihn irritierte, dass die Uniformierten, wie seit wenigen Tagen vorgeschrieben, mit dem Hitlergruß die Ranghöheren grüßten – nein, nicht grüßten, sondern ihre Ehrenbezeigung entboten, so musste man doch eigentlich sagen – und wie die Vorgesetzten dann ebenso dankten. Manche schon etwas ältere Knaben, wohl eher Reserveoffiziere, vertaten sich gelegentlich für einen Augenblick und gerieten in den klassischen Gruß mit der Hand am Mützenschild und korrigierten sich dann geschwind – schon dabei zuzusehen, war peinlich. Da hat wohl die Wehrmacht nach dem Attentat schleunigst ihre Ergebenheit dartun wollen. Aber er fühlte sich, wenn er Soldaten auf der Straße sah, immer noch ein wenig als alter Weltkriegsoffizier, und so wollte dieser Gruß mit dem erhobenen rechten Arm so gar nicht zu seinem Bild von einem Soldaten in Uniform passen.

Als er ins Amt kam, empfing ihn eine aufgeregte Sekretärin.

„Es wartet ein Herr schon die ganze Zeit auf Sie, Herr Konsul. Ich glaube von der Kripo oder Gestapo, er hat mir seine Dienstmarke gezeigt. Er wollte Sie sprechen."

„Warten Sie bitte noch einen Augenblick, bevor Sie ihn hereinbringen. Ich komme direkt von der Bahn und muss erst noch mein ganzes Zeugs auspacken."

Zabener war nicht sonderlich beunruhigt, solche Anfragen, schriftlich, telefonisch, persönlich, kamen in letzter Zeit häufiger vor, und er wunderte sich, dass nach dem Attentat noch keinerlei Anfragen über auffällige Beobachtungen in seinem Bereich bei ihm eingetroffen waren. Aber die Leute von der Sicherheitspolizei schienen ja einigermaßen durcheinandergeraten zu sein und bis zum Hals in Arbeit zu stecken.

Dann geleitete die Sekretärin den Besucher herein, der seinen Auftritt mit einem verhältnismäßig saloppen Hitlergruß einleitete. Aber dafür hatte Zabener Verständnis, denn der Mann befürchtete natürlich, ein betont korrekter Gruß in Gestik und Aussprache könnte allzu leicht als servile Unterordnung ihm gegenüber aufgefasst werden, und auch für das anschließende Gespräch oder gar Verhör schien es dem Mann wohl besser, wenn man im Ton auf elnem eher umgänglichen Niveau beginnt. Seinen Dienstgrad sprach er dann schon wesentlich deutlicher aus.

„Kriminaloberkommissar Römer", stellte er sich vor und fuhr übergangslos fort, „Herr Dr. Zabener, Sie stehen im Verdacht, an der Verschwörung zum Attentat auf den Führer beteiligt gewesen zu sein, mindestens darum gewusst zu haben."

„Und Sie stehen im Verdacht, verrückt geworden zu sein, mein Lieber", lachte der Konsul laut heraus, als habe er diese Mitteilung eben für einen Scherz gehalten, und er fand, dass ihm sein Lachen recht unbeschwert gelungen war. Als älterer Herr von Einfluss glaubte er, könne er sich solche Worte leisten, auch einem Beamten gegenüber. Erst recht, wenn es ihm gelang, sie durch ein wohlwollendes Lachen abzufedern.

Der Gestapomann reagierte auf Zabeners Worte nur im allerersten Augenblick, als empöre ihn diese Antwort, dann musste er, sicherlich auch angesteckt von Zabeners Heiterkeit, selber lachen, womit er freilich seinen anfangs so forschen Auftritt auch schon wieder aufgegeben und Zabener die Oberhand gewonnen hatte. Danach erkundigte sich der Kriminaloberkommissar nur noch zahm danach, wo sich Zabener an diesem und an jenem Tag aufgehalten habe, aber er packte jede dieser Fragen in ein entschuldigendes Lächeln ein, so, als ob er zu erkennen geben wollte, dass er sie eigentlich nur noch der Form halber stelle.

„Das kann ich Ihnen beim besten Willen nicht beantworten, wo denken Sie hin! Ich müsste im Terminkalender nachschauen, da ist jedes Treffen, jedes Gespräch verzeichnet. Aber den verwaltet meine Sekretärin im Werk, und den schleppe ich natürlich nicht mit mir herum."

„Wie kommen wir da dran?"

„Sie werden wohl nicht von mir verlangen, dass ich mit dem Schlafwagen wieder zurückfahre und ihn hole!", sagte der Konsul etwas ärgerlich.

„Nein, nein", beschwichtigte der Oberkommissar fast erschrocken.

„Aber Sie können von mir aus ja Ihre dortige Dienststelle bitten oder beauftragen, die fraglichen Termine abzuklären. Ich werde mein Sekretariat anweisen, dass Ihnen Einblick zu gewähren ist."

„Es geht ja nur um einen ersten Verdacht, Doktor Zabener."

„Ich kann Ihnen nur wünschen, dass dieser erste Verdacht mir gegenüber auch der letzte in dieser Sache ist!" –

Als Zabener nach drei Tagen, die angefüllt waren mit nutzlosen Konferenzen und überflüssigen Sitzungen, aus Berlin wieder nach Hause zurückgekehrt war, fühlte er sich ausgelaugt. Erreicht worden ist nichts, stellte er fest, es gibt nichts mehr ‚auszubauen' in diesem merkwürdigen Reichsamt für Wirtschaftsausbau, so übermächtig es auch ist, dazu sind die Werkszerstörungen allenthalben und der Verlust ganzer Produktionsstätten im Osten in den vergangenen Monaten allzu groß gewesen, und er hatte den Eindruck, als beschleunige sich der Niedergang in letzter Zeit sogar noch.

Er ließ sich erschöpft in seinen Lesesessel sinken. Jetzt, wo er endlich alle Viere von sich strecken konnte, spürte er erst, wie schwach er war. Er sollte vielleicht doch Dr. Fellgiebel anrufen. Wenn Fellgiebel nur sein Arzt wäre, würde er ihn wohl nicht herbitten, so schlimm ist es ja nicht, aber einen Freund, der zufällig auch Arzt ist, den konnte man schon einmal rufen.

„Ich kann im Augenblick nichts Aufregendes feststellen, lieber Herr Zabener", sagte Fellgiebel nach einer ersten routinemäßigen Untersuchung, „aber es ist längst an der Zeit, dass Sie mal wieder gründlich durchuntersucht werden. Sie sind reichlich überarbeitet, mein Lieber, Sie sollten endlich mal etwas kürzertreten!"

Während er das sagte, läutete das Telefon. Zabener zuckte zusammen und wollte aufstehen, aber Fellgiebel fuhr fort: „Lassen Sie 's läuten, lassen Sie 's läuten! Lassen Sie in Ihrem Leben von heute an jeden Tag ein kleines Stückchen weniger von anderen bestimmen, was Sie tun! Sie können sich das leisten! Sie haben das verdient!"

„Ich bin es auch gar nicht so recht gewohnt, Telefonanrufe selbst entgegenzunehmen, jedenfalls nicht von draußen."

„Sie sind ein Sklave Ihres Terminkalenders, und den führt Ihre Sekretärin, nicht Sie – oh, das haben Sie mir einmal selber genau erklärt! –, und wenn Ihre Sekretärin nicht eine so famose Person wäre, wären Sie schon längst am Ende."

Sie plauderten noch eine Weile über die Freiheiten und die verborgenen Zwänge in den verschiedenen Berufen und Tätigkeiten, dann klingelte es an der Haustür. Es war Fellgiebels Frau Marianna. Sie war sichtlich verängstigt, aber man spürte, wie sie sich Mühe gab, gelassen zu wirken.

„Ich habe vorhin schon mal versucht anzurufen. Wollte nur durchgeben, im Radio ist schon wieder der Einflug starker Verbände gemeldet worden, es wird sicher bald Fliegeralarm gegeben." Und zu ihrem Mann gewandt fuhr sie fort: „Bist du schon so weit? Ich kann aber auch warten, bis du fertig bist, dann gehen wir zusammen."

Als sie aufbrechen wollten, sie standen schon unter der Haustür, hörte man in der Ferne die ersten Luftschutzsirenen heulen, und es dauerte nicht lange, bis alle Sirenen in der Stadt in dieses schauerliche Konzert des Auf- und Abschwellens eingefallen waren, und die letzte der Sirenen, direkt auf dem Hausdach gegenüber und schmerzhaft laut, trieb sie dann endgültig in den Flur zurück.

„Kommen Sie mit runter", rief der Konsul herzlich, „es spielt keine Rolle, ob Sie hier in meinem Luftschutzkeller oder zu Hause in ihrem sitzen und auf die Entwarnung warten."

„Ob es wirklich keine Rolle gespielt hat, wird man erst nach dem Luftangriff beurteilen können", scherzte Fellgiebel. Marianna sah ihn beklommen an, und auch der Konsul fand Fellgiebels Bemerkung etwas unpassend, aber im Grunde hatte Fellgiebel nicht Unrecht.

Sie saßen noch nicht lange im Luftschutzkeller, als ein fernes Donnern zu hören war. Marianna fing an zu zittern.

„Früher bin ich ruhiger geblieben", hauchte sie.

„Das sind keine Bomben", beruhigte sie Fellgiebel, „das ist die deutsche Flak, zehn Komma fünf. Könnten die in der Gegend von Oggersheim sein."

Dann wieder Schweigen und dieses vor sich Hinstarren. Plötzlich ein Einschlag in nächster Nähe, nicht mehr so grollend und dumpf dröhnend wie die ferne Flak vorhin, was fast schon etwas Verlässliches und Beschützendes gehabt hatte, sondern hell krachend und splitternd, fetzend und mit heftigem Beben des ganzen Kellers. Nach ein paar Sekunden ging das Licht aus.

Man hörte den Konsul herumsuchen und nach einer Weile zündete er umständlich eine Notleuchte an.

„Warum halten wir eigentlich alle so unerschütterlich und so verbissen durch?", sagte Marianna vor sich hin. „Als ob wir alle verhext wären!"

„Wie willst du das machen mit dem Nicht-Durchhalten", spottete Fellgiebel. „Zeig mir, wie das geht! Ich mache sofort mit!"

„Das muss doch allen klar sein, dass der Krieg längst verloren ist!", rief Marianna ärgerlich.

„Obacht, liebe Frau Marianna", raunte Zabener, „wir wissen nicht, wer da hinten noch irgendwo im Dunkeln auf den Betten sitzt. Ausgewiesene Luftschutzkeller mit Stahltüren und Belüftungsanlage und so weiter sind ja öffentlich, auch die in größeren Privathäusern. Deshalb haben wir auch immer wieder mit Leuten zu tun, die einfach nur nächtigen wollen. Und drum kriegen wir auch diesen elenden Mief so schlecht raus."

Daraufhin sprach Marianna viel leiser, und Zabener hielt sich die Hand ans Ohr und beugte sich etwas zu ihr hin.

„Aber das sollte doch auch den Verbohrtesten unter den Fanatikern und Denunzianten inzwischen aufgegangen sein, dass da nichts mehr zu gewinnen ist."

„So einfach ist es nicht, Marianna, darüber haben wir kürzlich schon einmal gesprochen. Zu welchem Zeitpunkt es im Lauf dieses Krieges einem Menschen aufgeht, dass der Krieg verloren ist, wann sich also diese Erkenntnis einstellt, das hängt natürlich von der Kriegslage, aber noch viel stärker von seiner politischen Einstellung ab, verstehst du? Bei der Einsicht, dass der Krieg verloren ist, sind wir längst nicht so frei, wie wir uns einbilden, Marianna. Die eingeschworenen Hitlergegner waren sich schon im September 1939 sicher, dass der Krieg verloren gehen wird, obwohl das anfangs ja gar nicht so gewiss schien. Aber das waren nicht viele, und bis weit über die Kapitulation Frankreichs hinaus hatten sie einen schweren Stand, und es wurden eher weniger als mehr – kommt halt drauf an, wie unversöhnlich ihre Gegnerschaft war. Erst als diese ‚Luftschlacht um England' abgeblasen wurde – weil sie nicht mehr zu gewinnen war natürlich! –, begannen einige von den nicht ganz so strammen Hitleranhängern, die Stirn zu runzeln, oder sagen wir: nachdenklich zu werden. Aber als dann Anfang Dezember 1941 der Vormarsch im Russlandfeldzug endgültig vor Moskau steckenblieb, bekamen die

Zweifler tüchtigen Zulauf, und zwar vor allem auch von solchen, die noch nie so richtig begeisterte Anhänger waren, aber bis dahin dachten, so ganz schlecht ist es vielleicht doch nicht, was der Hitler da für uns herausholt, und die Auswüchse müssen wir halt hinterher irgendwie wieder geradebiegen. Aber dann kam nach dem zäh verlaufenen Jahr 1942 die Kapitulation in Stalingrad, Ende Januar 43. Das war doch eine Katastrophe sondergleichen. Die dazu noch vermeidbar gewesen wäre. Und jetzt fielen auch diese Mittelklasse-Nazis in Scharen ab, die nur so lange bei der Stange geblieben waren, wie es ihnen profitabel erschienen war. Aber auch viele von den gutgläubig Dummen gaben da auf und liefen über, wobei ihr Überlaufen freilich nur darin bestand, dass sie an den Endsieg, wie er natürlich immer noch mit Nachdruck angekündigt wurde, nicht mehr glaubten. Aber sie machten natürlich schon noch mit, wenn auch ihr Glaube an die angekündigten Geheimwaffen allmählich brüchiger wurde. Und so ging es dann Schlag auf Schlag weiter, immer mehr gaben innerlich auf, sahen also ein, dass die Sache wohl verloren war. Aber je begeisterter sie einmal waren, desto länger dauerte es, bis sie abfielen – das ist es! Du siehst also, Marianna, das ist wie eine automatische Nazisortiermaschine; je kritischer einer eingestellt ist, desto früher, je begeisterter oder fanatischer, desto später kommt die Einsicht – wenn überhaupt. Die Invasion im Juni 44 war dann das nächste große Fiasko und genauso die endgültige Luftüberlegenheit der Alliierten auch über dem Reichsgebiet mit dem Zusammenbruch der Kriegsproduktion in der Folge."

Fellgiebel flatterte mal wieder nach seinen Sätzen, die zum Vortrag geraten waren, und während er einen Augenblick Luft holte, setzte Zabener den Schlusspunkt: „Und jetzt dauert es in Ost und West nicht mehr lange, bis der Feind auf breiter Front ins Reichsgebiet eindringt."

„Da müssten doch die Letzten erkennen, dass es keinen Wert mehr hat, und endlich auch aufgeben!", stöhnte Marianna.

„Eben nicht, eben nicht!", zischte Fellgiebel. „Jetzt wären, so denkt man, die Fanatiker als die letzten an der Reihe mit dem innerlichen Abspringen und Aufgeben, wo doch alle anderen inzwischen abgebröckelt sind. Aber genau das Gegenteil geschieht. Die Fanatiker verhalten sich gerade umgekehrt, als man erwarten würde. Sie radikalisieren sich in ihrer Position immer mehr und rufen mit allen möglichen Argumenten und schließlich noch mit Terror zum Durchhalten auf."

„Dafür gibt es keine Argumente mehr!", rief der Konsul.

„Oh, da sollten Sie nur einmal unseren früherer Ortsgruppenleiter hören – ein alter Patient von mir, der mich möglicherweise sogar vor dieser oder jener Strafaktion oder Verfolgung beschützt hat, jetzt sitzt er im Stab des Gauleiters Wagner als dessen Sprachrohr. Und es ist immer wieder die gleiche Leier: ‚Glauben Sie denn, Herr Doktor, der Führer und seine Generäle würden noch so erbittert weiterkämpfen, wenn keine Aussicht mehr bestünde? Wer könnte es da verantworten, so kurz vor der Wende des Kriegsglücks noch aufzugeben?' – Du siehst also", sagte Fellgiebel, jetzt ganz zu Marianna gewandt, „gerade die Fanatiker sind die Letzten – wenn überhaupt je –, die zur Einsicht kommen."

„Das hieße also, lieber Doktor, zu welchem Zeitpunkt es zu der Einsicht kommt, dass der Krieg verloren ist, das hängt nicht nur vom Kriegsverlauf und den einzelnen Niederlagen ab, sondern vor allem vom politischen Standpunkt und dem Engagement, mit dem er vertreten wird." –

Ludwig Herkommer war nicht unglücklich darüber, dass er ins Hauptamt versetzt werden sollte. Der fortgesetzte Rückzug war deprimierend. Viele von den alten Freunden hier waren inzwischen ausgewechselt worden, Eugen war verschwunden, Castan tot. Sein Bleideckenverfahren funktionierte inzwischen auch ohne ihn, sein Handbuch, aus dem eine geheime SS-Dienstvorschrift gemacht werden sollte, war so ausführlich, dass jeder halbwegs erfahrene Verhörer damit arbeiten konnte. Für wen sollte er sich hier noch abplagen? Jetzt erst, wo es Castan nicht mehr gab, spürte er, wie sehr er doch immer bestrebt gewesen war, bei Castan in einem guten Licht zu stehen. Ossenbühns Anerkennung, der ihm ja von jeher wohlgesonnen war, konnte ihm da nicht genügen. Nun wird er in Berlin gebraucht. Für die Attentäter hatte er nur Verachtung übrig. Jetzt ging es darum, aus den Verhafteten die Namen der Beteiligten herauszupressen. Aller Beteiligten! Er war stolz darauf, dass die Verantwortlichen sofort an sein Bleideckenverfahren gedacht hatten. Kein Verfahren würde sich besser eignen.

Im Zug nach Frankfurt an der Oder dann wieder die übliche Enge im muffigen Abteil und die gleiche langweilige Gesellschaft wie jedes Mal, die man nun ein, zwei Tage lang würde ertragen müssen. Vier Heeresoffiziere, darunter ein leichtverwundeter Hauptmann, der nicht oft genug auf seinen Streifschuss an der linken Hand hinweisen konnte, was er jedes Mal mit einem leisen Stöhnen begleitete; und ein Mann in einer feldgrauen Uniform mit ungewohnten Emblemen, der, als er sich vorstellte, ‚Deutsche Post Osten' an seinen Namen anhängte und angab, für das Fernmeldenetz im Generalgouvernement[18] sowie im Bereich der *Rückwärtigen Heeresgebiete* tätig zu sein und daher auch bloß bis Brest mitfahre, weil er nach Krakau weitermüsse. Das Umsteigen dort könne er aber nicht verschlafen, scherzte er noch, weil in Brest ja der Spurwechsel stattfinde.

„Entschuldigen Sie bitte, meine Herren", machte der Hauptmann mit großem Ernst erneut auf seine Verwundung aufmerksam, „dass ich hier mit einem so provisorischen Verband herumlaufen muss."

Der kleine Verband saß tadellos, doch der Hauptmann klagte weiter: „Ich spüre, es könnte schon bald beginnen durchzuschlagen. Es ist immer noch der erste Notverband, der auf dem Truppenverbandplatz ganz vorne angelegt wurde. Als ich dann ins Feldlazarett gebracht wurde, waren die dort schon am Zusammenpacken und Aufladen. Überstürzte Verlegung des ganzen Lazaretts nach hinten. Ein unvorstellbares Durcheinander, tonnenweise blieb wertvolles Sanitätsmaterial zurück. Wurde alles verbrannt, dabei wäre noch genügend Platz auf den Lkws gewesen, aber der wurde für den Privatkram der Herren Sanitätsoffiziere freigehalten!"

„Wenn das der Führer wüsste!", sagte der Postler.

Diesen Spruch konnte man in letzter Zeit häufig hören. Hitler musste als Heilsfigur unbedingt rein gehalten werden, er war das Einzige, was noch Gewissheit bot, an ihn klammerte man sich, er blieb die Lichtgestalt.

„Der Führer steht unter dem besonderen Schutz der Vorsehung!", fügte der Postler mit gläubigem Blick noch hinzu, da niemand auf seine erste Bemerkung eingegangen war, „das haben wir ja immer wieder gesehen."

Damit waren sie mit ihren Gedanken wieder alle beim Attentat vom 20. Juli, so verschiedenartig ihre Gedanken auch sein mochten, und es entstand eine Pause. Eine Weile unterhielten sie sich mit Witzen, die Herkommer meistens schon kannte, hin und wieder sprachen sie auch über ihre Einsätze an der Front und ab und zu auch über das Attentat. Immerhin empörten sich alle darüber, wie sich zeigte, und ein Oberleutnant, seinem fortgeschrittenen Alter nach wohl ein Reserveoffizier, berichtete von seinem Divisionskommandeur, dessen Stab er zeitweise zugeteilt gewesen war. Selbst dieser hohe Offizier der alten Garde, bei dem er sich ziemlich sicher sei, dass er nicht zu den begeistertsten Nationalsozialisten gehörte, habe das Attentat mit zitternder Stimme als das Verabscheuungswürdigste, was ihm je begegnet sei, verworfen, weil man damit der Armee mitten in ihrem härtesten Abwehrkampf heimtückisch in den Rücken gefallen sei, zum Glück ohne Erfolg. Das nahmen die andern unter deutlicher Zustimmung entgegen, aber als dann Herkommer, der bis dahin geschwiegen hatte, sich anschickte, auch etwas dazu zu bemerken, verstummten sie sofort.

„Ich glaube Ihnen durchaus, dass dieser Divisionskommandeur nicht zu den begeistertsten Nationalsozialisten gehörte, wie Sie das etwas beschönigend nannten. Je stärker nämlich jemand betont, meine Herren, dass die Attentäter der kämpfenden Truppe, das heißt den eigenen Kameraden, in den Rücken gefallen seien, und je ausschließlicher er seine Empörung gerade damit begründet, umso sicherer kann man sein, dass man es mit einem Gegner zu tun hat, mindestens mit einem äußerst flauen Vertreter der nationalsozialistischen Idee. Denn das ist Ihnen doch wohl klar, meine Herren, diese Leute, die das so betonen, würden offensichtlich in Friedenszeiten oder wenn der Krieg zu Ende ist, ein Attentat auf den Führer ohne Weiteres billigen."

Danach herrschte mindestens fünf Schienenstöße lang betroffenes Schweigen, und Herkommer kam der Gedanke, dass es vielleicht gar nicht schlecht wäre, die Verhöre in Berlin mit einem Gespräch über die Verwerflichkeit eines solchen Attentats zu beginnen. Zumal es immer von Vorteil ist, wenn zu Beginn eines Verhörs in einer bestimmten Frage eine gewisse Einigkeit besteht, auch wenn es sich nur um eine scheinbare Einigkeit handelt oder wie hier, genauer gesagt, um eine Fallgrube für den Verhörten. –

Der Erste, dem Herkommer, noch vor Dienstbeginn, über den Weg lief, war Schmoll, immer noch Hauptsturmführer – der schien da aus irgendeinem Grund hängengeblieben zu sein. Schmoll hatte schon vor Tagen von Herkommers bevorstehender Rückkehr ins Amt gehört.

„Wollte nicht in Ihrer Haut stecken", sagte er, „unsere hohen Herren erwarten Wunderdinge von Ihren Bleikammer-Verhören.

„Bleideckenverhöre!", verbesserte Herkommer ärgerlich.

„Wir stecken da momentan ziemlich fest, Herkommer. Zwar, die Gefängnisse, nicht nur hier in Berlin, sind voll, und Freisler mit seinem Volksgerichtshof arbeitet fleißig ab – stellen Sie sich vor, die arbeiten mit fünf Senaten! –, aber es kommt kaum noch was nach; die große Festnahmewelle der ersten Wochen ist verebbt, obwohl noch massenhaft Mitwisser und auch Mithelfer frei herumlaufen. Was wir brauchen, das sind Namen, Namen, Namen!"

Herkommer richtete noch am gleichen Tag in einer halbzerstörten Schule, nicht weit vom Amt, vier Verhörräume mit ausreichend Bleidecken ein, die man schon vor seinem Eintreffen beschafft hatte, und begann damit, ein paar Unterführer, die als gute Verhörer galten, in die Anwendung des Bleideckenverfahrens einzuweisen.

In den folgenden Wochen arbeitete er wie ein Besessener. Das Wachpersonal murrte, weil die ersten Gefangenen auf allen vier Stationen schon um Punkt sechs Uhr dreißig in der Frühe fertig zum Verhör auf den Feldbetten zu liegen hatten und es abends manchmal bis acht oder halb neun oder noch länger ging, ohne dass es irgendwann eine gemeinsame Essenspause oder sonst eine Unterbrechung für alle gleichzeitig gegeben hätte.

„In Stalingrad", knurrte Herkommer, „hatten wir auch keinen Feierabend", und er sagte ‚wir', obwohl alle wussten, dass er nie in vorderster Linie und schon gar nicht in Stalingrad gewesen war.

Bis über Mitternacht studierte er die Akten der Kandidaten für den nächsten Tag, nicht nur, um die wohl wichtigsten und ergiebigsten für sich herauszusuchen, sondern vor allem, um möglichst geschickte Fragen stellen zu können.

Es handelt sich um eine Verschwörung, musste er seinen Leuten immer wieder klarmachen, da sind die Namen von Mitwissern und den Drahtziehern im Hintergrund wichtiger noch als alle Aussagen, die den Verhörten selbst belasten. ‚Wir brauchen Namen, Namen, Namen', hatte Schmoll ihm zugerufen, und das hatte er immer noch im Ohr.

In allen vier Stationen ließ er sämtliche Namen, die irgendwo in den Verhören auftauchten, sorgfältig notieren und alphabetisch ordnen, auch wenn im Augenblick noch keinerlei Zusammenhang zu erkennen war.

„Wir mögen im Moment noch keine Ahnung haben, wer das ist, der da genannt wird", schärfte er den Protokollanten ein, „aber vielleicht füllt sich der Name allmählich mit Inhalt, weil er in anderen Verhören in einem ganz anderem Zusammenhang ebenfalls auftaucht. Dann wird so ein einzelner nichtsagender Name plötzlich kolossal wertvoll!"

So bildeten sich nach und nach immer größere Gruppen von Namen, die miteinander in Verbindung standen, und der größte Erfolg war für ihn, wenn bei seinen Auswertungen in tiefer Nacht ganze Namensgruppen – ‚Stammbäume', wie er sie nannte –, mit anderen, mit denen sie zunächst gar nichts zu tun zu haben schienen, zusammenwuchsen und dabei immer mehr geheime Verbindungen aufleuchteten – das pure Gold für die weiteren Verhöre.

„Es geht uns in nächster Zeit gar nicht mehr so sehr um das Überführen von Mittätern, Leute! Obwohl das natürlich immer noch eine Rolle spielen wird, aber die kennen wir ja schon genügend. Es geht vielmehr um neue Namen, um weitere Mitwisser, um neue Nester, die mit den schon bekannten in Verbindung stehen."

Herkommer kapselte sich immer mehr ab und sprach mit kaum jemandem mehr, aber solange er diese großen Erfolge hatte, nahm man sein merkwürdiges Verhalten kopfschüttelnd hin. Die Luftangriffe, die immer häufiger bei Tag erfolgten und Angst und Schrecken in der Bevölkerung verbreiteten, ließen ihn ungerührt und waren ihm nur lästig, weil er seine Verhöre jedes Mal für Stunden unterbrechen und untätig im Luftschutzbunker herumsitzen musste. Er dachte nur noch in Verhören. An besonders ergiebige, an misslungene, an schwierige, an bevorstehende, aber eben sonst an kaum etwas anderes mehr. Auf kein anderes Thema als auf die Verhöre war er mehr anzusprechen, schließlich hörte er nicht einmal mehr den allabendlichen Wehrmachtsbericht im Radio, der mit immer deprimierenderen Nachrichten kam. In dieser zusammenbrechenden Welt waren seine Verhöre das Einzige, wo es noch Fortschritte und Erfolge gab. Auch über die Weihnachtstage duldete er keine Pause.

Im neuen Jahr kam es dann doch zu einer Unterbrechung, er wurde überraschend zum Obergruppenführer befohlen, dem er noch nie persönlich gegenübergestanden war, auch in seinen früheren Zeiten im Hauptamt nicht. Herkommer ging gegen Dienstschluss gleichmütig hinauf, es war ihm egal, was der Obergruppenführer von ihm wollte. Aber der überschüttete ihn, kaum dass er eingetreten war und sich zur Stelle gemeldet hatte, mit höchstem Lob.

„Sie haben uns in der Aufarbeitung des verbrecherischen Attentats weiter vorangebracht als jeder andere! So würde ich mir wünschen, dass sich alle einsetzen, nicht nur bei uns im Haus hier, sondern überhaupt alle!"

Dann fuhr er mit großer Geste fort: „Ich habe da eine große Vision, und Sie, Hauptsturmführer Herkommer, müssen mir dabei helfen! Sie sind mir das Vorbild für einen gesteigerten Einsatz, wie er zur Regel für alle werden sollte. – Stellen Sie sich vor: Noch eine einzige letzte Kraftanstrengung aller, eines jeden Einzelnen, zwei, drei Wochen lang, so wie Sie uns das als Einzelner in den letzten Wochen ständig vorgemacht haben – und wir stehen wieder an der Weichsel! Bis zur Weichsel müssen wir es allein schaffen, dann aber ist Himmler mit seinen Verhandlungen so weit, und ich weiß aus gesicherter Quelle, dass uns dann die Amerikaner zu Hilfe kommen, und dann geht es gemeinsam gegen die Sowjetunion.[19] – Sie schauen mich so zweifelnd an?"

Und dann entwickelte er eine bizarre Vorstellung. „Reichsminister Dr. Goebbels will, wie er das nannte, zu einem *letzten Aufstand des europäischen Gewissens zur Rettung des Abendlands vor der asiatischen Flut* aufrufen, an dem alle, wirklich alle teilnehmen und – genau wie Sie – für eine kurze Zeit 120 Prozent liefern sollen statt nur noch 80, wie das inzwischen so üblich geworden ist. Das reicht, und wir stehen im Frühjahr wieder an der Weichsel. Ich kann Ihnen beweisen, zahlenmäßig beweisen, warum die 120 Prozent ausreichen! 1941 haben wir die Russen vor uns hergetrieben, das Verhältnis der Kampfkraft mag, grob geschätzt, eins zu zehn gewesen sein. Dann kam der Winter und der Russe mit seinen veralteten Waffen begann, gewaltig aufzurüsten, und aus dem asiatischen Raum hat er ganze Armeen herangeführt. Aber er hat das Kräfteverhältnis nicht etwa umgekehrt, sondern nur Zug um Zug langsam verändert. Inzwischen ist er stärker als wir, zugegeben, aber, beachten Sie, nur um ein Geringes stärker! – Sie zweifeln daran?"

„Nein, nein", versicherte Herkommer schleunigst, der allzu beklommen dreingeblickt hatte.

„Wie gering die Überlegenheit des Russen ist, das ersieht man daraus, dass er für die Rückeroberung der Gebiete, die wir uns 1941 spielend in vier oder fünf Monaten unterworfen haben, nun schon bald drei Jahre benötigt! Drei Jahre! Er hat einfach nicht mehr die Kraft, hat nicht die haushohe Überlegenheit, um vorzustoßen wie wir im Spätsommer und Herbst 1941. Fällt Ihnen denn nicht auf, wie der Iwan jetzt zwischen Weichsel und Oder festhängt, und zwar seit Wochen schon? Die Russen sind inzwischen völlig erschöpft, ausgeblutet geradezu, die Truppen im Hinterland total ausgedünnt – sie werden den Sprung über die Oder nicht mehr schaffen, die können einfach nicht mehr! Das gibt mir Mut! Noch ein einziges Mal ein begeistertes Aufbäumen, ein Aufflammen für wenige Wochen, und das Kriegsglück ist gewendet! Wir müssen nur alle fest daran glauben!"

Je länger der Obergruppenführer auf ihn einredete, desto mehr hatte Herkommer den Eindruck, dass dieser Mann sich selbst besoffen redete. Schließlich forderte er Herkommer auf, jetzt, gleich, sofort, auf der Stelle und heute Abend noch seine Ideen für die Organisation eines solchen ‚*Letzten Aufstands des Abendlandes*' niederzuschreiben und unverzüglich eine koordinierende Stabsstelle ‚Abendland' vorzubereiten, die dann unter seiner Führung stehen sollte.

Am nächsten Morgen, es war der 3. Februar 1945, ein Samstag, erreichte die US-Airforce gegen 11 Uhr mit fast tausend viermotorigen B-17-Bombern die Reichshauptstadt und warf in fünfzig Minuten über zweitausend Tonnen Bomben ab, der schwerste aller Angriffe auf Berlin bis dahin. Damit hatten sich sämtliche Pläne, die bis dahin noch in Berlin zur Fortführung des Krieges bestanden haben mochten, erledigt. Auch dieser bizarre Plan für ein letztes Aufbäumen zur Rettung des Abendlandes. –

IV

Nach 1945

1 _ Sabines Rückkehr

Als Sabine Strauss, abgemagert, abgerissen und ausgemergelt, sich nach monatelanger Flucht mit der Zähigkeit einer hungernden Wildkatze bis nach Hause durchgeschlagen hatte, suchte sie zunächst ihr Elternhaus auf oder richtiger gesagt jene Stelle, an der das Haus einmal gestanden hatte.

Das Haus war, wie sie erwartet hatte, bis in die Fundamente zerstört, die Mauern großenteils eingestürzt oder abgetragen, allenfalls die Kellerräume mochten noch erhalten geblieben sein. Der Garten rings um das Haus war verkommen, der Kellereingang kaum zu finden, immerhin war der Zugang notdürftig freigelegt, da mochten schon Plünderer zugange gewesen sein.

Sie arbeitete sich langsam nach unten vor und versuchte, im Halbdunkel des Kellers bis zum Tresor vorzudringen in der vagen Hoffnung, dass er nicht aufgebrochen und leergeräumt war. Die Guarneri allerdings im Tresor noch vorzufinden, das erschien ihr allzu unwahrscheinlich, doch wenigstens nachsehen, das sollte sie schon. Aber erst einmal müsste sie die Geheimzahl richtig zusammenbringen – es war irgendein Geburtstagsdatum in der Familie, erinnerte sie sich –, und wenn das nicht klappte, müsste sie schauen, ob sie den Tresor dann eben durch irgendwelche Fachleute öffnen lassen könnte. Doch dann stellte sie fest – eher tastend als dass sie es im Dunkeln recht gesehen hätte –, dass der Tresor verschwunden war, einfach aus der Wand herausgerissen.

Sabine hatte zu viel durchgemacht, und so berührte sie die Zerstörung des Hauses nicht sonderlich, und auch der verschwundene Tresor ließ sie kalt; wer weiß, wer in den Jahren nach der Kristallnacht in dem Haus gewohnt hatte. Nur die endgültige Gewissheit, dass die Guarneri hier jedenfalls nicht mehr zu finden sein würde, beschäftigte sie näher, so gering ihre Hoffnung auch gewesen war, die Geige irgendwo im Haus noch zu finden.

Dann machte sie sich auf, nach der Villa Zabener und ihren Bewohnern zu schauen, war ja nicht weit. Die Straßen in dieser Gegend der Stadt waren trotz aller Zerstörungen ziemlich freigeräumt, ganz im Gegensatz zur Innenstadt, wo die zerbombten fünf- und sechsstöckigen Häuser zu derartigen Schuttmengen geführt hatten, dass da, wo früher ausreichend breite Straßen verliefen, oft nur noch ein schmaler Pfad frei geblieben war, sodass zwischen den meterhohen Schuttbergen links und rechts an manchen Stellen nicht einmal zwei Personen nebeneinander hergehen konnten.

Das Haus Zabener war auch arg mitgenommen, aber immerhin, Parterre und erstes Stockwerk schienen bewohnt, und über der zweiten Etage war ein solides Notdach errichtet. Sabine schaute erst hinten im Souterrain nach der Chauffeurwohnung, da, wo früher Ludwig mit seinen Eltern gewohnt hatte. Sie läutete etwas zögernd, erst danach sah sie, dass das Namensschild an der Tür, an das sie sich noch gut erinnern konnte, abgeschraubt war. Dann ging sie um das Haus nach vorne zum offiziellen Entree, läutete zaghaft an der mächtigen Tür und spürte, dass sie deutlich beklommener dastand als vorhin vor der Wohnungstür von Herkommers drunten. Eine ganze Weile geschah nichts, aber dann wurde die Tür vorsichtig geöffnet, und der Konsul stand vor ihr. Mit allem hatte sie gerechnet, aber nicht damit, dass der Konsul öffnen würde. Er erkannte sie auf der Stelle, sichtlich ebenso überrascht wie erfreut, und rief lauthals „Bienchen!“, wobei vielleicht weniger an seiner Stimme als in seiner Miene und auch den Gesten zu erkennen war, wie sehr ihm Sabines erbärmlicher Anblick zu schaffen machte.

Sabine hatte ihn noch nie so aufgeregt erlebt. Mein Gott, was war der alt geworden!

„Komm rein, komm rein!“, rief der Konsul und eilte voraus, riss die Tür auf zum Grünen Salon, postierte sich hinter ihr, als ob er sie hineinschieben müsste, rückte die Sessel zurecht und rief: „Setz dich doch! Setz dich doch!“

Dann fragte er: „Wo kommst du her? Erzähl! Wie lange haben

wir uns nicht mehr gesehen? Wann bist du weg – das war doch schon lange vor dem Krieg! Wann war das genau, als du nach Wien gegangen bist?“

Ohne eine Antwort abzuwarten, stand er auf und fragte: „Hast du Hunger? – Halt, Momentchen, ich habe noch etwas Kaffee in der Kanne.“

Und schon war er verschwunden. Er kam mit Kaffee und irgendwelchem Gebäck zurück, und Sabine fing an, immer wieder von ihm aufgefordert, das eine und andere aus ihrer ersten Zeit in Wien, den Jahren vor dem Anschluss, zu erzählen, waren es doch die schönsten Jahre ihrer Odyssee gewesen.

„Das sind über zehn Jahre, Bienchen! Dein Erscheinen hier ist für mich wie die Heimkehr einer eigenen Tochter!“

Doch plötzlich wurde er still und fragte stockend: „Du weißt –, dein Vater ist –“

Sabine nickte nur.

„Ich war fast froh, als ich damals von der Narath-Klinik die Nachricht bekam. Schon kurz nach seiner Einlieferung. Ich habe ihn nur einmal kurz besuchen können. Er war in einem erbarmungswürdigen Zustand –“

Sie schwiegen beide.

„Was weiß man von Viktor?“, traute sich Sabine endlich zu fragen.

Der Konsul blickte auf, und sie spürte plötzlich ihr Herz bis zum Hals hinauf schlagen.

„Erst erhielten wir die Nachricht, dass er gefallen sei. Er war, obwohl Flieger, auf einem U-Boot eingesetzt – irgendwie zu Erprobungszwecken als Aufklärungsflieger –, das ist von den Engländern mit Mann und Maus versenkt worden. Erst nach vielen Monaten kam über das Rote Kreuz die Nachricht, dass er sich in englischer Gefangenschaft befindet. Ich glaube, das war der glücklichste Augenblick in meinem Leben. – Das macht alles andere wett, hoffentlich wird er bald entlassen. Ich bin ja nicht mehr im Amt, die Amerikaner haben mich sofort nach Hause geschickt, zusammen mit dem ganzen Vorstand, sogar Hausarrest haben sie über uns verhängt, bevor ich dann für eine Weile im Internierungslager in Ludwigsburg gelandet bin. Aber das hat mich nicht besonders beeindruckt. Nun, unsere Leute, die sollen jetzt erst mal schön aufräumen, das Werk hier sieht grauenhaft aus, die anderen Werke übrigens auch nicht viel besser. Aber wenn dann wieder alles richtig anlaufen soll – und das muss es! –, dann werden sie rasch erkennen, wen sie dazu unbedingt brauchen."

Gewöhnlich ist es ja so, dass nach so langer Zeit Gespräche dieser Art wegen beidseitiger Befangenheit leicht ins Stocken geraten. Aber hier war alles anders, beide sprudelten, fragten, erzählten. Nur eines hemmte anfangs noch Sabines Redefluss, sie war sich nicht sicher, ob sie den Konsul mit Du anreden dürfe, oder ob das Sie geboten war. Aber dann war ihr ‚Onkel Heinrich' herausgerutscht, wie sie als Kind und junges Mädchen zu ihm gesagt hatte, und alles war klar.

„Du wohnst natürlich hier im Haus! Viktors altes Zimmer im ersten Stock ist noch einigermaßen in Ordnung, bis auf das Fenster. Du musst jetzt erst mal wieder zu Kräften kommen, Bienchen!"

Nach dem Abendbrot, bei dessen Vorbereitung sie dem doch recht ungeschickten Konsul zur Hand ging, setzten sie sich wieder in den Grünen Salon.

„Ich habe tagsüber doch noch allerhand zu tun, Bienchen, Abstimmung mit den alten Kollegen, Anwaltsgespräche, Diktate bei meiner alten Sekretärin zu Hause. Aber wir sollten uns, wenn's irgend geht, jeden Abend hier zusammensetzen, und du erzählst, wo und wie du die letzten zwölf Jahre verbracht hast. Ich werde dann sicherlich auch dieses oder jenes von mir beisteuern, aber das war ja längst nicht so aufregend."

„Von meinen ersten Konzertjahren hast du heute Nachmittag ja schon ein wenig gehört, das war eine gute Zeit in Wien. Von da an ist es nur noch bergab gegangen und eigentlich immer schlimmer geworden."

„Ich bin gespannt, Bienchen, auf alles, was du erlebt hast! Es ist ja beschämend, wie wenig ich von dir weiß! Ich werde dich morgen erst mal anmelden, schon wegen der Lebensmittelkarten. Und dann erzählst du mir, jeden Abend!"

Und so berichtete Sabine dann an den nächsten Abenden von ihrer missglückten nächtlichen Flucht 1938 nach dem Einmarsch der deutschen Wehrmacht in Österreich; von ihren Hungerjahren in

Lausanne; und auch darüber, wie sie, obwohl da schon Krieg war, von der Gestapo in der neutralen Schweiz wieder eingefangen worden war, was den Konsul freilich besonders interessierte, weil da auch sein alter Freund Strauss eine Rolle gespielt hatte; aber auch von diesen elenden Jahren im Schulungslager erzählte sie und von ihrem Kellerversteck in Wien und ihrem langen, langen Weg nach Hause.

Sie spürte schon bald, wie das Erzählen auch der eigenen Ordnung im Kopfe wohltat. –

Sabine Strauss hatte sich seinerzeit nach der Auflösung des Schulungslagers bei der Ankunft des Stammpersonals im Hotel Metropol nach einigem Zögern davongestohlen. Wusste sie doch, dass es vor diesem unseligen Anschluss an das Deutsche Reich in Wien einige Bekannte von Einfluss gegeben hatte, die zu Förderung und Hilfe bereit gewesen waren, und von denen erhoffte sie sich nun Rat und vielleicht auch Unterstützung.

Sie hatte nur den Rucksack mit ihren Habseligkeiten und ihrer Geige darin zu tragen, und so hatte sie kräftig ausschreiten können. Fliegend frei hatte sie sich gefühlt, wie schon seit Jahren nicht mehr, und nach einer guten halben Stunde war sie vor einer noblen, wenn auch etwas abgewohnten Villa im Währinger Cottageviertel angelangt.

Dann hat sich alles ganz von selbst ergeben. Sabine erinnerte sich, wie auf ihr Klingeln hin eine hagere alte Dame geöffnet hatte, und noch bevor sie sich sicher war, dass das die Generalin war, wie man sie damals allgemein genannt hatte, die Frau ihres großen Gönners und Förderers, da rief diese auch schon freudig überrascht: „Sabine Strauss!“

Was dann geschah, war merkwürdig. Sabine versuchte höflich, mit ein paar Worten ihre augenblickliche Situation zu schildern, aber die alte Dame schien gar nicht recht zuzuhören, und ehe sie sich versah, wurde sie von ihr am Arm gefasst und ins Haus gezogen, ja ins Haus gezerrt, fast so, wie man auf dem Bahnsteig einen Menschen zurückrisse, der bei der Einfahrt des Zuges zu nahe an der Bahnsteigkante steht.

„Sabine Strauss!“, rief die alte Dame in ihrer Freude noch einmal im Flur, und bevor Sabine ihre Erklärungen fortsetzen konnte, fuhr sie mit weit geöffneten Augen und einem freundlichen Lächeln, aber in strengem Ton fort: „Ich will Sie niemals – verstehen Sie, niemals! – hier oben sehen! Sie dürfen niemals nach oben kommen! Das ist viel zu gefährlich!"

Mit diesen Worten schob sie Sabine hastig zu einer Tür, hinter der eine Treppe, immerhin mit einem Läufer belegt, in den Keller führte. Unten dirigierte sie Sabine in ein wohleingerichtetes kleines Zimmerchen, das knapp unter der Zimmerdecke wenigstens ein schmales Oberlicht nach draußen hatte, wobei sie in ihrem konsequenten Eifer Sabine freilich weniger hineinführte als entschlossen hineinschob. Bevor Sabine noch recht zu Wort gekommen war – sie hatte vorher nur etwas von ‚keine Umstände', ‚um Gottes Willen' und ‚ich wollte ja nur fragen' gestammelt –, war die alte Dame wieder verschwunden, und dann hörte sie, wie oben die Tür zur Treppe ins Schloss fiel. Fast erschrak sie, weil sie sich für einen Augenblick erneut als Gefangene fühlte.

Sie war noch dabei, darüber nachzudenken, in welch merkwürdige Lage sie da geraten war, als die alte Dame wieder erschien, diesmal stolz strahlend mit einer Schale Kakao und einem ordentlichen Stück Hefezopf, aber als sie verwirrt danken wollte, machte die alte Dame mit beiden Händen beschwichtigende Bewegungen und ging sogleich wieder aus dem Zimmer. Unter der Tür deutete sie im Hinausgehen noch auf das schmale Oberlicht, das mit einem schwarzen Verdunkelungsvorhang versehen war.

„Da darf niemals auch nur der geringste Lichtschein nach draußen fallen, auch am frühen Abend nicht! Nicht wegen der Flieger, sondern kein Mensch darf ahnen, dass da unten jemand wohnt. Seien Sie auch mit Ihrer Violine vorsichtig, die Straße hat Ohren! Aber der Krieg kann nicht mehr lange gehen, hat der General gesagt, und solange müssen Sie's da unten aushalten, mein Kind."

Es dauerte nicht lange, bis ihr aufging, dass die alte Dame ziemlich schwerhörig war, ja dass ihre freundliche Gastgeberin wohl so gut wie überhaupt nichts hörte. Sie schien ihr überhaupt manchmal etwas seltsam, aber es war rührend, wie sie sich um sie kümmerte. Und immer wieder die beschwichtigenden Handbewegungen und ihr Ruf. „Bleiben Sie ruhig! Bleiben Sie in Ihrem Zimmer! Gehen Sie ja nicht nach draußen!" –

Am meisten litt Sabine unter dieser totalen Untätigkeit, zu der sie verurteilt war. Ihr blieb, wie anfangs im Schulungslager, nur ihre Violine, die Violine zum Leisespielen. Sie hatte den Eindruck, als ob sich auch ihre Violine allmählich an dieses extreme Leisespielen gewöhnt hätte. Damals, am Anfang ihrer Leisespielerei, hatte sich das Instrument noch etwas spröder verhalten und irgendwie auch ungelenker, genau wie sie selbst. Aber inzwischen war ihr Leisespielen vollkommen und zur einzigen Insel der Beschäftigung geworden, auf die sie sich retten konnte. Wenn die Tonfolgen dann, so leise sie auch spielte, voll klangen, dann war sie für einen Augenblick glücklich, so ungewiss die Zukunft auch sein mochte. Sie war in Freiheit, sie war in Sicherheit, sie wurde von einem gütigen Menschen versorgt – und doch begann ihr kleines Refugium sich in unmerklich kleinen Schritten in ein Gefängnis, ja in eine Folterkammer zu verwandeln. –

Die alte Dame sah von Tag zu Tag schlechter aus, und Sabine machte sich Sorgen, als ihr plötzlich der Verdacht kam, dass die alte Dame bei der strengen Rationierung der Lebensmittel ihre eigenen Rationen an sie weitergab. Ja, so war es. So musste es sein. Sabine hatte früher einmal von einer Frau gelesen, die an einem Versorgungsfimmel, unter dem sie gelitten hatte, zugrunde gegangen war. Sie fühlte sich schuldig und überlegte sich, wie sie ein Unheil abwenden könnte. Ob sie fliehen sollte? Aber das konnte sie ihr doch auch nicht antun! Wenn doch nur bald der General käme.

Von da an aß sie stets nur einen kleinen Teil der Portionen auf, die ihr die alte Dame morgens, mittags und abends überaus pünktlich herunterbrachte. Allerhöchstens die Hälfte aß sie auf, obwohl ihr das manchmal schwer fiel und sie sich jedes Mal damit den Tadel der alten Dame zuzog. Aber sie hielt unbeirrt durch und nach einer Weile hatte sie den Eindruck, dass die alte Dame allmählich wieder etwas besser aussah und nicht mehr gar so hohlwangig war.

So zogen sich die Monate hin, es gab für Sabine nur das Violinespiel, oder sie träumte vor sich hin, was in Wahrheit aber oft nur ein Dösen war. Dazu dreimal am Tag etwas zu essen, schön angerichtet auf einem Tablett, aber dennoch litt sie die meiste Zeit unter einem gewissen Hungergefühl. Sonst gab es nichts, auch keine Verbindung mit der Welt draußen – kein Radio, keine Zeitung und auch kein Gespräch mit der alten Dame, so freundlich diese auch immerzu auf sie einredete.

Zum Glück hatte sie schon in den ersten Tagen einen Strichkalender angelegt, was sich immer mehr bewährte, denn inzwischen hatte sie jedes Gefühl für die sich dahinschleppende Zeit verloren. Aber sie musste aufpassen, denn solche Eintragungen, die sich täglich unverändert wiederholen, geschehen allmählich derart automatisch, dass sich manchmal nicht sicher sagen ließ, ob der Eintrag gerade eben gemacht worden war oder schon am Tag vorher. Aber solange es nur gelegentlich zu einer Verschiebung von ein oder zwei Tagen kam, war das gut zu beherrschen, sie musste dann nur auf das sonntägliche Glockengeläut achten, so dürftig das im Laufe der Kriegsjahre auch geworden war, um ihren Kalender wieder zurechtrücken zu können. –

Der Winter war hart, und je kälter es wurde, umso schwerer fiel ihr morgens das Aufstehen, es gab für sie ja ohnehin nichts zu tun. Immerhin brachte ihr die alte Dame jeden Morgen mit hilflosem Lächeln, als wollte sie sich für die geringe Ration entschuldigen, ein Brikett, das in ihrem Zimmerofen aber nur für ein paar Stunden ausreichte.

Irgendwann in ihrer ereignislosen Zeit hörte sie eines Mittags Sirenengeheul. Fliegeralarm hatte es bis dahin nur nachts und nur gelegentlich gegeben. Aber die Alarme wiederholten sich, manchmal hörte man in der Ferne auch die Flak bollern, auch diese eigentümlichen Flaktürme mitten in der Stadt schienen aktiv, und sie hatte den Eindruck, die Einflüge würden häufiger.

Sie hätte die Fliegeralarme von Beginn an in ihrem Strichkalender mit aufzeichnen sollen. Von Mal zu Mal kam mehr Flakfeuer dazu, das die alte Dame, so schlecht sie auch hörte, vor allem ängstigte, und Sabine glaubte, manchmal auch schon Bomben gehört zu haben. Doch sie hatte nicht die geringste Angst, im Gegenteil, sie geriet jedes Mal in eine fast freudige Erregung, wenn sie die Sirenen hörte. Die Fliegeralarme und das ferne Gerummse, das war endlich einmal eine Botschaft von der Welt draußen. Sie kannte allmählich die Geräusche immer besser, und irgendwann musste es richtige

Sprengungen oder Explosionen gegeben haben, und tagsüber waren sogar Kanonenschüsse zu hören, wie sie meinte, immer nur ein paar Schuss, dann wieder Pause, kein Trommelfeuer. –

Die Tage waren schon wieder etwas länger geworden, als ihr eines Morgens die alte Dame, zusammen mit dem Frühstück, einen gelben Krokus in einer winzigen Vase brachte.

„Der Frühling kommt!", rief sie zuversichtlich, obwohl es noch bitterkalt war, aber was kam, war in der nächsten Nacht ein fürchterlicher Luftangriff auf Wien mit Einschlägen ganz in der Nähe. Die alte Dame war danach hochgradig verstört, manchmal geradezu verwirrt, sprach kaum noch etwas, weinte immer mal wieder und vergaß von da an manchmal auch, die eine oder andere Mahlzeit zu bringen.

Von einem Tag auf den anderen war dann Ruhe, kein Fliegeralarm mehr, keine Flak, keine Bomben. Aber dafür waren in der Ferne Gewehrfeuer und auch kurze MG-Feuerstöße zu hören und dazu ein mahlendes Dröhnen, immer wieder, aus verschiedenen Richtungen, tagelang, mit nur geringen Pausen dazwischen. Dann mit einem Mal auch keine Schüsse mehr, kein fernes Donnern, nur noch das mahlende Dröhnen. Das mussten Panzer sein! War Wien gefallen, erobert, eingenommen, besetzt, befreit, weil keiner mehr schoss?

Auch die Panzergeräusche wurden allmählich weniger und verschwanden schließlich ganz. So viel Stille nach dem Donnern und Getöse Tag und Nacht hatte etwas Bedrohliches; vor den Russen hatte sie Angst. Dann vereinzelt manchmal ein Auto oder ein Lastwagen in der Nähe. War der Krieg zu Ende? Wenigstens für Wien? Wer ist einmarschiert? Das konnten doch nur die Russen sein?

Die alte Dame verstand ihre Fragen nicht. Sabine fragte immer ungeduldiger, und die alte Dame reagierte immer hilfloser. Sie schien unter Sabines Drängen zu leiden und blickte sie ratlos an.

Tags darauf war sie verschwunden, jedenfalls erschien sie, die sonst so Pünktliche, nicht mehr mit den Mahlzeiten, und zu hören war von ihr auch nichts oben im Haus. Gegen Abend verließ Sabine zum ersten Mal vorsichtig den Keller und suchte nach ihr im ganzen Haus, vergebens.

Ihr war klar, wenn nicht mehr geschossen wird und auch keine Panzer mehr zu hören sind, dann bedeutet das, Wien ist in der Hand der Sowjets. Oder der Krieg ist überhaupt aus. Ich muss hier schleunigst weg! Denn wenn das so ist, dann genießt das Haus des Generals keinerlei besonderen Schutz mehr und wird von den Russen in kürzester Zeit beschlagnahmt werden.

Jetzt erst, da sie mit aller Kraft heraus wollte aus ihrem Käfig, spürte sie so richtig, was ihr während der langen Isolation alles verloren gegangen war. Von der Welt draußen hatte sie nur noch ein ebenso verblasstes wie längst überholtes Bild, das mit der Wirklichkeit nicht mehr viel zu tun hatte. Aber für diese unbekannte Wirklichkeit musste sie jetzt planen, soweit es überhaupt etwas zu planen gab. Als Erstes sollte sie oben in den Papierkörben und den Abfalleimern nachschauen, ob sich da oder sonst wo noch alte Zeitungen finden lassen. Selbst wenn sie schon Wochen alt wären und jeden Wiener zu Tode langweilen würden, für sie wären sie voller unerhörter Neuigkeiten und voller Wissenswertem für ihre Flucht. In ganz Wien, ja wahrscheinlich in ganz Österreich gab es keinen Menschen, der so wenig wie sie über die Welt da draußen wusste und der keine Ahnung hatte von der Kriegslage und erst recht nicht vom Frontverlauf.

Wie sollte ihr da die Flucht gelingen, es würde ihre dritte sein und diesmal sicherlich die schwierigste. –

Der Konsul, der wie jeden Abend mit heller Aufmerksamkeit zugehört und sie nur selten einmal mit einer Verständnisfrage unterbrochen hatte, lehnte sich erschöpft zurück.

„Wahrscheinlich hat dir diese endlose Haft, in die dich die freundliche alte Dame genommen hat, das Leben gerettet. Ja, das Leben gerettet! Die Generalin war dein Glücksengel! Vergiss nicht, schon 1942 hatten die Verantwortlichen voller Stolz ‚Wien ist judenfrei' nach Berlin gemeldet, und jeder Jude, der danach noch erwischt wurde – und das waren nicht gerade wenige –, wurde natürlich umso gnadenloser behandelt, und das heißt, mit den brutalsten Mitteln aus dem Weg geräumt. Bewies er doch allein durch seine Existenz, dass die lauthals verkündete Parole ‚Wien ist judenfrei' gar nicht zutraf.

„Ich hatte noch viel öfter ein Riesenglück, gleich am ersten Tag meiner Flucht aus Wien war das, und hab's nicht mal gleich bemerkt, was für ein großes Glück das war. Ohne diese Begegnung wäre ich schon bald gescheitert. Das Glück ist mir bis nach Hause treu geblieben, jedes Mal wieder."

„Erzähl!"

„Noch keine zehn Kilometer unterwegs habe ich mich am frühen Morgen in Weidling bei strömendem Regen im Eingang einer Kirche untergestellt – vor irgendeine Haustür habe ich mich natürlich nicht hinstellen wollen. Eher zufällig oder aus Langweile habe ich dann mal am Griff der Kirchentür gezogen, und sieh da, die Kirche war offen, trotz dieser unsicheren Zeiten. Ich ging rein und setzte mich in der letzten Reihe ganz ans Ende der Bank. Meine Kleider trockneten allmählich, und ich war vor allem nicht mehr dem kalten Wind ausgesetzt. Draußen hörte man immer noch den Regen rauschen, und es war natürlich langweilig zu warten und auf den Regen zu horchen, und so holte ich meine Violine heraus und spielte fast unhörbar leise wie ein Mäuschen – ich hab dir von meinem Leisespielen ja erzählt. Ich vergaß alles um mich herum und war glücklich und dankbar, dass ich auf dem Weg in die Freiheit war. Aber das mit der Freiheit war natürlich ein ziemlich verwegener Gedanke."

„Nun ja, natürlich. Aber letzten Endes ging ja alles gut."

„Mir kam dann das Doppelkonzert von Bach in den Sinn, das hatte ich schon lange nicht mehr gespielt, denn zum Doppelkonzert neige ich nur, wenn ich einen gewissen Übermut verspüre – aber der überkam mich ja gerade, obwohl es dazu natürlich genau genommen nicht den geringsten Anlass gab, ganz im Gegenteil! Aber ich war meinem Kellergefängnis entsprungen und glaubte, mich frei bewegen zu können, wenn ich nur genügend Energie aufbringen würde. Das war mein großer, mein wirklich lebensgefährlicher Irrtum, zu dem es natürlich nur wegen meiner endlosen Isolation gekommen war – da wird man einfach weltfremd und naiv! Man verdummt geradezu.

Ich legte also los, natürlich nur mit einer Geige, doch das reizte mich schon immer besonders. Ich sprang zwischen den beiden Violinen hin und her, mal diese, mal jene, wobei ich das, was die jeweils andere zu sagen hatte, laut dazu trällerte, ganz skizzenhaft natürlich nur."

„Mit dem Mund –“ fragte der Konsul ein bisschen zerstreut dazwischen.

„Mit was sonst?“, lachte Sabine, denn sie wusste, dieses Mitsingen der anderen Stimme, das konnte nur sie.

„Jedenfalls musste ich dabei unversehens in die normale Lautstärke gefallen sein – wie wunderbar war doch die Akustik in dieser Kirche, die gar nicht groß war. Ich hatte schon lange nicht mehr so befreit gespielt und spielte und spielte und wiederholte ganze Passagen, was ich ja gern mal tu, und als ich schließlich die Violine langsam abgesetzt habe, da ist im gleichen Augenblick die Tür zur Sakristei aufgegangen, und ein alter Pfarrer mit einem weißen Lockenkopf kam herein und ging mit einem glücklichen Lächeln und ausgebreiteten Armen auf mich zu.

‚Der Frieden ist nahe!‘, rief er strahlend und bat mich, mit ihm hinüber ins Pfarrhaus zu kommen. Ich habe ihm dann erklärt, wo ich herkäme, dass ich mich über lange Zeit in Wien versteckt gehalten hätte, um nicht wieder nach Mauthausen zurückgeschafft zu werden, und was ich nun vorhätte und so weiter, und da sah er mich auf ein Mal ganz aufmerksam an und fragte etwas unsicher: ‚Sagen Sie – sind Sie Sabine Strauss?‘, und plötzlich ganz sicher im Ton fuhr er fort, ‚Oh ja, doch, ich kenne Sie von Ihren Konzerten in Wien und einmal sogar hier im Stift von Klosterneuburg, das war noch vor Hitlers Einmarsch in Österreich. Ihr Erscheinen heute und ihr Spiel – das ist für mich der erste glückliche Moment seit dem Einmarsch der Russen!‘ – Und dann hat er mir klargemacht, dass es sicher richtig war, dass ich das Haus des Generals schleunigst verlassen hatte. Aber jetzt müsse ich mich unbedingt noch einmal verstecken, hier in seiner Kirche, nur für ein paar Tage oder höchstens Wochen, bis der Krieg ganz zu Ende sei. Dann sähen wir weiter. ‚Sie können doch nicht hinter den kämpfenden russischen Truppen herlaufen!‘, meinte er, aber das ginge nicht mehr lange. Und so bin ich dann bis zur Kapitulation noch einmal ein paar Wochen im Keller des Pfarrhauses in Weidling bei Klosterneuburg festgehangen, Gott sei Dank, ich wäre sonst in mein Verderben hineingelaufen.

Im Pfarrhaus war ich natürlich längst nicht mehr so abgeschnitten und isoliert wie in Wien, ich durfte abends mit dem Pfarrer die Radionachrichten hören, er zeigte mir seine Bibliothek, ich durfte lesen, was ich wollte, ‚Nur immer richtig wieder zurückstellen!', hat er gesagt. Seine Gastfreundschaft und seine Freundlichkeit hätten größer nicht sein können. Ab und zu spielte ich ihm vor, und er war glücklich. Die Verpflegung war karg, aber sie reichte aus."

„Ein Pfarrer wird nie ganz auf dem Trockenen sitzen –"

„Aber das Wichtigste kommt noch, das ermöglichte mir nämlich wahrscheinlich erst meine eigentliche Rettung. Als mein Aufbruch bevorstand, gab er mir noch Briefe an verschiedene Pfarrer mit. Die Pfarreien lägen an meinem Weg. Bei denen könnte ich jederzeit Station machen. Und die würden mich dann auch an geeignete Pfarreien oder auch Klöster an meinem Weg mit ebensolchen Briefen weiterleiten. Die Kirche hätte übrigens im Kampf gegen den Bolschewismus schon seit Monaten damit begonnen, zur Rettung von Bolschewistenfeinden solche Routen vor allem in der umgekehrten Richtung, nämlich von Deutschland nach Genua und andere Seehäfen einzurichten. Da seien dann Bozen, Meran und Livigno die großen Wartestationen, weil häufig erst noch Ausweispapiere beschafft werden müssten, aber Genaueres wüsste er auch nicht."[1]

Bei ihr sei das mit den Ausweisen gar nicht so schlecht, habe sie dem Pfarrer erklärt, ihr Reisepass stamme noch aus den dreißiger Jahren, als sie 1933 nach Österreich ausgewandert oder richtiger abgehauen sei. Den habe man ihr dann 1938 bei ihrer Festnahme nachts auf der Eisenbahnbrücke nach Pressburg abgenommen, aber bei der Freilassung in der SS-Leitstelle Wien sei er ihr wieder ausgehändigt worden. Und als sie nach Kriegsbeginn 1940 in der Schweiz wieder eingefangen worden sei, habe niemand danach gefragt, weil sie ja nicht ins KZ Mauthausen selbst gesteckt worden sei, in dem einem alles abgenommen wurde, sondern zum Stammpersonal des Umschulungslagers Mauthausen II kam. So ganz einwandfrei sei der Pass aber auch nicht, habe sie dem Pfarrer gestanden, zwar sei kein ‚J' eingestempelt[2], das sei erst viel später gekommen, doch inzwischen sei er wohl abgelaufen. Aber zu ihrer Überraschung habe der Pfarrer dazu nur gemeint, dass es keine Schwierigkeiten bereiten würde, da pfarramtlich eine provisorische Verlängerung einzutragen.

„Aber dann hat er mir erklärt, dass mit einem Pass, auch mit einem gültigen, noch längst nicht alle Schwierigkeiten aus dem Weg geräumt seien. Ich sei einfach zu naiv. ‚Wissen Sie denn nicht, dass man sich nicht frei bewegen darf?', hat er mich bestürzt gefragt. Gleich im ersten Erlass der Besatzer, der direkt nach dem Einmarsch überall angeschlagen war, stand als Ziffer eins: ‚*Es ist verboten, außerhalb der Gemeinde zu verkehren*'. Das haben sie zwar jetzt ein wenig gelockert, und es wird wohl noch weiter gelockert, schon wegen der Bauern, aber die freie Beweglichkeit, die Sie brauchen, die kommt nicht wieder!' – Ich habe das übrigens tatsächlich nicht gewusst, Onkel Heinrich. – Aber darum hätte er mir doch diese Briefe gegeben, hat er gesagt, die aber unterwegs, zwischen den Stationen, nicht viel Schutz böten. ‚Auf jeden Fall größere Ortschaften umgehen und im Übrigen vermeiden, in eine Straßenkontrolle zu geraten!' Wenn man einigermaßen aufpassen würde, könnte man das schon schaffen. Er müsse ja auch häufig in die Nachbargemeinde hinüber und habe bis jetzt jeder Kontrolle rechtzeitig ausweichen können.

Beim Abmarsch hat er dann noch einen langen weißen Schal angebracht. Er zeigte mir, wie er über die Stirn, um den Kopf und um den Hals zu schlagen sei. Das entspräche natürlich nicht der Tracht der Schwestern hier im Kloster drüben, aber mit einem solchen Schal liefen gewöhnlich die Novizinnen herum, und so sei das vielleicht noch einmal ein Quäntchen mehr Schutz – aber wirklich zuverlässig ausreichen, um durchzukommen, würde das natürlich immer noch nicht. Ich würde schon einen besonders einflussreichen Schutzengel brauchen, wenn das bis nach Hause gutgehen sollte."

„Den hattest du, Bienchen, weiß Gott!", rief der Konsul.

„Ich kann dir da in nächster Zeit noch so manche haarsträubende Geschichte erzählen. Da wird mir jetzt noch Angst, wenn ich daran denke."

„Du hattest ja wahnsinniges Glück, Bienchen!", seufzte der Konsul, „nicht nur einmal, sondern dauernd! Immer wieder!"

Sabine nickte.

„Weil ich im letzten Krieg mit einem Stoßtrupp mehrmals nacheinander allzu forsch vorgegangen war, hat mir dein lieber Vater einmal den Satz gesagt ‚Heinrich, das Glück verbraucht sich!' Das habe ich nie vergesssen. Er meinte damit, nicht immer und immer wieder das gleiche hohe Risiko eingehen! Da ist was dran, Bienchen! Das Glück verbraucht sich."

„Bei mir hat's sich nicht verbraucht, sonst wäre das nicht monatelang gut gegangen, immer wieder."

„Manchmal kann ich es selbst kaum fassen, dass das alles gut gegangen ist."

„Noch dazu mit diesem höchst verdächtigen Geigenkasten auf dem Rücken, Bienchen, sichtbar für alle Welt!", scherzte der Konsul.

„Wieso?", fragte Sabine zurück.

„Da könnte ja eine MP 40 drin sein, die passt da gut rein!"

„Was ist eine MP 40?"

„Eine Maschinenpistole. Das Gefährlichste im Nahkampf, was es gibt!" –

2 _ Im Ruinenkeller in Hannover _ Viktors und Ludwigs Wiedersehen nach dem Krieg

Es schien wieder geregnet zu haben oder vielleicht regnete es auch noch, das entnahm Viktor den Tropfen, die, in der Stille der Nacht deutlich zu hören, weiter hinten im Keller im Abstand von vielleicht einer halben Minute herabfielen – blubb. Er hatte einen Kübel darunter gestellt und wusste, dass man sich davor hüten sollte, gerade bei schwachem Regen, auf den nächsten Tropfen zu warten, womöglich um abzuschätzen – blubb –, wie stark der Regen sei oder ob er zugenommen habe. Man hatte in dieser totalen Finsternis eine umso größere Chance, sich von diesem Getropfe zu befreien, je besser es einem gelang, die Existenz dieser Tropfen – blubb – zu ignorieren.

Wie komfortabel dagegen war doch sein Quartier in der Gefangenschaft bei den Engländern gewesen! Und so sah nun seine neue Freiheit im zerbombten Hannover aus. Ein Keller unter dem Schuttberg eines zerstörten Wohnhauses, feucht, kalt und muffig riechend. Während er dann doch für ein paar Augenblicke lauschte und auf den nächsten Tropfen wartete, glaubte er plötzlich fast zu spüren, wie sich seine Ohren aufstellen wollten. Da ist doch jemand draußen, da war doch was auf der Kellertreppe zu hören!

Er riss die Tür auf und rief in möglichst forschem Ton „Hallo?" ins Dunkel. Auf der Treppe bewegte sich tatsächlich jemand.

„Wohnt hier der Herr Zabener?", hörte er in einem eher süddeutschen Tonfall.

„Jaa – und wer sind Sie?"

Viktor besaß weder eine Taschenlampe noch ein Feuerzeug, und die wenigen Streichhölzer, die er noch hatte, lagen hinten bei den Kerzen, die er vom vorigen Bewohner dieser Kellerhöhle übernommen hatte. Acht Mark wollte der Hausbesitzer pro Monat haben – ‚alles inklusive, zwar ohne Heizung, aber mit Licht, soweit die Kerzen reichen'.

Dann hörte er, nachdem die Person ein paar Stufen weiter heruntergepoltert war, ein betontes Räuspern und danach fast triumphierend: „Ich bin der Ludwig, Mensch!"

Viktor war sprachlos, Ludwig dagegen lachte unausgesetzt. Kräftiges Händeschütteln; gar nicht so einfach, in dieser völligen Dunkelheit die Hand des Gegenübers gleich zu finden; ging aber sofort, als Viktor Ludwigs suchende Hand in der Magengegend spürte. Dann packte er Ludwig, der immer noch lachte, mit der freien Hand kräftig an der Schulter, wohl auch deshalb, weil er das Bedürfnis hatte, ihn ein wenig auf Abstand zu halten. Ludwigs spontane Umarmungen hatte er noch nie gemocht.

Ludwig kam sofort zur Sache: „Kann ich bei dir mal ein bisschen unterschlupfen? Die sind hinter mir her!"

„Wer ist hinter dir her?"

„Die Engländer natürlich – unter mäßiger Mithilfe der deutschen Polizei."

„Was heißt mäßiger?"

„Na ja, sie haben mich wenigstens vorher gewarnt. Du musst wissen, zu unserer Einheit in Polen und dann an der Ostfront in Russland haben zwei Polizeibataillone gehört – hahaa, da gibt es immer noch echte Kameradschaft! Ich war mit drei anderen von uns bis zur Unsichtbarkeit untergetaucht. Als harmlose Landarbeiter auf dem Gutshof eines Waffenbruders. Dort haben wir auf unsere Papiere gewartet. Aber dann hat uns doch jemand verpfiffen."

„Auf was für Papiere gewartet?"

„Neue Papiere. Ich heiße jetzt Rössler, Ludwig Rössler. Ohne Papiere keine Ausreise. In Südtirol, wahrscheinlich in Meran, kriegen wir noch einmal einen frischen Namen für die Überfahrt und die Einreise drüben. Und natürlich noch einmal neue Papiere, da bleibt nicht die geringste Spur einer Spur von uns zurück!"

„Wie haste mich überhaupt gefunden?", wollte Viktor wissen.

„Glück und Begabung. Und das Einwohnermeldeamt funktioniert ja auch schon wieder ein bisschen."

Wie er Hannover herausgefunden hatte, ließ er offen; Viktor hätte sein Gesicht sehen müssen, das war schon immer wichtig bei einem Gespräch mit Ludwig.

„Du hattest dich als Heimkehrer ja sicherlich gleich angemeldet, Viktor, schon wegen der Lebensmittelkarten, du Glücklicher! Und mit deinen Entlassungspapieren haste dir dann eine Tafel Schokolade in der Podbielskistraße bei Sprengel abholen können."

„Ach was? Tatsächlich? – Wusste ich gar nicht!"

„Siehste, aber ich! – Doch ich armer Teufel krieg nix. Ich bin auf der Flucht und muss mich verstecken. Alles was SS oder Waffen-SS ist, soll ausgerottet, soll vernichtet werden!", und dann zerfloss seine Stimme schier vor Selbstmitleid, „ein bitteres Schicksal, auf der Flucht zu sein im eigenen Land!"

Doch da Viktor still blieb, wusste Ludwig nicht recht, wie sein Jammern ankam, und so fuhr er zunehmend polternder fort: „Wo gibt es denn das! Man erhielt da irgendeinen Befehl – klipp und klar. Was weiß denn ich, ob der richtig oder zweckmäßig oder begründet ist. Ich jedenfalls hielt jeden Befehl von oben für begründet, sogar für wohlbegründet, und jetzt heißt es plötzlich – wiederum von oben – nein, der Befehl war falsch, die ganzen Befehle waren alle falsch, ja verbrecherisch, und deshalb ist das, was du getan hast – auf Befehl getan hast! –, ebenfalls verbrecherisch gewesen, und du bist zu verfolgen und zu verhaften und zur Rechenschaft zu ziehen. Nur, weil das oben jetzt andere sind, die nun zu bestimmen haben! Nur deshalb! Die haben doch keine Ahnung! Wo kämen wir denn hin, wenn da jeder kleine Armleuchter erst überprüfen soll, ob ein Befehl in Ordnung ist oder nicht! Da hat er sich überhaupt nicht drum zu kümmern! Er hat sich auf seinen Befehl zu konzentrieren und darauf, wie er ihn schnellstens ausführt und sonst um nichts! Das ist auf der ganzen Welt so! Aber bei uns, da hat er sich damit strafbar gemacht! Aber das sagt man ihm erst jetzt – hinterher!"

Dann herrschte erneut Schweigen, bis Viktor sagte, dass sie sich allmählich in die Koje verholen sollten, es sei schon spät.

„Ich richte dir eine schöne Falle mit ein paar alten Decken."

Viktor bereitete tastend Kerze und Streichhölzer vor, mehr als ein Streichholz wollte er möglichst nicht verbrauchen.

Viel war dann im flackernden Licht von Ludwigs Gesicht nicht zu erkennen; er starrte Ludwig an und Ludwig ihn. Sobald Ludwig sein Lager gefunden hatte, blies Viktor die Kerze wieder aus.

Als sie sich ausgestreckt hatten, fragte Ludwig: „Sag mal, was machst du eigentlich ausgerechnet in Hannover?"

„In englischer Gefangenschaft war die Entlassung in die englische Besatzungszone viel einfacher als anderswohin."

„Und warum ziehst du jetzt nicht weiter, nach Hause?"

„Ich bin gewarnt worden. Robert Lusser – weißt du, der Flugzeugkonstrukteur –, ein guter Bekannter meines Vaters, hatte gewarnt, es könnte sein, dass die Amerikaner an meinen früheren Erfahrungen als Testpilot interessiert sind und ich dann mehr oder weniger freiwillig-unfreiwillig in Amerika lande; er selber hinge da über die *Operation Paperclip* auch schon mit drin. Mein Vater, der von früher ja unheimlich viele Verbindungen hat, wollte die Lage für mich erkunden. Inzwischen haben sie ihn aber interniert."

„Eingesperrt, kann man das auch nennen – einfach eingesperrt."

„Aber seine Sekretärin –"

„– ich weiß, deine alte ‚Tante Irma' –",

„– ja, die kümmert sich jetzt um die Geschichte. Wird wahrscheinlich noch ein bisschen dauern, bis sie rausgefunden hat, ob die Luft für mich sauber ist in der US-Zone."

Viktor machte dann noch eine Bemerkung, dass sich die Amis wahrscheinlich nicht so sehr wegen seiner Lastenseglerfliegerei für ihn interessierten, sondern ihn wahrscheinlich deshalb haben wollten, weil sein Name in Verbindung mit dem Raketenjäger, mit der Me 163, immer wieder auftaucht. „Dabei habe ich den Vogel nie geflogen. Als er endlich fertig war, war ich längst in Gefangenschaft. Allerdings habe ich zig Flüge mit dem Stummel-Habicht abgespult." – Aber da war Ludwig schon eingeschlafen. –

Als Viktor am nächsten Morgen aufwachte, schlief Ludwig noch. Der dürftige Lichtschein, der den Schacht vor dem Kellerfenster erhellte, reichte gerade aus, um zu erkennen, dass die Nacht zu Ende war. Viktor stand auf und öffnete als Erstes die Kellertür, um möglichst viel vom ersten Tageslicht, das auf die Kellertreppe fiel, hereinzulassen. Da setzte sich auch Ludwig gähnend auf und streckte sich, und dann schauten sie sich eine Weile zwar verschlafen, aber mit einem fast schon überraschten Lächeln an und waren erstaunt, wie sehr sie sich verändert hatten und wie vertraut ihnen dennoch jeder Zug im Gesicht des anderen war.

Er ist mir nicht gerade fremd geworden, dachte Viktor, aber er steht mir doch recht fern im Vergleich zu früher. Wohingegen Ludwig das Gefühl hatte, dass ihm Viktor in den langen Jahren, die sie sich nicht mehr gesehen hatten, halt doch irgendwie fremd geworden war, ihm aber trotzdem immer noch so nahestand wie kaum ein anderer. So oder so – Milchbrüder bleiben Milchbrüder ihr Leben lang.

„Ist dein Vater eigentlich durchgekommen?", fragte Viktor, nur um etwas zu sagen.

„Keine Ahnung. Ich denke schon."

„Der ist doch politisch auch ziemlich belastet, nicht?"

„Nein, nein, der war kein Nazi, der hat nur so getan! Wenn er daheim war, hat er ununterbrochen gemeckert."

„Weisste", sagte Viktor nach einer kleinen Pause mit einem etwas hämischen Ton, „manchmal kommt mir die Idee: Könnte es nicht sein – nur mal so als Idee –, dass die vielleicht alle miteinander nur so getan haben? Womöglich war nicht einmal Adolf ein richtiger Nazi. Hat nur so getan."

Ludwig ging nicht weiter auf Viktors Spott ein.

„Wir beide hätten den Krieg jedenfalls mal geschafft!", sagte Viktor, der bemüht war, neue Gemeinsamkeiten zu finden.

„Du schon", gestand ihm Ludwig zu und runzelte die Stirn, „ich noch nicht ganz. Erst wenn ich abgehauen bin."

Viktor blickte ihn fragend an, aber für Ludwig gab es Vordringlicheres: „Mensch, hab ich einen Kohldampf! Aber du hast auch nichts da, was?"

„Doch, ich habe noch eine gekochte Kartoffel. Nicht gerade ein Frühstück, aber mit einem Stück Zwiebel schmeckts ganz gut."

Ludwig schürzte die Oberlippe, aber nur auf einer Seite des Mundes, wie er das auch früher schon gemacht hatte, wenn er etwas nicht essen mochte, oder auch, wenn er zu irgendeiner Unternehmung, bei der man ihn dabeihaben wollte, keine Lust hatte. Viktor hatte Ludwig schon als Kind um diese Grimasse beneidet, die er als Junge immer wieder vergebens vor dem Spiegel nachzumachen versucht hatte.

Ludwig dachte an etwas Besseres als an eine kalte Pellkartoffel mit einem Stück roher Zwiebel: „Ich werde nachher mal einkaufen gehen."

„Ich habe noch 100 Gramm Nährmittel auf der Lebensmittelkarte. Da könntest du Nudeln mitbringen."

„Hör mir auf mit deinen 50-Pfennig-Geschäftchen! Ich gehe auf den Schwarzmarkt."

„Viel zu gefährlich für dich, Ludwig, nirgends gibt es häufiger Ausweiskontrollen als an den Schwarzmarktecken!"

Ludwig grinste.

„Soll nicht besser ich gehen, Ludwig?"

„Du? Warst du denn schon mal auf dem Schwarzmarkt?"

„Nein."

„Na also! Dann lass mal! Wenn das wirklich gefährlich ist, dann für dich! Immer wieder mal verschwinden dort so harmlosen Naturen wie du."

Viktor sah Ludwig nur fragend an.

„Ja! Die landen in der Dose."

Viktor verstand noch weniger.

„Die werden zu Dosenfleisch verarbeitet."

Wenn das ein Scherz war, dann war es ein ekelhafter Scherz, dachte Viktor, als er hinter Ludwig hersah, wie der lässig, eine Hand in der Hosentasche, die Kellertreppe hinaufging.

Ludwig blieb den ganzen Tag über weg. Viktor hatte Hunger; mit der Verpflegung könnte es tatsächlich knapp werden. Er kam mit seinen Lebensmittelkarten schon jetzt kaum aus, wie sollte das zu zweit werden, Ludwig war schon immer ein starker Esser, und man konnte ihn natürlich nirgends anmelden. Wie lange er wohl bleiben wollte? Fest stand, dass Ludwig gesucht wurde; dass er auf der Flucht war; dass er sich versteckt halten musste – weiß der Teufel, was er angerichtet hat.

Klar, dass ich ihm da zu helfen habe! Persönlich verbindet mich eigentlich gar nichts mehr mit ihm, aber einem Milchbruder, der in Not ist, schlägt man nicht die Tür zu.

Ludwig war ein politischer Täter. ‚Was die Sache nicht besser macht', würde Adam sagen. Oh, was bin ich doch früher politisch gleichgültig gewesen, dachte Viktor. Die Bedenken und die Vorbehalte seines Vaters hatte er für eher übertrieben gehalten, nichts anderes als die Fliegerei hatte ihn interessiert, und erst in Gefangenschaft war ihm aufgegangen, dass die vielen Gerüchte über die Einsatzgruppen und über die Konzentrationslager, die er früher als bloße Feindpropaganda abgetan hatte, dass diese Gerüchte viel mehr waren als frei erfundene Gräuelmärchen: Es waren, hinter vorgehaltener Hand weitererzählt, Berichte von Leuten, die dabei waren oder mindestens aus der Ferne beobachten konnten, was geschah.

Das alles hatte sich eben bei der Vielzahl der Vorfälle und dem Strom der Fronturlauber, die aus allen Ecken und Enden der Ostfront kamen, immer weniger geheimhalten lassen. Dem besonnenen Hauptmann Weißgruber sei Dank, der hatte ihm im Gefangenenlager allmählich die Augen geöffnet und ihn gelehrt, mit den Gerüchten, die sich im Lager so ausbreiteten, richtig umzugehen und die englischen Zeitungen richtig zu lesen, ‚auszuwerten', wie er das genannt hatte, um abwägen zu können, was wohl am ehesten der Wahrheit entsprach, was Übertreibung sein mochte und was wohl tatsächlich nur von der Feindpropaganda in den Gerüchtekessel eingegeben worden war.

Gegen Abend plötzlich Männerstimmen oben auf der Treppe. Militärpolizei, ein deutscher Polizist gehörte auch mit dazu, wohl als Dolmetscher. Sie zeigten flüchtig ihre Marken, schoben ihn zur Seite und begannen ohne Umstände, den Keller zu durchsuchen. An der Art, wie sie suchten, konnte er erkennen, dass es ihnen eher um Personen ging als um irgendwelche Schwarzmarktware oder Waffen oder so etwas. Als der Schein der Taschenlampe auf seine kümmerlichen Vorräte fiel, die aus nichts weiter als ein paar Essensresten bestanden, gab es nur ein mildes Kopfschütteln, dann standen sie schon wieder unter der Tür.

„Wir suchen einen Mann namens Herkommer", sagte der deutsche Polizist im Hinausgehen, „wissen Sie zufällig, wo der sich aufhält?"

„Nein", sagte Viktor und fand, dass seine Antwort nicht einmal wahrheitswidrig war. Wie gut, dass Ludwig noch nicht zurückgekommen ist.

„Sie kennen das Besatzungsrecht und wissen, dass Sie sich strafbar machen, wenn Sie eine gesuchte Person, die eines Kriegsverbrechens verdächtigt wird, bei sich aufnehmen, beziehungsweise bei sich verstecken."

Gut, dachte Viktor, dann ist das eben strafbar. Hätte ich ihm denn, als er auf der Kellertreppe stand, die Tür zuschlagen und ihm nachrufen sollen ‚Mensch, hau ab! Mach, dass du wegkommst! Du bringst mich in Gefahr!'? Ich kann doch einen alten Freund, der um Hilfe bittet, nicht ans Messer liefern, mag er verbrochen haben, was er will! Das würde Adam gewiss genauso sehen. Da ist ein Mensch in großer Not, ich habe nicht zu fragen, sondern zu helfen.

Viktor spürte plötzlich, welche Macht diese geheimnisvolle Milchbrüderschaft noch immer auf ihn ausübte.

So schnell sie gekommen waren, so schnell verschwanden die Militärpolizisten auch wieder. Es dauerte nicht lange und Ludwig tauchte auf.

„Mensch, Ludwig, die Militärpolizei war da!", regte sich Viktor auf.

„Ich weiß", winkte Ludwig ab, „ich habe nur etwas gewartet, bis sie wieder weg sind."

Ludwig hatte einen halben Rucksack voll mit Proviant dabei.

„Wo warst du den ganzen Tag über?"

„Schwarzmarkt. Man geht ja nicht nur auf den Schwarzmarkt, weil man dieses oder jenes geschwind besorgen will. Da wär' man bald sein Geld los! Sondern, Viktor, auf den Schwarzmarkt geht man, um Handel zu treiben. Möglichst in größeren Mengen einkaufen, nicht zu teuer, und dann in kleinen Portionen zu einem auskömmlichen Preis abgeben. Das war schon seit dem Altertum das Prinzip der Händler. Und das habe ich halt ein paar Stunden lang gemacht."

„Was kaufst du da als Erstes ein?"

„Wenn's geht Zigaretten, stangenweise – musst halt viel Kapital haben! Mit weniger als ein paar Tausendern brauchst gar nicht anzufangen! Aber die Zigaretten lassen sich halt sauber aufteilen, und man gibt sie dann packungsweise ab, entweder an Verbraucher oder meistens auch an kleine Zwischenhändler mit zu wenig Kapital, die verkaufen die Zigaretten dann einzeln an irgendwelche arme Teufel zum Selberrauchen, die so natürlich nie zu was kommen."

Ludwig packte aus. Frisches Brot – ein herrlicher Duft! – eine ganze Hartwurst, massenhaft Schmelzkäseecken, Vierfruchtmarmelade, ein paar Kilobüchsen mit Gemüse und so weiter, Ölsardinen, ein halbes Pfund Butter, jede Menge Corned Beef, sogar Tee – es war unglaublich, so viel Proviant auf einem Haufen hatte Viktor schon lange nicht mehr gesehen, sogar eine Flasche Schnaps war mit dabei, über die sich Ludwig gleich mal hermachte.

„Erst ganz zum Schluss habe ich dann noch schnell für uns etwas eingekauft. Ich hab dafür nur einen Bruchteil des Gewinns gebraucht, den ich vorher gemacht habe. Lief gut heute."

Viktor wusste nichts zu sagen und schluckte wenigstens den Speichel hinunter, der ihm im Mund zusammengelaufen war.

„Nie für den Eigenbedarf das Startkapital angreifen", mahnte Ludwig, „sonst ist bald Schluss. Wenn's Startkapital erst mal weg ist, kommt man nie wieder hoch! – Aber jetzt essen wir erst mal gemütlich zu Abend!"

„Und ich spendiere eine Kerze, es ist hier unten doch schon recht düster."

Sie futterten drauflos, aber dann wurde Ludwig allmählich immer stiller und aß langsamer; ab und zu ein tiefes Luftholen. Schließlich sah Viktor, dass er Schweiß auf der Stirn hatte.

„Was ist mit dir los, Ludwig? Ist dir nicht gut? Mir fiel heute früh schon auf, dass du ein bisschen graugelb aussiehst."

„Ich sehe immer graugelb aus, und das ist kein Wunder, ich hatte oder habe eine Bleivergiftung."

„Wie kommst du zu einer Bleivergiftung?"

Daraufhin erzählte Ludwig die ganze Geschichte von seinen Bleideckenverhören, erst ziemlich sachlich, dann immer prahlerischer, bis er schließlich bei seinen Verhören in Berlin angekommen war, bei denen er unter den Verdächtigten in kürzester Zeit ganze Schweigeketten habe aufbrechen können, und das alles sei mit seinem

Verfahren unglaublich human verlaufen, ganz im Gegensatz zu den üblichen Verhören früher bei der Einsatzgruppe – Soviel immerhin gab er zu.

„Und wie liefen diese üblichen Verhöre bei der Einsatzgruppe?", wollte Viktor wissen, weil er auch vor diesem grauenhaften Thema nicht zurückweichen wollte.

„Da wurde oft mit äußerster Härte zugegriffen, das stimmt schon; hing auch stark vom jeweiligen Verhörer ab. Aber der musste einfach Druck machen, ob er wollte oder nicht, weil er nach der Verhörleistung bewertet wurde. Verhörleistung, das bedeutet, bei wie vielen seiner Verhöre hatte er Geständnisse zustande gebracht – das wurde genau gezählt! – und, fast noch wichtiger, wie viele neue Namen haben die Verhörten bei ihm preisgegeben."

„Was heißt das ‚neue Namen'?"

„Damit sind solche Personen gemeint, die bis dahin noch nicht aufgetaucht sind."

„Aha", sagte Viktor nur.

„Wer bei all dem Elend als Verhörer allmählich ‚weich' wurde, fiel in der Bewertung ab, und wenn wieder welche gebraucht wurden für draußen im Vollzug, waren das natürlich dann die Ersten, die im Vollzug landeten."

„Und was heißt das?"

„Vollzug? So hieß bei uns die Arbeit der Exekutionskommandos. In Polen war ich selber anfangs noch im Vollzug, erst dann kam ich in die Aufklärung, wurde also Verhörer, was ich ja schon vorher bei der Leitstelle in Wien war. Ist natürlich angenehmer. Und drum tut man dann in der Aufklärung verständlicherweise alles, was erlaubt ist und was nicht, um den Posten zu behalten – am Schluss war ich der Chefverhörer."

Dann machte Ludwig eine Pause, als ob er nachdächte, aber weil Viktor ihn immer noch fragend ansah, fuhr er fort: „Natürlich konnten einem auch die Verhöre manchmal an die Nieren gehen, besonders bei Leuten, die einem vielleicht gar nicht so unsympathisch waren. Aber im Vollzug, wenn da komplette Siedlungen oder ganze Judensippschaften abgeräumt werden mussten, das nahm einen wirklich mit, ganz egal, um was für ein ekelhaftes Gesocks es sich im Einzelnen handelte."

Bis dahin klangen Ludwigs Worte noch eher wie ein Klagen, aber nun fuhr er in immer aggressiver werdenden Wendungen fort:

„Schon neunundreißig in Polen war das der absolute Abschaum der Menschheit, verlaust und stinkend! Du machst dir keinen Begriff, was für ein widerliches Geschmeiß da zusammenkam, jammernd, flennend und kreischend, einfach widerwärtig. Ein übelriechender Haufen Menschen war das jedes Mal, ein Gewimmel wie Ungeziefer, und alle nur auf ihren eigenen Vorteil bedacht, was bei jeder Proviantverteilung zu sehen war. Man konnte sich nur noch mit einem einzigen Gedanken helfen: weg damit, weg mit allen, so schnell wie möglich weg! Da haben wir dann plötzlich verstanden, was mit dem Wort ‚Untermenschen' gemeint ist: nicht nur geringwertiges, sondern völlig wertloses Menschenmaterial in riesiger Zahl mit einer unheimlichen Ausbreitungskraft wie alles Minderwertige."

Viktor hatte das sichere Gefühl, Ludwig setzte diese Menschen nur deshalb derart gnadenlos und mit immer neuem Wortschwall herunter, weil er hoffte, dass es seine Schuld mindern könnte, wenn er seine Opfer so wertlos und so schändlich und so schädlich darstellte.

„Da spürte ich plötzlich, dass es unsere Aufgabe war, die rassisch edlen Völker von diesem elenden Bodensatz zu befreien! Sonst reißen die auch die wertvollen Völker zu sich hinab!"

„Ludwig!", rief Viktor und war plötzlich außer sich, „Ludwig, die sind genau das geworden, wozu ihr sie gemacht habt! Ihr habt sie euch erst miserabel gemacht, mit Haft und Lager, mit eurer Verachtung, mit Hunger und Todesangst, um sie dann umso leichter töten zu können!"

„Ach was! Du warst nicht dabei!", tat Ludwig den Vorwurf ab; aber nach einer Weile setzte er hinzu: „Außerdem – ich habe mich nicht in den Vollzug gedrängt. Aber wenn wir uns damals irgendwie schuldig gemacht haben, dann haben wir uns schuldig gemacht im Interesse des Vaterlands, nicht aus persönlichem Interesse. Solche Opfer mussten im Laufe der Geschichte immer wieder gebracht werden!"

Nach diesem Ausbruch, fast zornig hervorgestoßen, machte er eine kurze Pause, als müsse diese Parole erst verhallen. Dann fuhr er fort: „Und doch konnte ich dann später als Verhörer wesentlich mehr leisten. Das war eine absolut saubere Sache, vor allem, als wir das Bleideckenverfahren hatten. Und dann am Schluss die Verhöre in Berlin! Ich sage das nicht wegen der großen Erfolge, wie sie mir von allen Seiten bescheinigt worden sind, sondern eine saubere Sache deshalb, weil überhaupt niemand unverhältnismäßig gequält worden ist."

Er ist noch immer voller Fanatismus, dachte Viktor, und wenn es früher noch so schien, als sei er eben bloß ein Karrierist, so war er schließlich eben doch zu einem rücksichtslosen Einpeitscher geworden – und so etwas bleibt man dann wahrscheinlich für immer.

„Wenn ich mir überhaupt etwas vorwerfen muss, dann wäre das meine erste Zeit in Polen, und zwar im Vollzug bei der Einsatzgruppe. Aber wie auch immer die Schuld des Einzelnen einzuschätzen ist, ich fühle mich inzwischen davon freigesprochen."

Viktor blickte überrascht auf, und Ludwig fuhr fort: „Ich will dir das erklären", und in einem Tonfall, als würde er eine letzte Weisheit verkünden, fing er an: „Ich bin heute nicht mehr derselbe, der ich damals war!"

Viktor erkannte nicht, dass Ludwig damit etwas ganz Grundsätzliches ansprechen wollte –, dass er im Begriff war, seine Lebenslüge vor ihm auszubreiten. Darum ging er gar nicht auf den besonderen Ton Ludwigs ein und sagte nur leichthin: „Pah, ist doch klar, wir alle ändern uns ständig. Gewöhnlich mehr, als das der Einzelne spürt oder zugibt."

„Aber diese Veränderungen sind inzwischen wissenschaftlich erhärtet. Unserer SS-Arzt – unter uns gesagt, eher ein Spinner, der sich mehr für die SS-Philosophie und das Amt Ahnenerbe als für die praktische Heilkunst interessiert hat –, der hat uns erklärt, dass es inzwischen erwiesen sei, dass sich im Verlauf von sieben Jahren sämtliche Körperzellen einmal erneuern. Manche Krankheit beispielsweise, an der ein Mensch vorher jahrelang herumlaboriert hat, verschwindet einfach, weil er sie gewissermaßen in seinem alten Körper zurücklässt, sie also kurzerhand abstreift, könnte man sagen."

„Kann ja sein, aber was hat das mit wirklichen Veränderungen zu tun?"

„Ist ja nur ein Beispiel. Aber bei den Erinnerungen sieht man's noch viel deutlicher. Bei diesem allmählichen Auswechseln aller

Körperzellen – freilich auch im Kopf – gehen nämlich auch viele persönliche Erinnerungen ein für alle Mal verloren; natürlich erinnert man sich immer noch an irgendwelche alten Erlebnisse aus früheren Zeiten, aber das, woran man sich erinnert, das ist gar nicht mehr das Erlebnis selbst, wie man glaubt, sondern es sind bloß noch irgendwelche Erinnerungen an Erinnerungen. An das Ereignis selbst kann man sich auf direktem Weg nicht mehr erinnern, davon ist nichts mehr vorhanden. ‚Eine Erinnerung ist eine Erinnerung an eine Erinnerung', hatte es unser SS-Arzt genannt. Drum kann man das Ereignis von damals auch gar nicht mehr richtig bewerten. Sondern bewerten oder beurteilen kann man bloß noch das, was in unseren früheren Erinnerungen an das damalige Ereignis noch verblieben ist. So hat uns das unser Doktor erklärt."

„Na, der muss es ja wissen!"

Ludwig ließ sich nicht beirren: „Jetzt verstehst du, warum ich vorhin gesagt habe, ich bin nicht mehr derselbe, der ich damals war."

Viktor sagte nichts, und so faselte Ludwig weiter. Je länger er sprach, umso sicherer war sich Viktor, dass Ludwig die Lehren seines Meisters wiedergab – da hatte man sich wohl sehr ausführlich mit diesem schleichenden Identitätsverlust befasst. Das scheint denen ja nicht schlecht zupass gekommen zu sein, dachte Viktor, die alte Identität im Qualm der Geschichte aufgehen zu lassen und sich eine neue einzureden. Ludwig müsste halt nur mal erst diese ominösen sieben Jahre beisammen haben, damit es klappt. Ein fieser Trick, aber wenn's stimmen würde, dann könnte Ludwig, wenn er wirklich nur beim Polenfeldzug im ‚Vollzug' tätig war, vielleicht gerade noch Schwein haben.

„Man kann ja etwas ganz Ähnliches erleben", hörte ihn Viktor weiterargumentieren, „wenn einem zum Beispiel eine Situation, in die man hineingeraten ist, hinterher furchtbar peinlich war und man sich bis auf die Knochen blamiert hat; das kennt jeder. In der ersten Zeit denkt man nur mit Grausen daran zurück und ist froh, wenn einem die Geschichte nicht immer wieder in den Sinn kommt; später erinnert man sich daran nur noch mit einem gewissen Schulterzucken, das allmählich immer gleichgültiger wird – ‚dumme Geschichte, aber so etwas kann halt passieren' –, und schließlich hat man die Sache fast ganz vergessen. Und wenn man irgendwann später doch noch einmal darauf stößt, dann berührt einen diese alte Geschichte überhaupt nicht mehr, auch keine ernsthaften Schuldgefühle stellen sich mehr ein, man weiß gewissermaßen nur noch vom Hörensagen von der Sache, ein bisschen so, als ob einem ein anderer das alles erzählt hätte und man selbst gar nicht mit dabei gewesen wäre. – Siehst du, Viktor, genau das ist der Augenblick, von dem an du nicht mehr derselbe bist. Ich bin nicht mehr der, der ich in Polen war."

Erschöpft fügte er noch an: „Ich will mich da gar nicht herausreden, aber so ist es doch! Da würde einer bestraft werden, der es nicht war."

Viktor fuhr ihn empört an: „Was redest du da daher!"

Ludwig wiederholte deutlich lauter: „– da würde einer bestraft werden, der es selbst nicht war!"

Immerhin hatte Ludwig bei der Wiederholung noch das Wörtchen ‚selbst' eingefügt, als wolle er seine Teilnahme doch nicht gänzlich abstreiten, und als sei ihm vielleicht doch noch eine Ahnung von Restschuld verblieben. –

3 _ Die Guarneri taucht wieder auf _ Viktor kündigt seine Rückkehr an _ Der Konsul begegnet dem alten Herkommer

„Als du vorhin weg warst, Bienchen", sagte der Konsul, „war eine Frau aus Walldürn da und hat sich erkundigt, ob es stimmt, dass du jetzt hier wohnst. Sie hat ein Paket für dich dagelassen, da sei eine Geige drin. Die Schachtel habe man im Nachlass ihrer verstorbenen Schwester Else gefunden. Ich erinnere mich, Else war die letzte Hausangestellte bei euch – das heißt, bei meinem Freund Strauss; ich glaube, da warst du ja schon ausgerückt nach Wien."

Damit reichte er ihr ein Paket, etwas größer als ein Schuhkarton, mehrfach über Kreuz verschnürt und mit vielen Knoten versehen.

„Da ist niemals eine Violine drin", sagte Sabine nüchtern, aber sie spürte, wie im gleichen Augenblick ihr Gesicht heiß wurde, was sie selbst überraschte. Dann las sie, was da in einer etwas ungelenken deutschen Schreibschrift auf dem Karton stand: ‚Kaputtene Geige, 10. November 1938'.

Sabine begann, schweigend Knoten um Knoten zu lösen, der Konsul schaute ihr beklommen zu. Sie ahnte, was sie gleich sehen würde. ‚Kaputt' sei die Violine – es konnte sich nur um die Guarneri handeln.

Als sie den Deckel des Kartons abgehoben hatte – ohne Hast, aber auch nicht mit einer absichtsvollen Verzögerung –, blickte sie in ein Gewirr aus Splittern und Bruchstücken, von denen nur die größeren wiedererkennbar waren und sich einordnen ließen. Dazwischen wanden sich die Saiten in wirren Schleifen, die aussahen wie die heftig hingekritzelten Schnörkel eines zornigen Schülers, der mutwillig eine misslungene Zeichnung zerstören wollte.

Sie sah sofort, das ist die Guarneri, und ein Blick auf die unverwechselbare Maserung der Zargen gab ihr Gewissheit.

Bestürzt saßen sie vor dem geöffneten Karton, der Konsul schaute hilflos auf die Trümmer, ganz anders Sabine:

„Da ist noch Leben in der Kiste!"

Die vielen kleinen Splitter und Spreißel, die ganz unten lagen, und auch die größeren Teile wie der Hals der Violine mit den Wirbeln oder auch größere Stücke vom Korpus, die blieben zwar alle still liegen und warteten ab, so hatte sie den Eindruck, aber die Saiten, die in weiten Schleifen darüber lagen, die begehrten auf! Die wollten nicht stillhalten; die bewegten sich mit jeder Berührung; die vibrierten, zitterten und zuckten bei der kleinsten Erschütterung der Schachtel. Die drängten heraus, das fühlte sie.

„Oh", sagte der Konsul, um die Stille zu durchbrechen, „sehr traurig! Das ist es wohl gewesen. – Das war ein sehr berühmtes Instrument. – Dein Vater hat es sehr geliebt." Und nach einer Pause: „Er hat manchmal selbst darauf gespielt, wie er mir einmal gestanden hat, aber immer ein bisschen mit einem schlechten Gewissen, das sei ihm jedes Mal wie eine Anmaßung vorgekommen."

Sabine schloss den Karton wieder.

„Das war es dann wohl", sagte der Konsul noch einmal.

„Oh, nein, ich weiß von einigen schwerbeschädigten alten Violinen, die ganz prima wieder aufgebaut worden sind."

„Aber ob die dermaßen zertrümmert waren?" –

Man konnte sicher nicht jeden beliebigen Geigenbauer mit dem Wiederaufbau des Instruments beauftragen, das war Sabine klar. Es sollte schon ein Spezialist für historische Streichinstrumente sein. Sie fragte überall herum, wo sie auch nur die kleinste Chance für eine dienliche Auskunft sah. Schließlich hörte sie von einem Salzburger Geigenbauer, der jetzt in der Nähe von Stuttgart, irgendwo in einem Nest auf den Fildern lebe und gegenwärtig, obwohl Spezialist für alte Streichinstrumente, vor allem damit beschäftigt sei, alle Instrumente bei Radio Stuttgart, die zum Teil auch recht mitgenommen seien, nach und nach wieder in die Reihe zu bringen; aber ihr Gewährsmann wusste nicht einmal den Namen. Sabine setzte alle Hebel in Bewegung, selbst den Konsul spannte sie ein, der noch am gleichen Tag seine Beziehungen spielen ließ, und doch ging ihr alles zu langsam.

Sabine war ungeduldig. Sie wusste, dass die Guarneri nicht völlig zerstört war, und dass sie solange wieder aufgebaut werden konnte, solange es ihre Seele noch gab. Jeder Tag, der ungenutzt verstrich, war ihr ein verlorener Tag.

Sie spielte viele Stunden täglich, mehr noch als sonst, um dem Klang der Guarneri nahe zu sein, den sie bei jedem Ton auf ihrer alten Violine beinah greifbar mitschwingen hörte.

War es schon eine lange Geschichte, bis sie den Mann endlich ausfindig gemacht hatte, so zog es sich noch länger hin, bis sie endlich brieflich und dann telefonisch übers Postamt mit ihm in Kontakt gekommen war, und dann gingen noch einmal fast zwei Wochen ins Land, bis sie ihm schließlich in seiner Werkstatt gegenüberstand.

Der Mann, bärtig und in seinem Alter schwer einschätzbar, saß in einer düsteren Werkstatt, die Sabine nicht nur unaufgeräumt, sondern verwahrlost schien. Bei der Begrüßung blieb er sitzen, war aber durchaus freundlich, wenn auch von unbeschreiblichem Phlegma. In der Wiederherstellung der Violine sah er offenbar nicht die geringste Schwierigkeit. Als er eher beiläufig in den Trümmern herumstocherte, nickte er nur selbstzufrieden vor sich hin, als ob er jeden Tag ein solches Instrument vor sich hätte, und Sabine fand, dass er dieser Violine nicht mit der gebotenen Ehrfurcht begegnete. Sie hätte mit mehr Staunen, mehr Begeisterung und wohl auch mit mehr Bestürzung über die Zerstörung gerechnet.

„Wir werden alle größeren Brocken wieder verwenden können", meinte er, und da war es dann der hemdsärmelige Ausdruck ‚Brocken', den Sabine einfach unangemessen fand. Aber immer noch besser, dachte sie, er geht mit dieser ungerührten Selbstgewissheit an die Aufgabe heran, als dass er sich vor lauter Respekt vor dem Alter und der Herkunft des Instruments nicht traut, entschlossen ans Werk zu gehen und gehörig hinzulangen.

„Das bedeutet natürlich viele Monate Arbeit", sagte der Geigenbauer, und wie, um anzudeuten, dass er nun ins Grundsätzliche, mindestens ins Allgemeine gehen würde, räumte er den Karton mit den Guarneri-Bruchstücken, der zwischen ihnen stand, ziemlich abrupt zur Seite, als ob er ihm einfach nur im Wege sei, und fuhr fort, „ich werde wahnsinnig viel schäften müssen. Das Schäften ist eine besondere Technik bei solchen Reparaturen, wie im Geigenbau nur ich sie beherrsche. Nur so kann man die alten Bruchstücke mit neuem Holz ergänzen. So viele der alten Teile wie möglich müssen verwendet werden! Einfach ganze Felder aus heutigem Holz einzusetzen, das ist keine Kunst – aber dann ist der alte Klang dahin! Schäften kennt man sonst eher beim Verlängern von Leisten, oder auch von Balken, aber ganze Flächen zu schäften, wie das bei der Decke und beim Boden notwendig sein wird, das ist ein langwieriges Geschäft! Man muss nicht nur genau wissen, wie das geht – jede Leimung sieht wieder etwas anders aus –, sondern es braucht eine unglaubliche Geduld beim Vorbereiten der flachen Leimflächen, Span für Spann. Je genauer man arbeitet – mit der Lupe wie der Uhrmacher! –, desto weniger Leim braucht man für die Schäftung, desto besser hält sie und desto klarer nachher der Klang." –

„Du bist so still, Bienchen", sagte der Konsul am nächsten Morgen beim Frühstück, „bist du denn nicht zufrieden mit deiner Reise gestern?"

„Ich weiß nicht, ob die Guarneri da in den rechten Händen ist", klagte Sabine. „Der Mann hat so gar kein Gefühl für das Außergewöhnliche, für das Besondere, für das Edle! Er hat die Schachtel mit der Guarneri so achtlos grob zur Seite gestellt! Das hat richtig wehgetan. Einfach aus dem Weg geräumt, so, als ob –", sie stockte, „so wie man zum Beispiel einen Blumentopf mal geschwind zur Seite stellt, der frisch bepflanzt werden soll, basta."

„Hauptsache, er macht seine Arbeit gut. Er scheint ja ein gewisses Renommee als Restaurator zu haben."

„Mir ist er einfach zu wenig engagiert – nein, nicht zu wenig engagiert, überhaupt nicht engagiert ist er! Es war auch mit keinem Wort herauszukriegen, wie lange er wohl brauchen würde und was es kostet. Das würde er noch durchgeben."

Aber der Geigenbauer gab nichts durch und war auch sonst nicht zu erreichen. Sabine verzweifelte fast und war mit ihren Gedanken dauernd bei ihrer zerstörten Guarneri, in der vielleicht doch noch Leben war und der sie nicht helfen konnte.

Dann gelang es ihr doch, ihn über viele Ecken telefonisch zu erwischen, in einer Kneipe in Stuttgart-Möhringen, wo er gelegentlich zu Mittag aß. Der Mann reagierte aufgebracht und empörte sich, sie würde hinter ihm her schnüffeln.

„Ich schnüffle überhaupt nicht hinter Ihnen her", sagte Sabine, „Sie verstecken sich samt meiner Violine und verweigern jede Auskunft! Ich habe Ihnen schon drei Briefe geschrieben!"

Der Mann lenkte dann doch etwas ein. Er sei krank gewesen. In den nächsten Tagen käme ein ausführliches Angebot mit genauem Zeitbedarf und den voraussichtlichen Kosten.

Es kam aber wieder nichts, und als sich dann nach ein paar Wochen eine überraschende Mitfahrgelegenheit mit einem Lastwagen bot, nahm Sabine die wahr und holte voller Zorn die Geige zurück. Allein die Rückfahrt dauerte über fünf Stunden, der Holzgasgenerator, der wie eine mächtige schwarze Mülltonne links hinter dem Fahrerhaus montiert war, lieferte nicht ausreichend Schwelgas, immer wieder musste der Fahrer anhalten und im Kessel herumstochern und zweimal sogar frisches Holz nachfüllen, das dann auch wieder seine Zeit brauchte, bis es genügend schwelte.

Je öfter die Fuhre anhalten musste, desto mehr breitete sich der beißende Geruch, den der Holzgasgenerator verströmte, auch im Führerhaus aus, aber das nahm Sabine alles hin und behielt ihre Schachtel mit den wiedererlangten Guarneri-Trümmern während der ganzen Fahrt auf ihrem Schoß. –

Danach kam die Restaurierung besser in Gang, denn noch am Abend von Sabines Rückkehr aus Stuttgart hatte der Konsul erklärt, er werde sich nach diesem Misserfolg jetzt mal selbst um die Sache kümmern. Das sei er einfach auch seinem alten Freund Strauss schuldig.

Sabine freute sich, aber sie fürchtete, dass das so einfach, wie sich das der Konsul dachte, nun auch wieder nicht sein würde. Doch schon nach wenigen Tagen kam er mit den ersten Adressen an, sogar aus Italien, aus Mantova, war eine dabei, aber das sei momentan natürlich zu weit, sagte der Konsul sogleich. Es waren alles Adressen von erfahrenen Restauratoren, und alle waren sie mit einer knappen Charakterisierung versehen.

Es ist doch ein eigen Ding mit solchen Leuten wie dem Konsul, dachte Sabine, die jahrzehntelang an einem wichtigen Knotenpunkt saßen. Sie haben tausend Verbindungen, kennen Tod und Teufel, und selbst dann, wenn es um etwas geht, das weit außerhalb ihrer früheren Tätigkeit liegt, finden sie im Handumdrehen einen Weg. Oder richtiger, sie finden sofort ergebene Helfer, die ihrerseits wieder Helfer haben, und je mehr und je länger sie entmachtet sind, desto enger rücken sie zusammen und springen für einander ein.

Der nächstgelegene Geigenbauer, der sogar telefonisch erreichbar war, saß in der Nähe von Würzburg. Sabine machte sich sofort auf den Weg.

Er war das Gegenstück zu diesem Stuttgarter Geigenbauer. Ein stiller, bescheidener Mann mit einer gänzlich andersartigen Werkstatt, der sich auf die Aufgabe, die da auf ihn zukam, zu freuen schien und der schon nach dem ersten Worten ihres Gesprächs fast begierig darauf war, die Violine zu sehen. Als er die Trümmer dann besichtigte und dieses und jenes Bruchstück behutsam herausnahm, schwieg er betroffen und sagte schließlich: „Das ist kein Reparieren, kein Wiederherrichten, das ist ein Wiederaufbauen. Ein Neuaufbau mit alten Teilen – ich will es versuchen."

Dann schwieg er wieder eine ganze Weile und schaute prüfend auf die Bruchstücke und Splitter. Sabine sagte zögernd und eigentlich nur, um das lange Schweigen zu beenden, dass es doch berühmte Instrumente gebe, die mit Erfolg wieder aufgebaut worden seien.

„Die sind bei weitem nicht so zertrümmert gewesen. Gewöhnlich sind die irgendwann bei einem Sturz beschädigt worden. Eine Violine fällt halt allzu leicht mal runter, meistens passiert gar nicht so viel, weil sie so leicht ist. Wenn es ganz schlimm kommt, dann ist vielleicht einmal der gesamte Hals herausgebrochen – oder auch nur angebrochen, was aber auf dasselbe hinausläuft. Dazu bedarf es aber schon eines gehörigen Schlages, und ein herausgebrochen Hals ist fast schon der schwerste Schaden, der vorkommt, von absichtlicher Zertrümmerung mal abgesehen. Bei den meisten größeren Schäden lohnt sich – jedenfalls bei Schülergeigen – keine Reparatur mehr."

„Aber hier würde es sich doch gewiss lohnen? Falls es überhaupt noch möglich ist."

„Unbedingt! Es ist nur eine Frage der Geduld. Ich will mich da nicht in den Vordergrund stellen, aber jede Restaurierung – egal, um was es sich handelt, also nicht nur eines Musikinstruments – ist oft mühsamer und mühseliger, als es die Erschaffung des Werkes selbst war."

„Das kann ich verstehen."

„Und während der Restaurator bei einem Gemäldes im Idealfall – nein, nicht nur im Idealfall, sondern sogar in der Regel – damit rechnen kann, dass das Werk hinterher strahlender dasteht als vor der Restaurierung, darf sich der Restaurator eines Saiteninstruments, allemal einer Violine, die wieder aufgebaut werden soll, keinesfalls solche absoluten Wiederherstellungshoffnungen machen. Was wir hier vorhaben, ist zwar nicht nur eine notdürftige Flickreparatur, aber was dabei herauskommt, das ist gewissermaßen ein ganz neues Instrument mit einem sicherlich etwas anderen Charakter. Das ist kaum vorauszusagen. Das ist bei allen schweren Beschädigungen so. Fast alle alten Geigen haben schon gewisse Reparaturen hinter sich, manche wurden sogar noch besser, noch ausdrucksstärker, noch charakteristischer. Aber da kann man nichts garantieren."

„Ja, das kann ich verstehen", wiederholte Sabine noch einmal. „Der Klang einer Violine ist das Empfindlichste, was man sich überhaupt vorstellen kann." Dann fragte sie noch vorsichtig: „Was glauben Sie, wie lange sie wohl brauchen werden?"

Der Geigenbauer schwieg noch länger als vorhin und schließlich sagte er mit schwerem Atem: „Ich weiß es nicht. Ich habe noch nie eine derart ruinierte Geige wieder aufgebaut – geben Sie mir ein Jahr. Vielleicht bin ich schon früher fertig, vielleicht muss ich Sie nach sechs oder acht Monaten um eine Verlängerung bitten, ich weiß es nicht."

„Und mit welchen Kosten ist zu rechnen, nur ungefähr?", fragte Sabine fast stimmlos. Der Geigenbauer dachte wieder nach. Sabine wusste, dass man unbedingt auch über die Kosten sprechen sollte, das hatte ihr auch der Konsul angeraten, obwohl er gleich dazu gesagt hatte, dass die Kosten überhaupt keine Rolle spielen dürften, er würde da in jedem Fall voll einspringen, das sei er seinem Freund Strauss schuldig. Sie könne dem Geigenbauer durchaus auch schon einmal einen Vorschuss anbieten. Und wenn sie den Eindruck hätte, dass er einen Teil gern als Naturallohn haben wollte, dann solle sie das ruhig in Aussicht stellen. Der Konzern verfüge ja über ein großes Gut, von dem früher immer wieder einmal als Versuchsgut die Rede gewesen sei, was es vielleicht irgendwann mal ein bisschen auch war. Da habe er nach wie vor einen gewissen Zugriff.

„Übrigens profitieren auch wir beide hier gelegentlich davon und bessern damit unsere Lebensmittelrationen auf."

Sabine war dem Konsul dankbar gewesen für diesen Hinweis auf möglichen Naturallohn, fand es aber entsetzlich, dass sie dem Geigenbauer wie auf dem Schwarzmarkt Lebensmittel anbieten sollte. Aber sie tat ja alles.

Dann endlich äußerte sich der Geigenbauer wieder: „Lassen Sie mir auch in der Kostenfrage etwas Zeit? Einen Monat? Ich muss ja einiges an speziellen Vorrichtungen bauen, mindestens eine für jede Bruchnaht – ich will so viele alte Teile verwenden wie möglich –, aber bis dahin habe ich dann einen gewissen Überblick."

Und zum Abschied sagte er dann noch: „Es ist für mich wie ein Geschenk, wenn ich ein so edles Instrument wieder aufbauen darf." –

Der Geigenbauer meldete sich dann tatsächlich vier Wochen später beim Konsul telefonisch. Es sei alles nicht einfach, aber er komme voran. Sie sprachen über den geschätzten Kostenaufwand und über den voraussichtlichen Zeitbedarf, „ich kann ja nicht ständig daran arbeiten, schon wegen der Abbinde- und Trockenzeiten", doch mit einem Jahr käme er wohl hin. „Aber keinesfalls schon Konzerte vereinbaren", scherzte er, „da kann immer noch was dazwischenkommen."

Der Konsul gab sich Mühe, sein Verständnis zu zeigen.

„Ganz bestimmt sogar wird noch etwas dazwischenkommen", ergänzte der Geigenbauer, „alle paar Tage kommt etwas nicht Vorhergesehenes dazwischen, die Frage ist nur, ob man nur um ein oder zwei Wochen oder vielleicht um Monate zurückgeworfen wird. Aber bis jetzt haben wir Glück gehabt!"

Am Abend berichtete der Konsul höchst befriedigt über das Gespräch mit diesem angenehmen Mann, wie er sagte. Sabine fragte ihn danach noch etwas verzagt, was er vom Geigenbauer über die Kosten gehört habe.

„Ach Gott", sagte der Konsul, „der Mann kann einem ja leid tun! Wir sollten da wirklich großzügig sein, wenn er gut arbeitet. Das ist ein reiner Künstler!"

„Ich kann das gut nachfühlen", sagte Sabine, mit der, rein kaufmännisch betrachtet, ja auch nicht viel los war. „Ihm kommt es nur auf das Ergebnis seiner Arbeit an."

„Nur", lachte der Konsul, „dass das Wort ‚Ergebnis' bei uns etwas ganz anderes bedeutet als bei euch Künstlern! Aber du hast natürlich vollkommen recht, Sabine, das ist der unauflösliche Konflikt zwischen den beiden Zielen Gewinn und Qualität. Du kannst auch sagen, ein solcher Mann wie unser Geigenbauer ist ein rein leistungsorientierter, ein rein qualitätsorientierter Handwerker. Das sind die mit diesem ausgeprägten Handwerkerstolz. Das Gegenstück dazu wäre der gänzlich gewinnorientierte Handwerker, der profitorientierte, der mit so wenig Leistung wie möglich auszukommen versucht. Ein Beispiel aus deiner Welt: Ein hochberühmter Pianist, der jeden Tag übt, obwohl es kein Mensch außer ihm selbst merken würde, wenn er mal ein paar Tage nicht gespielt hätte, der ist eindeutig qualitätsorientiert."

Wenn der Konsul so dozierte, erinnerte er Sabine ganz unübersehbar an Viktor.

„Hoffentlich kann sich unser Geigenbauer auch in Zukunft halten!"

„Und noch etwas, Bienchen, etwas ganz Wichtiges! Wenn ein Produzent, ein Hersteller, ein Anbieter, möglichst hohe Qualität im Sinn hat, dann befindet er sich in einer wundervollen Übereinstimmung mit dem Abnehmer, dem Kunden, dem Auftraggeber. Beide haben sie dann das gleiche Ziel!“ –

Je ungeduldiger sie auf die Guarneri wartete, desto mehr spielte sie und freute sich daran, wie sie in ihrem geistigen Ohr die Guarneri stets mitsingen hörte. Zum ersten Mal seit Jahren dachte sie wieder an öffentliche Auftritte, wenn auch zunächst wohl noch mit ihrem alten Instrument, und fasste Mut, die ersten Konzerte zu planen, die dann der Konsul, so wenig er von diesem Geschäft auch verstehen mochte, mit seinen Verbindungen zu allen und jedem mühelos einfädelte. Anfangs hatte sie immer wieder Bedenken, aber der Konsul redete ihr unentwegt zu – und schon der erste Auftritt wurde ein strahlender Neubeginn.

Erst danach merkte sie, wie dringend notwendig es war, dass sie endlich wieder vor Publikum spielte. Sie wusste aus früheren Zeiten, dass sie sich nach jeder längeren Pause erst wieder an Publikum hatte gewöhnen müssen und dass sie perfekt erst dann spielte, wenn sie das Publikum vergessen hatte. –

Irgendwann in dieser Zeit des Wartens hatte sich dann der alte Herkommer, der Chauffeur, von einer Telefonzelle aus gemeldet. Er hatte sich augenblicklich an Sabine erinnert und schien nicht im Geringsten überrascht, dass sie am Telefon war. So freundlich flötend hatte sie ihn früher nie erlebt. Ob er morgen mal vorbeikommen könnte, wollte er wissen, um aus seiner früheren Wohnung im Souterrain noch ein paar restliche Möbel auszuräumen, die er damals bei seinem überstürzten Auszug nach dem letzten schweren Luftangriff zurückgelassen hatte.

Am Abend dann berichtete Sabine dem Konsul über Herkommers bevorstehenden Besuch, doch der reagierte unwirsch.

„Natürlich kann er seinen Kram jederzeit abholen, je früher, desto lieber, aber halt’ ihn mir vom Leib“, knurrte er, – „ich möchte den Kerl nicht sehen!“ – und war den ganzen Abend über schlecht gelaunt.

Am nächsten Vormittag war der Konsul wie ausgewechselt. Er begrüßte Sabine strahlend.

„Viktor hat gerade angerufen, von einem Postamt aus in Hannover. Ein Wunder, dass das überhaupt geklappt hat, er hat stundenlang auf der Post warten müssen, bis er die Verbindung hatte. Du weißt, er hängt doch immer noch in der britischen Zone fest. Jetzt kann er endlich kommen – Gott sei Dank! Frau Irma – du weißt doch, meine alte Sekretärin – hat während meiner Abwesenheit nachgeforscht, ob er als Luftfahrtexperte in die US-Zone kommen kann ohne das Risiko, einkassiert zu werden. Herr Lusser hatte mir ja empfohlen, für Viktor sicherheitshalber erst einmal die Situation abklären zu lassen. Aber es sei alles in Ordnung, hat mir Viktor vorhin am Telefon gesagt, das habe ihm Irma nach Hannover durchgegeben."

Sabine fasste den Konsul im Überschwang für einen Augenblick stürmisch am Arm, und der lachte froh.

„Warum hat denn Frau Irma, diese dumme Nuss, das nicht erst mal mir mitgeteilt, bevor sie Viktor anruft!", setzte er noch nach. So war er eben.

Als der Konsul dann später den alten Herkommer im Souterrain rumoren hörte, eilte er frohgemut zu ihm hinunter und begrüßte ihn im Hof mit lautem Hallo, fast schon mit Jubel, wie man einen alten Kriegskameraden begrüßt. Sabine war überrascht von diesem Stimmungswandel, aber das war wohl die Nachricht von Viktors endgültiger Heimkehr, die den Konsul so versöhnlich und so gesprächig gestimmt hat.

„Ja, das ist gut, dass Sie vollends ausräumen, Herkommer! In der Feuchtigkeit geht alles kaputt. Da steckt ja immer noch viel Löschwasser von oben in den Wänden."

Der alte Herkommer jedoch geriet in arge Verlegenheit. Er hatte gehofft, unbemerkt vom Konsul ausräumen zu können, aber wahrscheinlich hatte jemand oben seinen Handkarren stehen sehen.

„Ich hab' damals, Herr Konsul", sagte er als Erstes stotternd und wand sich, „ich hab' damals gar keine Meldung erstattet, wie es immer wieder gehießen hat, nich? Das wollt' ich Ihnen schon lang mal sagen. Ich hab' ja bloß die vorhandenen Rundfunkempfänger in jeder Wohnung melden sollen – was man damals alles hatte melden müssen! – und hab' angeben müssen, ob es sich um einen einfache Apparat handelt oder um einen, mit denen man auch schwächere

Sender und Kurzwelle, also auch Auslandssender und so empfangen kann. Obwohl manche Auslandssender ja auch mit dem Volksempfänger bisschen gingen. Ob es also normale Volksempfänger waren, wollten sie wissen, oder Radios wie ihre Kammermusikschatulle – so hieß Ihr großer Radio doch, nich? Der mit den beiden Türchen. Das war ein toller Apparat! Sonst hab' ich nichts gemeldet, das war alles."

Der Konsul winkte lächelnd ab: „Ist ja gut, Herkommer, ist schon in Ordnung! Lass uns das alles vergessen!"

„Vielleicht hab' ich irgendwem im Ortsgruppenbüro Ihren fantastischen Apparat geschildert und vielleicht dazugesagt, dass man mit so einem natürlich auch Auslandssender hören könnte – nicht wahr, hören *könnte* –, aber ich hab' doch nie im Leben gesagt, dass Sie Auslandssender abgehört hätten, Herr Konsul!"

„Ist schon in Ordnung, Herkommer! Ist alles vergeben. Das war im Krieg, da war alles anders. Das ist vorbei." Und in einem ganz anderen Ton fuhr er fort: „Morgen kommt Viktor zurück, stellen Sie sich vor! Wir sollten uns freuen, dass wir heil durchgekommen sind! Wir alle haben jetzt dringendere Sorgen als die Nazizeit."

Der Konsul sprach zu ihm nicht in jenem Ton, in dem ein Chef zu seinem Fahrer spricht, sondern das war eher dieser kameradschaftliche Ton, wobei freilich der Unterschied zwischen Offizier und Unteroffizier nie völlig verschwunden ist.

„Und sagen Sie, Herkommer, was ist mit Ihrem Sohn Ludwig?"

„Ja, der ist wohl durchgekommen", sagte Herkommer in eher gleichgültigem Ton.

„Das letzte Mal, dass ich ihn sah, war gleich nach diesem schweren Luftangriff. Da hat er hier auf der Durchreise bei uns kurz Halt gemacht. Ach ja, stimmt, ich erinnere mich, da waren Sie ja auch da gewesen! Damals hat noch niemand gewusst, dass Viktor der Einzige war von dieser U-Bootbesatzung, der überlebt hat. Und wo ist Ludwig jetzt?"

„Keine Ahnung. Jedenfalls haben die Amis ein paar Mal bei mir nach ihm gesucht und auch in der Nachbarschaft herumgefragt. Deshalb weiß ich überhaupt, dass er noch lebt. Aber der soll mal besser 'ne Weile untergetaucht bleiben!"

Obwohl noch ganz gut auf den Beinen mochte der Konsul nicht

mehr längere Zeit stehen und setzte sich auf eine Kiste. Eigentlich habe ich dem dummen Tropf ja schon längst verziehen, dachte er. Jeder andere hätte ihn damals hinausgeworfen!

„Wo haben Sie die ganze Zeit gesteckt, Herkommer?“, fragte der Konsul, aber ganz im Plauderton, nicht etwa vorwurfsvoll, wahrscheinlich war ihm eben nur aufgefallen, dass sich Herkommer mit dem Abholen seiner Sachen reichlich Zeit gelassen hatte.

„Ich war doch interniert, Herr Konsul, auch in Ludwigsburg, Und jetzt steht mir noch das Spruchkammerverfahren bevor.“

Jetzt fehlt nur noch, dachte der Konsul, dass er von mir eine Bescheinigung über seine politische Wohlanständigkeit in all den Jahren haben will, einen Persilschein, wie das die Leute nennen. Aber Herkommer war schon froh, dass der Konsul nicht mehr auf diese dumme Geschichte mit dem Auslandssender eingehen wollte.

„Sachen wird man da in den Verhören gefragt, Herr Konsul! Sachen, von denen ich nicht einmal einen blassen Schimmer, geschweige denn die geringste Ahnung gehabt habe!“

„Nur nicht so bescheiden“, spöttelte der Konsul gutmütig, „als Blockwart hatten Sie doch beste Einblicke überall.“

„Aber doch nur hier, nur in die einzelnen Haushalte, sonst nirgends! Was weiß denn ich, was an der Ostfront im Hinterland los war! Natürlich, Partisanen gibt es in jedem Krieg, und jede Armee wehrt sich da nach Kräften, klar. Dass die Feindpropaganda das aufgebauscht hat, ist genauso klar. Da und dort haben es die Ordnungskräfte vielleicht auch wirklich mal ein bisschen übertrieben – Krieg ist Krieg!“

Dieser Herkommer ist doch unverbesserlich, dachte der Konsul, wahrscheinlich ist der im Internierungslager unter seinesgleichen noch fanatischer geworden. Aber was heißt da ‚unter seinesgleichen‘, er selber war ja dort auch eine Weile interniert, und für ihn war das eher eine Zeit der Besinnung gewesen.

Herkommer fuhr unverdrossen fort: „Genauso ist es mit den Konzentrationslagern! Was weiß denn ich, was dort vor sich ging! Das ist ja alles streng geheim gehalten worden!“

„Na, na, Herkommer! Da ist in der Bevölkerung ja immerhin einiges gemunkelt worden, von Jahr zu Jahr mehr!“

Herkommer gab einen Laut von sich, bei dem sich nicht sagen

ließ, ob er Zustimmung oder Ablehnung ausdrücken sollte, und nach einigem Überlegen sagte er dann: „Eigentlich hat man das alles so nicht gewusst."

Dem Konsul, noch nie ein Freund unbestimmter Aussagen, missfiel mächtig, dass Herkommer, wie die alten Nazis meistens in solchen Fällen, ‚man' und nicht ‚ich' sagte. ‚Ich', das wäre schon wieder zu präzise gewesen, unter ‚man' dagegen war keiner zu belangen. Auch ärgerte er sich über das ‚eigentlich nicht', denn es bedeutet im Gegenteil ‚eigentlich eben doch'. Und das ‚so' war auch nicht besser, fiel ihm auf. ‚*So* nicht gewusst', das hieß, dass man es halt doch gewusst hat, wenn auch vielleicht nicht so.

Herkommer sagte das Gegenteil von dem, was er sagte. –

4 _ Viktors Heimkehr _ Jan und Germaine _ Übergabe der wieder aufgebauten Guarneri

Es gab Eltern, für die es nach dem Krieg mit einem gefährlichen Schock verbunden war, wenn ihr herbeigesehnter und womöglich gar als vermisst gemeldeter Sohn plötzlich unter der Tür stand. Der Konsul blieb von solcher Plötzlichkeit verschont, hatte Viktor doch sein Kommen von einem Hannoverschen Postamt aus telefonisch angekündigt, aber dennoch bekam er Tränen in die Augen, als sein Sohn Viktor dann hinter der Eingangstür hervortrat. Er ergriff ihn mit beiden Händen an den Schultern und schüttelte ihn wild, wobei er unter Stöhnen nur ‚Viktor!', ‚Viktor!', immer wieder ‚Viktor!' ausstoßen konnte. Der war ungleich gefasster und lachte nur froh und fragte als Erstes nach Sabine.

„– die sei ja jetzt auch hier, hattest du mir am Telefon gesagt."

„Ja. Ja. – Oh, da kommt sie ja schon", der alte Zabener deutete auf die Treppe, auf der man jemanden eilig herunterkommen hörte.

Sabine stürmte mit ausgebreiteten Armen auf Viktor zu, warf dabei einen scheuen Blick zum Konsul hinüber, den Viktor aber sofort verstand, und so kam es im letzten Augenblick dazu, dass sie einander nur lachend die Hände schüttelten – das war alles.

Doch dabei blickten sich so herzlich in die Augen und sahen

sich mit so wenig Überraschung und mit so viel innerer Gewissheit an, dass man glauben konnte, sie hätten all die Jahre in enger Verbindung gestanden.

So merkwürdig dem Konsul dieses Verhalten schien, es gab für ihn keinen Zweifel, die beiden waren ein Paar, auch wenn sie es vielleicht selbst noch nicht wussten.

Am Abend saß der Konsul mit seinem zurückgekehrten Sohn noch lange zusammen. Es war wundervoll, sich mit Viktor über Gott und die Welt zu unterhalten, fand der Konsul. Das hatte es früher in dieser gelösten Weise nicht gegeben, so sehr er sich stets bemüht hatte; Viktor hatte doch enorm an Reife gewonnen. Dass sich auch bei ihm in der Zwischenzeit gewisse Veränderungen in seinem Gesprächsverhalten niedergeschlagen haben könnten, kam dem Konsul weniger in den Sinn.

„Ich habe im ersten Moment eine unerhörte Genugtuung empfunden, Viktor, als mich die Amerikaner schon bald wieder aus dem Internierungslager entlassen und auch den Hausarrest aufgehoben haben und mich nicht viel später wieder auf meinen alten Posten setzten. Es war natürlich töricht von mir, da Genugtuung zu empfinden, kindisch geradezu war's, das muss ich einräumen. Wieso auch – Genugtuung? Aber jetzt werden Schritt für Schritt unsere Werke allmählich wieder aufgebaut und die alten Anlagen Stück für Stück wieder in Gang gesetzt – das ist das, was für mich zählt! Auch dass du inzwischen aus der Gefangenschaft zurück bist, spielt für mich eine große Rolle. Alles, was dem Wiederaufbau dient, ist mir willkommen. Das gilt auch für die Mitläufer, jedenfalls die gutgläubigen, die brauchen wir alle wieder! Wir müssen nur darauf achten, dass wir nicht den gefährlichen Fanatikern Einlass gewähren und sie erneut Einfluss gewinnen. Das wird nicht einfach sein."

„Inzwischen wollen sie ja alle dagegen gewesen sein", meinte Viktor.

„Ich glaube, Viktor, wir müssen da strikt unterscheiden zwischen den eigentlichen Tätern – die müssen wir zu fassen kriegen und die haben wir auszusortieren – und den bloß dumm-naiv Begeisterten, die sich verführen ließen – schlimm genug! –, die aber nichts weiter verübt haben. Das ist natürlich die weitaus größere Zahl."

„Ob sich das immer so ohne Weiteres trennen lässt?"

„Aber du hast schon recht, die wollen inzwischen fast alle dagegen gewesen sein", und höhnisch fuhr er fort, „genauer betrachtet, finden sie, seien sie schon immer mehr oder weniger dagegen gewesen, jedenfalls meistens, sodass sie also prinzipiell eigentlich fast schon zu den Gegnern gerechnet werden müssten. Oder, umgekehrt, sie seien nie ganz dafür gewesen und selbst in den Fällen, wo sie mitgetan hätten, sei das nie ohne gewisse Bedenken und Vorbehalte geschehen."

Viktor musste über den Spott des Konsuls lachen, aber der blieb ernst: „Soweit sie inzwischen selber einigermaßen von ihrer partiellen Gegnerschaft überzeugt sind – das dauert natürlich seine Zeit, bis man sich das genügend eingeredet hat, – sollten uns solche Leute nicht einmal unwillkommen sein! Solche Leute können wir brauchen, Viktor, ja wir brauchen sie sogar dringend zum Wiederaufbau – diese einfältigen, diese töricht Begeisterten, die das jetzt alles hinter sich lassen möchten! Die werden zupacken wie verrückt, wenn man sie nur wieder ran lässt!"

Dann wurde der Konsul nachdenklich. „Ich gehörte allerdings zu den umgekehrten Fällen, die waren seltener. Ich war weiß Gott nicht begeistert, nie. Wer mich näher kannte, wusste, dass ich zu den Gegnern gehörte. Aber ich bin auf die Seite der Täter geraten."

„Aber Papa! Wieso denn du?", sagte Viktor.

„Doch, wir haben Zwangsarbeiter beschäftigt. Oder mindestens geduldet, dass sie bei uns beschäftigt worden sind. Das ist mir in seiner Konsequenz erst so richtig aufgegangen, als ich interniert war und zur Ruhe gekommen bin."

„Je größer eben der Einfluss eines Einzelnen, desto breiter auch sein Verantwortungsbereich", räumte Viktor ein. „Auch für Missstände natürlich."

Der alte Zabener ging auf diese Bemerkung seines Sohnes nicht weiter ein und schien das Thema wechseln zu wollen.

„Ich komme übrigens nicht von dem Gedanken los, auch die alten gesellschaftlichen Gepflogenheiten aus der Zeit vor dem Krieg wieder aufleben zu lassen, Viktor. Auch privat will ich die alten Freunde wieder um mich versammeln. Soweit sie noch da sind."

Viktor schaute zweifelnd drein.

„Alles wieder wie früher, Viktor! Nur ohne diesen politischen Druck! Ohne diese dauernde Schnüffelei! Ohne diese ständige Bedrohung und das Misstrauen untereinander! Der Wiederaufbau wird uns gelingen, auch wenn uns das niemand glaubt! Da stehen uns harte Jahre bevor, gewiss, aber mit ihnen beginnt endlich die Freiheit – wenn ich doch nur nicht schon so alt wäre!"

Das sei genügend Anlass zu feiern, meinte der Konsul, jetzt, wo sie alle wieder da seien. Sein Vater war manchmal ein unverbesserlicher Optimist. Ein paar Wochen später begann er dann tatsächlich damit, ein ‚Fest des großen Wiedersehens', wie er es nannte, vorzubereiten. Letzter Anstoß dazu war die Heimkehr des jungen Fellgiebels gewesen, jenes ehemaligen Jean Hossenlopp, den die Fellgiebels seinerzeit adoptiert hatten. Der Jubel im Hause Fellgiebel, als Jan plötzlich im Flur stand, war so groß gewesen, dass er sogar auf ein paar alte Patienten übersprang, die aus dem Wartezimmer herüberkamen, um Jan mit zu begrüßen. Marianna, so hart sie auch arbeiten musste, um in diesen Zeiten des Mangels und der Not alles am Laufen zu halten, schwebte für Tage auf einer Wolke der Glückseligkeit.

Aber von seiner Schwester Germaine habe man schon lange nichts mehr gehört, sagte Marianna zu Jan, da sei schon seit ewigen Zeiten keine Post mehr eingetroffen.

„Ich kann mich kaum mehr an sie erinnern", flüsterte sie, „ich weiß nicht einmal mehr, wie sie aussah, ich habe sie, glaube ich, nur ein einziges Mal als Kind gesehen –", aber dann strahlte sie auf: „Ganz im Gegensatz zu dir, Jan!", und umarmte ihn aufs Neue.

Jan freute sich, dass fast alles im Haus noch aussah wie früher. Im Flur, gleich hinter dem separaten Privateingang, gab es immer noch diese Körbchen für jeden im Haus und sogar eines für die alte Sprechstundenhilfe, in die man alles Mögliche entweder für sich selbst oder für einen anderen im Haus hineinlegen konnte. Auch in seinem Körbchen lag offenbar immer noch einiges darin, und in alter Gewohnheit schaute er nach, was es da wohl für ihn noch gegeben hatte. Er stieß auf seine alten Schlüssel und auf ein paar Hosenklammern fürs Fahrrad, fand eine Trillerpfeife, ein Stirnband und eine längst verfallene Monatskarte für die Straßenbahn von 1943, die da zusammen mit einer Anzahl von alten Ausweisen und Mitgliedskarten in seinem Körbchen lag, und schließlich dann noch einen Brief an ihn aus dem Ausland, der schon bald nach Kriegsende eingetroffen sein musste, ungeöffnet.

Er riss ihn auf, er war von Germaine, nun in einer gar nicht mehr so kindlichen Schrift. Es waren nur ein paar Zeilen, weil Germaine offenbar gar keine besondere Mitteilung machen, sondern nur ein Lebenszeichen senden und zugleich schauen wollte, ob die Post wieder funktioniert und ob alle Fellgiebels den Krieg überstanden haben. Gerade weil er keine weiteren Nachrichten enthielt und so kurz war, bewegte ihn der Brief über Stunden, ja er wühlte ihn auf und er las ihn immer wieder – aber es war nichts weiter als der vorsichtige und vielleicht sogar schüchterne Versuch Germaines, mit Jan und den Fellgiebels wieder in Verbindung zu kommen.

In seinem Kopf erwachte Germaine plötzlich wieder zu neuem Leben. In den gemeinsamen Kinderjahren hatte er zwar alles von ihr und über sie gewusst, obwohl das wenig genug war, und eine Zeit lang hatte er auch noch ihre Stimme im Ohr gehabt. Aber dann war Germaine allmählich immer mehr verstummt, und auch die Bilder von ihr in seinem Kopf waren seltener und blasser geworden und standen meistens nur still da, und sie verflogen, wenn man sie genauer betrachten wollte.

Mit einem Mal wusste er wieder ganz genau, wie sie ausgesehen hatte damals und wie sie sich bewegte.

Jan antwortete ihr noch am gleichen Abend, obwohl er nicht wissen konnte, ob ein Brief aus Deutschland Germaine je erreichen würde, und er schrieb Seite um Seite wie besessen und viel zu ausführlich, wie er selbst bald merkte. Aber er wollte über alles berichten, was seit ihrer Trennung geschehen war, und er schrieb und schrieb, weil er spürte, wie sie ihm mit jeder Zeile näher rückte und ihr Bild immer lebendiger wurde. Er schrieb, als glaubte er, mit immer mehr Briefseiten die Erinnerung an sie vollständig wiederherstellen zu können, ja, als hoffte er in seinem Rausch, vielleicht auch ihre Rückkehr herbeizuzwingen. –

Monate später, Jan hatte sich längst wieder eingelebt, hörte er unten im Haus viele freudige Stimmen durcheinander, die nicht aus der Praxis drüben, sondern aus dem privaten Teil des Hauses kamen. Dann flog die Tür auf und Marianna, schier platzend vor Glück, schob eine großgewachsene junge Dame an sich vorbei und auf ihn zu.

„Jan!", rief Marianna überlaut, „weißt du, wer das ist? Du errätst es nicht!"

Jan blickte nur kurz auf, schaute nicht einmal eine Sekunde lang zu der jungen Dame hin und sagte dann ruhig und ohne den geringsten Zweifel in der Stimme: „Germaine Hossenlopp – meine Schwester."

Er sagte das in einem Ton, als ob er sagen wollte, ‚wieso fragst du?' Er gab nichts weiter von sich als eine sachliche Feststellung, und es klang wie eine Bestätigung dessen, was er wie selbstverständlich wusste. Marianna starrte ihn sprachlos an und wirkte fast ein wenig enttäuscht darüber, dass sie ihn nicht hatte überraschen können.

Dann erst sprang Jan auf, drückte, ja riss Germaine an sich und rief aufstöhnend „Schermähnla!", diese elsässische Koseform, mit einem ganz kurzen ‚a' am Ende, wie das Germaine seit ihrer Kindheit nicht mehr gehört hatte. –

Sie gingen viel zusammen spazieren in den nächsten Tagen, bald schon Hand in Hand, lachten, plauderten, erzählten. Germaine sagte immer noch wie früher *Jean* zu ihm. Klar, so hatte sie das als kleines Kind gelernt und mit diesem Namen war Jan über all die Jahre in ihrer Vorstellung erhalten geblieben. Jan gefiel das. *Jean* klang für ihn viel persönlicher und wie aus allernächster Nähe gesprochen und wirkte auf ihn viel zärtlicher als Jan. Eigentlich hieß er ja immer noch *Jean*. Nur *Jean* war die direkte Bezeichnung für ihn selbst, Jan dagegen, obwohl er sich daran gewöhnt hatte, stand nicht eigentlich für ihn selbst.

„Lass uns *Jean* beibehalten, Germaine! Nur du darfst *Jean* zu mir sagen."

Sie spürten beide, dass sie nun wieder ganz nah zusammenrücken konnten, und das ging nur mit Erzählen und Erzählen und gemeinsamem Schweigen dazwischen. Viel Zeit würde ihnen nicht bleiben, denn Germaine war auf der Durchreise. Sie hatte in Palästina ein Stipendium für ihr Studium an der Yale University erhalten und brauchte nur noch einige Papiere, die von Palästina aus nicht zu beschaffen waren. Dann sollte die Reise weitergehen nach Amerika.

Die alten Fellgiebels und alle im Haus freuten sich, wie eng die beiden Geschwister sich wieder verbündeten – als ob sie beide all die Jahre nur auf ihr Wiedersehen gewartet hätten.

„Was habt ihr euch nur dauernd alles zu erzählen?", lachte Marianna, „so viel miteinander zu besprechen gibt es doch gar nicht!"

„Oh doch", sagte Jan. „Das war eine lange Zeit!"

An einem Abend saßen sie auf einer Bank im Park. Jan beugte sich über sie und schnupperte an ihrem Haar.

„So hast du schon früher als Kind gerochen, genau so!", rief er begeistert und wunderte sich, dass er den Duft, an den er sich freilich nicht wirklich erinnern konnte, sofort und mit höchster Gewissheit wiedererkannte, sobald er ihn in der Nase hatte. „Absolut genauso! Wie sich doch so etwas hält!"

Woraufhin er begierig weiterschnüffelte, aber Germaine zog ihren Kopf zurück und drehte sich schnuppernd zu ihm hin, wich aber plötzlich zurück.

„Wie riechst denn du?", rief sie. „Das ist Benzin!".

„Ich habe heute Nachmittag einen Kanister Ami-Benzin reingewaschen. Der Alte braucht den Sprit unbedingt, der kann sonst seine kranken Patienten außerhalb nicht mehr besuchen."

„Was heißt reingewaschen?"

„Das war Ami-Benzin vom Schwarzmarkt. Es stammt von der US-Army und ist rot gefärbt. Wenn du bei einer Kontrolle mit rotem Benzin im Tank erwischt wirst, bist du dran. Und wie! Drum habe ich es ein paar Mal über einen Aktivkohlefilter laufen lassen, das war ein Mordsgepansche in der Waschküche drunten."

Germaine ließ weiteres Schnuppern bleiben und sagte nur: „Wir müssen da äußerst vorsichtig sein, mit aneinander Schnuppern und so! Sonst entsteht, wenn man uns so sieht, ein völlig falsches Bild –"

„– das so falsch nun auch wieder nicht wäre!", ergänzte Jan im Aufstehen und war über seine forsche Bemerkung selbst überrascht.

„Oh, Germaine", deklamierte Jan im Weitergehen mit großer Geste, „mir wird schwer ums Herz, wenn ich daran denke, dass du mich bald schon wieder verlässt!" So sehr er übertrieb, es war ihm in Wahrheit doch ernst zumute. „Was soll ich denn dann machen, so allein?"

„Es dauert mindestens noch zwei oder drei Wochen", versuchte Germaine ihn zu trösten, „bis ich alle Papiere beieinander habe."

„Und dann?", sagte er, und es klang schon recht unglücklich, während Germaine, so freundlich sie Jan auch ansah, ganz sachlich blieb. Aber dann wurde Jan plötzlich sehr bestimmt.

„Wenn du zurückkommst, werden wir heiraten!", verkündete er entschlossen.

Germaine lachte laut, aber nicht spöttisch etwa, sondern ganz ungezwungen, für einen Augenblick fast froh. Danach sagte sie mit einem traurigen Lächeln: „Aber das wird nicht gehen, mein Lieber, wir sind nun mal Geschwister!"

„Wenn je zwei zusammengepasst haben – perfekt zusammengepasst haben! –, dann sind es wir beide!"

„Perfekt zusammengepasst schon –"

„Ach was, da fragen wir nicht lange herum! Du heißt Hossenlopp und ich Fellgiebel, fertig! Da wird kein Mensch was sagen!", meinte Jan, aber er war sich seiner Sache selbst nicht sicher.

Nach ein paar Schritten blieben sie stehen, wandten sich einander zu und umarmten sich, so, wie sich Menschen, die sehr traurig sind, tröstend umarmen, und Jan sah, dass Germaine Tränen in den Augen hatte. –

Marianna dagegen war glücklich, dass sich die beiden sofort so gut angenommen haben, wie sie das nannte.

„Brüderchen und Schwesterchen – die beiden sind ein Herz und eine Seele. Wie ein frischverliebtes Paar kommen Sie mir manchmal vor, wenn sie Hand in Hand spazieren gehen."

„Mir ist es manchmal fast schon zu viel", sagte ihr Mann, der Dr. Fellgiebel, „so sehr ich mich natürlich freue. Jan schreibt ihr fast schon Liebesschwüre!"

„Warum, hast du so ein Briefchen gefunden?"

„Nein. Aber heute früh war Jan direkt vor Germaine duschen und als er fertig war, schrieb er ihr etwas auf den beschlagenen Spiegel. Ich hörte sie lachen, als sie ins Bad ging."

„Ich habe da heute nichts gesehen. Den ganzen Tag über nicht."

„Der Spiegel ist natürlich abgetrocknet, da war's dann wieder weg. Aber als ich heute Abend nach der Praxis geduscht habe, mit viel Dampf im Badezimmer, da beschlug der Spiegel sofort wieder, aber nicht an den Stellen, auf die Jan geschrieben hatte, und man konnte einwandfrei lesen, was bloß für Germaine am frühen Morgen bestimmt war: ‚Hast du gut geschlafen, mein süßes Schnäuzchen?'"

„Nun ja, das geht ja noch", befand Marianna.

Fellgiebel war nicht zufrieden: „Es könnte sein, dass die Inzestsperre bei den beiden nicht richtig funktioniert."

„Entweder sie funktioniert oder sie funktioniert nicht – *nicht richtig* funktionieren gibt's da nicht", sagte Marianna streng. „Nicht richtig funktionieren, das ist ein *Nicht*funktionieren, und nur ein bisschen schwanger gibt es auch nicht."

„Oh, die Gamaffinität der Geschlechter, das ist gerade beim Menschen eine komplizierte Angelegenheit!", dozierte Fellgiebel unbeirrt weiter. „Wahrscheinlich ist die Inzestsperre gar keine absolute Sperre, sondern es handelt sich nur um eine Attraktivitätseinbuße infolge einer vollständigen Vertrautheit, wie sie eben unter Geschwistern herrscht, die gemeinsam aufgewachsen sind. Aber bei den beiden hat es ein gemeinsame Aufwachsen eben nur eine begrenzte Zeit lang und nur in ihrer Kindheit gegeben."

„Ist mir schon klar", winkte Marianna ab. –

Für den großen Tag der Übergabe der renovierten Guarneri hatte sich der Konsul alles so schön ausgedacht. Er hatte den Geigenbauer aus Veitshöchheim mit dem Wagen abholen lassen, damit er die wieder aufgebaute Violine, an der er immerhin über ein Jahr gearbeitet hatte, im Rahmen einer kleinen abendlichen Einladung übergeben konnte.

Der Geigenbauer, der unverkennbar in seinem Sonntagsanzug gekommen war, hatte das Instrument in ein weißes Seidentuch gehüllt. Auf dem Flügel schlug er das Tuch zurück – welch ein Bild: die Guarneri, in einem eher dunklen Braun und mit geflammten Zargen, auf dem lose zurückgeschlagenen weißen Seidentuch liegend, und darunter der tiefschwarz glänzende Flügel.

Nach einer kleinen Ansprache des Konsuls erwarteten alle, dass Sabine nun etwas vorspielen würde. Aber Sabine zögerte.

„Ich würde mich lieber erst allein mit dem Instrument vertraut machen!“

„Nun stell dich nicht so an, Sabine“, drängte der Konsul ungeduldig, wenn auch in einem durchaus herzlichen Ton, „nur ein paar Akkorde! Wir warten doch alle darauf, wie sie klingt.“

„Wir haben gar keinen Bogen hier“, versuchte Sabine zu entkommen. Aber der Konsul hatte vorgesorgt, und schon hatte er einen ihrer Bögen in der Hand, den er ihr reichte.

Sabine wirkte schon den ganzen Abends über merkwürdig verhalten. Erst tags zuvor hatte sie erfahren, dass Twaroch, ihr alter Agent in ihrer Wiener Zeit, im KZ Mauthausen umgekommen war –, das musste in der gleichen Zeit gewesen sein, dachte sie, in der ich nebenan im Schulungslager als Musikreferentin festgehalten worden bin.

Alle schauten gespannt zu ihr her, als sie die Guarneri fast ein wenig scheu ergriff und dann umständlich zu stimmen begann.

Danach blickte sie auf und nahm die Violine erneut ans Kinn, immer wieder bedächtig die Haltung an Kinn und Schulter probierend, und weil sie sich ärgerte, dass sie bei dieser ersten echten Begegnung nicht allein sein durfte mit dem Instrument, nahm sie sich kurzerhand und nicht ohne eine leise Bosheit vor, die unerwünschten Zuhörer so schnell wie möglich abzuschütteln. Sie hatte sich erst in letzter Zeit wieder intensiv mit Alban Berg beschäftigt und spielte aus dessen Violinkonzert ‚Dem Andenken eines Engels‘ die erste längere Solopartie, ein überaus anspruchsvolles Stück Musik, auch für den Hörer; ein Stück, bei dem sie sich sicher war, dass es niemand recht verstehen würde, am wenigsten jene, die einen geläufigen Ohrwurm erwartet hatten.

Die Guarneri war zu einem ganz neuen Instrument geworden, das hörte Sabine sofort – wunderbar und einzigartig. Aber das ist nicht mehr meine Guarneri, auf der ich in Wirklichkeit früher nur selten einmal, aber in Wahrheit eigentlich immer gespielt habe, und immer wenn ich auf meiner alten Geige spielte, sang im Hintergrund die Guarneri mit. Beide Geigen waren ja nicht unähnlich im Klang, beide eher ‚rund‘ und ‚warm‘, und manchen Stradivari-Freunden waren Guarneris zu üppig, sie nannten das dann ‚cremig‘ oder gar ‚schokoladig‘ – alles dummes Zeug. Aber das war alles nicht so entscheidend. Der große Unterschied zwischen den beiden Instrumenten lag vielmehr darin, dass bei der ‚del Gesù' noch dieses unerhörte und überhaupt nicht beschreibbare Flair darüberlag, das ihrer alten Geige völlig fehlte.

Sie spielte unentwegt weiter. Doch auf der wieder auferstandenen Guarneri hörte sie nicht mehr wie bei ihrer alten Geige die frühere Guarneri mitsingen. Da gab es ein neues, ein wunderbar vitales, zugleich aber auch fremdes Flair, gegen das das alte, das es nirgendwo in der Welt mehr gab, nur noch in ihrem Ohr, nicht mehr ankam.

Sabine hatte mit dem veränderten Charakter gerechnet. Jetzt war er da. Mitten im Stück hörte sie auf, wie eine Spieluhr, deren Federwerk abgelaufen ist. So schroff hatte sie noch nie ein Stück abgebrochen, doch die Gäste nahmen es hin, einzelne klatschten sogar.

„Du legst die Geige schon wieder weg?", fragte der Konsul.

„Ja, ich lege sie weg", sagte Sabine in einer seltsamen Betonung. –

Die Einladung verplätscherte sich allmählich in Einzelgesprächen, niemand von den Gästen dachte mehr an die Guarneri, Sabine dagegen dachte an nichts anderes. Sie wanderte ziellos durch die Räume, und als sie den Konsul und Viktor beieinandersitzen sah, setzte sie sich dazu und sagte ohne lange Einleitung nur: „Ich werde keine Konzerte mehr geben."

Der Konsul war bestürzt, musste aber im gleichen Augenblick zur Tür draußen, weil der Geigenbauer im Aufbruch war. Doch Viktor, obschon von der plötzlichen Nachricht ebenso überrascht, schien verstanden zu haben, was sich bei Sabine da abspielte. Er fasste ihre Hände an den Fingerspitzen und hob sie ein wenig an, während er leise auf sie einsprach. Sie saßen lange so. Sabine sagte nur wenig, doch nickte sie immer wieder einmal zustimmend und ernst, und auch ihre Hände zog sie nicht wieder zurück. Das Gespräch schien ihr wohlzutun.

Der Konsul musste nach dem Geigenbauer noch ein paar weitere Gäste draußen verabschieden. Als er wieder in den Salon kam, blieb er unter der Tür stehen. Er wollte die beiden nicht stören in ihrem Zwiegespräch, es machte ihn glücklich, sie so zu sehen, und das ließ ihn Sabines Ankündigung schon fast wieder vergessen.

Selbst wenn ich sie, nur mal angenommen, in einer engen Umarmung angetroffen hätte, dachte der Konsul, das Einvernehmen hätte nicht inniger sein können, im Gegenteil, dieses innigliche Gespräch übertraf in seiner Zartheit sogar eine Umarmung, gleichgültig worüber die beiden sprachen. –

5 _ Des Konsuls großes Fest des Wiedersehens

Lange geplant und vorbereitet war es endlich soweit mit des Konsuls großem Fest. Die Gäste standen mit den Gläsern in der Hand in kleinen Gruppen auf der Terrasse und warteten auf den Beginn des Abendessens.

„Ich war schon lange nicht mehr so ordentlich angezogen! Wie sie sich alle schön zurechtgemacht haben!“, sagte Viktor Zabener, womit er bei den Umstehenden offenbar Zustimmung fand, denn einige der Damen schauten sich wohlwollend in der Runde um, während er seine silbergraue Krawatte zurechtrückte und seinen zu engen Hemdkragen etwas zu weiten versuchte.

„Das ist ein Thema, das mich weniger betrifft“, antwortete Pfarrer Liedel schmunzelnd. „Die Variationsmöglichkeiten sind in meinem Stande doch eher gering.“

Aber schon bald wurde nicht mehr von der festlichen Garderobe, sondern nur noch vom grauen Alltag gesprochen; von den dringenden Gebäudereparaturen; von günstigen Bezugsquellen und von den unerhörten Schwarzmarktpreisen; von den unzuverlässigen Handwerkern und den geizigen Bauern. Aber manche sprachen bereits wieder von ersten vorsichtigen Geschäftskontakten mit dem Ausland. Jedenfalls drehte sich alles in irgendeiner Weise um den Wiederaufbau, um das Jetzt und Heute, und es sah aus – auch dann beim anschließenden Abendessen –, als ob nur Gespräche über die Gegenwart und die allernächste Zukunft zugelassen seien.

Nach den Vorstellungen des Konsuls hätte es ein rauschendes Fest werden sollen bis tief in die Nacht. Das war es dann auch, aber nur bis nach dem festlichen Abendessen. Der Konsul hatte alle

Register gezogen, um trotz der schwierigen Zeiten mit einem kultivierten Diner in mehreren Gängen aufwarten zu können, und wohl keiner der Gäste hatte in den letzten Jahren eine so glanzvolle Tafel erlebt, wenngleich alles nur in wohl abgemessenen Mengen serviert worden war. Mit seiner Ansprache, gekonnt wie stets, rief er bei allen ein Gefühl der Dankbarkeit hervor, dafür, durchgekommen zu sein, davongekommen zu sein, mit den alten Freunden wieder zusammen zu sein; und Sabine Strauss, die neben Viktor saß, schien es, als ob der grauenhafte Krieg erst mit diesem großen ‚Fest des Wiedersehens', wie es der Konsul in seiner Einladung genannt hatte, wirklich zu Ende sei.

Nach dem Essen und der Ansprache wurden die Schiebetüren geöffnet, und die Gäste verteilten sich auf der Beletage. Trotz der Bombenschäden waren die Gesellschaftsräume, obwohl noch nicht vollständig renoviert und zum Teil sogar noch ohne Tapeten, mit Sitzecken für kleine und größere Grüppchen vorbereitet.

Der Konsul hatte mit seiner Ansprache wie schon so oft seine Zuhörer in Bann geschlagen. Aber nicht nur das, es zeigte sich, er hatte die ganze Abendgesellschaft auch neu ausgerichtet, vielleicht ohne dass ihm das bewusst geworden war. Es war die Ausrichtung auf eine andere Zeit; denn während bis dahin alles Sinnen und Trachten dieser Gästeschar vom Heute und Morgen, vom Augenblick und der allernächsten Zukunft, die man zu bestehen hatte, beherrscht gewesen war, hatte der Konsul sie alle dazu gebracht, sich endlich wieder einmal umzuwenden und einen Blick zurück in die Vergangenheit zu werfen, mit der sich die meisten, wenn auch aus verschiedenen Gründen, seit Kriegsende so gar nicht mehr befassen wollten. Sie waren einzig auf den Wiederaufbau bedacht, der freilich auch alle Energie beanspruchte, jeder auf seine Weise, sei es, dass es darum ging, erst einmal die eigenen vier Wände wieder herzurichten oder das Nötigste an Nahrung und an Vorräten herbeizuschaffen oder irgendeine bescheidene Produktion wieder in Gang zu bringen. Alles andere war zweitrangig gewesen, auch der Blick in die Vergangenheit, auch die Frage, wer denn nun die Schuldigen waren, die Hitler hatten hochkommen lassen und die ihm gefolgt waren bis zum allerletzten Augenblick oder die ihn mindestens ertragen hatten bis zum Ende.

Aber nun war wenigstens für ein paar Stunden der Wiederaufbau in den Hintergrund gerückt, und es hatte sich tatsächlich eine Stimmung des ruhigen Zurückschauens eingestellt, eine Stimmung des Besinnens und bei diesem oder jenem vielleicht auch der Einsicht. Das fiel nicht allen Gästen leicht, war doch für so manchen dieser wie besessen betriebene Wiederaufbau auch eine Flucht vor dem Erinnern an die frühere Begeisterung. Immerhin war sich der Konsul sicher, dass ihm keine allzu strammen ehemaligen Hitleranhänger, vor allem keine von den Unbelehrbaren und Unumkehrbaren, auf seine Einladungsliste geraten waren.

„Sei doch bitte so gut, Viktor", sagte der Konsul, als schließlich alle saßen, „und betreue ein wenig unsere Gäste und schau bei den einzelnen Grüppchen nach dem Rechten! Ich kann da, wenn ich in ein Gespräch verwickelt bin, nicht so leicht einfach wieder weggehen, da musst du mir helfen!" Die Anstöße, die der Konsul in seiner Begrüßungsansprache gegeben hatte, wirkten tatsächlich, stellte Viktor bei seinem Rundgang fest. In allen Grüppchen wurden Fragen zur Vergangenheit erörtert: Wie es dazu kommen konnte; wie es zu verhindern gewesen wäre; was man selbst vielleicht hätte tun können. Die einen sprachen vom Umgang mit der Schuld und davon, dass sie in gewisser Weise sogar jene betreffen könnte, die nur geschwiegen haben. Die anderen erörterten – ziemlich kontrovers übrigens –, wie schnell sich manche alten Parteigänger wieder haben etablieren können. Und eine Gruppe, die um den Kamin saß und in der vor allem der Konsul zu hören war, diskutierte, wie wenig von allem oder wie viel davon man doch gewusst habe oder mindestens hätte ahnen können.

Nur Fellgiebel, ausgerechnet der, von dem alle wussten, dass er ein erklärter Nazigegner gewesen war und der sogar mehrmals für kurze Zeit eingesessen hatte, ausgerechnet der blieb noch für eine Weile an den ersten Nachkriegswochen hängen und erzählte seine Döntjes, wie er als alter Mariner seine Geschichtchen nannte, die sich im Konflikt mit der amerikanischen Besatzung ergeben hatten. Er erzähle das alles nur, um in Erinnerung zu rufen, wie groß bei Kriegsende das allgemeine Durcheinander war. Kaum dass die Amerikaner einmarschiert waren, sei ihm bei einem dringenden Patientenbesuch, den er freilich zu Fuß habe absolvieren müssen, der ehemalige Amtsarzt auf der anderen Straßenseite entgegengekommen. ‚Heil Hitler!', habe er ihm so laut wie möglich und mit erhobenem Arm zugerufen, und noch mal ‚Heil Hitler, Herr Kollege – ja, nehmen Sie Ihren rechten Arm ruhig hoch!' Und er habe den Herrn Amtsarzt so stramm und vorschriftsmäßig wie nur möglich gegrüßt, aber der habe in seiner Verwirrung nur verlegen seinen Arm ein wenig angehoben, aber sogleich wieder sinken lassen.

„Und dann ist auch schon ein Sergeant der *Army* auf mich zugesprungen und hat mich wegen des provokativen Hitlergrußes festgenommen. Drei Tage bin ich eingesperrt gewesen, bis alles aufgeklärt war, aber immerhin hat man mich ja gleich danach als kommissarischen Amtsarzt eingesetzt, weil ich unter den in Frage kommenden Ärzten der einzige Nichtparteigenosse gewesen bin."

Aber damit nicht genug. Kaum im Amt sei er erneut verhaftet worden – Denunziation. Er sei Mitglied des berüchtigten SD gewesen, hätte ein Denunziant an Eides statt ausgesagt. SD, erläuterte er den Gästen, so habe der Sicherheitsdienst innerhalb der SS geheißen, die eigene Geheimpolizei zur internen Überwachung, das seien in der Tat die Schlimmsten von den Schlimmen gewesen. Dabei sei er in Wirklichkeit nur als Arzt zum SHD eingezogen worden, zum Sicherheits- und Hilfsdienst, einer reinen Luftschutzorganisation, und da habe er bei jedem Fliegeralarm eine bestimmte Rettungsstelle in der Stadt als Arzt aufsuchen müssen, das sei alles gewesen. Aber dummerweise sei dann noch die Sache mit dem SA-Sportabzeichen aufgetaucht. Er sei natürlich niemals in der SA gewesen, natürlich nicht, und das SA-Sportabzeichen habe er in seinem alten Turnverein, im 1846er, gemacht, weil er das Reichssportabzeichen nicht geschafft habe.

Da schaltete sich Viktor ein: „Ja, ich erinnere mich, du hattest das, wenn irgendwelche Amtspersonen zu dir kamen, mit Vorliebe in der Federschale auf deinem Schreibtisch liegen."

„Aber doch nur zur Irreführung, zur Tarnung!"

„Ich habe dir ja schon damals gesagt, tu's weg, das gibt nur Ärger."

„Jedenfalls hat mir das noch einmal zwei Wochen Untersuchungshaft zusätzlich eingebracht, bis dann alles aufgeklärt war."

„Aber jetzt sollten wir uns doch wieder über die Vorkriegsjahre und die Kriegszeit unterhalten!", drängte Viktor. Er blieb noch für eine Weile bei dieser Gruppe sitzen. Es war sicherlich im Sinne seines Vaters, wenn er verhindern würde, dass der wortgewandte Fellgiebel das Gespräch allzu sehr mit seinen Geschichtchen bestimmte.

„Wie hast du als Gegner eigentlich das Kriegsende erlebt?", fragte er Fellgiebel. „Ich war zu dieser Zeit ja noch in englischer Gefangenschaft, da war alles anders. War es für dich mehr die Niederlage oder mehr die Befreiung? Wir in England waren unter dem wachsenden Druck der Lagerleitung natürlich alle zusammengeschweißt, und so erlebten dort selbst klare Regimegegner den 8. Mai eher als Tag der Niederlage. Zumal uns auch der englische Lagerkommandant immer wieder deutlich machte: ‚So, jetzt ist der Krieg vorbei, und jetzt haben wir euch endlich da, wo wir euch haben wollten – am Boden!'"

„Für mich, Viktor, obwohl strikter Hitlergegner, war es eher mit einem Aufatmen als mit einem Gefühl der Befreiung verbunden. Gewiss, es war die Befreiung des Landes von der Gewaltherrschaft, das sah ich natürlich auch. Aber vorherrschend war für mich erst einmal das Aufatmen."

„Ich kann das gut verstehen", sagte Viktor, „je fanatischer einer als Hitleranhänger gewesen war, desto mehr erlebte er den 8. Mai als die Besiegelung der Niederlage; je mehr er auf der anderen Seite stand, je bedrängter er war, umso mehr als Befreiung. Da zwischen liegt irgendwo dieses Aufatmen."

William Brodersen, ein hoch gerühmter Theatermann alten Schlages und ein enger Freund des Konsuls, sagte sonst kaum einmal etwas, aber an dieser Stelle schaltete er sich ein: „Aufatmen, das gibt nicht nur schön das Gefühl der Befreiung wieder – oder lassen Sie uns vorsichtiger sagen: das Gefühl eines gewissen Befreitseins –, es beschreibt auch anschaulich das Bedürfnis, tief durchzuatmen. Wie man es nach dem Verlassen einer Kloake verspürt, in der man viel zu lange sich hatte aufhalten müssen – nun, nachdem man endlich wieder an der frischen Luft ist und diesem entsetzlichen NS-Mief entkommen war. Also doch auch etwas von ‚Befreiung'."

„Was meinen Sie mit NS-Mief?", fragte Dr. Knoblacher, ein Jurist, der politisch stets etwas undurchschaubar gewesen war, aber als Kriegskamerad aus dem Ersten Weltkrieg ebenfalls zum Freundeskreis des Konsuls gehörte. Seine Frage war aber nicht im Protestton eines fahnentreuen Spätnazis vorgebracht, wie das Brodersen im ersten Augenblick befürchtet hatte, sondern da wollte wirklich jemand Näheres erfahren.

„Hm, schwer zu beschreiben –", dachte Brodersen hörbar nach, „dieser Nazi-Mief, das war eher etwas Atmosphärisches –"

„– wie schon das Wort ‚Mief' als solches erkennen lässt", unterbrach Fellgiebel mit einem seiner Späßchen, aber Brodersen ließ sich nicht aus dem Takt bringen.

„– etwas Atmosphärisches, das alles, auch die strahlendsten Ereignisse, die gelungenste Premiere, überschattete. Meistens wurde es nicht einmal zum Thema, aber gleichwohl durchdrang es alles. Diese Mischung aus großdeutschem Backenaufblasen auf der einen Seite – denken Sie nur an diese bombastischen Reichsparteitage! – und einer kleinpinseligen Puppenstuben-Familienidyllik auf der anderen, was ja nur scheinbar so gar nicht zusammenpassen will. Und dazu diese unsichtbare Denunziationsgefahr, die über allem lag. Ja, durchaus: diese Existenzangst."

„Ja – so kann man das auch sehen", meinte Dr. Knoblacher.

„Aber ich fürchte", fuhr Brodersen fort, „die Späteren werden sich das gar nicht mehr so recht vorstellen können. Gewiss, die Zeitgeschichtler werden die Ereignisse und die Hintergründe alle sauber herausarbeiten, da habe ich keine Bedenken. Aber dieses Atmosphärische, das im ganzen Lebensgefühl eine unerhörte Rolle gespielt hat, werden sie nicht erfassen – ist ja auch nicht ihre Aufgabe. Vielleicht werden sie über dieses schizoide Lebensgefühl berichten und versuchen, es zu beschreiben, aber wirklich vermitteln und spürbar machen können sie es nicht."

„Nicht nur das Lebensgefühl", ergänzte Knoblacher. „Unsere Enkel werden überhaupt ihre Schwierigkeiten haben, sich in die damalige Zeit zurückzuversetzen und das Handeln der Menschen zu begreifen. Sie werden resigniert den Kopf schütteln und – ganz gleichgültig, wen von ihren Vorfahren sie betrachten – nur Unverständnis zeigen. War er ein fanatischer Nationalsozialist von Einfluss, was sich, wenn es so ist, wegen der Fotos im Familienalbum dann wahrscheinlich nicht leugnen lässt, dann werden sie sich fragen, wie hat er sich nur derart blenden lassen können. Hat er bloß mitgetan – so wie beispielsweise auch ich als Richter –, ‚*weil er*

Schlimmeres hatte verhüten wollen', wie die meisten hinterher ja sagen, dann werden unsere Enkel sagen, dass es *schlimmer* ja wohl nicht hätte kommen können. Und war er ein Widerstandskämpfer, dann werden sie, diese Ahnungslosen, sich fragen, wieso es denn derart lange gedauert hat, bis etwas geschah." –

Viktor saß mal da und mal dort mit dabei und kümmerte sich um die Gäste. Als er sich zu der Gruppe setzen wollte, in der Jan war, winkte ihn der auf ein paar Worte zur Seite, und sie setzten sich in eine freie Ecke.

„Ich habe mit dir noch gar nicht richtig sprechen können heute Abend", sagte Jan, „wir sollten uns unbedingt nächstens Mal allein treffen!"

„Bin sofort dabei, Jan! – Wir zwei haben besonderes Glück gehabt."

„Man muss halt immer nur rechtzeitig genügend starke Schluckbeschwerden haben und eine eitrige Halsentzündung kriegen!", lachte Jan. „Das eine Mal hat mich das vor einem Leben in Palästina errettet – oh, das wäre nichts für mich gewesen! – und das andere Mal, in Saint-Nazaire, konnte ich deshalb nicht mit auslaufen."

„Ja, das war schade!"

„Was heißt da schade, Viktor – das hat mir das Leben gerettet! Wir beide sind die einzigen Überlebenden! Ich war damals ja noch so begeistert, ich hätte heulen mögen! Als ich noch auf der U-Boot-Schule war, da hatten wir den Engländern die Kehle schon ganz schön zugedrückt! Wir drosselten sie am Hals, aber sie hielten uns an den Händen! Tausende von Frachtschiffen hatten wir schon versenkt. Tatsächlich! Es ging in die Tausende!" – Es schien, als trauere Jan in später Begeisterung noch immer dem entgangenen Sieg nach. „Fast wäre es uns gelungen, ihnen die Luft ganz abzustellen! Es stand eins zu eins! Und dazu dann noch eure verschiedenen Geheimwaffen bei der Luftwaffe! Wenn eure Raketenjäger was geworden wären! Eine Weile sah es ja so aus, als ginge es nicht mehr lange und ihr würdet von den englischen Bombern mehr abschießen, als sie mit ihrer Produktion ersetzen können!"

„Oh, Jan", unterbrach ihn Viktor wie erschöpft, „sicher, da gab es noch einiges an neuen Waffen, aber die wären alle nur geeignet gewesen, den Krieg noch mehr in die Länge zu ziehen. Verloren hätten wir ihn auf jeden Fall."

Aber damit brach Jans aufflackernde Rest-Kriegsbegeisterung auch schon wieder zusammen: „Hast ja recht. Es wär' halt zu schön gewesen."

„Ich bin mir da nicht so sicher, ob das wirklich so schön geworden wäre, Jan."

Dann schaute der Konsul, der mit einer größeren Gruppe am Kamin saß, auffällig zu Viktor her und hob dabei die Hand. Viktor reckte seinen Kopf und blickte fragend zurück.

„Setzt euch doch bitte mal mit zu uns her", rief er den beiden zu, meinte aber vor allem seinen Sohn, „ich glaube, das ist etwas sehr Wichtiges, was hier gerade erörtert wird."

Die beiden standen ohne Zögern auf, und der Konsul brummelte noch etwas von Privatgesprächen, die jetzt nicht geführt werden sollten. Wie das aber so ist, nachdem der Konsul laut ausgerufen hatte, wie wichtig das gerade erörterte Thema doch sei, stockte die Diskussion.

„Wir sind gerade beim Thema der Mitwisserschaft", versuchte der Konsul den Gesprächsfaden wieder zusammenzuknüpfen. „Es geht also um die Frage, was hat man in der Bevölkerung, was hat man in der Öffentlichkeit von den Gräueltaten gewusst und was nicht, und was hätte man wissen müssen. Aber wir sind noch zu keinem klaren Ergebnis gekommen."

„Werden wir auch nicht!", rief Fellgiebel etwas verbittert dazwischen, was ihm einen ärgerlichen Blick des Konsuls einbrachte.

„Aber etwas mehr Klarheit", fuhr der Konsul fort, „sollten wir doch in die ganze Geschichte hineinbringen! Wir alle! Schon im Interesse eines jeden einzelnen selber! Viele sind sich gar nicht so ganz im Klaren, wo genau sie politisch gestanden haben! Jedes zweite Wort ist *‚nichts gewusst'*! Heißt das womöglich, ich habe davon überhaupt nichts gewusst? Oder *wovon* nichts gewusst? Tatsächlich *von allem* nichts gewusst? Womöglich auch nichts vom Judenboykott 1933, was? Von den brennenden Synagogen 1938? Vom plötzlichen Verschwinden von immer mehr Menschen, von ganzen Familien?"

Viktor meldete sich fast stürmisch winkend zu Wort. Der Konsul nickte ihm auffordernd zu und schien erfreut über dieses unerwartete Engagement seines Sohnes. Viktor hatte ihm in letzter Zeit schon öfter einmal davon erzählt, dass er sich in Gefangenschaft monatelang mit den politischen Einstellungen seiner Mitgefangenen beschäftigt habe, wobei ihm immer wieder diese Floskel, ‚*davon nichts gewusst*', begegnet sei.

„Unser Lager war ein kleines Offiziersgefangenenlager, alles bis Oberst, aus allen drei Waffengattungen, und da es angeblich ein ‚Aushorchlager' war, sind dort nie viel mehr als zweihundert oder zweihundertfünfzig Mann zusammengekommen – das war mein Ausgangsmaterial. Ich sortierte die Insassen unter immer wieder neuen Gesichtspunkten – ich hatte ja sonst nichts Gescheites zu tun –, beispielsweise vom ‚reinen Nazi' über den ‚Halbnazi' und ‚Nichtnazi' bis zum ‚Antinazi'; oder etwa vom ‚sturen Kommisskopf' bis hin zum ‘begeisternden und mitreißenden Anführer' und so weiter. So entstanden die verschiedensten Skalen, und dieser ganze Verein wurde für mich allmählich immer durchsichtiger. In diesem Zusammenhang habe ich dann auch auf die Frage geachtet, wer wovon etwas gewusst hat und wer eher nicht. Da gab es bei uns im Lager tatsächlich welche, die nichts und nie das Geringste gewusst haben wollten, aber ebenso auch solche, die ganz verblüffend genaue Kenntnisse von den unglaublichsten Ereignissen hatten, und unter Umständen sogar damit prahlten. Das Überraschendste dabei: Das ‚*Nichts gewusst*' kam überall vor, bei den fanatischen Anhängern ebenso wie bei den ganz kritisch Eingestellten, und freilich auch bei denen dazwischen. Von den Massengräueltaten allerdings war nur selten mal etwas zu hören und am ehesten noch bei den Gegnern."

Die Gäste schauten nicht besonders interessiert zu ihm her, und er spürte, dass er im Begriff war, viel zu weit auszuholen und in einen endlosen Vortrag hineinzugeraten. Das war stets seine Gefahr, wenn er andere von einem Thema, das ihn besonders beschäftigte, überzeugen wollte, und mit Recht warf man ihm dann immer wieder vor, dass er ‚doziere'. Sogar in der Gefangenschaft war ihm das ein paar Mal so ergangen.

„Ich will es kurz machen. Mit der Floskel ‚*nichts gewusst*', die ja in allen möglichen Versionen auftritt, kommen wir beim Thema der

Mitwisserschaft einfach nicht weiter. ‚*Nichts gewusst*‘, das ist viel zu pauschal! Wir müssen fragen, *was* eine bestimmte Person gewusst oder nicht gewusst hat.“

„Jawohl, das ist es!“, rief da Fellgiebel dazwischen. „*Was* ist es genau, was eine bestimmte Person gewusst hat oder hätte wissen können? Oder, umgekehrt, was genau bestreitet diese Person, gewusst zu haben? Da gab es ja wahrhaftig genügend öffentliche Nazi-Untaten!“, rief Fellgiebel.

„Ja, gewiss gab es die“, griff Viktor Fellgiebels Bemerkung auf, weil er das Gespräch unbedingt in der Hand behalten wollte. „Sammeln wir doch mal die wichtigsten Ereignisse, die sich öffentlich abgespielt haben, also Dinge, von denen man gewusst haben konnte oder gewusst haben müsste, nicht wahr? – Da gab es ja ganz früh schon, lange vor der Machtergreifung, die zunehmende Verächtlichmachung der Juden, das hat jeder gewusst. Jeder. Es wurde ja ganz systematisch, und nach der Machtergreifung geradezu galoppierend, ein verbreiteter und uralter Vorbehalt in der Bevölkerung zu einem regelrechten Feindbild ausgebaut und ganz gezielt Hass erzeugt. Schon da ging es um die deutliche Ausgrenzung.“

„Also“, sagte Fellgiebel und zog seinen Rezeptblock, den er stets bei sich trug, aus der Brusttasche, „schreiben wir doch mal als erstes auf: *Hasserzeugug und systematische Ausgrenzung der Juden*. Davon haben wir hier gewiss alle gewusst! – So. Und als nächstes?“

Die Gäste schwiegen, einige nickten, Brodersen meldete sich zu Wort: „Da käme dann vielleicht als nächste Stufe die Markierung der jüdischen Geschäfte durch SA-Trupps. Das geschah ja ganz offen mit den aufgeschmierten Judensternen und mit den Plakaten ‚Kauft nicht beim Juden‘ und so weiter – gleichzeitig überall in ganz Deutschland! Schon wenige Wochen nach dem Umsturz!“

„Gut“, quittierte Fellgiebel, „schreiben wir also ganz sachlich als nächste Zeile: *Markierung jüdischer Geschäfte*. Was noch?“

„Schutzhaft!“, rief Dr. Knoblacher, der Jurist, „Schutzhaft für politisch Missliebige noch und noch!“

Und Pfarrer Liedel bemerkte fast gleichzeitig: „Konzentrationslager für politische Gegner aller Art, nicht nur für Juden. Ebenfalls schon bald nach der Machtübernahme.“

„Halt, halt, ich komm ja kaum mehr mit“, sagte Fellgiebel, „also, ich halte fest: *Schutzhaft für politisch Missliebige*, ja? Und dann *Konzentrationslager für Regimegegner.*"

Der Konsul hatte die ganze Zeit geschwiegen. „Und dann 1938 brennende Synagogen in ganz Deutschland und die Reichskristallnacht!", und er dachte dabei an seinen Freund Strauss.

Viktor fügte ohne Pause an: „Da können wir auch noch das spurlose Verschwinden von Juden dazunehmen, nicht weil sie ausgewandert sind, sondern weil sie bei Nacht und Nebel abgeholt wurden."

„Und die, die noch übrig geblieben sind, mussten dann irgendwann den gelben Judenstern[3] tragen", ergänzte Dr. Knoblacher.

„Langsam", rief Fellgiebel, „ich notiere: *Reichspogromnacht*; außerdem: *Verhaftung und Verschwinden von Juden* und – was war's noch? – ach ja, der *Judenstern als Zwangserkennungszeichen.*"

Es nickten immer noch einige, aber das Nicken war nachdenklicher geworden.

„Die Reihenfolge", versuchte Viktor Ordnung in die Aufzählung zu bringen, „entspricht übrigens nicht nur ungefähr dem zeitlichen Ablauf, sondern von Punkt zu Punkt steigert sich auch das Unerhörte und Gewaltsame."

Danach meldete sich niemand mehr zu Wort, wie Viktor überhaupt den Eindruck hatte, dass sich vor allem die eher Regimekritischen geäußert hatten, allen voran freilich Fellgiebel, aber so auch Brodersen und wohl auch Knoblacher.

Fellgiebel aber schrieb unerbittlich weiter, obwohl ihm keiner mehr neue Stichwörter gab, und sprach dazu in verbissener Monotonie, als ob er sich selbst diktiere: „Weiter geht's, nächste Zeile: *Tötung von Juden im Konzentrationslager*, o.k.? – Und dann: *Massenerschießung von Zivilisten hinter der Ostfront*, ja? – *Eisenbahn-Massentransporte in Konzentrationslager*, richtig so? – Schließlich: *Konzentrationslager als Vernichtungslager* – und zum Schluss: *Industrialisiertes Töten in Gaskammern.*"

Die Zuhörer schwiegen betroffen, der alte Oberst von Kraiß stöhnte, und auch die Einsichtigsten nickten nicht mehr.

„Da haben wir ja schon eine gehörige Liste beisammen", sagte Viktor, „was man so alles gewusst haben konnte oder vielleicht auch nicht!"

„Ist noch längst nicht alles –", drohte Fellgiebel.

„Warum, was gäbe es noch?", wurde er von Herrn von Kraiß unterbrochen. „Bitte schonen Sie uns nicht!"

„Oh", antwortete Fellgiebel, „denken Sie doch an die entsetzlichen Maßnahmen zur ‚Rassenhygiene', wie dieser scheußliche Ausdruck lautete. Schon 1933 war das ‚Gesetz zur Verhütung erbkranken Nachwuchses' erlassen worden, da konnte man bereits erkennen, wohin die Reise ging – hin zur Vernichtung von sogenanntem ‚lebensunwerten Leben'. Das hatte doch seinerzeit zu öffentlichem Geflüster in Stadt und Land geführt! – Oder denken Sie an die zu Tausenden und Abertausenden verhungerten russischen Soldaten direkt nach ihrer Gefangennahme – schlimme Verbrechen also noch und noch, von denen viele gewusst haben mussten."

Da schaltete sich Viktor wieder ein: „Was genau heißt ‚gewusst'? Was hat man unter ‚gewusst' zu verstehen?"

„Gewusst – das heißt: davon erfahren haben!", rief Fellgiebel fast triumphierend dazwischen, „eben aufgepasst haben, sich selbst ein Bild gemacht haben, nicht weggeschaut haben!"

„Jawohl – so einfach ist das nämlich nicht mit diesem ‚*gewusst haben*'! Genauso wie vorhin bei der Frage nach dem *Was*, das da gewusst oder nicht gewusst wurde, muss man auch hier wieder fragen, *wie* etwas gewusst wurde, wie genau das Wissen über einen bestimmten Sachverhalt war."

Und da einige immer noch arg begriffsstutzig dreinschauten, führte er weiter aus:

„Habe ich von einem bestimmten Sachverhalt nur *mal so gehört*? Oder habe ich tatsächlich *darum gewusst*? Oder habe ich den Sachverhalt sogar *verlässlich gekannt*?"

Viktor half mit einem Beispiel nach: „Ein Fremdenführer in Rom etwa *kennt* die Katakomben; der interessierte Tourist, der sich auf Rom vorbereitet hat, *weiß* um die Katakomben, aber er kennt sie nicht; und der Vergnügungsreisende schließlich hat schon einmal etwas von den Katakomben *gehört*. Wobei der letzte Fall natürlich auch am meisten Platz lässt für Zweifel an der Existenz der Katakomben."

„Ja, einverstanden, Viktor", sagte der Konsul, „aber Katakomben, das ist mir zu weit weg. Wie sieht die Sache aus, wenn man da unsere

Beispiele nimmt?", fragte er und deutete auf Fellgiebels lange Liste auf dem Rezeptblock.

Viktor beugte sich zu Fellgiebels Notizen hinüber. „Das Erste war die Hasserzeugung und fortschreitende systematische Ausgrenzung der Juden. Da hatte jedermann nicht nur mal ein bisschen *davon gehört* und auch nicht nur *darum gewusst*, sondern diese Propaganda und Hetze hatte jedermann *verlässlich gekannt*. Oder?"

Man konnte den Eindruck haben, dass alle zustimmten.

„Mit der Markierung der jüdischen Geschäfte – gemeint ist damit ja der Judenboykott vom 1. April 1933 – sieht es genauso aus. Das kann wohl kaum jemand nicht mitbekommen haben. Höchstens ein Schäfer auf der Schwäbischen Alb. Aber, je weiter wir nun auf Dr. Fellgiebels Liste nach unten gehen, desto eher wird es vorkommen, dass bei jemandem dieses ‚*verlässlich gekannt*' nicht mehr zutrifft und nur noch ‚*darum gewusst*' gilt. Und auch dieses ‚*darum gewusst*' ist bei den folgenden Punkten dann wohl nicht mehr so häufig, und nur noch das ‚*davon gehört*' kann sich da halten. – Ach Wilhelm", unterbrach Viktor sich selbst, „lies uns doch bitte deine Liste noch mal vor!"

Das tat Fellgiebel, sogar mit einer gewissen Genugtuung, wie man meinen konnte, und zugleich mit einer Unerbittlichkeit, als wolle er betonen, dass da nicht das Geringste abzustreiten sei:

„Systematische Ausgrenzung der Juden – Markierung jüdischer Geschäfte – Schutzhaft für politisch Missliebige – Konzentrationslager für Regimegegner – Reichspogromnacht – Verhaftung und Verschwinden von Juden – Judenstern als Zwangserkennungszeichen – Tötung von Juden im Konzentrationslager – Massenerschießungen hinter der Ostfront – Eisenbahn-Massentransporte in KZs – Konzentrationslager als Vernichtungslager – Industrialisiertes Töten."

Dann blickte Fellgiebel von seiner Liste auf und bevor er noch weitere Kommentare dazu abgeben konnte, setzte Viktor wieder ein, an derselben Stelle der Liste, wo er vorhin aufgehört hatte: „Von der *Tötung von Juden im KZ*, davon haben viele nur gehört – aber immerhin, sie haben davon gehört! –, und noch weiter unten auf der Liste kommt auch dieses ‚davon gehört' immer seltener vor. Oder sagen wir: immer weniger häufig vor."

„Aber so ganz selten kann es wohl nicht sein", stellte Fellgiebel fest. „Es soll doch immerhin um die zweihunderttausend Personen gegeben haben, die mit der Verwaltung und dem unmittelbaren Betrieb der Konzentrationslager in irgendeiner Weise beschäftigt waren. Da muss einfach noch so mancher andere darum gewusst oder mindestens davon gehört haben!"

Jetzt suchte auch der Konsul nach einem konkreten Beispiel: „Ein Bauingenieur beispielsweise, könnte ich mir denken, der zur Planung und Durchführung von Erweiterungsbauten ein Konzentrationslager immer wieder aufsuchen musste, hat natürlich das Konzentrationslager, um mit deinen Worten zu sprechen, Viktor, *verlässlich gekannt*; der Mann im Wirtschaftsministerium oder sonst wo, der immer wieder große Mengen an Baumaterial für die Erweiterung des Konzentrationslagers freigeben musste, hat mindestens um die Existenz dieses Lagers *gewusst*; und seine Familie und die nächsten Freunde dieses Mannes haben vermutlich von der Existenz des Lagers *gehört*."

Der Konsul lehnte sich zurück, und Viktor nahm sofort seinen Faden wieder auf: „Jetzt haben wir also dieses ‚*Nichts-gewusst*' schon mal ganz schön auseinandergenommen! Aber wie verbreitet war das Wissen über die einzelnen Untaten der Nazis in der Bevölkerung eigentlich", sagte Viktor. Nicht mehr *was* und *wie*, sondern *wer* heißt jetzt die Frage – *wer* hatte Kenntnis von den einzelnen Untaten? – *Alle? – Die meisten? – Viele? – Etliche? – Nur wenige? – Einzelne?* – Bei der systematischen Ausgrenzung der Juden, da wussten vermutlich –"

„– das wussten alle!", fuhr Fellgiebel schon wieder dazwischen, „und für den Judenboykott als Nächstes gilt das gleiche; höchstens irgendwelche Leute auf dem platten Land – das müssen dann aber schon ziemliche Schlafmützen gewesen sein – haben nichts davon gemerkt. Aber bitte, von mir aus können wir beim Judenboykott auch bloß ‚die meisten' statt ‚alle' sagen. Die Allermeisten! Und nicht viel anders ist das auch für die ganzen nächsten Untaten bis zum Judenstern!"

Viktor war mit Fellgiebel offenbar einverstanden, denn er fuhr auf dessen Liste einfach fort: „Danach lässt's dann immer mehr nach; klar; es werden immer weniger, die was gewusst haben, und über die Tötungsmaschinerie der Vernichtungslager waren außerhalb wahrscheinlich nur noch wenige oder sogar nur einzelne wirklich informiert."

Dann breitete sich Schweigen aus.

„Vielen Dank, Viktor – und natürlich auch Dr. Fellgiebel!", rief der Konsul schließlich. „Obwohl –", besann er sich einen Augenblick, „ihr habt dabei eigentlich nur das in eine gewisse Ordnung gebracht, was wir schon vorher alles irgendwie gewusst oder jedenfalls gespürt oder geahnt haben."

Daraufhin wagten sich auch andere mit leiser Kritik hervor.

„War ja ganz interessant. Aber was haben wir davon?", fragte Frau von Kraiß, die sich, trotz der reservierten Einstellung ihres Mannes, wie sich Viktor dunkel erinnerte, im Krieg bei der NS-Frauenschaft hervorgetan hatte. „Ich denke, man sollte die Vergangenheit endlich ruhen lassen."

Das brachte ihr nicht nur einen überraschten, sondern einen im nächsten Augenblick auch empörten Blick des Konsuls ein, der mit seinem Fest ja gerade das Gegenteil hatte bewirken wollen. Doch Viktor antwortete ihr freundlich und eher behutsam.

„Was wir davon haben? Da kann nun jeder von uns mal versuchen, sich zu erinnern, wie es bei ihm selbst während all der Jahre mit diesem ‚*Nichts gewusst*' ausgesehen hat. Einfach nur ‚*nichts gewusst*' sagen, das geht für uns hier jetzt jedenfalls nicht mehr."

Der Konsul nickte Viktor mit einem Blick zu, in dem nicht nur Zustimmung, sondern auch Dank lag. –

6 _ Mitschuld, Schuld und Selbstentlastung

Es war spät geworden. Die meisten Gäste hatten sich schon verabschiedet, und schließlich saß nur noch ein kleiner Kreis mit dem Konsul am Kamin zusammen. Der Konsul, der vorhin noch getönt hatte, dass durch dieses Gespräch alles übersichtlicher geworden sei – ‚*was wir schon vorher alles irgendwie gewusst haben*', wie er sein Lob jedoch eingeschränkt hatte –, wurde nun doch sichtlich nachdenklicher.

„Da sieht man erst so richtig, wie tief wir alle dringesteckt sind! Wir alle!“ Mit immer leiser werdender Stimme fuhr er fort. „Es genügte eben nicht, dass man dem Regime nur *reserviert* gegenüberstand, wie ich das früher gerne nannte“, und es sah aus, als ob er unter dem Eindruck der Nichts-gewusst-Diskussion erst jetzt von der Wucht dieser Einsicht getroffen worden sei, und so kam dann schließlich kaum mehr als ein Flüstern: „Wir hätten da nie und nimmer mittun dürfen!“

Fast schon bestürzt sah Fellgiebel zu ihm her. So zerknirscht und voller Selbstanklage hatte er den Konsul noch nie gesehen. Dann aber meldete sich der besonnene Pfarrer Liedel zu Wort, und an dem gänzlich andersartigen Ton erkannte man, dass er ins Grundsätzliche gehen wollte.

„Mir scheint, zwischen ‚*davon gehört*‘ und ‚*darum gewusst*‘, verbirgt sich doch eine ganz entscheidende Grenze, die in unserem Gespräch vorhin aber nicht sichtbar geworden ist. Wer von irgendeiner Scheußlichkeit *gehört* hat – vielleicht sogar wiederholt und von verschiedener Seite –, aber dennoch nicht etwa sagen würde, dass er *darum gewusst* hat, der hat offenbar der Nachricht nicht getraut; hat ihr offenbar keine Bedeutung beigemessen; hat sie wahrscheinlich als Geschwätz oder als Feindpropaganda abgetan – er hat eben nur davon gehört. Wer dagegen einräumt, dass er darum gewusst hat, der hat der Quelle einigermaßen vertraut.“

„Ja“, räumte Viktor ein, „und in dem Moment ist das Gerücht zur ernstzunehmenden Nachricht geworden.“

„Es ist eigenartig“, sagte Sabine Strauss, die bis jetzt geschwiegen hatte, „manche Neuigkeiten nahm man interessiert entgegen, und wahrscheinlich wurden sie dann auch weiterverbreitet, andere perlten einfach ab.“

„Ein Gerücht muss halt auf fruchtbaren Boden fallen“, sagte Pfarrer Liedel, „sonst geschieht das, was Fräulein Strauss gerade so schön mit ‚abperlen‘ beschrieben hat – es perlt tatsächlich ab und wird wieder vergessen oder es schafft es höchstens bis auf ein Niveau wie ‚schon einmal etwas davon gehört‘.“

„Und wie entsteht ein fruchtbarer Boden, Herr Pfarrer?“, fragte William Brodersen, der Theatermann.

„Da muss mehrerlei zusammenkommen –“

„– oder umgekehrt gefragt: Wann fällt ein Gerücht nicht auf fruchtbaren Boden?“

Pfarrer Liedel war selbst überrascht, was es da alles an fördernden und hemmenden Bedingungen geben konnte, aber es blieb ihm wenig Zeit zum Überlegen, alle schauten sie gespannt zu ihm her.

„Also zunächst“, so versuchte er sich selber erst einmal Klarheit zu verschaffen, „perlt ein Gerücht umso eher ab –“, doch da stockte er bereits und korrigierte sich, „nein, nicht nur ein Gerücht, sondern jede beliebige Nachricht, jede Botschaft, jede Neuigkeit, die herumerzählt wird, perlt desto eher ab, je weniger sie mit dem Gesamtbild, das der Empfänger von seiner Welt hat, in Einklang steht. Dieses individuelle Gesamtbild stellt so ein übergreifendes Schema dar, sodass zum Beispiel ein einfältiger Hitleranhänger, der noch nie Zweifel hatte und den ein schlimmes Gerücht erreicht, nichts als eine unüberbrückbare Dissonanz erleben würde. Es bliebe ihm gar nichts anderes übrig, als das Gehörte als albernes Geschwätz der Leute oder als typische Feindpropaganda abzutun.“

„Jaja“, nickte Dr. Knoblacher, „aber dann gab es eben auch den Fall, wo man sofort fühlte, dass das Gerücht in eine regelrechte Resonanz zu dem geriet, was man bereits irgendwie schon wusste oder geahnt hat. Dann konnte es plötzlich zu mächtigen Verstärkungen kommen. Und von dem Moment an begann das Gerücht zu galoppieren!“, ereiferte er sich, und es sah aus, als würde er sich an ein konkretes Ereignis erinnern.

„Jedoch, dieses Ordnungsschema“, fuhr Pfarrer Liedel unbeirrt fort, „kann allmählich an Festigkeit und verlässlicher Beständigkeit verlieren – auch die Kirche kennt diesen Prozess, wenn Gläubige von wachsenden Zweifeln befallen werden und eines Tages abfallen.“

Fellgiebel begriff am raschesten und hatte ein massives Beispiel zur Hand: „Die Urlauberströme von der Ostfront – die waren ja allmählich in die Millionen gegangen – haben natürlich erheblich dazu beigetragen, dass die Gräueltaten im Hinterland der Ostfront, diese Massenerschießungen durch die Einsatzgruppen, sich nicht mehr im Verborgenen halten ließen. Anfangs hatte kein Mensch diese Gerüchte glauben wollen, sie wurden ja selbst von eher regimekritisch Eingestellten als törichtes Geschwätz und bösartige

Feindpropaganda entrüstet zurückgewiesen. Aber allmählich wurden da und dort solche Berichte, wenn auch vielleicht mit Kopfschütteln und Zweifeln, doch vorsichtig diskutiert, und schließlich begann ja man allerorts im Reich darüber zu reden, wenn freilich auch meistens nur hinter vorgehaltener Hand."

„Aber so einfach ist die Welt nicht!", erwiderte Pfarrer Liedel. „Dass darüber gesprochen wurde, bedeutete noch lange nicht, dass es auch geglaubt worden ist. ‚*Nicht gewusst*' kann manchmal auch bedeuten, dass man zwar ‚*davon gehört*', es aber nicht geglaubt hat."

„Noch nicht geglaubt hat", rief Fellgiebel.

„Einverstanden – noch nicht. Das ist eben immer ein Prozess."

Der Konsul hatte sich inzwischen wieder gefangen. „Übrigens versteht man jetzt auch besser, wieso die *Randsider* einer Gruppe – also, ich meine nicht die totalen *Outsider*, sondern die echten *Randsider*, die schon noch mit dazugehören, – wieso also die *Randsider* so ungleich empfänglicher für abträgliche Gerüchte sind und viel leichter dazu gebracht werden können, sich irgendwelche Vorbehalte zu eigen zu machen und sich aufwieglerischen Meinungen anzuschließen."

Fellgiebel schien damit weniger einverstanden zu sein und wollte darauf aufmerksam machen, dass nach seiner Erfahrung, jedenfalls in bestimmten Fällen, auch genau der umgekehrte Effekt eintreten könne: „Menschen, die über die Maßen eingespannt sind, Menschen, auf denen dazu noch große Verantwortung lastet und die an der Grenze ihrer Belastbarkeit arbeiten und die trotz ihres ununterbrochenen Einsatzes nicht sicher sein können, ob ihre Mission von Erfolg sein wird, solche Menschen sind völlig unempfänglich für jeglichen Gedanken des Widerstands oder der Abtrünnigkeit. Dabei ist wichtig zu wissen, dass das durchaus auch ‚*Randsider*', wie Sie sie nannten, sein können, also beispielsweise eher regimekritisch Eingestellte, die normalerweise abtrünnigen Vorstellungen eher zugänglich sind. Aber sie haben nicht nur keine Zeit und keine Gedanken frei für solche Abweichungen – das wäre eine allzu triviale Erklärung –, sondern in ihrem Zustand fürchten sie nichts mehr, als in irgendeine weitere Ungewissheit zu geraten, die sie im Augenblick nur behindern würde. Sie tun alles, um jede Störung, jede Verunsicherung von sich abzuhalten. Sie sind einfach nicht erreichbar für Einwände und Bedenken, egal ob diese von außen kommen oder in ihnen selbst aufsteigen wollen."

Der Konsul fühlte sich verstanden.

Dann wandte er sich an alle.

„Was glauben Sie, was das für eine Belastung war, als ab 1944 durch die Luftangriffe alle paar Tage irgendwo im Reich ein wichtiger Produktionsstrang unterbrochen wurde und jedes Mal ein Stillstand eintrat, der oft sogar auch andere Werke betraf, weil die dadurch nicht mehr weiterarbeiten konnten. Man war Tag und Nacht auf den Beinen und stopfte die Löcher, die immer mehr und immer größer wurden. Woran es am meisten haperte, das waren die Arbeitskräfte. Die Fremdarbeiter, die wir zugewiesen bekamen –"

„– die Zwangsarbeiter!", korrigierte Fellgiebel, aber eher knurrend als protestierend.

„– diese Fremdarbeiter", beharrte der Konsul, „die man uns zuwies, waren keine Entlastung, im Gegenteil, mit jedem Schub, den wir bekamen, wurden ebenso viele unserer bewährten Leute aus der Stammbelegschaft zum Kriegsdienst eingezogen. Ein Außenstehender macht sich ja keinen Begriff, wie schwer ein über Jahre eingearbeiteter Facharbeiter durch einen Ausländer zu ersetzen ist, der kein Wort Deutsch versteht, selbst dann, wenn der bei sich zu Hause in einem vergleichbaren Industriebetrieb beschäftigt gewesen war. Die KZ-Häftlinge waren oft rascher als die Fremdarbeiter einzuarbeiten, häufig Juden, die meistens gut Deutsch sprachen. Sie gaben sich Mühe, weil sie sich eine bessere Behandlung, vor allem ausreichende Verpflegung erhofften, aber sie starben uns, oft schon bevor sie richtig eingearbeitet waren, unter den Händen weg – einfach verhungert, wie mehrfach von den Werksärzten gemeldet wurde. Bis dahin hatte ich mich um Personalfragen kaum gekümmert, wir hatten dazu einen exzellenten Herrn im Vorstand. Ich gebe zu, ich war froh, dass ich damit nichts zu tun hatte, aber allmählich habe ich dann doch mehr und mehr über die Konzentrationslager erfahren, mehr jedenfalls, als ich je wissen wollte. Es war tatsächlich grauenhaft, was sich da in unseren Werken mit den Häftlingen abgespielt hat. Das war die vorsätzliche Ausbeutung des letzten Restes an Lebenskraft dieser Menschen, die anschließend, wenn sie vollends ausgepresst waren, einfach – weggeworfen wurden.

Nicht dass uns dann die SS keinen Ersatz geliefert hätte! Oh nein, das System arbeitete einwandfrei, schon am nächsten Tag waren die Reihen wieder aufgefüllt.“

„Es war die perfekt organisierte Vernichtung durch Arbeit“, knurrte noch einmal Fellgiebel dazwischen.

„Und das in unseren Fabrikhallen! Aber es war für kriegswichtige Unternehmen völlig unmöglich, zugewiesene Fremdarbeiter abzulehnen. Auf eine solche selbstmörderische Idee wäre auch niemand gekommen, fand doch im Gegenteil sogar ein ständiges Gerangel um Fremdarbeiter statt.“

Dann geriet er in seiner Redeweise immer mehr in eine gewisse dokumentarische Strenge: „Mit den tot zusammengebrochenen Häftlingen war dann allerdings bei uns im Haus der Punkt erreicht, wo ich mich mit dem vollen Gewicht meiner Person und meiner Funktionen vernehmlich eingeschaltet habe. Mein Protest, der fast schon einem öffentlichen Protest nahekam, ging nicht nur an die jeweiligen Konzentrationslager, mit denen sich diese ‚Aushilfe mit Arbeitskräften gegen Vergütung‘ allmählich unter der Hand entwickelt hatte. Sondern er ging als persönlich unterzeichnetes Memorandum, in dem ich kein Blatt vor den Mund genommen habe und bei dem dafür gesorgt war, dass es auf direktem Wege bei allen zuständigen oder mit entscheidenden Stellen landete, vor allem an das SS-Wirtschafts- und Verwaltungshauptamt, aber natürlich auch an Reichswirtschaftsminister Funk und den Reichsminister für Rüstung und Kriegsproduktion, an Albert Speer. Ich habe mit Nachdruck darauf hingewiesen, dass mit den immer ausgehungerter und schwächer werdenden Häftlingen, die bei der Arbeit zusammenbrachen, sich die Produktion, mochte sie noch so kriegswichtig sein, in dieser Höhe einfach nicht mehr aufrechterhalten lässt, und dass umgehend dafür gesorgt werden müsse, die Häftlinge ausreichend zu ernähren. Es ist dann tatsächlich besser geworden, jedenfalls in unseren Werken.“

Der Konsul hatte seine Sätze in einer Strenge heruntergerattert, als verlese er sie zu seiner Verteidigung vor Gericht. Dann wurde er ruhiger.

„Aber richtig konfrontiert mit der ganzen Geschichte wurde ich erst in der Haft nach Kriegsende. Ich hätte nicht das geringste

Mitgefühl mit den KZ-Häftlingen gezeigt, wurde mir vorgehalten, im Gegenteil, mir sei es ausschließlich um die Aufrechterhaltung der Produktion gegangen, das gehe eindeutig aus meiner Eingabe hervor, ich sei voll auf der Seite der mörderischen Ausbeuter gestanden und habe mich nicht einmal andeutungsweise von der Inhumanität dieser extremsten Form aller Ausbeutung distanziert."

Der Konsul machte nach diesem sehr sachlich formulierten Einschub eine kurze Pause, als ob er Luft hole, als ob er Anlauf nähme, dann polterte er lautstark los: „Ja, ist denn diesen Anklägern nicht klarzumachen, dass ich mich einer ganz anderen Sorte Sprache bedienen musste – der Sprache des Regimes nämlich und dessen Denken –, wenn ich bei diesen Leuten etwas erreichen will? Was hätte ich denn sonst schreiben sollen? Dass ich an ihre Menschlichkeit appelliere? Dass das ein Rückfall in die Barbarei sei und die Missachtung jeglicher menschlichen Würde? Da hätten die doch nur gelacht! Dass das die elende Restausbeutung von bereits Todgeweihten war? Dass sie Deutschlands Ruf in der Welt gefährden und dass sie mit solchen Grausamkeiten zugleich ihre eigenen Schergen beschädigen? Gelacht hätten sie!"

Die letzten Sätze des Konsuls, so heftig wie er sie hervorgestoßen hatte, wirkten wie der Aufschrei eines zu Unrecht Gepeinigten, und sie ließen das Gespräch verstummen. Die Gäste saßen betroffen da, eine Dame tastete nervös nach der Schließe ihrer Halskette im Nacken, die verrutscht war; William Brodersen suchte offenbar dringend nach irgendetwas Verborgenem in den Brusttaschen seines Jacketts, und Dr. Knoblacher reichte unvermittelt die geöffnete Zigarrenkiste des Konsuls an die Nächstsitzenden weiter.

Schließlich sagte Sabine Strauss vor sich hin, und es klang ebenso nachdenklich wie beiläufig: „Hitler hatte die unheimliche Begabung, in wenigen Jahren ein ganzes Volk hinter sich zu versammeln und moralisch in den Abgrund zu führen."

„Ja, und nicht nur moralisch!", sagte der Konsul, der froh war, dass das Gespräch wieder in Gang kam.

„Oh, aber nicht alle Schuld dem armen Hitler allein zuschieben", mahnte Pfarrer Liedel voller Spott. „So einfach war die Geschichte nicht! – Hitler sagte seinem Volk genau das, was es hören wollte! –

Dafür hatte er unerhörte Antennen, das zu erkennen war seine große Fähigkeit."

Fellgiebel wusste es wieder besser: „Zwar wusste das Volk vorher noch nicht, was es hören wollte", lästerte er und lachte dabei hämisch zu Pfarrer Liedel hinüber; doch dann fuhr er ganz ernst fort: „Aber wenn er gesprochen hatte – eigentlich schon während er sprach –, da wusste das Volk mit einem Mal, dass es genau das war."

„Eigentlich waren wir doch alle miteinander Unterstützer", sagte der Konsul auf einmal, „alle miteinander, nicht nur die Mitläufer." – Einige, die aufmerksam zu ihm hingeschaut hatten, blickten nachdenklich zur Seite, wiewohl der Konsul weitersprach. – „Das gilt für sämtliche Mitläufer auf allen Ebenen und es gilt sogar, lieber Doktor, für die mit einer eher reservierten Einstellung, für Leute wie unsereiner beispielsweise, also für die Kritischen und eher Skeptischen. Und auch für die ganz besonders Skeptischen wie Sie, Doktor, die man ihrer ganzen Gesinnung nach nicht einmal Mitläufer nennen konnte – Unterstützer waren sie dennoch! Je mehr einer an Rang und damit an Einfluss hatte und womöglich gar propagandistisch wichtig war, umso eindeutiger ist er zum Unterstützer geworden, ganz gleichgültig, wie seine Einstellung war. Das gilt sogar für die eindeutigen Gegner. Nur die Emigranten und die echten Widerständler sind keine Unterstützer gewesen."

„Nun, das ist sehr streng geurteilt, aber in gewisser Weise haben Sie schon recht", meinte Fellgiebel. „Hätten alle kritisch Eingestellten 1933 oder 1935 den Büttel hingeschmissen, ihre Mitarbeit aufgekündigt, ihren Posten aufgegeben, hätten sie alle erklärt ‚Da machen wir nicht mit!', dann wäre diese Geschichte mit den Nazis von heute auf morgen beendet gewesen."

„Aber nur, wenn alle reserviert Eingestellten gleichzeitig gestreikt hätten!", sagte der Konsul. „Wie wäre das je möglich gewesen?"

„Dazu gab es ja schon 1933 ein harmloses Witzchen", schmunzelte Pfarrer Liedel, „das aber so harmlos auch wieder nicht war, denn der Witzerzähler konnte in Schutzhaft landen. ‚Wie lange wird das tausendjährige Reich bestehen?', hat da einer am Stammtisch gefragt und die Antwort erhalten: ‚NSDAP ' – ‚Wieso, was heißt da NSDAP?' – ‚Nur – solange – die – Affen – parieren!'"

„Und wir Affen haben eben pariert“, sagte Fellgiebel, „bis zum Schluss.“ –

Schließlich machten sich auch die letzten Gäste auf den Heimweg. Fellgiebel bot seinem alten Freund und Widersacher an, ihn nach Hause zu begleiten, Pfarrer Liedel sah nachts nur wenig, und aufgekratzt hakte er ihn unter. Als sie in einer Nebenstraße an einem hell erleuchteten Entree vorbeigingen, fragte der Pfarrer überrascht: „Was ist denn da noch los mitten in der Nacht?“

„Da hat ein wildes Kabarett eröffnet, das heißt, das gab es schon vorher für die Amerikaner, aber jetzt dürfen auch Deutsche rein. Alles Alkoholische natürlich nur schwarz und unter der Theke zu Fantasiepreisen. Läuft aber enorm, dazu ein tolles Kabarettprogramm und diese Ninetta Scorrano – eine mehr als attraktive Frau und mehrmals am Abend zu sehen mit dem absoluten Minimum an notwendiger Bekleidung! Wollen wir nicht mal einen Blick reinwerfen?“, sagte Fellgiebel, obwohl sein Vorschlag nicht ernst gemeint sein konnte.

„Nein nein, mein Lieber“, lachte der Pfarrer und amüsierte sich über seine eigene Antwort, „ich bin nicht der Botmäßigkeit der Hormone unterworfen.“ –

„Es ist schon eigenartig, Viktor“, sagte am nächsten Morgen der Konsul beim Frühstück, „wie sich dieses Fest entwickelt hat. Es war gedacht als ein beschwingtes Fest des Wiedersehens und der Besinnung, Für alle meine Freunde und näheren Bekannten.“

„Das war es doch auch.“

„Aber nur bis nach Tisch. Danach kam die große politische Diskussion auf, in allen Gesprächsrunden, soweit ich sehe. Natürlich angestoßen durch meine Tischrede –. Das scheint bei einigen sogar ganz gut geklappt zu haben.“

„Dann sei doch froh!“

„Aber dann –, aber dann –“, der Konsul schluckte mehrmals, „aber dann unterlag ich meinen eigenen Empfehlungen, und für mich wurde mein Fest unversehens zu einer Stunde verspäteter Einsicht.“ – Der Konsul atmete tief. – „Einsicht ist noch nie etwas Schlechtes gewesen, weiß Gott! Nur mit Einsicht kann man seiner

Vergangenheit Herr werden. Aber, Viktor", der Konsul sprach nur mit Mühe, „diese ganzen schlimmen Dinge in unseren Werken, auf die ich falsch, manchmal vielleicht auch richtig reagiert habe, die habe ich doch alle schon vor unserem Fest gewusst! Da ist an diesem Abend nichts Neues dazugekommen – außer der unverrückbaren Gewissheit eben, die sich plötzlich eingestellt hat, dass ich selbstverständlich ein unmittelbarer Unterstützer und Mitwisser war und mich über Monate und Jahre mitschuldig gemacht habe; ich, der ich mich stets eher als ein Gegner des Regimes verstanden habe –"

„Das wissen doch alle, dass du schon von deiner ganzen Einstellung her kein Hitleranhänger warst."

„Umso schlimmer, dass ich so unentwegt mitgetan habe!"

„Du hast nicht ‚mitgetan'! Deine politische Einstellung war in Ordnung, viel klarer als meine. Mehr konntest du nicht tun."

„Aber von meiner Schuld komme ich trotzdem nicht los. Die Schwere einer Schuld bemisst sich eben nicht nur nach der Tat – zu der auch die Unterlassungen gehören –, sondern auch danach, was für eine Position man innehatte, und das heißt natürlich, über welchen Einfluss man gebot."

„Ja, die oben in der Pyramide, die werden von der Einsicht in ihre Mitschuld niedergedrückt."

„Auch nicht alle!", beklagte sich der Konsul.

„Sicherlich nicht alle, klar! Ganz im Gegenteil! Während ein paar Leute wie du darüber grübeln, ob sie nicht vielleicht doch Schuld auf sich geladen haben könnten – dein Freund Lusser gehört auch dazu –, befassen sich die meisten der Altnazis – die kleinen wie die großen – damit, zu prüfen, ob sie nicht doch eher zu den Gegnern zu rechnen gewesen wären."

„Wie meinst du das?", fragte der Konsul.

„Weißt du, jeder von diesen ehemaligen Nazis war irgendwann mal ein bisschen dagegen. Jeder! Jeder irgendwann mal. Jeder irgendwann mal ein bisschen. Der Hundertprozentige ebenso wie der nur mitgelaufene Halbnazi. Mit ‚ein bisschen dagegen' meine ich jetzt nicht einmal so sehr, dass denen vielleicht diese oder jene politische Entwicklung nicht gepasst hat, sondern einfach, dass es interne Konflikte gab, gewöhnlichen Krach mit irgendeinem Ranghöheren, offenen Widerspruch womöglich, Streit über irgendetwas, vielleicht verbunden mit einer anschließenden Zurücksetzung oder gar einer gehörigen Maßregelung von oben für irgendeinen Fehler, irgendeine Missetat, irgendeine kleine Sauerei. So etwas kam ja tausendfach vor. Und das alles wird nun wiederbelebt, aufgebauscht und ausgeschmückt, wird nun für diese Leute immer mehr zum Hauptthema ihres Verhaltens in den Nazijahren, während die alltäglichen aktiven Beiträge, die auf der Linie der Partei lagen, in ihrer unauffälligen Selbstverständlichkeit immer mehr an Gewicht verlieren, bis sie schließlich fast ganz verschwunden sind."

„Was meinst du mit aktiven Beiträgen?"

„Nun, die strikte Befolgung von Anordnungen, die perfekte Erledigung von Aufträgen, die prompte Lösung von schwierigen Aufgaben. Dafür gab's dann auch Lob und womöglich gar Auszeichnungen."

„Aha, der ‚Wehrwirtschaftsführer', jaja", lachte der Konsul höhnisch.

„Menschenskind, Viktor, das ist überhaupt der Schlüssel!", rief der Konsul plötzlich. „Das ist der Schlüssel, warum es auf einmal nur noch so wenige Nazis gibt im Land. Die lügen sich nicht einfach heraus. Die sind allmählich immer stärker auch selbst davon überzeugt, dass sie im Grunde genommen fast eher noch zu den heimlichen Gegnern gerechnet werden müssten – jedenfalls nicht zu den waschechten Nazis!"

Dann fuhr er ruhiger fort: „Wie recht du hast, Viktor. Ich sehe das manchmal sogar an mir selbst! Alle miteinander, alle, die Vollnazis, die Halbnazis und die Gelegenheitssnazis, die Leute aus der Wirtschaft ebenso wie die Beamten, vor allem natürlich die von der Justiz und die hohen und die niederen Polizisten, alle miteinander, wirklich alle – sie erinnern sich heute in erster Linie an solche Situationen, in denen sie in irgendeiner Form widersprochen oder gar Widerstand geleistet haben."

Der Konsul schien sich wieder gefangen zu haben: „Warum nicht – so sie sich nichts Schlimmeres haben zuschulden kommen lassen – von mir aus! Wir brauchen beim Wiederaufbau jede Hand."

Viktor hatte noch immer Bedenken: „Aber die werden sofort Cliquen bilden noch und noch! Je mehr sie bei der Entnazifizierung unter Druck geraten! Ich sehe das doch selber bei ein paar alten Freunden – oder sagen wir Kameraden aus früheren Zeiten –, denen ich in letzter Zeit hier begegnet bin. Die halten zusammen wie Pech und Schwefel, je stärker sie politisch belastet sind, desto mehr. Die bilden Seilschaften über ganze Behördenetagen hinweg und helfen sich gegenseitig mit Unbedenklichkeitsbescheinigungen aus. Ich seh's doch selbst – alles Saubermänner!"

„Das mit diesen Persilscheinen hängt damit zusammen, dass man bei den Spruchkammerverfahren die Beweislast umgekehrt hat. Der öffentliche Kläger muss dem Betroffenen nicht seine Schuld nachweisen, sondern umgekehrt: der muss seine Unschuld beziehungsweise sein Nichtbelastet-sein belegen – das ideale Klima für ein blühendes Persilscheinwesen!"

„Weißt du, diese ganze Entnazifizierungsveranstaltung ist doch nur eine Sache der Besatzungsmächte, notgedrungen natürlich. Schon dieser Fragebogen mit seinen 131 Fragen! Da ist doch klar, dass jeder Betroffene, je schwerer belastet er ist, in diesem Fragebogen und in der ganzen Aktion das Werk der Feindmächte sieht, dem man sich als guter Deutscher nach Kräften zu entziehen hat. Je belasteter einer ist, desto mehr fühlt er sich mit seinen falschen Angaben im Recht." –

7 _ Germaine vor der Abreise in die USA _ Der Konsul verwahrt sich heftig _ Fellgiebels Nachforschungen

Jan schaute beim Frühstück besorgt zu Germaine hinüber. Sie war stiller als in den vergangenen Tagen, fast wirkte sie bedrückt. Ich werde sie zu einem Spaziergang einladen, da kann ich sie am besten fragen. Er glaubte, ein Anrecht darauf zu haben, zu erfahren, was sie so still hat werden lassen. Schon gestern war ihm das aufgefallen.

Als sie auf dem Weg zum Park ums Haus gebogen waren, griff er wie gewohnt nach ihrer Hand, aber sie zog sie vorsichtig zurück.

„Ich habe gar keine Lust mehr, nach New Haven weiterzureisen, Jean."

Ob sie vielleicht doch Bedenken bekommen hat – so allein an

einer großen amerikanischen Universität aufzutauchen? Er überlegte.

„Hast du überhaupt genügend was anzuziehen, ich meine, die richtigen Klamotten? Das ist sicher wichtig, wenn man aus unserem Mangel und unserer Not heraus mitten in einer berühmten Universität landen will. Ihr seid ja auch nicht auf Rosen gebettet gewesen in Palästina."

„Onkel Wilhelm – ich sag einfach wieder Onkel Wilhelm zu deinem Vater –, Onkel Wilhelm will mich da unterstützen. Er hat sofort gesehen, worauf es für mich dort am Anfang vor allem ankommt. Er kennt da einen wohlhabenden alten Studienfreund, in Milford, das ist nicht weit weg, der wird fürs Erste einspringen und mir helfen. Verbindungen sind das Wichtigste im Leben, sagt Onkel Wilhelm."

Dann gingen sie wieder schweigend nebeneinander her.

„Und warum bist du so still die ganze Zeit?"

„Es geht nicht um Klamotten", sagte Germaine. „Ich habe nicht nur keine Lust, sondern ich *will* eigentlich auch gar nicht weg von hier."

„Warum?"

„Warum, warum – das fragst du? – Weil *du* da bist", fügte sie ganz sachlich hinzu und hob dabei die Schultern. Jan versuchte scheu, wieder nach ihrer Hand zu greifen. „Aber ich muss weg von hier! Ich schaffe nur Verwirrung!"

„Ach was, Germaine, Unsinn! Alle, das ganze Haus, alle sind sie hier fröhlicher geworden und offener für einander, seit du da bist."

„Ich spüre doch, wie sie mit Argusaugen über uns wachen!"

„Ja – aber die Fellgiebels haben dich doch auch mit viel Liebe aufgenommen, Germaine. Die machen da keinen Unterschied zwischen uns beiden."

„Das weiß ich doch, das ist es nicht. Aber wir stehen als Geschwisterpaar unter Druck. Als Paar! Jede Bewegung, jedes Wort, jeder Blick – alles, was wir tun, wird darauf geprüft, ob es schicklich ist für Geschwister. Natürlich mögen sie uns! Das ist ja auch wunderbar, wirklich! Aber gerade darum passen sie ja so auf – Ach, wäre ich doch nur in Palästina geblieben!"

„Aber dann hätten wir uns nie mehr wiedergesehen!"

„Wär' das denn nicht das Beste gewesen?"

„Wir lieben uns doch", riskierte Jan zu sagen, aber er sagte es nachdenklich, nicht widersprechend.

„Wir lieben uns schon immer", räumte Germaine ohne Zögern ein, „aber jetzt, wo wir uns so viele Jahre nicht mehr gesehen haben, ist das wie eine Explosion geworden, Jean. Dem sind wir nicht gewachsen!"

Bei diesen Worten fielen sie sich mitten auf dem Gehweg in die Arme, wenn auch nur für die Dauer eines erschöpften Ausatmens, und es war nicht auszumachen, von wem der beiden der Anstoß zu dieser plötzlichen Umarmung ausgegangen war.

„Ich sollte weg, aber ich will nicht. Aber ich muss."

Zuhause angekommen verschwand Germaine in ihrem Zimmer, einer Dachkammer, die für das Hausmädchen vorgesehen war. Beim Mittagessen erklärte Marianna eher beiläufig, dass sich Germaine nicht wohlfühle, doch am Abend ließ sich Germaine auch nicht sehen. Jan war am Nachmittag, um zu horchen, mehrmals die Dachstuhltreppe hochgestiegen, und es hatte ihn gestört, dass einzelne Stufen so knarrten. Hilflos hatte er an der Tür gelauscht, ob ihr etwas fehle. Ob sie vielleicht weinte? Aber er hatte sich nicht getraut, leise anzuklopfen, und war jedes Mal unschlüssig wieder hinabgestiegen und einmal sogar Marianna im Haus begegnet, die sogleich geahnt hatte, was ihn umtrieb, und ihm im Vorbeigehen nur sagte: „Sie muss sich jetzt sammeln."

Als er Germaine endlich am nächsten Morgen wiedersah, arg blass zwar, aber gefasst, nicht unfreundlich, aber längst nicht mehr so vergnügt und ausgelassen wie in den letzten Wochen, da war sie schon ganz auf ihre Abreise eingestellt und hatte bereits damit begonnen, ihre Sachen zu richten. Onkel Wilhelm habe ihr heute früh gesagt, dass er in den nächsten Tagen wohl alles an Papieren für sie beisammen haben würde, einschließlich Impfbestätigung.

Jan war froh, Germaine hatte sich wieder gefangen und wusste wieder, was zu tun war, und je mehr er sich darüber freute, umso trauriger wurde er. –

Der Konsul ging unschlüssig hin und her. Ursprünglich hatte er beabsichtigt abzusagen, weil er seine Ruhe haben wollte – Fellgiebels hatten auch wirklich allzu kurzfristig eingeladen! Es gehe um ein kleines abendliches Essen, hatte ihm Frau Fellgiebel am Telefon erklärt, und um die Verabschiedung von Germaine. Germaine, das war diese kürzlich aufgetauchte Stieftochter, eine hübsche junge Dame, wie der Konsul fand, die aber gar nicht die echte Stieftochter von Fellgiebels zu sein schien, obwohl sie die Schwester von Jan war; offenbar hatten Fellgiebels seinerzeit nur Jan adoptiert. Mehr wusste er auch nicht. Aber über Viktor müsste wohl Näheres zu erfahren sein, er ging ja bei Fellgiebels ein und aus und er wollte, hatte er gesagt, auf jeden Fall bei der Verabschiedung von Germaine mit dabei sein. Und da Viktor hinging, würde Sabine natürlich auch mitkommen, schienen die beiden inzwischen doch recht eng miteinander verbunden, und das reiche für eine angemessenen Vertretung des Hauses Zabener durchaus, dachte sich der Konsul.

Dann aber war Folgendes geschehen: Bei einem freundschaftlichen Gespräch mit Fellgiebel, wie sie es im Lauf der Jahre schon hundertfach geführt hatten, war der Konsul, sonst ein Vorbild an kühler Sachlichkeit, plötzlich außer sich geraten und Fellgiebel viel zu heftig in die Parade gefahren. Zwar war er hinterher noch immer der gleichen Meinung, aber seine Schroffheit und vor allem seinen Verlust an Haltung konnte er sich nicht verzeihen. Darum, so glaubte er, habe er bei Fellgiebel etwas wiedergutzumachen, und so erwog er, nun doch der Einladung zu folgen. Er wollte keinesfalls den Eindruck aufkommen lassen, dass er Fellgiebel womöglich noch etwas nachtrage, hatte ihr Gespräch doch, nachdem es derartig entgleist war, wegen äußerer Umstände abgebrochen worden müssen, sodass sich keine Möglichkeit mehr geboten hatte, wieder versöhnlichere Töne anzuschlagen.

Anfangs war das unglückliche Gespräch völlig unauffällig verlaufen. Fellgiebel war zu seinem wöchentlichen ‚ärztlichen Vorbeischauen' erschienen, wie er es stets nannte, weil er betonen wollte, dass das keine Hausbesuche im üblichen Sinne waren, die den Konsul nur krank gemacht hätten, sondern dass es ihm mit seinem regelmäßigen Vorbeischauen vor allem darum ging, dem Konsul mit seinem ständig verfügbaren ärztlichen Rat ein Gefühl gesundheitlicher Sicherheit zu vermitteln. So hatte er ihm auch bei diesem Besuch die üblichen paar Fragen gestellt, sich nach eventuellen Rezeptwünschen erkundigt und dann noch den Blutdruck gemessen. Aber bald waren sie, wie in all den Jahren schon, auf allgemeine, vor allem natürlich auch auf politische Fragen zu sprechen gekommen, was sie stets gern und ausgiebig getan hatten, auch dann, wenn sie nicht der gleichen Auffassung waren. Hauptsache war dabei nur gewesen, dass nicht einer der beiden plötzlich eine Position bezog, die dem anderen derart fremd war, dass er sich überhaupt nicht mehr in sie hineinzudenken vermochte. Doch das war bei der Ähnlichkeit ihrer politischen Vorstellungen eigentlich noch nie vorgekommen.

Aber dann hatte Fellgiebel damit angefangen, von dem belastenden Ärger zu erzählen, den er gegenwärtig mit seinem Haus hatte.

„Ich habe das Haus seinerzeit von einem Juden, der auswandern wollte, gekauft. Vor ein paar Wochen ist nun plötzlich der Sohn des verstorbenen Voreigentümers aufgetaucht und macht Nachforderungen geltend, obwohl der ganze Vorgang schon vor der Machtergreifung 1933 abgeschlossen war, wenngleich die Auszahlung durch die Banken dann erst kurz danach erfolgt ist. Von dem fast freundschaftlichen Einvernehmen, das damals bestanden hat, war überhaupt nichts mehr zu spüren, das hat mich am meisten gekränkt, nur Misstrauen und Feindseligkeit! Der Kerl setzt alle Hebel in Bewegung und versucht rauszuholen, was nur rauszuholen ist, nicht einmal vor abstrusen Drohungen schreckt er zurück, aber da ist nichts zu erpressen, absolut nichts!“

Der Konsul war besorgt auf Fellgiebels Ärger eingegangen: „Das tut mir leid, dass Sie da Ärger haben. Dass diese elenden ‚Arisierungen‘, wie das die Nazis nannten, korrigiert werden müssen, steht außer Zweifel und wird schwierig genug werden. Aber wenn sich dann noch solche schamlosen Beutemacher mit dranhängen, dann erfordert das schärfsten Einspruch! Denn damit wird die Redlichkeit dieser ganzen Aktionen der Rückerstattungs- und Nachvergütungsbemühungen in Frage gestellt“

„Das sind natürlich meistens ebenfalls Juden, die sich da mit dranhängen wollen“, sagte Fellgiebel voller Zorn.

„Da ist die Spreu vom Weizen nicht so leicht zu trennen.“

„So klar ist das ohnehin nicht zu unterscheiden! Denn auch unter den echt Anspruchsberechtigten gibt es da recht rigorose Beutelschneider, gerade wenn es irgendwelche Erben sind, die das

Äußerste herauszuholen suchen. Wenn's um Geld und Reibach geht, sind diese Pfeffersäcke von niemandem zu übertreffen! Die einen wie die andren, ich dreh' da die Hand nicht um!"

Der Konsul schwieg betreten, und nach einer Pause fuhr Fellgiebel noch heftiger fort: „Irgendetwas muss ja wohl dran sein, dass die Juden seit Jahrhunderten – ach was sage ich da, von jeher – immer und immer wieder Pogrome ausgelöst haben. Richtig beliebt jedenfalls waren sie nirgends – es geschieht nichts ohne Grund!"

Das war der Augenblick gewesen, in dem der Konsul die Fassung verlor. Erst hatte er laut aufgestöhnt und dann in einer jähen Erregtheit losgebrüllt, wie das Fellgiebel bei ihm noch nie erlebt hatte. Nicht nur äußerst ungehalten hatten seine Worte geklungen, was bei ihm normalerweise schon die höchste Stufe an Missbilligung darstellte, sondern dieser sonst so gesammelte und verhaltene Mann war gänzlich aufgelöst gewesen.

„Dieses Thema kann von mir aus überall in der Welt diskutiert werden", hatte der Konsul getobt, „aber wir Deutsche haben auf Generationen hinaus jede Berechtigung verloren, solche Fragen zu erörtern! Nach diesem einmaligen Großverbrechen! Das eben nicht nur in unserem Namen, sondern das von uns – verstehen Sie: von uns! – begangen worden ist. Es gehört sich einfach nicht, es ist im höchsten Maße unangemessen, wenn wir jetzt als die Täter – oder sagen wir als das Tätervolk – nach Ursachen der Missliebigkeit der Juden suchen, als ob sich unsere Schuld damit auch nur um ein Quäntchen abschwächen ließe! – Oder suchen Sie, Doktor Fellgiebel, womöglich nach Rechtfertigung? Rechtfertigung für etwas, was niemals, nicht einmal andeutungsweise, zu rechtfertigen sein wird?"

Der Konsul war rot angelaufen und hatte kaum noch Luft bekommen. Er war kein geübter Brüller, das wusste Fellgiebel, und ungeübte Brüller strengen sich beim Brüllen unvergleichlich mehr an und hören erst zu brüllen auf, wenn sie erschöpft sind. Fellgiebel sorgte sich, wagte aber nicht, beruhigend auf ihn einzuwirken.

„Ich könnte aus der Haut fahren, wenn ich Sie so sprechen höre, Doktor Fellgiebel, ausgerechnet Sie, der Sie einmal einer der klarsten Nazigegner waren!", hatte der Konsul, immer noch viel zu laut, nachgesetzt.

Dann war er ruhiger geworden und schließlich hatte er nur noch leise hinzugefügt: „Wir Deutsche haben gefälligst den Mund zu halten, das Genick einzuziehen und abzuwarten, ob uns die Welt wieder aufnimmt, wir alle miteinander!"

Als sich Fellgiebel dann hatte anschicken wollen, dem Konsul nach dieser Aufregung noch einmal den Blutdruck zu messen, um wenigstens ärztlich die Führung des Gesprächs wiederzuerlangen, die er völlig verloren hatte, war ein verletzter Bauarbeiter auf einer Tragbahre hereingebracht worden, und dem hatte er sich sofort zuwenden müssen. –

Fellgiebel empfing die wenigen Freunde, die sie eingeladen hatten, in bester Laune. Vor allem dem Konsul gegenüber war er die Freundlichkeit selbst. Es war ihm anzusehen, wie sehr er sich darüber freute, dass der Konsul gekommen war, aber auch der sah erleichtert, dass von ihrem Zusammenstoß offenbar keine störenden Trümmer zurückgeblieben waren. Und als ob sie sich beide dessen vergewissern wollten, griffen sie schon an der Garderobe draußen im Flur das heikle Thema noch einmal vorsichtig auf.

„Sie wissen ja", sagte der Konsul beschwichtigend, „ich wende mich doch nicht gegen diese Frage als solche, die Sie da aufgeworfen haben, also gegen das Inhaltliche, nein, ganz und gar nicht – darauf gibt es längst kluge und abgewogene Antworten –, sondern es gehört sich einfach nicht – und deshalb wollte ich Sie als guten Freund und bewährten Gegner davon fernhalten –, dass ausgerechnet im Land der Täter nach einer Mitschuld bei den Opfern gesucht wird. Wenn es sie je gäbe, wäre sie geradezu lächerlich gering im Verhältnis zur monströsen Tat. Und es empört mich natürlich auch, wenn man so tut, als würden ausgerechnet wir Deutschen dieses Thema vorurteilsfrei und unbefangen erörtern können."

„Ich habe inzwischen natürlich auch darüber nachgedacht – keiner von uns ist gänzlich frei von einem Rest-Antisemitismus, auch wenn er das selbst für ausgeschlossen hält –"

Drinnen im Haus war die Stimmung gelöst, die Gespräche waren lebhaft, und die meisten der Gäste hofften, Genaueres über Jans Schwester, diese ebenso bezaubernde wie geheimnisvolle Germaine, zu erfahren, die erst kürzlich so plötzlich aufgetaucht war und nun bereits wieder zum Studium in Amerika verabschiedet werden sollte.

Fellgiebel, gewiss ein engagierter Diskutierer und lebhafter Disputant, aber bei Weitem kein so souveräner Redner wie der Konsul, klopfte nach der Suppe an sein Glas und schilderte umständlich die weiß Gott komplizierten familiären Verhältnisse von Jan und Germaine, erwähnte dabei auch seinen armen Siegfried, der noch immer in Palästina stecke, und erläuterte, wie das seinerzeit mit der Adoption gelaufen war.

„Die französischen Eltern von Jan und Germaine, genauer gesagt ihre Adoptiveltern, gute Freunde von uns seit Studiumszeiten, sind bei einem Autounfall ums Leben gekommen. Sie waren auf dem Weg zu uns, ein schon lange geplanter Besuch, ihre Kinder hatten sie zu Hause in Frankreich gelassen."

Fellgiebel machte eine kurze Pause, um tief Luft zu holen, und man sah, wie schwer es ihm noch immer fiel, von diesem verhängnisvollen Unglück zu sprechen.

Viktor flüsterte Sabine ins Ohr: „Ich erinnere mich, das hat er mir vor Jahren schon einmal ausführlich erzählt, aber so genau weiß ich auch nicht mehr, wie das alles zusammenhängt."

Dann fuhr Fellgiebel fort: „Wir fühlten uns für die beiden Kinder natürlich verantwortlich und haben sie in dasselbe Kinderheim in Herrlingen gegeben, in dem bereits unser behinderter Sohn Siegfried war. Aber kaum dass sie sich dort einigermaßen eingewöhnt hatten, erzwangen die politischen Umstände die Schließung – beziehungsweise richtiger gesagt: nicht die Schließung, sondern die Auswanderung des ganzen Kinderheims mit Sack und Pack nach Palästina. Jan allerdings fiel im letzten Augenblick aus – er war bereits zur Einschiffung in Bremerhaven, als er eine Diphtherie bekam. An seiner Stelle wurde unser Siegfried mitgenommen, den wir erst kurz vorher zu uns nach Hause geholt hatten, eben wegen der bevorstehenden Auflösung des Kinderheims. Wir ahnten damals schon die Euthanasie-Bedrohung, was sich dann später ja auch grausam bestätigt hat. Natürlich hätten wir nie daran gedacht, das Geschwisterpaar Jan und Germaine zu trennen, hingen sie doch wie Pech und Schwefel aneinander, was ja kein Wunder war."

Da klopfte Jan wie zur Bestätigung Germaine auf die Schulter und beide lächelten sie Fellgiebel zu.

„Aber nun war es geschehen, Jan und Germaine waren auseinandergerissen, Germaine war auf dem Weg nach Palästina und Jan lag in einem Krankenhaus in Bremen und war gefährlich erkrankt. Wir haben ihn dann adoptiert, um ihm den Eintritt und die Eingliederung in unsere Familie so leicht wie möglich zu machen – das war dann die zweite Adoption in seinem Leben gewesen. Ihr glaubt nicht, was das für ein Papierkrieg war!"

Aber dann setzte Fellgiebel noch einmal mit leicht erhobener Stimme zu einer Schlussbemerkung an.

„Bei den Papieren und Unterlagen, die für Germaines Weiterreise noch von hier aus zu besorgen waren, musste Verschiedenerlei erneut belegt und frisch beschafft werden, teilweise auch aus Frankreich vom dortigen *Tribunal des tutelles*, Umstände ohne Ende! – So."

Dieses ‚so' nach einer kleinen Pause war auffällig – da kommt noch etwas, sollte das wohl heißen –, und alle passten sie wieder besser auf.

„Und bei dieser Beschaffung der Ausweise und Nachweise, der Abschriften und Zweitschriften, da stellte sich nun heraus – übrigens erst vor zwei Tagen! –, dass Jan und Germaine zwar vom gleichen Ehepaar adoptiert worden sind, nämlich von unserem alten Studienfreund Dr. Hossenlopp und seiner Frau, aber dass es sich nicht um ein Geschwisterpaar handelt."

Die meisten Zuhörer nahmen diese Mitteilung interessiert, aber ohne besondere Beteiligung entgegen, nur seiner Frau Marianna, der gegenüber Fellgiebel strikt geschwiegen hatte, war die Verblüffung deutlich anzumerken.

„Da hätten wir auch selber dahinter kommen können", brummte Fellgiebel noch zu ihr hin, „denn Jan ist zwar 1925 und Germaine erst 1926 geboren, aber sie sind gerade mal ein halbes Jahr auseinander!" – Und dann wieder lauter zu allen: „Doch dass das Geschwister sind, das war für uns absolut selbstverständlich gewesen, daran hatte all die Jahre niemand auch nur den geringsten Zweifel."

Jan schaute seinen Stiefvater mit weit geöffneten Augen eher verständnislos als erschrocken an und hatte für einen Augenblick das Gefühl, dass ihm Germaine weggenommen werden sollte.

Germaine dagegen verstand sofort, sie strahlte auf und legte ihre Hand auf Jans Unterarm. –

Germaine Hossenlopp *reiste planmäßig zu ihrem Stipendium nach New Haven weiter und nahm pünktlich ihr Studium an der Yale University auf. Später studierte sie in London, wo dann alsbald auch Jan Fellgiebel auftauchte.*

Sabine Strauss *hatte in der Tat ihre Konzerttätigkeit trotz aller Anfragen nicht wieder aufgenommen und ihre in den dreißiger Jahren so erfolgversprechend begonnene Karriere nicht fortgesetzt. Das überraschende Angebot einer Dozentur für Musikpädagogik an einem Institut in Berkeley jedoch, das sie auf dem Umweg über ihre frühere Wirkungsstätte in Wien erreicht hatte, beschloss sie näher zu prüfen, zumal Viktor eine immer deutlichere Neigung erkennen ließ, eine Stelle im ‚Flight Research Center' in Lancaster anzunehmen und sich zu dieser Zeit gerade in Kalifornien aufhielt, um erste Gespräche zu führen.*

Viktor Zabener *war glücklich, dass die ‚Operation Overcast', mit der die Amerikaner das noch vorhandene Potenzial an deutschen Ingenieuren und Wissenschaftlern aus dem Bereich der militärischen Forschung und Entwicklung abzuschöpfen suchten, an ihm vorbeigegangen war, möglicherweise deshalb, weil sein Name viel stärker mit der Entwicklung der Lastensegler verbunden war als mit der Entwicklung der Raketenflugzeuge. Nun aber als gänzlich freier Mann wieder zum Fliegen zu kommen, mit interessanten Aufgaben, als Zivilist und nicht als Zwangsverpflichteter oder gar als Soldat, das war das, was er sich unter einem freiheitlichen Leben vorstellte.*

Dr. Strauss *hat die Überstellung vom Konzentrationslager Dachau in die Privatklinik Narath nur um wenige Wochen überlebt; die Überstellung war der von Sabine Strauss geforderte Preis dafür, sich in Lausanne von Ludwig Herkommer wieder einfangen und nach Wien reportieren zu lassen.*

Der ***Konditor Rothenburger****, der sein renommiertes Kaffeehaus in Nürnberg schon kurz nach dem Judenboykott 1933 an seinen erstklassigen Konditormeister Josef Mönch übergeben hatte, konnte sich nach seiner Flucht im niederösterreichischen St. Pölten ein kleines, aber gut* *besuchtes Café aufbauen. Nach dem Anschluss Österreichs jedoch verlor sich noch im März 1938 jede Spur von ihm.*

***Josef Mönch**, der von Rothenburger das Nürnberger Café übernommen hatte – nur stellvertretend, wie er stets betont hat –, verlor bei einem Luftangriff im August 1943 Hab und Gut und musste froh sein, nach dem Krieg weit unter seinen Fähigkeiten eine Stelle als Vorarbeiter in einer Zuckerschmelzerei zu finden, die Artikel für die sogenannte Jahrmarkts- und Messekonditorei herstellte, aus der er sich nicht wieder hochzuarbeiten vermochte.*

***Ludwig Herkommer** ist nach langem Warten die Flucht nach Argentinien auf der sog. Rattenlinie gelungen. Nach verschiedenen Tätigkeiten im Geheimdienst in Buenos Aires und später in einer guten Position bei der argentinischen Telefongesellschaft E.N.T.E.L. lebte er als Verbindungsmann zu deutschen Herstellern aus München unbehelligt und mit offenbar gutem Auskommen in San Carlos de Bariloche, einem mondänen Ferienort am Fuß der Anden. Er genoss den neu erworben Wohlstand und hatte keine großen Ziele und keine besonderen Pläne mehr. Bei einem Besuch im luxuriösen Llao Llao Hotel, dessen Anlass nicht aufgeklärt werden konnte, blieb er mit dem Aufzug wegen eines Kabelbrands zwischen Erdgeschoss und erster Etage hängen. Er drückte die Notruftaste und wartete geduldig. Erst als eine überlaute Alarmklingel ertönte und er draußen die Rufe ‚Feuer, Feuer, holt die Feuerwehr!' hörte und kurz darauf Qualm in die Kabine drang – nach Auffassung der Brandexperten konnte es sich bei dem geringen Schmorbrand um kaum mehr als um einen gewissen Brandgeruch gehandelt haben –, da verfiel er, der einst so Unerschreckbare, in eine rotierende Panik, der er nicht mehr entkam. Als hätte die Aufzugskabine bereits in Flammen gestanden, trommelte er mit den Fäusten verzweifelt an die Kabinentür und trat in panischer Gewalt an die Wände, wobei er ununterbrochen schrie und tobte, sodass er die beruhigenden Worte des Einsatzleiters nicht hören konnte und auch nicht bemerkte, dass der Fahrstuhl in langsamem Handbetrieb bereits wieder in Bewegung gesetzt worden war. Schließlich zerbiss er, nur wenige Minuten vor seiner endgültigen Bergung, eine Zyankalikapsel, die er schon seit Kriegsende stets bei sich getragen hatte.*

Über ***Violet Bohner****, die sich noch in der Reichspogromnacht 1938 nach Frankreich abgesetzt hatte, war nichts mehr in Erfahrung zu bringen, wiewohl noch 1962 in der algerischen Zeitung „Le Quotidien d'Oran" ein Foto aus dem Atlasgebirge unter ihrem Namen erschienen ist.*

ANMERKUNGEN

I _ Vor 1933

1 Frankreich hatte 1929 mit dem Bau der Maginotlinie begonnen. Die wichtigsten Abschnitte waren bis 1936 fertiggestellt.
Ab etwa 1927 waren in Elsass-Lothringen Autonomiebestrebungen zu beobachten. Gleichzeitig erstarkte in ganz Frankreich ein gewisser Rechtsextremismus, und im Elsass entstanden Anfang der dreißiger Jahre mit eher diffusen Zielen halbmilitärische Freischärlergruppen.

2 Die Hitlerjugend (HJ) wurde bereits in den Zwanziger Jahren als Nachwuchsorganisation der NSDAP für die männlichen Jugendlichen von 14 bis 18 Jahren aufgebaut, ergänzt durch das sog. Jungvolk (JV) für die 10- bis 14-Jährigen. Die Organisation trug ausgeprägt vormilitärischen Charakter, was mit den späteren Untergliederungen wie Flieger-HJ, Motor-HJ, Marine-HJ, Nachrichten-HJ noch deutlicher wurde. Ab 1939 bestand eine gesetzlich vorgeschriebene „Jugenddienstpflicht", die sich zwar nicht überall lückenlos durchsetzen ließ, aber dennoch zu enorm großen Mitgliederzahlen führte.

3 Die abwertende Bezeichnung ‚Nazi' ist zwar alt und wurde allgemein verstanden, war aber, jedenfalls in Deutschland, nicht in allen Regionen gleichermaßen gebräuchlich. Allgemeine Verbreitung und Gültigkeit erlangte das Wort erst nach dem Zweiten Weltkrieg, vor allem auch durch den quasioffiziellen Gebrauch im internationalen Schrifttum (‚Nazismus', ‚Entnazifizierung'). In den zwanziger Jahren sprach man eher von den Nationalsozialisten und dem Nationalsozialismus, von den Braunen und den Braunhemden und von der Hitlerbewegung, die sich auch selbst gern ‚die Bewegung' nannte und deren Anhänger von den Außenstehenden auch als die ‚Hitlerleute' oder einfach ‚die Hitler' bezeichnet wurden („Die Hitler haben heute Abend eine Versammlung"). Von den ‚Hitlern' zu reden, hat sich vor allem in Süddeutschland bis lange nach Kriegsende gehalten („Der Huber, das ist ein arger Hitler gewesen!").

4 *‚Unsre Fahne ist die neue Zeit'* stammt aus dem HJ-Lied ‚Vorwärts! Vorwärts! schmettern die hellen Fanfaren' von Baldur von Schirach. Es wurde allerdings erst 1933 mit dem Propagandafilm ‚Hitlerjunge Quex' zum offiziellen ‚Fahnenlied der Hitlerjugend' erhoben, existierte aber in ähnlichen Fassungen schon wesentlich früher.

Baldur von Schirach (1907–1974), ein fanatischer Antisemit, war 17 Jahre alt, als er Hitler kennen lernte und sich ihm sogleich anschloss. Von 1931 bis 1940 war er Reichsjugendführer, danach Gauleiter von Wien. 1946 wurde er im Nürnberger Prozess wegen seiner Beteiligung an der Deportation der Wiener Juden zu 20 Jahren Haft verurteilt.

5 Mit dem Stellungskrieg und der zunehmend schwierigeren Kriegslage trat der in der Armee latent stets vorhandene Antisemitismus deutlicher zu Tage, und das preußische Kriegsministerium sah sich veranlasst, im Herbst 1916 eine Zählung der Juden im Heer, ihrer Tätigkeit in der Etappe oder an der Front, sowie der vom Kriegsdienst zurückgestellten Kriegsdienstpflichtigen anzuordnen, wobei es um den offen ausgesprochenen Vorwurf der Drückebergerei ging.

Abgesehen davon, dass bei dieser Zählung unvermeidlicherweise schwerwiegende methodische Fehler unterliefen, sind damit zum ersten Mal Juden offiziell anders behandelt worden als Angehörige der beiden christlichen Konfessionen, was einer Demütigung und Ausgrenzung gleichkam. Es war ein eklatanter Bruch des 1914 von Wilhelm II. ausgerufenen Burgfriedens („Ich kenne keine Parteien mehr, ich kenne nur noch Deutsche!"), wobei er neben den aufgehobenen Parteiunterschieden ausdrücklich auch auf die aufgehobenen Stammes- und Konfessionsunterschiede hingewiesen hatte. Die erheblichen Proteste gegenüber dieser Demütigung, sogar im Reichstag von Seiten hochdekorierter jüdischer Frontsoldaten, sowie die mangelnde Eindeutigkeit der Ergebnisse führten dazu, dass diese bis Kriegsende unter Verschluss blieben.

6 Die schlechte wirtschaftliche Lage der Nachkriegsjahre führte dazu, dass das Deutsche Reich die im Versailler Vertrag festgelegten Reparationsleistungen immer weniger aufbringen konnte. Wegen der Rückstände machten 1923 Frankreich und Belgien schließlich von ihrem vertraglichen Recht Gebrauch, das Ruhrgebiet zu besetzen. Die teilweise rüde verlaufene Besetzung wurde in weiten Kreisen als Unrecht und Schmach empfunden und führte zu heftigen Konflikten.

II_1933 bis 1939

1 Julius Streicher, geboren 1885, war ein hochgradig aggressiver Antisemit. Wegen seiner Teilnahme am Hitler-Ludendorff-Putsch wurde er 1923 als

Lehrer suspendiert. Von 1925 bis 1940 war er Gauleiter von Mittelfranken, später Franken, mit Sitz in Nürnberg.
Ab 1923 gab er das später reichsweit in großer Auflage verbreitete antisemitische Hetzblatt *Der Stürmer* heraus, das zum Teil pathologisch-pornografische Züge trug und die Ausbreitung eines extremen Antisemitismus, der die Ausrottung zum Ziel hatte, erheblich unterstützte. 1940 verlor er seine politischen Ämter wegen Korruption und persönlicher Bereicherung, blieb selbst aber verschont. Im Nürnberger Prozess wurde er 1946 wegen Verbrechen gegen die Menschlichkeit zum Tod verurteilt.

2 Am Abend des 10. Mai 1933 wurden in allen deutschen Universitätsstädten die Bücher politisch missliebiger Autoren von Mitgliedern des Nationalsozialistischen Deutschen Studentenbunds unter Mithilfe von Hitlerjugend und SA öffentlich verbrannt. An diesen ‚Verbrennungsfeiern' nahmen die Rektoren und stets eine Anzahl Professoren teil, in Berlin hielt der Reichsminister für Volksaufklärung und Propaganda. Josef Goebbels, dazu eine Ansprache und proklamierte seine ‚12 Thesen wider den undeutschen Geist'. Unter Aufrufung der Namen der Autoren wurden deren Bücher auf einen brennenden Scheiterhaufen geworfen. Das Echo in der ausländischen Presse, die sich ausführlich mit den Ereignissen befasste, war fast durchweg negativ.
In den folgenden Monaten fanden noch zahlreiche weitere öffentliche Bücherverbrennungen in anderen deutschen Städten statt, und die Bevölkerung, vor allem die Studenten und Bildungsbürger, wurde aufgerufen: ‚Reinigt Eure Büchereien!'

3 Die Reichskulturkammer war bereits 1933 etabliert worden. In ihr als Dachorganisation waren vereinigt die Reichsschrifttumkammer, die Reichspressekammer, die Reichsrundfunkkammer, die Reichstheaterkammer, die Reichsfilmkammer, die Reichsmusikkammer und die Reichskammer für bildende Künste. Für alle sogenannten Kulturschaffenden bestand Zwangsmitgliedschaft. Nichtmitgliedschaft bedeutete zwar noch kein unmittelbares Berufsverbot, wer sich jedoch nicht um die Mitgliedschaft bewarb oder nicht bewerben konnte oder wem die Mitgliedschaft verweigert wurde, hatte mit enormen Schwierigkeiten zu rechnen, durch welche öffentlich auftretende Künstler wie Schauspieler in kurzer Zeit völlig blockiert wurden, während Maler, Schriftsteller oder Komponisten nur noch im Verborgenen oder getarnt weiterarbeiten konnten.

4 Bereits im Herbst 1933 war der sogenannte Eintopfsonntag eingeführt

worden, wonach in allen Haushalten, aber auch in den Restaurants in den Wintermonaten jeweils am ersten Sonntag eines Monats statt eines sonntäglichen Mittagessens ein Eintopfgericht auf den Tisch kommen sollte.
Die Ersparnis zwischen einem Sonntagsessen und dem Eintopfgericht, die pauschal mit fünfzig Pfennig pro Haushaltsmitglied festgelegt worden war, wurde vom Blockwart eingezogen und kam dem Winterhilfswerk (WHW) (‚Keiner soll hungern, keiner soll frieren') zugute, durch das Bedürftige entweder direkt oder über die NSV (Nationalsozialistische Volkswohlfahrt) unterstützt wurden.
Das Winterhilfswerk trug mit seinen häufigen Sammelaktionen der verschiedensten Art, beispielsweise auch regelmäßige Straßensammlungen durch die Hitlerjugend und das Jungvolk, erheblich zur Entlastung des Staatshaushalts bei.

5 Am 7. März 1936 marschierten deutsche Truppen in das entmilitarisierte Rheinland ein. Der Jubel der Bevölkerung war groß, doch hatte Hitler mit dem Einmarsch den Versailler Vertrag von 1919 und auch den Locarno-Pakt von 1925 gebrochen, wonach es Deutschland untersagt war, in der entmilitarisierten Zone Garnisonen zu unterhalten und Befestigungen zu errichten.
Die Besetzung des Rheinlands durch deutsche Truppen galt im Generalstab als äußerst riskant, weshalb die Einheiten den Befehl erhalten hatten, sich beim geringsten militärischen Widerstand sofort zurückzuziehen. Der Widerstand blieb jedoch aus, die Westmächte reagierten unentschlossen und uneinheitlich und es kam schließlich nur zu einer Protestnote Frankreichs, zu heftiger internationaler Kritik und zu einer Verurteilung durch den Völkerbund.
Als Rechtfertigung führte Hitler den schon im Jahr zuvor geschlossenen Beistandspakt zwischen Frankreich und der Sowjetunion an, der einen Bruch des Locarno-Pakts darstelle, doch blieb dieser Vorwand international wirkungslos. Innerhalb Deutschlands hatte er jedoch zur Folge, dass der enorme Prestigegewinn, den Hitler durch den Einmarsch bei einem Großteil der deutschen Bevölkerung erlangt hatte, sich auch bei eher zögernden und sogar gemäßigt regimekritischen Personen auszubreiten begann.
Hitler fühlte sich jedenfalls in seiner grundsätzlichen Strategie bestärkt, seine Forderungen statt mit Verhandlungen durch ein entschlossenes aggressives Handeln unter gleichzeitigen Friedensbeteuerungen durchzusetzen.

6 Am 15. September 1935 wurde auf dem Reichsparteitag in Nürnberg das

‚Gesetz zum Schutze des deutschen Blutes und der deutschen Ehre' verkündet. Das Gesetz verbot Eheschließungen wie auch jeden Geschlechtsverkehr zwischen Juden und ‚Staatsangehörigen deutschen oder artverwandten Blutes' und war vor allem gegen die Juden gerichtet, betraf aber, in nachfolgenden Verordnungen präzisiert, alle ‚Angehörigen rassenfremden Volkstums'.

Hinter diesem Ziel einer ‚Reinhaltung des deutschen Blutes' stand die verhängnisvolle Idee einer besonders wertvollen ‚Herrenrasse', deren Vermischung mit ‚minderwertigen Rassen' als eine ‚Besudelung' angesehen wurde. Entsprechend wurden Verstöße gegen das Gesetz als ‚Rassenschande' geahndet.

Die Einführung des Begriffs der ‚Rassenschande', wie er auch in diesem Gesetz zum Ausdruck kam, hat mehr als alle anderen Maßnahmen gegen die Juden zu deren Ausgrenzung beigetragen und war so eine wichtige Stufe auf dem Weg zu ihrer Vernichtung.

7 Die SS-Verfügungstruppe bestand zu dieser Zeit bereits aus mehreren Regimentern, die kaserniert und ständig bewaffnet waren. Sie hatte sich aus den früheren SS-Stabswachen entwickelt, die schon in den Zwanzigerjahren bei den zunehmend rauer werdenden Wahlkämpfen eine unrühmliche Rolle gespielt haben.

Die dann 1939 aufgestellte Waffen-SS wurde vor allem aus den Einheiten der SS-Verfügungstruppe und den Totenkopfverbänden, weniger aus der allgemeinen SS gebildet.

8 Beim zweiten Vierjahresplan ging es um die Verringerung der Rohstoffabhängigkeit des Reichs und die verstärkte Ausrichtung der Wirtschaft auf die Rüstung mit dem erklärten Ziel, Deutschland so schnell wie möglich ‚kriegsfähig' zu machen, wie das auch in Görings Parole ‚Kanonen statt Butter!' offen zum Ausdruck kam. Die Autarkie allerdings, das große wirtschaftspolitische Ziel Hitlers, wurde auch nicht annähernd erreicht.

9 Seit 1930 befand sich die Zentrale der Nationalsozialistischen Deutschen Arbeiterpartei (NSDAP) in der Brienner Straße in München. Die Namensgebung ‚Braunes Haus' durch den Volksmund wurde von der NSDAP später als offizielle Bezeichnung übernommen.

10 Zabener erinnert sich da an die Ermordung von Wilhelm Gustloff (1895–1936), der schon 1932 damit begonnen hatte, die schweizerische Landesgruppe der NSDAP-Auslandsorganisation aufzubauen. Er wurde Anfang Februar 1936 in Davos von einem jungen Juden erschossen.

11 Vor allem wegen der hohen Investitionen, die erforderlich gewesen wären, stand die deutsche Automobilindustrie dem Konzept eines Volkswagens ablehnend gegenüber. Deshalb wurde das Projekt von der Partei mit ihrer Organisation Deutsche Arbeitsfront (DAF) in eigener Regie übernommen. Die Arbeitsfront war die Nachfolgeorganisation der 1933 aufgelösten Gewerkschaften, deren zum Teil erhebliche Vermögen sie übernommen hatte. Zuständig wurde ihre Unterorganisation ‚NS-Gemeinschaft *Kraft durch Freude*' (KdF), die Freizeit-Organisation der Arbeitsfront, die in der Nähe von Fallersleben ein Automobilwerk errichten ließ, das sich zum größten Automobilfabrikkomplex Europas entwickelte. Das Fahrzeug, das später Volkswagen hieß und schließlich ‚Käfer' genannt wurde, erhielt den Namen KdF-Wagen. Der KdF-Wagen sollte auf Hitlers Anweisung unter 1000 Reichsmark kosten, die schließlich festgelegten 990 Reichsmark konnten mit Sparkarten der Arbeitsfront mit wöchentlich fünf Reichsmark oder mehr angespart werden. Hunderttausende gutgläubige Sparer verloren ihr Geld, die Arbeitsfront hat nicht einen einzigen Wagen an die Sparer ausgeliefert.

12 Nach dem Einmarsch der deutschen Truppen in Österreich am 11. März 1938 wurde wegen des begeisterten Empfangs durch die Bevölkerung, der offenbar selbst die Erwartungen der nationalsozialistischen Führung übertraf, kurzfristig eine große ‚Führerkundgebung' für den 15. März in Wien angesetzt, was zu einem enormen Bedarf an Hakenkreuzfahnen führte. Im sogenannten Altreich wurde deshalb in vielen Ortsgruppen eilig zu einer spontanen Sammlung von Hakenkreuzfahnen aufgerufen, die auf dem Luftweg nach Wien gebracht werden sollten.

Allerdings zögerten gerade die überzeugten Hitleranhänger, die man vor allem angesprochen hatte, mit der Fahnenspende, weil sie während der Dauerbeflaggung in den Tagen des Anschlusses nicht ohne Fahne dastehen wollten. In einigen Regionen gingen deshalb untergeordnete Stellen dazu über, eilends hergestellte Schilder aus Pappe mit dem Aufdruck ‚Ich flog nach Wien!' auszugeben, die anstelle der gespendeten Fahne an der Spitze der Fahnenstange befestigt werden sollten. Diese Sonderaktion wurde allerdings rasch wieder abgeblasen, weil sie nicht den Intentionen Berlins entsprach, sollte doch der Eindruck entstehen, als ob sich viele, wenn nicht die meisten Österreicher längst selbst eine Hakenkreuzfahne zugelegt hätten.

Ob mit oder ohne Pappschild, es kam zu dem Kuriosum, dass die Überzeugtesten der Hitleranhänger daran zu erkennen waren, dass sie nicht geflaggt hatten.

13 Robert Lusser (1899–1969) war einer der bedeutenden Flugzeugkonstrukteure der Vorkriegs- und Kriegszeit. Er stand im Dienst verschiedener Hersteller, durch seine bestimmende Tätigkeit in wichtigen Ausschüssen und Kommissionen ging sein Einfluss jedoch über den Produktionsbereich seines jeweiligen Arbeitgebers hinaus.

Im Krieg protestierte er gegen den Einsatz von Jagdfliegern als sog. Rammjäger. Aufgrund seiner Berechnungen bezeichnete er die Überlebenschancen für die Piloten im Gegensatz zur offiziellen Propaganda als minimal. Vehement wandte er sich gegen die Pläne der Luftwaffenführung, für den Raketenjäger Me 163 junge Piloten auszubilden, die lediglich Erfahrung als Segelflieger hatten. Über die Befassung mit den Betriebsrisiken eines Luftfahrtzeugs gelangte er zu zunehmend generelleren Fragestellungen, die sich auf die Zuverlässigkeit komplexer Systeme bezogen. Mit seinem *Lusserschen Gesetz*, mit dem er später auch Einfluss auf die Entwicklung der Raumfahrt nahm, gilt er als einer der Begründer der Zuverlässigkeitsvoraussage. 1960 berechnete er die besonderen Risiken, wie sie sich durch die Umrüstung des US-amerikanischen Abfangjägers F-104 Starfighter in einen Jagdbomber mit Allwettereigenschaften ergeben haben, und kam zu einer vernichtenden Prognose, womit er sich den Zorn des damaligen Verteidigungsministers Strauss zuzog.

14 ‚Hundertfünfundsiebziger' war in Anlehnung an den damaligen § 175 des deutschen Strafgesetzbuchs eine verächtliche Bezeichnung für Homosexuelle. Der SA-Scharführer spielt hier auf den sogenannten Röhm-Putsch an.

15 Das Eiserne Kreuz war eine in den Befreiungskriegen erstmals gestiftete Tapferkeitsauszeichnung, die in verschiedenen Klassen verlieren würde; hier Eisernes Kreuz I. Klasse.

16 Mit dem sogenannten ‚Anschluss an das Reich' im März 1938 verlor Österreich seine staatliche Eigenständigkeit und wurde in ‚Ostmark' umbenannt.

17 Der *Völkische Beobachter* war schon ab 1920 das Zentralorgan der NSDAP und wurde später zu einer der auflagestärksten deutschen Tageszeitungen. Nach der Machtergreifung gewannen die Veröffentlichungen im Völkischen Beobachter immer mehr offiziellen Charakter.

18 Bücker in Rangsdorf stellte Sport- und Schulflugzeuge her, fertigte aber auch Bauteile für andere Hersteller.

19 Ludwig Herkommer bezieht sich hier mit ‚Reichsführer' nicht etwa auf den ‚Führer', also Hitler, sondern auf Heinrich Himmler, den ‚*Reichsführer SS* und Chef der Deutschen Polizei'.

20 Ludwig Herkommer spielt hier auf die Vorbereitungen zur Zusammenlegung der einzelnen Hauptämter der SS zum Reichssicherheitshauptamt (RSHA) an, die dann im Herbst 1939 kurz nach Kriegsbeginn erfolgt ist. Dem RSHA unterstanden alle Sicherheits- und Polizeiorgane des Reichs, wobei insbesondere die Sicherheitspolizei (Sipo) – einschließlich Geheime Staatspolizei (Gestapo) – und der gefürchtete Sicherheitsdienst (SD), der für die Überwachung und Abwehr zuständig war, mit fast unbegrenzten Vollmachten ausgestattet waren.

21 Der erste deutsche Lastensegler, der in Serie gebaut wurde (über 1500 Stück), war die DFS 230, vorgesehen für Luftlandeeinsätze (zehn Fallschirmjäger einschl. Flugzeugführer), gelegentlich auch für Nachschubtransporte verwendet.

III_1939 bis 1945

1 Das Segelflugzeug Habicht der Deutschen Forschungsanstalt für Segelflug war das erste vollkunstflugtaugliche Segelflugzeug, das erstmals zur Eröffnung der Olympischen Spiele 1936 öffentlich vorgeführt wurde. Es war allen erreichbaren Belastungsbedingungen gewachsen und galt als „in der Luft nicht zerlegbar". Wenn auch ursprünglich ausschließlich für den Kunstflug mit Segelflugzeugen konstruiert und gebaut, erwies sich der Habicht doch bald als wichtiger Vorläufer des Raketenjägers Me 163, zunächst nur als gedankliche Zwischenstufe, dann – mit Entwicklung des sogenannten Stummelhabichts mit geringerer Spannweite – als wichtige Vorstufe im Versuch und dann bei der Ausbildung.

2 Gemeint ist der sog. Großraumtransporter Messerschmitt Me 321, werksintern und später bei der Truppe gewöhnlich nur ‚Drei-Einundzwanzig' genannt. Die Bezeichnung dieser Lastensegler als ‚Giganten' kam erst während der ersten Einsätze durch die Kriegsberichterstatter auf. Bei der Weiterentwicklung der Me 321 zur sechsmotorigen Me 323 wurde die Bezeichnung ‚Gigant' in die offizielle Typenbezeichnung mit aufgenommen.

3 Das Segelflugzeug Sperber-Junior der Deutschen Forschungsanstalt für Segelflug war abgeleitet vom DFS-Röhnsperber und speziell an die Körpermaße der zierlichen Hanna Reitsch angepasst. – 1937 gelang Hanna Reitsch im Sperber-Junior die erste Überquerung der Alpen mit einem Segelflugzeug.

4 Die Junkers Ju 90 war ein großes viermotoriges Verkehrsflugzeug, das von der Luftwaffe als Transportflugzeug eingesetzt wurde.
Die Messerschmitt Me 110, in der Bürokratie mit ‚Bf 110' bezeichnet, war ein zweimotoriger sog. *Zerstörer*.

5 Das Jagdflugzeug Messerschmitt Me 109 war der Standardjäger der deutschen Luftwaffe, in großen Stückzahlen und in zahlreichen Versionen gebaut. Die offizielle Bezeichnung war Messerschmitt Bf 109, die allgemein geläufige Me 109.

6 Bonse spielt auf die Heeresversuchsanstalt auf Usedom an, wo Wernher von Braun in Peenemünde die Flüssigkeitsrakete A4 als Antrieb für die spätere „Geheimwaffe V2" entwickelte.

7 Der in der Fliegersprache Kaczmarek genannte Pilot begleitet und deckt das führende Flugzeug und fliegt in der Regel rechts von diesem und leicht nach hinten versetzt.

8 EiV (Bord-Eigenverständigung), ursprünglich die Bezeichnung für die Sprechverbindung zwischen den Besatzungsmitgliedern eines Flugzeugs, später auch innerhalb eines fliegenden Verbandes.

9 ‚Der hat Öl auf der Brille' ist eine spöttische Redensart beispielsweise gegenüber einem Piloten, der ein gut erkennbares Ziel nicht sieht oder der bei guten Wetterbedingungen über schlechte Sicht klagt. Sie stammt aus der Frühzeit der Fliegerei mit offenen Flugzeugen und hat sich bis heute erhalten; ein Motor, der auch nur geringe Mengen Öl verlor, konnte infolge der Zersträubung des Öls durch den scharfen Fahrtwind einen hauchfeinen Ölbeschlag auf der Brille hervorrufen, der die Sehbedingungen erheblich beeinträchtigen konnte.

10 ‚Schlipssoldat' war eine spöttische Bezeichnung für Luftwaffenangehörige, zu deren Ausgehuniform im Gegensatz zum Heer und zur Marine ein hellblaues Hemd mit schwarzer Krawatte gehörte.

11 Die SS-Junkerschulen waren in Anlehnung an die Kriegsschulen der Wehrmacht errichtet worden. Ihre Aufgabe war die Ausbildung des Führungsnachwuchses der SS und ihrer speziellen Organisationen (ab Kriegsbeginn insbesondere der Waffen-SS) und der Ordnungspolizei. Das altgediente Führungspersonal neigte dazu, die Ausbildung auf den Junkerschulen eher geringzuschätzen und begegnete den Absolventen kritisch.

12 Hiwis, Hilfswillige, war die Bezeichnung für sog. ‚fremdvölkische' Hilfskräfte, die, teilweise bewaffnet, zwar nicht an der Front, aber im Hinterland von der Waffen-SS und der Polizei, vereinzelt auch von der Wehrmacht, eingesetzt wurden.

13 ‚Vollzug', ein fester Begriff im Strafrecht, wurde in den Einsatzgruppen als Hüllwort für das Morden der Exekutionskommandos verwendet.

14 Stukas war die geläufige Kurzfom für die Sturzkampfflugzeuge. Sie warfen ihre Bomben im steilen Bahnneigungsflug (‚Sturzflug') ab und erzielten so eine hohe Punktzielgenauigkeit. Der wichtigste Sturzkampfbomber auf deutscher Seite war die Junkers Ju 87, mit der in den ersten Kriegsjahren große Erfolge erzielt wurden. Sie erwies sich jedoch bereits in der ‚Luftschlacht um England' als unterlegen und wurde dann an der Ostfront zunehmend im Erdkampfeinsatz, vorwiegend zur Panzerbekämpfung, eingesetzt.

15 Es handelt sich beim sog. Kommissarbefehl um die ‚Richtlinien für die Behandlung politischer Kommissare', wonach Politkommissare nicht als Soldaten gelten sollten und somit nicht als Kriegsgefangene behandelt werden dürften, sondern ohne Kriegsgerichtsverhandlung zu erschießen seien.

16 Unmittelbar vor Hindenburgs absehbarem Tod bereitete Hitler ein ‚Gesetz über das Staatsoberhaupt des Deutschen Reiches' vor, durch das das Amt des Reichskanzlers mit dem des Reichspräsidenten vereinigt wurde, was ‚mit Wirkung vom Zeitpunkt des Ablebens des Reichspräsidenten' in Kraft treten sollte. Das Amt des Reichspräsidenten war damit abgeschafft und dessen Funktion als Oberbefehlshaber der Reichswehr auf Hitler als dem Reichskanzler übergegangen. Hindenburg starb am 2. August 1934, bereits am Tag darauf begann die Neuvereidigung der Reichswehr mit einer veränderten Eidesformel, in der unbedingter Gehorsam gegenüber dem namentlich genannten Eidnehmer Adolf Hitler als Obersten Befehlshaber der Wehrmacht gefordert wurde. Die Kritik richtete sich gegen die Formulierung vom unbedingten Gehorsam, gegen die Gebundenheit an eine einzige Person und gegen die überfallartige Durchführung der Neuvereidigung.

17 Die Ernennung des Generalobersten Paulus zum Generalfeldmarschall, nur einen Tag vor dem endgültigen Zusammenbruch der Verteidigung des Kessels von Stalingrad, wird als Hitlers Aufforderung zur Selbsttötung angesehen, da noch nie in der Geschichte ein deutscher Generalfeldmarschall in Kriegsgefangenschaft geraten sei.

18 Das Generalgouvernement umfasste die von Deutschland besetzten polnischen Gebiete, die als zivil verwaltetes sog. Nebenland des Großdeutschen Reiches galten und nicht unmittelbar in das Reichsgebiet eingegliedert waren.

19 In den letzten Monaten des Krieges tauchte vielerorts und in bemerkenswerter Häufung das Gerücht auf, dass die Westalliierten alsbald nach dem Zusammentreffen mit den sowjetischen Divisionen gemeinsam mit den deutschen Truppen gegen die Russen weiterkämpfen würden.

Das Gerücht war nicht nur bei der Truppe, vornehmlich im Osten, bis hinauf in einzelne Divisionsstäbe wie ein rettender Strohhalm ergriffen worden, sondern tauchte als Befürchtung sogar in der internationalen Presse und in sowjetischen Interna auf. Auch der Führungskreis um Himmler gab mit Andeutungen über Himmlers Geheimverhandlungen mit dem schwedischen Grafen Bernadotte und über andere Geheimgespräche Himmlers diesen Gerüchten Nahrung. Als Ende April Himmlers überraschende Entfernung aus allen Ämtern und der Ausschluss aus der Partei einschließlich Haftbefehl wegen seiner eigenmächtigen Sondierungsversuche bekannt wurde, wirkte das nachgerade wie eine Bestätigung dieser Gerüchte.

IV _ Nach 1945

1 Der Pfarrer spricht hier offensichtlich von der vom US-amerikanischen Geheimdienst so benannten *Rattenlinie*, auf der schon gegen Kriegsende, vor allem dann aber in den ersten Nachkriegsjahren einer großen Zahl von hochrangigen Vertretern des NS-Regimes und Angehörigen der SS und Waffen-SS und sonstigen schwer belasteten Tätern die Flucht insbesondere nach Südamerika, aber etwa auch nach Ägypten oder den Vereinigten Staaten gelungen ist. Es handelte sich dabei weniger um eine feste Linie als um eine Anzahl von Anlaufpunkten in bestimmten Regionen, so auch in Südtirol, die von Nazi-Sympathisanten und gewissen Geheimdiensten, mitunter auch von ahnungslosen Konsulaten, teilweise auch von Stellen des Internationalen Roten Kreuzes und Mitgliedern des Klerus gebildet wurden. Dort wurden die Flüchtlinge mit den erforderlichen Personalausweisen und Reisepapieren ausgestattet, gegebenenfalls auch mit Geldmitteln versehen und weitergeleitet.

Die Unterstützung der Flüchtlinge durch die katholische Geistlichkeit entsprang nicht zuletzt einer teilweise geradezu hysteroide Bolschewismusfurcht.

2 Aufgrund einer Verordnung vom 5. Oktober 1938, also noch vor der Reichspogromnacht am 9. November, waren die Reisepässe von Juden entweder eingezogen oder mit dem sog. Judenstempel, einem roten J, versehen worden.

3 Der Judenstern war ein aufgenähter gelber Stern von der Größe eines Handtellers, der zur zwangsweisen Kennzeichnung von Juden in der Öffentlichkeit diente und sichtbar links auf der Brust getragen werden musste. Er war zunächst im besetzten Polen, ab Herbst 1941 auch im Deutschen Reich vorgeschrieben.

DAMALS GEBRÄUCHLICHE ABKÜRZUNGEN

Akaflieg	Akademische Fliegergruppe
BdU	Befehlshaber der U-Boote
DFS	Deutsche Forschungsanstalt für Segelflug, Darmstadt
DLV	Deutscher Luftsportverband, gegründet im März 1933 als Vorläufer des NSFK und zugleich als Tarnorganisation für die entstehende Luftwaffe
DVL	Deutschen Versuchsanstalt für Luftfahrt, Berlin-Adlershof
EiV	Bord-Eigenverständigung
Gestapo	Geheime Staatspolizei
gKdos	Geheime Kommandosache
HJ	Hitlerjugend, Organisation für die männlichen Jugendlichen von 14 bis 18 Jahren
JG	Jagdgeschwader (mit anschließender Zahl)
KV	Kassenärztliche Vereinigung
L.I.	Leitender Ingenieur (auf einem U-Boot)
NSFK	Nationalsozialistisches Fliegerkorps
NSFO	Nationalsozialistischer Führungsoffizier
NSKK	Nationalsozialistisches Kraftfahrkorps
Pg.	Parteigenosse; mündlich („Pehgeh") und im amtlichen Schriftverkehr in Verbindung mit dem Personennamen gebräuchlich
RLM	Reichsluftfahrtministerium
RSHA	Reichssicherheitshauptamt
SA u. SS	Paramilitärische Organisationen der NSDAP
SD	Sicherheitsdienst (des Reichsführers SS)
Sipo	Sicherheitspolizei (Gestapo und Kripo)
Ia	Kurzbezeichnung (mündlich ‚Eins A') für den Ersten Generalstabsoffizier unterhalb des Kommandeurs

DIENSTGRADE BIS 1945

Heer und Luftwaffe	Kriegsmarine	SS und Waffen-SS*
Schütze, Grenadier, Kanonier, Funker, Flieger usw.	Matrose	SS-Mann; Schütze, Grenadier, Kanonier usw.
Gefreiter	Matrosengefreiter	Sturmmann
Obergefreiter	Matrosenobergefreiter	Rottenführer
Unteroffizier	Maat	Unterscharführer (inoffiziell mündlich Scharführer)
Feldwebel, Wachtmeister	Bootsmann	Oberscharführer
Oberfeldwebel, Oberwachtmeister	Oberbootsmann	Hauptscharführer
Oberfähnrich	Oberfähnrich zur See	Standartenoberjunker
Leutnant	Leutnant zur See	Untersturmführer (inoffiziell mündlich Sturmführer)
Oberleutnant	Oberleutnant zur See	Obersturmführer
Hauptmann	Kapitänleutnant	Hauptsturmführer
Major	Korvettenkapitän	Sturmbannführer
Oberstleutnant	Fregattenkapitän	Obersturmbannführer
Oberst	Kapitän zur See	Standartenführer
Generalmajor	Konteradmiral	Brigadeführer und Generalmajor der Waffen-SS
Generalleutnant	Vizeadmiral	Gruppenführer und Generalleutnant der Waffen-SS
General	Admiral	Obergruppenführer und General der Waffen-SS
Generaloberst	Generaladmiral	Oberstgruppenführer und Generaloberst der Waffen-SS
Generalfeldmarschall	Großadmiral	Reichsführer SS

* SA und NSFK (wie auch NSKK) weitgehend entsprechend

DIE WICHTIGSTEN PERSONEN

Bienchen, siehe Strauss, Sabine

Bohner, Violet, *1900, Kriegswitwe, Jüdin, renommierte Fotografin; Geliebte von Ludwig Herkommer

Castan, Bertel, *1895, Elsässer, SS-Führer, im 2. Weltkrieg SS-Brigadeführer und Generalmajor der Waffen-SS

Fellgiebel, Jan (alias Jean Hossenlopp), *1925; Adoptivsohn von Wilhelm und Marianna Fellgiebel

Fellgiebel, Dr. med. Wilhelm, *1894, Arzt des Konsuls Zabener und älterer Freund von dessen Sohn Viktor; erklärter Regimegegner

Herkommer, Ludwig, *1915, Milchbruder von Viktor Zabener; Sohn des Chauffeurs Herkommer

Herkommer, *1891, Chauffeur des Konsuls Zabener; Vater von Ludwig Herkommer

Hossenlopp, Jean, siehe Fellgiebel, Jan

Ossenbühn, Oskar, *1904, SS-Führer, im 2. Weltkrieg höherer Offizier der Waffen-SS

Pilgrim, Dieter, *1916, Schulkamerad und Internatskollege von Viktor Zabener, hochdekorierter Luftwaffenpilot im 2. Weltkrieg

Saller, Eugen („Öchänn"), *1911, Elsässer, anfangs Beschützer und Förderer von Ludwig Herkommer, später dessen Gehilfe und Kumpan

Strauss, Dr. Leopold, *1882, bedeutender jüdischer Wirtschaftsjurist, enger Freund von Konsul Zabener; Vater von Sabine Strauss

Strauss, Sabine („Bienchen"), *1913, Spielkameradin von Viktor und Ludwig, später gefeierte Geigerin; Tochter von Dr. Strauss

Zabener, Heinrich, *1880, Konsul, einflussreicher Industrieller und späterer Wehrwirtschaftsführer; Vater von Viktor Zabener

Zabener, Viktor, *1915, Milchbruder von Ludwig Herkommer; Sohn von Heinrich Zabener

Lothar Quinkenstein
SOUTERRAIN

336 Seiten, Klappenbroschur, 20,00 €
ISBN 978-3-940524-78-2

Der Polen-Roman des Dichters und Autors, der DIE JAKOBS-BÜCHER, den monumentalen Roman der polnischen Nobelpreisträgerin Olga Tokarczuk (mit-)übersetzt hat. SOUTERRAIN ist ein Roman über eine Annäherung an Polen. Poetisch und kenntnisreich, hintergründig polyphon. „Wir gehen, bis das Wort Umweg seine Bedeutung verliert", heißt es im Auftakt dieser Geschichte von Tobias, der als Deutschlehrer nach Polen kommt, um schließlich in Poznań (Posen) zu bleiben. Ein ebenso fulminantes wie subversives Plädoyer für die befreiende Wirkung der Kunst. Mit einem Wort: eine Liebeserklärung an die polnische Kultur.

Witold Gombrowicz
BERLINER NOTIZEN

Übersetzt und mit einem Vorwort versehen von Olaf Kühl
128 Seiten, gebunden mit Schutzumschlag, 16,80 €
ISBN 978-3-940524-24-9

Das Buch einer Rückkehr: Nach fast 24 Jahren im argentinischen Exil verbringt Witold Gombrowicz 1963 ein Jahr in Berlin, dieser Stadt, wo „die Idylle einher ging mit einer gewissen Scheußlichkeit, bei der man sich fragen konnte, ob sie von heute oder von gestern war". Seine Beobachtungen scheinen, heute wiedergelesen, eigentümlich zeitgemäß: „Wie europäisch sie sind, ruhig und ungezwungen, keine Spur von Chauvinismus oder Nationalismus, weite, weltoffene Horizonte, ja, das war die modernste Jugend, die ich je gesehen hatte ..."

MIRON BIAŁOSZEWSKI
DAS GEHEIME TAGEBUCH
edition fotoTAPETA

Piotr Szewc
DAS BUCH EINES TAGES
Zamość, Juli 1934

Aus dem Polnischen von Esther Kinsky
128 Seiten, Klappenbroschur, 12,80 €
ISBN 978-3-940524-15-7

Ein Buch, das einen ganzen Tag erzählt, einen Tag im Sommer, als wäre es ein Idyll – das Licht, die Gräser, die Trägheit, die Kneipengänger, die Händler, die Hure ... Idyllisch war – und ist wieder – auch der Ort, von dem dieser Roman erzählt: Zamość im Südosten Polens. Ein Städtchen wie eine Renaissance-Schönheit in der italienischen Provinz. Das Jahr? 1934. Noch ist die Katastrophe nicht da. Aber wir, die Leser heute, wir wissen, was kam.

ISBN 978-3-940524-85-0

Umschlaggestaltung: Gisela Kirschberg, Berlin
© Umschlagfoto: Mercedes-Benz Classic
Satz und Gestaltung: Gisela Kirschberg, Berlin

Druck: GGP Media GmbH Pößneck
Gesetzt aus der Minion und der Frutiger

„Mehr als jeder dritte Bundesbürger sieht einer Studie zufolge Parallelen zwischen aktuellen politischen Entwicklungen in Deutschland und der NS-Zeit", so eine Meldung der DPA im Jahr 2019, die Studie kam vom Bielefelder IKG-Institut. Was mag da gemeint sein? Und kann man der Frage mit den Mitteln der Literatur näher kommen?
Man kann: Bernt Spiegel erzählt davon, wie ein verbrecherisches System, das anfangs kaum einer ernst nehmen wollte, zur gesellschaftlichen Normalität wird. Spiegel erzählt aus der Sicht der Opfer – und aus der Sicht der Täter. Erzählt wird von zwei Freunden, mit einer gemeinsamen Amme, einer geht zur SS, der andere kommt irgendwie durch, der eine Kind armer Leute, der andere Sohn einer einflussreichen Familie. In einem weiten Bogen wird ihre Geschichte erzählt. Bis der Krieg vorbei ist.

Bernt Spiegel

Jahrgang 1926, Psychologe und Verhaltensforscher. War Professor an den Universitäten Mannheim, Saarbrücken und Göttingen. Gründete in den 50er Jahren das *„Institut für Marktpsycholgie"* in Mannheim. Auch Autor eines Bestsellers über das Motorradfahren. Spiegel lebt und arbeitet bei Heidelberg.